W0058108

BASTEI LÜBBE

Buch und Autor

Dies ist die Geschichte zweier Familien, für die Wunder beinahe alltäglich werden. Denn sowohl die kleine Lupe, die in einem Cañon im Norden Mexikos aufwächst, wo die amerikanischen Goldminenbesitzer die Einwohner tyrannisieren, als auch der junge Juan Salvador, der mit seiner Mutter und seinen Geschwistern zum Rio-Grande-Tal aufbricht, wo er Arbeit und Wohlstand zu finden glaubt, bedürfen immer wieder des Beistandes höherer Mächte, um am nächsten Morgen noch das Wunder eines neuen Tages zu erleben.

Über sechzig Jahre, von der Regierungszeit Porfirio Diaz´ bis in die Zeit nach jener Revolution, die Francisco Villa 1912 mit den Viehtreibern und Bergarbeitern vom Zaune brach, erstreckt sich diese große Saga. Dabei handelt es sich nicht einfach um eine ergreifende Familiengeschichte vor faszinierendem historischen Hintergrund – vielmehr haben sich diese Abenteuer von Liebe und Tod genau so zugetragen, wie der Autor sie schildert. Die oft strapazierte Formel vom Roman eines Lebens hat hier wirklich ihr Recht.

Victor Villaseñor, geboren am 11. Mai 1940 in Carlsbad, Kalifornien, wuchs als Kind mexikanischer Einwanderer auf einer Farm in der Nähe von Oceanside auf. Schon als Achtzehnjähriger wollte er Schriftsteller werden. Sein erster Roman *Macho!* erschien 1973 in den USA, nach zehn Jahren und zweihundertsechzig Ablehnungen! *Die Wunder eines jeden Tages* – (Originaltitel: *Rain Gold*) wurde 1991 in den USA veröffentlicht und ein riesiger Bestseller, der hymnische Besprechungen erntete, sowohl in litera-rischen Feuilletons als auch in der Boulevardpresse. Die Fortsetzung von *Die Wunder eines jeden Tages – The wild steps of Heaven* (1995) – wird bei BASTEI-LÜBBE im Sommer 1997 in der EDITION LIBRA unter dem Titel *Von Göttern, Schlangen und Liebesengeln* erscheinen.

VICTOR VILLASEÑOR

DIE WUNDER EINES JEDEN TAGES

ROMAN

Aus dem Amerikanischen übertragen
von Marion Sohns

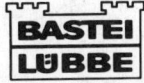

BASTEI-LÜBBE-TASCHENBUCH
Band 13 832

Erste Auflage
Dezember 1996

© Copyright 1996
by Victor Edmundo Villaseñor
All rights reserved
Deutsche Lizenzausgabe 1996
Bastei-Verlag Gustav H. Lübbe
GmbH & Co., Bergisch Gladbach
Originaltitel: Rain of Gold
Lektorat: Dr. Edgar Bracht
Titelbild: Fresko von Diego Rivera
Covergestaltung: Karl Kochlowski,
Köln
Satz: KCS GmbH,
Buchholz/Hamburg
Druck und Verarbeitung:
Elsnerdruck Berlin
Printed in Germany

ISBN 3-404-13832-5

Der Preis dieses Bandes
versteht sich einschließlich der
gesetzlichen Mehrwertsteuer

INHALT

Dieses Buch ist meinem Vater gewidmet, sowie meiner Mutter und meiner Großmutter, zwei Gran Mujeres, die mich dazu inspirierten, ihre Lebensgeschichte, die zugleich die niemals endende Geschichte zwischen Mann und Frau widerspiegelt, in Worte zu fassen.

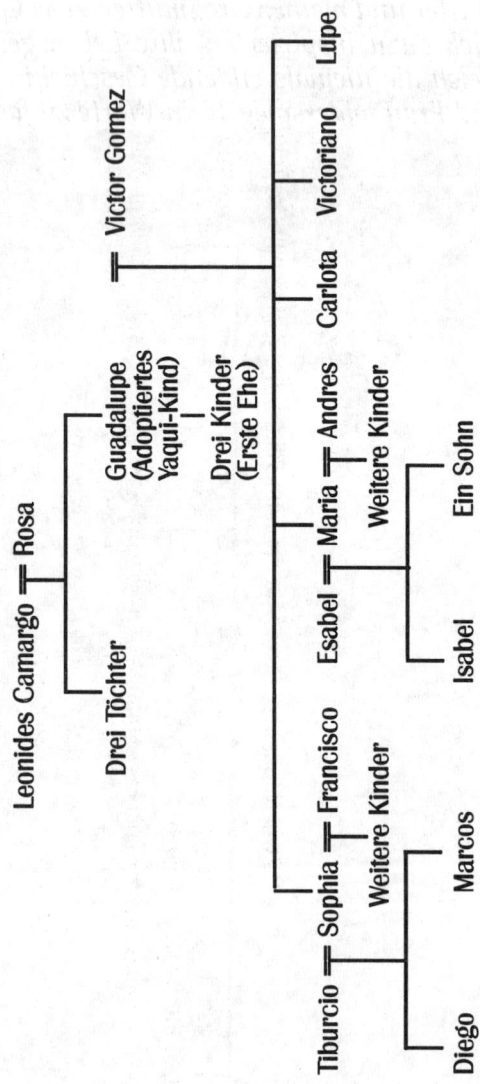

Lupes Familie (Gomez)

Juan Salvadors Familie

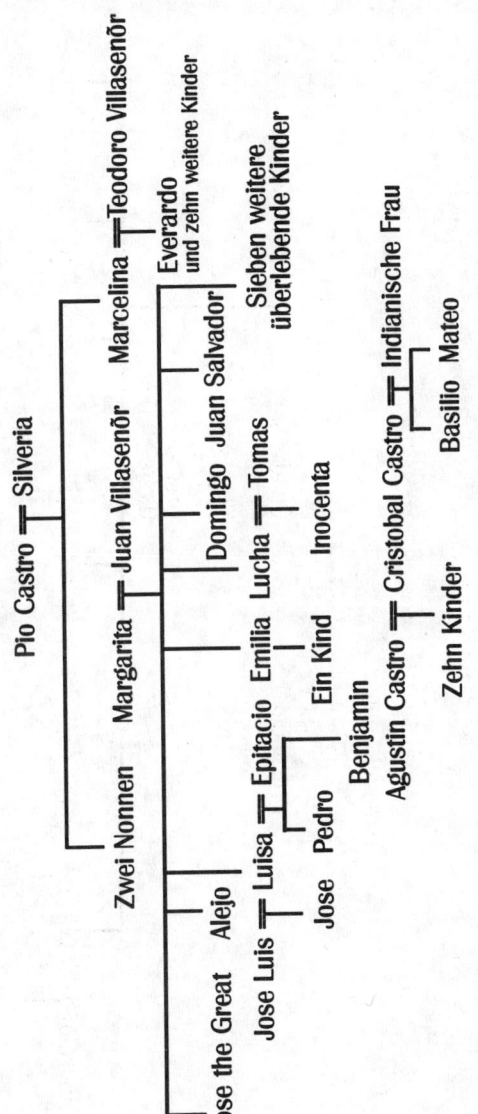

Vorwort

Alles begann in Carlsbad, einem kleinen Dorf in Kalifornien, wo ich oft meine Großmutter besuchte, die im rückwärtigen Teil des Hauses meiner Eltern, hinter dem Spielsalon, wohnte. Doña Guadalupe, meine Großmutter mütterlicherseits, nahm mich auf den Schoß, gab mir süßes Brot und Yerba-buena-Tee und erzählte mir Geschichten aus der Vergangenheit. Sie erzählte von Mexiko und von meiner Mutter Lupe, die noch ein kleines Mädchen war, als die Truppen von Francisco Villa und Carranza während der Revolution in ihr Heimatdorf einfielen, das in einem Cañon in den Bergen von Chihuahua lag.

Mein Vater, Juan Salvador, ebenfalls ein großer Geschichtenerzähler, berichtete mir wiederum von seiner Familie. Er ließ mich im Geiste miterleben, wie er mit meiner Mutter und seinen Schwestern während der Revolution aus Los Altos de Jalisco geflohen war und wie sie nach Norden, an die texanische Grenze, gelangten. Er schilderte mir, wie schwer sie es anfangs auf beiden Seiten der Grenze gehabt hatten und wie sich schließlich – auf eigentümliche Weise – doch alles zum Guten gewendet hatte. Denn in jenen harten Zeiten hatten sie eine Menge über das Leben und die Liebe gelernt, waren innerlich stärker geworden und als Familie noch enger zusammengerückt. Mein Vater brach oft in Tränen aus, während er mir diese Geschichten erzählte, und gestand mir immer wieder, wie schrecklich er seine geliebte alte Mutter vermißte und daß kaum eine Nacht verging, in der er nicht von ihr, der großartigsten Frau, die je gelebt hatte, träumte.

Als ich das Teenageralter erreicht hatte, verloren die Geschichten aus der Vergangenheit ihre Faszination für mich, und je mehr ich zum Amerikaner heranwuchs, um so gleichgültiger wurde ich gegenüber meinem mexikanischen Erbe. Und ich muß gestehen, mit Zwanzig wollte ich überhaupt nichts mehr davon hören.

Mitte Dreißig lernte ich die Frau kennen, die ich heiraten wollte und mit der ich mir Kinder wünschte. Auf einmal wurde mir bewußt, wie armselig es doch wäre, wenn ich meinen eigenen Kindern nichts mehr über ihre Abstammung erzählen könnte.

Im Jahre 1975 begann ich, meinen Vater und meine Mutter über unsere Familiengeschichte auszufragen. Ich kaufte mir einen Kassettenrecorder und besuchte damit meine Onkel, Tanten und Paten. Innerhalb von drei Jahren hielt ich über zweihundert Gesprächsstunden auf Band fest.

Doch immer noch erschienen mir viele der Geschichten, die ich zu hören bekam, einfach zu unglaublich und phantastisch für unsere heutige Zeit. Zum Beispiel die Episode, in der die Goldmine, dort, wo meine Mutter aufwuchs, von einem Mann gekauft wurde, der einen Ochsen häutete – weil das Leder wertvoller war als das Fleisch – und der das nackte Tier anschließend einen Berg hinaufhetzte. Mein Gott, so etwas konnte man doch niemandem ernsthaft weismachen! Erstens war es einfach barbarisch, und zweitens hielt ich es für absolut unmöglich. Doch meine Verwandten beharrten darauf, daß die Geschichte hundertprozentig der Wahrheit entsprach. Es führte schließlich soweit, daß ich alle ihre Geschichten zu bezweifeln begann und zu dem Schluß kam, daß sie bestenfalls in Metaphern sprachen.

Kurz nach der Geburt unseres ersten Kindes wagte ich den Sprung nach vorn. Ich machte mich auf den Weg nach Mexiko, um die Vergangenheit meiner Eltern zu erforschen und jedes Detail, das mir zweifelhaft erschien, zu hinterfragen, um ein für alle Male herauszufinden, ob all die Erzählungen einer Prüfung standhalten würden, so daß ich die Geschichte meiner Vorfahren mit Überzeugung zu Papier bringen konnte.

Ich reiste im Flugzeug, mit dem Bus, per Lastwagen, auf Eselsrücken und zu Fuß. Zwei Tage brauchte ich, um die Barranca del Cobre zu erreichen, wo meine Mutter geboren wurde. Eines Morgens begegneten mir ein paar Indios, die so scheu waren, daß sie, als ich sie grüßte, zuerst wie Wild erstarrten und dann plötzlich mit der Grazie und Schnelligkeit junger Antilopen davonliefen. Ich sah Schmetterlingsschwärme, die so zahlreich waren, daß sie den Himmel wie ein schwebender Farbenteppich verdeckten. Und ich erlebte Sternennächte, so klar, daß ich mich Gott ganz nahe fühlte. Ich unterhielt mich mit einem einheimischen Bauern, der sich seinen Lebensunterhalt mit dem Schlachten von Vieh verdiente, und fragte ihn, ob es möglich sei, einen Ochsen lebendig zu häuten und dann noch einen Berg hinaufzujagen. »Natürlich«, antwortete er mir. »Man muß das Tier mit einem Knüppel bewußtlos schlagen, dann sind vier kräftige Männer durchaus in der Lage, ihm die Haut abzuziehen, bevor es wieder zu sich kommt. Und dann kannst du Gift drauf nehmen, daß es losrast, als sei der Leibhaftige hinter ihm her, bevor es tot zusammenbricht.«

Langsam wurde mir klar, daß die Phantasie des einen Menschen durchaus der Realität eines anderen entsprechen konnte, insbesondere, wenn beide Betrachter bereits in der Kindheit durch ganz unterschiedliche Lebenswelten geprägt wurden. Ich begann jetzt auch zu verstehen, was mein Vater immer gemeint hatte, wenn er behauptete, daß es zu einfach sei, eine fremde Religion als Aberglauben abzuwerten.

Während der darauffolgenden fünf Jahre schrieb und schrieb ich, verwarf meine Entwürfe und fing wieder von vorn an. Ich formulierte die Worte im Geiste auf spanisch und brachte sie auf englisch zu Papier. Zuerst schrieb ich die Geschichte meines Vaters in der ersten Person, als käme sie aus seinem Munde. Die Geschichte meiner Mutter verfaßte ich in der dritten Person, weil von ihr noch mehr Angehörige am Leben waren, wodurch ich die Begebenheiten aus verschiedenen Blickwinkeln darstellen konnte.

Doch während ich schrieb, tauchte ein neues Problem auf. Sowohl mein Vater als auch meine Mutter verwendeten die Worte ›Wunder‹ ›Teufel‹ und ›Gott‹ so häufig, daß die Geschichte, ins Englische übersetzt, einen übertriebenen und unglaubwürdigen Charakter erhielt. Außerdem beteuerten meine Eltern und Verwandten mir immer wieder, daß sie in dem Gefühl aufgewachsen seien, dem Allmächtigen stets nahe zu sein; sie hätten fast täglich zu ihm gesprochen, so selbstverständlich wie mit einem guten Freund, und gelegentlich hatte Gott ihnen sogar geantwortet. Ich war mit meiner Weisheit am Ende. Wenn ich so etwas schreiben würde, stünde ich doch da wie ein kompletter Narr.

Je länger ich jedoch im Laufe der Jahre ihren Geschichten lauschte und je häufiger ich mir die Tonbänder anhörte, um so deutlicher wurde mir, daß sie tatsächlich in einer Welt gelebt hatten, die vom Geist Gottes durchdrungen war.

Oder um es mit den Worten meiner Großmutter Doña Margarita auszudrücken, die einmal zu meinem Vater Juan gesagt hatte: »Glaubst du wirklich, daß Gott aufgehört hat, mit uns, seinen Kindern, zu sprechen? Nein, *mi hijito*, Gott lebt, und er spricht zu uns. Du mußt dich nur umsehen und deine Ohren und Augen offenhalten, dann entdeckst du seine Großartigkeit überall – es sind die Wunder des Lebens, *la vida*.«

Also fuhr ich ermutigt fort. Ich arbeitete von frühmorgens halb fünf bis in die späte Nacht. Immer wieder formulierte ich die einzelnen Kapitel neu und legte sie meinen Eltern und Verwandten vor, um sicherzugehen, daß ich alles wahrheitsgetreu wiedergab.

Der Roman, den Sie, lieber Leser, nun in Ihren Händen halten, ist keine Fiktion. Es ist die Geschichte einiger Menschen und – wenn Sie so wollen – das gesellschaftliche Erbe meiner indianisch-europäischen Kultur, das mir von meinen Eltern, Onkeln, Tanten und Großeltern anvertraut wurde. Die Personen dieses Romans haben wirklich gelebt. Die Schauplätze entsprechen der Realität, und alle Begebenheiten haben sich tatsächlich ereignet.

Con gusto

Victor Villaseñor
Oceanside, CA
Frühjahr, 1990

BUCH I

GOLDREGEN

Prolog

Hoch in den Bergen im Nordwesten Mexikos folgte ein Indio namens Espirito einer Damhirschkuh und ihrem Kalb. Er war auf der Suche nach Wasser, denn die Quelle in dem großen Cañon, wo Espirito mit seinem Stamm lebte, war versiegt.

Während er dem Wild durch das steinige Unterholz nachschlich, entdeckte er auf der anderen Seite des Cañons, am Fuße eines kleinen Felsens, eine verborgene Quelle. Das Wasser rann an der Vorderseite des Felsens hinab, der in der strahlenden Vormittagssonne wie ein Edelstein funkelte.

Nachdem das Wild seinen Durst gelöscht hatte, näherte sich auch Espirito der Quelle und trank. Es war das köstlichste und klarste Wasser, das er je probiert hatte, und er füllte damit seine Kürbisflasche. Dann zog er einige lose Steine aus der Felswand und steckte sie in seinen Hirschlederbeutel. Er kniete nieder und dankte dem allmächtigen Schöpfer. Nun würden er und sein Stamm schließlich doch die lange Trockenzeit überstehen.

Der Winter kam, und der Regen prasselte in Sturzbächen vom Himmel. Es wurde so kalt, daß die Regentropfen gefroren und die Berggipfel mit Schnee bedeckt waren. Espiritos Volk fror und litt Hunger. Verzweifelt machte er sich auf den Weg in die Tiefebene, in der Hoffnung, dort etwas von dem köstlichen Wasser, das er entdeckt hatte, verkaufen zu können.

In einer kleinen Siedlung am Ufer des großen Flußvaters, El Rio Urique, bot Espirito dem Ladenbesitzer, Don Carlos Barrios, sein Wasser im Tausch gegen Lebensmittel und Kleidung an.

Lachend erwiderte Don Carlos: »Tut mir leid, aber mit Wasser kann ich hier am Flußufer wahrhaftig keine Geschäfte machen. Hast du nichts anderes anzubieten?«

»Nein«, sagte Espirito und drehte seine Taschen nach außen, »alles, was ich habe, sind diese kleinen Steine und die Kürbisflasche.«

Don Carlos' buschige graue Augenbrauen schossen in die Höhe. Die Steine waren Goldnuggets! Er nahm einen und prüfte ihn mit den Zähnen. »Dafür kannst du soviel Essen und Kleider haben, wie du willst«, rief er.

Espirito hatte sich jedoch schon zur Tür gewandt. Nie zuvor hatte er gesehen, daß jemand versuchte, einen Stein zu essen. Don Carlos mußte seine ganze Überredungskunst aufbringen, den Indio zu beruhigen und zum Bleiben zu überreden. Nachdem die beiden sich geeinigt hatten, verstaute Espirito seine Lebensmittel und Kleidungsstücke in einem Sack und verließ die Siedlung, so schnell er konnte. Er wollte nicht riskieren, daß der verrückte Ladenbesitzer seine Meinung womöglich noch änderte.

Der Winter verstrich, und Espirito machte sich noch ein dutzendmal auf den Weg ins Tal, um Steine gegen Lebensmittel und Kleidung zu tauschen. Don Carlos wurde so reich durch die Goldnuggets, daß er sein Geschäft aufgab und fast jeden Abend große Gelage feierte. Er bettelte Espirito an, ihm den Platz mit den Goldnuggets zu verkaufen, und erbot sich, einmal in der Woche seinen dicken Sohn mit zwei Eselsladungen voller Waren in die Berge zu schicken, damit Espirito nicht mehr den Weg ins Tal auf sich nehmen müsse.

»Das kann ich nicht«, antwortete ihm Espirito, »die Steine und die Quelle gehören mir ebensowenig wie die Wolken oder die Vögel am Himmel. Die Steine gehören meinem Volk, das die Quelle zum Leben braucht.«

»Nun gut, dann sprich mit ihnen und unterbreite ihnen meinen Vorschlag.«

»In Ordnung«, erwiderte Espirito. Er machte sich auf den Rückweg und beriet sich mit seinen Leuten. Sie erklärten sich einverstanden mit Don Carlos' Angebot, jedoch nur unter der Voraussetzung, daß der Ladenbesitzer niemals an dem Felsen selbst nach Gold graben dürfe, wodurch er die Quelle mit dem köstlichsten Wasser der Welt zerstören würde.

Als Don Carlos' dicker Sohn nach der ersten Eselsladung mit Waren aus der Schlucht zurückkehrte, war er außer sich vor Freude. »Papa«, jubelte er, »dort gibt's nicht nur eine Tasche voller Gold, sondern einen ganzen Felsen, an dem das Gold sozusagen den Berg hinabregnet!«

»Ein ganzer Felsen? Wie groß?« fragte Don Carlos, dessen Augen bereits gierig zu funkeln begannen.

»Zwanzig Mann hoch und zweimal so breit wie unser Haus!«

Don Carlos biß sich in freudiger Erregung auf die Fingerknöchel. Von nun an schickte er seinen Sohn, kaum daß dieser aus dem Cañon zurückgekehrt war, immer wieder über den Berg, um noch mehr Gold herbeizuschaffen.

In der Folge verlor der Sohn des Don Carlos sein wabbeliges Fett und wurde sehnig und stark wie das Wild in den Bergen. Espirito und seine Leute schlossen den Jungen in ihr Herz und gaben ihm, wegen seiner hellen blauen Augen, den Namen Ojos Puros.

Die Jahre vergingen friedlich in dem verzauberten Cañon mit seinem Regen aus Gold, bis Ojos Puros eines Tages aus den Bergen zurückkehrte und seinem Vater mitteilte, daß kein Gold mehr da sei.

»Was meinst du damit, es ist kein Gold mehr da?« fragte Don Carlos, der mittlerweile feinste Anzüge aus Mexiko City und Stiefel aus Spanien trug.

»Die lose herumliegenden Goldnuggets sind alle verbraucht. Um noch mehr zu bekommen, müßten wir direkt am Felsen schürfen, und das würde die Quelle zerstören.«

»Dann mach das gefälligst!« befahl Don Carlos.

»Nein, Papa«, erwiderte Ojos Puros, »wir haben unser Wort gegeben, ihre Quelle nicht anzutasten.«

Der rasende Zorn, der sich auf Don Carlos' Gesicht widerspiegelte, hätte Ojos Puros ein paar Jahre zuvor noch in Angst versetzt. Jetzt nicht mehr. Don Carlos schlug auf seinen Sohn ein, bis seine Hand blutete. Doch dieser gab weder nach, noch schlug er zurück. In jener Nacht betrank sich Don Carlos und schlug sich mit solch verbissener Wut den Bauch voll, daß er schreckliche Magenschmerzen bekam. Er schlief schlecht und hatte Alpträume. Er träumte, ein Engel, von Gott geschickt, sei gekommen, ihn für seinen Wortbruch zu töten.

Drei Tage später erwachte Don Carlos mit Fieber und bat seinen Sohn und seine Frau um Verzeihung für sein schlechtes Benehmen. Er verkaufte die Mine an einen Rancher aus dem Dorf, der die Bedeutung des Wortes ›Angst‹ nicht kannte. Sein Name war Bernardo Garcia. Am nächsten Tag ließ Bernardo einem Ochsen, den Don Carlos den Indios noch schuldig war, bei lebendigem Leibe die Haut abziehen, um das wertvolle Leder für sich zu behalten, und jagte anschließend das gehäutete Tier den Berg hinauf zu Espiritos Lager.

Beim Anblick des nackten Ochsen, der in ihren Cañon galoppierte, erstarrten Espirito und seine Leute vor Entsetzen. Bernardo schnitt dem Ochsen vor ihren Augen die Kehle durch, teilte ihnen mit, daß er Don Carlos die Goldmine abgekauft hatte, und wies ein Dutzend Männer an, mit der Arbeit am Felsen zu beginnen. Sie zerstörten die Quelle, und als die Indios protestierten, schoß Bernardo auf sie und verjagte sie trotz Ojos Puros' Einwänden aus ihrem Cañon.

In weniger als fünf Jahren wurde Bernardo so reich und mächtig, daß er sich ein Haus im teuersten Viertel Mexiko Citys, unter den Reichen der Welt, leisten konnte. Er wurde sogar ein enger Freund des berühmten Präsidenten Porfirio Diaz[1] und nahm sich – wie dieser – eine zweite Frau europäischer Abstammung. Im Jahre 1903 verkaufte er auf den Rat von Porfirio Diaz die Mine für einen Millionenbetrag an eine amerikanische Gesellschaft aus San Francisco in Kalifornien und trug auf seine Weise zum Aufschwung Mexikos bei.

Die amerikanische Bergbaugesellschaft zog mit großen Gerätschaften in den Cañon, dämmte den Urique River ein, errichtete ein Kraftwerk und baute eine bis zur Küste verlaufende Straße. Die Mine wurde offiziell bekannt als La Lluvia de Oro, was soviel wie ›Goldregen‹ hieß, und Tausende arme Mexikaner strömten herbei, in der Hoffnung, hier Arbeit zu finden.

Alle sechs Monate beluden die Amerikaner fünfunddreißig Maultiere mit zwei je dreißig Kilo schweren Goldbarren und trieben die Tiere aus dem Cañon, über den Berg, hinab zur Verladestation in El Fuerte. Dort wurde das Gold in Züge geladen und nach Norden in die Vereinigten Staaten von Amerika transportiert.

Die Jahre vergingen, und die Menschen, die auf dem Grunde des Cañons lebten, bauten Hütten aus Lehm und Holzstöcken.

Die amerikanische Bergbaugesellschaft florierte, wurde größer und errichtete innerhalb eines eingezäunten Geländes für die Ingenieure neue Häuser aus Stein.

Dann plötzlich, an einem Tag im Jahre 1910, schoß ein gewaltiger Meteorit vom Himmel und explodierte an den hochragenden Wänden der Schlucht. Die Indios glaubten, das Ende der Welt sei gekommen. Sie beteten und liebten sich voller Leidenschaft und flehten Gott verzweifelt an, sie zu verschonen. Als sie am darauffolgenden Morgen das Wunder eines neuen Tages begrüßen durften, wußten sie, daß Gott sie tatsächlich verschont hatte. Sie dankten dem Herrn und weigerten sich, weiterhin in der Dunkelheit der Mine zu arbeiten.

Die Amerikaner waren außer sich; wie sehr sie auch auf die Indios einschlugen, diese weigerten sich beharrlich, wieder in das dunkle Reich des Teufels hinabzusteigen. Schließlich riefen die Amerikaner Bernardo Garcia aus Mexiko City zur Hilfe. Er kam herbei und drohte den Indios mit dem Zorn Gottes und mit dem Teufel und brachte sie dazu, an ihre Arbeit zurückzukehren.

Im gleichen Jahr zeigte Präsident Porfirio Diaz ausländischen Würdenträgern, die er zur Feier seines achtzigsten Geburtstages eingeladen hatte, am Beispiel der Mine La Lluvia de Oro, wie sie mit Investitionen in Mexico einen großen Profit erzielen und gleichzeitig zum Aufschwung des Landes beitragen konnten.

Die Feierlichkeiten zu Don Porfirios Geburtstag dauerten einen Monat und kosteten das mexikanische Volk über zwanzig Millionen Golddollar. Bernardo Garcia, gekleidet in einen goldverzierten *charro*, begrüßte an Don Don Porfirios Seite die Politiker und Adeligen aus aller Welt und überreichte jedem ein Geschenk aus purem Gold.

Don Porfirio und Bernardo hatten weißen Puder auf ihre dunklen indianischen Gesichter aufgetragen, um den hellhäutigen Europäern ähnlich zu sein. Während der Feierlichkeiten war es keinem Indio, keinem Mestizen oder armen Farbigen gestattet, sich in Mexiko City aufzuhalten. Dreißig Tage lang wurden die ausländischen Gäste in goldbeschlagenen Staatskutschen auf dem Boulevard La Reforma, den Don Porfirio als originalgetreue

Kopie des berühmtesten Pariser Boulevard hatte bauen lassen, in Mexiko City hin und her chauffiert. Die ausländischen Besucher sahen nichts als prächtige Häuser, florierende Fabriken, gepflegte *haciendas* und wohlhabende Menschen mit europäischen Gesichtszügen.

Don Porfirios Hartherzigkeit gegenüber den Indios und den Mestizen brachte das Faß zum Überlaufen. Zu Zehntausenden erhob sich das arme und hungernde mexikanische Volk und griff zu den Waffen, um die fast dreißig Jahre während Regierungszeit des Präsidenten Porfirio Diaz zu beenden. Und so begann im Jahre 1910 die Revolution.

Espirito und seine Leute aber saßen am Rand des großen Cañons, den ihr Volk über hundert Jahre in friedlicher Eintracht bewohnt hatte. Mit gebrochenem Herzen starrten sie in die Schlucht hinab, die sich erst in eine Siedlung mit elektrischen Zäunen, grauen Steinhäusern und dann in ein blutiges Schlachtfeld der Revolution verwandelte.

An einem kalten, klaren Morgen fanden Ojos Puros und seine Indiofrau – er hatte inzwischen Espiritos jüngste Tochter geheiratet – den legendären Espirito tot am Rande des Cañons liegend. Man erzählte sich, er sei vor Kummer gestorben, weil er sein Volk auf den falschen Weg und ins Verderben geführt hatte.

Ojos Puros und seine Frau begruben Espirito an der Stelle, an der sie ihn auch gefunden hatten, damit seine Seele bis in alle Ewigkeit in den geliebten Cañon hinabblicken konnte.

1

Und so fand sie, Tochter des Meteoriten, zwischen Kugelhagel und Tod,
Vergewaltigung und Feuer, ihre wahre Liebe

Lupe war noch halb im Traum, als ihre Hand auf die andere Seite
der Lagerstätte hinüberglitt. Sie hatte ihr Gesicht in die klumpige,
harte Strohmatratze vergraben und tastete unter den noch warmen Laken vergeblich nach ihrer Mutter.

Lupe öffnete die Augen, gähnte und streckte sich, wobei ihr
das lange, volle Haar in dichten Locken auf die Schultern fiel.
Ihre Mutter saß am Ende des Bettes, in den schimmernden Strahlen des Mondlichts, das durch die Ritzen der Hüttenwand fiel. In
der Ferne krähte ein Hahn, ein Kojote heulte, und die Hunde im
Dorf begannen zu bellen.

Lächelnd rieb sich Lupe ihre schlafverquollenen Augen und
kroch zu ihrer Mutter hinüber. Sie schlang von hinten die Arme
um sie und kuschelte sich eng an den weichen fülligen Leib.
Doña Guadalupe hielt mit dem Flechten ihres langen, grauen
Haares inne und wandte sich ihrer jüngsten Tochter zu, um sie in
die Arme zu schließen.

Lupe war sechs Jahre alt, und seit der Vater, Don Victor, die
Familie verlassen hatte, um Arbeit in der Tiefebene zu suchen,
schlief sie im Bett ihrer Mutter.

Geborgen in den Armen ihrer Mutter, schloß Lupe erneut
die Augen. Sie spürte die kühle Morgenluft, die durch den offenen Eingang hereinströmte, und glitt langsam zurück in den
Schlaf. An ihrem linken Ohr fühlte sie das Herz der Mutter
pochen, während sanft und langsam das Wunder eines neuen
Tages nahte. Die Mutter wiegte sie in den Armen und summte »*Coo-coo rroo-coo coo, paloma.*« Lupe seufzte tief, das Gesicht eng
an die wundervollen, warmen Brüste der Mutter gepreßt.

Allmählich begannen auch Lupes drei ältere Geschwister sich
zu regen. Die elfjährige Carlota kletterte als erste zu Schwester
und Mutter ins Bett.

»Rutsch ein Stück«, forderte Carlota, während sie sich zwischen Lupe und die Mutter zwängte, »du hast schon die ganze Nacht bei Mama geschlafen!«

»Ruhig, Kinder«, sagte Doña Guadalupe gelassen, »es ist genug von mir für euch alle da.« Sie drückte ihre beiden Jüngsten fest an sich. Endlich tauchte auch die fünfzehnjährige Maria auf und gesellte sich zu den anderen auf das kleine Strohlager.

Draußen krähte erneut der Hahn, und immer noch konnte man in der Ferne die Kojoten hören. Lupes Bruder Victoriano betrat mit seinem Hund die Hütte. Er war zehn Jahre alt, und weil er ein Junge war, durfte er als einziger draußen unter freiem Himmel schlafen.

»*Buenos dias*«, sagte er, ohne näher zu kommen. Seit der Vater nicht mehr im Haus war, gab Victoriano sich größte Mühe, als Mann zu gelten.

»*Buenos dias*«, erwiderten Mutter und Schwestern.

Das erste Wunder des Tages war vollbracht: Lupe und ihre Familie waren erwacht, und die Erde drehte sich noch.

»So Kinder«, sagte Doña Guadalupe »auf geht's, an die Arbeit!«

Sie erhob sich und schüttelte die Kinder von sich ab wie eine Hündin ihre kleinen Welpen. Rasch frisierte sie sich zu Ende und zog die Haare im Nacken zu einem festen Knoten zusammen. Mit den Zähnen öffnete sie die Holzspange, die ihr Sohn für sie angefertigt hatte, und steckte ihr Haar damit fest.

Lupe sah ihrer Mutter im Sternenlicht zu; sie spürte noch die warme Geborgenheit der Mutter auf ihrer Haut, als sie in ihre *huaraches* schlüpfte und die Hütte verließ, um sich ihren täglichen Pflichten zuzuwenden.

Sie wanderte um den großen, dunklen Felsblock herum, an dessen Seitenwand ihre Hütte verankert war, und schaute zum Sternenhimmel empor. Dann hob sie ihr rauhes, weißes Baumwollkleidchen, das aus einem Mehlsack angefertigt war, und ging in die Hocke, um sich, den Blick ins Tal gerichtet, zu erleichtern.

Sie säuberte sich mit einem Maisblatt, das sie am Abend zuvor mit den Zähnen weichgekaut hatte, erhob sich und blickte über den großen Felsen auf das Zentrum des unter ihr liegenden Dorfes, das gerade erwachte. Drüben, in der Umzäunung des amerikanischen Lagers an der Goldmine, lag alles noch in tiefem Schlaf.

Nachdem Lupe sich gereinigt hatte, kniete sie wie jeden Morgen nieder und sprach, den Blick zum funkelnden Himmelszelt emporgerichtet, ihr persönliches Dankgebet zu Gott. Dieses Ritual war für sie das zweite Wunder jedes neuen Tages. Anschließend setzte sie ihren steilen Weg um den Felsen fort, wobei sie sich immer wieder an der Felswand abstützte; endlich gelangte sie zum Gatter des Ziegenpferchs.

Als die beiden Milchziegen und ihre zwei Zicklein Lupe im blassen Mondlicht erblickten, begannen sie mit meckernden, kräftigen Stimmen nach ihr zu rufen.

»Guten Morgen«, rief Lupe den Tieren zu und hob einen Arm voll Gras, das sie am vorhergehenden Abend gerupft hatte. »Ich hoffe, ihr habt gut geschlafen und von grünen Wiesen geträumt.«

Die beiden Milchziegen antworteten ihr blökend, und sie tätschelte die Tiere und fütterte sie. Die Zicklein im danebenliegenden Pferch schrien ebenfalls nach Aufmerksamkeit. Alle vier Ziegen waren kräftige, gesunde Tiere und der Stolz von Lupes Familie. Aus der Milch der Muttertiere bereiteten sie Käse zu, den sie in ihrer Küche verzehrten.

»Hoffentlich haben euch die Kojoten heute nacht keine Angst eingejagt«, schwatzte Lupe mit den Tieren, »ihr wißt, letzte Nacht war Vollmond, dann heulen die Kojoten immer den Himmel an, wegen des Käselaibs, den die Füchsin ihnen gestohlen und auf dem Grund des Flusses versteckt hat.«

Die beiden großen Milchziegen kannten Lupes sanfte Stimme und fraßen zufrieden.

»Guten Morgen, ihr zwei«, begrüßte Lupe auch die beiden Tiere in dem angrenzenden Pferch. »Ich kümmere mich gleich um euch, sobald ich mit dem Melken fertig bin.«

Sie nahm die beiden Tongefäße und den kleinen Schemel, den ihr Vater für sie geschnitzt hatte, und setzte sich links neben eine der beiden Ziegen. Sie streichelte das Hinterteil des Tieres mit ruhigen, langsamen Bewegungen. Dann strich sie ihr langes, dunkles Haar zurück, band es zusammen und drückte ihre Stirn an den festen Körper der Ziege. Sie nahm eine der großen, rosigen Zitzen in jede Hand, öffnete die Spitzen mit Daumen und

Zeigefinger und begann zu melken, bis die Milch mit lautem Zischen in den leeren Topf strömte. Lupe summte und verrichtete konzentriert und eifrig ihre Arbeit. Sie erschauerte leicht, während sie das dritte Wunder dieses Tages vollzog: den Gebrauch ihrer Hände und ihres Körpers, den Gott ihr in seiner Weisheit geschenkt hatte, damit sie den Weg in die Welt gehen konnte.

Sie spuckte in die Hände, rieb die Handflächen aneinander und nahm den Rhythmus ihrer Arbeit wieder auf, während sie auf die langsam abklingenden Laute der Nacht und die Geräusche ihrer Familie lauschte, deren Arbeitstag nun seinen Anfang nahm. Vor der Hütte hackte ihr Bruder Holz, und sie konnte hören, wie ihre Schwestern, die der Mutter in der Küche unter der *ramada* halfen, lachten und schwatzten. Die Nacht mit ihren Sternen verschwand, und die Welt um sie herum erwachte.

Als Lupe mit der ersten Ziege fertig war, wandte sie sich dem anderen Tier zu. Die beiden Katzen und der Hund gesellten sich zu ihr, und vergnügt lachend spritzte sie ihnen Milch ins Gesicht.

Nachdem sie mit dem Melken fertig war, schüttete Lupe für die Tiere ein wenig Milch in eine tellerartige Vertiefung auf dem Felsen und ging hinüber zu den beiden Zicklein. Die zwei begrüßten Lupe mit lautem Geschrei, als sei sie ihre Mutter. Sie stellte den Eimer zu Boden und steckte ihre rechte Hand in die klebrige, warme Milch, so daß die beiden kleinen Ziegen sie ihr anschließend von den Fingern lecken konnten. Sie waren noch zu klein, um die Milch auf andere Art zu trinken.

Als sie damit fertig war, rieb Lupe sich die Hände mit der Milch ein. Ihre Mutter hatte ihr erzählt, daß ein Mädchen, das sich regelmäßig die Hände mit frischer Ziegenmilch einrieb, niemals die faltigen Hände einer alten Frau bekommen würde. Zurück unter der *ramada,* stellte sie die Milch auf den Küchentisch und eilte zum Herd, um sich eine der heißen Tortillas zu nehmen. Ihre drei Geschwister an dem langen Tisch aus Kiefernholz beeilten sich, die Tortillas aufzurollen, sobald die Mutter sie vom Herd nahm.

Mit großem Appetit nahm Lupe den Teig vom Ofen, rollte ihn auf und hockte sich neben den Herd, den der Vater für die Familie gebaut hatte, auf den gefegten, festgestampften Lehmboden.

Zufrieden nahm sie sich einen Bissen. Die frisch zubereiteten Maistortillas dufteten wundervoll, und sie konnte noch die Ziegenmilch, die nach Gras und Fell und Erde roch, an ihren Händen spüren.

»Ja, das stimmt«, sagte Carlota gerade. »Wir haben Lydia dabei ertappt, wie sie Englisch lernte. Sie will Carmen wohl Scott, den amerikanischen Ingenieur, ausspannen.«

»Aber Scott ist doch schon mit Carmen verlobt!« erwiderte Maria verärgert. Carmen war Marias beste Freundin, und sie wußte, wie sehr diese den gutaussehenden, hochgewachsenen Ingenieur liebte.

»Ja, ja, ich weiß«, antwortete Carlota, und der Schalk blitzte aus ihren großen, grünen Augen, während sie sich eine Tortilla rollte. »Gerade deswegen versucht Lydia es doch!«

Lydia war die Tochter Don Manuels, der nicht nur Bürgermeister der Stadt war, sondern auch verantwortlich für die amerikanische Belegschaft in der Mine. Dadurch war er der mächtigste und vermögendste Mexikaner im Ort.

»Oh, das ist mies!« schimpfte Maria. »Die kann sich auf was gefaßt machen, wenn ich sie das nächste Mal allein erwische!« Maria war durchaus in der Lage, jemanden einzuschüchtern. Sie war groß und kräftig, mit breiten, ansprechenden indianischen Gesichtszügen, großen dunklen Augen und vollen Lippen. Sie war eines der einflußreichsten Mädchen im Dorf.

»Beruhige dich«, sagte Sophia, die älter war als Maria, aber kleiner und zarter gebaut als die Schwester. »Sie wird ihn sowieso nicht kriegen! Was ist denn in dich gefahren, Maria? Schließlich ist Liebe wichtiger, als Englisch zu können oder schöne Kleider zu besitzen.«

»Ja, ich weiß!« erwiderte Maria. »Aber es macht mich trotzdem ganz krank. Was bildet sich Lydia bloß ein, daß sie glaubt, sie könnte ihn verführen?«

Sophia kicherte. »Weil er der einzige Amerikaner ist, der Ihrer Majestät nicht wie ein Hund über die Plaza nachläuft; das macht sie verrückt wie eine Maus die Katze.«

Lupe und ihrer Geschwister lachten so laut, daß die *ramada* erbebte.

»Okay«, sagte die Mutter lächelnd. »Jetzt ist aber Schluß. Ich will nicht, daß die amerikanischen Minenarbeiter kommen und hören, was für ein loses Mundwerk meine wohlerzogenen Töchter haben.«

Lupe lächelte immer noch, während sie ihre Mutter und die Schwestern betrachtete. Oh, wie sehr liebte sie ihre Familie! Und das kleine Haus, die Tiere und die Gerüche ihres gemeinsamen Lebens. Sie roch die *chorizo*, die ihre Mutter zubereitete, und den Rauch des Hartholzes im Feuer. Sie roch den strengen, herb-süßen Geruch der Ziegenmilch an ihren Händen. In diesem Augenblick fühlte sie sich reich: Das Leben war voller Verheißungen.

Nachdem sie ihre Tortilla verzehrt hatte, erhob sich Lupe, küßte die Mutter und eilte hinaus, ihre Pflichten zu erfüllen, bevor die Männer eintrafen. Seit der Vater fortgegangen war, verdienten Lupe und ihre Familie sich ihren Lebensunterhalt damit, die Minenarbeiter zu verköstigen. Sie mußte Victoriano beim Säubern des Bodens helfen. Ihre Mutter war eine sehr stolze Frau. Ihr Haus war eines der saubersten im ganzen Dorf.

Draußen vor der Hütte traf sie auf ihren Bruder und nahm sogleich einen Besen zur Hand, der aus einem Busch mit kleinen, gelben Blüten gefertigt war, den die Indios ›Mexikanischer Besen‹ nannten. Sie fegte den festgestampften Boden, den ihr Bruder mit Wasser besprühte. Viel Zeit blieb ihnen nicht mehr. Die Sonne erhellte schon den östlichen Himmel, und die Amerikaner, die oben auf dem kargen Hang auf der anderen Seite des Cañons lebten, duldeten keine Trödelei.

Lupe und ihr Bruder waren gerade fertig, als die ersten beiden Minenarbeiter auftauchten. Der eine war groß und dünn, sein Name war Flaco. Der andere war von gedrungener Gestalt und wurde wegen seiner großen, breiten Hände Manos genannt. Beide waren Ende Zwanzig und gehörten damit in der Goldmine schon zu den älteren Arbeitern.

»*Buenos dias*, Victoriano. Und sieh sich einer Lupe an«, sagte Flaco und strich dem Mädchen übers Haar, »ich könnte schwören, daß du jeden Tag schöner wirst!«

Lupe errötete und sagte nichts. Victoriano trat zur Seite, damit die beiden Männer eintreten konnten.

»*Buenos dias*«, grüßte Manos, als er an Lupe und ihrem Bruder vorbeiging.

Lupe nickte Manos zu, den sie lieber mochte als Flaco. Denn er berührte sie niemals und brachte sie auch nicht mit Bemerkungen über ihre Schönheit in Verlegenheit. Solange Lupe sich erinnern konnte, waren Männer – selbst absolut Fremde – bei ihrem Anblick stehengeblieben, hatten ihr Haar berührt und sie mit Komplimenten überhäuft. Jedesmal war sie verärgert. Schließlich war sie kein Hund, den man einfach festhalten und streicheln konnte.

»*Buenos dias*«, sagte sie leise zu Manos.

Genau in diesem Augenblick, da sie den beiden Männern folgen wollte, um ihnen das Frühstück zu servieren, tauchte plötzlich die Sonne am Horizont auf. Die Sonne! *La cobija de los pobres.* Das Dach der Armen!

Die beiden Männer blieben stehen, nahmen ihre Hüte vom Kopf und erwiesen dem rechten Auge Gottes, wie sie die Sonne ehrfürchtig nannten, ihre Ehrerbietung. Für die Indios waren diese Augenblicke immer das größte Wunder eines jeden Tages. Lupe und Victoriano legten ihre Arbeit nieder, gesellten sich zu den beiden Männern und neigten grüßend die Köpfe. Auch Doña Guadalupe trat mit ihren beiden anderen Töchtern unter der *ramada* hervor.

Ganz langsam stieg die Sonne auf und tauchte den Cañon in strahlendes Licht. Mit einem Mal erwachte die ganze Schlucht zum Leben, jeder Felsen, jeder Baum und jeder Grashalm, Mensch und Tier begannen sich zu regen. Hatte der Cañon gerade noch in nächtlicher Stille dagelegen, so war er jetzt von lebendigem Treiben erfüllt. Die Vögel zwitscherten, Hunde und Katzen stöberten auf der Suche nach Fressen herum, unten im Dorf erschollen Kinderrufe, das Vieh scharrte mit den Hufen, und die Esel und Maultiere schrien. Eine Symphonie der Geräusche erfüllte die Schlucht.

Flaco und Manos setzten ihre Hüte wieder auf und ließen sich am vordersten Tisch unter dem Sonnendach aus Zweigen nieder, den Blick durch die Bougainvilleas hindurch weiter auf die Sonne gerichtet. Lupe half ihrer Schwester Carlota jetzt beim Bedienen. Carlota und Lupe waren die beiden jüngsten, deshalb überließ Doña Guadalupe ihnen die Bedienung und behielt die beiden älteren Mädchen bei sich in der Küche. Maria und Sophia waren schon zu voll entwickelt, um sich noch wie kleine Mädchen von den Männern tätscheln zu lassen.

Carlota servierte den beiden Minenarbeitern heißen Zimtkaffee und scherzte angeregt mit ihnen. Lupe hingegen war zu schüchtern, sich an der Plauderei zu beteiligen. Solange sie zurückdenken konnte, hatten die Geschwister sie aufgezogen, weil sie sich beim Anblick eines Fremden jedesmal unter den Röcken der Mutter verkroch.

»Lupita«, pflegten die Geschwister zu sagen, »irgendwann mußt du ja doch mal mit den Leuten reden und Mamas Rockzipfel loslassen!«

»Muß ich nicht«, erwiderte sie daraufhin, »ich bleibe mein ganzes Leben lang bei Mama.«

»Und was machst du, wenn du heiratest?« neckten die Geschwister Lupe.

»Mein Ehemann kann mit bei mir und Mama leben. Und wenn ihm das nicht paßt, kann er ja gern gehen.«

Lupe liebte ihre Mutter über alles. Sie war das größte Geschenk, das Gott ihr gegeben hatte.

Lupe und Carlota hatten gerade die letzten Minenarbeiter bedient, als sich der alte Goldsucher Old Man Benito näherte. Old Man Benito war der einzige Schürfer, der nicht bei den Amerikanern in der Mine arbeitete. Er war ein sonderbarer alter Kauz mit einem von der Sonne gegerbten Gesicht. Zum Heiraten hatte er nie Zeit gefunden. Sein Leben lang hatte er nichts getan, als nach Gold zu schürfen. Vor langer Zeit hatte er einmal eine eigene Mine besessen, die ihm aber von den Amerikanern abgenommen worden war. Als Lupe sah, wie Old Man Benito den steilen Weg zur *ramada* herunterstapfte, goß sie rasch eine Tasse Kaffee ein und brachte sie ihm hinaus, damit er sich nicht zu den jüngeren Minenarbeitern setzen mußte. Mit seinen fünfzig Jahren war er Dorfältester. Die meisten der jungen Männer verachteten ihn. Bestimmt hätten sie ihn auch heute wieder verspottet und zum Narren gehalten.

»Du bist ein Engel«, sagte er zu Lupe, als er die irdene Tasse an die Lippen führte, hineinpustete und mit schlürfenden

Schlucken trank. »Ich schwöre dir, meine kleine *hijita*, sobald ich wieder Gold finde, gebe ich dir und deiner Familie die Häfte ab, dann sind wir alle reich.«

Lupe lächelte verschmitzt. Sie liebte es, wenn er sie *hijita* nannte, was soviel hieß wie ›kleines Töchterchen‹. Don Benito war fast so etwas wie ein Familienmitglied, und jeden Morgen spielten sie beide miteinander dieses kleine Spiel. »Reich ist die Milch von der fetten Kuh‹, sagte sie, »reich ist die Liebe, die Gott uns jeden Tag schenkt! Gold bedeutet keinen Reichtum, das ist nur was für Leute, die arm im Herzen sind!«

Don Benito lachte. »Ja, da hast du natürlich absolut recht, meine kleine *hijita*«, sagte er. »Aber glaube mir, wenn man reich ist, dann kann man morgens ausschlafen oder den ganzen Tag faulenzen, wenn man will.«

»Aber dann ist man doch nicht reich«, antwortete sie lachend, »sondern faul, Don Benito!«

»Na, dann ist Faulheit der rechte Reichtum für so einen alten Knochen wie mich«, scherzte er.

Erneut brachen sie in fröhliches Gelächter aus. Es wurde übertönt von dem lauten Getöse der riesigen Generatoren, die nun auf dem amerikanischen Minengelände in Gang gesetzt wurden. Plötzlich war der ganze Cañon von einem stampfenden Geräusch erfüllt. In den gegenüberliegenden sechs Steingebäuden gingen die Lichter an, und Lupe erschauerte und begann zu zittern.

»So, Don Benito, ich muß rasch wieder hinein, damit ich mit meiner Arbeit fertig werde, bevor sie in das Horn blasen.«

»Geh mit Gott, *mi hijita*«, sagte der alte Mann.

»Danke, du auch, Don Benito.«

»Na klar«, antwortete er lachend. »Wer außer Gott könnte verrückt genug sein, mir da hoch in die Felsen zu folgen?«

Lupe wollte gerade wieder hineingehen, als das durchdringende Geräusch des Horns erschallte. Sie hielt sich die Ohren zu. Augenblicklich sprangen alle Minenarbeiter auf und verließen die *ramada*, so rasch sie konnten.

Im Vorbeigehen sah einer der Arbeiter, wie Lupe sich die Ohren zuhielt, während der alte Mann neben ihr erschauerte.

»Na, Benito!« sagte er mit vollem Mund. »Bist du noch mal auf

31

Gold gestoßen?« Er war noch ein Junge, gerade sechzehn oder siebzehn Jahre alt.

»Beinahe«, erwiderte Don Benito. »Nur noch ein paar Spatenstiche, und ich bin wieder reich.«

»Reich! Zur Hölle! Einmal hast du es fast geschafft, Alter, aber du hast ja alles versoffen und verhurt! Noch mal gibt dir das Glück bestimmt keine Chance! Stimmt's, Lupita?«

Das Mädchen antwortete nicht.

»Auf, Leute!« sagte Manos, der hinter den jungen Männern auftauchte, »ihr habt das Brüllen des Bullen gehört! Bewegt eure Ärsche!«

Der Junge lachte und machte sich mit den anderen Minenarbeitern den felsigen Weg zum Bergwerk hinauf.

Mit einem Schulterzucken wandte sich Manos an Lupe und Don Benito: »Sie sind noch jung und haben keine Ahnung, daß Fortuna sie in weniger als drei Jahren im Stich lassen wird. Bis dahin sind ihre Lungen ruiniert und ihre Hände zerschmettert.«

Don Benito nickte traurig. »Ja, ich kenne Lady Fortuna nur zu gut, sie kann verdammt grausam sein.«

Lupe blickte von Don Benito zu Manos und wunderte sich, daß Männer das Unglück immer mit einer schönen Frau verglichen. Doch bevor sie etwas sagen konnte, erscholl wieder das Horn, und Manos verschwand.

»Nun gut«, sagte Don Benito, als sie wieder allein waren. »Danke, daß du den Sonnenaufgang mit mir angeschaut hast.«

»Das war mir ein Vergnügen«, antwortete sie.

»O nein, das Vergnügen war ganz auf meiner Seite, *mi hijita*«, beharrte er und griff mit der Hand in die Tasche. »Hier, fast hätte ich es vergessen, ich habe dir ein kleines Geschenk mitgebracht, Lupita.«

Als er seine zerschundene rechte Hand öffnete, erblickte Lupe darin die schönste Feder, die sie je in ihrem Leben gesehen hatte. Sie war leuchtend grün und blau, mit einem Hauch Rot und Gelb an der Spitze. Sie stammte aus einem der unzähligen Papageienschwärme, die sich an dem Platz, wo der alte Mann schürfte, auf den mächtigen Felswänden niederließen. An dieser Stelle ragten die Wände des Cañons wie eine Kathedrale in den Himmel. Weit darüber, über den wilden Kiefern, zogen nur noch die Adler ihre Kreise.

»O Don Benito«, rief Lupe aufgeregt, »die ist wunderschön!«

»Ja«, antwortete er, »ich habe sie gestern gefunden, während ich am Fuß der Kathedralenfelsen gearbeitet habe, und mußte sofort an dich denken – das schönste Kind, das Gott jemals erschaffen hat.«

Er strahlte über das ganze Gesicht. Lupe lächelte ebenfalls, ohne verlegen zu werden.

Die Sonne war kaum über dem Horizont aufgestiegen, als Lupe und ihre Familie sich endlich setzten, um auch ihr Frühstück einzunehmen. Draußen bellte der Hund und begann zu knurren. Victoriano ging hinaus, um nachzusehen, was los war, konnte aber nichts entdecken. Sein kleiner brauner Hund hörte jedoch nicht auf zu knurren und blickte dabei hinauf zu den Felswänden auf der westlichen Seite der Schlucht.

»Was ist los, Junge?« fragte er, während er das Tier tätschelte. »Witterst du noch die Kojoten von letzter Nacht?«

Doch dann, plötzlich, spürte Victoriano es auch. Da war es! Noch bevor er etwas hörte, konnte er spüren, wie unter seinen nackten Füßen der Boden vibrierte. Seine Augen weiteten sich vor Schreck, und er rannte zurück unter die *ramada*.

»Mama! Soldaten!« schrie er.

Seine Mutter und die Schwestern waren bereits aufgesprungen, bevor noch das erste donnernde Getöse der Reiter durch den Cañon hallte. Lupes kleines Herz begann zu rasen. Solange sie zurückdenken konnte, war ihre Familie jedesmal losgestürmt, um sich zu verstecken, sobald die Soldaten in den Cañon geprescht kamen.

Hastig raffte sie mit der Tortilla das restliche Essen vom Teller. Kaum hatte sie sich, mit dem Gesicht nach unten, neben Mutter und Geschwister auf den Boden geworfen, da fielen schon die ersten Schüsse.

Kugeln pfiffen über den Felsen, während sie sich das Essen in den Mund stopfte, kaute und schluckte, wohl wissend, daß sie so bald keine Mahlzeit mehr bekommen würde. Mit klopfenden

Herzen krochen sie, so schnell sie konnten, unter Tischen und Stühlen entlang, um den Schutz des großen Felsens an der Rückwand der Hütte zu erreichen.

Lupe spuckte aus, was sie nicht herunterschlucken konnte. Sie hielt sich nahe bei ihrer Mutter, während sie die Finger in die sonnenwarme Erde krallte und sich mit den Knien vorwärtsschob.

Die Revolution hatte den Cañon drei Monate vor Lupes Geburt erreicht. Kugelhagel und Tod gehörten zu ihrem Alltag. Doch ihr graute immer noch davor, wie den Ziegen vor den Fängen des Kojoten.

Rasch gelangte Lupe mit ihrer Mutter hinter den großen Felsen, auf dem der Ziegenpferch lag. Victoriano und Maria waren bereits dabei, den Komposthaufen hinter dem Felsen wegzuschaufeln.

»Mach schnell!« sagte die Mutter. »Carlota, du mußt dich auch verstecken!«

»Nein, ich bin doch noch klein!« maulte Carlota.

»Carlota! Tu, was ich dir sage! Sogar Lupe könnte in Gefahr geraten!«

Nasser, matschiger und übelriechender Kompost flog der Jüngsten ins Gesicht, als ihre Geschwister in dem Haufen aus Hühner- und Ziegenmist gruben. Beim letzten Mal, als die Soldaten einfielen, waren sogar kleine, noch nicht einmal zehnjährige Mädchen vergewaltigt, geschlagen und verschleppt worden.

Plötzlich waren die brüllenden Reiter im Cañon angelangt und galoppierten über die Hauptstraße, die oberhalb der Hütte entlang führte. Das bedeutete, daß ihr Heim eines der ersten war, in das sie einfallen würden. Es sei denn, sie nahmen sich zuerst die Goldmine vor.

»Schneller!« rief die Mutter, die grub, um Platz für Sophia, Maria und Carlota zu schaffen. Lupe hatte so große Angst, daß sie sich übergeben mußte. Ei, Tortilla und *salsa* ergossen sich über ihr Gesicht und ihre Hände. Die Angst ihrer Mutter hatte sie noch viel mehr entsetzt als das Hufgetrampel, die ohrenbetäubenden Gewehrsalven oder das Brüllen der Männer.

Unten im Zentrum des Dorfes rannten die Menschen voller Panik hin und her, um sich so schnell wie möglich in Sicherheit zu bringen, während das Stampfen der galoppierenden Reiter die Erde um sie herum erbeben ließ.

Lupe und ihre Familie hatten inzwischen den Misthaufen zur Seite geschaufelt. Sophia und Maria krochen in die freigelegte Felsspalte.

»Carlota, hinein mit dir!« sagte Doña Guadalupe.

»Aber Mama! Es ist doch alles ganz naß und voller *caca!*« antwortete Carlota mit angewidertem Gesicht.

Doña Guadalupe, die nun die Geduld verlor, versetzte ihr einen Klaps und schob sie mit dem Gesicht nach vorn in die Felsspalte. Maria und Sophia zogen die Schwester an den Haaren zu sich hinein. Lupe und Victoriano bedeckten die Geschwister zuerst mit Stroh und warfen dann den frischen, nassen Kompost darüber. Carlota, die nicht aufhörte zu schreien, versuchte immer wieder, hinauszukriechen. Als sie plötzlich ein nasses Stück Hühnermist in den Mund bekam, würgte und nach Luft schnappte, brachen alle, trotz der ernsten Situation, in Gelächter aus.

Dann kamen sie! Hunderte von Reitern galoppierten die Hauptstraße hinunter ins Dorfzentrum und preschten über Steinmauern und Hütten. Mit dem Geschrei und ihren Gewehren verursachten sie solchen Lärm, daß Lupe zum ersten Mal das Geräusch der Generatoren auf dem amerikanischen Minengelände nicht mehr hören konnte.

Nachdem ihre beiden älteren Geschwister nun sicher versteckt waren, preßten sich Lupe, ihre Mutter und der Bruder, angstvoll aneinander geschmiegt, im Schutz des großen Felsens fest auf den Boden.

Nur dreihundert Meter über ihnen rasten die beiden Milchziegen voller Panik in ihrem Pferch hin und her. Immer wieder sprangen sie am Verschlag hoch und versuchten, zu ihren Jungen zu gelangen, konnten aber das mit Zedernholzsplittern geschützte Gatter nicht überwinden.

Durch das herzzerreißende Jammern aufmerksam geworden, blickte Lupe hinauf und sah, wie die beiden Muttertiere wieder und wieder am Gatter emporsprangen und die beiden Zicklein nebenan angsterfüllt schrien. Lupe war gerade im Begriff aufzustehen, um das Tor für die Ziegen zu öffnen, da zischten zwei Kugeln direkt über ihren Kopf hinweg gegen die Spitze des großen Felsblocks. Doña Guadalupe schrie auf und zerrte ihre jüngste Tochter wieder zu sich auf den Boden. Zitternd und weinend schloß Lupe die Augen, kauerte sich wieder zwischen Mutter und Bruder und begann zu beten. Plötzlich hörte sie einen gellenden Schrei! Eines der beiden Muttertiere war mit seinem großen, plumpen Körper auf das Gatter gesprungen; das pralle Euter des Tieres war von einem der Holzsplitter wie eine Papiertüte aufgeschlitzt worden. Blut, Milch und Eingeweide spritzten hervor, während das Tier gepeinigt um sich trat und schrie. Es war ihm nicht gegönnt, sofort zu sterben.

Lupe schrie und weinte, bis sie schließlich vor Erschöpfung verstummte. Fest umschlossen von den Armen ihrer Mutter und ihres Bruders lag sie da, während die Reiter die *ramada* stürmten. Sie stießen den Ofen aus Walzblech um und setzen alles in Brand.

Schließlich zogen sie weiter auf ihrem Weg zum Dorfzentrum. Lupe, die Mutter und der Bruder erhoben sich und sahen, daß die große Ziege ihren Todeskampf endlich beendet hatte. Sie eilten sofort los, um Decken und Wasser zu holen und das Feuer so schnell wie möglich zu löschen. Lupe kämpfte gegen die Flammen an und half, die glühenden Tische und Stühle ins Freie zu werfen. Am meisten schmerzte es sie, daß der schöne gestampfte Lehmboden, den sie jahrelang liebevoll gefegt und gewässert hatten, damit er wie ein polierter Fliesenboden aussah, nun von den Hufen der Pferde in ein Schlachtfeld verwandelt worden war. In ohnmächtiger Verzweiflung wollte sie schreien, doch kein Ton kam über ihre Lippen.

Es war Nachmittag. Die Schüsse waren verhallt, und nach und nach wagten sich die Menschen wieder aus ihren Verstecken. Victoriano und Old Man Benito waren damit beschäftigt, die tote Ziege zu häuten.

»Lupe«, sagte Doña Guadalupe, »ich glaube, du kannst jetzt ohne Gefahr losgehen und frisches Wasser holen.«

»Ja, Mama«, antwortete Lupe.

Vorsichtig bahnte sie sich zwischen den noch qualmenden Hütten ihren Weg den steilen Hügel hinab zum Bach am Grunde des Cañons. Ängstlich sah sie sich um, bevor sie niederkniete, um den irdenen Eimer zu füllen. Sie fühlte sich erschöpft und ausgelaugt. Das Dorfzentrum lag brennend hinter ihr. Auf der anderen Seite des Baches, ein paar hundert Meter weiter oben am Hang, konnte sie die gelblichen Abfallschlemmen der Mine sehen, und von dem darüber liegenden, eingezäunten Gelände des amerikanischen Bergwerks schallte das Gelächter und Grölen der Soldaten zu ihr herüber.

Señor Jones, der Betreiber der Mine, hatte ein Fest für die Soldaten vorbereitet. So machten es die Amerikaner jedesmal, wenn die Männer in den Cañon einfielen. Sie boten ihnen Speisen und Getränke an und beruhigten sie mit dem Versprechen, ihnen Waffen aus den Vereinigten Staaten zu besorgen.

Lupe kauerte vornüber gebeugt zwischen zwei großen Farnsträuchern, ganz darin vertieft, ihren Eimer zu füllen. Plötzlich fiel ein dunkler Schatten auf sie. Instinktiv spürte sie, daß es ein Soldat war, der sie jeden Moment packen würde. Behende wie ein Reh sprang sie auf die Füße und war schon fast auf der anderen Seite des Baches angelangt, als sie sich umdrehte und sah, wie der Mann auf sein Pferd stieg.

Unvermittelt blieb sie stehen und starrte ihn an. Sie wußte selbst nicht, warum sie das tat. Von seinem rotbraunen Hengst lächelte er mit den weißesten Zähnen, die sie je gesehen hatte, zu ihr herab.

»Hallo!« rief er freundlich.

»Hallo«, erwiderte sie vorsichtig und betrachtete ihn, wie er dort auf dem Pferd thronte, eingerahmt von den Sonnenstrahlen, die durch die Bäume fielen.

Ihr Herz raste, aber sie lief nicht davon. Wie angewurzelt blieb sie stehen und blickte ihn merkwürdig berührt an. Der Fremde trug weder den großen Strohhut noch die derbe weiße Kleidung wie die anderen Soldaten, sondern eine Uniform mit glänzenden Knöpfen. Sogar jetzt, mitten in einer Schlacht, wirkte er sauber und gepflegt. Lupe schluckte und bemerkte seine freundlichen blauen Augen. Er war in der Tat der schönste Mann, der ihr je begegnet war.

Der Soldat lächelte weiter auf sie herab, wie sie dort mitten im Bach auf zwei Steinen balancierte. Plötzlich fühlte sie, daß sich in ihrem Inneren etwas rührte, das sie für den Rest ihres Lebens nicht mehr loslassen würde. Er war groß und kräftig und sah so gut aus! Mit seinem großen Schnurrbart erinnerte er sie an ihren Vater.

Ihr Herzschlag setzte aus, und für eine Weile stand die Welt still. Mit einem Male wußte sie, warum sie, mit Ausnahme der Mutter, immer allen Menschen gegenüber so schüchtern und verschlossen gewesen war. Bisher hatte niemand es geschafft, ihr Innerstes zu berühren.

»*Buenos dias*«, sagte er, immer noch lächelnd, mit voller, kräftiger Stimme.

»*Buenos dias*«, erwiderte sie und lächelte auch.

»Wohnst du hier in der Nähe?«

»Nein.« Sie schüttelte den Kopf. »Ich wohne am Hang oberhalb des Dorfes.«

»Gut«, sagte er, »ich suche nämlich eine Unterkunft für meine Frau, außerhalb des Dorfzentrums.«

Lupe sank das Herz. Er war verheiratet! Sie fühlte, wie die Knie unter ihr nachgaben. Der Stein unter ihrem rechten Fuß rutschte, und sie begann zu fallen. Doch mit einer einzigen Bewegung war er von seinem Pferd gesprungen und fing sie auf.

Er trug sie zum Ufer und bettete sie zwischen den hohen Farnsträuchern auf den Boden. Dann legte er seine Mütze unter ihren Kopf und tauchte sein weißes Seidentaschentuch ins Wasser, um ihr damit die Stirn zu kühlen.

»Nun, geht es wieder?«

Sie nickte, ohne die Augen von ihm zu wenden. Er blickte sie an und lachte, während er ihr das dunkle, lockige Haar aus dem Gesicht strich. Als sie ihn ansah, sein Gesicht umspielt von goldenen Sonnenstrahlen, wußte sie plötzlich, daß dieser Mann ihr Märchenprinz war, genauso, wie es in den Liebesromanen ihrer Schwestern immer beschrieben wurde. Es war die große Liebe, die Gott ihr geschickt hatte, und solange sie in den Armen dieses Mannes lag, konnte ihr kein Unheil geschehen.

Lupe schloß die Augen und betete, daß dieser Augenblick nie zu Ende gehen würde.

»So, *querida*, wenn du dich besser fühlst, laß uns gehen. Ich muß einen Platz für meine Frau finden, damit ich wieder an die Arbeit kann.«

Widerwillig öffnete Lupe die Augen. Sie betrachtete den Mann, der in seiner funkelnden Uniform vor ihr stand, im Hintergrund die großen Bäume, und merkte allmählich, daß es kein Traum war.

»Bist du wirklich wieder in Ordnung, *querida?*« fragte er nochmals.

»Ja«, antwortete sie.

»Gut, ich werde dich auf mein Pferd setzen; ich nehme den Eimer. Dann können wir hinauf zu eurem Haus gehen.«

Sie erwiderte nichts. Als er sie auf den Arm nahm, fühlte sie, wie ihr warm wurde.

»Kannst du reiten?« fragte er.

Sie nickte.

»Okay.« Er hob sie empor ins Sonnenlicht und setzte sie vorsichtig in den Sattel, auf den großen, rotbraunen Hengst. Mit der Linken nahm er die Zügel des Pferdes und ergriff mit der Rechten den Eimer. So machten sie sich durch Farnsträucher und Bäume auf den Weg. Nie zuvor hatte Lupe auf solch einem großen, prachtvollen Tier gesessen. Selbst die riesigen grünen Farne wirkten von da oben winzig.

Als sie die kleine Plaza erreichten, sah Lupe über den Kopf ihres Begleiters hinweg, wie die Soldaten den Indios befahlen, sich vor der Mauer aufzustellen. Sie sog den Rauch der abgebrannten Hütten ein, und sie sah die Todesangst der Menschen, die Schulter an Schulter dort an der Mauer standen.

Plötzlich entdeckte sie Lydias Familie. Sie mußte unwillkürlich kichern. Die Familie sah zu komisch aus, wie sie dort in ihren feinsten Kleidern neben den anderen, ärmlich gekleideten Dorfbewohnern aufgereiht stand.

Einen Augenblick später war ihr das Lachen vergangen. Doña Manza, die beste Freundin ihrer Mutter, ihre beiden Töchter und die zwei Söhne standen ebenfalls mit den anderen an der Mauer.

»Donña Manza!« schrie Lupe auf.

»Deine Mutter?« fragte Lupes schöner Märchenprinz.

»Nein«, antwortete sie ängstlich, »aber sie ist die beste Freundin meiner Mutter, und sie backt das süßeste Brot im ganzen Dorf!«

»Nun«, sagte er und lachte, »das ist gut zu wissen!« Er gab den

Eimer einem vorbeigehenden Soldaten, der ein grobes Baumwollhemd trug.

»Lieutenant!« rief er mit dröhnender Stimme dem verantwortlichen Soldaten zu. »Diese Frau da, Doña Manza und ihre Familie, laßt sie sofort gehen, damit sie ihre Arbeit verrichten und frisches Brot für uns alle backen kann!«

»Sofort, *mi coronel!*« antwortete der gut gekleidete Lieutenant mit rollendem ›R‹. In der einen Hand hielt er eine Pistole und in der anderen einen Degen.

»Und die anderen?« fragt Lupe, »was geschieht mit ihnen?«

»Wir werden sie befragen, *mi querida*, damit wir herausfinden, wer diese Leute sind.«

»Dann werdet ihr ihnen also nichts tun?«

»Nein, natürlich nicht.«

Während er sprach, setzte er den linken Fuß in den Steigbügel und schwang sich hinter Lupe aufs Pferd. Mit der Rechten umfaßte er sie und schob sie ein Stück nach vorn, um hinter ihr Platz zu nehmen. Er nahm die Zügel und gab dem Soldaten ein Zeichen, ihnen mit dem Wassereimer zu folgen. Eng aneinandergeschmiegt, auf dem Rücken des großen, rotbraunen Hengstes, der tänzelnd über das Kopfsteinpflaster schritt, verließen Lupe und ihr Prinz die Plaza, um sich den Hügel hinaufzubegeben.

Je weiter sie auf dem gewundenen, steilen Pfad vorankamen, desto kleiner und armseliger wurden die Hütten am Wegrand. Schließlich bestanden die Behausungen nur noch aus vier Pfosten, die an einem Felsen oder Baum befestigt waren, mit Dächern aus Zweigen und Ästen.

Als sie sich ihrem Heim näherten, drehte Lupe sich zum Colonel um.

»Verzeihen Sie, aber ich muß zuerst allein hineingehen.«

»Weshalb?« fragte er.

»Weil meine Mutter keine Soldaten in unserem Haus duldet«, antwortete sie verlegen, »deshalb muß ich erst allein mit ihr sprechen.«

»Das freut mich zu hören, mein Engel«, erwiderte er, »hätte ich ein Zuhause, würde ich auch keine Soldaten dort haben wollen.« Während er dies sagte, küßte er sie auf die Wange und hob sie vorsichtig vom Pferd.

Sie blieb stehen und sah ihn an.

»Geh nur, *querida*«, sagte er mit seiner dunklen, freundlichen Stimme, »ich werde hier auf dich warten.«

»Entschuldigen Sie bitte, aber ich weiß noch nicht einmal Ihren Namen.«

»Kannst du lesen?« fragte er und stieg vom Pferd.

Sie schüttelte den Kopf. »Nein, ich komme erst nächstes Jahr in die Schule.«

»Na, dann kannst du ja bald lesen«, lächelte er, »so, hier hast du meine Karte.«

Er reichte ihr eine Karte aus festem, weißem Papier.

»Colonel Manuel Maytorena, zu Ihren Diensten!« sagte er, tippte salutierend mit der Hand an die Mütze und schlug die Hacken zusammen.

Lupe errötete. Sie hatte noch nie eine solche Karte gesehen oder erlebt, daß ein Mann so formvollendet grüßte. Sie hob den Saum ihres Kleidchens an und knickste.

Er bewunderte ihr weißes, selbstgenähtes Kleidchen, ihre guten Manieren und lächelte über das ganze Gesicht. »Mein Gott, Kleine«, sagte er, »du hast schon im ersten Augenblick, als ich dich sah, mein Herz erobert. Ich bete zu Gott, daß ich eines Tages eine Tochter habe, die nur halb so hübsch ist wie du! Du bist wahrhaftig ein kleiner Engel!«

Ausnahmsweise errötete Lupe einmal nicht über ein Kompliment. Statt dessen sah sie ihn an und dachte, daß es vielleicht tatsächlich stimmte, vielleicht war sie ja wirklich schön. Sie drehte sich um und rannte den Hügel hinauf. Wie eine Gazelle flog sie über die Felsbrocken zu ihrer *ramada*. Sie war verliebt in ihren Traumprinzen. Und er liebte sie ebenfalls.

Unter dem Sonnendach waren die Mutter und der Bruder immer noch damit beschäftigt, das Chaos, das die Soldaten hinterlassen hatten, zu beseitigen. Ihre drei Schwestern waren nirgends zu sehen.

»Mama! Mama!« rief sie, »ich habe ihn gefunden und er will seine Frau bei uns lassen!«

»Wer?« fragte Doña Guadalupe. »Ich will hier keine Soldaten haben! Sag ihm, er soll unten bei der Plaza bleiben!«

»Aber Mama«, sagte Lupe, der fast das Herz brach, »er ist

doch mein Prinz! Und er ist so stark! Sogar die Soldaten haben ihm gehorcht, als er ihnen befahl, Doña Manza und ihre Familie gehen zu lassen.«

Als sie das hörte, hielt Doña Guadalupe mit ihrer Arbeit inne. »Was hat er?« fragte sie.

»Auf der Plaza! Die Soldaten haben allen befohlen, sich in einer Reihe aufzustellen, und Doña Manza und ihre Familie waren auch dabei, aber als ich ihm sagte, daß sie das süßeste Brot in der Stadt backt, hat er ihnen befohlen, sie gehen zu lassen, damit sie wieder an die Arbeit gehen kann.«

»Und sie haben sie wirklich freigelassen?«

»Auf der Stelle«, antwortete Lupe.

»Aha«, sagte Doña Guadalupe und strich ihre Schürze glatt. »Und wo ist er jetzt, dein Märchenprinz?«

Lupe deutete in seine Richtung. »Er wartet da unten auf deine Antwort. Ich habe ihm gesagt, daß du keine Soldaten hier haben willst. Er fand das gut, und wenn er ein Heim hätte, hat er gesagt, würde er auch keine Soldaten bei sich haben wollen.«

»Ich verstehe«, sagte die grauhaarige alte Dame, während sie nachdachte.

Nein, sie wollte tatsächlich keine Soldaten im Haus haben. Andererseits, wenn er verheiratet und mächtig genug war, die Soldaten zu kommandieren, könnte es für die Sicherheit ihrer Töchter nützlich sein, ihn zum Verbündeten zu haben.

»In Ordnung, *mi hijita*«, sagte sie und strich abermals ihre Schürze glatt, »bring diesen Soldaten her, und ich rede mit ihm, aber ich kann dir nichts versprechen.«

»Oh, danke, Mama!« rief Lupe. »Ich liebe dich von ganzem Herzen!«

Sie fiel ihrer Mutter um den Hals und küßte sie, dann rannte sie die *ramada* hinaus. Während sie den felsigen Weg wieder hinuntersprang, schrie sie aus vollem Halse, so daß das Echo ihres Stimmchens von den riesigen Felswänden hallte: »Meine Mutter ist einverstanden, mit Ihnen zu sprechen.«

Colonel Manuel Maytorena lachte zufrieden, denn jetzt wußte er, daß er für seine junge Frau die richtige Wahl getroffen hatte. Die Mutter dieses kleinen Mädchens schien das Herz auf dem rechten Fleck zu haben.

Es war schon später Nachmittag, als der Colonel seine Frau zu ihnen brachte. Sie war genauso schön wie ihr Name: Socorro. Sie hatte große, dunkle, mandelförmige Augen, kastanienbraunes Haar, und ihr goldfarbener Teint erinnerte an kostbares Porzellan. Sie war hochschwanger und sehr erschöpft. Dankbar folgte sie Doña Guadalupe in die Hütte, um sich auf ihr Lager sinken zu lassen.

Bei Sonnenaufgang kam Lupe mit ihren Geschwistern hinzu. Sie machten es sich auf dem Bett der Mutter bequem und lauschten Socorros Erzählungen von der Welt außerhalb des Cañons. Sie war sehr zurückhaltend und berichtete mit leiser Stimme, wie ihr Heimatdorf zerstört worden war. Sie hatte das Dorf verlassen und war nach Mazatlan aufgebrochen, wo sie den Colonel kennengelernt hatte. Seither war sie mit ihm von Schlacht zu Schlacht gezogen.

»War es Liebe auf den ersten Blick?« fragte Maria.

»O ja!« antwortete Socorro. »Ich arbeitete im Krankenhaus, als der Colonel eines Tages dort erschien, um nach einigen seiner Männer zu sehen. Er war so aufmerksam und höflich.«

»Und gutaussehend!« warf Carlota ein.

Alle brachen in Gelächter aus, außer Lupe. Ihre große Liebe war nicht nur verheiratet; seine Frau liebte ihn obendrein.

Die Sonne, das rechte Auge Gottes, verschwand allmählich hinter den hohen Felswänden des Cañons. Lupe versammelte sich mit ihrer Familie zum abendlichen Dankgebet. Heute war die Familie von dem Terror, der draußen wütete, verschont geblieben. Die tote Ziege würden sie nun zum Abendbrot verspeisen.

Während Lupe den Himmel betrachtete, dessen Farbe von zartem Rosarot zu dunklem Violett wechselte, faltete sie die Hände und bat Gott, er möge ihr helfen, Socorro nicht zu hassen, und ihr nur gestatten, ihren Helden weiterhin zu lieben.

Und Gott, in seiner unendlichen Weisheit, gewährte ihr diesen Wunsch. Als die Minenarbeiter sich an diesem Abend unter der *ramada* versammelten, um ihre Mahlzeit einzunehmen, spürte Lupe, daß auch sie den Colonel alle verehrten. Sie waren ausgelassen und fröhlich.

»Doña Guadalupe«, sagte Manos, der seinen Hut abnahm und sich mit Flaco unter der *ramada* an einem der Tische niederließ,

»ich schwöre dir, dieser Colonel ist ein Prachtkerl! Wäre er eine Frau, würde ich mich glatt in ihn verlieben! Er hat unsere Löhne erhöht, unsere Arbeitszeit verringert, und was die Sicherheitsbedingungen bei der Arbeit angeht, hat er viele unserer Beschwerden ernst genommen.«

»Aber das Beste von allem«, fügte Flaco hinzu, »der Colonel gehört zu den Carrancistas[2] unter dem Kommando von General Obregon[3]. Er hat den Amerikanern in Gegenwart von uns allen zu verstehen gegeben, daß wir künftig nicht mehr zu springen brauchen, wenn sie in ihr Horn blasen!« Alle nickten beifällig.

»Er hat Señor Jones direkt ins Gesicht gesagt, daß wir schließlich keine Hunde sind«, fuhr Flaco fort und wickelte ein Stück gegrilltes Ziegenfleisch in seine Tortilla, die er in zwei Hälften geteilt hatte. »Deshalb hätten sie auch kein Recht, uns mit dem Horn wie Vieh herumzuscheuchen!«

An diesem Abend waren die Minenarbeiter unter der *ramada* so guter Dinge, daß sie noch nicht einmal Don Benito hänselten, als dieser sich zu ihnen setzte. Lupe und ihre Schwester Carlota bedienten die Männer, so flink sie nur konnten. Lupe freute sich über die Ausgelassenheit der Gäste. Ihr Colonel war in der Tat ein Geschenk des Himmels.

Als die Männer gegessen hatten und aufgebrochen waren, fand sich auch Lupes Märchenprinz unter dem Sonnendach ein.

»Hoffentlich habt ihr mir etwas übrig gelassen«, sagte er schmunzelnd zu Lupe und ihrer Familie und küßte seine Frau. »Señor Jones hatte zwar ein Festessen für meine Offiziere und mich vorbereitet, aber ich habe verzichtet. Es geht nämlich nichts über die wahre mexikanische Kochkunst!«

Er nahm Platz und klopfte sich auf die Knie. »Komm, mein Engel, setz dich auf meinen Schoß!« sagte er zu Lupe.

Das brauchte er nicht zweimal zu sagen. Im Nu war sie bei ihm. Als er sie – wie zuvor am Fluß – in die Arme nahm, schmolz sie förmlich dahin und verspürte zum zweitenmal dieses einzigartige Gefühl der Geborgenheit.

»Ich war froh, die Arbeiter so glücklich zu sehen, als sie mir vorhin entgegen kamen«, sagte er. »Kriege werden nicht von Soldaten gewonnen, sondern von Frauen, wie ihr es seid, die dafür sorgen, daß immer genug zu essen auf dem Tisch steht, und von den Minenarbeitern und Farmern, die dafür sorgen, daß das Leben im Land weitergeht. Das ist das Geniale an meinem großartigen General Obregon. Er weiß die Bedeutung der einfachen Arbeiter zu würdigen.« Er fuhr fort zu plaudern und schaukelte Lupe dabei auf seinen Knien. Sie fühlte sich behütet und geborgen. Als das Essen bereitet war, schickte Doña Guadalupe die Kinder hinaus, damit der Colonel und seine Frau in Ruhe gemeinsam essen konnten.

»Nicht doch, Señora, bleiben Sie bitte! Es ist mir ein Vergnügen, Teil der Familie zu sein. Und du, setz dich neben mich, mein Junge«, sagte er zu Victoriano, »damit wir uns von Mann zu Mann unterhalten können.«

Victoriano sah den Colonel an. »Nein danke, ich bin nicht hungrig«, sagte er und verließ die *ramada*. Doña Guadalupe sah ihrem Sohn hinterher. Sie beschloß jedoch, nichts zu seiner Unhöflichkeit zu sagen und später mit ihm zu reden.

Als es Schlafenszeit war, gingen Lupe und die Mutter hinaus, um mit Victoriano und den Mädchen draußen zu übernachten, damit der Colonel und seine Frau die Hütte für sich hatten.

»Ich finde das nicht richtig«, sagte Sophia flüsternd zu ihrer Mutter, als sie es sich auf ihrem Strohlager bequem gemacht hatten. »Er könnte sich doch sein Bettzeug in Don Manuels Laden besorgen.«

»Psst!« wisperte diese zurück, »du solltest Gott danken, daß der Colonel unser Haus beschützt. Und wir beide, *mi hijita*«, wandte sie sich an Lupe und zog sie an sich, »wir haben noch ein Hühnchen zu rupfen.«

»Weshalb?« fragte Lupe, die sich am liebsten versteckt hätte. »Ich habe doch nichts Böses getan.« Das konnte nur bedeuten, daß die Mutter ihr eine Standpauke halten wollte.

»Nein, noch hast du wirklich nichts Böses getan, *mi hijita*«, antwortete die Mutter und nahm sie in den Arm, »aber ich weiß, daß du diesen Mann sehr gern hast. Deshalb mußt du vorsichtig sein und ihn mit seiner Frau auch mal allein lassen, sonst mögen sie dich irgendwann nicht mehr.«

»Aber Mama, warum?« fragte Lupe. »Ich tue doch nichts Falsches. Er hat mich gern und ich ihn auch.«

Doña Guadalupe seufzte tief und strich die Decke über sich

und ihrer Tochter glatt. Ihre Jüngste war noch sehr klein gewesen, als Don Victor fortgegangen war. Sie konnte ihren Wunsch nach Liebe und die Verehrung für diesen großen, gutaussehenden Mann nur zu gut verstehen. Für sie alle war es ein besonderes Ereignis gewesen, an diesem Abend wieder gemeinsam mit einem Mann zu Tisch zu sitzen.

»*Mi hijita*«, sagte sie, »es ist nichts Falsches daran, daß du ihn lieb hast. Aber du mußt einsehen, daß, wenn ein Mann und eine Frau miteinander verheiratet sind, sie ein wenig Zeit allein miteinander brauchen, damit sie sich nicht fremd werden. Noch bist du ein Kind, *mi hijita*, keine Frau. Du mußt tun, was ich dir sage. Sonst werden sie dich für aufdringlich halten und deinetwegen unser Haus wieder verlassen.«

Im klaren Sternenlicht, das durch die Weinreben der *ramada* fiel, füllten sich Lupes Augen mit Tränen. »Aber Mama, er hat mich doch zu sich gerufen! Er hat doch gesagt, ich solle mich auf seinen Schoß setzen! Ich war nicht aufdringlich.«

Mitleidig zog Doña Guadalupe ihre kleine Tochter wieder an sich. »*Mi hijita*«, sagte sie zu ihr, »du hast ja recht: Er hat dich gerufen. Aber glaub mir, wenn du immer zu ihm gehst, wenn er dich ruft, werden er und seine Frau irgendwann verstimmt sein. Männer sind wie unersättliche Ziegenböcke, sie wollen mehr, als ihr Magen aushalten kann. Deshalb muß man sie die Hälfte der Zeit ignorieren. Verstehst du das?«

Tränen kullerten aus Lupes Augen. »Nein, Mama. Das verstehe ich nicht. Er ist doch mein Märchenprinz!«

»Oh, *mi hijita*«, seufzte die Mutter, »du darfst nicht so sehr auf dein Herz hören. Wach auf! Er ist bereits verheiratet. Und du bist noch ein Kind.«

Lupe zitterte am ganzen Körper. Es war einfach grauenhaft. Wie konnte die Mutter ihr so schreckliche Dinge sagen? Natürlich war er verheiratet. Aber was die Liebe betraf, war sie doch kein Kind mehr. Hatte sie nicht die Mutter ihr Leben lang geliebt, und ihre Familie, und Gott, den Allmächtigen?

Der Mond ging auf, und die Nacht mit ihren Sternen brach an. Die Sonne, das größte aller Wunder, hatte sich zur Ruhe begeben. Für alle rechtschaffenen Menschen war nun die Zeit gekommen, sich in die Traumwelt zurückzuziehen.

2

Und Petrus öffnete die Schleusen des Himmels. Die Regenzeit begann,
und die Erde wurde reingewaschen von Sünde und Schmutz

Zweimal brachte Lupes Traumprinz verwundete Männer mit,
die im Wald von den *Villistas* angeschossen worden waren. Der
Colonel selbst kam jedoch stets unversehrt zurück; so vertraute
sie allmählich darauf, daß Gott ihr wohlgesonnen war.

Sobald der Colonel abends heimkehrte, bereiteten sie warmes
Wasser für ihn, damit er in dem kleinen Raum, der an die Hütte
angrenzte, ein Bad nehmen konnte. Wenn seine Frau ihm dabei
Gesellschaft leistete, verschloß er den Durchgang mit einem
indianischen Tuch.

Zu diesen Gelegenheiten unternahm Lupes Familie stets taktvoll einen Spaziergang; Maria und Carlota kicherten dann fortwährend, wofür Sophia sie jedesmal tadelte. Anscheinend dachte
jeder nur an das eine. Sogar Maria machte angeblich in letzter
Zeit einem Jungen schöne Augen.

Mit dumpfen Himmelsgrollen setzte die Regenzeit ein.
Schlagartig prasselte das Wasser in gewaltigen Sturzbächen vom
Himmel und erfüllte den Cañon mit stetigem Rauschen. Drei
Tage und Nächte schüttete es unaufhörlich. Die beiden größten
Wasserfälle des Cañons stürzten donnernd die steile Wand des
mächtigen Felsens hinab. Ohrenbetäubender Lärm hallte durch
die ganze Schlucht. Und es regnete weiter. Ohne Unterbrechung
goß es vierzehn Tage lang jeden Nachmittag.

Die Wassermassen, die zwischen den drei Kathedralenfelsen
vom Himmel strömten, waren so bedrohlich, daß weder Menschen noch Tiere es wagten, ihre schützenden Behausungen zu
verlassen, und das Rauschen der beiden Wasserfälle wurde so
gewaltig, daß die Menschen des Cañons schließlich völlig
betäubt waren.

Hinter Lupes Hütte teilte der Felsen die herabströmenden
Wassermassen, so daß sie an beiden Seiten der Hütte vorbeiflos-
sen, den steinigen Pfad hinunter, Richtung Plaza, wo sich zahl-

reiche kleine Bäche bildeten, die durch das Dorf und weiter in den Fluß strömten. Dieser hatte sich inzwischen in einen reißenden Strom verwandelt, der sich seinen Weg aus dem Cañon suchte, um sich nach etwa sechs Meilen mit dem Rio Urique zu vereinigen.

Da die Arbeiten an der neuen Straße durch den Wald ruhen mußten, wurden die jungen Soldaten des Colonels unruhig. Zwei von ihnen, die aus der Ebene stammten und sich in den Bergen nicht auskannten, versuchten, den Fluß zu Pferde zu überqueren. Es waren temperamentvolle junge Männer, überzeugt, daß solch ein kleiner Fluß für sie, die mutigen Kämpfer der Revolution auf ihren stolzen Pferden, keine Gefahr bedeutete. Mit anfeuerndem Gebrüll trieben sie ihre verängstigten Tiere in den Fluß. Der Sog des reißenden Wassers spülte sie vom farnbewachsenen Ufer fort, und sie wurden wie Spielzeugsoldaten mit ihren Pferde von den Wassermassen ergriffen und zwischen den Felsen mitgerissen.

Eines der beiden Pferde schaffte es, sich weiter stromabwärts ans Ufer zu retten. Das andere Tier wurde jedoch strampelnd und wiehernd, zusammen mit seinem Reiter, eine Reihe der kleineren Wasserfälle hinuntergespült, bis beide schließlich über dem Rand des großen, fast tausend Meter tiefen Wasserfalls verschwanden. Weder der junge Soldat noch sein Pferd wurden jemals gefunden.

Langsam klang die Regenzeit ab. Jetzt regnete es nur noch zwei bis drei Stunden am Nachmittag. Für Lupe sollte nun die Schule beginnen. Der Gedanke daran flößte ihr Unbehagen ein, denn das Schulgebäude befand sich auf dem eingezäunten Gelände der amerikanischen Mine. Lupe war noch nie so weit fort von ihrem Elternhaus gewesen, und schon gar nicht in der amerikanischen Siedlung. An diesem Abend bemerkte Colonel Maytorena, wie außergewöhnlich still Lupe war. Nach dem Essen forderte er sie auf, sich auf seinen Schoß zu setzen.

»Was ist los, *querida?*« fragte er, während er sie auf den Knien wippte, »du brauchst keine Angst zu haben, ich gehe nicht wieder weg.«

»Nein, das ist es nicht«, begann Lupe, »es ist nur, die Schule fängt jetzt an und …, nun, meine Schwestern sind gemeinsam gegangen, aber ich muß ganz allein dorthin.«

Er lachte. »Aber Schätzchen, die Schule ist doch nur gegenüber auf der anderen Seite des Cañons.«

Lupe versteifte sich, sie merkte, daß er sie nicht verstand. Die gegenüberliegende Seite des Cañons war für sie genauso fern wie der Mond. Schließlich war sie nie von der Mutter und den Geschwistern getrennt gewesen. Dieser Tag würde bestimmt einer der schrecklichsten ihres ganzes bisherigen Lebens werden.

»Paß auf, *querida*«, ich werde dir eine Geschichte erzählen«, sagte der hochgewachsene Mann und drückte Lupe an seine Brust. Er erzählte, wie er aufgewachsen war: In einem großen weißen Haus, zusammen mit seinen Geschwistern, inmitten von Patios und hohen Palmen, umgeben von vielen Dienern.

Lupe schloß die Augen und lauschte entzückt, während sie ihr Gesicht an sein Hemd drückte und spürte, wie seine Brust sich hob und senkte.

»Und ich erinnere mich noch gut an meinen ersten Schultag. Meine Mutter ließ mich von unserem Kutscher in dem großen Gefährt, das von zwei Grauschimmeln gezogen wurde, zur Schule bringen. Als er mich dort allein ließ, hätte ich fast geweint. Als ich die Nonnen in ihren schwarzen Gewändern sah, habe ich mich so gefürchtet, daß ich aus dem Schulzimmer rannte, über den Zaun sprang und so schnell nach Hause lief, daß ich unseren Kutscher schon am Tor wieder eingeholt hatte.«

»Das hast du wirklich getan?« fragte Lupe und richtete sich interessiert auf.

»O ja«, antwortete er lachend, »und als meine Mutter mich schließlich zurückbrachte, riß ich abermals aus. Erst als sie drohte, meinem Vater alles zu erzählen, blieb ich dann doch in der Schule. Du siehst, *querida*, zur Schule zu müssen ist nicht nur für dich ein schrecklicher Gedanke. Fast allen Kindern geht es so.«

»Aber ich bin doch noch nie auf dem amerikanischen Bergwerksgelände gewesen, und diese quietschenden Maschinen machen solchen Lärm.«

»Schau, *querida*, hast du noch die Karte, die ich dir gegeben habe?«

»Ja«, sagte sie.

»Ich möchte nämlich, daß du sehr tapfer bist und mir einen großen Gefallen erweist. Wirst du das tun?«

»Ja, natürlich«, erwiderte sie mit erwartungsvoll klopfendem Herzen.

»Paß auf! Ich werde bald für ein paar Tage fort müssen. Während ich weg bin, möchte ich, daß du sehr, sehr brav bist. Und an deinem ersten Schultag wirst du dann zu deiner Lehrerin gehen und sie bitten, dir beizubringen, wie man die Karte liest. Weißt du, das ist wirklich wichtig. Wenn du nämlich so mutig bist, werden sich die anderen neuen Kinder auch ein Herz fassen und keine Angst mehr haben. Wirst du das für mich tun?«

Lupes kleines Herz pochte vor Angst, doch schließlich nickte sie.

Am Morgen des ersten Schultages fürchtete Lupe sich wie ein Kücken, das gerade die Fährte des Kojoten in der Nähe seines Nestes aufgespürt hatte. Der Colonel war fort, und am liebsten wäre sie zu Hause geblieben, aber sie hatte ihrem Traumprinzen ihr Wort gegeben. Also blieb ihr keine Wahl. Als die Ziegen gemolken und ihre restlichen Pflichten erledigt waren, half sie noch, die Minenarbeiter zu bedienen. Anschließend bürstete sie sich wieder und wieder das Haar, um so hübsch wie möglich auszusehen.

Die Sonne stand kaum am Horizont, als Doña Guadalupe ihre kleine Tochter vor die *ramada* geleitete. Lupe trug ihr neues, aus einem Mehlsack gefertigtes Kleidchen, welches Sophia am Kragen und über dem Herzen mit rosaroten Blüten bestickt hatte.

»Hier«, sagte Doña Guadalupe und reichte Lupe ein Körbchen voller Blumen aus ihren Blumentöpfen.»Gib das deiner Lehrerin, Señora Muñoz, und denk immer im Leben daran, *mi hijita,* Blumen sind nicht nur schön, sie haben auch Dornen, um sich zu schützen. Deshalb mußt du dir auch immer deinen Stolz bewahren, mein Liebling, und sei stark, wie eine dornige Rose.«

»O Mama«, schluchzte Lupe und begann zu weinen.

»Nicht doch, Doña Manzas Töchter warten auf dich. Geh mit Gott, *mi hijita!*«

Sie küßten einander zum Abschied, und Lupe machte sich auf den Weg. Während sie den Pfad hinuntertrottete, drehte sie sich immer wieder um und winkte der Mutter, bis diese außer Sichtweite war.

Als Lupe endlich Doña Manzas Haus erreichte, warteten Cuca und Uva bereits auf sie. Die älteste Schwester, Manuelita, verabschiedete sich gerade von der Mutter. Lupe bemerkte, daß die Kleider der drei Mädchen alle aus einem Stoff genäht waren, den sie aus dem Laden im Dorf hatten.

Auf dem Weg zur Plaza stießen Don Manuels jüngste Tochter, Rose-Mary und ein halbes Dutzend andere Mädchen zu ihnen. In der Nähe von Don Manuels herausgeputzter Tochter fühlte Lupe sich schäbig. Doch dann vergaß sie ihr Unbehagen schnell wieder. Gemeinsam verließen sie die Plaza und gingen den Pfad hinunter zum Fluß. Dort hüpften die Mädchen von Stein zu Stein am Ufer entlang. Lupe fiel in das fröhliche Gelächter der anderen Kinder ein und hatte soviel Spaß, daß sie vorübergehend sogar ihre Schüchternheit verlor.

Als sie hintereinander den steilen Pfad emporstiegen, der sich zwischen den Felsen hindurchschlängelte, vorbei an den schlammigen Abfallrinnsalen der Mine, versetzte Rose-Mary plötzlich Lupe einen Stoß – sie wäre fast in den flüssigen Morast gefallen. Nun war Lupe überzeugt, daß Don Manuels Tochter aus irgendeinem Grund böse auf sie war. Sie hatte jedoch keine Ahnung, weshalb. Für den Rest des Weges achtete Lupe darauf, Rose-Mary nicht mehr zu nahe zu kommen.

Als sie den Hang erklommen hatten, blickte Lupe zurück, und ihr stockte fast das Herz. Unter ihnen lag das Dorf in goldenem Sonnenlicht. Es wirkte so winzig, daß Lupe es kaum wiedererkannte. Der Teil des Dorfes, in dem sie lebte, lag versteckt zwischen gewaltigen Felsen und hohen Eichen und war kaum mehr zu sehen. Ihre Hütte konnte sie überhaupt nicht mehr ausmachen, weil sie vollkommen unter dem großen Pfirsichbaum verschwand, der neben ihrem Felsen wuchs.

»Beeilt euch«, mahnte Manuelita. »Wir müssen alle zusammen durch die Tore und sofort zum Schulhaus gehen. Die Amerikaner mögen es nicht, wenn wir uns in der Nähe der Tore aufhalten.«

Rasch folgte Lupe dem älteren Mädchen und seinen Schwestern. Jenseits des Zaunes angelangt, begriff sie, warum sich niemand bei den Toren aufhalten sollte. Überall waren Maultiere und Wagen in Bewegung, auf dem ganzen Platz summte es wie in einem Bienenstock. Cuca ergriff Lupes Hand, und sie folgten Manuelita und Uva über ein großes, karges Feld. Auch für Cuca war es der erste Schultag, und sie war ebenso aufgeregt wie Lupe.

Während sie über den aufgewühlten Granitboden gingen, erblickte Lupe sechs amerikanische Gebäude, die riesig und düster aussahen. Ihr fiel auf, daß es weder Bäume noch Blumen um die Häuser herum gab. Davor patrouillierten bewaffnete Männer auf und ab.

Ein Stück weiter vor ihnen befand sich das Bergwerk, aus dem schreckliche, stampfende Geräusche ertönten. Lupe bemerkte die Stahltrossen, an denen die Eisenbehälter aus dem dunklen, klaffenden Loch der Mine hochgezogen und in das Werk befördert wurden. Zwei Männer eilten mit ein paar Maultieren hastig an ihnen vorbei. Einer der beiden brüllte Befehle in einer harten, abgehackten Sprache, die sie noch nie gehört hatte. Lupe hielt sich dicht bei Manuelita und den anderen Mädchen. Sie kamen an vielen hochgewachsenen Amerikanern vorbei, von denen manche fast so groß waren wie ihr Colonel. Einer fiel ihr besonders auf. Es war Señor Scott, der junge, gutaussehende Ingenieur, der mit Carmen, Marias bester Freundin, verlobt war. Im Laufe der Jahre hatten viele der Mädchen aus La Lluvia Amerikaner geheiratet, allerdings endeten diese Verbindungen oft traurig. Aus den Ehen gingen Kinder hervor. Da jedoch die meisten der amerikanischen Ehemänner ihre mexikanischen Familien zurückließen, wenn sie in ihre Heimat zurückkehrten, gab es in Lluvia viele junge Frauen mit gebrochenen Herzen und hellhaarigen Kindern. Lupe und ihre Schwestern waren stets ermahnt worden, den Amerikanern aus dem Weg zu gehen. Sie standen in dem Ruf, genauso schlimm wie die *Gachupines* zu sein, womit die Spanier gemeint waren.

Weiter oben, auf einem kleinen Hügel, entdeckte Lupe jetzt ein weißes Gebäude mit gelbem Palmdach. Auf dem Platz davor spielten ein paar Kinder Ball. Einige von ihnen waren vom Stamm der Tarahumara-Indianer[4], vielleicht sogar Urenkel des legendären Espiritu. Lupe hatte es nie für möglich gehalten, daß das Gelände innerhalb der Umzäunung derart groß war. Es war eine eigene Stadt, mit Feldern und Viehweiden.

Als sie sich dem Gebäude näherten, fiel Lupe eine große Amerikanerin mit ihrer reizenden Tochter auf. Beide hatten langes, goldenes Haar und sprachen mit einer hübschen, dunkelhäutigen Mexikanerin.

»Das ist unsere Lehrerin, Señora Muñoz«, sagte Manuelita aufgeregt zu Lupe. »Und die andere Dame ist Señora Jones, die Frau des Mannes, der die Mine betreibt. Das kleine Mädchen ist ihre Tochter Katie, sie geht dieses Jahr in unsere Klasse.« Manuelita war sehr stolz, daß sie den anderen alles erklären konnte. »Komm! Ich stelle dich ihr vor. Señora Jones kann mich gut leiden. Sie leiht mir immer englische und spanische Bücher!«

Als sie hörte, daß sie dieser amerikanischen Dame vorgestellt werden sollte, erschrak Lupe. Sie hatte noch nie eine Amerikanerin kennengelernt. Schnell schloß sie die Augen und flehte Gott an, ihr Kraft zu geben, daß sie nicht vor Angst erstarre. Doch dann fiel ihr die Karte des Colonels ein. Sie öffnete die Augen und nahm ihren ganzen Mut zusammen.

»Verzeihung, Señora Jones und Señora Muñoz«, sagte Manuelita, »meine Schwester Uva und ich möchten Ihnen und Katie gerne unsere Schwester Cuca und unsere Freundin Lupe vorstellen.«

Die beiden Frauen wandten sich zu Manuelita und den drei jüngeren Mädchen um. Gerade wollte Lupe die Blumen der Mutter überreichen und ihnen die Karte des Colonels zeigen, da platzte Rose-Mary dazwischen und stieß Lupe beiseite.

»Schauen Sie, ich habe ein neues Kleid«, sagte Rose-Mary, »meine Mutter hat es extra für mich gemacht!« Die beiden Frauen betrachteten Rose-Mary, die sich in ihrem Kleid vor ihnen drehte.

In diesem Augenblick erklang die Schulglocke. Rose-Mary ergriff Katies Hand und zog sie mit sich fort. Lupe verbarg die Karte des Colonels hinter den Blumen. Sie war jetzt zu eingeschüchtert, um noch einen Versuch zu wagen.

»Entschuldigen Sie mich bitte.« Señora Muñoz wandte sich wieder an die Amerikanerin. »Ich muß jetzt hineingehen.«

»Es war nett, Sie zu sehen«, sagte Señora Jones auf spanisch.

»Ich schicke Ihnen die neuen Waren, von denen wir sprachen, sobald sie geliefert werden.«

»Danke« antwortete Señora Muñoz ebenfalls auf spanisch, »das wäre wunderbar.«

Die Schulglocke ertönte abermals, und die Kinder unterbrachen ihr Spiel und eilten in das kleine, mit Palmenblättern bedeckte Gebäude.

Lupe folgte Manuelita und deren Schwestern in die Schule, die aus einem großen, langgestreckten Raum bestand, der mit mehreren Reihen von Kinderschulbänken ausgestattet war. Vorne stand ein Lehrerpult mit zwei Stühlen. Lupe überlegte, ob ihr Vater, der gelernter Zimmermann war, wohl bei der Anfertigung der Möbel mitgeholfen hatte.

Sie schaute sich um und bemerkte, daß die Wände aus Holzstöcken und Lehm bestanden und weiß angestrichen waren. Sie waren nicht so braun und verwittert wie die Wände ihrer Hütte zu Hause. In der rückwärtigen Ecke des Raumes befand sich ein großes, irdenes Gefäß voller Wasser, das in der Astgabel eines mächtigen Eichenzweiges ruhte. Lupe fand das Tongefäß wunderschön, es sah so beruhigend aus.

Manuelita führte Cuca und Lupe nach vorn. Lupe fiel auf, daß die meisten der Jungen, die alle in ihrem Alter waren, sich auf die hinteren Bänke gesetzt hatten. Sie erinnerten sie an widerspenstige Kälber, die sich weigerten, der Mutter einen Bergpfad hinauf zu folgen. Einen der Jungen kannte sie. Sein Name war Jimmy, und sein Vater war einer von den Amerikanern, die ein Mädchen aus dem Ort geheiratet und es dann sitzengelassen hatten. Lupe nickte Jimmy zu, als sie den Gang hinunterging, und er lächelte sie an. Er hatte blaue Augen, dunkles Haar und sah sehr gut aus. Er lebte noch weiter oben in der *barranca*, in einer noch kleineren und ärmlicheren Hütte als Lupe und ihre Familie.

»Lupe, du sitzt hier, neben Cuca«, sagte Manuelita. »Uva, du hilfst ihnen. Ich muß vorn bei Señora Muñoz sitzen und ihr beim Unterrichten helfen.«

Lupe zog einen Schmollmund und scharrte mit den Füßen, sagte jedoch nichts und tat, was ihr aufgetragen worden war. Sie fühlte sich unbehaglich. Unterm Tisch ergriff sie Cucas Hand. Die Freundin war ebenfalls völlig eingeschüchtert. Katie und Rose-

Mary kamen lachend den Gang herunter und setzten sich direkt vor Lupe und Cuca. Sie waren mit Abstand die beiden bestgekleideten Mädchen in der ganzen Schule. Lupe war heilfroh, daß sie auch ihr neues Kleidchen angezogen hatte.

Señora Muñoz schritt nach vorn und setzte sich hinter ihr Pult aus Kiefernholz. Sie begrüßte Manuelita, die neben ihr stand, und wandte sich dann an die Klasse.

»Ich bin Señora Muñoz«, sagte sie und lächelte freundlich. »Ich bin eure Lehrerin, und wir werden gemeinsam lernen.« Während sie sprach, bewegte sie anmutig ihre Hände. Lupe war entzückt. All ihre Angst fiel von ihr ab. Señora Muñoz glich ihrem Colonel: Sie war in ihre Welt getreten und hatte ihr Innerstes berührt.

Alles war in bester Ordnung. Doch plötzlich hieß es, jeder Schüler solle aufstehen und sich vorstellen. Lupe wäre am liebsten im Erdboden versunken. »Wir beginnen mit der ersten Reihe«, sagte die Lehrerin. »Ihr braucht keine Angst zu haben. Wenn ihr neu und noch ein bißchen nervös seid, macht euch deshalb keine Sorgen. Die älteren Schüler werden euch gerne helfen.«

Lupe wäre am liebsten gestorben. Sie saß in der zweiten Reihe. Katie stand als erste auf. Sie war groß, zuversichtlich und selbstbewußt.

»Ich bin Katie Jones. Ich lebe mit meinen Eltern im letzten Haus, oben auf dem Hügel. Mein Vater ist Mister Jones, er ist verantwortlich für die Goldmine. Der Name meiner Mutter ist Katherine. Sie war früher Lehrerin in San Francisco. Das liegt in Kalifornien, wo wir auf dem Nob Hill unser richtiges Zuhause haben. Von dort kann man die ganze Bucht überblicken. Ich bin zehn Jahre alt und schon das zweite Jahr hier in La Lluvia de Oro. Aber ich bin immer nur einen Teil des Jahres hier. Zu Weihnachten fahre ich mit meiner Mutter zurück nach San Francisco. Ich danke euch allen. Ich bin überzeugt, daß wir wieder ein schönes Schuljahr zusammen haben werden.«

Alle applaudierten und begrüßten Katie. Sie setzte sich, und Rose-Mary erhob sich. Auch Rose-Mary wirkte sehr selbstbewußt, aber irgend etwas an ihr war anders.

»Mein Name ist Rose-Mary Chavez«, begann Don Manuels

jüngste Tochter und blickte lächelnd um sich.« Mein Vater ist der Bürgermeister und der Buchhalter der Mine. Er sorgt für die Löhne und achtet darauf, daß eure Väter, die das Glück haben, in der Mine arbeiten zu dürfen, auch bezahlt werden. Ich wohne im größten Haus unten an der Plaza, direkt am Markt, welches meinem Vater gehört, aber das wißt ihr ja alle. Unser Haus ist das einzige im Dorf mit Fliesen in jedem Zimmer. Ich werde ebenfalls nicht das ganze Jahr hier sein, denn ich begleite Katie in den Weihnachtsferien nach San Francisco. Dort habe ich auch den letzten Sommer mit Katies Familie verbracht, um Englisch zu lernen. Ich möchte noch hinzufügen, daß ich jetzt akzentfrei Englisch spreche, genau wie meine beiden älteren Geschwister. Ich danke euch.«

Damit setzte sie sich, und wieder applaudierten alle. Nun ging es weiter mit Uva und Cuca. Und anschließend würde Lupe an der Reihe sein. Sie fürchtete sich derart, daß sie nicht einmal hörte, was Uva und Cuca über sich erzählten. Dann war der Augenblick gekommen.

Doch Lupe konnte sich nicht rühren, geschweige denn einen Ton von sich geben.

»Das ist kein Problem«, sagte Señora Muñoz, als sie die Schwierigkeiten des Mädchens bemerkte, »nimm dir nur Zeit, das ist in Ordnung.«

Lupe saß auf ihrem Platz und starrte zu Boden, sie begann vor Angst zu zittern.

»Nun«, fragte Señora Muñoz, »möchte ihr jemand helfen?«

»Ja, ich«, sagte Rose-Mary schnell und sprang auf. »Ihr Name ist Lupe Gomez. Sie ist die Schwester von Calota Gomez. Sie leben ganz weit oben auf dem Berg und haben eigentlich gar kein richtiges Heim. Sie wohnen in einer Hütte und verdienen sich ihren Lebensunterhalt damit, daß sie die Minenarbeiter verpflegen und deren Wäsche waschen. Sie haben nämlich keinen Vater und sind schrecklich arm.«

Der Schock und die Wut, die in Lupe aufstiegen, als sie diese bösartigen Lügen hörte, ließen sie unwillkürlich aufspringen. »Nein«, schrie sie, »das ist nicht wahr!« Sie zitterte vor Zorn, aber sie achtete nicht darauf. »Und ob ich einen Vater habe! Und natürlich haben wir ein richtiges Zuhause!« Ihr Herz raste.

»Rose-Mary lügt«, sagte sie, und ihre Augen füllten sich mit Tränen. »Ich heiße Guadalupe Gomez Camargo, und der Name meines Vaters ist Don Victor, er ist ein sehr tüchtiger Zimmermann. Wahrscheinlich hat er sogar die Schulbänke mit hergestellt, auf denen wir hier sitzen. Aber als die amerikanischen Häuser fertig waren, gab es für ihn hier keine Arbeit mehr. Deshalb ist er in die Tiefebene gegangen, um dort Arbeit zu finden. Es stimmt zwar, wir sind arm und waschen und kochen für die Minenarbeiter, aber wir haben ein Haus, das unser Vater mit seinen eigenen Händen gebaut hat, mit einem richtigen Dach, das den Regen abhält, und Wänden, die uns vor dem Wind schützen.

Meine Mutter ist eine sehr gute Köchin, und alle respektieren sie, und wir haben Blumentöpfe vor unserer *ramada* und … und … dreimal am Tag betet meine Mutter mit uns, und das ist es doch, was ein richtiges Zuhause ausmacht!« Lupe brach in Tränen aus, sie schlüpfte aus ihrer Bank und rannte den Gang hinunter, zwischen den langen Schulbänken hindurch, ins Freie hinaus.

Jimmy klatschte in die Hände und stieß ein Pfeifen aus.

»Paß auf, Rose-Mary, fang Ärger an, dann kannst du was erleben!«

»Jimmy, hör auf damit«, sagte Señora Muñoz, »und du, Rose-Mary, schäm dich! Du wirst nach der Schule hier bleiben!«

»Aber warum denn? Ich habe doch nur die Wahrheit gesagt! So hat es uns mein Vater erzählt!« sagte die Tochter des Buchhalters der Mine.

»Jetzt ist es genug!« sagte die Lehrerin.

»Aber ich habe nichts getan«, bettelte sie. »Ich werde alles meinem Vater erzählen«, fügte sie zornig hinzu.

»Fein, aber du wirst trotzdem hierbleiben«, erwiderte die Lehrerin. »Genug jetzt!«

Draußen hatte Manuelita die zornige Lupe eingeholt, bevor diese die Haupttore erreichte.

»Lupe«, sagte Manuelita, »das hast du großartig gemacht. Ich bin so stolz auf dich. Du hast diese eingebildete, eifersüchtige Rose-Mary auf ihren Platz verwiesen und dich trotzdem wie eine richtige Dame verhalten.«

»Eifersüchtig?« fragte Lupe. »Rose-Mary? Auf mich?«

»Natürlich«, antwortete Manuelita. »Seit der Colonel bei euch wohnt, sind der Bürgermeister und seine Familie ganz grün vor Neid.«

»Ich verstehe«, sagte Lupe. »Das habe ich nicht gewußt.«

Lupe trocknete sich die Tränen, und als Manuelita sie in die Arme schloß, spürte sie, daß damit eine großartige Freundschaft begann. Die Spannung wich von Lupe, und in den Armen des anderen Mädchens ließ sie ihren Tränen freien Lauf, bis sie sich befreit fühlte.

Die Regenzeit war fast vorüber, und der Colonel und seine Leute hatten den Bau an der Straße durch den Wald beendet. Sie waren nun bereit, die erste Ladung Gold auf der neuen Straße aus der Schlucht hinauszutransportieren. Das ganze Dorf summte vor Aufregung. Lupe bat darum, an diesem Tag nicht zur Schule gehen zu müssen, um dabei zu sein, wenn ihr Märchenprinz den Cañon verließ.

»*Mi hijita*«, sagte der Colonel an diesem Morgen zu ihr, »ich muß unter vier Augen mit dir sprechen und dich nochmals um einen Gefallen bitten.«

»Ja, Colonel«, antwortete Lupe. Sie war sehr aufgeregt. Vielleicht wollte er sie bitten, ihn zu begleiten und ihn zu heiraten, wenn sie groß war.

»*Mi hijita*«, sagte er und kniete sich vor ihr hin. »Wenn ich Glück habe, werde ich jedesmal nur zwei Wochen fort sein. Wenn ich die Ladung jedoch bis zur Grenze nach Arizona begleiten muß, dann werde ich wahrscheinlich einen Monat unterwegs sein. Deshalb möchte ich dich um einen besonderen Gefallen bitten.«

Ihr Herz schwoll vor Stolz, und ihre großen, dunklen Augen strahlten ihn an. »Alles«, antwortete sie.

»Das ist gut. Denn das, worum ich dich bitten möchte, liegt mir sehr am Herzen.«

»Sag mir, was ich tun soll.«

»Nun, ich möchte, daß du dich um Socorro kümmerst. Unser Baby kann jeden Tag kommen, und sie braucht eine richtige Freundin.«

Lupes Herz bebte. Sie liebte diesen Mann. Und das war alles, was er von ihr wollte?

»Wirst du das tun?« fragte er nochmals.

Sie nickte mit dem Kopf. Was blieb ihr übrig?

»Ich danke dir«, sagte er und lächelte sie mit seinen schönen weißen Zähnen an. Er küßte sie auf die Stirn und zog sie an sich. Sofort legte sie die Arme um seinen Hals und klammerte sich an ihn. Sie wünschte, er würde bleiben und sie für immer so in den Armen halten.

»So, *querida*, jetzt muß ich aufbrechen. Ich möchte, daß du weißt, daß ich sehr stolz auf dich bin, weil du so gut in der Schule bist. Ohne Bildung kommt man im Leben nicht weit. Auch dafür führen wir diesen Krieg. Um bessere Chancen für unser Volk zu erkämpfen. Ich liebe dich, meine Kleine, und ich hoffe, meine eigenen Kinder werden einmal mindestens halb so reizend wie du.«

Er küßte sie nochmals zum Abschied. Unter dem wilden Pfirsichbaum wartete ein Soldat mit dem rotbraunen Hengst auf ihn. Lupe beobachtete, wie Colonel Maytorena sein Pferd bestieg. An der einen Hüfte trug er einen langen Degen und an der anderen seine Pistole. Er blickte noch einmal über die Schulter zurück. Lupe bemerkte jetzt, daß sie nicht mehr allein waren. Seine Frau war aus der Hütte geeilt, gefolgt von Lupes Mutter und ihren Geschwistern.

Socorro eilte rasch zu ihm. »Wie kannst du fortgehen, ohne mir Lebewohl zu sagen?«

»Ich wollte dich nicht aufwecken, mein Liebling.«

»Mein Liebling?« echote Lupe.

»Komm«, sagte Doña Guadalupe, »wir haben zu tun.«

»Aber Mama, ich kann jetzt nicht gehen!«

»Lupe!« Die Mutter war blitzschnell bei ihr und ergriff ihr linkes Ohrläppchen. »Sofort, sagte ich.« Sie zog ihre Tochter am Ohr mit sich fort, bevor die anderen es bemerken konnten.

Die Sonnenstrahlen begannen die Erde zu wärmen, als das erste kleine Maultier aus der amerikanischen Siedlung trottete. Der Colonel folgte dem verspielten Tier auf seinem glänzenden, großen Hengst. Dahinter schlossen sich, eins nach dem anderen, immer mehr der kleinen Lasttiere an. Nach der langen Pause der

Regenzeit wirkten die Tiere, als könnten sie es kaum erwarten, sich auf den Weg zu machen.

Lupe stand mit ihrer Familie und Socorro vor der *ramada*, und alle reckten die Hälse und beobachteten, wie hoch über ihnen die Kolonne der Mulis die Gittertore des amerikanischen Minengeländes passierte.

Lupes Colonel führte die Kolonne an. Zusammen mit zwei seiner Soldaten erklomm er den steilen Pfad, den sie über die nördliche Wand des Cañons angelegt hatten. Auf den Rücken der Maultiere waren auf jeder Seite jeweils dreißig Kilo schwere Goldbarren festgezurrt, die in der Morgensonne wie Juwelen glänzten.

Maria und Carlota zählten insgesamt fünfunddreißig Tiere. Dies war jedoch noch längst nicht der gesamte Goldvorrat aus der Mine. Sobald dieser Transport sein Ziel erreicht hatte, würde der Colonel mit seinen Männern zurückkehren, um die nächste Ladung abzuholen. Die Amerikaner hatten so viel Gold in ihrem Betonloch angehäuft, daß sie, die Revolution und Francisco Villa[5] im Nacken, langsam nervös wurden.

Die kleinen, dunklen Maultiere, die im Zickzackkurs aus den Toren den Pfad hinauftrotteten, sahen aus wie ein großer Tausendfüßler. Ihre Spur zog sich immer höher die steile Cañonwand hinauf, unter Bäumen und Felsen hindurch, während die glänzenden Goldbarren auf ihren Rücken leuchteten. Eine ganze Stunde verging, bevor der Tausendfüßler den Pfad bis zu den hellen Kiefern am Rande des Cañons erklommen hatte.

Lupes Familie und alle Dorfbewohner sahen dem Schauspiel zu, bis ihnen der Nacken schmerzte. Dann wandten sie sich wieder ihrer Arbeit zu. Nur Lupe und Socorro rührten sich nicht vom Fleck. Wie festgewachsen verharrten sie auf der Stelle und sahen zu, wie der Mann, den sie beide liebten, im Licht der Morgensonne, auf seinem schimmernden Hengst den langen Zug aus dem Cañon anführte.

»Lupita«, sagte Socorro nach einer Stunde, »könntest du mir bitte einen Stuhl holen? Das Baby ist so schwer.«

Lupe wollte ihren Platz eigentlich nicht verlassen, sondern weiter ihrem Märchenprinzen nachschauen. Doch dann erinnerte sie sich an ihr Versprechen, rannte unter die *ramada*, um einen Stuhl zu holen, und half Socorro, sich zu setzen. Ihr Colonel war inzwischen am oberen Rand des Cañons bei den Pinien angelangt, über denen die Adler kreisten. Jeden Moment würde er aus ihrem Blickfeld verschwinden. Lupe brach fast das Herz, und Socorro hatte Tränen in den Augen. Der Mann, den sie beide so sehr liebten, war jetzt nur noch ein kleiner Punkt am fernen Horizont, gefolgt vom Zug der Maultiere, die sich noch immer im Zickzackkurs mit ihrer funkelnden Last den Pfad hinauftasteten. Der Weg der Maultiere führte durch die Felsspalte, die rechts neben den Kathedralenfelsen lag. Genau an dieser Stelle war der Meteorit eingeschlagen, in jener Nacht, als Lupes Eltern dachten, das Ende der Welt sei gekommen, und sie sich so leidenschaftlich liebten. In jener Nacht auch war Lupe gezeugt worden. Der Maultierzug näherte sich jetzt dem zweiten Wasserfall. Lupe wußte, daß die Tiere von der Gischt ganz naß werden würden.

Keine Sekunde wandten Lupe und Socorro ihre Augen von den Mulis, die nacheinander über dem Rand des Cañons verschwanden. Dann war der Colonel nicht mehr zu sehen. Der Rest des Tausendfüßlers folgte ihm. Auch die Tiere sahen jetzt nur noch wie kleine schwarze Punkte aus.

Schließlich war das Schauspiel vorüber. Lupe und Socorro wollten gerade in Tränen ausbrechen, als sie plötzlich ein leuchtendes, rotbraunes Aufblitzen am Rand des Cañons bemerkten. Beide wußten sofort, daß es nur der Colonel sein konnte. Da war er! Hoch zu Roß stand er direkt neben dem Wasserfall und winkte ihnen mit seinem blitzenden Säbel zu.

Lupe konnte sich nicht beherrschen und schrie laut.

Socorro fiel in ihr Geschrei ein, und sie winkten ihm beide zu, doch er konnte sie nicht sehen.

»Lupe«, rief Socorro, »lauf hinein und hole mein großes, neues Bettlaken, dann können wir damit winken.«

Lupe eilte los und kam sogleich mit dem Laken zurück.

Gemeinsam schwenkten sie das große, handgewobene Tuch hin und her. Endlich sah er sie auch. Sein Pferd bäumte sich auf, und er winkte ihnen noch einmal zu; dann entschwand er endgültig über dem Rande des Cañons, durch die Spalte, die ein vom Himmel gefallener Stern in den Felsen geschlagen hatte.

Jeder Tag ohne ihren Traumprinzen kam Lupe wie eine Ewigkeit vor. Nach vier Tagen war sie völlig niedergeschlagen. Als sie mit langem Gesicht aus der Schule zurückkehrte, hatte Socorro Mitleid mit ihr.

»Lupe«, sagte sie, »komm doch bitte mal her.« Sie klopfte neben sich auf das Bett. »Ich muß dir etwas zeigen.«

Lupe ging zu ihr und setzte sich. Socorro zog ein kleines, aus Holz und glänzendem Metall gefertigtes Kästchen hervor und öffnete es. Es befanden sich Bilder von ihr und ihrem Mann darin, die während der Zeit, als sie sich kennenlernten, in Mazatlan aufgenommen worden waren.

»O mein Gott!« rief Lupe aus und nahm ein Foto, auf dem der Colonel mit seiner Frau am Strand stand. »Das ist wunderschön!«

Socorro sah die Freude des jungen Mädchens und war gerührt. Sie verbrachten den Nachmittag schwatzend wie Schulmädchen und betrachteten gemeinsam die Fotos.

In dieser Nacht konnte Lupe das erste Mal, seit ihr Prinz entschwunden war, wieder ruhig schlafen.

Als sie am nächsten Morgen erwachte, beschloß sie, daß sie eines Tages auch so ein kleines Kästchen besitzen würde, um darin all ihre Schätze, einschließlich der Karte des Colonels, aufzubewahren. Sie liebte es, mit den Fingerspitzen über jeden einzelnen Buchstaben seines Namens zu streichen, dann fühlte sie sich ihm ganz nah.

Es war nun zwei Wochen her, daß der Colonel abgereist war. Lupe bat die Mutter, sie ins Hochland gehen zu lassen.

»Der Colonel kommt bestimmt heute zurück, ich möchte ihm entgegengehen«, sagte sie.

Doña Guadalupe sah die Augen ihrer Tochter und verspürte Mitleid. »In Ordnung«, sagte sie, »aber nimm Victorianos Hund mit. Und sei vorsichtig! Vor ein paar Tagen trieb sich ein Jaguar dort oben herum.«

»Ich werde aufpassen«, versprach Lupe.

Sie packte ein paar Pfirsiche und eine Tortilla mit frischem Ziegenkäse ein und machte sich mit Victorianos kleinem Hund auf den Weg. Als sie die Hauptstraße oberhalb des Hauses erreicht hatte, folgte sie der Straße, die um den Cañon oberhalb des Dorfes zum amerikanischen Minengelände führte. Dann bog sie nach links auf den zickzackförmigen Pfad ab, den der Colonel hatte bauen lassen. Ohne sich die Beine zu zerkratzen, kletterte sie flink und zielstrebig voran, zwischen Eichen und Felsbrocken hindurch. Wie für alle Kinder des Dorfes gehörten Klettern und Laufen zu ihrem täglichen Leben. Sie hätte mit einem Korb voller Wäsche oder Holz steile Bergpfade erklimmen können, ohne zu ermüden.

Nach einer Stunde erreichte Lupe die jungen Kiefern, die an der Stelle nachwuchsen, wo durch den Meteoriteneinschlag alle Bäume abgebrannt waren. Der Lärm der Wasserfälle war ohrenbetäubend. Vorsichtig setzte sie ihren Weg zwischen den Bäumen und durch die Felsspalte auf der Nordkante des Cañons fort. Ihre Beine waren kräftig und ihr Herz so voller Erwartung, daß sie leichtfüßig wie ein kleines Maultier aus dem Cañon kletterte. Als sie schließlich die Felsspalte durchquert hatte, bot sich ihr ein großartiger Anblick. Sie befand sich jetzt oberhalb der Bergspitzen, umgeben von den weiten Ebenen des Hochplateaus. Zu ihren Füßen erstreckte sich eine unerschlossene Landschaft von atemberaubender Schönheit: der Nordwesten Mexikos. Einige der Schluchten der Barranca del Cobre sind größer und weitläufiger als die des Grand Cañon in Arizona.

Während sie einem der kleinen Wasserläufe folgte, ging sie über Wiesen mit unzähligen blauen, roten, gelben und rosafarbenen Wildblumen. Weitab vom Tosen des Wasserfalls herrschte hier oben wohltuende Stille. Der kleine Hund des Bruders tollte stöbernd umher, auf der Jagd nach Wild und Bergwachteln. Nachdem sie einen kleinen Bach überquert hatte, stieß sie im Schlamm auf die frische Fährte eines Jaguars. Dem Hund sträubte sich das Fell. Lupe streichelte ihn und sah sich vorsichtig um, konnte jedoch nichts entdecken. Allerdings waren Jaguare hier oben nichts Ungewöhnliches, und man begegnete ihnen eher mit Respekt als mit Angst. Für die Bewohner der Berge waren sie nur ein Teil der Natur. In unmittelbarer Nähe, umgeben von Wildblumen, fand Lupe eine kleine Felsformation, die wie ein Stapel aufeinandergeschichteter Tortillas aussah, und darauf wuchs eine windschiefe, kleine Kiefer. Der Baum war kaum zwei Meter hoch, und man konnte sehen, wo die Wurzeln im felsigen Untergrund Halt gesucht hatten. Diese Art der Hochlandkiefern unterscheidet sich grundlegend von den großen, erhabenen, weißen Kiefern, die an den hohen, geschützten Wänden des Cañons wachsen.

Lupe erklomm die Tortillafelsen, ergriff einen der unteren Äste und kletterte auf den knorrigen kleinen Baum. Von dort oben konnte sie weit nach Westen sehen, über die tiefliegenden Bergkuppen, die sich bis in die Wälder der Tiefebene erstreckten. In der Ferne sah sie einen glänzenden Streifen, welcher, so hatte man ihr erzählt, die Sea of Cortez war. Sie wünschte sich sehnlichst, ihren Prinzen zu erspähen, wie er auf seinem rotbraunen Hengst an der Spitze seiner Männer durch das Hochland ritt. Doch so sehr sie sich auch bemühte, es war weit und breit niemand zu sehen.

Lupe lehnte ihren Kopf an den Stamm des Baumes und sah einem Adler zu, der über ihr seine Kreise zog und an windgeglätteten Berghängen und Lichtungen voller Wildblumen auf und ab glitt. Sie nahm die Karte des Colonels aus der Tasche, »Colonel Manuel Maytorena«, las sie laut, während sie mit den Fingern über die dunklen Buchstaben strich. Tränen stiegen ihr in die Augen.

Sie lauschte auf den Wind, den Vater des Hochlandes, der singend und pfeifend durch die kleinen knorrigen Bäume strich. Nachdem sie sich die Tränen abgewischt hatte, packte sie ihre Mahlzeit aus und begann zu essen. Sie seufzte tief. »Lieber Gott«, sagte sie mit leiser Stimme, »ich brauche deine Hilfe. Mein Märchenprinz, Colonel Maytorena, ist in Gefahr, ich spüre es genau. Bitte, bitte, beschütze ihn und bring ihn mir gesund zurück. Ich bitte dich im Namen der Jungfrau Maria und unserer Heiligen Jungfrau von Guadalupe. Vergiß bitte nicht, lieber Gott, du hast meinen Prinzen doch im Himmel extra für mich gemacht, bitte, bitte beschütze ihn nun auch für mich.« Während sie betete und ihren Blick über die großartige Landschaft gleiten ließ, fühlte sie sich dem Allmächtigen ganz nah.

Als sie wieder hinabstieg, war ihr Herz schwer, und sie wurde müde. Beim Aufstieg hatte ihr der Gedanke, den Colonel wiederzusehen, Flügel verliehen. Nun war sie so enttäuscht, daß sie mehrmals stolperte und zu Boden fiel.

Sie war gerade bei den jungen Kiefern angekommen, als der

Hund abrupt stehen blieb. Lupe drehte sich um und bemerkte, daß das Tier unruhig zum Wasserfall hinübersah, der von hier aus noch wie ein ruhiges, glitzerndes Band aussah, bevor er sich donnernd in den weit unten liegenden Felstümpel ergoß. Lupe erinnerte sich wieder an die Jaguarspuren, die sie zuvor gesehen hatte.

»Was ist los?« fragte sie und streichelte den kleinen Hund. Er blickte sie an und sprang plötzlich davon, über den felsigen Boden, zwischen den Kiefern hindurch, in Richtung Wasserfall.

Lupe war nicht sicher, was sie tun sollte. Sie beschloß, daß es am vernünftigsten sei, dem Hund zu folgen, falls der Jaguar tatsächlich in der Nähe sein sollte. Sie rannte dem Tier hinterher und erhaschte hin und wieder einen Blick auf ihn, während er über die Felsen vor ihr her preschte. Doch dann war er verschwunden. Sie blieb stehen und blickte sich um. Sie hatte plötzlich das Gefühl, daß sie in ernster Gefahr war. Vor Aufregung bekam sie einen Schluckauf. Vorsichtig schlich sie weiter zu der Stelle, an der sie den Hund zuletzt gesehen hatte. Das Rauschen des Wasserfalls war nun wieder ohrenbetäubend. Wenige Meter unter ihr ergoß er sich prasselnd in den Felssee. Als sie die erste Eiche erreicht hatte, tastete sie sich vorsichtig, beide Hände an die rauhe Rinde gepreßt, um den Baum herum. Da verschlug es ihr den Atem. Sie griff sich ans Herz. Weiter unten, in einer tiefen Felsspalte neben dem Wasserfall, entdeckte sie Old Man Benito und ihren Bruder Victoriano. Sie halfen gerade der Mutter über einen Felsen und zeigten auf etwas, das sich nicht weit vom See, hinterm Wasserfall befand. Ihren Schluckauf unterdrückend, wunderte Lupe sich, was ihre Mutter dort tat. Doch dann wurde ihr klar, was geschehen war. Ihr Bruder und Don Benito mußten Gold gefunden haben. Bestimmt war das auch der Grund, warum sie mit der Mutter seit einigen Monaten immerzu tuschelten.

Der kleine Hund tauchte jetzt bellend über ihnen in der Felsspalte auf, und Lupe hatte gerade noch Zeit zurückzuweichen, bevor die Mutter hinaufblickte. Mit geschlossenen Augen preßte Lupe sich an den Stamm. Dann zog sie sich vorsichtig zurück, damit man sie nicht entdeckte.

Plötzlich merkte sie, daß etwas Dunkles hinter ihr war. Sie

fuhr herum und erblickte Don Benitos großen schwarzen Hund, der knurrend zum Sprung auf sie ansetzte. Sie schrie auf. Der Hund war als sehr bösartig bekannt. Mit gefletschten Zähnen und blutunterlaufenen Augen stand er vor ihr. Doch dann sauste ein Stock auf das Tier nieder. »Weg! Lobo!« befahl Victoriano, der hinter einem Baum hervorgesprungen kam. »Verdammt, Lupe! Was machst du denn hier?« seine Stimme übertönte das Brausen des Wasserfalls. Lupe konnte sich nicht erinnern, daß der Bruder sie jemals zuvor so angefahren hatte.

»Bist du allein?« brüllte er.

»Ja«, antwortete sie.

»In Ordnung, dann komm mit!« Er senkte seine Machete und reichte Lupe die Hand. Lupe folgte ihm rasch. Was sie nun zu sehen bekam, hätte sie sich niemals träumen lassen. Neben dem Wasserfall stand Don Benito mit ihrer Mutter in einer Felsspalte, die voller Gold und fast so groß wie ein Zimmer war. Die feuchten Wände glänzten im sanften Licht der Sonne, das durch den funkelnden Gischt der herabströmenden Wassermassen fiel.

»Aber wann habt ihr das denn entdeckt?« brüllte Lupe, die Mühe hatte, das laute Rauschen zu übertönen. »Warum hat mir niemand etwas gesagt?«

»Damit du deinem Colonel alles erzählst und er es uns wegnimmt?« antwortete Victoriano.

»Cálmate«, sagte ihre Mutter laut, »Lupe ist kein Kind mehr! Sie versteht unsere Situation!«

Der Wasserfall war kaum hundert Meter entfernt, und sie wurden von dem feuchten Gischt völlig durchnäßt.

»Aber Mama, du solltest sie mal sehen, wenn er in der Nähe ist«, schimpfte Victoriano weiter, »nie im Leben würde sie etwas vor ihrem diebischen Colonel verheimlichen!«

»Warum sagst du so etwas, Victoriano?« erwiderte Lupe, »mein Colonel ist kein Dieb!«

»Ganz recht, querida«, sagte Old Man Benito und ging näher zu Lupe, um nicht brüllen zu müssen. »Er ist ein anständiger Mann. Aber du mußt eins verstehen: Er braucht Waffen für seinen sinnlosen Krieg gegen Villas Anhänger. Deshalb wird er uns das Gold im Namen der Revolution fortnehmen, wenn er davon erfährt.«

Lupe blickte von Don Benito zu ihrem Bruder und der Mutter.

Ihr brach fast das Herz. Alle haßten ihren Colonel, dabei war er der großartigste Mann, den Gott je geschaffen hatte. Tränen stiegen ihr in die Augen.

Doña Guadalupe gab den beiden Männern ein Zeichen, sie allein zu lassen. Die beiden kletterten aus der Felsspalte.

»Komm her«, sagte Doña Guadalupe und legte den Arm um ihre Tochter, während sie sich an eine der golddurchzogenen Felswände lehnten.

»Oh, Mama, sie hassen den Colonel, dabei ist er doch so gut zu allen.«

»Nein, *mi hijita*, sie hassen ihn nicht«, erwiderte die Mutter. »Aber dein Bruder und Don Benito haben schon so lange nach Gold gesucht, daß sie jetzt einfach Angst haben. Sieh dich doch um, meine Kleine, dann mußt du zugeben, daß sie unglaubliches Glück gehabt haben. Sie haben allen Grund, nervös zu sein, besonders, nachdem Don Benito seine letzte Mine an die *americanos* verloren hat.«

Sie streichelte das lange, volle Haar der Tochter. Es war vom Wassernebel feucht und glänzend geworden. »Was Don Benito gesagt hat, ist wahr, *mi hijita*. Wir dürfen deinem Colonel nicht trauen. Er ist ein großartiger Mann, aber es ist so sicher wie das Amen in der Kirche, daß er uns das Gold wegnehmen und den Amerikanern für Waffenlieferungen geben wird, sobald er davon erfährt.« Sie seufzte tief; sie fühlte, wie das kleine Herz ihrer Tochter hämmerte.

Lupe wußte nicht, was sie denken sollte. Sie wollte einfach nicht glauben, was die Mutter ihr erzählte.

»O Mama, du irrst dich!« sagte sie. »Der Colonel hat mir immer wieder gesagt, daß er diese Revolution für uns führt, für das Volk von Mexiko. Er würde uns niemals die Mine stehlen und sie den *americanos* geben.«

»Lupe, jetzt hör mir mal gut zu«, sagte Doña Guadalupe, »ich weiß, wie sehr du diesen Mann liebst und daß er für dich gleich nach dem lieben Gott kommt. Dafür mache ich dir auch keinen Vorwurf, du warst schließlich noch sehr klein, als dein Vater fortging. Aber, *mi hijita*, inzwischen bist du sechs Jahre alt, und es wird Zeit, daß du dir darüber klar wirst, daß die Träume, die wir als Frauen auf dieser Erde träumen, nur von kurzer Dauer sind.

Wenn es um Liebe geht, müssen besonders wir Frauen einen klaren Kopf behalten, sonst gehen wir zugrunde. Kein Mann, egal wie wundervoll er auch sein mag, ist wichtiger als das einzig Bedeutende im Leben einer Frau: ihre Familie!«

Sie hielt Lupe ein Stück von sich. »Verstehst du das?«

Lupe schüttelte den Kopf. »Nein, Mama, ich dachte immer, die Liebe wäre das einzig Wichtige.«

»Oh, *mi hijita*, du hast zu oft Romangeschichten deiner Schwestern mit angehört. Wahre Liebe mag im Himmel gesegnet werden, aber sie wurde wahrhaftig nicht dort erfunden. Im übrigen gehört der Colonel nicht zu unserer Familie. Sobald seine Arbeit hier beendet ist, wird er wieder fortgehen. Du mußt das begreifen, du bist kein Kind mehr. Vor allem hast du zu deinem Bruder und zu deinen Schwestern zu stehen und zu mir – *la familia*.«

Lupe nickte, die Augen voller Tränen. »Ja, ich verstehe. Aber wenn ich einmal heirate, wird mein Ehemann doch auch zu unserer Familie gehören, dann kann ich ihm gegenüber doch auch loyal sein?« fragte sie, völlig verwirrt.

»Ich hoffe es«, sagte die alte Frau und seufzte tief. »Aber leider kann man sich auch darauf nicht immer verlassen.«

Als Lupe das hörte, geriet ihre Welt ins Wanken. Ihr Leben lang hatte sie zugehört, wie die Schwestern sich über die Liebesgeschichten in ihren Romanen unterhielten. Sie hatte immer angenommen, daß sich das Leben einer Familie ganz um den Ehemann drehte und daß jede Ehe vom Allmächtigen selbst im Himmel gesegnet würde.

Lupe drückte sich fest an ihre Mutter und verbarg ihr Gesicht an dem warmen Körper. Sie weinte bitterlich. Ihr Bruder und Old Man Benito kehrten zurück und sahen ihr Elend. Victoriano hob einen Stock von der Erde auf und brach ihn entzwei. O Gott, wie verfluchte er den Tag, an dem der Colonel in ihr Leben getreten war. Wofür hielt dieser Kerl sich bloß? Jeden Abend kam er mit neuen Geschichten nach Hause. Schließlich war er nicht ihr Vater!

Don Benito sah Victorianos Zorn, doch er sagte nichts. Er zog Papier und Tabak aus der Tasche, rollte sich eine Zigarette und lehnte sich zurück, während er sie anzündete. Er rauchte und strich mit seinen schwieligen, nackten Füßen über das dichte Fell seines Hundes. Don Benito war ein Tarahumara-Halbblut. Der große Zeh an seinen Füßen war dick und kräftig und wie ein Daumen von den anderen Zehen abgespreizt. Vom ständigen Barfußlaufen in den Felsen waren seine Zehen so kräftig geworden, daß er sich damit wie das Bergwild in der Erde festkrallen konnte.

»Schluß jetzt, *mi hijita*«, sagte Doña Guadalupe, »nun hast du genug geweint. Jetzt mußt du den Kinderkram vergessen. Du bist fast sieben Jahre alt und ein verantwortlicher Mensch, deshalb weiß ich, daß du unser Geheimnis bewahren wirst. Und jetzt, Don Benito und Victoriano«, fügte sie hinzu, »laßt uns Gott gemeinsam danken, daß er uns hierhergeführt und uns dieses Wunder beschert hat.«

Sie knieten auf dem blanken Boden in der vergoldeten Felsspalte nieder und begannen zu beten. Die tanzenden Sonnenstrahlen warfen rote, orangefarbene und gelbe Farbtupfer auf die Wände der Felshöhle.

Doña Guadalupe sammelte ein paar Goldnuggets ein und steckte sie in ihren Lederbeutel, dann machte sie sich zusammen mit Lupe an den steilen Abstieg. Don Benito und Vicotoriano blieben zurück, um die Fundstelle hinter Bäumen und Laubwerk zu verbergen.

3

Und Petrus schloß die Schleusen des Himmels. Die Regenzeit war zu
Ende, und das Hochzeitsspiel der Natur begann

An den beiden darauffolgenden Tagen zerkleinerten Don Benito
und Victoriano die Goldklumpen, die sie aus der Felshöhle
geschlagen hatten, und gaben die Nuggets Doña Guadalupe und
ihren Töchtern, die sie in großen, steinernen *metates* zu feinem
Goldstaub zermahlten. Sie wollten vermeiden, daß jemand das
Gold im Rohzustand zu sehen bekam, es sollte so aussehen, als
hätten sie es in einem Bach unterhalb des Dorfes gefunden.

»Ich glaube, so müßte es gehen«, sagte Doña Guadalupe zu
Don Benito, nachdem die Minenarbeiter zu Ende gegessen hatten und zur Arbeit aufgebrochen waren. »Was meinst du?«

Don Benito prüfte die winzigen Goldkörnchen und nickte. »Es
sieht wirklich aus, als hätten wir es gerade aus einem Bach gewaschen«, bestätigte er und grinste. »Jetzt können wir es verkaufen.«

Er verstaute den Goldstaub in einem leichten Hirschlederbeutel und machte sich mit Victoriano auf den Weg zu Don Manuels
Laden.

»Sieh an, da wart ihr also diesmal erfolgreich«, sagte Don
Manuel und wog den Goldstaub.

»Ja«, antwortete Don Benito, »wir hatten ein wenig Glück, du
weißt ja, wie es so kurz nach dem Regen manchmal ist.«

»Klar«, antwortete der Bürgermeister, »alle Indios in der
Gegend sind für ein paar Monate reich. Ich hoffe nur, euer Glück
hält ein bißchen länger an.«

»Ich denke schon«, erwiderte der alte Mann und zwinkerte
Victoriano zu.

Der Bürgermeister bezahlte ihnen das Gold, ohne weitere Fragen zu stellen, und die beiden eilten mit dem Geld zur Hütte
zurück. Victoriano hätte vor Freude am liebsten laut gejubelt. Sie
hatten über hundert Pesos erhalten. Und die Hälfte gehörte seiner Familie.

Lupe hatte ihren Bruder noch nie so stolz gesehen wie in dem Augenblick, als Don Benito der Mutter das Geld überreichte.

»*Dios mio*«, staunte die Mutter, »das ist ja mehr, als wir in fünf Jahren mit unserem kleinen Restaurant verdient haben.«

Freudentränen stiegen ihnen in die Augen. Sie bemühten sich, leise zu sein, damit Socorro, die im Nebenraum schlief, sie nicht hören konnte.

»Und das ist für dich, *mi hijito*«, sagte Doña Guadalupe und drückte Victoriano etwas Geld in die Hand.

»Aber das sind ja fünf Pesos!« rief er aus und vergaß vor Überraschung, seine Stimme zu senken.

»Psst«, warnte Doña Guadalupe und zeigte in Richtung Nebenzimmer. »Nimm es, mein Junge, es gehört dir. Kauf dir einen neuen Hut oder was immer du dir wünschst«, flüsterte sie.

»Meinst du wirklich?« fragte Victoriano. Er hatte noch nie eigenes Geld besessen. Und fünf Pesos waren eine Menge. Soviel verdienten Flaco und Manos nicht mal in einer Woche, obwohl sie zu den besten Männern in der Mine gehörten.

»Aber Mama, soviel brauche ich doch nicht.«

»Natürlich nicht«, antwortete Doña Guadalupe, »aber nimm es trotzdem.«

Seine Augen glänzten vor Aufregung. »In Ordnung! Dann werde ich mir damit meinen ersten richtigen Friseurbesuch leisten.« Er küßte seine Mutter und lief hinaus, um Don Benito einzuholen. Dieser war bereits auf dem Weg ins Dorf, wo er ein duftendes Bad zu nehmen gedachte.

Als Don Benito und Victoriano am Abend zurückkehrten, hätte Lupe die beiden im ersten Moment fast nicht wiedererkannt. Sie hatten sich die Haare schneiden lassen und trugen große, nagelneue Hüte, leuchtend bunte Hemden und weiße Hosen. Sie sahen aus wie zwei Männer auf dem Weg zu einem großen Fest.

»Aha, ihr beiden seid wohl auf Gold gestoßen?« sagte einer der jungen Minenarbeiter und grinste sie spöttisch an.

Don Benito schüttelte nur den Kopf und setzte sich. »Eigentlich nicht«, sagte er. »Aber wir haben ein paar Körner unten im Bach gefunden.«

»Wieviel?« erkundigte sich ein anderer Arbeiter.

»Na, allzu viel kann's nicht gewesen sein«, mischte sich ein dritter ein, »sonst säße er jetzt schon längst unten auf der Plaza, würde die Musiker aufmarschieren lassen und alle freihalten wie beim letzten Mal. Stimmt's alter Mann? Ich habe gehört, du hast sechs Monate lang die Puppen tanzen lassen?«

»Fast ein Jahr lang«, korrigierte ihn Don Benito. »Aber laß dir eins sagen. Sollte ich je wieder auf Gold stoßen, wüßte ich was Besseres, als solche Narren wie dich freizuhalten.« Ärgerliches Gemurmel ging durch die *ramada.* »Nein, ich würde genauso hier unter der *ramada* sitzen und mein Abendessen einnehmen wie jetzt auch. Bei dieser großartigen Familie, die nie das Vertrauen in mich verloren hat und die mich seit einem Jahr umsonst durchfüttert. Diese Familie und ich, wir sind Partner. Ihr könnt mir glauben, nicht mehr lange, und ich werde auf eine richtig dicke Goldader stoßen. Ihr Jungs könnt doch nur hoffen, daß ihr weiter nach Gold buddeln dürft, das euch nicht einmal gehört.«

Manos brach in Gelächter aus. »Da seht ihr, wer hier die Fäden in der Hand hat«, sagte er und schaufelte seine Mahlzeit in sich hinein. »Ihr Rotznasen habt den alten Bullen lange genug gereizt!«

»Da hat er verdammt recht«, bestätigte Flaco. Er blickte sich verstohlen um und nahm schnell einen Zug aus der Tequilaflasche, die er unterm Tisch verborgen hielt. »Hier«, er reichte Don Benito die Flasche, »nimm auch einen Schluck!«

»Gern«, sagte Don Benito und streckte die Hand aus. Er sah sich jedoch auch zuerst vorsichtig um, bevor er seinen Hut in den Nacken schob und die Flasche ansetzte. Bei Doña Guadalupe herrschte striktes Alkoholverbot. Das war eine der ersten Regeln, die sie aufgestellt hatte, nachdem ihr Mann das Haus verlassen hatte.

Als die jungen Minenarbeiter nach dem Essen gegangen waren, machten sich Manos und Flaco an Don Benito und Victoriano heran. Der alte Mann und der Junge hatten ihre Mahlzeit beendet und genossen nun einen Becher des köstlichen *atole,* eines Getränks, das aus warmer Ziegenmilch, braunem Rohrzucker und Maismehl hergestellt wurde.

»Gratuliere«, sagte Manos.

»Danke«, antwortete Don Benito.

Victoriano konnte seinen Stolz nur mit Mühe verbergen.

Manos beugte sich zu ihnen hinunter und flüsterte: »Wenn ihr beiden Dynamit oder Werkzeuge braucht, sagt uns Bescheid, wir können euch alles besorgen.«

Don Benito nickte. »Danke, aber wie ich schon sagte, wir haben nur ein paar Goldkörner unten im Fluß gefunden. Wir brauchen keine Werkzeuge oder Sprengstoff.«

Manos grinste nur. »Meinetwegen könnt ihr das den anderen erzählen. Aber Flaco und mir könnt ihr nichts vormachen, wir wissen doch genau, daß es noch zu kurz nach der Regenzeit ist, um schon Gold zu finden.«

»Manos will dich nur warnen, Alter. Die Amerikaner sind verdammt gierig, und sie werden bald noch eine zweite Ladung Gold aus dem Cañon schaffen. Sei also auf der Hut und wirf nicht mit Geld um dich!«

Don Benito setzte den Becher mit *atole* ab. Victoriano merkte, daß er bestürzt war. »Nett von euch, Jungs, daß ihr euch Gedanken macht«, antwortete Don Benito, »aber glaubt mir, wir haben wirklich nichts weiter gefunden.«

»Okay«, sagte Manos, »dann bleibt bei eurer Version. Aber wenn ihr jemanden zum Sprengen braucht, dann laßt es mich wissen. Ich habe es satt, für die Gringos zu arbeiten.«

»Wieviel würdest du verlangen?« fragte Victoriano, ohne nachzudenken.

Manos feixte. »Ist wohl'n großes Ding, was?«

Don Benito schwieg und starrte auf den schweren Becher in seiner Hand, der anstelle eines Henkels eine Vertiefung für die Finger zum Anfassen hatte. Manos langte hinüber und entfernte ein loses Fädchen von Don Benitos neuem Hemd. »Mach dir nichts draus«, sagte er, bevor er mit Flaco verschwand, »wir halten dicht.«

»Es tut mir leid«, sagte Victoriano, als sie wieder allein waren.

»Ist schon gut«, antwortete der alte Mann.

»Ich habe einfach nicht nachgedacht.«

»Ich sagte doch, es ist okay«, erwiderte Don Benito, »ich hoffe bloß, deine kleine Schwester hält den Mund, wenn der Colonel zurückkommt.«

Victoriano schwieg jetzt, und Old Man Benito zog eine Zigarre hervor. »Als ich das erste Mal Gold fand, konnte ich es auch nicht für mich behalten. Dieses verdammte Zeug kann einen Mann wahrhaftig um den Verstand bringen. Glaub mir, es gibt nichts anderes, was dein Blut so zum Kochen bringt und dein Hirn so benebelt.«

Er nahm noch einen tiefen Zug, dann nahm er seinen Hut. »Komm, Partner, laß uns zur Plaza gehen. Ich will noch eine Zigarre kaufen und mich ein wenig umsehen.«

Victoriano sprang rasch auf und griff auch nach seinem neuen Hut. »Ich laufe nur schnell hinein und sage Mutter Bescheid.«

»Natürlich«, sagte Don Benito.

In der Hütte überlegten seine Mutter, die Schwestern und Socorro gerade, was für Kleider sie aus den neuen Stoffen nähen würden, die sie gekauft hatten.

»Mama«, fragte er, »kann ich noch mal runter zur Plaza mit Don Benito?«

»Zweimal an einem Tag?« fragte Doña Guadalupe, die über das ganze Gesicht strahlte. »Geh mit Gott, *mi hijito!*«

Victoriano küßte seine Mutter und sauste wieder hinaus. Lupe sah ihrem Bruder hinterher. Sie war glücklich, daß er nicht mehr böse auf sie war.

Die Sonne verschwand schon hinter den hohen Wänden der Schlucht, als Don Benito und Victoriano aus Don Manuels Laden kamen. Don Benito hatte noch eine Zigarre gekauft und für Victoriano eine Zuckerstange. Seite an Seite wanderten sie über die Plaza und wünschten den Soldaten, die der Colonel zurückgelassen hatte, eine gute Nacht. Der alte Mann paffte seine Zigarre, und Victoriano verzehrte genüßlich seine Süßigkeit. Beide trugen wunderschöne, handgewobene Tücher um den Hals, die sie einer Indiofrau abgekauft hatten. Gemächlich schlenderten sie umher und beschlossen, zu den Quellen unterhalb der Stadt zu gehen.

Die Regenzeit war vorüber. Das Wasser des Flusses ging immer mehr zurück, und an seinem Ufer machte sich wieder dichtes Gestrüpp breit. Die Papageienschwärme waren zu Tausenden in den Cañon zurückgekehrt und nisteten in den hohen

Bäumen. Der Duft unzähliger Wildblumen wehte durch die Schlucht. Um diese Zeit gebar das Wild seine Jungen; Vogelpärchen und Millionen Insekten und Schmetterlinge schwirrten durch den Cañon, der voller Leben war.

»Riechst du, wie wunderbar alles duftet?« sagte Don Benito, während sie nebeneinander her gingen. »Ich könnte schwören, daß die Welt viel schöner ist und ich zwanzig Jahre jünger geworden bin, seit wir auf Gold gestoßen sind. Beim ersten Mal, als ich Gold fand, war ich noch viel zu jung, um es wirklich zu schätzen. Ich war erst so um die Zwanzig und regelrecht im Goldfieber. Ich redete in einem fort. Jedem mußte ich es erzählen. Und jede Nacht habe ich gefeiert. Ich konnte einfach nicht schlafen und war fortwährend damit beschäftigt, Pläne zu schmieden. Ich wollte Land kaufen! *Haciendas!* Ganze Dörfer!

Ach, ich habe mich gefühlt wie ein König. Nichts war unerreichbar! Ich dachte, ich wäre unsterblich!« Er lachte und legte den Arm um seinen jungen Partner. Sie waren jetzt an dem kleinen Teich unterhalb der Plaza angekommen, wo es von winzigen Fröschen nur so wimmelte. Victoriano beobachtete, wie sie umhersprangen. Don Benito rauchte weiter an seiner Zigarre, während sie ihren Weg durch das frische, üppige Grün fortsetzten. Es war spät geworden, und die Sonne hatte den Himmel über den riesigen Felswänden in tiefes Violett getaucht.

Als sie um einen großen, von Farn umgebenen Felsen gegangen waren, erblickte Don Benito plötzlich Lydia, Don Manuels älteste Tochter. Sie trug ein weißes Spitzenkleid und rannte über ein freies Feld am Fluß entlang. Ihr langes, kastanienbraunes Haar flatterte im Wind. Mit zwei anderen Mädchen lief sie lachend und hüpfend über den Teppich aus Wildblumen. Sie jagten einem Schmetterlingsschwarm hinterher, der silbern und orangefarben im Licht der untergehenden Sonne funkelte.

Wie angewurzelt blieb Benito stehen, als hätte Gott ihn mit einem Liebespfeil mitten ins Herz getroffen.

Da war sie, seine Königin. Von ihr hatte er sein Leben lang geträumt. Sie lachte und tanzte über die Blumenwiese, gehüllt in eine Schmetterlingswolke, und ihr Haar leuchtete im Sonnenlicht.

Mit offenem Mund beobachtete Don Benito, wie Lydia über

den Blumenteppich wirbelte, und bewunderte die makellos weiße Haut ihrer Arme.

Er sprang mit einem Satz aus dem Farn heraus auf Lydia zu und umfing sie mit seinen Armen. Erschrocken sah das Mädchen ihn an und erkannte den alten Mann im ersten Augenblick nicht. Doch dann begann sie zu schreien und versuchte sich loszureißen, aber Don Benito umschloß sie mit seinen Armen, die von der lebenslangen Arbeit in den Felsen stark und kräftig waren.

»Er ist verrückt, Lydia«, kreischten die Mädchen, »lauf weg!«

»Ja, verrückt vor Liebe«, rief er, »ich bin kein Narr, Lydia! Ich bin reich! Heirate mich! Dann schenke ich dir Schuhe aus Gold, damit deine Füße nie wieder den schmutzigen Boden berühren müssen!«

»Reich?« fragte sie.

»Ja«, bestätigte er, »frag deinen Vater, er wird es dir sagen. Wir sind füreinander bestimmt, du bist meine Königin. Wir werden ein Haus in Mexiko City haben und ein zweites in Paris, und noch eins hier in La Lluvia de Oro, wenn du es dir wünschst.«

Victoriano kam herbeigerannt und ließ vor Schreck seine Zuckerstange fallen, als er Don Benito mit der ältesten Tochter des Bürgermeisters sah. Es war die Jahreszeit, die gewöhnlichen Sterblichen in der Tat den Verstand rauben konnte.

»Don Benito«, sagte Lydia, die ihn nie zuvor mit ›Don‹ angeredet hatte, »wenn du lügst und mich vor allen blamierst, dann schwöre ich dir, daß ich dafür sorgen werde, daß mein Vater dich erschießt. Aber wenn du die Wahrheit gesagt hast, dann mußt du dich auch wie ein König vor meinem Vater präsentieren!« Sie sprach das Wort ›König‹ so laut und nachdrücklich aus, daß es über die Wiese voller Blumen und Schmetterlinge bis hinauf zum Rande der Felswände hallte.

Victoriano wandte sich um und rannte, so schnell er konnte, davon.

Doña Guadalupe und ihre Töchter räumten gerade das abgewaschene Geschirr fort, als Victoriano keuchend unter der *ramada* erschien. Sie sahen ihm an, daß etwas Schreckliches passiert sein mußte.

»Was ist los?« fragte die Mutter.

»Don Benito hat Lydia gerade alles über unser Gold erzählt.«

»Ja und?« fragte Carlota.

»Ja und?« Victoriano äffte sie wütend nach. »Kannst du dir das nicht denken? Morgen wird es die ganze Stadt wissen, und die Amerikaner werden uns alles wegnehmen!«

»Oh, Mama, Mama!« rief Carlota. »Laß das nicht zu! Ich brauche doch noch neue Schuhe!«

Alle fingen an zu lachen.

»Keine Sorge, *hijita*«, sagte Doña Guadalupe. »Ich werde die Amerikaner nicht an unser Gold lassen, bevor du deine Schuhe hast.« Dann wandte sie sich wieder an ihren Sohn. »Jetzt erzähl mal von Anfang an. Aber sprich leise, Socorro schläft nebenan. Ich will nicht, daß wir sie aufwecken.«

Die Sonne war gerade untergegangen, als Benito pfeifend den Hang hinaufstapfte.

»Don Benito«, sagte Victoriano und trat aus dem Schatten auf Don Benito zu, »meine Mutter möchte mit dir reden.«

»Natürlich«, sagte der alte Mann vergnügt. In seiner Verliebtheit schwebte er wie auf Wolken dahin.

»In Ordnung«, sagte Doña Guadalupe, als sie die beiden kommen sah, »laß uns bitte allein, Victoriano. Ich muß geschäftlich mit Don Benito sprechen.«

Victoriano war zwar nicht einverstanden, doch er tat, wie ihm geheißen worden war. Unter der *ramada* kam er an seinen Schwestern vorbei, die an ihren neuen Kleidern nähten.

»Was hat Mama zu ihm gesagt?« fragte Carlota.

»Sie fangen gerade erst an«, sagte er und verließ die Hütte wieder durch den rückwärtigen Ausgang.

Lupe und die Schwestern hielten in ihrer Arbeit inne und sahen sich mit hochgezogenen Augenbrauen an. Sophia grinste verschmitzt und ging ihrem Bruder hinterher; Lupe und Carlota folgten ihr auf den Fersen. Maria schloß sich ihnen als letzte an. Sie traf sich neuerdings mit einem Jungen und wollte das neue Kleid beim nächsten Spaziergang mit ihm tragen. Doch im Moment war ihre Neugier stärker.

Draußen versuchte Lupe gerade, ihren Schwestern auf den Felsen nachzuklettern. Sie war jedoch noch zu klein und schaffte es nicht allein. Maria, die direkt hinter ihr war, schob sie mit einer Hand hinauf. Schnell kroch Lupe zu Sophia und Carlota. Victoriano hatte sich schon, wie ein lauernder Adler, auf der höchsten Stelle des Felsens niedergelassen und blickte nach unten, auf seine Mutter und Don Benito. Die große Mutterziege war aufmerksam geworden und schaute vom Rand ihres Verschlags neugierig auf die jungen Leute hinab, die unter ihr auf dem großen Felsen hockten.

»Ich versichere dir«, sagte Don Benito gerade, »dein Sohn kam genau zur richtigen Zeit zu mir. Alles, was ich brauchte, waren ein paar kräftige Hände zusätzlich. Und jetzt sind wir reich!«

»Bitte, sprich leise«, sagte Doña Guadalupe und strich die Schürze auf ihrem Schoß glatt.

»Oh, entschuldige«, erwiderte er.

Als Doña Guadalupe ihn ansah, fühlte sie solche Wut in sich aufsteigen, daß sie ihn fast angeschrien hätte.

»Don Benito, hatten wir nicht abgemacht, daß wir niemandem etwas von unserem Fund erzählen wollten?«

Er starrte sie an. »Also hat Victoriano dir alles erzählt?«

»Das war seine Pflicht; schließlich ist er mein Sohn.«

Rasch erhob sich der Alte. »Sieh mal, ich bin ein Mann, und ich weiß, was ich tue.«

Sie tat einen tiefen Atemzug. »Niemand hat das Gegenteil behauptet«, sagte Doña Guadalupe. »Aber wir sind Partner und hatten eine Vereinbarung getroffen.«

Don Benito griff nach seinem Hut und wandte sich zum Gehen. »Das muß ich mir nicht länger anhören. Schließlich bist du nur eine Frau, Doña Guadalupe. Was weißt du schon vom wirklichen Leben? Verstehst du denn nicht, daß ich nicht mehr warten kann? Ich muß das Gold jetzt sofort haben, damit ich in angemessener Weise vor Lydias Vater erscheinen kann!«

Lupe und ihre Geschwister mußten sich den Mund zuhalten, um nicht vor Lachen laut herauszuplatzen.

»Na gut«, sagte Doña Guadalupe, die begriff, daß er völlig verblendet war. »Du liebst sie also und kannst nicht warten. Aber verrate mir doch mal, wie du das anstellen willst, dich wie ein König zu präsentieren, wenn du das Gold erst mal hast?«

Don Benito schlug die Augen gen Himmel. »Frauen«, sagte er verächtlich. »Wie ich das machen will? Ich werde mir einen Anzug, ein Hemd und eine Krawatte kaufen und anständige Schuhe, statt dieser Stiefel hier. Ich werde mich wie ein Gentleman kleiden!« Er lächelte. Er zitterte vor Begeisterung und glühte voller Zuversicht. Er verstand nicht, daß irgend jemand an ihm zweifeln konnte. Schließlich war er jetzt ein reicher Mann.

Doña Guadalupe fühlte plötzlich Mitleid mit ihm. Sie hatte lange genug in dieser Schlucht gelebt, um zu wissen, was in der Jahreszeit der Schmetterlinge jedesmal aufs neue mit den Menschen hier geschah. Sie strich erneut über ihre Schürze. Sie würde behutsam vorgehen müssen, damit sie den alten Mann in seinem Gold- und Liebesrausch nicht kränkte.

»Ich verstehe«, sagte sie, »das hört sich alles wunderbar an, Don Benito. Aber erkläre mir doch bitte mal genau, wie du mit unserem Gold an diesen neuen Anzug kommen willst? In der ganzen Gegend hier verkauft weit und breit niemand Anzüge oder Krawatten.«

Don Benito starrte sie an. »Du hast recht, Doña Guadalupe«, sagte er, und seine Unterlippe begann zu zittern. »Ich werde wohl nach Mexiko City reisen müssen. Und wenn ich schon einmal dort bin, werde ich auch die Schuhe aus Gold für Lydia anfertigen lassen.«

»Und wer wird sich um unsere Mine kümmern, während du fort bist?« fragte sie.

Dem alten Mann trat plötzlich die Wut in die Augen. Doña Guadalupe war völlig überrascht. Er sah aus, als wolle er sie jeden Moment schlagen.

»Doña Guadalupe, jetzt gehst du zu weit!« rief er. »Du bist zwar mein Partner, aber du vergißt, wo dein Platz als Frau ist! Gute Nacht!«

Sie sprang auf. »Warte! Ich habe für dich gekocht! Ich habe dich gepflegt, als du krank warst! Wir können es uns einfach nicht leisten, wieder zu verlieren, was wir gerade gefunden haben!«

Er blieb stehen, am ganzen Leib zitternd. »Doña Guadalupe«, sagte er, »du hast mich völlig ohne Grund beleidigt! Ich werde dir nicht länger zuhören! Morgen werde ich die Höhle, die wir entdeckt haben, sprengen und genug Gold herausholen, um mein Vorhaben zu verwirklichen. Dabei bleibt es!«

»Und die Amerikaner?« fragte sie, »werden sie die Explosion nicht hören und herbeirennen, um zu sehen, was passiert ist?«

Er blinzelte, doch er blieb standhaft. »In Ordnung, dann werde ich eben kein Dynamit verwenden, sondern alles mit meinen eigenen Händen ausgraben.«

»Bitte, warte doch ein paar Wochen«, sagte sie. »Ich mache dir einen Vorschlag. Wenn du mit uns zusammenarbeitest, dann werden meine Töchter und ich dir helfen. Und wir werden auch deinen Anzug für dich nähen.«

Seine Augen weiteten sich. »Ihr wollt mir helfen, damit ich mich wirklich wie ein König präsentieren kann?« fragte er.

»Ja«, bestätigte sie und nickte.

»Oh, Doña Guadalupe, du bist eine hartnäckige Frau. In Ordnung, ich bin einverstanden. Aber nur für ein paar Wochen, dann habe ich kein Geld mehr und brauche das Gold.«

Die grauhaarige alte Frau blickte zum Rande des Cañons hinauf und dankte Gott.

Als Lupe und ihre Geschwister merkten, daß alles vorbei war, glitten sie leise an der Rückseite des Felsens hinab. Die Mutter sollte nicht merken, daß sie belauscht worden war. Schnell huschten sie wieder hinein und setzten ihre Näharbeit fort. Doch als die Mutter die Hütte betrat, sagte sie als erstes: »Wenn ihr das nächste Mal oben auf dem Felsen sitzt und lauscht, dann achtet darauf, daß die Ziege euch nicht verrät. Sie hat die ganze Zeit auf euch hinunter gestarrt.«

Sie fingen so heftig an zu lachen, daß die ganze Hütte wackelte.

4

Und der Cañon war erfüllt vom Duft der Blumen und von Vogelgezwitscher. Der Frühling hatte Einzug gehalten

Es war Vollmond. Die Kojoten und die Dorfhunde heulten den Mond an. Doña Guadalupe war der Ansicht, daß sie bei der Geburt von Socorros Baby nicht allein die Verantwortung übernehmen konnte. Wenn der Mond in seiner ganzen magischen Kraft am Himmel stand, widerfuhren Frauen, die in den Wehen lagen, mitunter die merkwürdigsten Dinge. So schickte sie Lupe und Victoriano zur Hebamme, während sie selber mit den anderen drei Töchtern heißes Wasser kochte und die Geburtsvorbereitungen traf. Lupe rannte mit Victoriano den Pfad hinauf, zum Rande der Schlucht, dem hellen Mondlicht entgegen.

Der Name der Hebamme war Angelina. Sie lebte mit ihrem Mann außerhalb des Cañons, auf einer kleinen *rancheria*, wo sie ihre Hütte in einer schmalen Felsspalte errichtet hatten.

Als sie sich der Hütte näherten, machte Victoriano sich mit lautem Rufen bemerkbar, damit die Hunde sie nicht angriffen. Angelina hörte sie und trat heraus, um die Tiere zu beruhigen. Zu dieser Zeit hatte die Hebamme immer viel zu tun, denn während des Vollmonds wurden immer die meisten Kinder geboren.

Angelina war ein Tarahumara-Vollblut und mit dem Trunkenbold El Borracho, der auch der beste Gitarrenspieler der Stadt war, verheiratet. Es gab keine Familie im Ort, zu deren Hochzeit El Borracho nicht gespielt oder deren Kinder Angelina nicht auf die Welt geholt hätte.

»Wer ist es denn diesmal?« fragte sie. Da ihre beiden Schneidezähne fehlten, hatte ihr Lächeln im Mondlicht etwas leicht Unheimliches.

»Die Frau des Colonels«, antwortete Victoriano.

»Oh, sie ist ganz schön dick«, lachte Angelina, »ich habe sie neulich gesehen, als ich eurer Schwester Maria einen Liebesbrief überbrachte.« Angelina war nicht nur Hebamme, sondern auch die Ehestifterin der Stadt und übermittelte pausenlos Liebesbotschaften zwischen den jungen Paaren.

»Laßt uns gehen«, sagte sie und marschierte los.

Auf dem Rückweg in den Cañon konnten Lupe und Victoriano kaum mit der Hebamme Schritt halten. Vor langer Zeit, als die ersten Amerikaner aus Kalifornien in der Mine Einzug gehalten hatten, war Angelina mit sechs jungen Ingenieuren, die sich selbst als große Sportler bezeichnet hatten, eine Strecke von fast vierzig Kilometern um die Wette gelaufen. Obwohl sie damals im fünften Monat schwanger war, hatte sie mit einer Stunde Vorsprung gewonnen.

Als sie bei der *ramada* ankamen, war die alte Hebamme kaum außer Atem. Flink untersuchte sie Socorro und gab ihr das Herz eines getrockneten Kaktus zu kauen.

Diesen Fruchtknoten verwendeten auch die Tarahumara-Läufer, wenn sie ihre berühmten Rennen liefen, die sich oft über mehr als hundertfünfzig Kilometer erstreckten. Angelina befahl allen, die Hütte zu verlassen, außer den Frauen, die ihr helfen würden.

»So, hinaus mit dir, *mi hijita*«, sagte Doña Guadalupe zu Lupe und schob sie mit Don Benito und Victoriano aus dem Raum.

»Aber Mama«, fragte Lupe, »kann ich nicht bleiben?«

»Laß sie ruhig hier«, sagte die Amme, während sie Socorros Beine und Füße mit einer öligen Salbe einrieb. »Ein Mädchen ist niemals zu jung, sich mit Frauenangelegenheiten vertraut zu machen. Glaube mir, diejenigen, die das nicht früh genug lernen, haben später die meisten Probleme.«

»Bitte, Mama«, Lupe wandte ihre Augen keinen Augenblick von der Hebamme ab, die Socorro immer noch mit der glänzenden Salbe einrieb. Die ölige Substanz verströmte einen angenehmen, kräftigen Geruch. »Ich möchte auch helfen. Ich habe es dem Colonel doch versprochen.«

Doña Guadalupe war zwar anderer Meinung, aber sie wollte keine Zeit mit Diskussionen verlieren. Socorro schrie vor Schmerzen, und aus der Ferne antworteten ihr heulend die Kojoten. Die Nacht war voller unheimlicher Geräusche.

»In Ordnung«, gab Doña Guadalupe nach, »aber wenn es dir zuviel wird, gehst du sofort hinaus, verstanden?«

»Ja, Mama«, antwortete Lupe und machte sich sogleich daran, ihren Schwestern zu helfen.

Es gab einiges zu tun. Sie mußten das große Seil an dem dicken Mittelpfosten der Hütte festbinden, dafür sorgen, daß das Wasser nicht kalt wurde, und der Hebamme helfen, Socorro zu stützen. Schließlich mußte man es einer Frau, die in den Wehen lag, so behaglich wie möglich machen, damit sie ein glückliches und gesundes Baby zur Welt brachte.

Lupe spürte die nervöse Erregung der Frauen, die sich im Halbdunkel der Hütte zu schaffen machten. Die kleine Hütte war im Augenblick das ausschließliche Refugium der Frauen, kein Mann wurde jetzt hier geduldet. Schon immer hatte man Lupe erzählt, daß kein Mann jemals in der Lage sei, die Qualen zu ertragen, die eine Frau bei der Geburt ihrer Kinder durchmachen mußte.

Victoriano und Don Benito saßen vor der *ramada* und lauschten Socorros Schreien.

»Ich liebe Lydia zwar über alles«, sagte der alte Mann, »aber diese Schreie schmerzen mich mehr als Kugeln.«

Zwei Tage zuvor hatte Don Manuel zwei Schüsse auf Don Benito abgefeuert, als dieser seiner Tochter Lydia unter ihrem Schlafzimmerfenster ein Ständchen darbringen wollte. Das ganze Dorf tratschte darüber, daß Don Benito der Tochter des Bürgermeisters den Hof machte; wo dieser seine Tochter doch dazu auserkoren hatte, einen Amerikaner zu heiraten.

»Niemals werde ich meiner Lydia so etwas antun«, sagte Don Benito gerade. »Es ist furchtbar, was Frauen durchmachen müssen, um neues Leben in die Welt zu setzen.«

In der Hütte ermunterte die Hebamme Socorro, ihre Pein laut herauszuschreien. »Mach deinen Mund weit auf«, sagte Angelina, während sie Socorro Nacken und Schultern massierte. »Schrei heraus, was du fühlst. Versuch nicht, dich zusammenzunehmen, *querida*, laß es raus.«

Socorro begann zuerst leise zu schluchzen, doch allmählich gab sie nach und stieß laute, markerschütternde Schreie aus.

»Sehr gut«, sagte die Hebamme, »jetzt atme tief ein, und dann schrei ganz laut, damit der Schmerz aus deinem Körper strömen kann.«

Socorro gehorchte und stieß einen weiteren gellenden Schrei aus. Lupe ließ sich zu ihrer eigenen Überraschung nicht aus der Ruhe bringen. Die Schreie schienen ihr ganz natürlich, sie fühlte sich selbst dadurch befreit. Lupe merkte jedoch, daß Carlota durch Socorros Geschrei völlig aus der Fassung geriet.

»Gut, *mi hijita*, du machst das sehr gut. Der letzte Schrei kam genau von hier, aus deinem Bauch. Jetzt roll dich ganz vorsichtig zur Seite, so ist es gut. Du mußt jetzt versuchen, ganz lange, sanfte Grunztöne auszustoßen, wie eine Sau. Nein, du brauchst gar nicht zu lachen, eine Sau ist eine sehr gute Mutter, *mi hijita*, außerdem ist sie tapfer und stark.

»Ja, du machst das hervorragend. Stöhne ganz tief, stell dir vor, daß dein Körper sich mit jedem Ton mehr öffnet, wie eine Rose, die ihre Blüte in der Sonne aufmacht. Stell dir vor, du würdest dich mit einer riesigen Wassermelone paaren.«

Doña Guadalupe war peinlich berührt, und Sophia und Maria erröteten. Carlota quietschte vor Verlegenheit. Nur Lupe verstand überhaupt nichts. Sogar Socorro konnte sich trotz ihrer Schmerzen ein Lächeln nicht verkneifen. Die Vorstellung, sich mit einer Wassermelone zu paaren, war einfach zu grotesk.

»Ach, du denkst also, das wäre Spaß«, sagte Angelina zu Carlota, die sich gar nicht mehr beruhigen konnte. »Ihr Mädchen werdet noch daran zurückdenken, wenn euch die Jungen demnächst schöne Augen machen. Für einen Mann ist es nur Vergnügen, aber wir Frauen tragen die ganze Verantwortung für diesen Spaß und müssen dafür vor Gott mit SCHMERZEN Zeugnis ablegen!« Sie schrie das Wort ›Schmerzen‹ absichtlich laut heraus, um den Mädchen angst zu machen.

Doña Guadalupe sah nach dem Wasser, das auf der anderen Seite des Raumes auf einem Holzfeuer kochte. Sie hatte die Hebamme mit ihrem gefürchteten losen Mundwerk noch nie recht leiden können. Aber sie war die beste Hebamme in der Gegend, und Socorros Niederkunft würde schwierig werden.

Die Schmerzensschreie nahmen kein Ende. Doña Guadalupe, Maria und Sophia standen der Hebamme zur Seite. Maria und Sophia massierten und beruhigten Socorro, während Lupe mit ihrer Mutter laufend heißes Wasser bereit hielten, damit die Hütte warm und feucht blieb. Nur Carlota beteiligte sich nicht.

Sie stand reglos da und hielt sich die Ohren zu, denn sie konnte Socorros Schreie nicht länger ertragen.

Plötzlich bemerkte Lupe einen fremdartigen Geruch, der mit den fortdauernden Schmerzensschreien immer intensiver wurde.

Mit einem Mal verstummten die Schreie. Statt dessen erklang nun eine stetige Folge gutturaler Laute, langsam zuerst, dann immer schneller aufeinanderfolgend und immer lauter. Von draußen vernahm Lupe das Geheul der Hunde und Kojoten, und aus der Stadt klang der Lärm der Viehherden herüber. Die vielfältigen Geräusche des Cañons wurden von den hochragenden Felswänden zurückgeworfen.

»Du mußt trinken, *mi hijita*«, sagte die Hebamme zu Socorro, »du verlierst schon dein Wasser.«

»Nein«, stöhnte Socorro. Sie hatte unsägliche Schmerzen und wollte nur in Ruhe gelassen werden, doch ihre Fruchtblase war geplatzt, und die Hebamme redete ihr weiter zu.

»Öffne den Mund«, sagte sie, »ja, trink, so ist es gut.« Es war ein besonderer Trank aus Wildkräutern und Wurzeln, den die Frauen in dieser Region Mexikos zu sich nahmen, wenn sie in den Wehen lagen. Socorro trank angewidert den Becher leer. Die Stunden vergingen, während der Mond über den Himmel wanderte. Die Geburtsqualen nahmen kein Ende. Socorros Körper öffnete sich langsam wie eine Blume und bereitete sich darauf vor, neues Leben zu schenken. Die Frauen in der Hütte wußten, daß ihnen in dieser Stunde Gott der Allmächtige Vater und die Jungfrau Maria zur Seite standen und Kraft und Mut gaben.

Dann war es Zeit. Angelina glitt mit der Hand in Socorros Körper und prüfte die Lage des Kindes.

»Du bist jetzt soweit«, sagte die alte Hebamme. »Du bist jetzt ganz offen, und das Baby ist bereit.« Schweiß lief der alten Frau über das Gesicht. »Du machst das großartig, *mi hijita*«, fügte sie hinzu. »Und der Geist unserer Guten Frau ist heute bei uns. Eine Jungfrau war sie allerdings nicht mehr.« Sie lachte. »Verdammt, Gottes Sohn das Leben geschenkt zu haben muß eine verdammt harte Geburt gewesen sein, das kann ich euch versichern«, sagte sie mit ihrer heiseren, freundlichen Stimme. »So, Sophia und Maria, ihr helft mir, sie anzuheben und zum Seil hinüberzubringen. Dann wißt ihr gleich, wie das geht, wenn ihr mal so weit seid.«

Sophia und Maria faßten Socorro unter den Achseln und halfen ihr zu dem dicken Seil, das in der Mitte des Raumes von der Decke hing.

»Nimm das Seil«, sagte Angelina.

Lupe bemerkte, daß Socorro ihre ganze Kraft aufbringen mußte, der Hebamme zu gehorchen und das Seil zu ergreifen.

»Jetzt hock dich so hin«, befahl Angelina, »als ob du einen Riesenhaufen *caca* machen müßtest.«

Maria und Sophia kicherten verlegen.

»Hört auf damit«, sagte die Hebamme, »haltet sie ganz fest, damit sie sich wie eine Indianerin hinhocken kann. Das ist die beste Position für die Geburt, egal, was die Priester oder Doktoren davon halten.«

Die alte Frau kniete sich neben Socorro und massierte ihr den gewölbten Leib und das Gesäß, und forderte sie auf, zu pressen und regelmäßig zu atmen. Die junge Frau klammerte sich an das Seil und ächzte, während sie mit aller Kraft daran zog. Lupe beobachtete, wie sie mit verzerrtem Gesicht, als hätte sie Verstopfung, an dem Seil zerrte, mit einer Kraft, die sie nie bei einer Frau vermutet hätte.

»Hervorragend, *mi hijita*«, feuerte die Hebamme sie an, »zieh an dem Seil und sieh geradeaus, denk nur an das, was ich dir sage. Versuche nichts zu erzwingen! Dein Körper und das Baby wissen, was sie zu tun haben. Tief durchatmen. Nun versuch es noch einmal!«

Lupe und ihre Mutter brachten einen neuen Topf heißes Wasser herbei. Die Luft in der Hütte war warm und feucht. Lupe horchte auf Socorros hechelnde Atemzüge und wie sie zwischendurch Kraft sammelte, um dann erneut mit heftigem Stöhnen zu pressen und an dem Seil zu zerren.

»Sehr gut«, flüsterte die Hebamme ihr mit so sanfter Stimme ins Ohr, daß es sich fast anhörte, als würde Socorros eigener Geist zu ihr sprechen.

Wieder ertönte eine Folge kurzer, spitzer Schreie, dann erschien ein kleines, schwarzes Etwas zwischen Socorros muskulösen Beinen. Die Hebamme sprach immer schneller auf Socorro ein, massierte ihr den riesigen Leib mit der einen Hand, und mit der anderen half sie dem Kind, das zwischen ihren Beinen hervorkam.

Lupe erstarrte. Staunend wurde sie Zeugin dieses größten aller Wunder. Ihre Augen füllten sich mit Tränen.

Mit vor Aufregung geweiteten Augen beobachtete Lupe, wie nun allmählich, im gedämpften Licht der gelben Laterne, der Kopf des Babys erschien.

Als sie den Kopf des Kindes erblickte, rannte Carlota aus der Hütte. »Niemals, solange ich lebe, werde ich Kinder bekommen!« schrie sie.

Die Hebamme riet Socorro, sich auf die bereitgelegte Matratze zurückzulehnen. Lupe konnte die Augen nicht abwenden. Noch nie hatte sie eine Frau in dieser Position daliegen sehen; behaart, offen und feucht, mit dem Kopf des Babys, das zwischen ihren Beinen aus ihr hinausstrebte.

Nachdem sie der blutüberströmten Socorro eine Verschnaufpause gegönnt hatte, befahl die Hebamme ihr abermals, sich hinzuhocken und das Seil zu greifen. Pressend und ziehend setzte Socorro die ganze Kraft ihres jungen, geschmeidigen Körpers und ihrer kräftigen Hände ein und zerrte erneut an dem Seil. Sie war schweißüberströmt. Die Hebamme wischte ihr das Gesicht ab; Maria und Sophia stützten Socorro, während Doña Guadalupe der Hebamme mit dem Baby half.

Plötzlich glitt der Kopf des Babys ganz hervor. Zerknittert, naß und glänzend, wie ein großer Kaninchenkopf und völlig bedeckt mit einem transparenten, glitschigen und geruchlosen Film. Socorro schrie, stöhnte und preßte jetzt, als hätte sie seit Millionen Jahren nichts anderes getan. Die Schreie kamen aus tiefster Kehle, und ihr Körper bewegte sich im natürlichen Rhythmus der Geburt, der sich auch auf das Baby übertrug. In seiner schützenden Hülle strampelte es und kämpfte darum, ans Licht der Welt zu gelangen. Socorros laute Schreie wurden von den hohen Cañonwänden zurückgeworfen und hallten durch die ganze Schlucht. Dann glitt das Baby wie ein riesiges Bündel, mit einem schmatzenden Laut, zwischen ihren angespannten Beinen hervor.

Das Heulen der Hunde und Kojoten verstummte plötzlich.

Auch die Ziegen und Maultiere schwiegen jetzt und lauschten auf Socorros Schreie, die immer noch durch die Schlucht hallten. Endlich war es vorbei. Lupe war erstaunt über den zarten Geruch, der im Raum schwebte. Bei all dem Blut und der Flüssigkeit, die Socorro verloren hatte, hätte sie einen viel unangenehmeren Geruch erwartet. Jetzt fiel ihr ein, daß die Frauen hier oben in den Bergen während der Schwangerschaft viele Kräutersäfte tranken.

Die Hebamme hielt das Baby im gedämpftem Licht der Hütte hoch und nahm vorsichtig die Nabelschnur in die Hand.

»Seht ihr«, sagte sie zu den drei Mädchen«, »wenn ihr genau hinschaut, könnt ihr sehen, wie das Leben darin pulsiert.«

Lupe trat näher. Es stimmte. Sie konnte wirklich sehen, wie die Nabelschnur zwischen Socorro und ihrem Baby pulsierte. Doch plötzlich, wie von Zauberhand unterbrochen, hörte es auf. Die Hebamme hatte die Nabelschnur mit Doña Guadalupes Schere durchtrennt. Flink verknotete sie die Schnur mit einem Faden am Körper des Babys und legte der Mutter das Bündel in die Arme. Das Baby kuschelte sich eng an den Körper seiner Mutter, instinktiv bestrebt, ein ebenso warmes und sicheres Nest zu finden wie das, welches es gerade hatte verlassen müssen.

Maria und Sophia halfen der Hebamme, Socorro auf die Strohmatratze zu betten. Doña Guadalupe wusch das Kind mit warmem Wasser ab, während es geborgen in den Armen seiner Mutter ruhte, des ersten Menschen, mit dem es auf dieser Welt in Berührung kam und mit dessen Geruch und Körper es sich jetzt vertraut machte.

Doña Guadalupe tauchte die winzigen Füße des Kindes ins warme Wasser. Das Baby war ganz still. Es kuschelte sich weiter an die Mutter und horchte auf deren Herzschlag, den Rhythmus, der ihm aus dem Inneren ihres Leibes noch so vertraut war. Geprägt durch den natürlichen Instinkt der Natur, gab das Neugeborene keinen Ton von sich, damit weder Kojoten noch andere Raubtiere aufmerksam würden.

Lupe betrachtete Socorro mit ihrem Kind; nie zuvor hatte sie eine Frau gesehen, die derart erschöpft und gleichzeitig so glücklich aussah.

»Kommt«, sagte die Hebamme, »lassen wir die beiden allein.«

Lupe folgte den anderen aus der Hütte. Draußen streckte sich die alte Hebamme und tat einen tiefen Atemzug. Die anderen taten es ihr nach und blickten zum Vollmond hinauf.

»Deine Jüngste hier wird einmal eine großartige Frau werden«, sagte die Hebamme zu Doña Guadalupe, die sich noch immer reckte und streckte. »Sie konnte gar nicht genug bekommen von dem feinen Duft der Geburt, der in der Luft lag.«

»So, jetzt gebt der alten Frau mal einen Drink«, fuhr die Hebamme fort, »und laßt uns einen Augenblick ausruhen. Bald kommt schon das nächste Baby.«

»Noch eins?« fragten Sophia und Maria gleichzeitig.

»Ja, noch eins«, antwortete die alte Frau. »Socorro bringt Zwillinge zur Welt.«

Doña Guadalupe eilte in die Küche, um die Flasche Tequila zu holen, die sie dort versteckt hielt. Zusammen mit der Hebamme nahm sie einen Zug. Lupe war schockiert. Sie hatte noch nie gesehen, daß ihre Mutter Alkohol trank.

Kaum waren sie wieder ein wenig zu Atem gekommen, als Socorro erneut zu schreien begann.

Sofort eilten sie alle wieder in die Hütte zurück.

Das Mondlicht tanzte über die Felswände, als Lupe mit dem Baby aus der Hütte trat, gefolgt von Maria, die das zweite Kind hielt. Victoriano eilte zusammen mit Carlota und dem alten Träumer Don Benito herbei. Als sie die beiden winzigen Babys in Lupes und Marias Armen sahen, blieben sie völlig überwältigt stehen.

Die beiden Neugeborenen strampelten um die Wette. Hier hatte Gott wahrhaftig ein Zeichen gesandt. Selbst die Mutterziege, oben in ihrem Pferch, witterte die Aufregung und begann zu meckern; das Gebell der Hunde und Kojoten setzte wieder ein, die Maultiere und Rinder brüllten, und der Cañon war von vielfältigen Geräuschen erfüllt. Carlota vergaß ihre Scheu und nahm das Baby von Maria, Lupe legte Victoriano das andere Kind in den Arm.

Sie blieben alle den Rest der Nacht auf. Zusammen mit der Hebamme saßen sie unter dem Sternenhimmel vor der *ramada* auf dem festgestampften Lehmboden. Sie lachten, schwatzten und tranken und wärmten sich dabei die nackten Füße an einem Holzkohlenfeuer.

Während Socorro mit ihren beiden kleinen Jungen in der Hütte schlief, lauschte Lupe den Gesprächen und dem Gelächter der anderen. Die Hebamme würzte ihren Kräutertee mit Tequila und erzählte Geschichten über die Kinder, denen sie schon auf die Welt geholfen hatte und die erwachsen waren und im Dorf lebten. Lupe war stolz, von diesen Frauen in die Mysterien des Lebens eingeführt worden zu sein; es vermittelte ihr ein ganz neues Gefühl der Vollkommenheit.

Im Osten brach ein neuer Tag am Himmel an. Die Gomez' standen auf und streckten sich, um ihre tägliche Arbeit in Angriff zu nehmen. Trotz der durchwachten Nacht fühlte Lupe sich frisch und ausgeruht.

»Laßt uns beten«, sagte Doña Guadalupe, und ihre Kinder knieten nieder. Während sie gemeinsam beteten, beobachtete Lupe, wie der Himmel sich langsam verfärbte. Sie spürte, wie neue Kraft und Energie in ihren Körper strömten, und war überzeugt, daß das Leben ewig währen würde.

Sie fühlte sich in diesem Augenblick den Frauen so nahe, daß ihr die Tränen in die Augen traten. Vor ihrem geistigen Auge drehte sich das Karussell des Lebens in einem fröhlichen Reigen; und vor ihr lag wieder ein neuer Tag mit all seine Wundern – ein wahres Geschenk Gottes.

5

Und sie träumte weiter. Ihr Prinz würde auf seinem rotbraunen Hengst kommen, um sie in sein Wolkenschloß zu holen

Eines Morgens waren die Soldaten, die der Colonel zurückgelassen hatte, verschwunden. Es ging das Gerücht um, daß in den Ausläufern des Gebirges eine bedeutende Schlacht zwischen General Obregons Männern und den *Villistas* stattfand und daß die Soldaten des Colonels zur Verstärkung des Generals dorthin ausgerückt seien.

Lupe bat Gott an diesem Tag flehentlich, ihren Traumprinzen zu beschützen, falls er wirklich in dieser Schlacht kämpfte, und ihn heil zu ihr zurückzubringen. Am nächsten Nachmittag kam Lupe mit ihren Schwestern, alle drei beladen mit Wäschekörben, gerade von den Quellen unterhalb des Dorfes zurück, als auf der Plaza zwei Tarahumara-Indianer eintrafen, die vor Aufregung völlig aufgelöst waren. Die Mädchen stellten ihre Körbe ab und eilten hinüber, um zu hören, was los war. Die Indianer berichteten den Umstehenden, daß unten am Rio Fuerte eine Riesenschlacht im Gange war.

Lupes Herz begann zu rasen. Genau in diese Richtung verlief die neue Straße, die der Colonel gebaut hatte.

»Und wer gewinnt?« fragte der Bürgermeister. »Die *Villistas* oder die *Carranzistas?*«

»Wer weiß das schon.« Einer der beiden Indianer zuckte mit den Schultern. »Aber es ist grauenvoll. Überall liegen Leichen, und der Fluß ist rot von Blut.«

»Die Geier kreisen schon zu Tausenden«, fügte der andere Indianer hinzu und schlug dabei wie ein großer Vogel mit den Armen.

Lupe hielt sich die Ohren zu. Sie wollte nichts mehr davon hören. Sie nahm ihren Korb und machte sich, gefolgt von ihren Schwestern, auf den Heimweg. Gemeinsam kletterten sie den steilen Pfad hinauf, die Rücken gebeugt unter der schweren Last der Körbe, die sie auf ihren Köpfen balancierten.

Zu Hause stellte Lupe den Korb ab und suchte Trost bei ihrer Mutter. Sie wollte einfach nicht glauben, was sie gehört hatte.

Abends zündeten sie Kerzen an und beteten gemeinsam den Rosenkranz. Socorro hielt die Zwillinge auf ihrem Schoß angstvoll an sich gepreßt. Sie beteten, daß ihr geliebter Colonel sich noch mit dem Goldtransport an der Grenze befinde, weit fort von der schrecklichen Schlacht.

Am nächsten Morgen verließen Victoriano und Don Benito in aller Frühe das Haus. Der verliebte alte Träumer wollte jetzt nicht mehr warten. Da in diesen Tagen jedermann mit dem Ausgang der Schlacht beschäftigt war, hielt er den Zeitpunkt für günstig, das Gold aus der Felsenhöhle zu holen.

Drei Tage später erzählte man sich in Cañon, die Schlacht sei vorüber, doch noch immer wußte keiner, wer gesiegt hatte.

Am gleichen Abend berichtete Victoriano seiner Mutter, daß Don Benito beschlossen hatte, Dynamit zu benutzen, um die Goldader freizulegen.

»Aber warum denn?« fragte die Mutter.

»Als wir das Felsloch getarnt haben, mußten wir ein paar ziemlich große Bäume fällen«, antwortete Victoriano. »Dadurch sind viel mehr Steinbrocken in die Felsspalte geraten, als wir dachten.«

»Aber wird das Gold durch die Explosion denn nicht zerstört?« fragte Doña Guadalupe besorgt.

Victoriano schüttelte den Kopf. »Nein, nicht wenn wir aufpassen und nur ganz wenig Dynamit verwenden.«

Doña Guadalupe überlegte rasch. Die Vorstellung einer Sprengung gefiel ihr ganz und gar nicht. Aber ihr war klar, daß sie den alten Mann kaum von seinen Absichten abhalten konnte. Er war völlig verrückt geworden. Neuerdings prahlte er sogar mit den Schüssen, die Don Manuel auf ihn abgefeuert hatte, und behauptete, sie seien der Beweis dafür, daß er sogar bereit wäre, für Lydia zu sterben.

»Einverstanden«, sagte Doña Guadalupe. »Aber beratet euch vorher mit Manos und Flaco, damit um Himmels willen nichts schiefgeht. Dieses Gold ist unsere einzige Chance, jemals den Cañon zu verlassen und über die Grenze in die Vereinigten Staaten zu gehen, bis dieser schreckliche Krieg vorüber ist.«

»Es wird schon nichts schiefgehen«, versprach Victoriano. »Wir werden vorsichtig sein. Ab morgen sind wir reich, Mama, und du wirst nie wieder arbeiten müssen.«

Die Freude ihres Sohnes besänftigte die alte Frau. Sie zog ihn an sich und drückte ihn.

An diesem Abend nahmen Victoriano und Don Benito den für seine vielfältigen Beziehungen bekannten Manos zur Seite und fragten, ob er ihnen etwas Dynamit besorgen könne.

Manos grinste. »Aha, dann habt ihr also doch eine Goldader gefunden?« sagte er und wippte mit den Füßen.

»Na ja, eine kleine«, antwortete Don Benito.

»Einen Eselsschwanz! Erzähl mir doch nichts!« lachte Manos. »Kein Wunder, daß du verliebt bist. Ihr habt ein richtig großes Ding gefunden.«

Die Mexikaner bewundern das Geschlechtsorgan des Esels sehr, weil es so groß ist. Der alte Benito lächelte verlegen und sagte: »Na ja, vielleicht, aber so groß wie ein Eselsschwanz nun gerade nicht.«

Manos lachte immer lauter und schlug Don Benito auf den Rücken. »Jetzt verstehe ich, daß du plötzlich so hinter Lydia her bist. Mit soviel Gold kannst du jedem Esel Konkurrenz machen.«

Victoriano wurde rot wie eine Chilischote. Normalerweise wurde in Gegenwart von jungen Leuten nicht über Sex gesprochen. Doch die Männer betrachteten Doña Guadalupes Sohn inzwischen als einen der ihren.

»In Ordnung«, sagte Manos, »ich bringe dir den Sprengstoff morgen nachmittag.«

»Nein«, sagte Don Benito, »ich brauche ihn gleich morgen früh.«

»Warum?«

»Weil wir alles wieder zuschaufeln müssen, wenn wir das Gold herausgeholt haben, bevor die Sieger der Schlacht hier eintreffen.«

»Ich verstehe«, sagte Manos. »Mal sehen, was ich tun kann. Ich glaube, ich habe noch ein paar alte Dynamitstangen zu Hause herumliegen.«

»Danke«, sagte der alte Mann. »Wir brauchen auch nur ein

paar. Das würde schon reichen … oh, *Dios mio!* Nach all den Jahren …«

Manos sah die Freude und das Verlangen in den Augen des alten Mannes. Er zog ihn an sich und umschloß ihn in einer kräftigen *abrazo*, wie er unter Männern üblich war. Mit seiner großen Hand zog er auch Victoriano heran und umarmte ihn ebenfalls. Doña Gudalupes einziger Sohn war glücklich, wie ein Mann behandelt zu werden, und platzte beinahe vor Stolz.

Das erste Tageslicht erhellte gerade im Osten den Himmel, als Lupe vom Ziegenpferch zurückkehrte. Sie sah Manos und Flaco, die bereits von Don Benito und Victoriano vor der *ramada* erwartet wurden, mit einem Beutel den Pfad herunterstapfen. Von den anderen Helfern war noch keiner zu sehen. Manos gab Don Benito den Beutel, den der alte Mann hinter dem Pfirsichbaum versteckte. Lupe tat so, als hätte sie von all dem nichts bemerkt. Falls etwas schief ging, sollte niemand sagen können, sie hätte das Unglück zu verantworten.

Lupe und Carlota bedienten Manos und Flaco, die schon mit Victoriano und Don Benito am Tisch saßen, als die anderen Minenarbeiter eintrafen. An diesem Morgen hänselte niemand Don Benito. Es schien etwas Besonderes in der Luft zu liegen.

Die Sonne, das rechte Auge Gottes, erschien über dem zerklüfteten Rande des Cañons. Wie immer trat Lupe mit der Mutter und den Schwestern heraus, um diesem Wunder beizuwohnen. Victoriano stellte sich zu ihnen. Sie knieten gemeinsam nieder und dankten Gott, dem Allmächtigen. Die Männer unter der *ramada* nahmen ihre Hüte ab und folgten ihrem Beispiel. Gemeinsam begrüßten sie die Sonne, das größte Wunder Gottes. Mit geschlossenen Augen sprach Lupe noch schnell ein zusätzliches Gebet für ihren Traumprinzen. Die Schlacht war zwar vorüber, doch weder wußte man, wer gesiegt hatte, noch, ob der Colonel überhaupt dabei gewesen war.

Schließlich waren alle Minenarbeiter fort. Für Don Benito und Victoriano war es nun Zeit, die *barranca* hinaufzuklettern, zu der Stelle, wo die Adler kreisten.

»Geh mit Gott, *mi hijito*«, sagte Doña Guadalupe zu ihrem Sohn.

»Danke, Mama«, sagte er und drückte sie fest an sich. Mit seinen zehn Jahren war Victoriano schon so groß wie seine Mutter. »Ab heute werden wir nie mehr arm sein«, fügte er hinzu.

»Und ich bekomme meine roten Schuhe«, sagte Carlota.

»Rot?« fragte Maria, »wo hast du denn hier schon mal rote Schuhe gesehen?«

»Habe ich gar nicht«, antwortete Carlota. »Aber reiche Leute besitzen doch immer Dinge, die arme Leute noch nie gesehen haben!«

Alle lachten. Don Benito nahm den Beutel mit dem Dynamit.

»*Vayan con Dios*«, sagte Doña Guadalupe.

»Macht euch keine Sorgen«, beruhigte sie Don Benito. »Lady Fortuna ist bei uns, und wenn sie uns begleitet, kann uns nichts geschehen.«

Victoriano küßte seine Schwestern zum Abschied und machte sich auf den Weg, mit einer Schaufel in der Hand.

Don Benito und Victoriano hatten an diesem Tag einen Jungen namens Ramon als Hilfe angeheuert. Er war vierzehn Jahre alt, ein großer, kräftiger Junge, aber geistig etwas zurückgeblieben. Daher konnte er auch nicht mit seinem älteren Bruder Esabel in der amerikanischen Mine arbeiten.

Lupe stand neben der Mutter und blickte ihrem Bruder und dem alten Mann hinterher, die allmählich zwischen den Bäumen oberhalb der Hütte verschwanden. Sie war schrecklich nervös. Vor lauter Angst um ihren Märchenprinzen hätte sie sich die Haare raufen können.

Die Sonne war schon ein Stück am Horizont emporgestiegen, als Don Benito mit den beiden Jungen die Felsspalte erreichte, die noch immer hinter Ästen, Lehmbrocken und Felsen verborgen lag. Victoriano und Ramon hatten vor Aufregung während des ganzen Weges herumgealbert und gelacht.

»So, jetzt reißt euch zusammen«, mahnte der alte Mann. »Wir können uns keine Fehler erlauben, wenn wir mit dem Dynamit arbeiten!«

Die beiden Jungen hatten Mühe, sich zu beruhigen. Seit Don Benito der Tochter des Bürgermeisters einen Antrag gemacht hatte, summte das Dorf geradezu vor Aufregung. Was der alte Mann gewagt hatte, war so ungeheuerlich, daß sich alle von seiner Verrücktheit anstecken ließen. Offenbar in der Hoffnung, ebenfalls Gold zu finden und glücklich zu werden.

Die drei legten ihre Werkzeuge ab und nahmen als erstes einen tiefen Zug aus der Kürbisflasche, die sie mitgebracht hatten. Über ihnen flog ein Papageienschwarm auf und ließ sich in den Baumwipfeln nieder. Die beiden Jungen legten die Köpfe in den Nacken, um die Vögel zu beobachten. Der Wald, der sie umgab, erstreckte sich bis zum Rand der hochragenden Felswände.

»So, jetzt laßt uns an die Arbeit gehen«, sagte Don Benito, »ab heute beginnt ein neues Leben!« Er spuckte energisch in die Hände. Dann ergriff er seine Schaufel und machte sich ans Werk. Die beiden Jungen halfen ihm, die Felsbrocken und Äste beiseite zu räumen. Als sie zur Tarnung der Höhle die darüberwachsenden Bäume gefällt hatten, waren riesige Erdklumpen mit vor den Eingang gerutscht.

Die Sonne begann allmählich zu brennen, und der Schweiß strömte an ihnen herab. Ramon war den beiden anderen an Ausdauer weit überlegen. Nur selten hatte jemand Arbeit für ihn, und jetzt wollte er seinen beiden Bossen zeigen, wie tüchtig er war.

Es war fast schon Mittag, bis sie die erste Geröllschicht entfernt hatten und die Sprengladung anbringen konnten.

»Wir sind jetzt soweit«, sagte Don Benito, nachdem er alles noch mal überprüft hatte. »Laßt uns eine kleine Pause einlegen und etwas essen, bevor wir mit der Sprengung beginnen. Ein müder Mann ist bekanntlich ein unvorsichtiger Mann.«

Als sie sich im Schatten niederließen, stellten sie fest, daß sie ihren Proviant vergessen hatten.

»Ich gehe und hole ihn«, sagte Ramon.

»Nein, du bleibst hier und machst weiter«, befahl Don Benito. »Victoriano, du gehst unseren Proviant holen!«

»In Ordnung«, erwiderte Victoriano. Er sah ein, daß Ramon, der größer und kräftiger war als er, mit der schweren Machete bei der Arbeit am Felsloch schneller vorankommen würde.

»Wie du meinst, Boß«, sagte Ramon. Er tätschelte kurz Don Benitos Hund und griff dann wieder zur Machete.

Victoriano rannte zurück, zwischen den Bäumen hindurch, am Rande des Wasserfalls entlang, der in den letzten Wochen viel schwächer geworden war. Noch drei Monate, und es würde nur noch ein kleines Rinnsal übrig sein.

Lupe war gerade aus der Schule heimgekehrt, als ihr Bruder die *ramada* erreichte.

»Ist was passiert?« fragte die Mutter.

»Nein, nein«, antwortete Victoriano. »Wir haben nur unseren Proviant vergessen.« Er nahm sich eine Tortilla vom Herd und rollte sie auf. »Wir haben es fast geschafft«, erzählte er. »Ramon ist wirklich eine große Hilfe. Was er nicht im Kopf hat, hat er in den Muskeln.«

»Wunderbar«, sagte Doña Guadalupe. »Ist Don Benito auch vorsichtig mit dem Dynamit?«

»Ja, sehr«, erwiderte Victoriano. »Zuerst dachte ich schon, er wollte den Ausgang mit einer einzigen Ladung freilegen. Aber er geht ganz vorsichtig vor. Wir werden drei Sprengungen vornehmen.«

»Dann ist es gut«, sagte Doña Guadalupe. »Komm, setz dich zu deiner Schwester und iß etwas. Sie wird uns ein bißchen von der Schule erzählen. Danach kannst du ja wieder gehen.«

Plaudernd und lachend saßen sie in der Küche. Plötzlich drang der Lärm einer gewaltigen Explosion an ihre Ohren.

Zuerst wußten sie nicht, woher die Detonation kam. Sie fühlten nur, wie der Boden unter ihnen bebte und die Hütte wackelte. Das Kruzifix fiel von der Wand. Victoriano sprang auf und rannte, so schnell er konnte, los, Lupe und die Mutter folgten ihm auf den Fersen. Während er lief, sprach Victoriano instinktiv alle Gebete, die er kannte. Er flehte Gott an, daß seine Befürchtungen unbegründet seien und die Explosion sich auf dem Minengelände ereignet hätte.

Kurz darauf verspürte er eine erneute Erschütterung und blieb abrupt stehen, als er die zweite Explosion hörte. Er sah, wie ein riesiger Brocken aus dem mächtigen Felsen gerissen und in die

Höhe geschleudert wurde, wo er für Sekundenbruchteile in der Luft verharrte, um dann krachend auf die Baumkronen niederzusausen.

Inzwischen hatte Lupe ihren Bruder eingeholt, der leichenblaß und mit angstverzerrtem Gesicht wie angewurzelt dastand. Als sie seinem Blick folgte, sah sie noch die große Staubwolke, die aus den Bäumen aufstieg.

»Nein!« schrie Victoriano und rannte wieder los.

Lupe folgte ihm, so schnell sie konnte.

Zur gleichen Zeit hatte Doña Guadalupe die Hauptstraße oberhalb des Dorfes erreicht, wo sich schon einige Nachbarn und ein Dutzend Männer aus der Mine eingefunden hatten.

»Wer ist da oben?« fragte Manos.

»Ramon und Don Benito«, schrie sie.

»O mein Gott«, entfuhr es Esabel, Ramons älterem Bruder.

Esabel spurtete blitzschnell, über Felsen und umgestürzte Bäume, den steilen Hang hinauf. Auf dem nackten Oberkörper des siebzehnjährigen Jungen konnte man die Bewegung der kräftigen Muskeln sehen. Seit der Vater der beiden Jungen vor sechs Jahren in der Mine ums Leben gekommen war, hatte Esabel sich um den jüngeren Bruder gekümmert.

Mit Spitzhacken und Schaufeln bewaffnet, rannten Manos und Flaco dem Jungen hinterher. Erdrutsche gehörten zum täglichen Leben in der Schlucht, und die Menschen waren jederzeit darauf vorbereitet, sich gegenseitig zu helfen.

Über dem Wasserfall holte Esabel schließlich Victoriano und Lupe ein. »Wo?« schrie er und blickte suchend zu der neuen Schneise empor, die durch den Erdrutsch entstanden war, bei dem ganze Bäume und Felsen den Berg heruntergestürzt waren.

»Da oben«, sagte Victoriano und zeigte hinauf, »da haben wir die Sprengladung angebracht. Aber ich habe Don Benitos Hut hier auf dieser Seite gefunden.«

»Hier, an dem entwurzelten Baum?«

»Ja«, sagte Victoriano und zeigte ihm den Hut.

»Dann könnten sie noch am Leben sein«, sagte Esabel. Er begann mit aller Kraft in dem herumliegenden Geröll zu graben und den Namen seines Bruders zu rufen. »Ramon! Ramon, ich komme!«

Inzwischen waren auch Manos und Flaco hinzugeeilt und packten mit an. Innerhalb von wenigen Minuten hatten sie große Erdmassen zur Seite geschafft. Die übrigen Minenarbeiter und Victoriano halfen nach Kräften mit. Mit Schaufeln, Spitzhacken und bloßen Händen wühlten und gruben sie in dem Geröll. Einige Frauen brachten *frijoles* und Tortillas. Auf einem Feuer aus trockener Baumrinde wärmten sie das Essen für die Männer. Señora Muñoz tauchte mit den Kindern aus der Schule auf; sie bauten einen kleinen Steinaltar und entzündeten ein Stück Pechkiefer darauf, um davor zu beten. Lupes Schwestern, die unterhalb der Stadt Wäsche gewaschen hatten, waren ebenfalls gekommen, begleitet von Angelina. Die alte Hebamme hatte Kräuter und Heilmittel mitgebracht. Angelina gab Maria und Sophia getrocknete Fruchtknoten einer besonderen Kaktusart, die sie an die Männer verteilen sollten. Das Kaktusherz war graubraun und sah aus wie eine getrocknete Feige. Es schmeckte bitter, aber es betäubte Erschöpfung und Schmerzen, so daß die Männer ohne Unterbrechung viele Stunden lang arbeiten konnten.

Maria ging zu Esabel und drückte ihm eins der Kaktusherzen in die Hand. »Hier«, sagte sie, »*la curandera* möchte, daß du das nimmst.«

Esabel nahm den Kaktus und blickte in Marias dunkle Augen. Schon seit Monaten himmelte er dieses Mädchen an. Esabel war einer der größten und hübschesten Männer in ganz La Lluvia.

»*Gracias*«, sagte er und steckte die Frucht in den Mund.

»Ich bin froh, daß ich helfen kann«, erwiderte Maria und stützte eine Hand in die Hüften. »Ich weiß, wieviel dir dein Bruder bedeutet.«

»Maria!« rief Doña Guadalupe. »Komm weg da und laß ihn in Ruhe arbeiten!«

»Sofort«, antwortete Maria und errötete, »ich komme, Mama.«

Die Männer schufteten den ganzen Nachmittag am Rande des Wasserfalls. Neben den fast eintausendfünfhundert Meter aufragenden Felswänden wirkten sie wie winzige, schwarze Ameisen.

Am späten Nachmittag entdeckten sie auch Ramons Hut. Kurz darauf stießen sie auf eine Hand, ein Bein, und schließlich gruben sie die beiden Leichen aus.

Die Stellung, in der sie beide fanden, rührte alle Gemüter. Der tapfere Junge mußte noch gesehen haben, wie die Erdmassen auf sie niederstürzten, und hatte sich über Don Benito geworfen, um ihn zu schützen.

Esabel schrie schmerzerfüllt auf. Victoriano fiel verzweifelt schluchzend in die Arme seiner Mutter.

Señora Muñoz stimmte mit den Kindern ein Lied an, dessen traurige Melodie durch den ganzen Cañon hallte.

Einige der jungen Minenarbeiter fragten Victoriano, an welcher Stelle genau sich das Gold befand, um dann weiter im Geröll zu graben.

»Macht nur weiter, ihr Narren«, sagte Manos, »dann können wir eure Leichen auch bald rausholen! Seht ihr nicht, daß der Baum und die Felsen da oben jeden Moment runterkommen?«

Als sie hinaufschauten, sahen die jungen Männer den großen Baum, der mit freigelegten Wurzeln und Gesteinsbrocken dahinter an der steilen Felswand hing, und gaben ihr Vorhaben auf.

Im Licht der untergehenden Sonne trug Esabel seinen Bruder hinunter zur Plaza. Sie bahrten die Leichen auf und zündeten Pechfackeln um sie herum an.

Ramons Mutter kniete mit lautem Wehgeschrei neben der Leiche ihres jüngsten Sohnes.

Da es keinen Priester im Dorf gab, wurde Angelina gebeten, die Toten herzurichten. Sophia und Lupe halfen ihr dabei und sammelten Weinreben und Blumen, mit denen sie die beiden Toten schmückten. Anschließend fügten sie noch Heilkräuter hinzu, damit ihre Wunden im nächsten Leben wieder verheilen konnten.

Mit kleinen Pechfackeln in den Händen schritten Lupe und die anderen Schulkinder betend um die aufgebahrten Leichen herum.

Das ganze Dorf nahm an der Totenfeier teil. Angelinas Ehemann, El Borracho, spielte bis spät in die Nacht auf seiner Gitarre und sang traurige Lieder.

Señor Jones, der sich darüber im klaren war, daß ohnehin niemand an die Arbeit zurückkehren würde, bevor die Totenfeierlichkeiten beendet waren, schickte sogar eine Kiste Tequila. In dieser Nacht betranken sich alle Männer und Frauen und grölten laut herum.

Selbst die Kojoten schliefen noch, als Lupe sich am nächsten Morgen in aller Frühe mit ihrer Familie der langen Trauerprozession anschloß, die den beiden Toten das letzte Geleit, aus dem Cañon hinaus zum Friedhof, gab.

Señor Jones kam mit einigen amerikanischen Freunden aus der Mine dazu. Einer von ihnen hatte eine Kamera dabei und machte Fotos.

Don Manuel sprach ein Gebet. Sogar Lydia soll ein paar Tränen vergossen haben, als man die Körper der beiden Toten ins Grab hinabließ.

Am späten Nachmittag dieses Tages schlachtete Don Tiburcio, der Besitzer des zweitgrößten Ladens der Stadt, einen Stier und spendete einen Sack *frijoles*. Die Totenfeier begann, und meilenweit waren die Klagerufe zu hören. Die Menschen, die sie vernahmen, strömten aus allen Himmelsrichtungen herbei, um an dem Fest teilzunehmen.

Am Abend war die Plaza voller Menschen. Der Stier, der in der Erde gegart wurde, verströmte einen wundervollen, würzigen Duft.

Auch Lupe hatte sich mit ihrer Familie auf der Plaza eingefunden, wo jeder sich ein Stück des *barbacoa* holte. Mit ihren Tellern ließen sie sich auf der Terrasse vor Doña Manzas Haus nieder, die einen Ausblick auf den ganzen Platz gewährte. Auf der Beerdigung wurde nicht nur um die Toten getrauert, sie war auch stets willkommener Anlaß, Freunde und Verwandte zu treffen und mit den Lebenden zu feiern.

Nach dem Essen mischten Carlota und Maria sich mit Cuca und Uva unter die Menge auf der Plaza. Sophia, Lupe und Manuelita blieben bei ihren Müttern auf der Terrasse.

Überall standen die Menschen zusammen und plauderten und scherzten. Viele hatten sich lange nicht gesehen und freuten sich über das unerwartete Wiedertreffen. Plötzlich durchschnitt das Knallen zweier Gewehrschüsse den fröhlichen Lärm. Scott, der gutaussehende, hochgewachsene Ingenieur, stand mitten auf der Plaza, in der Hand eine Pistole. Um ihn herum verstummte alles.

»Carmen und ich haben beschlossen zu heiraten«, verkündete er.

»Wann?« fragte El Borracho, der eine Tequilaflasche in der Hand hielt. »Sofort? Oder bei Sonnenaufgang?«

»Bei Sonnenaufgang«, sagte Scott und strahlte über das ganze Gesicht. Seine Verlobte jauchzte vor Freude und stellte sich auf die Zehenspitzen, um ihn zu küssen. Dann ergriff sie Marias Hand, und sie rannten zusammen davon, um alles für die Hochzeitsfeier vorzubereiten.

Lupe und Manuelita sahen sich an und kicherten vergnügt. Liebe lag in der Luft, und keiner wollte die Chance verpassen, seinen Teil zu erhaschen, bevor Gott sie zu sich rufen würde.

»Lupe«, sagte Doña Guadalupe, »du gehst besser mit Maria und paßt auf, daß sie wirklich nur ihrer Freundin bei den Hochzeitsvorbereitungen hilft. Ich möchte keine Überraschungen erleben. Hast du verstanden?«

»Oh, Guadalupe!« sagte Doña Manza. »Du bist immer so mißtrauisch! Laß Maria doch auch ein bißchen Spaß haben.«

»Es ist nicht der Spaß, den ich ihr nicht gönne. Aber der Kojote, der neuerdings immer am Hühnerstall schnüffelt, macht mich argwöhnisch.«

Die beiden alten Damen lachten. Lupe blickte sich um und sah, wie glücklich alle waren. Mit einer Ausnahme: Victoriano saß allein abseits und schnitzte an einem Stück Holz. Seit der Beerdigung hatte er kein Wort mehr gesprochen.

Die Sonne war fast untergegangen, als Lupe und ihre Schwestern in den neuen Kleidern zur Plaza zurückkehrten. Lupe trug ein blaßrosa Kleid und hatte sich wilde Orchideenblüten von der gleichen Farbe ins Haar gesteckt. Sophias Kleid war ebenfalls blaßrosa, doch sie hatte ihre Haare mit weißen Blüten und einem pinkfarbenen Band verziert. Carlota und Maria hatten sich in leuchtendrote Kleider gehüllt, die schwarzen Haare waren mit roten Bändern zum Pferdeschwanz gebunden.

Doña Guadalupe schritt voller Stolz hinter ihren prächtig herausgeputzten Töchtern her. In ihr Hochgefühl mischte sich jedoch die bange Erwartung, daß dies der einzige Luxus bleiben würde, den sie durch das Gold, das ihr Sohn und der alte Mann gefunden hatten, genießen konnten.

Auf der Plaza begaben sich Lupes Schwestern sogleich zu Carmen, die von den anderen jungen Mädchen des Dorfes umringt wurde. Sie schnatterten aufgeregt durcheinander.

Lupe, die sich in ihrem neuen Kleidchen sehr befangen fühlte, blieb lieber an der Seite der Mutter und forschte in der Menge nach ihrer Freundin Manuelita.

Schließlich trat Don Manuel, der die Trauung vornehmen sollte, am Arm seiner großen, elegant gekleideten Frau Josefina aus seinem Haus, gefolgt von Rose-Mary und Lydia.

Nachdem Lupe endlich Manuelita gefunden hatte, nahm sie die Freundin bei der Hand. Die Zeremonie sollte jeden Augenblick beginnen.

»Schau mal«, sagte Carlota, die neben Lupe stand. »Don Tiburcio macht Sophia schöne Augen!«

Don Tiburcio trug einen herrlichen grauen *charro* mit Silberverzierungen. Er war Anfang Dreißig, lebte immer noch bei seiner Mutter und war noch nie verheiratet gewesen.

»Das glaube ich nicht«, sagte Cuca kichernd. »Wirklich?«

»Doch, ehrlich«, sagte Carlota glucksend, »sieh ihn doch an!«

Lupe stellte sich auf die Zehenspitzen, um auch etwas zu sehen. Tatsächlich, Don Tiburcio stand neben Sophia und redete mit rollenden Augen und charmant gestikulierend auf sie ein. Lupe blickte hinter sich, ob ihre Mutter etwas mitbekam, und stellte fest, daß auch Doña Guadalupe auf dieses wundersame Ereignis aufmerksam geworden war.

Als Don Manuel die Hände erhob, verstummten alle. »Sind wir soweit?« fragte er.

»Noch nicht ganz, Manuel«, sagte Scott in seinem gebrochenem Spanisch. »Ich hatte gehofft, daß Jim noch kommt.« Er meinte den Mann, den die Amerikaner Señor Jones nannten.

»Okay, wir können ja noch ein paar Minuten warten, wenn du willst«, sagte Don Manuel und schaute zuerst auf seine Uhr und dann auf die Sonne, die gleich hinter den Felsen verschwinden würde.

Jeder auf der Plaza wußte, daß der junge Ingenieur vergeblich warten würde. Señor Jones hatte es stets abgelehnt, der Hochzeit zwischen einem seiner Männer und einem Mädchen aus dem Dorf beizuwohnen. Doch zu jedermanns Überraschung erschien er plötzlich doch, in Begleitung seiner Frau und seiner Tochter. Hoch zu Roß kamen sie auf der Plaza an. Alle wichen zur Seite, um dem einflußreichen Mann und seiner Familie Platz zu machen.

»Danke, Jim«, sagte Scott und hielt das Pferd, damit Señor Jones absteigen konnte.

»Du mußt dich bei meiner Frau Catherine bedanken«, erwiderte Señor Jones in breitem Texanisch. »Sie ist diejenige, die mich überzeugt hat, daß diese Hochzeit etwas Besonderes ist. Immerhin seid ihr ja bereits seit über einem Jahr verlobt.«

Zwei andere Männer halfen Catherine und Katie vom Pferd und banden die Tiere unter einem Baum fest.

»So«, sagte El Borracho und zupfte die Saiten seiner Gitarre, während sich alle für die Zeremonie aufstellten. »Jetzt haltet mal alle den Mund. Wie ihr seht, hat unser Bürgermeister, Señor Oberpenibel, schon seine Arme erhoben, um die Trauung zu beginnen.«

Die Leute brachen in schallendes Gelächter aus. Wie seine Frau für ihre spitze Zunge war El Borracho für seinen Humor bekannt.

Die Zeremonie begann. Würdevoll führte Carmens Vater seine Tochter über die steinerne Plaza zu Scott, der seine Braut mit vor Stolz geschwellter Brust erwartete.

Lupe und Manuelita tauschten wehmütige Blicke und begannen vor Rührung zu weinen. Es war ein ergreifendes Bild, wie die Brautleute dort auf der Plaza standen; Carmen am Arm ihres Vaters und Scott an der Seite von Señor Jones. Die letzten Strahlen der untergehenden Sonne, die durch die Baumwipfel fielen, tauchten die Szenerie in ein goldenes Licht.

Lupe und Manuelita hielten einander an den Händen und schluchzten während der ganzen Trauungszeremonie.

Genau in dem Augenblick, da der Trauzeuge Scott den Ring überreichte und dieser im Begriff war, ihn über Carmens Finger zu streifen, ertönte ein Schuß.

Natürlich glaubten die Leute zuerst, jemand hätte zu Ehren des Brautpaares einen Salutschuß abgefeuert. Aber als ein Dutzend weitere Kugeln folgten, die von den Dächern der Häuser abprallten, schrien die Menschen entsetzt auf. »Soldaten! Soldaten!«

Alle stoben auseinander. Lupe und Manuelita stürmten mit ihren Müttern die Stufen zu Doña Manzas Haus hinauf. Maria und Sophia wurden gleichsam von der wild durcheinander rennenden Menschenmenge verschluckt, ebenso wie Carlota und Cuca.

Señor Jones und die übrigen Amerikaner rührten sich nicht vom Fleck. Sie blieben wie angewurzelt stehen, als könnten die Kugeln der Revolution ihnen nichts anhaben. Mit klopfenden Herzen verkrochen sich Lupe und Manuelita im Innern des Steinhauses. Ihre Mütter eilten wieder hinaus und riefen laut nach den Töchtern, die noch immer irgendwo auf der Plaza waren. Kugeln pfiffen ihnen um die Ohren, und schreiende Reiter galoppierten durch die Gassen. Doña Guadalupe schrie voller Panik nach Maria und Sophia. Lupe zitterte vor Angst. Dennoch wollte sie an die Seite der Mutter und der Geschwister eilen, wie sie es stets bei Gefahr getan hatte.

»Nicht, Lupita!« rief Manuelita und zerrte an Lupes Beinen. »Bleib unten, bis die Schießerei aufhört!«

»Aber ich muß doch meiner Mutter und meinen Schwestern helfen!« jammerte Lupe.

»Jetzt nicht!« schrie Manuelita und zog Lupe wieder zu Boden.

Die Schießerei nahm kein Ende. Die Reiter sprangen über die Steinmauern, und Lupe vernahm, wie die Menschen draußen schreiend um ihr Leben liefen, um nicht niedergetrampelt zu werden. Schließlich hielt sie es nicht mehr aus. Wenn sie schon sterben mußte, dann an der Seite ihrer Mutter. Lupe befreite sich aus der Umklammerung der Freundin und durchquerte mit einem Satz den Raum.

Sie suchte Deckung unter einem Tisch und konnte jetzt durch den offenen Eingang sehen, wie ihre Mutter und Doña Manza draußen auf der Veranda hinter der niedrigen Steinmauer hockten. Maria und Sophia kamen von der Plaza heraufgerannt. Kugeln flogen um ihre Köpfe. Carlota und die anderen waren nirgends zu sehen.

»Mama«, schrie Lupe und kroch, so schnell sie konnte, unter Tischen und Stühlen auf die Mutter zu.

Plötzlich blickte sie auf und sah ein Stück vor sich die weißen Fesseln eines Pferdes. Ihr Herz klopfte, doch augenblicklich erkannte sie den glänzenden, rotbraunen Hengst ihres Colonels.

»*Dios mio*«, schrie sie, sprang auf und rannte auf das Tier zu. Sie konnte es kaum erwarten, in die sichere Geborgenheit der starken Arme ihres Colonels zu gelangen. Pferd und Reiter rückten immer näher in ihr Blickfeld. Ihr Herz drohte zu zerspringen. Als sie endlich die Tür erreichte und beide in voller Größe sehen konnte, erblickte sie einen dunkelhäutigen, schwarzhaarigen Fremden mit wildem Gesichtsausdruck auf dem Pferd ihres Colonels. Er war in Lumpen gekleidet, und eine Hälfte seines Gesichts war mit häßlichen roten Narben gezeichnet.

Die Arme immer noch ausgebreitet, schrie Lupe entsetzt auf. Der Mann mit dem Narbengesicht drehte sich um. Er grinste verschlagen, als er das Mädchen entdeckte. »Ich habe schon davon gehört, daß es hier oben in den Bergen wahre Schönheiten geben soll, aber diese Kleine ist ja der reinste Engel!«

Er steckte seinen Revolver ins Halfter und streckte die Arme nach Lupe aus. Da erschien wie aus dem Nichts Doña Guadalupe und stürzte sich wie eine Löwin auf den Mann. Mit einem Besen attackierte sie erst den Reiter und rammte dann dem Pferd die harten Borsten des Besens in die Augen.

Das Tier wich erschrocken zurück, wirbelte herum und verlor fast den Boden unter den Füßen. Der Mann mit dem Narbengesicht wäre beinahe gestürzt, als das Tier über die Steinmauer flüchtete, um der rasenden Frau zu entkommen. Wiehernd jagte das Pferd durch den steilen Steingarten, über eine zweite Mauer, durch den darunter liegenden Hof. Als es schließlich die Plaza erreicht hatte, stolperte das große Pferd und wieherte vor Schmerz. Sein linkes Vorderbein war gebrochen und stand in einem häßlichen Winkel ab.

Lupe stand immer noch auf der Veranda und schrie. Der Mann hatte ausgesehen wie der leibhaftige Teufel persönlich. In ihrem Herzen wußte Lupe jetzt, daß ihr geliebter Colonel tot war. Dieser gräßliche Wilde hatte ihn getötet.

»Sperrt diese Leute ein!« bellte das Monster mit dem Narbengesicht. »*Cabrónes, chingaron* mein Pferd!«

Der schöne Hengst versuchte, auf drei Beinen das Gleichgewicht zu halten. Das Narbengesicht sprang ab, zog seinen Revolver und tötete das Tier mit einem Kopfschuß. Blut und Gehirnmasse spritzten auf, als das Tier auf das graue Kopfsteinpflaster sackte.

Der Mann drehte sich um und brüllte außer sich vor Zorn: »Ich will, daß diese Alte und ihre Familie sich in einer Reihe aufstellen, damit ich sie persönlich erschießen kann! Sie haben das Pferd umgebracht, das Villa mir geschenkt hat.« Er war rasend vor Wut. Sein junges, dunkles Gesicht, welches sicher einmal schön gewesen war, verzerrte sich zu einer häßlichen Grimasse. »Du dumme alte Hexe! Ich hätte deiner Tochter schon nichts getan, aber jetzt werde ich euch alle umlegen. Dieses Pferd war ein persönliches Geschenk von Villa.«

Seine Leute sprangen von ihren Pferden und eilten zur Veranda hinauf, um Lupe und ihre Familie festzunehmen. Victoriano, der alles mit angesehen hatte, griff nach dem kleinen Messer, das er zum Schnitzen benutzt hatte, und war mit einem Satz bei ihnen. Schützend stellte er sich vor die Mutter und seine Schwestern, bereit, für sie zu sterben.

»No, *mi hijito*«, sagte Doña Guadalupe, und Tränen liefen über ihr faltiges, altes Gesicht, »es sind zu viele. Gib mir das Messer und lauf weg!«

Aber Victoriano verharrte auf seinem Platz, den Blick starr geradeaus gerichtet. Im Vergleich zu den bewaffneten Männern, die ihn bedrängten, sah er klein und zerbrechlich aus.

Der Soldat, der als erster in seiner abgerissenen Uniform auf den Jungen zutrat, sah das Messer in seiner Hand. Er wollte Victoriano gerade seinen Gewehrkolben ins Gesicht schlagen, als Maria sich dazwischen warf und nach dem Gewehr griff. Mit Sophias Hilfe gelang es ihr, den Mann über die Mauer zu stoßen.

»Nein!« schrie die Mutter. »Lauft! Und nehmt euren Bruder und Lupe mit! Ich bin diejenige, die das Pferd zu Fall gebracht hat!«

Doch weder Sophia noch Maria gehorchten der Mutter. Es waren vier Soldaten nötig, die Mädchen zu überwältigen. Danach wurden Doña Guadalupe und ihre Familie mit vorgehaltenem Gewehr den steilen Pfad hinuntergeführt.

Carlota, die mit Uva und Cuca von der anderen Seite der Plaza alles beobachtet hatte, schrie aus Leibeskräften: »Ihr dürft sie nicht erschießen! Bitte, erschießt sie nicht!« Sie schaffte es jedoch nicht, sich ihren Weg durch die Menge zu bahnen.

Lupe und ihre Familie wurden zu der Mauer auf der höheren Seite der Plaza geführt. Der Mann mit dem Narbengesicht, den seine Leute *La Liebre* nannten, zog seine Pistole und zielte auf sie. Lupe schloß die Augen und vergrub ihr Gesicht in dem warmen, fülligen Körper der Mutter. Von der gegenüberliegenden Seite der Plaza gellten die Entsetzensschreie ihrer Schwester Carlota in ihren Ohren. Lupe versuchte, nicht darauf zu achten, um ein letztes Gebet zu sprechen, doch die Schreie waren so markerschütternd, daß sie sich nicht konzentrieren konnte.

Lupe preßte die Augen fest zusammen und rechnete jede Sekunde damit, von den Kugeln durchbohrt zu werden. So schnell sie konnte, betete sie um einen raschen und schmerzlosen Tod. Die erwarteten Kugeln kamen jedoch nicht. Carlotas Schreie waren verstummt. Lupe öffnete vorsichtig die Augen und sah, wie die Schwester auf dem Boden kniete und sich heftig übergab.

Der Mann, den sie La Liebre nannten, was soviel hieß wie Hasengesicht, hatte seinen Revolver jetzt nicht mehr auf sie gerichtet, sondern rammte den Lauf des Revolvers Señor Scott unters Kinn, der versuchte, ihm die Zügel von Señor Jones Pferd zu reichen.

Lupe bekam vor Aufregung einen Schluckauf, und ihr Körper wurde von Erschütterungen gerüttelt.

»Nein!« rief einer der jungen Ingenieure und sprang hinzu, um Señor Scott beizustehen. »Das dürfen sie nicht! Wir sind amerikanische Staatsbürger!«

La Liebre wirbelte mit einem Satz herum und schlug dem Ingenieur die Pistole ins Gesicht. Blut und Zähne quollen aus dem Mund des Mannes. Mit einer einzigen Bewegung sprang La Liebre auf den Rücken von Señor Jones Pferd und gab dem Tier die Sporen. Der große braune Hengst setzte über die Plaza. Voller Rachegelüste galoppierte das Narbengesicht jetzt auf Don Manuel zu, als er plötzlich Lydia erblickte. Er zügelte das Pferd, betrachtete ihr schönes Kleid und ihr üppiges goldbraunes Haar und steckte den Revolver weg.

»*Mira, mira*, was haben wir denn hier?« sagte er und nahm seinen Sombrero ab. Er grinste und wandte Lydia die narbenfreie Seite seines Gesichts zu. Man konnte sehen, daß er einmal ein sehr gutaussehender junger Mann mit fast femininen Zügen gewesen sein mußte. Er war höchstens Anfang Zwanzig.

»Aha«, sagte Señor Jones, stand erleichtert auf und legte seinen Arm um Don Manuel. »Vielleicht können wir diesen wild gewordenen Mann ja doch noch bändigen.«

Don Manuel erwiderte nichts. Er starrte den Mann, der seine Tochter anlächelte, nur haßerfüllt an.

Noch am gleichen Abend kam die Hebamme zur Hütte und kümmerte sich um Marias gebrochene Hand und Sophias Blutergüsse. So sehr sie sich auch um Carlota bemühte, das Mädchen hörte nicht auf zu weinen. Carlota wäre am liebsten vor Scham gestorben. Sie machte sich die schrecklichsten Vorwürfe, daß sie in der Stunde der Gefahr nicht an der Seite ihrer Familie gewesen war.

»Sei doch nicht albern«, sagte die Hebamme zu ihr. »Ich habe schon zwei Ehemänner verloren, weil sie erschossen wurden, und habe mich auch nicht dazwischen geworfen, um sie zu retten!«

»Aber es ging um meine Mutter, meine Familie!« jammerte Carlota.

»Wenn du meinst, dann mach dir eben Vorwürfe«, sagte die alte Hebamme und überließ Carlota ihren Sorgen. Schließlich untersuchte sie Victorianos blaue Flecken.

In der Nacht wiegte Doña Guadalupe lange Carlota in ihren Armen. »Alles ist gut, *mi hijita*«, wiederholte sie unzählige Male. »Wenn wir getötet worden wären, hätte doch jemand für uns weiterleben müssen.«

»Nein, ich bin schlecht, du mußt mich doch hassen«, schluchzte Carlota, die Augen vom stundenlangen Weinen völlig verquollen.

»Haßt die Hirschkuh vielleicht ihr Junges, das sich in den Felsen versteckt hält, während sie vom Löwen gefressen wird? Nein! Sie ist glücklich, daß sie ihren Körper opfern kann, damit ihr Junges am Leben bleibt.«

So beschwichtigend und gütig die Mutter auch auf sie einredete, es wurde eine schreckliche lange Nacht für Carlota. Ihre Scham quälte sie mehr, als alle Gewehre, die sie am Abend zuvor gesehen hatte, es vermocht hätten.

6

*Und Lupe wäre am liebsten gestorben. Doch während sie noch verzwei-
felt um ihren Traumprinzen trauerte, trat plötzlich eine neue, wundervolle Freude in ihr Leben*

La Liebre warf die Bewohner der Plaza aus ihren Häusern und
quartierte sich mit seinen Kumpanen selbst dort ein. Sie terrori-
sierten die ganze Stadt und stahlen ungeniert alles, was sie brauchen konnten. La Liebre machte Lydia zu seiner Geliebten und
drohte, den Bürgermeister aufzuhängen, falls dieser sich einmischen würde.

Señor Jones versuchte, den Soldaten Befehle zu erteilen, wie er
es von früheren Gelegenheiten gewohnt war, erntete damit
jedoch nur Gelächter. Die Soldaten schafften das Gold, das für
den zweiten Transport der Amerikaner bereitstand, über die
Grenze nach Chihuahua. Angeblich um es als Pfand zu behalten,
bis er ihnen Waffen aus den Vereinigten Staaten besorgt hatte.

Lupes Schlaf wurde immer unruhiger; jede Nacht träumte sie
davon, wie La Liebre ihre Familie mit dem Revolver bedrohte.

Socorro bat Lupe jetzt nicht mehr in ihr Zimmer. Sie widmete
sich ausschließlich ihren Zwillingen, mit denen sie tagelang im
Sonnenschein vor der Hütte spielte, als ob die Welt um sie herum
nicht existierte.

Eines Morgens jedoch begann Socorro hysterisch zu schreien
und alle Kleidungsstücke des Colonels aus der Hütte zu werfen.

»Du Narr!« brüllte sie aus Leibeskräften. »Ich will deine verdammten Kleider nicht mehr sehen! Habe ich dir nicht immer wieder gesagt, du sollst nicht mehr in den Kampf ziehen. Ich wollte
mit dir nach Europa. Aber nein! Du dachtest ja, du wärest unsterblich und müßtest für Mexiko kämpfen. Oh, wie ich dich hasse, du
verdammter Narr! Du hattest kein Recht, mich zu verlassen!«
Außer sich vor Zorn, fuhr sie fort, zu toben und seine persönlichen Habseligkeiten hinauszuwerfen. Wie von einer inneren Last
befreit, brach sie schließlich erschöpft zusammen. Erst jetzt schien
sie wirklich hinnehmen zu können, daß er für immer fort war.

Lupe nahm die Jacke mit den glänzenden Knöpfen aus dem Kleiderberg, der sich vor der Hütte aufgetürmt hatte. Auch einige Nachbarn eilten herbei und nahmen sich, was sie gebrauchen konnten.

In dieser Nacht schlief Lupe mit der Jacke des Colonel im Arm. Am nächsten Morgen packte sie das Kleidungsstück in einen Sack und teilte der Mutter mit, daß sie ins Hochland hinaufgehen wolle.

»Aber warum denn, *mi hijita?*« fragte ihre Mutter.

Lupe zuckte mit den Schultern. »Ich weiß es auch nicht genau, Mama. Aber ich muß einfach gehen.«

»Na gut«, antwortete Doña Guadalupe, die ahnte, was in ihrer Tochter vor sich ging, »aber dein Bruder wird dich begleiten.«

»Ja, in Ordnung«, sagte Lupe.

Sie wäre sowie nur ungern allein gegangen. Kein Mädchen war mehr sicher vor La Liebre und seinen Männern. Sie überfielen und vergewaltigten jedes Mädchen, das sich unbegleitet in der Nähe der Plaza aufhielt.

Als sie das Dorf hinter sich gelassen hatten, bogen Lupe und Victoriano von der Hauptstraße auf den gewundenen Pfad ab, den die Männer des Colonels den steilen Hang hinauf angelegt hatten. Sie brauchten lange, bis sie die weißen Kiefern erreichten. Lupe fühlte sich erschöpft und leer. Sie hatte alle Hoffnung aufgegeben, ihren Traumprinzen jemals wiederzusehen.

Als sie durch den Felseinschnitt gingen, den der Meteorit geschlagen hatte, fühlte sie keine Spur mehr von der unbändigen Freude, die sie beim letzten Mal verspürt hatte. Am Rande des Cañons angekommen, breitete sich das Land wieder in atemberaubender Schönheit zu ihren Füßen aus, aber Lupe nahm das kaum wahr. Erst als sie die Wiese überquerten und sie die verkrüppelte kleine Kiefer auf den Tortillafelsen wiederentdeckte, wurde ihr plötzlich klar, was sie hierhergezogen hatte. Aufgeregt rannte sie auf den Baum zu.

»Was ist los«, fragte Victoriano.

»Die Kiefer! Da werde ich die Jacke des Colonels vergraben!«

»Was? Bist du verrückt geworden?« rief er.

Fassungslos blickte Victoriano seiner Schwester nach, die über die Wiese rannte. Die kleinen Wasserläufe waren inzwischen ausgetrocknet, und der Boden war von einem dicken, saftig grünen Grasteppich bedeckt. Im kniehohen Gras konnte man die Schneisen erkennen, die umherziehendes Wild hinterlassen hatte.

»Okay«, resignierte Victoriano und folgte seiner Schwester.

Seit dem Erdrutsch hatte Victoriano immer wieder darüber nachgegrübelt, daß Don Benito und Ramon möglicherweise noch lebten, wenn er bei ihnen geblieben wäre. Vielleicht hätte er Don Benito davon überzeugen können, zuerst nur zwei Dynamitstäbe zu zünden, statt alle sechzehn auf einmal. Wäre er doch bloß dort geblieben.

Er erreichte die flachen, runden Felsen und kletterte hinter Lupe her. »Was ist denn so besonders an diesem Platz?« fragte er. »Wir hätten seine Jacke doch genausogut unten im Cañon vergraben können.«

Lupe schüttelte den Kopf und blickte sich um. »Nein«, erwiderte sie und zitterte vor Aufregung. »Dieser Platz gehört meinem Colonel! Sieh dich doch nur um, wie wunderschön es hier ist. Da, ganz hinten am Horizont kann man sogar die Sea of Cortez erkennen!«

Victoriano betrachtete die üppige Landschaft und gab Lupe insgeheim recht. So weit das Auge reichte, erstreckten sich die Bergspitzen des Hochlandes. Über dem schmalen Küstenstreifen im Westen hingen kleine Wolkengebilde. Angesteckt von Lupes Begeisterung, mußte er lächeln.

»So, und wie vergraben wir jetzt die Jacke?« fragte er.

»Zuerst müssen wir Blumen pflücken und einen Altar bauen!« erklärte sie ihm.

»Lupita, du bist wirklich verrückt.«

»Hilfst du mir?«

»Na klar«, antwortete Victoriano.

Lupe breitete die Jacke des Colonels auf dem Boden aus. Sie kletterten wieder von den kleinen Felsen hinunter und gingen zurück zur Wiese, um einen Strauß Wildblumen zu pflücken. Lupe summte glücklich vor sich hin. Wenigstens konnte sie ihrem Traumprinzen eine letzte Ruhestatt bereiten.

Victoriano beobachtete seine Schwester, die eifrig die bunten Blumen pflückte. Allmählich überkam auch ihn ein Gefühl des Friedens.

»Komm«, sagte Lupe, »das sind genug. Jetzt können wir unter der kleinen Kiefer einen Altar für ihn bauen.«

Bruder und Schwester kletterten wieder auf den Tortillafelsen. In friedlicher Eintracht vollendeten sie ihr kleines Werk. Auch das gehörte zu den Wundern eines jeden Tages: der Gebrauch der Hände, des großartigen Werkzeuges, das Gott den Menschen geschenkt hatte, damit sie die Erde nach seiner Vorstellung gestalten konnten.

»Hier«, sagte Lupe, »hinter den Wurzeln der Kiefer ist eine kleine Felsspalte, hier werden wir seine Jacke begraben.«

Lupe kletterte um den kleinen verkrüppelten Baum und erstarrte plötzlich.

»Was ist los?« frage Victoriano erschrocken und dachte, sie hätte eine Schlange oder ein anderes gefährliches Tier entdeckt.

Aber sie lachte. »Sieh doch nur!« sagte sie aufgeregt.

Victoriano kletterte zu ihr hinüber. In der engen Felsspalte hockte ein winziges Rehkitz, das sie mit riesigen Augen ängstlich anstarrte.

»Was für ein Wunder«, sagte Lupe. »Schau nur, es hat die gleichen Augen wie mein Colonel.«

Victoriano lachte; seine Schwester hatte recht. Sie hatte ihre große Liebe wiedergefunden.

In den darauffolgenden Monaten ging Lupe, außer zur Schule, nirgends ohne ihr kleines Haustier hin. Die beiden waren unzertrennlich. Sogar nachts schlief sie lieber mit dem Kitz draußen auf einer Matte statt im warmen Bett ihrer Mutter.

Sie fütterte den kleinen Rehbock mit Ziegenmilch, und er wuchs schnell heran. Da es Lupe für seine Mutter hielt, begrüßte das Tier sie jedesmal, wenn sie von der Schule heimkehrte, mit aufgeregten kleinen Lauten. Die Indiokinder in der Schule nannten Lupe inzwischen nur noch ›das Rehmädchen‹. Sie tobten zusammen mit ihr und dem Rehkitz über die Hänge oberhalb des Dorfes, wobei sie aus Leibeskräften schrien.

Katie Jones verließ die Schule und den Cañon unter dem Vorwand, die Ferien mit ihrer Mutter in San Francisco zu verbringen, doch jeder wußte, daß Señor Jones sie vorsichtshalber für immer in die Vereinigten Staaten zurückgeschickt hatte. La Liebre rauchte zwar mit Señor Jones dessen Zigarren und pflegte abends mit ihm zu speisen, doch in Wahrheit hatten die Amerikaner nur wenig Einfluß auf den unberechenbaren Mann.

Eines Nachmittags bat Señora Muñoz Lupe, nach der Schule noch zu bleiben. Lupe befürchtete schon, sie hätte etwas angestellt.

Als sie allein waren, sagte die Señora zu ihr: »Ich muß dich wirklich loben, Lupe, du warst dieses Jahr sehr fleißig. Im Lesen bist du schon fast so gut wie die Kinder der dritten Klasse, und im Rechnen bist du deinen Mitschülern auch weit voraus.«

Nervös beobachtete Lupe, wie die Lehrerin sich die Hände rieb. Sie war sicher, daß die schlechte Nachricht auf dem Fuß folgen würde. Auf diese Art machte es oft auch ihre Mutter; zuerst gab es ein dickes Lob, um dann am Ende noch einen gehörigen Tadel obendrauf zu setzen.

»Lupe«, fuhr die Lehrerin fort, »ich weiß nicht, wie lange ich noch hier sein werde, aber ich möchte, daß du weißt, daß ich große Hoffnung in dich setze. Du darfst das Lernen niemals vernachlässigen, wie so viele andere junge Mädchen.«

Lupes Augen füllten sich mit Tränen. Sie wollte nichts mehr hören. Sie liebte ihre Lehrerin fast so sehr, wie sie den Colonel geliebt hatte. Es konnte unmöglich wahr sein, daß diese sie nun auch verlassen wollte. »Bitte«, unterbrach sie die Lehrerin, »Sie dürfen nicht fortgehen. Wir brauchen Sie doch! Wenn Sie nicht gewesen wären, hätte ich doch niemals so fleißig gelernt.«

»*Oh, querida*«, seufzte Señora Muñoz, »ich habe dich sehr lieb, aber mach es mir bitte nicht noch schwerer, als es ohnehin schon ist.«

Señora Muñoz schloß ihre junge Schülerin in die Arme und drückte sie einen Moment fest an sich.

»Genug jetzt«, sagte sie und zog ein Taschentuch hervor, »ich gehe ja noch nicht sofort, und eigentlich wollte ich dich nur um einen Gefallen bitten.«

»Was immer Sie möchten«, antwortete Lupe und trocknete ihre Tränen.

»Ich habe schon so viel von den Kochkünsten deiner Mutter gehört«, sagte die Lehrerin, »deshalb dachte ich, du könntest mir vielleicht etwas von dem berühmten Ziegenkäse deiner Mutter und ein paar Tortillas mitbringen?«

»Aber natürlich«, antwortete Lupe, »sehr gerne.«

»Großartig. Und es wäre schön, wenn du mir die Sachen morgens vor der Schule persönlich vorbeibringen könntest«, fügte sie hinzu.

»Ich werde Ihnen gleich morgen früh etwas mitbringen.«

Während der folgenden zwei Wochen brachte Lupe der Lehrerin nahezu jeden Morgen einen kleinen Ziegenkäse mit. Ein paarmal schien es ihr, als würde die Lehrerin das Essen halbverhungert hinunterschlingen. Ihr fiel auf, daß Manuelita der Lehrerin ebenfalls süßes Brot mitbrachte. Nachdem sie mit Manuelita auf dem Schulweg darüber gesprochen hatte, wurde Lupe argwöhnisch.

Eines Morgens ertappte Doña Guadalupe ihre Tochter dabei, wie sie gerade ein Stück Käse in ihre Schultasche packte.

»Hast du noch Hunger?« fragte die Mutter.

»Nein … ich meine ja«, antwortete Lupe schnell.

»Aber du hast doch reichlich gefrühstückt, *mi hijita*«, sagte die Mutter verwundert. Lupe sah aus wie ein verängstigtes Mäuschen. »Was ist los?« fragte Doña Guadalupe nochmals.

»Nichts, Mama, ich muß jetzt gehen.«

»Moment mal, mein Fräulein! Was geht hier vor?«

Lupe blieb stehen. »Bitte, Mama, frag mich nicht.«

»Lupe«, beharrte die Mutter, »du sagst mir jetzt sofort, was los ist. Ich bin deine Mutter!«

»O Mama«, sagte das Mädchen und fühlte sich wie ein Verräter, »der Käse ist nicht für mich. Er ist für meine Lehrerin.«

»Für Señora Muñoz? Aber warum hast du mir das denn nicht gleich gesagt, *mi hijita?*« sagte Doña Guadalupe. »Es ist doch nichts dabei, wenn du deiner Lehrerin ab und zu ein kleines Geschenk mitbringst. Sie bekommt nur ein bescheidenes Gehalt und kann ein bißchen Unterstützung gebrauchen.«

»Aber sie hat mich gebeten, niemandem etwas zu sagen«, antwortete Lupe.

»Warum?« fragte die Mutter.

Lupe zuckte mit den Schultern. »Ich weiß nicht. Ich weiß nur, daß Manuelita ihr auch ab und zu Brot mitbringt.«

»Mein Gott!« entfuhr es Doña Guadalupe.

»Bitte, Mama, du darfst aber nicht böse auf sie sein«, bettelte Lupe.

»Ich bin doch nicht böse auf deine Lehrerin, Kind!« erwiderte die Mutter. »Ich wette, daß Don Manuel ihr kein Geld mehr gibt, jetzt, da Señora Jones fort ist. Die arme Frau hungert sich wahrscheinlich zu Tode!«

Sie ging zu dem langen Küchentisch und schnitt ein größeres Stück Käse ab. »Bring ihr das, aber sag nichts. Sie ist eine gute und stolze Frau. Wir wollen sie nicht in Verlegenheit bringen!«

Als Lupe an diesem Nachmittag nach Hause kam, nahm die Mutter sie bei der Hand und ging mit ihr zu Doña Manzas Haus. Einige der anderen Eltern waren schon mit ihren Kindern dort eingetroffen. Als Don Manuel abends aus der Mine heimkehrte, hatten sich die Frauen vor seinem Haus versammelt. Lupe hatte noch nie so viele kampflustige Mütter gesehen.

»Wie konnten Sie einfach aufhören, ihr Gehalt zu zahlen, ohne uns etwas davon zu sagen?« fragte Doña Manza.

»Ich bin euch doch keine Rechenschaft schuldig!« verteidigte sich Don Manuel. »Außerdem war es nicht meine Idee. Señor Jones hat es angeordnet. Es steht nirgends geschrieben, daß er dem Dorf eine Lehrerin bezahlen muß.« Hätte Don Tiburcio in diesem Augenblick nicht blitzschnell seinen Fuß in die Tür gestellt, hätte Don Manuel sie ihnen glatt vor der Nase zugeschlagen. Don Tiburcio überragte den kleinen Bürgermeister zwar nur um ein paar Zentimeter, doch mit seinen breiten Schultern ließ er diesen wie einen Zwerg erscheinen.

»Aber Sie sind der Bürgermeister der Stadt«, sagte Don Tiburcio, dem der zweitgrößte Laden im Ort gehörte, und stellte sich neben den Bürgermeister in die Tür. »Ich bin der Meinung, es wäre Ihre Pflicht gewesen, uns Señor Jones' Entscheidung mitzuteilen, damit die arme Frau wenigstens nicht verhungern muß.« Don Manuel merkte, daß er dabei war, allen Respekt, den er sich im Laufe der Jahre erkämpft hatte, wieder zu verlieren. Sein größter Rivale hatte es geschafft, daß er jetzt dastand wie ein Schwachkopf.

»Dazu habe ich nichts zu sagen!« antwortete er. »Ich habe nur getan, was mir befohlen wurde. Gute Nacht«, fügte er hinzu und schloß die schwere, mit Eisenbeschlägen verzierte Eichenholztür.

Abends saßen Lupe und Manuelita dabei, als die Mütter des Dorfes sich miteinander berieten. Es wurde vereinbart, daß man Señora Muñoz abwechselnd bei sich zu Hause zum Essen einladen würde; jeder sollte ein paar Pesos beisteuern, damit die Lehrerin wenigstens einen kleinen Ausgleich für die fünfzig Cents Gehalt pro Tag erhielt, die ihr willkürlich gestrichen worden waren.

Als Señora Muñoz davon hörte, war sie so überwältigt, daß sie das Angebot zuerst ablehnte. »Das kommt überhaupt nicht in Frage«, sagte sie, »ihr habt alle schon genug Sorgen.«

»Aber wir brauchen Sie doch«, sagte Doña Manza. »Die Freude, die Sie uns dadurch bereiten, daß Sie unsere Kinder unterrichten, können wir sowieso nicht wieder gutmachen.«

»Außerdem«, fügte Doña Guadalupe hinzu, »bei einem Haus voller Kinder kommt es auf einen Esser mehr oder weniger wahrhaftig nicht an.«

Mit Tränen in den Augen umarmte Señora Muñoz nacheinander Doña Manza und Doña Guadalupe und nahm das Angebot schließlich an.

Aber damit war das Schulproblem noch nicht gelöst. Seit seine Frau und seine Tochter fort waren, benahm sich Señor Jones, als würde er die Bewohner des Cañons hassen und sie am liebsten alle vernichten. Zwei Tage nachdem die Mütter beim Bürgermeister gegen die schlechte Behandlung der Lehrerin protestiert hatten, ließ er die Schule schließen und vernagelte die Tür. Doch die Bewohner versammelten sich erneut. Señora Muñoz wurde in der Stadt untergebracht, und der Unterricht fand von nun an hinter Doña Manzas Backstube statt, so daß Manuelita die Bücher und das Unterrichtsmaterial in ihrem Zimmer aufbewahren konnte. Die Stadtbewohner waren stolz auf sich, sie merkten jetzt, daß sie etwas erreichen konnten, solange sie nur zusammenhielten.

Eines Abends, die Sonne ging bereits unter, kam Don Tiburcio auf seinem flinken, kleinen Maultier zu Lupes Hütte geritten. Hier oben in den Bergen besaßen nur die Amerikaner und durchziehende Soldaten Pferde. Die Menschen, die seit jeher hier gelebt hatten, bevorzugten Maultiere, die in dieser felsigen und steilen Gebirgslandschaft ein viel zuverlässigeres Fortbewegungsmittel waren.

»Guten Abend«, grüßte Don Tiburcio und schritt unter die *ramada*. Er trug seinen besten Anzug und hielt Blumen und einen Leinensack in der Hand.

»Guten Abend, schön, Sie zu sehen«, sagte Doña Guadalupe. Sie hatte den ruhigen, kleinen Mann in ihr Herz geschlossen, seit er dem Bürgermeister die Stirn geboten hatte.

Don Tiburcio nahm seinen Hut ab und sah sich um. Er erblickte Sophia und errötete, als ihre Augen sich trafen. Don Tiburcio war noch nie bei ihnen gewesen, aber es war ganz offensichtlich, weshalb er gekommen war.

»Hol bitte einen Stuhl für Don Tiburcio«, sagte Doña Guadalupe zu Victoriano. »Rückt ein wenig zusammen, Mädchen, damit unser Gast auch am warmen Kohlenfeuer sitzen kann.«

Lupe, ihre Schwestern und Socorro schoben ihre Stühle zusammen, um Platz für den fein gekleideten Mann zu machen.

»Vielen Dank«, sagte Don Tiburcio nervös und setzte sich. »Was für ein Tag! Ich bin gerade mit einem Zug Maultiere, vollgepackt mit Waren, aus der Tiefebene zurückgekehrt. Es wird von Tag zu Tag schwieriger, mit den Maultieren zurechtzukommen. Aber was soll man machen? Wenn ich weiter mit Don Manuels Laden konkurrieren will, muß ich schließlich dafür sorgen, daß ich immer frische Waren habe.«

»Aber die haben Sie doch auch«, sagte Doña Guadalupe. »Ihr Obst und Gemüse ist viel besser und frischer als das von Don Manuel. Dabei haben Sie nicht einmal die Hilfe der Amerikaner, die Don Manuel ihre unbeladenen Tiere zur Verfügung stellen, wenn sie von den Goldtransporten zurückkehren.«

Don Tiburcio lachte. »Das ist wahr. Außerdem zweifle ich daran, daß Don Manuel in Zukunft noch Hilfe von den *americanos* erhält. Man erzählt sich, das Pancho Villa die Maultiere beschlagnahmt hat, mit denen La Liebre kürzlich das Gold herausschaffte.« Er warf Lydia einen verstohlenen Blick zu. »Übrigens, *señora*«, wandte er sich an Doña Guadalupe, »ich habe mir erlaubt, Ihnen und Ihrer Familie ein paar Süßigkeiten von meinem letzten Besuch in der Tiefebene mitzubringen.«

Er war so nervös, daß er unaufhörlich an seiner Krawatte nestelte, und hatte Mühe, seine Worte zu formulieren.

»Hier, bitte sehr«, sagte er und zog eine Schachtel Pralinen aus seinem Sack, die er der Mutter überreichte.

Carlota schnappte aufgeregt nach Luft. Sie hatten noch nie ein so herrlich verpacktes Geschenk gesehen.

»Oh, Don Tiburcio«, rief die Mutter, »das wäre aber wirklich nicht nötig gewesen!«

Er errötete noch mehr und stand auf, um sich über das Feuer zu beugen und Sophia die Blumen zu überreichen.

»*Gracias*«, sagte Sophia und nahm die Blumen mit einem koketten Augenaufschlag entgegen. »Die sind wunderschön!«

Mit immer noch rotem Kopf setzte er sich wieder.

»Nun, Sophia«, sagte die Mutter, der die nervöse Spannung nicht entging, »willst du die Schokolade nicht aufmachen?«

Sophia schüttelte den Kopf und verbarg ihr Gesicht hinter dem Blumenstrauß. »Nein, Mutter, das mußt du tun.«

Pralinen waren hier in den Bergen ein Luxusartikel. Lupe und ihre Familie hatten noch nie richtige Schokolade gegessen. Sie kannten nur den würzigen Kakao, den sie auflösten und heiß tranken, oder die begehrten kandierten Früchte, die Doña Manza zur Weihnachtszeit in ihrer Backstube zubereitete. Aber keiner von ihnen hatte je eine einzeln verpackte Praline aus köstlicher Milchschokolade gesehen oder gar gegessen.

»Also gut«, sagte die Mutter und drehte die Schachtel, die in blaues Papier eingeschlagen und mit einer roten Schleife verziert war, ehrfürchtig in ihrer Hand. »Dann werde ich sie öffnen.«

Sie löste das Band und legte es fein säuberlich beiseite, damit sie es später wiederverwenden konnte. Anschließend entfernte sie vorsichtig das feine, blaue Papier. Sie wollte gerade die Schachtel öffnen, als Carlota jauchzend aufsprang und ungeduldig unter der *ramada* herumhüpfte.

»Oh, beeil dich, Mama! Pralinen sind die Gabe der Liebe, und ich weiß genau, daß sie köstlich sein werden!«

Sophia und Maria erröteten. Beide hatten das gleiche gedacht, als sie die begehrte Süßigkeit sahen.

Don Tiburcio sah aus, als wäre er am liebsten im Erdboden versunken. Selbst angesichts umherziehender Banditen in den

Bergen war er nicht so aus der Fassung geraten wie in diesem Augenblick. Er war dreißig Jahre alt und hatte Sophia aufwachsen sehen. Für ihn war sie das schönste und wohlerzogenste Mädchen des Ortes. Wie erleichtert war er gewesen, daß La Liebre sein Auge auf Lydia geworfen hatte. Wäre es Sophia gewesen, hätte er ihn getötet.

»Benimm dich bitte!«, wies Doña Guadalupe Carlota zurecht.

Sie fuhr fort, das Päckchen auszupacken, faltete das blaue Papier und legte es ebenfalls beiseite. Dann öffnete sie endlich die Schachtel, und zum Vorschein kam herrlicher Schokoladenkonfekt. Jedes Stück war einzeln in glänzendes Papier verpackt. In der Schachtel schimmerte es golden, silbern, metallic, rot, grün und blau, wie in einem Juwelenkästchen.

»Oh, gib mir eins!« rief Carlota und langte mit der Hand in die Schachtel.

»Nein«, sagte die Mutter und gab ihr einen Klaps auf die Finger. »Zuerst ist unser Gast, Don Tiburcio, an der Reihe.«

»Nein, nein, die Damen zuerst«, widersprach Don Tiburcio.

»Gut, wie Sie meinen«, antwortete Doña Guadalupe und hielt Sophia die Schachtel hin. Carlota schnappte sich blitzschnell ein silberfarbenes Konfekt. »Wo bleiben deine Manieren?« fragte die Mutter. »Wenn du dich nicht zusammenreißt, dann bekommst du gar nichts mehr!««

Nach langer Überlegung entschied sich Sophia für eine grün verpackte Praline und reichte die Schachtel an Maria weiter. Lupe leckte sich aufgeregt die Lippen und sah zu, wie Sophia dieses Juwel der Süßigkeiten auswickelte. Sie grübelte, warum Sophia sich wohl für Grün entschieden hatte. Nun, sie selbst würde ein blaues nehmen. Maria wählte ein Stück in Goldpapier. Bevor Victoriano sich bediente, hielt er die Schachtel Socorro hin. Beide entschieden sich für Rot.

Nun war Lupe an der Reihe, aber sie konnte sich einfach nicht entscheiden. Alle sahen gleich wundervoll aus. Schließlich nahm sie doch ein blaues Konfekt, ebenso wie Doña Guadalupe.

Lupe wickelte die Praline aus und biß vorsichtig in die feste Schokolade, die mit einer köstlichen Creme gefüllt war. Sie war völlig hingerissen von dem herrlichen Geschmack und dem wunderbaren Aroma. Genüßlich ließ sie jeden Bissen auf der Zunge zergehen.

Einträchtig saßen sie unter der *ramada* und stießen Seufzer des Genusses aus. Jeder durfte sich zwei Stücke nehmen, bevor die Mutter sich erhob und sagte: »So, das ist genug für heute. Ich werde die Schachtel direkt neben mein Kopfkissen legen. Also, bitte keine Erkundungsgänge heute nacht!«

Alle fühlten sich in ihren geheimen Absichten ertappt und lachten.

Don Tiburcio verabschiedete sich und ging nach Hause. Doch, welch ein Wunder, bereits am nächsten Abend kehrte er mit einem neuen Blumenstrauß und einer zweiten Pralinenschachtel zurück. Diesmal war das Konfekt in weißes Papier gewickelt und mit einer feinen weißen Schleife verziert, wie von einem Hochzeitskleid.

Jetzt hopste nicht nur Carlota ungeduldig herum, als die Mutter das Geschenk umständlich auswickelte. Auch Maria, Sophia und Lupe waren ganz zappelig. Nachdem sie einmal von der kostbaren Süßigkeit genascht hatten, waren sie wie einst Adam im Paradies nicht mehr in der Lage, nein zu sagen.

Diesmal entschied Lupe sich für Grün. Sollte sie noch eine Gelegenheit erhalten, würde sie das silberne Stück nehmen.

»Nun ja«, setzte Don Tiburcio an, als sie alle ihre Schokolade verzehrt hatten, »ich bin zwar nicht gerade der schönste Mann auf der Welt, doch ich kenne Ihre Familie nun schon mein Leben lang, *señora*. Ich habe die größte Hochachtung davor, wie Sie Ihre Töchter großziehen.« Er versuchte seine Nervosität zu verbergen und tat einen tiefen Atemzug. »Was ich sagen möchte, *señora*, also, ich habe mit meiner Mutter gesprochen, die auch eine großartige Frau ist, und sie ist einverstanden, daß ich Sie um die Hand Ihrer Tochter Sophia bitte.« Er knetete aufgeregt seine Hände.

Doña Guadalupe strich über ihre Schürze und blickte nachdenklich ins Holzkohlenfeuer.

»Und zweifellos möchten Sie, daß Sophia mit Ihnen und ihrer Mutter unter einem Dach lebt«, erwiderte sie schließlich.

Er sah sie überrascht an. Diese Antwort hatte er nicht erwartet. »Nun ja, so weit hatte ich noch gar nicht gedacht, aber ich denke schon«, gab er zu.

»Sehen Sie«, sagte die Mutter, »meine Tochter Sophia und ich fühlen uns sehr geschmeichelt über die Ehre, die Sie uns erweisen. Aber wir müssen diese Angelegenheit natürlich zuerst in Ruhe besprechen, bevor wir Ihnen unsere Antwort geben.«

»Selbstverständlich«, antwortete Don Tiburcio, der sich erhoben hatte, und nahm seinen Hut. »Ich möchte Sie aber daran erinnern, *señora*, daß wir uns in der augenblicklichen Situation, mit all den Soldaten in der Stadt, nicht den Luxus erlauben können, zu lange zu überlegen.« Er verbeugte sich und wünschte ihnen eine gute Nacht. »Ich werde in ein paar Tagen wiederkommen und Ihre Antwort erwarten«, fügte er hinzu.

Während der nächsten beiden Tage hörte Lupe, wie die Mutter und Sophia sich immer wieder berieten. Sie konnten zu keinem Ergebnis kommen. Sophia mochte Don Tiburcio sehr gern, doch sie war sich nicht sicher, ob sie ihn auch liebte.

»Das ist unser geringstes Problem«, sagte die Mutter. »Eine Frau kann lernen, den Mann, den sie heiratet, zu lieben, wenn er sie gut behandelt und für sie sorgt. Ich frage mich nur, ob Don Tiburcio, der sich nie für Frauen interessiert hat und schon all die Jahre bei seiner Mutter lebt, nicht nur ein Dienstmädchen sucht, weil seine Mutter alt wird.«

»O Mama!« sagte Sophia, »da brauchst du dir keine Sorgen zu machen. Er liebt mich wirklich!«

Lupe sah, wie die Mutter sich ihrer älteren Schwester zuwandte. »Und woher weißt du das?«

Sophia errötete. »Eine Frau weiß so etwas«, kicherte sie. »Er ist jedesmal ganz aufgeregt, wenn er in meine Nähe kommt.«

Alle prusteten los. Lupe entdeckte jetzt auf Sophias Gesicht ein Dutzend Abstufungen der Farbe Rot.

»Nun, wenn das so ist, sollten wir seinen Antrag wohl annehmen, Sophia«, sagte die Mutter. »Aber du bist noch so dünn und zierlich, *mi hijita*. Ich finde, wir sollten noch ein paar Monate warten, damit du ein wenig kräftiger wirst und bedenkenlos ins Ehebett steigen kannst.« Lupe blickte verlegen zu Boden und mußte unwillkürlich an den Paarungsakt der Esel und Ziegen denken, den sie so oft beobachtet hatte. Sie war schockiert, daß die Mutter so ungeniert über das sprach, was zwischen Mann und Frau im Bett geschah.

7

Und so sahen die Nachkommen des legendären Espirito in ihren gelieb-
ten Cañon hinab und wurden Zeuge, wie die Bewohner in Scharen die
Schlucht verließen. Die Natur hatte den Cañon wieder für sich

Señor Jones beschloß, einen Großteil der Mine stillzulegen. Er entließ hundert Arbeiter und kündigte an, die Mine in einigen Monaten ganz zu schließen. Zwei Tage später verließ die Familie Espinoza, die direkt unterhalb von Lupes Hütte gelebt hatte, mit ihrem gesamten Hab und Gut den Cañon. Die Espinozas waren im gleichen Jahr nach La Lluvia gekommen wie Doña Guadalupe und ihr Ehemann. Señor Espinoza und Don Victor waren gute Freunde gewesen und hatten zusammen gearbeitet.

»Wir haben Verwandte in Los Angeles, in Kalifornien«, sagte der stolze Mann, der sein Leben lang hart gearbeitet hatte, zu Doña Guadalupe, »wir werden versuchen, für einige Zeit bei ihnen zu wohnen. Hier wird die Situation von Tag zu Tag schlimmer.«

Señor Espinoza trug einen großen Schnurrbart und hatte dunkle, indianische Augen. Im Lauf von zehn Jahren hatte er sich durch harte Arbeit in der Mine einen gutbezahlten Posten erkämpft.

Noch am selben Tag, an dem die Familie Espinoza abgereist war, beobachtete Lupe ein paar Tarahumara-Indianer, die aus ihren Höhlen herunterkamen und den Palisadenzaun hinter der Hütte der Familie herausrissen, um damit die Weiden ihrer Ziegenherden einzuzäunen.

Über dreißig Familien verließen in den darauffolgenden Wochen die Schlucht. Sie hatten kein bestimmtes Ziel vor Augen, waren jedoch überzeugt, daß es überall besser sein würde als im Cañon, wo alles im Niedergang begriffen war. Es schien, als hätten Señor Jones und La Liebre sich vorgenommen, die Stadt zu zerstören.

Nach einem Monat fanden sich nur noch halb so viele Männer unter der *ramada* zum Essen ein wie früher. Das Geld, das Doña

Guadalupe verdiente, reichte nicht mehr aus, um die Lebensmittel zu bezahlen, die sie bei Don Tiburcio auf Kredit gekauft hatte. Und nun, da Don Tiburcio um Sophias Hand angehalten hatte, konnte Doña Guadalupe ihn auch unmöglich weiter um Kredit bitten, wenn sie die künftige Ehe ihrer Tochter nicht gefährden wollte. Besonders, da sie ihn damit vertröstet hatten, Sophia sei noch zu zart gebaut und müsse erst ein wenig zunehmen, bevor sie heiraten könne.

Eines Nachts hörte Lupe, die wie immer mit ihrem Rehkitz auf einer Strohmatte neben dem Bett der Mutter schlief, Doña Guadalupe weinen. Im ersten Moment glaubte Lupe zu träumen; sie konnte sich nicht erinnern, daß die Mutter je geweint hätte. Doch dann fiel ihr ein, daß Doña Guadalupe auch zu Beginn der Zeit, als der Vater fortgegangen war, viele Tränen vergossen hatte.

»Mama, was ist los?« fragte sie und krabbelte zu ihr ins Bett.

»Nichts, schlaf weiter«, antwortete Doña Guadalupe und wischte sich verstohlen die Tränen fort.

»Mama, sag doch bitte, was dich bedrückt. Ist es wegen der Lebensmittel, die wir Señora Muñoz geben?«

»Aber nein, *mi hijita*, daran liegt es wirklich nicht. Ich mache mir Sorgen wegen der Minenarbeiter. Es kommen einfach nicht mehr genug zu uns, und ich kann unsere Rechnungen nicht mehr bezahlen.«

Lupe hatte noch nie darüber nachgedacht, daß sie Schulden haben könnten. Sie merkte plötzlich, wie naiv sie war, schließlich kam die Mutter jeden Tag mit frischen Lebensmitteln aus Don Tiburcios oder Don Manuels Laden zurück.

»Mama, ich werde dir helfen«, sagte sie. »Ich bin schon dick genug und werde einfach nicht mehr soviel essen.«

Doña Guadalupe lachte. »Du Bohnenstange! Wie kommst du darauf, daß du dick bist, *mi hijita*? Ich kann jeden einzelnen deiner Knochen fühlen, dabei bist du bald größer als ich.«

»Stimmt, ich bin jetzt fast so groß wie Carlota«, sagte Lupe.

»Ja, du und dein Bruder, ihr werdet bestimmt einmal genauso groß wie euer Vater.«

»Ich habe eine Idee«, sagte Lupe aufgeregt. »Warum schreiben wir nicht an Papa und sagen ihm, daß er zurückkommen und uns helfen soll?«

»Ja, daran habe ich auch schon gedacht!« antwortete Doña Guadalupe.

Als Lupe am nächsten Morgen nach draußen ging, um ihre täglichen Arbeiten zu erledigen, nahm Victoriano sie beiseite. »Hat Mama letzte Nacht geweint?« fragte er.

Lupe fiel auf, wie besorgt der Bruder war. »Ja«, antwortete sie.

»Das habe ich mir gedacht«, sagte er und seufzte. »Es ist wegen des Geldes, stimmt's?« Lupe nickte.

»Verdammt, hätte ich doch bloß mehr von dem Gold rausgeholt, solange es noch möglich war.« Er ließ Lupe stehen und rannte, ohne gefrühstückt zu haben, mit einem Korb in der Hand den Hügel hinab.

Die Sonne stand schon hoch am Himmel. Ein paar hundert Meter unterhalb des Bergwerks untersuchte Victoriano den Steinabfall der Mine, den die Amerikaner den Hang der *barranca* hinabgekippt hatten. Er sah aus wie eine emsige Ameise, als er mit gebeugtem Rücken die riesige Geröllhalde durchsuchte, die sich in den vergangenen zehn Jahren angesammelt hatte. Der Schweiß lief ihm das Gesicht hinunter, während er nach einem möglichst wertvollen Brocken suchte, den er zu Hause mit seinem Hammer zerkleinern wollte.

Auf einmal tauchte Señor Jones mit La Liebre und zwei seiner bewaffneten Männer auf. Sie hatten Zigarren im Mund und sahen feist und wohlgenährt aus.

»He, was machst du da?« rief Señor Jones von weitem. Victoriano sah auf und erschrak, als er die vier Männer erblickte. »Nichts«, sagte er, »ich schaue nur, ob ich noch ein paar Spuren Gold in den Abfallbrocken finde, die Sie weggeworfen haben.«

»Bring mir seinen Korb her!« sagte Señor Jones zu einem seiner Begleiter. Der bewaffnete Mann stieg rasch durch die Gesteinsbrocken den Hang hinab. La Liebre gab dem anderen Mann mit seiner Peitsche ein Zeichen, ihm zu folgen.

Victoriano war ratlos. Am liebsten wäre er davongelaufen. Andererseits war er überzeugt, daß er nichts Böses getan hatte. Die Bewohner des Cañons hatten schon immer in den Abfällen der Goldmine herumgestöbert.

»Bring ihn herauf!« brüllte La Liebre. »Ich glaube, den Burschen habe ich schon mal gesehen.«

Der pausbäckige, rothaarige Soldat stieß Victoriano vor sich her den Berg hinauf. Er war der Stellvertreter La Liebres und der gleiche Mann, der eine Woche zuvor ein zwölfjähriges Mädchen mißbraucht hatte.

»Sieh einer an!« sagte Señor Jones und untersuchte den Inhalt des Korbes, während die beiden bewaffneten Soldaten Victoriano festhielten. »Was haben wir denn hier? Das sind ja ganz schön wertvolle Brocken. Sag mal, Junge«, fragte er in seinem breiten Texanisch, »du hast wohl einen Komplizen in der Mine, der dir die besten Brocken rausschmeißt?«

»Nein, natürlich nicht«, antwortete Victoriano.

Doch als er ihre Gesichter sah, wußte Victoriano, was ihn erwartete. Was er auch sagen würde, diese gewalttätigen Männer warteten nur darauf, sich jeden Moment auf ihn zu stürzen.

»Aber es stimmt!« rief Victoriano. »Ich mußte mich wirklich anstrengen, diese Steine zu finden. Sie können mitkommen und sich selbst davon überzeugen!« Er sah, wie Señor Jones den anderen ein Zeichen machte, und wußte, es hatte keinen Sinn. Sie hatten ihren Entschluß schon gefaßt, bevor sie ihn überhaupt angehört hatten. Mit hämischem Grinsen trat La Liebre einen Schritt vor und stieß ihm den harten Griff seiner Peitsche in den Magen.

»Los«, sagte er zu Señor Jones, während der Junge sich vor Schmerzen krümmte. »Nehmen wir ihn mit!«

Victoriano holte tief Luft und versuchte, in großen Sätzen den felsigen Hang hinunter zu entkommen. Doch nach ein paar Metern hatte La Liebre ihn schon eingeholt und brachte ihn mit einem Peitschenhieb zwischen die Füße zu Fall. Victoriano schlug mit dem Kopf auf den steinigen Boden. Die scharfkantigen Felsbrocken rissen ihm Gesichtshaut und Hände auf, und das Blut tropfte auf sein weißes Baumwollhemd.

»Hebt ihn hoch!« befahl La Liebre grinsend.

Die beiden bewaffneten Männer zerrten Victoriano auf die Füße und drehten ihm die Arme auf den Rücken.

La Liebre, die Zigarre lässig im Mundwinkel, trat auf Victoriano zu und blickte ihm ins Gesicht.

»Wir werden ein Exempel an dir statuieren, Junge«, sagte er,

»wir werden dich brandmarken und dann aufhängen.« Kaum hatte er dies gesagt, nahm er seine Zigarre aus dem Mund und drückte sie Victoriano ins Gesicht.

Schreiend versuchte Victoriano, den Kopf wegzudrehen, doch die beiden Männer hielten ihn unerbittlich fest.

»Und jetzt wirst du hängen, *muchacho*«, lachte La Liebre, der gerade daran dachte, daß er in Victorianos Alter gewesen war, als man seine Mutter und seine Schwestern getötet und ihn selbst verunstaltet hatte. »Wir werden den Leuten zeigen, was mit einem Dieb passiert.«

Sie schleiften Victoriano durch das Geröll, über den Bach, in Richtung Plaza. Señor Jones nahm den Umweg über die Hauptstraße. Er wollte das Schauspiel beobachten, ohne den Anschein zu erwecken, daran beteiligt zu sein.

Lupe saß mit den anderen Kindern beim Unterricht im Hinterzimmer von Doña Manzas Backstube, als sie das Glockengeläut von der Plaza vernahm. Da die Glocken gewöhnlich nur zu feierlichen Anlässen geläutet wurden, eilten alle hinaus, um nachzusehen, was draußen vor sich ging. Als Lupe sah, wie die Männer das Seil, dessen Ende schon um den Hals ihres Bruders geschlungen war, in einem Baum über seinem Kopf befestigten, schrie sie entsetzt auf und schlug die Hände vors Gesicht.

»Lauf!« sagte Señora Muñoz, »hol deine Mutter! Doña Manza und ich werden versuchen, etwas zu unternehmen.«

Lupe raste los und hätte beinahe Señor Jones umgerannt, der sich im Schatten eines Baumes eine neue Zigarre ansteckte. Sie flog geradezu den Hügel hinauf.

»Mama! Mama!« schrie sie und rannte in die Küche. »Sie wollen Victoriano auf der Plaza aufhängen!«

Doña Guadalupe stand am Herd und versuchte mit den wenigen Lebensmitteln, die sie zur Verfügung hatte, eine Mahlzeit für die Minenarbeiter zusammenzustellen.

»Was? Wovon redest du denn?« fragte sie und blickte in das angstverzerrte Gesicht ihrer Tochter.

»Victoriano!« schluchzte Lupe, »La Liebre will ihn aufhängen.«

Doña Guadalupe ließ den großen Kessel fallen und starrte sie einen Augenblick fassungslos an. Doch dann löste sich ihre Erstarrung, und ohne weitere Fragen zu stellen, eilte sie in die Hütte. Ihr Herz klopfte bis zum Halse.

»Schnell«, sagte sie und wühlte fieberhaft in ihrer Holzkiste, »lauf zur Plaza und sag Don Manuel, er soll sie hinhalten. Sag ihm, daß ich meinem Sohn den letzten Segen geben will!«

»Ja, Mama«, sagte Lupe heulend und machte sich, so schnell sie konnte, auf den Rückweg.

Doña Guadalupe atmete erleichtert auf, als sie den Revolver ihres Vaters auf dem Boden der Kiste fand. Der Mann, der sie aufgezogen hatte und den sie über dreißig Jahre ›Vater‹ genannt hatte, war einer der mutigsten Männer gewesen, die sie kannte. Niemals würde sie den Tag vergessen, an dem er in ihr Leben getreten war.

Doña Guadalupe war damals noch ein kleines Mädchen gewesen, das kaum sprechen konnte. Bei Tagesanbruch waren Soldaten in ihr Heimatdorf eingefallen. Sie hatten die Hütten in Brand gesetzt und auf ihre Leute, die zum Stamme der Yaqui[6]-Indianer gehörten, geschossen.

Doña Guadalupes Eltern waren bei dem Überfall umgekommen, und ihr Heim war in Flammen aufgegangen. Sie selbst hatte sich hinter dem Körper ihrer toten Mutter versteckt. Als ihre Haare Feuer fingen, war sie schreiend aus der Hütte gerannt, geradewegs in die offenen Arme des Feindes.

Ein Mann, den Gott ihr gesandt haben mußte, drehte den Kopf und erblickte sie. Er war gerade im Begriff gewesen, seinen Revolver zu senken, statt dessen wirbelte er jetzt herum und erschoß seinen Kameraden, der direkt neben ihm stand und sein Gewehr auf das kleine Mädchen gerichtet hatte. Dann erstickte er mit einer Decke die Flammen in ihrem Haar, und während die Schlacht um sie herum weitertobte, hob er sie auf sein Pferd und ritt mit ihr davon. Sie ritten Tage und Nächte. Wenn ein Pferd erschöpft war, stahl er einfach ein anderes. Als sie sein Haus schließlich erreicht hatten, packte er mit seiner Frau und seinen Kindern alles zusammen, und so waren sie gemeinsam tiefer in die Nacht geflohen. In einer Stadt am Fuße der Berge hatte er ein neues Heim für sich und seine Familie gebaut. Er hatte das kleine

Mädchen Guadalupe genannt und es als seine Tochter aufgezogen.

All das ging Doña Guadalupe durch den Kopf, während sie den Revolver ihres Vaters prüfte und sich davon überzeugte, daß er geladen war. Anschließend legte sie ruhig ihr schwarzes Umschlagtuch um die Schultern. Den Revolver verbarg sie im Ärmel ihres Kleides. Sie tat einen tiefen Atemzug und griff nach Bibel und Rosenkranz. Bevor sie die Hütte verließ, nahm sie noch ein kleines Messer aus der Küche mit, das sie in der Bibel versteckte.

Einige Nachbarn hatten sich schon unter der *ramada* versammelt, um der armen Mutter ihr Mitgefühl auszusprechen, doch Doña Guadalupe nahm niemanden wahr. Nur ein Ziel vor Augen, schritt sie, die Augen starr geradeaus, durch die Menge. Nichts auf der Welt, nicht einmal der Tod, hätte sie in diesem Moment aufhalten können. So schnell sie konnte, eilte die füllige kleine Frau hocherhobenen Hauptes zwischen den Häusern hindurch, den gewundenen, felsigen Pfad hinab. Die Dorfbewohner, die am Wege standen, traten respektvoll zur Seite, sobald sie Doña Guadalupe kommen sahen.

Als Doña Guadalupe ihren schmächtigen kleinen Sohn erblickte, der in der Mitte der Plaza mit einer Schlinge um den Hals unter einem Baum stand, erkannte sie an seinem blutverschmierten Gesicht und Hemd sofort, daß man ihn mißhandelt hatte. Sie mußte ihre ganze Selbstbeherrschung aufwenden, nicht vor Entsetzen aufzuschreien und zu ihrem Jungen zu stürzen. Die Erinnerung an ihren Vater im Gedächtnis, schaffte sie es, aufrecht und würdevoll die letzten Stufen zur Plaza hinabzuschreiten.

Doña Guadalupe bahnte sich einen Weg durch die Menge. Ein Dutzend Soldaten waren nötig, ihre Töchter zurückzuhalten. Don Manuel redete auf den narbengesichtigen Mann ein, und ein Stück abseits paffte Señor Jones immer noch ungerührt an seiner Zigarre. Die Angelegenheit schien komplizierter zu werden, als er gedacht hatte.

»Da kommt sie ja endlich, verdammt noch mal«, brüllte Don Manuel, als er Doña Guadalupe kommen sah.

»Okay«, sagte La Liebre. »Von mir aus soll sie ihrem Sohn den letzten Segen geben. Aber dann wird er hängen, dabei bleibt es!«

Lupe versuchte auf allen vieren zwischen den Beinen der Soldaten hindurchzuschlüpfen, die ihre Schwestern und die Umstehenden in Schach hielten. Doch ein Soldat packte sie roh bei den Haaren und zerrte sie zurück.

»Versuch das nicht noch mal«, sagte Sophia und hielt Lupe fest. »Jetzt können wir nur noch um ein Wunder beten, *mi hijita*.«

»Mama wird ihn retten«, schrie Carlota. »Ich weiß es genau!«

Maria hatte die Arme um Carlota gelegt, und Esabel drückte Maria tröstend an sich.

Don Manuel diskutierte immer noch mit La Liebre und versuchte, den Bewohnern der Stadt zu beweisen, daß er ein aufrechter, einflußreicher Mann und nicht bloß eine Marionette der amerikanischen Bergbaugesellschaft war.

Währenddessen stand Señor Jones mit ein paar seiner jungen Ingenieure am Rande der Plaza. Einer von ihnen hatte schon ungeduldig seine Kamera aufgestellt, um das bevorstehende Ereignis festzuhalten.

Hinter dem großen Baum, an dem Victoriano hängen sollte, tauchte auf einmal El Borracho auf. Er hatte die ganze Zeit dort gelegen und seinen Rausch ausgeschlafen; jetzt blickte er sich verwundert um.

Doña Guadalupe wollte auf ihren Sohn zustürzen und ihn in die Arme schließen, doch der Mann, den sie The Jack Rabbit nannten, trat dazwischen. »Halt!« sagte er, »was hast du da unter der Bibel?«

»Meinen Rosenkranz«, antwortete sie.

»Zeig her«, befahl er.

»Nein, laßt sie in Ruhe«, rief Don Manuel. »Habt ihr immer noch nicht genug?«

»Halt dein Maul, Alter«, herrschte La Liebre den Bürgermeister an. »Immerhin haben wir den Jungen mit Gold erwischt!«

Während die beiden sich stritten, war Doña Guadalupe zu Victoriano geeilt. Sie legte ihren Schal um ihn und flüsterte ihm etwas ins Ohr. Doch ihr Sohn, der schon halb bewußtlos war, erkannte sie nicht, noch weniger konnte er verstehen, was sie zu ihm sagte.

Doña Guadalupe stieß einen Klageschrei aus und gab vor, die Beherrschung zu verlieren.

La Liebre merkte, daß die Menge immer unruhiger wurde und seine Männer die Leute kaum noch zurückhalten konnten. Die Menschen kamen von überall her, sie kletterten über Dächer und Mauern und waren seinen Soldaten nun fast sechzigfach überlegen.

»Okay«, sagte er laut, »die Leute sollen sehen, daß ich ein fairer Mann bin. Sie kann ihrem Sohn den letzten Segen geben, aber dann ist Schluß.« Er zog seinen Revolver. »Schließlich muß das Gesetz geachtet werden. Er ist ein Dieb und wird hängen!«

Als El Borracho das vernahm, lachte er laut auf. Er drehte dem narbigen Anführer seinen Hintern zu, hob sein rechtes Bein und furzte ihm ins Gesicht.

»Damit du weißt, was ich von dir und deinem Gesetz halte!« sagte El Borracho, wackelte mit seinem Hinterteil hin und her und fuhr fort zu furzen. »Du wagst doch nicht einmal zu scheißen, bevor Señor Jones dir die Erlaubnis erteilt, du häßliche Ausgeburt des Teufels!«

Die Menge auf der Plaza fing grölend an zu lachen. Da richtete La Liebre seinen Revolver auf El Borracho und feuerte dreimal. El Borrachos Körper wurde von jeder Kugel ein Stück nach vorn geschleudert.

Blut und Schaum quollen aus seinem Mund. Er sackte zu Boden, die leblosen Augen vor Schreck noch weit geöffnet.

Es wurde totenstill auf der Plaza, keiner wagte zu atmen. Doch plötzlich begannen die Leute voller Wut zu toben. Außer sich vor Zorn schüttelten sie die Fäuste. El Borracho hatte zu den beliebtesten Männern in der Stadt gehört. Er und seine Frau hatten ihren Kindern auf die Welt geholfen, und es gab keine Hochzeit, bei der man nicht zu seinem Gitarrenspiel gesungen und getanzt hatte.

Doña Guadalupe nutzte den Augenblick, zog ihr Messer hervor und versuchte, das Seil durchzuschneiden, mit dem ihrem Sohn die Hände gefesselt waren. Doch Victorianos Hände waren so eng zusammengebunden, daß sie nicht einmal die Klinge dazwischen bekam.

»Dreh dein Handgelenk«, flüsterte sie ihm zu, »schnell, wir haben keine Zeit!«

Victoriano reagierte nicht. Vor lauter Verzweiflung biß sie ihn mit aller Kraft ins Ohr, bis er vor Schmerz die Augen weit aufriß. Jetzt erkannte er seine Mutter und kam allmählich wieder zu sich. Doña Guadalupe wiederholte ihre Worte, und diesmal verstand Victoriano. Er drehte seine Handgelenke und spürte, wie sie mit der Klinge dazwischen fuhr. Man hatte ihn jedoch mit einem geflochtenen Rohlederband gefesselt, das sich nur schwer durchschneiden ließ.

Plötzlich sah Victoriano, wie La Liebre auf sie zukam und seinen Revolver erneut lud.

»Genug jetzt«, sagte La Liebre und packte Doña Guadalupe an der Schulter. »Verschwinde hier!«

Die Menge schrie empört, La Liebre solle sie in Ruhe ihrem Sohn den letzten Segen erteilen lassen Das Gebrüll war so bedrohlich, daß der narbengesichtige Mann resigniert die Arme hob und nachgab.

»*Mi hijito*«, flüsterte Doña Guadalupe, »ich habe einen Revolver unter meinem Schal. Sobald du die Hände frei hast, gebe ich ihn dir. Dann springe ich schreiend auf und du rennst, so schnell du kannst, zum Fluß.« Sie hatte jetzt den letzten Strang durchtrennt. »Hast du verstanden, *mi hijito*? Ich habe deine Fesseln nicht durchgeschnitten, damit du tapfer bist und getötet wirst. Ich will, daß du um dein Leben läufst, hörst du? Renn zum Fluß, sobald ich aufspringe!«

Seine Hände waren nun frei.

»Warte noch einen Augenblick«, sagte sie, »beweg deine Finger, damit das Blut wieder zirkuliert. Mach schon!«

Er tat, was sie ihm sagte. Sie sah, daß seine Augen wieder klarer wurden, und fühlte, daß er nun bereit war. »Hier, nimm den Revolver. Ich liebe dich, *mi hijito*. Ich liebe dich von ganzem Herzen. Los! Sobald ich aufspringe, läufst du los!«

Sie sprang auf die Füße und gab ihm mit ausgebreiteten Armen Deckung. »Gott wird dich beschützen, mein Sohn!« schrie sie aus Leibeskräften.

Doch vergeblich. Der Mann, den sie The Jack Rabbit nannten, ließ sich nicht täuschen. Als er die Frau mit ausgebreiteten Armen zurückspringen sah, wußte er sogleich, was vor sich ging. Er zog seinen Revolver und stieß sie brutal aus dem Weg.

Genau in dem Augenblick, als Victoriano loslaufen wollte, sah er aus den Augenwinkeln, wie hinter der Mutter La Liebre auf sie zugerannt kam. Er ging sofort in die Hocke und wirbelte herum, sich vollkommen bewußt, daß er keine Chance hätte, vor dem flinken Mann davonzulaufen. Er zielte und feuerte genau in dem Augenblick ab, als La Liebres häßliches Gesicht vor ihm auftauchte.

Blut und Knochensplitter spritzten auf. Victoriano rannte los, so schnell er konnte, und schoß während des Laufens fortwährend in die Luft, um die Soldaten von der geliebten Mutter wegzulocken.

Auf der Plaza liefen jetzt alle wild durcheinander. Lupe und ihre Schwestern bahnten sich durch die Menge einen Weg zu ihrer Mutter, während die Hälfte der bewaffneten Soldaten hinter dem Bruder herjagte.

Aber Victoriano war blitzschnell im dichten Laubwerk, direkt unterhalb der Plaza, verschwunden. In Windeseile flüchtete er den felsigen Hang hinab, auf dem ihm jeder Stein vertraut war, und rettete sich mit einem Satz ins Wasser. Er ließ sich die kleineren Wasserfälle hinuntertreiben, und als der Fluß schließlich wie ein ruhiges blaues Band dahinfloß, schwamm er mit kräftigen Stößen vorwärts.

Die Soldaten feuerten noch ein paar Schüsse auf Victoriano ab, dessen Körper sich jetzt pfeilschnell durch das Wasser bewegte, dann gaben sie die Jagd auf und kehrten um.

Die Plaza war noch immer voller Menschen. Nun, da La Liebre tot war, hatte der pausbäckige, rothaarige Mann das Kommando übernommen und Doña Guadalupe und den Bürgermeister verhaften lassen.

»Aber ich wußte doch nicht, daß sie einen Revolver hatte«, protestierte Don Manuel, während sie ihn zusammen mit Doña Guadalupe über das Kopfsteinpflaster schleiften.

Die Soldaten brachten die beiden zu dem großen Baum und legten ihnen eine Schlinge um den Hals. Doch jetzt war das Maß voll. Die Menschen waren nun zu allem entschlossen und notfalls sogar bereit, für ihre Würde zu sterben. Zu Hunderten strömten sie aus allen Richtungen herbei und ließen sich auch durch die bewaffneten Soldaten nicht mehr aufhalten.

Señora Muñoz versammelte sich mit den Schulkindern unter

dem Baum, an dem Doña Guadalupe und Don Manuel hängen sollten. Sie setzten sich dicht zusammen auf den Boden und stimmten mit Lupe, ihren Schwestern und Doña Manzas Familie ein Lied an. Als die Bewohner der Stadt sahen, was unter dem Baum vor sich ging, taten sie es ihnen nach und ließen sich alle dicht nebeneinander auf dem Kopfsteinpflaster nieder, so daß die Plaza von einem Menschenteppich bedeckt war. Die Soldaten waren völlig eingekeilt und konnten sich nicht mehr rühren, geschweige denn, ein Seil in den Ästen des Baumes befestigen.

Der Gesang der Menschen hallte durch den Cañon und wurde von den mächtigen Felswänden zurückgeworfen. Lupe ergriff ihre Mutter und Manuelita bei der Hand. Als die Stimmen immer lauter und inbrünstiger wurden, fühlte sie deutlich, daß Gott, der Allmächtige, ihnen zur Seite stand und Kraft gab.

Señor Jones, der das Geschehen die ganze Zeit verfolgt hatte, warf mißmutig seine Zigarre fort und machte sich rasch aus dem Staub.

Der rothaarige Anführer der Soldaten blickte sich verzweifelt nach einer Fluchtmöglichkeit um, bevor die Meute sich auf ihn stürzen und ihn zu Tode prügeln würde. Er nahm das Seil von Doña Guadalupes Hals und floh. Die anderen Soldaten folgten ihm.

Die Menschen erkannten die Angst, die sie selbst ihr Leben lang gespürt hatten. Der Gesang schwoll an. Lupes Augen füllten sich mit Tränen. Sie hatten es geschafft. Sie hatten tatsächlich einen Sieg errungen. Ergriffen sang sie weiter.

Der Gesang der über fünfhundert Männer, Frauen und Kinder übertönte sogar die stampfenden Geräusche aus dem amerikanischen Bergwerk. Die Minenarbeiter hielten in ihrer Arbeit inne und lauschten. Schließlich ließen sie ihre Werkzeuge fallen und liefen los, um nachzusehen, was dort unten in der Stadt geschah.

Lupe und ihre Schwestern fielen der Mutter um den Hals und jubelten vor Freude. Ein aufgescheuchter Papageienschwarm flatterte kreischend über die Plaza. »Schaut nur, Engel!« sagte Lupe, und alle drehten die Köpfe. Sie hatte recht, das konnten nur Engel sein.

Die Amerikaner schliefen in dieser Nacht das erste Mal seit Beginn der Revolution mit ihren Gewehren in Reichweite. Mit den Soldaten hatten sie sich immer irgendwie arrangieren können, doch jetzt war eine völlig neue Situation entstanden.

Der Mond ging auf, und die Kojoten begannen zu heulen. Aufgewühlt von den Ereignissen des Tages, blieben die Bewohner des Cañons noch bis spät in die Nacht beisammen.

Buch II

Die Hand Gottes

Prolog

Es war das Jahr 1869. Seine Name lautete: Don Pio Castro. Er war ein dunkelhäutiger Mann von kleiner, drahtiger Gestalt und trug einen dichten Bart. Mit seinen Brüdern Cristobal und Agustin war er unterwegs von Mexiko City nach Norden, auf der Suche nach unerschlossenem Land.

Don Pio war einer der besten Reiter der Republik und hatte schon an der Seite des berühmten Don Benito Juarez[7] gegen die Franzosen gekämpft. Nachdem er es bis zum Rang eines Colonels gebracht hatte und die Franzosen geschlagen waren, legte er seine Waffen nieder und verließ aus freien Stücken die Armee. Er glaubte, daß für die vom Krieg zerrissene Nation nun der Augenblick der Besinnung gekommen sei.

Die drei Brüder legten den Weg von Mexiko City Richtung Norden auf erstklassigen Pferden zurück und führten zwei kräftige Maultiere mit sich. Auf dem Ritt durch das idyllische Guanajuato Valley kamen sie an reichen Haciendas, fruchtbaren Feldern und gutgenährten Viehherden vorüber. Doch nirgends fanden sie ein Stück Land, auf dem sie sich hätten niederlassen können. Vor langer Zeit schon hatten die Kirchenfürsten und Mächtigen des Landes alles fruchtbare Land an sich gerissen.

Am einundzwanzigsten Tag ihrer Reise erreichte Don Pio mit seinen Brüdern die Berge auf der Westseite des Guanajuato Valley, von wo sie ihren Weg in die Hochebene Los Altos de Jalisco fortsetzten.

Die Brüder schlugen ihr Nachtlager auf einer Bergkuppe auf. Als sie auf das reiche Tal hinabblickten, das von den wohlhabenden *hacendados* kontrolliert wurde, wurde Don Pios Herz schwer.

Er war verheiratet und hatte drei Töchter. Seit mehr als zwanzig Jahren hatte er für sein geliebtes Vaterland gekämpft. Zuerst als Junge im mexikanischen Flachland, wo er gegen die *hacendados* kämpfte, die ihn und seine Familie seit Generationen in Knechtschaft gehalten hatten. Später, unter Benito Juarez und Porfirio Diaz, war er dann in die Armee eingetreten. Mit bloßen Händen hatten sie die gutgerüsteten und ausgebildeten französischen Soldaten besiegt, damit ihre Kinder einmal ein besseres

Leben führten konnten. Tausende fielen damals dem Krieg zum Opfer. Allein Don Pio verlor sechs Brüder, fünf Schwestern, seine Eltern und alle Onkel und Vettern.

Doch was hatte all das für einen Sinn gehabt? Sie hatten zwar den Krieg gewonnen, doch noch immer hatten die Reichen die alleinige Herrschaft über das gesamte fruchtbare Land. Das Tal, das vor ihnen lag, war da nur ein weiteres Beispiel.

Verwirrt und müde starrte Don Pio in die Dunkelheit und fand keinen Schlaf. Er hatte das Gefühl, daß sich nie etwas ändern würde. Im Krieg hatte er erlebt, wie anständige Männer aus einfachen Verhältnissen, sobald sie ein bißchen Macht in den Händen hielten, sich über Nacht in skrupellose Monster verwandelten und unerbittlich gegen die Armen in der Bevölkerung vorgingen.

Cristobal und Agustin wünschten Don Pio eine gute Nacht und rollten sich in ihre Decken ein. Don Pio legte noch etwas Holz ins Feuer und blickte nachdenklich in den Sternenhimmel. Seit über einem Jahr suchten sie jetzt schon nach unerschlossenem Land. Viel Zeit blieb ihnen nicht mehr. Von den tausend tüchtigen Männern, die mit ihm die Armee verlassen hatten, waren nur noch etwa hundert übrig geblieben. Die anderen hatten das Vertrauen in ihn verloren und waren zurückgekehrt, um wieder unter dem Joch der Ranchbesitzer zu arbeiten, die sie zuvor so erbittert bekämpft hatten – oder sie waren Banditen geworden.

Don Pio saß auf der grasbewachsenen Anhöhe. Er war ein kleiner, kräftiger Mann, dessen Gesichtszüge eher spanisch-maurisch als indianisch waren. Grübelnd starrte er weiter in die Dunkelheit. Er konnte es sich nicht erlauben, noch mehr von seinen Männern zu verlieren. Genausowenig konnte er es sich leisten, das Angebot auszuschlagen, das er kürzlich von einem reichen Mann namens La Farga erhalten hatte. La Farga hatte sich angeboten, ihm und seinen Leuten so viel Geld zur Verfügung zu stellen, daß sie eine Ranch bauen könnten, die ausreichend Gewinn für alle einbringen würde.

Während er in die Nacht blickte, dachte er fortwährend über diesen Vorschlag nach.

Ein Kojote heulte in der Ferne, und der Mond verschwand hin-

ter den Wolken. Don Pio holte seinen Rosenkranz hervor und ließ
die Steinperlen durch seine Finger gleiten, während er Gott um
Hilfe bat.

Neben ihm grasten die Pferde und die beiden Maultiere friedlich in der nächtlichen Stille. Er betete flehentlich und ausdauernd, denn nie zuvor hatte er so dringend eines Zeichens von
Gott bedurft.

Als er plötzlich auf der gegenüberliegenden Seite des Tales
ein schwaches Licht ausmachte, war er überzeugt, daß Gott ihm
tatsächlich ein Zeichen schickte. Wieder erklang der Ruf des
Kojoten. Don Pio saß auf dem Hügel, heftete die Augen auf das
blasse Licht, und er wußte, daß Gott, der Schöpfer aller Dinge,
ihm in diesem Augenblick ganz nah war und über ihn
wachte.

Das Licht explodierte und ergoß sich in rosaroten und gelben
Farben durch die Wolken. Fasziniert richtete Don Pio sich auf.
Das Wunder eines neuen Tages begann.

Freudentränen stiegen ihm in die Augen, als ihm bewußt
wurde, was für ein Geschenk der Allmächtige ihm machte. Er
begriff mit einem Mal, was jeder neue Tag wirklich bedeutete: Ein
ewiger Beginn im Leben des Menschen.

Lächelnd beobachtete er, wie das sanfte Licht des anbrechenden Tages sich langsam über die Berge in das Guanajuato Valley
tastete und das Tal aus der Dunkelheit erweckte.

Er berührte die steinernen Perlen des Rosenkranzes mit seinen
dunklen, schwieligen Händen, und plötzlich fiel es ihm wie
Schuppen von den Augen.

»Wacht auf!« rief er aufgeregt und sprang auf. »Wir sind am
Ziel! Hier ist unser Platz!«

Die beiden Brüder erwachten. Cristobal, der groß und kräftig
war, brummte mürrisch, weil er so unsanft geweckt wurde. Der
schmächtigere Agustin setzte sich auf und rieb sich verschlafen
die Augen.

»Das ist der Ort, nach dem wir gesucht haben«, wiederholte
Don Pio aufgeregt.

Mißtrauisch blickten die Brüder sich auf der Bergkuppe um,
auf der sie die Nacht verbracht hatten. Sie sahen nur schroffe Felsen, Eichenhaine und tiefe Schluchten.

»Don Pio«, sagte Cristobal, »du hast den Verstand verloren, leg dich wieder hin. Hier wird niemals irgend etwas wachsen!«

Don Pio ließ sich davon nicht beeindrucken. Er baute sich in voller Größe vor den Brüdern auf. »Genau das ist es! Es wird verdammt schwer werden, hier etwas anzubauen. Deshalb will ja niemand dieses Land. Sie haben es den Ziegen und Schlangen überlassen. Hier können wir in Frieden unsere Häuser errichten und unsere Kinder und Enkel aufziehen. Und unsere Kinder werden stark sein, weil sie hier oben hart arbeiten müssen. Jeder wird ums Überleben kämpfen müssen! Und unsere Kinder und Kindeskinder werden niemals so reich werden, daß sie auf die Idee kommen, ihre Nachbarn zu unterdrücken!«

»Da hast du verdammt recht, dazu würde es nicht kommen«, brüllte Cristobal. Er warf seine Decke beiseite und sprang zornig auf. »Weil sie nämlich vorher verhungern würden!«

»Nein, das werden sie nicht«, erwiderte Don Pio, »aber sie werden einen starken Willen haben und in Frieden leben können, weil die Reichen und Mächtigen niemals Anspruch auf dieses Land erheben werden. Glaub mir, Bruder, das ist der Platz, den wir unser Leben lang gesucht haben!«

Cristobal betrachtete über den Kopf seines Bruders hinweg die karge, felsige Landschaft und spuckte auf den Boden. »Wenn du wirklich hier bleiben willst, dann mußt du auf mich verzichten, Don Pio«, sagte er, »ich habe zu lange und zu hart gekämpft, um in dieser gottverlassenen Gegend zu enden, wie *un indio sin razón*!«

Don Pio wollte seinen ältesten Bruder, der zu den besten und zuverlässigsten Kämpfern gehörte, nicht verlieren. »Bitte, *hermanito*, beruhige dich doch«, sagte er. »Heute morgen hatte ich eine Vision, Gott hat mir gezeigt, daß jeder neue Tag wie ein Wunder, ein neuer Anfang ist. Er hat mich davon überzeugt, daß hier genau der Platz ist, den wir gesucht haben. Nicht dieses prachtvolle Tal da unten, wo die Reichen die Armen unterdrücken, ganz egal, wie lange unseresgleichen dagegen gekämpft haben. Hier, auf dieser Bergkuppe, können wir mit ehrlichem Herzen jeden neuen Tag begrüßen und Gott die Hände entgegenstrecken.«

Don Pio hob seine muskulösen Arme gen Himmel. Cristobal

blickte in die großen, dunklen Augen seines Bruders, der vor Freude schier außer sich war.

Wütend versuchte Cristobal weiter, seinem Bruder den Unfug auszureden. Agustin hingegen – der mittlere der drei Brüder, der verheiratet war und sechs Söhne und fünf Töchter hatte – ließ sich nicht aus der Ruhe bringen. Gelassen faltete er seine Decke zusammen und legte neues Holz aufs Feuer. Er erwärmte ein paar Tortillas, schnitt etwas Hartkäse in Stücke und reichte jedem seiner Brüder einen *burrito*.

Cristobal hörte auch mit vollem Mund nicht auf, zornig auf Don Pio einzureden. Als er endlich verstummte, sattelten sie die Pferde und machten sich über die Bergkuppe, durch einen Eichenhain, auf den Weg zu den Seen der Hochebene, die über und über mit Seerosen bedeckt waren.

Nachdem Pferde und Mulis dort ihren Durst gestillt hatten, ritten sie weiter, durch tiefe, orchideenbewachsene Schluchten. Sie sahen Wildherden und Wachteln auf ihrem Ritt durch Wälder und Grassteppen, Felsen und Hochebenen. Aus einem kräftigen Hirsch, den sie erlegt hatten, bereiteten sie sich ein Festessen. Nachdem sie sich und ihren Tieren eine längere Verschnaufpause gegönnt hatten, machten sie sich auf den beschwerlichen Rückweg nach Mexiko City.

Sechs Monate später kehrten die Brüder mit fünfzig Männern und deren Familien zurück. Als freie Menschen schufteten sie von Sonnenaufgang bis Sonnenuntergang und bauten Häuser und Straßen, so daß auf der Bergkuppe, auf der sie in jener Nacht ihr Lager aufgeschlagen hatten, ganz allmählich eine kleine Siedlung entstand.

Im darauffolgenden Jahr holte Don Pio seine Frau Silveria, die europäisch-indianischer Abstammung war, und seine drei Töchter, nach. Er errichtete sein Haus, dessen Front genau nach Osten zeigte, auf dem höchsten Punkt der Bergkuppe. Jeden Morgen konnten sie so aufs neue das Wunder des anbrechenden Tages beobachten.

Die Jahre vergingen. Don Pio war gerade mit dem Bau einer Schule für die Kinder seines Dorfes beschäftigt, als ihn die Nachricht vom Tode seines berühmten Freundes Benito Juarez erreichte.

Er trauerte um Benito wie um seinen eigenen Vater. Der großartige Benito Juarez war Don Pios größtes Vorbild gewesen. Er hatte alle Eigenschaften besessen, die ein Mann haben sollte: Er war stark, seriös und respekteinflößend gewesen und hatte sich Untergebenen gegenüber stets freundlich und loyal gezeigt.

Einige Jahre später wurde Don Pio vom neuen *presidente*, Don Porfirio, zum Polizeichef der Region ernannt.

Es schmerzte Don Pio in tiefster Seele, daß es nun auch zu seinen Pflichten gehörte, mit seinem berittenen Polizeistab unerbittlich Jagd auf ehemalige Soldaten zu machen. Es waren anständige Kerle darunter, die sich inzwischen einfach weigerten, ihr tägliches Brot durch die harte Arbeit in der Armee zu verdienen.

Mit der Zeit war Don Pios Truppe so gefürchtet, daß Banditen lieber einen Umweg von hundert Meilen in Kauf nahmen, als durch die Berge von Los Altos de Jalisco zu reiten.

Don Pios Töchter wuchsen heran, heirateten und bekamen Kinder. Bei all seinen Pflichten fand er kaum Zeit, das Schulhaus für seine Enkelkinder fertigzustellen. Das Leben war Don Pio und seiner schönen Frau freundlich gesonnen. Sie konnten in Frieden gemeinsam alt werden. Jeden Morgen pflegten sie ihre dampfende, würzige Schokolade auf der Terrasse ihres Hauses zu trinken, von wo sie ihren Enkelkindern, die auf dem Weg zur Feldarbeit an ihrem Haus vorbeikamen, zuwinken konnten.

Eines Morgens jedoch, das Jahrhundert neigte sich seinem Ende zu, verlangte Don Pios alter Freund Don Porfirio etwas Unmögliches von ihm. Er sollte auch für die Sicherheit der reichen *hacendados* unten im Tal sorgen. Don Pio, der dieses Anliegen ungerechtfertigt fand, lehnte ab und wurde seines Amtes als Polizeichef enthoben.

Die neuen Gesetzeshüter[8], welche die Regierung nun in die Region entsandte, hielten nichts von Feldarbeit. Es waren unverheiratete Männer aus einem anderen Teil des Landes, die mit den einfachen Menschen des Dorfes nichts gemeinsam hatten. In protzigen Uniformen stolzierten sie hoch zu Roß umher und hät-

144

ten es fertiggebracht, einen Jungen nur dafür zu erschießen, daß er einen Maiskolben stahl.

Zur gleichen Zeit wurde bekannt, daß Don Porfirio sich zum Präsidenten Mexikos ernannt hatte und für unbeschränkte Zeit wiedergewählt werden konnte. Er würde jedoch dafür sorgen, daß keine ernstzunehmenden Kandidaten gegen ihn antreten konnten. Don Pio war der Meinung, daß sein alter Freund jetzt zu weit gegangen war, doch er äußerte sich nicht dazu.

Im Verlauf der nächsten Jahre nahmen die Ungerechtigkeiten im Land immer weiter zu. Als eines Tages der Enkel eines Ex-Kameraden von Don Pio erschossen wurde, nur weil er eine kleine Luzerne für sein Pferd von einem Feld geschnitten hatte, sattelte Don Pio sein Pferd und machte sich auf den Weg zu *El Presidente*, dem Mann, mit dem er über zwanzig Jahre Schulter an Schulter gekämpft hatte.

Er brach mit einem Dutzend ehemaliger, bewaffneter *compadres* und deren Söhnen und Enkelsöhnen auf, und das ganze Dorf stand am Straßenrand und winkte ihnen zum Abschied. Seine älteste Tochter Margarita, die mit Juan Villaseñor verheiratet war, eilte mit ihren beiden jüngsten Söhnen Juan und Domingo herbei, damit sie sich von dem geliebten Großvater verabschieden konnten.

Domingo war elf und Juan sechs Jahre alt. Don Pio küßte die beiden Jungen und drückte sie fest an sich. Der kleine Juan sog den kräftigen Geruch des Großvaters ein und spürte dessen rauhen, weißen Bart an seiner Wange. Dann blickte er dem *abuelito* nach, der auf seinem Hengst davonritt.

Dreißig Jahre waren vergangen, seit Don Pio das letzte Mal in der Hauptstadt gewesen war. Sie erreichten die Randbezirke der Stadt und wurden von hundert bewaffneten Soldaten in prächtigen Uniformen aufgehalten, die ihnen mitteilten, daß dreckige Indios während der Feierlichkeiten zu Don Porfirios Geburtstag in der Stadt nichts zu suchen hätten.

Würdenträger aus aller Welt waren angereist, um der Feier zu Don Porfirios achtzigstem Geburtstag beizuwohnen. *El Presidente* hatte sich persönlich dafür verbürgt, daß es zu dieser Zeit zu keinerlei Zwischenfällen kommen würde.

Don Pio mußte sich sehr zusammennehmen, diese Beleidigung zu schlucken. Er informierte den befehlshabenden Offizier, daß er Colonel Pio Castro, ehemaliger Polizeichef von Los Altos de Jalisco, und ein enger Freund Don Porfirios sei und daß er eine wichtige Nachricht für den Präsidenten habe.

Der gutaussehende junge Offizier, Lieutenant Maytorena, lächelte nur geringschätzig und sagte: »Großartig, Colonel, dann schlagen Sie mit Ihren Männern schon mal Ihr Lager hier am Fluß auf. Es warten noch tausend andere Colonels, die den Präsidenten zu sehen wünschen.«

Zwei von Don Pios Soldaten griffen nach ihren Gewehren. Bisher hatte es noch keiner überlebt, Don Pio derart zu beleidigen. Doch Don Pio beschwichtigte seine Kameraden und wiederholte seine Botschaft vor dem gutgekleideten Offizier.

Es blieb ihnen nichts anderes übrig, als sich in das Lager am Fluß zu begeben. Tatsächlich kampierten dort Tausende ehemaliger Soldaten, darunter mehr als ein Dutzend der berühmten alten Colonels, die mit Don Porfirio und Benito Juarez Seite an Seite gekämpft hatten.

Zehn Tage lang wartete Don Pio mit seinen Männern vergeblich am Rande von Mexiko City, der Stadt, für die sie über zwei Jahrzehnte Krieg geführt hatten. Schließlich konnten zwei seiner Enkel und vier ihrer jungen Freunde die Schmach, die man Don Pio antat, nicht mehr länger ertragen. Im Schutze der Nacht ritten sie, unbewaffnet, mit einer weißen Flagge in die Stadt, wo sie sofort niedergeschossen wurden.

In der Morgendämmerung fielen bewaffnete Soldaten in Don Pios Lager ein. Sie töteten fünf seiner alten *compadres* und zehn ihrer Söhne und Enkel. In dieser Nacht weinte Don Pio wie nie zuvor in seinem Leben.

Die Franzosen, die sie zu Kriegszeiten mit nichts als Steinen und ihren bloßen Händen besiegt hatten, waren letzten Endes doch die Sieger geblieben. Und Don Porfirio, sein alter Freund, hatte sich in einen weißen, reichen Franzosen verwandelt.

8

Er war das neunzehnte Kind und das Nesthäkchen der Familie, ein Geschenk, das Gott der Mutter zu ihrem fünfzigsten Geburtstag beschert hatte

Sein Name war Juan Salvador Villaseñor Castro, und er war der siebenunddreißigste Enkel Don Pios. Wenn er mit seinen elf Jahren, so schnell ihn seine dünnen Beinchen trugen, die staubige Straße hinunterrannte, sah man schon, daß er den Teufel im Leib trug. Mit seinen nackten Füßen wirbelte er den Staub auf, und sein spitzer kleiner Bauch hüpfte dabei auf und ab. Am linken Straßenrand erstreckte sich ein üppiges Maisfeld, und in der Ferne konnte man die Mauern einer großen *hacienda* erkennen. Vor einem Hügel nahm er Anlauf und hielt dabei mit beiden Händen seinen kleinen Strohhut fest, damit er ihm nicht davonflog. Als er auf der anderen Seite des Hügels wieder hinabrannte, schrie er aus vollem Halse. »Soldaten! *Villistas*!«

Ein Stück weiter vorn auf der Straße rasteten seine grauhaarige Mutter und die beiden Schwestern mit seiner kleinen Nichte und dem Neffen, der noch ein Baby war. Auf sein Rufen sprangen sie ermattet an den Straßenrand, um nicht von den Hufen der vermeintlichen Soldatenpferde zertrampelt zu werden.

Juan Salvador lachte vergnügt, als er sah, was für einen Schrecken er ihnen eingejagt hatte, und schrie noch lauter. Auch die übrigen Menschen, die sich im Schatten eines großen Mesquitebaumes ausgeruht hatten, versuchten eilig, sich vor den nahenden Soldaten in Sicherheit zu bringen. Etwa eine Viertelmeile hinter der Stelle, an der sich seine Familie befand, sah Juan den Aufseher der großen *hacienda*, der sich umgedreht hatte und ihn ansah.

Juan schwenkte seinen Hut hin und her und schrie abermals, so laut er konnte. »*Villistas! Villistas!*«

Der Aufseher wirbelte sein klappriges, altes Pony herum und rief den Feldarbeitern, die er zu beaufsichtigen hatte, eine Warnung zu. Dann machte er sich, so schnell er konnte, aus dem

Staub, um in die Sicherheit der *hacienda* zu gelangen. Die Arbeiter, hauptsächlich Frauen, Kinder und alte Männer, konnten ihm zu Fuß nicht folgen. Statt dessen rannten sie über das Maisfeld und retteten sich in einen Graben.

Juan hatte Mühe, sein Lachen zu unterdrücken, als er den Aufruhr sah, den er angerichtet hatte. Der Aufseher, Cara de Nopal, hatte jetzt das Tor der *hacienda* erreicht. »Soldaten! Soldaten!« schrie er und stieß dem armen Pony immer wieder die Sporen in die Flanken.

Außer Atem blieb Juan stehen. Er setzte seinen Strohhut wieder auf und ging dann gemächlich weiter die staubbedeckte, heiße Straße auf seine Familie zu, die hinter einem kleinen Karren und einem müden, alten Esel Schutz gesucht hatte.

Sie waren schon seit Wochen unterwegs nach Norden, in der Hoffnung, bei El Paso den Rio Grande zu überqueren, um in die Sicherheit der Vereinigten Staaten zu gelangen. Ihr Dorf in Los Altos de Jalisco, das Don Pio für mehrere Generationen aufgebaut hatte, war zerstört worden.

»Ach, Mama«, sagte Juan, »ich habe doch nur Spaß gemacht, es kommen gar keine Soldaten!«

»Oh, ich könnte dich umbringen!« rief die achtzehnjährige Luisa.

»Aber nicht sofort«, sagte Juan lachend, »zuerst müssen wir den Karren zurück auf die Straße schieben und soviel Mais aufladen, wie wir können, bevor Cara de Nopal mit seinem Gewehr zurückkommt.«

Der pockennarbige Aufseher war im ganzen Tal dafür bekannt, daß er gern auf wehrlose Frauen und Kinder schoß, sich aber in einen elenden Feigling verwandelte, sobald er es mit bewaffneten Männern zu tun hatte.

»Oh, *mi hijito*«, stöhnte Doña Margarita, »möge Gott dir vergeben, ich werde es nicht. Du hast mich zu Tode erschreckt.«

»Reg dich nicht auf, Mama. Siehst du, Gott hat mir schon vergeben. Es hat doch funktioniert, und wir leben noch!«

Jetzt mußte Doña Margarita auch lachen. Ihr jüngster Sohn war erst elf Jahre alt, und doch hatte er in den Kriegswirren die Kunst des Überlebens nur allzuschnell gelernt.

Er reichte der Mutter die Hand und half ihr aus dem Straßengraben, der voller Gestrüpp und stacheliger Kakteen war und an einer niedrigen Mauer aus aufeinandergeschichteten Steinen entlanglief.

Luisa zerrte an den Zügeln des kleinen Esels, um den Karren wieder auf die Straße zu befördern. Die sechzehnjährige Emilia schob den Karren von hinten an. Emilia war ein hochgewachsenes, zartgliedriges Mädchen. Sie war schwanger, weil sie vor einigen Monaten von Soldaten vergewaltigt worden war. Durch den Schock war das Mädchen erblindet.

»Los, Emilia, Inocenta, ihr müßt kräftiger schieben! Ich ziehe von vorne!« rief Luisa.

Luisa, Juans älteste Schwester, war groß und kräftig und hatte das rote Haar ihres Vaters, Juan Villaseñor, geerbt.

Die fünfjährige Inocenta bemühte sich nach Kräften, mitzuhelfen. Sie hatte dunkle Haut und wunderschöne Augen. Inocenta war die Tochter der mittleren Schwester Lucha, die einige Wochen vor dem Überfall der Soldaten geflohen war.

Nachdem Juan der erschöpften Mutter aus dem Graben geholfen hatte, half er den Schwestern, den Karren hinauszuschieben, auf dem Joselito, das drei Monate alte Baby von Luisa, friedlich schlummerte.

»Mama, du gehst am besten schon mal mit Emilia und dem Esel voraus. Luisa und Inocenta helfen mir, die Maiskolben aufzusammeln. Wir müssen uns beeilen, wenn wir nicht ein paar Kugeln in den Hintern bekommen wollen!«

Alle lachten. Er rannte mit Luisa und Inocenta über die Straße zum Maisfeld. Ohne auf die beißenden Ameisen zu achten, die ihnen über die Arme krabbelten, sammelten sie schnell so viele Maiskolben auf, wie sie tragen konnten.

Einige andere Leute kamen herbeigerannt und taten es ihnen nach. Die meisten wagten es jedoch nicht, weil nur wenige Tage zuvor ein Junge, den Cara de Nopal beim Maisstehlen erwischt hatte, erschossen worden war. Sein Körper hing immer noch als abschreckendes Beispiel an einem Baum vor den Toren der *hacienda*.

Doña Margarita blickte besorgt zur *hacienda* hinüber, während sie, die Zügel des Esels in der Hand, vorwärtsschritt. Sie wollte nicht noch mehr Kinder verlieren. Von neunzehn Kindern, die sie zur Welt gebracht hatte, waren ihr nur diese drei geblieben.

Als sie sah, daß Juan zum zweiten Mal mit den Armen voller Maiskolben ankam, drehte sie sich zu ihrer blinden Tochter um.

»Kletter in den Wagen, Emilia! Sobald sie fertig sind, müssen wir losrennen.«

»O nein, Mama«, antwortete Emilia. Sie hatte ebenfalls rotbraunes Haar wie ihr Vater. Aber im Gegensatz zu Luisa war sie außergewöhnlich hübsch. »Ich kann zwar nichts sehen, aber ich kann immer noch rennen, Mama. Du steigst in den Wagen und hältst das Baby. Ich renne hinterher und halte mich am Wagen fest.«

»Emilia«, sagte Doña Margarita, während sie unruhig die Tore beobachtete, »die Straße ist ziemlich felsig, und du könntest fallen. Vergiß nicht, daß du nicht nur blind, sondern außerdem schwanger bist!«

In diesem Moment eilte Juan mit der dritten Ladung Maiskolben herbei und warf sie auf den Karren.

»In den Wagen mit euch! Alle beide!« rief er. »Schnell! Bevor Cara de Nopal aufkreuzt! Und bedeckt den Mais mit euren Umschlagtüchern und Röcken!«

»*Mi hijito*, der Esel ist viel zu alt, um uns beide zu ziehen.«

»Er ist nicht halb so alt wie du, Mama«, antwortete Juan und schob seine Mutter hinten auf den Karren.

»Du bist ein unverschämter kleiner Kerl!« schimpfte die Mutter, während sie sich auf dem Wagen zurechtsetzte und den Mais, so gut es ging, verdeckte. »Hoffentlich beißt dir der Mondhund heute nacht deine freche Zunge ab!«

»Dazu muß er mich erst mal fangen, Mama«, sagte Juan und trat den Esel ins Hinterteil. »Auf geht's, *burrito, vámonos*!«

Jetzt rannten auch Luisa und Inocenta herbei, die Arme voller Maiskolben.

»Du auch, Emilia, kletter rauf!« rief Luisa. »Und versteck den Mais unter deinem Kleid, wie Juan gesagt hat.«

Emilia gehorchte der resoluten Schwester ohne Widerrede.

Der kleine Esel schnaufte, als Juan ihn an den Zügeln die Straße entlangzerrte. Das Tier war schon so alt, daß es einen ganz grauen Kopf hatte, doch es bemühte sich nach Kräften, mit seiner schweren Last voranzukommen.

Juan war es zuwider, den müden kleinen Esel derart zu hetzen, doch sie mußten unbedingt die *hacienda* hinter sich lassen, bevor Cara de Nopal wieder erschien. Juan liebte seinen Esel. Auf diesem Tier hatte er reiten gelernt und die Steilufer in der Nähe des Dorfs seines Großvaters erkundet.

Juan hatte den gleichen kräftigen Körperbau wie seine Schwester Luisa, doch er war nicht so hellhäutig wie sie. Er hatte die dunkle Haut und die dunklen Augen mit den dichten, langen Wimpern geerbt, wie sie in der Familie der Mutter vorherrschend waren. Als sie an den großen, aus solidem Holz gefertigten Toren der *hacienda* vorbeikamen, sah Juan den Körper des erschossenen Jungen an einem Baum hängen. Seine geschwollene Zunge hing ihm aus dem Mund, und Fliegen schwirrten überall herum. Juan schluckte und wünschte, er hätte nicht hingesehen. In diesem Augenblick öffnete sich das Tor, und Cara de Nopal erschien auf seinem klapprigen, weißen Gaul, ein Gewehr in der Hand.

»Warum lauft ihr denn so?« rief er und zeigte mit dem Gewehr auf sie. Er war Ende Zwanzig. Aus der Nähe sah er noch häßlicher aus, als man ihm nachsagte.

»Die Soldaten!« antwortete Juan.

Der Aufseher blickte die Straße entlang. »Ich sehe keine Soldaten«, sagte er und zeigte wieder mit dem Gewehr auf Juan. »Laß mich doch mal sehen, was ihr da in eurem Wagen habt, *muchacho*.«

Juan hielt die Luft an. Ihm fiel keine passende Erwiderung ein. Er konnte nur gut lügen, wenn er genug Zeit hatte, sich etwas einfallen zu lassen. Doch seine temperamentvolle und gewitzte Schwester Luisa schrie plötzlich auf. »O Gott! Da kommen sie! *Villistas!*« Sie wandte sich Cara de Nopal zu. »Die Soldaten haben verbreitet, daß sie Sie töten wollen, weil Sie gestern den *Carranzistas* geholfen haben!«

»Das ist nicht wahr!« schrie Cara de Nopal und zog sich mit seinem Pferd schnell zwischen die hohen Tore zurück. »Die *Carranzistas* haben mich gezwungen! Sagt ihnen das!« Er wirbelte sein Pferd herum und verschwand. Zwei alte Männer schlossen das Tor hinter ihm.

Luisa und Juan starrten sich an und brachen in Gelächter aus.

Sie zogen weiter, um sich vor Anbruch der Nacht so weit wie möglich von der *hacienda* zu entfernen.

Als die Sonne hinter den Bergen verschwand, schlug die Familie an einem kleinen Fluß, am Rande von San Francisco del Rincon, ihr Lager auf. Bei ihnen waren noch etwa zwei Dutzend andere Menschen, die ebenfalls ihre Heimatdörfer hatten verlassen müssen. Von der anderen Seite des weitläufigen Tales klangen Kanonenschüsse herüber, und sie konnten die aufblitzenden Gewehrfeuer erkennen. Es ging das Gerücht um, daß außerhalb von Leon, der Hauptstadt des Staates Guanajuato, eine Schlacht zwischen den Truppen von Francisco Villa und General Obregon im Gange war.

Juan nahm dem Esel das Geschirr ab und gab ihm zu trinken. Anschließend massierte er dem Tier Rücken und Schultern und band ihm die Vorderbeine lose zusammen, damit das erschöpfte Tier während der Nacht ungehindert grasen konnte. Inzwischen bereiteten seine Mutter und die Schwestern das Nachtlager. Juan und seine kleine Nichte Inocenta sammelten getrocknete Kuhfladen für das abendliche Feuer. Getrockneter Kuhmist eignet sich viel besser als Holz für ein Feuer, weil er länger und heißer brennt und nicht so stark qualmt.

Nachdem er einen Arm voller Kuhfladen gesammelt hatte, begab Juan sich im sanften Licht des ausklingenden Tages zurück ins Lager. Sie hatten sich einen guten Platz zwischen Büschen und Felsen ausgesucht, die Schutz vor Wind und Kälte boten.

Juan begann rasch, mit Ästen und Blättern ein Feuer zu entfachen. Inocenta half ihm, eine kleine Pyramide aus Kuhfladen über dem Feuer aufzutürmen. Als die Flammen gleichmäßig brannten, setzte sich die Familie darum herum auf den Boden und röstete die Maiskolben, die sie zuvor kräftig mit Chili und Salzwasser gewürzt hatten. Es war ein wunderbares Gefühl, um das rauchlose Feuer zu sitzen, den Geruch der brutzelnden Maiskolben in der Nase.

In der Nähe klimperte jemand auf der Gitarre und sang dazu. Über den Bergen im Osten, dort, wo vor fast fünfzig Jahren Don

Pio auf einer Bergkuppe sein Lager aufgeschlagen hatte, verschwand allmählich das letzte Tageslicht.

Zufrieden lächelnd griff Juan nach seinem Maiskolben, der noch so heiß war, daß er sich Finger und Lippen verbrannte. Das kräftig gewürzte Gemüse schmeckte köstlich. Er biß genußvoll hinein und leckte sich die Finger ab.

»Oh, ich wünschte, wir wären nicht schon so weit weg«, sagte er, »dann hätte ich mich morgen zurückschleichen und noch mehr Mais stehlen können.«

»Wenn du noch mal so tust, als seien uns Soldaten auf den Fersen, ohne uns vorher zu warnen, dann kannst du was erleben!« drohte Luisa.

»Dazu mußt du mich zuerst mal erwischen«, antwortete Juan.

Sie lachten und verzehrten gut gelaunt die Reste ihrer Mahlzeit. Es war ein guter Tag gewesen. Sie hatten ihre Mägen gefüllt und lebten noch.

Nachdem er drei Maiskolben vertilgt hatte, wurde Juan schläfrig. Er legte den Kopf in den Schoß der Mutter und sah zu, wie das Feuer langsam erlosch. Seine Mutter streichelte ihm sanft übers Haar.

»So, Kinder«, sagte Doña Margarita schließlich und schob Juan von sich, »jetzt suchen wir den Boden erst mal nach Skorpionen ab, damit wir uns beruhigt hinlegen können. Wir müssen morgen früh aufbrechen, damit wir möglichst bald an Leon vorbei sind und uns während der Mittagszeit im Schatten ausruhen können.«

Juan rülpste. Er stand auf und half den anderen, den Boden unter dem Schutzdach, das sie gebaut hatten, sauberzufegen. Während er kehrte, fiel sein Blick auf das Bein seiner blinden Schwester. Er konnte sich nicht beherrschen; er ließ die Zügel des Esels darübergleiten und schrie: »Eine Schlange!« Emilia sprang entsetzt kreischend auf.

Juan schüttelte sich vor Lachen. Mit einem Satz war Luisa bei ihm und packte ihn an den Ohren. »Du Monster!« schrie sie und versetzte ihm einen kräftigen Schlag auf den Hinterkopf.

»Hör auf, Luisa!« rief die Mutter, »seine Ohren sind sowieso schon viel zu groß!«

»Aber er wird von Tag zu Tag unausstehlicher!« schimpfte

Luisa und schlug ihn nochmals. Juan riß sich los und verdrückte sich blitzschnell.

»*Mi hijita*«, beschwichtigte die Mutter Luisa, »er hat doch nur Spaß gemacht. Und du, Emilia, du bist zwar blind, aber du solltest doch immer noch den Unterschied zwischen einem Seil und einer Schlange kennen. Jetzt laßt uns niederknien, damit wir unser Abendgebet sprechen können.«

Sie knieten auf dem gefegten Boden unter dem Schutzdach nieder. Begleitet von dem fernen Donnern der Kanonen, sprach die Mutter das Abendgebet.

»Wir danken dir, Gott«, betete sie, »wir sind weit fort von zu Hause und dem Land, auf dem wir aufgewachsen sind. Doch auch heute hast du wieder dafür gesorgt, daß wir nicht hungern mußten. Wir sind deine ergebenen Diener und danken dir, daß du auch in dieser schweren Zeit deine schützenden Hände über uns hältst. Ich habe meinen Mann und die meisten meiner Kinder verloren. Wir kennen den Weg nicht, der noch vor uns liegt, und in der Ferne können wir den Donner des Todes hören. Aber unter deinem Schutz, lieber Gott, fürchten wir uns nicht. Du bist unser Hirte. Wir danken dir, barmherziger Gott.«

Mit ihren eigenen, einfachen Worten führte sie ihr Zwiegespräch mit Gott und verzichtete auf die auswendig gelernten Gebete, welche die Kirche lehrte. Jedes Wort, jede Silbe sprach sie mit solcher Hingabe, als wären die Worte noch nie zuvor über ihre Lippen gekommen.

Schließlich war sie die Tochter Don Pios. Und wie er war auch sie in tiefster Seele davon überzeugt, daß alles im Leben möglich war, solange man sein Vertrauen in Gott nicht verlor.

Sie kniete im Staub, und ihre Familie sprach ihr jedes Wort mit inbrünstiger Klarheit nach. Während des Gebets schaute Juan zum Himmel empor, als würde Gott dort jeden Moment auf seinem stolzen Roß erscheinen.

Immerhin war Gott ja der Reiter des Universums, der Hüter einer Herde aus Sternen und Planeten. Gott war die Macht, die den Menschen in ihren dunkelsten Stunden Kraft und Zuversicht schenkte. So hätte es Juan nicht weiter überrascht, wenn Gott tatsächlich am Himmel aufgetaucht wäre, auf einem großen

Hengst, mit einem sternenverzierten Sombrero und einem Lasso in der Hand.

In der Nacht hatte Juan einen Alptraum und erwachte von seinem eigenen Angstschrei. Im Traum war er wieder zu Hause gewesen, und schreiende Reiter hatten die Hütte seiner Familie niedergebrannt und ihr Vieh gestohlen. Doch dann sah er seine Mutter, die neben ihm auf dem harten Boden schlief, und erinnerte sich wieder, wo er war. Neben ihm plätscherte der Fluß leise vor sich hin. Er war weit fort von zu Hause und in Sicherheit.

Von der anderen Seite des Flusses war das Heulen der Kojoten zu hören, die ihren Jungen das Jagen beibrachten. Alles war in bester Ordnung.

Juan drehte sich um und blickte in die schwarzen Augen seiner Mutter, die in der Dunkelheit glänzten. Er kuschelte sich an sie, und sie drückte ihn an sich. Jetzt war er wieder ihr kleiner, verängstigter Sohn. Nachts vergaß Juan, daß er elf Jahre alt und ein großer Junge war. Dann wurde er wieder das Baby der Mutter, ein Geschenk, das ihr von Gott gegeben wurde.

Juan glitt zurück in den Schlaf. Während er auf den Herzschlag seiner Mutter lauschte, wußte er, daß ihm nichts geschehen konnte, solange er in ihren Armen lag.

Als Juan am Morgen erwachte, war er so hungrig, daß er an nichts anderes denken konnte. Rasch erhob er sich und eilte zu der noch warmen Feuerstelle. Mit einem Stöckchen suchte er in der Asche nach den Maiskörnern, die sie am Abend zuvor abgeschabt hatten, um sie rösten zu lassen. Sein Gesicht leuchtete auf, als er einige fand. Er blies die Asche ab und steckte sie in den Mund.

»*Qué bueno!*« sagte er. Schmatzend rieb er sich den Bauch, wie ein kleiner Bär. »Schnell, Mama! Die Körner sind köstlich. Ich bin froh, daß der häßliche Cara de Nopal das Maisfeld so erbarmungslos bewacht, dadurch ist für uns mehr Mais übrig geblieben, den wir stehlen konnten.«

»Juan!« sagte Doña Margarita und rieb sich die verschlafenen Augen, »ich habe dir schon tausendmal gesagt, du sollst nicht schlecht über andere Menschen reden. Gott wird dich damit strafen, daß du genauso verdorben wie die anderen wirst.«

Juan lachte und mampfte weiter. »Na prima«, sagte er, »wenn ich immerzu schlecht über die Reichen spreche, wird Gott mich dann auch reich machen?«

Seine Mutter mußte lachen. »Du bist ein kleiner Teufel«, erwiderte sie. »Immer drehst du mir die Worte im Munde herum.« Sie wußte, daß sie ihren Jüngsten verwöhnte, aber sie kümmerte sich nicht darum. Er war solch ein glückliches und lebhaftes Kind. Er erinnerte sie an ein kleines Küken, das, ohne nach links oder rechts zu blicken, zielstrebig aus seinem Ei kletterte und sofort anfing, auf dem Boden herumzupicken, um seinen hungrigen kleinen Magen zu füllen.

Sie war froh, daß ihr Vater, der großartige Don Pio, den kleinen Juan noch hatte kennenlernen dürfen, bevor er starb. Juan hatte viele Charaktereigenschaften seines Großvaters geerbt. Er war ein aufgewecktes Kind, voller Ideen und lustiger Streiche.

»Iß nicht so viel, *mi hijito*«, mahnte sie, »laß ein bißchen für die anderen übrig.«

»Keine Sorge«, antwortete Juan, »von heute an werden wir genug zu essen haben. Ich brauche nur jeden Tag einen Vorarbeiter an der Nase herumzuführen, dann haben wir immer reichlich Mais.«

»Nein, das wirst du nicht«, sagte Doña Margarita. »Du hast Glück gehabt, daß wir gestern nicht alle erschossen worden sind. Ich will nicht, daß du so etwas nochmal versuchst!«

»Ach, Mama«, lachte Juan, den Mund voller gerösteter Maiskörner, »mach dich nicht lächerlich. Du bist viel zu alt, als daß irgend jemand seine wertvollen Gewehrkugeln an dich verschwenden würde.«

Die Mutter konnte vor Lachen nichts erwidern, aber Luisa sprang wie eine wütende Löwin unter ihrer Decke hervor.

»Ich schwöre dir, Juan«, brüllte sie ihn an, »wenn du Mama noch ein einziges Mal beleidigst, bekommst du eine Tracht Prügel!« Sie drohte ihm mit einem Stock.

Juan duckte sich blitzschnell und rannte davon. Dann fand er selber einen Stock. Obwohl Luisa fast acht Jahre älter war als er und das Temperament ihres Vaters geerbt hatte, fürchtete Juan sich nicht vor ihr.

»Luisa!« rief die Mutter, »wirf sofort den Stock weg!«

»Nein, Mama!« Sie schwenkte den Stock wütend in Juans Richtung. »Er hat eine Abreibung verdient! Wir werden noch Monate unterwegs sein, und er führt sich jeden Tag schlimmer auf!«

»Luisa!« Die Mutter stellte sich zwischen die beiden. »Ich glaube, in Wahrheit bist du gar nicht auf deinen Bruder böse, sondern du bist nur zornig, weil dein neuer Ehemann uns verlassen hat.«

»Mama!« Luisa war jetzt außer sich vor Empörung. »Ich habe dir schon tausendmal erklärt, daß Epitacio uns nicht verlassen hat! Er ist nur voraus geritten, um die beste Route für uns ausfindig zu machen. Es ist nicht richtig, Juan ungeschoren davonkommen zu lassen. Als ich noch klein war, hätte Papa uns so etwas nicht durchgehen lassen.«

»Aber *mi hijita*«, sagte die alte Frau und nahm ihrer Tochter den Stock aus der Hand, »als du klein warst, hatten wir auch noch ein Zuhause und waren eine große Familie. Jetzt ist dein Vater nicht mehr bei uns, und wir haben alles verloren. Sag, was bleibt mir denn sonst, als deinen kleinen Bruder ein bißchen zu verwöhnen. Er hat es nie so gut gehabt wie du, meine Kleine, als wir noch in jenem Dorf lebten, das dein Großvater auf dem Berg gegründet hat.«

Luisa war immer noch ärgerlich, doch sie ließ den Stock endlich los und widersprach ihrer alten Mutter nicht weiter. Sie ging zu ihrem Baby, das zu schreien begonnen hatte, knöpfte ihre Bluse auf und legte sich das Kind an die Brust.

»Du hast ja recht, Mutter«, sagte sie, »ich sehe ein, daß sich alles geändert hat. Aber trotzdem: ich bin wütend auf Juan, nicht auf Epitacio.« Ihre Augen füllten sich mit Tränen, während das Baby ungerührt weiter nuckelte und seine kleinen Händchen in ihre Brüste grub.

Es war schon später Vormittag, und die Sonne brannte vom Himmel, als sie das flache, weite Land außerhalb von Leon, in Guanajuato, erreichten. Schon aus der Ferne konnten Doña Margarita und ihre Kinder erkennen, daß die Stadt in Flammen stand und die Menschen aus der Stadt flüchteten. Verwirrt beobachteten sie, wie ein paar Reiter schießend hinter einer Gruppe Männer herjagten.

Sie kauerten sich auf den Boden und verfolgten mit klopfenden Herzen, wie ein unbewaffneter Mann, der sich offensichtlich bis dahin versteckt hatte, zu Fuß hinter den Reitern auftauchte und über das zerklüftete Gelände geradewegs auf sie zurannte. Der Mann war klein und hatte rotblondes Haar. Er winkte Juan und seiner Familie zu, während er auf sie zulief.

Zwei der Reiter entdeckten ihn und begannen auf ihn zu schießen, während sie die Verfolgung aufnahmen. Die Kugeln pfiffen Juans Familie um die Ohren.

»In den Graben!« schrie Juan und versuchte den Eselskarren so schnell wie möglich von der Straße zu ziehen.

Die Kugeln surrten weiter durch die Luft, und die Rufe des Mannes, der auf sie zurannte, wurden jetzt immer lauter. Juan lugte vorsichtig zwischen zwei Felsbrocken aus dem Straßengraben hervor.

Die beiden Reiter hatten den Mann, der ihnen verzweifelt, wie ein gehetztes Kaninchen, durch Gestrüpp und Kakteen zu entkommen suchte, inzwischen fast eingeholt. Je näher der Mann kam, desto vertrauter erschien er Juan. Plötzlich schrie Luisa auf.

»Epitacio!« rief sie. Sie legte ihr Baby rasch Emilia in den Arm.

»Oh, er kann beten, daß sie ihn töten, bevor ich ihn in die Finger bekomme!« schrie sie.

Fassungslos sah Juan zu, wie seine Schwester aus der Deckung des Straßengrabens sprang und, ungeachtet der Kugeln, fluchend auf den Mann zulief, von dem sie glaubte, daß er sie im Stich gelassen habe.

»Ich bringe dich um, Epitacio!« brüllte sie.

Als die beiden Reiter die Frau entdeckten, die ihnen entgegen kam, zügelten sie ihre Pferde und hörten auf zu schießen. Luisa lief weiter zeternd auf den Mann zu, der ihr nach dem Tode ihres ersten Ehemannes Liebesständchen auf der Gitarre dargebracht hatte.

Dieser wollte entsetzt kehrtmachen, als er Luisa auf sich zukommen sah, doch hinter ihm preschten die Reiter immer näher. Verzweifelt schlug er eine andere Richtung ein. Vor der jungen Frau schien er noch mehr Angst zu haben als vor den Reitern.

Doch Luisa, die auf einer Ranch aufgewachsen und geübt darin war, wildes Vieh einzufangen, war ausdauernd und schnell. Flink hob sie einen Stein auf und schleuderte ihn seitwärts, flach über den Boden. Sie traf Epitacio genau zwischen die Knöchel, so daß er stolpernd zu Boden fiel. Bevor er sich wieder aufrappeln konnte, war sie schon über ihm.

»Du hast mich verlassen, *cabrón*! Hurensohn!« Sie schrie und biß und kratzte ihn. Sie ergriff einen Stein, als wolle sie ihm den Schädel einschlagen. Er kämpfte um sein Leben.

»Aber ich habe dich doch nicht verlassen, mein Liebling!« beteuerte er, »wirklich nicht, ich bin doch nur vorausgeritten, um einen sicheren Weg zu finden!«

»Du lügst, wenn du nur den Mund aufmachst!« Sie zerrte an seinen Haaren und biß ihn ins Gesicht, daß er blutete. »Du bist nur zurückgekommen, weil sie dich in die Armee einziehen wollen!«

»Nein, mein Täubchen! Ich bin zurückgekehrt, weil ich dich liebe. Du bist mein Leben!«

»Du hast mich zum Narren gehalten! Ich werde dir deine *tanates* abschneiden!« schrie sie und drückte ihn mit ihrem ganzen Gewicht zu Boden. Sie hörte nicht auf, ihn wie eine Furie zu beschimpfen und zu beißen und zu kratzen, bis sie vor Erschöpfung innehalten mußte.

Die Reiter hatten ihre Gewehre heruntergenommen.

»Er scheint tatsächlich verheiratet zu sein«, sagte einer der beiden. Sie lachten, wendeten ihre Pferde und machten sich auf den Rückweg in die brennende Stadt.

Juan stand auf. Luisa, die inzwischen nur noch gekränkt schluchzte, wurde von dem zerrauften und mit blutigen Kratzern übersäten Epitacio geradezu mit Küssen und Entschuldigungen überhäuft.

»Als du mir gesagt hast, daß du mich über alles liebst, habe ich dir geglaubt«, jammerte Luisa.

»Aber das stimmt doch«, erwiderte er und küßte ihr zärtlich die Tränen fort. »Du bist mein Leben.«

»Und warum bist du dann ohne ein Wort in der Nacht fortgegangen?«

»Ich wollte deinen Schönheitsschlaf nicht stören, mein Engel.«

»Meinen Schönheitsschlaf?« fragte sie. »Findest du mich denn wirklich schön?«

»Aber ja, mein Liebling, du bist doch der Regenwurm meines Herzens!«

»Regenwurm?« schrie sie.

»Ich meine Regen, äh, Regenbogen«, fügte er rasch hinzu, »du bist der Regenbogen meines Herzens, der Engel in all meinen Träumen!«

»Ich glaube, jetzt sagst du besser nichts mehr«, sagte sie und zog ihn stürmisch an sich, um ihn zu küssen. Schließlich begannen beide aus vollem Halse zu lachen.

»Regenwurm? Du hast wirklich Nerven!«

Am späten Nachmittag erreichten sie die brennende Stadt Leon. Luisa hatte Epitacio nicht ernsthaft verletzt, als sie ihm den Stein zwischen die Füße geworfen hatte. Er half jetzt Juan dabei, den Eselskarren zu ziehen, auf dem Luisa mit ihrem Baby und Doña Margarita saßen. Emilia und Inocenta gingen Hand in Hand hinter ihnen durch die in Trümmern liegende Stadt.

Während sie die enge Straße entlangschritten, betrachteten sie das Schlachtfeld um sich herum. Die aufgedunsenen Kadaver toter Pferde lagen zwischen umgekippten Karossen. Überall bettelten verwundete Menschen um Wasser und um Hilfe. Doch Juans Familie besaß nichts, was sie den ausgestreckten Händen hätte geben können.

»Schaut nicht hin«, sagte Epitacio. »Wir müssen unbedingt den Zug erreichen! Das ist unsere einzige Chance, nach Norden zu kommen.«

»Ich werde meine Augen nicht verschließen«, sagte Doña Margarita. »Wir haben zwar selber nicht viel, aber das mindeste, was wir tun können, ist, diesen Menschen im Namen unseres Retters Jesus Christus etwas Wasser vom Brunnen zu reichen.« Sie kletterte vom Karren, bekreuzigte sich und schritt auf einen Brunnen in der Mitte des Platzes zu. Juan bemerkte, daß Epitacio zwar nicht einverstanden war, aber einem Streit mit der Mutter lieber aus dem Wege ging. Wenn Doña Margarita sich einmal etwas in den Kopf gesetzt hatte, war sie so leicht nicht davon abzubringen.

»In Ordnung«, gab Epitacio nach, »aber wir müssen uns beeilen, Doña Margarita. Es gibt nur noch wenig leere Züge Richtung Norden.«

»Gott wird schon helfen«, antwortete sie zuversichtlich.

Epitacio schlug die Augen gen Himmel. Manchmal wünschte er, diese Familie niemals kennengelernt zu haben. Aber ein unverheirateter Mann ohne Familie wurde sofort in die Armee eingezogen. So blieb ihm kein anderer Ausweg.

Juan stand neben der Mutter, die einem Verwundeten Wasser reichte, als ein Dutzend bewaffneter Reiter die Straße heraufgalloppierte. Sie zogen eine Kanone hinter sich her. Als sie den kleinen Eselskarren entdeckten, zügelten sie ihre Pferde. »Nehmt den Karren und den Esel!« brüllte der befehlshabende Soldat.

»O Gott, ich wußte doch, daß wir nicht hätten anhalten dürfen«, stöhnte Epitacio und trat zur Seite, damit er den Soldaten nicht im Weg stand.

Doch Juan ließ sich nicht so leicht einschüchtern. »Nein«, schrie er, »das ist unser Wagen! Wir brauchen ihn, um den Zug zu erreichen!«

»Aus dem Weg, *muchacho*«, sagte der Soldat. Er war etwa Anfang Zwanzig, groß und gutaussehend und trug einen riesigen Sombrero. Sein großer Schnurrbart verlieh ihm ein beeindruckendes Äußeres.

»Aber unser Esel ist schon alt«, sagte Juan und trat einen Schritt vor. »Ihr werdet ihn überfordern und nichts davon haben!« Er liebte den kleinen Esel und wollte ihn beschützen.

»Mein kleiner Bruder hat recht«, sagte Luisa und stellte sich neben Juan. »Wir haben einen langen Weg hinter uns, und wenn wir nicht Euren verwundeten Männern geholfen hätten, wären wir längst weitergekommen.«

»Genug jetzt!« sagte der Mann mit dem großen Schnurrbart. Er gab seinem schweißbedeckten Pferd die Sporen und griff nach den Zügeln des Esels.

Aber weder Juan noch Luisa wichen einen Schritt zurück. Sie waren vertraut mit Pferden und hatten keine Angst. Sie begannen schreiend mit den Armen zu wedeln, wobei sie zu dem Soldaten hinaufstarrten, der mit seinem Pferd zwischen ihnen und dem kleinen Eselskarren stand.

Das Pferd bäumte sich schnaubend auf. Es war ein kriegserprobtes Tier der Armee und bereit, die beiden Menschen, die seinem Herrn im Weg standen, niederzutrampeln.

Doña Margarita eilte keuchend herbei, Luisas Baby auf dem Arm.

»Wenn Sie den beiden etwas zuleide tun, müssen Sie mich und dieses Baby ebenfalls niedertrampeln«, sagte sie.

»Verdammt!« brüllte der Mann mit wachsendem Zorn. »Wo zur Hölle kommt Ihr eigentlich her?«

»Los Altos«, sagten Luisa und Juan wie aus einem Munde, ohne die Augen von ihm zu wenden.

»Das habe ich mir gedacht!« schnappte er wütend. »Es ist immer dasselbe mit den Leuten, die dort oben in den Bergen frei aufgewachsen sind. Ihr seid alle stur und unbeugsam.« Sein Pferd schnaubte. Es hätte diese Leute, die sich seinem Herrn in den Weg stellten, am liebsten getreten und gebissen. »Kennt Ihr einen Mann namens Jose Villaseñor?« fragte der Soldat.

Juan und Luisa blickten sich an und wußten nicht recht, was sie sagen sollten. Jose war ihr Bruder und der Beschützer ihrer geliebten Berge gewesen. Fast vier Jahre lang war es ihm mit Hilfe von ein paar Dutzend jungen Männern gelungen, die Revolution von den Bergen fernzuhalten.

Als Doña Margarita sah, daß die beiden Kinder verunsichert waren, trat sie noch einen Schritt näher. Sie war ganz die Tochter ihres Vaters und hatte in ihrem Leben noch nie gelogen oder die Wahrheit verschleiert.

»Ja, Señor«, sagte sie laut und deutlich. Wenn es Gottes Wille war, daß der Soldat sie tötete, so war sie bereit. »Ich weiß zwar nicht, weshalb Sie das fragen, oder ob Sie uns umbringen werden, weil wir ihn kennen, aber so wahr mir Gott helfe, ich habe keine Angst vor Ihnen. Jose Villaseñor Castro war mein Sohn, und ich bin stolz darauf!«

Die kleine Frau, die kaum einen Meter sechzig maß, stand aufrecht vor dem Soldaten, der von seinem Pferd auf sie herabsah, und erwiderte furchtlos seinen Blick.

»Juan war dein Sohn?« brüllte der Mann. Sein Pferd machte einen Satz auf Juan und Luisa zu. »Ja, das könnte sein«, sagte er und riß das Pferd zurück. Er lächelte und schob seinen Sombrero zurück. Dort, wo der Hut die Stirn vor der Sonne geschützt hatte, war ein weißer Rand zu sehen. »Wir sind zusammen geritten! Er war mein Freund! Seien Sie gegrüßt, Señora! Ihr Sohn war der großartigste und cleverste Reiter, den man sich vorstellen kann. Wie geht es ihm? Ich habe gehört, er wurde gefangengenommen?«

»Er konnte Gott sei Dank entkommen«, antwortete Doña Margarita, »doch dann wurde er in den Vereinigten Staaten getötet. Gott sei seiner Seele gnädig!«

»Mein tiefstes Beileid, Señora«, sagte er, »zehn Männer von seiner Sorte würden mir eine ganze Armee ersetzen! Gott schütze Sie! Und behaltet Euren Wagen«, fügte er hinzu. »Seht zu, daß Ihr den Zug erwischt. Sie schaffen alle Familien in den Norden. Wenn irgend jemand Euch belästigt, dann beruft Euch auf mich, General Felipe Kelly!«

Er gab seinem Pferd die Sporen und galoppierte davon. Seine Reiter folgten ihm, die Kanone im Schlepptau.

In den Gassen lagen die Leichen kreuz und quer übereinandergetürmt am Straßenrand. Überall hingen Gliedmaßen hervor, und zwischen den schauerlichen Wällen des Todes huschten die Ratten umher.

Juan wurde übel. Die Körper waren über und über mit Fliegen bedeckt, Gedärme quollen hervor, und es stank bestialisch. Die Leichen mußten noch von der Schlacht stammen, die in der Woche zuvor stattgefunden hatte. Es ging das Gerücht um, daß in Leon schon seit einem Monat gekämpft wurde.

»Seht nicht hin«, sagte Epitacio und hielt sich die Nase zu. »Schaut nur geradeaus!«

»Was ist das für ein scheußlicher Geruch?« fragte Emilia, der sich der Magen umdrehte.

Niemand antwortete ihr. Sie hielt sich an der Seite des Karrens fest, während sie weiter in die zerstörte Stadt hinein schritten, durch die noch schwelenden Trümmer und den Gestank des Todes. Epitacio war so nervös, daß er in einem fort redete.

»Denk dran, ich kann Englisch«, sagte er zu Juan. »Wenn wir erst über den Rio Grande sind, haben wir es geschafft. Ich habe schon überall in den Vereinigten Staaten gearbeitet. Ich kenne Miami und Arizona wie meine Westentasche. El Paso in Texas und Albuquerque in New Mexico kenne ich genausogut wie die meisten Mexikaner Guadalajara, Torreon oder Gomez Palacio. Glaub mir, Juan, wir müssen nur mit dem Zug nach Norden fahren, dann wird alles andere das reinste Paradies.«

Epitacio hörte nicht auf zu plappern, doch Juan beachtete ihn gar nicht. Ihm war übel, er war müde und vollkommen erschöpft. Er hatte zwar schon die Jahre der Revolution in den Bergen miterlebt, doch nichts hatte ihn auf den Schrecken vorbereitet, der ihn hier erwartete. In seinen geliebten Bergen, in Los Altos de Jalisco, waren Männer erschossen, ihre Hütten niedergebrannt und das Vieh gestohlen worden, doch noch nie hatte er so viele Tote, so viel Blut und Zerstörung auf einmal gesehen.

An der Eisenbahnstation hatte sich bereits eine gewaltige Warteschlange gebildet. Die Menschen waren hungrig und durstig und weinten vor Verzweiflung. Jetzt ahnten Juan und seine Familie, daß es ein Fehler gewesen war, ihre geliebte Heimat in den Bergen zu verlassen. Dort oben wußten die Menschen wenigstens, wohin sie gehörten. In Notzeiten konnte man immer noch nach Wurzeln graben oder Wachteln fangen, die man über einem Feuer röstete.

In dieser Nacht schlugen sie ihr Lager unter freiem Himmel auf, direkt neben ihrem Eselskarren. Sie fanden nichts, um ein Feuer anzuzünden, da die Menschen hier schon sämtliches Brennmaterial, wie Äste und Büsche, eingesammelt hatten. Juan und Inocenta suchten in der näheren Umgebung nach Holz oder Kuhfladen, sie kamen jedoch mit leeren Händen zurück. Die

Menschen, die auf den Zug warteten, hatten bereits alles verbraucht.

Als die Sonne unterging, kam ein frischer Wind auf, und es wurde kalt. Zitternd fragte Emilia, warum sie nicht einfach umkehrten.

»Sie hat recht«, sagte Juan. »Laßt uns nach Hause zurückkehren.«

»Aber jetzt sind wir doch schon seit zwei Wochen unterwegs«, antwortete Epitacio. »Und glaub mir, wenn wir erst mal über die Grenze sind, sind wir alle Sorgen los. Ich war doch schon dort. Das Rio-Grande-Tal ist wunderbar grün. Und man bekommt überall Arbeit.«

»Nein«, sagte Emilia, »ich bin sicher, daß alles nur noch schlimmer werden wird.«

»Halt den Mund!« erwiderte Luisa. »Dafür, daß du blind bist, willst du jetzt wohl in die Zukunft sehen können!«

»Hört jetzt auf! Es ist genug«, sagte die Mutter, »wir sind alle müde und hungrig, und es ist nicht der richtige Augenblick, irgendwelche Entscheidungen zu treffen. Laßt uns niederknien und unser Abendgebet sprechen. Immerhin leben wir noch. Also war es ein guter Tag.«

Sie knieten neben den Eisenbahnschienen inmitten der zahllosen Menschen nieder, und Doña Margarita sprach ihr gemeinsames Gebet.

»Wir danken dir, Gott. Gestern hast du unsere Mägen gespeist und heute unsere Seelen. Mein Herz ist glücklich, daß der Name meines Sohnes Jose einen völlig Fremden veranlaßt hat, uns nicht nur mit Erbarmen, sondern mit Respekt zu begegnen. Du hast deine schützende Hand über uns gehalten, als wir diesem Wunder an menschlicher Freundlichkeit begegneten.

Ich gebe zu, daß ich befremdet war, als du uns in dieses Meer von Hungernden geführt hast. Doch jetzt verstehe ich, daß du, in deiner unermeßlichen Weisheit, nur unsere Liebe zu dir auf die Probe stellst. Deshalb werden wir unseren kleinen Esel mit den vielen anderen teilen. So wie es uns dein geliebter Sohn Jesus Christus gezeigt hat, als er seine Mahlzeit mit anderen teilte.«

Es dauerte eine Weile, bis Juan die Bedeutung dessen begriff, was seine Mutter soeben gesagt hatte. Als ihm bewußt wurde, daß sie seinen kleinen Esel schlachten und zusammen mit den anderen aufessen wollte, hörte er auf zu beten.

»Aber Mama«, unterbrach er sie, »wir können doch meinen kleinen Esel nicht töten. Er gehört mir doch schon, seit ich ganz klein war. Und er ist alt – er würde gar nicht schmecken.« Tränen stiegen in seine Augen. »Kannst du dich nicht erinnern, daß ihn sogar die Kojoten verschmäht haben, als sie die Ziegen gestohlen haben, weil er so alt ist und stinkt?« Jetzt kullerten die Tränen über seine Wangen. »O bitte, Mama«, bettelte er, »ich liebe ihn doch so!«

»*Mi hijito*«, sagte seine Mutter sanft, »was glaubst du, wird mit ihm geschehen, wenn wir in den Zug steigen?«

Juan verstummte und dachte darüber nach.

»Sie würden ihn zu Tode schinden und dann aufessen«, sagte Doña Margarita. Aber so können wir wenigstens dafür sorgen, daß er ohne Qualen und unter Freunden stirbt, *mi hijito.*«

Auf dem Boden kniend, blickte Juan auf den kleinen Esel und die Menschen um sich herum. Die Tränen strömten ihm übers Gesicht. Im Grunde seines Herzens wußte er, daß die Mutter recht hatte. Er zitterte und fühlte sich sterbenselend, als sie mit dem Abendgebet fortfuhren.

»Und so danke ich dir, Gott, für diese großartige Gelegenheit, dir durch Barmherzigkeit zu dienen. Wir alle danken dir aus tiefstem Herzen. Auch dafür, daß du uns gezeigt hast, welch Erinnerung der Name meines Sohnes Jose hervorruft. Er war ein großartiger Junge. Beschütze seine Seele.«

Sie beendeten ihr Gebet. Juan konnte es einfach nicht fassen. Wenn Gott wirklich so mächtig und weise war, warum mußten sie ihm dann irgend etwas beweisen? Besonders wenn dies bedeutete, daß man einen treuen Freund, wie seinen kleinen Esel, verspeisen mußte. Er konnte nicht aufhören zu weinen, doch er stand tapfer auf und bekreuzigte sich. Juan ging zu seinem kleinen, grauen Freund und streichelte ihn, während er beruhigend auf ihn einsprach. Er sollte wissen, daß er nicht allein war, wenn er in sein nächstes Leben trat.

Die Leute standen schon mit Tonschüsseln und Messern bereit, um ein Stück von dem frischen Fleisch zu ergattern. Im Grunde ihres Herzens waren es alle gottesfürchtige und gutherzige Menschen vom Lande, daher hielten sie respektvoll Abstand, als Epitacio nun auf Juan zuschritt. Er schob ihn sanft zur Seite und schnitt dem graugesichtigen kleinen Esel mit der scharfen Klinge seines Messers so blitzschnell die Kehle durch, daß das Tier kaum merkte, was mit ihm geschah. Es verspürte nur ein kurzes Stechen, als wäre es von einer Bremse gebissen worden. Der Esel scharrte mit dem rechten Huf und blickte zuerst Epitacio und dann seinen langjährigen Freund Juan an, den er schon auf seinem Rücken über die Berghänge getragen hatte, als dieser noch ein kleiner Junge war. Der Blick aus den großen, samtigen Augen des Esels brach, er blinzelte, knickte mit den Vorderbeinen ein und verlor das Bewußtsein, noch bevor sein Körper den Boden berührt hatte.

Luisa eilte mit einer Schüssel herbei, um das frische, warme Blut zum Kochen aufzufangen. Einige der Umstehenden traten näher, um beim Häuten des Tieres zu helfen. Doch plötzlich begann der Esel in reflexartigen Zuckungen um sich zu treten. Die hungrigen Leute wichen wieder zurück, um nicht verletzt zu werden. Solche Todeszuckungen hatten schon manche Menschen zu Krüppeln gemacht. Als die Tritte schwächer wurden, wagten sich die Leute wieder näher.

Kein einziges Stück blieb von dem Esel übrig. Die halb verhungerten Menschen machten sich sogar über die Gedärme und die pelzigen Ohren her. Seit Monaten hatten sie keine richtige Mahlzeit mehr bekommen; so verzehrten sie auch das winzigste Stück des braven, kleinen Tieres.

Nur Juan brachte keinen Bissen herunter. Als er sich schließlich unter dem Sternenhimmel zur Ruhe legte, konnte er nicht aufhören zu weinen, bis die Mutter ihn tröstend an sich zog und in die Arme schloß.

»Weine nur, *mi hijito*«, sagte sie zu ihm, »Tränen waschen den Schmerz aus deinem Herzen. Aber vergiß nicht, daß so mancher sich wünschen würde, so schnell und schmerzlos aus dem Leben zu scheiden wie dein kleiner Esel und dabei noch von den Menschen umgeben zu sein, die ihn lieben. Ich hoffe wirklich, daß ich auch solch ein Glück haben werde, wenn meine Zeit gekommen ist.«

Entsetzt drehte Juan sich zu seiner Mutter um und blickte in ihre glänzenden, großen Augen. Er begann von neuem zu weinen. »O nein, Mama, du darfst nicht sterben und mich allein lassen. Bitte, Mama, ich habe dich doch so lieb.«

»Wer sagt denn, daß ich jetzt sterben werde«, sagte sie barsch, »ich werde noch lange genug leben, bis du groß bist und verheiratet, *mi hijito*!«

»Au ja! Und ich werde eine Frau heiraten, die genauso wunderbar und perfekt ist wie du!«

»Ich und perfekt? Dein Vater würde sich im Grabe umdrehen, wenn er das hörte. Ich bin alles andere als perfekt oder wundervoll. Ich bin nur eine Frau, die ihre Pflichten erfüllt.«

»Genau wie die Frau, die ich einmal heiraten werde, ein richtiger Engel!«

»Ach, du kleiner Schlingel, ich liebe dich.«

Sie lachten beide. Eng aneinandergeschmiegt lagen sie mit den zahllosen anderen Menschen neben den Gleisen. In dieser Nacht jagte das ferne Geheul der Kojoten Juan keine Angst ein. Er lag geborgen in den Armen des Menschen, den er auf dieser Welt am meisten liebte. Nichts konnte ihm geschehen.

9

Und immer weiter entfernten sie sich von dem Ort, zu dem Gott Don Pio einst geführt hatte. Doch nichts konnte ihr Vertrauen in den Allmächtigen erschüttern

Während der nächsten Tage lernte Juan am Rande der Schienen viele Jungen in seinem Alter kennen. Sie kamen aus ganz Mexiko, und genau wie er waren sie mit ihren Familien auf dem Weg nach Norden, in die Vereinigten Staaten.

Einige der Jungen vertrieben sich die Zeit mit Spielen. Beim Laufen und Steinewerfen wetteiferten sie darum, wer der Schnellste und der Stärkste unter ihnen war. Juan, der sich selbst immer für so schnell und stark gehalten hatte, zog dabei meist den kürzeren.

Unter den Jungen, vor allem unter den reinrassigen Tarascan-Indianern[9] aus Michocán, waren ein paar wirklich flinke und geschickte Burschen, und Juan mußte zugeben, daß sie es wahrscheinlich sogar mit seinem langbeinigen Bruder Domingo hätten aufnehmen können. Domingo war fünf Jahre älter gewesen als Juan und hatte zu den schnellsten und kräftigsten Jungen der Gegend gehört.

Domingo und Juan waren sich altersmäßig am nächsten gewesen und zusammen aufgewachsen. Juan vermißte seinen Bruder sehr. Nur zwei Monate bevor sie ihr Dorf verlassen hatten, war er verschwunden. Doña Margarita hielt es nicht für ausgeschlossen, daß er noch lebte.

Juan und seine neuen Freunde spielten am Rande der Gleise oder zwischen den Ruinen der abgebrannten Häuser. Im Spiel waren sie Pancho Villa und Zapata[10] oder andere Helden der Revolution.

Die Mehrzahl der Jungen war zwischen neun und elf Jahren alt und konnte es kaum erwarten, erwachsen zu werden, um ebenfalls zu den Waffen zu greifen.

Juan erzählte den Jungen von den Ereignissen des Krieges, die er in den Bergen miterlebt hatte, und wie tapfer und mutig seine

Onkel und Brüder dabei gewesen waren. Als er den Erlebnissen der anderen Jungen lauschte, kam Juan zu dem Schluß, daß diese entweder ausgesprochene Lügner waren, oder aber, daß es ihnen in den anderen Teilen Mexikos sehr viel schlechter ergangen war als ihm und seiner Familie in der kargen Berglandschaft. Bis zum vergangenen Jahr hatten sie dort oben in Los Altos de Jalisco kaum etwas vom Krieg mitbekommen. Bis dahin war es Jose, Juans ältestem Bruder und einigen anderen der jungen Männer gelungen, den Krieg aus den Bergen fernzuhalten, genau wie Jahre zuvor Don Pio und seine Bezirkspolizei dafür gesorgt hatten, daß sich keine Banditen in diese Gegend wagten.

»*Mira!*« brüllte Juan und schlug sich mit einem Stock auf die Beine. »Ich bin jetzt der berühmte Hengst meines Bruders, mit den weißen Fesseln! Fünfhundert Reiter sind hinter mir her. Jetzt setze ich einfach hinüber, auf den nächsten Felsen! Alle meine Verfolger stürzen in den Tod!«

»Ich auch!« ging ein anderer Junge namens Eduardo auf das Spiel ein. »Ich bin der berühmte Villa und komme dir zur Hilfe, Juan! Mit meinen Dorados del Norte, den besten Reitern der Erde!«

»Nein! Das stimmt nicht!« sagte ein dritter Junge, der Cucho hieß. »Die besten Reiter sind in General Obregons Kavallerie, die von Colonel Castro angeführt wird!«

»Mensch, das ist mein Cousin!« erwiderte Juan aufgeregt. »Von der Familie meiner Mutter, er ist der fünfte Sohn meines berühmten Onkels Agustin!«

»Ich denke, du bist für Villa!« sagte Eduardo. Er war fast zwölf und der stärkste unter den Jungen.

»Bin ich auch!« antwortete Juan. »Aber ich bin auch auf der Seite meines Cousins! Hast du was dagegen, he?« Die Jungen verbrachten ihre Zeit weiter mit Spielen und forderten sich gegenseitig beim Wettlauf und Steinewerfen heraus.

Es kam der Tag, an dem Juans Familie ihre Reise nach Norden endlich fortsetzen konnte. Zusammen mit unzähligen anderen Menschen kletterten sie auf den Zug, in einen der großen, leeren Viehwaggons, dessen Boden von Kuhmist so verschmutzt war, daß sie zuerst einmal alle wieder aussteigen und mit bloßen Händen den Schmutz aus dem Waggon schaufeln mußten, bevor sie sich auf dem blanken Boden in einer Ecke niederließen, um die lange Fahrt nach Norden anzutreten. Sie hatten sich kaum gesetzt, als der Zug sich auch schon in Bewegung setzte. Juan stand auf und schlich sich mit fünf seiner neuen Freunde wieder aus dem Waggon. Am Tag zuvor hatte er mit Eduardo, Cucho und drei anderen Jungen gewettet, wer der mutigste von ihnen war. Sie warteten am Rand der Gleise, während der Zug langsam anrollte. Derjenige unter ihnen, der als letzter wieder auf den Zug aufspringen würde, hatte die Wette gewonnen. Sie nannten dieses Spiel *toreando*, was soviel wie Stierkampf mit einem Zug bedeuten sollte. Die sechs Jungen waren sich darüber im klaren, daß sie ein hohes Risiko eingingen. Wenn sie den Zug nicht mehr erwischten, würden sie von ihren Familien getrennt werden, was ihren Tod bedeuten konnte.

Juans Herz klopfte bis zum Hals, während er neben den Schienen stand und zusah, wie sich die großen Eisenräder des Zuges langsam vor ihm drehten. Die Waggons und Tieflader bogen sich unter der Last der Menschen, die eingepfercht in dem vorübergleitenden Zug hockten und teilweise übereinander sitzen mußten, ihre Habseligkeiten fest an sich gepreßt. Juan zitterte vor Angst, doch er blieb stehen und betrachtete die Menschen, die all das auf sich nahmen, um in die Sicherheit des Nordens zu gelangen.

Er war wie besessen davon, daß er dieses Spiel gewinnen würde. Schließlich war er ein Villaseñor, und das Blut der Castros floß in seinen Adern. In den vergangenen Wochen hatten die anderen Jungen ihn jedesmal beim Wettlaufen und Steinewerfen übertrumpft. Jetzt hatte er die einmalige Chance, ihnen zu zeigen, was wirklich in ihm steckte. Immerhin hatte Juan in seiner Heimat in den Bergen schon im Alter von sechs Jahren den Ruf erworben, kaltblütig und mutig wie ein Mann zu sein.

Niemals würde er jene Nacht vergessen. Es war Vollmond gewesen, und die alte Dorfhexe hatte seine Familie verflucht. Da Juan das jüngste Kind und somit noch reinen Herzens war, lag es in seiner Hand, diesen Fluch abzuwenden. Und er hatte seine Aufgabe erfüllt.

Juan befeuchtete mit der Zunge seine trockenen Lippen und schielte zu seinen Freunden, als der Zug jetzt ein wenig schneller wurde. Er fühlte sich wie ein Kampfhahn und schöpfte Mut aus dem Gedanken, daß er der Enkel Don Pios war.

»Na, jetzt wird dir mulmig, was?« sagte Eduardo zu Juan, während der Zug neben ihnen entlangrollte. Eduardo war der älteste und der zweitschnellste Läufer unter den Jungen.

»Mir nicht«, antwortete Juan.

»Mir auch nicht«, sagte Cucho.

Die großen Eisenräder des Zuges quietschten, als die lange Reihe der Viehwaggons und Tieflader auf den Schienen vorwärts glitt. Fast fünftausend Menschen waren in diesem Zug, der für Wochen der letzte sein sollte, der nach Norden fuhr.

Juans Herz raste. Hoffentlich verloren die anderen Jungen bald die Nerven und setzten dem Zug nach, damit auch er endlich seiner Familie hinterherlaufen konnte.

Die schweren Eisenräder wurden immer schneller. Juans Verstand riet ihm, mit diesem lächerlichen Spiel aufzuhören und auf den Zug zu springen, zu seiner Mutter, solange noch Zeit war. Doch er bewegte sich nicht. Mit den anderen Jungen verharrte er am Rande der Gleise. Auf keinen Fall wollte er als erster aufgeben.

Das Geräusch der Räder wurde lauter und lauter. Der endlos lange Zug – es waren über fünfzig Waggons und zwei Lokomotiven – gewann langsam an Tempo. Schließlich hielt einer der kleineren Jungen es nicht mehr aus und schrie. »Ich laufe los!« Er spurtete vorwärts, erwischte einen der Waggons und schwang sich hinauf.

»Er will zu seiner Mama!« spotteten die Jungen.

Juan verhöhnte ihn mit den anderen als Feigling und kleines Muttersöhnchen, schließlich war das Ende des Zuges noch nicht einmal an ihnen vorbeigerollt. Doch im Grund ihres Herzens wußten sie alle, daß er das Richtige getan hatte. Jeder von ihnen wäre in diesem Augenblick lieber bei seiner Mutter gewesen.

Dann rollte das Ende des Zuges in zügigem Tempo an ihnen vorbei. Ein guter Läufer war jedoch immer noch in der Lage, aufzuspringen. Juan, der sich jetzt etwas besser fühlte, grinste. Die Räder des letzten Wagens quietschten laut auf den Gleisen, als der Zug die Jungen hinter sich ließ und sich seinen Weg durch das verwüstete Tal suchte. Der nächste Junge schrie entsetzt auf.

»Das ist Wahnsinn!« rief er, »wir könnten für immer unsere Familien verlieren!« Er rannte los, dem Ende des Zuges hinterher,und sprang auf. Die anderen Jungen verhöhnten auch ihn und nannten ihn Feigling.

»Es sieht so aus, als blieben jetzt nur noch die richtigen Männer übrig«, sagte Juan und sah dem Zug nach, der mit zunehmender Geschwindigkeit durch das Tal ratterte.

»Ja, scheint mir auch so«, erwiderte Cucho, »aber ich bin der Schnellste von uns, ich kann es mir leisten, noch zu warten. Was ihr Transusen hier noch macht, verstehe ich allerdings nicht. Wir sind vier Tagesritte von der nächsten Stadt entfernt!« Kaum hatte er das gesagt, spurtete auch er plötzlich los. Der Schnellste unter ihnen! Juan hätte vor Überraschung und Schreck fast aufgeschrien. Doch er blieb stumm und verharrte. Er konnte nicht anders. Schließlich war er doch ein Junge aus Los Altos de Jalisco.

»Dieser verdammte Cucho«, sagte Eduardo, der jetzt mit Juan und einem anderen Jungen übrig geblieben war. »Er will uns nur angst machen. Ein guter Mann kann jeden Zug einholen, alles, was man braucht, ist Wasser.«

»Genau!« bestätigte Juan und versuchte, sich ganz unbekümmert zu geben. In Wirklichkeit war er kurz davor, sich vor Angst in die Hosen zu machen. »Mit Wasser kann ein richtiger Kerl jederzeit überleben«, fügte er hinzu.

Juan wich den beiden schlaksigen Indianerjungen nicht von der Seite. Doch allmählich verlor er seine Zuversicht. Er war kein schneller Läufer, und der Zug entfernte sich immer weiter.

Dann lief der nächste Junge los, und zwar barfuß. Er war groß und schnell. Mit schwingenden Armen, den Hut in der Hand, erreichte er das Ende des Zuges und versuchte immer wieder, aufzuspringen.

Juan schielte zu Eduardo, der noch neben ihm stand.

»Hey«, sagte er zu ihm, »wir haben sogar Cucho abgewartet, den Schnellsten von allen, meinst du nicht, wir haben jetzt genug Mut bewiesen?«

»Klar, auf geht's!«

»Ja«, sagte Juan, »wir haben beide gewonnen!«

Sie rasten zusammen die Gleise entlang und beobachteten in der Ferne, wie der andere Junge, der es endlich geschafft hatte,

sich an dem letzten Waggon festzuhalten, versuchte sich hoch-
zuschwingen und dabei fast mit den Beinen unter die Räder geraten wäre.

Als Juan dies sah, schrie er entsetzt auf und lief mit der ganzen Kraft, die er aufbringen konnte. Jahrelang war er zu Hause
die Berghänge hinauf und hinab gerannt. Seine Füße flogen jetzt
förmlich über den Boden. Die Entfernung zum Zug wurde gerin-
ger, doch seine Kräfte ließen langsam nach.

Plötzlich erreichte der Zug ein kleines Gefälle und wurde
schneller. Eduardo holte Juan völlig außer Atem ein.

Juan blickte dem davonfahrenden Zug nach und dachte an
seine Mutter, seine Schwestern und Inocenta. Er stellte sich den
Kummer und das Entsetzen in dem alten Gesicht der Mutter vor,
wenn sie feststellte, daß er nicht auf dem Zug war und sie wieder
ein Kind verloren hatte. Tränen schossen ihm in die Augen, und
er bekam Angst wie noch nie zuvor in seinem Leben.

»Mama! Mama!« schrie er verzweifelt.

Voller Panik raste er immer weiter. Die Leute, die auf den
Dächern der Güterwaggons saßen, winkten ihnen zu. Sie dachten, die beiden Jungen seien aus der Gegend und machten sich
einen Spaß daraus, dem Zug hinterherzulaufen.

Als Juan bewußt wurde, daß er seine Mutter für immer verloren hatte, verließ ihn aller Mut. Er stolperte und schlug sich das
Gesicht auf, als er auf die spitzen Steine zwischen den Gleisen
fiel.

Blut spuckend und zitternd lag er da, das Gesicht tränenüberströmt. Eduardo, der große langbeinige Indianerjunge, der ihm
schon fast zwanzig Meter voraus gewesen war, kam mit langsamen Schritten zurück.

Die Waggons waren nun endgültig außer Reichweite. In fast
fünfhundert Metern Entfernung rollten die beiden Lokomotiven
pfeifend und mit stetig zunehmender Geschwindigkeit nach
Norden, Richtung Aguascalientes, Zacatecas und Gomez Palacio.
Dort würden sie in der Nacht halten und auftanken, bevor sie am
nächsten Morgen weiter nach Juarez, über den Rio Grande und
schließlich nach El Paso, Texas, in die Vereinigten Staaten fahren
würde.

Eduardo reichte dem blutüberströmten Juan die Hand.

»Okay«, sagte Juan, rappelte sich auf und wischte sich das Blut aus dem Gesicht. »Komm weiter, wir müssen den Zug erwischen!«

»Du bist verrückt, *mano*«, sagte der schlaksige Junge gelassen. »Nicht mal ein Pferd würde ihn jetzt noch einholen.«

»Aber wir müssen ihn kriegen«, sagte Juan verzweifelt. »Unsere Familien sind doch in dem Zug!«

»Ja, stimmt«, erwiderte Eduardo gleichgültig. »Aber ich habe noch einen Onkel hier in Leon, ich kann ja den nächsten Zug nehmen.«

»Willst du damit sagen, daß du hier noch Familie hast?« schrie Juan, der vor lauter Wut sogar seine Angst vergaß.

»Ja, na und?« antwortete Eduardo. Er konnte sich nicht erklären, warum Juan so erbost war.

»Dann hast du also gelogen!« brüllte Juan. »Du hast mich reingelegt! Du hattest gar nicht deine ganze Familie auf dem Zug, was die Voraussetzung unserer Wette war.«

Der Junge lachte. »Nein, natürlich nicht, *mano*«, sagte er. »Nur ein Narr würde alles aufs Spiel setzen!«

»Du Hurensohn!« erwiderte Juan.

»He, hör auf, so mit mir zu reden, sonst kannst du was erleben, Juan! Denk dran, ich bin der Stärkste von uns, du hättest keine Chance.«

»Ich pfeife auf deine läppischen Muskeln«, sagte Juan. »Ich werde dich umbringen, *cabrón*, und zwar auf der Stelle! Los! Bringen wir's hinter uns!«

Als er den rasenden Zorn in Juans Augen sah, trat Eduardo einen Schritt zurück. »Mensch, *mano*, tut mir leid«, sagte er. »Sieh mal, du kannst bei meiner Familie bleiben, bis wir den nächsten Zug nehmen.«

»Du kannst dir deine Familie in den Arsch stecken!« antwortete Juan. »Ich kriege den Zug!« Er hob seinen Hut vom Boden auf und setzte sich in Bewegung.

Der Zug war jetzt so weit entfernt, daß er nur noch wie ein dunkles, rauchendes Band aussah, das sich aus dem langgezogenen Tal herausschlängelte. Vor der Spitze des Zuges konnte Juan die roten Felshügel erkennen, die aus der Ferne nicht größer als Kuhfladen waren, doch er ließ sich nicht entmutigen und behielt sein Tempo bei. Der Mensch, den er am meisten auf der Welt liebte, war in diesem Zug, und er wäre bis ans Ende der Welt gerannt, um wieder bei ihm zu sein.

Die Sonne stand hoch am Himmel. Juan schritt rasch auf den Schwellen der Gleise vorwärts, um die Sohlen seiner abgelaufenen *huaraches* zu schonen, und betete dabei zu Gott.

»O lieber Gott«, sagte er, während er auf die geteerten Bretter unter seinen Füßen blickte, »ich weiß, daß ich in letzter Zeit oft gesündigt habe. Doch ich schwöre, daß ich nie wieder in meinem Leben etwas Böses anstellen werde, wenn du mir jetzt hilfst. Bitte, bitte gib mir Flügel wie ein Engel, damit ich dem Zug hinterherfliegen kann. Ich weiß, daß du die Macht dazu hast, alles zu tun, was du willst. Und bitte vergiß nicht, lieber Gott, ich bin es nicht allein, der bestraft wird. Meine arme Mutter, die dich über alles liebt, wird auch schrecklich leiden!«

Lächelnd lief Juan weiter. Er war froh, daß er seine Mutter zum Schluß erwähnt hatte, und hoffte, daß Gott sich ihretwegen erbarmen würde und ihm die Flügel eines Engels leihen würde. Doch das Wunder trat nicht ein, und er lief Meile um Meile weiter. Doch statt allmählich schwächer zu werden, schöpfte er neue Kräfte.

Der Vormittag verstrich, und Juan fiel auf, daß die Bahnarbeiter nachlässig gewesen waren, denn die Schwellen lagen jetzt weiter auseinander. Immer wieder trat er jetzt zwischen die hölzernen Bretter, in die spitzen Steine. Seine Gummisandalen fielen fast auseinander. Er mußte zweimal innehalten, um sie mit einem Stück seines Hemdes zu flicken. Er war durstig, und seine Zunge wurde trocken, doch nirgends war eine Spur Wasser zu entdecken.

»O Mama«, seufzte er und blickte zur Sonne empor, »was habe ich uns nur angetan? Ohne Wasser kann auch ein tapferer Mann aus Los Altos nicht überleben.«

Unversehens ging seine Selbstanklage in ein Gebet über:

»O lieber Gott, Herr des Himmels, bitte, vergib mir, daß ich solch ein Narr war. Ich weiß ja, daß ich gespielt und Unfug getrieben habe, wenn ich mich hätte anständig benehmen sollen, aber … bitte, lieber Gott, wenn du mir nur dieses eine Mal hilfst, wenn du mir Flügel gibst – du brauchst mir ja keine Engelsflügel zu geben, weil ich ja nie ein Engel war, aber wie wäre es denn mit den Flügeln eines Adlers? – Dann verspreche ich dir, nie wieder zu wetten oder dumme Streiche auszuhecken.«

Juan fuhr fort, mit jener Himmelsmacht zu sprechen, die ihn sein Leben lang beschützt hatte. Die Sonne brannte immer heißer, während er Kilometer für Kilometer zurücklegte, ohne sein Tempo zu verringern.

Er hatte Ausdauer. Aufgewachsen in den Bergen, in fast zweitausend Metern Höhe, war er von morgens bis abends mit seinem Bruder Domingo und den beiden kräftigen Cousins, Basilio und Mateo, auf den Beinen gewesen, um die Wölfe und Kojoten von den Ziegenherden wegzuscheuchen.

Doch hier unten im Tal war es viel heißer, und der Schweiß brannte in Juans Augen. Die Sonne schien immer größer zu werden, und Insekten begannen ihn zu plagen. Einmal erblickte er in der Ferne eine grüne Baumgruppe und dachte, daß sich dort ein Wasserloch befände.

»Ich danke dir, Gott«, sagte er und fühlte sich schon besser, als er sich den Bäumen näherte.

Er mußte jedoch feststellen, daß das Wasserloch schon lange ausgetrocknet war. Sogar hier im Schatten war der Boden von der Hitze vollkommen ausgedörrt.

»O Gott!« rief er, »warum hältst du mich so zum Narren?«

Er war so durstig, daß er dachte, er müsse sterben. Plötzlich mußte er wieder an seine Mutter denken, die durch den Krieg ein Kind nach dem anderen verloren hatte, und seine Verzweiflung legte sich ein wenig. Ihr zuliebe mußte er stark sein und durchhalten. Er blickte sich um und sah die kleinen, roten Hügel, die von hier aus schon etwas größer wirkten. Die Stadt Leon lag wie ein verschwommener Fleck in weiter Ferne hinter ihm.

»Ich werde es schaffen«, sprach er sich selber Mut zu. »Ich weiß, daß ich es kann.«

Er ruhte sich einen Augenblick im Schatten der Bäume aus. Ein paar Eidechsen und eine fette, rötlich schimmernde Klapperschlange leisteten ihm dabei Gesellschaft. Schließlich setzte er seinen Weg in gleichmäßigem Trott fort.

Die Sonne, das Dach der Armen, stand fast senkrecht über Juan, und es wurde so heiß, daß der schwarze Teer auf den Gleisschwellen schmolz und an seinen Sandalen kleben blieb. Die Luft flimmerte, und vor ihm tauchten in Luftspiegelungen klare, blaue Seen auf.

Juans Mund war vollkommen ausgetrocknet und fühlte sich an wie rauhes Papier. Flimmernd verschwamm die Landschaft vor seinen Augen. Er verlangsamte seinen Schritt etwas und begann mit sich selbst zu reden, damit er nicht seinen Verstand verlor. All die Geschichten, die seine Mutter ihm von seinem Großvater Don Pio und dessen Brüdern Cristobal und Agustin erzählt hatte, fielen ihm wieder ein.

Die Zeit verstrich, während die Sonne immer heißer vom Himmel brannte und Insekten ihn mit lautem Summen umschwirrten. Juan schritt entschlossen vorwärts und zwang sich, seine Gedanken auf die schöne Zeit in Los Altos de Jalisco zu konzentrieren, bevor die Revolution dort Einzug gehalten hatte. Er lächelte bei dem Gedanken an die saftigen, grünen Weiden seiner Kindheit und beschleunigte seine Schritte wieder, während er sich an die Streiche erinnerte, die er und sein Bruder Domingo mit Basilio und Mateo, den beiden unehelichen Söhnen seines Onkels Cristobal, ausgeheckt hatten.

Ach, das waren herrliche Jahre gewesen: Mit den beiden hochgewachsenen, jungen Männern herumzutollen, die sogar ihren großen Vater überragt hatten! Die beiden hatten typische indianische Gesichtszüge, mit hohen Wangenknochen und kleinen, gelblichen Zähnen. Sie waren bereits Teenager gewesen, als Juan mit ihnen spielte, hatten sich jedoch ihre kindlichen Gemüter bewahrt. Sie lehnten es ab, in einer Hütte zu leben, und sogar bei schlechtem Wetter hatten sie nur im Schutz einer Eiche genächtigt.

Während alle anderen bei Regen Schutz in einer Hütte suchten, hatten Basilio und Mateo Freudentänze unter freiem Himmel aufgeführt. Weder mit Geld noch mit anderen persönlichen Besitztümern konnten sie etwas anfangen und schenkten leichten Herzens alles weg, worum man sie bat. Obwohl sie nie ein Pferd oder einen Esel ritten, gewannen sie fast jedes Wettrennen über sämtliche Entfernungen. Selbst die schnellsten Pferde konnten sie besiegen, weil sie die Berge wie ihre eigenen Hände kannten. Obgleich viele Menschen ihnen ein simples Gemüt nachsagten, wußte doch jeder, daß sie keine Narren waren.

Juan schöpfte neue Kräfte, während er an seine beiden großartigen Vettern dachte, und setzte seinen Weg über die Gleise in raschem Tempo fort. Nie im Leben würde er den Tag vergessen, als die beiden Vettern ein Gürteltier in eine Höhle verfolgten und darin eine Kiste mit Gold fanden, die so groß war, daß selbst ein starker Esel sie kaum herausziehen konnte. Was für ein großartiges Gefühl war das gewesen, als sie diese Menge Gold zu Don Pio und Onkel Cristobal geschleppt hatten!

Die Sohlen von Juans *huaraches* waren nun endgültig durchgelaufen. Kleine Steine rutschten durch die Löcher und verfingen sich in den Lederriemen. Juan setzte sich auf die Schiene, zog die Sandalen aus und beschloß, barfuß weiter zu laufen. Als er sich auf den glühend heißen Brettern die Füße verbrannte, zog er es vor, zwischen den Schwellen auf den spitzen Steinen weiterzugehen.

»O Basilio«, sagte er laut, während er weiterhumpelte, »ich wünschte, du und Mateo, ihr wäret jetzt hier und könntet mich auf euren Schultern tragen, so wie ihr es früher immer getan habt.« Seine Augen füllten sich mit Tränen. »Aber keine Sorge, ich werde nicht aufgeben. Schließlich fließt euer Blut in meinen Adern!«

Und wie um seine Worte zu bestätigen, lief er mit großen Schritten weiter. Fast konnte er die Gegenwart seiner Cousins und ihre Zuneigung spüren. Er fühlte, daß sie immer an seiner Seite sein und ihm Kraft und Mut geben würden. Solange er sich an sie erinnerte, würde er Flügel haben. Er rannte weiter.

Die Sonne zog ihre Bahn am Himmel, während in der Ferne die Silhouette der roten Felsen in der Hitze flimmerte. Juans Gedanken wanderten zurück zu dem Tag, als sein Bruder Domingo schließlich so groß war, daß er glaubte, Basilio und Mateo beim Wettrennen besiegen zu können. Von überall aus den Bergen waren die Jungen herbeigeströmt, um das Rennen zu verfolgen, das auf den Wiesen bei den drei Seen stattfinden sollte.

»Wartet mal«, hatte Basilio gesagt. »Ich laufe aber nicht mehr umsonst. Wenn ein anderer Junge gegen mich oder meinen Bruder antritt, wollen wir bezahlt werden.«

»Wieviel?« fragte Domingo. Er war schon ganz zappelig und wollte die beiden unbedingt besiegen.

»Na ja«, antwortete Basilio und zwinkerte fröhlich mit den Augen, »ich habe mich mit meinem Bruder beraten, und wir haben festgestellt, daß wir eigentlich nie genug Erdnüsse haben, um uns die Bäuche damit vollzuschlagen. Deshalb wollen wir einen Sack Erdnüsse.«

»Himmel!« rief Domingo, »das kostet doch ein Vermögen!«

Basilio und Mateo brüllten vor Lachen. Da Domingo unbedingt dieses Rennen gegen sie laufen wollte, stahl er seinem Vater eine Ziege und tauschte sie bei ein paar Maultiertreibern gegen einen Zwanzig-Kilo-Sack Erdnüsse ein.

Das Ziel wurde festgesetzt, Domingo und die beiden Riesen machten sich startbereit, und dann ging es los. Domingo, blauäugig und rothaarig wie sein Vater, schoß barfuß und mit bloßem Oberkörper wie ein Blitz davon. Seine Rückenmuskeln, seine Arme und Beine bewegten sich so schnell, daß man die einzelnen Bewegungen kaum verfolgen konnte. Er flog geradezu über die grüne Wiese, doch er hatte keine Chance. Nach kaum hundert Metern hatten die beiden Indianer ihn schon eingeholt. Jeder von ihnen ein junges Kälbchen auf dem Rücken, was sie immer taten, wenn sie gegen Menschen und nicht gegen Pferde liefen. Sie sprangen über die flache Steinmauer am Ende der Weide und hüpften vor Vergnügen wie Kinder auf und ab.

Ach, was war das eine schöne Zeit gewesen! Domingo war völlig außer sich gewesen, und sein Gesicht war fast so rot geworden wie die untergehende Sonne. Alle hatten über ihn gelacht. Zu guter Letzt hatte er selbst zugeben müssen, daß er noch weit davon entfernt war, die beiden Indianerjungen jemals schlagen zu können.

Den Sack Erdnüsse hatten Basilio und Mateo dann mit ihren Freunden geteilt, wie sie es auch bei späteren Rennen gegen andere Jungen handhaben sollten. Sie hatten die Nüsse samt Schalen verschlungen, um ihre hungrigen, jungen Mägen damit zu füllen.

Juan war todmüde, ausgezehrt und erschöpft, doch ohne sein Tempo zu verlangsamen, marschierte er weiter. Der Geist seines Großvaters Don Pio half ihm, durchzuhalten. Der Gedanke an ihn und an seine Vettern Mateo und Basilio verlieh seinen Beinen Kraft, und auch die Erinnerung an seine beiden Brüder Domingo und Jose half ihm, nicht den Mut zu verlieren. Und am Ziel würde seine Mutter, der wunderbarste Mensch der Welt, auf ihn warten; unbeirrt schritt er voran.

Die Sonne brannte unbarmherzig auf das langgezogene, ausgetrocknete Tal nieder, in dem nichts als trockenes, verstaubtes Buschwerk wuchs. Juan fuhr sich mit der trockenen Zunge vergeblich über die Lippen; er blieb stehen und steckte sich einen kleinen Stein in den Mund. Er dachte an den Tag, als wieder einmal ein Wettlauf stattgefunden hatte und sie einen Korb Orangen gekauft hatten. Damals hatte er die erste Orange seines Lebens probiert. Sie hatten sie in Viertel geschnitten, und der köstliche, goldene Saft war heruntergetropft, ein Geschmack wie süßer Honig. An jenem Tag hatte er drei große Orangen hintereinander verzehrt und sich wunderbar gefühlt.

Während er weiter durch das Tal trottete und an den herrlichen Geschmack der saftigen Orangen in seinem Mund dachte, bemerkte er, daß die Sonne ganz allmählich sank. Ohne sich dessen wirklich bewußt zu sein, war er den ganzen Tag gelaufen. Allmählich schloß sich das Auge Gottes, und lange Schatten hüllten ihn ein, als er den Fuß der kleinen Hügel erreichte. Der Gedanke an seine Familie – alles starke Männer und Frauen, deren Glaube an Gott unerschütterlich gewesen war – hatte ihm dabei geholfen, den Weg durch das Tal zurückzulegen.

Mit geschwollenen und blutigen Füßen blieb Juan stehen und fragte sich, ob er in diesen Hügeln wohl Wasser finden würde und die Nacht dort verbringen sollte.

Ein Blick zurück über seine Schulter zeigte ihm, daß er während der letzten Stunde bergauf gewandert sein mußte. Das Tal lag unter ihm, und von Leon waren noch nicht einmal mehr die Rauchfahnen der brennenden Häuser zu sehen.

Er setzte seinen Weg fort. Mit jedem Schritt wuchsen die Hügel um ihn herum, und die Vegetation wurde üppiger. Die hohen Kaktusbäume warfen lange Schatten, und der Boden war mit dornigem Gestrüpp bedeckt. Juan sah sich nach einer Kaktusfrucht um, die man auslutschen konnte, doch da er aus den Bergen stammte, wußte er nicht, welche Kakteen hierfür geeignet waren. Er setzte sich hin, um einen Augenblick auszuruhen. Sein Mund war so ausgetrocknet, daß er glaubte zu ersticken. Vor seinem geistigen Auge erschien seine Mutter, wie sie tränenüberströmt nach ihm suchte. Er rappelte sich wieder auf, doch seine Füße schmerzten so sehr, daß er kaum noch stehen konnte.

»O Mama«, weinte er, »bitte, hilf mir doch!«

Er stolperte weiter, seine Füße brannten wie Feuer.

Nachdem er einer weiteren Biegung der Schienen gefolgt war, sah er plötzlich in der Dämmerung, wie sich ein Stück weiter vor ihm etwas bewegte. Rasch griff er nach einem Stein. Er vermutete irgendein Tier. Wenn er Glück hatte, konnte er es mit dem Stein erlegen, sein Blut trinken und das Fleisch verzehren.

Als er jedoch die bewußte Stelle erreicht hatte, konnte er nichts mehr finden. Er blickte sich suchend um und sah nichts als lange, dunkle Schatten und die letzten Sonnenstrahlen, die über den Boden huschten.

Juan war schon überzeugt, daß er sich geirrt hatte, als er, kaum sechs Meter entfernt, zwischen zwei Felsen, in die schwarzen, funkelnden Augen eines Jaguars sah.

Juan erstarrte.

»O Mama, Mama«, sprach er zu sich selbst, und sein Mut sank, während die Augen der großen Katze ihn anstarrten. Am liebsten wäre er umgedreht und davongerannt. Der Schwanz der Raubkatze bewegte sich hin und her, wie eine aufgerichtete Schlange, und ihr Blick war hypnotisierend.

Der Jaguar setzte zum Sprung an. Juan wußte, dies war die letzte Gelegenheit, irgend etwas zu unternehmen, doch er war unfähig, sich zu bewegen. Plötzlich hörte er im Inneren die Stimme seiner Mutter, die ihm zuflüsterte: »Greif an, *mi hijito!* Nicht weglaufen! Du mußt ihn angreifen, sonst wird er dich töten!«

»Ja, Mama«, hörte er sich antworten. Mit aller Kraft stieß er ein lautes Brüllen aus und machte einen Satz auf den großen Jaguar zu.

Als die gefleckte Raubkatze Juans Geschrei hörte und sah, wie er in großen Sätzen auf sie zukam, sprang sie auf, ließ ein lautes Fauchen hören, machte kehrt und rannte davon.

Juan Salvador blieb abrupt stehen, drehte sich gleichfalls um und rannte die Gleise entlang, so schnell ihn seine kleinen Beine trugen. Die große Wüstenkatze suchte in entgegengesetzter Richtung das Weite.

Juans Füße hatten mit einem Mal aufgehört zu schmerzen, und er lief ohne Unterbrechung weiter, bis die Sonne lange untergegangen war und der Mond am Himmel stand. Die ganze Nacht rannte und ging er abwechselnd unter dem Sternenhimmel voran, bis er auf der anderen Seite der kleinen, roten Felshügel angekommen war.

Ungeachtet seiner geschundenen, blutigen Füße oder seiner schmerzenden Kehle lief er ohne Unterbrechung, bis er im dunklen Licht der Morgendämmerung in der Ferne das flackernde Licht von Hunderten von Lagerfeuern zu erkennen glaubte.

Während er seine Schritte verlangsamte und nach Atem rang, hörte er gedämpftes Stimmengemurmel. Angestrengt lauschte er. Schließlich konnte er in der Mitte der Ebene den Zug erkennen. Den Zug, den er all die Stunden verfolgt hatte. Juan begann zu schluchzen. Er hatte es tatsächlich geschafft! Er würde seine Mutter und seine Familie wiederfinden. Er würde nicht für immer verloren sein.

Als er sich jedoch den Lagerfeuern näherte, befiel ihn ein merkwürdiges Mißtrauen. Vorsichtig wie ein Kojote oder ein junges Wild schlich er um das Lager, um sich zu vergewissern, daß es sich nicht um Banditen handelte.

Einer der Jungen, die bei der Wette mitgemacht hatten, sah ihn kommen.

»*Dios mio!*« rief der Junge entgeistert. »Bist du tatsächlich den ganzen Weg zu Fuß gekommen, Juan?«

Juan, der den Jungen kaum wahrnahm, sah aus wie ein Geist. Sein Gesicht, der Hals und die Schultern waren dort, wo der salzige Schweiß auf seiner Haut getrocknet war, schneeweiß. Er stolperte keuchend und weinend mit wildem Gesichtausdruck und blassen Lippen auf die Feuer zu.

»Deine Mutter hat gewußt, daß du uns einholen würdest«, sagte der Junge, »letzte Nacht hat sie meinem Vater gesagt, daß du ...«

Juan achtete nicht auf den Jungen. Er ging immer weiter auf

die Feuer zu. Er war hypnotisiert von den Flammen und ging wie ein Schlafwandler. Seit er in Todesangst vor dem Jaguar davongelaufen war, hatte er sich wie in Trance fortbewegt.

Einer der Männer drehte sich um und erblickte Juan. Er sprang auf und konnte gerade noch verhindern, daß der Junge in die Flammen stolperte.

Wie von selbst bewegten sich Juans Füße immer weiter. Er konnte nicht aufhören und wanderte wie besessen zwischen den kleinen Feuerstellen umher, auf der Suche nach seiner Mutter, die ihm sein Leben bedeutete.

Drei Tage lang massierte Doña Margarita Juan, rieb ihn mit Kräutern ein und ließ ihn bittere Wurzeln kauen. Sie betete und dankte Gott für dieses Wunder. Luisa, Emilia und Inocenta stimmten in ihre Gebete ein. Und zum Erstaunen aller begannen Juans Füße, die nur noch blutige Stümpfe voller klaffender Wunden und Kaktusdornen gewesen waren, ebenso wie seine vertrockneten, aufgerissenen Lippen zu heilen.

In der vierten Nacht erwachte Juan und war zum ersten Mal wieder bei vollem Bewußtsein. Er begriff, daß sie sich inzwischen außerhalb von Torreon, in der Nähe von Gomez Palacio befanden und den Zug wieder einmal verlassen hatten.

Francisco Villa, der Kommandant der nördlichen Division, mußte rechtzeitig dreißigtausend seiner Soldaten in den Süden bringen, die Fierro, dem berühmtesten seiner Kämpfer, der auch der Henker genannt wurde, zur Seite stehen sollten. Fierro hatte mit viertausend Männern aus Villas Kavallerie einen Überraschungsfeldzug durchgeführt und sich den Weg durch Leon, Silao, Irapuato, Salamanca, Celaya, Queretaro, San Juan del Rio und Tula erkämpft, wo sie schließlich General Obregon geschlagen hatten und nun auf Villa und seine Soldaten warteten, um gemeinsam Mexico City zurückzuerobern.

Als Juan wieder zu sich kam, spürte er die Aufregung um sich herum. Jeder sprach über den berüchtigten Fierro, den Mann aus Eisen und die unbarmherzige rechte Hand Pancho Villas, der gerade das ganze Gebiet zurückgewonnen hatte, das Villas Truppen seit Celaya verloren hatten.

All das interessierte Juan nicht. Er dachte nur daran, daß er wieder an der Seite seiner Mutter war, in der sicheren Geborgenheit ihrer Arme. Er küßte seine alte Mutter und schmiegte sich wie ein verschlafenes kleines Baby an sie und versprach ihr, nie wieder im Leben eine solche Dummheit zu machen.

Emilia und Inocenta betrachteten die beiden gerührt. Tag und Nacht hatten sie darum gebetet, daß ihr kleiner Juan, das einzige männliche Kind, das von der einst so großen, stolzen Familie noch übrig war, überleben würde.

Als Juan bemerkte, daß Luisa und Epitacio nicht anwesend waren, dachte er im ersten Moment, Luisa und ihr Mann hätten die Familie verlassen, so wie seine andere Schwester Lucha. Doch zu seiner Erleichterung tauchten die beiden aus der Dunkelheit auf. Sie hatten einen Topf voll Wasser dabei, den sie über dem Feuer erhitzten, um darin zwei Ratten zu kochen, welche die Mutter zuvor gefangen hatte.

»Es sieht schlecht aus«, sagte Epitacio, »jetzt, wo diese neue Schlacht im Gange ist, wird es vorläufig keine leeren Züge mehr nach Norden geben.«

An diesem Abend konnte sich die Familie an dem Fleisch der beiden fetten Ratten satt essen, das sie bis auf die Knochen abnagten. Die meisten der Flüchtlinge lehnten es ab, die Nagetiere zu verspeisen, und zogen es vor, sich aus ihren alten Sandalen eine Brühe zu kochen.

Nach dem Essen fingen Luisa und Epitacio heftig an zu streiten, weil Luisa ihn für ihre mißliche Lage verantwortlich machte.

»Bitte, hört auf«, sagte Doña Margarita, »wenn wir jetzt auch noch anfangen, uns gegenseitig zu beschuldigen, wird doch alles nur noch schlimmer. Du mußt zugeben, *mi hijita*, während der letzten Tage hat Epitacio sich doch wirklich anständig verhalten.«

»Warum ergreifst du seine Partei?« antwortete Luisa verärgert. »Schließlich fließt mein Blut in deinen Adern, nicht seins!«

»*Mi hijita*, das wäre auch nicht in Don Pios Sinne gewesen«, sagte die Mutter. »Blut ist Blut, aber was Recht ist, muß Recht bleiben. Don Pio hätte niemals jemanden bevorzugt behandelt, nur weil er ein Verwandter war.«

»Vielen Dank, Señora«, sagte Epitacio, »ich weiß Ihre Weisheit zu schätzen.«

»Das glaube ich kaum«, antwortete Doña Margarita. »Aber jetzt laßt uns beten. Immerhin leben wir noch und haben wieder einen Tag gut überstanden.«

Juan sah, daß seine Schwester immer noch verärgert war, aber sie senkte den Kopf und faltete ihre Hände zum Gebet. Gemeinsam dankten sie Gott. Am nächsten Morgen waren alle wieder besserer Stimmung.

»Vergangene Nacht hatte ich eine Vision«, berichtete die Mutter, »Juan hat uns den Weg gezeigt. Ich bin sicher, mit Gottes Hilfe können wir es schaffen, zu Fuß in die Vereinigten Staaten zu gelangen, wenn es sein muß.«

»Aber Señora«, sagte Epitacio, »die Grenze ist fast tausend Meilen entfernt!«

»Na und? Was glaubst du, wie weit ich in meinem Leben schon gelaufen bin? Vom Herd zum Schlafraum, zum Kuhstall und zur Kirche. Ich bin sicher, daß es hundertmal so weit war.«

Epitacio nickte, ihm fiel keine Antwort mehr ein. Also packten sie ihre Bündel zusammen und machten sich an diesem Morgen mit Tausenden anderer heimatloser Menschen, an den Bahngleisen entlang, auf den Marsch nach Norden. Sie konnten nicht mehr länger auf die nächsten Züge warten. Die Menschen wollten nach Norden, bevor sie vor Hunger zu schwach sein würden, um überhaupt noch laufen zu können.

Juan trottete an der Seite seiner Mutter. Seine Füße waren mit kräutergetränkten Stoffetzen verbunden, und er hielt die abgearbeitete, runzlige Hand der Mutter fest umklammert. Auf der anderen Seite schritten Inocenta und Emilia ebenfalls Hand in Hand vorwärts. Die beiden waren einander sehr nahegekommen, seit die Familie unterwegs war. Inocentas Augen sahen für Emilia, und Emilia war wie eine zweite Mutter für das kleine Mädchen geworden. Lucha, die die Familie verlassen hatte, war schon fast in Vergessenheit geraten.

Luisa und Epitacio gingen voraus. Epitacio trug Joselito und die Decken und Kochutensilien der Familie in einem großen Bündel auf dem Rücken.

Die vielen tausend zerlumpten Menschen sahen aus wie eine dunkle Ameisenkolonne, während sie an den Schienen entlang durch das langgestreckte Tal zogen, eine Staubwolke hinter sich aufwirbelnd. Weit und breit gab es nichts als Gestrüpp, Felsen und ein paar der immergrünen Chaparralsträucher, und über ihnen brannte die Sonne vom strahlend blauen Himmel.

Juans Füße und Beine schmerzten. Doch er war jung und kräftig und ging tapfer weiter, ohne sich zu beklagen. Er hatte seiner Familie schon genug Sorgen bereitet.

Am späten Vormittag wurde es so heiß, daß der Boden ihnen die Füße verbrannte. Zweimal mußten sie haltmachen, damit Doña Margarita den Verband um Juans Füße wechseln konnte.

Als es Mittag wurde, entschieden sie, daß es zu heiß war, weiterzugehen, und sie leisteten den Klapperschlangen im Schatten Gesellschaft, bis die größte Hitze vorbei war.

Juan hatte noch nie eine solche Landschaft gesehen. Von den Flüssen, die sie südlich von Leon bewundert hatten, waren nur noch die ausgetrockneten, weißen Flußbetten übrig geblieben. Hier gab es nicht einmal mehr die großen Kakteen, die in den Hügeln wuchsen, wo ihm der Jaguar begegnet war. So weit das Auge reichte, gab es nichts als Sand und Granitfelsen und flirrende Hitze. Juan hatte den Eindruck, daß die Landschaft immer trostloser wurde, je weiter sie nach Norden gelangten. Die grünen Wiesen seiner Heimat kamen ihm jetzt vor wie ein Traum. Und die klaren, kühlen Seen seiner geliebten Berge schienen so unwirklich, daß er zu glauben begann, sie hätten nie existiert.

»Mama«, sagte er, »ich kann mich kaum noch erinnern, wie unsere wilden Orchideen ausgesehen haben.«

Seine alte Mutter lächelte traurig. »Ich weiß, was du meinst, *mi hijito*«, sagte sie. »Manchmal stellt Gott meine Geduld auf eine harte Probe.«

»Dann verlierst du auch die Hoffnung, Mama?« fragte Juan.

»Die Hoffnung? O nein, *mi hijito*, weder die Hoffnung noch das Vertrauen. Aber die Geduld, das schon!« sagte sie mit einem Lachen.

Juan legte sich auf dem harten, felsigen Boden zurück und

seufzte. Er versuchte, zu begreifen, was die Mutter gesagt hatte. Er überlegte, was der Unterschied zwischen Vertrauen, Hoffnung und Geduld war. Juan liebte solche Gespräche mit seiner Mutter, weil sie ihm das Gefühl schenkten, daß das Leben bedeutend und voller Geheimnisse war. Er dachte an die tiefen, kühlen Schluchten seiner Heimat, wo die wilden Orchideen blühten, und an die seichten Seen, deren Oberfläche in der Regenzeit mit weißen Lilien bedeckt war. Wie schön war es gewesen, die Ziegen zu beobachten, wenn sie an den Wasserlilien und Orchideen knabberten und den weißlichen, bittersüßen Blütensaft aufschleckten.

Juan mußte eingenickt sein, denn als er die Augen aufschlug, ging die Sonne bereits unter. Es war Zeit, sich wieder auf den Weg zu machen.

Spät in der Nacht schlugen sie ihr Lager an einem modrig riechenden Wasserloch in der Nähe von Torreon auf. Obwohl sie Villista-Geld besaßen und sich auf dem Gebiet von Francisco Villa befanden, wollte niemand in Torreon diese Münzen annehmen.

Nach zwei Wochen, sie kampierten immer noch an dem Wasserloch, war Juans Familie völlig ausgehungert. Sie waren zu schwach, um weiterzuziehen, und wußten nicht, was sie tun sollten.

Eines Morgens sah Juan auf einem Viehhof, wo Villa seine Pferde in den Zug nach Süden verladen ließ, einen Vogelschwarm, der in den Pferdeäpfeln herumpickte. Plötzlich hatte er eine Idee. Er verjagte die Vögel und entdeckte in dem feuchten Pferdedung gute, unverdaute Saatkörner.

Er rannte zurück zu dem Unterschlupf, den sie sich aus Buschwerk gebaut hatten, und rief: »Mama, kommt alle schnell her! Ich habe Getreide für uns gefunden!«

»Aber wo denn, *mi hijito*?« fragte seine Mutter, die befürchtete, daß er wieder etwas gestohlen hatte.

»Unten beim Viehhof! Aber wir müssen uns beeilen, bevor die anderen uns zuvorkommen!«

Alle sprangen auf und folgten Juan.

»Da drin ist es«, sagte Juan, »in den Pferdeäpfeln habe ich eine Menge Samenkörner gefunden. Die Kuhscheiße lohnt sich allerdings nicht so besonders, habe ich festgestellt.«

Seine Mutter brach in dröhnendes Gelächter aus.

»Oh, du bist großartig, *mi hijito*! Egal, wie sehr das Leben dich piesackt, du fällst doch immer wieder auf die Füße.«

»Los, laßt uns die Körner einsammeln, dann veranstalten wir ein Festessen, um das uns sogar die verdammten Reichen beneiden werden!«

»*Mi hijito*, ich habe dir doch schon tausendmal gesagt ...«

»Aber ich schimpfe doch so gern auf die Reichen, Mama. Es macht Spaß, und außerdem wird Gott mich eines Tages bestrafen und auch so reich machen.«

Sie lachten und begannen gemeinsam, den Viehmist nach Getreidekörnern zu durchsuchen. Sie mußten bald zugeben, daß die Pferdeäpfel tatsächlich am besten geeignet waren, weil Pferde ihr Futter nicht so gründlich verdauten wie Rinder.

Während der nächsten Tage verfielen andere Leute auf die gleiche Idee. Juan paßte genau auf, wann Villas Männer wieder mit neuen Pferden ankamen, damit seine Familie sich als erste über die frischen Pferdeäpfel hermachen konnte.

»Mama«, sagte Juan eines Morgens, als die Sonne gerade aufgegangen war, »steh auf! Es sind wieder neue Pferde eingetroffen.«

Schnell erhoben sich alle und eilten zum Viehhof, um die neuen Haufen von Pferdemist zu durchsuchen. Die blinde Emilia war inzwischen die geschickteste von ihnen. Es hatte den Anschein, als könne sie mit den Fingerspitzen sehen, wenn sie den warmen, festen Pferdedung durch ihre Hände gleiten ließ und die festen, unverdauten Samenkörner ertastete. Die Soldatenpferde waren wohlgenährt, und sie fanden eine Menge Körner.

»Heute können wir uns wieder richtig satt essen!« sagte Juan Salvador.

Sie wuschen die Getreidekörner in dem faulig riechenden Wasser und kochten sie dann in dem Wasser, zusammen mit Kaktusstücken und zwei Eidechsen, die Epitacio gefangen hatte.

Juan und seine Familie verzehrten die Suppe voller Appetit und fühlten sich das erste Mal seit Tagen wieder satt.

Epitacio schöpfte neue Zuversicht und begann, den anderen Englisch beizubringen, damit sie vorbereitet waren, wenn sie den Rio Grande überquerten.

»Denkt daran!« sagte er, »wenn ihr Englisch sprecht, müßt ihr die Oberlippe still halten, und ihr dürft die Zunge nicht so viel bewegen wie beim Spanischen.«

Juan und Inocenta lachten. Mit ihren gut gefüllten Mägen waren sie bester Laune. Sie übten weiter Englisch, wobei sie sich eifrig bemühten, die Oberlippe ruhig zu halten.

Die nicht endende Flut der Flüchtlinge lagerte außerhalb von Torreon, bis schließlich meilenweit jeder Grashalm, jeder Kaktus und auch das kleinste Stück Pferdemist abgegrast waren. Die Menschen weinten, und viele starben vor Hunger.

Eines Nachts lief Epitacio ganz aufgeregt in ihr Lager. »Schnell, beeilt euch!« flüsterte er eilig. »Laßt alles stehen und liegen! Es gibt vier leere Viehwaggons, die nach Norden, Richtung Juarez fahren, um von dort Munition für Villa abzuholen. Sagt niemandem etwas! Und laßt uns schnell abhauen, bevor die anderen uns zuvorkommen.«

Sie rafften ihre Sachen zusammen und schlichen im Dunkel der Nacht hinter Epitacio durch das ausgetrocknete Flußbett. Moskitos schwirrten um ihre Köpfe, und sie bezwangen mühsam den Drang, nach ihnen zu schlagen, was Lärm gemacht hätte.

»Schnell!« flüsterte Epitacio. »Wenn wir diesen Zug verpassen, bekommen wir so bald keine neue Chance!«

Um sie herum brannten überall die Lagerfeuer, und sie bemühten sich, so schnell und unauffällig wie möglich vorwärts zu kommen.

»Verdammt«, drängte Epitacio, der ihnen vorauseilte. »Beeilt euch doch!«

»Wir machen so schnell wir können«, antwortete Doña Margarita und half ihrer blinden Tochter durch das Gestrüpp.

Einen Augenblick später stürzte Emilia. Als die Mutter ihr helfen wollte, winkte sie ab. »Laß mich, Mama«, sagte sie, »geht ohne mich, ich halte euch nur auf.«

In der Ferne konnte man schon das Zischen der Lokomotive hören.

»Ich bleibe bei dir, *mi hijita*«, antwortete Doña Margarita. Sie wandte sich an Luisa. »Luisa, geh du mit deiner Familie und nimm Juan und Inocenta mit. Ich bleibe bei eurer Schwester.«

»Nein, Mama!« erwiderte Luisa. »Du kommst mit!«

»Das hat doch keinen Sinn«, sagte die Mutter. »Das ist die einzige Chance für deine Familie und für Juan und Inocenta. Ich habe vor ein paar Nächten mit Emilia darüber gesprochen. Wir waren uns einig, daß – sollte diese Situation jemals entstehen – es am besten sei, wenn ihr Stärkeren ohne uns geht. Es ist Gottes Wille.«

»Nein, Mama«, widersprach Juan mit Tränen in den Augen. »Du gehörst doch zu uns.«

»Juanito hat recht«, sagte Luisa. »Genug jetzt davon! Wir gehen nicht ohne euch, Mama, dabei bleibt es!«

»Aber *querida*«, mischte sich Epitacio ein, »vielleicht hat deine Mutter ja recht, und es ist wirklich Gottes Wille.«

»Du Bastard!« schrie Luisa ihn an und ging auf ihn los. »Entweder benimmst du dich jetzt wie ein Mann, oder ich schneide dir auf der Stelle die Eier ab! Du hast wohl nie eine Mutter gehabt, du Hundesohn!«

Die nackte Angst stand Epitacio im Gesicht, und es sah schon fast komisch aus. Doch keiner von ihnen lachte. Er starrte Luisa mit weit aufgerissenen Augen an, als sei sie der Leibhaftige persönlich.

»In Ordnung«, sagte er schließlich. »Wir bleiben bei ihnen.« Er sah aus wie ein Kaninchen in der Falle. »Aber vielleicht sollte ich vorausrennen und für uns alle einen Platz im Zug sichern.«

»Epitacio!« drohte Luisa. »Wage es nicht!«

»Schatz«, bettelte er, »glaub mir, es ist unsere letzte Chance. Juan kann ja mit mir kommen. Dann schicke ich ihn zurück, damit er euch den Weg zeigt, während ich einen Platz für uns freihalte.«

Epitacio sah so verzweifelt aus, daß Doña Margarita seine Partei ergriff. »*Mi hijita*«, sagte sie zu Luisa, »wenn du dem Mann, den du liebst, nicht vertraust, wirst du niemals ein Zuhause haben. Vertrauen ist das Fundament einer Ehe.«

»Wie du meinst, Mama«, antwortete Luisa ohne Überzeugung. »Dann geh, Epitacio. Aber, bitte, laß uns nicht im Stich. Ich liebe dich, und wir brauchen dich.«

»Ich verspreche es«, sagte er und rannte, gefolgt von Juan, davon.

Nach ein paar Metern verließen Juan und Epitacio das Flußbett und folgten einer verzweigten, ausgetrockneten Wasserrinne. Juan bemühte sich, auf den Weg zu achten, damit er jederzeit zu seiner Familie zurückfinden würde, aber das war unmöglich. Inzwischen wurde das Zischen der warmlaufenden Lokomotive immer lauter.

»Epitacio«, sagte Juan schließlich, »laß uns weiter hinaufklettern, damit ich sehe, wo wir sind, sonst weiß ich nicht, ob ich wieder zurückfinde.«

»Sei nicht so einfältig, Juan!« antwortete Epitacio. »Dann werden uns die Leute nachkommen und uns den Zug vor der Nase wegschnappen.«

»Aber …«

»Kein Aber, komm weiter!« unterbrach Epitacio barsch.

Juan sagte nichts mehr, und sie eilten weiter. Als sie den Zug erreichten, belegte Epitacio in einem der Viehwaggons einen Platz für die Familie.

»Beeil dich, Juan!« sagte er. »Lauf zurück und hol die anderen! Ich warte hier.«

Juan rannte los wie ein junges Reh. Seine Füße waren wieder vollkommen verheilt, und er war kräftig wie zuvor.

Als er jedoch versuchte, im Dunkeln ihre Fußspuren zurückzuverfolgen, merkte er, daß es unmöglich war. Ihm kam der Gedanke, daß Epitacio genau das beabsichtigt hatte. Nachdem er seine Familie nach etlichen Irr- und Umwegen wiedergefunden hatte, hörte er, wie das Zischen der Lokomotive in der Ferne immer lauter wurde.

Sie hatten keine Chance. Als die Familie die Bahnstation erreichte, war der Zug lange fort und hatte nur eine Rauchwolke zurückgelassen. Jetzt wußten sie, daß Epitacio sie hereingelegt hatte. Wie betäubt vor Enttäuschung, drängten sie sich im Mondlicht zusammen. Doch zu ihrer aller Überraschung trat Epitacio plötzlich hinter einem Kaktus hervor.

»Epitacio!« rief Luisa und reichte Juan den kleinen Joselito. Mit ausgebreiteten Armen rannte sie auf Epitacio zu. »Du liebst mich! Du hast uns nicht verlassen!«

Sie fiel ihm um den Hals und küßte und herzte ihn, ohne die bewaffneten Männer zu bemerken, die auf der anderen Seite des großen Kaktus auftauchten und die Epitacio aus dem Zug geholt hatten, weil er ohne Familie reiste.

Luisa warf Epitacio vor lauter überschwenglicher Freude zu Boden und konnte nicht aufhören, ihn zu küssen und zu liebkosen. Dann hob sie ihr Kleid, schwang ihr nacktes Bein über ihn und ließ sich rittlings wie eine läufige Hündin auf ihm nieder.

»Kommt«, sagte Doña Margarita, als sie sah, was vor sich ging. Sie zog sich mit Emilia und Inocenta zurück in den ausgetrockneten Bachlauf, um die beiden jungen Leute allein zu lassen. Nur Juan rührte sich nicht vom Fleck.

Wie festgenagelt blieb er stehen und sah zu, wie seine Schwester, deren Silhouette sich dunkel im Mondlicht abzeichnete, den Kopf zurückwarf und lustvoll stöhnte »*mi amor, mi amor*«, während sie sich immer schneller auf ihrem Mann auf und ab bewegte.

Ein ganzer Monat verging, bis sie endlich einen Zug fanden, der sie in Richtung Norden nach Chihuahua und schließlich nach Juarez brachte.

Not und Entbehrung hatten die Villaseñors verändert. Sie waren still und müde. Der kleine Juan hatte seinen Spitzbauch verloren und war dünn wie eine Bohnenstange geworden. Sie waren völlig geschwächt, weil sie zum Schluß tagelang hungern mußten. Und in den vergangenen Monaten hatten sie mehr Blut, Zerstörung und Tod gesehen als zuvor in den ganzen fünf Jahren dieser schrecklichen Revolution.

In der Nacht, als sie mit dem Zug nach Norden fuhren, war Epitacio jedoch so zuversichtlich, daß er in einem Stück redete. Er war fest davon überzeugt, daß alles besser würde, sobald sie nur die Grenze erreicht hätten.

Epitacio war neunzehn Jahre alt und sechs Monate älter als Luisa. Er war zwei Jahre zuvor mit seinen beiden älteren Brüdern in den Vereinigten Staaten gewesen, und es war ihm dort sehr gut gegangen.

»Ich verspreche dir, Luisa«, sagte er und drückte sie an sich, »sobald wir in Juarez sind, bringe ich uns über den Rio Grande in die Vereinigten Staaten. Ich werde einen Job in der Schmelzerei annehmen, wo ich früher gearbeitet habe, und alles wird gut werden, *querida*.

Als ich das letzte Mal in den Vereinigten Staaten war, haben meine beiden Brüder – Gott beschütze ihre Seelen – und ich sofort Arbeit gefunden. Amerika ist ein wundervolles Land, das kannst du mir glauben! Dort herrscht Frieden, und es ist ein Land der unbegrenzten Möglichkeiten!«

Epitacios Augen begannen jedesmal zu glänzen, wenn er von Amerika sprach. Für ihn begann hinter der Grenze das Paradies. »Sogar die Hunde der reichen Leute tragen dort goldene Halsbänder«, schwärmte er. »Und sie werden dreimal am Tag gefüttert!«

»Dreimal am Tag?« fragte Juan ungläubig. »Erzähl uns doch nichts, Epitacio! Das mit den Halsbändern kann ich dir ja gerade noch glauben, ich habe auch schon Pferde mit feinem Silbergeschirr gesehen, aber dreimal am Tag essen ... Nein, Epitacio, da würde doch sogar ein Mensch platzen.«

»Aber es ist wirklich wahr, Juan«, beteuerte Epitacio. »In Amerika haben die Leute auch niemals Falten im Gesicht, weil sie so gut genährt sind. Und in ihren Häusern haben sie Toiletten, die sie jederzeit benutzen können, weil sie andauernd scheißen müssen!« Er lachte lauthals.

»Komm, jetzt übertreibst du aber«, mischte sich Luisa schmunzelnd ein, »wie kann man denn stinkende Toiletten im Haus ertragen?«

»Ganz einfach«, antwortete Epitacio, »sie spülen sie mit Wasser und parfümieren sie.«

Luisa quietschte vor Vergnügen. »Oh, *querido*«, rief sie und umarmte ihn, »obwohl ich dich wirklich liebe, kann ich dir das nicht glauben.«

Je weiter der Zug Richtung Norden ratterte, desto aufgeregter wurden alle. Schließlich legte Luisa sich schlafen. Juan und Epitacio blieben noch wach und starrten in die Nacht hinaus.

Zwischendurch übte Juan weiter Englisch. Er versuchte, seine Oberlippe ruhig zu halten, und verdrehte sich fast die Zunge, während er Sätze vor sich hinmurmelte wie: »Hello, Mister! Where's the alligator?«

Epitacio hatte Juan wahre Schauermärchen erzählt. In der

Mitte von El Paso gebe es einen großen See mit riesigen Leguanen, die so groß wie Drachen seien und gewaltige, scharfe Zähne hätten. Diese Monster würden jede Nacht in den Rio Grande losgelassen, um die Mexikaner aufzufressen, die versuchten, illegal über die Grenze zu kommen.

»Deshalb mußt du diese Worte ›Hello, Mister! Where's the alligator?‹ sorgfältig üben, damit du weißt, wo man den Fluß sicher überqueren kann.«

Juan lachte aufgeregt und übte fleißig, damit er nicht bei lebendigem Leibe aufgefressen wurde, wenn er den Fluß überquerte. In seiner Vorstellung würde er jenseits der Grenze ein Land betreten, das voller großartiger Häuser war, mit üppigen, grünen Feldern, saftigen Weiden und riesigen Wäldern, so weit das Auge reichte. In seinem Amerikabild verschmolzen die schönen Berglandschaften seiner Heimat mit den Geschichten, die seine Mutter ihm von der Zeit erzählt hatte, die sie in Mexiko City verbracht hatte. Alle schönen Dinge, die er sich vorstellen konnte, wähnte er auf der anderen Seite des Rio Grande, in den Vereinigten Staaten.

Doch als der Zug am nächsten Morgen in das El-Paso-Becken einfuhr, wollte Juan seinen Augen nicht trauen.

Die Sonne ging gerade hinter den Bergen auf, und dort, wo Juan erwartet hatte, den Rio Grande und ein saftiges, grünes Tal zu sehen, erstreckte sich nichts als ausgedörrte, trockene Erde. So weit das Auge reichte, gab es nicht den kleinsten Grashalm.

Juan blickte sich fassungslos um, während der Zug weiterrollte. Er glaubte immer noch, jeden Moment würden ein Fluß, Bäume und Wiesen auftauchen und beeindruckende, große Häuser, wie er sie in Leon gesehen hatte, doch er entdeckte nichts als Berge, graue Granitfelsen und weißen Sand. In dieser Einöde jedoch gab es nicht einmal Kakteenbäume oder Chaparralsträucher.

»Epitacio«, sagte er verstört, »wo ist der Rio Grande und das reiche Tal, von dem du erzählt hast?«

Epitacio sah aus wie eine Maus in der Falle. »Ich weiß es nicht«, antwortete er. »Aber ich schwöre auf die Jungfrau Maria, als ich das letzte Mal mit meinen Brüdern hier war, gab es hier einen breiten Fluß und ein blühendes Tal, das sich von Las Cruzes bis hierher nach El Paso erstreckte.«

Juan sagte nichts mehr und war froh, daß die Mutter und seine Schwestern noch schliefen. Sie würden die große Enttäuschung noch früh genug erleben. Hier gab es nichts außer Eidechsen und Schlangen. Sie waren am Ende der Welt angekommen.

Als der Zug in die Stadt einfuhr, bot sich ihnen ein noch schlimmerer Anblick. Die Stadt wimmelte von armen, zerlumpten und hungernden Kreaturen. Hatten die zwei- oder dreitausend hungernden Menschen in Torreon ihnen schon Entsetzen eingeflößt, so fanden sie sich jetzt inmitten von zehn- oder zwanzigmal so vielen Flüchtlingen wieder.

»Oh, *dios mio*!« seufzte Epitacio und bekreuzigte sich. »Ich schwöre dir, Juan, so war es vor zwei Jahren nicht!«

Juan erwiderte nichts und drehte sich zu seiner Mutter um. »Wach auf, Mama!« sagte er.

»Sind wir da?« fragte sie und rieb sich ihre runzligen alten Augenlider. Sie hatte als einzige von ihnen kein Pfund abgenommen, weil sie sowieso nur Haut und Knochen war.

»Ja«, antwortete Juan, »aber es ist nicht so, wie wir es uns vorgestellt haben, Mama.«

Die alte Frau stand langsam auf und ließ ihren Blick über die ausgedörrte Landschaft und die Masse der verzweifelten Menschen gleiten.

»Nun, es ist doch ein wunderschöner Tag, *mi hijito*«, sagte sie. »Siehst du die Geier dort am Himmel? Das bedeutet, daß es hier so reichlich zu essen gibt, daß sogar die Geier ihren Teil abbekommen.«

Juan mußte lachen. Was ihnen auch passierte, die Mutter trotzte allem etwas Gutes ab.

Sie verließen den Zug mit ihren Bündeln auf dem Rücken und suchten nach einem schattigen Plätzchen. Es war gerade erst eine Stunde nach Sonnenaufgang, aber die Sonne brannte schon mit aller Kraft. Es war unmöglich, noch einen schattigen Fleck zu finden, unter jedem Baum, jedem Busch und an jedem Felsen drängten sich schon mindestens zehn Menschen zusammen.

Luisa und Epitacio begannen schon wieder, miteinander zu streiten.

»Hört auf damit!« befahl Doña Margarita. »Es hat keinen Zweck, sich gegenseitig die Schuld zuzuschieben. Wir sind hier, und Gott wird sich schon etwas dabei gedacht haben. Schaut euch lieber um und überlegt, wie wir in seinem Sinne das Beste aus der Situation machen können!«

»Schaut!« rief Juan und rannte ein Stück voraus. »Ein Paar *huaraches*, das jemand fortgeworfen hat!«

Seit seinem langen Marsch hatte er nur noch Lumpen an den Füßen getragen.

»Siehst du?« sagte Doña Margarita. »Schon hat Gott ein Geschenk für uns!«

Juan streifte die Gummisandalen über seine brennenden Füße und stolzierte auf und ab. »Sie passen wie angegossen«, sagte er.

Die Mutter lächelte versonnen. »Natürlich«, erwiderte sie. »Gott macht uns stets perfekte Geschenke. Wir müssen nur die Augen offenhalten.«

Sie gingen weiter, bis sie einen kleinen Hügel außerhalb der Stadt erreichten. Eine Familie hatte Mitleid und gestattete ihnen, unter ein paar Büschen, die an dem Zaun neben ihrer Hütte wuchsen, ihr Lager aufzuschlagen. So hatten sie wenigstens einen schattigen und windgeschützten Platz gefunden.

Erst am späten Nachmittag entdeckten Juan und Epitacio auf der anderen Seite der Stadt den Rio Grande. Durch die Menschenmassen, die bis weit außerhalb der Stadt kampierten, hatte selbst Epitacio anfangs die Orientierung verloren und sich nicht mehr erinnern können, wo der breite, schlammige Fluß sich befand.

Juan Salvador blickte über das träge dahinfließende Wasser auf die gepflegten, sauberen Häuser der *americanos*, die unberührt von den Wirren des Krieges auf der gegenüberliegenden Seite standen. Große, gutgenährte amerikanische Soldaten patrouillierten am Ufer, um die Mexikaner daran zu hindern, über den Fluß ins gelobte Land zu gelangen.

Epitacio hörte sich um und erfuhr, daß die Mexikaner nicht mehr umsonst in die Vereinigten Staaten einreisen durften, um dort zu arbeiten. Es kostete zehn Cents für Erwachsene und fünf Cents für jedes Kind, den Fluß zu überqueren. Eine unglaubliche Summe!

Als Epitacio abends zu ihrem Lager unter den Büschen zurückkehrte, berichtete er Luisa, was er herausgefunden hatte.

Sie begannen erneut, sich zu streiten. In ihrer Enttäuschung zerrte Luisa ihn wütend an den Haaren und versuchte, ihn zu beißen, doch kurz darauf begannen sie sich zu küssen und verschwanden in der Dunkelheit.

In der gleichen Nacht setzten bei Emilia die Wehen ein. Doña Margarita und Luisa kochten Wasser und wuschen sich gründlich Hände und Arme. Sie standen Emilia zur Seite und sprachen ihr Mut zu. Das Baby, das schließlich im Mondschein unter dem Gebüsch das Licht der Welt erblickte, schrie jämmerlich.

Der Säugling war völlig unterernährt, und Emilia hatte kaum Milch in den Brüsten. In dieser Nacht weinten Mutter und Kind stundenlang.

Am nächsten Morgen frischte der Wind auf, und die Sonne zehrte an ihren letzten Kräften. Ihre Bäuche fühlten sich hohl und aufgedunsen an; sie spürten nicht einmal mehr den Hunger.

Am Abend schrie Inocenta entsetzt auf, als sie unter ihrer Decke eine Klapperschlange entdeckte. Emilia war überzeugt, daß es sich um ein böses Omen handelte und daß sie alle zur Hölle geschickt würden. Doch Doña Margarita beruhigte sie, während Juan und Epitacio die Schlange töteten und ihr die Haut abzogen.

Es war eine fette, alte Schlange, und obwohl sie wußten, daß es eigentlich Sünde war, denn Schlangen gehörten zum Reich des Teufels, verspeisten sie das Tier. Sie vertrauten darauf, daß Gott ihnen dieses eine Mal vergeben würde. Sie schnitten die Schlange in Stücke und schmorten sie in ihrem Fett. Die Bewohner des kleinen Hauses, an deren Zaun sie kampierten, steuerten einige Tortillas bei. So konnten sie sich das erste Mal in diesem Monat wieder richtig satt essen.

Nachdem die Familie sich wieder ein wenig gestärkt fühlte, berieten sie, wie es weitergehen sollte. Sie kamen jedoch zu keinem Ergebnis, außer daß Luisa am liebsten Epitacio umgebracht hätte, weil er sie überredet hatte, ihre Heimat in den Bergen zu verlassen.

»Schluß jetzt!« sagte Doña Margarita. »Wir müssen uns zusammenreißen und versuchen, das Beste aus unserer Situation zu machen, sonst sind wir verloren! Kniet nieder und laßt uns zusammen beten!« befahl sie.

Sie knieten sich auf den harten, weißen Granitboden und sprachen die Worte nach, die ihre Mutter an den Herrgott richtete.

Als sie sich später zum Schlafen niederlegten, sagte Epitacio: »Luisa hat recht; ich bin dafür verantwortlich, daß wir jetzt alle hier sind. Das einzig Gescheite wäre, wenn ich versuchte, *a la brava* über den Rio Grande zu kommen und Arbeit zu finden, damit wir etwas zu essen haben.«

»Aber die Krokodile!« wandte Luisa ein und blickte ihn besorgt an.

»Zur Hölle mit den Krokodilen!« antwortete er. »Der Fluß ist tief, und wenn ich Angst habe, bin ich flink wie ein Wiesel.«

Alle lachten. In dieser Nacht liebten Luisa und Epitacio sich immer wieder. Am nächsten Morgen schlug Epitacio sich den Bauch mit der Klapperschlangenbrühe voll, steckte sich zwei Tortillas ein und machte sich auf den Weg.

Den ganzen Tag lang weinte Luisa. Sie beteuerte, wie sehr sie ihn liebte, und machte sich Vorwürfe, daß sie oft so grob zu ihm gewesen war.

»Du hattest recht, Mama«, sagte sie, »er ist ein guter Mann. Er hat uns die ganze Zeit zur Seite gestanden.«

Nach drei Tagen kehrte Epitacio zurück, mit einem Schatz aus Lebensmitteln: Konserven, amerikanisches Brot, Tomaten und Käse und sogar ein großes Stück Fleisch. Sie veranstalteten ein Festessen und saßen anschließend zufrieden und fröhlich furzend und rülpsend ums Feuer.

»Mama«, begann Luisa am nächsten Morgen und streichelte Epitacio über den Rücken. »Wir haben uns beraten, und Epitacio ist der Meinung, daß ich auch mit über den Fluß gehen sollte.« Ihre Augen füllten sich mit Tränen. »Wir kommen zurück, sobald wir etwas Geld haben. Ach, Mama.« Jetzt weinte sie wirklich und fiel der Mutter um den Hals. »Mama, ich habe dich so lieb. Ich lasse dich nicht gern allein.«

»*Mi hijita*«, sagte die alte Frau gelassen, »mach dir keine Sorgen. Du bist ein tapferes Mädchen, und ich glaube an dich. Tu, was du tun mußt, und geh mit Gott, *mi querida*! Wir werden hier sein, wenn du zurückkommst.«

»Natürlich werdet ihr hier sein«, erwiderte Epitacio rasch. Er warf Juan einen Blick zu. »Du mußt wissen, Brüderchen, daß ich all meine Überredungskünste aufwenden mußte, um meinen Boß, einen *gringo*, zu überzeugen, mir das Geld für die Lebensmittel und die Überfahrt vorzustrecken. Jetzt muß ich zusehen, daß ich mit Luisa so schnell wie möglich zurückkehre, damit ich meinen Job nicht verliere.«

Juan wunderte sich, daß Epitacio so ausführliche Erklärungen abgab. Keiner hatte seine Absichten in Frage gestellt. Aber Epitacio hörte gar nicht mehr auf, zu reden.

»Wir werden zurückkommen, sobald ich einen älteren Mann gefunden habe, der für dich bürgt. Weißt du, ich muß jemanden finden, der eine Arbeit hat und alt genug ist, um sich als Ehemann deiner Mutter auszugeben.« Er lachte und zeigte dabei seine strahlend weißen Zähne. »Aber mach dir keine Sorgen, Juan! Ich zahle irgendeinem alten Knacker ein paar Pesos, und alles wird bestens laufen. Ich verspreche es dir!«

Er nahm Luisa bei der Hand. »Komm, *querida*, wir müssen los!«

»O mein Gott«, schluchzte Luisa. Tränen strömten über ihr Gesicht. Sie umarmte und küßte ihre Mutter und ihre Geschwister zum Abschied, dann verschwand sie mit ihrem Mann und Joselito.

Ohne Luisa und Epitacio fühlte die Familie sich ganz verloren, als sie am Abend ihr Nachtgebet sprach. Luisas Temperament und ihre Energie hatten mit dazu beigetragen, daß sie die Hoffnung nie aufgegeben hatten. In dieser Nacht suchten Juan Alpträume heim, in denen Epitacio und Luisa von Krokodilen durch den Fluß gejagt wurden. Er zitterte vor Angst und kuschelte sich auf dem harten Granitboden eng an seine Mutter.

Doña Margarita drückte ihren kleinen Sohn fest an ihren mageren alten Körper, sie summte leise und wiegte ihn dabei in den Schlaf.

»Gott beschützt uns, *mi hijito*«, sagte sie. »Sieh nur den Mond und die Sterne über uns. Gott ist überall. Wenn wir nur den Glauben und das Vertrauen in ihn nicht verlieren, wird er immer über uns wachen.«

Während er auf die beruhigende Stimme seiner Mutter horchte, schlief Juan langsam wieder ein. Als er am nächsten Morgen erwachte, entdeckte er Ameisen, die unter seinen Beinen entlang krabbelten. Er setzte sich auf und beobachtete die emsigen Tiere, die zu Tausenden geschäftig aus ihrem Ameisenloch und den Zaun entlang liefen, um ihr Tagewerk in Angriff zu nehmen. Er beneidete sie und hätte liebend gern wie sie in der Erde gelebt.

Die Sonne, die gerade aufgegangen war, schien an diesem Tag noch heißer zu brennen als sonst. Selbst die Fliegen, die wie immer durch die Luft schwirrten, verhielten sich irgendwie sonderbar, und Juan beobachtete, daß die Ameisen plötzlich alle wieder in ihren Bau zurückkehrten. Mit einem Mal waren auch die anderen Insekten verschwunden, und es wurde ganz still.

Als Juan in die Ferne blickte, sah er eine dunkle Front, die genau auf sie zukam.

»Mama!« rief er. »Sieh nur! Regen!«

Doch als die Front näher kam, sahen sie, daß es kein Regen, sondern ein höllischer Sandsturm war. Die Tiere hatten genau gespürt, was sie erwartete, und sich in Sicherheit gebracht.

Der Sandsturm traf Juan und seine Familie mit voller Macht. Die Sandkörner stachen wie tausend Nadeln, und sie mußten sich unter ihren Decken verstecken, damit ihnen nicht bei lebendigem Leibe die Haut vom Körper geschmirgelt wurde.

Der Wind fegte den ganzen Tag heulend durch das El-Paso-Becken und zerrte mit solcher Gewalt an ihnen, daß sie das Gefühl hatten, davongeweht zu werden, wenn sie sich nicht flach auf den Boden preßten.

Der feine Sand drang durch die Decke hindurch in Nase und Mund, er knirschte zwischen ihren Zähnen und brannte in ihren Augen.

Noch nie hatte Juan einen solchen Sturm erlebt, der ihnen die Haut bis auf die Knochen austrocknete und jedes Blinzeln zur Qual machte.

Der Sturm tobte drei Tage und Nächte hindurch. Juan kauerte dicht an die Mutter gepreßt unter der Decke; Emilia und Inocenta hockten zusammen unter der anderen Decke. Nach drei Tagen waren ihre Haut und ihre Kehlen so ausgedörrt, daß sie keinen Ton mehr herausbekamen. Doña Margaritas Augen waren so entzündet, daß sie fast nichts mehr sehen konnte.

Juan betete wie noch nie in seinem Leben. Sie standen nicht nur kurz davor, vor Hunger zu sterben, sie wurden auch noch lebendigen Leibes von dem heißen, trockenen Wind geräuchert.

Als der Sturm am vierten Tag immer noch nicht nachließ, erinnerte sich Juan daran, wie die Ameisen in ihren unterirdischen Bau gekrochen waren. Er krabbelte unter der Decke hervor und beschloß, ein Loch zu graben. Seine Mutter hustete und würgte fortwährend. Durch den Sand in ihrer Kehle bekam sie kaum noch Luft.

Juan robbte suchend über den Boden und fand ein paar Felsbrocken, mit denen er ein Schlupfloch für seine Familie graben wollte. Da er in dem Sandgestöber kaum noch sehen konnte, kam er nur langsam voran. Emilia und Inocenta stöhnten nur noch, und das Baby lag völlig teilnahmslos da, während der Sturm unvermindert weiter tobte.

Am nächsten Morgen hörte das Heulen schlagartig auf, und es wurde still. Die Ameisen kamen hervor, und das vertraute Gesumm der Fliegen setzte wieder ein. Juan blickte sich um, dachte, alles sei noch glimpflich abgelaufen, doch dann stellte er zu seinem Entsetzen fest, daß die Augen der Mutter vereitert und zugeschwollen waren.

»Mama! Du bist ja blind!« schrie er aus.

»O nein!« jammerte Emilia und drückte ihr Baby an sich. »Das ist das Ende! Gott hat uns verlassen, wir werden alle sterben!«

»Emilia, reiß dich zusammen!« sagte Doña Margarita und blinzelte mit ihren verklebten Augen. Fliegen surrten um ihr Gesicht. »Ich kann zwar nichts sehen, das heißt aber noch lange nicht, daß ich blind gegenüber der Macht des Allmächtigen bin!« Sie schüttelte ihre Tochter. »Wir werden nicht sterben! Hörst du? Wir werden leben!

Achte doch auf die Insekten um uns, schau dir die Energie dieser Ameisen an! Sie haben sich während des Sturmes verborgen gehalten, aber sie sind nicht gestorben! Sieh dir die Büsche an, sie sind vom Wind geschüttelt worden, doch sie sind nicht gebrochen!«

»Aber Mama«, sagte Juan, »wie kannst du die Ameisen und die Büsche sehen, wenn du blind bist?«

Die alte Frau verzog den Mund zu einem Lachen, doch sie

brachte nur ein Husten heraus. »*Mi hijito*«, sagte sie zwischen zwei Hustenanfällen, »ich habe ein dutzendmal gesehen, was solche Stürme anrichten. Ich weiß auch, daß das Leben hinterher weitergeht.«

Ein heftiger Hustenreiz schüttelte ihren Körper, und sie wand sich vor Schmerz.

Juan blickte auf Inocenta, Emilia und das Baby. Er konnte einfach nicht begreifen, daß Gott es zuließ, daß sie dies alles erleiden mußten. Die Mutter hörte nicht auf zu husten, bis die Frau aus der Hütte kam und ihr einen Becher Wasser gab.

Juan und Inocenta beschlossen, zum Fluß hinunterzugehen, um einen Eimer Wasser zu holen, solange es noch windstill war.

Am Ufer des Rio Grande war die Luft jetzt kühl und feucht. Unzählige Menschen hatten sich dort eingefunden, um zu trinken und sich von dem feinen Sand zu säubern.

Juan und Inocenta wuschen sich am seichten Flußufer die Gesichter mit dem schlammbraunen Wasser und gruben die Zehen in den sandigen Grund, der sich angenehm rauh unter ihren Füßen anfühlte. Es war ein wunderbares Gefühl, in dem kühlen Wasser herumzuwaten und den Sand aus dem Gesicht und den Augen zu spülen. Übermütig wie junge Welpen planschten sie mit den anderen Leuten, die allmählich aus ihren Unterschlüpfen hervorkamen, am Flußufer herum.

Am gegenüberliegenden Ufer, auf der amerikanischen Seite der Brücke, patrouillierten bewaffnete Soldaten und achteten sorgfältig darauf, daß die Mexikaner den Rio Grande ausschließlich über die Brücke überquerten, wo sie eingehend kontrolliert wurden.

Juan beobachtete die hochgewachsenen Amerikaner. Ihm fiel auf, wie sauber und gut angezogen sie waren. Er wünschte sehnlichst, er könnte seine Mutter über den Fluß bringen, bevor sie sich endgültig zu Tode hustete oder für immer erblindete, wie Emilia. Er fragte sich, ob Luisa wohl jemals zu ihnen zurückkehren würde, jetzt, da sie auf der anderen Seite des Flusses und in Sicherheit war. Plötzlich verspürte er den dringenden Wunsch, einfach den Fluß zu überqueren und nach seiner Schwester zu suchen. Doch dann fielen ihm die Krokodile wieder ein.

Suchend blickte er sich um, aber er konnte nirgends eines dieser riesigen Monster mit den spitzen Zähnen entdecken. Also faßte er sich ein Herz. »Hello!« rief er einem der Soldaten über den Fluß hinweg zu. Sein Herz klopfte vor Aufregung, er hatte sein Englisch noch nie an einem echten Amerikaner ausprobiert. »Where's the alligator?« fragte er und strahlte über das ganze Gesicht.

Der amerikanische Soldat drehte sich interessiert zu ihm um. »Was hast du gesagt, Junge?« rief er. »Ich kann dich nicht verstehen!«

»Hello!« wiederholte Juan so laut und deutlich, wie er konnte. »Where's the alligator?«

»Alligator?« rief der große, uniformierte Junge zurück. »Wovon, um Himmels willen sprichst du?« Er spuckte einen Mundvoll Tabak aus.

»Was hat er gesagt?« fragte Inocenta. Sie sprang durch das knöcheltiefe Wasser herbei, um zu hören, wie ihr Onkel Juan Englisch sprach.

»Sei still!« sagte Juan mit wichtiger Miene. »Siehst du nicht, daß ich beschäftigt bin?«

Die anderen Leute wurden jetzt auch aufmerksam. Juan setzte erneut sein freundlichstes Lächeln auf und probierte den nächsten Satz aus, den Epitacio ihm beigebracht hatte.

»All right! Where's the shit house, mister boss?« Er artikulierte die Worte so deutlich, daß der junge Soldat ihn tatsächlich verstand und sich vor Lachen bog.

»Zur Hölle! Keine Ahnung«, erwiderte er. »Scheiß doch einfach in den Busch dort hinter dir«, schlug er vor und deutete auf das Gestrüpp neben Juan und Inocenta.

Als Juan sah, wo der Soldat hinzeigte, nahm er an, dieser mache ihn auf ein Krokodil aufmerksam, und schrie entsetzt auf: »*Caimán! Caimán!* Krokodil! Krokodil!«

Er packte seine kleine Nichte und den Eimer voll Wasser und rannte, so schnell er konnte, vom Flußufer fort. Fast die Hälfte der Leute folgte ihm erschreckt, in der Annahme, er habe ein riesiges Krokodil entdeckt.

Der Soldat beobachtete verdutzt, wie die zerlumpten Mexikaner auseinanderstoben. Kopfschüttelnd schulterte er sein Gewehr und setzte seinen Patrouillengang am Ufer des Rio Grande fort.

Es waren bereits drei Tage vergangen, seit der Sturm sich gelegt hatte, doch noch immer warteten sie vergeblich auf ein Lebenszeichen von Epitacio und Luisa. Juan machte sich ernsthafte Sorgen. Möglicherweise würden Luisa und Epitacio überhaupt nicht mehr zurückkehren. Schließlich hatten ja auch Lucha und Domingo die Familie für immer verlassen. Vielleicht hatte Epitacio doch noch Luisa davon überzeugen können, daß sie nicht mehr für die Familie verantwortlich war.

»Also gut«, sagte Juan, »dann muß ich die Sache in die Hand nehmen. Ich bin jetzt der einzige Mann in der Familie.« Er wusch sich das Gesicht und trank noch einmal reichlich Wasser. »Mama«, sagte er, »ich werde in den Hügeln nach Feuerholz suchen, das ich verkaufen kann, damit wir zu essen haben und kräftig genug sind, weiterzureisen, wenn Luisa zurückkehrt.« Er wollte seiner Mutter nichts von seiner Befürchtung verraten, daß Luisa vielleicht nicht mehr zurückkomme.

»Ist alles in Ordnung mit dir?« fragte die Mutter mißtrauisch und blickte ihn durch ihre geschwollenen Augenlider an.

»Ja, Mama«, antwortete er, »ich bin okay.«

»Dann ist es gut.« Ein Lächeln huschte über ihr runzliges, altes Gesicht. »Denk dran, selbst Gott braucht Hilfe, um seine Wunder zu vollbringen.« Sie bekreuzigte sich und zog Juan an sich, um ihm einen Kuß zu geben.

»Ich liebe dich so, Mama«, sagte er. »Ich schwöre dir, ich werde dich niemals verlassen!«

Sie lachte. »Noch nicht einmal, wenn du verheiratet bist, *mi hijito*?«

»Noch nicht einmal dann«, beteuerte er. »Ich werde immer bei dir bleiben!«

»Nun, dann mußt du aber eine ganz besondere Frau finden«, lächelte sie, »eine, die einverstanden ist, mit uns hier unter dem Busch zu leben.«

»Das werde ich«, antwortete er, »und sie wird genau so ein Engel sein wie du, Mama.«

Doña Margarita lachte jetzt so laut heraus, daß die Leute, die in der Nähe kampierten, aufmerksam wurden. »Ach, du armes Kind«, sagte sie. »Wenn dein Vater hören würde, daß du mich für einen Engel hältst! Er hat mich dauernd einen Teufel genannt.«

Sie konnte gar nicht mehr aufhören zu lachen. Es war herrlich, wieder einmal fröhlich zu sein. Das Lachen löste die verkrampften Gesichtsmuskeln und brachte die Seele zum Leuchten.

Schließlich begab Juan sich auf die Suche nach Feuerholz. Er kletterte den steilen Berg hinter ihrem Lagerplatz hinauf und durchforschte jede Schlucht und alle ausgetrockneten Wasserläufe. Doch er suchte vergeblich. Die unzähligen Flüchtlinge hatten schon weit und breit selbst das kleinste Hölzchen eingesammelt.

Die Abendsonne hatte den Himmel bereits rot gefärbt, als Juan endlich beschloß, aufzugeben. Mit gesenktem Haupt trottete er durch den Sand zurück. Plötzlich hörte er jenseits des Hügels Gewehrschüsse. Juan rannte zu den Felsen, die vor ihm lagen, und beobachtete, wie sechs Reiter von einem Dutzend Banditen aus dem Hinterhalt überfallen wurden.

Die Reiter schossen zurück und versuchten, sich in eine der Schluchten zu retten. Die Banditen waren zu Fuß aus den Bergen gekommen. Sie sprangen die Männer auf ihren Pferden an, stießen sie von den Tieren und stachen mit ihren Macheten auf sie ein. Die Pferde, die ihnen nicht gehorchen wollten, streckten sie mit ihren Gewehren einfach nieder. Die Banditen benahmen sich wie ein Rudel Wölfe und machten kurzen Prozeß mit den sechs Reitern.

Lachend streiften sie den toten Männern Schuhe und Kleider vom Leibe und stritten sich um die besten Stücke. Mit den vier Pferden, die sie nicht getötet hatten, machten sie sich anschließend auf den Weg in die Stadt.

Nachdem er sich vorsichtig davon überzeugt hatte, daß niemand mehr in der Nähe war, kroch Juan hinunter in die Schlucht und betrachtete die Kadaver der Pferde und die Leichen der Männer, deren bleiche, nackte Körper geisterhaft im Licht der Dämmerung leuchteten.

Als er sich einem der Pferde näherte und die klaffenden Fleischwunden sah, wo die Kugeln in die Körper der Tiere eingedrungen waren, wurde er sich seines Hungers bewußt und leckte sich gierig die Lippen.

Auf der Suche nach einem scharfen Stein, den er als Messer benutzen könnte, stöberte er zwischen den Felsen herum. Mit einem abgebrochenen Stück Felsen rannte er zum Tierkadaver zurück und begann, an der Wunde herumzusäbeln. Doch der Stein war nicht scharf genug.

»Verdammt«, fluchte er. »Ich müßte Krallen haben. Was hast du dir bloß dabei gedacht, Gott, daß wir Menschen zwar Fleisch essen, aber weder Krallen noch Fangzähne haben!«

Zwei Geier mit roten Hälsen und kahlen Köpfen stießen herab.

»Verschwindet!« schrie Juan ihnen zu. »Das ist meine Beute! Ich war zuerst hier!«

Die Geier ließen sich lautlos und abwartend zwischen den Felsen nieder.

Juan tat einen tiefen Atemzug und blickte auf die toten Körper hinab. Der Gedanke, der ihm kam, gefiel ihm ganz und gar nicht. Schließlich war er ein Christ und kein Kannibale; doch er war überzeugt, daß er die Körperteile der Männer leichter durchschneiden konnte als die haarigen Gliedmaßen der Pferde.

»O Gott, bitte hilf mir«, flehte er mit Tränen in den Augen. »Meine Familie leidet Hunger, und ich werde noch verrückt!«

Er blickte wieder auf die Pferde hinab und sah mit wachsendem Zorn, wie sich die Fliegen und Ameisen, die für ihr Überleben mit viel besseren Werkzeugen ausgerüstet waren als er, in Scharen über die offenen Wunden hermachten.

Mit einem wütenden Schrei warf er sich auf das tote Pferd, verscheuchte die Insekten und schlug seine Zähne in das blutige Fell des Tieres. Die Fliegen umschwirrten sein Gesicht, während er biß und zerrte; doch seine Zähne waren nicht scharf genug und er hatte nicht genügend Speichel, um ein Stück des schmutzigen, trockenen Fleisches herauszureißen. Er begann zu würgen.

Juan rollte sich mit blutverschmiertem Gesicht auf den Rücken. Jetzt wußte er, warum Hunde so lange, feuchte Zungen hatten. Menschen verfügten einfach nicht über genug Spucke, um lange genug an trockenen, haarigen Fellen zu zerren und zu kauen.

Aus den Augenwinkeln nahm er eine Bewegung wahr. Als er den Kopf drehte, sah er vier hungrige Kojoten, die sich über den Rand der Schlucht näherten. Angezogen durch den Geruch des Blutes, kamen sie auf ihn zu. Jetzt war er selbst in Gefahr. Er stand auf und schleuderte den graubraunen Aasfressern einen Stein entgegen, doch sie duckten sich und kamen immer näher, bis Juan und die toten Körper eng umkreist waren.

»Okay, diesmal habt ihr gewonnen«, sagte er, »aber ich komme zurück.«

Er hatte gerade den Rand der Schlucht erreicht, als er einen durchdringenden Schrei hörte. Juan drehte sich um und traute seinen Augen nicht. Einer der Männer lebte noch und versuchte vergeblich, den Fängen der Raubtiere, die unerbittlich an ihm zerrten, zu entkommen.

Juan zitterte am ganzen Körper. Fast hätte er dem armen Mann das gleiche angetan wie die Tiere.

Juan fühlte sich so schwach, daß er den Weg zum Lager am Zaun nur mühsam zurücklegte. Wieder einmal hatte die Familie nichts zu essen. Als er sich schlafen legte, zitterte er immer noch und hatte schreckliche Alpträume, in denen Männer mit Kojotengesichtern versuchten, ihn zu fressen.

Am nächsten Morgen hatte er Fieber und phantasierte. Doña Margarita, immer noch blind, tastete herum, um ein Feuer zu machen und einen Topf Wasser zu erhitzen. Danach weckte sie Inocenta, die ihr half, einen *Yerba-buena*-Tee zu bereiten, dem sie Kräuter zufügten, die sie stets bei sich trugen.

»Wir müssen das Fieber bekämpfen«, sagte die alte Frau. »Der Teufel kämpft mit Gott um seine Seele!«

Inocenta half ihrer Großmutter, so gut sie konnte; gemeinsam schafften sie es, Juan den Tee einzuflößen. Anschließend massierten sie seine Fußsohlen, die Stelle, wo bekanntlich alle Körperkräfte zusammentreffen. Juan wurde langsam ruhiger und atmete gleichmäßiger, doch er redete immer noch wirres Zeug vor sich hin.

»Bitte, Mama«, sagte er, »laß nicht zu, daß sie mich auffressen.«

»Wer denn?« fragte die Mutter.

»Die Kojotenmänner!« schrie er.

»Niemand wird dich auffressen, *mi hijito*«, beschwichtigte ihn die Mutter. »Ich bin bei dir, und Gott wacht über uns. Alles ist gut.«

»Wie kannst du das behaupten, Mama! Nichts ist gut. Wir haben nichts!«

»Das habe ich nicht gemeint. Aber ... aber ...«

»Was aber?«

Er schaute in die roten, geschwollenen Augen seiner Mutter. »Ich bin verrückt vor Hunger! Und von Liebe können wir nicht leben!« brach es aus ihm hervor.

»Aha, glaubst du?«

Er nickte. »Ja, das glaube ich!« antwortete er zornig.

»Gib mir deine Hand«, sagte sie und griff nach seiner Hand. »Fühle meinen Puls und meine Kraft, dann wird meine Liebe dir Nahrung geben.«

»O Mama.« Juan versuchte, ihr seine Hand zu entziehen. »Was ich brauche, ist richtige Nahrung!«

»Aha«, sagte sie, »und was glaubst du, woran dein Vater letztendlich gestorben ist, der genügend Schweine und Ziegen – also sogenannte richtige Nahrung – besaß? Was meinst du wohl? Er ist an gebrochenem Herzen gestorben. *Mi hijito*, wir sind menschliche Wesen, nach Gottes Ebenbild geschaffen. Deshalb sind wir vor allem anderen Kinder der Liebe. Beruhige dich und verschließe dich nicht vor Gottes Kraft und seiner reinen Liebe. Dann wirst du Nahrung erhalten.«

Seine Mutter hatte recht. Während sie seine Hand hielt, fühlte Juan, wie ein Gefühl der Wärme ihn allmählich erfüllte, obwohl er sich noch dagegen wehrte. Er sehnte sich nach Fleisch, Tortillas, nach richtigem Essen.

»Nein, Mama«, sagte er, »das gefällt mir nicht!«

»Weil du dagegen ankämpfst! Du mußt dich diesem Gefühl öffnen. Sag, was war das stärkste Tier bei uns in den Bergen?«

»Na, der Bulle natürlich«, antwortete er.

»Und wenn er krank war, was wurde dann aus dem Bullen?«

»Ein Feigling«, sagte Juan.

»Genau, der große, starke Bulle wird zum Feigling; aber nicht das Pferd. Ein Pferd bleibt sogar angesichts von Krankheit und Unglück stets mutig und bereit, seinen Herrn, den es liebt, über den nächsten Berg zu tragen.« Doña Margarita tat einen tiefen Atemzug, um Kraft zu sammeln. »Und wir Menschen, *mi hijito*, sind den Pferden noch weit überlegen.«

»Aber Mama«, sagte er ungeduldig, »ich brauche doch auch Nahrung zum Essen!«

»Genau wie ich, mein Junge. Deshalb halte meine Hand und fühle meine Liebe, dann werden wir gemeinsam auch irdische Nahrung finden.«

Juan entspannte sich und hielt die Hand seiner Mutter. Er spürte, wie ihre Kraft und Wärme sich auf ihn übertrugen und ganz allmählich auch seine Zuversicht zurückkehrte. Er war überwältigt von der unerschütterlichen Liebe seiner Mutter.

»O Mama«, weinte er, während die Alpträume der Nacht langsam von ihm abfielen. »Versprich mir, daß du mich niemals verläßt.«

»Natürlich«, erwiderte sie. »Wenn du dein Vertrauen nicht verlierst, dann gebe ich dir mein Ehrenwort, daß ich nicht sterbe oder dich verlasse, bis du erwachsen und glücklich verheiratet bist.«

»Wir werden leben«, fuhr sie fort, »ich fühle es. Wir werden es schaffen, und du wirst ein großartiger Mann werden und heiraten und Kinder bekommen. Du wirst ein großes Haus auf einem Berg haben, genau wie dein Großvater, und die Menschen um euch werden großherzig und glücklich sein. Du bist das Wunder, das Gott mir gesandt hat, *mi hijito*, als ich schon glaubte, zu alt zu sein, um noch einem Kind das Leben schenken zu können. Deshalb muß du mir jetzt auch versprechen, daß du es niemals wieder zuläßt, daß der Teufel des Zweifels dir dein Vertrauen zu Gott raubt.«

Juan blickte seine Mutter an und spürte, daß ihre unerschütterliche Zuversicht sich auf ihn übertragen hatte. Es war, als sei er immer noch durch eine unsichtbare Nabelschnur mit ihr verbunden, als würde ihre Energie ungehindert in seinen Körper fließen.

»Ich verspreche es, Mama«, sagte er mit Tränen in den Augen.

»So ist es recht«, antwortete die Mutter, »dann verspreche ich dir auch, daß ich nicht einfach sterben oder dich verlassen werde, bevor ich dich versorgt weiß. Darauf kannst du dich so sicher verlassen wie darauf, daß die Sonne jeden Morgen aufgehen wird.«

Wieder halbwegs beruhigt, glitt Juan in einen traumlosen Schlaf.

Früh am nächsten Morgen erwachte er, weil seine Mutter und Emilia miteinander stritten. Emilia sah verängstigt aus und weinte.

»Emilia«, sagte Doña Margarita, »jetzt reiß dich zusammen! Ich lasse dich nicht allein. Ich gehe doch nur in die Stadt, um mir eine Arbeit zu suchen, damit wir etwas zu essen haben.«

»Aber Mama«, schluchzte Emilia, »du bist blind, genau wie ich, und die Stadt ist voller hungernder Menschen. Du wirst verloren gehen oder, schlimmer noch, umgebracht werden!«

»Gehst du in die Stadt, Mama?« fragte Juan und setzte sich auf. »Dann gehe ich mit dir.« Doch als er sich erheben wollte, fiel er zurück.

»Nein, *mi hijito*«, erwiderte die Mutter, »du wirst schön hier bleiben, bis du wieder bei Kräften bist.«

»Dann nimm wenigstens Inocenta mit«, flehte Emilia.

Die alte Frau schüttelte den Kopf. »Nein, ich werde allein gehen. Ich bin nicht blind. Ich lege jede Nacht Kräuter auf meine Augen und kann schon wieder ganz gut sehen.« Sie erhob sich. »Und außerdem«, fügte sie hinzu, »gehe ich nicht allein in die Stadt. Gott wird mich begleiten und mir mein Augenlicht ersetzen.«

Doña Margarita küßte ihre Kinder zum Abschied, legte sich ihren schwarzen Schal um, und mit einem Stock in der Hand tastete sie sich auf dem holprigen Granitboden den Weg in Richtung Stadt.

Den ganzen Nachmittag lang weinte Emilia wie ein verlassenes kleines Kind. Doch Juan vertraute felsenfest darauf, daß die Mutter zurückkehren würde. Er dachte daran, was die Mutter gesagt hatte: Sie waren menschliche Wesen, nach Gottes Ebenbild geschaffen.

Als die Mutter jedoch bei Sonnenuntergang immer noch nicht zurückgekehrt war, begann Juan sich ebenfalls zu sorgen.

»Laßt uns beten«, sagte er. »Das würde Mama jetzt auch tun, wenn sie hier wäre.«

Sie hatten sich gerade niedergekniet, da schrie Inocenta laut auf: »Mamagrande! Mamagrande!«. Sie raste den Hang hinunter.

Tatsächlich, am Fuße des Hanges erblickte Juan die kleine Gestalt der Mutter, die winkend zwischen den Lagerfeuern im Licht der Dämmerung auf sie zukam. Er traute seinen Augen nicht. Stolpernd und gebeugt von den Jahren, bahnte sie sich ihren Weg.

Juan sprang auf und brach in Freudengeheul aus. Es war wirklich wie ein Wunder. Die Mutter war nicht nur heil zu ihnen zurückgekehrt, sie hatte auch einen Sack mitgebracht, der gefüllt war mit Eiern, Milch, Tortillas und Bohnen. Sogar eine große, saftige Tomate und drei lange Chilis waren darin.

Es war herrlich! Sie zündeten ein Feuer an und kochten ein richtiges Festessen. Sie hatten so reichlich zu essen, daß Doña Margarita sogar den Leuten, an deren Zaun sie kampierten und die ihnen ebenfalls immer kleine Bissen zugesteckt hatten, etwas davon abgeben konnte.

»O Mama«, sagte Juan, der genüßlich kaute. Der süße Saft der Tomaten und die Chilis verbreiteten eine angenehme Wärme in seinem Magen. »Ich habe wirklich Angst bekommen, als die Sonne unterging und du immer noch nicht da warst.«

»Ich nicht«, flunkerte Emilia, die ihr Baby auf dem Schoß hielt. »Ich war sicher, daß du zurückkommen würdest.«

Juan und Inocenta lachten. Scherzend aßen sie, bis ihre Mägen fast platzten.

Am nächsten Tag brach die Mutter wieder in die Stadt auf, und auch diesmal kehrte sie mit einem Sack voller Lebensmittel zurück. Als die Kinder sie fragten, woher sie all die Sachen hätte, lachte sie nur.

»Nun, ich bin zur Kirche gegangen, da hat Gott mir den Weg gewiesen«, war alles, was sie sagte. Die Kinder jauchzten.

Am Ende der Woche war Juans Fieber abgeklungen, und er konnte wieder herumlaufen. Auch Emilia war wieder zu Kräften gekommen, sie hatte genug Milch für ihr Baby, das nun nachts nicht mehr fortwährend vor Hunger schrie.

Eines Tages fragte Juan die Mutter, ob er sie in die Stadt begleiten dürfe, doch sie lehnte ab. Als sie fort war, beschloß er, es allein zu versuchen. Er fühlte sich wieder kräftig genug, eine Arbeit zu finden und zum Unterhalt der Familie beizutragen.

Juan wanderte an den dicken Mauern im Zentrum der Stadt entlang und betrachtete die Spuren, welche die Revolution hinterlassen hatte. Plötzlich hörte er einen großen Mann schreien. »Paßt auf! Da kommt die verlauste alte Hexe wieder! Laßt uns abhauen, bevor sie uns packt!«

Vier kräftige Männer liefen, so schnell sie konnten, über die schmutzige Straße, zwischen den zerlumpten Menschen und ausgemergelten Pferden hindurch. Juan mußte lauthals loslachen. Es war zu lächerlich. Rings um sie wüteten Krieg, Hunger und Tod, und diese erwachsenen Männer nahmen vor einer alten Frau Reißaus!

Er bog um die Ecke und fragte sich, wie diese Alte wohl aussah, als er plötzlich vor sich eine zerknitterte alte Frau sah, ganz in Schwarz gekleidet, mit verkrüppelten Händen. Sie griff bettelnd nach jedem, der an ihr vorbeiging, egal, wie armselig derjenige selber aussehen mochte. Juan hatte noch nie eine solch abstoßende Erscheinung gesehen wie diese schmutzige, alte Frau, die sich winselnd und jammernd an jeden Passanten klammerte, der ihr zu nahe kam.

Sie sah verlaust, dreckig und krank aus, als sie dort, schlimmer als jeder Bettler, auf der Straße herumkroch … Als die Alte sich umdrehte und Juan ihr Gesicht sah, traute er seinen Augen nicht: Die schmutzige alte Bettlerin war niemand anders als seine geliebte Mutter!

Verwirrt und entsetzt schlug Juan die Hände vor den Mund, drehte sich um und lief voller Panik davon. Er wollte seine Mutter auf keinen Fall noch mehr beschämen; die Erniedrigung dieser großartigen Frau, der Tochter Don Pios, der in Mexico City erzogen worden war und an der Seite von Benito Juarez gekämpft hatte, nicht noch schlimmer machen.

Schreiend lief er um die Ecke; nur fort von der prunkvollen Kirche, der Menschenmenge und diesem furchtbaren Anblick. Er weinte den ganzen Weg zurück, bis er den Busch, unter dem sie hausten, erreicht hatte.

Völlig außer Atem fiel er seiner blinden Schwester schluchzend in die Arme.

»Es ist wegen Mutter, nicht wahr?« sagte sie. »Sie bettelt, stimmt's?«

Juan wischte sich die Tränen fort und starrte die Schwester an. »Aber woher weißt du das?« fragte er.

Emilia sah ihn mit ihrem leeren, durchdringenden Blick an. »Weil ich sie auch gesehen habe, *hermanito*. Im Geiste sehe ich sie schon seit Tagen vor mir, wie sie bettelnd durch die Straßen zieht und die Menschen sich angeekelt von ihr abwenden.«

Sie begann auch zu weinen und zog den kleinen Bruder eng zu sich heran. Inocenta kam zu ihnen, und alle drei lagen sich verzweifelt weinend in den Armen. Tief im Inneren fühlten sie, daß sie am Ende angelangt waren, daß sie allen Stolz verloren hatten und als *gente sin nombre*, Menschen ohne Namen, sterben würden.

*Verloren und fern der Heimat, wurden sie dort, am Ende ihrer Welt, wo
niemand sie kannte, schließlich auf wunderbare Weise gerettet*

Mit seinem Bruder Domingo rannte Juan durch die kühle,
feuchte Luft des Cañons, in dem überall wilde Orchideen blühten. Unterstützt von Chivo, dem zahmen Bullen, trieben sie die
Ziegenherde über die Felsen, zu den saftigen Wiesen oben am
Hang.

Juan und Domingo hatten Chivo mit der Flasche großgezogen.
Der große, schwarze Bulle liebte die beiden Jungen und folgte
ihnen überallhin. Vergnügt rannten die Brüder durch die kühle
Luft. Goldene Sonnenstrahlen fielen vereinzelt durch das dichte
Blattwerk der mächtigen Eichen. Juan hörte das tiefe Grummeln
im Magen des Bullen, der schnaubend zwischen der Ziegenherde
herumtollte und sich wahrscheinlich selbst für eine Ziege hielt,
da er mit ihnen großgeworden war.

Juan erwachte und wischte sich die Ameisen aus dem
Gesicht. Er blickte sich nach Domingo und Chivo um, aber die
waren nicht zu sehen. Schweißüberströmt setzte er sich auf, und
plötzlich fiel ihm wieder ein, wo er sich befand, und er erinnerte sich an die vorübergegangenen Ereignisse. Gequält
stöhnte er auf. Er konnte es immer noch nicht glauben. Seine
Mutter, die großartigste Frau dieser Welt, lief bettelnd durch die
Stadt.

»Was ist los?« fragte Emilia.

»Ach, Emilia! Ich habe von zu Hause geträumt!« antwortete
Juan und fing an zu weinen. »Ich habe mit Domingo und Chivo
die Ziegen zur Weide getrieben. Dann bin ich wieder aufgewacht,
und mir fiel wieder ein, wie ich Mutter bettelnd auf der Straße
gesehen habe, und … Ich kann es einfach nicht fassen. Der Traum
war so wirklich!«

»Armer kleiner *hermanito*«, sagte Emilia tröstend, »so geht es
mir auch die ganze Zeit. Im Traum bin ich daheim, nähe oder
helfe, das Essen zu bereiten, und in den Käfigen unter der *ramada*

singen die Vögel. Dann wache ich plötzlich auf und würde am liebsten sterben.«

Tränen strömten aus ihren blinden blauen Augen. »Wirklich, ich will einfach nicht wahrhaben, was aus uns geworden ist!«

»Doch«, sagte Juan und wischte seine Tränen fort. »Wir müssen uns darüber im klaren sein, in was für einer Situation wir uns befinden, sonst werden wir wirklich sterben.«

»Nein«, erwiderte Emilia, »wir müssen uns daran klammern, was wir einmal hatten, sonst gehen wir zugrunde!«

Juan starrte seine Schwester an. Zum ersten Mal seit langer Zeit nahm er ihr Äußeres wirklich wahr. Von dem einst wunderhübschen Mädchen war nur noch ein verzweifeltes, zerlumptes Häufchen Elend übrig. Sein Blick fiel auf die kleine Nichte; auch aus ihr war eine dürre, krank aussehende kleine Gestalt geworden.

Mit einem Mal fühlte er sich vom Anblick der beiden mehr abgestoßen als zuvor von dem seiner Mutter. Die Mutter hatte wenigstens nicht aufgegeben, sondern die Wirklichkeit akzeptiert und die einzige Chance genutzt, die ihr noch blieb: auf der Straße zu betteln.

Plötzlich war sein Herz voller Liebe und Hochachtung für seine Mutter, und er hörte auf zu weinen. Doña Margarita hatte sich nicht selbst etwas vorgemacht, sie hatte sich damit abgefunden, daß sie keine große Familie mehr waren.

Juan tat einen tiefen Atemzug und erhob sich. »Emilia«, sagte er und nahm seinen Hut, »ich gehe jetzt fort! Wenn es dunkel wird, bin ich wieder zurück.«

»Aber wohin willst du denn, Juanito?« fragte sie. »Du kannst Mutter nicht helfen. Sie würde sich zu Tode schämen!«

»Ich weiß«, antwortete er, »ich gehe nochmal in die Berge, um Feuerholz zu suchen.«

»Und wenn du getötet wirst, wie die Reiter?« sagte Emilia. »Bitte, bleib hier, bis Mama zurückkehrt. Dann werden wir zusammen beraten, was wir tun können.«

»Emilia«, erwiderte Juan. »Wir werden nichts mit Mutter beraten! Verstehst du nicht, daß sie auf keinen Fall erfahren darf, daß wir wissen, was sie tut? Ich gehe jetzt, solange sie fort ist, und versuche, etwas zu finden.«

»Aber Juanito«, jammerte sie, »Mama hat doch gesagt, wir sollen hier bleiben und auf sie warten!«

Auf einmal wurde Juan klar, warum seine Schwester blind geworden war und warum der Vater, dieser starke rothaarige Mann, sich in die Berge begeben hatte, um zu sterben, nachdem seine Ranch zerstört worden war. Sein Vater und Emilia waren wie die Bullen, ohne Zuversicht. Ihrer Seele fehlte das Vertrauen und der Mut des Pferdes, wie ihn die indianische Seite der Familie besaß.

»Emilia«, sagte er, »ich gehe jetzt und werde bei Dunkelheit zurück sein. Mach dir keine Sorgen.«

»Wie kannst du so etwas sagen. Du bist doch nur ein Kind!« fuhr sie ihn an.

Juan verlor jetzt die Geduld. »Verdammt! Ich bin kein Kind. Nach dem, was wir alles durchgemacht haben, ist keiner von uns mehr ein Kind!«

»Aber du könntest getötet werden!« schrie sie, »bitte, bleib hier bei mir!« In panischer Angst tastete sie nach ihm.

»Nein«, sagte Juan und wich ihr aus. »Ich werde gehen, und ich werde mich nicht töten lassen. Hörst du, Emilia? Wir werden alle leben!«

»Bitte, bitte, Juan! Bleib um Gottes willen bei mir!« flehte sie und griff nach seinen Beinen.

»Emilia, laß mich los«, erwiderte er und stieß sie fort. »Ich muß gehen! Es ist unsere einzige Chance! Ich verspreche dir, daß ich zurückkomme.«

Als er seine eigenen Worte hörte und ihr verzerrtes, angstvolles Gesicht sah, begriff er plötzlich, worin die Stärke seiner Mutter lag.

Sie schöpfte Mut aus der eigenen, inneren Kraft, die jeder Mensch in sich trug und die, wie ein Samenkorn, nur darauf wartete, gewässert und genährt zu werden, um sich schließlich in absolutes Vertrauen zu verwandeln. In das Wissen um die unerschütterliche Macht Gottes!

»Juan«, bettelte Emilia immer noch und rieb sich die tränenverschmierten Augen, »wie kannst du so etwas versprechen? Du bist doch nicht Gott!«

»Aber Emilia«, erklärte ihr Juan. »Wir sind Gott! Das ist es doch, was Mama uns immer predigt. Wir alle sind ein Teil des allmächtigen Schöpfers.«

»Ja, aber …«

»Es gibt kein Aber«, sagte er zuversichtlich. »Es ist so, wie ich sage. Ich werde zurückkommen. Du kannst dich darauf verlassen.«

Eine unerschütterliche Zuversicht breitete sich in ihm aus, und Juan verstand plötzlich, wie sein Bruder Jose bereits im Alter von achtzehn Jahren zum Beschützer der heimatlichen Berge geworden war. Er begriff jetzt auch, was in seinem Großvater, Don Pio, vorgegangen sein mußte, als Gott an jenem Tag auf der Bergkuppe zu ihm gesprochen hatte. In diesem Augenblick fühlte er ihn selbst, diesen Lebenswillen, der auch die Mutter aufrecht erhielt. Die Kraft, die in jedem Menschen schlummerte und nur darauf wartete, durch Worte und Vertrauen geweckt und erkannt zu werden.

Juan war kein Kind mehr, sondern ein Mann, der wußte, was er zu tun hatte; ein Ziel vor Augen, von dem ihn nichts mehr abbringen konnte.

Eine Stunde später stapfte er durch den staubigen Sand auf die Berge südlich der Stadt zu.

Westlich von Juarez kämpfte Villas Armee in den Schluchten entlang des Rio Grande. Juan sah in der Ferne die Kanonenfeuer und hörte die dumpfen Explosionen, ohne ihnen Beachtung zu schenken. Er kämpfte seinen eigenen Kampf.

In den Bergen südöstlich der Stadt suchte er vergeblich nach Feuerholz. Die anderen Flüchtlinge hatten bereits alles eingesammelt. Juan ging immer weiter, bis das El-Paso-Becken nur noch ein kleiner Fleck in der Ferne und das Kanonenfeuer kaum noch zu hören war. Schließlich stieß er auf ein paar karge Sträucher. Da er keine Axt hatte, um die Zweige abzuhacken, begann er, die abgestorbenen Büsche mitsamt den Wurzeln auszugraben.

Es war ein schwieriges Unterfangen. Der Boden war felsig und verkrustet. Mit einem Stein hieb er auf den harten Untergrund ein, bis die Erde lockerer wurde. Dann grub er mühselig mit den Händen weiter.

Seine Nägel lösten sich ab, und der Schmerz trieb ihm die Tränen in die Augen. Er konnte es kaum noch aushalten und begann zu beten. »Lieber Gott«, flehte er, »gib mir die Ausdauer der Ameisen!«

Er wühlte weiter in der Erde, bis seine Finger vor Schmerzen taub waren. Zu seinem grenzenlosen Erstaunen entdeckte er plötzlich, daß die Wurzeln dieser Büsche unter der Erde viel mehr Holz bargen als über dem Boden.

»Ich danke dir, Gott!« jubelte er und begann mit neuer Kraft zu graben. Seine Mutter würde nicht mehr betteln müssen. Gott hatte ihm einen Weg gezeigt!

Strauch um Strauch grub er aus und wühlte mit bloßen Händen in dem steinharten Boden, um die mächtigen Wurzeln freizulegen. Seine Arme und Hände waren völlig zerschunden und bluteten. Er schöpfte Kraft aus dem Gedanken an die Mutter und dachte an die Zeit, als sie noch alle zusammen zu Hause um den großen Eichentisch gesessen hatten; die Mutter rechts von seinem Großvater Don Pio. Unermüdlich buddelte Juan mit zusammengepreßten Zähnen weiter. Er versuchte, den Schmerz und die Tränen zurückzuhalten, und betete, Gott möge ihm Kraft geben.

Ohne auf den unentwegten Kanonendonner in der Ferne zu achten, beschwor Juan in seinem Geist das Bild seiner Mutter, deren Blut durch seine Adern floß. Das Blut von Generationen seiner Vorfahren, großartiger Persönlichkeiten, wie sein Bruder und sein Großvater. Keiner von ihnen hätte es jemals zugelassen, daß ein Mitglied der *familia* zum Bettler wurde. Juan ignorierte seine schmerzenden Glieder. Immer wieder sah er das Gesicht der Mutter vor sich, wie sie bettelnd, mit gequältem Gesicht am Straßenrand hockte.

Er achtete auch nicht auf seinen ausgetrockneten Mund und den Schweiß, der ihm über Gesicht und Körper floß, sondern grub wie besessen weiter. Die Abendsonne hatte den Himmel in rosarotes Licht getaucht, und er konnte jetzt das Aufblitzen der Kanonenfeuer erkennen. Doch er hatte keine Angst.

Endlich war er fertig. Er hatte einen ganzen Haufen der abgestorbenen Wurzeln ausgegraben. Dafür würde er, wenn er Glück hatte, mindestens zehn Cents bekommen.

»Lieber Gott, ich danke dir«, sagte er und ließ sich keuchend zu Boden fallen. Er blickte zu den Sternen und beobachtete die Blitze der Kanonenfeuer.

»Das haben wir gut gemacht, was?« sagte er laut und wischte sich mit der staubigen, blutverkrusteten Hand den Schweiß vom Gesicht.

Er schlief vor Erschöpfung ein. Als er die Augen wieder aufschlug, war es dunkel und kalt geworden. Schnell sprang er auf, und als sein Blick auf den Stapel Holz fiel, wurde ihm wieder bewußt, wo er sich befand. Mit dem langen Seil, das er als Gürtel benutzte, band er das Holz zu einem Bündel zusammen, wie er es früher in den Bergen oft getan hatte. Doch als er sich das Holzbündel auf den Rücken schwingen wollte, durchfuhr ihn ein stechender Schmerz.

»O mein Gott«, stöhnte er und fiel zu Boden. Nach Luft schnappend, saß er fassungslos auf der Erde. »Lieber Gott«, sagte er, »das ist wirklich nicht der richtige Zeitpunkt, mich im Stich zu lassen. Ich habe so hart gearbeitet. Bitte, hilf mir doch, das Holz auf meinen Rücken zu binden.« Während er betete, schien der Schmerz nachzulassen. Er stand wieder auf und zog sein Hemd aus, um es sich als Polster auf die Schultern zu legen. Aber als er einen erneuten Versuch machte, sich das Holz auf den Rücken zu laden, ging er wieder mit einem Schmerzensschrei in die Knie.

»Gott!« rief er frustriert. »Siehst du nicht, daß ich Hilfe brauche? Ich habe meinen Teil erfüllt, jetzt brauche ich eines der Wunder, die du so oft vollbringst. Bitte! Gib mir Kraft!« Aber so sehr er sich auch bemühte, er brachte es einfach nicht fertig, das harte Holz wie gewohnt zu schultern. Dabei war es noch nicht einmal ein großes Bündel. Zu Hause hatte er riesige Holzlasten geschleppt, die über seinen Kopf hinausgeragt hatten.

»Mein Gott«, rief er ungeduldig, »was ist los? Ich dachte, wir hätten eine Abmachung!«

Doch Gott antwortete ihm nicht.

»Na gut«, sagte Juan, »wie du willst! Aber ob mit oder ohne deine Hilfe, ich werde dieses Holz forttragen! Hörst du mich? Ich werde nicht zulassen, daß meine Mutter weiter betteln muß!« Außer sich vor Zorn setzte Juan sich rittlings auf den Stapel des trockenen, harten Eisenholzes, eine besonders schwere Holzart, die er nicht kannte, und schrie laut zum Himmel.

»Niemand ist häufiger in deiner Kirche gewesen als meine Mutter«, brüllte er. »Selbst während dieses schrecklichen Krieges hat sie nicht aufgehört, zu dir zu sprechen. Es ist nicht recht, daß du zuläßt, was uns alles geschieht. Sie mußte auf der Straße betteln. Gott, hörst du? Gebettelt hat sie. Dort, genau vor deiner eigene Kirche! UND ICH BIN VERDAMMT SAUER AUF DICH, LIEBER GOTT!«

Als er die letzten Worte herausgebrüllt hatte, verstummte Juan erschrocken und blickte zum Himmel empor, überzeugt, daß ihn jeden Moment ein Blitzstrahl treffen würde. Er schluckte und dachte an seine Mutter. Doch der Himmel öffnete sich nicht, um ihn zu bestrafen, obwohl er jedes Wort ernst gemeint hatte. Er war wirklich böse auf Gott.

»Gott!« rief er. »Siehst du nicht, wie dieser furchtbare Krieg immer weitergeht und was wir alles durchmachen müssen. Ich kann nicht mehr warten, daß du uns hilfst. Du hast deine Chance gehabt. Immer wieder hättest du Gelegenheit gehabt, uns beizustehen. Doch du hast versagt! Hörst du? Du hast versagt!«

Nervös beobachtete er den Mond und die Sterne am Himmel. Er fühlte sich gleichzeitig befangen und doch auf wunderbare Weise befreit und glücklich. Er wußte genau, daß das, was er tat, gegen alle Regeln der Heiligen Katholischen Kirche verstieß, aber er sprach aus tiefster Überzeugung.

Der Mond verschwand hinter einer Wolke, und in der Ferne heulte ein Kojote.

»Gott«, führte er sein Gespräch mit dem Allmächtigen fort, »meine Mutter war deine beste Freundin, doch du hast sie im Stich gelassen und deshalb ...« Er hielt inne und schluckte. »Es tut mir leid, so etwas sagen zu müssen, doch wenn es sein muß, bin ich bereit zu töten und zu stehlen ... Aber meine Mutter soll niemals mehr betteln müssen!«

Aufgebracht starrte Juan in den Sternenhimmel, doch weder traf ihn ein Blitz, noch tat sich die Erde unter ihm auf und verschluckte ihn. Er rieb sich die Augen. Merkwürdigerweise fühlte er sich Gott jetzt noch näher. Es war, als wäre eine furchtbare Last von ihm genommen; als hätte er seit langem zum ersten Mal wieder ehrlich zu Gott gesprochen und ihm gesagt, was ihn wirklich bewegte.

Juan blickte auf den Holzstapel, den er gesammelt hatte. Plötzlich erkannte er, wo sein Problem lag. »Dieses Bündel ist viel zu groß«, sagte er zu sich selbst. »Das sind schwere, harte Wurzeln. Nicht einmal ein Esel könnte diese Last auf einmal tragen.«

Er spuckte in die Hände und begann, den Stapel in zwei Hälften zu teilen. Jetzt bemerkte er, daß dieses Holz viel dichter und schwerer war als das Eichenholz, das er von zu Hause kannte. Er band ein neues, kleineres Bündel zusammen, von dem er sicher war, daß er es tragen könnte.

Juan ging in die Hocke und wuchtete sich das Holz ächzend auf den Rücken. »Siehst du«, sagte er zu Gott und richtete sich, vorsichtig die Last auf dem Rücken balancierend, wieder auf. »Du hättest besser aufpassen sollen, lieber Gott, dann wäre ich nicht so böse auf dich geworden.«

Weit in der Ferne wurden immer noch die Kanonen über den Rio Grande abgefeuert; die Stadt Juarez ging in Flammen auf. Juan setzte seinen Weg ungerührt fort. Er hatte seine Aufgabe erledigt; und er hatte mit Gott gesprochen.

Schritt für Schritt stapfte er auf die Stadt zu. Seine Mutter würde nie mehr betteln müssen. Ob mit oder ohne Gottes Hilfe. Er würde seinen Weg gehen. Allein und voller Überzeugung.

Buch III

DER WEINENDE BAUM

PROLOG

An einem Tag im Jahre 1872, Leonides Camargo war einundzwanzig Jahre alt, stolperte er nördlich von Mazatlan, Sinaloa, betrunken den Strand entlang.

Er grölte mit lauter Stimme ein Lied, als die Männer der Bezirkspolizei, die *federales*, aus der Dunkelheit auftauchten und ihn festnahmen. Sie verprügelten ihn, fesselten ihm die Hände auf dem Rücken und brachten ihn zu der Garnison außerhalb der Stadt, wo sie ihn zwangen, in die Armee einzutreten und am Krieg gegen die Yaqui-Indianer teilzunehmen.

Leonides verspürte keinerlei Lust, an irgendeinem Krieg teilzunehmen. Als er wieder nüchtern war, versuchte er den *federales* klarzumachen, daß er ein verheirateter Mann mit drei Töchtern war, um die er sich kümmern mußte, und keine Zeit hätte, in den Krieg zu ziehen. Sie schenkten seinen Einwänden keinerlei Beachtung, drückten ihm ein Gewehr in die Hand und ließen ihn, zusammen mit zweitausend anderen Männern, Richtung Norden marschieren.

Zwei Jahre lang kämpfte Leonides Camargo mit seinen Kameraden gegen die gefürchteten Yaquis, die so wild waren, daß man ihnen nachsagte, sie würden Babys essen und das Blut ihrer Feinde trinken. Die Soldaten vertrieben die Yaquis aus ihren fruchtbaren Tälern, die sie schon seit Hunderten von Jahren, noch bevor die Spanier ins Land kamen, bewohnt hatten. Sie brannten ihre Häuser nieder und erschossen Frauen und Kinder. Die Priester redeten den Soldaten ein, sie würden die unsterblichen Seelen der Indianer retten, die ja schließlich Wilde waren, indem sie deren irdische Hüllen vernichteten.

Eines Tages jedoch, Leonides hatte zusammen mit fünfhundert bewaffneten Soldaten wieder einmal ein Yaquidorf überfallen, auf Frauen und Kinder geschossen, die aus ihren brennenden Hütten liefen, geschah etwas Sonderbares mit Leonides.

Er erblickte ein Kind, das nicht älter als fünfzehn Monate sein konnte und auf ihn zurannte. Es war ein Mädchen. Ihr Haar stand in Flammen, und sie hatte die Arme, wie um Hilfe flehend, ausgebreitet.

Er stand im Licht der Morgensonne mit dem Gewehr im Anschlag und dachte an seine eigenen drei kleinen Töchter zu Hause. Plötzlich erkannte er, daß es keine blutrünstige Wilde war, die dort auf ihn zugelaufen kam, sondern ein kleines, verängstigtes Mädchen. Er wollte gerade sein Gewehr senken, um der Kleinen zur Hilfe zu eilen, als er sah, wie einer seiner Kameraden auf das Mädchen zielte.

Ohne auch nur einen Augenblick zu zögern, wirbelte Leonides herum und schoß den Mann nieder. Dann eilte er zu dem Mädchen, löschte die Flammen in ihrem Haar, nahm sie mit auf sein Pferd und machte sich, so schnell er konnte, mit ihr aus dem Staub.

Sechs Tage und Nächte waren sie auf der Flucht, und Leonides ritt acht Pferde zu Tode. Zu Hause angekommen, erklärte er seiner achtzehnjährigen Frau Rosa, was geschehen war. Sie war entsetzt.

»Oh, Leonides! Sie werden kommen und uns alle töten!«

»Aber was hätte ich tun sollen?« fragte er. »Sie ist doch nur ein unschuldiges Kind, und sie stand in Flammen!«

Rosa betrachtete das pausbackige kleine Mädchen; nein, sie sah wirklich nicht so aus, wie sie sich die wilden Yaqui-Indianer immer vorgestellt hatte.

»Ich weiß nicht recht, Leonides, aber ich glaube, es ist besser, wenn wir so schnell wie möglich von hier verschwinden.«

Und so packten sie noch an diesem Abend ihre wenigen Habseligkeiten zusammen, zogen die Kinder warm an und brachen in der Nacht auf. In der Annahme, die Späher der Armee würden sie im Süden vermuten, ritten sie nach Norden und versteckten sich in den Bergen, in der französisch-baskischen Siedlung Choix.

Leonides nannte sich von nun an Pablo und ließ sich als Möbelhändler nieder.

Seine junge Frau Rosa gab sich alle Mühe, das kleine Yaqui-Mädchen in ihr Herz zu schließen, und behandelte sie gut, aber es fiel ihr nicht leicht. Immerhin hatte sie wegen dieses Kindes ihr Heim, ihre Eltern und Geschwister zurücklassen müssen.

Eines Nachts, während Rosa wieder einmal mit ihrem Gewissen kämpfte, sprach plötzlich ein von Gott gesandter Engel zu ihr: »Rosa, es war nicht Leonides, der das Indianerkind gerettet hat; es war das Kind, das die unsterbliche Seele Leonides' gerettet hat.«

Als Rosa am nächsten Morgen erwachte, sah sie die Dinge in einem anderen Licht. Ihr Mann hatte zwei Jahre lang unschuldige Frauen und Kinder umgebracht. Wäre er dabei getötet worden, wäre seine Seele zur Hölle gefahren. Durch das kleine Indianermädchen war Leonides nicht nur unversehrt zu seiner Familie zurückgekehrt, durch sie war auch seine Seele gerettet worden.

Von da an empfand Rosa eine zärtliche Liebe für das Kind. In der gleichen Woche noch gingen Rosa und Pablo zum Priester des Ortes und ließen das kleine Indianerkind taufen. Sie nannten es Guadalupe, nach der heiligen Jungfrau von Guadalupe, denn durch sie war die Familie gerettet worden. Pablo und Rosa liebten Guadalupe und zogen sie zusammen mit ihren eigenen Kindern auf. Später schickten sie das Mädchen zur Schule, wo es schnell lesen und schreiben lernte.

Die Behörden spürten sie nie auf. Und Pablo und Rosa waren fest davon überzeugt, daß Leonides richtig gehandelt hatte, als er sein Gewehr, anstatt auf das brennende kleine Mädchen, auf den Soldaten gerichtet hatte.

Schließlich waren es doch die Soldaten gewesen, die sich wie die Wilden gebärdet hatten, und nicht die Indianer, die man wie Ungeziefer behandelt hatte.

Guadalupe wuchs zu einer schönen Frau mit großen, fröhlichen Augen heran. Im Alter von fünfzehn Jahren heiratete sie und bekam zwei reizende Kinder, bevor ihr Mann sie verließ. Ein paar Monate später lernte sie im Haus einer reichen Familie, für die sie kochte, einen großen, gutaussehenden Mann namens Victor Gomez kennen. Er war gelernter Zimmermann und erzählte Guadalupe Geschichten von La Lluvia de Oro, einer sagenhaften Goldmine in den Bergen.

Als Victor seine Arbeit bei der reichen Familie beendet hatte, packte er sein Werkzeug und nahm Guadalupe beiseite. »*Señora*«, sagte er, »ich gehe nach La Lluvia de Oro. Dort gibt es genug Arbeit für mich. Ich weiß, wir kennen uns noch nicht sehr gut. Aber – könnten Sie sich vorstellen, mich zu heiraten und mich zu begleiten?«

Guadalupe setzte sich, und Freudentränen traten in ihre Augen. Seit sie Victor das erste Mal gesehen hatte, hatte sie sich nichts anderes gewünscht. »Don Victor«, sagte sie, »ich werde Sie nicht zappeln lassen. Sie sind ein guter Mann. Ich beobachte seit Wochen, wie hart Sie arbeiten und was für ein geduldiger Mann Sie sind. Es wäre mir eine Ehre, Sie zu heiraten, und ich werde Ihnen eine liebende und treusorgende Ehefrau sein. Doch ich muß eine Bedingung stellen! Sie müssen meine beiden Töchter wie Ihre eigenen großziehen, und in unserem Heim muß stets ein Platz für meine Eltern sein, wenn sie einmal zu alt sind, um allein zu leben.«

»Aber natürlich, *querida*«, lächelte Victor glücklich. »Genau deshalb habe ich dich gewählt. Du bist die treueste Seele, die ich je kennengelernt habe.«

Victor schenkte Guadalupe eine Schachtel Schokolade, die Süßigkeit der Liebe. In Anwesenheit von Rosa und Pablo wurden sie getraut. Dann machten sie sich mit ihren Töchtern auf den Weg nach La Lluvia de Oro. Nach einer zweiwöchigen Reise über gefährliche Gebirgspfade erreichten sie schließlich den Cañon.

Victor erhielt sogleich eine gutbezahlte Arbeit als Zimmermann in der amerikanischen Siedlung. Die Jahre meinten es gut mit Victor und Guadalupe, und die beiden bekamen noch sieben Kinder.

Bis schließlich im Jahre 1910 ein riesiger Meteorit auf die gewaltigen Felswände oberhalb des Cañons niedersauste und die Nordseite der Schlucht in Flammen aufging. Die Menschen, die auf dem Grunde des Cañons lebten, dachten, das Ende der Welt sei gekommen. Sie beteten die ganze Nacht und blickten zum Sternenhimmel empor und zu den zuckenden Flammen. In der Ferne hörten sie das Heulen der Kojotenmenschen, der letzten Nachkommen des legendären Espirito.

Während sie die Hand ihres Ehemannes umklammerte, dachte Doña Guadalupe an die Nacht, als die Hütte ihrer Eltern in Flammen aufgegangen war und ihre Eltern und Geschwister erschossen worden waren, die schreiend ins Freie hinausgelaufen waren. Nur sie hatte überlebt, und jetzt betete Doña Guadalupe die ganze Nacht mit ihrer Familie und horchte auf das Geheul von Espiritos Urenkeln: ein Volk, dem das gleiche Unrecht geschehen war wie ihrem Yaqui-Stamm.

Verzweifelt liebten sich Doña Guadalupe und Victor ein letztes Mal im Zwielicht der Morgendämmerung, überzeugt, daß sie alle umkommen würden. Aber als sie am Morgen erwachten, durften sie das Wunder eines neuen Tages erleben. Die Erde drehte sich noch, und sie lebten, erfüllt von der Liebe Gottes. Doña Guadalupe und ihre Familie eilten vor die Hütte, wo sie niederknieten und Gott, dem Allmächtigen, dankten.

Am dritten Tag endlich verlosch das Feuer, das der Meteoriteneinschlag verursacht hatte. Die Menschen banden Sträuße aus Wildblumen. Auf Händen und Knien kriechend, unternahm Doña Guadalupes Familie, gemeinsam mit den anderen Dorfbewohnern, eine Wallfahrt zu jener Stelle, an der die Kraft Gottes die Erde berührt hatte.

Und dort, am Rand der hochragenden Felswände, wo der Meteorit den Felsen gespalten hatte, stießen sie auf eine kleine Quelle, die durch den Einschlag entstanden war. Ein Stück entfernt stand eine Handvoll zerlumpter Gestalten, eng aneinandergedrängt in einem Felsloch. Doña Guadalupe trat zu ihnen und lud sie ein, sich dem gemeinsamen Gebet anzuschließen. Aber eingeschüchtert drängten sie sich nur noch dichter zusammen. Es waren die letzten Indianer, die von Espiritos Stamm noch übriggeblieben waren.

Ein alter Mann mit Namen Ojos Puros trat aus der Gruppe hervor, seine Frau Teresa an der Hand. Mit erhobenen Armen wandte er sich an seine Leute. »Versteckt euch nicht!« sagte er. »Kommt, und laßt uns mit ihnen beten!«

Die Nachkommen Espiritos faßten sich ein Herz und krochen aus ihren Verstecken. Sie kamen aus Felshöhlen und hinter Bäumen hervor und versammelten sich in ihrer ganzen Zahl. Doña Guadalupe zählte sechs Kinder, vier alte Frauen, zwei verkrüppelte alte Männer und Ojos Puros und Espiritos Tochter Teresa, die ihrem Vater inzwischen so ähnlich sah, daß man glauben konnte, sein Geist sei erschienen.

Zwei Tage und Nächte beteten sie in friedlicher Eintracht; Ojos Puros und die Handvoll der noch lebenden Nachkommen Espiritos, Doña Guadalupe und Victor und all die Menschen, die auf dem Grunde des Cañons lebten. Sie tranken von dem Wasser der neuen Quelle und waren reinen Herzens.

Als Doña Guadalupe mit ihrer Familie auf den Grund des Cañons zurückkehrte, weigerte sich Don Victor wie viele seiner Kollegen, weiter in der amerikanischen Mine zu arbeiten. Sie wurden entlassen und durch andere Männer ersetzt. Don Victor begann zu trinken.

Die Monate vergingen, und die Nachricht erreichte das Dorf, daß Doña Guadalupes Vater gestorben sei. Doña Guadalupe trauerte mehr um ihren Vater als jeder andere in der Familie. Er hatte ihr das Leben gerettet und sie geliebt. Für sie war er der großartigste Mann der Welt gewesen. Sie schickte Don Victor fort, der die geliebte Mutter nun in den Cañon holen sollte.

Neun Monate nachdem Gott den Meteorit zur Erde gesandt hatte, brachte Doña Guadalupe ein kleines Mädchen zur Welt. Rosa gab der neugeborenen Enkelin den Namen Guadalupe, in Gedanken an ihren geliebten verstorbenen Mann, dessen Seele einst durch ein brennendes kleines Mädchen gerettet wurde, das den gleichen Namen trug.

11

Nun waren sie so abgeschnitten vom Rest der Welt, daß sie noch scheuer
wurden als die Indios

Ein großes, dunkles Etwas bewegte sich langsam über die Hauptstraße in den Cañon hinunter. Vornübergebeugt wie ein riesiger
Bär, mit rötlich gefärbtem Rücken, kroch es im Licht der untergehenden Sonne vorwärts.

Ein eisiger Schauer lief Lupe über den Rücken, während sie
beobachtete, wie das Ding immer näher kam. Sie hockte neben
ihrem kleinen Rehkitz zwischen den Gesteinsbrocken, unterhalb
des dunklen Loches, das einmal der Eingang zur Mine gewesen
war. Es war später Nachmittag, und die Sonne war schon fast
hinter den hohen Felswänden verschwunden. Während sie das
Ding nicht aus den Augen ließ, dachte sie daran, daß ihre Familie, die sich in der verlassenen Stadt unten in der Schlucht aufhielt, das unheimliche Etwas nicht sehen konnte.

»Egal«, sagte sie und tätschelte den jungen Rehbock, der seinen Hals nach unten gebogen hatte und den Kopf mit den gega-
belten Hörnern schüttelte. »Wir haben noch genug Zeit, hin-
unterzulaufen und sie zu warnen.«

Doch der junge Bock schien nicht einverstanden. Mit gesträub-
tem Fell stand er neben dem Mädchen, das ihn aufgezogen hatte.

Seit die Amerikaner ein Jahr zuvor abgezogen waren, hatte
außer ein paar abtrünnigen Soldaten, die noch immer regelmäßig
einfielen und die Bewohner mißhandelten, niemand mehr den
Cañon betreten. Lupe hatte keine Ahnung, was für eine merkwürdige, rothaarige Kreatur da auf sie zu kam. Es sah nicht aus wie
ein menschliches Wesen, noch weniger wie eine Horde Banditen.
Sie konnte sich nur vorstellen, daß ein teuflischer Geist in Gestalt
eines riesigen Bären gekommen war, um ihre Seele zu rauben.

Die wenigen Bewohner, die im Cañon zurückgeblieben waren,
lebten so isoliert vom Rest der Welt, daß sie zu den Lebensge-
wohnheiten und Mythen der Indios zurückgekehrt waren. *Bru-*
jas, espantos und andere Geister gehörten zu ihrem Alltag.

»Komm.« Lupe streichelte das Reh. Mit ihren langen, schlanken Beinen war Lupe sogar noch größer als der junge Bock mit seinem Geweih. Sie war jetzt fast elf Jahre und längst kein Kind mehr. Mit ihren schlanken Gliedern und ihrem langen, offenen Haar sah sie aus wie ein junges Mädchen auf der Schwelle zur Frau.

»Vorwärts!« sagte sie, sprang leichtfüßig über einen Felsbrocken und rannte durch das wuchernde Gestrüpp, das sich auf dem ehemaligen Gelände der amerikanischen Mine ausgebreitet hatte.

In großen Sätzen folgte ihr der junge Rehbock über Büsche und Weinreben; doch erst als sie die letzten Gebäude auf dem amerikanischen Gelände hinter sich gelassen und bei dem ausgetrockneten Flußbett angekommen war, konnte er sie einholen.

Als sie das Flußbett durchquert und die Plaza erreicht hatten, die ebenfalls von Unkraut und dicken Baumwurzeln überwuchert war, überholte der Bock Lupe mit großen Sprüngen. In der Mitte der Plaza blieb er stehen und blickte mißtrauisch um sich. Die umliegenden Läden waren alle mit Brettern vernagelt, und es wohnte fast niemand mehr an der Plaza. Es gab aber immer noch einige streunende Hunde, daher war der junge Rehbock auf der Hut.

»Es ist alles in Ordnung«, sagte Lupe und blieb neben dem Tier stehen. Sie war kaum außer Atem. »Die Hunde können dir nichts mehr tun. Du hast doch jetzt deine Hörner.«

Ein paar Monate zuvor, als das Geweih des Kitzes noch nicht ausgebildet war, hatten ihm ein paar Hunde aufgelauert und es um ein Haar getötet. Doch jetzt, davon war Lupe überzeugt, würde es jeden Hund innerhalb einer Minute aufspießen.

In diesem Augenblick sah sie Rose-Mary an ihrem Haus entlanglaufen, den Saum ihres schönen, langen Kleides vorsichtig hochhaltend. Ihre Mutter lief rufend hinter ihr her.

»Rose-Mary! Komm sofort zurück und hilf mir mit der Wäsche!«

»Nein!« antwortete Rose-Mary. »Ich bin schließlich nicht zur Waschfrau erzogen worden!«

»Wie bitte?« keifte die alte Frau. »Du kommst jetzt sofort zurück, oder ich werde es deinem Vater erzählen!«

»Na und? Dann erzähl es ihm doch!« rief Rose-Mary. »Das ist mir egal!«

Jetzt entdeckte sie Lupe mit ihrem Rehbock. »Was starrst du mich so an?«

Rose-Mary war dreizehn Jahre alt und schon voll entwickelt, wie eine Frau, doch Lupe überragte sie um Haupteslänge.

»Ich starre dich nicht an«, antwortete Lupe. »Ich wollte euch nur warnen. Ein merkwürdig aussehendes, rothaariges Biest kommt über die Hauptstraße hier herunter.«

»Geht es wie ein Mann?« fragte Rose-Mary und wandte sich ihrer Mutter zu.

Lupe nickte.

»O Gott, Mama!« sagte Rose-Mary verängstigt, »Lupe hat den Teufel gesehen, und er kommt in unsere Richtung!«

»Großartig«, sagte die alte Frau und nahm den Wäschekorb auf. »Hoffentlich packt er dich bei den Haaren und bringt dir Respekt bei!«

Rose-Mary lächelte Lupe verschwörerisch an. »Du hast doch nicht wirklich etwas gesehen, oder?«

»Doch, habe ich«, erwiderte Lupe. »Da kommt es schon!« schrie sie und rannte über die Plaza davon. Rose-Marys Augen weiteten sich vor Entsetzen. Lachend kletterte Lupe die steile Treppe zur Doña Manzas Haus hinauf, wobei sie drei Stufen auf einmal nahm. »Manuelita! Manuelita!« rief sie. »Ein Ungetüm, das wie ein Bär aussieht, kommt gerade über die Hauptstraße zu uns in den Cañon.«

Manuelita kam mit ihren Geschwistern herbeigelaufen.

»Was ist es denn?« fragte Manuelita.

»Keine Ahnung«, sagte Lupe und zuckte mit den Schultern. »Die Sonne geht schon unter, deshalb konnte ich kaum etwas erkennen. Aber vielleicht kann man von unserer Hütte aus mehr sehen.« Sie setzte ihren Weg den Pfad hinauf fort, an den verlassenen Häusern vorbei, bis zu ihrer Hütte.

»Mama! Mama!« schrie sie, als sie die *ramada* erreichte. »Irgend etwas kommt in unseren Cañon!«

»Banditen?« fragte Victoriano und griff sofort nach seiner Machete.

»Nein«, antwortete Lupe, »es sieht mehr aus wie ein Bär auf zwei Beinen.«

Sophia lachte. »Vielleicht kommt der Teufel in Gestalt eines Bären, um unsere Seelen zu rauben!« sagte sie vergnügt.

»Du sollst mit so etwas nicht scherzen!« rief Carlota. »Sonst kommt *el diablo* wirklich und schnappt sich unsere Seelen!«

Victoriano ging hinaus und kletterte auf den großen Felsen. »Kommt hier herauf«, sagte er. »Ich kann es sehen! Es ist groß! Aber es ist zu dunkel, ich kann nichts erkennen!«

Lupe und der Rest der Familie kletterten zu Victoriano auf den Felsen. Sie beobachteten die merkwürdige dunkle Gestalt, die sich auf der Hauptstraße, die oberhalb des Dorfes um die amerikanische Siedlung herum in den Cañon führte, langsam vorwärts zu tasten schien.

Inzwischen standen alle Dorfbewohner und sogar die Hunde zwischen den Felsen und blickten der großen, vornüber gebeugten Gestalt entgegen, die sich ohne das geringste Zeichen von Angst oder Vorsicht näherte.

Die Hunde begannen zu bellen, und die Menschen bekreuzigten sich. Doña Guadalupe zog ihren Rosenkranz hervor, und Lupe befingerte das kleine Kreuz, das sie um den Hals trug.

Jetzt trat die Bärengestalt aus dem Schatten des ersten großen Kathedralenfelsen in einen Lichtstrahl, der zwischen zwei Felsen hindurch in den Cañon fiel.

»Was mag das bloß sein?« fragte Socorro, die Frau des nicht aus dem Krieg zurückgekehrten Colonels, der die kleine Lupe so sehr fasziniert hatte. Sie kletterte zu den anderen auf den Felsblock hinter der Hütte. Die Zwillinge versuchten, der Mutter hinterherzukrabbeln. Victoriano nahm einen der beiden auf den Arm und schob das andere Kind hinter Socorro her, als er ihr folgte.

Jetzt wurde das Ungetüm in voller Größe von den letzten Strahlen der untergehenden Sonne angeleuchtet. Plötzlich konnte man erkennen, daß es sich keineswegs um einen Bären handelte. Was dort kam, war ein menschliches Wesen mit einer riesigen Last auf dem Rücken, die in ein rotes indianisches Tuch geschlagen war.

Lupes Herz beruhigte sich ein wenig, und sie dankte Gott,

während sie weiter die Felswände hinaufblickte. Da in letzter Zeit so viele Geschichten über *brujas* und *espantos* im Dorf erzählt wurden, war es ihr schwer gefallen, zu glauben, daß etwas Gutes von außerhalb des Cañons zu erwarten war.

»Wer das auch sein mag, es ist ein sehr großer Mann«, bemerkte Victoriano.

»Und ein starker Mann«, fügte Maria hinzu. »Seht euch die Last an, die er trägt.«

»Ob es einer von den *americanos* ist?« fragte Socorro, »vielleicht will er die Mine wieder eröffnen?«

Maria erwiderte lachend, »hast du je einen *americano* gesehen, der eine solche Last selber schleppt, wo er doch uns dafür hat?«

Alle lachten, außer Victoriano, der beschützend seinen Arm um Socorros Schultern gelegt hatte.

Carlota, die Victorianos Geste bemerkte, machte Sophia zwinkernd darauf aufmerksam. Aber diese machte ihr nur warnend ein Zeichen, Victoriano, der sich im letzten Jahr eng an Socorro angeschlossen hatte, nicht in Verlegenheit zu bringen.

»Nun, wenn es kein *americano* ist«, sagte Socorro, »dann hoffe ich, daß es jemand aus meiner Familie ist, der mich holt. Ich kann euch schließlich nicht ewig zur Last fallen.«

»Aber du bist keine Last, Socorro«, antwortete Victoriano. »Du gehörst doch zur Familie.«

»Danke, Victoriano«, erwiderte Socorro. »Aber ich muß allmählich wieder auf eigenen Füßen stehen. Ihr könnt mich und meine Söhne nicht bis in alle Ewigkeit durchfüttern.«

Sie schüttelte verzagt den Kopf. Seit drei Jahren hatte sie jede Gelegenheit genutzt, Briefe aus dem Cañon an ihre Brüder zu senden, in denen sie sie bat, sie nach Hause zu holen.

Ängstlich blickten die Männer, Frauen und Kinder dem Fremden entgegen, der jetzt die äußerste Spitze des Dorfes erreicht hatte. Von den sechs Familien, die noch im Dorf lebten, hatte keine mehr Verwandte außerhalb des Cañons.

An dem ersten verlassenen Haus bog der Fremde von der Hauptstraße ab. Er nahm jedoch nicht den direkten Weg zum Stadtzentrum, sondern einen Nebenpfad der Hauptstraße. Es sah so aus, als strebe er geradewegs auf die Hütte von Lupes Familie zu.

Verwundert blickte Lupe ihre Mutter an. Seit Flaco und Manos fast ein Jahr zuvor den Cañon verlassen hatten, war niemand mehr zu ihnen gekommen.

Zielstrebig, als wäre der Pfad ihm vertraut, stapfte der Fremde immer näher heran. Er wirkte so erschöpft, als ob er die schwere Last auf seinem Rücken kaum noch tragen konnte.

Auf einmal drehte Doña Guadalupe sich unvermittelt um und verschwand unter der *ramada*.

Lupe wandte sich an ihren Bruder. »Kennen wir den Mann?«

Victoriano schüttelte den Kopf. »Nein, ich glaube nicht. Wahrscheinlich denkt der arme Kerl, die Mine ist noch in Betrieb, und will uns Waren verkaufen.«

Victoriano trat auf den Mann zu und wollte ihn auffordern, wieder zu gehen. Als er sich gerade geräuspert hatte und den Mund zum Sprechen öffnete, stürmte Carlota plötzlich den Pfad entlang und schrie aus Leibeskräften: »Papa! Papa!«

Sophia und Maria folgten ihr auf dem Fuß.

Sprachlos starrte Lupe ihren Bruder an. Auf einmal begriff sie, warum die Mutter in die Hütte verschwunden war.

»Ich gehe zu Mama«, sagte sie.

Victoriano nickte. »Ich warte hier.« Jetzt verstand auch er. Die Mutter mußte den Vater bereits von weitem erkannt haben.

In der Hütte bürstete sich Doña Guadalupe ihr langes, silberfarbenes Haar. Im gedämpften Licht der Sonnenstrahlen, das durch die Ritzen der Hütte fiel, konnte Lupe erkennen, daß die Mutter Tränen in den Augen hatte.

»Mama«, sagte Lupe, »es ist Papa.«

»Ich weiß«, antwortete Doña Guadalupe. »Bitte, geh hinaus und begrüße ihn mit deinen Geschwistern. Ich möchte einen Augenblick allein sein.«

Lupe achtete nicht auf die Worte der Mutter. »Mama«, sagte sie, »du brauchst ihn doch nicht zu sehen, wenn du nicht willst.«

Die Mutter legte die Bürste nieder und drehte sich zu ihrer jüngsten Tochter um. »Oh, *mi hijita*«, sagte sie und blickte ihr Nesthäkchen, das aufrecht und bereit, sie zu verteidigen, in der Tür stand, zärtlich an.

Plötzlich brach Doña Guadalupe in Tränen aus. Lupe stürmte zu ihr und schloß sie in die Arme. Sie drückte sie fest an sich und fühlte die üppige, weiche Brust der Mutter, die sich unter heftigen Schluchzern hob und senkte. Es tat gut zu weinen; Tränen öffnen das Herz und reinigen die Seele.

Die Sonne, das rechte Auge Gottes, war inzwischen hinter den hohen Felswänden verschwunden, und im Cañon wurde es dunkel und kalt. Draußen lachten und scherzten Lupes Geschwister mit dem Vater, während sie ihm halfen, seine schwere Last abzusetzen.

»O Papa«, sagte Sophia mit Freudentränen in den Augen. »Ich dachte schon, du wärest böse auf uns und würdest nicht zu meiner Hochzeit kommen.«

»Wie kann ich denn böse auf meine Engel sein?« sagte der alte Mann, der mit Sophia sprach und gleichzeitig Carlota küßte und herzte. »Ihr seid doch mein ein und alles. Schaut nur, all die Geschenke, die ich zur Hochzeit mitgebracht habe.«

»Die sind alle für uns?« kreischte Carlota entzückt.

»Aber natürlich, *mi hijita*«, bestätigte er.

»O Papa! Papa!« rief Carlota und bedeckte sein Gesicht mit Küssen. Dann rannte sie zu dem großen Bündel, das er den ganzen Weg aus der Tiefebene mitgeschleppt hatte.

Sophia ergriff die Hände ihres Vaters und blickte ihm tief in die Augen. »Ich bin so froh, daß du wieder da bist«, sagte sie und wischte sich die Tränen fort. Sie küßte ihn auf die Wangen und drückte ihn an sich. Obwohl inzwischen zur Frau herangereift, war sie immer noch zierlich und kaum größer als Carlota. »Komm, Papa«, sagte sie und führte ihn den Pfad entlang.

Am Ende des Weges warteten Maria und Victoriano, beide schlank und hochgewachsen. Maria lachte über das ganze Gesicht, doch Victoriano verzog keine Miene. Er war auf der Hut wie ein junges Wild.

Maria flog in die Arme ihres Vaters, wobei sie ihn fast umrannte.

»Maria, nicht so heftig«, lachte er, »gönn deinem Vater eine kleine Verschnaufpause, bevor du ihm alle Knochen brichst!«

»Verzeih mir, Papa«, erwiderte sie, »aber ich freue mich so, daß du wieder da bist. Wir dachten schon, du hättest uns verlassen und wolltest uns nie mehr wieder sehen.«

»Wie konntet ihr so etwas glauben«, fragte er.

»Du hast nie auf Mamas Briefe geantwortet. Sie hat dir dreimal geschrieben und deinetwegen sogar zweimal Sophias Hochzeit verschoben.«

»Das tut mir leid«, sagte der Vater, »aber ihr dürft nicht vergessen, daß diese Revolution das ganze Land auseinandergerissen hat. Seitdem die *americanos* die Mine verlassen haben, ist La Lluvia völlig von der Außenwelt abgeschnitten.«

Er gab Maria erneut einen Kuß und blickte dann zu Victoriano hoch, der auf der erhöhten Seite des Pfades stand und seinen Vater überragte.

»Schau sich einer diesen Riesen an, der mir über den Kopf gewachsen ist! Das kann doch nicht mein kleiner Victoriano sein!«

Gegen seinen Willen errötete Victoriano. Er rührte sich nicht, als der Vater zu ihm ging und ihn in die Arme schloß. Victoriano und Lupe waren die beiden jüngsten Kinder und konnten sich kaum noch an den Vater erinnern.

»Oh, *mi hijito*«, sagte der grauhaarige alte Mann gerührt, mit Tränen in den Augen. »Wie oft habe ich von diesem Moment geträumt.«

Victoriano fühlte, wie das Herz seines Vaters vor Aufregung schnell klopfte. Wie gern hätte er geantwortet, daß auch er diesen Augenblick herbeigesehnt hatte, doch er brachte keinen Ton heraus. Ein Teil von ihm haßte den Vater und wehrte sich dagegen, daß er nun zurückgekehrt war. Außerdem war es ihm peinlich, diese Umarmung vor Socorro über sich ergehen zu lassen. Er wollte vor der Frau, die er liebte, nicht wie ein kleiner Junge dastehen.

In diesem Augenblick trat Lupe aus der *ramada*. Als Don Victor das langbeinige Mädchen erblickte, runzelte er die Stirn.

»Nein«, sagte er, »diese junge Lady kann unmöglich meine Lupita sein, oder etwa doch?«

»Doch Papa«, antwortete Carlota aufgeregt. »Es ist Lupita! Und Mama ist auch drinnen. Ich werde sie holen.«

»Nein«, sagte Lupe ruhig. »Mama möchte allein sein.«

»Aber Papa ist doch hier!« erwiderte Carlota fassungslos.

»Das weiß sie«, sagte Lupe und blieb ungerührt stehen.

Carlota verzog ärgerlich das Gesicht. »Du lügst!« rief sie laut. »Ich werde Mama holen!«

Mit einem Satz war Sophia neben ihr und hielt sie am Arm fest. »Nein, Carlota! Du wartest mit uns hier draußen. Lupe lügt nicht. Wenn Mama sagt, sie möchte allein sein, dann will sie auch allein sein.«

»Aber Papa ist doch nach Hause gekommen«, bettelte Carlota und versuchte, dem Griff der älteren Schwester zu entkommen.

»*Mi hijita*«, sagte der Vater und ging zu ihr. »Es ist alles in Ordnung.« Er legte zärtlich den Arm um Carlota und wandte sich Lupe zu. »Es war richtig, Lupita, daß du uns den Wunsch deiner Mutter mitgeteilt hast.« Er streckte Lupe seine Hand entgegen, doch sie bewegte sich nicht.

»Lupe!« schrie Carlota. »Er ist dein Vater! Was ist denn bloß in dich gefahren?«

Lupe antwortete nicht. Sie stand einfach da und scharrte nervös mit dem Fuß. Sie kannte diesen Mann überhaupt nicht, wie konnte sie dann zu ihm gehen und ihm gestatten, sie zu umarmen?

»*Cálmate*, Carlota«, sagte Don Victor, dessen Unterlippe zu zittern begann. »Sie war noch sehr klein, als ich fortging. Sie erinnert sich nicht mehr an mich. Stimmt's, *mi hijita?*« fragte er.

Lupe versuchte, gefaßt zu wirken, und nickte. Doch ihr Herz klopfte wie verrückt. Sie war nur herausgekommen, um den anderen mitzuteilen, daß die Mutter allein sein wollte, und hatte nicht vorgehabt, solchen Aufruhr zu verursachen.

Es war bereits stockdunkel, als die Dorfbewohner sich einfanden, um die Geschenke Don Victors zu bewundern. Er hatte leuchtende Kleiderstoffe mitgebracht, weiße Spitze für Sophias Hochzeitskleid und vier Paar neue Gummisandalen – die den Kindern alle drei Nummern zu klein waren. Außerdem einen ganzen Sack mit getrockneten Bohnen, Dörrfleisch, Mehl, Zucker, Salz, bunte Bänder und zwei neue indianische Decken. Unter dem Sonnendach aus Zweigen und Ästen sah es aus wie auf einem Marktplatz.

»Oh, die Spitze ist wunderschön«, sagte Sophia und ließ den Stoff durch ihre Finger gleiten.

»Sie ist aus Guadalajara«, erklärte Don Victor stolz.

Carlota und Maria hüpften vor Begeisterung auf und ab, während sie all die herrlichen Sachen herumzeigten.

Victoriano holte einen Stuhl für Socorro, damit sie sich setzen und die Zwillinge stillen konnte. Eigentlich waren die beiden kleinen Jungen schon zu groß, um noch immer gestillt zu werden, aber Socorro bestand darauf. Victoriano bemühte sich vergeblich, nicht auf ihre großen, prallen Brüste zu starren, als sie die Bluse aufknöpfte und den Babys ihre Brustwarzen in den Mund steckte. Nervös stand er auf und holte ein paar Fackeln aus Kiefernholz aus der Hütte. Als er sie vor der *ramada* in die Erde steckte und anzündete, trat Doña Guadalupe aus der Hütte.

»Guten Abend«, sagte die pummelige, grauhaarige alte Frau und blieb im Eingang zur *ramada* stehen.

Alle drehten sich zu ihr um und erstarrten vor Überraschung. Die Frau, die dort im Licht der Fackeln stand, hatte keinerlei Ähnlichkeit mehr mit Doña Guadalupe. Ihr Haar war zu einem Turm aufgesteckt, und sie hatte ihre Schürze ausgezogen. Sie hatte sich den Mund mit Socorros Lippenstift rot angemalt und trug rosa Puder auf den Wangen.

»O Mama!« sagte Carlota. »Was hast du denn mit dir angestellt? Du siehst ja schrecklich aus!«

Sophia trat neben die Mutter. »Beachte sie einfach nicht, Mama«, sagte sie. »Du siehst wundervoll aus. Stimmt's, Papa?«

»Aber natürlich«, bestätigte Don Victor und lächelte strahlend. »Sie ist noch genauso wunderschön wie an dem Tag, als ich sie kennenlernte.«

Als er seinen Hut abnahm, um sich vor ihr zu verbeugen, schnappten alle überrascht nach Luft. Er war vollkommen kahl.

»*Cómo estás, querida?*« fragte er.

»*Muy bien, gracias*«, antwortete die Mutter.

Noch nie hatte Lupe diesen Ausdruck in den Augen der Mutter gesehen. Die Mutter und der Vater flirteten miteinander, wobei sie sich jedoch so vorsichtig verhielten wie zwei Kojoten, die sich gegenseitig beschnuppern.

»Du mußt müde sein«, fügte die Mutter hinzu.

»Ja, todmüde, das kann man wohl sagen. Der letzte Berg hat mich fast umgebracht. Aber dich wiederzusehen, mein Liebling, ist wie ein Jungbrunnen«, sagte er und lachte.

»Aha«, sagte sie und errötete.

Es war so still geworden unter dem Sonnendach, daß sogar das sanfte Rascheln der Blätter hinter der Hütte laut erschien.

»Bist du hungrig?« fragte sie.

»Und wie!« bestätigte er. »Hungrig nach einem Kuß und der Berührung deiner Haut.«

Er trat mit ausgestreckten Armen auf sie zu. Einen Augenblick lang sah es so aus, als würde die Mutter ihm nicht gestatten, sie zu berühren. Doch plötzlich lagen sie sich in den Armen.

Weit oben über dem Dorf tauchten die letzten Strahlen der untergehenden Sonne die Gipfel der Kathedralenfelsen in glutrotes Licht. Er, der Tag, war gegangen, und sie, die Nacht, war gekommen.

Alle versammelten sich nun in der Hütte – Doña Manza mit ihrer Familie und die anderen Dorfbewohner, die begierig darauf warteten, Neuigkeiten aus der Welt außerhalb des Cañons zu erfahren. Abgesehen von Don Manuels Familie waren alle erschienen; Don Tiburcio wollte später nachkommen.

Carlota hockte sich vor ihrem Vater nieder, um ihm die Stiefel auszuziehen und seine geschwollenen Füße mit warmem Wasser zu waschen. Don Victor grunzte vor Behagen, als er seinen Hut zurückschob und eine Flasche Tequila zum Vorschein brachte.

»Es grenzt fast an ein Wunder, daß ich diese Flasche heil hierhergebracht habe«, sagte er und lachte laut. »Ich bin so oft hingefallen, daß ich sicher war, sie sei zerbrochen.« Er nahm einen tiefen Zug und reichte die Flasche dann an die anderen Männer weiter.

»Jetzt erzähl mal«, sagte einer der Männer, »ist es wahr, daß Francisco Villa getötet wurde und die Revolution vorüber ist?«

»Ach was«, antwortete Don Victor. »Das Gerücht ist doch schon zwei Jahre alt. Villa hat sich von seinen Verletzungen wieder vollständig erholt und ist so stark wie eh und je.«

Sie waren entsetzt. Alle hatten gehofft, die Revolution sei endlich zu Ende.

Der Vater fuhr fort zu erzählen. Lupe saß ihm gegenüber am

Kohlenfeuer und beobachtete, wie ihre Mutter, die neben Don Victor saß, ihm Tee und süßes Brot servierte.

Sie sah, wie Don Victor kurz seine Hand auf das Bein der Mutter legte, deren Augen fröhlich funkelten. Verlegen schielte Lupe zu ihren Geschwistern, doch außer Victoriano schien keiner etwas gemerkt zu haben.

»Ich versteckte mich also in der Stadt, wo überall Berge von Leichen lagen, als die bewaffneten Männer kamen«, erzählte Don Victor lachend. »Diese blinde alte Frau stand mitten auf der Straße, und ich dachte schon, sie würden sie jeden Moment niedertrampeln. Doch als der Anführer die Alte sah, zügelte er zu meiner Überraschung sein Pferd, langte in seine Satteltasche und warf eine Goldmünze in ihre Blechbüchse. ›Gracias, mi general!« sagte die Alte. ›Ich dachte, du wärest blind‹, erwiderte dieser, ›wie kannst du dann wissen, daß ich General bin?‹ Da lachte sie mit ihrem zahnlosen Maul und sagte doch tatsächlich zu ihm: ›Heutzutage ist doch jeder Hurensohn ein General!‹«

Die anderen fielen in Don Victors Gelächter ein. »Der Offizier wurde so wütend, daß ich dachte, er würde die Alte erschießen. Ich habe mich, so schnell ich konnte, aus dem Staub gemacht. Im richtigen Moment zu verschwinden ist die einzige Möglichkeit, diesen Krieg zu überleben!«

Don Victor trank und erzählte eine Geschichte nach der anderen; die *ramada* war erfüllt von Gelächter.

»So, und jetzt die letzte Geschichte«, sagte Don Victor schließlich. »Ich will, daß ihr alle seht, was ich Besonderes für meine Töchter mitgebracht habe. Das ist der letzte Schrei in Europa und Mexiko City.« Er brachte einen Stoff aus einem zarten, leuchtenden rosafarbenen und glänzenden Material zum Vorschein, das sie noch nie gesehen hatten, und verkündete laut: »Unterwäsche für meine Töchter!«

Doña Guadalupe rang nach Luft und verschüttete ihren Tee. Carlota sprang auf und hüpfte wie ein Pony unter dem Sonnendach hervor. Sophia und Lupe drängten sich vor lauter Verlegenheit dicht zusammen, und Maria verbarg ihr Gesicht mit der Hand und rannte ebenfalls hinaus, wobei sie mit Don Tiburcio zusammenprallte.

»Was ist denn hier los?« fragte er. Er hatte sich fein herausge-

242

putzt und trug einen Mantel und eine Krawatte. In den Händen hielt er einen Blumenstrauß und ein Geschenk, das in feines weißes Papier verpackt war.

»Oh, *dios mio*!« rief Maria und rannte wieder zurück. »Sophia! Sophia! Er ist hier!« rief sie. »Und ich glaube, er hat gehört, was Papa gesagt hat!«

Puterrot vor Verlegenheit sah Sophia ihrem kleinen, dunkelhäutigen Verlobten entgegen. »Bitte, Papa!« flehte sie, »sag jetzt bloß nichts mehr!«

Sophia war außer sich. In ihrer Welt war es unmöglich, von den Unterkleidern einer Frau zu sprechen, schon gar nicht in Gegenwart ihres Verlobten. Doch Don Victor war nicht zu bremsen. Er hatte es geschafft, daß die *ramada* vor Gelächter erbebte, und war stolz darauf. Don Victor erhob sich und trat seinem zukünftigen Schwiegersohn am Eingang gegenüber. Er hatte Tiburcio, den er um einen Kopf überragte, seit acht Jahren nicht gesehen. Jetzt streckte er ihm die Hand entgegen. »Komm herein«, sagte er zu ihm, »und schau dir diesen wunderbaren rosa Stoff an. Du hast doch nicht geglaubt, daß ich meiner Tochter erlaube, dich in alter, abgetragener Unterwäsche zu heiraten?«

Don Tiburcio blieb wie vom Blitz getroffen stehen und drehte den kleinen Blumenstrauß in den Händen.

»Na, gib's zu, Don Tiburcio«, fuhr Don Victor fort. »Hast du das geglaubt?«

Don Tiburcio war so rot wie eine drei Tage alte Chilischote. »Nun, ich muß zugeben«, antwortete er, »ich habe noch nicht darüber nachgedacht, Don Victor.«

»Das solltest du aber. Schließlich ist die Wäsche einer Frau der wichtigste Teil ihres Hochzeitskleides!«

Jetzt verlor Doña Guadalupe die Geduld. »So!« sagte sie und stand auf. »Jetzt reicht es!«

»Wieso denn?« fragte Don Victor und langte nach der Schachtel mit Süßigkeiten und den Blumen, die Don Tiburcio für Sophia mitgebracht hatte. »Sieh nur, was er mir mitgebracht hat, *querida*!«

»Laß Don Tiburcio bitte vorbei!« sagte Doña Guadalupe und nahm ihrem Mann die Blumen und die Schachtel aus der Hand.

»Oh, sieh an«, sagte Don Victor. Er torkelte leicht und grinste von einem Ohr zum anderen. Es war nicht zu übersehen, daß er zuviel getrunken hatte. »Inzwischen nennst du dich also ›Don‹ Tiburcio, was? Ich erinnere mich noch daran, als du ein rotznasiger *muchacho* warst und deine Mutter den Laden führte.«

Jetzt war es still unter dem Sonnendach. Keiner wußte, was er sagen sollte. Bevor es noch peinlicher wurde, ergriff Doña Guadalupe das Wort. »Don Victor«, sagte sie ruhig, aber mit fester Stimme. »Seit die Amerikaner die Mine geschlossen und den Cañon verlassen haben, ist es Don Tiburcio zu verdanken, daß wir überhaupt noch leben. Er hat es als einziger gewagt, durch die Berge – in denen es von Banditen nur so wimmelt – in die Tiefebene zu gehen und Waren einzukaufen. Wäre er nicht gewesen, wären wir alle längst verhungert.«

»Ah, ich verstehe«, erwiderte Don Victor und griff nach der Tequila-Flasche, in der noch ein Schluck war. »Und was ist mit unserem Bürgermeister, Señor Oberpenibel? Schickt er seine Maultiertreiber nicht mehr jeden Monat die Berge hinab, um Waren zu besorgen?«

Lupe senkte den Kopf und spielte mit ihrem Haar. Es machte sie verlegen, wie wenig der Vater doch über die Situation wußte, in der die Familie sich befand.

»Nein«, antwortete Doña Guadalupe, und reichte Marie die Blumen und das herrlich verpackte Geschenk. »Seit die *americanos* abgezogen sind, ist Don Manuel …, nun ja, man könnte sagen, er ist in Trauer.«

»In Trauer?« echote Don Victor torkelnd.

»Ja«, erwiderte Doña Guadalupe, »in den letzten Monaten haben wir ihn noch nicht einmal zu Gesicht bekommen.«

»Es ist wahr, Don Victor«, sagte Doña Manza, »die Amerikaner waren sein ganzer Lebensinhalt. Er war überzeugt, daß er zu ihnen gehörte und daß sie ihn und seine Familie mit in die Vereinigten Staaten nehmen würden. Sie dachten natürlich nicht daran. Statt dessen sitzt er jetzt hier und bewacht die verlassene Mine.«

»Und die *americanos* waren kaum verschwunden«, fügte einer der Männer lachend hinzu, »da tauchte Ojos Puros mit seinen *Indios* auf und hat die Tore abgerissen.« Er schlug Ojos Puros freundschaftlich auf den Rücken. »Don Manuel hat wie ein Verrückter versucht, die Umzäunung vor ihnen zu retten.«

»Ja, das stimmt«, lachte Ojos Puros. »Wir brauchten Material für unsere Ziegengatter. Als wir uns die Zäune holten, kam Don Manuel mit seiner Pistole in der Hand aus seinem Büro gestürmt und feuerte auf uns. Aber er hat daneben geschossen«, sagte Ojos Puros, der ebenfalls betrunken war und sich vor Lachen krümmte. »Ich glaube, das hat ihm den Rest gegeben. Seitdem ist er jedenfalls nicht mehr aus seinem Haus gekommen.«

Lupe beobachtete ihren Vater, der jetzt tief seufzte. »Ihr wißt ja, daß ich diesen pingeligen Typen nie leiden konnte«, sagte er. »Aber ich sage euch, als er in den Cañon kam, haben die *americanos* ihn beschuldigt, die Lohngelder gestohlen zu haben, und ihn an den Daumen aufgehängt. Aber er hat sich nicht kleinkriegen lassen. Irgendwann fand man dann heraus, daß der große deutsche Buchhalter all die Jahre das Geld gestohlen hatte. Auf gewisse Weise hat dieser penetrante Don Manuel auch meinen Respekt. Er mag zwar ein anmaßender kleiner Hundesohn sein, aber er hat *tanates.*«

Don Victor seufzte wieder und wandte sich mit ernstem Gesicht Don Tiburcio zu. »Du mußt auch ein verdammt mutiger Kerl sein, Don Tiburcio«, sagte er. »Ich gebe zu, daß ich mir vor Angst fast in die Hosen gemacht habe, als ich auf dem Weg hierher durch die Schluchten mußte, wo es von Banditen nur so wimmelt.«

Alle fielen in Don Victors ansteckendes, lautes Gelächter ein.

Sophia öffnete ihr Geschenk, das eine neue Schachtel feinster Pralinen enthielt. Sie reichte sie herum, und jeder nahm sich ehrfürchtig, als handele es sich um Juwelen, ein Stück heraus.

»Papa!« rief Carlota, während sie ihr Konfekt lutschte, »du hättest mal die Pralinen sehen sollen, die Don Tiburcio immer mitbringt, seit er mit Sophia verlobt ist.«

»Jetzt reicht es!« sagte Doña Guadalupe in scharfem Ton.

Aber Carlota plapperte immer weiter. »Mama hat ihm zuerst gesagt, daß Sophia zu zierlich ist, um schon zu heiraten, deshalb bringt er ihr seit einem Jahr massenweise Schokolade, damit sie schneller zunimmt.«

Don Victor lachte schallend, wobei er all seine abgebrochenen

Zahnstummel sehen ließ. »Schäm dich, *querida*«, sagte er zu seiner Frau. »Ha, das ist der gleiche faule Trick, mit dem dieses Weib hier mich reingelegt hat, bevor wir heirateten. Sie hat behauptet, sie wäre zu dünn und ich müßte ihr Schokolade bringen, damit sie zunähme.«

Doña Guadalupe lief puterrot im Gesicht an, während rings um sie Gelächter aufbrandete.

In dieser Nacht schlief Lupe mit ihren Geschwistern auf einer Strohmatte unter der *ramada*, während die Mutter und der Vater die Nacht in der Hütte verbrachten.

Es war Vollmond. Plötzlich schreckte Lupe aus dem Schlaf hoch. Die Kojoten heulten, und in der Nähe vernahm sie ein merkwürdiges Geraschel. Zuerst dachte sie, es wäre der Rehbock, der mit irgendwelchen Hunden kämpfte, doch dann merkte sie, daß die Geräusche aus dem Bett ihrer Mutter kamen. Es hörte sich an, als ob zwei Katzen darin kämpften.

Sie fauchten und schrien vor Schmerz und bewegten sich immer schneller. Dann erkannte Lupe, daß es ihre Eltern waren, die da drinnen schnauften, wie zwei Esel, die einen steilen Hang erklommen.

Der kleine Hund der Familie bellte, und Lupe blickte zum Himmel empor, wo zwei kleine weiße Wolken vorüberzogen, wie ein Liebespaar, das Hand in Hand über die Berggipfel wandert. Tränen der Verwirrung stiegen Lupe in die Augen. Die gleichen merkwürdigen Geräusche waren immer aus der Hütte gekommen, wenn ihr Colonel dort die Nacht mit Socorro verbracht hatte.

Sie hörte ihre Eltern seufzen wie zwei Bäume, durch die der Wind strich. Lupe drehte sich zu Sophia herum, die ihr die Arme entgegenstreckte. Rasch kuschelte sie sich in der Dunkelheit eng an die Schwester. Lupe mußte an all die Tiere denken, die sie beim Paarungsakt beobachtet hatte, und daran, wie ihr Rehbock versucht hatte, sich mit seinem glänzenden, roten Ding der Milchziege zu nähern.

Jetzt hörten sich die Geräusche aus der Hütte an, als würden die Eltern eine Horde Wildschweine einen Berg hinaufjagen. Plötzlich stieß der Vater einen lauten Schrei aus, und die Mutter begann zu kichern.

Lupe zitterte, und Sophie drückte sie fest an sich. Sie blickte durch die herabhängenden Blätter der Bougainvilleas. Die beiden Wölkchen hatten die Kathedralenfelsen nun hinter sich gelassen und zogen am Mond vorüber, der strahlend hell und geheimnisvoll am Himmel leuchtete.

Am nächsten Morgen, als Lupe ihre Pflichten erledigt hatte und zur Hütte zurückkehrte, fand sie Maria und Sophia vergnügt singend bei den Frühstücksvorbereitungen. Sie fragte sich, ob die beiden die schrecklichen Geräusche der Nacht bemerkt hatten.

»Beeil dich!« sagte Sophia aufgeregt. »Hilf Carlota den Tisch decken. Wir machen ein Überraschungsfrühstück für Mama und Papa.« Lupe stellte die Milch ab, und trotz ihrer Verwirrung half sie Carlota, den Tisch zu decken. Sie konnte sich überhaupt nicht erklären, warum die Schwestern so fröhlich waren.

Nachdem die Spiegeleier und die pikante Soße fertig waren, riefen sie die Eltern herbei. Als die beiden unter die *ramada* traten, stach Lupe ein eigenartiger Geruch in die Nase, der ganz eindeutig von den Eltern ausging. Jetzt wußte sie, daß sie sich die Geräusche der Nacht nicht eingebildet hatte. Den gleichen Geruch hatten Socorro und der Colonel verströmt, wenn sie nach einer ähnlich lauten Nacht mit verklärten Gesichtern aus der Hütte traten. Still beobachtete Lupe ihre Geschwister und die Eltern.

»Ja, was haben wir denn hier!« sagte Don Victor, als er den mit Blumen geschmückten Frühstückstisch erblickte. »Das ist ja noch schöner als in unseren Flitterwochen, *querida*!«

»Flitterwochen?« fragte die Mutter lachend. »Meinst du etwa die furchtbare Reise auf endlosen Pfaden hierher nach La Lluvia?«

»Genau! Und die wunderbaren Nächte unterm Sternenhimmel«, antwortete er und gab ihr einen Kuß.

»Schluß jetzt, ihr beiden! Setzt euch!« sagte Sophia, sonst werden eure *huevos rancheros* kalt.«

»Kannst du dir vorstellen«, sagte Doña Guadalupe, während sie sich setzte, »daß ich in all den Jahren niemals Zeit hatte, zu dieser Stunde hier unter meinem Sonnendach zu sitzen? Schau dir nur diese wundervolle Aussicht an; wie ein Gemälde Gottes! Kein Wunder, daß Manos und Flaco immer so gern hier gesessen haben.«

»Was ist aus den beiden geworden?« fragte Don Victor, der hungrig seine Portion herunterschlang.

»Nachdem die *americanos* die Mine stillgelegt haben, sind sie mit ein paar anderen Männern noch einige Monate hiergeblieben, weil sie dachten, sie würden vielleicht noch etwas Gold aus der Mine rausholen können«, erzählte Doña Guadalupe. »Aber Señor Jones hatte auch den neueren Teil der Mine sprengen lassen, bevor er verschwand. Also konnten Manos und Flaco hier nichts mehr ausrichten.«

»Es sieht so aus«, überlegte Don Victor, »als hätte Jones vor, nach der Revolution hierher zurückzukehren. Diese gerissenen *gringos*! Ich schwöre euch, die werden uns noch in zweihundert Jahren im Nacken sitzen.«

Doña Guadalupe und Don Victor schwatzten und ließen sich die Spiegeleier schmecken, während die Töchter sie bedienten. Lupe fiel auf, daß sie noch nie erlebt hatte, daß die Mutter während einer ganzen Mahlzeit am Tisch sitzen blieb. Normalerweise war sie stets diejenige, die alle anderen bediente.

Nachdem die Eltern ihr Frühstück beendet hatten und der Vater sich eine Zigarette rollte, rief die Mutter alle an den Tisch.

»*Mil gracias*«, sagte sie, »das war ein wunderbares Frühstück, und es hat herrlich geschmeckt. Jetzt hört uns bitte einmal gut zu – du auch, Socorro. Ich hatte letzte Nacht ein wichtiges Gespräch mit Victor.« Sie glättete den Rock auf ihrem Schoß. »Erzähl du es ihnen, *querido*.«

»Nun ja«, begann Don Victor, »eure Mutter und ich, wir sind zu dem Ergebnis gekommen, daß wir nur zwei Möglichkeiten haben. Entweder warten wir hier in unserem Cañon ab, bis der Krieg vorüber ist, und hoffen, daß die Banditen uns in der Zwischenzeit nicht umbringen, oder wir gehen in die Vereinigten Staaten und warten dort auf das Ende des Krieges.«

Don Victor blickte in entsetzensstarre Gesichter.

»Über die Grenze?« fragte Maria. »Aber wann würden wir denn aufbrechen?«

»So bald wie möglich«, antwortete der Vater.

Victoriano und Socorro sahen einander fragend an.

»Aber ich werde doch heiraten«, sagte Sophia.

»Ich weiß«, erwiderte Doña Guadalupe, »auch darüber haben wir gesprochen. Aber sieh mal, was glaubst du, wie lange Don Tiburcio noch in die Tiefebene gehen kann, um uns mit Lebensmitteln zu versorgen, ohne daß ihm etwas zustößt, *mi hijita*?«

Sophia knetete ihre Hände. »Ich habe auch schon darüber nachgedacht«, sagte sie. »Aber er würde niemals mit uns gehen und seine Mutter zurücklassen, und ihr geht es nicht besonders gut.«

»Deshalb müssen wir uns beraten und überlegen, was das beste ist.«

»Würden wir denn jemals zurückkehren?« fragte Maria, die in diesem Moment zweifellos an Esabel dachte, den sie nicht verlassen wollte.

»Mit Gottes Hilfe, ja«, antwortete die Mutter. »Schließlich ist hier unsere Heimat. Und ich bin sicher, daß die Mine wieder in Betrieb genommen wird, sobald der Krieg vorüber ist. Dann können wir hier auch wieder unseren Lebensunterhalt verdienen.«

»Ich will aber gar nicht zurückkehren«, rief Carlota aufgeregt. »Ich will die großen Städte kennenlernen und zu Tanzveranstaltungen gehen, neue Kleider und Schuhe tragen und niemals zurückkommen!«

Alle sahen sie an und lachten.

»Großartig«, sagte die Mutter trocken. »Wenn du Glück hast, wirst du deine Schuhe und Kleider bekommen. Aber vergiß nicht, wir gehen nicht zu unserem Vergnügen fort, sondern um zu überleben.«

Es wurde still unter der *ramada*, jeder dachte daran, was ein solcher Schritt für Konsequenzen haben würde. Lupe dachte an ihr geliebtes Haustier und an das Grab des Colonels und die Vertrautheit des Lebens hier im Cañon.

»Wann werden wir also aufbrechen?« fragte Sophia.

Doña Guadalupe drehte sich fragend zu ihrem Mann um.

»Auf keinen Fall sofort«, antwortete Don Victor. »Ich habe schon zu eurer Mutter gesagt, es wäre dumm, nur mit dem, was wir auf dem Leibe tragen, aufzubrechen. Wir brauchen Gold – viel Gold –, damit wir die Reise nach Norden bezahlen können.

Und wenn wir zur Grenze kommen, müssen wir Arbeitsgenehmigungen für die amerikanische Seite erwerben. Ihr müßt nämlich wissen, *mi hijitos*, daß nun schon seit sieben Jahren Tag für Tag Tausende von Menschen zur Grenze flüchten. Man kann nicht mehr einfach hinüberwechseln. Die Lage ist sehr ernst. So schlimm es hier auch sein mag, dort ist es noch viel schlimmer.«

»Ihr könnt mir glauben, daß euer Vater das nicht nur so daher sagt«, bekräftigte Doña Guadalupe, »ich habe ihm alles erzählt.« Sie schluckte und kämpfte gegen die aufsteigenden Tränen an. »Ich habe ihm von La Liebre erzählt und ... und wie sie Victoriano hängen wollten. Aber ... aber ...« Sie schüttelte den Kopf, unfähig weiterzusprechen, bis der Vater ihre Hand ergriff.

»Ich kann einfach nicht mehr«, sagte sie mit bebender Stimme. »Etwas in mir ist gestorben, seit ich Victoriano an jenem Tag mit der Schlinge um den Hals sah.«

Sie seufzte und versuchte sich zu fangen. Die Töchter hatten jetzt Tränen in den Augen, als sie sich an den schrecklichen Tag erinnerten, an dem ihr Bruder gebrandmarkt und fast gehängt worden wäre.

»Ich habe einfach keine Kraft mehr«, sagte Doña Guadalupe.

»Aber Mama, was willst du denn damit sagen? Wirst du etwa sterben?« fragte Carlota mit banger Stimme.

»Aber nein, natürlich nicht, *mi hijita*, mit eures Vaters Hilfe werde ich mich schon wieder erholen. Aber mir fehlt die Energie, weiterhin der Felsen unseres Hauses zu sein. Jetzt muß euer Vater die Zügel in die Hand nehmen und uns in die *Estados Unidos* führen.«

Die tapfere alte Frau wandte sich mit tränenüberströmtem Gesicht ihrem Mann zu. Er tätschelte ihr beruhigend die Hand.

Es war die Wahrheit. Als Lupe die Mutter ansah, fiel ihr zum erstenmal auf, daß die resolute Frau offenbar all die Kraft verloren hatte: Sie sah zerbrechlich, alt und müde aus. Lupe begann zu zittern.

Sophias Hochzeit wurde um ein paar Tage verschoben. Die Leute im Cañon waren eifrig mit den Vorbereitungen für dieses Ereignis beschäftigt; es sollte ein großartiges Fest werden. Die Mine war geschlossen, das Dorf und die amerikanische Siedlung lagen in Trümmern, und alle liefen zerlumpt und hungernd herum. Aber ihre Lebensfreude verloren die Menschen des Cañons nicht.

Am Morgen der Hochzeit erwachte Lupe und dachte, sie träume noch. Am Himmel funkelten die Sterne, und durch die Bougainvillas des Sonnendachs erklang Gitarrenmusik.

Eng aneinandergekuschelt lauschten Lupe und Sophia dem sanften Morgenwind und den leisen Klängen der Gitarre.

Don Tiburcio hielt sich genau an die traditionellen Bräuche. Er brachte seiner zukünftigen Frau ein Ständchen, als Zeichen dafür, daß es in ihrem neuen Heim immer Zeit zum Singen gäbe, so hart die Umstände auch sein würden.

Maria und Carlota lauschten ebenfalls. Nachdem Don Tiburcio zu Ende gesungen hatte, verschwand er so leise in der Dunkelheit, wie er gekommen war. Tränen liefen Lupe übers Gesicht. Sie freute sich für ihre Schwester, doch ein Teil von ihr dachte immer daran, daß sie bald ihren geliebten Cañon verlassen mußte.

Die Sonne lugte kaum über den zerklüfteten Rand des Cañons, als Victoriano und Esabel auf der Plaza damit beschäftigt waren, Don Tiburcio beim Striegeln der beiden kleinen, weißen Maultiere zu helfen. Ein Stück weiter, am Ufer des kleinen Baches, pflückten Lupe, Carlota und Doña Manzas Töchter Körbe voller Wildblumen, mit denen sie später das Zaumzeug der Maultiere und den kleinen Altar schmücken wollten, an dem die Zeremonie stattfinden sollte.

Es war schon Mittag, als die Mädchen endlich mit ihrer Arbeit fertig waren. Sie hatten den Maultieren Blumen in die Mähne und ins Geschirr geflochten und ihre Schweife mit langen roten Bändern geschmückt. Die beiden kleinen Tiere stampften stolz mit den Hufen.

Überall auf der Plaza standen die Leute in kleinen Gruppen

zusammen und warteten darauf, daß Don Manuel endlich erscheinen würde, um die Zeremonie zu vollziehen.

Da der nächste Priester über drei Tagesritte entfernt lebte, mußte Don Manuel – obwohl er längst nicht mehr sein Amt als Bürgermeister ausübte – bei offiziellen Anlässen wie Taufen, Beerdigungen und Hochzeiten immer noch seines Amtes walten.

Lupe und ihre Freundinnen standen mit den Frauen an der Mauer unterhalb von Doña Manzas Haus. Sie hielten eine Decke vor Sophia, damit ihr Bräutigam sie nicht sehen konnte. Don Tiburcio stand mit den Männern auf der gegenüberliegenden Seite der Plaza.

Maria hatte ihr neues rosafarbenes Kleid an. Mit ihrer schlanken Taille, den breiten Schultern und ihren muskulösen Oberarmen sah sie hinreißend aus. Lupe war noch nie aufgefallen, wie schön Maria war. Sie war immer davon ausgegangen, daß schöne Frauen so klein und zierlich wie Sophia und Carlota sein müßten.

Sophia saß hinter der Decke auf einem Stuhl und ließ sich von ihrer Mutter Orchideen in das lange, dunkle Haar flechten. Lupe war hingerissen von Sophias Schönheit. Sie hatte das gute Aussehen ihres Vaters und den zierlichen Körperbau der Mutter geerbt.

Lupe lauschte gerade auf das Geschnatter der Frauen, als die Hebamme Angelina mit einer Gruppe Tarahumara-Indianer eintraf. Die Männer trugen weite, helle Hosen und hatten sich mit roter Farbe kleine Sonnen ins Gesicht gemalt. Die Frauen waren in farbenprächtige Blusen gekleidet, sie hatten sich Gesicht und Hände weiß gefärbt und die Wangen mit rosafarbenen und gelben Halbmonden bemalt.

»Ja, ja«, sagte die Hebamme, als sie mit zwei der Indianerfrauen nähertrat. »Noch sieht Sophia ja aus wie ein Engel. Aber was für ein Gesicht wird sie wohl heute nacht machen, wenn die Kojoten heulen und sie sich im Blut ihrer Jungfräulichkeit suhlt?«

Doña Guadalupe hatte Mühe, ihren Ärger zu verbergen. »Angelina, du hast zu viel getrunken!« sagte sie. »Halt den Mund! Ich will nichts von diesem abergläubischen Indianergeschwätz hören!«

Die Hebamme lachte höhnisch auf. »Das ist kein abergläubisches Indianergeschwätz, Doña Guadalupe«, erwiderte sie. »Diese Geschichten haben eure Priester doch erzählt, als sie die Jungfrau von Guadalupe in unsere Berge brachten. Außerdem komme ich als eure Freundin. Ich wollte nur meine Hilfe anbieten und deiner Tochter zeigen, wie sie es anstellt zu bluten, wenn es nötig sein sollte.«

Der Zorn, mit dem Doña Guadalupe auf die Hebamme losging, überraschte Lupe. »Verschwinde jetzt!« schnappte sie, »bevor ich mich vergesse!«

Angelina lachte nur und zeigte ihre Zahnlücken. Seit ihr Mann, El Boracho, umgebracht worden war, hatte die Hebamme sich gehen lassen.

»Mama, reg dich nicht auf«, sagte Sophia. »Sie will doch nur helfen. Aber keine Sorge, Angelina. Ich werde bluten.«

»Ich bin froh, das zu hören«, antwortete die Hebamme. Dann wandte sie sich an Maria. »Und du, Maria«, fragte sie, »wirst du auch in deiner Hochzeitsnacht bluten, *querida*?«

Maria wich entgeistert zurück.

»Ich habe dich und Esabel beobachtet«, sagte Angelina, die sich an Marias Fassungslosigkeit weidete. »Er ist kein Junge mehr, glaub mir. Er ist so geil, daß er ein Mädchen schwängern könnte, wenn er sich nur an ihrem Kleid reibt!«

Marias Augen weiteten sich vor Entsetzen. »Mama«, sagte sie, »ist das wahr?«

Doña Guadalupe antwortete ihr nicht. Sie blickte über den Marktplatz, wo Esabel neben Victoriano stand. Sie betrachtete sein hübsches, dunkles Gesicht, seine vollen Lippen und strahlend weißen Zähne und die schwarzen Haarsträhnen, die ihm in die Stirn fielen. Sie verstand, warum Maria so angetan von ihm war; er war einer der bestaussehenden jungen Männer, die sie je gesehen hatte.

»Nein, *mi hijita*, das ist nicht wahr«, erwiderte sie jetzt und blickte Marie an. »Aber glaub mir, noch mehr von diesem Gerede, und es wird wahr.«

Maria schickte ein Stoßgebet gen Himmel.

Als die Sonne schon fast unterging, konnte man mit der Zeremonie nicht mehr länger warten. Don Tiburcio entschuldigte sich bei den Männern, schritt über den Platz und klopfte an die Tür von Don Manuels Haus. Kein anderer hätte das gewagt. Der korrekte kleine Mann war nicht nur ihr Bürgermeister gewesen, sondern abgesehen von den Amerikanern auch der einflußreichste Mann der Stadt.

Don Manuels Frau Josefina öffnete in einem grünen Kleid mit einer roten Blüte im Haar die Tür.

»Ja bitte?« fragte sie.

»Nun«, Don Tiburcio zog seine Uhr hervor, »ist Ihr Mann soweit? Wir warten bereits seit über zwei Stunden, *señora*.«

Sie warf einen Blick auf die Menge, die sich auf der Plaza versammelt hatte. »Er kommt sofort«, sagte sie und schloß die Tür.

Unschlüssig steckte Don Tiburcio seine Uhr wieder ein. Er hatte sich gerade abgewandt, da öffnete sich die Tür erneut, und Don Manuel erschien, begleitet von Lydia und Rose-Mary.

Als er ins Licht trat, waren alle entsetzt. Ihr ehemaliger Bürgermeister hatte sich in einen verhutzelten, kleinen Mann mit eingefallenen, rotgeränderten Augen verwandelt.

Seine beiden Töchter, die ihn weit überragten, trugen wunderschöne Kleider mit mehreren Unterröcken und hatten sich Bänder und Blumen in die hochgesteckten Haare geflochten. Sie halfen dem Vater über die Plaza zu dem kleinen Altar, wo die Zeremonie stattfinden sollte.

»Daß ihr mir still seid«, flüsterte Doña Guadalupe ihrer Familie zu. »Hast du gehört, Carlota? Keinen Ton!«

»Aber wieso sagst du das nur zu mir, Mama?«

»Ich habe euch alle gemeint, Carlota«, erwiderte die Mutter.

»Richtig«, sagte Doña Manza und bekreuzigte sich unwillkürlich. »Denkt daran, einem gefallenen Stern zu huldigen verlangte viel mehr Würde, als die aufgehende Sonne zu verehren.«

Keines der Mädchen sagte mehr ein Wort, und es wurde totenstill auf der Plaza. Niemand hatte den Bürgermeister je wirklich gemocht, doch sein Anblick schnitt allen ins Herz. Sie hätten ihn lieber wieder aufrecht und stark gesehen, dann wäre es ihnen leichter gefallen, ihn zu hassen.

Auch die vornehme Gelassenheit, mit der seine Frau Josefina neben ihm zum Altar schritt, beeindruckte die Leute.

»Sie ist eine gute Frau«, sagte Doña Manza und wischte sich

gerührt die Tränen aus dem Augenwinkel. »Da hast du recht«, erwiderte Doña Guadalupe. Sie ist *el eje de su familia*.«

Lupe war erstaunt. Es konnte kein größeres Kompliment für eine Frau geben. *El eje* bedeutete soviel wie der Mittelpunkt des Hauses, es war das Zentrum, aus dem alle Kraft in eine Familie strömte, geradeso wie durch die Nabelschnur von der Mutter zum Kind.

»Nun«, sagte Don Manuel, nachdem er zu dem kleinen Altar geschlurft war. »Hol deine Braut, Don Tiburcio, damit wir anfangen können.«

Er versuchte zu lächeln, doch seine Unterlippe zitterte, und er brachte nur eine schiefe Grimasse zustande.

Lupe und die Mädchen weinten während der gesamten Trauungszeremonie. Don Tiburcio und Sophia sahen wunderbar aus, wie sie Seite an Seite dort standen.

Don Manuel schien zwischendurch völlig zu vergessen, wo er sich befand oder was er als nächstes tun sollte. In einem dieser peinlichen Augenblicke reichte Don Victor dem früheren Bürgermeister ein Glas, das mit klarem Wasser gefüllt schien.

»Entschuldigt mich« sagte der kleine Mann und kippte mit zitternden Händen die Hälfte des Inhalts hinunter.

In dem Glas befand sich jedoch purer Tequila. Dabei hatte Don Manuel nie zuvor in seinem Leben Alkohol getrunken! Wie vom Blitz getroffen zuckte er zusammen, als die brennende Flüssigkeit durch seine Kehle in den Magen rann. Seine Augen quollen hervor, und er schnappte gurgelnd nach Luft.

Josefina eilte an seine Seite, doch der ehemalige Bürgermeister schob sie brüllend weg.

»*Ay Chihuahua*!« rief er. »Das ist das reinste Feuer. Gebt mir noch einen!«

»Nein, *querido*«, bettelte seine Frau, »das wird dich umbringen!«

»Um so besser«, antwortete er.

Don Victor reichte ihm trotz der Proteste seiner Frau ein weiteres Glas. Nachdem er auch das hinuntergekippt hatte, brüllte Don Manuel von neuem.

»Tequila! Das Blut der Mexikaner! *Ayyy Chihuahua*!«

Die Leute lachten jetzt alle. Der ehemalige Bürgermeister, der wie ein lebendiger Toter aus seinem Haus gestolpert war, stand jetzt aufrecht vor ihnen und verfolgte die Zeremonie nun voller Vergnügen.

Nach der Trauung setzte die Musik ein, und die Frauen versammelten sich um die Braut. Doña Guadalupe küßte und herzte Sophia, und die Männer leerten zusammen mit dem Bräutigem den Rest der Tequilaflasche.

Es war schon spät, als Sophia und Don Tiburcio sich verabschiedeten, ihre kleien Maulesel bestiegen und auf den flinken Tieren die Plaza in Richtung Hauptstraße verließen. Sie ritten über die Berge nach Batopilas, um dort ihre Flitterwochen zu verbringen.

»Seid vorsichtig«, rief Doña Guadalupe ihnen nach. »Schlagt euer Lager nicht an Plätzen auf, wo Banditen euch überfallen können!«

»Keine Angst«, antwortete Don Tiburcio über die Schulter. »Ich werde gut auf deine Tochter achtgeben, Doña Guadalupe.«

»Gott beschütze euch!« rief Doña Guadalupe.

Nachdenklich blickte Lupe ihrer Schwester und dem frischgebackenen Ehemann hinterher. Die beiden sahen hübsch aus auf den geschmückten, weißen Maultieren; sie erinnerten Lupe an die kleinen Wölkchen, die still wie Liebende Hand in Hand über die Gipfel der Kathedralenfelsen gezogen waren.

Am nächsten Morgen zeigte Victoriano seinem Vater die Stelle, wo er mit Don Benito die Felsspalte voller Gold gefunden hatte. Abends versammelten sich alle unter der *ramada* zu einer Familienbesprechung.

»Victoriano hat recht«, sagte Don Victor. »Es ist unmöglich, jetzt noch an die Felsspalte heranzukommen. Also werden wir die Steinabfälle der Mine durcharbeiten müssen. Inzwischen werde ich versuchen, auf der anderen Seite der Berge Arbeit zu finden, damit wir Lebensmittel kaufen können. Auf diese Art können wir das Gold, das wir hoffentlich finden, für später aufheben.«

»Kann ich dich nicht begleiten?« fragte Carlota. »Ich könnte für dich kochen und waschen, während du arbeitest.«

»Was hältst du davon?« fragte Don Victor seine Frau.

»Oh, bitte Mama, sag ja«, rief Carlota.

Doña Guadalupe überlegte lächelnd, daß ihr Mann auf diese Weise auch auf jeden Fall zurückkäme. »In Ordnung«, sagte sie.

Don Victor breitete die Arme aus. »Dann darfst du mitkommen«, sagte er zu Carlota, die begeistert in seine Arme flog.

»Wieviel Gold müssen wir denn zusammenbekommen, bevor wir alle gehen können?« fragte Maria.

»Das hängt davon ab, wie wir reisen wollen«, antwortete Don Victor. »Per Schiff, die Cortez-See hinauf, oder mit dem Zug bis nach Nogales. Aber je mehr Gold wir haben, desto höher ist die Wahrscheinlichkeit, daß wir nicht mit den Tausenden anderer Flüchtlinge an der Grenze hängen bleiben.«

»Ihr wißt ja«, warf die Mutter ein, »Doña Manzas Schwester steckt immer noch in Nogales fest, und es sieht nicht so aus, als ob sie bald über die amerikanische Grenze könnte.«

»Ich gehe davon aus«, überlegte der Vater, »wenn wir ein bißchen Glück haben und hart arbeiten, werden wir etwa ein Jahr brauchen.«

»Ein ganzes Jahr! Bis dahin werden die Banditen uns alles gestohlen haben, was wir noch haben!« warf Maria ein.

»Das wird nicht geschehen, ich verspreche es euch«, sagte Victoriano. Seit er dem Tod so nah ins Angesicht geschaut hatte, war er noch kühner statt vorsichtiger geworden.

»Nein, *mi hijito*, deine Mutter und ich, wir sehen es gar nicht gern, daß du so tapfer bist. Wir möchten nämlich, daß du am Leben bleibst.« Er seufzte. »Sag mal, was machen die Leute hier oben in den Bergen eigentlich mit den Ratten, die sich über das abgelagerte Getreide hermachen?«

»Na ja«, antwortete Victoriano, »man verstaut das Korn, so gut man kann, und findet sich eben damit ab, daß die Ratten immer einen kleinen Teil erwischen.«

»Genau das ist es, was wir auch tun werden«, erwiderte der Vater. »Wir werden unser Gold gut verstecken. Wenn die Banditen kommen, werden wir sie nur ein paar kleine Körnchen finden lassen, damit sie verschwinden, ohne uns größeren Schaden zuzufügen.«

»Aber werden sie sich denn mit ein paar Getreidekörnchen zufrieden geben?« fragte Lupe erstaunt.

Es war das erste Mal, daß sie sich einmischte, und alle lachten.

»Nein, natürlich nicht, *mi hijita*«, antwortete Don Victor. »Mit den Körnchen meinte ich natürlich ein paar Goldkörnchen.«

»Oh, ich verstehe«, sagte Lupe errötend.

Am nächsten Morgen begab sich Lupe zusammen mit ihrem Vater, Carlota, Maria und Esabel zum Hang unterhalb der verlassenen Goldmine. Den ganzen Tag lang stöberten sie in der heißen Sonne nach brauchbaren Goldresten. Gegen Abend hatten sie ein paar Felsbrocken, etwa von der Größe eines Rinderkopfes, zusammengetragen, die sie durch die Schlucht, über den Bach und durch das ausgestorbene Dorf bis zu ihrer Hütte schleppten. Dort zertrümmerte Victoriano gemeinsam mit dem Vater die Steine mit einem Hammer, bis sie nicht mehr größer als ein paar Erdnüsse waren.

Nach dem Abendessen verarbeitete Lupe, zusammen mit der Mutter und ihren Schwestern, die kleinen Steinchen in Mörsern zu grobkörnigem Sand. Als Lupe an diesem Abend zu Bett ging, waren ihre Fingerknöchel wund und die Arme und Beine von der anstrengenden Arbeit völlig taub. Vom Morgen bis zum späten Abend Gold zu suchen und anschließend zu zerkleinern, war kräftezehrender, als sie alle gedacht hatten. Was die Amerikaner mit großen Maschinen, Chemikalien und unzähligen Arbeitern vollbracht hatten, vollbrachte Lupes Familie nun mit bloßen Händen.

Am Morgen darauf blieb Lupe zu Hause und half der Mutter und den Schwestern, den groben Sand mit den großen Eisenhacken zu zerstoßen, die sie in den Ruinen der amerikanischen Mine gefunden hatten. Wie Fabrikfrauen schufteten sie unter dem Sonnendach, während Victoriano, der Vater und Esabel wieder den Geröllabfall der Mine durchstöberten.

Am Nachmittag hatten die Frauen den Sand zu feinem Staub zermahlen. Jetzt begann die lange, mühselige Arbeit, den Goldstaub in flachen Pfannen immer wieder aufs neue zu waschen, um die feinen Goldpartikel aus dem Schmutz herauszulösen.

Als die Männer mit einer neuen Ladung Felsbrocken zurückkehrten, hatten Doña Guadalupe und ihre Töchter es endlich geschafft, ein winziges Häufchen feinsten Goldstaubes zu gewinnen. Es funkelte, als hätten sie das Gold direkt aus einem kleinen Bach gewaschen, wo es von der Natur, im Laufe von Millionen Jahren, aus grobem Felsgestein in feinsten Staub verwandelt worden war.

»Wenn wir jeden Tag so hart arbeiten«, sagte Don Victor, »könnten wir es schaffen. Wenn ich in die Tiefebene gehe, werde ich von diesem Gold etwas Quecksilber kaufen, das ich Don Tiburcio für euch mitgebe. Dann könnt ihr das Gold vollständig reinigen und kleine Nuggets formen. Die können wir einfacher vor den Banditen verstecken, und es ist auch leichter, sie zu transportieren, wenn wir in den Norden gehen.«

Sie blickten auf die winzige Menge Goldstaub, die vor ihnen lag und nach zwei Tagen harter Arbeit nicht größer als ein Daumennagel war. Lupe mußte an die dreißig goldbeladenen Maultiere denken, die die Amerikaner dreimal pro Jahr aus dem Cañon geschickt hatten, und an die Goldklumpen, die Victoriano und Don Benito in der Felsspalte hinter dem Wasserfall gefunden hatten. Sie dachte an den unterirdischen Tunnel in der Mine, den Manos ihr beschrieben hatte, mit Goldadern, die so dick gewesen waren wie sein Arm. Ihr wurde bewußt, wie armselig dagegen das bißchen Goldstaub war, was sie jetzt gewonnen hatten.

»Wir werden es schon schaffen«, wiederholte der Vater. »Und wer weiß, vielleicht finden wir sogar noch bessere Brocken, wenn wir gründlich genug suchen.«

In den folgenden Wochen begleitete Lupe ihren Vater, Victoriano und Esabel noch häufig zum Steinschlag unterhalb der Mine. Der junge Rehbock wich nicht von ihrer Seite und knabberte vergnügt an den Weinreben und Büschen, die inzwischen den Eingang zur Mine überwucherten. Nach und nach gesellten sich einige der anderen Dorfbewohner, mit Körben und Hämmern bewaffnet, zu ihnen. Bald stöberten jeden Tag über ein Dutzend Leute wie emsige Ameisen zwischen den riesigen Geröllhaufen am Fuße der hochragenden Felsentürme.

Eines Nachmittags jagten ein paar Hunde hinter Lupes Rehbock her. Das flinke Tier konnte zwei der Hunde abwehren, doch die anderen hätten es unweigerlich gepackt, wenn Lupes Vater sie nicht mit ein paar Felsbrocken verjagt hätte. Die Besitzer der Hunde protestierten, und Don Victor befahl Lupe, den jungen Rehbock nach Hause zu bringen.

»Lupe«, sagte der Vater an diesem Abend nach dem Essen, »komm einmal mit hinaus, ich muß mit dir reden.«

Das Mädchen schielte zur Mutter und folgte dem Vater hinaus, wo er einen kleinen Tabakbeutel und ein Päckchen Zigarettenpapier hervorzog. Er öffnete den Beutel und nahm ein wenig Tabak heraus, der auf dem dünnen weißen Papier wie ein fetter, brauner Wurm aussah.

»Weißt du«, sagte er, während er sich eine Zigarette rollte und das Papier mit der Zunge befeuchtete, »ich hatte auch mal eine Rehkuh.« Er verstaute den Tabaksbeutel wieder in der Tasche seines Hemdes und brachte ein großes Streichholz zum Vorschein.

»War es ein Kitz?« fragte Lupe.

»Ja, ein winziges Rehkitz. Ich habe sie mit der Flasche aufgezogen, und sie hielt mich für ihre Mutter. Sie folgte mir auch überall hin und schlief jede Nacht neben mir, bis sie schließlich zu groß wurde, um länger mit ins Haus genommen zu werden.«

»So war es bei meinem Kitz auch«, erwiderte Lupe aufgeregt. »Was ist denn mit ihr geschehen, Papa?« Ihr fiel plötzlich auf, daß sie ihren Vater nie zuvor mit ›Papa‹ angeredet hatte.

Der Vater blies eine blau-weiße Rauchwolke in die Luft. »Leider wurde sie zu groß. Sie fing an, herumzustreunen, und ein paar Hunde erwischten sie und verstümmelten sie.«

»O nein!« sagte Lupe entsetzt.

»Doch, *mi hijita*«, antwortete er, »und genau darüber wollte ich mit dir reden.«

Eine eisige Vorahnung befiel Lupe, und sie hielt den Atem an.

»*Mi hijita*«, sagte der Vater, »ich mußte mein Reh damals oben in den Bergen aussetzen.«

Lupes Herz raste, sie wußte genau, wohin diese Unterhaltung führen würde.

»Es dauerte drei Wochen, bis ich sie wieder gesund gepflegt hatte, nachdem die Hunde über sie hergefallen waren. Danach hinkte sie und konnte nicht mehr schnell laufen. Mein Bruder hat mir damals gesagt, daß ich sie freilassen soll. Ich habe so an ihr gehangen, daß ich mich dagegen gewehrt habe, doch mein Bruder und meine Mutter bestanden darauf. Sie sagten, daß das Tier in freier Wildnis, unter seinesgleichen, viel besser aufgehoben sein würde. Also habe ich schließlich zugestimmt.

Zwei Tage waren wir mit ihr in den Bergen unterwegs, überall stießen wir auf Kojoten- und Bärenfährten. Also sind wir immer höher gewandert, und ich fragte mich, ob mein geliebtes Tier da oben zwischen den wilden Bestien wirklich besser aufgehoben wäre. Aber mein Bruder hat mich darauf hingewiesen, wie kräftig sie wurde und wie aufmerksam sie die Ohren aufstellte, wenn wir anhielten. Er hat mich davon überzeugt, daß sie dort oben ihre natürlichen Instinkte wiedergewinnen würde und sich viel besser schützen könnte als in der Stadt, wo sie viel zu zahm werden würde, um sich gegen die vielen Hunde und Kojoten zu verteidigen.

An jenem Abend näherten sich einige Rehe unserem Lager, und meine junge Hirschkuh schloß sich ihnen an, als sei das die natürlichste Sache der Welt. Das war ganz schön hart für mich, aber ich liebte sie und wußte schließlich, daß ich das Richtige getan hatte.«

Don Victor verstummte.

Lupe hatte Tränen in den Augen. »Du willst, daß ich meinen Rehbock auch freilasse, nicht wahr?«

Er nickte. »Ja, ich habe gesehen, wie die Hunde heute auf ihn losgingen. Es hätte passieren können, daß …«

»Aber mein Tier ist ein Bock!« unterbrach sie ihn. »Er hat Hörner und kann sich verteidigen!«

»Das stimmt«, erwiderte er, »aber kein Reh kann es mit einer ganzen Meute Hunde aufnehmen, und mit seinen Hörnern könnte er eines Tages auch dich verletzen.«

»Er würde mir niemals etwas tun. Er liebt mich!«

»*Mi hijita*«, sagte er. »Liebe hat ihre Grenzen. Er ist jetzt ein ausgewachsener Rehbock in der Brunstzeit. Er braucht ein Weibchen, sonst wird er so ungestüm, daß er dich eines Tages mit Sicherheit verletzen wird.«

»Du willst mich nur überlisten«, rief sie.

»*Querida*, glaub mir, ich liebe dich. Aber ich weiß, was ein männliches Tier in der Brunstzeit anrichten kann.«

»Nein!« schrie sie. »Du hast uns einfach verlassen. Deshalb hast du kein Recht, mir Vorschriften zu machen!«

Sie drehte sich um und lief zu ihrem Rehbock, damit der Vater ihn nicht fortnehmen konnte.

Don Victor saß wie vom Donner gerührt da. Noch nie hatte er soviel Haß in den Augen eines kleinen Mädchens gesehen. Eigentlich hätte er ihr folgen müssen, denn für dieses respektlose Benehmen hätte sie eine Tracht Prügel verdient. Aber er war zu sehr in seinen väterlichen Gefühlen gekränkt, um sich zu rühren.

12

*Und wieder einmal brach ihr fast das Herz, doch jeder neue Schicksals-
schlag brachte ihr La vida – den Traum des Lebens näher*

Das rechte Auge Gottes erschien gerade über dem Rand des
Cañons, als Carlota in ihrem neuen Kleid aus der Hütte trat. Sie
hatte sich Gesicht und Hals gepudert und ihre Lippen und Nägel
angemalt. Die anderen brachen in Gelächter aus.

»Ihr braucht mich gar nicht auszulachen«, schimpfte Carlota.
»Ich begleite Papa und will schließlich zivilisiert aussehen!«

»Du siehst aber aus wie ein Tarahumara-Indianer auf dem
Weg zu einer Beerdigung«, sagte Victoriano und versuchte sich
das Lachen zu verkneifen.

»Nein, wie ein Clown!« kicherte Maria.

»Hört jetzt auf damit«, sagte der Vater, der eines der kleinen
Maultiere bei sich führte, die er sich von seinem Schwiegersohn
geliehen hatte. Don Tiburcio würde sie über die Berge begleiten.
Im Moment war er jedoch noch unten im Dorf, um sich von seiner Mutter zu verabschieden, der es gesundheitlich nicht besonders gutging.

»Du siehst bezaubernd aus, *mi hijita*«, sagte Don Victor zu Car-
lota. »Aber vielleicht solltest du dir das beste Kleid und die
Schminke lieber aufbewahren, bis wir näher an der Stadt sind.
Weißt du, wir müssen zuerst einmal tagelang nur durch den
Wald laufen und kommen höchstens ab und zu an einer kleinen
Farm vorbei.«

»Was macht das schon«, antwortete Carlota, deren Augen vor
Vergnügen funkelten. »Aber ich will so gut wie möglich aussehen, wenn wir den Cañon verlassen; Rose-Mary und Lydia sollen grün vor Neid werden.«

Don Victor lachte laut. »Na gut, wenn es das ist, was du
willst«, sagte er und wandte sich seiner Frau zu, die am Eingang
der *ramada* unter den Bougainvillaranken wartete.

Lupe, die neben Doña Guadalupe gestanden hatte, versteckte
sich hinter deren Rücken, als der Vater sich zu ihnen umdrehte.

Seit Don Victor versucht hatte, sie von ihrem Rehbock zu trennen, war sie ihm aus dem Weg gegangen. Für sie war er wieder zu dem teuflischen Geist in Bärengestalt geworden, für den sie ihn an jenem Tag, als er in den Cañon zurückgekehrt war, gehalten hatte.

»So«, sagte Don Victor zu seiner Frau. »Ich glaube, wir sind soweit.« Er seufzte. »Es werden mindestens fünf Tage vergehen, bis wir in der Tiefebene sind. Und Don Tiburcio wird nochmal eine Woche brauchen, bis er mit den Waren wieder bei euch sein wird. Er ist wirklich ein mutiger Mann.«

Er schloß seine Frau in die Arme; Lupe trat rasch ein paar Schritte zur Seite, damit er sie nicht berührte.

»Lupe«, sagte die Mutter, »komm her und gib deinem Vater auch einen Abschiedskuß.«

Lupe rührte sich nicht vom Fleck. Doña Guadalupe ging zu ihr, packte sie am linken Ohrläppchen und zog sie heran, so daß sie sich vor Schmerz wand.

»Nicht doch«, wehrte Don Victor ab, »sie braucht mir keinen Kuß zu geben, wenn sie nicht will.«

»Und ob sie will«, antwortete Doña Guadalupe und zwickte ihrer Tochter noch fester ins Ohr. »Und irgendwann wird sie auch einsehen, daß du recht hast, was ihren Rehbock betrifft. »So, jetzt verabschiede dich von deinem Vater«, sagte sie, während sie Lupes Ohr unerbittlich festhielt.

»Laß sie um Himmels willen los, Frau!« protestierte Don Victor. Er trennte die beiden und schloß seine jüngste Tochter in die Arme. »*Mi hijita*«, sagte er, »ich habe dich doch lieb. Es tut mir so leid, daß das passieren mußte.«

Endlich befreit von dem eisernen Griff der Mutter, fiel Lupe dem Vater schluchzend in die Arme. Doña Guadalupe nahm mit zufriedenem Lächeln zur Kenntnis, daß sie ihr Ziel erreicht hatte.

In diesem Augenblick tauchte auch Don Tiburcio auf, das zweite Maultier am Zügel hinter sich herführend. »Es ist Zeit, aufzubrechen«, drängte er.

Er nahm noch rasch Sophia beiseite, teilte ihr einiges über den Zustand seiner Mutter mit und erteilte Ratschläge, wie sie sich um sie kümmern sollte.

Don Victor verabschiedete sich von Maria und Esabel; dann ging er zu Victoriano. Die beiden standen sich gegenüber und blickten sich ernst an, bevor sie sich mit einem herzlichen *abrazo* umarmten.

»Jetzt sollten wir uns aber beeilen«, sagte Don Victor. »Wir haben noch einen weiten Weg vor uns, bevor es dunkel wird!«

Don Victor löste sich aus der Umarmung mit seinem Sohn, warf seiner Frau noch einen letzten Kuß zu und machte sich mit Carlota an seiner Seite auf den Weg, den Pfad hinauf. Socorro schloß sich ihnen mit ihren beiden kleinen Jungen auf dem Arm an.

»Socorro!« schrie Victoriano plötzlich und lief ihnen in großen Sätzen hinterher.

Lupe, die sich gerade ihre Tränen trocknete, sah ihrem Bruder nach, der jetzt die Frau einholte, die er im Laufe des vergangenen Jahres so sehr ins Herz geschlossen hatte.

»Ich begleite dich zum Rand des Cañons«, sagte Victoriano zu Socorro.

»Das ist nett von dir«, sagte sie und lächelte.

Lupe beobachtete, wie Victoriano einen der Zwillinge auf den Arm nahm und Socorros Hand ergriff, während sie den anderen folgten.

Die Familie sah der kleinen Gruppe nach, die auf der Hauptstraße, um den Cañon herum, zum Eingang der Schlucht vorwärtsschritt. Kurz bevor sie aus ihrem Blickfeld verschwanden, drehten Don Tiburcio, Carlota und der Vater sich noch einmal um und winkten den Daheimgebliebenen zu. Lupe und der Rest der Familie winkten zurück.

Sie sahen, wie Victoriano den kleinen Jungen auf den Boden stellte; es sah so aus, als wolle er die hübsche Witwe jeden Moment küssen. Und siehe da, tatsächlich fielen sich die beiden im nächsten Moment in die Arme und küßten sich zum Abschied.

»Oh, der Ärmste«, sagte Maria gerührt. »Er ist schrecklich verliebt in sie. Aber man kann es nicht ändern, er ist einfach zu jung.«

Lupe stiegen die Tränen in die Augen. Sie dachte daran, wie sehr sie ihren Colonel geliebt hatte.

Socorro hatte sich inzwischen von Victoriano gelöst. Sie blickte ihn noch einmal an, dann eilte sie den anderen nach.

Reglos und erstarrt wie ein liebeskranker Hund, blieb Victoriano am Eingang zur Schlucht stehen, den Blick auf sie geheftet, bis sie im Wald verschwunden war.

Am Abend dieses Tages zündeten sie drei Kerzen an, und Doña Guadalupe betete mit den Kindern darum, daß ihr Vater, Carlota und Don Tiburcio eine sichere Reise haben und Socorro ihre Familie finden würde. Victoriano konnte die Tränen nicht zurückhalten und entschuldigte sich. Mit seinen vierzehn Jahren war er schon fast ein Mann, und seine Gefühle für Socorro waren alles andere als die eines Kindes.

Es wurde Zeit, zu Bett zu gehen. Lupe war immer noch zornig auf die Mutter. Sie konnte sich nicht entschließen, zu ihr ins Bett zu kriechen, in dem jetzt, wo der Vater fort war, wieder Platz gewesen wäre. Also rollte Lupe ihre Strohmatte unter der *ramada* aus, neben der von Maria und Victoriano. Sophia schlief in Don Tiburcios Haus, wo sie sich um ihre kranke Schwiegermutter kümmerte.

Lupe fand keinen Schlaf. Sie stand wieder auf und rief leise nach ihrem Rehbock. Es war eine sternenklare Nacht, und ihr kleiner Gefährte tauchte sogleich neben ihr auf.

»Keine Angst«, flüsterte sie und liebkoste ihn. »Du bist ein besonderes Geschenk, das Gott mir gegeben hat, und niemand wird dich mir fortnehmen.« Sie seufzte tief und dachte an den Colonel und an Socorro und die Zwillinge; alle waren fort. »Aber du wirst mich niemals verlassen. Wir beide werden für immer zusammenbleiben.«

Plötzlich wurde sie durch die Stimme ihrer Mutter aufgeschreckt. »Lupe!« rief sie. Lupe drehte sich um und sah die Mutter, die hinter ihr im silbrigen Sternenlicht stand.

»Ja?« antwortete sie und wischte sich die Tränen ab.

»Ich muß mit dir reden.«

Lupe sträubte sich innerlich. Sie hatte keine Lust auf eine erneute Standpauke. Doch sie gehorchte und ging die steile Böschung wieder hinab.

»Setz dich zu mir«, sagte die Mutter und klopfte mit der Hand auf den großen Stein neben sich. Nachdem Lupe sich niedergehockt hatte, schwieg die Mutter eine ganze Weile. Schließlich tat sie einen tiefen Atemzug.

»Ich glaube, es wäre besser gewesen, wenn ich selbst mit dir wegen deines Rehbocks gesprochen hätte. Aber dein Vater war der Meinung, daß es seine Aufgabe als Oberhaupt der Familie sei.«

»Du bist also auch der Meinung, daß ich ihn gehen lassen soll?« fragte Lupe.

Die Mutter nickte. »Ja, und zwar sofort, bevor die Brunstzeit zu Ende geht.

»Oh, Mama!« rief Lupe, der wieder Tränen in die Augen schossen.

»Lupe«, sagte die Mutter. »Du bist kein Kind mehr. Du mußt doch wissen, wie sich Tiere in der Paarungszeit verhalten.«

Die Gedanken wirbelten Lupe durch den Kopf. Sie dachte daran, wie ihr Bock versucht hatte, die Milchziege zu besteigen, und an die schrecklichen Geräusche, die in jener Nacht aus dem Schlafzimmer der Eltern gedrungen waren.

»Mama«, fragte sie, »wird Papa wirklich für immer bei uns bleiben?«

»Aber ja«, erwiderte die Mutter.

»Bist du denn damit einverstanden?«

»Natürlich.«

»Liebst du ihn?«

Die Mutter schluckte. »Sogar sehr.«

Lupe blickte zum Himmel. Diese Antwort hatte sie nicht erwartet. Mit Tränen in den Augen betrachtete sie die Millionen Sterne, die über ihr funkelten.

All die schlechten Dinge, die sie im Laufe der Jahre über ihren Vater gehört hatte, kamen ihr wieder in den Sinn – seine Spielleidenschaft und Trunksucht, und daß er sie alle verlassen hatte. Sie war verwirrt und fragte sich, wie ihre Mutter einen solchen Mann lieben konnte. Aber sie selbst hatte keine Wahl. Er war ihr Vater. Er war zurückgekommen, und die Mutter sagte, daß sie ihn liebte.

Lupe wandte sich ihrer Mutter zu. Sie legte ihre kräftigen,

muskulösen Arme um Doña Guadalupe und drückte sie fest an sich. Arm in Arm verharrten die beiden Frauen noch lange unter dem Sternenhimmel.

Die Nacht erschien Lupe endlos. Am folgenden Morgen führte sie ihren Rehbock über die Nordkante des Cañons; Victoriano begleitete die beiden mit seinem kleinen Hund. Es war der einzige Hund, den der junge Rehbock neben sich duldete, da er mit ihm aufgewachsen war.

Lupes Herz raste, als sie den Felseinschnitt passierten, den der Meteorit geschlagen hatte, und sie in der Ferne die verkrüppelte kleine Kiefer erblickte. Lupe begann zu laufen. Hier oben fühlte sie sich stets wie befreit und Gott ganz nahe.

Der junge Bock, dem es in den weitläufigen Wiesen offenbar auch gefiel, hüpfte fröhlich hinter dem Mädchen her. Doch plötzlich hielt er inne und bog aufmerksam seinen Kopf in die Höhe. Am Rande der Wiese war ein Rudel Wild aufgetaucht.

»Laß ihn jetzt in Ruhe«, sagte Victoriano zu Lupe.

»Aber ich möchte ihn doch noch einmal streicheln, bevor ich ihn gehen lasse«, antwortete sie.

Das Rudel war jetzt auch auf den jungen Bock aufmerksam geworden. Er streckte seine glänzende, schwarze Nase witternd in die Luft, dann sprang er in großen Sätzen davon, ohne Lupe noch eines Blickes zu würdigen.

»Nein!« schrie sie und wollte ihm nachlaufen, doch ihr Bruder hielt sie am Arm fest.

»Lupe«, sagte er, »er wird schon genug Probleme haben, weil der Geruch von Menschen an ihm haftet, mach es nicht noch schwieriger für ihn.«

Lupe brach fast das Herz. Auch ihrem Colonel hatte sie nicht Lebewohl sagen können. Doch bevor der junge Bock sich unter das Rudel mischte, blieb er plötzlich stehen, wandte den Kopf und blickte Lupe an.

»Er will zurückkommen!« sagte sie und fing an zu weinen.

»Ruf ihn nicht! Laß ihn gehen, Lupe!«

Tränen liefen ihr die Wangen hinab, und sie biß sich auf die

Lippen. Das Tier blickte sie noch einen Augenblick an, dann schüttelte es sein Geweih und eilte endgültig davon.

»Braves Mädchen«, sagte Victoriano zu seiner Schwester. »Ich bin stolz auf dich.«

Lupe brachte kein Wort heraus. Die Tränen strömten ihr übers Gesicht, während sie ihrem treuen Freund hinterherblickte, der nun in großen Sätzen mit den anderen Tieren über die Wiese sprang.

Die Monate vergingen, und jeden Tag arbeiteten sie sich von morgens bis abends durch die Gesteinsbrocken unterhalb der Mine. Da Sophia inzwischen schwanger war, schickte Doña Guadalupe Lupe ins Dorf, um der Schwester, die sich um ihre bettlägerige Schwiegermutter kümmern mußte, zur Hand zu gehen.

Eines Nachmittags, Lupe war gerade unterwegs zu Sophias Haus, wo sie die Nacht verbrachte, wenn Don Tiburcio unterwegs war, vernahm sie im Gebüsch unterhalb der Plaza vertraute Stimmen.

Sie blieb stehen und erkannte die Stimme ihrer Schwester Maria, die irgendwo in dem dichten, grünen Laubwerk am Ufer des Baches mit jemandem flüsterte.

»Ich schwöre dir«, sagte Maria gerade, »wenn du diese Nacht nicht kommst, um mich zu entführen, dann hole ich dich.«

»Aber das kannst du doch nicht tun«, flehte der Mann, in dem Lupe jetzt Esabel erkannte, »meine Mutter würde …«

»Was deine Mutter würde, ist mir egal!« zischte Maria wütend. »Zweimal hast du schon versprochen, mich zu rauben, und jedesmal hast du gekniffen.«

»Aber versteh doch, *querida*«, sagte Esabel mit einschmeichelnder Stimme, »wenn du mir ein bißchen entgegenkommen und mir erlauben würdest, dich in den Armen zu halten, dann bräuchten wir nicht fortzulaufen, um …«

»Wie kannst du es wagen!« rief Maria.

Plötzlich hörte Lupe ein klatschendes Geräusch, und Esabel flog in hohem Bogen durch das Blattwerk und landete auf dem Hosenboden. Dabei war er ein kräftiger, großer Mann.

»Zum Teufel, Maria«, schimpfte er. »Wie oft habe ich dir schon gesagt, daß du mich nicht schlagen sollst!«

»Dann halte dein Wort und raube mich!«

»Okay, verdammt noch mal. Also heute nacht!«

»Versprochen?«

»Ja.«

»Fein«, sagte sie mit zuckersüßer Stimme. »Komm, ich helfe dir.«

Lupe sah, wie ihre Schwester jetzt neben Esabel auftauchte und ihn in den Arm nahm.

Leise drehte Lupe sich um. Sie wollte nach Hause laufen, um die Mutter zu warnen. Kein anständiges Mädchen durfte sich so aufführen. Doch als sie losrennen wollte, verfing sich ihr Absatz im Gestrüpp, und sie fiel mit einem Aufschrei zu Boden. Augenblicklich stürmte Maria aus dem Gebüsch hervor und entdeckte die Schwester, die sich gerade davonmachen wollte. »Lupe! Wag es ja nicht!« rief sie und jagte ihr nach.

Lupe war schnell und hatte einen Vorsprung; mit klopfendem Herzen raste sie den steilen Hang hinauf. Aber Maria war nicht nur größer, sie war auch schlank und sehnig wie ein Jaguar und hatte die langen Beine des Vaters geerbt. Mit ihren bloßen Füßen wirbelte sie den Staub auf und holte Lupe rasch ein.

Die flinke, kleine Lupe flüchtete in ein verlassenes Haus.

»Okay«, keuchte Maria, »jetzt habe ich dich.«

»Aber ich werde Mama trotzdem alles erzählen«, sagte Lupe.

»Du willst wohl, daß ich dich umbringe, was?«

»Und Sophia werde ich es auch erzählen«, fügte Lupe hinzu.

»Sie weiß es schon«, antwortete Maria.

»Du lügst!« sagte Lupe empört. »Sie hätte es dir ausgeredet!«

Maria lachte. »Lupe, sie ist diejenige, die mir geraten hat, daß ich Esabel überreden soll, mich zu entführen.«

Lupe traute ihren Ohren nicht. »Nein!« rief sie. »So etwas würde Sophia niemals sagen. Sie ist ein anständiges Mädchen!«

Sophia lachte noch mehr. »Lupe«, sagte sie. »Hör auf, zu glauben, daß Sophia ein Engel ist. Sie ist alles andere als das. Sie kann genauso gerissen sein wie unsere Mutter.«

»O Maria!« sagte Lupe fassungslos und ließ sich an der zerstörten Holzwand zu Boden gleiten.

»Frag Sophia doch!« rief Maria. »Sie wird es dir bestätigen.«

Lupe rannte sofort zum Haus der Schwester und fragte, ob Maria die Wahrheit gesagt hatte.

»Ja, es stimmt«, betätigte Sophia.

»Aber wie konntest du nur?«

»Lupe«, sagte die Schwester. »Sie lieben sich doch. Was sollen sie denn sonst tun? Keiner von uns hat die Mittel, ihnen ein anständiges Hochzeitsfest zu bereiten. Aber wenn er sie entführt, dann muß er sie heiraten, und sie verliert ihre Ehre nicht.«

Lupe schüttelte ungläubig den Kopf. »Aber nur schamlose Mädchen müssen um etwas betteln.«

»Ach«, sagte Sophia, »hat Mama nicht gebettelt, als sie Papa schrieb, nach Hause zu kommen, weil sie ihn brauchte? Und bettle ich nicht Tiburcio an, wenn ich ihn bitte, Mama die Waren nicht zu berechnen, die er euch immer bringt?« Sie seufzte. »Wir leben so, wie wir können, *querida*.«

Lupe verzog mißbilligend den Mund. Sie konnte einfach nicht glauben, was aus ihrer Familie geworden war. Im Grunde waren sie genauso verwahrlost wie Don Manuels Familie.

»So«, sagte Sophia, »ich würde vorschlagen, daß du noch versuchst, Maria zu erwischen, bevor es zu spät ist, und ihr sagst, daß du ihr Geheimnis für dich behältst.«

Obwohl sich alles in ihr dagegen sträubte, erklärte Lupe sich schließlich einverstanden.

»Braves Mädchen«, sagte Sophia. »Und dann gehst du nach Hause. Ich glaube, daß du heute nacht dort gebraucht wirst.«

Lupe machte sich auf den Rückweg. Sie fand Maria und versprach ihr, daß sie nichts verraten würde. Die Schwester dankte ihr überschwenglich.

Nach dem Abendessen holte Maria eine Schüssel mit heißem Wasser. Sie hockte sich auf dem sauberen, gestampften Boden vor die Mutter hin und massierte ihre Fußsohlen, nachdem sie sich die Handflächen mit der Frucht eines jungen Kaktus eingerieben hatte. Die Mutter seufzte vor Behagen. Victoriano blickte zu Lupe und zog fragend die Augenbrauen in die Höhe. Lupe blieb stumm und betete, daß die Mutter Marias Geheimnis nicht erraten würde.

»Also«, sagte die Mutter, »ich kann mir nicht helfen, aber meine

Kinder sind heute abend alle so verblüffend hilfsbereit, daß ich mir vorkomme wie die Heiligenfigur, die das alte Ehepaar, jedesmal wenn sie Liebe machen, mit ihrem Umhang bedecken.«

Dunkelrot im Gesicht, ließ Maria die Füße der Mutter los. »Wie kannst du so etwas sagen, Mama? Wir benehmen uns doch immer gut!«

Doña Guadalupe lachte nur. »Erzähl das den Bibern, die haben keine Ohren, *mi hijita*«, sagte sie, »aber nicht deiner Mutter, die jeden Gedanken in deinem Kopf lesen kann.«

Immer noch rot im Gesicht, wandte Maria sich wieder den Füßen der Mutter zu.

Als sie zu Bett gingen, war Lupe vor lauter Anspannung völlig erschöpft. Sie beruhigte sich ein wenig, als sie bemerkte, wie schnell die Mutter einschlief.

Es war mitten in der Nacht, und der Mond leuchtete hell am Himmel, als Lupe von dem Geräusch leiser Schritte erwachte, die den Pfad zur Hütte emporkamen. Sie fragte sich, ob es wohl Esabel war oder ein hungriger Kojote. Doch plötzlich fing Victorianos Hund an zu knurren, und jemand schrie vor Schmerz auf und rannte davon. Mit einem Satz war Maria aufgesprungen und zur Tür gerannt.

»Nicht«, rief sie. »Komm zurück, Esabel! Ich muß meine Sachen mitnehmen!«

»Nein! Dieser kleine Bastard hat mich gebissen!«

»Aber ich muß doch noch meine Sachen zusammensuchen«, bettelte Maria.

Lupe hätte fast laut aufgelacht. Sie wollte aus dem Bett steigen, um Maria zu helfen, bevor die Mutter erwachte. Doch zu ihrer Überraschung griff die Mutter plötzlich nach ihr.

»Nicht«, flüsterte sie.

»Wie bitte?«

»Pssst, laß sie in Ruhe«, wisperte die Mutter.

Lupe hörte, wie Maria ihr Bündel holte und wieder hinausschlich.

»Du könntest mich wenigstens küssen«, flüsterte sie Esabel zu.

»Nicht hier«, antwortete er.

Durch die Ritzen der Hütte konnte Lupe die Umrisse von Esabel und ihrer Schwester erkennen.

»Nur ein Kuß«, beharrte sie.

Schließlich fanden ihre Lippen einander, sie standen eine Weile in inniger Umarmung und eilten dann den Pfad in Richtung Hauptstraße hinauf.

Doña Guadalupe richtete sich auf, schlug ihre Decke zurück und begann hysterisch zu lachen. Lupe sah ihre Mutter entsetzt an. Zu ihrer zusätzlichen Verwirrung erschien jetzt auch noch Victoriano in der Hütte und verkündete: »Sie sind fort, Mama.«

»Ja, es war nicht zu überhören, *mi hijito*«, sagte die Mutter immer noch lachend.

Lupe blickte von einem zum anderen. »Habt ihr etwa die ganze Zeit alles gewußt?« fragte sie.

»Natürlich«, antwortete die Mutter.

Die Gedanken überschlugen sich förmlich in Lupes Kopf. »Dann hast du also auch gewußt, daß Sophia ihr dazu geraten hat?«

Doña Guadalupe nickte. »Ich habe Sophia doch gesagt, daß sie das tun soll, *mi hijita*.«

»Oh, Mama! Wie konntest du nur?«

»Lupita«, sagte die Mutter ruhig, »es wäre sowieso soweit gekommen. Und ich möchte meine Töchter in Sicherheit wissen, bevor die Banditen hier wieder auftauchen.« Sie bekreuzigte sich. »Bis jetzt hat unsere Familie immer sehr viel Glück gehabt, *mi hijita*.«

Als sie die Worte ›bis jetzt‹ vernahm, durchfuhr Lupe ein eisiger Schrecken. Sie wußte, was ihre Mutter meinte. Sie waren die einzige Familie in La Lluvia de Oro, in der noch nie ein Mädchen vergewaltigt oder verschleppt worden war.

»Mama«, sagte Lupe, »soll das bedeuten, daß ich mich ab jetzt auch unter dem Misthaufen verstecken muß?«

Ihre Mutter seufzte. »*Desgraciadamente*, ja, meine Kleine. Du bist zwar erst zehn Jahre alt, aber du bist schon so groß wie ich.«

»Oh, Mama!« Lupe hatte das Gefühl, ein Messer würde in ihre Eingeweide gestoßen.

»Das ist auch einer der Gründe, warum wir den Cañon verlassen müssen. Man kann die Banditen nicht mehr als Soldaten betrachten. Diese Männer sind Wilde, Ausgeburten des Teufels!

Sie benutzen die Revolution nur, um zu stehlen und zu plündern.«

»Wir werden schon auf dich aufpassen«, sagte Victoriano mit Tränen in den Augen. »Ich schwöre dir, Lupe, ich lasse mich lieber tausendmal umbringen, bevor ich zulasse, daß dir etwas zustößt.«

Den Rest der Nacht verbrachte Lupe eng an die Mutter geschmiegt, doch sie schlief lange nicht ein. Jetzt konnte sie nachempfinden, wie sich ihre älteren Schwestern all die Jahre gefühlt haben mußten, wenn sie sich jedesmal, wenn Soldaten in den Cañon kamen, unter dem Misthaufen verborgen hatten. Das erste Mal in ihrem Leben wünschte sich Lupe, nicht als Frau geboren zu sein.

Als Lupe und Manuelita am nächsten Nachmittag ihre Pflichten im Haushalt erledigt hatten, machten sie sich im Schatten des großen Pfirsichbaumes hinter der Hütte gemeinsam an ihre Hausaufgaben. Zwei kleine Indianermädchen schritten den Hang hinunter und hockten sich in respektvoller Entfernung auf den Boden.

»Das sind die beiden Mädchen, von denen ich dir erzählt habe«, flüsterte Lupe jetzt Manuelita zu. »Ich habe sie schon ein paarmal bemerkt, als sie mich beim Lesenlernen beobachteten. Aber immer wenn ich sie anspreche, rennen sie davon.«

»Dann tun wir am besten so, als würden wir sie nicht bemerken und lassen sie in Ruhe«, sage Manuelita.

Sie widmeten sich weiter ihren Hausaufgaben, und die beiden Indianermädchen schauten ihnen aus sicherer Entfernung den ganzen Nachmittag fasziniert dabei zu, wodurch Lupe und Manuelita sich sehr wichtig vorkamen.

Einige Tage später fanden sich die Indianermädchen erneut zu Lupes und Manuelitas Leseübungen ein. Diesmal hielten sie ein Bündel farbenprächtiger Federn in ihren Händen.

Lupe und Manuelita winkten die Mädchen heran, und zu ihrer Überraschung traten die beiden tatsächlich schüchtern näher. Sie legten die Federsträuße auf den Tisch, setzten sich und verbargen ihre Gesichter hinter den Händen, wobei sie unbeherrscht kicherten.

Und so begann es. Von da an trafen sich Lupe und Manuelita jeden Nachmittag nach der Hausarbeit mit den beiden kleinen Mädchen, die Paloma und Cruz hießen, und hielten ihre eigene kleine Schulstunde ab. Die Indianermädchen lernten schnell, und schon nach zwei Wochen begriffen sie das Wunder des geschriebenen Wortes.

Bücher sind lebendig. So wie Gott der Erde und ihren Bewohnern, Pflanzen und Tieren Leben einhauchte, so verleihen Worte einer beschriebenen Seite Leben.

Eines Nachmittags spielten Lupe, Manuelita, Cuca und Uva mit Cruz und Paloma Seilspringen und sangen dazu:

> *Naranja dulce, limón partido,*
> *Dame un abrazo, por Dios te pido.*
> *Si fueran falsos tus juramentos,*
> *En algún tiempo se han de acabar.*
> *Toca la marcha, mi pecho llora,*
> *Si tus juramentos serán verdad*
> *Duran el tiempo que naranjas dulces.*

> Süße Orange, Zitronenspalten,
> umarme mich, weil Gott es wünscht.
> Sind deine Schwüre falsch gewesen,
> dann sind sie bald Vergangenheit.
> Die Musik spielt weiter; mein Herz, es weint.
> Doch sind deine Schwüre ehrlich gemeint,
> Dann währen sie ewig, wie süße Orangen.

Sie hüpften und sangen vergnügt und waren ganz in ihr Spiel vertieft, als Victoriano plötzlich hinter der Hütte auftauchte und auf den großen Felsen kletterte.

Mit klopfendem Herzen hielt Lupe im Spiel inne; falls ihr Bruder nach Banditen Ausschau hielt, würde sie sich sofort verstecken müssen.

»Was ist los?« fragte Doña Guadalupe, die unter der *ramada* hervorkam.

»Ich weiß nicht« antwortete Victoriano und blickte weiter angestrengt in die Ferne.

Cruz und Paloma nahmen sogleich Reißaus und verschwanden im dichten Unterholz.

Lupe hätte am liebsten laut aufgeschrien. Aber sie beherrschte sich und rannte zur Rückseite des Felsens, wo sie sofort begann, im Komposthaufen zu graben. Es war jedoch nicht genug, um sich notfalls darunter zu verbergen.

Als ihr Bruder plötzlich rief: »Es sind Don Tiburcio und Papa und Carlota!« begann sie vor Erleichterung zu weinen.

Die noch verbliebenen Dorfbewohner erwarteten Carlota und die beiden Männer schon vor der Hütte, und alle weinten vor Freude und fielen sich um den Hals, als die drei endlich eintrafen. Sogar Don Manuel war mit seiner Frau zur Hütte heraufgeeilt.

Sophia fiel ihrem Mann um den Hals und zog ihn zur Seite, damit er ihren dicken Leib betasten konnte. Das Kind konnte jetzt jeden Tag kommen. Maria küßte und herzte den Vater und berichtete ihm, daß sie jetzt mit Esabel zusammen war und ebenfalls ein Kind erwartete. Don Victor richtete sich auf und starrte Maria und Esabel an, doch anstatt zornig zu werden, schloß er Maria gerührt in die Arme.

»Dann bist du mir also nicht böse?« fragte Maria mit Tränen in den Augen.

»Aber nein, natürlich nicht«, antwortete er. »Wir leben in einer schwierigen Zeit und müssen die Dinge nehmen, wie sie kommen.« Er streckte Esabel die Hand entgegen. Aber der junge Mann war zu beschämt, um sie zu ergreifen. »Na, komm schon, Esabel«, sagte Don Victor. »Jetzt nimm meine Hand wie ein Mann und versprich mir, daß du ein verantwortungsvoller Ehemann sein wirst.«

Esabel ergriff schließlich die dargebotene Hand, konnte Don Victor jedoch vor Verlegenheit kaum in die Augen sehen.

Die Gelassenheit, mit der ihr Mann die Neuigkeit hinnahm, ließ Doña Guadalupe erleichtert aufatmen.

Carlota schmiegte sich an die Mutter. »O Mama«, sagte sie, ebenfalls mit Tränen in den Augen, »ich habe dich so sehr vermißt.« Dann drehte sie sich zu Lupe um. »Und dich auch, du Bohnenstange!« Sie drückte Lupe so fest, daß diese kaum noch Luft bekam.

Auf der anderen Seite des Pfades standen Victoriano und Don Victor einander gegenüber und sahen sich an. »Ich habe dir die Schaufel mitgebracht, die du haben wolltest«, sagte Don Victor.

»Oh, du hast daran gedacht«, erwiderte Victoriano.

»Natürlich.«

»Prima«, sagte Victoriano, »und, hat ...« Er war so nervös, daß er kaum sprechen konnte. »Hat Socorro ihre Familie gefunden?« fragte er schließlich.

Don Victor zuckte mit den Schultern. »Ich weiß nicht. Sie ist ein paar Wochen mit uns in El Fuerte geblieben, dann hat sie sich ein paar Leuten angeschlossen, die an die Küste wollten.«

Er drückte den Arm seines Sohnes. »Es tut mir leid, ich kann dir wirklich nicht mehr sagen. Für uns war es auch nicht einfach.«

Plötzlich fiel Victoriano in die Arme seines Vaters und fing verzweifelt an zu weinen. Der Vater drückte ihn fest an seine Brust.

Ein paar Tage später, Lupe und Maria waren unter dem Sonnendach wieder einmal dabei, die Steine zu Goldstaub zu zermahlen, eilte Don Tiburcio den Hügel herauf.

»Es ist soweit«, keuchte er. »Beeilt euch!«

Carlota und der Vater waren drei Tage zuvor wieder in die Tiefebene aufgebrochen, begleitet von Don Manuel und dessen Familie. Diesmal war Don Tiburcio zurückgeblieben, um Sophia bei der Niederkunft zur Seite zu stehen.

»Lauf und sag der Hebamme Bescheid! Ich kümmere mich mit den Mädchen um Sophia«, sagte Doña Guadalupe zu dem verängstigt aussehenden Mann. Dieser rührte sich nicht vom Fleck. Alle Farbe war aus seinem Gesicht gewichen, plötzlich knickten seine Beine unter ihm zusammen, und er fiel zu Boden.

»Na, dann bleibst du wohl besser liegen und ruhst dich aus«, sagte Doña Guadalupe trocken und lachte, »und du, Lupe, sagst sofort der Hebamme Bescheid. Ich gehe inzwischen mit Maria zu Sophias Haus.«

»In Ordnung«, antwortete Lupe und rannte davon.

Als Lupe etwas später bei Sophia eintraf, wurde sie von den Schmerzensschreien der Schwester empfangen.

Sophias Schwiegermutter lag im Nebenzimmer; sie hatte ihr Bett schon seit über einer Woche nicht verlassen können. Der arme Tiburcio, der sich von seiner Ohnmacht erholt hatte, tigerte durchs Haus und kam sich vollkommen überflüssig vor.

»Kann ich nicht irgend etwas tun?« fragte er verzweifelt.

»Nein, nein, wirklich nicht«, antwortete Doña Guadalupe. »Aber lauf uns bitte nicht dauernd zwischen den Füßen herum.«

»Aber ich will ihr doch helfen«, jammerte er.

Lupe bedauerte ihn insgeheim, er mußte sich völlig nutzlos fühlen.

»Sieh mal«, erklärte ihm Doña Guadalupe, »ich weiß, daß du Sophia liebst und ihr helfen willst, aber bei einer Geburt haben Männer nichts verloren.«

»Ist sie in Gefahr?« fragte er bange.

»Nein, sie ist in Ordnung. Aber es wird sicher keine leichte Geburt werden, denn es herrscht noch kein Vollmond. Dann bewegen sich die Gewässer der Erde nicht, und auch Sophias Fruchtwasser wird nicht so schnell abgehen. Also bitte, verlaß jetzt den Raum, bevor du Dinge siehst, die nicht für Männeraugen bestimmt sind.«

Doña Guadalupe schob Tiburcio unsanft aus der Tür. Lupe sah ihm mitleidig nach, aber er war nun mal keine Frau und deshalb im Augenblick nicht zu gebrauchen.

»So, ihr beiden«, sagte die Mutter zu Maria und Lupe, »wenn die Hebamme nicht bald auftaucht, müssen wir schon mal allein anfangen.«

Lupe half der Mutter, Sophias langes Haar zurückzubinden und ihr das Nachthemd auszuziehen. Anschließend befestigten sie ein Seil an der Zimmerdecke und stellten heißes Wasser und saubere Tücher bereit.

Sophia gebärdete sich furchtbar gereizt und fauchte jeden unwirsch an, der sich ihr näherte, obendrein mußte sie unaufhörlich aufstoßen.

Ihr Verhalten flößte Lupe, die sie noch nie so erlebt hatte, Furcht ein. Doch die Mutter ignorierte Sophias furioses Verhalten und massierte ihre Gliedmaßen mit warmem Kräuteröl.

»Laß mich in Ruhe«, kreischte Sophia hysterisch. »Warum hat

mir keiner gesagt, wie grauenhaft so etwas ist? Ich hasse dieses Baby! Es wird mich umbringen!«

Lupe bekreuzigte sich erschrocken. Kein Wunder, daß die Mutter Don Tiburcio hinausgeschickt hatte. Ihre Schwester hatte sich in einen *diablo* verwandelt.

Doña Guadalupe zwinkerte Lupe zu. »Achte nicht auf ihre Worte, *mi hijita*. Tu einfach, was ich dir sage, dann wird alles gutgehen.«

»Nein! Das wird es nicht!« keifte Sophia. »Ich habe höllische Schmerzen. Laßt gefälligst eure Finger von mir!«

Als die Hebamme endlich eintraf, übernahm sie sogleich das Kommando. Sie lachte und scherzte mit Sophia und ermunterte sie, so viele Gotteslästerungen auszustoßen, wie sie nur wollte.

»Schließlich muß man Gott ja daran erinnern, daß es wahrhaftig kein Vergnügen ist, was er uns Frauen da aufgebürdet hat!«

Die alte Frau stieß selbst obszöne Verwünschungen aus und forderte Sophia auf, es ihr gleichzutun. Sophia ließ sich nicht lange bitten, und die gotteslästerlichen Tiraden, die sie aus vollem Hals von sich gab, schallten so laut durch den Cañon, daß sogar die Kojoten darüber verstummten.

Victoriano und Don Tiburcio, die draußen warteten, sahen sich entsetzt an, als sie die Blasphemien vernahmen. Sie entfernten sich ein Stück und versuchten, das Geschrei zu überhören, was sich jedoch als schwierig erwies, denn Sophia brüllte wie eine Löwin.

Don Tiburcio versuchte, sich eine Zigarette zu drehen, doch seine Hände zitterten zu sehr.

»Komm«, sagte Victoriano, »ich helfe dir.«

»Ich wußte gar nicht, daß du rauchst«, sagte der ältere Mann erstaunt.

Victoriano errötete. »Ab und zu«, erwiderte er.

Don Tiburcio drückte ihm seine Utensilien in die Hand. »Dann dreh uns zwei.«

»Zwei?«

»Na klar.«

Victoriano bekam ganz große Augen.

Don Tiburcio lachte und schlug dem Jungen auf den Rücken.

»Du hast wohl noch nie in Gegenwart deiner Eltern geraucht, was?«

Victoriano schüttelte den Kopf. »Nein, natürlich nicht.«

»Weißt du«, sagte Don Tiburcio, »ich war siebenundzwanzig Jahre alt und hatte schon zwei Männer umgelegt, bevor ich es wagte, in Gegenwart meiner Mutter zu rauchen.

Wir sind schon ein merkwürdiges Volk. Auf der einen Seite sind wir voller Ehrfurcht in unseren Traditionen gefangen, auf der anderen Seite sind wir durchaus fähig, uns gegenseitig abzuknallen wie räudige Hunde.«

Don Tiburcio war gerade im Begriff, die Zigaretten anzuzünden, die Victoriano inzwischen fertig gedreht hatte, als wieder ein markerschütternder Schrei erscholl.

Sophia kauerte inzwischen auf dem Boden und zerrte an dem Seil, das sie aufgehängt hatten. Die Hebamme und ihre Mutter hockten vor ihr, und Lupe und Maria stützten sie von hinten.

Sophia stieß eine Reihe gellender Schreie aus und zog immer wieder aus Leibeskräften an dem Seil, bis der Kopf des Babys erschien. Lupe hielt Sophia fest von hinten umklammert, die sich mit aller Kraft bemühte, das Baby ganz herauszupressen.

Die Zeit schien stillzustehen. Die Frauen im Inneren des Hauses waren vollkommen vertieft in ihr Tun, und draußen verharrten die Männer mit ängstlichen Gesichtern.

Endlich war es soweit: Nackt und feucht glitt das Baby in die Welt – Gott hatte ein neues Wunder geschehen lassen.

Als Lupe mit dem Neugeborenen im Arm aus dem Haus trat, blickten Victoriano und Don Tiburcio ihr mit aschfahlen Gesichtern entgegen.

»Ist alles in Ordnung mit Sophia?« fragte Don Tiburcio, der am ganzen Leib zitterte.

»Ja«, antwortete Lupe, »es geht ihr gut. Sieh nur, du hast einen Sohn!«

Don Tiburcio nahm seinen Sohn in den Arm und weinte vor Erleichterung. Er dankte dem Himmel, daß es endlich vorbei war, nie zuvor hatte er sich so hilflos gefühlt.

Einige Wochen später, als Lupe und Manuelita gerade unter dem Pfirsichbaum hinter der Hütte fünf Indianermädchen im Lesen unterrichteten, gesellte sich Ojos Puros zu ihnen. Er ließ sich ein paar Meter entfernt auf einem Felsblock nieder und setzte sich eine Nickelbrille auf die Nase, die er in einem der verlassenen Büros auf dem Minengelände gefunden hatte.

»Laßt euch nicht stören«, sagte er, »ich lese hier bloß die Zeitung.«

Lupe und Manuelita fuhren mit ihrem Unterricht fort, was gar nicht so einfach war, da Ojos Puros die Zeitung verkehrt herum in der Hand hielt und die Kinder Mühe hatten, sich das Lachen zu verkneifen. Ojos Puros, der Anführer der Indianer, konnte offensichtlich gar nicht lesen, war aber zu stolz, das auch zuzugeben.

»Paßt genau auf«, sagte Manuelita laut genug, daß der alte Mann sie auch hören konnte. »Seht ihr diese Buchstaben und wie man sie schreibt?«

»Ja«, antworteten die Kinder im Chor.

»Oh«, murmelte Ojos Puros, drehte die Zeitung und gab weiter vor, sie zu lesen.

Die Kinder konnten sich kaum noch beherrschen, während Lupe und ihre Freundin mit dem Unterricht fortfuhren. Inzwischen hatten sich dunkle Wolken über ihnen zusammengezogen. Die Regenzeit hatte ein paar Wochen zuvor begonnen, und es regnete jeden Nachmittag ein paar Stunden.

Ojos Puros faltete sorgfältig seine Zeitung zusammen und verstaute sie unter seinem Poncho, damit sie nicht naß wurde. Lupe und die Kinder hatten sich gerade rechtzeitig unter die *ramada* zurückgezogen, als das Unwetter auch schon losbrach.

Über ihnen tobten Blitz und Donner, und der Regen strömte prasselnd vom Himmel.

Naß bis auf die Haut tauchte Victoriano mit einem Korb Felsbrocken vor den Mädchen auf. »Wo ist Mama?« fragte er, »ich habe gute Steine gefunden.«

»Sie ist unten bei Sophia«, antwortete Lupe.

»Ach so«, sagte er und zog seinen nassen Hut und seinen Poncho aus.

Seit Sophias Schwiegermutter gestorben war, verbrachte Doña

Guadalupe jeden Nachmittag ein paar Stunden im Haus ihrer Tochter.

Der Wind wurde jetzt stärker, und es goß in Strömen. Ununterbrochen erhellte das bizarre Licht der Blitze den Himmel, und die darauffolgenden Donnerschläge hallten durch die ganze Schlucht.

Victoriano schüttete eine Schaufel voll glühender Holzkohle vor die Füße der Mädchen, damit sie nicht froren, und setzte einen Kessel mit Teewasser auf. Seit einem Jahr schufteten sie nun schon sieben Tage jede Woche von Sonnenaufgang bis Sonnenuntergang in dem Steinschlag unterhalb der Mine. Victoriano war zwar noch immer dünn, doch seine Beine und Arme waren durch die Arbeit sehnig und stark geworden.

Geborgen und behaglich warm saßen Lupe und die anderen Kinder unter der *ramada* und sahen dem Unwetter zu. Der Höhepunkt des Gewitters war nun vorüber; der Regen strömte jetzt nur noch leise in silbrigen Fäden vom Himmel, und die Wolken rissen schon an einigen Stellen auf und gaben Fetzen blauen Himmels frei.

»Seht mal!« sagte Lupe und zeigte auf eins der Wolkengebilde, »ein Hirsch!«

»Ja«, rief Cruz, »und da! Ein Huhn.«

»Und seht nur die Riesenspinne, die das Huhn jagt«, schloß sich Paloma an.

Die Mädchen brachen in Gelächter aus, und Victoriano und Ojos Puros sahen sich amüsiert an. Inzwischen war der Tee fertig. Victoriano goß für sich und den alten Mann eine Tasse ein.

Der Sturm war nun ganz vorbei, und die Wolken lösten sich immer schneller auf. Es sah aus, als würden sie in lustigen Purzelbäumen über dem Rand des Cañons verschwinden.

»Seht mal! Ein Regenbogen!« rief Manuelita.

Alle wandten die Köpfe. Tatsächlich, in herrlichen Farben – rot, rosa, gelb, grün, blau und violett – erstreckte sich dieses Wunder in einem magischen Bogen von einem Rand des Cañons zum anderen.

Auf einmal hob Victorianos kleiner Hund witternd seinen Kopf. Aber zu spät. Da waren sie schon. Am rückwärtigen Eingang der *ramada* standen zwei bewaffnete Männer und grinsten lüstern unter ihren Sombreros hervor.

Als Victoriano die Bewegung seines Hundes bemerkt hatte, war er ohne zu zögern herumgefahren und hatte den Kessel mit dem kochenden Wasser in Richtung der Männer geworfen. Die beiden sprangen fluchend zur Seite. »Lauf, Lupe!« schrie Victoriano und schleuderte einen Felsbrocken aus seinem Korb auf die Männer.

Lupe und die anderen Mädchen waren mit einem Satz aus der Tür und rannten davon. Lupe drehte sich um und sah, daß die beiden Männer ihren Bruder in die Ecke gedrängt hatten.

»Victoriano!« schrie sie.

Ojos Puros war nirgends zu sehen, er hatte sich noch vor den Mädchen aus dem Staub gemacht.

»Lauf!« schrie Victoriano und versuchte, die Männer zu treten, die ihn mit ihren Gewehren bedrängten. »Du mußt die anderen warnen, Lupe!«

Doch als Lupe sich wieder umdrehte, rannte sie genau in einen dritten Mann hinein, der dicht vor ihr stand.

»Lauf doch nicht weg, Kleine«, sagte er lächelnd. Er hatte lockiges braunes Haar und trug ein rotes Stirnband. Lupe sah, daß er noch jung war und gut ausgesehen hätte, wenn da nicht das bösartige Funkeln in seinen dunklen Augen gewesen wäre.

Sie wollte links an ihm vorbeirennen, doch er stellte sich ihr in den Weg. Da entwischte sie blitzschnell unter die *ramada*, kroch auf Händen und Knien vorwärts, sprang über die Mauer und landete wie eine Katze zwischen den Topfpflanzen ihrer Mutter.

»*Orale*, Chuy!« brüllte einer der anderen beiden Männer. »Du wirst doch diese kleine Jungfrau nicht entwischen lassen!«

Der gutaussehende Mann, den sie Chuy nannten, war flink und holte Lupe schnell ein. Doch Victoriano, der inzwischen mit blutüberströmtem Gesicht auf dem Boden lag, pfiff nach seinem kleinen Hund. Wie der Blitz sprang das Tier hinter Chuy her und verbiß sich knurrend in dessen stämmiger Wade.

»*Cabrón, perro!*« fluchte Chuy und versuchte den Hund abzuschütteln. Als dieser nicht locker ließ, schlug er mit dem Gewehrkolben nach ihm, und das Tier brach winselnd zusammen. Nicht genug damit, erschoß Chuy den Hund, dessen Blut in alle Richtungen aufspritzte.

»Du blöder Idiot!« schrie der ältere Mann, der Victoriano niedergeschlagen hatte. »Jetzt hast du alle gewarnt!« Er wandte sich seinem Kumpan zu. »Halt das Mädchen auf!«

Jetzt jagten Chuy und der andere Mann wie zwei hungrige Wölfe durch das feuchte Unterholz hinter Lupe her.

»Du verfluchter Kerl!« beschimpfte der erste Mann Victoriano. »Siehst du, was du angerichtet hast!«

Er hatte gerade sein Gewehr erhoben, um es Victoriano über den Schädel zu schlagen, als Ojos Puros wie aus dem Nichts aus dem dunklen Schatten hinter dem Ofen auftauchte. Lautlos, wie ein Gespenst, schlich er sich über den gestampften Boden an, zog dem Banditen sein dünnes, scharfes Schlachtmesser durch die Kehle und trennte ihm mit einem sauberen Schnitt die Hauptschlagader durch.

Der Mann hatte gar keine Zeit, zu reagieren, er war auf der Stelle tot. Victoriano hatte gerade noch Gelegenheit, sich zur Seite zu rollen, damit der Mann, der mit dem Gesicht zuerst in einem Schwall von Blut zu Boden sank, nicht auf ihn fiel.

Unterhalb der Hütte flüchtete Lupe immer noch in Todesangst durch das dichte, nasse Unterholz, den steilen Hang hinab. Ihre beiden Verfolger konnten nur hier und dort einen Blick auf sie erhaschen, während sie wie ein verängstigtes Kaninchen vor ihnen davonhuschte und immer wieder aus ihrem Blickfeld verschwand.

Als Lupe den reißenden Bach mit den aufeinanderfolgenden Wasserfällen erreichte, hatten die Männer sie in die Enge getrieben. Der, den sie Chuy nannten, legte sein Gewehr nieder und öffnete grinsend seine Hose.

Lupe blickte entsetzt auf das rauschende, weiße Wasser hinunter. Sie konnte nicht schwimmen. Nur die Jungen lernten schwimmen. Doch sie wollte lieber sterben, als sich von diesen Männern besudeln zu lassen. Sie setzte gerade zum Sprung an, da legte Don Tiburcio – weit oben auf einem Felsen – sein Gewehr an und feuerte. Chuys Kopf explodierte. Gehirn und Fetzen seines roten Stirnbandes flogen durch die Luft, noch bevor Lupe den Gewehrschuß überhaupt vernommen hatte. Der andere

Mann flüchtete entsetzt ins Gebüsch, während Don Tiburcio hinter ihm herfeuerte.

Lupe suchte Deckung im Gebüsch. Die Schüsse schienen plötzlich aus allen Richtungen zu kommen. Sie stolperte durch das nasse Unterholz und wollte sich in einer kleinen Felsspalte verstecken, als sie zu ihrem Entsetzen bemerkte, daß bereits jemand darin kauerte. Erleichtert stellte sie jedoch fest, daß es Cruz war, die dort Schutz gesucht hatte.

»Wo sind Manuelita und die anderen?« fragte Lupe.

Cruz zuckte mit den Schultern. »Sie haben sie wahrscheinlich geschnappt.«

»O mein Gott.« Schaudernd verbarg Lupe ihren Kopf an der Schulter des Mädchens.

Die Schießerei nahm kein Ende. Dicht aneinandergeschmiegt, lauschten Lupe und Cruz in ihrem feuchten, kalten Versteck auf die Schreie und das Fußgetrappel um sie herum. Ihre Herzen schlugen bis zum Hals, und sie zitterten vor Kälte und Angst.

Mit einemmal hörte die Schießerei auf. Kein Laut war mehr zu hören außer dem leisen Tröpfeln im Gebüsch. Diese plötzliche, anhaltende Stille war noch furchteinflößender als zuvor der Lärm der Gewehre. Schreckliche Bilder und Ahnungen schossen Lupe durch den Sinn. Vielleicht waren ja alle Bewohner des Cañons tot und sie und Cruz die einzigen Überlebenden.

Vorsichtig spähte Lupe umher. Der Schwefelgeruch des Gewehrpulvers lag noch in der Luft, und der beißende Rauch der versengten, feuchten Palmdächer der Hütten brannte ihr in der Nase. Irgendwo in der Ferne glaubte sie das Weinen eines Kindes zu vernehmen. War also doch noch jemand am Leben? Die beiden Mädchen hielten den Atem an und lauschten angestrengt. Doch sie hörten nur das Rascheln der Blätter und das leise Summen der Insekten, die sich jetzt wieder rührten.

Die Minuten zogen sich endlos dahin. Ein paar Reiter trabten gemächlich den Pfad am Ufer des Baches entlang in die Richtung der beiden Mädchen und redeten mit ärgerlichen Stimmen aufeinander ein.

Lupe und Cruz machten sich so klein wie möglich in ihrem Versteck; die Hufe der Pferde waren kaum um Armeslänge von ihnen entfernt, als die Reiter an ihnen vorbeikamen.

Lupe wollte sich bekreuzigen, doch sie hielt inne, als Cruz den Kopf schüttelte. Die Worte des Vaters fielen ihr wieder ein. Rechtzeitig zu verschwinden sei die einzige Möglichkeit, im Krieg zu überleben, hatte er gesagt.

Während sie mit ihrer kleinen Freundin in dem Versteck verharrte, kämpfte Lupe immer wieder mit den Tränen. Die Sonne ging schon unter, und wie Gespenster krochen die Schatten der Nacht langsam in den Cañon.

Schließlich wagte sie sich aus ihrem Versteck hervor: Von Schatten zu Schatten huschte Lupe wie ein scheues Nachttier zu Sophias Haus. Sie hörte jemanden weinen, doch es war nicht das Weinen eines Babys, sondern das leise Schluchzen eines gebrochenen Herzens. Als Lupe durch die offene Eingangstür blickte, sah sie überall die Körper von toten Männern. Das Haus war ein einziges Schlachtfeld. Inmitten der grausigen Szene saß Sophia im Licht der letzten Sonnenstrahlen, die durch das Fenster fielen, und hielt Don Tiburcio in ihren Armen. Lupe schrie leise auf. Don Tiburcios Hemd war blutdurchtränkt von zwei Schußwunden, die in seiner Brust klafften.

»Ich liebe dich so sehr«, sagte er mit schwacher Stimme zu Sophia. »Schwöre, daß du nie wieder heiraten wirst.«

»Aber *querido*«, antwortete Sophia und strich ihm die Haare aus der Stirn, »wie kann ich so etwas versprechen? Ich erwarte schon wieder ein Kind, und wir haben unseren kleinen Sohn! Wenn ich irgendwie überleben will, muß ich doch wieder heiraten.«

»Sophia, ich sterbe«, röchelte er, und Blut quoll aus seinem Mund. »Das ist nicht der Augenblick, um zu streiten.«

»Ich streite doch gar nicht, *querido*«, sagte sie zärtlich und streichelte ihn.

»Paß auf.« Er schien neue Kräfte gesammelt zu haben. »Ich will, daß du die Feuerstelle saubermachst und dann sofort nach Norden aufbrichst.«

»Was soll ich? Die Feuerstelle saubermachen?«

»Ja, tu, was ich dir sage!«

»In Ordnung, sobald ich Zeit habe«, antwortete sie.

»Nein! Tu es sofort! Säubere die Feuerstelle und geh nach Norden, bevor der Regen wieder einsetzt. Dann brauchst du nie wieder zu heiraten. Bitte, *júramelo*!«

»Bitte, Liebster, wie kannst du so etwas von mir verlangen?«
sagte sie, allmählich verärgert. »Wenn du stirbst, muß ich doch
an die Kinder denken.«

»Na gut«, erwiderte er, jetzt mit letzter Kraft. »Dann schwör
mir wenigstens, daß, wenn du wieder heiratest, du den Mann
nicht liebst. Dann wirst du im Himmel wieder mit mir vereint
sein!« flehte er.

»O Tiburcio«, sagte Sophia, »hör jetzt mit diesem Unsinn auf.
Bereite dich lieber darauf vor, vor Gott zu treten. Wirklich Liebling,
wie könnte ich wieder heiraten, wenn ich den Mann nicht
lieben würde, ich bin doch schließlich erst neunzehn Jahre alt!«

Ein gurgelndes Geräusch kam aus Don Tiburcios Kehle, und
blutiger Schaum trat aus seinem Mund; er verdrehte die Augen
und fiel zurück. Seine Augen starrten leblos in den Sonnenstrahl,
der durch das Fenster fiel. Er war tot.

»O mein Gott!« schrie Sophia. »Bitte, stirb nicht! Ich wollte
nicht mit dir streiten. Bitte, glaub mir, ich liebe dich doch auch!«
Schluchzend warf sie sich auf seinen Körper.

Weinend sank Lupe auf die Knie. Neben ihrem Bruder und
dem Colonel war Don Tiburcio der einzige Mann gewesen, zu
dem sie je Zuneigung gefaßt hatte.

13

Wo das Blut der Menschen die Erde getränkt hatte, entfaltete die Natur jetzt ihre volle Pracht. Doch die Bewohner des Cañons wurden immer mutloser und waren kurz davor, aufzugeben

Drei Tage dauerte es, bis Lupes Familie die Blutspuren aus Sophias Haus entfernt hatte. Die drei Banditen, die Don Tiburcio getötet hatten, hatten das ganze Haus mit Blut verschmiert.

Lupe wurde zum erstenmal bewußt, wieviel Blut ein Körper barg. Das Blut nur eines Menschen hatte gereicht, den ganzen Küchenboden zu durchtränken. Es war nahezu unmöglich, die inzwischen getrocknete, verkrustete Schicht von dem festen, gestampften Boden zu entfernen.

Lupes Mutter und die Geschwister wußten sich schließlich nicht anders zu helfen, als eine Schicht des Bodens mit der Schaufel abzutragen, um den Geruch des Blutes, der Eidechsen und Ungeziefer anzog, aus dem Haus zu entfernen.

Ein paar Tage darauf saßen Lupe und Sophia still beisammen und lauschten dem Wind, als sie beide scheinbar grundlos zu weinen begannen. Wie sehr hatten sie geschuftet und sich geplagt! Und wozu das alles? Nicht nur, daß die Banditen Don Tiburcio getötet hatten, sie hatten auch ihr Gold gestohlen und Paloma und drei andere der kleinen Indianermädchen vergewaltigt und umgebracht. *La vida* – das Leben, manchmal stellte es einen wahrhaftig arg auf die Probe. Doch nachdem die beiden Mädchen sich ausgeweint hatten, fühlten sie sich ein wenig erleichtert und gingen ins Haus, um eine Tasse Tee zu trinken.

Während das Wasser kochte, flitzte eine Maus unter dem Herd hervor. Diego, Sophias Baby, krabbelte dem Tier vergnügt krähend nach, als aus einer Ecke plötzlich eine Schlange auftauchte, die der Maus lautlos hinterherglitt. Sophia schrie erschrocken auf und nahm ihr Kind rasch auf den Arm.

Von der Schlange verfolgt, rannte die Maus auf die Feuerstelle zu. Sophia drückte Lupe das Baby in die Arme und jagte der Schlange mit einem Besen in der Hand nach.

»Verschwinde aus meinem Haus!« kreischte sie und ließ ihre ganze aufgestaute Wut an dem Reptil aus. »Du hast hier nichts zu suchen, hörst du! Mein Ehemann ist tot, und ich dulde kein Ungeziefer in meinem Haus!«

Der kleine Diego hatte seine helle Freude an dem Spektakel, doch Sophia war ganz und gar nicht zum Lachen zumute. Sie hatte dieser Schlange den Krieg erklärt. Zeternd trat und schlug sie nach dem Tier, bis es mit lautlosen Zickzackbewegungen und hocherhobenem Kopf züngelnd die Feuerstelle verließ und durch die Tür ins Freie glitt.

Sophia blieb zitternd zurück. »Wir werden die Feuerstelle gründlich saubermachen müssen«, sagte sie, »damit wir die Maus finden und nicht noch mehr Schlangen ins Haus kommen.«

»In Ordnung«, sagte Lupe.

Sie reichte Sophia das Kind und kniete sich auf den Boden. Als sie das halbverbrannte Holz beiseite schob, entdeckte sie etwas Hartes unter der Asche.

»Hier ist irgend etwas«, sagte sie.

»Das könnte sein«, antwortete Sophia, »als Tiburcio starb, hat er immer wieder davon gesprochen, daß ich die Feuerstelle saubermachen soll.«

Sie kehrten rasch die Asche beiseite und stießen auf eine längliche Metallkiste. Nachdem sie die schwere Kiste in die Mitte des Raumes geschoben hatten, öffneten sie den Deckel. Sie war voller Gold!

Zwei Tage später hatte Sophia ihren Hausrat gepackt und war bereit, den Cañon zusammen mit einer anderen Familie zu verlassen.

»Ach, *mi hijita*«, sagte ihre Mutter, »du hättest besser gewartet, bis die Regenzeit vorüber ist.«

»Ich habe Tiburcio mein Wort gegeben, daß ich den Cañon verlassen würde, sobald es möglich ist. Deshalb muß ich jetzt gehen. Außerdem ist es kein Abschied für immer, Mama. Ihr kommt in ein paar Monaten nach, und ich werde hinter der Grenze auf euch warten.«

In Doña Guadalupes Augen glänzten Tränen. »Ich werde mir

schreckliche Sorgen um euch machen, *mi hijita*«, sagte sie und schloß ihre Tochter fest in die Arme.

»Mir wird es genauso gehen, wo ihr doch hier im Cañon zurückbleibt«, erwiderte Sophia.

»Nein, nein, bis die Regenzeit vorbei ist, sind wir hier sicher«, antwortete die Mutter.

Lupe beobachtete, wie die Mutter und die Schwester sich, verzweifelt aneinandergeklammert, in den Armen lagen.

»Wirst du ein Schiff nehmen oder mit dem Zug fahren?« fragte Maria.

»Ich weiß es noch nicht«, antwortete Sophia und schloß auch die schwangere Maria in die Arme.

»Ich werde Papa um Rat fragen, wenn ich ihn in El Fuerte sehe.«

»Geh mit Gott, mein Liebling«, sagte die Mutter.

Lupe und Victoriano begleiteten Sophia den Pfad hinauf auf die Hauptstraße, bis zum Rand des Cañons. Dort überreichte Lupe der Schwester eine Blume, die sie mit einer roten Schleife geschmückt hatte.

»Die ist für dich.«

»Danke, Lupita. Gib acht auf Mutter. Jetzt, da Maria mit Esabel lebt, bist du die einzige Frau, die noch zu Hause ist, sie braucht dich.«

»Ich weiß«, antwortete Lupe und trocknete sich die Augen.

»*Adios*, Victoriano«, sagte Sophia und umarmte ihren großen, schlanken Bruder. »Kümmere dich auch um Mama. Ich werde hinter der Grenze auf euch warten. Ach, hätte Mama doch bloß einen Teil meines Goldes angenommen, dann könnten wir jetzt alle zusammen gehen.«

»Nein, Sophia«, erwiderte Victoriano, »Don Tiburcio ist tot, und er hat das Gold für dich und deine Kinder bestimmt. Und wer weiß, vielleicht legt diese Regenzeit ja eine neue Felsspalte voller Gold frei, dann sind wir auch bald wieder reich.«

»Hoffentlich«, antwortete Sophia.

Ein letztes Mal schloß sie ihre Geschwister in die Arme, dann machte sie sich mit der anderen Familie auf den Weg. Ein Kind trug sie in einem Tuch auf der Hüfte, ein zweites in ihrem Leib.

Lupe sah der Schwester nach, bis sie hinter einer Biegung auf dem überwucherten Pfad aus ihrem Blickfeld verschwunden war. Sie wischte sich die Tränen aus den Augen und blickte zum Himmel empor. Die Baumkronen über ihr bewegten sich leise im Wind. Lupe seufzte und dachte darüber nach, was für eine Welt es wohl war, die dort draußen, außerhalb des Cañons lag. Alle waren sie fortgegangen: Don Tiburcio, ihr Colonel, Paloma und die beiden anderen Indianermädchen. Erneut füllten sich Lupes Augen mit Tränen. Alle Menschen, die es gut mit ihr meinten, schienen auf die eine oder andere Weise zu verschwinden. Manche in den Himmel und die anderen in die Welt da draußen.

Victoriano legte den Arm um seine Schwester und zog sie tröstend an sich. Sie ließen ihren Blick über die Bergrücken schweifen, die sich endlos unter ihnen erstreckten. Es schien wie ein Traum, als sei Sophia in eine Unendlichkeit aus Wald, Himmel und schwirrenden Insekten entschwunden.

Trotz der Regenzeit durchsuchte Lupe mit ihrer Familie weiter unermüdlich die Steinbrocken unterhalb der Goldmine; doch sie fanden bei weitem nicht soviel Gold, wie sie gehofft hatten, und befürchteten schon, noch ein weiteres Jahr im Cañon festzusitzen. Bis dahin würden die Banditen mit Sicherheit zurückgekehrt sein.

Eines späten Nachmittags, Lupe und ihre Mutter saßen auf der Terrasse vor Doña Manzas Haus, sah Doña Guadalupe von weitem einen funkelnden Stein unten auf der Plaza. Es hatte gerade aufgehört zu regnen; sie tranken Tee und stillten ihren Hunger mit wilden Wurzeln.

»Seht mal«, rief Doña Guadalupe, »wie der Stein da unten glitzert, jetzt, da die Sonne hervorkommt.«

»Genau der gleiche Stein ist uns neulich schon mal aufgefallen«, erwiderte Doña Manza. »Die Wurzeln heben jetzt überall das Kopfsteinpflaster aus, und da sieht es aus, als sei die Plaza von winzigen Goldspuren durchzogen.«

»Na, worauf warten wir dann noch?« fragte Doña Guadalupe. »Vielleicht ist es wirklich Gold!«

»Ach was«, Doña Manza lachte hell auf, »das sind doch nur Wassertropfen, die in der Sonne glitzern. Die Amerikaner mögen ja Verschwender sein, aber so verrückt sind sie nun auch wieder nicht.«

»Wer weiß«, sinnierte Doña Guadalupe, »dieser Platz gehörte zu den ersten Anlagen, die die Amerikaner gebaut haben, und damals schwammen sie hier geradezu im Gold.«

»Lupe«, rief sie, »hol deinen Bruder, und dann bringt mir mal diesen funkelnden Stein hier herauf.«

»In Ordnung.« Lupe, die gemeinsam mit Manuelita in ein Buch vertieft gewesen war, stand auf.

»Geh mit und hilf ihnen, Manuelita«, sagte Doña Manza, »und nehmt eine Schaufel mit.«

»Gut«, fügte Doña Guadalupe hinzu, »wenn es wirklich Gold ist, dann teilen wir halbe-halbe.«

Doña Manza lachte. »Keine Sorge, *querida*, ich wollte nur höflich sein.«

»Dann willst du also nicht die Hälfte abhaben?« fragte Doña Guadalupe verschmitzt.

Sie lachten beide und sahen den Kindern zu, die jetzt unten auf der Plaza den Stein ausgruben.

Dann hörten sie einen Schrei. »Es ist Gold«, rief Lupe und schwenkte aufgeregt die Arme. »Gold!«

Victoriano und Manuelita begannen ebenfalls zu schreien. Die beiden alten Frauen sprangen von ihren Stühlen und rannten die Stufen zur Plaza hinab. Und tatsächlich, jetzt sahen sie ihn mit eigenen Augen: einen funkelnden Felsbrocken von der Größe eines Eselskopfes, durch den sich, gleich einem Spinnennetz, eine Goldader zog, jeder Strang so dick wie der Finger eines Kindes.

In den beiden darauffolgenden Tagen gruben sie die ganze Plaza um und fanden soviel Gold, daß sie mit der Verarbeitung kaum nachkamen.

Victoriano und Esabel zerhämmerten die Brocken, Maria, Lupe und ihre Mutter mahlten die kleinen Steine zu grobem Sand. Doch sie hatten Schwierigkeiten, das Gold zu reinigen. Die letzten beiden Schritte des Goldwaschens mit Wasser und anschließend mit Quecksilber in flachen Pfannen erforderten Geduld und Zeit: Nichts durfte überstürzt werden. Es bedurfte größter Konzentration und einer perfekten Koordination von Auge und Hand, damit das wertvolle Metall beim Auswaschen nicht über den Rand der Pfanne verschwand. Nur die Frauen bewiesen darin die notwendige Geschicklichkeit. Die Männer waren für diese Arbeit zu langsam und ungeschickt und verloren viel zu schnell die Geduld.

»Verdammt!« fluchte Esabel und verscheuchte mit einem Stein einen Hund. »Jetzt schwimmen wir im Gold, aber wir sind nicht in der Lage, es schnell genug zu verarbeiten, um nach der Regenzeit von hier zu verschwinden!«

Esabel und Victoriano saßen hinter einem Felsen neben einem Haufen golddurchzogener Steinbrocken, die sie gerade zerhämmert hatten. Sie hatten Gold für ein ganzes Jahr zusammen, doch es hatte keinen Zweck weiterzumachen, da sie es nicht schnell genug waschen konnten.

Der erste Stein, den sie auf der Plaza gefunden hatten, war nur der Anfang gewesen. Danach hatten sie auf der ganzen Plaza und den Wegen ringsum Gold gefunden. Offenbar hatte man die Stadt, als sie damals gebaut wurde, regelrecht mit Gold gepflastert.

Victoriano beobachtete zwei Hunde, die sich um ein Paar Bullenhörner stritten. »Wenn wir doch nur etwas erfinden könnten, damit die Frauen das Gold schneller waschen könnten«, überlegte er.

»Und was soll das sein?« Esabel bewarf die knurrenden Hunde erneut mit einem Stein. »Eine Art Wundermaschine?«

»Nun, ich dachte an eine Art Trichter, mit dem man das Gold waschen kann, ohne es zu verschütten«, erklärte Victoriano.

»Ja, großartige Idee«, antwortete Esabel. »Aber wenn wir uns schon das Unmögliche erhoffen, warum wünschen wir uns dann nicht gleich so einen Sechzig-Pfund-Barren, wie ihn die Amerikaner gefunden haben. Mensch, nur ein ... Wo rennst du denn hin?« rief er Victoriano hinterher.

Victoriano war aufgesprungen und hatte den beiden Hunden die Bullenhörner entrissen. »Ich hab's!«

Er rannte unter die *ramada*, wo die Mutter und die Schwestern wie in einer kleinen Fabrik, Seite an Seite arbeiteten. Es funktionierte. Wenn man die Hörner der Länge nach durchschnitt, konnte man sie tatsächlich wie eine Art Trichter verwenden. Während sie das Gold darin auswuschen und mit Quecksilber vermischten, wirkte die rauhe Innenseite des Horns wie Tausende winziger Händchen, welche die Bewegungen des Gold-Quecksilbergemisches verlangsamten, so daß es nicht über den Rand gespült wurde.

Jetzt konnten Victoriano und Esabel den Frauen beim Goldwaschen helfen, und sie kamen zwanzigmal schneller voran als zuvor. In einer Woche hatten sie soviel Gold gewaschen, daß Lupe mit ihrer Mutter und ihrem Bruder jeden Abend damit beschäftigt war, kleine Kugeln aus dem Gold zu formen, der letzte Schritt der langwierigen Prozedur.

Nachdem alle anderen zu Bett gegangen waren, zerschnitten die drei alte Kleider und Stoffe in kleine viereckige Stücke. Sie setzten winzige Mengen der Goldkügelchen in die Mitte der Stoffetzen und schlugen die Ecken darüber. Dann preßten sie mit den Fingerspitzen Wasser und Quecksilber aus dem Gold, bis es fest und rund wurde. Anschließend drehten sie die Enden der kleinen Stoffsäckchen zusammen und banden sie fest zu.

Bevor sie schlafen gingen, legten sie die über ein Dutzend Bällchen, die sie Nacht für Nacht formten, in die glühenden Kohlen der Feuerstelle. Lupe liebte es, dem Zischen der kleinen Goldsäckchen zu lauschen, wenn die Quecksilberreste in blauen Flämmchen verbrannten.

Morgens konnten Lupe und Victoriano es kaum erwarten, die kleinen Kügelchen aus der Asche zu picken und zu polieren. Das war der Augenblick, an dem sie endlich die fertigen Goldnuggets von der Größe eines Fingernagels in der Hand hielten, etwa fünf Gramm schwer und verziert mit dem Abdruck des Stoffetzens, in den sie eingewickelt worden waren.

Die Regenzeit nahm ihren Lauf, und der Cañon war erfüllt vom ohrenbetäubenden Lärm der Wasserfälle. Der Fluß auf dem Grund der Schlucht hatte sich in einen reißenden Strom verwandelt. Jeden Morgen verbargen Lupe, Victoriano und Doña Guadalupe die fertigen Goldkugeln in den Blumentöpfen vor ihrer Hütte. Beim letzten Mal hatten die Banditen das Gold, das die Familie in ihrem Haus versteckt hatte, gefunden. Das durfte nicht noch einmal passieren.

Es regnete jeden Nachmittag. Lupes Familie arbeitete unermüdlich Tag und Nacht, obwohl es ihnen immer schwerer fiel. Sie hatten kaum noch etwas zu essen und mußten jeden Tag stundenlang nach eßbaren Wurzeln suchen. Gold hatten sie nun genug, doch Hunger litten sie trotzdem.

Zwei der noch verbliebenen Familien konnten den Hunger nicht mehr ertragen. Sie verließen den Cañon über die Nordkante, in der Hoffnung, den Pfad benutzen zu können, den der Colonel gebaut hatte. Ein paar Wochen später erzählte man, daß beide Familien beim Überqueren des Rio Fuerte, kurz vor dem rettenden Ufer, ertrunken waren, weil sie sich nicht von dem Gold trennen konnten, das sie bei sich trugen.

Als Lupe eines Nachmittags unterhalb des Dorfes nach Wurzeln suchte, zog ihr plötzlich der köstliche Geruch gebratenen Fleisches in die Nase, das offenbar irgendwo in der verlassenen Stadt zubereitet wurde. Sie folgte dem Geruch und stieß am Rand der verlassenen Plaza auf eine Gruppe aufgeregter Menschen. Sie hatten ein Feuer in der Ruine von Don Manuels Laden angezündet und bereiteten ein Festessen vor. Bei dem Gedanken an ein köstliches *barbacoa* lief Lupe schon das Wasser im Mund zusammen, bis sie um die Ecke bog. Sie sah das Tier in einem der Bäume hängen, und obwohl es schon halb gehäutet war, erkannte Lupe sofort ihren geliebten Rehbock.

Sie schnappte entsetzt nach Luft und begann zu würgen. Doch als sie erkannte, wie ausgehungert die Menschen waren, die auf die bevorstehende Mahlzeit warteten, drehte sie sich um und ging still davon. Es war einer der schrecklichsten Momente ihres Lebens.

Später, am gleichen Nachmittag, entdeckte Lupe auf dem Pfad, der in den Cañon führte, ihren Vater, der aus der Tiefebene zurückkehrte.

»Papa!« rief sie, »was ist passiert? Wo ist Carlota?«

»Später«, antwortete er und hastete an ihr vorbei. »Wo ist deine Mutter? Ich muß sofort mit ihr reden.«

Er taumelte fast auf die Plaza, wo *la gente* immer noch das Festmahl feierte. Doña Guadalupe schlug erschrocken die Hand vor den Mund, als sie den Gesichtsausdruck ihres Mannes sah. »Sophia?« fragte sie nur.

»Ja«, antwortete Don Victor. »Ihr Schiff ist in einem Sturm gekentert.«

»O mein Gott!« rief Doña Guadalupe. »Und wo ist Carlota?«

»Ich habe sie in El Fuerte gelassen, damit ich so schnell wie möglich hierher zurückkehren konnte«, sagte der grauhaarige alte Mann, der am ganzen Körper zitterte. »Ich war Tag und Nacht unterwegs und habe keine Sekunde geschlafen, *querida*. Sophia wollte mit dem Zug fahren, und ich habe ihr dazu geraten, das Schiff zu nehmen, weil es sicherer sei.«

Don Victor hatte den Satz kaum zu Ende gesprochen, da brach er zusammen. In drei Tagen hatte er einen Weg zurückgelegt, für den kräftige Männer auf Maultieren und bei schönem Wetter normalerweise eine Woche brauchten. Vollkommen außer sich vor Verzweiflung, war er einfach immer weiter vorwärtsgestolpert.

In der folgenden Nacht war Don Victor wie von Sinnen. Schreiend warf er sich im Schlaf hin und her. Dann begann er zu schwitzen und bekam Fieber. Angelina, die alte Hebamme, wurde gerufen. Sie untersuchte ihn gründlich und kochte einen Sud aus Kräutern.

Lupe und Maria halfen der Mutter, während Angelina Brust und Füße des Vaters mit der faulig riechenden Mixtur wusch und seine Fußsohlen – die Stellen, wo die Fäden zur Seele sich vereinen – kräftig massierte.

Ojos Puros kam und legte Don Victor einen gesegneten Knoblauchstrang um den Hals, anschließend schnitt er drei Hühnern die Kehle durch und hängte sie an das Fußende des Bettes.

Der Knoblauch verströmte magische Kräfte, und die drei Hühner stellten die Dreifaltigkeit Gottes dar. In Ojos Puros Bewußtsein waren die Regeln der katholischen Kirche und die indianischen Riten so untrennbar miteinander verflochten, daß er keines von beiden jemals in Frage gestellt hätte.

»Doña Guadalupe«, sagte er, »was mit Sophia geschehen ist, tut mir leid. Aber ich schwöre dir, wenn du und deine Familie nicht von dem Gold laßt, das ihr angesammelt habt, dann werden die gleichen bösen Geister, die Sophia getötet haben, dafür sorgen, daß auch ihr den Cañon niemals lebend verlassen werdet. Niemand darf das Gold von diesem geheiligten Platz fort-schaffen und erwarten, anderswo ein neues Leben beginnen zu können. Weißt du nicht mehr, was mit den beiden Familien geschehen ist, die versuchten, über die Nordkante aus dem Cañon zu kommen? Hast du vergessen, daß der Colonel zu Tode gejagt wurde, als er das Gold herausschaffen wollte? Sie alle sind eines schrecklichen Todes gestorben, genau wie mein eigener Vater.«

Die Hunde bellten, und die Kojoten heulten, und vor der *ramada* fielen die Indianer in einen düsteren Sprechgesang. »Gold ist eine Versuchung des Teufels«, fuhr Ojos Puros fort. »Ihr müßt euch davon lossagen. Sonst wird der gleiche böse Geist, der Sophias Schiff hinuntergezogen hat, aus den Tiefen eurer Seele auftauchen und auch euch zerstören.«

Lupe betrachtete ihren Vater und begann zu glauben, daß Ojos Puros möglicherweise recht hatte. Die ganze Nacht lang wich sie mit ihrer Mutter nicht von Don Victors Seite. Doch unter den lauten Beschwörungen Ojos Puros und dem unheilvollen Gesang der Indianer, der von draußen hereinklang, war es schwer, nicht den Mut zu verlieren.

Lupe fragte sich, ob sie wirklich tun konnten, was Ojos Puros von ihnen verlangte. Sie hatten so hart für das Gold gearbeitet, und wenn sie es zurückließen, würden sie bestimmt in der Tief-ebene verhungern. Als Lupe am nächsten Morgen erwachte, war Doña Guadalupe fort. Lupe und Victoriano machten sich auf die Suche nach ihr. Doch erst als die Sonne schon wieder unterging, fand Lupe die Mutter zwischen zwei großen Felsen unter einer Eiche auf dem Boden sitzend. Lupe dankte Gott und ging mit langsamen Schritten näher, um die Mutter nicht zu erschrecken.

»Bist du es, *mi hijita*?« fragte die grauhaarige alte Frau und blinzelte in der Dämmerung.

»Ja«, antwortete Lupe, »wo bist du gewesen?«

»Ich war den ganzen Tag hier, *mi hijita*.«

»Aber wir haben uns schreckliche Sorgen gemacht! Warum hast du niemandem etwas gesagt?«

Die alte Frau seufzte tief. »Ja, ich weiß, ... aber manchmal, wenn eine Frau nicht mehr ein noch aus weiß, braucht sie einfach die Möglichkeit, sich eine Weile wortlos zurückzuziehen.«

Das Mädchen wußte nicht, was sie davon halten sollte.

»Komm, setz dich zu mir«, sagte Doña Guadalupe.

Lupe trat näher und setzte sich neben die Mutter auf den Boden. Blasse Sonnenstrahlen, die durch die Zweige des Baumes fielen, hüllten sie ein.

»Weißt du, *mi hijita*, ich war so verwirrt letzte Nacht, wegen deines Vaters, und Sophias Tod hat mir fast das Herz gebrochen, so daß ich kurz davor war, Ojos Puros zu glauben, daß wir wirklich unser Gold zurücklassen sollten.

Deshalb bin ich heute morgen hierher gekommen und habe geweint und geweint, aber jetzt geht es mir viel besser, denn ich bin ganz sicher, daß Sophia nicht tot ist. Sie lebt.«

»Aber ihr Schiff ist doch untergegangen?« sagte Lupe.

Die Mutter zuckte mit den Schultern. »Kann sein, aber alles was ich weiß, ist, daß ich es tief in meinem Herzen fühlen würde, wenn Sophia tot wäre. Daß dies nicht der Fall ist, kann nur bedeuten, daß sie noch lebt.«

»Mama, glaubst du wirklich?« fragte Lupe aufgeregt.

»Ja«, erwiderte ihre Mutter, »absolut!« Sie streichelte Lupe übers Haar. »Glaub mir, *mi hijita*, mit jedem Tag, den ich älter werde, fühle ich, daß die Kraft des Lebens viel größer ist, als wir glauben. Was du zum Beispiel gestern getan hast, war so erstaunlich und tapfer für ein Mädchen deines Alters, daß ich es immer noch nicht fassen kann.«

Lupe senkte den Kopf und fühlte, wie ihr Herz zu rasen begann.

»Lupe«, sagte die Mutter, »ich habe dich gesehen, als du deinen Rehbock erkannt hast.«

»Wirklich?«

»Ja. Und ich habe auch gesehen, daß du bemerkt hast, wie hungrig die Menschen auf ihre Mahlzeit warteten, und daß du ihnen ihr Festmahl nicht verderben wolltest. Du bist einfach weggegangen, das war sehr, sehr tapfer und selbstlos von dir, *mi hijita*«, sagte die alte Frau, der jetzt die Tränen in die Augen stiegen. »Und niemand hat dir gesagt, was du tun solltest. Du hast dich unwillkürlich, ohne nachzudenken, richtig verhalten, als du den Hunger der Menschen gesehen hast, obwohl du deinen Rehbock erkannt hast.

Siehst du, *mi hijita*, je älter ich werde, desto mehr glaube ich daran, daß die wahre Bedeutung des Lebens uns, nun ... wie eine Vision geschenkt wird und daß das Wissen darum tief in unserem Inneren verborgen ist, lange bevor wir uns dessen bewußt werden.« Sie seufzte. »Deshalb weiß ich auch, nachdem ich mich hier bei meinem alten Freund, dieser Eiche, ausgeruht habe, daß Sophia nicht tot ist. Sie ist gewiß noch am Leben, und wir werden eines Tages wieder mit ihr vereint sein, auch wenn wir unser Gold behalten. Kein Mann wird mir mehr vorschreiben, was ich zu glauben oder wie ich zu leben habe, sondern ich werde denken und leben, was ich als Frau in dieser Welt empfinde. Dabei bleibt es!

Schau dir nur meine alte Eiche hier an. Betrachte genau ihre riesigen Äste und den mächtigen Stamm und die Wunden, wo Feuer und Blitz den Baum verbrannt haben. Aber er hat sich selbst immer wieder geheilt. Stell dir nur vor, *mi hijita*, was dieser Baum schon alles durchgemacht hat. Sieh nur die zarten Triebe, die an den Stellen sprießen, wo die Äste abgebrochen sind und die große Brandstelle, wo der Blitz in den Stamm gefahren ist. Diese Eiche hat sogar dem großen Feuer widerstanden, das nach dem Meteoriteneinschlag ausgebrochen ist und dem alle Kiefern zum Opfer gefallen sind. Nein, *mi hijita*, so sicher wie dieser Baum lebt, so sicher weiß ich, daß auch Sophia noch lebt. Ich schwöre dir, eines Tages werden wir sie wiederfinden, dann wird auch der Baum unserer Familie wieder geheilt sein.«

Lupe blickte an der großen alten Eiche empor und sah die abgebrochenen Äste, aus denen neues Grün sproß. Sie betrachtete den mächtigen Stamm, der durch Feuer und Blitz halb zerstört war und doch noch Leben in sich barg. Ein Gefühl von unendlichem Frieden durchströmte sie. Die Mutter hatte recht. Sophia mußte noch am Leben sein, sonst würde es die Mutter, der Stamm ihrer Familie, tief im Inneren fühlen.

»Dieser Baum ist mein Freund«, sagte Doña Guadalupe, »seit wir in diesen Cañon kamen, bin ich immer hier heraufgekommen, wenn ich traurig oder einsam war oder nicht mehr weiter wußte. Dieser Baum hat mir so oft zugehört und mit mir geweint. Er hat mir Stärke gegeben und meine Seele mit neuer Hoffnung erfüllt.« Sie lächelte und trocknete sich die Tränen. »Meine Tochter lebt. Sie lebt, und es geht ihr gut. Und unser Gold, das werden wir auch behalten!«

Lupe betrachtete immer noch die Rinde und die federspaltigen Blätter und fühlte, daß auch sie wieder Zuversicht faßte.

»Aber wie sollen wir Sophia jemals finden, Mama?« fragte sie.

Doña Guadalupe zuckte mit den Schultern. »Indem wir weiterleben und auf Gott vertrauen«, antwortete sie.

Lupe seufzte; sie war glücklich, ihre Mutter hier, unter diesem wundervollen Baum, gefunden zu haben.

»Weißt du, Mama, ich habe auch so einen Freund wie du. Wenn ich traurig bin, gehe ich in die Hochebene zu der kleinen Kiefer, unter der ich die Jacke meines Colonels vergraben habe. Dort spreche ich mit Gott, bis ich mich besser fühle.«

Doña Guadalupe strich ihrer Tochter mit der Hand übers Haar. »Recht so, *mi hijita*, jede Frau braucht einen solchen Freund, egal wie alt sie ist.«

»Männer nicht?«

»Männer? Wer weiß das schon? Sie trinken, sie spielen und treiben so allerlei Dinge«, lachte Doña Guadalupe, »du weißt, selbst Gott erlaubt *el sol* nicht, bei Nacht hervorzukommen, weil er männlich ist.«

Lupe lachte. Sie erinnerte sich gut an die Geschichte, in der Gott *el sol* verbot, in der Nacht zu erscheinen, weil er ein Mann war und deshalb das Unbekannte fürchtete. Er würde den Frieden der Sterne stören, die natürlich weiblich waren und daher auch in der Dunkelheit in harmonischer Eintracht existierten.

Sie gingen Hand in Hand heimwärts, und Lupe fühlte sich in dieser Nacht der Mutter so nahe wie schon seit Jahren nicht mehr. Als sie bei ihrer Hütte ankamen, hörten sie, daß die Indianer immer noch vor der *ramada* sangen und Ojos Puros seine unheilvollen Prophezeihungen über Sophias Tod und den Fluch des Goldes ausstieß.

Lupe beobachtete staunend, wie Doña Guadalupe sich wie eine Bärenmutter aufplusterte, bereit, sich dem Teufel persönlich entgegenzustellen. Mit energischen Bewegungen riß sie die toten Hühner herunter und herrschte die singenden Indianer an.

»Schluß jetzt! Hört sofort auf damit!« brüllte sie. »Sophia ist nicht tot. Und es gibt keine bösen Geister in diesem Haus! Hinaus mit euch! Wir sind gottesfürchtige Leute und haben nichts Schlechtes getan!«

»Aber verstehst du denn nicht?« rief Ojos Puros, »deine Tochter mußte wegen des Goldes sterben! Du mußt bereuen!«

»Nein! Sophia ist nicht tot, und wir haben überhaupt nichts zu bereuen! Jetzt verschwindet in Gottes Namen aus meinem Haus, ich dulde euch nicht länger hier!«

Lupe traute ihren Augen kaum, als sie Zeuge wurde, wie die geliebte alte Mutter Ojos Puros und die Indianer energisch vertrieb und so laut dabei schimpfte, daß ihre Stimme durch den ganzen Cañon hallte.

Vier Tage später konnte Don Victor wieder aufstehen. Doña Guadalupe hatte beschlossen, daß sie den Cañon so bald wie möglich verlassen würden, solange sie noch halbwegs bei Kräften waren. Doña Manzas Familie wollte ebenfalls gehen, allerdings ein paar Tage früher, da sie in kleinen Gruppen weniger Aufmerksamkeit erregen würden, wenn sie die Berge durchquerten.

Als Doña Manzas Familie zum Aufbruch bereit war, erklärte Don Victor ihr und den beiden Söhnen, an welcher Stelle der Fluß flach war und wie sie ihn am besten überqueren konnten.

Lupe verabschiedete sich mit einem innigen *abrazo* von Manuelita. »Oh, ich wünschte, wir könnten alle zusammen losziehen.«

»Nein, es ist besser so«, antwortete Manuelita und trocknete sich ihre Tränen. »Wenn wir zusammen gehen, fallen wir viel zu schnell auf.«

»Du hast recht«, räumte Lupe ein, »aber was ist, wenn wir uns nie wiedersehen!«

»Wir werden uns wiedersehen«, versprach Manuelita und nahm Lupe noch einmal in die Arme. »Mit Gottes Hilfe werden wir einander immer nahe sein, Lupe.«

Die beiden Freundinnen fingen verzweifelt an zu weinen, weil sie sich trennen mußten. Lupe begleitete Manuelita und deren Familie bis zum Rand des Cañons. Dort blickte sie ihrer besten Freundin nach bis sie im dichten Unterholz auf dem Pfad im endlosen Grün des Waldes verschwand. Nun waren alle fort. Nur Lupes Familie und die Indianer waren jetzt noch im Cañon zurückgeblieben.

Am nächsten Tag kletterte Lupe mit Cruz, dem kleinen Indianermädchen, über die Nordkante aus dem Cañon, um sich von ihrem Colonel zu verabschieden. Als sie die flache Felsformation erreichten, füllten sich Lupes Augen mit Tränen. Zusammen mit Cruz baute sie den kleinen Altar neu auf, der von Wind und Regen zerstört worden war. Sie schmückten den Altar mit frischen Blumen und knieten davor nieder, um zu beten. Ein Adler, der über ihre Köpfe flog, stieß einen durchdringenden Schrei aus.

»Das ist der Geist meines Großvaters, Don Espiritu«, sagte Cruz. »Seine sterblichen Überreste sind auch hier bei diesen Felsen vergraben.«

»Wirklich?« fragte Lupe aufgeregt. »Dann könntest du dich doch, wenn du hier heraufkommst, um deinen Großvater zu besuchen, um den Altar meines Colonels kümmern, bis ich zurückkehre?«

»Dann wirst du also tatsächlich zurückkehren?« fragte Cruz.

»Aber natürlich! Hier ist doch unser Zuhause. Und wenn ich wiederkomme, wirst du perfekt lesen können!«

»Das verspreche ich«, antwortete Cruz. Sie war stolz darauf, daß Lupe ihr den Altar ihres geliebten Colonels anvertraute.

Doch als sie am Nachmittag zurückgingen, keimten Zweifel in Lupe auf, ob sie wirklich jemals zurückkehren würde. Eine innere Stimme flüsterte ihr zu, daß das niemals geschehen würde.

Dann kam der Morgen der Abreise. Alles war schon verpackt, aber Lupe konnte sich nicht entscheiden, wo sie die Karte des Colonels und die anderen Dinge, die ihr am Herzen lagen, auf der langen Reise verstauen sollte. Schließlich bat sie ihren Bruder um Hilfe.

»Ich weiß, daß wir in Eile sind, aber könntest du mir trotzdem helfen, ein kleines Kästchen für meine Schätze zu bauen?«

Als er sah, wieviel der Schwester daran lag, brach Victoriano ein paar Bretter aus ihrer Hütte heraus und fertigte daraus ein kleines Kästchen an, das kaum zehn Zentimeter breit war.

Lupe legte die Karte des Colonels, ein rotes Band für ihr Hochzeitskleid und ihren Rosenkranz hinein. Dann wickelte sie das Kästchen in die Decke, die auch ihre Kleider enthielt.

Als alle bereit zum Aufbruch waren, erschien die alte Hebamme, und holte die Milchziegen ab, die die Familie ihr überlassen hatte. Ojos Puros und seine Indianer verabschiedeten sich von der Familie und nahmen ebenfalls das mit, was vom Hausrat Don Victors zurückgeblieben war.

Unter Tränen und Umarmungen sagten alle einander Lebewohl. Und dann waren sie unterwegs – Maria, Esabel und ihr Kind, Lupe, Victoriano und die Eltern. Don Victor führte den kleinen weißen Esel von Don Tiburcio den steinigen Pfad zur Hauptstraße entlang, als Doña Guadalupe plötzlich aufschrie.

»Nein!« rief sie. »Ich kann nicht fortgehen!«

Lupe hätte vor Freude fast laut gejubelt, denn auch sie wollte nicht gehen.

»Was redest du denn da?« sagte Don Victor, er nahm seinen Strohhut vom Kopf und warf ihn zu Boden. »Du bringst mich noch um den Verstand, Weib! Du wolltest doch unbedingt aufbrechen, bevor wir alle den Mut verlieren würden!« Voller Wut trampelte er auf seinem Hut herum.

»Ich weiß«, sagte sie verzagt. »Aber ich kann so nicht gehen. Ich muß irgend etwas mitnehmen, das mich immer an den Cañon erinnern wird.«

»In Ordnung«, sagte Don Victor in dem Versuch, seine aufsteigende Wut zu bezähmen. »Ich verstehe. Was möchtest du mitnehmen, mein Herz?« fragte er mit zusammengebissenen Zähnen.

»Den Duft … meine Lilien!« sagte seine Frau. »Meine weißen Berglilien!« Sie setzte ihre Last zu Boden. »Komm, hilf mir schnell! Wir nehmen meine Lilien mit. Den Duft des Cañons!«

»Aber das geht doch nicht!« rief Don Victor, der Verzweiflung nahe. »Jeder von uns schleppt doch schon mehr, als er tragen kann!«

»Ich werde sie für Mama tragen«, sagte Victoriano.

»Ich auch«, sagte Maria.

»Ich werde sie für dich ausgraben«, fügte Lupe hinzu.

Don Victor streckte flehentlich die Hände zum Himmel. »Lieber Gott, bitte hilf mir, die Geduld nicht zu verlieren.«

Die Sonne stand schon ein Stück über den Berggipfeln, als sie zum zweitenmal aufbrachen. Don Victor führte den Zug mit dem kleinen weißen Esel an. Esabel, Victoriano und Lupe bildeten mit der Mutter die Nachhut, und Maria, die ihr Kind auf dem Rücken trug, ging in der Mitte.

»Schaut nicht zurück«, warnte Don Victor, als sie den Ausgang des Cañons erreicht hatten. »Sonst werdet ihr den ganzen ersten Tag nicht aufhören zu weinen.«

Aber sie brachten es nicht fertig. Als Lupe zurückblickte, sah sie das satte Grün auf dem Grund des Cañons und die bunten Farbtupfer der Wildblumen, die an den Hängen wuchsen. In der Ferne ragten die mächtigen Kathedralenfelsen in den Himmel, und eine bunte Wolke – Tausende tanzender Schmetterlinge – schwebte in den Cañon und verwandelte die Strahlen der Morgensonne in einen Schleier aus schillerndem, rotgoldenem Licht.

»Seht nur!« rief Lupe und bekreuzigte sich.

»Gott ist bei uns«, sagte die Mutter, »er ist gekommen, um uns auf Wiedersehen zu sagen.«

Sie knieten nieder und dankten dem Allmächtigen, dann setzten sie ihren Weg fort.

Tränen strömten über Lupes Gesicht, während sie mit gesenktem Kopf vorwärts schritt, und ihre Stirn preßte sich gegen das Band, an dem ihr Korb auf dem Rücken befestigt war. Lautlos weinte sie, während jeder Schritt sie weiter und weiter von zu Hause forttrug, fort von der Erinnerung an ihre Ziegen, ihren geliebten Rehbock und den Colonel, fort von der Erinnerung an die treue, alte Hebamme und El Borracho und an die kleinen Indianermädchen. Den Kopf gebeugt, schritt sie entschlossen voran, bis sie die erste Biegung auf dem dicht bewachsenen Pfad erreichten. Nun umgab sie nur noch dichter Wald, der erfüllt war mit Vogelgezwitscher und dem Summen der Insekten. Sie begegneten Schlangen und Leguanen und schritten über die breiten Straßen der großen, roten Ameisen.

Am späten Nachmittag erreichten sie die Gateway-Del-Diablo-Felsen am Rande des großen Flußvaters, El Rio Urique. Die

Sonne, das rechte Auge Gottes, verschwand langsam hinter den Felsen, und die letzten Strahlen des Sonnenlichts tanzten zwischen den langen, dunklen Schatten.

»Ihr müßt jetzt sehr vorsichtig sein«, sagte Don Victor zu ihnen. »Ich will, daß wir dicht zusammenbleiben, wenn wir auf die Del-Diablo-Felsen steigen. Hier gibt es jede Menge loser Felsbrocken, also gebt acht, wo ihr hintretet!«

Während Lupe um den ersten Felsen kletterte, wunderte sie sich, daß Don Tiburcio und der Vater diesen Weg so oft zurückgelegt hatten, ohne zu verunglücken. Der Pfad war in Wirklichkeit nur ein Felsvorsprung, der steil abfiel, und fast tausend Meter tiefer befand sich der Fluß. Bei jeder Biegung warnte Don Victor seine Kinder vor Steinen und losem Geröll.

Es war schon beinahe dunkel, und der Wind frischte auf. Lupe wurde von Bauchkrämpfen gepeinigt, und ihr war so schwindlig, daß sie Mühe hatte, mit den anderen mitzuhalten. Als sie endlich die letzte Biegung hinter sich gebracht hatten, breitete sich zu ihren Füßen das weite Tal aus. Lupe schnappte überrascht nach Luft und vergaß einen Augenblick lang ihre Schmerzen. Zum erstenmal in ihrem Leben sah sie die Tiefebene.

»Wir haben es geschafft«, sagte Don Victor und schob stolz seinen Hut in den Nacken. »Da vorne liegt eine kleine *ranchería*, dort können wir übernachten, und morgen helfen uns die Bewohner mit ihrem Floß über den Fluß. Aber wir müssen uns beeilen, wenn wir noch vor Anbruch der Nacht dort ankommen wollen«, fügte er hinzu.

Doña Guadalupe griff nach dem Schwanz des kleinen Esels, und sie setzten ihren Weg auf dem staubigen Pfad fort, der nun breiter wurde.

So sehr sie sich auch bemühte, Lupe konnte einfach nicht mehr mit den anderen mithalten. Die stechenden Krämpfe in ihrem Leib wurden so heftig, daß sie sich kaum noch auf den Beinen halten konnte. Aber sie gab keinen Ton von sich und bemühte sich, so gut sie konnte, die anderen nicht aus den Augen zu verlieren. Vor Schwindel und Schmerz war sie kurz davor, sich zu übergeben. Dann hatte sie auf einmal das Gefühl, als würde etwas in ihr zerspringen; sie spürte, wie eine feuchte, warme Flüssigkeit an ihren Beinen hinablief. Sie tastete durch den groben Leinenstoff ihres Kleides und blickte entsetzt auf ihre blutverschmierten Finger. Voller Panik wollte sie aufschreien, doch kein Ton kam über ihre Lippen, und sie sank auf die warme Erde.

Victoriano bemerkte als erster, daß die kleine Schwester nicht mehr da war, und rannte zurück, gefolgt von Maria.

»Ich sterbe!« verkündete Lupe, als die beiden sie erreichten, und zeigte ihnen das Blut an ihren Händen.

»Aber nicht doch, Lupita«, sagte die ältere Schwester und hockte sich neben sie. »Du bist nur zur Frau geworden, meine Kleine.«

Inzwischen waren auch Doña Guadalupe und Don Victor herbeigeeilt. Der Atem stockte ihnen, als sie ihre Tochter in dem Blut sahen. Victoriano zog sein Hemd aus und ging hinunter zum Fluß.

Maria und Doña Guadalupe halfen Lupe aufzustehen und brachten sie in den Schutz des dichten Buschwerks am Straßenrand. Victoriano war schon wieder vom Fluß zurückgekehrt und reichte der Mutter sein nasses Hemd. Sie dankte ihm und schickte ihn fort, zu Don Victor und Esabel.

»Oh, *mi hijita*«, sagte Doña Guadalupe schuldbewußt, »ich hatte ja keine Ahnung, daß du schon so erwachsen bist. Ich hätte dich vorbereiten sollen, wie ich es bei deinen Schwestern getan habe. Es tut mir so leid, daß ich es bei dir versäumt habe.«

Die Sonne verschwand in der Ferne hinter der flachen Silhouette der Berge. Die Mutter und Maria halfen Lupe, ihr Kleid auszuziehen, damit sie es im Fluß waschen konnten, bevor sie ihren Marsch fortsetzten.

Nach dem Abendessen knieten sie gemeinsam am Flußufer nieder und beteten. Sie lauschten der leisen Gitarrenmusik, die aus einer kleinen Farmhütte am gegenüberliegenden Ufer zu ihnen herüberklang.

Lupe war so müde und erschöpft, daß ihr immer wieder die Augen zufielen.

Sie rollte ihre schmale Strohmatte dicht neben Doña Guadalupes Lager auf dem weichen Boden am Ufer aus. An der Seite der Mutter fühlte Lupe sich sicher und geborgen; sie blickte auf das Wasser, auf dessen Oberfläche sich die Sterne im Mondlicht spiegelten, und hörte das sanfte Plätschern der kleinen Wellen am Ufer des großen Flußvaters. Noch immer war sie überwältigt von der Gewißheit, nun eine Frau zu sein und fähig, Kinder zu gebären.

Tränen traten ihr in die Augen, und sie kuschelte sich dicht an den warmen Körper der Mutter. Begleitet vom leisen Murmeln des Wassers, schlief sie im Mondlicht ein. Sie träumte von dem weinenden Baum, der großen Eiche und von den mächtigen Kathedralenfelsen und davon, daß das Herz eines Menschen niemals wirklich gebrochen werden konnte. Es wurde nur mit jedem Schicksalsschlag stärker und schöpfte immer wieder Kraft, so wie die mächtige Eiche und die Wildblumen, die in jedem Frühling aufs neue hervorkamen. Sie träumte davon, daß ihr Cañon und die große Liebe ihrer Kindheit nun für immer fort waren und daß ein neues Leben beginnen würde.

BUCH IV

AUCH GOTT BRAUCHT HELFER

PROLOG

»Ich fühle mich großartig«, sagte Epitacio, während er mit Juan die belebte Hauptstraße von Douglas, Arizona, entlangging. »Laß uns irgendwo was trinken, und dann versuchen wir, unsere bescheidenen Einkünfte bei einem Spielchen zu verdoppeln.«

Die beiden arbeiteten seit einem Monat für die Copper Queen Mining Company und hatten gerade ihren ersten Lohn erhalten.

»Okay, wenn du willst«, antwortete Juan, der wieder größere Sympathie für den Schwager hegte, seit dieser zurückgekehrt war und sie über die Grenze in die Vereinigten Staaten geholt hatte.

Doch Epitacio betrank sich, verspielte beide Gehälter und weigerte sich anschließend, mit Juan nach Hause zu gehen. Am Tag darauf erschien er nicht zur Arbeit, und es ging das Gerücht um, daß er sich aus dem Staub gemacht habe und nach Mexiko zurückgegangen sei.

Juan verdiente in einer Schicht nicht genug, um allein für die ganze Familie zu sorgen. Unter dem Namen Juan Cruz übernahm er daher einen zweiten Job in der Nachtschicht. Schließlich war er fast vierzehn Jahre alt und überzeugt, beide Schichten zu schaffen.

Als er sich am Abend in die Schlange der Nachtschichtler einreihte, erkannte ihn einer von den anderen Jungen. Sein Name war Tomas, und er war siebzehn Jahre alt. An dem Abend, als Epitacio das Geld verloren hatte, war er auch in der Spielhalle gewesen.

Rasch gab Juan Tomas ein Zeichen, ihn nicht zu verraten. Es war einfacher, als Juan gedacht hatte, denn der stiernackige *gringo*, der ihr Boß war, konnte die Mexikaner sowieso nicht auseinanderhalten.

»Hallo, Juan«, sagte Tomas, als sie im Inneren der Schmelzerei zwischen den riesigen Kesseln mit geschmolzenem Gold standen. »Willst du dir noch was dazu verdienen?«

»Klar«, brüllte Juan gegen das laute Zischen der Kessel an, »oder was glaubst du, warum ich in zwei Schichten arbeite? Weil ich den Geruch von verschwitzten Achseln so liebe?«

»Wir treffen uns um Mitternacht, in der Pause«, meinte der gutaussehende Junge. »Dann zeige ich dir einen guten Trick.«

»Alles klar!« rief Juan. Sie trafen sich zur verabredeten Zeit, und Tomas erklärte Juan seinen Plan. Zuerst würden sie einen Sack Kupfererz außerhalb des Zaunes verstecken, um ihn später zu stehlen und am nächsten Tag in der Stadt an einen amerikanischen Ingenieur zu verkaufen.

»Was würde dabei herausspringen?« fragte Juan.

Tomas lächelte. Die Gier in den Augen seines jungen Freundes gefiel ihm. »Etwa sechs Dollar für jeden«, antwortete er.

»Sechs Dollar!« rief Juan, der in einer Schicht gerade einen Dollar verdiente. »Das ist ja ein Vermögen!« Doch dann wurde er mißtrauisch. »Warte mal«, sagte er, »woher kennst du denn diesen *gringo* Ingenieur eigentlich?« Juan war zwar erst zwölf, doch beileibe nicht auf den Kopf gefallen.

»Mensch, Kumpel«, antwortete der junge Mann und rollte dramatisch mit den Augen. »Ich hab' meine Verbindungen.« Er lachte vielsagend, und Juan glaubte ihm.

Sie führten den Plan aus, und es klappte hervorragend. Am nächsten Tag verkauften sie den Sack in der Stadt an den amerikanischen Ingenieur und erhielten jeder sechs Dollar. Doch als sie in der darauffolgenden Nacht einen neuen Sack am Zaun verstecken wollten, flammten plötzlich die Scheinwerfer auf, und sie sahen sich von sechzehn bewaffneten Männern umringt. Der Amerikaner, dem sie das Kupfererz verkauft hatten, arbeitete ebenfalls für die Copper Queen Company und hatte sie verpfiffen. Man brachte die beiden Jungen unverzüglich in die Stadt, machte ihnen den Prozeß und schaffte sie nach Tombstone, Arizona.

»Aber ich bin doch erst zwölf!« schrie Juan. »Und ohne mich wird meine Familie verhungern!«

»Pssst!« flüsterte Tomas. »Wenn du ihnen das erzählst, bringen sie dich in ein Heim für Jungen, dann kann ich dich nicht beschützen. Ich habe schon einen Plan. Bleib bei mir und halt den Mund!«

Also hielt Juan sich an Tomas und behauptete, er sei achtzehn. In der ersten Nacht in Tombstone erlebte er, wie der Plan seines Freundes aussah. Die anderen Insassen fielen über die beiden Neuankömmlinge her wie ein Rudel Wölfe. Tomas bot den Männern sofort seinen Hintern an, damit sie ihn nicht verprügelten.

»Nicht mit mir! Ihr Hurensöhne!« bellte Juan mit aller Kraft. »Ich bin aus Los Altos de Jalisco und kastriere jeden *puto cabrón*, der es wagt, mich anzupacken!«

In der gleichen Nacht brach vor dem Gefängnis eine Schießerei aus, und eine gewaltige Explosion riß die Rückwand des Gebäudes heraus. Ein Mexikaner zu Pferd schrie: »*Vamonos, Aguilar!*« und die Gefangenen rannten kreuz und quer durcheinander. Etwa ein Dutzend mexikanische Reiter stoben wild um sich schießend hin und her, bis sie schließlich ihren Bruder ausfindig gemacht hatten, der sich unter den Gefangenen befand. Sie hoben ihn auf ein Pferd und machten sich davon, während die anderen Gefangenen nackt, wie gerupfte Truthähne, unter dem kalten Nachthimmel zurückblieben.

Juan überlegte nicht lange und folgte den Flüchtenden durch die *arroyos* hinter dem Gefängnis. Er rannte die ganze Nacht. Als er in der Morgendämmerung den Fuß der Berge erreichte, bemerkte er in der Ferne eine Gruppe bewaffneter Reiter, die nach den Entflohenen suchten. Juan lief, so schnell er konnte, weiter, um sich zwischen den Kakteen in Sicherheit zu bringen. Es war der sechzehnte August 1916. Sein Geburtstag. Er wurde dreizehn Jahre alt, und seine Geschenke waren die pfeifenden Kugeln der *gringos*, die ihm um die Ohren zischten. Zu guter Letzt holten sie ihn ein, verprügelten ihn und brachten ihn, auf ein Pferd gebunden, zurück in die Stadt.

Kurz darauf fand seine Familie heraus, daß er sich im Staatsgefängnis von Arizona, in Florence, befand.

Seine Mutter weinte unaufhörlich, und Luisa schrie und fluchte in hilfloser Wut. Emilia übergab sich vor Aufregung, und der kleine Neffe und die Nichte schluchzten hysterisch.

Ein reicher Mexikaner aus Sonora, der Juans Familie zum Gefängnis fuhr, damit sie ihn besuchen konnten, bat darum, allein mit Juan zu sprechen.

»Juan«, sagte der alte Mann, der groß und mager war. »Deine Mutter ist eine großartige Frau. Sie hat mich mit Kräutern und Massagen gesund gepflegt, und du bist für mich wie ein Sohn.«

Juan hätte dem gebeugten alten Mann am liebsten ins Gesicht gelacht. Dieser Hurensohn war noch doppelzüngiger als der Bastard, der Tomas in eine Tunte verwandelt hatte.

»Weißt du, Juan, ich habe einen Sohn, der auch so ein mutiger Junge ist wie du. Aber *mi hijito* hat einen Texas Ranger umgebracht.« Der ehrwürdige alte Mann stützte sich auf seinen goldverzierten Spazierstock und begann zu weinen. »Man hat mir versichert, daß es ein fairer Kampf war, aber die *americanos* sehen das anders und werden ihn hinrichten.«

Mitleid trat in Juans Augen. »Ich fühle mit Ihnen, *señor*«, sagte er.

»Es freut mich, das zu hören«, erwiderte der alte Mann. »Ich habe dir nämlich einen Vorschlag zu machen. Ich werde deiner Mutter, Gott möge sie beschützen, zweihundert Dollar geben, wenn du dich zu der Tat bekennst, die mein Sohn begangen hat.«

Juan traute seinen Ohren nicht. Fast hätte er dem alten Mann ins Gesicht gespuckt. Für den Diebstahl eines Sackes voll Kupfererz im Wert von sechs Dollar mußte er sechs Jahre absitzen. Aber für Mord! Mann, dafür würde er hingerichtet werden oder zumindest lebenslänglich bekommen.

»Beruhige dich und hör dir meinen Vorschlag erst einmal genau an«, sagte der Alte. »Immerhin haben sie dich ja schon eingesperrt, was kann dir also noch groß passieren?«

Juan riß sich zusammen und betrachtete den Mann, von dem es hieß, daß die Zahl seines Viehs sogar noch die Zahl aller Gleisschwellen im Staate Sonora übertraf.

»Sieh dir doch an, wie verzweifelt deine Mutter ist«, fuhr der alte Mann fort. »Das ist eine schwierige Zeit für uns *mejicanos*.« Er redete weiter auf Juan ein. Und anstatt ihn zum Teufel zu schicken – wie die *gringos* es nannten –, hörte Juan ihm zu und betrachtete die Mutter und die Schwester, die mit seiner kleinen Nichte und dem Neffen am anderen Ende des Raumes an der Wand warteten. Schließlich nahm er all seinen Mut zusammen und sprach.

»Fünfhundert in Gold!«

So wurde der Handel abgeschlossen und ein neues Gerichtsverfahren wegen des Mordes an dem berühmten Mexikaner-Jäger, einem Texas Ranger aus Douglas, Arizona, eingeleitet. Juan

Salvador Villaseñor, bekannt als Juan Cruz, wurde für schuldig befunden und zu lebenslanger Haft verurteilt.

Der dicke, mexikanische Koch im Staatsgefängnis von Florence, Arizona, war bekannt für seine Geschicklichkeit mit dem Messer. Er kam aus Guadalajara und nahm Juan unter seine Fittiche, weil sie beide aus der Provinz Jalisco stammten.

Zwei Jahre zuvor hatte der Koch bei einem Pokerspiel in Bisbee, Arizona, einen Haufen Geld gewonnen. Doch auf dem Heimweg hatten ihm die drei *gringos* aufgelauert, denen er das Geld abgeknöpft hatte.

Da er so fett war, hatten sie den verhängnisvollen Fehler begangen, ihn auch für unbeweglich und langsam zu halten. Zwei von ihnen brachte er auf der Stelle um, und dem dritten hatte er schon das Messer an die Kehle gesetzt. Doch der Amerikaner bettelte so erbärmlich um sein Leben, daß der Mexikaner sich schließlich bereit erklärte, ihn laufenzulassen. Im Gegenzug mußte dieser ihm versprechen, am nächsten Tag vor der Polizei zu bezeugen, daß es ein fairer Kampf gewesen war.

Doch der *gringo* brach sein Wort und behauptete, ein Dutzend bewaffneter Mexikaner hätte seine beiden unbewaffneten Freunde getötet und ihm selber Stichwunden zugefügt.

»Siehst du, Juan«, sagte der dicke Koch, »jetzt habe ich lebenslänglich, weil ich großherzig war. Hätte ich ihn umgebracht, dann hätte er mich nicht um den Finger wickeln können.«

Als der Koch herausfand, daß Juan nicht lesen konnte, erklärte er ihm die Bedeutung des geschriebenen Wortes. »Weißt du«, sagte er, »die mexikanische Revolution hat nicht mit Villas oder Zapata angefangen, wie so viele Leute glauben. Sie begann durch die Macht der Worte meines Freundes, Ricardo Flores Magon.[12] Von ihm habe ich gelernt, daß ein Mann, der des Lesens und Schreibens nicht kundig ist, nichts als ein erbärmlicher Schwächling ist!«

Und so begann Juans Unterricht. Er wollte kein erbärmlicher Schwächling sein und machte sich voller Eifer daran, lesen zu lernen. Sein Körper war eingesperrt, doch sein Geist bekam Flügel und begann wie ein junger Adler zu schweben. Der fette Koch war sein Lehrmeister, und Juan war begeistert. Er bekam mehr zu essen, als jemals zuvor. Das Leben war herrlich, außer an den Tagen, an denen seine Mutter zu Besuch kam. Dann hätte Juan sich am liebsten unsichtbar gemacht, so sehr schmerzte es ihn, ihre Tränen zu sehen.

Ein Jahr später sollte ein neues Straßenbaulager in Arizona, außerhalb von Safford, in der Nähe von Turkey Flat errichtet werden, und freiwillige Helfer aus den Gefängnissen wurden dazu herangezogen. Der große, fette Koch warnte Juan davor, sich zu melden, weil es nachts keine Aufseher geben würde und die anderen Gefangenen dann mit Sicherheit über ihn herfallen würden, um ihn wie eine läufige Hündin zu vergewaltigen.

»Keine Angst«, erwiderte Juan, »ich kann auf mich aufpassen.«

»Aber dein Ruf als Mörder des Texas Rangers wird dir dort nichts helfen«, sagte der Koch. »Glaub mir, es war mein Ruf, der dich bisher vor dem Schicksal deines Freundes Tomas bewahrt hat.«

Tomas wurde inzwischen für jeden, der ein halbes Dutzend Zigaretten dafür zahlte, unter den Gefangenen wie eine Frau feilgeboten. Sie hatten ihm die Zähne ausgeschlagen und den Hintern bemalt. Für besseren Service, wie sie sagten.

Juan sah den dicken Koch eine Weile wortlos an. »Ich werde gehen«, sagte er endlich. »Es ist meine einzige Chance, zu entkommen und den Tränen meiner Mutter ein Ende zu bereiten.«

»Na gut«, antwortete der Koch. »Ich wünsche dir Glück. Und denk immer daran, nur *un hombre previendo* ist ein lebender Mann. Ein wachsamer Mann ist stets auf der Hut und zieht jede Gefahr im voraus in Betracht.«

»Ich werde daran denken«, versprach Juan, »Vorsicht!«

»Genau«, bekräftigte der Koch, sie schüttelte sich die Hände und verabschiedeten sich mit einer herzlichen Umarmung.

Fünf Tage später saß Juan mit vier anderen Männern auf dem Boden eines vergitterten Lastwagens, die Füße mit Ketten an den Eisenstäben gefesselt. Zwei der Gefangenen waren dunkelhäutige, vollblütige Yaqui-Indianer mit stechenden schwarzen

Augen. Juan schloß sie augenblicklich ins Herz; er erfuhr, daß sie zehn Jahre dafür bekommen hatten, daß sie ein Maultier der Armee geschlachtet und gegessen hatten.

In Turkey Flat entwickelten sich die Dinge genauso, wie es der dicke Koch prophezeit hatte. Tagsüber wurden die Gefangenen von bewaffneten Aufsehern zu Pferde bewacht; doch in der Nacht waren sie sich selbst überlassen.

Was Juan in den ersten drei Nächten erlebte, war so grauenhaft und unmenschlich, daß ihn die Erinnerung daran für den Rest seines Lebens nicht mehr loslassen würde. Die Männer benahmen sich schlimmer als Bestien. Als Juan sich dagegen wehrte, mißbraucht zu werden, verprügelten sie ihn mit Knüppeln; dann versuchten sie ihm wie einer Frau mit Blumen zu schmeicheln. Als auch das nichts half, machten sich der riesige deutsche Vorarbeiter und sein Freund, den sie die Schwarze Schlange nannten, nachts an Juan heran. Doch Juan war auf der Hut; er verbrühte dem Deutschen das Gesicht mit heißem Kaffee, bevor dessen schwarzer Kumpan Juan mit einem Messer den Bauch aufschlitzte.

Das letzte, woran Juan sich erinnern konnte, war der Geruch seiner eigenen Eingeweide, die aus seinem Bauch quollen, und daß er verzweifelt versuchte, die schlüpfrige Masse mit den Händen zurückzuschieben.

Als Juan wieder zu sich kam, lag er im Zeltlazarett, und der große Deutsche war mit seinem Freund ein paar Meter entfernt von ihm an einen Bettpfosten gefesselt. Die beiden schrien so laut, daß ihnen Schaum vor den Mund trat, und zerrten mit aller Gewalt an ihren Fesseln. Die Wächter hatten sie kastriert, und ihre Lenden und Beine waren blutüberströmt. Juan gab vor, noch immer bewußtlos zu sein, und regte sich nicht.

Am gleichen Tag wurden die beiden Yaqui-Indianer mit einer Lebensmittelvergiftung ins Lazarett eingeliefert. Juan selbst schwebte zwei Wochen zwischen Leben und Tod. Der Deutsche hörte nicht auf zu toben, und sein schwarzer Kumpel starb schließlich. Während der ganzen Zeit gaben die beiden Indianer keinen Laut von sich. Eines Tages in der Dämmerung hörte Juan, wie sie miteinander flüsterten und sich leise aus dem Lazarett schlichen. Er stand schnell auf und folgte ihnen.

»Werde zu Stein«, sagte einer der beiden zu Juan, als sie den Ausgang erreicht hatten. Juan tat, was ihm gesagt wurde. Er hockte sich nieder, und sie wurden reglos wie Steine. Die Wächter gingen an ihnen vorbei, ohne sie zu sehen. Später sattelten die bewaffneten Aufseher ihre Pferde und machten sich auf die Suche nach den entflohenen Männern. Die drei hatten sich bis dahin nicht vom Fleck gerührt, sondern reglos zusammengekauert auf dem Boden verharrt. Erst ganz allmählich begannen sie in kleinen Etappen, mit vorsichtigen Bewegungen, davonzuschleichen, bis sie den Fluß am Fuße der Berge erreichten.

Sieben Tage und Nächte waren sie auf der Flucht und versteckten sich. Juan begriff nie, wie sie es fertigbrachten, sich buchstäblich in Steine zu verwandeln, sobald sich jemand ihnen näherte.

Unweit von Arizona trennte Juan sich von den beiden Yaquis und ging zur Kirche, wo er den ganzen Tag wartete, bis seine Mutter zu ihren täglichen Gebeten erschien. Sie fielen sich um den Hals, und die Mutter erzählte ihm, daß seine blinde Schwester Emilia gestorben war. Gemeinsam weinten und beteten sie für Emilia, damit ihr im Himmel das Augenlicht wiedergeschenkt würde. Anschließend besorgte die Mutter frische Kleider für Juan. Er nahm den Namen seines Großvaters, Pio Castro, an und verdingte sich, zusammen mit fünfzig anderen Mexikanern, als Arbeiter im Norden, in den Copper-Queen-Werken von Montana.

In Montana wurden die mexikanischen Arbeiter zusammen mit den unzähligen Griechen und Türken untergebracht. Als die griechischen Arbeiter, die noch nie zuvor Mexikaner zu Gesicht bekommen hatten, hörten, wie die anderen Mexikaner Juan wegen seiner indianischen Augen ›Chino‹ nannten, was so viel wie Schlitzauge bedeutete, hielten sie ihn für einen Chinesen und nannten ihn Sam Lee.

So wurde aus Juan also Sam Lee. Zwei Jahre lang arbeitete er zusammen mit den Griechen und Türken. Im Winter für die Copper Queen Mining Company, im Frühjahr für die Straßenbaugesellschaft, und während der Erntezeit im Herbst schuftete er auf den Zuckerrohrfeldern.

Eines Tages wurde ein außergewöhnlich attraktiver, großer Türke in das Camp einquartiert. Noch in der gleichen Nacht schlichtete der Türke einen Streit zwischen zwei Männern allein dadurch, daß er sie mit seinem Blick einfach niederstarrte. Dieser gutaussehende Mann mit der unerschütterlichen Ausstrahlung eines Felsens war Juan auf Anhieb sympathisch. Am Wochenende beobachtete er, wie der Mann den anderen beim Pokerspiel auf unbekümmerte und faire Art ihr Geld abknöpfte. Der hochgewachsene Türke spürte, daß Juan ihn beobachtete, und engagierte ihn, das Geld für ihn einzukassieren. Sie wurden schnell gute Freunde. Der Name des Neuankömmlings war Duel; er erzählte Juan, daß seine Mutter Griechin und sein Vater Türke gewesen waren.

»In meinem Inneren tobt ein tausendjähriger Kampf«, sagte er zu Juan, während sie gemeinsam zum Abendessen gingen. »Die Griechen und Türken sind Todfeinde, und ich stamme von beiden Völkern ab. Mir geht es genau wie dir, mit deiner indianisch-europäischen Abstammung.«

Nächtelang berichtete er Juan von der Kultur der Griechen und Türken und ihrer Geschichte. Zum erstenmal in seinem Leben war Juan einem Mann begegnet, der nicht nur kein Katholik war, sondern auch unverblümt zugab, daß er nicht an Gott glaubte.

Als er das hörte, gestand er seinem Freund, daß auch er seinen Glauben an Gott am Rio Grande aufgegeben hatte.

»Ich habe so etwas vermutet«, sagte Duel, »schon als ich dich das erste Mal sah, dachte ich, dieser Junge ist durch die Hölle gegangen. Männer wie wir können nicht mehr an diesen Marionettengott der Kirche glauben. Vielleicht an den Teufel, ja! Aber nicht an Gott!«

In diesem Winter eröffnete Duel einen Spielsalon im Untergeschoß des vornehmsten Bordells von Butte, das von einer berühmten Engländerin namens Katherine geführt wurde. Duel machte Juan zu seinem Schüler und lehrte ihn die Kunst, habgierigen Geschäftsleuten, die zuviel tranken, das Geld aus der Tasche zu ziehen.

Auf diese Weise lernte Juan das Kartenspiel als ein solides Geschäft kennen. Er begriff jetzt, daß er und Epitacio an jenem Abend in Douglas nie eine Chance gehabt hatten, ihren Lohn tatsächlich zu verdoppeln. Doch jetzt verdienten er und Duel jede

Nacht Geld in rauhen Mengen. Den Verlierern, die es am schlimmsten traf, spendierten sie zum Trost Drinks und hin und wieder sogar ein Mädchen.

Lady Katherine bekam natürlich ebenfalls ihren Anteil. Duel erklärte Juan immer wieder, daß das ganze Leben ein Glücksspiel sei. »Und deshalb«, sagte er, »muß ein richtiger Mann ein König im Glücksspiel sein!«

Doch es gab auch Probleme. Besonders mit den einheimischen Cowboys, denen es gar nicht gefiel, daß Fremde ihnen ihr Geld wegnahmen. Eines Abends gab es eine üble Messerstecherei. Ein großer, sehniger Cowboy wollte ein Mädchen niederstechen, weil er sie verdächtigte, sein ganzes Geld verspielt zu haben. Zur Überraschung der Anwesenden trat Juan dazwischen, entwaffnete den kräftigen Mann mit einem Billardstock und schlug ihn anschließend bewußtlos.

Da Katherine den beiden Freunden des Cowboys zwei Mädchen umsonst überließ, beruhigte sich die angespannte Atmosphäre im Raum rasch. Später, nachdem der Laden geschlossen war, rief sie Juan zu sich und dankte ihm für sein rasches Eingreifen. Am nächsten Tag beauftragte sie ihren Friseur damit, Juans Lockenmähne zu bändigen, und schickte ihn anschließend zu ihrem Hausschneider.

Niemals würde Juan den Anblick vergessen, der sich ihm bot, als er das Atelier des Schneiders in einem nagelneuen Anzug verließ und sein Spiegelbild in einem der Schaufenster im Zentrum von Butte, Montana, erblickte. Er sah so umwerfend und vornehm aus, daß er sich beinahe selbst nicht wiedererkannte.

Am Abend nahm Katherine ihn wieder zur Seite und stellte ihm das junge Mädchen vor, das er vor dem Cowboy gerettet hatte. Ihr Name war Lily, und sie war hinreißend schön. Sie war ihm voller Dankbarkeit ergeben, weil er ihr das Leben gerettet hatte, und verwöhnte ihn die ganze Nacht, wie ein verliebtes Kätzchen. Mit ihrem Körper lehrte sie ihn Dinge, von denen er nie zu träumen gewagt hätte.

Am nächsten Morgen beanspruchte die englische Lady ihn erneut. Sie tranken gemeinsam Tee aus feinem chinesischen Porzellan, und Katherine erklärte Juan die Mysterien des Lebens, der Frauen und der Liebe und die Vorteile guten Benehmens.

Im Laufe des folgenden Jahres wurden Juan und Katherine gute Freunde. Juan respektierte sie als eine der klügsten und zähesten Frauen, die er – mit Ausnahme seiner Mutter natürlich – je kennengelernt hatte; dabei war sie nicht einmal Katholikin.

Mit der Zeit wurde Duel eifersüchtig auf ihre Freundschaft. Eines Nachts betrank er sich und beschuldigte die beiden, ihn um Geld betrogen zu haben. Juan stritt alles ab, doch Duel zog seinen Revolver. Was Juan Salvador Villaseñor als nächstes tun mußte, würde er für den Rest seines Lebens bedauern. Er hatte Duel geliebt wie seinen eigenen Vater.

Einige Monate später erhielt Juan ein Telegramm seiner Schwester Luisa aus Kalifornien, in dem sie ihm mitteilte, daß er, wenn er seine Mutter noch einmal sehen wollte, unverzüglich nach Hause kommen sollte.

Als Juan Montana verließ, lag das ganze Land unter einem dichten Schneeteppich. Nur die Gipfel der höchsten Bäume lugten aus der weißen Pracht hervor.

Katherine und Lily standen am Bahnsteig und verabschiedeten sich von ihm. Man schrieb das Jahr 1922, und Juan Salvador war neunzehn Jahre alt, doch er wirkte eher wie ein Fünfundzwanzigjähriger. Mit seinem Schnurrbart und seinem eleganten Anzug machte er den Eindruck eines umsichtigen, weltgewandten Mannes.

»Ich werde auf dich warten!« rief Lily.

»Ich komme wieder!« antwortete Juan.

Katherine stand stumm da und wandte die Augen nicht von dem Zug ab, der allmählich in der Ferne verschwand.

14

Und er träumte, er sei im Himmel. Umgeben vom süßen Duft der Orangen und der unendlichen Weite des Universums

Nach einer endlosen und jämmerlich kalten Fahrt fuhr Juans Zug endlich im Bahnhof von Los Angeles ein.

Juan trug einen Hut, pelzgefütterte Handschuhe und den weiten Umhang, den Katherine eigens für ihn hatte anfertigen lassen. Als er ausstieg, konnte er kaum fassen, daß hier in Kalifornien mitten im Winter ein Klima herrschte wie im Sommer.

Er zog seinen Umhang aus und atmete gierig die herrlich milde Luft ein. Dann hielt er ein Taxi an und nannte dem Fahrer die Adresse seiner Mutter in Corona. Während der nächsten Stunde saß Juan zurückgelehnt im Fond des Wagens und betrachtete die üppigen Orangen- und Zitronenplantagen, die an beiden Seiten der Straße an ihm vorüberzogen, und die weiten, ertragreichen Felder.

Er zündete sich genüßlich eine lange Zigarre an. Das war wahrhaftig das schönste Land, das er gesehen hatte, seit er mit seiner Familie die geliebten Berge in Los Altos de Jalisco verlassen mußte.

»Sagen Sie«, fragte er den Taxifahrer, »ist es hier immer so warm, oder ist das heute ein ungewöhnlicher Tag?«

»Woher kommen Sie?« fragte der kleine, dunkelhäutige Angloamerikaner.

»Montana«, antwortete Juan Salvador.

»Nun«, erwiderte der Fahrer, »dann ist es für Ihre Verhältnisse hier immer so warm. Montana! Mann, da oben ist es echt kalt. Ich stamme aus New Jersey! Kam letztes Jahr hier runter, um meinen Bruder zu besuchen, und bin hiergeblieben! Zur Hölle mit diesen kalten Wintern!«

»Da kann ich nur zustimmen«, antwortete Juan und paffte seine Zigarre.

Der Taxifahrer plapperte weiter in seinem eigenartigen, sprudelnden Englisch, doch Juan achtete nicht mehr auf ihn. Er sah aus dem Fenster und dachte an Katherine und Lily und Duel und die Dinge, die er inzwischen gelernt hatte. Die Jahre in Montana waren seine Lehrzeit gewesen. Montana hatte ihn seinen eigenen Leuten entfremdet und dafür gesorgt, daß er *la vida* jetzt in einem anderen Licht sah.

Als er in Corona eintraf, fiel ihm auf, wie gepflegt der amerikanische Teil der Stadt war und wie vernachlässigt die Straßen plötzlich wurden, als sie in das mexikanische Viertel einfuhren. Ins *barrio* zu kommen, war, als würde man ein anderes Land betreten. Die Häuser waren winzig und heruntergekommen, und auf den Straßen tummelten sich Hühner, Schweine und Ziegen. Erst nach ausdauerndem Hupen gelang es dem Fahrer, an einer großen Sau und ihren fünf Ferkeln vorbeizufahren.

Juan mußte lachen. Immer wieder amüsierte es ihn, wie sehr diese Menschen sich von den Angloamerikanern unterschieden. *Los mejicanos* verschwendeten nichts. Anstelle von grünen Rasenflächen hatten sie vor ihren Häusern umzäunte Gemüsegärten. Und stets ließen sie ihr Vieh frei laufen, so daß es herumstreunen und alles fressen konnte, was es fand.

Juan hatte nie die Logik der Amerikaner verstanden, Tiere, die herumziehen wollen, einzusperren und Grünzeug, das doch keinerlei Auslauf brauchte, uneingezäunt zu lassen.

Juan bemerkte, wie die Leute ihn anstarrten. Er war neugierig, ob die Mutter und Luisa ihn wohl wiedererkennen würden. Als er aus dem Gefängnis geflohen war, war er ja noch ein Junge gewesen, der sich nicht einmal rasieren mußte. Jetzt trug er vornehme Kleider, einen großen Schnurrbart und mußte sich zweimal täglich rasieren.

Plötzlich fiel ihm Luisas Telegramm wieder ein, und er fragte sich, ob die Mutter noch lebte. Oh, wie hatte er dieses abgearbeitete, alte Indioweib geliebt; die Mutter war sein ein und alles gewesen!

Der Fahrer brachte den Wagen vor den beiden letzten Häusern am Ende des Blocks, inmitten von umherstreunenden Ziegen, zum Stehen. Vier halbnackte kleine Kinder spielten im Schmutz zwischen den Häusern. Juan lächelte und dachte daran, wie gern er als Kind immer in den feuchten Maisfeldern gespielt hatte, und erinnerte sich an das angenehme Gefühl des rauhen Bodens unter seinen nackten Füßen. Ob wohl eines der Kinder Luisa gehörte? Er wußte, daß sie noch ein Kind bekommen hatte, während er im Gefängnis war.

Juan zerdrückte seine Zigarre und stieg aus dem Wagen in den warmen Sonnenschein. Auf der anderen Straßenseite standen zwei alte Mexikaner auf ihre Macheten gestützt und blickten ihn unter ihren großen Hüten hervor feindselig an. Er ließ sich jedoch nicht aus der Ruhe bringen, schließlich war auch er bewaffnet. Seit er für Duel gearbeitet hatte, trug er stets einen achtunddreißiger Colt bei sich.

Er griff in die Tasche seiner maßgeschneiderten Hose und zog ein Bündel Geldscheine hervor. Die Kinder hörten auf zu spielen und starrten ihn an.

»So«, sagte der Taxifahrer und stellte Juans Gepäck auf den Boden, »das ist die Adresse, die Sie mir genannt haben. Vielleicht vergewissern Sie sich noch mal, bevor ich fahre.« Er wirkte ein wenig nervös.

»Das ist nicht nötig«, antwortete Juan.

»Sind Sie sicher?« fragte der Mann.

»Ja, ich bin Mexikaner«, erwiderte Juan.

Der Mann blickte ihn erstaunt an.

Juan lachte. »Was bin ich Ihnen schuldig?«

»Fünfzehn Dollar.«

Juan zog zwanzig Dollar heraus. »Stimmt so.«

»Vielen Dank«, sagte der Taxifahrer. »Immer zu Ihren Diensten.«

Juan blickte ihm nach, als er davonfuhr, und wandte sich um. Die Kinder gafften ihn immer noch an.

Ein großer Ziegenbock kam um die Ecke gestürmt, einen Jungen im Schlepptau, der das Seil umklammert hielt, das um den Hals des Tieres gebunden war. Der Ziegenbock machte plötzlich kehrt und attackierte das Kind mit seinen Hörnern. Doch der Junge war kräftig und lachte nur und riß das Tier zu Boden. Als er aufblickte und Juan sein Gesicht sah, erkannte er ihn sofort: Es war Luisas ältester Sohn, José. Er war das genaue Ebenbild seines Vaters José-Luis, den Juan sehr gemocht hatte.

»*Buenos dias, José*«, sagte Juan zu dem Jungen und hatte ein sonderbares Gefühl beim Aussprechen der spanischen Worte. »*Donde está Doña Margarita o tu mama, Luisa?*« Juan mußte sich die Lippen mit der Zunge befeuchten, so fremd war ihm die spanische Sprache geworden. Sie erforderte viel mehr Zungenbewegungen als das Englische.

Der Junge antwortete nicht. Er blieb bewegungslos stehen und sah Juan mißtrauisch an. Dieser nahm seinen Koffer und trat näher. »*Que tál?*« sagte er zu dem Jungen. »Ich bin Juan, dein *tío*. Als ich so alt war wie du, habe ich zu Hause in den Bergen in Los Altos de Jalisco auch die Ziegen gehütet.«

Plötzlich wurde die Vordertür des Hauses aufgerissen, und eine resolute Frau stürzte mit einem langen Messer in der Hand heraus. »Laß meine Kinder in Ruhe«, keifte sie.

Juan lachte laut auf. Sie war älter geworden und hatte an Gewicht zugelegt, aber sonst war sie ganz die alte. »Luisa!« sagte er, »jetzt haben wir uns sechs Jahre nicht gesehen, und zur Begrüßung gehst du mit einer Machete auf mich los?«

Luisa blieb stehen und starrte ihn an, dann stieß sie einen markerschütternden Schrei aus und stürmte die Stufen herunter.

»Juan!« rief sie, das Messer immer noch in der Hand. »O Juan!« Sie fiel ihm so ungestüm um den Hals, daß sie ihn fast zu Boden gerissen hätte. »Mein Gott, bist du groß geworden. Sieh dich nur an! Diese Kleider! Und fährt im Taxi vor! Was hast du getan? Eine Bank ausgeraubt? Ich habe meinen Augen nicht getraut, als ich ein Taxi vorfahren sah, ich dachte, es sei der Sheriff!«

Vor lauter Aufregung hatte sie Tränen in den Augen. »Komm rein«, sagte sie und wischte sich die Tränen fort. »Mama hat die ganze Woche darum gebetet, daß du zu Weihnachten hier sein wirst.«

»Dann lebt sie also noch?« fragte Juan erleichtert.

»Ob sie noch lebt?« rief Luisa lachend. »Und wie! Sie wird uns noch alle überleben!«

»Aber in dem Telegramm hast du doch geschrieben, ich müßte mich beeilen, wenn ich sie noch lebend wiedersehen wollte?«

»Ach so!« antwortete Luisa. »Ich wollte dich nicht erschrecken, aber Mama sagte, das sei die einzige Möglichkeit, dich zu Weihnachten nach Hause zu locken. Und wie man sieht, hatte sie recht. Du bist hier!«

Sie schritten am Haus entlang, zu einem kleinen rückwärtigen Anbau. »Mama wohnt hier hinten«, erklärte Luisa. »Sie quasselt so viel, deshalb haben wir den Ziegenschuppen für sie umgebaut.«

Juan lachte. »Und du sprichst kaum ein Wort, was?«

Luisa blieb abrupt stehen und fuchtelte mit dem Messer herum. »Willst du Streit anfangen?«

Juan war sprachlos. Er war kaum zwei Minuten zu Hause, und schon bedrohte ihn seine Schwester zum zweitenmal mit einer Waffe. »Nicht doch«, erwiderte er lachend, »ich werde doch mit dir nicht streiten, Luisa.«

»Na gut«, sagte Luisa. »Bleib hier stehen und warte, damit ich Mama vorwarnen kann. Ich will nicht, daß sie vor Überraschung tot umfällt, jetzt, wo du von den Toten auferstanden bist.«

Luisa öffnete die Tür des ehemaligen Ziegenschuppens. Im Licht der Sonnenstrahlen, die wie Speerspitzen durch die schmalen Ritzen der dicken Holzplanken in den Raum fielen, konnte Juan einen kleinen Holzofen an der gegenüberliegenden Wand erkennen und daneben ein Klappbett, auf dem eine schmale Matratze lag. Das Ganze machte einen angestaubten, vernachlässigten Eindruck.

Juan beobachtete, wie seine Schwester durch die Lichtstrahlen, in denen unzählige Staubpartikel tanzten, auf das Bett zuschritt. Dann beugte sie sich vor und sagte etwas zu einem dunklen Bündel Decken.

Das Bündel bewegte sich, und ein Paar schwarze Knopfaugen lugte daraus hervor und starrte in Juans Richtung. Jetzt begriff Juan, daß dieses winzige Bündel nichts anderes war als seine geliebte Mutter. Tränen traten in seine Augen, während er mit einem Satz an ihrem Bett war und sie in die Arme schloß.

»Mama!« rief er.

»*Mi hijito*!«

Sie umarmten und küßten sich unter Tränen, während die Kinder stumm in der Tür standen.

»Das einzige, was mich am Leben erhalten hat, *mi hijito*«, sagte die alte Frau, »ist das Versprechen, das ich dir damals in der

Wüste gab. Daß ich so lange leben würde, bis du erwachsen und verheiratet wärest.«

»Ich erinnere mich noch daran«, antwortete er, während die Tränen über sein Gesicht liefen. »Und du hast dein Versprechen gehalten!«

»Ja, jetzt bist du erwachsen«, sagte sie. »Aber du bist noch immer nicht verheiratet, und ich habe nicht mehr viel Zeit. *Júrame!* Versprich mir, daß du mich nie mehr verläßt!«

»Aber Mama, ich habe ein Geschäft in Montana! Ich kann nicht einfach …«

»Wirst du mir wohl nichts von Geschäften erzählen!« unterbrach sie ihn. »Du bist mein Sohn, mein letztgeborenes Kind, und wurdest mir einfach genommen, so daß ich nicht mal mit eigenen Augen sehen konnte, wie du zum Mann wurdest!

Jetzt bist du ein erwachsener Mann. Geradezu ein Riese im Vergleich zu mir. Und ich durfte nicht an dieser Verwandlung teilhaben. Oh, du darfst mich niemals mehr verlassen! *Júrame!* Versprich mir, daß du niemals mehr von mir fortgehst!«

»In Ordnung, Mama«, antwortete er schluchzend. »*Te to juro!* Ich werde bei dir bleiben!«

Sie umarmten sich immer wieder, und mit einem Mal fielen all die Jahre im Gefängnis und die Zeit in Montana von Juan ab. Er war wieder zu Hause, in den Armen seiner Mutter – der vollkommensten Liebe seines Lebens. Und dennoch wußte er im Grunde seines Herzens, daß er in den Norden zurück mußte, wo ein einträgliches Geschäft auf ihn wartete. Zurück zum Kartenspiel, im Hinterzimmer des besten Hauses von Montana, umgeben von den großartigsten Frauen der Stadt.

Am Nachmittag schlachtete Jose die große Ziege, und sie gruben ein großes Loch für das Grillfest in den Boden. Aus dem ganzen Stadtviertel strömten die Leute herbei, um mit ihnen zu feiern, und im Laufe der vielen überschwenglichen Umarmungen wurde so manches Auge feucht. Viele der Mexikaner waren durch die Wirren der Revolution lange Zeit von ihren Lieben getrennt worden.

Das Fest dauerte bis tief in die Nacht. Die Menschen weinten, lachten und vergnügten sich beim Singen. Als alle sich voneinander verabschiedet hatten und nach Hause gegangen waren, saßen Juan, Luisa und die alte Mutter noch lange plaudernd in der Küche und tranken schwarz gebrannten Whisky.

»Was ist aus der kleinen Inocenta geworden?« fragte Juan.

»Sie hat geheiratet«, antwortete die Mutter und stand ächzend auf. »Oh, dieser Whisky ist ein Teufelszeug. Er brennt höllisch!«

»Verheiratet? Aber sie ist doch noch ein Kind!« sagte Juan.

»Aber nein. Sie ist eine Frau und mir längst über den Kopf gewachsen. Sie lebt mit ihren Kindern bei ihren Eltern, bei Lucha und Tomas.«

»Lucha?« brüllte Juan. »Willst du damit sagen, daß ihr diese Bastarde getroffen habt, die uns wie räudige Hunde in Mexiko im Stich gelassen haben?«

Lucha war die Schwester, die sich in Mexiko davongemacht hatte, kurz nachdem die Soldaten Emilia vergewaltigt hatten.

»Beruhige dich wieder«, sagte Luisa mit einem verstohlenen Blick auf die Tür, durch die die Mutter hinausgegangen war. »Wir haben sie halb verhungert in Bisbee getroffen, während du im Gefängnis warst. Mama wollte nicht, daß du davon erfährst.«

»Warum nicht?«

»Na ja, sie hat den beiden etwas von dem Geld gegeben, für das du dich verkauft hattest.«

Juan schlug mit der Faust auf den Tisch. »Ich habe die Schuld für einen Mord auf mich genommen, mit dem ich nichts zu tun hatte, um euch und Mama zu helfen – nicht diesen elenden Bastarden!«

Luisa nickte. »Ich weiß, Juan«, sagte sie. »Aber was hätte ich tun sollen? Eine Mutter macht keine Unterschiede, wenn es darum geht, ihren Kindern zu helfen.«

»Und was ist mit dem Geld, das ich euch aus Montana geschickt habe?« fragte er.

»Das ist auch verbraucht. Einen Teil benötigten wir zum Leben, und den Rest hat Mama auch Lucha und Tomas gegeben.«

Juan sprang auf. »Ich könnte die beiden umbringen! Auf der Stelle. Wo sind sie?«

»Vergiß es«, erwiderte Luisa. »Sie umzubringen würde auch nichts helfen.«

»Doch!« sagte er. »Mir würde es sogar sehr helfen!«

Juan Salvador war so außer sich, daß Luisa Angst bekam. Doch dann kehrte die Mutter zurück in die Küche, und Juan versuchte mit Mühe, sich zusammenzureißen, und erkundigte sich nach dem Rest der Familie.

»Und Domingo?« fragte er. Domingo war der Bruder, mit dem er aufgewachsen war und den er immer noch sehr vermißte.

Doña Margarita setzte sich wieder. »Das weiß nur Gott«, sagte sie. »Wir fragen jeden *mejicano*, der neu hier eintrifft, nach ihm, und sie fragen uns nach ihren eigenen Vermißten.«

»Aber wir haben von unseren Cousins gehört«, warf Luisa ein.

»Von welchen?« fragte Juan aufgeregt. Die Hälfte der Cousins war mit ihm unter einem Dach aufgewachsen, und sie waren alle wie Geschwister für ihn gewesen.

»Everardo und zwei seiner jüngeren Brüder«, antwortete Luisa. »Angeblich lebt Everardo auch hier in Kalifornien.«

»Und woher wißt ihr das?«

Luisa sah unsicher zur Mutter hinüber.

»Sprich nur weiter«, sagte die alte Frau. »Du hast damit angefangen, jetzt bring es auch zu Ende.«

Luisa sträubte sich, doch nun konnte sie nicht mehr zurück. »Na ja, kurz nachdem du ins Gefängnis kamst und wir das Geld noch nicht hatten, haben wir Everardos jüngeren Bruder, Agustin, getroffen. Als er sah, wie verzweifelt wir waren, zog er seinen Mantel aus und deckte Emilia und ihr Baby, die vor Hunger ganz krank waren, damit zu. Er hat furchtbar geweint und uns erzählt, daß er auf dem Weg zu Everardo nach Kalifornien war. Aber er wollte sich zuerst einen Job suchen, um uns zu helfen.« Sie hatte Mühe, die Tränen zurückzuhalten. »Aber ... Juan, er hat bloß unsere letzten Vorräte aufgegessen und ...« Sie konnte nicht mehr weitersprechen.

»Sag es mir lieber nicht!« tobte Juan. »Er hat euch eure Lebensmittel weggegessen und ist nie mehr zurückgekommen! Stimmt's?«

Luisa nickte, während ihr die Tränen übers Gesicht liefen. Ihre beiden Söhne liefen zu ihr und trösteten sie.

»Und das wolltet ihr mir nicht erzählen?« brüllte Juan und

sprang auf. Er war so wütend, daß die Adern an seinem Hals hervortraten.

Luisa schüttelte den Kopf, und die beiden Jungen schmiegten sich an sie. Sie fürchteten sich vor ihrem Onkel.

»Dieser Hurensohn!« fluchte Juan. »Nachdem er all die Jahre wie ein Bruder unter unserem Dach gelebt, geschlafen und gegessen hat! Zuerst raubt er unsere Schwester Lucha und mißbraucht sie, und schließlich sieht er euch verhungern und stiehlt euch die letzten Lebensmittel und verschwindet. Wo bleibt da die Gerechtigkeit? Ich schwöre euch, der einzig Gute in dieser Familie war Everardo!«

»*Mi hijito*«, sagte die Mutter, »sie waren alle gute Menschen. Agustin hat einfach Angst bekommen, als er sah, wie verzweifelt unsere Situation war.«

»Mama, hör auf!« rief Juan. »Ich habe mich als Mörder verkauft, nur damit ihr etwas zu essen hattet!«

»Und?« antwortete sie, »konnte ich davon leben? Nein! Dieses Geld war mit dem Blut deiner Seele getränkt!«

Juan war fassungslos. Er starrte seine Mutter entsetzt und enttäuscht an.

»O *mi hijito*«, sagte sie, als sie seinen Zorn erkannte. »Ich liebe dich doch und bin so froh, daß du zurück bist. Laßt uns nicht mehr davon sprechen und lieber zusammen feiern. Du mußt mir nur versprechen, daß du so etwas nie wieder tust. Geld kommt und geht, aber unsere Seele lebt ewig. Du hattest kein Recht, dich so zu verkaufen. Gott hätte uns bestimmt einen anderen Weg gezeigt.«

Sie umarmten sich versöhnlich, aber Juan fühlte sich betrogen. Er hatte ein großes Opfer auf sich genommen, aber seine Mutter stellte das einfach als einen Fehler dar. Am liebsten hätte er verächtlich ausgespuckt. Gott hätte ihnen einen anderen Weg gezeigt! Warum, zum Teufel, hatte *Er* es dann nicht getan?

Als die Sonne hinter den Hügeln im Osten aufging, saßen sie immer noch in der Küche, kauten an ihrem Brot und versuchten die Unstimmigkeiten beizulegen.

»*Corazon de mi vida*«, sagte die alte Frau und griff nach Juans kräftiger Hand. »Schau mich an und gib mir deine Hand.«

Juan Salvador tat, was sie von ihm verlangte, und umfaßte mit seiner Rechten die schmalen, knochigen Hände der Mutter.

»Ich habe dir dieses Telegramm nicht schicken lassen, um dir Kummer wegen der Vergangenheit zu bereiten, sondern weil du nun ein Mann bist und es Zeit wird, an die Zukunft zu denken, und um das Versprechen zu erfüllen, das ich dir in der Wüste gab, nämlich, dich verheiratet zu wissen.«

»O Mama«, seufzte Juan, der an Lily und Katherine denken mußte.

»Komm mir nicht mit ›O Mama‹!« sagte sie ärgerlich. »Ich bin alt und habe nicht mehr viel Zeit. Aber ich werde nicht ruhen, bevor ich meinen letztgeborenen Sohn verheiratet und auf eigenen Füßen weiß! Basta!«

»Aber ich stehe auf eigenen Füßen, Mama. Schon seit Jahren!«

Sie lachte und rieb sich die roten, verschwollenen Augen. »Das meine ich nicht. Du bist allein. Aber jetzt mußt du heiraten und deine eigene Familie gründen! Und vergiß nie, die Frau, die du heiraten wirst, ist nicht irgendeine Frau. Nein, sie wird die Mutter deiner Kinder sein, deshalb mußt du dich bereithalten, und zwar sofort, nicht erst morgen!«

»Ach Mama, wirst du dich denn niemals ändern?«

»Ändert sich Gott? Oder die Vögel am Himmel und die Flüsse in den Bergen? Natürlich nicht! Ich bin so, wie ich bin. Und du wirst eines Tages verstehen, daß ein Mann erst durch eine Frau und Kinder vollkommen wird.« Sie schloß die Augen und murmelte weiter. »Blut aus seinem Blut, Fleisch von seinem Fleisch. Bereite dich vor, indem du reinen Herzens wirst, damit die Liebe darin Platz findet. Denk daran, wir stammen weder vom Bullen noch vom Hengst ab, sondern vom Schöpfer selbst, und so wie der Allmächtige einst Don Pio seinen Traum schenkte, mußt du jetzt Augen und Ohren öffnen, um deinen eigenen Traum zu finden. Ohne einen Traum ist ein Mann nichts wert.«

Und obwohl Juan sich mit aller Kraft dagegen wehrte, war er wieder einmal dem Bann seiner Mutter erlegen.

Erst nachdem er ein paar Tage daheim war, ging Juan auf, wie arm seine Familie tatsächlich war und wie heruntergekommen die beiden kleinen Gebäude waren. Er kaufte Werkzeug und Dachpappe und begann, die Dächer auszubessern. Dann besorgte er Schaufeln und Hacken und nahm sich gemeinsam mit Luisas beiden Kindern den Anbau vor. Anschließend grub er den Boden um den großen Avocadobaum um. Sie reparierten den Hühnerstall und versahen den ehemaligen Ziegenschuppen mit einer Isolierschicht, damit die Großmutter der Jungen nachts nicht fror.

Jose, Lucas Sohn, war ein tüchtiger Handwerker. Während sie arbeiteten, erzählte Juan ihm und seinem Bruder Pedro von Mexiko. Jose war besonders interessiert, Geschichten über seinen richtigen Vater, Jose-Luis, zu hören, den er niemals kennengelernt hatte.

»War er ein guter Mann?« fragte der Junge.

»Der beste von allen«, erwiderte Juan. »Ein *macho a las todas*! Er war ein großer und starker Mann, der sich sehr bedächtig bewegte und niemals die Geduld verlor, wenn etwas schiefging. Ich war in deinem Alter, als er und Luisa heirateten. Durch ihn habe ich eine Menge über Freundschaft gelernt. Wenn ich bei den beiden war, nahm er mich auf den Schoß und nannte mich mein Lieber. Ich habe ihn sehr geliebt, weil er im Gegensatz zu meinem Vater nie mit mir geschimpft hat.«

»Dann war dein Vater also nicht gut zu dir?« fragte der Junge.

Juan mußte lachen. »Himmel! Mein Vater hat jeden Hund besser behandelt als mich. Er hatte nur Augen für meinen Bruder Domingo, der blauäugig war wie er selbst.«

»Glaubst du, daß unser Großvater uns auch nicht gemocht hätte?« sagte Jose und drehte sich zu Pedro um. »Wir haben doch auch beide dunkle Augen?«

Jetzt tat es Juan leid, daß er mit dieser Geschichte angefangen hatte, aber er wollte seine beiden Neffen nicht anlügen. »Möglicherweise«, sagte er. »Es gibt auch in Mexiko eine Menge Vorurteile.«

Jose zuckte mit den Mundwinkeln und hörte auf, Fragen zu stellen. Während sie weiterarbeiteten, dachte Juan an die gutherzigen Männer in seinem Leben, an seinen Bruder Jose, den

Beschützer ihrer Berge, an seinen Großvater Don Pio und an die beiden Riesen, Basilio und Mateo – alles Beispiele dafür, wie ein richtiger Mann sein sollte.

Luisa brachte ihnen Tacos, und sie setzten sich gemeinsam im Schatten des großen Avocadobaumes zum Essen. Juan konnte es immer noch nicht glauben: Jose hatte die gleiche Art zu essen wie sein Vater, den der Junge nie gekannt hatte. Er kaute mit offenem Mund, wobei er seine großen Zähne zeigte und den Kiefer nach links bewegte.

Juan blickte Pedro an und war aufs neue erstaunt. Auch er hatte die gleichen Eßgewohnheiten wie sein Vater, Epitacio.

Verwundert schüttelte Juan den Kopf. Seine Mutter hatte vollkommen recht – Blut war Blut. Ein Mann mußte tatsächlich sorgfältig darauf achten, wen er heiratete, wenn er sich ordentliche Nachkommen wünschte.

»Stimmt es, *tío*«, erkundigte sich Jose mit vollem Mund, während er in der lässigen Manier seines Vaters kaute, »ist es wahr, daß wir früher in Mexiko einmal eine große, einflußreiche *familia* waren?«

»Ja«, antwortete Juan Salvador.

»Aber nicht reich, oder?« sagte Pedro.

»Wieso meinst du das?« fragte Juan.

»Mexikaner sind doch immer arm, oder nicht?« antwortete Pedro.

Juan strich dem Jungen über das sandfarbene Haar. Er sah seinem Vater Epitacio sehr ähnlich. Er war klein und flink und hatte die gleichen schelmischen Augen.

»Das stimmt nicht«, sagte Juan. »Es gibt auch reiche Mexikaner, Pedro. Wir waren nicht reich, aber wir besaßen Land und Vieh und Maisfelder.«

»Siehst du, ich habe es dir doch gesagt«, sagte Pedro lachend zu seinem Bruder. »Mexikaner können nicht reich sein. Das ist alles Unsinn, was Mama uns erzählt hat.«

»Was denn?« fragte Juan.

»Ach, nichts«, antwortete José und warf seinem siebenjährigen Bruder einen bösen Blick zu. »Es ist nur, na ja, wenn Großmutter und Mama uns von der Vergangenheit erzählen, können wir ihnen manchmal nicht so recht glauben.«

»Aha, ich verstehe«, sagte Juan. »Eurem eigenen Fleisch und Blut glaubt ihr nicht, was? Aber wenn die Amerikaner euch erzählen, daß nur *gringos* reich sein können, dann glaubt ihr das, stimmt's?«

»Wir kennen es nicht anders«, verteidigte sich Pedro. »Kein einziger Mexikaner hier im Viertel hat ein anständiges Auto.«

Juan tat einen tiefen Atemzug. »Ich verstehe. Wenn eure Großmutter und eure Mutter euch also von Don Pio erzählen, der an der Seite von Benito Juarez gekämpft hat, und von dem großartigen Jose, der uns all die Jahre vor der Revolution beschützt hat, dann zweifelt ihr an diesen Geschichten?«

Die beiden Jungen merkten, daß ihr Onkel ärgerlich wurde.

»Habe ich recht? Antwortet mir!«

Die Jungen nickten, und Pedro traten dabei Tränen in die Augen.

Juan blickte von einem zum anderen und war sprachlos. Nie hätte er es für möglich gehalten, daß ein Nachkomme des berühmten Don Pio einmal an der *familia* zweifeln würde.

Er stand auf und ging fort, weil er die beiden Jungen sonst voller Zorn geschüttelt hätte. Er war außer sich vor Wut. Was hatte die Familie nicht alles durchmachen müssen! Und wofür das alles? Damit die eigenen Kinder nicht mehr an sich glaubten? Er hätte die ganze Welt erwürgen können.

Am Nachmittag saß Juan hinter dem Haus auf dem Boden, rauchte eine Zigarre und sah seinen Neffen zu, die mit den Nachbarskindern auf der anderen Straße Baseball spielten. Hinter den üppigen Orangenbäumen des Obstgartens ging die Sonne unter, und Juan dachte wehmütig an Lily und Katherine und daran, wie gut es ihm oben in Montana gegangen war.

Da er jedoch seiner Mutter versprochen hatte hierzubleiben, konnte er sich jetzt nicht einfach wie ein Dieb in der Nacht davonschleichen. Fast wünschte er, er wäre nie hierhergekommen.

»Tu es nicht, Juan«, sagte Luisa, die plötzlich neben ihm auftauchte.

»Was nicht?« fragte er und blickte erstaunt zu seiner Schwester empor.

»Uns verlassen«, antwortete sie und ließ sich neben ihm auf dem Boden nieder. »Weißt du noch?« Ich hätte euch auch einfach hinter der Grenze im Stich lassen können. Ich habe es nicht getan, sondern Epitacio gezwungen, euch nachzuholen.«

Juan sah sie an und seufzte. »Aber ich kann eine Menge Geld mit dem Spielsalon in Montana verdienen. Ich könnte euch regelmäßig Geld schicken.«

»Geld bedeutet nicht alles«, antwortete Luisa. »Unsere Familie, unsere Hoffnungen und Träume, das ist es, wofür wir all die Jahre gekämpft haben; nicht für Geld.«

Juan hob einen Stock auf und schlug auf die Erde ein.

»Juan«, sagte sie zu ihm, »ich schaffe es nicht. Ich bin eine Frau, und eine Frau kann es hier allein nicht schaffen. Sieh sie dir doch an. Sie spielen Baseball wie kleine *gringos*, und immer wenn ich ihnen etwas über unsere ehemals so große *familia* erzählen will, dann lachen sie mich aus. Natürlich würden sie mir nie ins Gesicht lachen, aber insgeheim machen sie sich lustig, und das ist noch viel schlimmer.« Sie schwieg und sah ihn an. »Juan, wir brauchen dich, du bist der einzige, der noch übrig ist.« Juan hörte auf, mit dem Stock auf den Boden zu schlagen, und betrachtete das Gesicht seiner Schwester, ihre Augen, ihren Mund und die hohen Wangenknochen. Er fühlte sich in der Falle. Doch er spürte, daß sie die Wahrheit sagte. Als Mann wäre eine Frau wie ihre Mutter fähig gewesen, ein Land wie Mexiko mit der eisernen Hand eines Benito Juarez zu regieren, und Luisa hätte als Mann mit ihrer Klugheit und ihrem Mut einen *hombre* abgegeben, auf den Verlaß wäre.

»Wir können dich nicht zwingen, Juan«, sagte Luisa. »Du mußt aus eigener Überzeugung handeln, so wie Don Pio, als er unser Dorf erbaut hat, nachdem Gott zu ihm gesprochen hatte, oder wie unser Bruder Jose, der uns im Krieg geschützt hat. Es muß aus deinem Inneren kommen, Juan, aus deinem *corazón*«, beschwor sie ihn mit Tränen in den Augen.

Juan bemerkte ihre Tränen und seufzte. Er dachte an Don Pio und wie jene Nacht auf dem Berg mit den Brüdern sein Leben verändert hatte. Und er dachte an Jose, dem es fast gelungen wäre, ihr Dorf aus dem Krieg herauszuhalten. Zwei großartige *hombres*, die nach den Sternen gegriffen und Wunder vollbracht hatten. Jetzt übermannte auch ihn die Rührung. Es stimmte: Oben in Montana war er allein gewesen, aber nicht unabhängig. Für einen echten *macho* bedeutete Unabhängigkeit, mit der Erde und dem Fleisch und Blut seiner Familie verwurzelt zu sein.

»In Ordnung«, sagte er, »ich werde bleiben, Luisa.«

»Ich wußte, daß du dich so entscheiden würdest.« Sie schloß ihren Bruder herzlich in die Arme.

Am Nachmittag des nächsten Tages machte Juan sich auf den Weg in die Stadt, in der Hoffnung, irgendwo eine Pokerrunde auftreiben zu können. Wenn er sich schon zum Hierbleiben entschlossen hatte, mußte er jetzt auch eine Möglichkeit finden, Geld zu verdienen.

Es war ein langer Weg zur Stadt, der ihn an weitem, ungenutzten Ackerland, Obstplantagen und wohlgenährten Viehherden vorbeiführte.

Mann, sagte er zu sich selbst, wenn ich nur eines Tages ein schönes Stück Land kaufen könnte, dann würde ich ein Haus auf einer Anhöhe bauen, genau wie Don Pio; und ein anständiges Auto anschaffen – dann könnte ich den Jungs beweisen, daß ein Mexikaner etwas darstellen kann. Verdammt, das wäre großartig.

Er lächelte, als ihm der Gedanke kam, daß der Allmächtige ihn ja möglicherweise aus dem gleichen Grund nach Kalifornien geschickt hatte wie damals den Großvater nach Los Altos de Jalisco.

Er begann fröhlich vor sich hin zu pfeifen und merkte plötzlich, daß ihm doch etwas gefehlt hatte, da oben in Montana. Er hatte nur an sich gedacht, was für einen gesunden, jungen Mann nichts Ungewöhnliches war.

In der Stadt fand Juan schnell heraus, daß es im Zentrum, gegenüber vom Park, eine Spielhalle gab, wo gepokert wurde. Er durchquerte den Park und warf einen Blick in das Gebäude, aber es war noch zu früh am Tag. Außer ein paar Jungen, die Billard spielten, und einigen alten Männern, die sich die Zeit beim Kartenspiel vertrieben, war noch niemand da. Er beschloß, erst essen zu gehen, um für eine lange Pokernacht gestärkt zu sein.

Ein Profi setzte sich niemals nur für ein paar Stunden an einen Tisch, sondern war stets darauf vorbereitet, bis in die frühen Morgenstunden zu spielen, wenn die anderen müde und betrunken waren und ihr Geld leichtsinnig setzten. Ein Profi war immer sorgfältig vorbereitet und ließ keinen Augenblick in seiner Aufmerksamkeit nach.

Ein Stück weiter die Straße hoch fand Juan eine kleine Cafetería und setzte sich an einen Tisch am Ende des Raumes. Bei der Kellnerin, einer hübschen, jungen Amerikanerin, bestellte er ein deftiges Frühstück mit Kaffee und Eiern mit Schinken, obwohl es schon fast Abendbrotzeit war. Das war einer der Tricks, die Duel ihm beigebracht hatte: Wenn du dich auf ein Spiel vorbereitest, dann betrachte den frühen Abend als Morgen und Mitternacht als Mittagszeit. Du mußt das Kartenspiel wie einen Job betreiben; niemals bloß als Zeitvertreib.

Während Juan die Eier mit dem würzigen Schinken verzehrte und seinen Kaffee schlürfte, dachte er an die Jahre, die er in Montana verbracht hatte. Seine Mutter hatte durchaus recht. Er war ein Einzelgänger gewesen, hatte bei der Eisenbahn, in Bergwerken und Zuckerrohrfeldern gearbeitet, bis er Duel kennengelernt hatte. Nach all den Jahren als Einzelgänger war es nicht einfach, sich jetzt wieder in eine Familie einzugliedern. Er war nicht mehr daran gewöhnt, tagaus, tagein mit Menschen zusammen zu sein. Und er vermißte Montana, besonders Katherine. Sie war eine großartige, gebildete Frau, und er hatte viel von ihr gelernt.

Als er sein Frühstück verzehrt hatte, zündete er sich eine Zigarre an und beschloß, die Vergangenheit ruhen zu lassen. Mit Bedacht konzentrierte er sich auf das Pokerspiel, das vor ihm lag. Er vertiefte sich in sich selbst, wie Duel es ihn gelehrt hatte, und stellte sich die Karten, die Männer, ihre Gesichter und ihre Schwächen vor. Nur Narren glaubten, beim Poker käme es auf Glück, Täuschungsmanöver oder die richtige Chance an. Nein, das einzige, worauf es ankam, war Willenskraft und die individuelle Macht, die ein willensstarker Mann über die Schwächen der anderen besaß. Ein Profi mußte sich konzentrieren und innerlich auf jede Überraschung vorbereitet sein.

Während er rauchte, rief er sich alles ins Gedächtnis zurück, was Duel ihn gelehrt hatte, bis er plötzlich das Gefühl hatte, daß jemand ihn beobachtete. Als er den Kopf drehte, erblickte er einen kleinen, beleibten Koch. Er trug eine schmutzige Schürze und starrte zu Juan hinüber.

»Entschuldigen Sie«, sagte der Mann, »aber meine Kellnerin ist noch neu, sie wußte nicht, daß wir hier keine Mexikaner bedienen dürfen.«

Zuerst verstand Juan nicht, was er meinte.

»Sehen Sie, ich will keinen Ärger«, fuhr der Koch mit starkem griechischen Akzent fort. »Ich verdiene hier nur meinen Lebensunterhalt. Also gehen Sie bitte.«

Jetzt verstand Juan. »Wer sagt denn, daß ich Mexikaner bin?« fragte er lächelnd auf griechisch, während er sich umblickte und feststellte, daß die anderen Gäste ihn ebenfalls anstarrten. »Ich könnte genausogut Grieche sein«, fügte er in fließendem Griechisch hinzu.

Der Koch runzelte die Stirn. Er entschuldigte sich und fragte Juan, nun ebenfalls auf griechisch, nach seinem Namen und woher er komme. Juan antwortete ihm grinsend.

»Ich werd' verrückt«, lachte der Grieche, »aber dein Akzent kam mir gleich eigenartig vor, *amigo*.« Er näherte sich Juans Tisch. »Paß auf, ich lebe mit meiner Familie gleich um die Ecke, und du bist in meinem Haus jederzeit willkommen. Aber hier – ich hoffe, du verstehst, daß ich meinen Job nicht verlieren will – also muß ich dich trotzdem bitten, zu gehen.«

Juans Gesicht wurde dunkelrot. Noch nie hatte man ihn irgendwo rausgeworfen, nur weil er Mexikaner war. Er sah dem Mann ins Gesicht und erkannte, daß es ihm wirklich schwerfiel, ihn rauszuschmeißen.

»In Ordnung«, sagte er und erhob sich. Er blickte auf den Koch hinab, den er im Stehen weit überragte. Er fühlte die 38er unter seiner Jacke und wie sein Herz zornig pochte. »Was bin ich schuldig?«

»Eier mit Schinken macht fünfzehn Cents und fünf für den Kaffee.«

Juan zog einen Dollar hervor. »Stimmt so«, rief er und warf den Geldschein verächtlich auf den Boden. Er drehte sich um und fixierte die Leute, die ihn angestarrt hatten und jetzt rasch wegblickten. Er fühlte kalte Wut in sich und hätte sie alle umbringen können.

Jetzt wußte er, warum diese beiden Mexikaner ihn an jenem ersten Morgen, als er mit dem Taxi vorfuhr, so haßerfüllt angestarrt hatten. Er begriff auch, warum seine beiden Neffen voller Zweifel waren. Mexikaner galten hier unten, entlang der Grenze, nicht mehr als ein Stück Dreck. Er hatte es vergessen.

Hocherhobenen Hauptes schritt er aus dem Restaurant und mußte sich zusammenreißen, nicht seinen Revolver zu ziehen und jeden der Hundesöhne im Raum einfach abzuknallen.

Noch immer zitternd vor Wut betrat Juan die Spielhalle. Er sog das Gemisch aus Zigarrenrauch und Schweißgeruch ein, das im Raum hing. Er stellte fest, daß die Hälfte der Männer Mexikaner waren, und daß sich hier niemand darum scherte, wer man war, solange man genug Geld in der Tasche hatte.

Er warf seine Zigarre in einen Messingspucknapf und schritt durch den Raum, wobei er seinen Blick beiläufig über die drei Pokertische gleiten ließ, die hinter den Billardtischen standen. Die Deckenventilatoren sorgten für einen angenehmen Luftzug. Juans geschultes Auge erfaßte sofort, daß an zwei Tischen nur um kleine Beträge gespielt wurde. Er merkte es weniger an der Summe des Geldes, die auf den Tischen lag, als vielmehr am gleichgültigen Blick der Spieler. Doch der dritte Tisch war unverkennbar ein ganz anderes Kaliber.

Die Männer an diesem Tisch waren offensichtlich nicht zusammengekommen, um die Zeit totzuschlagen. Hier ging es um mehr. An dem Tisch saßen zwei knallhart aussehende Mexikaner, zwei hagere Angloamerikaner, ein zierlich gebauter Filipino mit flink umherhuschendem Blick und ein gutaussehender, braungebrannter Mann, der vermutlich italienischer Herkunft war.

Plötzlich sträubten sich Juans Nackenhaare. Er erfaßte instinktiv, daß der Filipino und der Italiener gemeinsame Sache machten. Irgendwas war einfach zu perfekt an der Art, wie sich die beiden am Tisch direkt gegenüber saßen.

Juan ging zu der langen Theke, bestellte eine Cola und sah den Spielern eine Weile zu. Er beschloß, in der ersten Nacht noch nicht am Haupttisch mitzuspielen, denn es war riskant, sich ohne Rückendeckung in das Spiel von Profis einzumischen.

Er schloß sich dem Spiel an einem der beiden anderen Tische an, konnte aber in ein paar Stunden nur zwei Dollar gewinnen. Juan merkte, daß er so nicht weiterkam. Er wollte sich schließlich mit dem Kartenspiel hier in Kalifornien seinen Lebensunterhalt verdienen und einen Wagen kaufen, um seinen Neffen zu beweisen, daß auch ein Mexikaner es zu etwas bringen konnte.

Juan Salvador war ein exzellenter Spieler. Er überlegte, daß er vielleicht doch ein paar Jackpots gewinnen konnte, ohne dem Filipino und dem Italiener in die Quere zu kommen. Mit ein paar Zwanzigdollartreffern wäre er schon fein heraus. Allein fünf Dollar würden schon für die Monatsmiete der beiden kleinen Häuser reichen, und in einer Woche hätte er wahrscheinlich genug zusammen, um einen anständigen Wagen zu kaufen.

Also wechselte er zum Tisch der Profis und achtete darauf, nicht zu selbstsicher zu wirken, als er einsteigen durfte. Daß er der jüngste Spieler am Tisch war, paßte gut in sein Konzept. Es würde leicht sein, sich ein paar Runden bluffen zu lassen und bei den anderen den Eindruck zu erwecken, daß sie es mit einem leichtsinnigen Narren zu tun hätten.

Es ging auf Mitternacht zu, und alles lief gut. Wie geplant, hatte Juan ein paar kleinere Beträge verloren. Irgendeiner brachte eine Flasche mit schwarzgebranntem Whisky zum Vorschein. Sie ließen die Flasche herumgehen und nahmen jeder einen kräftigen Schluck. Als Juan an der Reihe war, nippte er nur vorsichtig an der Flasche. Es war das teuflischste Zeug, das er je getrunken hatte, und er spuckte aus.

»Das ist das reinste Gift!« sagte er.

Alle lachten.

»Woher kommst du?« fragte einer der Amerikaner.

»Montana«, antwortete Juan.

»Was trinkt ihr denn da oben?« fragte der andere.

»Canadian Whisky«, erwiderte Juan.

»Du Glückspilz!« sagte der erste Amerikaner. »Seit der Prohibition haben wir hier unten nichts als diesen Fusel bekommen. Mit dem erstklassigen kanadischen Stoff könnte man hier ein Vermögen machen.«

Juan merkte sich diese Worte, der Mann hatte recht. Jedesmal wenn ihm die Flasche gereicht wurde, gab er vor, einen kleinen Schluck der teuflischen Flüssigkeit zu trinken. Schließlich wollten betrunkene Männer nicht mit jemand spielen, der noch nüchtern war. Nicht mehr lange, dann würde Juans Augenblick kommen.

Nach Mitternacht war Juan sicher, daß er sie lange genug geblufft hatte. Er hatte sie von seiner Harmlosigkeit überzeugt, und sie begannen, nachlässiger mit ihrem Geld umzugehen. Sie waren gierig geworden und pokerten hoch, um ihn auszunehmen. Doch Habgier war der beste Freund eines Profis; auch das hatte Juan von Duel gelernt.

Einige Männer am Tisch waren schon ziemlich betrunken und zogen schnell. Juan wußte, daß seine Zeit gekommen war. Der Nachmittagsschlaf, der Kaffee und die Eier mit Schinken hatten ihm jene Energie verliehen, die den anderen am Tisch jetzt fehlte.

Beim nächsten Spiel gewann er den ganzen Einsatz von zwanzig Dollar. Er bemerkte jetzt, wie der Italiener dem Filipino einen Blick zuwarf, aber er machte sich keine Gedanken deswegen. Was konnten sie schon tun? Schließlich hatte er fair gewonnen. Außerdem war er noch immer wütend und nicht gewillt, sich an einem Tag aus zwei Spelunken vertreiben zu lassen.

Zwei Runden später, nachdem er vorgegeben hatte, kein anständiges Blatt zu haben, riskierte er wieder alles und gewann fast dreißig Dollar.

Mit dem Hochgefühl, unschlagbar zu sein, wollte er das Geld an sich nehmen, als der Filipino aufstand, unter dem Vorwand, zur Toilette zu müssen. Spätestens jetzt hätte Juan mißtrauisch werden müssen. Doch er war zu euphorisch und in Gedanken schon bei dem Auto, das er kaufen wollte. Daher sah er nicht voraus, was als nächstes geschehen würde.

Während er seine Münzen stapelte, fiel ihm auf, daß der hagere *gringo* auf der anderen Seite des Tisches mit vor Entsetzen geweiteten Augen über seine linke Schulter blickte.

Innerhalb eines Sekundenbruchteils erfaßte Juan, daß er in Lebensgefahr schwebte. Reflexartig drehte er den Kopf. Im gleichen Moment setzte der Filipino eine gekrümmte Klinge unter seinem Kinn an, um ihm die Kehle durchzuschneiden.

Juans Bewegung verhinderte gerade noch, daß ihn das scharfe Messer – von der Art, wie man sie bei der Kürbisernte verwendete – am Hals erwischte; statt dessen riß es die linke Seite seines Kinns auf. Ein tiefer Schnitt klaffte von der Kinnlade bis zu seinem linken Ohrläppchen. Blut schoß aus der Wunde, und alle wichen erschrocken zurück, in der Annahme, seine Kehle sei durchschnitten.

Im Augenblick der allgemeinen Verwirrung raffte der Italiener das Geld zusammen und machte sich durch die Hintertür davon.

Aber Juan war jung und zäh. Mit letzter Kraft erhob er sich von seinem Stuhl, zog seine 38er, schnellte herum und zielte auf die beiden Männer.

Schon wegen seiner Familie mußte er sein Geld zurückbekommen. Er durfte nicht sterben. Doch es wurde schwarz um ihn, und er fiel mit dem Gesicht nach vorn in seine Blutlache.

Alle im Raum rannten und schrien durcheinander. Wie in Trance spürte Juan den Luftzug des Ventilators, der die Blutlache, in der er lag, in winzigen Wellen erzittern ließ, während der Boden durch die Schritte der Menschen sacht bebte.

15

Und die Sterne lächelten auf sie herab, als die Vorsehung sie in sein Barrio führte

Nachdem sie es geschafft hatten, die Grenze zu überschreiten, verdingten sich Lupe und ihre Familie als Baumwollpflücker in den Feldern von Cottonfield, Arizona. Im Winter gingen sie nach Miami*, östlich von Scottsdale, wo Victoriano und Esabel im Bergwerk Arbeit fanden. Lupe und Carlota halfen dem Vater, in den Hügeln am Stadtrand nach Feuerholz zu suchen, das sie verkauften, während die Mutter und Maria sich mit Wascharbeiten ein paar Cents dazu verdienten.

Im zweiten Winter, die Familie war auf dem Heimweg von der Kirche, entdeckte Lupe in einem der Schaufenster ein hinreißendes Kleid. Es war pfirsichfarben mit weißen Tupfen und an Hals und Armen mit weißer Spitze verziert. Es war das schönste Kleid, das Lupe je gesehen hatte. Allerdings kostete es zehn Dollar, und Lupe war sich darüber im klaren, daß es die Verhältnisse der Familie völlig überstieg. Obwohl sie alle arbeiteten, hatten sie zusammen nicht mehr als sieben Dollar die Woche.

Zwei Tage später kehrte Lupe vom Holzsammeln nach Hause zurück und traute ihren Augen nicht, als sie das Kleid ausgebreitet auf ihrem Bett vorfand.

»O Mama!« rief sie. »Ist das wirklich für mich? Das hättest du nicht tun sollen, das können wir uns doch überhaupt nicht leisten!«

»Da hast du verdammt recht!« brüllte der Vater und setzte den Korb mit Feuerholz ab. »Jesus Christus! Ein Mann bekommt weniger als einen Dollar am Tag im Bergwerk, und dieses Kleid hat ganze zehn Dollar gekostet!«

»Sie haben es mir für sechs Dollar gelassen, und dich kostet es keinen Cent«, sagte die alte Lady. »Ich habe unser letztes Gold dafür genommen«, fügte sie stolz hinzu.

*Miami / Arizona

»Unser letztes Gold?« schrie Don Victor. »Mein Gott, Weib, wie konntest du?«

»Ganz einfach«, antwortete Doña Guadalupe ungerührt. »Und ich würde es wieder tun. Unser ganzes Leben schuften und schuften wir. Wozu soll das gut sein, wenn wir uns nicht wenigstens ab und zu ein kleines Vergnügen gönnen? Wag es nicht, Lupe die Freude zu verderben, sonst kannst du was erleben!«

»Schon gut, schon gut«, antwortete Don Victor. »Du machst ja doch, was du willst.« Er setzte seinen Hut auf, nahm die fünfzig Cents, die er mit dem Verkauf von Holz verdient hatte, und stapfte schimpfend hinaus. »Kinder! Hätten wir doch Schweine, die kann man wenigstens essen, wenn sie groß werden.«

»O Mama«, sagte Lupe, als der Vater fort war. »Das hättest du wirklich nicht tun sollen. Papa hat recht, wir sollten das Kleid zurückbringen.«

»*Mi hijita*«, antwortete die Mutter. »Letztes Jahr haben wir ein wunderschönes Kleid für Carlota gekauft. Warum sollte ich jetzt nichts eins für dich kaufen?«

»Aber Mama«, sagte Lupe, »das Kleid für Carlota haben wir gekauft, damit sie tanzen gehen kann. Außerdem hatten wir damals noch genügend Gold. Jetzt haben wir nichts mehr, und ich mag sowieso nicht tanzen gehen.«

»Sieh mal, Victoriano und Esabel haben beide einen guten Job«, sagte die alte Frau. »Und wer weiß? Vielleicht bin ich morgen schon tot. Niemand wird mir die Freude nehmen, für jede meiner Töchter wenigstens einmal ein fertiges Kleid zu kaufen, bevor ich sterbe.« Sie lachte. »Ist es nicht umwerfend?«

»Ja, das ist es wirklich«, antwortete Lupe. »Es ist das schönste Kleid, das ich je in meinem Leben gesehen habe.« Sie konnte die Augen nicht von dem zarten, blaßrosa Stoff mit der weißen Spitze wenden.

»Nun, willst du es nicht anprobieren?« ermunterte sie die Mutter.

»Nein«, antwortete Lupe, »zuerst muß ich ein Bad nehmen und meine Haare frisieren.«

Am folgenden Sonntag trug Lupe ihr neues Kleid zur Kirche. Nach der Messe zündeten sie noch eine Kerze für Sophia an. Auf dem Nachhauseweg kam Carlota ihnen mit drei jungen Mädchen hinterhergelaufen.

»Mama«, sagte sie, »ich habe gerade diese Mädchen aus Sinaloa getroffen. Sie wollen, daß ich mit ins Kino gehe! Alle gehen hin! Es ist ein ganz neuer Film!«

Doña Guadalupe bemerkte, wie aufgeregt Carlota war. »Einverstanden«, sagte sie, »aber Lupe und Victoriano werden mitgehen, und ihr tut, was euer Bruder sagt. Setzt euch zusammen und kommt nach dem Film sofort nach Hause!«

»O danke«, rief Carlota und gab der Mutter einen Kuß, bevor sie mit ihren neuen Freundinnen davoneilte.

Carlota fiel es leicht, überall neue Freundschaften zu schließen, während Lupe und Victoriano sich Fremden gegenüber immer noch äußerst zurückhaltend verhielten.

Lupe und Victoriano gingen hinter Carlota und den anderen Mädchen die schmutzige, steinige Straße entlang. Miami war eine Bergwerksstadt, und die Bergwerksgesellschaften boten den Arbeitern verschiedene Unterhaltungsmöglichkeiten. Der Film hieß ›The Silver Automobile‹, und die Jugend der Stadt war begeistert von der Vorstellung. Es handelte sich um den dritten Teil einer Fortsetzungsgeschichte, die sich in der mondänen Welt der Reichen und ihrer schnittigen Luxuslimousinen abspielte.

Nach dem Film verschwand Carlota mit ihren neuen Freundinnen kichernd im Waschraum. Lupe und Victoriano warteten am Eingang auf sie. Ein junger Mann, den Victoriano aus dem Bergwerk kannte, gesellte sich zu ihnen und unterhielt sich mit ihm, wobei die beiden Lupe nicht aus den Augen ließen.

Lupe fühlte sich unbehaglich und entschuldigte sich, um zu den anderen Mädchen in den Waschraum zu gehen. Sie schritt mit gesenktem Kopf und mied den Augenkontakt mit anderen. Als sie den Waschraum betrat, blickte sie auf und sah, wie ihr durch eine mit kleinen Lämpchen geschmückte Tür die atemberaubendste junge Frau entgegenkam, die sie je gesehen hatte.

Lupe blieb stehen, und die Frau hielt ebenfalls inne. Sie standen sich gegenüber und musterten sich gegenseitig. Lupe bewunderte die schlanke Figur der anderen, die klare hohe Stirn und die großen dunklen Augen. Ihr stockte der Atem.

Als ihr auffiel, daß die junge Frau das gleiche Kleid trug wie sie, lachte sie. Wahrscheinlich war die Frau deshalb vor ihr stehengeblieben.

Erst als ihr Gegenüber im gleichen Moment zu lachen anfing, bemerkte Lupe, daß sie nicht vor einer Tür, sondern vor einem großen, von Lampen eingerahmten Spiegel stand. Das Erstaunen darüber, daß diese großartige Erscheinung niemand anders war als sie selbst, sollte sie für den Rest ihres Lebens nicht mehr vergessen.

Also hatte Carlota es ernst gemeint, als sie Lupe immer geneckt und ›Schönheitskönigin‹ genannt hatte. Das war also der Grund gewesen, warum die Leute in den Arbeitscamps sie stets so angestarrt hatten. Sie alle hatten die Wahrheit erkannt, sie war tatsächlich schön, sogar noch schöner als die Frauen, die sie soeben in dem amerikanischen Film gesehen hatte.

Lupe errötete und drehte und wendete sich in ihrem neuen Kleid vor dem Spiegel. Es war eine völlig neue Erfahrung für sie, beinahe so, als hätte sie einen neuen Stern am Firmament entdeckt.

Die Wochen gingen dahin. Eines Abends kehrte Esabel nicht wie gewohnt mit seinem Lohn aus dem Werk zurück. Lupe bemerkte, daß ihre Schwester Maria allmählich unruhig wurde. Als Esabel am nächsten Tag auch nicht zur Arbeit erschien, ging das Gerücht um, daß er sein Gehalt beim Pokerspiel verloren hätte und nach Mexiko zurückgekehrt sei.

Maria weinte den ganzen Tag und verfluchte die Spielhaie, die unter den gutgläubigen Arbeitern immer wieder leichte Beute fanden. Sie lockten die Männer mit Prostituierten und Alkohol und zogen ihnen anschließend das schwer verdiente Geld aus der Tasche. Lupe schwor sich nicht zum erstenmal, daß sie sich niemals mit einem Mann einlassen würde, der spielte oder trank.

In diesem Jahr in Miami, Arizona, hungerte und fror die Familie. Der Vater war zu alt, um noch im Bergwerk zu arbeiten, und Frauen war die Arbeit unter Tage nicht erlaubt. Victoriano übernahm eine zusätzliche Schicht, und Lupe, Carlota und der Vater mußten auf der Suche nach Feuerholz immer höher in die Berge der Umgebung klettern, wobei der Vater vor Schwäche und Hunger fast zusammenbrach.

Im Sommer gingen sie zur Baumwollernte zurück nach Scottsdale. Dort herrschte eine solch brüllende Hitze, daß Lupe krank wurde und nicht mehr mitarbeiten konnte. Maria trug ihr auf, zu Hause auf ihre Kinder aufzupassen, und arbeitete an ihrer Stelle mit Carlota und Victoriano in den Baumwollfeldern. Sie schufteten von Sonnenaufgang bis Sonnenuntergang. Lupe fühlte sich hundeelend und verstand nicht, was mit ihr los war. Selbst die Kälte in Miami hatte ihr nicht so zugesetzt. Sie bekam keine Luft in der staubigen Hitze und hustete in einem fort. Maria neckte sie ständig, sie sei ein Faulpelz.

Es war dieser Sommer, in dem die Familie befürchtete, daß die Mutter allmählich verrückt würde. Doña Guadalupe lehnte es immer noch strikt ab, die Tatsache zu akzeptieren, daß Sophia tot war. Sie lief von Zelt zu Zelt und fragte jeden Fremden, den sie traf, ob er etwas von Sophia gehört habe.

Als die Baumwollernte vorüber war, entschied die Familie, daß sie nicht noch einmal solch einen eisigen Winter in Miami verbringen wollte. Die Gomez' beschlossen, sich auf den Weg nach Westen zu machen. Es hieß, daß es in Kalifornien das ganze Jahr über Arbeit gab, und außerdem lebte Don Manuel in Santa Ana; möglicherweise hatte er ja Nachrichten von Sophia.

Es fehlte nicht viel, und Lupe hätte die beschwerliche Reise durch die Wüstenlandschaften von Yuma, Brawley und Westmoreland nicht überlebt. Ihre Augen entzündeten sich, und ihr Hals schwoll so zu, daß sie fast erstickt wäre. Als sie San Diego erreichten und erstmals die frische Seeluft einatmeten, geschah jedoch eine wundersame Wandlung mit Lupe: Sie konnte wieder frei atmen. In kürzester Zeit kam sie zu Kräften und erblühte wie eine Blume im Sommer. Sie setzten ihren Weg an der Küste entlang, durch Del Mar, Encinitas, Carlsbad und Oceanside, fort. Lupe hatte sich so gut erholt, daß sie sich Bücher erbettelte, um abends nach der Arbeit noch zu lernen. In bester Verfassung erreichte die Familie Santa Ana, eine Stadt in Kalifornien.

Sie machten Don Manuel ausfindig, der auch nichts über

Sophia wußte, und erfuhren von ihm, daß es tatsächlich das ganze Jahr Arbeit gab. Doch die Bezahlung war nur gering, vor allem, nachdem Don Manuel, der als Jobvermittler tätig war, seine Provision eingestrichen hatte.

Ein Jahr nach ihrer Ankunft in Santa Ana ging es der Familie finanziell ein wenig besser, und Doña Guadalupe bestand darauf, Lupe wieder zur Schule zu schicken. Eine ordentliche Schulbildung war für sie die einzige Chance, jemals weiterzukommen.

Sie wurde in die dritte Klasse eingestuft, obwohl sie bereits fast vierzehn war, und die Kinder hänselten sie, weil Lupe ihre Mitschüler um einen ganzen Kopf überragte. Doch für Lupe war Spott nichts Neues, und sie ließ sich nicht aus der Fassung bringen. Sie arbeitete fleißig und schaffte es innerhalb von drei Monaten, in die siebte Klasse aufzurücken. Durch das stundenlange gemeinsame Arbeiten bei Manuelita, zu Hause in La Lluvia, war sie an Selbstdisziplin gewöhnt.

Eines Nachmittags, Lupe war gerade dabei, für die Familie, die bald von der Arbeit heimkehren würde, das Abendessen vorzubereiten, klopfte jemand an die Vordertür. Lupe wischte sich die Hände an der Schürze ab und schritt zur Tür.

Vor ihr stand ein kleiner, erschöpft wirkender Mann. »Verzeihung«, sagte er, »ist dies das Haus der Familie Gomez?«

»Ja«, antwortete Lupe.

»Und ihr stammt aus La Lluvia de Oro, nicht wahr?«

»Ja, warum?« sagte Lupe. Sie musterte den Mann genauer und fragte sich, ob sie ihn wohl irgendwoher kannte.

»Gott sei Dank«, sagte der Mann erleichtert, und sein Gesichtsausdruck wurde sogleich lebhafter, »ich dachte schon, es wäre wieder nichts.«

»Wovon sprechen Sie eigentlich?« fragte Lupe. Sie war einen halben Kopf größer als der Mann, und es machte sie verlegen, daß sie auf ihn hinabschauen mußte.

»Bitte, ich möchte dir keine Unannehmlichkeiten bereiten, aber könnte ich vielleicht ein Glas Wasser haben?« Er schluckte. »Ich habe nämlich einen langen Fußmarsch hinter mir.«

»Oh, ja, natürlich«, erwiderte Lupe. Sie schloß die Tür und

schritt durch den kleinen Wohnraum in die Küche, wo sie kaltes Wasser in einen alten Becher füllte, der bereits mehrere Sprünge hatte. Dann kehrte sie zurück zur Tür.

Lupe war müde. Sie hatte einen anstrengenden Tag in der Schule hinter sich. Ihr neuer Lehrer hatte sie nach dem Unterricht gebeten, noch zu bleiben, um ihm zu helfen. Lupe hatte sich sehr unbehaglich allein in seiner Gegenwart gefühlt.

Der alte Mann saß auf den Stufen, als Lupe die Tür wieder öffnete. Er sah sehr mitgenommen aus, und sie reichte ihm rasch den Becher.

»Danke«, sagte er und kippte das Wasser gierig herunter. »Das hat mir das Leben gerettet. Sag, ist der Name deiner Mutter Doña Guadalupe?«

»Ja«, erwiderte Lupe verwirrt, »aber was …«

»Und dein Vater ist Don Victor?« unterbrach er sie.

»Richtig«, antwortete sie, »aber ich glaube nicht, daß wir Sie kennen, *señor*?«

»Nein, mich nicht«, antwortete er, erhob sich und baute sich mit stolz geschwellter Brust vor Lupe auf. »Aber ihr kennt die Frau meines Herzens, deine Schwester Sophia. Ich bin ihr Ehemann?«

»Sophia? Meine Schwester?« fragte Lupe. »Das kann nicht sein. Sie ist vor Jahren bei einem Schiffsunglück ums Leben gekommen.«

»Nein«, erwiderte der Mann. »Sophia lebt!«

Lupes Gedanken rasten. Während des letzten Jahres hatte die Mutter fast den Verstand verloren und Nacht für Nacht darum gebetet, Sophia wiederzufinden. Alle anderen, einschließlich Lupe, hatten die Hoffnung längst aufgegeben. Und jetzt tauchte dieser wildfremde Mann auf und behauptete … Nein, das war unmöglich!

»Dann erzählen Sie mir erst mal, wie Ihre Sophia aussieht«, sagte Lupe zu dem Mann.

»Na, genau wie du, nur kleiner«, sagte er und lachte. »Du bist Lupe, nicht wahr?«

Lupes Beine gaben nach. »Dann ist Sophia also nicht tot«, murmelte sie und begann zu weinen. »Sie ist tatsächlich am Leben!«

»Und ob!«

»Und was ist mit dem kleinen Diego?«

»Er ist ebenso wohlauf wie Marcos. Außerdem haben wir noch ein Kind zusammen, und ein weiteres ist unterwegs.«

»Und wo wohnt ihr?«

»In Anaheim«, er zeigte mit der Hand in Richtung Osten. »Höchstens sechs oder sieben Meilen die Straße rauf.«

Der Mann reckte sich und verbeugte sich dann vor Lupe. »Francisco Salazar, *a sus órdenes*!«

Als ihre Geschwister und Eltern an diesem Nachmittag vom Obstpflücken heimkehrten, teilte Lupe ihnen übersprudelnd vor Freude die Neuigkeit mit und stellte ihnen Sophias Ehemann Francisco vor. Doña Guadalupe faßte sich bewegt ans Herz und dankte Gott. Dann machten sie sich mit dem Lastwagen eines Nachbarn auf den Weg nach Anaheim.

Sophia kam ihnen entgegen. Sie war dicker und älter geworden, wirkte jedoch quicklebendig, als sie mit einem Baby auf dem Arm, gefolgt von den beiden Jungen, aus ihrem Haus stürmte. »Mama«, schrie sie und stürzte sich in die Arme der Mutter.

Es war wie ein Wunder. Sophia fiel zuerst Lupe, dann Victoriano, Carlota, Maria und dem Vater um den Hals. Es war einer der schönsten Augenblicke in Lupes Leben. Ein Traum war in Erfüllung gegangen, und wieder einmal hatte Gott ihrer Familie ein großartiges Geschenk gemacht.

Sie begaben sich zusammen ins Haus. Francisco band sich wie eine Frau eine Schürze um und machte sich ans Werk. »Ihr habt euch bestimmt viel zu erzählen, ich kümmere mich derweilen um das Abendessen.« Er bereitete Tortillas zu, als hätte er nie etwas anderes getan, brutzelte gleichzeitig das Fleisch und dünstete Gemüse.

»All die Jahre habe ich mich für deinen Tod verantwortlich gefühlt, *mi hijita*«, sagte Don Victor mit tränenerstickter Stimme, »weil ich dachte, du wärest mit dem Schiff untergegangen, zu dem ich dir geraten hatte.«

»Ach, Papa«, sagte Sophia, »und ich habe nicht einmal gewußt, daß ihr mich für tot haltet. Als du mich zum Schiff gebracht hattest, hatte ich keinerlei Lebensmittel dabei, weil ich davon ausging, daß an Bord etwas verkauft würde. Ich erfuhr noch rechtzeitig, daß dies nicht der Fall war, sie hatten noch nicht einmal frisches Trinkwasser. Also habe ich das Schiff wieder verlassen, bevor sie ablegten, und zwei Tage später, nachdem ich genügend Vorräte eingekauft hatte, das nächste Schiff genommen.«

»Aber hast du denn nichts davon gehört, daß das andere Schiff gekentert ist?« fragte der Vater.

»Nein.« Sophia schüttelte den Kopf, »ich habe erst Monate später davon erfahren. Als es passierte, war ich ja selber auf See und hatte ganz andere Sorgen.«

Sophia verstummte und begann zu lachen. Lupe sah, wie eine Mischung aus Verärgerung und Belustigung in ihre Augen trat. »Diese Schufte«, sagte sie mit leisem Lachen, während sie mit den gleichen Gesten wie die Mutter ihre Schürze glattstrich. »Könnt ihr euch vorstellen, daß sie mich schon in der ersten Nacht, während ich mit meinem Baby im Arm schlief, ausgeraubt haben? Es war furchtbar.« Sie lachte immer noch. »Und sie haben uns zusammengepfercht wie Vieh. Als wir endlich an Land gehen konnten, stank das ganze Schiff wie ein Schweinestall.«

Sie schüttelte immer noch lachend den Kopf. Lupe stellte fest, daß es eine besondere Eigenart ihrer Familie war, wenn sie von schrecklichen Dingen sprachen, die ihnen widerfahren waren, nicht wütend zu werden, wie die meisten anderen Mexikaner, sondern zu lachen, als wären diese Schicksalsschläge Streiche, die ihnen ein schelmischer, aber gutmütiger Gott gespielt hatte.

»Es war schwer für mich«, fuhr Sophia fort. »Ich bin mit all dem Gold von La Lluvia aufgebrochen, und als ich in Mexicali ankam, war nichts mehr davon übrig. Aber was sollte ich machen? Ich war eine Frau und auf mich allein gestellt.«

»Und was hast du getan?« fragte Maria, die unwillkürlich daran dachte, daß auch sie inzwischen alleinstehend war.

»Als ich in Mexicali ankam, versuchte ich meine Ohrringe und meinen Ehering für amerikanische Dollars zu verkaufen, damit ich über die Grenze gehen konnte. Aber der Geldwechsler hat mich reingelegt und mir die wertlose Revolutionswährung angedreht. Mein Gott, was habe ich mit dem Mann gestritten, genau wie du es getan hättest, Mama, damit er mir meinen Schmuck zurückgibt. Er hat mich rausgeschmissen und mir mit der Polizei gedroht.« Sophias Augen funkelten. »Aber bevor ich ging, habe ich ihm noch seine kostbaren Vasen zertrümmert«, sagte sie lachend. »In der folgenden Nacht hat sich das Blatt dann für mich zum Guten gewendet. Ich habe Leute kennengelernt, die auch über die Grenze wollten, und mich mit einer Frau und deren Ehemann angefreundet. Nachdem ich ihnen meine Geschichte erzählt hatte, haben sie mich aufgenommen wie ein Familienmitglied. Marcos konnte in dem Camp wohnen, in dem sie arbeiteten, und ich habe zusammen mit ihnen einen Job bei der Baumwollernte auf der amerikanischen Seite der Grenze bekommen.«

»Wo war das?« fragte Victoriano. »Wir haben auch in den Baumwollfeldern gearbeitet, kurz nachdem wir rübergekommen waren.«

»Oh, ich weiß nicht mehr. Ich hatte völlig die Orientierung verloren«, antwortete Sophia.

Sie fuhr mit ihrer Geschichte fort und berichtete, wie sie in riesigen Lastwagen aus Calexico abgeholt wurden und stundenlang durch endlose, flache Landstriche fuhren. Nachts waren sie bei einer Farm angekommen, und man teilte ihr zusammen mit der Familie, mit der sie gekommen war, eine winzige Hütte zu. Am nächsten Morgen mußten sie sich bei Tagesanbruch an die Arbeit machen. Sophia ließ Diego und ihr Baby in der Obhut der Frau, mit der sie sich angefreundet hatte, und arbeitete mit deren Ehemann auf den Feldern. Nach ein paar Tagen gehörten die beiden zu den besten Baumwollpflückern des ganzen Camps.

»Wir auch!« rief Carlota, »Victoriano und ich waren die besten in ganz Scottsdale! Wir haben sogar die Schwarzen aus Arizona geschlagen.«

»Ihr auch?« lachte Sophia. »Na ja, wir hatten schon immer flinke Hände.«

»Wir sind so schnell, weil wir klein sind!« fügte Carlota hinzu.

»Schon gut, jetzt erzähl weiter«, sagte Doña Guadalupe, die genau wußte, warum Carlota das gesagt hatte. Seit Lupe so sehr in die Höhe geschossen war, ließ sie keine Gelegenheit zu einem Seitenhieb auf die Schwester aus.

»Ja, wo war ich stehengeblieben?«

»Beim Baumwollpflücken mit dem Ehemann dieser Frau«, sagte Lupe.

»Ah ja, ich hatte ernsthaft angenommen, daß wir reich wür-

352

den, weil wir so geschickt waren, bis wir dann zum Schluß unseren Lohn bekamen.«

Sophia verstummte, und Lupe bemerkte, daß die Schwester nun wirklich zornig wurde. Doch Francisco, der die Tortillas fertig hatte und gerade die Kinder fütterte, trat an ihre Seite und ergriff ihre Hand. Lupe sah, wie die Augen der Schwester liebevoll aufleuchteten. Sie fühlte sich merkwürdig berührt von der offensichtlichen Zärtlichkeit zwischen den beiden.

»Ich stand mit den anderen in einer Reihe, um meinen Lohn entgegenzunehmen«, setzte Sophia ihren Bericht fort. »Aber als ich endlich an der Reihe war, gab der Vorarbeiter mir nur die Hälfte meines Geldes. Oh, ich bin jetzt noch so wütend, daß ich jedesmal schreien könnte, wenn ich daran denke«, schimpfte sie.

»Beruhige dich, *querida*«, beschwichtigte Francisco sie, »es ist doch vorbei.«

»Danke, Liebling«, sagte Sophia und drückte seine Hand. »Also sagte ich zu diesem Verwalter, sein Name war Johnny: ›Was soll das? Ich habe viel mehr verdient!‹ ›Mach Platz‹ antwortete er nur, ›ich muß die anderen auszahlen.‹ Weil noch so viele hinter mir standen, bin ich ein Stück zur Seite gegangen und habe gewartet, bis der letzte seinen Lohn hatte. – ›Du bist ja immer noch da‹, sagte Johnny zu mir. ›Natürlich‹, antwortete ich ihm, ›Sie schulden mir noch die Hälfte meines Lohnes!‹ ›Bist du verheiratet?‹ fragte er mich. ›Nein‹, sagte ich, ›was spielt das für eine Rolle?‹ Er stand auf. Er war ein großer *pocho*, er sprach fließend Englisch und Spanisch und ließ keine Gelegenheit aus, damit zu prahlen, daß er auf dieser Seite der Grenze geboren war. ›Wenn du einen Ehemann hättest‹, sagte er zu mir, ›dann könnte ich ihm deinen Anteil geben. Aber da du nicht verheiratet bist, kann ich dir nicht mehr Geld geben.‹

›Aber weshalb denn?‹ fragte ich.

›Weil du zuviel Geld verdient hast, und die anderen Männer würden sauer auf mich werden, wenn ich dir soviel gebe, wie du verdient hast.‹

›Aber es steht mir doch zu‹, schrie ich ihn an, ›ich habe schließlich hart dafür gearbeitet!‹

›Ich weiß das‹, antwortete er, ›aber diese Männer haben Familien zu versorgen.‹

›Ich auch! Ich habe zwei Kinder!‹

›Aber du solltest verheiratet sein. Es ist nicht recht, wenn eine so schöne Frau allein ist.‹ Was dann geschah, werde ich nie vergessen. Er kam um den Tisch, lächelte mich an und sagte: ›Sieh mal, ich bin ein anständiger Mann und verdiene viel Geld. Heirate mich, dann werde ich für dich und deine Kinder sorgen.‹

Ich traute meinen Ohren nicht und fing vor Wut an zu weinen. Dieser Narr wußte nicht, mit wem er es zu tun hatte. Er legte meine Tränen als Schwäche aus, trat immer näher heran und flüsterte mit schmeichelnder Stimme, was für ein großartiger Kerl er doch wäre und daß er sich schon am ersten Tag in mich verliebt hätte.

Ich sage dir, Mama, dieser Mann hatte nicht die leiseste Ahnung davon, was du uns beigebracht hast. ›Du bist alles andere als ein anständiger Mann‹, schrie ich so laut, daß das ganze Camp es hören konnte. ›Du bist ein gerissener Bastard und hast keine Ahnung, wie man eine Dame behandelt.‹ Dann drehte ich mich um und ließ ihn stehen.

Am Nachmittag kamen die Lastwagen, um uns zum nächsten Camp zu bringen. Die Ernte war eingebracht und unsere Arbeit auf dieser Farm erledigt. Aber als ich auf den Laster steigen wollte, sagte der Fahrer, daß kein Platz mehr für mich sei. Ich ging zum nächsten Wagen, da war es dasselbe. Der Mann, mit dem ich zusammengearbeitet hatte, schimpfte, es sei ein Skandal, und versuchte, mich auf den Wagen zu holen, auf dem er mit seiner Familie saß, aber der Fahrer drohte, ihn hinauszuwerfen. Also mußte er an seine eigene Familie denken und hielt den Mund.

Nachdem die Laster abgefahren waren, war ich mit dem Vorarbeiter und der alten Lady, die den Haushalt führte, allein auf der Farm. Ich kann euch sagen, ich dachte wirklich, das wäre das Ende.

Dann kam diese alte Frau abends zu meiner Hütte. ›*Mi hijita*‹, sagte sie doch wahrhaftig zu mir, ›warum regst du dich so auf? Das ist doch ein anständiges Angebot, das Johnny dir gemacht hat. Er ist ein reicher Mann. Er arbeitet das ganze Jahr über für die reichen Farmer auf beiden Seiten der Grenze. Du solltest Gott dafür danken, daß du so attraktiv bist und ein Mann wie Johnny dir wie ein Gentleman einen Antrag macht. Es hätte schlimmer kommen können. Er hätte auch einfach über dich herfallen und dich benutzen können, so wie es mir oft ergangen ist.‹

Ich war außer mir! Niemand würde so einfach meinen Willen brechen. Ich bin nicht umsonst deine Tochter, Mama! Ich schnappte mir die Alte und warf sie aus der Hütte. Da begann sie auf einmal zu weinen. Könnt ihr euch das vorstellen? Sie gestand mir, daß sie Schwierigkeiten bekommen würde, wenn sie es nicht schaffte, mich dazu zu überreden, diesen Johnny zu heiraten. Die arme Alte. Wir unterhielten uns noch eine Weile, und ich versprach ihr, daß wir zusammen fortgehen würden.

›Aber wohin sollen wir denn gehen, Kind?‹ fragte sie mich.

›Na, die Straße entlang‹, antwortete ich ihr.

›Welche Straße?‹ fragte sie.

›Diese‹, ich zeigte auf die Straße, die auf das Farmhaus zuführte.

›Diese Straße führt nirgendwo hin, Kind‹, sagte sie, ›es gibt Hunderte solcher Straßen hier, die kreuz und quer durch die Felder führen. Ich bin jetzt schon das dritte Mal auf dieser Farm und weiß immer noch nicht, wo genau ich eigentlich bin.‹

Mir wurde klar, daß sie recht hatte. Ich hatte keine Ahnung, wo ich mich befand. Wenn man sich in diesen flachen Feldern, ohne einen einzigen Baum, verirrte, konnte man leicht verdursten. Außerdem mußte ich ein Kind tragen. Das Land war in sämtliche Richtungen vollkommen flach. Es gab weder Berge noch Hochebenen, an denen man sich orientieren konnte. Ich schwöre euch, es war, als befände man sich in der Mitte eines Ozeans.

In jener Nacht kam Johnny wieder an und bedrängte mich. ›Sei vernünftig, honey, und nimm mein Angebot an. Ich bin reich und außerdem doch gar nicht so übel anzusehen.‹«

Carlota lachte. »Hat er wirklich ›ho-ney‹ zu dir gesagt? Wie ein *americano*?« fragte sie und lachte sich halbtot.

»Ja, wirklich.«

Carlota konnte sich gar nicht mehr beruhigen. »Honey! Ooh honey!« rief sie, und vor Lachen liefen ihr Tränen übers Gesicht.

Die anderen starrten sie erstaunt an und wunderten sich, was so lustig sei. Doch dann brach die Spannung, die während

Sophias Bericht geherrscht hatte, und sie brachen alle in lautes Gelächter aus.

»Na ja, um zum Ende zu kommen«, sagte Sophia, nachdem sie sich wieder etwas beruhigt hatten. »Johnny ließ nicht locker. ›Sei doch vernünftig‹, sagte er immer wieder, ›du hast nichts, und ich verspreche dir, mich für den Rest deines Lebens um dich und deine beiden Söhne zu kümmern.‹ Er schenkte Diego sogar Süßigkeiten und spielte mit Marcos, nur um mir zu beweisen, was für ein toller Ehemann er wäre.

›Überleg doch mal‹, sagte ich zu ihm. ›Wenn du wirklich so ein anständiger Mann wärest, dann würdest du mir mein Geld geben und mit mir in die Stadt fahren, damit ich mich ein bißchen herausputzen und ein neues Kleid kaufen könnte, um wirklich hübsch für dich zu sein. Wenn ich in der Stadt bin und mich frei entscheiden kann, dann kannst du mich noch mal fragen, ob ich deine Frau werden will. Aber nicht hier, wo ich wie eine Maus in der Falle sitze. So sehr du dich auch bemühst, mich hier zu beeindrucken – auch wenn du mit meinen Kindern spielst –, hier glaube ich dir kein Wort!‹

Ich stand auf, und während ich ihn aus der Hütte schob, brüllte ich ihn an, was für ein mieser Kerl er sei und daß er versuche, meine Situation auszunutzen. Dabei bearbeitete ich ihn mit den Fäusten, aber er lachte nur und behauptete, ich sei die schönste Frau, die er je getroffen habe, besonders, wenn ich wütend sei.

Eine ganze Woche lang versuchte er täglich aufs neue, mich zu überreden, und jedesmal warf ich ihn raus. In der zweiten Woche verschloß er die Türen zu dem kleinen Lebensmittelladen der Farm, so daß ich nichts mehr zu essen kaufen konnte. Drei Tage litt Diego solchen Hunger, daß er den ganzen Tag weinte. Ich war überzeugt, daß ich es mit einem richtigen Teufel zu tun hatte, und merkte mal wieder, daß eine Frau ohne einen starken Mann an der Seite auf dieser Welt keine Chance hat.

Am Nachmittag des dritten Tages hielt ich meine Kinder im Arm und flehte Gott um ein Wunder an, genau wie wir es früher immer gemeinsam taten, Mama. Da sah ich plötzlich diesen – verzeih mir, Francisco, aber das war einfach mein erster Eindruck, als ich dich das erste Mal sah – diesen alten Mann die

Straße heraufkommen. Er sah aus, als würde er jeden Augenblick zusammenbrechen.

Als er die Gebäude der Farm erreichte, sah er sich um, und als er keinen Menschen entdeckte, stöberte er herum, bis er den Wassertrog für das Vieh fand. Aber anstatt zu trinken, fing er laut zu jauchzen an und sprang vollkommen angezogen in den Trog. Es sah einfach absurd aus, wie er da im Wasser herumplantschte, und ich mußte so lachen wie schon ewig nicht mehr. Als er mich hörte, sprang er heraus und rannte davon.

›Nein‹, schrie ich hinter ihm her. ›Laufen Sie nicht weg! Ich brauche Ihre Hilfe!‹

›Meine Hilfe?‹ fragte er, blieb stehen und zeigte mit dem Finger auf sich.

›Ja, bitte kommen Sie zurück!‹ Aber er rührte sich nicht von der Stelle, so daß ich ihn schließlich holen mußte.«

»Warum hätte ich zurückgehen sollen?« fragte Francisco vom Herd aus und lachte gutmütig. »Auf der letzten Farm haben mich die Hunde erwischt, also war ich diesmal auf der Hut.«

»Aber ich habe ihn erwischt, und dann habe ich ihn erst mal mit in die Hütte genommen und ihm den Rest der kärglichen Suppe vorgesetzt, die wir noch hatten.«

»Ich war halbtot vor Hunger«, bestätigte Francisco. »Den ganzen Tag war ich unterwegs gewesen und hatte keinen Bissen gegessen. Diese Suppe war das reinste Festmahl für mich.«

»Und dann habe ich ihm meine ganze Geschichte erzählt. Er wurde dunkelrot im Gesicht – vor Zorn, wie ich annahm«, erzählte Sophia. »Ich war überzeugt, daß er zum Haupthaus gehen und sich diesen Johnny vorknöpfen würde, sobald er heimkäme.«

»Aber sie hat sich geirrt«, sagte Francisco und lachte laut. »Ich habe mir vor Angst fast in die Hose gemacht und hatte Mühe, die Suppe bei mir zu behalten, die ich gerade verzehrt hatte.« Er lachte immer noch. »Dann sagte ich zu ihr, ›wenn das so ist, mache ich besser, daß ich wegkomme. Wenn er mich hier bei dir findet, wird er mich bestimmt verprügeln.‹

›Dich verprügeln‹, fragte sie mich, ›ich bin doch diejenige, hinter der er her ist, nicht du!‹

Ich schlang das Stück Brot noch herunter und stand auf, um zu verschwinden. ›Ich gehe jetzt‹, sagte ich zu ihr. Mein Gott, hatte ich eine Angst.«

»Ich wußte nicht mehr, was ich machen sollte«, setzte Sophia die Geschichte fort. »Da war er nun, mein Retter, den Gott mir gesandt hatte. Und alles, was er vorhatte, war, davonzurennen. Ich stand da und starrte ihn an, wie er da mit seiner Glatze und vor Angst weit aufgerissenen Augen vor mir stand. Auf einmal hatte ich wieder das Bild vor Augen, wie er mit seinen Sachen in den Wassertrog gesprungen war, und plötzlich flog mein Herz ihm zu.

›Okay, gehen wir‹, sagte ich einfach zu ihm, ›ich komme mit dir.‹ Er half mir, meine Sachen zusammenzupacken, und dann haben wir uns aus dem Staub gemacht.

Wir sind einem Rinderpfad durch die Felder gefolgt, und er hat Marcos fast die ganze Zeit getragen – er war viel stärker, als ich gedacht hatte. Drei Tage lang waren wir unterwegs. Nachts haben wir Wasser gefunden, und Francisco hat Kaninchenfallen ausgelegt, so daß wir immer gut zu essen hatten. Als wir die Stadt erreichten, gab es für mich keinen Zweifel mehr, daß ich diesen Mann, Francisco Salazar, über alles liebte. Er ist ein guter Mann. Auf dem Weg hat er mich voller Respekt behandelt und oft zum Lachen gebracht. Er hat mich sofort an dich erinnert, Papa, vor allem wegen seines lichten Haares.«

Alle, einschließlich Francisco, lachten, nur Don Victor fand das überhaupt nicht komisch. Er murmelte etwas Unverständliches vor sich hin und rutschte unbehaglich auf seinem Stuhl herum.

»In Brawley haben wir dann beide Arbeit auf einer Farm gefunden und monatelang Seite an Seite gearbeitet. Wir haben gut verdient, und ich habe mich entschlossen, ihn zu heiraten.«

»Genau wie deine Mutter«, rief Don Viktor und sprang auf. »Gerade war ich noch frei wie ein Vogel, ein gelernter Tischler und auf dem besten Wege, viel Geld zu verdienen, da trat sie in mein Leben, mit zwei Kindern, und ehe ich mich versah, war ich verheiratet.« Mit einem verschmitzten Lächeln um die Mundwinkel trat er auf Francisco zu, um ihn herzlich zu umarmen. »Willkommen in unserer Familie, Francisco. Möge Gott dir beistehen, denn die Weiber in dieser Familie sind die reinsten Tyrannen! Ohne Ausnahme!«

Gemeinsam verzehrten sie die köstliche Mahlzeit, die Sophias Ehemann zubereitet hatte. Die Tortillas waren genau richtig und hatten eine exakt kreisrunde Form. Maria war von Franciscos Kochkünsten so beeindruckt, daß sie nicht aufhörte, ihm Komplimente zu machen.

»Du bist wirklich ein Glückspilz, Sophia«, sagte Maria. »Du hast alles verloren, und dann findest du wieder einen Prinzen! Ach, wenn ich doch so ein Glück hätte.«

»Francisco hat einen Freund, Andres, mit dem er zusammen arbeitet«, erwiderte Sophia.

»Kann er kochen?« fragte Maria.

»Er hat es mir beigebracht«, antwortete Francisco.

»Dann werde ich Andres heiraten«, sagte Maria. »Das ist beschlossene Sache.«

Alle brüllten vor Lachen.

Am nächsten Nachmittag versammelte sich die Familie im Obstgarten hinter dem Mietshaus in Santa Ana, und Lupe half Victoriano beim Eingraben der Lilienzwiebeln, die sie aus La Lluvia mitgenommen hatten.

»Laßt uns Gott danken«, sagte Doña Guadalupe. »Ich habe geschworen, daß ich die Blumen erst dann einpflanzen werde, wenn wir Sophia gefunden haben. Und nun ist sie wieder bei uns.«

Lupe und ihre Familie knieten auf der fruchtbaren, dunklen Erde nieder und dankten Gott im Licht der untergehenden Sonne.

Sie waren weit fort von ihrer Heimat und hatten oft gefürchtet, daß Gott sie verlassen hätte. Aber diese Sorge schien ihnen nun unbegründet. Gott lebte auch in diesem Land, das, genau wie ihr geliebter Cañon, erfüllt war von Seiner Großartigkeit und Seinen Wundern.

Sie neigten die Köpfe zum Gebet. Wie eine rotgoldene Frucht senkte sich die Sonne hinter den dunklen Silhouetten der Orangenbäume.

Ein paar Monate später war Lupe mit ihrer Familie in einer Lastwagenkolonne unterwegs nach Hemet zur Aprikosenernte. Sie hatten feststellen müssen, daß sie, wenn sie das ganze Jahr in Santa Ana blieben, nicht über die Runden kommen würden, also mußten sie sich für einige Zeit im Jahr den Pflückern anschließen, um ihren Lebensunterhalt zu verdienen.

Auf dem Weg durch Corona fing einer der alten Laster an zu qualmen, und sie mußten anhalten. Alle nutzten die Gelegenheit, um sich mit frischer Milch und Vorräten zu versorgen.

Lupe fuhr auf dem dritten Wagen mit. Sie trug einen lose sitzenden Arbeitskittel und einen breitkrempigen Strohhut und hielt Marias Tochter, ein Baby mit großen, dunklen Augen und schwarzen Locken, auf dem Arm. Sie sah wunderhübsch aus. Maria hielt den kleinen Jungen auf dem Schoß und saß Lupe gegenüber auf einer Pritsche, neben ihrem neuen Ehemann, Andres, den Francisco ihr vorgestellt hatte.

Andres war zwar nicht so groß und gutaussehend, wie Esabel es gewesen war, aber er war fleißig und zuverlässig. Er arbeitete hart und liebte es zu kochen. Francisco hatte ihr also nicht zu viel versprochen.

Sophia war mit ihrer Familie und dem Neugeborenen in Santa Ana geblieben. Sie wollten versuchen, ihren Lebensunterhalt dort zu verdienen, denn ihr Ältester war inzwischen so groß, daß er in die Schule gehen konnte, und Sophia legte Wert darauf, daß ihre Kinder eine ordentliche Ausbildung erhielten.

Als sie ins *barrio* von Corona einfuhren, ließ Lupe ihren Blick über die staubige Straße und die heruntergekommenen, winzigen Hütten gleiten. Sie hofften, ein Haus zu finden, wo man Ziegen und Hühner hielt, damit sie ein paar Eier und Milch kaufen konnten. Marias Kinder vertrugen keine Kuhmilch, deshalb waren sie ständig auf der Suche nach frischer Ziegenmilch.

Am Ende der Straße entdeckte Lupe ein paar Hühner und eine kräftig aussehende Ziege, die zwischen einem kleinen Haus und einer dahinter liegenden Hütte unter einem großen Avocadobaum festgebunden war.

Sie klopfte von außen an die Rückseite der Fahrerkabine. »Da drüben!« sagte Lupe. Victoriano, der auf dem Beifahrersitz saß, sprang aus dem Führerhaus, noch bevor der Wagen zum Stehen gekommen war. Er war inzwischen fast neunzehn Jahre alt und einen Meter achtzig groß, doch er sah älter aus. Er ging auf das Vorderhaus zu und klopfte an die Tür.

Drinnen lag Juan Salvador im Vorderzimmer von Luisas Haus auf einem Bett. Sein Gesicht war vollkommen unter einem Verband verschwunden, und er erholte sich immer noch von seiner schweren Schnittwunde. Als er das Klopfen vernahm, richtete er sich auf, besann sich jedoch dann eines Besseren und ließ sich wieder zurückfallen, nachdem er sich vergewissert hatte, daß seine 38er griffbereit war. Es war gerade erst zwei Wochen her, seit man ihm fast die Kehle aufgeschlitzt hatte. Er war noch immer voller Mißtrauen.

»Ich komme schon«, sagte Luisa, die aus der Küche trat. Sie ging zum Eingang und öffnete die Tür. »Ja bitte?« fragte sie, als sie den gutaussehenden jungen Mann vor sich stehen sah.

Victoriano nahm seinen Hut ab. »Wir haben Ihre Hühner und die Milchziege im Garten gesehen und dachten, daß Sie uns vielleicht ein paar Eier und etwas Milch für die Kinder verkaufen könnten.«

»Ja, natürlich«, antwortete sie und blickte auf die rostigen, alten Lastwagen hinter ihm. »Wieviel?«

»Nun ja, Geld haben wir keins, aber Bohnen und Kürbisse von dem Feld, auf dem wir zuletzt gearbeitet haben«, sagte er.

»Das geht in Ordnung«, antwortete sie, »gebt mir eine Kiste davon, dann könnt ihr euch im Hühnerverschlag ein paar Eier suchen. Aber die Ziege müßt ihr selber melken.«

Victoriano musterte Luisa, und so, wie er sie einschätzte, hätte er darauf gewettet, daß sie schon am Morgen die Eier eingesammelt und auch die Ziege bereits gemolken hatte. Aber sie mußten nehmen, was sie kriegen konnten.

»Abgemacht«, sagte er, »eine Kiste.«

Er eilte zu dem Laster zurück, um die Kiste mit dem Gemüse zu holen, und trug Lupe und den Kindern auf, die Ziege zu melken und nach Eiern zu suchen.

»He, Luisa«, sagte Juan von seinem Bett aus, »weshalb bist du so hart zu den Leuten? Du weißt verdammt gut, daß du die Eier heute schon mal eingesammelt hast.«

»Sag du mir nicht, was ich zu tun habe«, wies sie ihn barsch zurecht. »Seit Tagen erzählst du mir nun schon, daß du diese beiden Kerle, die dir dein Geld abgenommen haben, umlegen wirst. Bei den Eiern und der Ziegenmilch handelt es sich um mein Geld!«

»Schon gut, schon gut«, sagte Juan. »Deswegen brauchst du mich nicht gleich so anzufauchen.«

Er legte sich zurück, wobei er sorgfältig darauf achtete, nirgendwo mit der verwundeten Seite seines Gesichtes anzustoßen. Er war fest entschlossen, sich diesen verfluchten Filipino und seinen Freund zu kaufen. Er hatte sauber und ehrlich gespielt, und die beiden hatten versucht, ihn zu töten.

Draußen schritt Lupe, mit Marias Kind auf dem Arm und einem Tongefäß in der Hand, durch den Garten auf die große Milchziege zu. Das Tier mit den beeindruckenden Hörnern auf dem erhobenen Kopf sah Lupe aufmerksam entgegen.

Doña Margarita beobachtete von der Hintertür des Hauses, wie Lupe sich dem Tier näherte. Es war niederträchtig von Luisa ,zu verlangen, daß diese Leute die Ziege selber melken sollten. Das Tier ließ außer Luisa niemanden an sich heran und hatte sogar schon erwachsene Männer zu Boden geworfen.

»Ach, Luisa«, murmelte Doña Margarita zu sich selbst, während sie das fremde Mädchen nicht aus den Augen ließ, »du wärest besser ein Mann geworden. Manchmal kannst du verdammt herzlos sein.«

Doch zur Überraschung der alten Frau blieb das Mädchen stehen und ging in die Hocke. Sie zog ein paar Bohnen aus ihrer Hosentasche und hielt sie der großen Ziege entgegen.

Das kräftige Tier senkte seine Hörner und ging in Angriffsstellung. Doch die junge Frau rührte sich nicht und verharrte in ihrer Position, bis die Ziege sich schließlich mit kleinen Schritten näherte und ihr die Bohnen aus der Hand fraß.

Doña Margarita lächelte. »Das solltest du dir ansehen, Luisa. Diesmal hat es nicht geklappt«, sagte sie und lachte jetzt laut.

»Was hat nicht geklappt?« fragte Luisa. »Hat die Ziege sie noch nicht umgerannt?«

»Nein«, lachte die alte Frau. »Wer immer das Mädchen auch sein mag, sie ist auf jeden Fall schlau.«

»Was meinst du damit?« fragte Luisa und trat ans Fenster.

Als sie sah, daß die große Milchziege sich tatsächlich melken ließ, stieß sie einen Schrei aus. »Verdammt, hätte ich gewußt, daß sie ihre Milch tatsächlich kriegen, hätte ich ihnen zwei Kisten abgeknöpft!«

Wütend stapfte Luisa zurück zum Herd. Doña Margarita lachte immer noch und hatte ihre helle Freude. Doch als sie sah, wie Lupe, nachdem sie mit dem Melken fertig war, ihren großen Strohhut abnahm und das lange, schwarze Haar schüttelte, blieb ihr zahnloser Mund offenstehen, und sie verharrte in sprachlosem Staunen.

Mein Gott, das ist ja ein Engel, sagte sie zu sich selbst, ein wahrhaftiger Engel! Sofort dachte sie an ihren Sohn und eilte durchs Haus, um ihn zu holen. »Juan!« rief sie. »Juan! Du mußt dieses Mädchen ansehen! Sie ist nicht nur schlau, sie ist ein ...«

Doch als sie ins Vorderzimmer kam, sah sie nur das leere Bett. Juan war draußen und sah den Männern bei der Reparatur an dem überhitzten Kühler zu. Die junge Frau, die so geschickt die Ziege gemolken hatte, tauchte jetzt mit dem Tongefäß und dem Kind auf dem Arm an Juans Seite auf. Allerdings konnte Juan sie nicht sehen, weil sie neben der bandagierten Seite seines Gesichtes stand.

Doña Margarita beobachtete, wie das Mädchen auf den Griff von Juans glänzendem, schwarzen Revolver starrte, der in der Gesäßtasche seiner Hose steckte. Sie sah, wie ihr Gesicht sich vor Abscheu verzog, sie ihren Hut aufsetzte und mit der Nichte hinter dem Lastwagen verschwand.

Das Lächeln verschwand von Doña Margaritas Gesicht. Obwohl es sie traurig machte, konnte sie die junge Frau verstehen. Und ihr Sohn war noch nicht bereit für eine Ehe. Mit seiner Waffe und seiner ganzen Haltung strahlte er brutale Kälte aus und vermittelte alles andere als den Eindruck eines offenherzigen jungen Mannes, der bereit war, eine Familie zu gründen.

Die Wochen gingen dahin, und Doña Margarita betete fortwährend darum, daß Juans Wunden verheilten. Endlich erhörte Gott ihre Gebete, und der Verband um Juans Kopf konnte abgenommen werden. Im gesprungenen Badezimmerspiegel betrachtete er prüfend die lange rote Narbe, die sich von seinem Kinn bis zum linken Ohr zog. Er drehte und wendete den Kopf und stellte fest, daß die Narbe kaum auffiel, wenn er den Kopf ein wenig gesenkt und leicht nach links hielt.

Juan beschloß, sich einen Bart wachsen zu lassen, bis die Rötung zurückgegangen sein würde. In gewisser Weise hatte er sogar noch Glück gehabt; da es sich um eine saubere und rasiermesserscharfe Klinge gehandelt hatte, würde die Narbe vielleicht irgendwann ganz verschwinden. Ein paar Tage später machte er sich auf den Weg in die Stadt, um Arbeit zu suchen. Da die beiden Gauner ihm sein gesamtes Geld abgenommen hatten, war er vollkommen pleite. Bevor er sich damit befassen konnte, die beiden Hurensöhne aufzuspüren und umzulegen, mußte er erst mal dafür sorgen, daß er wieder zu Geld kam.

Juan fand schnell heraus, daß im Steinbruch der Stadt Leute gesucht wurden. Er machte sich auf den Weg dorthin und mußte feststellen, daß außer ihm schon mindestens fünfzig weitere Mexikaner auf eine Stelle warteten. Der schlaksige Amerikaner, der die Bewerber prüfte, legte gerade sein Klemmbrett beiseite. »Das war's für heute, Jungs«, sagte er. »Kommt morgen wieder, vielleicht habt ihr dann mehr Glück.«

Als er das Wort ›Glück‹ vernahm, zögerte Juan. Als professioneller Spieler liebte er es nicht, irgend etwas dem Zufall zu überlassen. Er blickte um sich, wie seine Landsleute wohl reagieren würden, aber sie schienen sich mit der Tatsache abzufinden, daß sie vertröstet wurden.

Juan trat ein Stück vor. »Verzeihung«, sagte er, »ich bin neu in der Stadt und habe keine Ahnung, wie das hier abläuft. Soll ich für morgen schon mal meinen Namen hinterlassen, oder stellen Sie jeden Tag die gleichen Leute ein?«

Der Amerikaner lächelte herablassend, als hätte Juan eine törichte Bemerkung gemacht. »Wie heißt du?« fragte er.

»Juan Villaseñor«, antwortete Juan, wobei er das doppel ›l‹ wie das englische ›Y‹ aussprach, was seinem Namen einen amerikanischen und vornehmen Klang verlieh.

»Also gut, Juan Vilee-senoree«, erwiderte der Vorarbeiter und entstellte den Namen absichtlich. »Komm einfach morgen wieder, wenn du Arbeit suchst. Das ist alles, mehr brauchst du nicht zu wissen. Kapiert, *amigo*?« Während des Sprechens wippte er mit den Füßen und spuckte verächtlich aus. Juan bemerkte, daß der Kiefer des Mannes vor Ärger zuckte, und verkniff sich eine Bemerkung. Er senkte nur den Blick und wandte sich mit vor Wut klopfendem Herzen ab. Dieser Bastard hatte einen verdammten Witz aus seinem Namen gemacht.

Die anderen Arbeiter traten beiseite und ließen Juan vorbei. Er konnte den Blick des Vorarbeiters förmlich auf seinem Rücken spüren und war fest entschlossen, nicht zurückzukehren. Soweit es ihn betraf, konnte dieser Bastard seine Jobs nehmen und sie sich in den Arsch stecken.

Er war erst ein paar Schritte gegangen, als ein zweiter Amerikaner aus dem Büro trat. »Doug!« brüllte er dem anderen Mann zu, »wir brauchen noch einen Sprengstoffmann. Frag, ob einer von ihnen eine Lizenz hat!«

»Verdammt, Jim, das sind doch bloß Mexikaner«, sagte der Vorarbeiter.

»Frag sie«, wiederholte der große, massige Mann, der Jim hieß.

»*Oyen! Espérense*!« rief Doug in perfektem Spanisch. »Hat einer von euch eine Sprenglizenz?«

Juan besaß eine solche Lizenz durch seine Arbeit in der Copper Queen Mine in Montana. Er blickte sich um, ob noch irgendein anderer in Frage kam. Doch keiner hob die Hand.

»Ich«, sagte er dann.

»Wo hast du deine Lizenz erworben?« fragte Doug.

»Bei der Copper Queen Mining Company.«

»Oh, in Arizona«, sagte Jim.

»Nein, in Montana«, antwortete Juan.

Die beiden Amerikaner sahen sich an. Es war ein weiter Weg von Montana.

»Zeig her«, sagte Doug.

Gelassen schritt Juan auf die beiden zu. Die Männer überragten ihn um einen ganzen Kopf, doch mit seinen breiten Schultern konnte keiner der beiden konkurrieren.

Er zog seine Brieftasche hervor, entnahm ihr das Zertifikat, welches bestätigte, daß er für die Arbeit mit Sprengstoff ausgebildet war, und überreichte es Doug. Dieser warf einen Blick darauf und reichte das Papier an Jim weiter.

Jim las das Dokument aufmerksam durch und gab es Juan zurück. »Scheint okay zu sein«, sagte er zu Doug. »Stell ihn ein.«

»In Ordnung, Juan Villa-señoree«, sagte Doug und verballhornte Juans Namen jetzt etwas weniger verächtlich. »Für heute hast du einen Job. Aber beim kleinsten Fehler fliegst du! Geh rüber zu dem Schuppen da und frag nach Kenny. Zeig ihm deine Lizenz, dann weiß er Bescheid.«

»Okay«, sagte Juan, steckte das Papier wieder ein und ging über den Hof.

Überall waren Mexikaner mit Schaufeln und Spitzhacken am Werk, die neben dem gewaltigen Loch, das man in den Berg geschlagen hatte, wie umherkrabbelnde Ameisen aussahen. Auf Esels- und Pferdekarren schafften die Arbeiter gewaltige Steinmassen fort.

Im Werkzeugschuppen fragte er nach Kenny. Ein kleiner, betagter Mexikaner schlurfte tabakkauend heran. Er war ziemlich dick und hatte schalkhafte Augen. Der Mann war das genaue Gegenteil des sauertöpfischen Doug, und Juan mochte ihn auf Anhieb. Er händigte ihm seine Lizenz aus.

»So so, wie lange arbeitest du schon als Sprengstoffmann?« erkundigte sich Kenny.

»Ungefähr drei oder vier Jahre«, antwortete Juan.

»Und die ganze Zeit in Montana?« fragte Kenny, während er zu einem Tisch mit Vorschlaghämmern und Eisenstangen ging.

Juan erstarrte für einen Sekundenbruchteil. In Wirklichkeit hatte er sein Handwerk im Gefängnis in Turkey Flat gelernt, aber es gab keinen Grund, dem Mann das auf die Nase zu binden. »Ja«, log er, »die ganze Zeit in Montana.«

»Verstehe«, sagte Kenny und kam mit einem Hammer und einer Handvoll Stangen zurück. Er sah Juan in die Augen, doch Juan zuckte nicht mit der Wimper. »Schließlich geht es mich ja nichts an, wo ein Mann seinen Job gelernt hat«, sagte Kenny und reichte Juan das Werkzeug. Er spuckte einen braunen Fladen Tabak aus. »Was mich interessiert, ist nur das Resultat«, fügte er hinzu.

Sie verließen den Schuppen und schritten auf den Steinbruch zu, der ein paar hundert Meter entfernt lag. Nachdem sie die Wand des Steinbruchs ein Stück emporgeklettert waren, zeigte Kenny dem Mexikaner die Stellen, wo er die Löcher bohren und die Sprengladungen anbringen sollte. Juan setzte sein Werkzeug ab und zog sich die Jacke aus. Die übrigen Sprengstoffexperten waren schon mit ihrer Arbeit beschäftigt und fleißig dabei, Löcher zu bohren. Es waren alles Amerikaner.

Juan blickte zum Himmel, wo die Sonne inzwischen immer heißer brannte. Er zog sein Hemd aus der Hose, damit der Schweiß besser abtropfen konnte. Diesen Trick hatte er von einem alten Griechen in Montana gelernt. Ein großes, geräumiges Hemd hatte den gleichen Effekt wie eine Klimaanlage. Der Schweiß, der von dem Stoff aufgesogen wurde, verdunstete in der Sonne und sorgte so für Abkühlung.

Juan spürte, daß die anderen Männer ihn beobachteten. Einige hatten sich schon die Hemden ausgezogen und arbeiteten mit nacktem Oberkörper in der brennenden Sonne. Alle waren kräftige, muskulöse Männer und größer als Juan. Aber er arbeitete mit Bedacht und fühlte keine Veranlassung, sich vor ihnen beweisen zu müssen. Vor seiner Zeit mit Duel hatte er mit den besten Sprengstoffexperten von Montana gearbeitet; er wußte, daß ihm auf diesem Gebiet so leicht niemand etwas vormachen würde.

Juan spuckte in die Hände und nahm die kurze Stange in seine linke und den Vorschlaghammer in die rechte Hand. Er setzte die Spitze der Stange auf den Felsen, hob den Hammer über seinen Kopf und ließ ihn mit einer fließenden Bewegung auf die Stange niedersausen. Vor jedem Schlag drehte er die Stange in seiner linken Hand. Er wußte, daß Kenny und die anderen jede seiner Bewegungen beobachteten, aber er machte gelassen weiter. Das Gewicht des Hammers erledigte die Arbeit für ihn. Nur Anfänger wendeten bei dieser Aufgabe Muskelkraft an, erfahrene Männer ließen die Kraft des Eisens für sich arbeiten.

Kenny zog seinen Kautabak aus der Tasche, brach ein Stück ab und schob es sich in den Mund, wobei er Juan nicht aus den Augen ließ. Doch dieser ließ sich nicht aus der Ruhe bringen. In Turkey Flat hatte er drei Monate als Sprengstoffexperte gearbeitet und in Montana fast zwei Jahre lang. Er verstand sein Handwerk und gehörte nicht zu den Männern, die sich vormittags völlig verausgabten, um ihrem Boß zu imponieren, und nachmittags aus Erschöpfung Fehler begingen. Juan konnte von Sonnenaufgang bis Sonnenuntergang arbeiten, ohne zu ermüden. In Montana hatte er so manche Wette damit gewonnen, indem er eine

Münze so exakt auf dem Kopf der Stange plaziert hatte, daß sie selbst nach hundert Schlägen noch nicht heruntergefallen war. Auch diesen Trick hatte er von einem alten Griechen gelernt. Wenn er einmal in Fahrt war, konnte er Stange und Hammer zum Singen bringen.

Es war Mittag, und die Sonne brannte gleißend vom Himmel. Bis auf einen Mann hatte Juan inzwischen die amerikanischen Sprengstoffmänner mühelos überholt. Dieser eine war ein kräftiger, außergewöhnlich muskulöser Kerl namens Jack. Juan war von ihm nicht weiter beeindruckt, er hatte schon die stärksten Männer in der erbarmungslosen Mittagshitze zusammenbrechen sehen, und Jack war einer der ersten gewesen, die ihr Hemd ausgezogen hatten, um mit seinen prächtigen Muskeln anzugeben. Jetzt strömte der Schweiß in Strömen an ihm hinab, und Juan wußte, daß er sein Tempo nicht mehr lange durchhalten würde.

Juan beschloß, etwas langsamer zu arbeiten, um den Mann nicht unnötig unter Druck zu setzen. Er selbst hatte sein Können längst unter Beweis gestellt und brauchte nur noch in Ruhe sein Tagewerk zu beenden. Das Horn verkündete, daß es Zeit für die Mittagspause war. Die Männer legten ihr Werkzeug in den Schatten.

Jack ging auf Juan zu, und es sah aus, als wolle er Juan die Hand schütteln und ihm hallo sagen, doch dann drehte er lachend ab und scherzte mit den anderen Männern. Juan war nicht gekränkt, er sagte sich, daß sie nur ihren Spaß hatten, und ging neben Jack her, in der Hoffnung, daß sie ihren Wettstreit beenden und vielleicht Freunde werden konnten. Schließlich hatte er auch unter den Griechen und Angloamerikanern in Montana viele Freunde gefunden. Doch er mußte bald feststellen, daß der hünenhafte Mann ihn wie Luft behandelte.

Als die Arbeiter sich in einer Reihe aufstellten, um sich vor dem Essen zu waschen, reichte der Mann vor ihm die Blechkelle nicht, wie es üblich war, an Juan weiter, sondern ließ sie einfach zu Boden fallen. Im ersten Moment dachte Juan, es handele sich um ein Versehen, doch als er sich danach bückte, versetzte der Mann der Kelle einen Tritt mit dem Fuß.

Juan richtete sich auf und bemerkte, daß alle gespannt auf seine Reaktion warteten; insbesondere Jack beobachtete ihn grinsend. Rasch senkte Juan Salvador seinen Blick, damit die anderen den Ausdruck seiner Augen nicht sahen, drehte sich um und schritt mit hocherhobenem Kopf davon, langsam und würdevoll. Diese klugscheißerischen *gringos* sollten ihn kennenlernen. Für den Rest des Tages würden sie eine von den Griechen gedrillte Arbeitsmaschine erleben.

Ohne sich noch einmal umzuschauen, überquerte Juan den Platz. Er gesellte sich zu den Mexikanern, die sich im Schatten eines Baumes anstellten und ihm die Blechkelle aushändigten, als er an der Reihe war, sich zu waschen und seinen Durst zu stillen. Da er nichts zu essen dabei hatte, setzte er sich einfach auf den Boden, um auszuruhen.

Zum Glück trug er seinen Revolver nicht bei sich, andernfalls wäre er in Versuchung geraten, Jack und die sieben anderen Sprengstoffmänner einfach abzuknallen. Noch nie hatte ihn jemand so verspottet und gedemütigt. Nicht einmal im Gefängnis, wo sie versucht hatten, ihn zu vergewaltigen. Was seine Zornesausbrüche betraf, so war Juan Salvador durch und durch ein Villaseñor. Nie würde er den Tag vergessen, als sein Vater voller Wut das Bein eines Esels gepackt und hineingebissen hatte, nur weil das Tier ihn getreten hatte. Im Laufe dieser Strafaktion hatte er dem Esel auch noch die Hüfte ausgerenkt und ihn anschließend mit bloßen Fäusten erschlagen.

Während Juan im Schatten kauerte und mit seinem Zorn rang, winkte ihm ein stiernackiger Mexikaner zu, der Julio genannt wurde.

»Komm, *amigo*«, sagte er zu ihm, »iß mit uns!«

Julio hockte mit ein paar anderen Mexikanern unter einem Baum, wo sie ihre Tacos auf heißen Schaufeln aufwärmten.

»Nein, *gracias*«, lehnte Juan ab. »Behaltet euer Essen und guten Appetit.« Juan hob seine Hand mit der Handfläche nach oben gerichtet und bedeutete den Männern, es sich schmecken zu lassen. Es war eine typisch mexikanische Geste, die vor allem in den Bergen von Jalisco gebräuchlich war.

»Ah, du stammst aus Jalisco, was?« sagte Julio und wendete die mit Bohnen gefüllten Tacos mit einem Stock.

»Ja, woher weißt du das?« antwortete Juan.

»Weil ich ein Hellseher aus Guanajuato bin«, erwiderte Julio lachend. »Ich habe diese Handbewegung schon zu oft gesehen, als daß ich einen *tapatío* nicht sofort erkennen würde.« Tapatío wurden in Mexiko die Bewohner Jaliscos genannt.

»Komm, vergiß deinen Stolz und greif zu«, sagte ein anderer Bursche namens Rodolfo. »Du mußt dich für die Arbeit am Nachmittag stärken.« Er war groß und schlank, und sein Gesicht war von Pockennarben übersät. Doch er wirkte sympathisch und humorvoll und machte den furchtlosen Eindruck eines Mannes, der schon viele Kämpfe miterlebt hatte. »Wir haben den kleinen Vorfall da drüben beobachtet. Diese Sprengstoffmänner sind doch nichts als elende *cabrónes*.«

»Aha, ihr habt es also mitgekriegt«, sagte Juan und warf einen Blick über den Platz, wo die anderen Männer zusammensaßen und ihr Mittagessen verzehrten.

»Klar«, antwortete Rodolfo, »und wir haben es kommen sehen, als wir erfuhren, daß einer von uns einen so angesehenen Posten ergattert hat.«

»Bedien dich«, sagte Julio und nahm die Schaufel vom Feuer. »Greif zu, bevor dieser neunmalkluge Pauker aus Monterrey uns wieder alles wegfrißt.« Damit blickte Julio zu Rodolfo hinüber, nahm das Taco von der Schaufel und warf es Juan zu, der es reflexartig auffing. »Iß, *hombre*«, ermunterte er Juan gutmütig. »Danach kannst du furzen wie ein Esel und diese Hurensöhne von *gringos* heute nachmittag richtig in die Mangel nehmen!«

»Da fällt mir ein«, sagte Rodolfo, der hochgewachsene Lehrer aus Monterrey, »wie bist du überhaupt bei denen gelandet?«

»Weil ich eine Sprenglizenz habe«, antwortete Juan und biß in sein Taco.

»Und wie hast du es fertiggebracht, die zu kriegen? Wir haben Männer hier, die wirklich auch was davon verstehen, aber bis jetzt ist es keinem gelungen, eine Lizenz zu kriegen.« Er verschlang sein Taco in zwei großen Bissen und mahlte dabei wie ein Wolf mit dem Unterkiefer.

»In Montana«, erwiderte Juan, der kleine, fast vornehme Bisse nahm, um nicht zu zeigen, wie hungrig er in Wirklichkeit war. »Die Griechen, mit denen ich da oben gearbeitet habe, hatten noch nie einen Mexikaner gesehen. Sie hielten mich für einen Chinesen und brachten mir fachmännisches Bohren bei, in der

Annahme, daß alle Chinesen sowieso mit Sprengstoff umgehen könnten.«

Die Mexikaner brachen in Gelächter aus. Vor allem Rodolfo war dabei nicht zu überhören. »So ist das also«, sagte er. »Wir *mejicanos* müssen uns als Chinesen ausgeben.«

»Bei mir hat's funktioniert«, erwiderte Juan jetzt ebenfalls lachend.

»Verdammt«, sagte der ehemalige Lehrer und langte nach dem nächsten Taco. »Als nächstes erzählst du uns wahrscheinlich, daß wir noch besser dran wären, wenn wir uns als Neger ausgeben.«

»Mann, das wär's doch!« pflichtete ihm Julio bei, der selber sehr dunkelhäutig war. »Je schwärzer, um so besser!«

Sie lachten und aßen zusammen, und Juan war froh, wieder unter seinesgleichen zu sein. Die Scherze dieser Männer, ihre Gesten und ihre Art, mit zurückgeworfenem Kopf und offenem Mund zu lachen, all das war ihm vertraut.

Dann erscholl das Signalhorn, und es war Zeit, wieder an die Arbeit zu gehen. Rodolfo näherte sich Juan. »Sei vorsichtig, mein Freund«, warnte er ihn, »die Narbe, die du im Gesicht hast, könnte harmlos sein im Vergleich zu dem, was dich möglicherweise heute nachmittag erwartet.«

Juan nickte. Er hätte nicht gedacht, daß jemand seine Narbe durch den fünf Tage alten Bart erkennen würde. »*Gracias*«, sagte er, »aber ich wäre nicht mehr am Leben, wenn ich nicht stets auf der Hut wäre, wie die Hühner vorm Kojoten.«

Der große Mann lachte und streckte Juan seine Hand entgegen. »Rodolfo Rochin.«

Juan ergriff die Hand des Mannes. »Juan Villaseñor«, sagte er.

»Er hat recht«, sagte Julio, der die beiden eingeholt hatte. »Sie werden versuchen, dich irgendwie loszuwerden. Zur Hölle! Wenn sie es nicht täten, dann hätten wir nämlich bald ihre Jobs.«

Juan nickte. »Ich werde vorsichtig sein«, versprach er.

»Gut so«, sagte der kräftige Mann. »Julio Sanchez.«

Juan sagte noch einmal seinen Namen, drehte sich um und ging über den Platz. Die Mexikaner blickten ihm nach. Bisher hatte noch nie einer von ihnen oben am Hang gearbeitet. Juan nahm sein Werkzeug und schritt an den amerikanischen Sprengstoffmännern vorbei. Jack nahm seinen Platz ein Stück neben Juan ein und grinste ihn an. Aber Juan ignorierte ihn und machte sich wieder an die Arbeit. In gleichmäßigem Rhythmus trafen die Schläge seines Hammers auf die Eisenstange.

Jack war Juan immer noch um ein halbes Loch voraus und wollte seinen Vorsprung nicht verlieren. Mit energischen Armbewegungen schwang er seinen Hammer. Juan hingegen blickte lächelnd zur Sonne hinauf. Sie war seine Verbündete.

Eine Stunde vor Sonnenuntergang hatte Juan den Amerikaner eingeholt. Die anderen hielten mit ihrer Arbeit inne und beobachteten die beiden. Jack feixte immer noch selbstsicher und fing mit einem neuen Loch an, aber daran, daß seine Schläge den gleichmäßigen Rhythmus verloren hatten, bemerkte Juan, daß die Kraft des anderen merklich nachließ.

Er grinste jetzt zurück, spuckte in die Hände und begann ebenfalls mit einem neuen Loch, allerdings in gemächlicherem Tempo, so daß Jack an ihm vorbeiziehen konnte. Die übrigen Männer lachten und genossen das Schauspiel. Rodolfo und die anderen Mexikaner, die am Fuße des Felsens arbeiteten, wußten schon, wie es ausgehen würde. Sie hörten jetzt auch auf zu arbeiten und verfolgten gespannt, wie die beiden Männer ihre Bohrstangen Meter für Meter den Felsen hinauftrieben.

Die kräftigen Muskeln auf Jacks Rücken waren deutlich zu sehen, und die Adern seiner sehnigen Arme traten scharf hervor, während er sich verbissen vorwärtskämpfte. Juan arbeitete gemächlich, in gleichmäßigem Rhythmus weiter. Er wußte genau, daß der *gringo* sein Tempo in der sengenden Hitze nicht mehr lange würde durchhalten können.

Als Kenny sah, was auf dem Felsen vorging, wollte er den sinnlosen Wettkampf stoppen, doch Doug hielt ihn zurück.

»Vergiß es, Shorty«, sagte er zu Kenny. »Wenn der kleine Bastard glaubt, er könne es mit Big Jack aufnehmen, soll er doch seinen Arsch riskieren.«

Kenny verzog keine Miene und spuckte einen Tabakfladen aus. Juan war genauso groß wie er. Doch Kenny wußte, wie die Sache ausgehen würde. »Wie du meinst, Doug«, erwiderte er.

Beide blieben stehen und blickten hinauf.

Jack drosch immer noch mit dem großen Hammer auf seine

Eisenstange ein, aber er merkte jetzt, daß ihm Juan trotz seines langsameren Rhythmus nicht von den Fersen wich. Es war die reinste Zauberei. Obwohl Juan mit weniger Anstrengung und viel bedachtsamer arbeitete, kam er stetig voran.

Jack wurde allmählich müde. Doch er war kräftig und zwang sich, weiterzumachen. Die Lunge zerbarst ihm fast, und seine Muskeln verkrampften sich allmählich. Aber er wäre lieber gestorben, als aufzugeben und einen Mexikaner gewinnen zu lassen.

Juan holte unaufhaltsam auf. Er verschärfte das Tempo und befand sich bald auf gleicher Höhe mit Jack. Als er mit unvermindertem Rhythmus fast an Jack vorbeigezogen war, geschah es. Ein Haufen Eisenstangen rutschte den Hang hinab, genau auf ihn zu.

»Paß auf!« schrie Kenny.

Juan konnte gerade noch rechtzeitig zur Seite springen.

Kenny drehte sich zu Doug herum, der über das ganze Gesicht grinste. »Jetzt reicht's!« brüllte Kenny. »Hört auf mit der Scheiße und macht euch verdammt noch mal wieder an eure Arbeit! Ihr habt noch eine halbe Stunde!«

Kaum daß sie die Arbeit beendet und die Werkzeuge eingeschlossen hatten, nahm Kenny Juan beiseite. »*Amigo*«, sagte er zu ihm, »wir beide sind klein, also sollten wir lieber nicht den großen Mann markieren. Jack ist kein schlechter Kerl, glaub mir. Aber die Männer setzen große Erwartungen in ihn.« Er schnitt ein frisches Stück Tabak ab und bot Juan davon an. Juan lehnte ab. »Ich mag deinen Arbeitsstil«, fügte Kenny hinzu und steckte sich den Tabak in den Mund. »Wenn du's morgen ein bißchen sachter angehen läßt, dann garantiere ich dir, daß du den Job hier behältst, solange ich Vorarbeiter bin.«

Juan blickte dem alten Mann in die Augen, die genauso blau waren wie die seines Vaters. »Abgemacht«, antwortete er.

»Okay«, sagte Kenny. Er steckte sein Messer ein und streckte Juan die Hand entgegen.

Juan ergriff die Hand des Alten. Es war das erste Mal, daß er jemandem die Hand schüttelte, dessen Hände noch größer und kräftiger waren als seine eigenen. Kenny hatte geradezu Riesenpranken, genau wie sein Vater.

Juan erhielt zwei Dollar Lohn. Das war doppelt so viel, wie die anderen mexikanischen Arbeiter verdienten. Auf dem Heimweg mit seinen Landsleuten wurde er als Held gefeiert. Er war der Mexikaner, der es dem *cabrón gringo* gezeigt hatte!

Zu Hause verkündete Juan seiner Familie, daß er nun reich sei. Er ging mit seiner Mutter zum Lebensmittelhändler. Jose begleitete die beiden. Juans Triumph hatte sich schon im ganzen *barrio* herumgesprochen.

Im Laden hielt Doña Margarita ihn am Ärmel zurück. »Hör zu«, sagte sie zu ihm, während sie durch die Regale gingen, »wenn wir an die Kasse kommen, dann laß mich reden. Diese *gringos* sind gerissen, sie versuchen uns immer über's Ohr zu hauen. Aber ich weiß, wie man mit ihnen umgehen muß. Ich brauche nur so zu lächeln«, sie öffnete ihren Mund und zeigte ihre prächtigen braunen Zahnstummel, »zu nicken und immer ›ja ja‹ zu sagen. Die *gringos* sind nämlich vor allem sehr zuvorkommend. Sie lächeln auch immerzu und sagen ›ja ja‹. Glaub mir, ich kenne mich aus. Und weil wir kein Englisch können, glauben sie, wir könnten auch nicht zählen. Also sagst du am besten gar nichts und überläßt alles mir.«

Juan zwinkerte seinem Neffen zu. »In Ordnung, Mama.«

»Sieh dir das an«, sagte Doña Margarita und nahm eine Dose Kondensmilch mit einer Nelke auf dem Etikett aus dem Regal. »Bei den *gringos* ist alles so irreführend. Guck dir diese Dose an. Sie wollen uns glauben machen, daß Milch darin ist, dabei stimmt das überhaupt nicht, *mi hijito*. Ich habe diese sogenannte Milch selber probiert. Sie ist so süß, daß man sofort weiß, daß das Zeug von diesen Blumen kommt, die auf dem Etikett abgebildet sind.«

Juan lachte. Seine Mutter war einfach unbeschreiblich. Doña Margarita fiel in sein Lachen ein. Sie kauften einen Berg Lebensmittel, die Juan in dem Korb verstaute, den sie mitgebracht hatten.

»So«, sagte die alte Lady, als sie im letzten Gang angekommen waren, »jetzt brauchen wir nur noch Kaffee und ein Päckchen Luckys für mich – wenn du noch genug Geld hast. Dann können wir gehen.«

»Keine Sorge«, antwortete Juan. »Ich habe genug und werde von heute an auch immer genug Geld haben. Der Vorarbeiter der Sprengmänner hat mir garantiert, daß mir der Job sicher ist, solange er dort arbeitet.«

»Dann laß uns dafür beten, daß er möglichst lange Vorarbeiter bleibt«, sagte die Mutter und drückte seinen Arm. Sie war ganz aufgeregt. »Ich bin so froh, daß du endlich seßhaft wirst. Erinnerst du dich noch an dieses engelsgleiche Geschöpf, von dem ich dir erzählt habe, das unsere Ziege gemolken hat? Sie hat einen ziemlichen Schrecken bekommen, als sie den Revolver in deiner Tasche entdeckte.«

Juan seufzte. Über diese Geschichte hatten sie mindestens schon ein dutzendmal gesprochen, außerdem war er überzeugt, daß jede Frau, die seine Mutter als Engel beschrieb, meilenweit von seinem eigenen Schönheitsideal entfernt sein würde.

»Schon gut, Mama«, sagte er. »Ich trage ihn ja im Augenblick nicht. Aber erwarte nicht zu viel von mir. Sollte ich es für angebracht halten, dann nehme ich den Revolver wieder mit.«

»Ja ja, ich weiß«, erwiderte die Mutter, »aber wenigstens wirst du jetzt seßhaft.« Sie tätschelte seine Hand, während sie sich in die Schlange vor der Kasse stellten. »Ach, ich liebe meine Luckys, *mi hijito*«, sagte sie. »Das sind die besten Zigaretten, die es in diesem Land gibt. Alle anderen sind grauenhaft.«

Juan nahm seine Mutter lachend in den Arm und gab ihr einen Kuß. Dann drückte er seinen Neffen freundschaftlich an sich.

»Wie alt du auch wirst, Jose«, sagte er zu dem Jungen, »denk immer daran, ohne diese resolute alte Dame wäre keiner von uns beiden jetzt hier. Sie ist unser Rückgrat gewesen und wahrhaftig ein wandelnder Beweis für Gottes Kraft auf Erden.« Seine Augen wurden feucht, und er scherte sich nicht darum, daß alle es sehen konnte. Er war so stolz auf seine Mutter.

»Glaub ja nicht, daß er übertreibt«, sagte Doña Margarita. »Juan hat absolut recht; daß du mir das bloß nie vergißt.«

»Und jetzt zu dir, Juan«, fügte sie hinzu und lachte glücklich, »gib mir dein Geld und denk dran, ich übernehme das Reden. Ich sage alle zwei Minuten ›ja ja‹ oder ›verzeihen Sie‹, dann denken die *gringos*, ich spreche perfekt Englisch.«

Am nächsten Morgen im Steinbruch wollte Juan gerade den Platz überqueren, um sich der Gruppe der Sprengstoffmänner anzuschließen, als Doug ihn zu sich rief.

»Hey, Vil-as-enor-eee!« rief er und verunstaltete Juans Namen schlimmer denn je. »Heute haben wir keine Arbeit für dich, es sei denn, du willst mit den anderen Mexikaa-noos arbeiten.«

Juan blickte zu Kenny hinüber, der mit den anderen Männern sprach. »Ich brauche Arbeit«, sagte er.

»Okay«, erwiderte Doug, »das dachte ich mir schon.« Er grinste und amüsierte sich sichtlich.

»Du hast es ihnen ganz schön gezeigt«, sagte Julio zu Juan, als sie mit den anderen Mexikanern über das Gelände gingen. »Deshalb wollen sie dich heute nicht dabei haben. Du hast sie verdammt blamiert, *mano*!«

»Ich wär' besser nicht so ehrgeizig gewesen«, antwortete Juan, der daran dachte, daß man ihm dann auch nicht die Kehle aufgeschlitzt hätte. Wäre er nicht so scharf darauf gewesen, den ganzen Einsatz zu gewinnen, dann wäre ihm diese Verletzung erspart geblieben.

»Nein«, sagte Rodolfo. »Sie hätten dich so oder so gefeuert.«

Juan überlegte, daß der Lehrer vielleicht recht hatte. Trotzdem mußte er lernen, sich im Leben zurückzuhalten. Er nahm Spitzhacke und Schaufel und machte sich mit seinen Landsleuten unter dem wolkenlosen Himmel an die Arbeit.

Es wurde Mittag, ohne daß der gewohnte Signalton ertönte. Einer der Vorarbeiter sagte ihnen persönlich, daß es Zeit zum Lunch war.

Diesmal hatte Juan reichlich Proviant dabei, den er mit Julio und den anderen teilte.

Es war am späten Nachmittag, als die Sprengladung hochging und die ganze Felswand unter einer einzigen Explosion in die Luft flog. Juan, Julio und Rodolfo warfen sich auf den Boden, während um sie herum die Gesteinsbrocken auf den Boden prasselten. Nachdem das Echo der ohrenbetäubenden Explosion verebbt war, hörte Juan die Hilfeschreie der Männer, und als der Staub sich gelegt hatte und die Sicht wieder klarer wurde, erkannte er, daß am Fuße des Berges einige Männer unter den Gesteinsmassen verschüttet waren.

Er rannte über den Vorplatz, um den verletzten Männern zu helfen, Julio und der Lehrer folgten ihm auf den Fersen.

Arme und Beine ragten aus dem Schutt. Das Gesicht eines Mannes war vollkommen zertrümmert, nur seine Augen traten unnatürlich grell hervor. Sie gruben drei tote Mexikaner aus den Trümmern und befreiten fünf weitere ihrer Landsleute, die ernsthaft verletzt waren.

An diesem Abend betrank Juan sich mit den anderen Männern in der Stadt. Sie soffen den gleichen Fusel, den Juan schon zu Beginn seines Aufenthalts in Kalifornien kennengelernt hatte, doch diesmal war es ihm gleichgültig. Juan war außer sich vor Wut. Dieser Unfall war so überflüssig und leicht vermeidbar gewesen. Wenn das Horn kaputt war, hätten sie die Sprengung abblasen oder jemanden herumschicken sollen, um alle zu warnen.

»Es ist nicht das erste Mal, daß so was passiert«, stellte Julio fest. »Und immer sind es nur wir *mejicanos*, die dabei verletzt werden.«

»Und das laßt ihr euch gefallen?« fragte Juan.

»Was würdest du denn vorschlagen?« fragte Rodolfo. »Sollen wir vielleicht kündigen?«

»Aber wir sind doch keine Hunde«, erwiderte Juan zornig. »Wenn in Montana einer verletzt wurde, sind die Griechen in den Sitzstreik getreten.«

»Wir sind hier nicht in Montana«, belehrte ihn Julio.

»Es ist das gleiche Land!« rief Juan.

»Ja, red nur weiter«, lächelte der Lehrer. »Genau das sage ich auch schon die ganze Zeit. Aber diese *cabrónes* wollen ja nicht streiken. Sie begnügen sich lieber mit jedem Knochen, der ihnen hingeworfen wird!«

»Mann, wenn ich da an General Villa denke, der hat's verstanden, die Herzen der Männer anzustacheln. Er hat es fertiggebracht, daß die Männer sich erhoben, um mit nichts als ihren bloßen Fäusten in den Kampf zu ziehen. Du hast ganz recht, mein Freund«, sagte er zu Juan, »es wird Zeit, daß wir aufhören, uns zu besaufen, und uns statt dessen zusammenraufen und auf unseren Rechten bestehen!«

Inzwischen waren sie alle reichlich betrunken.

»Nur zu, *mi coronel*!« lallte Julio. »Vereinige uns!«

»Okay«, erwiderte der pockennarbige, große Mann und erhob sich. »*Compañeros*!« rief er. In dem Raum hinter dem Billardsalon befanden sich über zwanzig Leute aus dem Steinbruch. »Sind wir Männer oder Hunde? Sind wir Mexikaner oder Ochsen, daß wir uns so behandeln lassen?«

Juan sah, wie die Hälfte der Männer sich erhob und brüllte: »*Vivan los mejicanos!*«

Sturzbetrunken wie sie alle waren, fühlten sie sich bereit, gegen die Bosse im Steinbruch zu rebellieren. Der ehemalige Lehrer und Colonel schrieb ihre Beschwerden und eine Forderung nach finanzieller Entschädigung für die Familien der verletzten und getöteten Arbeiter auf ein Blatt Papier. Die Versammlung dauerte bis spät in die Nacht.

Singend und voller Stolz auf seine Landsleute torkelte Juan Salvador nach Hause. Sie waren prima Kerle und Männer der Revolution und verstanden es, für ihre Rechte einzutreten. Am nächsten Morgen erwachte Juan mit einem schrecklichen Kater. Obwohl er sich kaum rühren konnte, war er pünktlich vor Sonnenaufgang zusammen mit Julio und dem Lehrer-Colonel beim Steinbruch. Fast achtzig Männer umdrängten sie. Alle, die in der Nacht nicht dabei gewesen waren, waren von den anderen informiert worden und hatten sich jetzt eingefunden.

Als Doug mit seinem Klemmbrett aus dem Büro trat, erkannte Juan an seinen zusammengekniffenen Augen, daß er schon Verdacht geschöpft hatte. Juan lächelte. Dieser ausgekochte Hurensohn würde bekommen, was er verdiente.

»Los!« flüsterte Julio dem Lehrer-Colonel zu. »Jetzt ist der Moment gekommen, *mi colonel!*«

Der Mann mit dem Narbengesicht trat einen Schritt vor. »Doug«, begann er, »wir hatten gestern abend eine Versammlung.« Er war nervös, doch seine Stimme klang fest. »Es geht um den Unfall von gestern. Wir haben eine Reihe von Beschwerden, die wir vortragen möchten!«

»Ich werd' verrückt! Ihr Affen hattet also eine Versammlung, ja? Ist ja großartig! Na, wenn das so ist, Rudolf-eee, dann wartet mal schön hier. Ich hol' erst mal Jim und die anderen, bevor ihr mit eurer Liste loslegt, he?« Er lachte und schien sich köstlich zu amüsieren. Es war schon eine Marotte dieses hochgewachsenen, schlaksigen Mannes, die Namen der Mexikaner absichtlich zu verdrehen. Damit zeigt er uns unmißverständlich, dachte Juan, daß wir für ihn nicht mehr als ein Stück Hundescheiße sind.

Juan beobachtete zornig und mit klopfendem Herzen, wie Doug die Stufen hinaufstapfte und im Büro verschwand.

Juan, Rodolfo, Julio und die anderen warteten. Es vergingen zehn Minuten, dann zwanzig Minuten. Die Männer wurden unruhig und überlegten, daß womöglich keiner der Bosse herauskommen würde und sie alle gefeuert würden, wenn sie nicht zurück an ihre Arbeit gingen.

»Keine Panik«, sagte Rodolfo, »sie wollen uns bloß verunsichern. Es wird schon klappen. Unsere Beschwerden sind auf jeden Fall berechtigt, stimmt's, Chino?« sagte er zu Juan.

Juan sah den Lehrer an und wunderte sich, warum dieser sich ausgerechnet an ihn wandte. Immerhin war er selber fast noch ein Junge, während Rodolfo schon unter Francisco Villa als Colonel gekämpft hatte. Eigentlich hatte er es kaum nötig, irgend jemanden nach seiner Meinung zu fragen.

Trotzdem antwortete Juan: »Klar, sie sind mehr als fair, *mi coronel*.«

Die Sonne stieg, und es wurde heiß. Juan hatte immer noch furchtbare Kopfschmerzen von dem Whisky, den sie am Abend zuvor getrunken hatten.

Er streifte seine Jacke ab und zog das Hemd aus der Hose. Als er über den Platz blickte, sah er, daß Jack und die anderen Sprengstoffmänner es sich unter einem Baum im Schatten bequem gemacht hatten. Sie tranken Wasser und plauderten. Als Juans und Jacks Blicke sich kurz trafen, hob Jack seinen Becher und prostete Juan zu. Juan nickte zurück, und Jack grinste.

Plötzlich näherte sich ein Wagen mit vier kräftigen, bewaffneten Männern der Stelle, an der Juan und die anderen *mejicanos* standen. So etwas hatte Juan nicht erwartet. An den Gesichtern der anderen sah er, daß sie ebenfalls überrascht waren.

»Bleibt, wo ihr seid«, sagte Rodolfo. Er trat einen Schritt vor und sah in diesem Moment wahrhaftig wie ein Colonel aus Villas Armee aus. »Wir sind *mejicanos*!« rief er stolz.

»Genau«, sagte Julio. »Bleibt ruhig! Dann wird, verdammt noch mal, auch alles klar gehen.«

Die vier Männer gingen jetzt, mit Pistolen im Anschlag wie Soldaten, auf die Gruppe zu. Im gleichen Moment erhoben sich Jack und die anderen amerikanischen Arbeiter und näherten sich mit ihren Eisenstangen und Schaufeln in der Hand von hinten den Mexikanern. Trotz der bedrohlichen Situation blieb Rodolfo ruhig. »Laßt die bewaffneten Männer passieren! Unternehmt nichts, das hier ist nicht die Revolution! Tretet einfach zurück und laßt sie durch. Die haben Angst vor uns, deshalb haben sie diese *pistoleros* zur Hilfe gerufen!«

Die Mexikaner taten, was er sagte, und die vier bewaffneten Männer schritten ohne Zwischenfall durch sie hindurch. Die Gruppe der Sprengstoffmänner war in der Mitte des Platzes stehengeblieben, und die *pistoleros* schritten jetzt die Veranda zum Büro hinauf. Einer von ihnen betrat das Büro, die anderen drei postierten sich vor der Tür. Juans Herz klopfte, er war stolz auf seine Landsleute. Sie verhielten sich genauso großartig wie die Griechen oben in Montana.

Als er über den Platz blickte, trafen sich seine Augen wieder mit denen Jacks. Der große Amerikaner hob die rechte Hand und zielte mit dem Zeigefinger wie mit einer Pistole auf Juan. Juan grinste nur, sie würden es diesen Amerikanern schon zeigen und sich nichts mehr gefallen lassen. Doch dann hörte er, wie seine Landsleute murmelten, mit solchen Problemen hätten sie nicht gerechnet und möglicherweise würde dies alles ja zu nichts führen.

»Und wieso haben sie die bewaffneten Männer gerufen?« fragte einer von ihnen.

»Damit sie Tacos für unseren Lunch bringen«, sagte Julio lachend.

Alle brachen in Gelächter aus. Juan spürte, daß die Stimmung sich veränderte. Sie verloren ihre Entschlossenheit. Die Bürotür öffnete sich, und Doug trat mit dem bewaffneten Mann heraus.

»Okay«, sagte Doug, »wir haben alles geregelt. Jim hat ein neues Signalhorn bestellt, es wird morgen hier sein. Also werden heute keine Sprengungen vorgenommen.« Er schlug die Liste auf seinem Klemmbrett auf. »Jetzt stellt euch auf, mal sehen, für wen wir heute Arbeit haben.«

Sofort trat ein Dutzend Männer vor, in dem Bestreben, unter den ersten zu sein, die aufgerufen wurden. Juan drehte sich verblüfft zu Rodolfo um. Der Colonel sah die ohnmächtige Wut in den Augen seines jungen Freundes.

»Moment mal«, rief er. »Und was ist mit den Familien der Männer, die gestern draufgegangen sind? Und mit den Beschwerdepunkten, die wir in der Nacht zusammengestellt haben?«

In diesem Augenblick öffnete sich die Bürotür, und der große, kräftige Mann namens Jim trat mit Kenny und den anderen Vorarbeitern heraus. Sie stellten sich nebeneinander auf die Veranda vor dem Büro und blickten auf die Männer hinunter. Juans und Kennys Blicke trafen sich kurz, doch Kenny wich seinem Blick aus.

Juan war peinlich berührt, wieder einmal verlor ein anständiger Kerl sein Rückgrat. Aber so war es nun mal. Jetzt war der Augenblick der Wahrheit gekommen. Was bisher geschehen war, war lediglich eine Nervenprobe gewesen. Nun würden seine Landsleute diesen *gringos* zeigen, aus welchem Holz sie geschnitzt waren.

Juan atmete tief ein und versuchte, die Ruhe zu bewahren. Bei den Griechen hatte er gelernt, daß es viel leichter für einen Mann war, mit den Fäusten zu kämpfen, als kühlen Kopf zu bewahren und seinen Standpunkt tatenlos zu behaupten. Nach der Waffe zu greifen und voller Wut auf den Feind loszugehen war die natürlichste Sache der Welt. In der gleichen Situation ruhig zu bleiben und einen klaren Gedanken zu fassen war jedoch weitaus schwieriger.

»Okay, Rochin«, sagte Jim. »Du hast also eine Liste zusammengestellt. Kein Problem. Bring deine kleine Liste in mein Büro, und wenn diese Männer zurück an ihre Arbeit gegangen sind, werde ich mal sehen, was sich machen läßt. Aber die Hauptsache, Rochett, ist doch, daß ich ein neues Signalhorn bestellt habe und ihr Männer in Zukunft reichlich Vorwarnung bekommt.«

Juan hatte beinahe angefangen zu lachen. Dieser Hurensohn hielt sie offenbar für kleine Kinder. Das Problem war nicht das

Horn, sondern die Tatsache, daß schon dreimal in diesem Jahr tüchtige Männer ums Leben gekommen waren. Das Problem waren die Familien der Toten und die Krankenhauskosten der verletzten Männer. Und die schlechten Arbeitsbedingungen im Steinbruch. Es fehlten Schutzräume, in denen sich die Männer während der Sprengarbeiten in Sicherheit bringen konnten. Die Trinkwasserversorgung während der Arbeitszeit mußte gewährleistet sein. Den Arbeitern mußte abends mehr Zeit zugestanden werden, ihr Werkzeug wegzuschaffen. Und es wurden dringend sanitäre Einrichtungen benötigt. Die Liste der Forderungen war endlos. Hätte man die Griechen oben in Montana so abgespeist, hätten sie den Bossen frech ins Gesicht gelacht und sich nicht vom Fleck gerührt, bevor man ernsthaft auf ihre Forderungen eingegangen wäre.

Was dann geschah, brachte Juan vollkommen aus dem Gleichgewicht. Während Rochin noch sprach und ihren Standpunkt darlegte, sagte einer der Mexikaner etwas und ging an dem Lehrer vorbei, auf die Männer auf der Veranda zu. Zuerst hatte Juan nicht verstanden, was der Mann gesagt hatte, doch er vermutete, daß er die Vorarbeiter beschimpft hatte und jetzt vor ihnen stand und sie bedrohte, weil einer seiner besten Freunde gestern umgekommen war.

Ein anderer Mann trat vor, sprach zu den Männern auf der Veranda, und Juan hörte, wie der Mann schließlich »Okay« sagte, sich umdrehte und durch die Gruppe der Mexikaner hindurch, über den Platz zurückging.

»NEIN«, schrie Juan und lief auf Rodolfo zu. »Kapiert ihr denn nicht, daß sie uns am Arsch haben, wenn wir jetzt klein beigeben?«

Alle blickten auf Juan, bis auf die beiden Männer, die sich gerade aus der Gruppe gelöst hatten. Als Juan losbrüllte, gingen ein dritter und ein vierter so schnell wie möglich in Richtung Steinbruch. Kein Grieche hätte jemals so etwas gewagt, die anderen hätten ihn umgebracht.

»Alles klar, Rocheee«, sagte Jim, »bring deine Liste und dann mach dich an die Arbeit, bevor alle Plätze besetzt sind.« Juan sah dem Lehrer einen Augenblick fest in die Augen. Doch dessen Blick sagte ihm alles. Der ehemalige Colonel war des Kämpfens müde. Er gab seine Liste ab und folgte den anderen zur Arbeit.

Juan war außer sich. Rodolfo Rochin war einer ihrer besten gewesen. Hilflos vor Wut riß er sich sein Hemd herunter und trampelte darauf herum. Julio versuchte ihn zu beruhigen, aber Juan stieß ihn einfach zur Seite. Die Männer auf der Veranda beobachteten ihn, während er weiter tobte. Er war vollkommen von Sinnen. Wie hatte er seine Landsleute vermißt, als er all die Jahre in Montana – zwischen Griechen und Türken – gelebt hatte; und jetzt, da er wieder unter ihnen lebte, war er voller Haß auf sie.

»*Cabrónes pendejos!*« schrie er seinen Kameraden, die jetzt nach und nach in den Steinbruch strömten, hinterher. »Ihr seid die Scheiße nicht wert, die ein Köter auf der Straße liegen läßt! Diese *gringos* haben euch ausgetrickst wie kleine Kinder. Die respektieren euch nicht mehr als ein Stück Kuhmist!« Er zerrte an seinem Hosenschlitz. »Ich pisse auf euch! HABT IHR GEHÖRT? Ich pisse bis in alle Ewigkeit auf euch! Ihr Dummköpfe!«

Juans Flüche schallten durch den ganzen Steinbruch. Er war so außer sich, daß er sich selbst in die Arme biß.

Die Männer auf der Veranda trauten ihren Augen nicht. Sie hatten zwar davon gehört, daß Mexikaner blutdürstig waren, wenn sie in Zorn gerieten, aber daß sie ihre Zerstörungswut an sich selbst ausließen, hatten sie noch nicht erlebt. Juan blutete an Armen und Schultern und bespuckte die Amerikaner mit seinem Blut. »Schießt doch, ihr Hurensöhne«, schrie er sie an. »Los, schießt doch!«

Er zerrte erneut an seiner Hose und entblößte seine *tanates*; sein ganzer Körper bebte vor Zorn. Julio und zwei der anderen Männer, die noch zurückgeblieben waren, versuchten Juan wegzuziehen, bevor die bewaffneten Männer wirklich auf ihn schossen, aber er stieß sie weg wie kleine Kinder. Juan hatte den Punkt erreicht, an dem ein Mann durch einen Kugelhagel schreiten und noch fünf Männer mit der Machete erschlagen kann, bevor er selbst getötet wird. In diesem Zustand war eine Mutter imstande, ihr sterbendes Kind aus einem brennenden Auto zu retten. Juan war wahnsinnig vor Wut und Enttäuschung; er haßte sein mexikanisches Blut aus tiefster Seele.

Kenny, der Zeuge der Szene wurde, gab den bewaffneten Männern ein Zeichen, hineinzugehen und den verrückten Mexikaner in Ruhe zu lassen.

Juan und Julio rannten den größten Teil des Weges zurück in die Stadt. Sie waren zu aufgewühlt, um langsam zu gehen. Juan hatte sich immer noch nicht beruhigt; tausend Gedanken wirbelten ihm durch den Kopf. Sie kauften eine Flasche des grauenhaften, schwarzgebrannten Whiskys und tranken den ganzen Vormittag. »Scheiße«, sagte Juan, »laß uns über die Grenze gehen und anständigen Tequila besorgen. Dieses *gringo*-Gesöff bringt mich noch um!«

»Prima Idee!« antwortete Julio.

Sie machten einen Kerl ausfindig, der einen alten Laster besaß, spendierten ihm ein paar Drinks und borgten sich per Handschlag seinen Wagen aus. Da weder Juan noch Julio eine Ahnung vom Autofahren hatten, fuhren sie ein paarmal fast in den Straßengraben.

Am nächsten Morgen erreichten sie Mexicali. Sie betranken sich mit erstklassigem Tequila, aßen Tacos dazu und pöbelten die Frauen an. Plötzlich wußte Juan, wie sie Geld machen konnten. Für drei Dollar kauften sie fünfzehn Gallonen Tequila. Über eine staubige Wüstenstraße, auf der sie die Grenzkontrollen umgehen konnten, kehrten sie in die Vereinigten Staaten zurück.

In Corona verkauften sie den Tequila für einen Dollar pro Viertelliter und erzielten einen prächtigen Gewinn. Die beiden bezahlten den Mann, der ihnen den Wagen geliehen hatte, und teilten den Rest. Mit etwas Geld in der Tasche fühlte Juan sich gleich wieder besser. Nie wieder würde er für einen dieser amerikanischen Bastarde arbeiten.

Im Jahr darauf ließ Juan sich einen Vollbart wachsen und folgte dem Zug der Erntearbeiter. Er organisierte Pokerabende für die Arbeiter und verdiente genug, um sich einen alten Wagen anschaffen zu können. Während der ganzen Zeit hörte er nicht auf, nach den beiden Männern Ausschau zu halten, die ihn fast getötet und um sein Geld geprellt hatten.

Wenn er in eine neue Stadt kam, fand er oft heraus, daß er den Filipino und seinen feinen Freund um Haaresbreite verpaßt hatte. Juan besorgte sich eine fünfundvierziger Automatik mit zwei extra Ladestreifen und trainierte so lange, bis er die Mitte eines Fünfzigcentstücks aus zwanzig Meter Entfernung treffen konnte. Sein Ruf verbreitete sich schnell, und bald war er überall bekannt als der Mann, der unverwundbar schien.

16

Die Regenzeit war vorüber, über Felder voller farbenprächtiger Wildblumen schwebten die ersten Vögel und Bienen als Vorboten des Frühlings

Lupe erwachte schweißgebadet. Schon wieder hatte sie diesen schrecklichen Alptraum gehabt. Sie erhob sich, um die Zeitungsunterlage auf ihrer Pritsche zu ordnen. Durch den hochgerollten Eingang des gemieteten Zeltes blickte sie in die Dunkelheit hinaus. Es war Vollmond. Sie seufzte und versuchte die Erinnerung an den Alptraum abzuschütteln und wieder einzuschlafen.

Nachdem sie eine Weile wachgelegen hatte, kroch sie hinaus und setzte sich vor dem Zelt auf den kühlen Boden. Es war eine klare Nacht, nur ein paar vereinzelte kleine Wolken zogen über sie hinweg. Lupe mußte sich fortwährend auf die nackten Arme und Beine schlagen, um die Moskitoschwärme zu verscheuchen.

Sie betrachtete den Mond und dachte über das Problem nach, das ihr so auf der Seele lag. Die Familie hatte einige Zeit auf den Feldern unten im Imperial Valley gearbeitet. Von dort waren sie am Tag zuvor im nördlichen Teil des San-Diego-Bezirks angekommen. In ein paar Wochen würden sie sich wieder auf den Heimweg, die Küste entlang, nach Santa Ana begeben, und Lupe hatte noch immer niemandem erzählt, warum sie nicht mehr zur Schule gehen wollte.

»Was ist los, *mi hijita*?« fragte die Mutter aus dem Zelt.

»Nichts, Mama«, antwortete Lupe und wischte sich schnell ein paar Tränen fort. »Es ist alles in Ordnung, schlaf weiter, Mama.«

»Genau«, fauchte Carlota von ihrem Lager aus. »Wenn alles in Ordnung ist, dann halt die Klappe, damit wir alle weiterschlafen können!«

»Schhht«, flüsterte die Mutter und trat aus dem Zelt in die sternenklare Nacht. »Eine herrliche Nacht, nicht wahr?« sagte sie.

Lupe versuchte zu lächeln. »Ja, Mama.«

»Es gibt so viele wundervolle Dinge, für die wir dankbar ...

oh, diese Moskitos!« Die Mutter schlug sich mit der Hand auf den Arm.

Beide lachten, und Doña Guadalupe ließ sich neben Lupe auf dem Boden nieder. Eine Weile saßen sie still aneinandergelehnt beisammen, wärmten sich gegenseitig und schlugen nach den lästigen Insekten.

»Ich erinnere mich noch«, sagte die alte Frau, während sie beobachtete, wie der Mond hinter einer kleinen Wolke verschwand, »wie mein Vater Leonides mir erzählt hat, daß der Mond für ihn wie ein Lichtpfad war in jenen Nächten, als er mit mir geflohen ist und mir das Leben rettete. Er sagte, der Mond sei vom Himmel herabgestiegen, hätte sich auf seiner rechten Schulter niedergelassen und ihm den Weg durch die Bäche und Schluchten gewiesen, so daß wir Tag und Nacht in Windeseile vorankamen.« Die alte Frau seufzte. »*La Luna* ist stets meine besondere Freundin gewesen, Lupe. Sie hat mir in den dunkelsten Momenten meines Lebens Licht gegeben. Und siehst du, hier scheint sie genauso auf uns herab wie zu Hause in Mexiko. *La Luna* ist die Hüterin des Universums; sie steht Gott als Helferin zur Seite.« Sie schwieg eine Weile und fragte dann unvermittelt: »Woran liegt es, daß du immer so bedrückt bist, wenn wir uns wieder auf den Heimweg nach Santa Ana machen?«

Daß man ihre Stimmungswechsel so deutlich spürte, berührte Lupe unangenehm. Sie ließ den Blick über die kleinen Zelte gleiten, die im Mondlicht wie umgedrehte Papiertüten aussahen.

»Hat es etwas mit der Schule zu tun?« fragte die Mutter.

»Nein, nein«, log Lupe, »daran liegt es nicht.«

»Sagst du jetzt auch die Wahrheit, *mi hijita*«, fragte die Mutter sanft.

»Ach, Mama!« Gegen ihren Willen brach Lupe in Tränen aus. »Selbst wenn wir es uns leisten könnten, ich bin zu alt für die Schule!«

Die Worte ihres Lehrers fielen ihr wieder ein, der sie angebrüllt hatte. »Was glaubst du, wen du zum Narren halten kannst, du kleine mexikanische Schlampe! Du bist viel zu alt, um noch in die Schule zu gehen!« Sie hatte sich fast zu Tode geschämt.

Doña Guadalupe streckte die Hand aus und streichelte die nasse Wange ihrer Tochter.

»Lupe«, sagte die alte Frau, »was ist denn in dich gefahren? Du bist doch nicht zu alt, um nach den Sternen zu greifen. Erinnerst du dich nicht mehr an die Nacht, als die Zwillinge zur Welt kamen? An die Energie, die uns Frauen durchströmte, als wir zusammen im Mondlicht unterm Sternenhimmel saßen? Damals fühlten wir uns geradezu unsterblich, und alles schien möglich.

Weißt du, *querida*, wir haben es nicht bis hierher geschafft und so viel gelitten, um jetzt einfach unsere Hoffnungen und Träume zu begraben. Aber du mußt dein Herz öffnen und stark sein, dann wird *la Luna* auch dir als besondere Freundin zur Seite stehen.«

»Darum geht es aber nicht, Mama«, erwiderte Lupe und schüttelte den Kopf. »Der Lehrer … er hat gesagt, ich sei zu alt.«

»Welcher Lehrer?« fragte die Mutter. »Ich dachte, ihr habt eine Lehrerin, diese Mrs …«

»Mrs. Sullivan.«

»Genau, ich dachte Mrs. Sullivan sei eure Lehrerin?«

»Das war sie ja auch, Mama. Und sie war wundervoll. Sie hat mir nach der Schule geholfen, so daß ich die drei Stufen überspringen konnte.«

Sie verstummte.

»Ja und«, fragte ihre Mutter, »was ist mit diesem anderen Lehrer?«

Lupe schüttelte hilflos den Kopf.

»Jetzt sag schon, Lupe. Ich bin deine Mutter und muß wissen, was los ist.«

»Na ja, ich war in der siebten Klasse, und Mr. Horn, mein neuer Lehrer, war wirklich nett zu mir und hat mir auch nach der Schule geholfen; nur, eines Tages … hat er … er hat mich von hinten gepackt, als ich gerade etwas an die Tafel schrieb.«

Doña Guadalupe blickte zum Himmel, wo der Mond hinter den Wolken Versteck spielte. »Hat er dir weh getan?« fragte die alte Frau und ballte ihre Hände zu Fäusten.

Lupe schüttelte den Kopf. »Nein. Ich habe so laut geschrien, daß er Angst bekam und mich sofort losließ. Aber … Mama, er hat mich beschimpft. Und wie er mich angesehen hat! Es war so furchtbar.«

»Aber jetzt geht es dir wieder besser?«

Lupe nickte. »Ja. Außer, wenn ich an die Schule denke. Ich wollte doch so gerne Buchführung lernen, damit ich einen Job in einem Büro annehmen kann. Oh, ich würde diesem Mr. Horn am liebsten die Augen auskratzen.«

Als sie den gesunden Zorn ihrer Tochter sah, fühlte Doña Guadalupe neue Zuversicht. Sie schloß Lupe in die Arme und beobachtete nachdenklich den Mond.

»Weißt du«, sagte Doña Guadalupe, »was hindert dich denn daran, einfach zu Mrs. ... wie hieß deine Lehrerin noch gleich?«

»Mrs. Sullivan.«

»Ja, wer hindert dich daran, zu ihr zu gehen und sie zu bitten, dir Bücher zu leihen, damit du lernen kannst, während wir unterwegs sind?«

Lupes Gedanken arbeiteten. An diese Möglichkeit hatte sie noch nicht gedacht. Ja, sie konnte zu Mrs. Sullivan gehen und es genauso machen wie damals, als Señora Muñoz, bevor sie den Cañon verließ, für Lupe und Manuelita einen Plan erstellt hatte, was sie in den nächsten fünf Jahren lernen sollten!«

»O Mama, das wäre eine großartige Idee!« sagte sie aufgeregt.

»Na prima!« tönte Carlota aus dem Inneren des Zeltes. »Dann können wir ja jetzt vielleicht alle weiter schlafen!«

»Halt den Mund, Carlota!« zischte Victoriano.

»Was ist das für ein Krach hier?« fragte der Vater, der nun auch erwacht war.

Alle lachten. Der alte Vater war in letzter Zeit so schwerhörig geworden, daß er eigentlich nichts gehört haben konnte. Für den Rest der Nacht lag Lupe auf ihrer Pritsche und träumte davon, wie sie ihre Ausbildung beenden und eines Tages in einem Büro arbeiten und die Buchhaltung erledigen würde; genau wie Don Manuel es damals in La Lluvia getan hatte. Dann würde sie später für die Eltern sorgen können.

Es war später Vormittag. Juan hielt sich in einer Spielhalle in Carlsbad, im nördlichen San-Diego-Bezirk, auf. Einige Kartenhaie, die dem Zug der Erntearbeiter folgten, befanden sich in der Stadt, und Juan wollte versuchen, dem Besitzer der Spielhalle, einem großen Halbblut amerikanisch-indianischer Herkunft namens Archie Freeman, einen Handel vorzuschlagen. Auf diese Weise könnte er sich einen Überblick über jene Pokerspieler verschaffen, die sich in der Stadt aufhielten.

»Die Arbeiter werden dabei nicht betrogen«, erklärte er Archie. »Wir brauchen ihnen bloß fünf Prozent pro Einsatz zu berechnen, dann ziehen wir unseren Profit sowohl aus den Gewinnern als auch aus den Verlierern.«

»Klingt nicht schlecht«, sagte Archie. »Aber wozu brauch' ich dich dann eigentlich?«

Archie war außerdem Hilfssheriff der Stadt, und Juan mußte taktvoll mit ihm umgehen.

»Weil du dich mit Karten nicht auskennst«, antwortete er. »Und weil du wahrscheinlich genug mit der Tanzveranstaltung zu tun hast. Außerdem bin ich ein Profi, ich garantiere dir soliden Gewinn und halte dir Probleme vom Hals.«

Archie blickte auf Juan hinab und zog nachdenklich an seiner Unterlippe, was ihm den Ausdruck einer betrübten Kuh verlieh. Er überlegte eine Weile, dann sagte er: »Okay, ich versuche es eine Nacht lang auf deine Tour.«

»Nichts da«, erwiderte Juan grinsend. »Minimum drei Nächte.«

Sie lachten beide und setzten ihre Verhandlung fort.

Lupes Familie arbeitete südlich der Stadt, in einem Ort namens La Costa, auf den Tomatenfeldern. Es war fast Mittag, und die Sonne würde bald ihren höchsten Stand erreicht haben. Lupe sah, wie erschöpft ihre Eltern waren.

»Mama«, sagte sie, »warum macht ihr nicht schon mal Schluß, dann kannst du dich um das Mittagessen kümmern. Ich fülle mit Victoriano zusammen eure restlichen Kisten.«

»Lupe hat recht«, sagte Don Victor. »Ich bin müde.«

»In Ordnung«, willigte die Mutter ein, »ich brauche sowieso ein wenig Zeit, um alles für unser Essen vorzubereiten.«

Die alte Lady setzte ihren breitkrempigen Hut ab, wischte sich mit einem Taschentuch die Schweißperlen von der Stirn und entfernte sich zusammen mit ihrem Mann.

Doña Guadalupe und Don Victor gehörten mit zu den ältesten

Pflückern. Den ganzen Tag lang auf den baumlosen Tomatenfeldern der Sonne ausgesetzt zu sein war eigentlich nur jungen Leuten zuzumuten. Für die Alten, die bereits ihr Leben lang in der heißen Sonne geschuftet hatten, war diese Arbeit doppelt mühselig.

Lupe und Victoriano blickten den Eltern nach, die sich Seite an Seite langsam zwischen den Reihen der Tomatengewächse entfernten; zwei alte Menschen, denen das Leben oft hart zugesetzt hatte.

Am Mittag verließ Lupe mit ihrem Bruder ebenfalls das Feld, atmete die frische Brise des Ozeans ein, der nicht weit entfernt war, und sog den Duft der Blumen vom benachbarten Feld ein.

Als sie den Rand der Tomatenpflanzung erreicht hatten, eilte ihnen Carlota entgegen, die in einer anderen Gruppe auf den Schnittblumenfeldern arbeitete.

»Lupe«, rief sie außer Atem, »in Carlsbad ist heute abend Tanz, und Jaime und seine Freunde wollen, daß wir mit ihnen dorthin gehen.«

Jaime und ein paar andere Jungen standen ein Stück abseits. Sie unterhielten sich, warfen immer wieder verstohlene Blicke zu den Mädchen hinüber. Lupe wunderte sich, daß die Jungen nicht müde wurden, sie durch Carlota immer wieder zum Tanzen einzuladen, obwohl sie doch genau wußten, daß sie niemals tanzen ging. »Ach komm, sag doch wenigstens einmal ja«, bettelte Carlota und schaute nervös zu Jaime und seinen Freunden hinüber.

Als sie sah, wieviel der Schwester daran lag, nickte Lupe ergeben. »Meinetwegen«, sagte sie, »aber zuerst müssen wir Mama fragen.«

»Au prima, danke«, freute sich Carlota und winkte den Jungen zu.

Die Geschwister gingen gemeinsam den staubigen Weg entlang, der um die Felder herum zu dem Platz führte, wo die Erntearbeiter im Schatten der Bäume ihre Mahlzeiten einnahmen.

Von hier aus konnte man die Lagune überblicken, und am Horizont war als silberner Streifen das Meer sichtbar. Weiße Seemöwen kreisten über ihnen am strahlendblauen Himmel. Die Schnittblumenfelder standen in voller Blüte und bedeckten in allen Regenbogenfarben die sanften Hügel, die sich bis zum Meer erstreckten. Abgesehen von ihrem Cañon war dies eine der schönsten Landschaften, die Lupe je gesehen hatte. Als sie bei den Sträuchern ankamen, entdeckte Lupe den Vater, der im Schatten eines kleinen Baumes eingenickt war. Die Mutter hatte Äste und Blattwerk zur Seite gefegt und ein Tuch auf dem Boden ausgebreitet, auf dem sie das Essen bereitete. Es versetzte Lupe jedesmal aufs neue in Erstaunen, wie sie es verstand, ihnen überall ein behagliches Plätzchen zu bereiten.

Doña Guadalupe thronte hoheitsvoll, die Beine über Kreuz, auf dem Boden und schnitt eine große, rote Tomate in Scheiben, die sie neben appetitlich angerichteten Avocadostücken auf einen Teller legte. Obwohl Lupes Familie eine der ärmsten unter den Feldarbeitern war, hatten sie stets ausreichend zu essen, da sie auf den verschiedenen Farmen, auf denen sie arbeiteten, mit frischen Lebensmitteln versorgt wurden.

»Mama, heute abend ist Tanz in Carlos Malo«, sagte Carlota, »und Lupe und ich sind eingeladen.«

Carlos Malo war der mexikanische Name für Carlsbad.

»Ihr dürft nur gehen, wenn sich euer Bruder bereit erklärt, euch zu begleiten«, sagte die Mutter und legte noch mehr Tortillas aufs Feuer.

»Und, wirst du mit uns gehen?« fragte Carlota ihren Bruder.

»Ach, ich weiß noch nicht«, antwortete Victoriano. Er nahm sich eine Tortilla und begann daran zu knabbern. »Ich bin ein vielbeschäftigter Mann und habe heute abend ein paar wichtige Geschäfte zu erledigen.«

»Lupe!« rief Carlota. »Sag ihm, er soll aufhören, mich zu necken.«

Lupe lachte nur und wendete die Tortillas über dem kleinen Feuer. Es gab *quesadillas* mit Tomaten und Avocados. »Ich habe dir versprochen mitzugehen, mehr kann ich nicht für dich tun, Carlota.«

»Ach, ihr seid gemein!« schimpfte Carlota. »Nie habt ihr zu irgendwas Lust. Es ist doch das Stringbean Festival! Die wichtigste Tanzveranstaltung des Jahres!«

»Ich dachte, die wichtigste wäre der Apricot Dance in Hemet gewesen«, sagte Victoriano und lachte schallend.

»Der war auch wichtig«, erwiderte Carlota schmollend.

»So wie der Orange Blossom Tanz in Santa Ana«, fügte Victoriano hinzu. »Wenn es nach dir ginge, müßten wir jedes Wochenende tanzen gehen.«

»Stimmt genau«, sagte Carlota. »Eines Tages werde ich meinen eigenen Tanzsaal besitzen und jeden Abend eine Veranstaltung geben.«

Sie lachten, und Lupe fragte sich insgeheim, warum ihr selbst so wenig an solchen Vergnügungen lag.

Als sie weiter darüber nachdachte, gelangte sie zu dem Schluß, daß das Tanzen an sich ihr einfach nicht so viel bedeutete. Ihr lag viel mehr daran, jemand Besonderen zu haben, der mit ihr tanzte. Wäre ihr Colonel noch am Leben, so würde sie liebend gern jeden Abend mit ihm tanzen gehen. Sie seufzte, es war lange her, daß sie zuletzt an ihn gedacht hatte.

»*Buenas tardes.*« Auf einmal stand Jaime hinter ihnen.

Lupe drehte sich um und erblickte Jaime und zwei seiner Freunde. Sie waren dünn wie Bohnenstangen und trugen grellbunte Tücher um die Stirn, hautenge ärmellose Unterhemden und weite Hosen. Die Leute hielten sie für Angeber, weil sie niemals Hüte trugen oder langärmelige Hemden, um sich gegen die Sonne zu schützen.

Als er merkte, daß Lupe ihn ansah, schenkte Jaime ihr sein strahlendstes Lächeln, wobei seine weißen Zähne blitzten. Er hatte prächtige, muskulöse Arme, und alle Mädchen waren verrückt nach ihm. Auch die Männer respektierten ihn, denn er war Halbprofiboxer. Nur Lupe machte sich nichts aus ihm.

»*Buenas tardes*«, sagte Doña Guadalupe, »wollt ihr euch nicht zu uns setzen?«

»Nein, vielen Dank, *señora*, aber unser eigenes Essen wartet auf uns«, sagte er wohlerzogen. »Ich bin nur vorbeigekommen, um zu hören, ob Carlota ihnen schon von der Tanzveranstaltung erzählt hat«, fügte er hinzu und sah Lupe dabei direkt an.

»Ja, wir wissen schon Bescheid«, antwortete Doña Guadalupe, »aber wir müssen erst mit meinem Mann darüber sprechen, wenn er aufwacht.«

»Natürlich«, antwortete Jaime und nickte höflich. »Guten Appetit wünsche ich. Ich hoffe, du kommst auch mit, Lupe.« Er lächelte Lupe nochmals an und winkte ihr zum Abschied zu.

Nachdem er fort war, drehte Carlota sich zu Lupe um. »Ich möchte wirklich mal wissen, was mit dir los ist. Jedes Mädchen wünscht sich nichts sehnlicher, als daß Jaime mit ihr ausgeht. Nur du behandelst ihn seit Monaten, als hätte er Läuse.«

»Na ja, vielleicht hat er ja welche«, sagte Victoriano lachend.

Obwohl sie sich unbehaglich fühlte, fiel Lupe in das Gekicher ihres Bruders ein.

Nachdem Juan und Archie Freeman sich geeinigt hatten, bekräftigten sie ihren Handel per Handschlag und beschlossen, im Montana Café, ein Stück die Straße hinauf, zum Lunch zu gehen. Das Café gehörte einem großen Deutschen namens Hans und seiner Frau Helen. Die beiden waren vor ein paar Jahren von New Jersey nach Arizona gezogen. »Hallo, Hans!« grüßte Archie den Besitzer, während er mit lässigen Schritten in das Lokal schlenderte.

»Schön, daß du dich mal wieder sehen läßt«, erwiderte Hans. »Daß du mir diesmal auch alles aufißt, was du bestellst«, fügte er hinzu.

Archie lachte und lockerte seinen Gürtel als er sich mit dem Rücken zur Wand auf einem der Stühle niederließ. »Dieser verdammte Kraut*«, sagte er grinsend, »paß bloß auf, daß du nicht zuviel bestellst, der verrückte Kerl zwingt dich glatt, alles aufzuessen.«

Helen brachte ihnen zwei Tassen Kaffee. »Hans läßt dir ausrichten, daß das Roastbeef heute besonders gut ist«, sagte sie lächelnd. »Und ich empfehle dir meinen leckeren, hausgemachten Apfelkuchen zum Nachtisch.«

»Klingt gut«, antwortete der Hilfssheriff und tippte mit der Hand an seinen Hut. »Darf ich dir meinen Freund Juan vorstellen.«

»Oh, Juan, das heißt auf deutsch Johann, dann heißt du ja genau wie mein Mann Hans«, sagte Helen. »Schön dich kennenzulernen, Juan.«

»Freut mich auch«, erwiderte Juan und fuhr mit der Hand grüßend an seinen Stetson-Hut.

---

* Scherzhafte Bezeichnung der Amerikaner für die Deutschen

Während die beiden mit Genuß ihr Roastbeef verzehrten, füllte sich das Lokal allmählich mit Geschäftsleuten aus der Stadt. Auf einmal betraten drei Jungen unter lautem Palaver das Restaurant. Es waren hochgewachsene, durchtrainierte Burschen, alle so um die Zwanzig; Söhne von ansässigen Farmern, die gerade aus dem College heimgekehrt waren und sich für die Größten hielten.

Archie grinste und griff nach seinem Kaffee. »Jetzt kriegen wir was zu sehen«, sagte er.

»Wieso?« fragte Juan verständnislos.

»Wart's ab«, antwortete Archie und schlürfte geräuschvoll seinen Kaffee. »Die drei werden gleich ein böses Erwachen erleben.« Er zwinkerte Juan vergnügt zu.

Juan konnte sich nicht vorstellen, wovon er redete.

Sie hatten jeder ein großes, saftiges Stück heißen Apfelkuchen vor sich stehen und wurden mit der Zeit eine Spur zu laut. Mit einem Metzgermesser in der Hand trat Hans hinter dem Tresen hervor.

»He, Jungs«, sagte er gedehnt. »Hier ist kein Spielplatz! Ich muß hart arbeiten, um anständiges Essen zu vernünftigen Preisen zu verkaufen! Also nehmt euch zusammen, eßt eure Teller leer, und alles ist okay!«

Doch der größte der Jungen wollte sich nichts sagen lassen. Er schob seinen Teller weg und sagte: »Scheiße, wer soll uns denn zwingen, diesen Fraß zu essen, wenn wir nicht wollen, Opa!«

Das Gesicht des großen, blonden Deutschen lief dunkelrot an, und seine Augen quollen wie bei einem gereizten Bullen hervor. Er bohrte dem Jungen den Holzgriff des großen Messers in den Rücken und brüllte den entgeisterten jungen Mann an. »Aufessen! Alle! Ihr habt das Essen bestellt, jetzt laßt es euch gefälligst schmecken!«

Angesichts seines wutverzerrten Gesichtes und des großen Messers begannen die drei Jungen entsetzt zu essen.

»Mußt du denn nicht eingreifen?« fragte Juan. »Du vertrittst doch hier das Gesetz!«

»Ich bin doch nicht verrückt«, antwortete Archie Freeman. »Ich werde in aller Ruhe meinen Apfelkuchen genießen. Letzte Woche hat er mir eine Kaffeetasse auf den Kopf gehauen, als ich halbbesoffen hier auftauchte und mein Steak nicht aufgegessen hab'.«

»Er hat dich geschlagen? Den Hilfssheriff?« fragte Juan ungläubig.

»Zur Hölle, er ist schließlich ein Deutscher«, sagte Archie. Er beugte den Kopf und zeigte Juan die frische rote Narbe auf seinem Schädel. »Ich hab' Glück gehabt, daß er mich nicht skalpiert hat.« Er lachte und amüsierte sich köstlich. Archie war ein Halbblut aus Kalifornien, und Bosheit oder Rachegelüste waren ihm gänzlich fremd.

Es war schon fast dunkel, als Lupe mit Carlota und Victoriano in der Schlange vor der Tanzhalle auf Einlaß warteten. Die Musik war bereits im ganzen Viertel zu hören. Lupe trug ihr getupftes Kleid und ein Paar wunderschöne Ohrringe, welche die Mutter in Arizona für sie erstanden hatte.

Auf der anderen Straßenseite überwachte Juan Salvador Villaseñor die Spieltische. Er hatte sich den Bart stutzen lassen und wirkte vornehm in seinem weißen Hemd und dem dunklen Anzug.

»Okay«, sagte Archie, der sah, daß Juan alles unter Kontrolle hatte, »dann geh' ich mal rüber und sehe da nach dem Rechten, damit sich keiner umsonst reinmogelt.«

»Geh ruhig«, sagte Juan, »hier ist alles okay.«

»Das sollte es auch, bei dem Preis, den ich dir zahle«, erwiderte Archie.

Der große Hilfssheriff trat durch die Tür der hellerleuchteten Spielhalle hinaus und schritt über die schmutzige Straße auf die Kirche zu, die er für die Tanzveranstaltung in dieser Nacht gemietet hatte.

Als er sich der Gruppe der jungen Leute näherte, fiel sein Blick auf ein Mädchen in einem pfirsichfarbenen Kleid. Doch er achtete nicht weiter auf sie, sein Interesse galt Carlota. Sie war ganz in Rot gekleidet und konnte keine Sekunde stillstehen. Aufgeregt tänzelte sie auf dem gestampften Boden, den die Bewohner der Stadt als Fußweg benutzten, in ihrem auffälligen Kleid hin und her.

»He, du!« rief Archie ihr zu und grinste dabei über das ganze Gesicht. »Komm mal nach vorne!«

»Ich?« fragte Carlota und tippte sich mit dem Zeigefinger auf die Brust.

Jeder wußte, daß Archie das Gesetz vertrat und im *barrio* als Schürzenjäger bekannt war.

»Ja, du mit dem roten Flatterkleid! Komm mit deinen Freunden hier nach vorne, Baby!«

Carlota quietschte vergnügt. Archie hatte sie ›Baby‹ genannt, wie ein richtiger *gringo*.

»Schnell, kommt«, sagte sie und eilte mit Lupe und Victoriano an die Spitze der Schlange. Jaime und seine beiden Freunde, die soeben eingetroffen waren, trotteten hinterher.

»Hier sind die Eintrittskarten.« Archie, der die jungen Leute weit überragte, gab ihr ein Bündel Karten. »Verkauft sie für mich, aber laßt keinen rein, der nicht bezahlt hat.« Er zwinkerte ihnen zu. »Ich bin gleich zurück. Muß nur mal kurz zum Hydranten.«

Er lachte gutmütig, zog seinen Revolvergürtel hoch und verschwand. Carlota war ganz hingerissen von seinem fröhlichen Auftreten.

»Stellt euch alle auf!« rief sie.

»Gib mir die Karten«, sagte Jaime. »Das ist Männerarbeit!«

»O nein!« rief Carlota und preßte die Eintrittskarten an sich. »Ich bin der Boß. Er hat sie mir gegeben.«

»Oh, der Boß«, sagte Jaime und kicherte.

»Genau!« antwortete Carlota und begann, das Eintrittsgeld zu kassieren.

Lupe lächelte. Der Traum ihrer Schwester von einer eigenen Tanzhalle war Wirklichkeit geworden. Als sie über die Straße blickte, sah sie durch die offene Tür der Spielhalle einen gutgekleideten Mann mit dichter Lockenmähne. Sie stutzte. Irgend etwas an seiner Haltung kam ihr vertraut vor.

Die Tanzveranstaltung war schon eine Weile im Gange, als Archie die Straße überquerte und zu Juan in die Spielhalle zurückkehrte.

»Es läuft alles prima«, sagte Juan. »Aber du hast mir nicht

gesagt, daß du im Hinterzimmer Whisky verkaufst, du alter Gauner. Alkoholisierte Männer sind schwerer zu handhaben.«

Archie schlug Juan lachend auf den Rücken. »Na, verrät der Kojote dem Fuchs vielleicht, wo die Hühner stecken?«

»Du bist ein gerissener Bastard«, antwortete Juan.

»Na, wie auch immer«, erwiderte Archie. »Aber ich sag' dir was, wenn du mir anständigen Whisky besorgen kannst, anstelle dieses elenden Fusels, dann mach' ich uns beide reich!«

»Wie wär's denn mit erstklassigem Tequila?« fragte Juan.

»Keine Chance«, erwiderte Archie, »*gringos* mögen nun mal nur Whisky.«

»Verstehe.«

Sie sprachen weiter über die Möglichkeiten, ins Geschäft zu kommen, als vor der Tür ein Tumult entstand und alle neugierig aus der Spielhalle drängten.

Archie und Juan traten ebenfalls hinaus und sahen, daß auf der gegenüberliegenden Straßenseite eine Schlägerei ausgebrochen war. Offenbar waren die gleichen drei Jungen, die schon im Montana Café aufgefallen waren, mit vier Mexikanern aneinander geraten.

Einer der Mexikaner, ein großer, schlanker Junge, war nicht wirklich an dem Kampf beteiligt, sondern versuchte vielmehr, das Mädchen in dem roten Kleid von den Kämpfenden wegzuziehen. Dieses Mädchen sah aus, als sei sie entschlossen, sich zwischen die raufenden Jungen zu werfen und ihnen die Augen auszukratzen.

Jemand kam zu Archie gerannt. »Die werden sich noch umbringen!« rief der Mann. »Du mußt was unternehmen!«

Der Sheriff grinste nur und zog einen Kaugummi hervor. »Schon gut«, sagte er. »Sollen sie sich erst mal gegenseitig mürbe machen.« Er schob den Kaugummi in den Mund und sah dem Kampf gelassen zu.

In diesem Augenblick fiel Juans Blick auf ein anderes Mädchen. Sie stand im Lichtkegel unter der Außenlampe der Tanzhalle und sah so jung und frisch aus wie eine soeben erblühte Blume.

Juans Mund wurde trocken, und sein Herz klopfte bis zum Halse. Er konnte sich nicht erklären, was plötzlich mit ihm los war. Es war, als hätte er diese wundervolle Erscheinung schon immer gekannt. Ihre Gesten, das einfache Kleid und die natürliche Anmut, mit der sie dort im Lichtschein der Lampe stand, all das erschien ihm auf eine merkwürdige Art vertraut.

Juan vergaß seine Pflichten und wollte die Straße überqueren. Er mußte unbedingt herausfinden, wer diese Frau war, bevor der Zauber des Augenblickes verflogen war.

Doch Archie hielt ihn am Arm fest. »He, wirst du wohl dableiben«, sagte er, »geh rein und paß auf die Spieltische auf. Ich kümmere mich schon hier drum.«

Juan mußte sich schwer zusammenreißen, den Sheriff nicht einfach wegzustoßen. Sie war so wunderschön, daß er weiche Knie bekam. Er beruhigte sich ein wenig und ging wieder zurück zu seinen Spieltischen.

Archie schlenderte gemächlich über die Straße und betrachtete die kämpfenden Jungen. Drei von den Amerikanern waren schon ziemlich mitgenommen, aber der vierte, der größte von ihnen, wehrte sich beharrlich gegen einen flinken Mexikaner, der offenbar eine Menge vom Boxen verstand.

Carlota schrie aus vollem Halse. »Zeig's ihm, Jaime! Gib's ihm!«

Archie steckte sich einen frischen Kaugummi in den Mund und blieb neben Carlota stehen. »Was ist denn überhaupt los?« fragte er und beugte sich etwas zu ihr hinunter, damit er in dem Krawall etwas verstehen konnte.

»Die drei da!« brüllte sie und zeigte auf die Amerikaner. »Die wollten rein, ohne zu bezahlen!«

»Aha«, erwiderte Archie kaugummikauend. »So was hab' ich mir schon gedacht.«

Mit gestrafften Schultern und wiegendem Gang schritt der ein Meter fünfundachtzig große Mann auf die kämpfenden Jungen zu. Er packte die beiden schon ziemlich mitgenommen wirkenden Amerikaner von hinten am Genick und stieß ihre Köpfe mit seinen mächtigen Pranken zusammen. Die beiden prallten mit der Stirn aneinander und sanken wie Marionetten zu Boden.

»Ihr beiden seid zu Hilfssheriffs ernannt«, brüllte er die zwei Freunde von Jaime an, die gegen die Amerikaner gekämpft hatten. »Seht zu, daß ihr die beiden über die Straße schafft, und sagt meinem Barkeeper, er soll sie fesseln.«

Die jungen Männer sprangen herbei und schleppten die beiden Angloamerikaner über die Straße.

Doch der hochgewachsene Amerikaner und Jaime kämpften immer noch hartnäckig miteinander. Sie befanden sich mittlerweile ein Stück weiter straßaufwärts. Der Amerikaner versuchte vergeblich, den flinken Jaime, der sich behende wehrte und immer wieder aufs neue zuschlug, zu Boden zu zwingen.

Juan, der sich davon überzeugt hatte, daß an den Spieltischen alles bestens lief, ging wieder zur Tür. Ich muß mich zusammenreißen, sagte er zu sich selbst, meine Güte, ich kenne das Mädchen ja nicht mal und spiele schon verrückt.

Als er ins Freie trat, sah er, daß die junge Frau mit dem pfirsichfarbenen Kleid noch immer draußen stand. Wieder durchfuhr es ihn wie ein Blitz. Er bemerkte, daß sie keinen Spaß an der Schlägerei hatte. Im Gegenteil, sie wich zurück und machte einen eher verstörten Eindruck. Juan nahm zufrieden zur Kenntnis, daß sie gottlob nicht zu den Frauen zu gehören schien, die Gewalttätigkeit genossen, so wie die Kleine in dem roten Kleid, die neben Archie auf und ab hüpfte.

Das hübsche Mädchen drehte sich um, und ihre Augen trafen sich. Wie gebannt starrte er sie an, als könne sein Blick sie für immer festhalten. Sie blickte zu ihm hinüber, und in ihren Augen spiegelten sich seine eigenen Gefühle wider. Als er sie anlächelte, senkte sie rasch den Blick und legte die Hand auf den Arm des jungen Mannes, der neben ihr stand. Juan grinste glücklich. Es war nicht zu verkennen, daß sie genauso empfunden hatte wie er.

Während er sich eine Zigarre anzündete und sie weiter beobachtete, dachte er an seine Mutter und an die Geschichte, wie sie seinem Vater zum erstenmal begegnet war. Sein Vater und dessen Bruder waren auf zwei fast identischen, rotbraunen Hengsten in die Stadt geritten: zwei Fremde, mit Haaren, beinahe so rot wie die untergehende Sonne. Doña Margarita und ihre Schwester hatten damals auf der Stelle gewußt, so hieß es, daß dies die Männer waren, die sie heiraten und mit denen sie den Rest ihres Lebens verbringen wollten.

Juan zog an seiner Zigarre und stieß nachdenklich den Rauch aus, der langsam zur Deckenbeleuchtung hinaufzog. Er hatte diese Geschichte nie so recht glauben wollen, doch wenn er jetzt das Mädchen auf der anderen Straßenseite betrachtete, schien ihm so etwas durchaus möglich zu sein. Was in diesem Augenblick in ihm vorging, war so unbegreiflich, das er es niemals hätte mit Worten beschreiben können. Es war, als würde ihm der Boden unter den Füßen weggezogen. Dabei kannte er die junge Frau in dem pfirsichfarbenen Kleid nicht einmal. Was war bloß in ihn gefahren?

Plötzlich fiel ihm eine Geschichte ein, die man sich in Mexiko erzählte. Es ging darum, daß ein guter Reiter bei Mondlicht ein erstklassiges Pferd selbst aus großer Entfernung schon an seinen Umrissen beurteilen kann. Einem exzellenten Reiter sind Pferde so vertraut, daß er sich durch die Haltung, den Gang und die Art, wie ein Tier den Kopf hält, ein fachkundiges Urteil bilden kann.

Juan blickte zum Himmel und stellte fest, daß tatsächlich Vollmond herrschte. Dann sah er wieder zu Lupe hinüber, betrachtete die Haltung ihres Kopfes, ihre Bewegungen und die anmutige Silhouette ihres Körpers. All das genügte, ihn zu überzeugen.

Sie war stolz, stark und klug. Und sie lehnte Gewalt ab und achtete das Leben. Sie war genau die Frau, mit der ein Mann eine Familie und ein Heim gründen konnte, die über Generationen fortbestehen würden. Sie war das Mädchen, nach dem er sein Leben lang gesucht hatte.

Die Schlägerei war fast vorüber. Der große Angloamerikaner war kurz davor, zu Boden zu gehen, als Archie ihm einen Genickschlag verpaßte, der ihn endgültig niederstreckte.

»Prima Kampf«, sagte Archie zu Jaime, der nach Atem rang. »Jetzt kannst du mit deinen Freunden reingehen, ihr seid meine Gäste!«

»Und du«, sagte er und zwinkerte Carlota zu, »bist auch rekrutiert. Sobald ich diesen Typen hier versorgt habe, legen wir zwei 'nen kleinen Quickstep aufs Parkett.«

Er packte den am Boden liegenden jungen Amerikaner am rechten Fuß und schleifte ihn über die schmutzige Straße, wobei der Kopf des Jungen unsanft über den steinigen Untergrund rumpelte.

Juan beobachtete, wie sämtliche Mädchen den hochgewachsenen Mann umschwärmten, der den Amerikaner k.o. geschlagen hatte. Doch der junge Boxer ignorierte sie und ging hinüber zu Lupe. Die beiden sahen sich an und wandten sich mit Victoriano und Carlota dem Eingang des Tanzsaals zu. Lupe sah über die Schulter zurück, um festzustellen, ob Juan ihr noch nachblickte.

Wieder begegneten sich ihre Blicke und hielten sich für einen Sekundenbruchteil aneinander fest. Dann verschwand sie mit den anderen in dem hellerleuchteten Raum.

Juan zerbröselte geistesabwesend die Zigarre in seiner Hand. Er war verloren und würde nie mehr der alte sein. Die Liebe hatte von ihm Besitz ergriffen, und der Gedanke an dieses Mädchen würde ihn nicht mehr loslassen.

»Juan«, sagte jemand zu ihm, »komm schnell! Drinnen behauptet einer, er wäre um sein Geld geprellt worden!«

Juan eilte ins Innere der Spielhalle, wo ein dunkelhäutiger kleiner Mexikaner sich beschwerte, daß man ihm all sein Geld gestohlen hätte.

»Wieviel?« fragte Juan und versuchte, den Gedanken an das Mädchen zu verdrängen.

»Alles, was ich hatte!« rief der Mann.

Juan blickte die fünf Männer an, die am gleichen Tisch gespielt hatten. Sie wirkten alle etwas nervös, aber Juan wollte ohne Beweise niemanden verdächtigen.

»Wieviel hatten Sie dabei?« fragte er.

»Meinen ganzen Lohn!« antwortete der Mexikaner.

Die Atmosphäre im Raum war jetzt äußerst angespannt. Die Schlägerei hatte die Männer schon aufgestachelt; der Gedanke, daß ein Dieb unter ihnen war, hatte gerade noch gefehlt.

»Bitte, seid so gut und zählt eure Chips nach«, sagte Juan, so ruhig er konnte, zu den anderen Spielern am Tisch, »damit wir ein Mißverständnis ausschließen können.«

Die Männer kamen seiner Aufforderung nach und versicherten, daß die Beträge alle stimmten.

»Nun, es tut mir leid«, sagte Juan zu dem Mann, der sein Geld verloren hatte. »Aber wenn Sie mir nicht den genauen Betrag nennen können, mit dem Sie begonnen haben, und wieviel noch übrig war, als Sie den Tisch verließen, kann ich nichts machen.«

»Aber ich weiß genau, mit wieviel ich angefangen habe.«

»Und wieviel war das?«

»Mein ganzer Wochenlohn! Achtzig Cents!«

»Achtzig Cents!« wiederholte Juan, der mit fünf oder sechs Dollar gerechnet hatte.

»Ja, bestimmt. Ich bin nämlich gefeuert worden.«

»Gefeuert?« wiederholte Juan. »Aber sie feuern doch nie jemand auf den Feldern. Nicht einmal einen Säufer.«

»Mich schon. Deshalb hab' ich nur achtzig Cents bekommen.«

»Aha, und wieviel war davon noch übrig, als Sie den Tisch verlassen haben?«

»Na, gar nichts.«

»Gar nichts?« fragte Juan verwirrt.

»Nein, ich hatte mein Geld schon verloren, bevor ich den Tisch verließ.«

»Ja, worüber beschweren Sie sich denn dann überhaupt?« Juan wurde allmählich ärgerlich.

Der dunkelhäutige Mann brach in Gelächter aus. »Na ja, Sie haben doch gefragt, ob unser Geld stimmt, und meins stimmt nun mal nicht. Es ist futsch!«

»Weil Sie es beim Spiel verloren haben!« antwortete Juan.

»So?« erwiderte der Mann. »Deshalb ist es immer noch futsch!«

»Verfluchter kleiner Gauner!« schimpfte Juan und wollte den Mann packen. »Fast hättest du mich dazu gebracht, diese Männer hier als Diebe zu verdächtigen!«

Doch der kleine Mann war behende und entwischte Juan, wobei er sich halbtot lachte und die anderen mit seinem Gelächter ansteckte. Sein Name war Pepino, was so viel bedeutete wie »Gurke«. Er war der Witzbold der Stadt.

Es war fast Feierabend im Spielsalon, und der Tanzsaal gegenüber hatte sich schon etwas geleert. Juan beauftragte Pepino, ein Auge auf die Spieltische zu halten; er selbst wollte auf einen Sprung in die Tanzhalle gehen.

Als er hinaustrat, zögerte er und sah unsicher zum Mond hinauf. Er dachte daran, wie lange seine Mutter schon darauf drängte, daß er sich eine Frau suchte.

Er beschloß, sich zuerst mit einem Schluck Whisky zu stärken, bevor er zur Tanzhalle ging.

Juan war schrecklich nervös. Nachdem er ein paar Gläser des teuflischen Schwarzgebrannten gekippt hatte, schob er sich ein Kaugummi in den Mund, um den Alkoholgeruch loszuwerden, und betrat die Tanzhalle.

Die Leute bewegten sich immer noch vergnügt im Takt der lautstarken Musik, die ihm aus dem hellerleuchteten Raum entgegentönte. Er tat einen tiefen Atemzug und sah sich kaugummikauend vergeblich nach dem Mädchen um. Statt dessen entdeckte er die Kleine in dem roten Kleid, die sich lachend von Archie herumwirbeln ließ. Der große Mann sah neben dem zierlichen Mädchen aus wie ein Bernhardiner, der mit einem Chihuahua tanzt; die beiden amüsierten sich köstlich.

Juan dachte schon, das Mädchen, dessen Anblick ihn so sehr berührt hatte, sei womöglich nur eine Erscheinung seiner Phantasie gewesen, da trat sie aus dem Waschraum. Als er sie im strahlenden Licht des Tanzsaales zum erstenmal in ihrer ganzen Schönheit erblickte, stockte ihm der Atem.

Wie jung sie noch war! Juan versuchte sie nicht anzustarren, denn er hatte den erschrockenen Ausdruck in ihren Augen bemerkt, als sie ihn entdeckte.

Auf einmal fiel sein ganzes Selbstbewußtsein in sich zusammen; er fühlte sich plötzlich abstoßend und unzulänglich. Juan drehte sich auf dem Absatz um und flüchtete aus der Halle. Wie hatte er nur einen Augenblick lang glauben können, daß jemand wie er, mit seinem Ruf, unsterblich zu sein, bei solch einem unschuldigen, jungen Geschöpf eine Chance haben könnte. Im Vergleich mit ihr war er doch geradezu eine Ausgeburt des Teufels. Hätte er es drauf angelegt, so hätte er den großen Amerikaner und diesen gutaussehenden jungen Boxer mit einem Handschlag erledigen können. Nicht einmal im Gefängnis, wo sie ihm als Junge fast die Eingeweide aus dem Leib geschnitten und ihn einfach liegen gelassen hatten, war er draufgegangen.

Juan, der Unbesiegbare, zitterte am ganzen Körper, während er, von Zweifeln geplagt, zurück über die Straße ging. Er beschloß, den Spielsalon für heute zu schließen und sich vollaufen zu lassen.

Doch in den folgenden Tagen versuchte Juan, so viel wie möglich über das Mädchen in Erfahrung zu bringen. Er fand heraus, daß ihr Name Lupe Gomez Camargo war und daß der schlanke junge Mann an ihrer Seite ihr Bruder Victoriano gewesen war. Der andere Junge, der Boxer, schien zwar romantische Absichten zu haben, war jedoch bisher offenbar noch nicht sehr erfolgreich gewesen. Sie wohnte in Santa Ana, aber die Familie war die Hälfte des Jahres mit den Feldarbeitern unterwegs.

Juan erfuhr auch, daß die Familie sehr religiös war. Niemand von ihnen spielte oder trank. Sollte es ihm je gelingen, sich ihr zu nähern, würde er eine Menge Lügen über seinen eigenen Lebenswandel erfinden müssen.

Doch in diese Verlegenheit kam er erst gar nicht, da er sich plötzlich in seiner Rachlust herausgefordert sah. Es passierte, als er sich ein paar Tage in Corona aufhielt und seine Familie besuchte. Im Spielsalon der Stadt traf er auf Julio und Rodolfo Rochin.

»Hallo, *mi general*!« grüßte ihn Rodolfo.

Juan ignorierte den pockennarbigen Mann und schritt an ihm vorbei auf Julio zu. »Wie geht's?« fragte er ihn.

»Ach, wie immer«, antwortete Julio und nahm einen Schluck von seiner Coke.

»He, du blöder Hund!« sagte Rodolfo. Er stand auf und wankte durch den Raum auf Juan und Julio zu. Es war nicht zu übersehen, daß er betrunken war. »Ich rede mit dir!«

»Hörst du was, Julio?« fragte Juan, »muß ein Geist sein oder der Wind.«

»Hast du immer noch nicht kapiert, *cabrón*, daß ich eine Familie zu ernähren habe! Ich bin kein rotznasiger Bengel wie du! Ich mußte damals dafür sorgen, daß ich meinen Job nicht verlor!«

»Verdammt«, sagte Juan, immer noch ruhig, »ich höre prinzipiell nicht darauf, was tote Männer sagen. Besonders nicht, wenn es sich um beschissene *gringo*-Verräter handelt.«

»Okay«, sagte der ehemalige Lehrer. »Ich kann dich nicht zwingen, mit mir zu reden. Dann wirst du allerdings nie erfahren, wo die beiden Typen stecken, die dir fast die Kehle durchgeschnitten haben.«

Innerhalb eines Sekundenbruchteils zog Juan seine 45er und rammte sie Rodolfo unters Kinn. Alle erstarrten, aber Rodolfo lachte nur.

»Das kostet dich einen Drink, *mi general*«, sagte er, »laß uns nach draußen verschwinden.«

»Worauf du Gift nehmen kannst«, zischte Juan.

Die drei gingen hinaus und nahmen jeder ein paar Züge aus einer Flasche schwarzgebrannten Whiskys.

»Es geht das Gerücht um, daß sie die Gegend verlassen haben«, sagte Rodolfo. »Sie haben Wind davon bekommen, daß du hinter ihnen her bist, und sind jetzt nach Norden, in Richtung Fresno, unterwegs.«

»Wie lange ist das her?« fragte Juan.

»Ein paar Wochen.«

»Okay«, Juan griff in die Tasche und zog eine Zwanzigdollarnote heraus. »Das ist für dich«, er riß den Schein in zwei Hälften und händigte Rodolfo eine davon aus. »Die andere bekommst du, wenn ich mit ihren Eiern zurückkomme!«

Rodolfo lachte laut auf. »Du verdienst deinen Ruf wirklich!« sagte er und warf den halben Geldschein zu Boden.

Julio bückte sich sofort danach.

»Du bist ein wahrer *cabrón*«, der ehemalige Lehrer hob die Hand zum militärischen Gruß. »Verlier dein Feuer nicht, *mi general*. Aber sie werden dich trotzdem umlegen. Wir Mexikaner haben keine Chance.«

Er drehte sich um und verschwand in der Dunkelheit. Julio zeigte Juan die halbe Zwanzigdollarnote, die er aufgehoben hatte.

»Hey, Kamerad«, sagte er zu Juan, »den verwahre ich für dich! Verflucht noch mal, ich weiß, daß du zurückkehren wirst. Als sie damals in Mexiko meinen Vater, das arme Schwein, umgelegt haben, bin ich monatelang hinter ihnen her gewesen. Zu guter Letzt hab' ich diesen smarten Captain zu fassen gekriegt und ihn mit bloßen Händen erledigt. Einen Mann, der von Rache getrieben wird, kann niemand aufhalten. Du wirst es auch schaffen!«

»Ich weiß«, antwortete Juan und blickte noch immer in die Richtung, in die Rodolfo verschwunden war.

»Hey«, sagte Julio, »wie wär's mit einem kleinen Trip nach Mexicali, um der alten Zeiten willen? Wir besorgen ein bißchen Tequila und verkaufen ihn wieder?«

»Beim nächsten Mal«, erwiderte Juan. »Zuerst muß ich nach Norden.«

»Alles klar, *compa*. Aber sei vorsichtig! Sie warten bestimmt auf dich.«

Juan lächelte nur.

In den nächsten Wochen zog Juan von Stadt zu Stadt und Pokertisch zu Pokertisch. Während er die Spur der beiden Männer verfolgte, weilten seine Gedanken oft bei Lupe. Doch je weiter er sich von Carlsbad im San-Diego-Bezirk entfernte, desto mehr gelangte er zu der Überzeugung, daß er ein Narr gewesen war. Ein Mann wie er durfte es einfach nicht zulassen, daß eine Frau solche Macht über ihn ausübte. Es war gefährlich und machte ihn verwundbar. Nur Frauen und Kinder konnten sich den Luxus dieser Art Liebe erlauben. Juan trank viel in diesen Wochen. Er traf sich mit vielen Frauen und versuchte, Lupe zu vergessen.

Eines Nachmittags war es wieder mal soweit. Lupes Familie packte ihre Sachen zusammen und machte sich auf den Heimweg nach Santa Ana. Lupe saß mit ihrer Mutter auf der Ladefläche des Lastwagens. Sie beobachtete den Mond, der immer wieder zwischen den Wolken hervortauchte, und dachte über das Gespräch nach, das sie mit ihrer Mutter wegen der Schule geführt hatte. Sobald sie zu Hause wären, würde sie Mrs. Sullivan besuchen und sie bitten, ihr Bücher zu borgen, mit denen sie ihre Ausbildung zur Buchhalterin fortsetzen konnte.

Lupe spürte die frische Brise des Pazifiks, während sie die Küste entlangfuhren. Ihre Gedanken wanderten in die Zukunft – eines Tages würde sie in einem Büro arbeiten. Sie betrachtete Carlota, die an der Schulter des Vaters fest eingeschlafen war, und obwohl sie sich geborgen und sicher im Kreis ihrer Familie fühlte, schwelte tief in ihrem Innersten ein Gefühl der Einsamkeit.

Sie ahnte, daß dieses Leben, das sie heute mit ihrer Familie führte, eines Tages genauso Vergangenheit sein würde wie die Zeit in ihrem geliebten Cañon – es würde nur noch ein Traum sein, wie die Erinnerung an ein anderes Leben.

Lupe betrachtete den Mond, den gleichen Mond, der zu Hause im Cañon jede Nacht hinter den hochragenden Kathedralenfelsen verschwunden war, und fühlte sich ihrer Familie zum erstenmal auf merkwürdige Weise entfremdet. Plötzlich fiel ihr der gutgekleidete, bärtige Mann wieder ein, der ihr von der Spielhalle aus nachgesehen hatte, und wie erschrocken sie gewesen war, als sie ihn im Tanzsaal erblickt hatte.

Sie erschauderte immer noch, wenn sie an den durchdringenden Blick seiner dunklen Augen dachte. Dennoch löste die Erinnerung an ihn ein angenehmes Gefühl der Vertrautheit in ihr aus, fast so, als ob sie ihn schon immer gekannt habe.

Nachdenklich blickte sie wieder zum Sternenhimmel empor, in der unbestimmten Ahnung, daß sich bald die Tür zu einem neuen Leben für sie öffnen würde.

Zwei Tage später stöberte Lupe in der Bibliothek von Santa Ana nach den Büchern, die Mrs. Sullivan ihr empfohlen hatte. Sie trug ein selbstgenähtes, weißes Kleid. Zwischen den vielen Studenten, die alle so gebildet wirkten und genau zu wissen schienen, was sie zu tun hatten, fühlte Lupe sich unsicher, und sie hatte Mühe, sich zu konzentrieren.

Als sie sich nach einem Buch reckte, das oben in einem der Regale stand, stieß sie an ein Brett und ließ die Bücher fallen, die sie im Arm trug. Mit lautem Gepolter fielen sie auf den Holzboden. Überzeugt, jeden Moment wegen des Lärms verwarnt zu werden, bückte Lupe sich erschrocken und hob die Bücher auf, aber sie war so konfus, daß sie ihr erneut herunterfielen.

Plötzlich tauchte neben ihr ein großes paar glänzender, schwarzer Schuhe auf. Lupe war sicher, daß man sie jetzt hinauswerfen würde, doch als sie aufblickte, sah sie einen gutaussehenden, jungen Angloamerikaner, der lächelnd auf sie hinabsah.

»Hallo«, sagte er und ging neben ihr in die Hocke, »kann ich helfen?«

»Vielen Dank«, erwiderte Lupe.

Er half ihr, die Bücher einzusammeln, und sie standen auf. Lupe nickte ihm dankend zu und wollte sich gerade umdrehen, als sie seine strahlend blauen Augen sah. Ihr Herz begann zu klopfen.

»Ich heiße Mark«, stellte er sich vor. »Und du?«

»Lupe«, antwortete sie zitternd.

»Lupe«, wiederholte er, »der Name gefällt mir. Sprichst du englisch?«

Sie nickte nervös.

»Wohnst du hier in der Gegend?«

Sie nickte wieder, vor Befangenheit bekam sie keinen Ton heraus.

»Fein«, sagte er, »ich auch. Wenn du nichts dagegen hast …« Er wurde verlegen und verbarg die Hände in den Taschen. »Ich meine, ich kann dich ja nach Hause begleiten.«

An seiner Verlegenheit bemerkte Lupe, daß er jünger war, als sie gedacht hatte. Er war höchstens ein paar Jahre älter als sie selbst. ›Wenn du nichts dagegen hast‹, hatte er gesagt. Erst jetzt fiel ihr auf, warum sie sich in Gegenwart von Jaime oder anderen mexikanischen Männern immer so unbehaglich fühlte. Keiner von ihnen hatte sie je um ihre Zustimmung für irgend etwas gebeten. Ein Mexikaner hätte die Bücher für sie aufgehoben, ihr ein Kompliment gemacht und sie, ohne zu fragen, nach Hause begleitet, in der selbstverständlichen Annahme, daß sie von nun an sein Eigentum sei.

Es war wirklich angenehm, respektiert zu werden, und sie ertappte sich dabei, daß sie wieder nickte.

»Schön«, sagte er erleichtert.

Mark half Lupe, die Bücher bei der Ausleihstelle einzutragen, dann traten sie aus der Bibliothek in den hellen Sonnenschein. Es war ein herrlicher Tag; die Vögel zwitscherten fröhlich, und die Natur hatte ihr Frühlingsgewand angelegt, als wollte sie sagen: »Schaut alle her.«

Jedermann schien Mark zu kennen, doch er wich nicht von Lupes Seite und nickte den jungen Leuten, die ihn von allen Seiten grüßten, nur zu, während er stolz an ihrer Seite durch den Frühlingsmorgen schritt.

In den darauffolgenden Monaten gelang es Juan nicht, den Filipino und dessen Freund aufzuspüren, obwohl sie ihm immer nur einen Sprung voraus zu sein schienen. Eines Abends, er hielt sich außerhalb der Stadt Fresno auf, legte er sich einen Plan zurecht. Er würde ein eigenes Casino aufmachen und so die beiden Männer anlocken, um sie zu töten.

Juan fuhr nach Hanford und überredete einen alten, chinesischen Freund, im Hinterzimmer seines Restaurants einen Pokerabend zu organisieren. Am Abend der Eröffnung postierte er sich in seinem besten Anzug, bewaffnet mit seinen beiden Revolvern, an der Eingangstür. Er beobachtete die eintretenden Gäste, als die Cops auftauchten.

Rasch verbarg er seine Waffen unter einem Sack mit Reis. Er setzte sich nicht gegen die Polizisten zur Wehr – die Männer taten schließlich nur ihren Job – und wurde mit den anderen Spielern verhaftet.

Bei der Verhandlung sah Juan den Filipino und seinen italienischen Freund endlich wieder. Die beiden hatten ihn reingelegt. As die beiden Wind davon bekommen hatten, daß er ihnen immer dichter auf den Pelz rückte, hatten sie sich als Spitzel verkauft. Diese Typen hatten es nicht verdient, daß man sie *hombres* nannte, das waren *cabrónes* von der schlimmsten Sorte!

Die anderen Verhafteten wurden freigelassen. Doch Juan und sein chinesischer Freund, der das Lokal zur Verfügung gestellt hatte, wären zu zwei Jahren verurteilt worden, hätte Juan dem Richter nicht hundert Dollar zugeschoben. Daraufhin verurteilte der weißhaarige alte Mann die beiden zu sechzig Tagen Haft im städtischen Gefängnis von Tulare, Kalifornien.

Im Knast von Tulare stellten Juan und der Chinese schnell fest, daß eine gespannte Atmosphäre herrschte. In dem winzigen Loch hockten über zwanzig Gefangene, die untereinander bis aufs Messer verfeindet waren.

Angesichts der Tatsache, daß er die nächsten zwei Monate in dieser Hölle verbringen sollte, organisierte Juan eine Packung

Zigaretten und nahm sich vor, unter den Gefangenen so schnell wie möglich für Ordnung zu sorgen.

Er setzte sich mit seinen Zigaretten in die äußerste Ecke der Zelle und legte sich eine Strategie zurecht. Nachdem er die Männer, die sich gegenseitig anpöbelten, eine Weile beobachtet hatte, fand er schnell heraus, daß die beiden Hauptunruhestifter ein großer, blonder Farmerjunge und ein kleiner, plattnasiger Angloamerikaner waren. Es waren noch fünf weitere Weiße in der Zelle, aber die waren harmlos. Der Rest bestand, bis auf vier Farbige und Juans chinesischen Freund, aus Mexikanern. Mit den Schwarzen würde es keine Probleme geben. Im Gefängnis spielten sich die Machtkämpfe stets zwischen den *gringos* und den *mejicanos* ab, wobei es mehr auf Mumm und Köpfchen ankam als auf Körpergröße oder Muskelkraft.

Juan bemerkte, daß die Mexikaner vorsorglich ein Auge auf ihn hielten, aber er hielt sich absichtlich von ihnen fern. Nach ein paar Minuten trat der große Farmerjunge herausfordernd auf ihn zu. Er war ein grobschlächtiger Bursche von höchstens neunzehn Jahren. Juan gab sich eingeschüchtert, und der Junge näherte sich siegesgewiß.

»He, Chilifresser«, tönte er, »her mit den Zigaretten, oder ich reiß' dir deinen Latinoarsch auf!«

Während er das sagte, beging der arme Junge den fatalen Fehler, Juan aus den Augen zu lassen, weil er sich beifallheischend nach seinen Kameraden umdrehte. Juan war mit einem Satz auf den Beinen, rammte dem Jungen seinen Schädel unters Kinn, boxte ihm die Faust in den Unterleib und schleuderte ihn in der nächsten Sekunde mit dem Kopf gegen die Betonmauer. Blut spritzte aus der Unterlippe des Jungen, dem ein paar Zähne aus dem Mund fielen, während er zu Boden ging.

Juan verlor keine Zeit und drehte sich sofort zu dem anderen Unruhestifter um, aber der Mann mit der platten Nase wich, so weit er konnte, zurück.

Begeistert von Juans Vorstellung, riefen seine Landsleute: »*Viva Méjico!*« und scharten sich begeistert um ihn. Doch Juan blieb zurückhaltend. Seit dem Vorfall im Steinbruch hatte er das Vertrauen in seine Landsleute verloren. Statt dessen begann er, nach Duels Manier, sie zu organisieren. Er verteilte Zigaretten und versprach, noch mehr davon zu besorgen. Dann überredete er sie, einen Richter und drei Ratgeber zu wählen, wobei er sich vergewisserte, daß der Chinese unter den Ratgebern war.

Bei Einbruch der Nacht hatte Juan die Männer genausogut im Griff wie draußen seine Pokertische. Er hatte ihnen klargemacht, daß er keine Reibereien mehr dulden würde. Schließlich waren sie erwachsene Männer und keine tollwütigen Hunde und hatten sich dementsprechend zu benehmen. Andernfalls würden sie vor den Richter gebracht und rigoros bestraft werden.

In dieser Nacht schlich Al, ein hochgewachsener, alter Italiener, der bis dahin ruhig in seiner Ecke gesessen hatte, zu Juan herüber.

»Ich habe dich beobachtet«, sagte er zu Juan. »Ich bin schon zwei Wochen hier, und die Männer haben sich die ganze Zeit gnadenlos bekämpft. Du bist gerade mal einen halben Tag hier und hast es fertiggebracht, für Ruhe zu sorgen.« Er lächelte und zeigte seine Goldzähne. »Du bist verdammt auf Zack, mein Junge«, sagte der alte Mann, »und du hast Talent. Ich freue mich, einen friedfertigen Mann kennenzulernen. Mein Name ist Al Cappola.«

Juan ergriff die Hand des Mannes, die ebenso groß war wie seine eigene. »Juan Villaseñor«, erwiderte er. »Das Vergnügen ist ganz auf meiner Seite, es kommt auch nicht alle Tage vor, daß man einen Mann kennenlernt, der Friedfertigkeit zu würdigen weiß.«

Das Lächeln des alten Italieners wurde noch breiter, und er lud Juan in seine Ecke ein. Die ganze Nacht über unterhielten sie sich leise. Al Cappola war professioneller Schnapsbrenner, der mit einer Gruppe Italiener aus der alten Welt herübergekommen war, einzig zu dem Zweck, erstklassigen Schnaps für den großangelegten Vertrieb in Fresno herzustellen.

Seine Freunde waren alles Italiener, und sie kontrollierten neunzig Prozent des gesamten Alkoholgeschäftes im San Joaquin Valley, zwischen Sacramento und Bakersfield. Sie hatten sogar einige Viertel in San Francisco beliefert. Doch einen Monat zuvor hatte es in der Brennerei, in der Al gearbeitet hatte, eine Razzia gegeben. »Aber ich mache mir keine Sorgen, die Bosse und ich, wir sind *paisanos*, und ich kriege fünf Dollar für jeden Tag, den ich absitzen muß.«

Juan war tief beeindruckt. Abgesehen von seiner eigenen Familie damals in Mexiko, hatte er noch nie von dieser Art Zusammenhalt unter Leuten gehört. Und fünf Dollar pro Tag waren eine ganze Menge. Der Alte mußte ein Meister in seinem Fach sein.

»Hut ab vor deiner Organisation und dem, was ihr unter *paisano* versteht«, sagte er. »Übrigens kennen wir den Ausdruck *paisano*, Landsmann, auch bei uns in Mexiko. Wir nennen außerdem den langbeinigen Vogel so, den man oft auf den Straßen beobachten kann. Wenn man so einen in der Nähe des Hauses hat, frißt er die Klapperschlangen in der Umgebung und macht dein Heim für dich und deine Kinder sicher.«

Al lächelte. »Wie klein die Welt doch ist«, sagte er. »In meiner Heimat bedeutet *paisano* genau dasselbe. Ein Freund, der dich vor den Klapperschlangen im Leben bewahrt.«

Sie plauderten weiter und wurden schnell Freunde, wie immer, wenn Männer im Gefängnis einander ihr wahres Gesicht zeigen.

In der folgenden Nacht wagte Juan, dem Italiener eine Frage zu stellen, von der er wußte, daß sie riskant war. Er wählte seine Worte mit Bedacht. »Wir haben uns lange unterhalten und sind Freunde geworden, deshalb hoffe ich, daß du es nicht als Beleidigung auffaßt, *señor*, was ich dich jetzt fragen möchte. Du weißt, ich bin Spieler und habe etwas Geld beiseite gelegt und …, nun, ich habe schon früher versucht, Alkohol herzustellen, aber diese Kunst übersteigt meine Fähigkeiten leider bei weitem. Na ja, ich dachte«, fuhr Juan bedachtsam fort, »wenn du dadurch keinen Ärger mit deinen *paisanos* bekommst, könnte ich dir jeden Tag ein paar Dollar dafür bezahlen, daß du mir beibringst, wie man es macht, solange wir hier sind.«

Der alte Mann schaute Juan lange an, bevor er sprach. »Du bist dir wohl im klaren darüber«, sagte er lächelnd, »daß ich jedem anderen, der mich darum bäte, glatt ins Gesicht spucken würde. Aber ich mag dich. Also einverstanden, für ein paar Extradollar pro Tag bringe ich dir bei, wie man erstklassigen Schnaps herstellt, so, wie man es nur in Italien oder Frankreich versteht. Aber denk dran, solltest du jemals auf dem Gebiet meiner *paisanos* damit Geschäfte betreiben, dann machen sie Hackfleisch aus dir, und ich werde ihnen dabei helfen.« Er flüsterte jetzt und starrte Juan eindringlich an.

Juan hielt dem Blick des Alten stand, ohne mit der Wimper zu zucken. Er machte eine typische Geste zu seinen Hoden und streckte seine Hand aus. »Abgemacht!« sagte er, »*a lo macho*, von Mann zu Mann.«

»Okay«, erwiderte der Alte, »dann sind wir uns einig.«

In den nächsten Wochen lauschte Juan aufmerksam den ausführlichen Erklärungen des alten Mannes und stellte Zwischenfragen, wenn er etwas nicht verstand. Allmählich begann Juan die Feinheiten der Kunst der Alkoholherstellung zu verstehen. Wenn man erst einmal das Grundkonzept begriffen hatte, war es nicht allzu schwer. Im Gegenteil, hatte man die Technik begriffen, war es geradezu ein Kinderspiel.

Zwei Wochen vor Als Entlassungstermin bestach Juan einen der Wärter, damit er ihnen die nötigen Utensilien zur Schnapsbereitung hereinschmuggelte. So stellten sie im Gefängnis ein paar Gallonen Whisky her, und als der Italiener freigelassen wurde, hatte Juan sich zur Freude der Wärter und Insassen zu einem hervorragenden Schnapsbrenner entwickelt.

An Als Entlassungstag fühlte Juan sich so niedergeschlagen, als würde sein eigener Vater ihn verlassen. Fünf Wochen hatten sie tage- und nächtelange Gespräche geführt und waren sich sehr nahe gewesen.

Nur ein einziges Mal, als Juan ihm von seiner Jagd nach dem Filipino und seinem italienischen Partner erzählt hatte, war es vorgekommen, daß der großartige Mann die Stirn gerunzelt hatte.

»Und was wirst du tun, wenn du die beiden geschnappt hast? Dich als Richter aufspielen und ihnen die Kehle durchschneiden, so, wie sie es mit dir vorhatten?« Der Alte hatte traurig den Kopf geschüttelt. »Ich dachte, du wärest ein friedfertiger Mann. Ich habe schon viele anständige junge Männer wegen sinnloser Racheakte draufgehen sehen. Vergiß es, Junge. Mach dein Geld und heirate«, riet er Juan. »Du solltest dein Leben genießen.«

»Danke«, erwiderte Juan, »vielleicht hast du recht.«

Mehr hatte Juan nicht dazu gesagt. Er fragte sich, ob der gutaussehende italienische Freund des Filipinos vielleicht ein Verwandter von Al war, möglicherweise sogar sein Sohn.

Doch als Juan aus dem Gefängnis kam, setzte er seine Jagd nach dem Filipino und dessem Freund unverzüglich fort. Wochenlang suchte er vergeblich nach einer Spur der beiden. Schließlich beschloß er, die Suche vorläufig einzustellen und Al Cappola in Fresno zu besuchen. Er war es leid, arm zu sein, und wollte endlich richtig Geld verdienen.

Juan und der alte Italiener aßen und tranken zusammen und genossen ihr Wiedersehen. Al gab Juan die Adresse eines Ladens in Los Angeles, der einem Landsmann von ihm gehörte und alles verkaufte, was ein guter Schnapsbrenner an Grundausstattung brauchte.

»Wenn du schon da unten bist«, sagte Al und händigte Juan die Adresse aus, »dann schau mal bei meinem jüngeren Bruder Mario rein. Er stellt auch gelegentlich Whisky her. Wer weiß, vielleicht könnt ihr euch ja gegenseitig dabei helfen, die Klapperschlangen fernzuhalten, wie echte *paisanos*.«

Juan bedankte sich und machte sich auf den Weg. Als er das große Warenhaus im Zentrum von Los Angeles betrat, traute er seinen Augen nicht. Al hatte wirklich nicht übertrieben, hier wurde – abgesehen vom Alkohol selbst – wirklich alles angeboten, was ein Schwarzbrenner brauchte.

Juan erwarb einen Kessel, einen Ofen, einen Gärkolben und ein halbes Dutzend Eichenfässer. Damit hatte er alles, was er benötigte.

Er mietete ein großes Haus im Viertel östlich vom Zentrum von Los Angeles und setzte die Fässer zum Gären an. Nachdem er seine Familie besucht und ihnen von seinen Plänen erzählt hatte, suchte er Als Bruder auf. Mario empfing ihn freundlich, doch Juan konnte ihm nicht die gleiche Sympathie entgegenbringen wie seinem älteren Bruder.

Juan fuhr zurück nach Los Angeles und beendete die Herstellung seines ersten, selbstgebrannten Whiskys. Das Ergebnis war hervorragend. Der beste Whisky, den er seit Montana getrunken hatte. Er schaffte die Fässer nach Santa Ana, wo Archie Freeman einen zweiten Wohnsitz hatte, und verkaufte sie ihm.

Er holte Julio, seinen alten Freund aus dem Steinbruch, nach

Los Angeles, der ihm bei der Herstellung einer größeren Menge half, von der er wieder die Hälfte an Archie verkaufte.

Juan machte so guten Profit dabei, daß er beschloß, sich einen neuen Anzug zuzulegen und das schönste Auto, das er mit Geld bekommen konnte, zu kaufen.

Mit so viel Geld in der Tasche sah die Welt schon ganz anders aus, und es war schwer, dabei noch Rachegefühle zu hegen. Vielleicht hatte Al ja wirklich recht gehabt, er sollte den Filipino und seinen Freund vergessen und statt dessen das Leben genießen.

Juan parkte seine verbeulte alte Karre vor dem Gelände eines Luxuswagenhändlers. Der Gedanke an das dicke Geldbündel in seiner Tasche verlieh ihm ein geradezu euphorisches Gefühl.

»An welchen hatten Sie denn gedacht?« fragte der blonde Verkäufer, der hinter Juan auftauchte.

»Weiß' noch nicht«, antwortete er und schritt um ein dunkelgrünes Dogde Cabrio herum. Juan trug einen dunkelblauen Nadelstreifenanzug, hellbraune Kalbslederhandschuhe und eine elfenbeinfarbene, lange Sportjacke. »Aber der hier, mit den braunen Sitzen, der würde gut zu meiner Jacke und meinen Handschuhen passen.«

Der Verkäufer lachte. »Sie haben Humor, mein Freund«, sagte er und streckte seine Hand aus.

Juan ignorierte die Hand. »Wieviel?« fragte er ohne Umschweife.

»Für'n Hunderter können Sie heute abend damit nach Hause fahren.«

»Nein danke, wieviel kostet die Karre komplett und in bar?«

»Sie meinen, siebenhundertfünfundneunzig Dollar in bar?« fragte der Verkäufer entgeistert. Er war Anfang Zwanzig und hatte noch nie erlebt, daß jemand einen Wagen bar bezahlte.

»Genau«, antwortete Juan, »es sei denn, Sie haben was gegen Bargeld.«

»Nein, nein«, erwiderte der junge Mann jetzt äußerst zuvorkommend. »Durchaus nicht. Wenn Sie mir bitte ins Büro folgen würden.«

Der Verkäufer führte Juan höflich plaudernd und lächelnd über das Gelände und hielt ihm die Eingangstür zum Büro auf.

Lupe, im Alter von fünfzehn Jahren

Maria und Don Victor

Victoriano und Doña Guadalupe

Juan Salvador Villaseñor, im Alter von zwanzig Jahren

Luisa, Salvadors ältere Schwester

Juan Salvadors und Lupes Hochzeit im Jahre 1929

Deputy Sheriff Archie Freeman

Juan fühlte sich großartig. Es war ein erhabenes Gefühl, von einem *gringo* wie ein König behandelt zu werden.

Er zog ein Bündel Dollarnoten hervor und zählte dem Mann das Geld in Fünfziger- und Zwanziger-Noten auf den Tisch. Der junge Mann war so nervös, daß er einen Kollegen bitten mußte, den Betrag nachzuzählen. Nicht zum erstenmal nahm Juan amüsiert zur Kenntnis, daß der Anblick eines Haufen Bargeldes erwachsene Männer vor Ehrfurcht wie Jungfrauen erbeben ließ.

Ehe Lupe so recht wußte, wie ihr geschah, hatte sie sich verliebt. Die ersten beiden Male, als Mark sie von der Bücherei nach Hause brachte, hatte sie sich absichtlich schon am Rande des *barrio* von ihm verabschiedet, aber diesmal bestand er darauf, sie den ganzen Weg nach Hause zu begleiten.

»Na gut«, antwortete sie zögernd, obwohl der Gedanke ihr Unbehagen einflößte. Nicht, daß sie sich ihrer Familie oder des armseligen Häuschens, in dem sie lebten, geschämt hätte, aber sie wußte, daß die Leute über sie reden und behaupten würden, sie sei zu arrogant, um mit ihren eigenen Landsleuten auszugehen.

Aber wie hätte sie ihm das erklären sollen? Mark war so wunderbar; stets behandelte er sie höflich und respektvoll. Sie unterhielten sich über die Schule und über Bücher und hatten viel Spaß zusammen.

Während sie die von Bäumen gesäumte Straße entlangschlenderten, betete Lupe darum, daß noch niemand von den Feldern zurück sei und sie beobachten konnte, doch kaum waren sie um die Ecke gebogen, sah Lupe ihre Nachbarin, die vor dem Haus das Unkraut zwischen ihren Rosenbeeten jätete.

»*Buenas tardes*, Lupita!« grüßte die alte Dame, als sie Lupe und den hochgewachsenen jungen Amerikaner kommen sah.

»*Buenas tardes*«, erwiderte Lupe. Nun würde es innerhalb einer Stunde das ganze Viertel wissen. Die Alte war die größte Klatschbase in Santa Ana.

»Ist alles in Ordnung?« fragte Mark, der Lupes Nervosität bemerkte.

»Ja, ja«, log sie. »Ich muß nur rasch hinein, weil ich das Essen vorbereiten muß.«

»Okay, dann bis morgen«, sagte Mark. »Ich habe mit meinem Vater gesprochen. Er gibt mir den Wagen, dann kann ich dich irgendwann nach Hause fahren.«

Lupe standen die Haare zu Berge. Hoffentlich hatte die Nachbarin das nicht gehört.

Zu allem Überfluß kam Lupes Familie genau in dem Moment mit dem Lastwagen nach Hause, als Mark die Straße zurückging. Lupe verschwand, so schnell sie konnte, im Haus, aber Carlota war mit einem Satz neben ihr.

»O Lupe! Er ist umwerfend! Kann ich Jaime jetzt für mich allein haben?«

Lupe wußte vor Verlegenheit nicht, was sie sagen sollte. Sie band sich die Schürze um und begann den Tortillateig auszurollen. Die Eltern und ihr Bruder traten grinsend herein. Zweifellos hatte die alte Lady von nebenan sie schon ausführlich ins Bild gesetzt.

»Warum hast du ihn denn nicht hereingebeten, *mi hijita*?« fragte ihre Mutter, während sie den vom Schweiß feuchten Strohhut absetzte.

»Sie schämt sich für uns«, antwortete der Vater und ließ sich müde am Tisch nieder.

»Das ist nicht wahr!« rief Lupe. »Ich habe mich noch nie für euch geschämt!«

»Schluß jetzt!« sagte Doña Guadalupe. »Wir sind alle etwas erschöpft.«

Während des Essens war Lupe so angespannt, daß die Mutter sie später zur Seite nahm.

»Wo hast du ihn kennengelernt, *mi hijita*?« fragte sie.

»In der Bibliothek.«

»Geht er in deine Schule?«

»Nein, er geht auf die Universität in San Francisco«, antwortete Lupe nervös. »Er studiert Architektur. Als ich ihn kennenlernte, brachte er nur ein paar Bücher von seiner jüngeren Schwester zurück.«

»Ich verstehe«, sagte die Mutter. »Was ist mit seinen Eltern? Hat er dich ihnen schon vorgestellt?«

»Nein, natürlich nicht, Mama!« erwiderte Lupe ärgerlich. »Wir haben uns doch gerade erst kennengelernt!«

»Aha.« Doña Guadalupe strich nachdenklich über ihre Schürze. »Um ehrlich zu sein, *mi hijita*. Ich habe bereits mit deinem Vater über dich gesprochen.«

»Wieso das denn, Mama? Ich habe doch nichts getan!«

»Nein, natürlich nicht, meine Liebe. Aber weißt du, schon als du noch ein kleines Mädchen warst, sind völlig Fremde zu dir gegangen, um dein Haar zu berühren oder dich zu streicheln.«

Lupe zitterte. »Ich habe das immer gehaßt. Sie hatten kein Recht dazu!«

»Das stimmt«, sagte die Mutter. »Aber du warst ein besonders reizendes Kind, und jetzt, wo du zur Frau geworden bist, ist die Verlockung für Männer um so größer. Denk an deinen Lehrer. Ich bin sicher, wenn du anders aussehen würdest, hätte er niemals …«

»Aber Mama, ich hatte nichts getan, was ihn provoziert haben könnte!« sagte Lupe und wurde allmählich zornig.

Doña Guadalupe seufzte. »Bitte«, sagte sie, »gib mir deine Hand!«

Widerstrebend gehorchte Lupe.

»Ich möchte dich nicht aufregen, aber ich muß mit dir darüber reden. Sag mir bitte, wie verhält sich dieser junge Amerikaner dir gegenüber?«

»Ach, Mama!« Lupes Augen blitzten vor Empörung. »Wir unterhalten uns nur über die Schule und über Bücher. Aber es macht mir Freude. Es ist genau wie damals, mit Señora Muñoz und Manuelita und den beiden kleinen Indianerinnen.«

»Das freut mich für dich«, sagte die Mutter, als sie Lupes unschuldige Begeisterung bemerkte. »Warum bringst du ihn dann nicht einfach mal mit nach Hause, damit wir ihn kennenlernen können?«

Lupes Haltung wurde wieder abweisend. »Aber Mama. Wenn ich daran denke, wie die alte Frau von nebenan uns angesehen hat. Ich kam mir auf einmal so … so schmutzig vor. Wenn ich ihn mitbringe, wird sie es doch überall herumerzählen!«

Doña Guadalupe seufzte erneut. »Lupe«, sagte sie, »wen interessiert es schon, was andere Leute sagen? Weißt du nicht, daß du etwas Besonderes bist, weil du gezeugt wurdest, als der Komet die Erde berührt hatte?«

»Ich will aber gar nichts Besonderes sein!« sagte Lupe unwillig.

Doña Guadalupe lachte. »Und die Sonne? Wer fragt denn, ob die Sonne die Sonne sein möchte. Oder ob Gott der sein möchte, der er ist?« Sie zuckte mit den Schultern. »Es hat keinen Zweck, sich zu beklagen, daß man der ist, der man ist, sondern man sollte statt dessen in sich hineinhorchen. Du bist lieber mit diesem Amerikaner zusammen als mit unseren mexikanischen Jungen, aber erinnere dich mal an die Mädchen zu Hause in La Lluvia, die mit den amerikanischen Ingenieuren verheiratet waren und letztendlich mit ihren Kindern sitzengelassen wurden.«

»Mama!«

»Komm mir nicht mit ›Mama‹«, sagte die alte Frau. »Sondern benutze deinen Kopf und sei vorsichtig. Du bist schließlich kein Kind mehr.«

Sie blickte ihre Tochter eindringlich an, in dem Wunsch, ihre ganze Lebenserfahrung auf Lupe zu übertragen. In den Augen ihrer Jüngsten konnte sie deutlich erkennen, daß diese dabei war, flügge zu werden.

Doña Guadalupe tat einen tiefen Atemzug. Sie war klug genug, um zu wissen, daß jeder Mensch seine Erfahrungen selbst machen und seinen eigenen Weg finden mußte. Eine Tatsache, die gleichzeitig Schrecken und Herausforderung für alle Eltern darstellt. Sie drückte Lupe liebevoll an sich. Liebe war doch letztendlich alles, was Eltern ihren Kindern mit auf den Weg geben konnten.

Die Leute starrten Juan an, als er mit seinem nagelneuen, grünen Dodge Cabrio im Viertel von Corona einfuhr. Es sah geradezu majestätisch aus, wie er langsam durch die Straßen rollte und jedem grüßend zuwinkte.

Als er Jose und Pedro am Ende der Straße mit ein paar anderen Jungen Baseball spielen sah, hupte er. Die Jungen rannten schreiend herbei, als sie den großen Wagen erblickten.

Barfuß und halbnackt liefen sie um den Dodge, berührten ihn immer wieder ehrfürchtig und konnten es kaum fassen, ein solches Auto hier zu sehen. Nur ein Cadillac oder ein großer Packard hätte diese Attraktion noch übertrumpfen können.

»Onkel!« schrie Jose. »Gehört der etwa uns? Mann, ist das eine Wucht!« Jose war inzwischen zwölf Jahre alt, noch ein halbes Kind, aber nur einen halben Kopf kleiner als Juan.

»Nein«, sagte Juan und lachte stolz, »dem Bürgermeister.«

»Oh, dann hat er ihn dir geliehen?« fragte der große, stämmige Junge.

»Klar«, erwiderte Pedro und lachte seinen älteren Bruder aus. Er war erst neun, aber in vielen Dingen schon gewitzter als sein Bruder. »Dummkopf, als ob der Bürgermeister uns *mejicanos* seinen Wagen leihen würde.«

Jose drehte sich um und wollte sich auf seinen jüngeren Bruder stürzen, doch der lachte und wich geschickt aus.

»Nimm uns ein Stück mit, Onkel!« bettelte Pedro.

»Wieso sollte ich?« fragte Juan. »Habt ihr nicht gesagt, nur *gringos* führen anständige Autos?«

»Ich hab' mich geirrt!« beteuerte Pedro. »Wirklich! Bitte laß uns ein Stück mitfahren.«

»Aber ihr seid total schmutzig!« antwortete Juan, der die Situation sichtlich genoß.

»Wir springen schnell in den Kanal und waschen uns!« rief Pedro.

»Dann werden wir noch dreckiger«, warf Jose trocken ein.

»Ach bitte, Onkel!« bettelte Pedro. »Wenn du uns mitnimmst, dann beten wir auch zehn Rosenkränze in der Kirche, daß sie dich nicht schnappen!«

Juan dachte, er hätte sich verhört. »Wie bitte?«

Pedro spürte, daß er zu weit gegangen war. Es war ihnen eingeschärft worden, niemals zu erwähnen, womit der Onkel sein Geld verdiente. »Ich wollte nur sagen, wir beten für dich, damit du in den Himmel kommst«, korrigierte er sich schnell.

Juan mußte lachen. Der Junge hatte genauso ein freches Mundwerk wie seine Schwester Luisa. Aber er konnte sich auch genauso schnell aus der Affäre ziehen.

»Weißt du, Pedro«, sagte Jose, »zehn Rosenkränze mögen ja helfen, daß unser Onkel in den Himmel kommt. Aber sie werden nichts daran ändern, daß wir sein Auto schmutzig machen. Wir sollten ihm besser versprechen, daß wir den Wagen innen und außen waschen, wenn er uns ein Stück mitnimmt.«

»Okay!« brüllte Pedro und drehte sich zu den anderen Jungen um. »Mein großer Bruder hat recht. Und ich werde persönlich darüber wachen, daß ihr den Wagen von meinem Onkel anständig wascht, sonst war das eure erste und letzte Fahrt in unserem Familienauto!«

Juan mußte erneut lachen, als er mitbekam, wie geschickt Pedro dafür sorgte, daß er selbst keinen Finger krumm machen mußte. Er liebte seine beiden Neffen, die so gänzlich unterschiedliche Charakterzüge aufwiesen. Aber sie waren beide aus seinem Fleisch und Blut, daran gab es nichts zu rütteln.

»In Ordnung!« sagte Juan. »Rein mit euch!« Die sieben Jungen stürzten sich schreiend auf den Wagen, und Jose mußte zwei von ihnen mit den Fäusten zur Vernunft bringen, damit sie einigermaßen manierlich einstiegen.

»Werdet ihr euch wohl anständig benehmen!« rief er. »Wenn der Wagen meines Onkels auch nur den kleinsten Kratzer abkriegt, dann bekommt ihr es mit mir zu tun!«

Die Jungen rissen sich zusammen. Wieder einmal war Juan verblüfft. Wenn Jose sprach, klang er genau wie sein Vater, den der Junge nie kennengelernt hatte.

Als endlich alle saßen, ließ Juan den Motor an und rollte davon. Die Straße war voller Schlaglöcher, und überall liefen gackernde Hühner herum. Am Ende der Straße bog Juan zu den Obstplantagen ab, wobei die herunterhängenden Zweige fast sein Gesicht streiften. Hupend raste er zwischen den Reihen der Orangenbäume hin und her und kurvte um einen alleinstehenden Baum. Die Jungen brachen in Freudengeheul aus. Als er genug hatte, bremste Juan vor ihren beiden kleinen Häusern und stieg aus.

»So«, sagte er zu Jose, »jetzt bist du dran.«

»Ich?« fragte der Junge gleichermaßen überrascht und entsetzt.

»Klar«, erwiderte Juan, »meinen alten Wagen hast du doch schon mal für mich gefahren. Also los!«

»Aber der hier ist neu«, antwortete Jose nervös.

»Mach schon!« brüllte Pedro. »Oder rutsch rüber, dann fahre ich!«

»Nichts da, Pedro«, widersprach Juan. »Du läßt die Finger von dem Lenkrad, oder ich zieh' dir das Fell über die Ohren!«

Pedro glich sehr seinem Vater. Er war schlagfertig und gutaussehend, aber nicht so verantwortungsbewußt wie Jose.

»Du hast gehört, was unser Onkel gesagt hat!« rief Jose. Er schubste seinen Bruder zur Seite und griff nach dem Lenkrad.

Die Jungen starrten Jose erwartungsvoll an. Er ließ den Motor an, trat die Kupplung und legte den Gang ein. Der Wagen machte ein paar stotternde Sätze durch die Obstplantage. Als sie einen herunterhängenden Zweig streiften, prasselte ein Regen aus Orangen auf die Jungen herab, und Juan bog sich vor Lachen.

Angelockt von dem Lärm, traten Luisa und Doña Guadalupe aus dem Haus.

»Halt sie sofort auf!« schrie Luisa. »Sie werden sich umbringen!«

»Nein, sie sind okay«, beruhigte sie Juan.

»Aber sie werden deinen Wagen ruinieren!« rief sie beunruhigt.

»Und wenn schon!«

»Du erziehst sie bloß zur Respektlosigkeit«, regte sich die Schwester auf.

»Um so besser«, erwiderte Juan. »Zuviel verdammter Respekt kann tödlich sein.«

Der Wagen schnellte ruckartig und gefährlich nahe an den Bäumen über das Gelände. Pedros Begeisterungsrufe übertönten noch die der anderen Jungen.

»Ach Juan«, seufzte Luisa und gab Juan einen Kuß auf die Wange. »Du regst die Jungen jedesmal so auf, daß es Wochen dauert, bis sie mir wieder gehorchen.«

»Sehr gut«, antwortete Juan und drückte seine Schwester an sich. »Das geschieht dir ganz recht.«

»Aber *mi hijito*«, sagte seine Mutter, während sie lächelnd den Wagen voller Kinder betrachtete, der zwischen den Bäumen hin und her schoß, »sie haben sogar aufgehört, zur Schule zu gehen.«

»Wie bitte?« fragte Juan.

»Doch, es stimmt«, beteuerte Doña Margarita. »Wenn Luisa ihnen sagt, sie sollen in die Schule gehen, antworten sie nur: ›Warum? Zu Geld kommt man sowieso nur mit einem Revolver, so wie *tío* Juan, nicht mit Büchern.‹«

»Verstehe«, sagte Juan. »Ich werde sie mir mal vorknöpfen müssen.«

»Aber du darfst sie nicht schlagen«, sagte Luisa. »Sie müssen es begreifen lernen. Die Jungen haben niemals so schreckliche Dinge erlebt wie wir, und sie wissen nicht, durch welche Hölle du gegangen bist.«

Juan nickte. »Du hast recht. Daran habe ich nicht gedacht.«

Er seufzte. Die Jungen würden sich noch wundern. Schwarzbrennerei und Schußwaffen waren keine Lösung. Diese Dinge halfen nur ihm, sein Ziel zu erreichen.

Am Spätnachmittag des gleichen Tages saß Juan bei seiner Mutter in dem kleinen Scheunenanbau. Da sie sich in den vergangenen sechs Monaten nicht gesehen hatten, gab es eine Menge zu erzählen.

»Komm mal hier herüber ins Licht«, sagte sie zu ihm und nahm sein Gesicht in beide Hände, »damit ich sehen kann, wie die Narbe verheilt ist.«

Nach seiner Verletzung hatte Doña Margarita ihm die Wunde immer wieder mit einer Kräuteröltinktur betupft. Sie gehörte zu den geschicktesten Heilerinnen im *barrio*.

»Es sieht gut aus, *mi hijito*«, sagte sie und fuhr mit den Fingern prüfend durch seinen Bart. »Ich finde, du könntest den Bart jetzt abrasieren und endlich ernsthaft nach einer Frau Ausschau halten. Sie goß sich einen Schuß von Juans vorzüglichem Whisky in ihren Kaffee. »Schließlich wird ein Mann erst dann vollkommen, wenn er heiratet und Nachkommen zeugt!«

Juan lachte. Seine Mutter würde keine Ruhe geben, bevor er nicht Ehemann und Vater geworden war.

»Jetzt ist es schon zwei Jahre her, seit du aus Montana gekommen bist. Und noch immer hast du keine Frau gefunden!«

»Schon gut, Mama«, sagte er und dachte an Lupe, das Mädchen aus dem Tanzsaal. Es war Wochen her, daß er zuletzt an sie gedacht hatte.

Sie hätten noch stundenlang vergnügt weitergeplaudert, wenn sie nicht von einem lauten Klopfen an der Vordertür aufgeschreckt worden wären. Es war schon dunkel, und gewöhnlich kam um diese Zeit niemand zum Haus der Mutter und klopfte an die Tür. Juan signalisierte seiner Mutter mit den Augen, sich in den hinteren Bereich des nur ein Zimmer umfassenden kleinen Hauses zu verbergen. Er ging mit seiner kurzläufigen 38er in der Hand zur Tür. Die 45er lag unter dem Sitz in seinem Dodge.

Doña Margarita kauerte sich zusammen wie ein Hase, und obwohl sie keine Angst verspürte, bekreuzigte sie sich. Die alte Lady war nach wie vor unerschütterlich davon überzeugt, daß Gott auf ihrer Seite war.

Erneut hämmerte es gegen die Tür.

»Ja, bitte?« rief Juan und stellte sich seitlich neben die Tür, nachdem er sich vergewissert hatte, daß sich die Mutter außerhalb der Schußlinie befand.

»Villa!« rief eine fremde Stimme. »Bist du da drin?«

»Kann sein«, antwortete Juan. Außer den Italienern, mit denen er sich in den letzten Monaten angefreundet hatte, sprach ihn niemand mit ›Villa‹, der Kurzform für Villaseñor, an.

»Verdammt, Villa! Mach die Tür auf! Ich bin's, Mario, ich muß mit dir reden!«

»Mario Cappola«, sagte Juan erleichtert. Er drehte sich zu seiner Mutter um und nickte ihr zu, zum Zeichen, daß alles in Ordnung war. Trotzdem legte er sich seinen Mantel, der an einem Haken an der Wand gehangen hatte, über die Schulter, um seine Waffe zu verbergen. »Es ist ein Freund«, sagte er zu seiner Mutter und ging wieder zur Tür.

»Sei trotzdem vorsichtig, *mi hijito*«, warnte die Mutter auf spanisch. »Auch Judas war einmal der Freund unseres Herrn.«

»Ja«, erwiderte Juan, »ich denke dran.« Er öffnete die Tür. Als er sah, daß Mario allein war, trat er zu ihm hinaus und schloß die Tür hinter sich.

»*Cómo estás*, Mario?« fragte Juan. Er hatte festgestellt, daß das Italienische und das Spanische sich sehr ähnelten und die Italiener recht gut Spanisch verstanden.

»Danke, gut«, antwortete Mario.

»Wie geht's meinem *paisano* Al?« erkundigte sich Juan.

»Gut«, antwortete Mario. »Er hat übrigens gestern nach dir gefragt. Du weißt ja, daß er im Krankenhaus war.«

»Nein, das wußte ich nicht«, sagte Juan betroffen. »Und? Ist er wieder in Ordnung?«

»Na ja, wenn man sein Alter bedenkt, geht's ihm ganz gut«, sagte Mario und blickte zu seinem Wagen, der hinter Juans Dodge geparkt war. »Aber eigentlich wollte ich über etwas anderes mit dir reden, Villa.« Er befeuchtete seine Lippen. »Können wir 'n Stück fahren?« fragte er.

Juan blickte über Marios Schulter. Es sah aus, als säße jemand in Marios Wagen. Juan gefiel die ganze Sache nicht.

»Nein«, antwortete er. »Ich kann im Moment nicht.«

»Es handelt sich aber um eine wichtige Angelegenheit. Könnte 'ne Menge Kohle für dich dabei rausspringen.«

Juan hätte fast gelacht. Mario wollte ihn wohl hereinlegen.

»Okay«, sagte er und versuchte unbefangen zu wirken. »Dann laß uns hier darüber reden. Meine Mutter ... du weißt ja, wie das ist. Wir haben uns lange nicht gesehen.«

Marios Gesichtsausdruck wurde eisig. »Hast du nicht verstanden, Villa? Ich sagte, es ist wichtig.«

Juan erwiderte Marios Blick nicht. Er trat ein Stück zurück, und seine Finger schlossen sich fester um den Griff seiner 38er. Falls es Ärger geben würde, hoffte er nur, daß seine Neffen nicht plötzlich erschienen. Von seiner Mutter wußte er, daß sie klug genug sein würde, da zu bleiben, wo sie war.

»Okay, Villa«, sagte Mario, als er merkte, daß er mit Andeutungen nicht weiterkam. »Es geht darum, daß ich dir alles abkaufen will, was du in den nächsten Monaten herstellen kannst. Fünfzig Fässer, sechzig Fässer, soviel du schaffst, aber, nun ja ...«

Juans Augen weiteten sich. Bis jetzt hatte er nicht mehr als insgesamt dreißig Fässer Whisky selbstgebrannt.

Mario lachte. »Hört sich gut an, was? Weißt du, in San Bernardino wird nächsten Monat ein neues Hotel eröffnet, und sie brauchen soviel Stoff wie möglich. Ist ein riesiger Kasten. Absolute Spitzenklasse, der übertrifft sogar alles, was es bisher in Los Angeles gibt. Zur Eröffnung werden die Leute von überall her erwartet. Mann, die haben allein für den Bau über 'ne Million Dollar ausgegeben.«

Mario wippte auf den Füßen und ließ Juan einen Moment Zeit,

seine Überraschung zu verdauen. Eine Million Dollar war schließlich ein Batzen Geld.

»Sie wollen nur allerbeste Qualität«, fuhr Mario fort und zog ein Päckchen Chesterfields aus der Tasche. »Hast du mal Feuer?«

»Nein«, log Juan. Er dachte nicht daran, den Griff seiner 38er loszulassen.

Ein amüsierter Ausdruck trat in Marios Augen. »Herrgott, Villa, wir sind Freunde! Hast du das vergessen?«

Juan war peinlich berührt, er hätte nicht gedacht, daß sein Mißtrauen so offensichtlich war.

Mario lachte laut auf, als er Juans Verlegenheit bemerkte.

»Du verdammter Idiot! Hast du dir wirklich eingebildet, du könntest einen Revolver vor einem Italiener verbergen? Wir haben schon mit Waffen hantiert, da habt ihr noch in Höhlen gehaust und Pfeil und Bogen benutzt.«

Juan senkte die Hand, die den Revolver unter dem Mantel hielt. Was blieb ihm übrig? Er war durchschaut. Er steckte die Waffe in seinen Gürtel.

»Also«, fuhr Mario fort. »Der Hotelier hatte von Al und mir gehört. Er hat unseren Whisky probiert und war begeistert. Er sagte, es wäre der beste Canadian Whisky seit Beginn der Prohibition.«

Er zückte ein Feuerzeug und zündete seine Zigarette an. »Deshalb hat er mich damit beauftragt, guten Stoff für ihn zu besorgen. Er will nur allerbeste Qualität, nicht diesen billigen Fusel, von dem man blind wird. Und er zahlt für jedes Faß siebzig Dollar bei Lieferung.«

»Siebzig Dollar?« entfuhr es Juan, lauter, als er beabsichtigt hatte. Von Archie hatte er vierzig Dollar pro Faß bekommen. Er konnte es kaum glauben. Die Sache hörte sich einfach zu verlockend an, und er hatte gelernt, bei solchen Angeboten vorsichtig zu sein.

»Hört sich gut an«, sagte er zu Mario, »sehr gut sogar. Aber sag mal, Mario, wieso kommst du eigentlich damit zu mir? Warum übernehmen du und Al den Deal nicht allein, jetzt wo Al auch hier unten wohnt? Oder ihr wendet euch an die Organisation, eure *paisanos* in Fresno?«

Mario war betroffen, mit so einer Reaktion hatte er nicht

427

gerechnet. »Paß auf, Villa«, sagte er, »ich bin nicht gekommen, weil ich einen Rat brauche. Verdammt, ich habe den Handel schon fünf anderen Jungs angeboten, und sie sind alle drauf angesprungen. Ich verstehe dich nicht, Villa. Ich habe dir doch gerade erzählt, daß Al im Krankenhaus war, er ist nicht mehr der Jüngste. Wir schaffen so einen Riesenauftrag nicht mehr allein. Und was unsere *paisanos* in Fresno angeht, Mann, die haben mehr als genug zu tun. Mensch, was ist los mit dir? Ich dachte, ich tu dir 'nen Gefallen, wenn ich dich ins Geschäft bringe!«

Juan grinste. »Aber Mario«, sagte er, »ich wollte dich nicht beleidigen. Wirklich nicht. Ich weiß dein Angebot zu schätzen. Aber laß mich wenigstens drüber nachdenken und überschlagen, wieviel ich liefern kann.« Er fuhr sich mit der Zunge über die Lippen. »Schließlich will ich nicht einfach ›ja‹ sagen und später nicht liefern können. Dann würden wir beide schlecht dastehen.«

»Juan«, sagte Mario ungeduldig und redete Juan zum erstenmal mit Vornamen an, »du scheinst nicht zu kapieren. Ich muß jetzt eine Antwort haben. Das ist ein großes Geschäft und ...«

»Hast du diesem Hoteltypen meinen Namen genannt?« fragte Juan.

»Ob ich was habe?« Mario starrte ungläubig auf Juan hinab. »Hältst du mich für einen kompletten Idioten? Du glaubst wohl, nur weil du der Freund meines Bruders bist, kannst du dir alles erlauben? Da hast du dich gewaltig getäuscht! Hörst du! Ich bin ein Ehrenmann, kein mieser kleiner Verräter, der rumläuft und Namen verpfeift!«

Juan lenkte sofort ein. »Das habe ich nicht gemeint. Es tut mir leid, ich wollte dich wirklich nicht beleidigen. Ich versuche doch nur, die Sache zu verstehen. Man hört schließlich nicht jeden Tag von so einem Millionenhotel.« Er lachte und schlug Mario freundschaftlich auf die Schulter. »Dieses Gerede von Millionen hat mich einfach verwirrt. Ich dachte nur ... na ja, daß der Hotelier bei so einem Bombengeschäft als Garantie die Namen der Lieferer wissen wollte.«

Mario beruhigte sich wieder, und Juan atmete erleichtert auf.

Er hatte damit gerechnet, daß Mario wütend werden würde, wenn er ihn verdächtigte, Namen genannt zu haben, denn Verschwiegenheit war das oberste Gebot unter den Schwarzbrennern. Einen solchen Wutausbruch hatte er allerdings nicht erwartet. Er fragte sich, was wohl der Grund dafür war.

»Tut mir ehrlich leid«, wiederholte er. »Ich weiß, daß du ein Ehrenmann bist, aber ich bin wirklich etwas verwirrt. Komm, erzähl mir mehr von der Sache. Liefern wir selbst, oder holen sie das Zeug ab?«

Marios Zorn war wieder verflogen. »Wir liefern«, antwortete er.

»Verstehe«, erwiderte Juan. »Und wie wird das aussehen? Bringe ich die Fässer zu dir, und du verschickst sie weiter, oder fahre ich hinter deinem Laster her und liefere meine Ware selbst ab?«

Marios Gesicht rötete sich erneut. »Jetzt paß mal auf! Bist du nun dabei oder nicht?«

»Mario«, beschwichtigte ihn Juan, »du mußt ein wenig Geduld mit mir haben. Ich habe nicht so viel Erfahrung auf diesem Gebiet wie du. Also mußt du es mir erklären, damit ich es verstehe. Du, dein Bruder und ich, wir sind doch *paisanos*; wir halten uns gegenseitig die Klapperschlangen vom Hals.«

Juan hatte das Gefühl, daß er genau wie seine Mutter klang. Von ihr hatte er die Kunst gelernt, mit nachgiebiger Härte zum Ziel zu gelangen. Und die Leute fielen immer darauf herein, vor allem gestandene Männer.

Auch Mario entspannte sich und erklärte Juan, der an den Türrahmen gelehnt, aufmerksam zuhörte, die Einzelheiten des Handels. Sie einigten sich zu fairen Bedingungen und besiegelten ihre Partnerschaft per Handschlag und mit einem freundschaftlichen *abrazo*.

Als er wieder im Inneren der kleinen Scheune war, genehmigte Juan sich ein ordentliches Glas seines selbstgebrannten Whiskys und berichtete seiner Mutter ausführlich von dem Handel.

»Die Sache klingt wirklich gut, Mama. Ich hätte eine Zeitlang ausgesorgt«, sagte Juan und nippte an seinem Glas. »Dann könnte ich für dich und Luisa endlich diese beiden Häuser hier kaufen und das große Grundstück. Aber ich habe noch nie bei so einem großen Geschäft mitgemacht«, fügte er nachdenklich hinzu. »Ich weiß nicht mal, ob ich die richtige Ausrüstung dafür habe. Außerdem kommt mir irgendwas an der Sache faul vor.«

»Da hast du recht«, erwiderte Doña Margarita, die ebenfalls genußvoll an ihrem Glas nippte. Sie liebte den Whisky ihres Sohnes. Er erinnerte sie an den vorzüglichen Tequila, den sie in ihrem Heimatdorf hergestellt hatten. »Sogar für einen Italiener ist er eine Spur zu temperamentvoll geworden, als du ihn nach den Einzelheiten gefragt hast. Weißt du noch, *mi hijito*, dein Vater war mir gegenüber oft genauso aufbrausend, aber immer nur, wenn er etwas zu verbergen hatte und ich der Sache auf die Schliche kam.«

Mit diesen Worten ergriff sie die kleine Halbliterflasche Whisky und ging mit einer selbstgedrehten Zigarette, aus dem Tabak, den sie hinter dem Haus zog, zu Bett.

»Laß mich erst mal über die Sache schlafen, dann reden wir morgen weiter darüber«, sagte sie.

»In Ordnung, schlaf gut, Mama«, antwortete Juan und begann sich zu entkleiden.

»Warte mal«, sagte Doña Margarita und setzte sich auf ihr Bett. »Wieso kannst du eigentlich mit deiner Ausrüstung keine großen Mengen herstellen?«

Juan lächelte. Es gab anscheinend kein Problem, von dem seine Mutter nicht überzeugt war, daß sie es lösen könnte.

»Nun ja, jetzt, wo ich genauer darüber nachdenke, ist meine Ausrüstung wahrscheinlich nicht mal das Problem. Das eigentliche Problem liegt darin, daß meine Nachbarn, in der Absicht freundlich zu sein, alle nasenlang bei mir hereinschauen. Sie nehmen zuviel meiner Zeit in Anspruch, und ich will natürlich auch nicht, daß sie Wind von dem bekommen, was ich tue.«

»Ich verstehe«, erwiderte die Mutter. »Und das Haus, das du gemietet hast, liegt im *barrio* von Los Angeles, stimmt's?«

»Stimmt.«

»Aha. Und die Nachbarn kommen dich dauernd besuchen?«

»Ja«, antwortete er und lächelte, als er sah, wie seine Mutter angestrengt die Stirn runzelte.

»Nun«, sagte sie und nahm einen kleinen Schluck aus der Flasche, »dann mußt du eben in eine Gegend ziehen, wo keiner auf ein gutes Nachbarschaftsverhältnis erpicht ist, *mi hijito*.«

Er grinste. »Klar, ich könnte auf den Mond ziehen. Und wo du schon mal dabei bist, Mama, fällt dir vielleicht auch eine Lösung für den Alkoholgeruch ein?«

»Ich werde mir was einfallen lassen«, sagte sie. »Aber du hättest eher zu mir kommen sollen.« Sie nahm noch einen kleinen Zug. »Jetzt müssen wir erst mal überlegen, wo niemand Wert darauf legt, sich mit dir anzufreunden. Laß mich nachdenken.« Sie schloß ihre runzeligen Augenlider, um sich besser zu konzentrieren.

Juan hätte fast aufgelacht. Wie konnte dieses Bündel aus Falten und alten Knochen ihm schon helfen? Sie hatte keine Ahnung davon, wie die Dinge in diesem Land liefen. Doch plötzlich riß sie die Augen weit auf.

»Ich hab's!« sagte sie aufgeregt. »Meine Güte, es ist ganz einfach! Daß ich nicht früher darauf gekommen bin!« fügte sie hinzu. »Du brauchst doch nur in dem Teil der Stadt ein Haus zu mieten, wo die *gringos* wohnen. Ein richtig großes Haus. Dann kannst du sicher sein, daß dich keiner von denen belästigen wird, im Gegenteil, sie werden sehen, daß sie dir bloß nicht zu nahe kommen!«

Juan war perplex. Die Mutter hatte den Nagel auf den Kopf getroffen. Das war die Lösung.

»Aber dieser Julio, der für dich arbeitet«, fuhr die Mutter aufgeregt fort, »der muß auch mit seiner Familie in das Haus ziehen. Wenn zwei Männer allein darin wohnen, werden die *gringos* mißtrauisch und haben Angst um ihre Frauen, dann holen sie beim geringsten Anlaß die Polizei.«

»Allmächtiger!« staunte Juan. »Woher hast du bloß diese Raffiniertheit, Mama?«

»Mir blieb nie etwas anderes übrig«, antwortete sie. »Ich mußte mein Leben lang raffiniert sein, um zu überleben.« Sie nippte wieder an ihrem Whisky. »Aber ich bin noch nicht fertig. Gute Ideen taugen nur dann zu etwas, wenn du die unzähligen Details durchdacht hast, die zu ihrer Durchführung nötig sind.«

Juan setzte sich neben die Mutter aufs Bett. »Ich liebe dich, Mama«, sagte er und schloß sie in seine kräftigen Arme.

»Hör auf damit! Ich muß nachdenken!« Sie befreite sich aus seiner Umarmung. »Zum Beispiel darüber, wie du es als angeblich mittelloser Mexikaner anstellen willst, solch ein Haus zu mieten. Und wenn du es geschafft hast, wie verdeckst du den Geruch der Brennerei und alles andere, das verdächtig wirken könnte?«

Sie schloß wieder die Augen und dachte angestrengt nach, fest entschlossen, auch dieses Problem zu lösen. Juan beobachtete sie mit dem gleichen Interesse, mit dem ein anderer vielleicht einen großen Fluß oder einen Vulkan kurz vor dem Ausbruch betrachtet haben würde. Sie sah so alt und hilflos aus, doch unter der Oberfläche brodelte eine unerschütterliche Energie, die man nicht unterschätzen durfte.

»Also, was den Geruch angeht, da könntest du Julios Frau … wie heißt sie doch gleich?«

»Geneva.«

»Ja, richtig, du könntest Geneva anhalten, möglichst viele Gerichte mit reichlich Knoblauch zu kochen. Der Knoblauchgestank allein wird die *gringos* schon fernhalten.« Sie zwinkerte ihm zu. »Genau! Das ist es! Die *gringos* hassen strenge Gerüche. Du streust außerdem ein bißchen Hühnerscheiße in deinen Lieferwagen und verbreitest überall, daß du Dünger ausführst, um deinen Lebensunterhalt zu verdienen. Das ist überhaupt die Idee. Dann wird dir keiner nahe genug kommen, um Fragen stellen zu können.«

Sie lachte vergnügt und kroch unter ihre Decken.

»Das reicht für heute«, sagte sie, »jetzt muß ich schlafen. Morgen reden wir weiter und überlegen, was es mit dem Angebot des Italieners auf sich hat. Und dann sprechen wir über dieses Mädchen. Ich habe sie nämlich wiedergesehen. Sie kam noch mal vorbei, um unsere Ziege zu melken, während du fort warst.«

»Dieses sogenannte Engelsgeschöpf?«

»Genau die! Und sie ist nicht nur wunderschön, *mi hijito*, sie ist auch clever. Und das ist sehr wichtig für eine Frau, wenn sie ein Heim gründen und Kinder großziehen soll. Aber jetzt laß mich schlafen, damit ich erst mal alles verdauen kann. Morgen sage ich dir, wie wir vorgehen werden.«

Juan lachte und küßte sie. »Schlaf gut.« Sie erwiderte seinen Kuß und drückte ihn fest an sich.

Juan leerte seine Taschen und zog sich aus. Dann hob er die

Matratze von seinem Bett; darunter kamen zwei weiße Bretter zum Vorschein. Er nahm das obere herunter und legte seine Hose auf das untere Brett. Nachdem er sich davon überzeugt hatte, daß die Hose überall faltenlos auflag, legte er das zweite Brett darüber.

Mit dem befriedigenden Gefühl, seine Hosen am Morgen frisch gebügelt vorzufinden, legte er die Matratze zurück aufs Bett. Er streifte Hemd und Weste ab, schüttelte beide aus und hängte sie sorgfältig neben seinen Mantel an die beiden anderen Nägel in der Wand. Er besaß nur zwei Anzüge und behandelte sie so pfleglich wie möglich. Nachdem er das Licht gelöscht hatte, zog er seine rote Seidenunterhose aus und schlüpfte in einen roten Pyjama aus dem gleichen Material. Juan hatte in Montana durch Katherine erstmals diesen Stoff kennen und schätzen gelernt. Später nochmals durch einen chinesischen Arzt, den er von Mexikali nach Chinatown in Hanford in die Vereinigten Staaten geschmuggelt hatte. Seither trug Juan nie etwas anderes als reine Seide auf seiner nackten Haut. Er verhüllte seine wertvollsten Körperteile nach Art der Chinesen, es sollte dazu verhelfen, Dutzende gesunder Nachkommen zu zeugen.

Lupe hatte Mark ein paar Tage lang nicht gesehen. Doch als sie an diesem Nachmittag aus der Bibliothek trat, wartete er schon auf sie. Er trug weiße Segeltuchhosen und einen dunkelblauen Pullover und lehnte lässig an einem langgezogenen, schwarzen Auto.

Als Lupe ihn sah, hellte sich ihr Gesicht auf. Er lächelte sie vergnügt an.

»Hi«, sagte er, »wo bist du gewesen?«

»Ich?« antwortete sie. »Ich bin erst seit drei Tagen zurück. Wir haben in Hemet gearbeitet.«

»Ach so«, erwiderte er.

Zwei gutgekleidete, amerikanische Mädchen gingen vorüber und grüßten Mark, doch er wandte seine Augen nicht von Lupe.

»Komm! Steig ein! Ich fahre dich nach Hause.«

Lupe hatte noch nie in einem so prachtvollen Wagen gesessen, schon gar nicht mit einem jungen Mann.

»Nein. Ich kann nicht«, sagte sie.

»Warum nicht?«

»Weil …« Sie wußte nicht, was sie sagen sollte, aber sie war sicher, daß die Mutter es nicht gutheißen würde.

»Lupe«, sagte er, »jetzt kennen wir uns schon seit Monaten. Ich beiße dich doch nicht. Schau her, ich habe nicht mal Reißzähne.« Er öffnete den Mund und zeigte seine ebenmäßigen, weißen Zähne.

Lupe mußte lachen, und obwohl sie ein schlechtes Gewissen hatte, schlüpfte sie in den Wagen, und er schloß die Beifahrertür.

Wieder kamen zwei hübsche, junge Amerikanerinnen vorbei und grüßten Mark. Er winkte ihnen zu, stieg in den Wagen und fuhr los. Doch an der Ecke bog er nicht zum *barrio* ab, sondern fuhr in die entgegengesetzte Richtung.

»Wohin fährst du?« fragte Lupe ängstlich. Er lachte. »Wart's ab. Du wirst schon sehen.«

»Halt an!« schrie sie. »Oder ich springe raus!«

»Das ist nicht dein Ernst«, lachte er.

Lupe öffnete die Tür und setzte zum Sprung an. Er packte ihren Arm und brachte den Wagen zum Stehen.

»Meine Güte, was ist denn in dich gefahren?« sagte er. »Du wolltest wirklich rausspringen!«

»Ja!« sagte sie mit bebender Stimme.

»Aber weshalb denn nur? Zum Teufel, ich wollte dich doch bloß meinen Eltern vorstellen.«

»Laß mich los«, sagte sie. »Ich steige aus.«

»Warum?«

»Du hast mir nicht die Wahrheit gesagt«, antwortete sie und versuchte seine Hand abzuschütteln. »Du hast mich reingelegt!«

Er starrte sie an. »Aber Lupe. Ich habe dich doch nur ein bißchen geneckt.«

Sie antwortete nicht und stieg aus dem Wagen. »Auf Wiedersehen«, sagte sie und marschierte los, zurück in Richtung Bibliothek.

»Komm, steig wieder ein«, bettelte er. »Ich verspreche dir auch, dich nicht mehr aufzuziehen.«

Sie stapfte weiter den Fußweg unter den hohen Bäumen entlang.

»Ich fahre dir hinterher und hupe die ganze Zeit«, drohte er und tippte kurz an die Hupe.

Zu seinem Vergnügen lief sie vor Verlegenheit rot an.

»Komm doch. Pfadfinderehrenwort: Keine Tricks mehr«, versprach er.

Schließlich gab sie nach und kam wieder zum Wagen. »Direkt zu mir nach Hause?« fragte sie.

»Auf direktem Weg«, bekräftigte er.

Er langte über den Beifahrersitz und öffnete ihr die Tür. Zum zweitenmal ließ sie sich in den geräumigen, weichen Sitz sinken.

Am nächsten Morgen rasierte Juan seinen Bart ab. Ein paar Tage in der Sonne, und seine Narbe würde kaum noch sichtbar sein. Er beschloß, eine Fahrt nach San Bernardino zu unternehmen, um sich das neue Hotel anzusehen, das dort gebaut wurde.

Auf der Baustelle waren unzählige mexikanische Arbeiter damit beschäftigt, mit bloßen Händen den Bauschutt wegzuräumen. Einer von ihnen war Don Manuel, er war für die Einhaltung der Arbeitszeit verantwortlich. Juan hatte den ehemaligen Bürgermeister aus La Lluvia bereits ein paar Monate zuvor getroffen und ihm ein Faß Whisky verkauft.

Mit seinem korrekten Äußeren schaffte Don Manuel es immer wieder, einen anständigen, nicht zu anstrengenden Job zu ergattern. Er hatte Juan erzählt, daß er mit dem Geld, das ihm der Alkoholverkauf einbringen würde, seine jüngste Tochter auf ein teures, katholisches Pensionat schicken wollte.

»Hallo, Don Manuel«, grüßte Juan.

»Oh, guten Morgen«, antwortete Don Manuel und blickte sich nervös um. »Was machst du hier?« flüsterte er.

»He, beruhige dich, Kamerad. Ich sehe mich nur ein wenig um«, antwortete Juan. »Vielleicht komme ich ins Geschäft mit Dünger für die Bäume und Beete.«

»Paß auf«, flüsterte der Mann, der seit der Zeit in La Lluvia sichtbar gealtert war, »ich will nicht, daß irgend jemand hier von unserem kleinen Geschäft erfährt.«

»Natürlich, ich auch nicht«, antwortete Juan laut. »Warum

führst du mich nicht ein wenig herum. Sieht sehr beeindruckend aus, was ihr hier macht.«

»Nicht wahr«, erwiderte der alte Mann stolz, als wäre er der Besitzer des Baugrundstücks. »Meine Aufgabe ist es, die Männer zu überwachen und dafür zu sorgen, daß es auch beeindruckend bleibt.«

»Darauf wette ich«, sagte Juan trocken und blickte auf die drei Kugelschreiber, die in Don Manuels Brusttasche steckten.

In Juans Augen gehörte Don Manuel zu der schlimmsten Sorte seiner Landsleute. Er trug Kugelschreiber in der Brusttasche, damit alle Welt zur Kenntnis nahm, daß er Lesen und Schreiben konnte. Und wenn sich die Gelegenheit bot, würde er sich jederzeit mit den Amerikanern verbünden, als sei er einer von ihnen, und auf seine eigenen Landsleute pfeifen.

Don Manuel führte ihn rasch durch das Hotel, und Juan war ziemlich beeindruckt. Er war gerade zu der Überzeugung gelangt, daß die Dinge bestens liefen, als Don Manuel ihm das Tiefgeschoß zeigte, das aus dicken Betonwänden bestand und keine Fenster hatte.

»Hier werden die Autos parken«, erklärte Don Manuel.

»Du meinst«, fragte Juan mit klopfendem Herzen, »daß wir hier auch die Bestellungen abliefern?«

»Aber nein«, antwortete Manuel. »Geliefert wird oben, hinter dem Gebäude. Das hier ist ausschließlich der Gästeparkplatz, damit die Leute trockenen Fußes und, ohne zu frieren, per Aufzug ins Foyer gelangen können.«

»Aha. Ich verstehe«, erwiderte Juan.

Als Don Manuel Juan zur Tür geleitete, holte ein großer Amerikaner sie ein.

»Was ist los, Manuel?« fragte der kräftige Mann, der auffällig stark behaarte Arme hatte.

Juan musterte den Mann, der Anfang Dreißig sein mußte und einen brutalen Eindruck machte. Er erinnerte Juan an Tom Mix, einen Western-Star, der für seine Mexikanerfeindlichkeit bekannt war und in seinen stets gleichermaßen langweiligen Filmen meist fünf Mexikaner mit einem Schlag niederstreckte.

»Oh, gar nichts, Bill«, erwiderte Don Manuel unterwürfig. »Der Mann hier arbeitet im Düngergeschäft und wollte sich bloß erkundigen, wann wir die Sträucher einsetzen, damit er vielleicht ins Geschäft kommt.«

»Verstehe«, sagte der Amerikaner und betrachtete Juans eleganten Anzug und das schneeweiße Hemd. »Du transportierst also Mist?«

»Pferdemist«, antwortete Juan. »Manchmal auch Kuhmist, aber niemals Hühnermist. Speichert die Hitze zu sehr und versengt die Wurzeln.«

»Alle Achtung, dann weißt du ja 'ne Menge über Scheiße, was?«

»Stimmt«, konterte Juan und sah dem Mann fest in die Augen. »Hab' schon 'ne Menge davon gesehen.«

»Da wett' ich drauf.« Der große Amerikaner wußte nicht recht, was er von Juans letzter Bemerkung halten sollte. Juan gehörte offenbar nicht in die Kategorie des demütigen Mexikaners, der vor jedem Amerikaner buckelte.

»Also dann«, wandte sich Juan wieder an Don Manuel. »Ich sehe dann in ein paar Wochen noch mal vorbei.«

»He, warte einen Augenblick, *amigo*«, sagte der Amerikaner. »Wie heißt du?«

Juan erschrak, doch er ließ sich nichts anmerken. »Juan Raza«, log er und war froh, daß er seinen Wagen einige Blocks entfernt geparkt hatte.

»Nett, dich kennenzulernen, Juan Raza. Ich bin Bill Wesseley aus Texas.« Er streckte seine Hand aus. »Woher stammst du?«

Juan ergriff die Hand. »Von meiner Mutter«, antwortete er.

Die Augen des Mannes funkelten einen Moment zornig, doch plötzlich brach er in Gelächter aus und drückte Juan kräftig die Hand. Juan erwiderte den Druck eher zaghaft. Er wollte keine unnötige Aufmerksamkeit auf seine Körperkraft lenken. Juan hatte früh gelernt, daß es nie schaden konnte, wenn man von seinen Feinden unterschätzt wurde.

Als er zu seinem Wagen zurückging, zitterte er innerlich. Irgendwas war hier verdammt faul. An diesem Hotel haftete geradezu der Gestank von Cops und Gefängnis. Andererseits waren siebzig Dollar pro Faß keine Kleinigkeit, und wenn er stets übervorsichtig war, würde er es nie zu etwas bringen.

Auf der Rückfahrt zündete er sich eine Zigarre an und

beschloß, über Santa Ana zu fahren, um kurz bei Archie Freeman reinzuschauen. Es war die Zeit der Orangenblüte, und Archie plante wieder einen Tanzabend. Vielleicht konnte er ihm bei dieser Gelegenheit ein paar Fässer verkaufen und ihn nach diesem neuen Hotel ausfragen.

Außerdem, wenn er schon mal dort war, überlegte Juan, konnte er eine Fahrt durchs *barrio* unternehmen und, wenn er Glück hatte, einen Blick auf Lupe erhaschen. Es war schon sieben Monate her, daß er sie das letzte Mal gesehen hatte.

Juan seufzte, als ihm bewußt wurde, was für zärtliche Gefühle jedesmal in ihm aufwallten, wenn er an Lupe dachte. Doch er erinnerte sich auch an den erschrockenen Ausdruck in Lupes Augen, als sie ihn in die Tanzhalle kommen sah. Juan dachte an seinen Großvater Don Pio; Morgen für Morgen hatte der weißhaarige alte Mann auf der Terrasse vor seinem Haus gesessen, um gemeinsam mit seiner Frau Silveria die erste Tasse heiße Schokolade einzunehmen. Auch Don Pio, zweifellos ein hartgesottener Kerl, war gegen liebevolle und zärtliche Gefühle nicht gefeit gewesen.

Seinen Tagträumen nachhängend, rollte Juan mit dem Wagen durch das Mexikaner-Viertel von Santa Ana. Dann sah er sie. Und traute seinen Augen nicht. Sie war in Begleitung eines Amerikaners! Beide saßen plaudernd in einem Auto und achteten nicht auf Juan, der an ihnen vorbeifuhr.

Er brachte den Wagen ein Stück weiter zum Stehen. Zitternd beobachtete er Lupe und den gutaussehenden Jungen im Rückspiegel. Die beiden parkten vor einem kleinen Haus am Rande des *barrio*. Der hochgewachsene Junge stieg aus, schritt um den Wagen und öffnete galant – in Juans Augen eher wie ein schmieriger *cabrón* – die Beifahrertür für Lupe.

Angewidert schnitt Juan eine Grimasse. Am liebsten hätte er seine 45er gezogen und diesen affigen *gringo*-Kavalier vor seinem glänzenden, schwarzen Ford einfach abgeknallt.

Lupe sah so umwerfend in ihrem Kleid aus, als sie aus dem Wagen stieg, daß Juan der Atem stockte. Das Mädchen war erblüht wie eine Rose und hatte die aufreizendsten Kurven, die Juan je bei einer Frau gesehen hatte. Sie wirkte nicht mehr jung und unschuldig, sondern wie eine reife Frucht, die nur darauf wartete, gepflückt zu werden. Was war er für ein Narr gewesen, einfach auf und davon zu gehen. Sie war das verführerischste Weib, das ihm je begegnet war.

Juan beobachtete, wie die beiden zusammen auf den kleinen Zaun zugingen. Am Eingang nahm der Amerikaner ihre Hand, und es sah aus, als wollten sie sich küssen, doch plötzlich wurde die Haustür von innen geöffnet, und Carlota rief nach Lupe.

Juan grinste schadenfroh, als der Junge die Stufen hinabging und enttäuscht vor sich hinzumurmeln schien.

Juan legte den Gang ein und schoß davon. Er war vollkommen entrückt. Lupe war also doch nicht nur ein Traum gewesen. Er langte nach der Flasche, die unter seinem Sitz lag, und nahm ein paar kräftige Züge, um sich wieder zu fassen.

Er spielte mit dem Gedanken, nach Hause zu fahren und seiner Mutter von dem Mädchen, diesem engelsgleichen Geschöpf, das solchen Aufruhr in seinem Inneren ausgelöst hatte, zu berichten, aber ein Teil von ihm wollte dieses Gefühl noch nicht preisgeben.

Juan rang mit sich selber. Er wußte, daß es besser wäre, das Mädchen zu vergessen. Wenn er klug wäre, würde er sich mit ein paar Huren amüsieren und sich um sein Geschäft kümmern, aber die Sehnsucht nach diesem Mädchen, die von ihm Besitz ergriffen hatte, verhinderte jeden klaren Gedanken.

Es war, als würden all die Jahre des Kämpfens und Herumstreunens, in dem Wunsch, einmal so zu werden wie Duel, sich in Rauch auflösen. Auf einmal erkannte er, daß ihm in dieser ganzen Zeit etwas Wesentliches gefehlt hatte.

Juan begegnete in diesem Augenblick wieder dem kleinen Jungen, der er gewesen war, bevor er ins Gefängnis kam und unter Bestien gelebt hatte. Resignation übermannte ihn. Die Mutter hatte recht gehabt: Niemals war er unabhängig gewesen, immer nur einsam.

Es war genau, wie die Mutter es ihm beschrieben hatte: »Beim ersten Blick auf deinen Vater, der in stolzer Haltung auf seinem Pferd saß, wußte ich, das ist der Mann meines Lebens.«

Juan entschied, doch nicht bei Archie vorbeizufahren. Er leerte seine Flasche und fuhr auf direktem Weg zurück nach Los Angeles. Sein Entschluß stand fest. Lupe war die Frau, die er umwerben und heiraten wollte. Mit ihr würde er eine Familie gründen, deren Nachkommen Generationen überdauern würden.

Aber um diesen Traum zu verwirklichen, brauchte er eine Menge Geld. Genug Geld, um ein Grundstück zu kaufen und nie wieder einem *gringo* in den Arsch kriechen zu müssen. Er mußte dieses Hotelgeschäft einfach durchziehen, ob es ihm gefiel oder nicht.

Wenn er Lupe nicht verlieren wollte, mußte er schnell zum Ziel gelangen. Sie war eine heißblütige Frau, die bald die Zügel eines starken Mannes brauchen würde. Juan begann vergnügt zu singen.

17

Liebe schwebte in der Luft, und Vögel und Schmetterlinge begannen ihr
Hochzeitsspiel

Juan wollte nun keine Zeit mehr verlieren. Gleich am nächsten
Tag machte er sich in den Stadtteilen der Amerikaner auf die
Suche nach einem für seine Pläne geeigneten Haus. Er wusch den
Dodge und zog seinen besten Anzug an. Anschließend stärkte er
sich mit einem kräftigen Schluck und machte sich auf den Weg.
Aber so sehr er sich auch bemühte, kein Amerikaner war bereit,
ihm ein Haus zu vermieten. Obwohl sie es natürlich nicht zuga-
ben, war Juan sich darüber im klaren, daß der Grund dafür in seiner mexikanischen Herkunft lag.

Ein Gefühl der Hoffnungslosigkeit befiel ihn. Ganz gleich,
wieviel Geld er in der Tasche hatte und wie elegant er sich kleidete, er war immer noch ein Niemand. Im Augenblick war er
geradezu erleichtert, noch nicht mit Lupe verheiratet und auf
Wohnungssuche zu sein, sonst wäre sie jetzt Zeuge seiner Hilflo-
sigkeit geworden.

Als er wieder einmal unverrichteter Dinge ins Mexikaner-
Viertel zurückfuhr, fiel ihm ein großes Immobilienbüro auf, und
er ging hinein. Nachdem er einen griechischen Namen angege-
ben hatte, stellte man ihm schon für den nächsten Tag ein wundervolles, großes Haus zur Verfügung.

An dem Tag, an dem er Julio und dessen Frau und Töchtern
beim Einzug half, trug Juan seine schmutzigste Arbeitskleidung.
Der Laster war vollgestopft mit alten Rohren, Matratzen und großen Fässern. Sollte irgend jemand Fragen stellen, würde er sagen,
er sei als Installateur tätig. Doch niemand näherte sich ihnen; die
Nachbarn lugten nur verstohlen hinter ihren Gardinen hervor.

Juan schleppte gerade den großen Eisenofen ins Haus, als ein
kleiner, weißer Hund kläffend um seine Beine sprang und nach
ihm schnappte.

»Pfui, Timmy!« rief eine ältere Dame von der anderen Straßenseite, »die sind schmutzig!«

Juan konnte es nicht fassen. Die alte *gringa* eilte über die Straße und zerrte ihren Hund ohne ein Wort der Entschuldigung weg.

»So eine alte Hexe!« schimpfte Julio und half Juan mit dem Herd. »Ich mach' ein Taco aus ihrem Köter!«

»Ich hätte auch nicht übel Lust dazu«, antwortete Juan. »Aber denk dran, wir sind hier, um zu arbeiten.«

Geneva, Julios Ehefrau, richtete mit ihren drei kleinen Töchtern die Küche ein, während die beiden Männer im Hinterzimmer den Ofen installierten. Die großen Tonnen zur Gärung des Alkohols waren bereits aufgestellt. In zehn bis zwölf Tagen konnten sie mit dem Destillieren beginnen.

Al hatte Juan erklärt, daß das Geheimnis des Gärungsprozesses darin lag, dem Wasser möglichst viel Zuckerstoff und Hefe zuzusetzen und das Ganze etwa zehn Tage stehen zu lassen, bis sich die geeignete Maische zur Herstellung des Whiskys entwickelt hatte. Als Zuckerstoff konnten Kristallzucker, Rosinen, Zuckerrohr, Zuckerrüben oder sogar Kartoffeln verwendet werden. Für die beiden ersten Ladungen hatte Juan zwanzig Kilo Zuckerrüben und fünfhundert Gramm Hefe pro hundertachtzig Liter Wasser gewählt. Aus jeder der beiden Tonnen hatte Juan etwa zwanzig Liter Alkohol gewonnen, die nun in Holzkohlenfässern zur Reifung lagerten.

Ein wirkliches Problem bestand darin, genügend Zuckerzusatz für fünfzig Fässer aufzutreiben. Sämtliche Lebensmittelhändler, die sie in den letzten Tagen abgeklappert hatten, führten Zucker lediglich in zwei-Kilo-Säcken, und für ihre Zwecke brauchten sie fast vierhundertfünfzig Kilo Zucker.

Während Juan sich in der Badewanne aalte, dachte er wieder an Lupe und an das Geschäft mit dem Hotel, und er fragte sich, ob er all seine Pläne tatsächlich würde verwirklichen können. Nachdem er sich angezogen hatte, verabschiedete er sich von Julio und Geneva und stieg in seinen Dodge. Er wollte ein wenig durch die Gegend fahren, um über das Zuckerproblem nachzudenken und vielleicht eine Tour durchs *barrio* zu machen, in der Hoffnung, Lupe wiederzusehen. Er konnte sie einfach nicht mehr aus seinen Gedanken vertreiben. Vor allem die Erinnerung daran, wie sie mit diesem verdammten Amerikaner im Auto gesessen hatte, machte ihm zu schaffen.

Juan hatte gerade Santa Ana erreicht, als er vor einem Lebensmittelgeschäft einen großen Lieferwagen abfahren sah, dessen Ware aus Brot und Kuchen bestand. Er überlegte fieberhaft. Bäckereien benötigten tonnenweise Zucker und würden bestimmt nicht alle fünf Minuten zum Händler an der Ecke laufen, um sich den Zucker pfundweise zu besorgen.

Er fuhr noch eine Runde um den Block. Es würde ihm nichts anderes übrig bleiben, als hineinzugehen und sich zu erkundigen, woher die Backstuben ihren Zucker bezogen. Als er sich zum zweiten Mal dem vornehm wirkenden Lebensmittelgeschäft näherte, waren seine Hände auf dem Lenkrad vor Aufregung feucht. Juan fragte sich, woran es wohl lag, daß er, ohne mit der Wimper zu zucken, zwei bewaffneten Männern gegenübertreten konnte, ihm aber beim Gedanken, das Geschäft eines Amerikaners zu betreten, der Angstschweiß ausbrach. In Montana hatte er solche Hemmungen nicht gekannt. Irgend etwas war mit ihm geschehen, seit er nach Kalifornien gekommen war und mitansehen mußte, daß seine Landsleute hier wie räudige Hunde behandelt wurden.

Er parkte seinen Wagen vor dem Geschäft und war froh, daß er seinen guten Anzug angezogen hatte. Trotzdem langte er unter den Sitz und nahm noch rasch einen kräftigen Zug aus der Flasche, die dort stets bereit lag. Kein Wunder, daß seine Neffen der Meinung waren, nur mit einer Waffe in der Hand würden sie es in diesem Land zu etwas bringen, wenn sogar er als Erwachsener sich fürchtete.

Juan steckte einen Kaugummi in den Mund und dachte an Al Cappolas Worte. Ihm zufolge erkannte man einen guten Whisky daran, daß, wenn man ihn einer Maus verabreichte, die Maus sich anschließend auf die Brust schlug und sagte: »Her mit der Katze!« Juan mußte lächeln. »Her mit den *gringos!*« murmelte er und stieg aus seinem Dodge. Unbekümmert pfeifend, doch innerlich bebend, schritt er auf den Laden zu.

Am Eingang griff er sofort nach einer Zeitung, um seine zitternden Hände zu beschäftigen. Es waren nicht viele Kunden im Geschäft, ein Angloamerikaner bediente die Kasse.

»Guten Tag«, grüßte Juan den Mann.

»Hi«, sagte der Kassierer, »kann ich ihnen helfen?«

»Ja, ich würde gern mit dem Chef sprechen«, antwortete Juan.
Der Mann musterte Juan. »Weshalb?«

Juan war verblüfft. Mit dieser Frage hatte er nicht gerechnet.
»Weshalb nicht?« fragte er zurück.

»Weshalb nicht?« wiederholte der Mann. »Weil ich vor dir
stehe, mein Freund.« Er lachte. »Okay«, sagte er, »rück schon raus
damit, ich trage inzwischen die Schecks ein.«

»Dann sind Sie also der Boß?« fragte Juan.

Der Amerikaner nickte. »Genau! Ich und die Bank.«

»Sie und die Bank?« wiederholte Juan verständnislos.

»Natürlich. Der Laden gehört mir nicht allein. Ich hab' ein
Darlehen auf den Laden laufen. So wie alle anderen auch. Ich bin
schließlich kein Millionär.«

»Dann hat die Bank Ihnen also Geld geliehen, damit Sie dieses
Geschäft eröffnen können?« Juan hatte nie davon gehört, daß
Banken Geld verleihen, um Geschäftsvorhaben zu unterstützen.
Seiner Meinung nach waren Banken lediglich dafür da, das Geld
der Reichen sicher aufzubewahren.

»Ja, genau«, bestätigte der Mann. »Mein Gott, wer hat schon
genug Geld, ein Geschäft zu eröffnen und gleich die ganzen
Waren zu kaufen?

»Mann, das gefällt mir«, sagte Juan, begeistert von der Vorstellung, daß die Banken einem hart arbeitenden, soliden Geschäftsmann wie ihm eines Tages auch unter die Arme greifen würden.

Der Ladenbesitzer musterte Juan amüsiert, dessen elegantes
Äußeres so gar nicht im Einklang mit seiner offensichtlichen
Unwissenheit stand.

»Woher kommst du eigentlich, mein Freund?« fragte er.

Juan merkte, daß der andere mißtrauisch geworden war. »Aus
Pomona«, log er.

»Tom Smith.« Der Amerikaner streckte ihm die Hand entgegen.

»Juan Castro.« Juan benutzte den Mädchennamen seiner Mutter und ergriff die ausgestreckte Hand.

»Und was treibst du so in Pomona? Du trägst einen eleganten
Anzug.«

»Vielen Dank. Ich … eh transportiere Mist.«

»Scheint ein gutes Geschäft zu sein?«

»Wenn du genug Scheiße hast«, erwiderte Juan.

Der Mann lachte. »Dasselbe könnte man im Grund auch über mein Geschäft sagen. Also, was hattest du eigentlich auf dem Herzen, *amigo?*«

»Ich will wissen, wo man große Mengen Zucker herbekommt«, antwortete Juan. »Ich habe daran gedacht ..., nun ja, ich möchte eine kleine mexikanische Bäckerei eröffnen und das typisch mexikanische süße Brot herstellen.«

»Ah, verstehe«, antwortete der Amerikaner. »Ich gebe dir die Adresse von zwei Großhändlern in Los Angeles. Sag ihnen, daß ich dich geschickt habe.« Er schrieb die beiden Namen und Adressen auf. »Und wenn du deine Bäckerei hast, bring ein paar Brote vorbei, vielleicht kann ich welche für dich verkaufen.«

»Großartig«, sagte Juan. »Vielen Dank. Ich werde auf jeden Fall von mir hören lassen.«

»Viel Glück, *amigo.*«

Auf der Heimfahrt genehmigte sich Juan als erstes ein paar kräftige Züge aus seiner Flasche. Es war verrückt, der Mann hatte ihn freundlich behandelt, und trotzdem fühlte er sich unbehaglich.

Juan seufzte, als ihm wieder einfiel, wie seine Landsleute sich damals im Steinbruch hatten einschüchtern lassen. Er dachte an seine beiden Neffen, die die Schule aufgegeben und ihren Respekt vor allem, was mexikanisch war, verloren hatten, und er malte sich aus, wie er und Lupe später einmal gemeinsam ihre Kinder aufziehen würden. In den Vereinigten Staaten, umgeben von *gringos*, schien das weitaus problematischer zu sein, als Kinder in Mexiko großzuziehen.

Er erinnerte sich daran, wie er Lupe zum ersten Mal gesehen hatte. Wie hoheitsvoll und stolz hatte sie im Schein der Lampe gewirkt. Sehnsucht erfaßte ihn, und er beschloß, noch einmal durchs Mexikaner-Viertel zu fahren. Vielleicht würde er ja einen Blick auf sie erhaschen können.

Juan erreichte das *barrio* zur Zeit der Dämmerung, und die meisten Menschen befanden sich in ihren Wohnungen. Er fuhr an den Häusern vorbei, deren erleuchtete Fenster einen einladenden und gemütlichen Eindruck machten. Er seufzte und dachte an Don Pios Haus. Es war lange her, seit er selbst ein richtiges Zuhause gehabt hatte.

Juan parkte den Wagen gegenüber von Lupes Haus und starrte zu den hellerleuchteten Fenstern hinüber. Durch die verschlissenen Vorhänge konnte er die Umrisse der Familienmitglieder erkennen, die gemeinsam beim Abendessen saßen. Ein Gefühl der Einsamkeit befiel ihn. Seine Mutter hatte recht. Es war wirklich Zeit für ihn, eine eigene Familie zu gründen.

Plötzlich fühlte er, daß jemand ihn beobachtete. Er griff nach seiner 38er und drehte sich langsam um. Eine alte Frau stand in ihrem Garten und blickte zu ihm hinüber. Juan tippte grüßend an seinen Hut, startete den Dodge und fuhr davon. Am nächsten Tag würde sicher jeder im *barrio* wissen, daß ein Fremder Lupes Haus beobachtet hatte. Er spielte mit dem Gedanken, der Alten ein Schweigegeld anzubieten, entschied sich aber dann anders. Statt dessen leerte er den Rest seiner Flasche. Als er die beiden kleinen Häuschen seiner Familie in Corona erreichte, war er betrunken. Hier waren die Lichter schon gelöscht, und alle waren zu Bett gegangen.

Am nächsten Morgen, Juan schlief noch fest, zog die Mutter die Laken von seinem Kopf und reichte ihm eine Tasse Kaffee.

»So«, sagte die alte Dame, »du bist mitten in einer Unterhaltung verschwunden und warst tagelang fort. Jetzt steh auf, trink deinen Kaffee und laß uns reden. Luisa hat erzählt, daß du dir das Hotel angesehen hast. Gute Idee, ich wollte es dir auch vorschlagen. Wir haben nicht mehr viel Zeit, wenn dieser Italiener es ernst meint und den Whisky in dreißig Tagen braucht.«

Die Mutter plapperte in einem fort, während Juan sich aufsetzte und mit der Hand an seinen schmerzenden Kopf faßte. Draußen war es noch dunkel, und er hatte einen fürchterlichen Kater.

»Bitte, Mama. Laß mich wenigstens erstmal pinkeln gehen.«

»In Ordnung. Aber beeil dich. Ich habe schon einen Plan.«

Juan schlug die Augen gen Himmel.

»Hast du dir ein Haus bei den *gringos* besorgt, wie ich es dir gesagt habe?« fragte sie.

»Ja, Mama«, antwortete er und versuchte sich zu entfernen.

»Und ist Julio mit seiner Familie schon eingezogen?«

446

»Ja«, sagte er und öffnete die Tür.

»Hast du auch den Tip mit der Hühnerscheiße auf deinem Wagen befolgt?

»Nein.«

»Warum nicht?« rief sie hinter ihm her.

»Weil ich statt dessen beschlossen habe, mich lieber als Klempner auszugeben«, rief er über die Schulter zurück.

»Klempner«, murmelte sie. »Auch keine schlechte Idee.«

Nachdem Juan sich erleichtert hatte, drehte er den Hahn auf und ließ kaltes Wasser über seinen Kopf laufen, in der Hoffnung, seinen Brummschädel loszuwerden. Nachdem er am Abend zuvor von Lupes Haus zurückgefahren war, hatte er noch vier Flaschen gekippt. Dieses Mädchen trieb ihn noch in den Wahnsinn. Er war nahe daran, seiner Mutter von Lupe und seinen Gefühlen zu ihr zu berichten, aber irgend etwas hielt ihn noch davon ab. Er war noch zu sehr im unreinen mit sich selbst, um seine Gefühle wirklich in Worte fassen zu können, geschweige denn, sie mit jemandem zu teilen.

»Also«, sagte die Mutter, als er mit tropfendem Oberkörper wieder eintrat, »jetzt berichte erstmal von dem Hotel, dann muß ich wegen Luisas Jungen mit dir reden.«

»Was ist mit den Jungen?« fragte Juan.

»Nein, erzähl erst, was du über das Hotel herausgefunden hast«, verlangte sie und legte Holz auf den kleinen Ofen nach.

»Na gut«, antwortete Juan und dachte an das Kellergeschoß des Hotels und den bewaffneten Mann mit den behaarten Armen. »Das Hotel macht einen guten Eindruck. Alles vom Feinsten – genau wie Mario gesagt hat.«

»Aha.« Sie sah ihn forschend an. »Es gab also nichts, das dich gestört hätte?«

Juan tat einen tiefen Atemzug, er hatte das unbehagliche Gefühl, als könne die Mutter seine Gedanken lesen. »Nein«, log er trotzdem, »überhaupt nichts.«

Er wollte ihr vorläufig nichts von dem Kellergeschoß erzählen, um sie nicht zu beunruhigen. Zumal er sich ja entschlossen hatte, Marios Angebot auf jeden Fall anzunehmen.

»Okay«, erwiderte sie. »Dann ist ja alles in Ordnung. Dann werde ich dir jetzt den neuesten Streich der Jungen berichten.

Luisa hat sie dazu gebracht, wieder in die Schule zu gehen. Aber diese nichtsnutzigen Bengel hatten nichts Besseres zu tun, als dem Lehrer die Hosen vom Leib zu reißen und ihn aus dem Fenster zu werfen.«

»Wie bitte?« fragte Juan. »Dann muß er aber irgendwas getan haben?«

»*Mi hijito*«, widersprach Doña Margarita, »darum geht es nicht. Der springende Punkt ist, daß wir in einem Land leben, wo die Jungen lernen müssen, sich anzupassen.«

Juan sah ein, daß die Mutter recht hatte. Wie ungerecht man ihn auch behandelt hatte, er selbst hatte niemals den Respekt vor dem Gesetz verloren. Noch nie hatte er sich gegen einen Polizisten zur Wehr gesetzt; im Gegenteil, er hielt seine Waffen stets sorgfältig verborgen.

Juan zog sich an. »Ich werde mit ihnen reden«, versprach er, als er aus dem Raum ging. Der Himmel im Osten verfärbte sich violett, und Juan atmete die frische Morgenluft ein und ging ins Haus der Schwester.

»Aufstehen!« sagte er und weckte seine beiden Neffen, die im Vorderzimmer auf dem Boden schliefen, mit ein paar unsanften Tritten. »Wir gehen jetzt zur Arbeit. Ihr wollt nicht mehr zur Schule gehen? Also gut! Dann kommt ihr mit mir und verdient euch euren Lebensunterhalt. Vorwärts! Bewegt euch!«

»Aber wir haben noch nicht gefrühstückt«, protestierte Pedro und rieb sich die Augen. »Mama schläft auch noch!«

»Ihr wollt frühstücken?« antwortete Juan. »Dann los! Ich zeige euch, wie richtige Kerle frühstücken.« Er drängte die beiden Jungen aus der Tür und schob sie in Richtung Hühnerverschlag, wo er jedem zwei rohe Eier in die Hand drückte. »Pflückt euch noch eine Zitrone vom Baum«, sagte er, während sie auf seinen alten Laster zugingen. »Und dann macht es mir nach.« Juan schlug die Spitze von seinem Ei kurz an und pflückte vorsichtig die winzigen Schalenstücke ab, bis er ein Loch von der Größe eines Pfennigs freigelegt hatte. »So«, sagte er, »jetzt führt ihr das Ei zum Mund, macht schon! Fest dran saugen, gut kauen und runterschlucken. Danach beißt ihr die Zitronen in zwei Hälften, und hinterher damit!«

Pedro verzog angeekelt das Gesicht, doch er führte das Ei zu den Lippen, saugte daran, schlürfte tapfer das rohe Ei und vertilgte anschließend, dem Beispiel seines Onkels folgend, die halbe Zitrone samt Schale, wobei er kräftig kauen mußte.

»Gut, was?« sagte Juan. »Jetzt das andere!«

»Oh je, muß ich wirklich?« seufzte Pedro.

»Das ist alles, was ihr zu essen bekommt. Und wir werden den ganzen Tag arbeiten.«

Ohne zu zögern, machte sich auch Jose über das zweite Ei her. Er saugte kräftig und biß anschließend beherzt in die andere Zitronenhälfte.

»Siehst du!« sagte Juan. »Jose hat's geschafft. Es tut gut, durch die Zitrone wird das Ei in eurem Magen verdaut. Jetzt du, Pedro! Mach voran!«

Pedro nahm sein zweites Ei in Angriff. Aber er mußte würgen, Eigelb und glibbriges Eiweiß rannen über sein Kinn.

»Okay«, sagte Juan, »schafft die Schaufeln auf den Wagen. Wir müssen los!«

»Wohin?« fragte Jose und griff nach den Schaufeln.

»Wirst du schon sehen.«

Es wurde allmählich hell, als die drei auf der Hauptstraße stadtauswärts fuhren. Die Straße bestand aus Schotter und Geröll und war zur Mitte erhöht, damit der Regen abfließen konnte.

Nach einer Weile schaltete Juan die Scheinwerfer aus und bog auf eine große Hühnerfarm ab.

»Psssst«, warnte er.

»Werden wir Ärger kriegen?« fragte Pedro.

»Nicht, wenn ihr tut, was ich sage.«

»In Ordnung«, sagte der Junge eingeschüchtert.

Juan fuhr rückwärts auf einen großen Misthaufen zu. »Jetzt raus mit euch. Seht zu, daß ihr den Wagen so schnell und so leise wie möglich mit Hühnerscheiße beladet.«

»Aber Onkel« protestierte Pedro, »wieso …

Doch er kam nicht dazu, auszusprechen. Juan packte ihn am Hals und zog ihn nahe zu sich heran. »Paß auf, *muchacho*«, sagte er mit gepreßter Stimme. »Kein Wort mehr! Jetzt wird gearbeitet!«

Er schleuderte den Jungen auf den Sitz zurück und starrte ihn drohend an. Die Jungen machten sich an die Arbeit. In der Nähe des Farmhauses schlugen zwei Hunde an.

»Schneller«, trieb Juan die beiden an. »Der alte Bastard hat ein Gewehr!

»O Gott«, murmelte Pedro. Die beiden schaufelten, so schnell sie konnten.

Als sie mit dem vollgeladenen Laster wieder auf dem Rückweg waren, sah Juan den Gesichtern der Jungen an, daß sie ziemlich beunruhigt waren. Aber sie wagten es nicht, weitere Fragen zu stellen.

»Gut gemacht, Jungs«, lobte Juan. »Das wird ein langer Tag. Wir werden wahrscheinlich erst nach der Abendbrotzeit nach Hause kommen. Aber wenn ihr auf der Hut seid und keinen Mist baut, sind wir sicher und werden nicht umgelegt.«

Die Augen der beiden Jungen weiteten sich vor Entsetzen, aber sie gaben keinen Mucks von sich. Als sie sich dem westlichen Ufer des Lake Elsinor näherten, verlangsamte Juan die Fahrt.

»Ein Stück weiter vorn, zwischen den Eichen, biegen wir ab und gehen zu Fuß den Bach entlang. Wir müssen uns beeilen. Die Sonne ist schon aufgegangen, und in ein paar Minuten kommen die Leute auf dem Weg zur Arbeit hier vorbei. Habt ihr verstanden?«

Die beiden Jungen nickten wortlos.

»Antwortet mir, wenn ich mit euch rede, und nickt nicht bloß mit dem Kopf!«

»Ja«, sagte die Jungen laut.

»Ja, was?« fragte Juan.

Pedro blickte seinen Bruder Jose verängstigt an.

»Heißt das, ja, ihr habt verstanden?« Juan ließ nicht locker.

»Ja, wir haben verstanden«, antworteten die Jungen wie aus einem Munde.

»Gut«, erwiderte Juan. Er bog von der Straße ins Unterholz, zwischen die großen Eichen ab.

Blaue Nebelschwaden zogen über das fast ausgetrocknete Bachbett, und in der Ferne konnte man den Lake Elsinore erkennen. Es war ein ziemlich verwilderter Ort, und kein einziges Farmhaus war zu sehen.

»Los! Nehm euch jeder eine Schaufel und folgt mir!« kommandierte Juan.

Die beiden hatten Mühe, mit ihrem Onkel Schritt zu halten, der zielstrebig durch das dichte Unterholz auf das sandige Bachbett zugestapfte.

»Fangt an zu graben! Hier, bei diesem Felsen!«

»Aber warum?« fragte Pedro. »Liegt hier eine Leiche vergraben?«

»Verdammt noch mal, Pedro!« sagte Juan, »hör auf zu fragen und fang an!«

Die Jungen machten sich an die Arbeit, während Juan die Straße im Auge behielt. Als sie etwa einen halben Meter tief gegraben hatten, stießen sie auf etwas Hartes.

»Seid vorsichtig«, sagte Juan. »Das ist das erste Faß. Ich bringe es weg, du machst hier weiter, Jose. Pedro, du nimmst die Schaufel und kommst mit mir!«

»In Ordnung«, antworteten die beiden Jungen gehorsam.

Juan zog das Faß aus dem Sand, packte sich das vierzig Liter schwere Eichengefäß auf die Schulter und machte sich am Ufer entlang auf den Rückweg zu seinem Truck.

»Spring rauf«, sagte er zu Pedro, als sie den Wagen erreicht hatten. »Grab ein Loch in den Mist, damit wir das Faß darin verbergen können.«

Pedro sprang auf die Laderampe und versank knietief in dem noch dampfenden Hühnermist. Ohne zu zögern, begann er zu schaufeln.

»Gut gemacht«, lobte ihn Juan. »Jetzt hilf mir, es hinaufzuheben, und dann mach Platz für drei weitere Fässer! Und beeil dich! Ich bin gleich wieder zurück!«

»In Ordnung, Onkel!« sagte Pedro und machte sich energisch an die Arbeit. Er war zwar erst neun Jahre alt, aber schon sehr kräftig.

Zehn Minuten später befanden sie sich wieder auf der Hauptstraße in Richtung Süden, nach Temecula.

»Also paßt auf«, sagte Juan, als sie sich der kleinen Farmerstadt näherten, »wenn wir aus irgendeinem Grund angehalten werden, dann verhaltet euch genau wie ich! Tut einfach so, als wärt ihr ein bißchen dämlich. Gebt vor, kein Englisch zu verstehen, und verzerrt das Gesicht. So, seht Ihr. Und laßt ein wenig Speichel aus dem Mundwinkel fließen.«

Als die Jungen sahen, wie ihr Onkel sein Gesicht verzerrte und zu sabbern anfing, brachen sie in Gelächter aus. In seinen alten Arbeitsklamotten und mit diesem entstellten Gesichtsausdruck sah er schlimmer aus als jeder Landstreicher.

»He, hört auf zu lachen«, schimpfte Juan. »Das ist mein voller Ernst. Jetzt versucht ihr es; los, benehmt euch wie zurückgebliebene, sabbernde Idioten. Schwachsinnige, schmutzige Mexikaner machen die Amerikaner nervös, dann lassen sie uns nämlich in Ruhe.«

Die beiden Jungen hörten nicht auf zu lachen, sie konnten diese Geschichte nicht ernst nehmen.

»Na gut«, sagte Juan. Er bog ab und überquerte den Fluß. »Dann tun wir eben nicht so, als wären wir schwachsinnig. Wenn uns jemand anhält, legen wir ihn einfach um.« Er zog seine 38er hervor und reichte sie Jose. »Die nimmst du, ich benutze die 45er. Pedro, du duckst dich, damit du nicht abgeknallt wirst.«

Jose hielt die 38er auf seinem Schoß, als handele es sich um eine Klapperschlange, während sie die kurvenreiche Bergstraße südlich der Stadt entlang fuhren.

»Was ist los«, sagte Juan. »Du hast doch schon mit der 38er geschossen?«

»Ja, schon«, antwortete Jose, und seine Augen füllten sich mit Tränen. »Aber ich will niemanden töten, Onkel.«

»Sehr gut«, erwiderte Juan, »es ist auch absolut nichts Lobenswertes daran, einen Menschen zu töten.«

Er setzte gerade an, den Jungen zu erklären, daß ihre Arbeit für den Tag nur darin bestand, den Whisky an einen Händler zu liefern, als Pedro seinem Bruder die Waffe entriß.

»Gib mir die Pistole«, sagte Pedro mit einem wilden Funkeln in den Augen. »Ich werde unserem Onkel helfen. Ich bin nicht so ein Hosenscheißer. Immer bin ich derjenige, der alles regeln muß. Jose hat mir noch nicht mal bei dem Lehrer beigestanden, bis ich Ärger bekam.«

»Aha, erzähl mir mehr davon«, sagte Juan und musterte seinen kleinen Neffen, der sich noch vor wenigen Stunden auf der Hühnerfarm vor Angst fast in die Hosen gemacht hätte.

»Wir haben dem alten Lehrer die Hosen ausgezogen und ihn

aus dem Fenster geworfen!« berichtete Pedro stolz, den Revolver in der Hand.

»Soso«, sagte Juan und gab vor, sehr beeindruckt zu sein. »Ihr beide habt also einem Lehrer die Hose ausgezogen und ihn aus dem Fenster geworfen.«

»Ja«, bestätigte Pedro und zielte mit der Waffe gegen die Windschutzscheibe. »Aber das war erst der Anfang. Wir haben ihn noch nicht umgelegt oder so.«

»Ah, ich verstehe«, sagte Juan mit enttäuschter Stimme.

Er merkte, daß Jose, der nicht auf sein Theaterspiel hereinfiel, unbehaglich hin und her rutschte. Pedro hingegen platzte fast vor Stolz und fuchtelte mit der Pistole herum.

»Und warum habt ihr das gemacht?« fragte Juan.

»Er hat uns beschimpft«, sagte Pedro.

»Wie hat er euch beschimpft?«

»Du weißt schon. Blöde Mexikaner und so.«

»Und deshalb habt ihr ihn euch geschnappt?«

»Genau«, antwortete Pedro.

»Und jetzt bist du bereit, dich für mich mit der Polizei anzulegen, stimmt's?«

»Ja.« Pedro lächelte. »Ich bin bereit.«

»Und wenn ich's dir sage, legst du sie um, was?«

»Wie ein *macho*!« Pedro umfaßte die 38er mit beiden Händen und zielte gegen die Windschutzscheibe.

»Du wirst den Abzug ziehen, wenn ich dir sage, leg den Cop um?«

»Du brauchst es nur zu sagen. Ich bin bereit!«

»Okay«, sagte Juan. »Dann drück ab!«

»Jetzt?«

»Jetzt! Mach schon!«

»Aber wohin soll ich denn zielen?«

»Geradeaus. Los!«

Der Schuß ging krachend los, und die Windschutzscheibe explodierte in tausend kleine Splitter. Die Sonnenstrahlen wurden von den zahllosen, winzigen Glasscherben reflektiert und blendeten Juan so sehr, daß er die Kontrolle über den Wagen verlor. Er trat die Bremsen durch, und der Wagen geriet ins Schleudern. Durch das Gewicht der Whiskyfässer und des Hühnerdunges auf der Ladefläche rutschte der rückwärtige Teil des Fahrzeugs immer näher an den steil abfallenden Straßenrand.

»Nicht!« schrie Jose. »Wir rutschen über die Klippe!«

»O mein Gott«, schrie Pedro. Er ließ die Waffe fallen und klammerte sich am Armaturenbrett fest.

Der Wagen kam genau am Rand des tiefen Abgrundes zum stehen. Juan bemerkte, daß sie jeden Moment abstürzen konnten; er drehte das Steuer in Richtung Straßenmitte und gab Vollgas. Doch die Räder drehten durch und wirbelten loses Geröll auf, das über den Abgrund in den tiefen Cañon polterte.

»Steigt aus!« schrie Juan, als der Wagen immer mehr an Halt verlor. »Schnell! Jose, leg ein paar Steine unter die Hinterreifen. Pedro, du kletterst auf die Motorhaube!«

Als die Jungen ausgestiegen waren, sahen sie, daß der Wagen jeden Moment in die Tiefe stürzen konnte. Der felsige Abgrund fiel fast zweitausend Meter tief in eine Schlucht, auf deren Grund sich zwischen vereinzelten Bäumen ein kleiner Bach dahinschlängelte.

»Onkel!« rief Jose. »Steig auch besser aus. Er rutscht jeden Moment ab!«

»NEIN!« schrie Juan, »das wird er nicht!« Er hatte seine Finger fest um das Lenkrad gekrallt. »Tut, was ich sage! Legt Steine unter die Hinterreifen! Und du, Pedro, kletter auf die Kühlerhaube.«

»Aber der Wagen wird runterfallen!« sagte Pedro.

»Verflucht noch mal!« brüllte Juan, dessen Adern an den Schläfen hervortraten, »mach, daß du auf den Kühler kommst, oder ich drehe dir eigenhändig den Hals um, du kleiner Bastard!«

Zitternd ging Pedro zur Vorderseite des Wagens, während Jose mit ausgestreckten Armen – damit er nicht mitgerissen würde, wenn der Wagen plötzlich abstürzte – Steine unter die Hinterräder stopfte. Doch Pedro konnte sich noch immer nicht entschließen, auf den Wagen zu klettern. Wie gelähmt vor Angst, stand er da.

»Verdammt! Hoffentlich bist du bald oben!« brüllte Juan.

»Meinst du, hier vorne drauf?« fragte Pedro zaghaft, ohne den schwankenden Wagen aus den Augen zu lassen.

»Ja! Genau da!« schrie Juan.

Angesichts der unbändigen Wut, die Pedro durch die zerbrochene Windschutzscheibe im Gesicht seines Onkels erkennen konnte, kletterte er endlich auf die Stoßstange und stützte sich mit beiden Händen auf der Motorhaube ab. Zu seiner Überraschung stürzte der Wagen nicht ab, sondern stand mit drei Rädern wieder gleichmäßig auf der Straße.

»Okay«, sagte Juan. »Jetzt beweg dich ja nicht! Wag es nicht mal, zu furzen, Pedro. Wenn du mit den Steinen fertig bist, Jose, dann stell dich auch vorne drauf!«

Jose tat, was ihm gesagt wurde, und der Wagen fand wieder soliden Halt.

»So«, sagte Juan, »ich steige jetzt aus und hebe die Fässer runter. Ihr beide rührt euch nicht vom Fleck. Verstanden?«

Juan öffnete vorsichtig die Tür und setzte einen Fuß hinaus. Als der Wagen wieder ins Schwanken kam, wartete er einen Augenblick, bis das Gleichgewicht wiederhergestellt war, und stieg dann langsam aus. Er sah, daß Pedro leise betete.

»Bleibt, wo ihr seid«, sagte er ruhig. »Ich hole zwei von den Fässern runter, dann ist alles okay.«

Die beiden Jungen zitterten und begannen vor Angst zu schwitzen.

»Haltet still!« warnte Juan, während er mit der Schaufel den Mist zur Seite schob und die Hand nach dem ersten Faß ausstreckte. Er war kräftig genug, daß er das Faß mit ausgestreckten Armen zu sich heranziehen konnte, ohne an die Seitenwände der Ladefläche zu stoßen. Als er die Fässer ausgeladen hatte, wandte er sich wieder an seine beiden Neffen.

»Alles in Ordnung. Ihr könnt wieder runtersteigen.«

Doch als sie hinabsteigen wollten, merkten die beiden, daß sie sich nicht mehr rühren konnten. Sie hatten so verkrampft auf der Stoßstange gestanden, daß ihre Beine taub geworden waren. Lächelnd ging Juan Salvador um den Wagen herum und hob zuerst Pedro und dann Jose hinunter. Beide hatten Tränen in den Augen.

»Na also«, sagte er. »Wir leben noch. Jetzt bewegt euch! Wir müssen die Fässer verstecken, bevor jemand vorbeikommt und uns auf frischer Tat ertappt.«

Die beiden Jungen gehorchten ihm stumm. Als sie das letzte

Faß versteckt hatten, nahm Juan Pedro beiseite. »Komm mit«, sagte er zu ihm. »Wir beide haben noch was zu erledigen. Jose, du bleibst hier und bewachst den Wagen. Wir sind gleich zurück.«

Juan und Pedro gingen die Straße entlang zurück. Nach ein paar hundert Metern bog Juan ins Gebüsch ab. Pedro folgte ihm auf den Fersen.

»Nun«, sagte Juan, »war'n ziemlicher Knall, was?«

»Du hast mich dazu aufgefordert«, sagte der Junge hastig.

»Ich habe mich auch nicht beschwert«, sagte Juan. »Du hast getan, was ich dir gesagt habe. So weit, so gut. Aber ein Mann muß auch lernen, seinen eigenen Kopf zu gebrauchen.

Und das erinnert mich daran«, fuhr er fort, während sie eine kleine Lichtung im Gebüsch erreichten, »daß du noch keine Gelegenheit hattest, meinen neuen Dodge zu fahren, stimmt's?«

»Nein«, antwortete Pedro, »aber ich bin jederzeit bereit dazu.«

»Das freut mich zu hören«, erwiderte Juan. »Wer im Leben bereit ist, hat den Kampf schon halb gewonnen.« Er zog sein Taschenmesser hervor und schnitt einen langen, jungen Zweig von einem Baum ab. »Aber außerdem gibt es noch so etwas wie Verantwortungsgefühl, bei allem, was man tut. Wenn du ein Pferd reiten willst, mußt du es füttern, striegeln, putzen und seinen Stall sauberhalten. Du mußt dich um den Sattel und das Zaumzeug kümmern. Wenn du ein Schwein schlachten willst, mußt du deine Messer vorher schleifen, weil das Tier sonst unnötig leidet. Du solltest alles vorbereitet haben, um das Fleisch zu braten oder es in Stücke zu zerlegen, damit du es lagern kannst. Anschließend mußt du alles säubern. Eine Menge Vorbereitungen sind nötig; du schlachtest das Tier nicht nur einfach so, aus Spaß, verstehst du?« fragte Juan und schnitzte die Rinde von dem Zweig.

»Ja, ich verstehe«, antwortete der Junge eifrig. »Aber wofür ist der Stock? Soll er mir helfen, das Gaspedal von deinem Dodge zu erreichen?«

»Nein, nicht direkt«, sagte Juan beiläufig. »Aber so wie manche Äste den Menschen helfen, Wasser zu finden, können andere dabei helfen, Weisheit zu erlangen.«

»Wirklich?« fragte Pedro und lachte. »Aber wie kann man denn mit einem Stock Weisheit finden?«

»Das zeige ich dir gleich«, sagte Juan. »Aber zuerst möchte ich, daß du lernst, das Wort ›Verantwortungsbewußtsein‹ zu respektieren und zu verstehen. Und daß du dir klar machst, daß, ganz gleich, was du im Leben tust – ein Auto fahren, eine Bank ausrauben oder ein Schwein schlachten –, du stets verantwortungsbewußt handeln mußt. Wenn du zum Beispiel beschließt, eine Bank auszurauben, betrittst du nicht einfach wie ein Wilder um dich schießend die Bank. Nein, du planst vorher, organisierst alles, rechnest dir deine Chancen aus und kommst möglicherweise zu dem Schluß, es lieber doch nicht zu tun.«

»Warum nicht? Hast du schon Banken ausgeraubt, Onkel?« fragte Pedro erregt.

»Nein, das habe ich nicht und werde ich auch niemals tun«, erwiderte Juan Salvador. »Ich sage dir auch, warum: Ich bin ein Ehrenmann und überlege mir genau, was ich tue. Deshalb würde ich mich niemals in eine Position begeben, in der ich gezwungen sein könnte, Menschen umzubringen. Begreifst du das? Ich töte niemanden. Und ich stehle auch nicht. Was den Hühnermist von heute morgen angeht, hatte ich einen Handel mit dem Farmer abgeschlossen. Wir haben nichts gestohlen. Ich lege mich auch nicht mit den Cops an; deshalb stelle ich mich lieber blöd und fange an zu sabbern. Dann muß ich niemanden umlegen. Kapiert?«

»Ja, schon. Aber du hast doch immer einen Revolver dabei?«

»Ja. Meine Eier habe ich auch immer dabei, aber deswegen laufe ich noch lange nicht rum wie ein streunender Köter und hinterlasse überall Kinder«, erwiderte Juan. »Verstehst du das? Ich habe Respekt!«

Mit diesen Worten stürzte sich Juan wie ein zorniger Bulle auf seinen Neffen, packte ihn am Arm und schlug mit der biegsamen, grünen Gerte auf ihn ein. Der Junge schrie vor Überraschung und Schmerz laut auf, doch Juan hatte ihn fest im Griff und schlug nur um so fester auf Beine und Hinterteil ein.

»Ich arbeite für meinen Lebensunterhalt!« brüllte Juan. »Ich laufe nicht durch die Gegend und knalle Leute ab! Und ich würde niemals ein Gewehr in einem Haus oder einem Auto abfeuern, sogar wenn Gott selbst mir den Befehl dazu gäbe! Ich denke nämlich nach, bevor ich etwas tue! Ich benutze meinen Kopf und arbeite hart. Ich bin ein Ehrenmann und stelle meinen eigenen Alkohol her und stehle niemandem etwas! Ich habe nichts gemein mit zwei beschissenen kleinen Ganoven, denen nichts Besseres einfällt, als einen alten Lehrer zu terrorisieren und ihm die Hosen auszuziehen! Ich habe nämlich Grips, verstehst du? Und Respekt! Ich arbeite und schwitze bei meiner Arbeit! Und jetzt wirst du das wiederholen! Los: Ich arbeite! Ich habe Respekt!«

»Ich arbeite! Ich habe Respekt!« schrie Pedro und zappelte wie ein verzweifelter Fisch an der Angel, während Juan ihn unerbittlich festhielt. »Ich bin ein Ehrenmann!« brüllte Juan ihm die Worte vor. »Ich stehle niemandem etwas und respektiere das Gesetz!«

»Ich bin ein Ehrenmann! Ich stehle nichts und respektiere das Gesetz!« echote der Junge aus vollem Halse und zuckte unter jedem neuen Schlag zusammen.

»Ich tue nichts, ohne vorher darüber nachzudenken!« schrie Juan und verpaßte Pedro die nächsten Hiebe. »Und, ob ich ein Schwein schlachte oder Alkohol herstelle, ich übernehme die volle Verantwortung für mein Tun und erledige es schnell und sauber und mit RESPEKT!« Fünf neue Schläge sausten auf den Jungen nieder. »Wiederhole!«

Pedro kreischte jetzt fast. »Ob ich ein Schwein schlachte oder Alkohol herstelle, ich erledige es schnell und mit Verantwortung und Respekt!«

»Und jetzt alles nochmal! Los! Ich arbeite! Ich habe Respekt!«

»Ich arbeite! Ich habe Respekt!«

»Ich bin ein Ehrenmann und nutze niemanden aus, nicht mal ein Schwein, wenn ich es töten muß, um zu leben, denn ich bin ein verantwortungsbewußter Mensch!«

»Ich bin ein Ehrenmann und nutze niemanden aus, nicht mal ein Schwein, denn ich handle verantwortungsbewußt!«

»Töten ist kein Spiel!«

»Töten ist kein Spiel!«

»Ich habe Respekt vor dem Leben!«

»Ich habe Respekt vor dem Leben!«

»Und ich feure keine Waffe in einem Auto ab, egal wer es mir befiehlt, weil ich vorher nachdenke!«

Juan versetzte Pedro erneut drei Schläge.

»Ich werde es nie wieder tun! Ich verspreche es! Oh, bitte, Onkel!«

»Ich werde nie wieder auf den Gedanken kommen, daß es Spaß macht, jemanden zu töten. Statt dessen stelle ich mich lieber blöd und fange an zu sabbern!« soufflierte Juan.

»Ja, das werde ich! Ganz bestimmt!«

»Und wenn du doch jemals wieder auf die Idee kommst, daß es lustig wäre, zu töten oder einen Lehrer zum Narren zu halten, dann denk an diese Rute hier!« warnte Juan, und die Gerte sauste wieder auf Pedro nieder. »Machen Schmerzen Spaß, he?«

»NEIIIN!« schrie Pedro. »Es tut weh!«

»Gut«, erwiderte Juan befriedigt und ließ den Jungen los.

Pedro rannte den kleinen Hang hinauf und sprang mit einem Satz in den Bach, wo er sich verzweifelt schluchzend die Beine und sein Hinterteil kühlte.

Auf dem Rückweg zum Truck zog Juan eine Zigarre hervor und versuchte, sich ein wenig zu beruhigen. Als nächstes mußte er mit Jose reden. Aber ihn würde er nicht schlagen müssen, er hatte von Anfang an mehr Respekt gezeigt.

Juan seufzte. In diesem Land Kinder aufzuziehen war viel schwerer, als er gedacht hatte.

»Hast du das Geschrei gehört?« fragte er, als er, die Zigarre in der Hand, wieder bei Jose ankam.

Der aufgeschossene, kräftige Junge nickte. »Ja«, antwortete er.

»Keine Sorge«, sagte Juan und zog ein Streichholz hervor. »Dich werde ich nicht schlagen. Du hattest genug Verstand, nicht gleich auf die Idee zu kommen, jemanden umzulegen.« Er zündete das Streichholz an. »Außerdem bist du zu groß, um noch verprügelt zu werden, Jose. Immerhin bist du schon zwölf Jahre alt und fast ein Mann.«

Der Junge sah trotzdem besorgt drein.

»Jetzt erzähl mir mal, wie diese Geschichte mit dem Lehrer passiert ist?«

»Na ja, weißt du, Onkel, er ist einer von diesen *gringos*, die uns *mejicanos* auf den Tod nicht ausstehen können und andauernd sticheln.«

»Aha«, sagte Juan und setzte sich auf den Kühler des Lieferwagens. »Scheint so einer zu sein wie dieser *cabrón* Tom Mix, den

459

wir immer im Kino bewundern dürfen, was? Ich habe schon erlebt, wie sich die Leute im Kino wegen diesem Hurensohn in die Haare gerieten. Andererseits, William Hart bekämpft auch die Mexikaner, er tut es aber immerhin mit Respekt.«

»Dieser Lehrer ist wie Tom Mix«, erwiderte Jose, »nur nicht so mutig, sozusagen Tom Mix als altes Weib.«

Juan lachte. »Erzähl weiter, was ist passiert?«

»Nun, Pedro und ein paar seiner Freunde hatten genug von seinen dummen Bemerkungen und haben einen Haufen Hundescheiße unter sein Pult gelegt. Als seine Schuhe deswegen vollkommen versaut waren, wurde er so wütend, daß er Pedro am Genick packte und ihn verprügeln wollte. Aber ich habe ihm gesagt, er soll ihn loslassen.« Jose verstummte.

»Und weiter?«

Der große Junge war verlegen. »Na ja, er fing an, unsere Mutter mit Schimpfworten zu beleidigen, Onkel. Er behauptete, wir wären alle ein Volk von Hurenkindern. Da habe ich ihn umgehauen.«

»Du hast was?«

»Ich habe ihn niedergeschlagen«, gestand der Junge kleinlaut.

»Mit einem Schlag?«

Jose nickte. »Ja. Und dann haben die Zwerge ihn gepackt, ihm die Hose ausgezogen und ihn aus dem Fenster geworfen.«

»Die Zwerge?«

»Ja, die Kleinen, Pedro und seine Freunde.«

»Aha, ich verstehe. Aber sag mal, ist er eigentlich ein guter Lehrer? Lernt ihr etwas bei ihm?«

»Ja, wir haben schon eine Menge bei ihm gelernt. Aber versteh doch, Onkel, er hat keine Gelegenheit ausgelassen, Bemerkungen über uns fallenzulassen.«

»Und ihr seid nicht Manns genug, darüber zu stehen, wenn ihr dabei etwas fürs Leben lernen könnt?« fragte Juan.

Pedro kam völlig durchnäßt, sein Hinterteil reibend, die Straße heraufgetrottet.

»Tag für Tag, Onkel?«

»Wißt ihr denn nicht, daß ich hier das gleiche mit den Amerikanern durchmache? Himmel, nur um herauszufinden, wo ich Zucker herbekomme, habe ich Blut und Wasser geschwitzt!«

»Schon, Onkel, aber dir bringt man doch Respekt entgegen. Keiner würde es wagen, dich zu beleidigen.«

Juan seufzte tief und sah Pedro entgegen. »Das stimmt«, sagte er, »hier im Viertel. Aber bei den Anglos ist es etwas anderes. Allein um ein Haus zu mieten, mußte ich behaupten, ich sei Grieche. Jose, ich war noch ein Junge – kaum größer als du –, als ich ins Gefängnis kam, wo erwachsene Männer versuchten, mich zu mißbrauchen. Aber ich habe mich gewehrt. Schau her!« sagte er und knöpfte sein Hemd auf. »Sie haben mir den Bauch aufgeschlitzt und mich einfach liegen lassen, aber ich habe nicht aufgegeben. Weil ich ein Mann bin, verdammt noch mal. Ich pfeife drauf, wie so ein alter Sack von Lehrer euch nennt, solange ihr bei ihm etwas lernen könnt. Bildung ist das einzige, das uns langfristig weiterbringen wird. Nicht etwa diese Schwarzbrennerei. Ihr müßt euch aufmerksam umsehen und lernen, euren Verstand zu gebrauchen!«

Juan hätte noch lange weiter gepredigt, doch sie hörten plötzlich ein Motorengeräusch, das hinter ihnen auf der Straße näher kam.

»Schnell«, sagte Juan und holte seine 38er aus dem Lieferwagen. »Wir halten sie an, damit sie uns helfen!« Er öffnete die Trommel; entfernte die leere Patronenhülse und legte eine neue ein, dann steckte er den Revolver unter sein Hemd in den Hosenbund.

»Du bist leichter, Pedro. Kletter hinten drauf und sorg dafür, daß das Faß, das noch auf dem Wagen ist, unter dem Mist nicht zu sehen ist. Jose, du stellst dich auf die Stoßstange.«

Die Jungen taten, was er ihnen sagte.

»Überlaßt mir das Reden«, sagte Juan. »Ihr beiden bleibt beim Wagen und verhaltet euch, als wäret ihr verletzt und erschrocken. Wir hatten gerade einen Unfall, kapiert?«

»Ja«, antworteten beide.

»Und wenn ich so tue, als sei ich etwas zurückgeblieben, dann haltet ihr euch zurück. Die Situation könnte gefährlich werden, wenn wir nicht vorsichtig sind. Letzte Woche hatte ich eine Begegnung mit einem Wagen voller Bastarde, die versuchten, meinen Whisky zu stehlen, weil sie zu faul waren, selber welchen herzustellen. Ich mußte erst mit ihnen verhandeln«, berichtete

Juan und zog die 45er unter dem Sitz hervor. »Aber wir werden uns nicht mit dem Gesetz anlegen. Wenn es ein Cop ist, dann regeln wir es auf diese Art.« Juan zog eine Grimasse, verdrehte die Augen und ließ die Zunge heraushängen.

Als Jose das entstellte Gesicht seines Onkels sah, konnte er sich nicht beherrschen und fing laut an zu lachen. Diesmal ersparte es sich Juan, ihn zurechtzuweisen, sondern ging sofort auf ihn zu und schlug ihm wortlos die Faust ins Gesicht. Jose taumelte rückwärts gegen die Motorhaube; Blut tropfte von seiner aufgeplatzten Lippe.

»Wisch das Blut nicht ab!« herrschte Juan ihn an. »Bleib einfach liegen. Denk dran, du bist mit dem Gesicht gegen die Windschutzscheibe geknallt!«

Jose gehorchte, und Pedro brauchte keinerlei Anweisungen mehr. Er ließ sich erschrocken zu Boden fallen.

»So ist's recht«, sagte Juan und blinzelte beiden zu. »Und jetzt keinen Ton mehr!«

Juan stellte sich mit einem Seil in der Hand in die Mitte der Straße, auf der ein großer schwarzer Buick rasant um die letzte Kurve bog. Juan schwenkte die Arme und zeigte auf die beiden Jungen. Der Fahrer des Buick trat hart auf die Bremse.

»Wir hatten einen Unfall!« rief Juan.

Der Mann, ein hochgewachsener Amerikaner mit einer großen Nase und durchdringenden blauen Augen, stieg aus seinem Wagen. Er trug eine lange Sportjacke und teure Handschuhe und wirkte sehr vornehm.

»Sind die Jungen schwer verletzt?« fragte er.

»Ich weiß nicht genau«, antwortete Juan. »Sie sind hart mit dem Kopf aufgeschlagen. Wir brauchen jemand, der uns abschleppt, damit ich sie zu einem Arzt bringen kann.«

Juan war nervös. Er hatte noch nie einen reichen Amerikaner um Hilfe gebeten, aber in diesem Fall hatte er keine andere Wahl. Jede Minute, die er hier festsaß, verlor er bares Geld. Außerdem wurde das Risiko, daß der Sheriff oder Banditen vorbeikommen könnten, immer größer. Der gutgekleidete große Mann musterte Juan und ging an ihm vorbei zu dem Wagen, neben dem die beiden Jungen auf dem Boden lagen. Er sah das Blut in Joses Gesicht und Pedros verängstigten Blick.

»Seid ihr okay?« fragte er Jose.

Jose antwortete nicht und blickte unsicher zu seinem Onkel.

»Es ist bestimmt nichts Ernstes«, kam Juan ihm zur Hilfe, »aber ich will ihn doch vorsichtshalber zu einem Arzt an der Küste bringen, den ich kenne. Was meinen Sie, Mister, können Sie uns abschleppen?«

»Warum nicht«, erwiderte der Mann. »Wenn wir ein wenig von dem Mist abladen könnten, damit der Wagen leichter wird, müßte es eigentlich gehen.«

Juan wurde blaß. Wenn sie den Mist abluden, würde das Faß zum Vorschein kommen. Warum hatte er bloß nicht selber rechtzeitig daran gedacht?

»Nein«, sagte er und schüttelte den Kopf. »Ich muß die Ladung mitnehmen. Aber trotzdem vielen Dank, dann müssen wir eben noch etwas warten.«

Der große Amerikaner sah Juan durchdringend an. Dann wandte er sich ab und schritt zu dem Lieferwagen, um sich selbst ein Bild von der Situation zu machen. Er bemerkte zwar den verängstigten Blick der Jungen, als er jedoch hinter dem Wagen in den steil abfallenden Cañon hinabblickte, in den sie um ein Haar gestürzt wären, gelangte er zu dem Schluß, daß die beiden wohl noch unter Schock standen.

Seine stechenden blauen Augen wurden etwas freundlicher, und er lächelte. »Also gut«, er zog seinen rechten Handschuh aus. »Ich bin Fred Noon, Rechtsanwalt«, sagte er und streckte Juan die Hand entgegen.

Juan erstarrte, als er hörte, daß er einem Rechtsanwalt gegenüberstand, doch dann ergriff er rasch die dargebotene Hand.

»Juan Villaseñor«, erwiderte er, »meine Hochachtung vor dem Gesetz!«

»Hochachtung vor dem Gesetz?« wiederholte Fred Noon verständnislos.

»Nun, Sie personifizieren doch sozusagen das Gesetz«, erklärte Juan.

»Oh, ich verstehe.« Fred Noon lachte, half Juan, das Seil an dem großen Buick und dem Ford Modell-T zu befestigen und die Räder des Lieferwagens freizuschaufeln. Nachdem es ihnen gelungen war, den Wagen zurück auf die Straße zu ziehen, machten sie sich auf den Weg.

Als sie sich nach etwa zwanzig Meilen Richtung Westen Carlsbad näherten, waren Juan und Fred Noon gute Freunde geworden. Fred Noon sprach fließend Spanisch. Er hatte als Anwalt in San Diego gearbeitet und war sogar ein paar Mal mit Archie Freeman zusammengetroffen.

In Carlsbad schleppte Noon Juans Wagen bis vor das Haus der alten Frau, die für Juan den Whisky verkaufte. Ihr Name war Consuelo. Sie war ein geschäftstüchtiges altes Weib, und immer wenn die Erntearbeiter in der Stadt waren, setzte sie eine Menge Geld für Juan um.

»Vielen Dank«, sagte Juan zu Fred Noon. »Was bin ich dir schuldig?«

»Gar nichts, Juan«, erwiderte Noon. »Gib nur gut auf die Jungen acht.«

»Geht klar«, versprach Juan. »Aber sag mal, trinkst du ab und zu gern mal einen?«

Juan wußte, daß er ein beträchtliches Risiko mit dieser Frage einging. Aber Noon wirkte nicht wie ein Anti-Alkoholiker, und immerhin war er mit Archie bekannt, der soff wie ein Fisch.

»Na ja, was genau meinst du denn damit?« Noons Augen verengten sich, und er warf einen Blick auf den Mist, der auf der Ladefläche des Lieferwagens lag.

Als Juan den Blick bemerkte, bereute er es schon, das Thema erwähnt zu haben. Aber jetzt konnte er nicht mehr zurück.

»Whisky«, antwortete er. »Magst du erstklassigen Canadian Whisky?«

»Canadian Whisky!« wiederholte der große Mann mit den stechenden Augen und fuhr sich mit der Zunge über die Lippen. »Verdammt! Ich wüßte keinen Anwalt, der Whisky verschmäht. Sag bloß, du hast welchen?«

Jetzt war Juan froh, daß er gefragt hatte. Der Mann schien ja geradezu versessen darauf zu sein.

»Nun ja«, antwortete er, »nicht direkt. Aber ein Freund von mir kann welchen besorgen. Wenn du willst, können wir uns in einer Viertelstunde oben im Montana Café, gegenüber vom Twin

Inns, treffen. Aber bestell dir da bloß nicht mehr, als du essen kannst.«

»In Ordnung.« Noon stieg in seinen Wagen und fuhr davon.

Juan ging mit Jose und Pedro in Consuelos Haus, um ihre Schnitte und Kratzer zu verarzten.

Lupe verabschiedete sich vor dem Haus gerade von Mark, als Carlota mit zwei Freundinnen herausgestürmt kam. »Ich hasse dich!« sagte Carlota, als sie an Lupe vorbeiging. »Du hast nicht einmal teilgenommen, und deinetwegen kommt er trotzdem hierher!«

Lupe hatte keine Ahnung, wovon Carlota eigentlich sprach. Doch nachdem Mark fort war und sie hineinging, sah sie, daß ihre Eltern in dem kleinen Vorderzimmer einem älteren Herrn in dunklem Anzug gegenüberstanden. Lupe erschrak; sie nahm an, es hätte irgend etwas mit Mark zu tun.

»Lupe«, sagte ihre Mutter. »Das ist Señor Gonzales. Er ist deinetwegen hier.«

Lupe blieb stumm.

»Setz dich doch bitte, meine Liebe«, sagte Señor Gonzales.

Lupe gehorchte, doch sie fühlte sich unbehaglich.

»Nun«, sagte der Mann höflich. »Ich gehöre zum Festtagskomitee für den Fünften Mai.* Dieses Jahr wollen wir zum ersten Mal eine große Parade veranstalten, die sich über das *barrio* hinaus bis in den amerikanischen Teil der Stadt erstreckt. Auf diese Weise können wir die *gringos* in unser Fest einschließen.

Weißt du, viele unserer Landsleute, die, so wie deine Familie, während der Revolution in die Vereinigten Staaten gekommen sind, freunden sich allmählich mit dem Gedanken an, daß hier für immer ihre neue Heimat sein wird. Deshalb möchten wir die *gringos* einschließen und versuchen, ihnen einen Teil unserer Kultur nahezubringen, damit sie für uns selbst nicht verlorengeht.«

Er räusperte sich. Lupe bemerkte, daß er nervös war, doch sie hatte noch immer keinen Schimmer, was das Ganze mit ihr zu tun haben sollte.

* Mexikanischer Nationalfeiertag

»Die Sache ist die«, fuhr er fort, »daß wir unser Bestes geben wollen, wie die *americanos* sagen würden. Wir wissen zwar, daß du dich nicht an unserem Schönheitswettbewerb beteiligt hast, aber wir sind alle der Meinung, daß du das schönste junge Mädchen im Viertel bist, und daher wollten wir dich fragen, ob du uns die Ehre erweist, die Festtagskönigin zu sein.«

Lupe war sprachlos. Hilfesuchend sah sie ihre Eltern an. Jetzt begriff sie, warum ihre Schwester und deren Freunde so wütend auf sie gewesen waren. Seit Wochen schon nähten sie an ihren Kleidern und probierten neue Frisuren aus, um sich auf den Schönheitswettbewerb vorzubereiten. Sie selbst hatte sich nicht einmal dafür angemeldet. Nein, sie konnte einfach nicht zustimmen.

»Lupe«, sagte die Mutter, als sie ihr Zögern bemerkte, »wir haben Señor Gonzales schon erklärt, daß du nicht einmal besonders gern tanzen gehst. Aber er hat uns versichert, daß du nichts tun mußt, was dich in Verlegenheit bringen könnte.«

»Genau«, beteuerte der Mann. »Du brauchst lediglich mit den Prinzessinnen im offenen Wagen zu fahren. Um alles andere kümmern wir uns«, sagte er lächelnd.

Lupe war immer noch stumm vor Überraschung.

Señor Gonzales warf den Eltern einen Blick zu. »Wenn du möchtest, kannst du die Prinzessinnen selbst bestimmen«, sagte er zu Lupe. »Dann kannst du deine Schwester und deine Freundinnen wählen, damit sich niemand verletzt fühlt.«

»Vielen Dank«, sagte Doña Guadalupe. »Das wird Lupe die Entscheidung bestimmt leichter machen.«

Doch Lupe hatte sich noch immer mit keinem Wort geäußert.

»Nun, denk wenigstens darüber nach«, bat Señor Gonzales. »Ich komme in ein paar Tagen noch einmal vorbei, um zu hören, wie du dich entschieden hast. Aber viel Zeit haben wir nicht mehr. Wir wollen auch den Bürgermeister und den Stadtrat von Santa Ana einladen.«

Er erhob sich und griff nach seinem Hut. »Ach, noch eins«, sagte er, »was das Geld für das Kleid angeht, so brauchst du dir keine Sorgen zu machen. Ich denke, es läßt sich machen, daß wir für das Material aufkommen können, das deine Mutter dafür braucht, so daß deiner Familie keinerlei Belastung dadurch entsteht.«

»Vielen Dank, *señor*«, antwortete Lupe. »Ich hatte tatsächlich auch deswegen Bedenken.«

Er küßte ihr die Hand. »Das dachte ich mir. Mein Gott, sie haben wirklich recht. Du bist wunderschön. Bitte, besprich die Angelegenheit mit deinen Eltern und nimm das Angebot an. Es liegt uns viel daran, die diesjährige Parade zum Fünften Mai so eindrucksvoll wie möglich zu gestalten!«

Lupe begleitete ihn zur Tür.

Als Carlota am Abend erfuhr, daß Lupe die Prinzessinnen selbst wählen durfte, geriet sie außer Rand und Band.

»Oh, du mußt einfach zusagen, Lupe«, bettelte sie. »Bitte! Wenn du es nicht tust, werde ich dir das niemals verzeihen, das schwöre ich dir! Du brauchtest dich nicht mal für den Schönheitswettbewerb zu melden; sie sind von ganz allein zu dir gekommen!«

Nachdem Juan seine Geschäfte in Carlsbad erledigt hatte, fuhr er mit seinen beiden Neffen die Küstenstraße entlang nach Los Angeles. Er dachte über Lupe nach und über das Hotelgeschäft und den großen, bewaffneten Typen, der ihn so sehr an den mexikanerfeindlichen Kinohelden Tom Mix erinnert hatte. Juan war sich darüber im klaren, daß er auf jeden Fall ein Risiko einging und sehr vorsichtig sein mußte, wenn er nicht geschnappt werden wollte. Außerdem, je mehr er über Lupe und ihre Familie herausfand, desto mehr war er davon überzeugt, daß es sich um gottesfürchtige, pflichtbewußte Menschen handeln mußte. Es würde all seine Pläne mit Lupe zunichte machen, wenn sie jemals erfuhren, womit er sein Geld verdiente.

Als sie das Warenhaus erreichten, fühlte Juan sich innerlich äußerst angespannt. Er weckte die beiden Jungen, die fest eingeschlafen waren, und wies sie an, Zucker und Hefe auf den Wagen zu laden.

Es war bereits dunkel, als sie endlich vor dem großen Haus im Süden der Stadt anhielten. Jose und Pedro weinten beinahe vor lauter Müdigkeit. Sie waren seit vierzehn Stunden unterwegs. Doch Juan war fest entschlossen, ihnen zu beweisen, daß Schnapsbrennen kein Kinderspiel war. Er zerrte sie aus dem

Auto, befahl ihnen, sich das Gesicht mit kaltem Wasser zu waschen und die Waren auszuladen. Er selbst machte sich mit Julio daran, die Metalltonnen im Hinterzimmer vorzubereiten.

»Wir brauchen noch mehr Tonnen«, sagte er zu Julio, während er einen der Behälter ausschabte. »Dann können wir rund um die Uhr arbeiten, wenn wir mit dem Destillieren beginnen.«

»Ach, komm schon, Juan«, antwortete Julio, der ebenfalls dabei war, eine der Tonnen zu reinigen. »Wir schaffen es niemals, rechtzeitig fünfzig Fässer à vierzig Liter herzustellen. Beim letzten Mal haben wir für nur fünfzehn Fässer fast einen Monat gebraucht.

»Ja, aber inzwischen haben wir mehr Erfahrung und werden ununterbrochen arbeiten und höchstens mal zwischendurch kurz ein Nickerchen machen«, widersprach Juan. Er leckte an seinem Finger und benetzte Pedros Augen mit Speichel, als dieser an ihm vorbeischlurfte. »Wach auf und arbeite weiter«, sagte er zu dem Jungen.

»Aber Juan, du kannst doch meine Frau und mich nicht einen ganzen Monat hier einsperren«, wandte Julio ein.

»Wieso nicht?« erwiderte Juan. »Dafür sind wir in einem Monat reich!«

»Ja, schon. Aber wir brauchen auch Zeit, um unsere Freunde im *barrio* zu besuchen.«

Juan traute seine Ohren nicht. »Verdammt noch mal, was ist denn in dich gefahren?« brüllte er. »Bevor du mein Partner wurdest, warst du vollkommen pleite! Inzwischen hast du deinen eigenen Laster, ein großes Haus und mehr als genug zu essen. Was sind denn schon dreißig Tage? Die reiße ich auf einer Arschbacke ab. Hat das bißchen Geld, das wir bis jetzt verdient haben, dir schon den Verstand benebelt, *hombre*?«

»Hey, rede gefälligst nicht in dem Ton mit mir«, protestierte Julio, dessen kleine Kinder sich verängstigt in einer Ecke zusammengekauert hatten.

Jose und Pedro waren auf einmal wieder hellwach. Ihr Onkel sah aus, als würde er jeden Moment explodieren.

»Wie zum Teufel, Julio, soll ich sonst mit dir reden«, tobte Juan, »wenn du solchen Schwachsinn von dir gibst!«

»Mit mehr Respekt, Juan!« antwortete er und schielte zu seiner Familie hinüber. »Mit etwas mehr gottverdammtem Respekt!«

»In Ordnung, dann eben mit Respekt«, lenkte Juan ein und versuchte sich zu beruhigen. »Aber reiß dich zusammen und vergiß nicht, daß dies die Chance deines Lebens ist.« Juan Salvador versuchte, sich zu fassen, aber in Wirklichkeit war er außer sich vor Wut und fühlte sich wie ein Vulkan kurz vor dem Ausbruch. Er rang nach Atem und hätte sich am liebsten sein Hemd vom Leib gerissen, um besser Luft zu bekommen. In solchen Augenblicken fühlte er sich, als würden all seine Vorfahren in seinem Inneren darum kämpfen, zu atmen und zu leben.

»Verdammt, Julio«, sagte er, »ich respektiere dich ja. Aber meine Mutter mußte betteln gehen, damit wir etwas zu essen hatten! Ich war für einen anderen im Gefängnis, weil meine Familie von dem Geld, das ich dafür bekam, überleben konnte. Dagegen ist das hier doch überhaupt nichts!« Jetzt brüllte er wieder, und die Adern an seinen Schläfen traten deutlich hervor. »Verstehst du? Absolut nichts! Ich habe zehn Jahre lang vierundzwanzig Stunden am Tag gearbeitet, damit ich nie wieder irgend jemandem in den Arsch kriechen muß!«

»Schon gut, Mann. Schon gut!« sagte Julio. »Trotzdem ist es schwierig für meine Familie. Sie sitzen hier umgeben von *gringos*, die uns alle hassen, und haben keine Freunde in der Nähe!«

»Genau deshalb sind wir ja hierhergezogen!« brüllte Juan. »Damit uns niemand in die Quere kommt!«

»Ja, ich weiß, ich weiß. Aber verdammt noch mal, uns geht's doch jetzt gut. Warum willst du immer noch mehr?«

Juan wußte, er würde Julio umlegen, wenn dieser noch einen Ton von sich gab. Rasend vor Wut stürmte er aus dem Haus; es gab nichts, was er diesem Mann noch hätte sagen können.

Es ging ihm nicht nur um das Geld. Es ging auch darum, wie die Leute ihn angesehen hatten, als er versucht hatte, das Haus zu mieten. Es ging darum, wie die *gringos* seine alte Mutter musterten, wenn sie auf ihrem Weg zur Kirche den amerikanischen Teil der Stadt durchqueren mußte. Tränen stiegen Juan in die Augen. Sie sahen sie an, als wäre sie Unrat. Er mußte es einfach schaffen, reich und mächtig zu werden. Erst dann konnte er um Lupe werben und ein richtiges Steinhaus mit roten Ziegeln auf einem Hügel oberhalb der Stadt bauen. Dann würde nie wieder jemand mit Abscheu auf seine Familie herabsehen.

Es war drei Uhr morgens, als Juan mit seinen beiden Neffen wieder in Corona eintraf. Und bereits um fünf weckte er die Jungen erneut. »Auf mit euch! Wir müssen jetzt die Fässer holen, die wir in Temecula versteckt haben!«

»Aber ich war gerade erst eingeschlafen«, jammerte Pedro mit Tränen in den Augen.

»Na und! Du brauchst ja auch nicht zur Schule, sondern du arbeitest!« Er schob die beiden aus dem Haus zum Hühnerverschlag, wo sie wieder ihre Frühstückseier in die Hand gedrückt bekamen.

Während der darauffolgenden drei Tage ließ Juan seine Neffen keinen Augenblick zur Ruhe kommen. Fünfzehn bis sechzehn Stunden täglich beschäftigte er sie damit, den Boden zu scheuern, die Fässer auszuwaschen oder Mist zu verladen. Am vierten Tag bettelte Pedro darum, wieder zur Schule gehen zu dürfen.

»Bitte, Onkel«, sagte er, »wir möchten wieder in die Schule.«

»Du auch, Jose?« fragte Juan.

Jose nickte. »Ja.«

»In Ordnung«, erwiderte Juan, »ihr könnt zurück zur Schule. Aber denkt daran, ihr müßt dem Lehrer wieder gegenübertreten, dem ihr die Hosen ausgezogen habt. Ihr habt es getan, also müßt ihr dafür büßen. Ich habe auch gespielt und mußte dafür bezahlen. Schaut her, seht ihr die Narbe? Und ihr kennt die Narbe auf meinem Bauch. Wir müssen für alles bezahlen, glaubt mir. Eure Mutter, meine Mutter – sie alle haben mehr als einmal mit ihrem Blut dafür bezahlt, daß wir gesund hierherkommen konnten. Wenn ihr also zurück zur Schule geht, werdet ihr diesmal ernsthaft arbeiten, oder ihr bekommt es mit mir zu tun! Verstanden?«

Sie nickten beide, wohl wissend, daß ihr Onkel nicht spaßte.

»Nickt mir nichts vor«, sagte Juan, »sondern antwortet mir anständig. Wir *mejicanos* sind hartgesottene Kämpfer. In jedem

Gefängnis, das ich von innen gesehen habe, waren es die Mexikaner, die das Zepter in der Hand hielten. Nicht die Schwarzen oder die Weißen, sondern wir, *la raza*.«

»Jawohl, Onkel«, sagten beide gleichzeitig.

»Jawohl was?«

Die Jungen sahen sich unsicher an.

»Jawohl, wir sind ehrbare *mejicanos*«, sagte Pedro.

«Und?«

»Und Töten ist kein Spaß«, fügte Pedro hinzu. »Weil wir verantwortlich handeln, wenn wir ein Schwein töten. Wir denken zuerst nach. Wir planen, schwitzen und arbeiten.«

»Sehr gut«, sagte Juan. »Und du, Jose?«

»Äh, wir rechnen erst unsere Chancen aus«, antwortete Jose, »deshalb schlachten wir das Schwein dann vielleicht doch nicht oder rauben doch keine Bank aus, weil wir stets *previendo* handeln und niemals nur für Geld töten.«

»Hervorragend!« lobte sie Juan. »Wirklich hervorragend!« Er schloß beide in die Arme und küßte sie. »Jungs, ich bin stolz auf euch. Ihr bekommt jetzt jeder fünf Dollar für eure Arbeit. Natürlich wird jeder drei Dollar davon eurer Mutter geben, weil …, nein, sagt ihr es mir.«

»Weil wir *machos* mit mächtigen *tanates* sind!« antwortete Pedro.

Juan platzte laut heraus. »Genau«, lachte er, »das ist es!«

»Mensch, jetzt können wir einen richtigen Baseballschläger kaufen«, sagte Jose.

Zwei Wochen lang waren Juan und Julio Tag und Nacht in der Brennerei beschäftigt. Es war eine äußerst heikle Arbeit. Die Maische brodelte in einem großen Kessel und mußte ständig überwacht werden. Ein Augenblick der Unaufmerksamkeit konnte genügen, und das ganze Gefäß würde wie eine Bombe explodieren. Nach achtzehn Tagen waren sie schließlich so erschöpft, daß sie begannen, Fehler zu machen. Einmal wäre der Kessel tatsächlich fast hochgegangen.

»Okay«, sagte Juan. »Ich glaube, wie brauchen beide eine Pause. Komm, wir sehen mal nach, wieviel Whisky wir jetzt zusammenhaben und nehmen ein paar Tage frei. Ich nehme die ersten beiden Tage, und dann kannst du mit deiner Familie zwei Tage ausspannen. Aber während ich weg bin, verläßt du unter keinen Umständen das Haus, nicht mal für zehn Minuten.«

»Sehr wohl, *mi general*!« antwortete Julio. »Mann! Wir haben schon vierzig Fässer!«

Juan umarmte Julio. »Wir haben es fast geschafft, *amigo*. Ich brauche nur fünf von den Fässern zu verkaufen, dann haben wir das Geld für das restliche Material zusammen. Wir sind fast am Ziel.«

Juan mixte ihnen zwei großzügige Drinks, und sie prosteten sich zu. Anschließend duschte er sich und zog pfeifend seinen besten Anzug an.

Es war der fünfte Mai, und bei Archie in Santa Ana fand wieder ein Tanzabend statt. Juan rechnete damit, Archie zwei Fässer verkaufen zu können, und beschloß, anschließend offiziell mit seiner Werbung um Lupe zu beginnen. Es war fast ein Jahr her, seit er sie das erste Mal gesehen hatte, und jetzt war er bereit.

Juan vergewisserte sich, daß seine 38er geladen war, und steckte sie unter seine Weste in den Gürtel. Julio half ihm, die zwei Whiskyfässer im Kofferraum des Dodge Kabrio zu verstauen.

Als Juan das Haus des Sheriffs erreichte, bemerkte er, daß die Eingangstür offenstand. Er blickte sich um und fragte sich, ob irgend etwas nicht stimmte.

Archie besaß ein Haus in Santa Ana, während seine Frau mit den Kindern in einem anderen Haus südlich von Oceanside lebte. Er hatte Juan einmal verraten, daß das Geheimnis einer guten Ehe darin bestand, nicht mit seiner Frau zusammenzuleben, außer am Sonntag, wenn sie gemeinsam mit den Kindern zur Kirche gingen.

»Hallo«, rief Juan und trat vorsichtig auf die offene Tür zu. »Bist du da drinnen, Archie?«

»Klar, komm rein«, ertönte es von innen. Der kräftige Deputy kam Juan entgegen, das Gesicht voller Rasiercreme. »Die Tür ist offen. Mach's dir bequem. Du kannst schon mal Whisky und zwei Gläser aus der Küche holen. Aber wir haben nicht viel Zeit, ich führe nämlich die Parade an.«

»Welche Parade«, fragte Juan, während er in die Küche ging und in dem Spülstein, in dem sich schmutziges Geschirr türmte, nach Gläsern forschte.

»Hast du nichts davon gehört? Das *barrio* plant eine Riesenshow, und ich fungiere als offizieller Vertreter für das Büro des Sheriffs.«

»Ich dachte, du bist nur für den San-Diego-Bezirk zuständig und nicht hier oben fürs Orange County?« fragte Juan und versuchte, die toten Fliegen aus zwei Gläsern zu spülen.

»Ich bin für beide Bezirke verantwortlich,« erwiderte Archie und beendete seine Rasur.

»Wie zum Teufel hast du das denn hingekriegt?«

»Ach, genauso, wie ich gleichzeitig als Republikaner und Demokrat registriert bin«, antwortete er und musterte sein Spiegelbild, während er sich den Rasierschaum abwusch. »Mann, ich wünschte, ich wäre lieber reich auf die Welt gekommen, statt so verdammt gutaussehend!« Er schüttete sich etwas Whisky in die Hand und klopfte ihn mit leichten Schlägen auf seine Wangen.

Juan mußte lachen. Er konnte nicht glauben, daß Archie sich tatsächlich für gutaussehend hielt. Er hatte noch nie einen derart häßlichen Mann getroffen. Mit seinen abstehenden Ohren, seinem langen Kuhgesicht und den wulstigen Lippen wirkte Archie eher hausbacken als schön.

Sie stießen kurz an, leerten ihre Gläser und verließen das Haus. Bevor Archie zur Parade ging, mußten sie noch die beiden Fässer zur Tanzhalle schaffen.

»Hast du irgendwas über dieses Hotel in San Bernardino rausgefunden?« fragte Juan, während er in seinen Wagen stieg.

»Nicht die Spur«, erwiderte Archie. »Seit die beiden FBI-Leute drüben in San Bernardino umgelegt wurden, traut sich keiner mehr, was zu sagen.«

Juan zuckte innerlich zusammen, aber er ließ sich nichts anmerken. Im *barrio* ging das Gerücht um, daß er derjenige gewesen sei, der die beiden Männer erledigt hätte, und er hatte nichts unternommen, dieses Gerücht zu widerlegen. Schließlich konnte es ihm nur nützlich sein, wenn die Leute einen großen Bogen um ihn machten.

»Aha, verstehe«, sagte er. »Niemand spricht darüber.«

»Niemand«, antwortete Archie und sah Juan aufmerksam an.

Doch Juan gab sich unbeteiligt, obwohl er merkte, daß Archies Blick forschend auf ihm ruhte.

Sie stiegen in ihre Wagen und fuhren los. Juan seufzte unbehaglich; Archie hatte ihn mit diesem hundertprozentigen Sheriffblick angesehen.

Nachdem Juan die Fässer ausgeladen hatte, fuhr er sogleich weiter, um sich die Parade anzusehen. Die Menschen standen schon in Fünferreihen zu beiden Seiten der von schattenspendenden Bäumen eingefaßten Straße. Juan zog den Zündschlüssel heraus und stellte sich auf den Fahrersitz des offenen Ford, um über die Köpfe der Menge hinwegsehen zu können. Er entdeckte Archie, der in seinem schwarzen Hudson langsam die Straße hinunterrollte. Ihm folgte ein halbes Dutzend Reiter in den traditionellen Festtagsanzügen der mexikanischen Bauern.

Der Anblick erinnerte Juan an den Tag, an dem sein Großvater auf seinem rotbraunen Hengst, in Begleitung seiner *compadres*, nach Mexico City aufgebrochen war, um Don Porfirio aufzusuchen.

Ein Dutzend Musikkapellen marschierten fröhlich musizierend hinter den Pferden her. Während Juan den Klängen lauschte, wanderte sein Blick wieder zu den Reitern in ihrer prachtvollen mexikanischen Tracht, und Stolz erfüllte ihn. Er wünschte, er hätte vorher von dieser Parade erfahren, dann hätte er die Mutter und seine Schwester und vor allem natürlich seine Neffen mitgenommen. Dies war Mexiko, so wie er es kannte: tänzelnde Pferde, funkelnde Verzierungen auf den Uniformen der Reiter, laute Musik und fröhliches Gelächter. Einer der Reiter, der auf einem Apfelschimmel saß, zügelte sein Pferd in der Mitte der Straße und führte Kunststücke mit seinem Lasso vor. Die Menge applaudierte. Nun zog er ein langes Seil aus ungegerbtem Leder hervor. Er knüpfte eine große Schlinge, um den Teufelssprung vorzuführen, der darin bestand, das Pferd dazu zu bringen, durch die Schlinge des Lassos zu springen, während er selbst auf dem Rücken des Tieres stand.

Juan grinste. Das letzte Mal hatte er diesen Trick bei seinem Bruder Jose gelingen sehen. Das war lange vor der Revolution gewesen. Damals hatte es noch eine Menge großartiger Reiter gegeben!

Der junge Mann wirbelte das Lasso herum, so daß die Schlinge immer größer wurde. Auf dem Sattel stehend, sprang er durch sie hindurch und schwang sie hoch über seinen Kopf, bis sie groß genug war, daß ein Pferd hindurch paßte. Die Menge verstummte, während der Reiter die große Schlinge horizontal um sich und das Pferd kreisen ließ. Jetzt war der Augenblick gekommen, an dem er das Lasso mit einem exakten Schwung in die Vertikale bringen mußte, um mit dem Pferd hindurchzuspringen. Doch das Tier machte einen voreiligen Schritt und blieb in dem Seil hängen.

Ein enttäuschtes Raunen ging durch die Menge, doch sie würdigten den Versuch mit anerkennendem Applaus. Der junge Reiter lachte und ließ dabei seine makellosen weißen Zähne sehen. Er schob seinen Sombrero in den Nacken, wobei seine flammendrote Lockenmähne zum Vorschein kam.

Als Juan die roten Haare sah, dachte er sofort an seine Familie väterlicherseits und fragte sich im stillen, ob der Junge wohl aus Los Altos de Jalisco stammte. Vielleicht war er ja sogar ein entfernter Verwandter.

Die sechs Reiter und die weithin hörbare *mariachi*-Kapelle zogen vorbei, gefolgt von einem über und über mit Blumen geschmückten offenen Lieferwagen, auf dessen Ladefläche, inmitten eines Blumenmeeres, vier junge Mädchen in herrlichen Kleidern saßen. Eine trug ein rosafarbenes Kleid, die zweite ein grünes und die anderen beiden ein orangenes und ein rotes Kleid. Zwischen den unzähligen weißen Blüten kamen die farbenfrohen Kleider besonders zur Geltung. Die Mädchen lächelten und winkten den Zuschauern fröhlich zu.

Juan wollte sich gerade in seinen Sitz hinabgleiten lassen und davonfahren, als er Lupe entdeckte. Reglos saß sie in der Mitte der Ladefläche auf einem blumengeschmückten Thron. Sie trug ein weißes Kleid, und es sah aus, als schwebte sie auf einem Meer weißer Lilien.

Juans Herz begann zu rasen. »Mein Gott, sie ist die Königin der Parade«, murmelte er und schluckte benommen. Die Sterne meinten es gut mit ihm. Welcher Tag wäre besser geeignet, mit seiner Werbung um sie zu beginnen?

Dann sah auch sie ihn, und ihre Blicke trafen sich. Er lächelte sie an und hob die Hand grüßend an die Krempe seines weißen Panamahutes. Lupe bemerkte sein Lächeln und seinen Blick unter dem eleganten Hut, sein glatt rasiertes Gesicht und den auffallenden Wagen. Sie bewunderte seinen dunkelblauen Nadelstreifenanzug, das schneeweiße Hemd und die getupfte Krawatte. Plötzlich ertappte sie sich dabei, wie sie ihn anstarrte. Sie errötete und sah schnell fort.

Juan seufzte und folgte dem langsam davonrollenden Wagen mit den Augen. Den Schluß der Parade bildete der Bürgermeister in einer großen Limousine, doch Juan schenkte ihm keine Beachtung und ließ sich im Sitz seines Kabrios nieder.

Er konnte vor Aufregung kaum atmen. Der Anblick seiner Königin hatte ihn in den siebten Himmel versetzt. Es gab keinen Zweifel, er war bis über beide Ohren verliebt. Juan startete den Motor, setzte zurück und fuhr davon.

Am Nachmittag des gleichen Tages fuhr Juan zu dem Gebäude, in dem Archies Tanzveranstaltung stattfinden sollte und das im amerikanischen Teil der Stadt lag. Vor dem Eingang warteten bereits eine Schlange Mexikaner und einige Angloamerikaner auf Einlaß. An einer kleinen Bude am Straßenrand wurden Tamales und Tacos feilgeboten. Die vier Prinzessinnen der Parade verkauften am Eingang der Tanzhalle Eintrittskarten.

Juan parkte auf der gegenüberliegenden Straßenseite und kramte einen Kaugummi aus der Tasche. Er war überzeugt, daß Lupe sich bereits im Inneren des Gebäudes befand. Er dachte darüber nach, wie er am besten vorgehen sollte. Plötzlich entdeckte er Lupes schlanken großen Bruder in der Warteschlange und hatte eine Idee.

Juan startete den Dodge, wendete den Wagen nach ein paar

Metern und brachte ihn neben der wartenden Menge wieder zum Stehen. Er hupte und winkte Victoriano zu.

»Meinen Sie mich?« fragte Victoriano und tippte sich mit dem Zeigefinger auf die Brust, während er den großen Wagen bewunderte.

»Ja, du«, sagte Juan.

Victoriano kam rasch auf das schnittige Fahrzeug zu.

»Es ist so«, erklärte Juan, »ich verstehe nicht besonders viel von Autos. Aber ich habe gehört, du kennst dich damit aus. Deshalb wollte ich dich fragen, ob du ein Stück mitfahren kannst und vielleicht eine Erklärung für dieses komische Geräusch findest.«

»Klar«, antwortete Victoriano und strich mit der Hand bewundernd über die Tür des Wagens.

»Prima«, sagte Juan.

Victoriano wollte um den Wagen zur Beifahrertür gehen.

»Nein, fahr du«, sagte Juan.

»Ich soll fahren?« wiederholte Victoriano.

»Sicher, dann hast du ein besseres Gespür für den Wagen.«

»In Ordnung!« Victoriano kam zurück zur Fahrerseite. »Mann, ist das ein tolles Gefühl«, schwärmte er, während er einstieg und die Hände auf das Lenkrad legte. Noch nie im Leben hatte er in solch einem Auto gesessen. Er trat auf die Kupplung, legte den Gang ein und fuhr los. Niemand kannte Juan, und alle starrten ihnen nach, in der Annahme, er sei ein reicher Freund Victorianos.

»Ich finde, er hört sich einwandfrei an«, sagte Victoriano, während sie die Straße entlangfuhren.

»Gib mehr Gas«, erwiderte Juan. »Manchmal hört man es erst, wenn man Vollgas gibt.«

Victoriano trat das Gaspedal durch und schoß, eine Staubwolke hinter sich aufwirbelnd, die Straße entlang. Er war begeistert und grinste von einem Ohr zum anderen. Als sie wieder vor der Tanzhalle vorfuhren, hatten die beiden sich bereits angefreundet. Juan hatte die erste Runde gewonnen. Es war ihm nicht nur gelungen, einen Hüter von Lupes Heim kennenzulernen, er hatte es auch geschafft, sich mit dem jungen Mann anzufreunden, der ihm dabei helfen konnte, sie für sich zu gewinnen.

Es war wie im Krieg, und Juan war fest entschlossen, notfalls jeden Trick anzuwenden, um die Frau seiner Träume zu erobern!

»Tja, tut mir leid«, sagte Victoriano, als er den Dodge geparkt hatte und Juan die Schlüssel zurückgab, »ich hätte dir gern geholfen, aber ich konnte wirklich kein Geräusch hören.«

»Schon gut«, sagte Juan und steckte die Schlüssel in die Hosentasche. »Vielleicht kann ich dich nach der Veranstaltung nach Hause fahren, dann versuchen wir's nochmal.«

»Oh, das wär' prima«, erwiderte Victoriano, »aber wir müßten meine Schwestern mitnehmen.«

Juan lächelte nur. »Kein Problem, wie viele Schwestern hast du?«

»Zwei leben noch zu Hause«, antwortete Victoriano. »Die anderen sind verheiratet.«

»Aha.«

Sie hätten noch weiter miteinander geplaudert und sich näher kennengelernt, wenn Juan nicht plötzlich in der wartenden Menge den Filipino entdeckt hätte. Um ein Haar hätte er seine 38er gezogen, doch er besann sich gerade noch rechtzeitig. War er verrückt geworden? Er konnte diesen Bastard schließlich unmöglich hier, vor den Augen von Lupes Bruder, umlegen. Er nahm die Hand von der Waffe und tat einen tiefen Atemzug, um seiner Erregung Herr zu werden, während er sich mit Victoriano in die Reihe der Wartenden stellte. Das Blut pochte gegen seine Schläfen. Es war nicht zu fassen! Monatelang hatte er diese Hurensöhne, die ihm sein Geld gestohlen und ihn fast umgebracht hatten, vergeblich gesucht – und jetzt, im denkbar ungeeignetsten Moment, stand einer der beiden Schufte plötzlich vor ihm.

Am Eingang hatte Archie inzwischen mit ein paar anderen Mädchen Carlota abgelöst. Juan bezahlte die beiden Eintrittskarten mit jeweils einem Dollar. Beim Betreten der großen Halle sah er sich um und erblickte Lupe an der gegenüberliegenden Wand neben Carlota und den anderen Prinzessinnen. Sie waren umringt von einer Schar unsicher dreinblickender junger Männer. Der Amerikaner, in dessen Auto Lupe gesessen hatte, stand neben ihr.

»Das sind meine Schwestern«, sagte Victoriano und zeigte auf die Mädchen.

»Hey, war die mit dem weißen Kleid nicht die Königin der Parade?« fragte Juan.

»Ja, das ist Lupe, meine jüngste Schwester«, bestätigte Victoriano stolz. »Sie hat sich nicht mal an dem Schönheitswettbewerb beteiligt. Sie sind zu uns gekommen und haben sie gebeten, die Königin zu sein.«

»Wirklich?«

»Ja, sie interessiert sich überhaupt nicht fürs Tanzen oder Parties und so.«

»Ach nein?«

»Nein. Carlota, meine andere Schwester, sie ist diejenige, die Tanzveranstaltungen über alles liebt. Komm, ich stelle dich vor und erzähle ihnen, daß du uns nach Hause fährst.«

Juan grinste. Das lief ja besser, als er gedacht hatte. »Okay, laß uns rübergehen.«

Sie waren gerade ein paar Schritte gegangen, als Juan auch noch den Italiener entdeckte. Er starrte ihn an; der Mann erwiderte seinen Blick, lächelte und hob grüßend sein Glas. Juan fühlte die kalte Wut in sich aufsteigen. Erneut war er kurz davor, seinen Revolver zu ziehen und geradewegs auf diesen Bastard zuzustürmen, um ihn umzulegen. Doch er hielt sich im letzten Augenblick zurück.

»Warte«, sagte er und senkte den Blick, damit sein zukünftiger Schwager nicht die Mordlust in seinen Augen funkeln sah. »Ich muß noch was erledigen. Aber wir sehen uns nach dem Tanz.«

»Alles klar, dann bis später«, erwiderte Victoriano und ging davon. Juan blickte ihm voller Neid hinterher. Da war sie nun, seine Traumfrau, nur ein paar Meter weit weg und in Wirklichkeit jedoch Lichtjahre von ihm entfernt. Könnte sie in diesem Moment seine Augen sehen, würde sie bestimmt schreiend davonlaufen. Er wandte sich wieder zu dem Italiener um, doch der Platz, an dem er gerade noch gestanden hatte, war leer. Juans Nackenhaare sträubten sich. Er drehte sich instinktiv um und blickte geradewegs dem Filipino ins Gesicht, der nur wenige Schritte entfernt stand. Zwischen ihnen befanden sich fünf Leute, und Juan schritt, ohne zu zögern, auf den Mann zu. Doch dieser duckte sich und war blitzschnell in der Menge untergetaucht.

Juan sah sich unschlüssig um, er hatte keine Ahnung, wo die

beiden Männer steckten. Dies war wohl doch nicht der richtige Tag, mit seiner offiziellen Werbung um Lupe zu beginnen. Er konnte sich unmöglich gleichzeitig um Lupe und diese beiden Hurensöhne kümmern.

Er trat aus der Eingangstür und überquerte die Straße. Bevor er sich seinem Wagen näherte, vergewisserte er sich, daß ihm niemand folgte, um die Möglichkeit auszuschließen, daß irgendein Halunke sich von hinten auf ihn stürzte, wenn er sich ans Steuer setzte.

Er öffnete die Tür des Dodge und wich entsetzt zurück, als der kopflose Körper eines großen Hahns vor seine Füße fiel. Das Herz klopfte ihm bis zum Hals, und er trat den blutigen Kadaver mit dem Fuß zur Seite. Eine Blutspur zog sich über den gesamten Vordersitz bis zum Kopf des Hahns, der auf den Knauf des Schalthebels gerammt war. In diesem Augenblick sah Juan die beiden Männer am Eingang der Tanzhalle. Sie grinsten mit dem zufriedenen Gesichtsausdruck fetter Katzen zu ihm herüber. Der Italiener besaß sogar die Unverfrorenheit, sein Glas erneut spöttisch in Juans Richtung zu heben.

Juan blieb bewegungslos stehen und starrte die beiden an. Wie hatte er bloß glauben können, ein Mann in seiner Position könne sich dem Luxus der Verliebtheit hingeben? Um ein Haar wäre er getötet worden. Er ließ sich hinters Steuer sinken und startete den Wagen. Doch plötzlich hielt er inne.

Nein, sagte er zu sich selbst. Ich werde nicht davonrennen! Niemals!

Er stieg aus dem Dodge, bereit, den beiden Männern gegenüberzutreten. Er war verliebt und dachte nicht daran, aufzugeben. Ein richtiger *macho* mußte lernen, zur gleichen Zeit sanft und hart zu sein.

Zurück im Tanzsaal, fand Juan keine Spur mehr von den beiden Männern. Und während er nach ihnen suchte, hatte Lupe den Saal mit ihrem Bruder verlassen.

In den folgenden beiden Wochen arbeitete Juan wie ein Besessener in der Brennerei. Er hoffte, bei diesem Geschäft mit dem Hotel soviel Geld zu machen, daß er anschließend eine Weile freinehmen konnte, um sich endlich seinen Plänen mit Lupe zu widmen und die beiden Hurensöhne ein für alle Male zu erledigen.

Vierundzwanzig Stunden vor dem vereinbarten Liefertermin hatten Julio und Juan die bestellten fünfzig Fässer à vierzig Liter Whisky hergestellt. Bei einem Preis von siebzig Dollar pro Faß würde Juan nach Abzug aller Kosten zweitausend Dollar verdient haben – genug, um ein Haus für seine Mutter und seine Schwester und eine kleine Ranch für sich selbst zu kaufen.

Juan hatte noch immer nicht die Enttäuschung darüber verwunden, daß er den Augenblick, Lupe kennenzulernen, so knapp verpaßt hatte. Die Gelegenheit wäre perfekt gewesen. Ihr eigener Bruder hätte sie einander vorgestellt und ihr gesagt, daß sie in seinem großen Wagen nach Hause fahren würde. Wie gern hätte Juan ihr Gesicht gesehen, wenn sie sich in den breiten Sitzen des Dodge niedergelassen hätte, der viel luxuriöser war als der Wagen ihres amerikanischen Freundes.

Juan seufzte und versuchte Lupe aus seinen Gedanken zu verbannen und sich wieder auf seine Arbeit zu konzentrieren. Er würde später noch genug Zeit haben, an sie zu denken.

»Ich glaube, es ist am besten, wenn ich morgen mit dem kleinen Ford-Transporter vorausfahre«, sagte er zu Julio, »da passen fünf Fässer drauf, aber ich werde sie nicht mit Hühnermist zudecken. Das wird zu schwer.«

»Wenn wir statt Hühnermist eine Plane benutzen, um die Fässer zu verbergen«, überlegte Julio, »passen bestimmt zehn Fässer auf meinen Dodgetransporter.«

»Kann schon sein, aber ich bin der Meinung, fünf Fässer sind genug. Ich will bei der ersten Fuhre nicht zuviel dabeihaben, für den Fall, daß etwas schiefgeht und wir schnell verschwinden müssen.«

»Aber ich dachte, du hast dir das Hotel genau angesehen?« fragte Julio.

»Habe ich auch«, antwortete Juan. »Trotzdem ist es nie verkehrt, auf alles vorbereitet zu sein. Du weißt doch, was meine Mutter immer sagt: ›Nicht das mutigste oder stärkste Huhn entkommt auf Dauer dem Habicht, sondern das vorsichtigste, das stets mit einem Auge den Himmel beobachtet.‹«

»Ja, kann schon sein«, sagte Julio, »aber mein Dodge ist

schnell. Ich kann bei der ersten Fuhre auf jeden Fall mehr aufladen als du.«

»Also gut, meinetwegen«, gab Juan nach. Sie besprachen ausführlich alle Details, und Juan mußte wieder einmal an Duels Worte denken, daß ein Profi niemals etwas dem Zufall überläßt. Vor einem Pokerspiel nahm der Profi ein Bad, rasierte sich, ruhte sich aus und bereitete sich innerlich auf das vor ihm liegende Spiel vor wie ein Priester auf die Messe.

Denn Pokern war mehr als ein Spiel; es erforderte, wie das Leben, fortwährend unzählige kleine und größere Entscheidungen. Wie beim Pokern mußte ein Mann im Leben vorausschauend handeln und jederzeit für das Unerwartete gewappnet sein.

Auf einmal wußte Juan, daß es an der Zeit wäre, mit seiner Mutter, der klügsten Frau, die er auf dieser Welt kannte, über das, was ihm auf dem Herzen lag, zu sprechen. Aber es war ihm nicht möglich, weil er ihr, was das Hotel betraf, nicht die Wahrheit gesagt hatte. Die Geschichte mit dem Keller und dem grobschlächtigen Mann, der verdächtig nach einem Cop aussah, hatte er verschwiegen, und er wollte sie auch jetzt nicht unnötig beunruhigen.

Er trat hinaus, sah zum Himmel empor und dachte daran, was er und seine Mutter durchgemacht hatten. Er dachte an Lupe, die, wie Victoriano ihm verraten hatte, nie den Ehrgeiz gespürt hatte, Königin bei der Festparade zu sein. Juan mußte lächeln; dafür liebte er sie um so mehr. Sie war nicht der Typ Mädchen, der sich gern zur Schau stellte, und in der Tatsache, daß sie nicht einmal gern tanzte, lag für ihn die Gewißheit, daß noch nicht viele Männer Gelegenheit hatten, ihre schmierigen Hände auf ihren herrlichen Körper zu legen.

Plötzlich hörte Juan ein Geräusch, und er langte blitzschnell nach seiner Pistole. Doch es war nur sein Neffe Jose, der den Weg hinunterkam.

»Was ist los?« fragte Juan. »Ist irgendwas mit Mama?«

»Nein, es ist alles okay«, beruhigte ihn Jose. »Aber du warst seit über zwei Wochen nicht zu Hause, und Großmutter hatte letzte Nacht einen bösen Traum und macht sich deinetwegen Sorgen.«

»Was für einen Traum?«

»Sie hat geträumt, du wärest in einem Betonkerker ohne Fenster gefangen.«

»O je«, murmelte Juan und wunderte sich insgeheim, woher seine Mutter ihre Vorahnungen hatte. »Und wie bist du hierher gekommen?«

»Rodolfo, du weißt schon, der Lehrer, hat uns gefahren.«

Juan sah aus, als würde er jeden Moment explodieren.

»Nein, Onkel«, sagte der Junge rasch, »ich habe ihn nicht mit hierher gebracht. Er wartet über eine Meile entfernt mit Pedro beim Park.«

Juan beruhigte sich wieder. »Du hast gut mitgedacht, Jose. Komm, ich fahre dich zurück, dann könnt ihr wieder nach Hause gehen und Mutter erzählen, daß hier alles in Ordnung ist.«

»Onkel, Pedro und ich würden gern bleiben. Rodolfo kann ja zu Hause Bescheid sagen, daß alles okay ist.«

Juan legte dem Jungen die Hand auf die Schulter. »Wie läuft's in der Schule?«

Jose zuckte mit den Achseln. »Ganz gut.«

»Habt ihr euch mit dem *gringo*-Lehrer geeinigt?«

Jose nickte. »Ja, Pedro hat sogar ein A bekommen.«

»Was ist das?«

»Eine Note, Onkel. Die beste.«

»Und was ist mit dir?«

»Ich bin auch ein bißchen besser geworden.«

»Das freut mich zu hören. Okay, von mir aus könnt ihr bleiben. Aber bei den Lieferungen seid ihr nicht dabei. Ihr bleibt im Haus und könnt uns beim Beladen helfen.«

Joses Miene hellte sich auf. »Danke. Ich hatte gehofft, daß du uns nicht mehr böse bist, und wir haben uns Mühe gegeben in der Schule, ehrlich.«

Juan beruhigte seinen Neffen, indem er ihn in die Arme schloß und fest an sich drückte. Anschließend stiegen sie in den Ford und fuhren zum Park in der Stadt.

Der ehemalige Lehrer aus Monterrey freute sich, Juan wiederzusehen, und Juan drückte ihm zehn Dollar in die Hand, dafür, daß er die Jungen gefahren hatte.

Gut gelaunt fuhr Juan mit seinen Neffen zurück zu dem großen Haus, wo Julio sie so aufgelöst empfing, daß er kaum sprechen konnte.

»Schnell! Macht die Tür zu!« sagte er und zog die drei ins Innere des Hauses. »Wir können morgen auf keinen Fall mit der Lieferung beginnen. Diese alte Hexe von gegenüber spioniert uns nach!«

Juan trat ans Fenster; die alte Amerikanerin stand tatsächlich mit einem Fernglas in der Hand, neben sich den kleinen weißen Hund, am Vorderfenster ihres Hauses.

»Wie lange geht das schon so?« fragte Juan.

»Keine Ahnung, ich habe es gerade erst bemerkt.«

»Hm«, Juan seufzte. »Du hast recht, das könnte Ärger geben.«

»Könnte? Den Ärger haben wir schon!« rief Geneva. »Was glaubst du, worüber wir uns so aufregen. Ich will nicht mit meinen Töchtern im Gefängnis landen!«

»Beruhige dich«, beschwichtigte sie Juan. »Niemand geht ins Gefängnis.«

»Das sagst du so leicht«, empörte sie sich. »Du hast ja auch keine Kinder!«

Juan mußte sich zusammennehmen, der Frau nicht ins Gesicht zu schlagen. Gehörten seine Neffen vielleicht nicht zu seiner Familie? Hatte er nicht alle nur erdenklichen Vorsichtsmaßnahmen getroffen?

»He, Onkel, warum schreckst du die Alte nicht einfach mit deiner Idiotennummer ab?«

Juan blickte seinen Neffen nachdenklich an. »Nun, vielleicht ist das gar keine so schlechte Idee. Genau, ich gehe mit meinem Installateurkasten rüber und frage sie, ob sie Hilfe braucht.«

»Nein«, rief Geneva, »sie wird sofort die Cops holen!«

»Julio, sag deiner Frau, sie soll sich beruhigen«, sagte Juan.

»Ich lasse mich von niemand beruhigen!« Geneva schrie so laut, daß Juan überzeugt war, daß man sie noch im übernächsten Haus hören konnte. »Wir haben so hart gearbeitet und wie Gefangene hier gelebt. Und jetzt ist alles umsonst gewesen, nur weil du den Hals nicht voll genug kriegen kannst und unbedingt mitten unter den *gringos* wohnen mußt!«

»Verdammt noch mal!« wandte sich Juan an Julio. »Das höre ich mir nicht weiter an. Wenn du deiner Frau nicht das Maul stopfen kannst, seid ihr beide raus aus dem Job, sobald wir diesen Auftrag erledigt haben.«

Juan ging zitternd in die Küche. Als hätte er nicht schon ohne ein hysterisches Weib genug am Hals. Seine Mutter hätte sich niemals so benommen; sie hatte Nerven wie Drahtseile.

Er beschloß, daß Jose und Pedro ihm am nächsten Tag bei der Auslieferung helfen sollten. Die Dinge gerieten zunehmend außer Kontrolle. Er war froh, daß er Julio nichts von dem Zwischenfall mit dem Filipino und dem Italiener erzählt hatte. Ein verheirateter Mann war nicht dafür geeignet, immer mit einem Fuß über dem Abgrund zu wandeln. Auch das hatte er von Duel gelernt. »Sieh zu, daß du dein Geld gemacht hast, bevor du heiratest«, hatte er immer gesagt. »Dann heirate ein unschuldiges junges Ding und setz dich zur Ruhe.«

Aber Juan wußte, daß Lupe nicht so lange auf ihn warten würde. Sie war jetzt reif für die Ehe. Er mußte diese Sache mit dem Hotel hinter sich bringen und dann endlich damit anfangen, um sie zu werben.

Zehn Minuten später hatte Juan sich umgezogen und ging zur Tür. Er trug seinen schmutzigen, alten Overall und einen merkwürdig anmutenden, zerknautschten alten Hut.

»Okay«, wies er Jose und Pedro an. »Ihr beide geht mit hinaus, und wir machen uns im Garten zu schaffen. Wenn sie ans Fenster kommt, dann gehe ich allein hinüber. Verstanden?«

Die Jungen nickten.

»Gut«, sagte Juan und zündete sich eine halbe, drei Tage alte Zigarre an. Die drei gingen hinaus. Julio und Geneva hielten sich im Nebenzimmer auf. Geneva heulte immer noch, und Julio versprach ihr Geld und ein Auto, damit sie endlich den Mund hielt.

Juan und die Jungen waren kaum eine Minute im Garten, als die alte Frau auch schon an ihrem Fenster erschien. Juan zwinkerte ihnen zu und nahm seinen Werkzeugkasten. Als die Alte ihn auf ihr Haus zukommen sah, zog sie rasch die Vorhänge zu. Doch Juan überquerte zielstrebig die Straße. Seine Zigarre zwischen den Lippen, schritt er durch ihren Vordergarten auf ihre Haustür zu.

An der Tür setzte er seinen Kasten ab und klopfte höflich an. Als niemand öffnete, klopfte er etwas fester, wobei er ein wenig

Speichel aus seinem Mundwinkel rinnen ließ. Er drehte sich um und winkte seinen beiden Neffen, die auf der gegenüberliegenden Seite den Garten harkten. Schließlich kam die alte Frau zur Tür.

»Ja, bitte?« Sie hatte ihren kleinen Hund auf dem Arm und öffnete die Tür einen Spalt.

»Verzeihung, Lady«, nuschelte Juan und nahm die zerkaute Zigarre aus dem Mund. »Ssehen Ssie, ich bin Klempner«, sagte er mit derart feuchter Aussprache, daß die Alte samt ihrem Hund eine Dusche aus Speichel und Zigarrenatem über sich ergehen lassen mußte. »Ich hab' gesehen, wie Ssie uns beobachtet ha'm. Da hab' ich mir gesssagt, Juan, die Lady da braucht bessstimmt 'nen Klempner, aber ssie iss zu sschüchtern, zu fragen.« Juan beugte sich dicht zu der Alten hinab, wobei er das Gesicht zu einer grotesken Grimasse verzog. Schwarze Tabakkrümel klebten an seinen Schneidezähnen, und Speichel tropfte aus seinem Mundwinkel. »Also lassen SSsie mich nur rein, damit ich nach dem Rechten ssschauen kann.« Er stieß die Tür auf und schritt ins Haus.

»Nein!« schrie die Frau entsetzt. Der Hund sprang von ihrem Arm und kläffte Juan empört an.

»Ich berechne auch nichts«, sagte Juan und blies dem Hund eine Zigarrenwolke ins Gesicht, so daß das Tier sich japsend auf dem Boden herumwälzte.

»Nein! Gehen Sie! Mit meinen Leitungen ist alles in Ordnung!« Juan ging unbeirrt weiter. »Nicht! Bitte, Sie beschmutzen meinen Teppich!«

»Aber SSie ham doch zu uns rübergeschaut, und ich dachte ...«

»O Gott«, schrie sie und schob ihn zur Tür. »Gehen Sie! Bitte! Ich brauche Ihre Hilfe nicht!«

Auf der gegenüberliegenden Straßenseite liefen Jose und Pedro vor Lachen die Tränen aus den Augen. Ihr Onkel war wirklich unbezahlbar!

Um Mitternacht luden Juan, Jose und Julio hinter dem Haus die Whiskyfässer auf die beiden Lieferwagen. Juan wollte mit der ersten Fuhre so früh wie möglich aufbrechen, damit sie das Hotel noch eine Weile beobachten konnten, bevor sie die Fässer ablieferten.

»Welche Uhrzeit hattest du denn für die erste Lieferung vereinbart?« fragte Julio.

»Das habe ich dir doch schon gesagt. Punkt neun Uhr«, antwortete Juan. »Aber wir werden früher dort sein und erst mal eine Weile die Augen offenhalten.«

»Mann, wenn ich dran denke, was für ein Haufen Geld uns winkt«, sagte Julio, »kann ich es kaum noch erwarten. Bis wann sollen wir eigentlich die zweite Ladung liefern?«

Juan versteifte sich unmerklich. Wieso hatte Mario eigentlich nie von weiteren Lieferungen gesprochen? Mit einem Schlag wußte er instinktiv, daß der Traum seiner Mutter eine Warnung gewesen war. Die ganze Angelegenheit stank zum Himmel. Es konnte sich nur um eine Falle handeln.

»Was ist los?« fragte Julio, der bemerkte, wie blaß Juan auf einmal geworden war. »Es gibt keinen Grund mehr, sich Sorgen zu machen, *compadre*. Die alte Hexe hat sich doch nicht mehr sehen lassen.«

»Es ist nichts«, antwortete Juan. »Ich bin nur müde.« Er ging zu Bett, konnte jedoch nicht einschlafen. Von nebenan hörte er, wie Julio und Geneva sich liebten. Unruhig wälzte er sich hin und her. Es waren nicht nur die Befürchtungen wegen der bevorstehenden Lieferung, die ihn nicht zur Ruhe kommen ließen. Auch die Gedanken an Lupe und seine Mutter, den Filipino und dessen italienischen Freund und der dringende Wunsch, endlich genug Geld zu haben, um die Schmach vergessen zu können, daß seine Mutter einst bettelnd durch die Straßen ziehen mußte, ließen ihn nicht los.

Um vier Uhr schreckte Juan abrupt hoch. Im Traum war er seinem Vater begegnet. Auf einem mächtigen, schwarzen Hengst war er auf einer Wolkenstraße in Windeseile an ihm vorbeigeritten. Juan richtete sich mit klopfendem Herzen auf. Noch nie zuvor hatte er von seinem Vater geträumt. Nachdem er sich ein wenig beruhigt hatte, erhob er sich, erleichterte sich, und nachdem er sich angekleidet hatte, weckte er Jose und Julio.

»Los! Wir brechen sofort auf!« sagte er.

»Aber es ist noch dunkel«, wandte Julio ein. Geneva hatte sich ebenfalls erhoben und stand direkt hinter ihrem Mann.

»Julio«, sagte Juan, »jetzt hör mir gut zu. An dem Tag, als ich mir das Hotel angesehen habe, ist mir etwas aufgefallen, wovon ich niemandem erzählt habe. Sie haben ein Tiefgeschoß ohne Fenster.«

»Ja, und was hat das mit uns zu tun?« fragte Julio.

»Ich hoffe, nichts«, erwiderte Juan. »Aber heute ist ein wichtiger Tag für uns. Also sei vorsichtig und tu, was ich dir sage.«

»Unser Herr und Gebieter«, höhnte Geneva und kratzte sich am Ellenbogen. »Sperrt uns hier ein wie Sklaven und läßt uns die ganze Arbeit tun!«

»Das reicht!« wies Julio seine Frau zurecht.

»O nein! Das reicht noch lange nicht«, rief Geneva. »Ich habe diese ganze Sache satt. Was glaubt er, wer er ist? Gott?«

Sie hätte noch weiter gezetert, wenn Julio ihr nicht eine Ohrfeige gegeben hätte. Aber Geneva war hart im Nehmen. Sie ließ sich nicht einschüchtern und stürzte sich keifend und zeternd auf ihren Mann.

Juan und die Jungen gingen hinaus und ließen die beiden Kampfhähne zurück.

»Wenn er rauskommt«, sagte Juan zu Jose, »dann steigst du bei ihm ein. Nimm meinen Revolver und sorg dafür, daß er immer hinter mir bleibt.«

Der Junge wollte die Waffe nicht annehmen.

»Nimm ihn«, herrschte Juan ihn an. »Er wird dich nicht beißen.«

Schließlich streckte Jose die Hand aus.

»Gut so«, sagte Juan. »Und denk dran, wir töten niemanden, sondern erledigen nur diesen Job. Du wirst das schon machen. Bist ein prima Junge.«

Julio trat aus der Tür und lächelte, sein Gesicht war voller blutiger Kratzer. Er sah, wie Jose die 38er einsteckte. »Was soll das?« rief er und setzte seinen Hut auf.

»Er wird bei dir mitfahren«, sagte Juan.

»He, du wirst doch nicht einem Kind eine Waffe in die Hand drücken, damit ich deine Befehle befolge. Ich gehorche dir schon von allein, *mi General*!« Er drehte sich würdevoll um und ging zu seinem Wagen.

Jose sah seinen Onkel ratlos an.

»Halt die Waffe unter Verschluß. Die Dinge stehen nicht gerade zum Besten. Und du, Pedro, bleib hier und sieh zu, daß die Frau nicht vollkommen durchdreht. Erzähl ihr Witze oder laß dir sonst was einfallen.«

»Geht klar«, erwiderte Pedro.

»Vergiß nicht«, sagte Juan zu Jose, als sie zum Wagen gingen, »Waffen gehören nun mal zum Leben eines richtigen Mannes, also mußt du dich daran gewöhnen. Entspann dich. Es ist okay, Angst zu haben. Damals in Mexiko haben Jungen in deinem Alter schon für die Revolution gekämpft.«

Als das erste Licht des anbrechenden Tages langsam den Himmel über den Berggipfeln erhellte, erreichten sie San Bernardino. Auf einer Anhöhe bog Juan von der Straße ab und brachte den Wagen zwischen den Bäumen zum Stehen. Er stieg aus und ging zu dem Wagen, in dem Julio und Jose saßen.

»Stell den Motor ab«, sagte er. »Wir werden hier warten, bis es Zeit für die Lieferung ist.«

Julio folgte seiner Aufforderung, stieg ebenfalls aus und streckte sich. Hier oben in den Bergen war es um diese Zeit noch empfindlich kalt.

»Vergiß nicht, Julio«, sagte Juan, »mir liegt genausoviel an dieser Lieferung wie dir, aber wir müssen unbedingt vorsichtig sein.«

»Es muß einfach klappen«, erwiderte Julio verlegen. »Ich habe Geneva ein neues Auto und eine Reise nach Mexiko versprochen. Du hast ja keine Vorstellung, wie schwierig es war, sie zu beschwichtigen.«

Juan legte seine Hand auf Julios Schulter. »Ist schon gut, Julio. Halt noch eine Weile durch, dann haben wir's hinter uns gebracht.«

Julio nickte. »Okay, aber ich werde mich noch ein bißchen aufs Ohr legen.« Er fuhr sich grinsend mit der Hand durch die Haare. »Mann, Geneva hat mich ganz schön rangenommen letzte Nacht. Nach einem richtigen Krach wird sie immer verdammt scharf.«

Juan lachte. »Zieh schon ab. Ich wecke dich.«

Julio ging zurück zu seinem Wagen, um eine Runde zu schlafen, und Juan ging mit Jose zwischen den Bäumen hindurch, bis zu einer Stelle, von der sie das Hotel unter sich genau im Blick hatten.

Die ersten Sonnenstrahlen tauchten den Himmel über San Bernardino in violettes Licht. Juan und Jose ließen sich auf dem Boden nieder und kauten auf einem Grashalm herum. Um sieben näherte sich der erste Lieferwagen dem Hotel.

Mario hatte Juan erzählt, daß die Schwarzbrenner den ganzen Tag über mit ihren Lieferungen eintreffen würden. Auf dem Wagen, der gerade angekommen war, war die umfangreiche Ladung – genau wie bei Juan – unter einer großen Plane verborgen. Juan beobachtete, wie das Fahrzeug, offenbar auf der Suche nach einer geeigneten Entladestelle, um das Gebäude herumfuhr. Schließlich wurde ein großes Flügeltor von innen geöffnet. Zwei Männer traten heraus und winkten das Fahrzeug herein. Mit klopfendem Herzen verfolgte Juan, wie der arglose Fahrer das Tor passierte, das die beiden Männer hinter ihm wieder verschlossen.

»Was meinst du?« fragte er Jose und versuchte, gelassen zu klingen.

»Ich weiß nicht recht«, antwortete der Junge. »Kommt drauf an, ob er wieder zurückkommt oder nicht.«

Juan war sehr zufrieden mit der Antwort seines Neffen. Er zauste Jose das Haar. »Gut erkannt. Und genau das werden wir herausfinden. Wir warten ab und halten die Augen offen, wie Mama immer zu sagen pflegt.« Juan mußte lächeln, als er daran dachte, wieviel er von Doña Margarita gelernt hatte.

Die Lieferwagen trafen jetzt im Abstand von dreißig Minuten ein, doch bisher war kein einziger wieder herausgekommen. Um neun Uhr war Juan vollkommen außer sich. Inzwischen waren acht Wagen in dem Betongefängnis gefangen.

»Gehen wir!« sagte er zu Jose.

Julio lag immer noch schlafend in seinem Wagen. Juan weckte ihn mit einem Fußtritt.

»Wach auf!« rief er, »wir verschwinden hier!«

»Zum Hotel?« fragte Julio und setzte sich auf.

»Nein, in die Berge, um die Fässer zu verstecken, bevor sie

merken, daß wir nicht liefern«, erwiderte Juan. »Dann müssen wir zurück zum Haus und die anderen Fässer ebenfalls wegschaffen.«

»Bist du verrückt geworden? Wenn ich ohne Geld zurückkomme, bringt sie mich um!«

»Mensch, Julio! Keiner von den Wagen ist bis jetzt wieder rausgekommen!«

»Na und? Vielleicht brauchen sie einfach Zeit, um das Geld nachzuzählen.«

»Verdammt noch mal!« schimpfte Juan und zog seine 45er hervor. »Vor ein paar Monaten haben sie in San Bernardino zwei FBI-Leute umgelegt! Das ist kein Spaß, sondern ein abgekartetes Spiel!«

Juans Worte und der Anblick der 45er brachten Julio augenblicklich zur Vernunft. Sie fuhren zurück, Richtung Lake Elsinore, und versteckten die Fässer, die sie dabeihatten. Anschließend holten sie die nächste Ladung aus dem Haus. Es dauerte den ganzen Tag, bis sie alle Fässer aus dem Haus geschafft und versteckt hatten. Als sie spät in der Nacht zurückkehrten, tobte Geneva vor Zorn. Weder Julio noch Juan fanden die richtigen Worte, sie zu beruhigen.

»Ihr seid eine Horde nutzloser Versager!« kreischte sie. »Habe ich dich nicht die ganze Zeit über gewarnt, Julio, daß er wahnsinnig ist und nicht weiß, was er tut?«

»Halt den Mund!« herrschte Julio sie an.

»Ich denke nicht dran!«

Sie hätte noch stundenlang weitergezetert, wenn Julio ihr nicht einen Schlag verpaßt hätte, der sie quer durch den Raum schleuderte. Doch Geneva hatte immer noch nicht genug; sie sprang wieder auf und ging, genau wie am Morgen, wie eine wütende Katze, mit ausgefahrenen Krallen und um sich tretend, auf Julio los.

Juan ging mit seinen Neffen wieder hinaus. »Selbst in der schlimmsten Zeit wäre es meinem Vater nicht eingefallen, meine Mutter zu schlagen«, sagte Juan. »Kein anständiger Mann schlägt eine Frau.«

Sie stiegen in den Lieferwagen, um irgendwo zu frühstücken. Als sie ein kleines Restaurant betraten, entdeckte Jose die Zeitung auf der Theke. Die Geschichte mit dem Hotel prangte auf der Titelseite.

Er stieß Juan an.

»Was ist?« fragte Juan.

»Die Cops.« Jetzt starrte auch Pedro wie gebannt auf die Schlagzeilen.

»Sei still!« flüsterte Jose.

Juan folgte dem Blick der Jungen, konnte sich aber noch keinen Reim darauf machen, da er kein Englisch und auch nur wenig Spanisch lesen konnte.

»Hier«, er händigte Jose eine Münze aus, »kauf die Zeitung und sag mir, was drin steht, während wir essen.«

Sie setzten sich mit der Zeitung in eine Ecke des kleinen Lokals. »Lest es mir vor und macht euch keine Gedanken. Wir sind nur drei mexikanische Klempner beim Frühstück.«

Jose sah sich nervös um und begann zu lesen. Das FBI hatte den größten Schlag gegen einen Ring von Schwarzbrennern in der Geschichte Kaliforniens durchgeführt. Fünfzehn illegale Alkoholtransporter wurden beschlagnahmt und zweiundzwanzig Männer verhaftet.

Auf der Heimfahrt zum Haus wurde Juan klar, daß sie in ernsten Schwierigkeiten steckten. Bei seiner Rückkehr zeigte er Julio und Geneva die Zeitung. »Das ist nicht der richtige Augenblick, uns weiter gegenseitig zu beschimpfen. Wenn wir jetzt nicht clever sind, sind wir erledigt!«

»Aber du hast doch gesagt, wir wären hier sicher«, rief Geneva und drückte ihre kleine Tochter an sich.

»Das waren wir auch. Deshalb sind wir ja bisher nicht wie die anderen verhaftet worden. Aber ihr könnt mir glauben, wenn dieser Gorilla mit seinen behaarten Armen Mario in die Zange nimmt und wenn Mario sieht, daß wir nicht mit den anderen verhaftet wurden, wird er mich mit Sicherheit verpfeifen. Dann haben wir die Cops auch am Hals.«

»O mein Gott, Julio!« schrie Geneva. »Ich wußte doch, daß wir die Finger von dieser Sache lassen sollten! Ich habe es dir gesagt!«

Juan musterte Geneva angewidert und war entschlossen, nie wieder mit Julio zusammen zu arbeiten. Diese Frau gehörte zu den einfältigen Menschen, die der Meinung waren, daß sie alles im Leben haben konnten, ohne dafür einen Finger zu rühren.

»Hier«, sagte er und zog die Schlüssel für seinen Dodge aus der Tasche. »Ihr könnt meinen Wagen nehmen.«

Geneva hörte augenblicklich auf zu zetern und starrte gierig auf die Schlüssel.

»Allerdings nur unter der Bedingung«, fuhr Juan fort und schwenkte die Schlüssel, »daß ihr beide sofort, noch heute morgen, nach Mexiko verschwindet, so wie ihr es vorhattet, und in den nächsten zwei Monaten nicht zurückkommt. Ich gebe euch fünfzig Dollar, damit ihr über die Runden kommt. Aber ich warne dich, Julio, halt dich von den Fässern fern, die wir versteckt haben, bis wir uns wiedersehen und alles besprochen haben. Sie werden jetzt wie die Schießhunde nach schwarzgebranntem Whisky Ausschau halten, Julio. Glaub mir, die Cops sind nicht blöd!«

»Wie du befiehlst, *mi General*!« antwortete Julio und langte nach den Schlüsseln des großen Wagens.

»Nein!« rief Geneva und riß Juan die Schlüssel aus der Hand. »Ich nehme die Schlüssel!«

»Du kannst doch gar nicht fahren«, sagte Julio.

»Ach, nein?« fauchte Geneva.

Zehn Minuten später waren Geneva und Julio fort. Juan und die Jungen luden die letzten drei Fässer auf und brachen mit den beiden Lieferwagen auf. Juan fuhr seinen Wagen und Jose den von Julio.

Ein paar Meilen außerhalb von Corona bogen sie von der Straße ins dichte Unterholz ab.

»Du kannst gut mit dem großen Wagen umgehen«, lobte Juan Jose, während er zum Pinkeln zwischen den Büschen verschwand.

Jose und Pedro knöpften sich ebenfalls eilig die Hosen auf.

Juan lachte. »Wißt ihr, ich habe mich schon immer gefragt, wieso Tiere auf der Flucht so oft pissen und scheißen müssen. Ein Kojote kann einen Köter solange jagen, bis er nicht mehr scheißen kann und zusammenbricht.« Juan lächelte und preßte die letzten Urintropfen aus seinem stattlichen Geschlechtsteil. »Als ich mit den beiden Yaquis aus dem Gefängnis flüchtete, mußte ich unterwegs andauernd pinkeln und kacken. Es gibt nichts Besseres als eine Flucht à la Gregorio Cortez, die Rangers* im Nacken, um einen Mann anständig zu entschlacken«, erklärte er mit sichtlichem Vergnügen.

»Stimmt, ich mußte auch noch nie soviel pinkeln«, bestätigte Pedro lachend.

»So«, sagte Juan und verschloß seine Hose wieder. »Ihr beide werdet jetzt ohne mich nach Hause fahren.«

»Ohne dich?«

»Ja. Parkt den Wagen nicht in der Nähe des Hauses, sondern geht das letzte Stück zu Fuß.«

Juan tat einen tiefen Atemzug. »Von nun an müßt ihr lernen, wie eine Maus zu denken – stets wachsam und vorsichtig und jederzeit bereit für die große Katze. Ihr wißt schon, was ich meine. Niemand soll euch anmerken, daß ihr immer auf der Hut seid. Ihr seid zwei großartige Jungs.

Und keine Sorge, Jose, der Wagen, den du fährst, ist sauber. Aber parkt ihn trotzdem am Ende der Straße und geht zu Fuß nach Hause, so als ob ihr von der Arbeit kommt.«

Juan bemerkte, daß die Jungen nervös waren. »Alles in Ordnung«, beschwichtigte er sie und klopfte ihnen auf die Schultern. »Ihr müßt Luisa und meiner Mutter erzählen, was passiert ist. Ich werde eine Weile nach Mexiko gehen.«

Tränen traten in Joses Augen, und Pedro umarmte seinen Onkel fest. Juan war für die beiden wie ein Vater geworden.

»Kommt schon, macht euch keine Sorgen«, tröstete Juan sie und drückte sie an sich. »Mein Gott, ich werde schon nicht umgebracht werden. Das verspreche ich euch. Mensch, in ein paar Monaten bin ich zurück, und wir werden über diese ganze Geschichte lachen. Aber erzählt keinem ein Wort davon. Offiziell bin ich für immer nach Los Altos zurückgegangen und werde nie wieder hierherkommen. Kapiert?«

»Ja«, antworteten beide Jungen. »Wir haben verstanden.«

»Sehr gut«, sagte Juan zufrieden. »Sollte ich aus irgendeinem Grund in ein paar Monaten nicht zurück sein, dann seid ihr die Männer in der Familie. Die *machos*! Oberhaupt und Zukunft der

---

* Texas-Rangers, regionale Polizeitruppe

Familie. Ihr seid die einzigen, die übriggeblieben sind, und müßt unsere Frauen beschützen. Ihr müßt erwachsen werden und eigene Familien gründen. Ich liebe euch.«

Alle drei weinten jetzt. »Und vergeßt nie: Wir benutzen unseren Kopf, arbeiten und gehen mit Respekt durchs Leben. Was die Fässer angeht, die meisten gehören uns. Nur acht davon stehen Julio zu. Archie wird euch dabei helfen, jedes für fünfzig Dollar pro Stück zu verkaufen, aber laßt euch nicht von dem Gauner übers Ohr hauen. Bleibt eisern und hört auf Luisa. Sie ist knallhart. Laßt euch von niemandem hinters Licht führen!«

»Aber Onkel«, sagte Pedro unter Tränen. »Du wirst doch zurückkommen. Du mußt!«

»Natürlich«, beteuerte Juan, »aber ihr müßt in jedem Fall vorbereitet sein und dürft niemals vergessen, daß wir *mejicanos* sind und … und … wir schlachten selbst ein Schwein schnell und schmerzlos, so daß es nicht unnötig leidet, und verzehren sein Fleisch mit Respekt.«

»Oh, bitte, Onkel, bleib doch hier!« bettelte Jose. »Wir könnten dich doch in den Bergen verstecken!«

Juans Augen verengten sich. »Jose, sei kein Narr. Paß auf: Das hier ist kein Spiel. Das FBI und noch einige andere Leute sind der Meinung, daß ich die beiden Beamten letztes Jahr getötet habe.«

»Und, hast du es getan?« fragte Pedro.

Juan blickte seinen Neffen fest an. »*Mi hijito*«, sagte er, »es geht nicht darum, ob ich es getan habe oder nicht. Es geht darum, daß ein Mexikaner es sich nicht erlauben kann, abzuwarten, ob die *gringos* ihm Glauben schenken oder nicht. Ich laufe lieber – wie der Kojote –, solange ich scheißen kann.«

Er drückte seine beiden Neffen nochmals innig an sich und küßte sie auf die Wangen.

»Sagt meiner Mutter, daß ich sie liebe«, trug Juan ihnen auf, wobei ihm erneut die Tränen aus den Augen schossen. »Und sagt ihr, daß es mir leid tut, daß ich ihr nicht auf Wiedersehen sagen konnte. Aber ich werde wiederkommen! Ich schwöre es! Irgendwann werde ich in einer Vollmondnacht vor eurer Tür stehen. Lebt wohl und gebt acht auf *la familia*! Ihr seid jetzt die Männer im Haus!«

Juan drehte sich um und stieg in seinen Wagen. Mit schwerem Herzen und immer noch schluchzend fuhr er davon.

Verzweifelt dachte er daran, wie seine Mutter die Nachricht aufnehmen würde, daß wieder einmal einer ihrer Söhne ins Ungewisse verschwunden war. Würde dieser erneute Schlag der alten Frau nicht den Rest geben? Er haßte sich selbst dafür, daß er ihr das antun mußte.

Juan wischte sich die Tränen fort und konzentrierte sich auf die Straße. Merkwürdigerweise begann er, sich schnell besser zu fühlen. Zumindest war er jetzt frei. Frei, um für sein Überleben zu kämpfen. Auf eine verrückte Art war es ein wunderbares Gefühl, auf der Flucht zu sein. Das Leben war so einfach. Es gab keine Komplikationen mehr. Doch dann drängte Lupe sich in seine Gedanken.

»Nein, dafür ist jetzt nicht der richtige Augenblick«, sagte er zu sich selbst und begann die Ballade von Gregorio Cortez zu pfeifen, der genau wie sein Bruder Jose von einer Meute Hunde und bewaffneten Soldaten gehetzt worden war.

Juan seufzte und versuchte, seine Gelassenheit wiederzuerlangen. Doch in seinem Inneren spulte sich ein Film dessen ab, was hätte sein können: ein Leben in Liebe, an der Seite der Frau seiner Träume.

Jose und Pedro waren kaum fünfzehn Minuten zu Hause und erklärten ihrer Familie die Situation, als Rodolfo zur Hintertür hereinstürmte.

»Sie kommen!« rief der ehemalige Schullehrer mit dem pockennarbigen Gesicht. »Fünf Wagen voller Beamter!«

Alle sprangen entsetzt auf, außer Doña Margarita.

»Na, Gott sei Dank sind sie endlich da«, sagte sie und bekreuzigte sich. »Das Warten auf den Teufel ist schlimmer als seine tatsächliche Ankunft.« Mit diesen Worten griff sie nach ihrem Rosenkranz und begann seelenruhig zu beten, so wie unzählige Male zuvor. Die fünf Wagen hielten mit quietschenden Bremsen vor der Eingangstür, wo Hühner und Schweine auseinanderstoben.

»Öffne die Tür, Luisa!« sagte die alte Lady, »damit sie sie nicht eintreten. Zeig ihnen, daß wir nichts zu verbergen haben. Und geh mit Pedro die Hühner füttern, aber beachte die Männer nicht. Tut einfach so, als sei alles in bester Ordnung. Und vergeßt nicht: Wir sprechen kein Englisch und wissen nichts. Was können sie uns schon tun, wenn wir den Mund halten? Absolut nichts, solange wir sie nicht provozieren.«

Draußen umstellten die Beamten das Haus.

»Beweg dich nicht, *mi hijito*«, sagte die verhutzelte alte Frau zu ihrem ältesten Enkel. »Bleib ruhig sitzen. Sie werden versuchen, dich aus der Reserve zu locken, weil du groß und kräftig bist und weil sie ihre Wut irgendwo ablassen wollen. Die Wut abgerichteter Hunde.«

Jose gehorchte seiner Großmutter und blieb zitternd vor Angst sitzen. Er konnte sehen, daß die Beamten draußen jetzt seinen Bruder und seine Mutter verhörten. Dann stapften sie mit gezogenen Pistolen durch die offene Tür, während die anderen Männer von hinten ins Haus stürmten und die Fenster zertrümmerten. Schließlich konnte er es nicht mehr aushalten und wollte aufstehen.

»Bleib, wo du bist!« zischte seine Großmutter auf spanisch und beobachtete, wie die Männer das Haus durchsuchten. »Laß sie ruhig alles zerstören! Das Haus und die Möbel können ersetzt werden. Aber nicht du, mein Liebling.«

Jose setzte sich wieder. Er zitterte am ganzen Körper, hin und her gerissen zwischen Wut und Angst.

Über eine Stunde durchstöberten die Beamten das Haus und zertrümmerten alles, auf der Suche nach Beweismitteln für das Vorhandensein einer Brennerei. Doch sie fanden nichts.

Bill Wesseley, der große Amerikaner mit den stark behaarten Armen, mit dem Juan im Hotel zusammengetroffen war, führte die Durchsuchung an. Mario saß in Handschellen in einem der Wagen. Als sie endlich abzogen, hinterließen sie ein einziges Tohuwabohu in den beiden Häuschen. Eines der kleinen Ferkel war von einem übereifrigen Beamten zu Tode getreten worden.

Am späten Nachmittag gingen Doña Margarita und ihre Familie zusammen mit einigen anderen Bewohnern des *barrio* zur Kirche. Es war wie zur Zeit der Revolution. Sie beteten so inbrünstig wie schon lange nicht mehr.

18

Da waren sie nun – zwei Herzen, die um ihre Liebe kämpften, ein Traum wurde wahr

Zwei Tage zuvor waren Lupe und ihre Familie auf dem Weg zum Imperial Valley durch Corona gekommen. Wieder einmal folgten sie dem Zug der Erntearbeiter. In den beiden Häuschen am Ende der Straße hatten sie noch einmal Eier und Ziegenmilch eingetauscht, bevor sie ihren Weg über die Berge fortsetzten. Am folgenden Tag fanden sie in einem Tal nicht weit von Brawley Arbeit und richteten sich hinter einer Tankstelle außerhalb der Stadt im Schutz einiger hoher Bäume einen kleinen Lagerplatz ein. Von dort überquerte die Gruppe, die aus insgesamt fünf Familien bestand, jeden Morgen die Hauptstraße auf ihrem Weg zu den Feldern.

Nachts fanden sie kaum Schlaf, weil die Moskitos zu Tausenden über sie herfielen. Bis Doña Guadalupe schließlich auf die Idee kam, aus frischem Knoblauch und Öl eine Salbe herzustellen, die sie auf ihre ungeschützten Körperteile strichen, um wenigstens einige Stunden Ruhe zu finden.

Unten im Imperial Valley verkaufte Juan zwei Fässer Whisky für zwanzig Dollar das Stück. Den Käufern erzählte er, daß er auf dem Weg nach Mexiko war. Anschließend fuhr er weiter in Richtung Mexicali, das er noch vor Mitternacht erreichen wollte, doch die Scheinwerfer seines Lieferwagens wurden immer schwächer. Es blieb ihm nichts anderes übrig, als an einer kleinen Tankstelle außerhalb von Brawley haltzumachen. Der Inhaber, ein kleinwüchsiger Amerikaner, griff lächelnd nach einem Lappen und einem Eimer Wasser und machte sich daran, die toten Insekten von den Scheinwerfern zu waschen.

»Passiert andauernd«, sagte er gutmütig. »Die Leute kommen nach Einbruch der Dunkelheit hier an und glauben, ihre Scheinwerfer wären hinüber, dabei liegt es nur an den toten Viechern.

Mann, letztes Frühjahr hatten wir bis zu zehntausend Moskitos pro Quadratmeter. Hätte man einen Weg gefunden, sie alle auf einmal platt zu machen, hätte man sie glatt als Fleisch verkaufen können und wäre noch reich dabei geworden!« erzählte er lachend.

Juan erkannte in dem Mann den gewieften, alten Wüstenfuchs.

»Sie würden wohl gern reich werden, was?« fragte er.

Der Alte hielt inne und blickte Juan an. »Klar«, sagte er, »wer will das nicht?«

»Ich meine, jetzt sofort«, antwortete Juan.

Der Mann lachte. »Klingt gut. Was schlagen Sie vor, *amigo*? Rauben wir 'ne Bank aus?«

»Nein, nein. Nichts Derartiges«, erwiderte Juan.

Der Tankstellenbesitzer lachte jetzt noch mehr. »Na, rück schon raus damit. Ich bin zu allen Schandtaten bereit.«

»Sie kaufen mir meinen Wagen ab, sofort und gegen cash, und ich lege noch ein Faß vom besten Canadian Whisky drauf, den Sie je getrunken haben«, antwortete Juan grinsend.

»Echter Canadian?« sagte der Alte mit dem Blick eines hungrigen Fisches, der jeden Moment nach dem Köder schnappt.

»Ja«, entgegnete Juan. »Bedingung ist allerdings, daß Sie jetzt hier dicht machen und mich runter an die Grenze fahren.«

»Verdammt! Warum eigentlich nicht?« sagte der Alte. »Wer bist du, 'n berühmter Schwarzbrenner auf der Flucht?«

»Sie haben es erfaßt«, sagte Juan lachend.

»Ich werd' verrückt.« Der Mann leckte sich aufgeregt über die Lippen, begeistert von der Vorstellung, zur Abwechslung mal in ein richtiges Abenteuer verwickelt zu werden.

Sie einigten sich, und Juan verkaufte ihm den Wagen für zweihundert Dollar in bar. Gemeinsam luden sie das Faß ab und verbargen es hinter der Scheune.

Eine Gruppe Wanderarbeiter hatte hinter der Tankstelle, zwischen den Bäumen, ihr Lager aufgeschlagen. Juan starrte angestrengt hinüber, in der leisen Hoffnung, daß Lupe sich mit ihrer Familie möglicherweise unter ihnen befand. Die schlanke, hoheitsvolle Silhouette einer Frau fiel ihm auf, die an einem der Zelte vorbeiging, und sein Herz machte einen Satz. Konnte sie das sein? Wie gern wäre er hinübergegangen, um nachzusehen, doch er war ja auf der Flucht und hatte keine Zeit zu verlieren. Plötzlich geschah etwas Eigenartiges. Die Frau blieb stehen und sah in seine Richtung. Mein Gott, dachte er bei sich. Wenn es nicht Lupe ist, kann es nur ein Engel sein, den Gott auf die Erde gesandt hat, die Männer zu verwirren. Wie schön sie ist!

»Los, machen wir uns auf den Weg«, riß der Besitzer der Tankstelle Juan aus seinen Träumen.

»Oh. Ja, natürlich«, erwiderte er. Er stieg zu dem Alten in den Wagen, und sie fuhren davon. Um Mitternacht passierten sie die Grenze, und Juan war spürbar erleichtert, als sie Mexicali erreichten. In einer Bar, die bis morgens geöffnet hatte, verabschiedete Juan sich bei ein paar Drinks von dem Alten. »Danke für Ihre Hilfe«, sagte er zu ihm. »Vielleicht sehen wir uns wieder, wenn Sie mal nach Los Altos de Jalisco kommen.«

»Dann hast du also nicht vor, zurückzukommen, was?« fragte der Mann.

»Nein. Bestimmt nicht.«

»Also dann«, verabschiedete sich der Mann und machte sich auf den Rückweg über die Grenze.

Juan seufzte befreit. Gewiß hatte er den alten Wüstenfuchs so beeindruckt, daß er jedem Kunden seiner Tankstelle die Geschichte erzählen würde. Der Sheriff würde schließlich Wind davon bekommen und die Gerüchte überprüfen lassen. Wahrscheinlich würde der Alte ihnen als Beweis sogar das Faß Whisky vorführen.

Juan drehte sich um und ging die Straße entlang, Richtung Chinatown, wo er noch aus der Zeit, als er Chinesen über die Grenze geschmuggelt hatte, ein paar gute Freunde besaß.

Am nächsten Morgen fand die Familie Gomez auf der Ranch jenseits des Highways Arbeit. Lupe und ihrem Vater schwanden in der Gluthitze des Tages die Kräfte. Der herumwirbelnde Staub und der heiße Wind, der nach dem Mittagessen aufkam, ließen sie beide fortwährend husten.

Als die Leute, mit denen Lupes Familie unterwegs war, am Abend ihren Lieferwagen auftankten, bot ihnen der Tankwart

Whisky in Viertelliterkrügen an. Don Victor kaufte einen Krug und stellte fest, daß es der beste Whisky war, den er je getrunken hatte. Die anderen Männer erstanden ebenfalls ein paar Krüge, und in der Nacht wurde Lupe Zeuge, wie ihr Vater sich betrank und singend und grölend mit den anderen Männern herumtorkelte.

Kurze Zeit später, Lupe kehrte an diesem Tag etwas früher als gewöhnlich von der Arbeit auf dem Feld zurück, traf sie im Lager auf Doña Manzas Familie. Lupe und Manuelita waren außer sich vor Freude über das Wiedersehen und sprudelten über von all den Erlebnissen, die sie sich zu erzählen hatten. Als Carlota mit den anderen von den Feldern heimkehrte, kam Lupe jedoch kaum noch zu Wort.

Manuelita war seit kurzem verlobt, und Carlota bestürmte sie mit Fragen. Lupe hielt sich zurück. Sie wollte warten, bis sie wieder allein mit ihrer Freundin war und in Ruhe mit ihr sprechen konnte. Was Verlobungen anging, so hatte sie eine außerordentlich wichtige Frage auf dem Herzen, die sie der Freundin stellen wollte.

Ein paar Tage später beschlossen sie, mit einigen anderen Familien weiter an die Küste zu ziehen. Sie verließen das große, weitläufige Tal und fuhren auf die hochragende Bergkette im Westen zu. Lupe hockte mit Carlota, Manuelita und deren Schwestern, Cuca und Uva, auf der offenen Ladefläche eines der Trucks. Victoriano und Don Victor hatten vorn neben dem Besitzer des Wagens Platz genommen, der das Fahrzeug lenkte.

Wenn sie zurückschaute, konnte Lupe ihre Mutter und Doña Manza sehen, die beide in dem dritten Fahrzeug saßen, das sich hinter ihnen die kurvige Bergstraße hinaufschlängelte. Lupe freute sich von Herzen, daß die Mutter nun wieder mit ihrer alten Freundin Doña Manza vereint war. Unter ihnen flimmerte das Tal in der Hitze, und Luftspiegelungen gaukelten schimmernde Seen vor.

Lupe war immer wieder entzückt darüber, wie sehr sich die Landschaft Südkaliforniens verwandelte, sobald man die Berge überschritten hatte. Das langgestreckte, staubigheiße Imperial Valley, wo nur die grünen Felder der Farmgemeinden Brawley und Westmoreland Abwechslung von der endlosen, grauen Wüstenlandschaft boten, lag nun hinter ihnen.

Die Luft wurde kühler, je weiter sie sich auf dem gewundenen Gebirgskamm den hochragenden Bergspitzen näherten.

Der Weg führte vorbei an schroffen Gesteinsformationen, zwischen gewaltigen Felsen hindurch und über Abgründe, deren Wände rot, braun und orangefarben leuchteten. An manchen Stellen schmerzte das Funkeln des blanken Granits in den Augen. Es war eine farbenprächtige und gleichzeitig furchterregende, wilde Landschaft.

Lupe erschien es unglaublich, daß hier Pflanzen wachsen konnten; und doch ragten überall Kakteen in unterschiedlichsten Formen und Größen aus dem Boden: kleine Kakteen, deren fleischige Blätter sich auf dem Grund ausgebreitet hatten; runde eiförmige Gebilde und nicht zuletzt die hohen Kakteenbäume, deren Arme majestätisch in den Himmel ragten. Zu dieser Jahreszeit trugen die Pflanzen ein Blütenkleid, das sich wie ein Farbteppich aus rosa, gelben und roten Tupfern über die Berghänge ergoß und die Augen blendete. Die Intensität der Farben ließ keinen Zweifel, daß sie die Strahlen der Sonne, des rechten Auges Gottes, reflektierten.

In diesem Augenblick ließ sich ein großer, schwarzer Rabe auf einer gelben Kaktusblüte nieder. Lupe beobachtete ihn nachdenklich. Irgend etwas an diesem großen, schwarzen Vogel erschien ihr seltsam vertraut. Zwei der Wagen mußten anhalten, weil die Motoren überhitzt waren. Während die Männer sich um die Fahrzeuge kümmerten, ging Lupe mit den anderen Mädchen zu Fuß auf der steilen Straße voraus. Nach ein paar Schritten hatte sie Manuelita eingeholt.

»Manuelita«, flüsterte sie, »ich muß unbedingt allein mit dir reden.«

»In Ordnung«, sagte das ältere Mädchen und verlangsamte ihren Schritt, so daß sie und Lupe hinter der übrigen Gruppe zurückblieben. »Worum geht's?«

»Du erinnerst dich doch an Mark«, fing Lupe an, »ich habe dir von ihm geschrieben.«

»Ja.«

»Nun, bevor wir abfuhren, hat er um meine Hand angehalten.«

»Das hat er wirklich getan?« rief Manuelita.

»Pssst«, sagte Lupe und zog Manuelita zu sich heran. »Ich habe noch niemandem etwas davon erzählt.«

»Dann hast du also auch noch nicht ja gesagt?«

Lupe schüttelte den Kopf. »Nein. Aber ich habe ihm versprochen, daß ich ihm eine Antwort geben werde, sobald ich zurückkomme.«

»O mein Gott«, sagte Manuelita aufgeregt. »Dann werden unsere Kinder vielleicht auch zusammen aufwachsen.«

»Das wäre himmlisch«, bestätigte Lupe. »Es ist nur … ich bin mir noch nicht sicher, daß er auch wirklich der Richtige ist.«

»Erzähl mir von ihm.«

In diesem Augenblick wurden sie zu den Wagen zurückgerufen.

»Wir reden später weiter«, sagte Lupe. »Wenn wir mehr Zeit haben.«

Sie erreichten den Gipfel der Berge, und Lupe atmete tief durch. Sie spürte bereits die frische Seeluft, obwohl das Meer noch über fünfzig Meilen entfernt war. Hier oben hörte die schroffe Felslandschaft auf, und die Hochebene begann. Auf dem Bergkamm wuchsen Sträucher und Hochlandkiefern, die aus der Ferne wie grüne, wollige Schafherden wirkten.

Lupe hielt die Hand ihrer Freundin und dachte an Mark. Eines Tages würde er sein eigenes Büro haben, und sie könnte für ihn arbeiten. Sie würden zwei Jungen und zwei Mädchen zusammen haben, und ihre Kinder würden gemeinsam mit Manuelitas Kindern zur Schule gehen und zu gebildeten Menschen heranwachsen.

Selig sog Lupe die frische Bergluft ein. Manuelitas Hand noch immer in der ihren, blickte sie sich um und bemerkte, daß die Landschaft sich wieder verändert hatte. Die steilen Felswände waren nun sanft abfallenden, eichenbewachsenen Hängen gewichen, auf denen gutgenährtes Vieh weidete. Hier leuchteten die Wildblumen in viel zarteren Farben als die Blumen in der Wüste, und Lupe bewunderte voller Freude den violett, rosa, weiß und golden schimmernden Blütenteppich. Sie war innerlich immer wie befreit, wenn sie sich wieder der Küste näherten. Jetzt konnte sie in der Ferne bereits das Meer erkennen, und ihr Herz schlug höher; hier regierte wahrlich ein weitaus milder gesonnener Gott.

Zurück in Carlsbad konnte Lupe das erste Mal seit Wochen wieder tief und fest schlafen. Als sie am Morgen erwachte, brannten ihre Augen nicht mehr, ihr Hals war frei, und sie ging voller Energie zu ihrer Arbeit auf den Schnittblumenfeldern südlich der Stadt.

Juan hielt sich ein paar Tage in Mexicali auf, wo er die Zeit mit Schlafen und Saufen verbrachte. Als seine Nerven sich etwas beruhigt hatten, machte er sich, die Grenze entlang, auf den Weg nach Tijuana.

Dort kaufte Juan alle amerikanischen Zeitungen, die er auftreiben konnte und durchforschte sie nach Nachrichten über die Verhaftungen in San Bernardino. Er brauchte so lange, um die Zeitungsmeldungen zu entziffern, daß er sich insgeheim schwor, endlich auch anständig englisch lesen zu lernen. Schon allein, damit er später vor seinen Kindern nicht wie ein Idiot dastand.

Nachdem er in keiner der Zeitungen auf eine entsprechende Meldung gestoßen war, entschloß er sich, den Stier bei den Hörnern zu packen. Er schlich sich über die Grenze zurück nach San Diego, von wo er sich von einem Mann für zehn Dollar die Küste hinauffahren ließ. Im *barrio* von Carlsbad angekommen, erblickte er auf der Straße einen Mann, der etwa seine Größe hatte. Juan bot ihm eine nagelneue Zwanzigdollarnote für seine dreckigen Arbeitsklamotten, worauf der Mann unverzüglich aus seiner Hose stieg.

Nachdem Juan seine Kleider gewechselt hatte, begab er sich zur Spielhalle, wo er Archie zu treffen hoffte. Ein paar Lastwagen mit Arbeitern kamen ihm entgegen, doch er achtete nicht weiter darauf. Seine Gedanken beschäftigten sich mit Archie. Immerhin vertrat sein alter Freund hier das Gesetz, und wenn er Juan mit der Sache in San Bernardino in Zusammenhang brachte, würde er ihn womöglich verhaften lassen. Hin und wieder ein paar Flaschen Schwarzgebrannten zu verkaufen war eine Sache, einem unter Mordverdacht stehenden Freund zu helfen, eine andere.

Mit klopfendem Herzen stieg Juan die Stufen zur Spielhalle hinauf. Etwa ein Dutzend Männer befanden sich in dem Raum, und Juan entdeckte Archie hinter der Theke, wo er sich mit dem einarmigen Mann unterhielt, der den Laden für ihn führte. Juan tastete nach der 45er, die sich groß und beruhigend in seiner Tasche anfühlte. Mit einem Mal änderte er seine Meinung; das Risiko war einfach zu groß. Er machte kehrt und ging die Straße entlang zurück, als sein Blick auf Lupe und Victoriano fiel, die mit mehreren anderen Arbeitern auf der Ladefläche eines Lastwagens gesessen hatten. Wie gebannt blieb Juan stehen und beobachtete, wie die beiden jetzt vom Wagen kletterten. Am liebsten wäre er auf der Stelle hinübergestürmt, hätte Lupe gepackt und ihr gesagt, daß sie füreinander bestimmt seien. Daß er sein Leben lang nach ihr gesucht hatte, um sie zu heiraten, mit ihr Kinder zu bekommen und mit ihr – genau wie sein Großvater Don Pio mit seiner Frau Silveria – ein wundervolles Leben zu führen. Aber er war ja immer noch auf der Flucht. Die Möglichkeit, einfach zu ihr hinüberzugehen und ihr sein Herz zu Füßen zu legen, war ihm verwehrt.

Juan schlug die Krempe des schmutzigen, kleinen Hutes herunter und verschwand durch eine Seitenstraße hinter der Spielhalle, bevor Lupe oder ihr Bruder Gelegenheit hatten, ihn zu entdecken. Allein der Anblick von Lupe hatte ausgereicht, ihn wieder völlig aus der Bahn zu werfen. Er griff sich mit beiden Händen an die Stirn und versuchte, seine Gedanken zu ordnen. Beruhige dich, sagte er zu sich selbst. Eines nach dem anderen.

Er entschied sich, Consuelo aufzusuchen und sie zu Archie zu schicken, damit sie ihn über den Fortgang der San-Bernardino-Geschichte ein wenig aushorchen konnte. Doch bei Consuelo erwartete ihn erst einmal eine Überraschung.

»Juan!« rief die alte Lady. »Wo zum Teufel hast du gesteckt? In ganz Südkalifornien gibt's keinen Tropfen Alkohol. Ich brauche auf der Stelle fünf Fässer!«

»Was?« fragte er und fühlte sich auf einen Schlag wieder reich.

»Der Preis spielt keine Rolle!« sagte Consuelo. »Gib mir Kredit, dann zahle ich dir zehn Dollar extra pro Faß!«

»Auf Kredit nehme ich siebzig pro Faß«, antwortete er.

»*Cabrón*«, sagte sie lachend. »Das sind zwanzig extra! Aber meinetwegen. Ich brauche sie heute abend.«

»Morgen«, erwiderte er.

Die alte Frau zögerte einen Moment. Dann sagte sie: »Übrigens, Archie hat nach dir gefragt.«

Juan spürte, wie sein Magen sich zusammenzog, aber er ließ sich nichts anmerken.

»War er allein?« fragte er.

»Nein, er hatte noch jemanden bei sich.«

Juan fühlte den unbändigen Impuls, wie ein Kojote die Flucht zu ergreifen. Aber er wollte Lupe nicht noch einmal zurücklassen und all seine Pläne aufgeben, um hinter die mexikanische Grenze zu verschwinden.

»Was ist denn nun mit dem Alkohol?« fragte Consuelo.

Juan seufzte und riß sich zusammen. »Geht klar«, antwortete er. »Aber zuerst muß ich etwas essen, mich ausruhen und über einiges nachdenken.«

»Ich mache dir ein Bett zurecht«, sagte sie, »aber nimm dir nicht zuviel Zeit. Wir verlieren nur Geld dabei.«

Nachdem Juan ein paar Stunden geschlafen hatte, teilte er Consuelo mit, daß er einen Lieferwagen brauchte. Sie erzählte ihm von einem Freund, der vor kurzem am anderen Ende der Stadt eine Garage eröffnet hatte und ein paar Trucks besaß.

»Er war mit einer Cousine von mir verheiratet«, erklärte sie, während sie den Tisch abräumte, an dem sie zusammen gegessen hatten. »Aber sie ist im Kindbett gestorben. Er gehört zu den anständigen *gringos*. Du kannst ihm vertrauen.«

»Trinkt er?«

»Welcher Mann tut das nicht?«

Draußen war es noch hell. Juan zog seinen Hut tief in die Stirn und machte sich auf den Weg, in die Richtung, die Consuelo ihm gewiesen hatte. Er fand die Garage, trat ein und traf dort zu seiner Überraschung Kenny an, den zähen, alten Mann aus dem Steinbruch in Corona.

»Ich werd' verrückt«, sagte der weißhaarige alte Mann und grinste von einem Ohr zu anderen. »Was für ein trübseliger Anblick!«

»Was machst du denn hier?« fragte Juan.

»Der Schuppen gehört mir«, antworte Kenny.

»Tatsächlich?«

»Zur Hölle, ich geb' dir mein Wort drauf. Als ich merkte, daß der Ärger im Steinbruch nie aufhören würde, hab' ich gekündigt.«

»Du machst Witze«, sagte Juan.

»Nein. Mein Wort steht. Ich habe versucht, dich zu finden, aber es hieß, daß du die Stadt verlassen hättest.«

»Ich will verdammt sein«, sagte Juan und schüttelte die riesige Pranke des Alten. »Wirklich, ich hab' noch nie einen *gringo* getroffen, der jemals einem Mexikaner gegenüber sein Wort gehalten hätte.«

»Ich auch nicht«, erwiderte Kenny. »Bin selber oft genug ein Hurensohn gewesen.« Er sah Juan fest an und war froh, daß der Mann, dem er einst sein Wort gegeben hatte, ihm nun wieder von Angesicht zu Angesicht gegenüberstand. »Was kann ich also für dich tun?«

Juan lachte. Er hatte sich schon lange nicht mehr irgendwo so willkommen gefühlt. »Nun, ich bin ein guter Freund von Consuelo und sie ...«

»Ja, ich weiß«, sagte Kenny. »Archie und ich haben sie nach dir gefragt.«

»Dann kennst du Archie also auch?«

»Mann, nenn mir irgend jemanden hier im Süden, der diesen indianischen Hurensohn nicht kennt.«

»Mensch, warte mal. Dann bist du also der Mann, der mit Archie bei Consuelo nach mir gefragt hat?«

»Klar, höchstpersönlich. Archie konnte nirgendwo Whisky auftreiben; er ist verdammt durstig.«

»Willst du damit sagen, daß Archie mich sucht, weil er Whisky kaufen will?« fragte Juan fassungslos.

»Ja, zumindest hat er das gesagt. Ich kann mir nicht denken, daß er deinen Hintern ins Gefängnis verfrachten will.« Kenny grinste. »Aber bei Archie weiß man ja nie. Wenn es nach ihm ginge, würde er sämtliche Einwohner Kaliforniens verhaften lassen und das Land den Indianern zurückgeben!«

»Ich schätze, da hast du recht«, antwortete Juan, der immer noch ein wenig auf der Hut war. »Übrigens, Kenny, von nun an ist mein Name Salvador. Juan ist zurück nach Mexiko gegangen und ums Leben gekommen. Ich habe ihn nie gekannt.«

»Verstehe«, entgegnete Kenny, ohne weitere Fragen zu stellen. »Immerhin war Kalifornien einmal ein nahezu unbewohntes Land, du bist wahrscheinlich nicht der erste, der hier seinen Namen ändert und ein neues Leben anfängt. Also, jetzt sag mir, was ich für dich tun kann.«

»Nun ja«, sagte Juan. Er musterte den alten Amerikaner scharf und fragte sich, ob es nicht doch ein Fehler war, sich ihm anzuvertrauen. »Ich brauche einen Lieferwagen und außerdem ein wenig Hilfe«, fügte er hinzu, sich sehr wohl bewußt, daß er nicht einfach so durch Corona fahren konnte. Selbst wenn Archie nicht hinter ihm her war, der große Gorilla mit den behaarten Armen hatte die Suche nach ihm bestimmt noch nicht aufgegeben.

»Rück schon raus damit. Ich schulde dir noch was, *amigo*!«

»In Ordnung«, sagte Salvador und fixierte den Alten. »Aber es könnte gefährlich werden.«

»So hab' ich es am liebsten!« rief der alte Mann, und seine blauen Augen funkelten dabei vor Vergnügen.

»Okay,« erwiderte Salvador, »wir treffen uns morgen bei Sonnenaufgang. Bring einen Wagen mit und zieh deinen besten Sonntagsanzug an.«

Kenny lachte. »Da kannst du drauf wetten, *amigo*.«

Juan verbrachte eine unruhige Nacht. Immer wieder dachte er darüber nach, ob es eine gute Idee gewesen war, Kenny, einen *gringo*, zu seinem Partner zu machen. Sollte sein Plan fehlschlagen, würde das ganze *barrio* sich über ihn lustig machen.

In den frühen Morgenstunden fand er endlich Schlaf, und im Traum schwebte ihm Lupe auf einer schneeweißen Blütenwolke entgegen. Doch gerade in dem Augenblick, als er sie in die Arme schließen wollte, erschien Tom Mix und entriß sie ihm. Schweißgebadet erwachte Salvador. Nach diesem Traum war er sich absolut sicher, daß er sie für immer verlieren würde, wenn er nicht außerordentlich vorsichtig war.

Im Morgengrauen erschien Kenny mit einem Lieferwagen vor Consuelos Haus. Er trug einen dunkelbraunen Anzug und hatte sich das Haar mit Pomade zurückgekämmt. Als er die Stufen zur Eingangstür hinaufging, bemerkte Kenny einen Betrunkenen mit rotgeränderten Augen, der sich vor der Haustür zum Schlafen zusammengerollt hatte.

»Ist sie schon auf?« fragte der Mann.

»Noch nicht, *amigo*«, erwiderte Kenny.

Der alte Trunkenbold setzte sich auf; er musterte Kenny von oben bis unten und schnupperte den Duft des Rasierwassers. Jetzt öffnete sich die Tür, und heraus trat eine Frau in einem schwarzen Kleid, deren Gesicht halb von einem roten Schal verdeckt war. Kenny mußte sich beherrschen, nicht laut herauszuplatzen. Die Frau war niemand anders als Salvador. Er hatte Lippenstift und Lidschatten aufgelegt und sich die Wangen gepudert.

»*Buenos días*«, begrüßte ihn Kenny, »bekomme ich einen Kuß, *querida?*«

»Halt die Klappe«, murmelte Salvador. Als er bemerkte, daß der Betrunkene ihn beobachtete, zog er den Schal tiefer ins Gesicht.

»Natürlich, mein Liebling«, säuselte Kenny und nahm Salvadors Arm.

»He, *mamacita!*« Der Betrunkene stand umständlich auf. »*Mejicanos* sind dir wohl nicht gut genug, was, *puta!*«

»Na, hör mal, das ist meine Frau, *amigo!*« schnauzte Kenny ihn an und zog Salvador enger an sich heran.

»Oh, Verzeihung!« Der Alte schlug erschrocken die Hand vor den Mund und lüftete mit der anderen seinen Hut. »Das konnte ich ja nicht wissen.«

Der Gottesdienst ging soeben zu Ende, als Salvador und Kenny nach Corona hineinfuhren. Doch Salvador wußte, daß seine Mutter stets noch eine Weile im Inneren der Kirche verweilte, um für sich allein zu beten.

Kenny half ihm aus dem Wagen und geleitete ihn die Stufen zur Kirche hinauf. Unter den neugierigen Blicken der Passanten drückte Kenny Juan an sich und küßte ihn auf die Wange.

»Verdammter Hurensohn!« zischte Juan und versuchte, sich der zärtlichen Umarmung seines Freundes unauffällig zu entziehen.

Aber Kenny lachte nur. »Was für eine Ausdrucksweise! Und das in einem Gotteshaus!«

Im Inneren der Kirche entdeckte Salvador seine Mutter sofort. Sie saß in einer der hinteren Bänke und betete den Rosenkranz. Salvador tauchte seine Fingerspitzen ins Weihwasserbecken, kniete nieder und bekreuzigte sich, wobei er unverwandt den Seitengang hinunterblickte. Anschließend ging er durch die Bankreihen und kniete sich neben den Platz seiner Mutter. Doña Margarita rückte höflich ein wenig beiseite und fuhr in ihrem Gebet fort. Als die Frau sich immer näher an sie heranschob, musterte Doña Margarita sie, irritiert durch das merkwürdige Gebaren der auffallend kräftigen Frau, die sich in der leeren Kirche ausgerechnet den Platz neben ihr ausgesucht hatte. Plötzlich erkannte sie, daß es sich bei der eigenartigen Besucherin um niemand anders als ihren Sohn Juan handelte, und griff sich fassungslos ans Herz.

»*Dios mío*!« flüsterte sie atemlos. »Gerade habe ich um ein Wunder gebetet, und schon bist du da!«

Sie bekreuzigte sich und dankte Gott, bevor sie ihm weinend um den Hals fiel. Kenny, der die ganze Zeit mit seinem Hut in der Hand im Hintergrund stand, beobachtete die beiden gerührt. In seiner Familie hatte es nie Umarmungen und Liebkosungen gegeben.

Dann sah er den Priester, der den Gang hinunter auf ihn zukam. Rasch eilte Kenny zu den beiden und überzeugte sie, daß es besser sei, zu gehen.

Nachdem sie die Stadt ein Stück hinter sich gelassen hatten, bog Kenny von der Hauptstraße zwischen die Bäume ab. In einem ausgetrockneten Flußbett brachte er den Wagen zum Stehen.

»Wenn ihr nichts dagegen habt, haue ich mich ein bißchen hin, solange ihr euch unterhaltet.«

»Ich danke dir«, sagte Salvador.

Kenny stieg aus. Kaugummikauend schlenderte er ein Stück herum, bis er einen Platz fand, von dem er freie Sicht in alle Richtungen hatte.

»Und ich dachte schon, daß ich auch dich für immer verloren hätte.« Doña Margarita fuhr zärtlich mit den Fingerspitzen über

Salvadors Gesicht, als wolle sie jede einzelne Linie willkommen heißen. »Ich habe Gott angefleht, mich endlich zu sich zu rufen, da ich dich sowieso nicht wiedersehen würde. Du bist das Geschenk, das mir im Alter von Gott gegeben wurde, *mi hijito*; ohne dich hätte mein Leben keinen Sinn mehr.«

»Ach, Mama«, sagte Juan Salvador, »du wirst mich niemals verlieren.«

»Das hoffe ich«, antwortete sie. »Ohne dich möchte ich wirklich nicht mehr leben.«

»Mir geht es genauso, Mama. Ich liebe dich doch auch.«

»Dann hör mit diesem ganzen Unsinn auf und such dir endlich eine Frau«, erwiderte sie und schob ihn ein Stück von sich fort. »Jetzt erzähl mal, was eigentlich passiert ist. Sie haben nach dir gesucht, kaum daß Pedro und Jose zurück waren.«

»Die Polizei?«

»Ja. Fünf Wagen, voll mit bewaffneten Männern.«

Salvador sog scharf die Luft ein. »Haben sie euch etwas getan?«

»Nein, nein. Wir sind ganz ruhig geblieben. Trotzdem haben sie zwei Beamte zurückgelassen, die Tag und Nacht das Haus beobachten. Wir haben die Kinder rausgeschickt, ihnen Tacos zu bringen, dabei haben sie ihre Gewehre und die Dienstmarken gesehen.«

Sie lachte. »Die dachten, daß niemand sie bemerkt hätte. Aber wir wußten natürlich alle sofort Bescheid.«

Wieder einmal dachte Salvador an den großen Kerl mit den behaarten Armen, den er in dem Hotel getroffen hatte. Jetzt war er überzeugt, daß dieser Tom-Mix-Verschnitt Mario zum Reden gebracht hatte. Es war also genauso gekommen, wie er befürchtet hatte. Vielleicht benutzte auch Archie den Whisky nur als Vorwand, ihn endlich in die Finger zu kriegen. Er bemühte sich, gelassen zu erscheinen und die Mutter mit seinen Befürchtungen nicht zu beunruhigen.

»Du solltest wissen, *mi hijito*«, fuhr die alte Lady fort, »daß Julio und seine Frau letzte Woche zurückgekehrt sind. Sie fahren überall mit deinem Wagen rum und schmeißen wie die Verrückten mit Geld um sich.«

»Was?« schrie Salvador. »Die beiden sollten doch in Mexiko

sein. Ich wette, diese Hurensöhne haben meinen Whisky gestohlen!«

Seine Mutter bekreuzigte sich. »Na, Gott sei Dank hattest du noch welchen, den sie dir stehlen konnten.«

»Sei nicht albern, Mama. Das Geld gehört mir!«

»Ich bin ganz und gar nicht albern,« erwiderte sie ruhig. »Was glaubst du denn, wem die Cops jetzt hinterherschnüffeln?«

Salvador starrte seine Mutter an. Sie hatte recht. Er brauchte nur die Fässer, die noch übrig waren, zu holen, sich von Julio und Geneva fernzuhalten und darauf zu vertrauen, daß die Cops sich an die Fersen der beiden heften würden. Seine Mutter war geradezu genial.

Sie unterhielten sich noch ein Weile, und schließlich beschloß Salvador, seiner Mutter endlich von Lupe zu erzählen.

»Mama«, sagte er, »ich habe die Frau meines Lebens gefunden.«

»Oh, *mi hijito*, du ahnst ja nicht, wie glücklich mich das macht. Um diesen Tag habe ich gebetet. Und wie heißt sie?«

»Lupe«, erwiderte er.

»Lupe«, wiederholte sie. »Das ist ein hübscher Name. Ist sie schön?«

»Oh, sie sieht aus wie ein Engel!« Tränen stiegen ihm in die Augen, als er die Begeisterung seiner Mutter bemerkte.

»Das ist gut«, sagte sie zufrieden. »Und hast du ihre Mutter schon kennengelernt?«

»Nein, noch nicht.«

»Nun, dann sieh zu, daß das bald geschieht. Erst wenn du die Mutter kennengelernt hast, weißt du wirklich, woran du bist, denn der Apfel fällt nicht weit vom Stamm. Wenn du der Mutter begegnest, dann sieh ihr genau in die Augen, während du mit ihr sprichst. Du mußt versuchen, auf den Grund ihrer Seele zu schauen. Denn auch wenn du es jetzt noch nicht glauben kannst, die schöne, junge Frau, in die du dich verliebt hast, wird sich eines Tages in genau die alte Frau verwandeln, die du heute in ihrer Mutter siehst.«

»Ich werde daran denken, Mama.«

»Gut. Und dann mußt du mir von ihr berichten. Wir müssen sehr besonnen vorgehen. Eine Ehefrau zu wählen bedeutet, eine der wichtigsten Entscheidungen im Leben zu treffen. Ach, wie lange habe ich darauf gewartet, *mi hijito*. Ich werde von nun an Tag und Nacht für dein Glück beten. Es war immer mein größter Wunsch, lange genug zu leben, um meinen Letztgeborenen glücklich verheiratet zu sehen.« Ihre Augen füllten sich mit Tränen, während sie Salvador zärtlich in die Arme schloß.

»Ich gehe jetzt besser, Mama«, sagte er.

»Und mach dir keine Sorgen wegen der Polizisten«, beruhigte sie ihn. »Irgendwann füttern wir sie mit Tacos aus uraltem Chili, so daß sie wochenlang mit ihrem brennenden Arsch beschäftigt sind.«

Lachend umarmte sie ihn. Als er sah, wie glücklich sie war und wie ihre Augen bei dem Gedanken, bald die große Liebe ihres Sohnes kennenlernen zu dürfen, vor Freude glänzten, war Salvador froh, daß er seiner Mutter von Lupe erzählt hatte.

Nachdem sie Doña Margarita wieder bei der Kirche abgesetzt hatten, fuhren Kenny und Salvador in die Berge hinauf. In einem Bach wusch sich Salvador das Make-up vom Gesicht und schlüpfte wieder in seine alten Arbeitshosen. Sie schritten an dem ausgetrockneten Flußbett entlang. An der Stelle, wo Juan und Julio die Fässer vergraben hatten, begannen sie zu graben. Doch die Fässer waren verschwunden. Erst nachdem sie den ganzen Boden im näheren Umkreis umgegraben hatten, fanden sie noch ein paar vereinzelte Fässer.

Juan raste vor Wut. Julio und Geneva hatten also tatsächlich seinen Whisky gestohlen. Bevor er mit Kenny wieder aufbrach, luden sie die verstreut liegenden Fässer auf den Wagen, wobei sie vom ständigen Hin- und Herlaufen ins Schwitzen kamen.

Am zweiten Flußbett fanden sie noch alle Fässer vor. Sie verbrachten zwei Stunden damit, sie eine Viertelmeile flußaufwärts in einem neuen Versteck – einem Gebüsch hinter einem umgestürzten Baum – zu verbergen.

Auf dem Rückweg nach Carlsbad rechnete Salvador aus, daß Julio sechzehn Fässer im Wert von fast tausend Dollar gestohlen hatte. Er war überzeugt, daß Geneva ihn dazu überredet hatte; von allein wäre Julio nie auf die Idee gekommen, ihn aufs Kreuz zu legen. Salvador war außer sich. Es konnte einem Mann wahrhaftig das Rückgrat brechen, wenn er die falsche Frau heiratete.

Salvador dachte an seine Mutter und an Lupe, und er dachte an Katherine, die Frau in Montana, die ihn so viel über das Leben und die Frauen gelehrt hatte. Seine Mutter hatte ganz recht; er mußte unbedingt Lupes Mutter kennenlernen und sehr, sehr auf der Hut sein.

Die Schnittblumenfelder standen in voller Blüte, und so weit das Auge reichte, erstreckte sich ein leuchtend rosarotes, gelbes und blaues Farbenmeer. Als Lupe zwischen den Feldern hindurchging, bemerkte sie, daß ihr Vater schweißgebadet war. Obwohl es erst elf Uhr morgens war, hatte die heiße Sonne ihn bereits völlig ausgedörrt, und er benötigte dringend Wasser.

Sie griff rasch nach seinem Arm und führte ihn zum Trinkwasserwagen am Rande des Feldes. Als sie den Aufseher im Führerhaus des Wagens sitzen sah, zögerte sie einen Moment; es war den Arbeitern nicht gestattet, vor der Mittagszeit nach Wasser zu verlangen. Aber Don Victor hustete so erbärmlich, daß Lupe ihre Bedenken beiseite schob.

Als sie den Versorgungswagen erreichten, fühlte sich die Haut des Vaters eisig an. Das Wasserfaß stand auf der Ladefläche; an der Seite hingen an einigen Haken Blechbüchsen, die man mit Drahtgriffen zu Trinkgefäßen umfunktioniert hatte. Lupe half ihrem Vater, sich im Schatten des Fahrzeugs auf den Boden zu setzen, und langte nach einer der Büchsen.

»He, du da!« sagte der grobschlächtige Aufseher und stieg, das Comicheft, das er gelesen hatte, noch in der Hand, aus dem Führerhaus. »Es ist noch nicht Mittag. Macht, daß ihr hier verschwindet!«

»Aber mein Vater braucht dringend Wasser«, erwiderte Lupe.

»Wasser! Erzähl mir doch nichts«, sagte der hünenhafte Amerikaner, der mindestens einen Meter fünfundachtzig groß war und gut hundertfünfzehn Kilo wog. »Der sieht mir eher aus, als wäre er besoffen.«

Lupe wurde rot vor Zorn, doch sie ließ sich nicht beirren und griff mit stolz erhobenem Kopf nach einer der Blechtassen.

»He, Mädchen, hab' ich dir nicht gerade gesagt, daß es vor Mittag kein Wasser gibt!«

Ohne dem Mann Beachtung zu schenken, füllte Lupe die Büchse mit Wasser und reichte sie ihrem Vater, der inzwischen nur noch stoßweise atmete.

»Hey, Schluß damit!« Der große Mann sprang herbei und schlug Don Victor das Gefäß aus der Hand. »Du bist gefeuert!« schrie er den alten Mann an. »Und du«, herrschte er Lupe an, »sieh zu, daß du wieder an deine Arbeit kommst, sonst fliegst du auch!«

Lupe rührte sich nicht. Ihr Vater saß keuchend auf dem Boden. Er würde sterben, wenn sie ihm keine Erleichterung verschaffte. »Wir sind doch kein Vieh«, sagte sie und kämpfte mit den Tränen. »Wir rackern uns schon seit fünf Uhr ab. Sie haben kein Recht, uns derart zu behandeln!«

»Kein Recht?« brüllte der Anglo, »was glaubst du eigentlich, wen du vor dir hast, moo-cha-cha-Schlampe?«

Genau in dem Augenblick, als der mächtige, rotgesichtige Amerikaner anfangen wollte, Lupe eine Tirade von Beleidigungen entgegenzuschleudern, wurde er von hinten gepackt, herumgerissen und von einem derart gewaltigen Schlag in den Magen getroffen, daß seine Füße sekundenlang den Bodenkontakt verloren.

»Nein!« schrie Lupe.

Aber es war zu spät. Salvador, in seinen schäbigsten Arbeitskleidern, rammte dem Amerikaner noch zweimal seine harten Fäuste ins Gesicht, so daß der fette Mann krachend gegen den Trinkwasserwagen geschleudert wurde.

Immer noch zitternd vor Wut, hob Juan die Blechdose, die der Vorarbeiter Don Victor aus der Hand geschlagen hatte, vom Boden auf. Er spülte sie aus, füllte sie erneut mit Wasser und reichte sie Lupe.

»Hier«, sagte er lächelnd, »für deinen Vater.«

»Danke«, erwiderte sie. »Aber Sie hätten ihn nicht so fest schlagen dürfen.«

»Was?«

»Nicht so fest«, sagte Lupe mit klopfendem Herzen. Oh, wie sie Gewalt doch haßte! Sie drehte sich zu ihrem Vater um und stützte ihn, während er trank.

Salvador stand verwirrt und mit hängenden Armen hinter ihr.

Er begriff nicht, warum Lupe sich nicht freute, daß er den Aufseher verprügelt hatte, nachdem dieser sie so schlecht behandelt hatte.

Er beobachtete, wie sie sich um ihren Vater kümmerte. Jetzt eilten auch andere Leute vom Feld herbei, um etwas zu trinken. Sie beglückwünschten Salvador und erzählten ihm, daß der Mann einer der gemeinsten Aufseher war, den sie je gehabt hatten. Ein paar junge Frauen versuchten, mit Salvador zu flirten. Auf einmal hörten sie das Dröhnen und Brummen eines Motors. Der Wagen des Plantagenbesitzers näherte sich. Die Arbeiter warfen ihre Blechtassen zu Boden und eilten wieder zu ihrer Arbeit.

»Bleibt hier!« rief Salvador. »Ihr habt nichts Verbotenes getan! Es ist euer gutes Recht, Wasser zu trinken, wir sind schließlich menschliche Wesen und keine Tiere. Bleibt hier! Verdammt noch mal!«

Er war genauso aufgebracht wie damals im Steinbruch. Aber die Mehrzahl der Leute hörte nicht auf ihn. Sie hetzten an ihre Plätze zurück, um ihre Arbeit nicht zu verlieren.

Rasender Zorn ergriff Salvador, als er sah, daß sich seine Landsleute im entscheidenden Augenblick wieder aus dem Staub machten. Er packte den immer noch am Boden liegenden Vorarbeiter und zerrte ihn auf die andere Seite des Wagens. Nachdem er sich vergewissert hatte, daß niemand ihn beobachtete, zog Juan Salvador eine Viertelliterflasche Whisky aus der Tasche, stieß sie dem fetten Mann gewaltsam zwischen die Lippen und zwang ihn zu schlucken. Keuchend und hustend kam der Aufseher wieder zu sich. Er versuchte den Kopf wegzudrehen und zu schreien, und seine Augen traten hervor, als sei er kurz vorm Ertrinken. Salvador rammte ihm sein Knie zwischen die Beine und zwang ihn, weiterzutrinken. Don Victor, der auf dem Boden lag, beobachtete die Szene unter dem Wagen hervor.

Als der Wagen des Plantagenbesitzers, eine Staubwolke hinter sich aufwirbelnd, neben ihnen bremste, ließ Salvador die Flasche fallen und begann, beruhigend auf den keuchenden Aufseher einzureden; er erweckte ganz und gar den Anschein, als habe er sich die ganze Zeit mitfühlend um den keuchenden Mann gekümmert.

»Was zum Teufel geht hier vor?« brüllte der Boß und sprang aus seinem Wagen. Mit seinem Westernhut und den Cowboystiefeln wirkte der kräftige, breitschultrige Mann wie ein Bulle, obwohl er nicht dick war.

»Ich weiß auch nicht«, antwortete Salvador mit unsicherer Stimme. »Er ist plötzlich durchgedreht.«

Der Boß zerrte den zu Boden gesunkenen Aufseher auf die Füße und roch den Whisky, den Salvador ihm eingeflößt und über ihm verschüttet hatte.

»Okay, Chris«, sagte er zu ihm. »Das war's. Du bist gefeuert!«

Der Aufseher versuchte, sich verständlich zu machen, und zeigte hilflos auf Salvador, doch er rang noch immer nach Luft und brachte kein Wort hervor. Der Vorsteher verfrachtete ihn in seinen Wagen, brüllte den Arbeitern zu, Pause zu machen, und verschwand.

Don Victor, inzwischen wieder zu Kräften gekommen, bog sich vor Lachen. »Dem hast du's aber gegeben«, sagte er belustigt zu Salvador. »Ich habe alles beobachtet!«

»Pssst!« antwortete Salvador. »Ich habe nichts damit zu tun. Der ist von ganz allein durchgedreht.«

»Klar doch«, bestätigte Don Victor und schlug Salvador auf den Rücken. »Er ist von ganz allein durchgedreht!«

Eine gutaussehende junge Frau trat heran und reichte Salvador eine Büchse Wasser. »Für den König David unter uns«, sagte sie und blinzelte ihm dabei verführerisch zu.

Zwei andere Mädchen und ein paar Männer umringten Salvador jetzt ebenfalls. Dann fragte ihn einer der jungen Männer, ob er nicht derjenige sei, der vor ein paar Tagen einem der Arbeiter ein Vermögen für seine alten Arbeitskleider bezahlt habe.

Salvador grinste nur und entgegnete nichts. Er blickte über die Köpfe der Arbeiter hinweg, und sein Blick fiel auf Lupe, die ihn höchst interessiert betrachtete. Er fühlte sich himmlisch und lächelte sie an. Lupe erwiderte sein Lächeln.

Als Victoriano und Carlota vom Feld eintrafen, erkannte Victoriano ihn sogleich wieder.

»Hey, Juan, wo hast du gesteckt? Du bist an dem Tag nicht wieder aufgetaucht?«

»Salvador«, erwiderte Juan Salvador und ergriff Victorianos

Hand. »Mein voller Name ist Juan Salvador Villaseñor. Aber jetzt nenne ich mich nur noch Salvador.«

»Verstehe«, erwiderte Victoriano, ohne weitere Fragen zu stellen. Es war nichts Ungewöhnliches; viele seiner Landsleute führten aus den unterschiedlichsten Gründen verschiedene Namen.

»Du kennst ihn?« fragte Lupe überrascht.

»Ja.« Victoriano drehte sich zu Lupe um. »Salvador ist derjenige, der mich damals gebeten hat, mit seinem Kabrio um den Block zu fahren.« Er wandte sich wieder Salvador zu. »Apropos, hast du den Grund für das Geräusch inzwischen herausgefunden?«

»Nein. Aber es hat dann irgendwann von allein aufgehört.«

»Das freut mich«, erwiderte Victoriano. »Willst du uns nicht beim Mittagessen Gesellschaft leisten?«

»Nun, ich würde gern, aber …«

»O bitte sag ja«, mischte sich Don Victor ein. »Ich habe seit Jahren nicht mehr so viel Spaß gehabt. Victor Gomez! Zu Diensten!« stellte er sich vor und tippte an seinen Hut.

»Salvador Villaseñor.«

»Freut mich, dich kennenzulernen.« Don Victor ergriff Salvadors kräftige Hand. »Was für ein schöner Name«, fügte er hinzu und sprach Salvadors Nachnamen in klangvollem Spanisch aus: »Villaseñor, der Herr des Dorfes! Komm, ich möchte dich meinen beiden Töchtern vorstellen. Das sind Lupe und Carlota.«

Salvador versuchte, seiner Aufregung Herr zu werden, als er sich umwandte, um endlich Lupes Hand zu ergreifen, die Hand jenes Mädchens, das er – gleich einer Königin – so lange aus der Ferne angebetet hatte. Aber Carlota trat schnell einen Schritt vor und griff nach seiner ausgestreckten Hand.

»Ich bin Carlota«, sagte sie.

»Freut mich«, antwortete Salvador.

Er ließ Carlotas Hand los und streckte Lupe die Hand entgegen. Ihre Augen trafen sich, während Lupe seine Hand nahm, und ein eigenartiges Gefühl nie gekannter Wärme und Verzauberung durchströmte beide, als ihre Finger sich berührten.

»*Mucho gusto*, Lupe«, sagte Salvador und hielt ihren Blick mit seinem fest.

»Das Vergnügen ist ganz auf meiner Seite«, erwiderte Lupe

und deutete einen leichten Knicks an, ohne seine Hand loszulassen.

»Warst du nicht die Königin bei der Parade zum Fünften Mai?« fragte er und hielt ihre Hand fest umschlossen.

»Ja« Sie nickte. »Und hast du nicht von einem Auto aus der Parade zugeschaut?« fragte sie und erwiderte den Druck seiner Hand.

»Ja, das stimmt«, antwortete er und spürte, wie ihre Fingerspitzen sich gegen seine Hand preßten.

Sie errötete, als ihr bewußt wurde, welche Gedanken gerade durch ihren Kopf rasten. Salvador bemerkte ihr Erröten; er wurde ebenfalls verlegen und ließ ihre Hand los.

»Ich habe dich auch schon mal gesehen«, sagte Carlota, der das Gebaren ihrer Schwester gar nicht behagte.

»Oh, ich glaube nicht«, erwiderte Salvador.

»Doch, ich bin sicher. Du warst letztes Jahr beim Schnittbohnen-Tanzfest mit Archie zusammen.«

»Ja, das kann sein. Ich kenne Archie Freeman ganz gut.«

Auf einmal erinnerte sich Lupe wieder an den Mann, der vor der Spielhalle gestanden und sie über die Straße hinweg angestarrt hatte. Aber das konnte nicht sein. Der Mann hatte einen Bart getragen und einen düsteren, durchdringenden Blick gehabt.

Er hatte vollkommen anders ausgesehen. Dieser Mann hier hatte große, freundliche Augen, die von den längsten Wimpern umrandet waren, die Lupe je bei einem Mann gesehen hatte.

»Kommt, laßt uns was essen«, sagte Don Victor, der immer noch lachen mußte bei dem Gedanken, wie Salvador dafür gesorgt hatte, daß der große, fette Aufseher gefeuert worden war.

Sie gingen am Rande des Feldes entlang zu den Büschen, die in einem Bachbett hinter den Schnittblumenfeldern wuchsen. Dahinter erstreckten sich die Felder bis über die Hügel und leuchteten in allen Regenbogenfarben.

Lupe fühlte Salvadors Blick auf ihrem Rücken, während sie vorausschritt, und fragte sich, was er wohl hier machte, wenn er doch so ein großes, luxuriöses Auto besaß. Sie spürte noch immer den Druck seiner kräftigen Hand, die wie geschaffen dafür schien, ihre eigene lange, schmale Hand zu umschließen.

»Meine Frau fühlte sich heute nicht wohl und ist daheim geblieben«, erklärte Don Victor, der neben Salvador herging. »Die Mädchen werden sich um unser Essen kümmern.«

»Oh, das tut mir leid«, sagte Salvador. »Ich hätte deine Frau gern kennengelernt. Meine Mutter ist in letzter Zeit auch sehr häufig müde, das liegt bestimmt am Wetter.«

»Ach was« sagte Don Victor, als sie sich den hohen Büschen näherten, »das liegt am Alter! Das geht uns allen so!«

Salvador lachte ebenfalls und riskierte einen weiteren Blick auf Lupe, die mit stolz erhobenem Kopf durch das Unterholz vor ihm herschritt.

Innerlich bebte er vor Aufregung. Alles lief hervorragend. Endlich hatte er erreicht, was er sich die ganze Zeit gewünscht hatte, und brauchte nicht mehr sehnsuchtsvoll aus der Ferne zu seiner Angebeteten hinüberzublicken. Jetzt war er im Zentrum ihrer Welt, nur ein paar Schritte von ihr entfernt. Es war ein himmlisches Gefühl, und sein Herz drohte vor Freude fast zu zerspringen.

Nachdem sie eine Weile durchs Unterholz gegangen waren, erreichten sie einen Platz, den man von Gestrüpp und Laubwerk freigefegt hatte. Von hier konnte man den Blick ungehindert über die Lagune bis zum Meer schweifen lassen, das als Silberstreifen am Horizont glitzerte.

»Hier ist unser Mittagslager«, sagte Don Victor und nahm seinen Hut ab. Unter seinen Augen lagen dunkle Schatten, und er wirkte jetzt wieder sehr erschöpft. »Meine Frau hat diesen Platz für uns hergerichtet. Fühl dich ganz wie zu Hause.«

Natürlich setzte Salvador sich nicht sogleich, sondern wartete höflich, bis alle anderen Platz genommen hatten, und beobachtete interessiert, wie sie ihre kleine Mittagspause verbrachten. Jede Familie hatte ihren festen Platz, wo sie die Mahlzeiten einnahm und sich während der Mittagshitze ausruhte. Es gab weder Toiletten noch Kücheneinrichtungen für die Wanderarbeiter, und jeder mußte sehen, wie er zurechtkam. Hier an der Küste hatten die Leute noch Glück. Es gab genügend Bäume und Büsche, unter denen man ein schattiges Plätzchen fand und wo man sich, vor neugierigen Blicken geschützt, erleichtern konnte.

Salvador seufzte und beobachtete, wie Lupe und Carlota sich niederhockten, um ein kleines Feuer für das Mittagessen zu entfachen. Victoriano half seinem Vater, sich zu einem Schläfchen auf den Boden niederzulegen.

Die anderen *campesinos* waren ebenfalls damit beschäftigt, zwischen den Sträuchern ihre Mahlzeiten vorzubereiten. Von den vielen kleinen Feuerstellen zogen blaue Rauchwölkchen gen Himmel, und weithin war das Gelächter und Geschrei der herumtollenden Kinder zu hören. Aber Salvador nahm das Treiben um sich gar nicht wahr. Er hatte nur Augen für Lupe, die die Ärmel ihrer weißen Bluse aufgerollt hatte und ihren Hut hin- und herwedelte, um das Feuer anzufachen.

Ihre Nähe brachte ihn fast um den Verstand. Allein ihre bloße Gegenwart erfüllte ihn mit tieferer Befriedigung als alle Frauen, mit denen er in der Vergangenheit zusammengewesen war, es je vermocht hätten.

Don Victor begann zu schnarchen, und Victoriano machte sich auf den Weg zur Lagune, um Wasser zu holen.

»Und womit verdienst du deinen Lebensunterhalt?« fragte Carlota. »Du arbeitest doch bestimmt nicht auf den Feldern. Dazu bist du viel zu langsam!« fügte sie lachend hinzu.

»Ach, ich besitze ein paar Lieferwagen«, antwortete Salvador ausweichend.

»Carlota«, sagte Lupe, »wo bleiben deine Manieren? Es gehört sich nicht, so indiskret zu sein.«

»Ach, wo wir schon über Manieren sprechen«, giftete Carlota zurück, »wie würdest du denn dein Verhalten bezeichnen?«

Lupe schwieg betreten.

Als Victoriano mit dem Wasser aus einer Quelle in der Nähe der Lagune zurückkehrte, war das Essen fertig. Carlota weckte ihren Vater, und sie begannen zu essen. Still und zufrieden verzehrten sie die warmen Tortillas, zu denen es Hartkäse, Avocados, gesalzene Tomaten und reichlich Soße gab.

Salvador konnte Lupes Atem hören, während sie still aßen und dem Gezwitscher der Vögel in den Zweigen lauschten und die kleinen weißen Wolken mit ihren Blicken verfolgten. Ringsum, doch in einigem Abstand, saßen die anderen Feldarbeiter jetzt ebenfalls um ihre Kochstellen versammelt. Es war, als wäre inmitten der Büsche und Sträucher ein verborgenes Dorf entdeckt worden.

Der sanfte Nachmittagswind, der von der Lagune heraufzog, verschaffte angenehme Kühlung. Lupe kaute ihre Tortillas. Sie konnte die Gegenwart Salvadors beinahe körperlich spüren; ein Gefühl, das sie erst einmal kennengelernt hatte, damals, als Kind bei ihrem angebeteten Colonel. Wortlos saß sie auf dem harten Boden, widmete sich ihrer Mahlzeit und nahm hin und wieder einen Schluck Wasser. Allmählich erholte sie sich von der anstrengenden Arbeit des Vormittags. Sie dachte an Mark und wie schön es immer war, sich mit ihm über die Schule und die Bücher, die sie gelesen hatte, zu unterhalten. Er wußte ihre Intelligenz zu schätzen und respektierte ihren Wunsch, eines Tages in einem Büro zu arbeiten.

Ihr Inneres befand sich in einem einzigen Aufruhr. Es gab so vieles, das sie mit Mark verband. Wie kam es dann, daß sie diesem Fremden derartige Gefühle entgegenbrachte? Plötzlich, als wolle Gott ihr ein Zeichen senden, wurde sie auf ein schwirrendes Geräusch über ihrem Kopf aufmerksam. Sie blickte empor und sah einen großen Schwarm goldgelber Bienen, die mit lautem Summen über das Buschwerk flogen. Lupe war überzeugt, daß Gott zu ihr sprach.

Die Landschaft, die Bienen und Vögel – für Lupe ein Beweis Gottes unendlicher Liebe –, all das wirkte auf einmal wie verzaubert, und es war, als wäre sie wieder zu Hause in ihrem geliebten Cañon.

»Seht nur«, rief Lupe und zeigte mit glänzenden Augen auf den golden schimmernden Bienenschwarm, »Gott schickt uns einen Gruß.«

Alle schauten auf. Salvador bemerkte die schneeweiße Haut auf Lupes Unterarm, als sie ihren Arm hob und ihm so unbewußt den Blick auf einen Teil ihres Körpers gewährte, der nie der Sonne ausgesetzt war.

Der Anblick versetzte Salvador in helles Entzücken. Er fühlte sich wie im Paradies: umgeben von grünen Sträuchern, zwischen denen honigfarbene Bienen fröhlich summten; unter einem strahlend blauen Himmel, der sich in der Lagune widerspiegelte, und an der Seite einer Frau, nach der er sich so lange gesehnt hatte. Seine Mutter wäre glücklich, wenn sie ihn jetzt sehen könnte, im Kreis dieser Familie, die ihr Mittagsmahl mit so viel Würde und Gottesfurcht beging.

Den Rest des Tages konnte Salvador sich kaum auf die Arbeit konzentrieren. Jedesmal wenn seine und Lupes Blicke sich trafen, erröteten beide vor Verlegenheit.

Als sie am späten Nachmittag zurück in ihr Zeltlager im *barrio* fuhren, wußte Lupe, daß sie Probleme bekommen würde; Carlota mochte Salvador nicht.

»Ich werde Mama alles erzählen«, sagte Carlota, als sie sich von der Ladefläche des Lasters gleiten ließen.

»Und was willst du ihr erzählen?« fragte Lupe. »Daß wir einen Fremden, der Papa und mir geholfen hat, zum Essen eingeladen haben?«

»Du brauchst gar nicht so zu tun!« herrschte Carlota sie an. »Du hast dich unmöglich benommen! Und dieser Mann taugt nichts! Du solltest lieber an Mark und an deine Zukunft denken statt an diesen Kerl!«

»Schon gut, Carlota«, sagte Lupe, »denk von mir aus, was du willst. Das machst du ja sowieso.«

»Hört, hört«, stichelte Carlota weiter. »Ich seh' dir doch an, was los ist. Wenn er heute abend hier auftaucht und nach dir fragt, sage ich Mama, sie soll ihn wegschicken!«

»Weißt du was? Ich glaube, du machst nur so ein Theater, weil du dich in Wirklichkeit selber für ihn interessierst.«

»Ich?« kreischte Carlota. »Du spinnst ja! Er ist viel zu klein, und außerdem hat er abstehende Ohren!«

»Dafür, daß er dich nicht interessiert, hast du ihn dir aber ziemlich genau angesehen«, lachte Lupe.

»Na warte, du kannst was erleben«, schimpfte Carlota und verschwand im Zelt, wo Doña Guadalupe sich auf einer Matratze ausruhte. In der letzten Zeit machte ihr das Alter sehr zu schaffen.

»Mama«, sagte Carlota. »Lupe führt sich absolut lächerlich auf.«

»Wo ist euer Vater?« fragte die alte Lady.

»Er ist mit den anderen Männern losgezogen, um Whisky zu kaufen«, antwortete Lupe, die hinter Carlota auftauchte.

»Aha«, sagte Doña Guadalupe und setzte sich auf. »Na ja, das wird ihm zumindest ein wenig Entspannung verschaffen, dann schläft er wenigstens gut heute nacht.«

»Aber Mama«, wandte Carlota ein, »Papa sollte nicht trinken! Und wir haben heute nachmittag diesen Mann kennengelernt, er taugt überhaupt nichts, aber Lupe hat ihm schöne Augen gemacht.«

»Das ist nicht wahr«, erwiderte Lupe und nahm ihren Hut ab. »Ich war nur höflich zu ihm, weil er Papa und mir geholfen hat.«

»Höflich! Haha! Du hast ihm die größte Tortilla gegeben und ihm mit rollenden Augen was von den Bienen vorgefaselt!«

»Jetzt ist es genug, ihr zwei!« fuhr Doña Guadalupe dazwischen. »Carlota, mach dir heißes Wasser zum Waschen, und Lupe, du setzt dich hierher und erzählst mir von diesem Mann.«

»Ein Taugenichts, Mama«, rief Carlota und ging zu der Schüssel, die im rückwärtigen Teil des gemieteten Zeltes stand. »Du kannst Victoriano fragen, der wird es bestätigen. Und ich werde mich auch bei Archie nach ihm erkundigen. Ihr werdet schon sehen!«

Lupe ballte die Fäuste. Carlota ging wirklich zu weit. Victoriano hatte nur freundlich von Salvador gesprochen.

»Nun, wer ist er?« fragte die Mutter.

Lupe zuckte mit den Schultern. »Ich weiß nicht, Mama. Wir haben ihn gerade erst kennengelernt. Sein Name ist Salvador, und als ich Wasser für Papa besorgen wollte, hat er den fetten Aufseher niedergeschlagen, der uns die ganze Zeit schon so schikaniert.«

»Aha. Ist er jetzt auch mit den anderen Männern in das Haus dieser Frau gegangen, um Whisky zu kaufen?« fragte Doña Guadalupe.

»Nein, Mama. Er ging in die andere Richtung, zum amerikanischen Teil der Stadt. Er sagte, er hätte dort was zu erledigen.«

»Ich verstehe«, Doña Guadalupe strich ihre Schürze glatt. »Also scheint er nicht zu trinken, hm?«

Lupe zuckte wieder mit den Schultern. »Keine Ahnung. Wir wissen ja nichts über ihn. Auf jeden Fall war er sehr aufmerksam. Ich weiß wirklich nicht, warum Carlota ihn so heruntermacht.«

Doña Guadalupe sah ihrer Tochter ein paar Sekunden aufmerksam in die Augen. »Magst du ihn?« fragte sie dann.

Lupe wich der Frage aus. »Weißt du, Mama, ich glaube, ich bin noch nicht so weit, einen Mann auf diese Art zu mögen.«

Herzklopfend wurde ihr bewußt, daß sie soeben gelogen hatte. Sie interessierte sich sehr wohl für Salvador. Aber zu Hause wartete Mark auf ihre Antwort.

Doch die schlaue alte Lady ließ sich nichts vormachen. Sie hatte bemerkt, wie der Blick ihrer Tochter kurz nach links geglitten war, bevor sie antwortete. Das linke Auge log niemals, und wenn doch, verriet es sich stets dadurch, daß es nach links auswich.

»Kenny!« Salvador platzte in die Garage seines alten Freundes. »Ich brauche sofort einen neuen Wagen!«

»In Ordnung«, antwortete Kenny und kaute gelassen auf seinem Tabak herum. »Setz dich, dann sprechen wir darüber. Ich kenne einen Gentleman in Oceanside. Sein Name ist Harry Swartz. Er verkauft gute Wagen.«

»Ich kann jetzt nicht stillsitzen«, sagte Salvador. »Laß uns hinfahren!«

»Was ist denn in dich gefahren?« fragte Kenny lachend. »Hast du dich verknallt, oder was?«

»Viel besser!«

»Besser?«

»Ja. Ich habe meinen Traum gefunden! Das Wunder meines Lebens! Mein ein und alles!«

»O Gott!« Kenny grinste. »Klingt ja großartig!«

Es war noch hell, als Kenny und Salvador bei dem Autohändler in Oceanside vorfuhren und gegenüber der Austellungsfläche parkten. Salvador entdeckte hier den schönsten Wagen, den er je gesehen hatte. Lang und schnittig stand er im Licht der untergehenden Sonne. Wie eine Wüstenkatze, die zum Sprung angesetzt hatte.

»Der weiße da!« rief Salvador.

»Ein Moon!« sagte der alte Mann und schritt auf den schnittigen Wagen zu. »Wirklich, ein toller Wagen, Sal, aber der kostet ein Vermögen.

»Nur eins? Na und?« Salvador lachte aufgeregt. Er malte sich bereits aus, wie Lupe darin neben ihm sitzen würde. Sie würde aussehen wie eine Königin; seine Frau; die Mutter seiner Kinder.

»Überlaß mir die Verhandlung«, sagte Kenny. »Du sagst am besten gar nichts. Ich kenne Harvey. Er trinkt gern einen. Vielleicht können wir irgendwas aushandeln.«

»Klingt gut. Aber beeil dich! Wir haben nicht viel Zeit. Ich will vor Sonnenuntergang da sein.«

Bei Sonnenuntergang kurvte Salvador in seinem neuen Moon durch die lange Reihe der Zelte. Er war frisch rasiert und geduscht und trug seinen blauen Nadelstreifenanzug und den weißen Panamahut. Bewußt langsam und gemächlich rollte er mit dem elfenbeinfarbenen Gefährt an allen Zelten vorbei und genoß die bewundernden Blicke, die ihm folgten.

Er dachte wieder daran, wie seine Mutter das erste Mal seinen Vater erblickt hatte, als dieser auf seinem Hengst in ihr Dorf geritten kam. Das Licht der untergehenden Sonne hatte seinen rotbraunen Schopf unter dem großen *sombrero* golden gefärbt und die *conchos* seiner Reithosen zum Funkeln gebracht.

Und auch jetzt, so dachte Juan Salvador, war alles geradezu perfekt. In Santa Ana war Lupe Gomez die Königin der Festparade gewesen, und hier in Carlsbad war er der König des Mexikaner-Viertels.

Im rückwärtigen Teil des gemieteten Zeltes beendete Lupe soeben ihr Bad. Nachdem sie sich abgetrocknet hatte, schüttete sie das Wasser aus der hinteren Zeltklappe. Sie hatte gerade ihr Kleid angezogen, als Manuelita hereinplatzte.

»Lupe«, rief ihre beste Freundin aufgeregt. »Er kommt! In einem herrlichen Auto!«

Salvador entdeckte Victoriano vor einem der Zelte und bremste. Lupe war nirgends zu sehen. Carlota war dabei, ihrem Vater die Haare zu schneiden. Der alte Mann winkte Salvador zu, Carlota warf ihm jedoch nur einen geringschätzigen Blick zu.

»Du liebe Zeit«, sagte Victoriano und trat auf den herrlichen Wagen zu. »Hast du mehrere Autos?«

»Nein, eigentlich nicht«, antwortete Salvador. »Ich will den Dodge verkaufen.« Er stieg aus. »Gefällt er dir? Dann steig ein!«

»Du meinst, auf eine Runde um den Block?«

»Klar«, erwiderte Salvador. »Dann kannst du mir sagen, was du davon hältst.«

»Mensch!« freute sich Victoriano. »Los, komm Papa! Und du auch, Carlota!«

»Nein, nein, fahrt ihr zwei nur allein«, sagte der alte Mann. Er zog das Handtuch von seiner Schulter und schüttelte sich die Haare von der Hose.

»In Ordnung«, willigte Carlota ein. Obwohl sie Salvador nicht mochte und es ihr gar nicht gefiel, wie er die Nähe ihrer Schwester suchte, konnte sie der Verlockung nicht widerstehen, in diesem atemberaubenden Auto herumzufahren und vor allen damit anzugeben.

Sie drückte dem Vater Schere und Kamm in die Hand und stieg eilig ein. Salvador und Don Victor sahen zu, wie der Wagen unter den neugierigen Blicken der Feldarbeiter an der Reihe der Zelte vorbeirollte.

»So«, sagte Don Victor augenzwinkernd, »du bist sicher meinetwegen gekommen.«

»Natürlich«, antwortete Salvador.

»Klar. Genauso, wie der Aufseher von allein durchgedreht ist, was?« entgegnete Don Victor lachend. »Mann, du bist wirklich ein verrückter Kerl!« Er lachte vergnügt bei der Erinnerung an die Geschehnisse des Vormittags. »Wie du dem Typ die Flasche ins Maul gerammt hast! Mann, du hättest ihn fast damit erwürgt! Verdammt, ein Kerl wie du erreicht wahrscheinlich immer, was er will, stimmt's?«

Salvador sah sich besorgt um, ob jemand Don Victors Worte gehört hatte. Doch es war zu spät.

Doña Guadalupe hatte durch einen Spalt in der Zeltwand beobachtet, daß ihr reichlich angetrunkener Ehemann und der gutgekleidete junge Besucher sich offensichtlich glänzend unterhielten. Sie plusterte sich auf wie eine Henne, die sich jeden Moment in den Kampf stürzen wollte.

»Lupe, geh nach hinten und kümmere dich um das Geschirr. Und du, Manuelita, lauf und hol deine Mutter. Sag ihr, daß ich sie jetzt dringend hier brauche!«

»Ja, ist gut«, antwortete Manuelita. Sie blickte Lupe an und zog fragend die Schultern hoch, bevor sie aus dem rückwärtigen Zelteingang verschwand.

»Aber Mama, ich bin doch schon fertig mit dem Geschirr«, wunderte sich Lupe.

»Dann spül es nochmal«, erwiderte Doña Guadalupe kurz angebunden und zupfte ihr Kleid zurecht. »Und daß du mir nicht nach vorne kommst, bevor ich dich rufe!«

»Oho, soll ich mich vielleicht auch hinter dem Felsen verstecken?« fragte Lupe sarkastisch.

»Es reicht!« erwiderte ihre Mutter.

»Schon gut.« Lupe tat, was ihre Mutter ihr aufgetragen hatte, aber sie konnte sich keinen Reim darauf machen. Es war schließlich nicht das erste Mal, daß ein junger Mann kam, um sie oder Carlota zu sehen. Aber noch nie hatte die Mutter sich derart aufgeführt.

»Komm raus, *querida*«, sagte Don Victor und öffnete die vordere Klappe des Zeltes. »Ich möchte dir unseren Helden, Salvador Villaseñor vorstellen.«

»*A sus órdenes*«, sagte Salvador. Er machte eine galante Verbeugung und lüftete seinen Hut.

»*Con mucho gusto*«, erwiderte Doña Guadalupe und trat aus dem Zelt. »Guadalupe Gomez.«

Salvador ergriff ihre Hand.

»Bitte setzen Sie sich«, sagte sie zu ihm und zeigte auf eine der Kisten, die aus der Obstplantage von der gegenüberliegenden Straßenseite stammten. »Oder möchten Sie lieber hereinkommen?« fragte sie.

»Wie es Ihnen lieber ist, *señora*«, antwortete Salvador, der die füllige kleine Lady aufmerksam musterte. Sie hatte herrliches, schneeweißes Haar und wunderschöne, hellbraune Augen, in denen der Schalk blitzte und die einen interessanten Kontrast zu ihren dunklen, indianischen Zügen bildeten.

»Nun, dann treten Sie doch ein«, forderte sie ihn auf und sagte sich, daß sie mit diesem gerissenen Gauner, der es auf unschuldige junge Mädchen abgesehen hatte, drinnen am besten zurecht kommen würde.

Unter dem argwöhnischen Blick der alten Dame hatte Salvador das unbehagliche Gefühl, sich direkt ins Netz einer Spinne zu begeben.

»Und woher kommen Sie?« fragte sie und ließ sich auf einer Kiste nieder, die Don Victor für sie hereingebracht hatte.

»Aus Los Altos de Jalisco«, antwortete Salvador und nahm Platz.

»Ah, ich verstehe. Und leben Ihre Eltern noch?«

»Meine Mutter lebt Gott sei dank noch«, sagte er mit breitem Lächeln. »Ich liebe sie über alles!«

Die alte Lady zog ihre linke Augenbraue in die Höhe und strich die Schürze auf ihrem Schoß glatt. Entweder war dieser Kerl ein Musterexemplar von einem Mann oder ein gerissener Fuchs, der einer Frau in Null Komma nichts das Herz stahl.

»Wo lebt Ihre Mutter?« bohrte sie weiter.

»Nördlich von hier, in Corona.«

»Aha. Und darf ich mir die Frage erlauben, wie Sie es geschafft haben, in diesem Land offensichtlich so erfolgreich zu werden?« fragte sie, wobei sie seinen vornehmen Anzug musterte.

Salvador war überrascht. So direkte Fragen hatte er nicht erwartet. Vor allem nicht, bevor er überhaupt seine Absichten geäußert hatte. Er sah der alten Dame offen ins Gesicht und wählte seine Worte mit Bedacht, während sie seine Augen aufmerksam beobachtete. Schließlich war er nicht umsonst ein professioneller Spieler.

»Ich fahre Dünger aus«, berichtete er, ohne mit der Wimper zu zucken oder ihrem Blick auch nur eine Sekunde auszuweichen. »Ich habe ein paar Lieferwagen und Verträge mit verschiedenen Farmen.«

»Oh«, sagte sie und nahm zur Kenntnis, daß keines seiner Augen ihrem Blick auch nur einen Millimeter ausgewichen war. »Und das wird gut bezahlt?«

Er lachte. Offenbar hatte seine Antwort sie befriedigt. Duel hatte ihm wirklich einiges beigebracht. »Ja, sehr gut sogar, solange man anständigen Dünger liefert«, bestätigte er.

Don Victor, der den Wortwechsel beobachtet hatte, brach in Gelächter aus, als er an die vielen Gelegenheiten dachte, bei denen seine Frau ihn mit dieser Art Verhör überlistet hatte. Doña Guadalupe warf ihm einen bösen Blick zu. Don Victor erwiderte ihren Blick und erhob sich, um vor dem Zelt eine Zigarette zu rauchen. Es war offensichtlich, daß sein durchtriebenens Weib vollauf beschäftigt war.

Während der nächsten zehn Minuten überhäufte Doña Guadalupe Salvador mit Fragen. Dieser ließ die Prüfung gelassen und lächelnd über sich ergehen.

Es war spät geworden, und die Sonne ging bereits unter. Noch immer hatte Salvador keinen Zipfel von Lupe zu sehen bekommen. Er fühlte sich wie in der Falle. Seine Mutter hatte ihm zwar geraten, Lupes Mutter kennenzulernen, aber allmählich wurde die Situation lächerlich.

Doña Manza, ebenfalls umgezogen und frisch frisiert, erschien im Vordereingang des Zeltes.

»Du kommst gerade recht«, sagte Doña Guadalupe zu ihrer alten Freundin. »Darf ich dir Salvador Villaseñor vorstellen.«

Salvador stand auf und zupfte sich nervös am Kragen. Die Situation erinnerte ihn an seine Heimat in den Bergen, wo die Bärenmütter sich zusammenrotteten, wenn der Löwe in ihre Höhle eindringen wollte.

»Sehr erfreut, Sie kennenzulernen, *señora*«, sagte er und ergriff Doña Manzas Hand. Er hörte, wie Don Victor, der sich köstlich über sein Dilemma zu amüsieren schien, vor dem Zelt in sich hineinlachte.

Hinter dem Zelt war Lupe immer noch dabei, das Geschirr zum zweiten Mal zu spülen. Sie beobachtete die kleinen Kinder, die in den Wasserrinnen zwischen den Zelten herumplantschten. Sie hatte noch immer keine Ahnung, was eigentlich los war. Ihre Mutter hatte sich genauso schlimm benommen wie Carlota.

Endlich kehrte Manuelita zurück. Auch sie hatte sich umgezogen und ihr Haar gekämmt.

»Was geht hier eigentlich vor?« fragte Lupe. »Zuerst zieht Carlota über Salvador her, dann wirft sich meine Mutter zu seinem Empfang in Schale, und jetzt kommst du an und siehst auch aus, als hättest du dich für einen Ball herausgeputzt.«

»Ach komm, Lupe, weißt du wirklich nicht, was los ist?«

»Nein, anscheinend nicht.«

»Na, erinner dich doch mal, damals in La Lluvia, als der Colonel sich von allen Häusern im Dorf ausgerechnet euer Haus ausgesucht hatte.«

»Ja, aber doch nur, weil er nicht wollte, daß seine Frau in der Nähe der Plaza, bei all den Soldaten, untergebracht war.«

»Nun, aber wieso ist er denn dann nicht in irgendein anderes Haus gegangen?« fragte Manuelita und beobachtete Lupe aufmerksam. »Ach Lupe, du begreifst es wirklich nicht, stimmt's? Das war doch der Grund, warum Rose-Mary dich so gehaßt hat und es immer noch tut. Egal, in wie viele Privatschulen Don Manuel seine Töchter schickt, sie werden niemals das würdevolle Auftreten lernen, das dir in die Wiege gelegt wurde.

Deshalb sind doch unsere Mütter auch so gut befreundet. Sie besitzen beide dieses angeborene Selbstbewußtsein, das man niemals erlernen kann. Sie sind die Grundpfeiler der Familien, unsere großen Vorbilder. Und nun ist dieser Mann, der auf dem Feld heute nachmittag sozusagen den Drachen getötet hat, zu euch nach Hause gekommen, um dir mit allen Mitteln der Kunst den Hof zu machen. Jedes Mädchen hier im Camp ist gelb vor Neid.«

»Meinetwegen?«

»Ja, deinetwegen!« sagte Manuelita.

Lupe sah ihre Freundin an und verstand plötzlich, was sie meinte. Dieser Salvador verursachte in jeder Hinsicht die gleiche Aufregung wie ihr Colonel.

Doña Guadalupe war noch immer nicht fertig mit ihrem Verhör, als Victoriano und Carlota in Salvadors Wagen wieder vorfuhren.

»Mama«, rief Carlota und kam ins Zelt gerannt, »komm mal raus und sieh dir diesen Wagen an; er ist einfach phantastisch!«

»Hier«, sagte Victoriano und gab Salvador die Schlüssel zurück. »Das ist der stärkste Wagen, den ich je gefahren habe! Er ist sogar noch besser als der Dodge!«

»Ja«, sagte Salvador und nahm die Schlüssel. »Er ist ganz schön, nicht wahr!« Er hoffte, daß die Fragerei nun beendet wäre, aber da irrte er sich.

»So«, sagte Doña Guadalupe. »Jetzt habt ihr genug über Autos geredet.«

»Willst du ihn dir denn nicht mal ansehen?« fragte Victoriano seine Mutter.

»Nein«, antwortete die alte Dame. »Davon verstehe ich nichts. Sei jetzt still, Doña Manza und ich wollen uns weiter mit Salvador unterhalten. Und du, Carlota, geh nach hinten und hilf deiner Schwester, etwas Tee für uns zu bereiten.«

»Vielleicht kann ich ja helfen«, sagte Salvador und sprang eilfertig auf, in der Hoffnung, den beiden alten Damen zu entrinnen und wenigstens noch einen Blick auf Lupe werfen zu können.

»Nicht doch«, sagte Doña Guadalupe, »setzen Sie sich wieder. Die Mädchen bringen uns den Tee.«

Resigniert setzte Salvador sich wieder.

»Na gut«, sagte Victoriano und warf Salvador einen mitfühlenden Blick zu. »Dann geh' ich raus und sehe mir den Wagen noch ein bißchen an.«

Er fing die Schlüssel auf, die Salvador ihm erneut zuwarf.

»Also«, Doña Guadalupe strich sich wieder über ihre Schürze, »wie wir schon sagten, Doña Manza und ich, wir haben miterlebt, wie die Revolution viele *familias* zerstört hat. Und trotzdem, die schlimmsten Feinde einer Ehe sind der Alkohol und das Glücksspiel, finden Sie nicht auch?«

»Äh, in gewisser Hinsicht schon«, antwortete Salvador.

»Es freut mich zu hören, daß Sie mit uns einer Meinung sind«, sagte Doña Guadalupe, »denn offen gesagt, ich würde es nie zulassen, daß eine meiner Töchter einen Mann heiratet, der trinkt. Wir haben unseren Töchtern schon von klein auf beigebracht, was für schreckliche Auswirkungen Alkohol und Spielleidenschaft haben können.« Sie seufzte und schöpfte kurz Atem. Als sie fortfuhr, standen ihr auf einmal Tränen in den Augen: »Salvador, ich habe hart gearbeitet, meine Familie während des

Krieges zusammenzuhalten, und ich werde sie bis zu meinem letzten Atemzug beschützen. Verstehen Sie, was ich damit sagen will?«

»Aber natürlich«, antwortete Salvador, betroffen über den plötzlichen Gefühlsausbruch. Mein Gott, er hatte noch nicht mal um die Hand einer ihrer Töchter angehalten. Wovon redeten diese beiden alten Frauen eigentlich? War seine Liebe zu Lupe denn so offensichtlich, daß jeder seine Absichten vorausahnte?

Er schaute beiseite und versuchte, seine Gedanken zu ordnen. Diese beiden Alten waren unglaublich. Aber vermutlich hätte seine eigene Mutter sich genauso verhalten.

Carlota gesellte sich zu Lupe und Manuelita. Sie griff nach einer Karotte und begann daran zu knabbern.

»Mama möchte, daß ihr Tee für ihn macht«, sagte sie.

»Was macht sie eigentlich so lange mit ihm?« fragte Lupe.

»Ach, sie sagt ihm nur die Meinung«, antwortete Carlota mit vollem Mund,

»Carlota, du kennst ihn doch nicht mal, wie kannst du dann so über ihn reden?«

»Du wirst schon sehen«, erwiderte Carlota. »Ich geh' rüber zu Archie und werde mal ein paar Erkundigungen über ihn einziehen, während ihr Tee macht.«

»Das ist nicht fair«, sagte Lupe.

»Laß sie doch«, beschwichtigte Manuelita ihre Freundin. »Wenn du versuchst, sie aufzuhalten, machst du es nur noch schlimmer.

Durch die Eingangstür sah Carlota den Sheriff schon hinter der Bar stehen. Da Frauen der Zutritt zur Spielhalle nicht gestattet war, machte sie ihn durch Winken auf sich aufmerksam. Archie entdeckte sie und wischte sich den Mund an seinem weißen Halstuch ab.

»Hallo Süße«, sagte er und trat grinsend auf sie zu. »Was kann ich dir Gutes tun, was noch keiner zuvor für dich getan hat?«

»Archie, ich muß dich etwas Wichtiges fragen.«

»Frag ruhig, solange du dich nicht gleich zu der Erwartung versteigst, hier, in aller Öffentlichkeit, richtige Antworten zu erhalten.«

»Kennst du einen Mann namens Salvador?«

»Nicht daß ich wüßte.«

»Sein voller Name lautet: Juan Salvador Villaseñor.«

Archies Gesicht lief vor Ärger rot an. »Hast du ihn getroffen?«

»Allerdings«, antwortete Carlota. »Er hat heute mit uns auf dem Feld gearbeitet. Und gerade ist er in einer schnittigen Limousine vorgefahren, um meine kleine Schwester ...«

»Dieser Höllensohn!« fluchte der Deputy Sheriff.

»Dann taugt er also nichts?« Carlota konnte ihre Aufregung nicht mehr bezähmen, und die Hoffnung auf eine bejahende Antwort funkelte in ihren Augen.

»Für dich sicher nicht, Baby. Halt dich bloß von ihm fern«, bestätigte Archie Freeman und strich ihr über die Haare, wie manche Männer ihre Hunde streicheln. »Aber für andere könnte er der Größte überhaupt sein. Jedenfalls ist er der beste Hilfs-Deputy, den ich jemals hatte.«

Carlota stand der Mund vor Staunen weit offen. Es dauerte eine Weile, bis sie stammelnd fragen konnte, ob sie sich auch nicht verhört habe.

»O Baby, du hast das schönste Haar weit und breit«, sagte Archie und beugte sich zu einem Kuß hinab.

Carlota aber riß sich von ihm los und rannte die Straße hinunter.

Lupe und Manuelita wollten gerade den Tee servieren, als Carlota angerannt kam.

»Na und, was hast du herausgefunden?« fragte Manuelita.

»Nichts«, antwortete Carlota.

»Nichts?« Manuelita lachte. »Dann kann es ja nur was Gutes gewesen sein, oder wieso hast du sonst so lange gebraucht?«

»Nein, Schlaukopf, es war nichts Gutes. Im ganzen Viertel wird gemunkelt, daß er ein Schwarzbrenner auf der Flucht ist. Deshalb hat er auch diese alten Arbeitsklamotten gekauft. Um auf den Feldern unterzutauchen.«

»Aber was hat Archie denn gesagt?«

»Nichts, außer daß er ihn kaum kennt.«

Manuelita schenkte ihr keinen Glauben und drehte sich zu Lupe um. »Komm, wir bringen den Tee rein. Gerüchte bedeuten überhaupt nichts, Lupe. Meine Mutter sagt immer, daß in keinem Heim Frieden herrschen würde, wenn die Frauen Gerüchten Glauben schenken würden.«

»Nein, *señora*, ich trinke nicht, und ich spiele nicht. Ich bin Geschäftsmann«, sagte Salvador.

»Ich bin froh, das zu hören«, antwortete Doña Guadalupe, als die beiden Mädchen mit dem Tee hereinkamen. Bei Lupes Anblick sprang Salvador hastig auf, wobei er sich beinahe selbst außer Gefecht gesetzt hätte, weil er mit dem Kopf an die Laterne stieß, die über seinem Kopf hing.

Lupe setzte den Teekessel ab und eilte zu ihm. »Ist alles in Ordnung?« fragte sie.

»Ich weiß nicht recht«, antwortete er. Plötzlich hatte er eine Idee und griff nach Lupes Arm. »Mir ist ein wenig schwindlig. Vielleicht könnte ich ein feuchtes Handtuch bekommen. Warte, ich gehe mit dir.«

Rasch, bevor jemand Einwände erheben konnte, schritt Salvador mit Lupe auf den rückwärtigen Teil des Zeltes zu. Doña Guadalupe und Doña Manza wechselten vielsagende Blicke.

»Er ist ganz schön flink«, sagte Doña Manza.

»Ja, das bemerke ich auch gerade«, bestätigte Doña Guadalupe. »Macht nicht so lange!« rief sie den beiden hinterher.

»Mein Gott«, seufzte Salvador erleichtert, als sie endlich draußen waren. »Ich dachte schon, ich würde dich überhaupt nicht mehr zu Gesicht bekommen.«

Lupe lachte. »Ich weiß auch nicht, was in meine Mutter gefahren ist.« Sie nahm einen feuchten Lappen und wrang ihn aus. »Tut es weh?«

»Ja«, sagte er, »aber solange ich hier neben dir stehen darf, fühle ich überhaupt keinen Schmerz.«

Ihre Augen trafen sich, und wieder stand die Erde still – genau wie zuvor auf dem Feld –, und es war wie im Paradies. Lupe errötete befangen und hielt Salvador den feuchten Lappen an den Kopf.

»Hier, ich hoffe, es hilft.«

»Wie könnte es nicht? Wenn du ihn mir gibst?«

Er wollte ihr so viel sagen; über seine Gefühle und die Sehnsucht, die er so lange in seinem Herzen verschlossen hatte. Aber er wußte nicht, wo er beginnen sollte. Auf einmal verstand er, weshalb es so wunderbar war, mit dieser Frau zusammenzusein. Es war, als hätte er sie schon immer gekannt. Als ob jede Bewegung, jede Geste ihn an eine große Liebe aus einem anderen Leben erinnerte. Seine Gefühle schlugen förmlich über ihm zusammen, und er starrte sie nur an.

»Wir gehen besser wieder hinein, bevor der Tee kalt wird,« sagte Lupe.

»Ja, natürlich.«

Um Mitternacht fuhr Salvador wieder bei Kennys Garage vor. Er stellte den Motor aus und wollte gerade aussteigen, als ein kräftig gebauter Mann aus der Dunkelheit hervorschoß und ihm eine Pistole an die Schläfe hielt.

»Denk nicht mal dran, Hurensohn«, sagte der Mann zu ihm, »eine Bewegung, und du bist tot!« Er langte mit der Hand in Salvadors Manteltasche und zog dessen Revolver heraus. »Und jetzt rein mit dir!«

Salvador blieb keine andere Wahl, als zu tun, was der Mann verlangte. Er hatte ihn kalt erwischt; in Gedanken war er meilenweit entfernt gewesen. Natürlich hatte er an Lupe gedacht und daran, was er seiner Mutter alles zu berichten hatte, wenn er sie das nächste Mal sah. In der Garage wartete Kenny, ebenfalls mit einer 38er in der Hand. Als Salvador sich umdrehte, bemerkte er, daß der riesige Kerl, der ihn überwältigt hatte, niemand anders als Archie Freeman war. Also war alles von vornherein ein abgekartetes Spiel gewesen. Wie dumm von ihm, diesem alten *gringo* zu vertrauen. Nun wußten sie, wo er den Whisky versteckt hatte, und konnten sich auch alles andere zusammenreimen.

»Setz dich!« sagte Archie und zeigte auf einen Stuhl, der in der Mitte der leeren Garage stand. »Und halt's Maul. Kein Wort!«

Salvador zuckte mit keiner Wimper. Er hatte Archie noch nie so erlebt. Der Kerl war völlig außer sich.

»Hast du sie umgelegt?« fragte Archie und starrte Salvador in die Augen.

»Wen umgelegt?« fragte Salvador. Er dachte mit klopfendem Herzen an die beiden FBI-Agenten.

»Verdammt noch mal!« Archie packte ihn am Genick und zerrte ihn vom Stuhl hoch, so daß Salvadors Füße in der Luft baumelten. »Versuch ja nicht, mich zum Narren zu halten!« brüllte er. »Sonst zeig' ich dir, daß man mich nicht umsonst den King von vier Counties nennt. Mir macht so schnell keiner was vor!«

Salvador erwiderte nichts.

»Raus damit! Hast du sie umgelegt oder nicht?« brüllte Archie und schleuderte ihn so brutal auf den Stuhl zurück, daß dieser krachend auseinanderbrach und Salvador auf dem ölverschmierten Boden landete.

»Sieh mal, Archie«, sagte Salvador und stand vorsichtshalber gar nicht erst auf, um den aufgebrachten Sheriff nicht noch mehr zu reizen, »ich habe im Leben schon reichlich Prügel eingesteckt, und ich habe mit angesehen, wie meine Brüder einer nach dem anderen umgelegt wurden; mit Gewalt kannst du mir also nicht imponieren. Sag mir lieber, was los ist.«

Archie starrte ihn lange an. »Also gut«, sagte er. »Ich habe erfahren, daß dein Partner und seine Frau umgebracht worden sind.«

»Was? Julio ist tot?«

»Ja.« Archie nickte und ließ ihn nicht aus den Augen.

»Wann?«

»Gestern.«

»Mein Gott!« sagte Salvador fassungslos. »Was ist passiert?«

»Sie saßen in deinem Wagen, als er explodierte.«

»In meinem Dodge?«

»Genau.« Archie beobachtete ihn mit Argusaugen.

»Mein Gott«, wiederholte Salvador.

»Und es wird gemunkelt, daß sie deinen Whisky geklaut haben und du sie deswegen umlegen wolltest.«

Salvador starrte Archie an. »Ja, das haben sie. Und es stimmt, ich hätte sie am liebsten umgelegt. Aber ich habe es nicht getan. Verdammt, Julio war ein prima Kerl. Und er war mein Freund.«

»Mein lieber Mann«, sagte Archie, »entweder bist du wirklich unschuldig oder der beste Schauspieler, der mir je untergekommen ist.«

»Hast du wirklich gedacht, daß ich es war?« fragte Salvador.

»Warum nicht? Du hättest sie umlegen können, den ganzen Whisky an dich nehmen und die Leute glauben lassen, daß du es warst, der in dem Dodge gesessen hat. Und dann hättest du ein neues Leben angefangen.«

»Aber ich war doch die ganze Zeit hier«, erwiderte Salvador.

»Frag Kenny, er wird es dir bestätigen.«

»Das hat er bereits. Er hat dich so vehement verteidigt, daß ich schon annahm, er steckt mit dir unter einer Decke.«

Salvador drehte sich zu Kenny um. Zum zweiten Mal hatte er dem alten Mann Unrecht getan.

»Du hast dich verdammt auffällig verhalten«, schimpfte Archie. »Immerhin hast du deinen Namen geändert und einem Mann zwanzig Dollar für seine Arbeitsklamotten gegeben, und dann bist du in den Feldern untergetaucht.« Er wandte sich an Kenny: »Gib mir 'nen Drink. Verflucht! Seit dieses Ding in San Bernardino aufgeflogen ist, haben sie Big John auf Orange County angesetzt, und Whitey schnüffelt hier im San-Diego-Bezirk rum, damit sie ihre Gebiete auch sauber kriegen. Seitdem habe ich keinen anständigen Whisky mehr bekommen.

Diesen Regierungsschnüfflern trau' ich nicht weiter, als ich sie werfen könnte. Dabei haben die hier überhaupt nichts zu suchen. Kommen mal kurz her und stecken ihre Nase überall rein, und dann fahren sie zurück nach Washington, D. C., wo sie mit ihren eigenen Gaunern unter einer Decke stecken und sich den Whisky schmecken lassen.« Er kippte den Whisky, den Kenny ihm gereicht hatte, in einem Zug hinunter. »Verdammt, würde mich nicht mal wundern, wenn sie diejenigen wären, die Julio und seine Frau auf dem Gewissen haben.«

»Die Feds*?« fragte Salvador.

---

*   FBI-Agenten

»Klar, wieso denn nicht? Typen dieser Art haben meinem Volk verseuchte Decken angedreht, jetzt schicken sie uns den ehrenwerten Big John auf den Hals. Aber erklär mir mal, wieso du eigentlich in der Stadt herumschleichst, einen großen Bogen um den alten Archie machst und deinen Namen änderst, wenn du doch unschuldig bist?«

»Na ja, als ich zurückkam, war ich schon auf dem Weg zu dir, Archie«, sagte Salvador, »aber auf einmal hab' ich Schiß gekriegt, weil ich nicht recht wußte, was hier eigentlich los war.«

»Mach bloß nicht noch mal so 'nen Blödsinn, wenn du dir keinen Ärger einhandeln willst. Vor allem nicht, wenn weit und breit kein Whisky zu kriegen ist!«

»Bestimmt nicht. Ich verspreche es. Aber ich dachte, wenn das FBI im Spiel ist … nun, daß sie Druck auf dich ausgeübt hätten und du hinter mir her wärest.«

»Wegen den Feds?« brüllte Archie. »Zum Teufel! Kein Mensch übt Druck auf Archie Freeman aus. Ich bin ein freier Mann! Hast du verstanden! Frei!«

Salvador erwiderte nichts. Der hünenhafte Sheriff war schon wieder auf hundertachtzig.

»Diese gottverdammte Geschichte in dem Hotel war doch nichts als Augenwischerei. Hast du je davon gehört, daß das FBI sich die ganz großen Fische schnappt? Natürlich nicht! Die fahren sich doch nicht an den eigenen Karren. Nimm doch nur Bill Wesseley, der die ganze Aktion durchgeführt hat. Mit diesem Oberarschloch hab' ich schon mehr als einmal im Clinch gelegen! Der ist vom gleichen Schlag wie die Typen, die mein Volk immer wieder übern Tisch ziehen.«

»Dann bist du also wirklich nur wegen Julio und Geneva hinter mir her gewesen?« fragte Salvador.

Archie nickte. »Ich hab' was gegen Kerle, die ihre eigenen Leute umlegen«, fügte er hinzu.

»Nun, ich war es nicht«, sagte Salvador.

»Und ich bin halb geneigt, dir zu glauben«, erwiderte Archie, »aber die Feds werden uns das nicht abkaufen, deshalb werden wir zwei einen kleinen Handel abschließen.«

Archie legte Salvador freundschaftlich den Arm um die Schulter und führte ihn in eine Ecke.

»Du willst also ein ganz neues Leben anfangen, stimmt's, Salvador?« fragte er und benutzte zum ersten Mal Juan Salvadors neuen Namen. »Du willst heiraten und eine Familie gründen, hm?«

Salvador warf Archie einen unergründlichen Blick zu.

»Nun, hab' ich recht?« fragte Archie. »Ich hab' gehört, du hast dich verliebt? Kann ich verstehen, tja, passiert leider den besten von uns.«

Salvador tat einen tiefen Atemzug. »Ja«, sagte er. »Das würde ich tatsächlich gern. Sehr sogar.«

»Gut«, sagte Archie. »Ich denke, das kann ich für dich arrangieren. Aber es wird dich eine Kleinigkeit kosten, und bis ich alles geregelt habe, mußt du dich unauffällig verhalten. Ich will nicht wieder hören, daß du Feldarbeitern ihre Arbeitsklamotten abschwatzt und sie halbnackt auf der Straße stehen läßt oder in Frauenkleidern in Wesseleys Bezirk auftauchst. Hab' ich mich deutlich ausgedrückt?«

»Absolut«, antwortete Salvador amüsiert. »Und was wird mich das kosten?«

»Fürs erste zehn Fässer.«

»Fürs erste?«

»Klar, wieso nicht. Wir müssen alle unsere Steuern bezahlen.«

»Fünf Fässer«, sagte Salvador.

»Okay, fünf sofort und fünf jeden weiteren Monat.«

»Fünf jeden Monat?«

Archie lachte. »Paß mal auf, du verdammter Schlauberger, du wirst als Mörder gesucht. An deiner Stelle würde ich nicht versuchen, mit mir zu handeln.«

Salvador dachte fieberhaft nach. Das war ein teuflischer Pakt; wenn er nachgab, würde es fast wie ein Geständnis aussehen. Andererseits, welche Alternative blieb ihm? Er konnte schließlich nicht für den Rest seines Lebens davonlaufen.

»Okay, du hast gewonnen«, sagte er. »Aber du wirst mich decken müssen.«

»Na, endlich verstehen wir uns«, antwortete Archie.

So wurde der Handel perfekt. Salvador konnte ein neues Leben beginnen. Zuerst mußte er sich allerdings möglichst unauffällig verhalten und durfte die Stadt eine Zeitlang nicht verlassen. Außer natürlich, um die Fässer zu holen, damit Archie zu seinem Whisky kam.

Am Morgen darauf ging Salvador also nicht mit Lupe und ihrer Familie auf die Felder, sondern borgte sich einen von Kennys Trucks und machte sich auf den Weg nach Norden, um für Archie den versprochenen Whisky zu besorgen.

Vor der Kirche von Corona machte er kurz halt, in der Hoffnung, dort seiner Mutter zu begegnen. Er brannte darauf, ihr von Lupe und vor allem von ihrer Mutter zu berichten, aber er konnte Doña Margarita nirgends entdecken.

Enttäuschung breitete sich in ihm aus. Wie gern hätte er ihr erzählt, wie die Mutter seiner großen Liebe ihn ins Kreuzverhör genommen hatte. Er konnte sich schon vorstellen, wie sie darüber lächeln und ihm raten würde, sich auf ein anstrengendes Eheleben einzustellen, denn der Apfel fiel ja bekanntlich nicht weit vom Stamm.

Er stieg wieder in den Wagen und bemerkte nicht, daß der gleiche Priester ihn beobachtete, der ihn auch an dem Tag, als er in Frauenkleidern hier aufgetaucht war, gesehen hatte.

Während er durch den amerikanischen Teil der Stadt fuhr, spielte er mit dem Gedanken, direkt zum Haus seiner Mutter zu fahren, verwarf die Idee jedoch schnell wieder. Solange die Cops in der Nähe des Hauses auf der Obstplantage herumlungerten, konnte er sich nicht dorthin wagen. Ihm fiel ein, daß auch sein Bruder, der großartige Jose, aus dem Hinterhalt überfallen und getötet worden war, und der Gedanke flößte ihm Unbehagen ein.

Salvador beeilte sich jetzt, die Berge zu erreichen, um möglichst schnell die Fässer auszugraben und nach Carlsbad zurückzufahren. Er wollte keine unnötigen Risiken mehr eingehen, jetzt, wo so viel auf dem Spiel stand.

Zum ersten Mal, seit er sich am Rande des Rio Grande von Gott verabschiedet hatte, begann er wieder zu beten und mit dem Allmächtigen zu sprechen.

»O bitte, Gott«, sagte er. »Hilf mir, daß ich nicht geschnappt oder getötet werde. Jetzt, wo ich wirklich leben und meine eigene Familie gründen möchte. Und bitte mach, daß ich wenigstens fünfunddreißig Jahre alt werde und erleben kann, wie meine Kinder aufwachsen.«

Ihm war plötzlich bewußt geworden, daß keiner seiner Brüder älter als fünfundzwanzig geworden war. Der Wunsch, fünfunddreißig Jahre alt zu werden, erschien ihm geradezu vermessen. Doch dann dachte er an seinen Großvater Don Pio; er und seine Frau Silveria hatten ein beachtliches Alter erreicht. Er fragte sich, ob seine Landsleute in diesem Land überhaupt die Chance hatten, so alt zu werden.

Salvador seufzte tief und stellte fest, daß sich eine Wandlung in ihm vollzogen hatte; die Liebe hatte seine Weltanschauung verändert.

Zur Hölle, seit der Überquerung des Rio Grande damals hatte er nur noch Geschäfte mit dem Teufel abgeschlossen. Wie pflegte Duel es immer auszudrücken? »Männer wie wir können es sich nicht leisten, mit dem Marionettengott der Kirche zu verhandeln, wohl aber mit dem Teufel.« Und Salvador hatte ihm zugestimmt.

Aber jetzt war alles anders. Der Zustand der Verliebtheit ließ ihm plötzlich die Existenz Gottes nicht nur möglich, sondern sogar wahrscheinlich erscheinen.

Salvador bog von der Straße ab und parkte den Wagen. Er stieg aus und stapfte den sandigen Bachlauf entlang, bis er zu jener Stelle gelangte, wo er mit Kenny die Fässer vergraben hatte. Bedrückt dachte er an Julios und Genevas Tod. Es war ihm nur zu bewußt, daß ihr Verhängnis seinen eigenen Kopf gerettet hatte.

Tatkräftig machte er sich an die Arbeit und holte die Fässer aus dem gut getarnten Versteck. Er hob sich mühelos eines der Fässer auf die Schulter und ging den Bachlauf zurück. Es hatte gut getan, mit seinem alten Freund Gott zu sprechen und wieder das Gefühl der Liebe im Herzen zu spüren.

Mit ihren kurzen Spitzhacken in den Händen begaben sich Lupe und ihre Familie am nächsten Morgen in der Dämmerung mit den anderen Feldarbeitern zur Arbeit.

»Ist sie das?« hörte Lupe ein Mädchen tuscheln.

»Ja«, antwortete eine andere. »Das ist sie.«

Lupe spürte, wie die beiden Mädchen sie anstarrten.

Bis zum Mittag war die Aufmerksamkeit der Feldarbeiter so

offenkundig, daß es Lupe peinlich wurde. Es war, als glaubten die Leute, eine Aura des Glücks ginge von ihr aus, und jeder, der in ihre Nähe kam, würde einen Teil davon erhaschen,

»Entschuldigung«, sagte ein Mädchen zu Lupe, als sie sich ihrem Mittagslager näherten, »meine Freundinnen und ich möchten wissen, ob wir nicht heute abend zu eurem Zelt kommen und mit dir und Salvador ein bißchen in seinem Wagen herumfahren können?«

Lupe starrte das Mädchen sprachlos an.

Das Mädchen verstand Lupes Schweigen als Absage. »Na ja, dann eben nicht«, sagte sie eingeschnappt. »Ich hatte eigentlich sowieso keine Lust dazu. Mein Onkel war in Mexiko General und hatte auch einen tollen Wagen!« Damit drehte sie sich um und eilte davon.

»Warte doch«, rief Lupe. »Ich habe ja gar nicht gesagt, daß ihr nicht kommen könnt. Es ist nur, nun, ich kenne Salvador eigentlich kaum.«

»Aber du bist doch mit ihm verlobt?«

»Verlobt?« fragte Lupe. »Nein, das bin ich nicht.«

»Aber das erzählen doch alle.«

»Also, wenn ihr wollt, kommt ruhig vorbei. Aber ich weiß nicht einmal, ob er heute abend wieder da sein wird.«

»Schon gut!« sagte das Mädchen und entfernte sich, ohne Lupes Worten Glauben zu schenken. Sie war überzeugt, daß Lupe es für unter ihrer Würde hielt, sie mit ihrem Verlobten bekannt zu machen.

Mit dem Gefühl, sich eine Feindin geschaffen zu haben, begab Lupe sich zu ihrer Familie zurück. Aber was hätte sie schon tun können? Resigniert setzte sie sich und half bei den Vorbereitungen der Mahlzeit.

»Mach dir nichts draus«, tröstete sie ihre Mutter. »Sie ist nur ein bißchen neidisch. Schließlich kommt es nicht jeden Tag vor, daß ein Mädchen die Gelegenheit erhält, von den Feldern hier wegzukommen.«

»Oh, Mama, bitte«, sagte Lupe.

»Bitte, was?« sagte ihre Mutter, »soll ich nicht zugeben dürfen, daß du erwachsen geworden bist? Ich sehe dich noch vor mir, wie du mit deinem Rehbock durch die Berge gestromert bist, und heute hast du plötzlich gleich zwei sehr ernstzunehmende Vereh-rer, *mi hijita*.«

»Zwei? Aber Mama«, widersprach Lupe, »ich kenne Salvador doch nicht einmal. Und wie er mich anschaut, und wie er geht ... manchmal erinnert er mich an einen herumstolzierenden Gockel.«

Sie brach in Gelächter aus und steckte damit Doña Guadalupe an, die nach einer Weile sagte: »Wie ich schon sagte, *mi hijita*, du hast zwei ernstzunehmende Verehrer, und wir haben noch viel zu besprechen. Natürlich kannst du keinen von beiden wirklich kennen, bevor du nicht ihre Mütter kennengelernt hast.«

»Ich weiß, das hast du mir ja schon tausendmal gesagt, Mama.«

»Erst tausendmal? Na, dann habe ich ja noch einiges vor mir. Du weißt ja, bei der Wahl des richtigen Mannes ist es manchmal sehr schwer, zwischen einem Adler und einem Falken zu unter-scheiden. Vor allem, wenn plötzlich mit viel Spektakel der Rabe erscheint und uns mit seinen Tricks blendet.«

»Der Rabe?«

»Ja, der Rabe, *mi hijita*. Weißt du nicht mehr? Das habe ich dir doch auch schon tausendmal erzählt. Der Rabe kommt, wenn man es am wenigsten erwartet. Wie aus einem riesigen Blumen-strauß hervorgezaubert. Er scheint stets unerschrocken und mutig zu sein, was er in Wahrheit nur dann ist, wenn er raubt und plündert.«

»Ich verstehe«, sagte Lupe. »Gut, das du mich daran erinnert hast, Mama.«

Das rechte Auge Gottes versank eben im sanft gekräuselten Meer, als Salvador in seinem elfenbeinfarbenen Moon zwischen den Zeltreihen aufkreuzte. Durch leichtes Tippen an seinen Panama-hut grüßte er die gaffenden Leute und steuerte zielbewußt auf das Gemach seiner Königin zu. Don Victor und Victoriano spiel-ten auf einer Kiste am Wegrand Schach, und Doña Guadalupe thronte mit ihrer Freundin Doña Manza hoheitsvoll vor dem Zelt, wie zwei Wachen vor dem Eingang zum Palast einer Königin. Aber Salvador ließ sich nicht aus der Ruhe bringen. Einen kleinen Rosenstrauß in der Hand, stieg er lächelnd aus dem Wagen. Dieses Mal war er vorbereitet. Sie würden ihn nicht noch mal auf dem falschen Fuß erwischen wie am Abend zuvor.

»*Buenas tardes*«, begrüßte er Don Victor und Victoriano, während er um den langen, flachen Straßenkreuzer herumging.

»*Buenas tardes*«, erwiderten die beiden und beobachteten staunend, wie er mit den Rosen in der Hand auf die beiden alten Ladies zuging.

»Oh, er hat uns Blumen mitgebracht«, sagte Doña Manza mit einem boshaften Unterton.

»*Buenas tardes*«, grüßte Doña Guadalupe.

»Die sind für Sie«, erklärte Salvador. Er nahm seinen Hut ab und überreichte Lupes Mutter den Blumenstrauß.

»Vielen Dank, die riechen wundervoll«, sagte Doña Guadalupe. »Sie erinnern sich ja sicher an meine Freundin Doña Manza?«

»Wie könnte ich nicht«, Salvador verbeugte sich galant.

»Das Vergnügen ist ganz auf meiner Seite«, entgegnete Doña Manza.

»Setzen Sie sich zu uns«, forderte ihn Lupes Mutter auf.

Salvador grinste. »Ich würde gern«, antwortete er und warf den beiden Männern einen Blick zu. »Aber es ist so«, fügte er hinzu, »in der Stadt läuft ein ausgezeichneter neuer Film, und ich habe mir die Freiheit genommen, für Ihren Sohn, Ihre beiden Töchter und mich Karten zu besorgen.«

»Oh, ich verstehe«, sagte Doña Guadalupe.

»Ich bin wirklich untröstlich«, fuhr er fort, »wenn Sie gestatten, könnten wir unsere Unterhaltung vielleicht auf das nächste Mal verschieben?«

Don Victor lachte laut auf, was ihm einen gehässigen Blick seiner Frau einbrachte, der klar wurde, daß man sie ausgetrickst hatte.

»Nun«, sagte sie, »da Sie die Karten bereits gekauft haben, denke ich, es ist nichts dagegen einzuwenden. Was meinst du?« wandte sie sich an ihren Gatten.

Don Victor grinste nur. »Was immer du für richtig hältst, mein Täubchen«, erwiderte er sichtlich amüsiert.

»Also gut«, gab die alte Dame nach. »Für diesmal soll es mir recht sein, aber nur, wenn Sie das nächste Mal früh genug kommen, damit wir unsere Unterhaltung fortsetzen können.«

»Natürlich«, antwortete Salvador. »Ich freue mich schon darauf. Ich habe unsere Unterhaltung sehr genossen, es erinnerte mich sehr an die Gespräche mit meiner geliebten Mutter.«

Die beiden alten Damen konnten sich ein Lächeln nicht verkneifen. Der junge Mann war wirklich mit allen Wassern gewaschen.

»Ich hole meine Schwestern«, sagte Victoriano und stand auf.

»Prima, und beeil dich bitte«, sagte Salvador, »ich möchte nicht zu spät kommen. Es ist ein Film mit William Hart.«

»Die seh' ich am liebsten«, freute sich Victoriano und eilte ins Zelt.

Salvador setzte nervös seinen Hut auf. Er hoffte wegzukommen, bevor die beiden Frauen sich wieder näher mit ihm befaßten.

Carlota und Victoriano traten aus dem Zelt. Salvador bemerkte, daß sie beide ausgesprochen gut aussahen und offensichtlich nur das Beste von ihren Eltern geerbt hatten. Doch dann trat Lupe aus dem Zelt, und sein Herz machte einen Sprung. Sie war einfach atemberaubend schön, wie sie dort stand, in ihrem einfachen, cremefarbenen Kleid und dem langen, dunklen Haar, das ihr in üppigen Locken auf die Schultern fiel.

»Guten Abend«, sagte Salvador und nahm erneut seinen Panamahut ab.

»Guten Abend«, erwiderte Lupe und deutete einen Knicks an.

Er trat einen Schritt vor und reichte ihr die Hand. Da war es wieder, dieses Gefühl der Verzauberung, das beide, jedesmal wenn ihre Hände sich berührten, wie eine unerklärliche Kraft durchströmte.

»Am besten gehen wir gleich«, sagte er, »damit wir den Film nicht verpassen.«

Er setzte seinen Hut wieder auf und nickte Lupes Mutter und Doña Manza zum Abschied zu. Dann ergriff er Lupes Arm und führte sie zum Auto.

Bevor er die Frau seiner Träume auf den Beifahrersitz geleiten konnte, hatte Victoriano jedoch bereits dort Platz genommen.

»Laß sie hinten einsteigen«, sagte er – ganz der große Bruder – »ich muß ein paar Sachen wegen des Wagens mit dir besprechen.«

Salvador lächelte. »Natürlich.«

Er half Lupe, neben Carlota auf dem Notsitz Platz zu nehmen. Als sie ihm tröstend die Hand drückte, wallte ein so unbändiges Gefühl der Zuneigung in ihm auf, daß er sie beinahe auf der Stelle in die Arme geschlossen hätte.

Der Film war ausgezeichnet. Aber noch viel besser war es, im schützenden Dämmerlicht des Kinos neben Lupe zu sitzen und den Zauber ihrer Nähe zu spüren. Lupe hatte noch nie einen solchen Kinobesuch erlebt. Natürlich hatte sie sich schon mit ihren Geschwistern, Jaime und dessen Freunden Filme angesehen; doch noch nie war sie in einem großen Wagen von einem Mann ins Kino chauffiert worden, für den sie derartig zwiespältige Gefühle hegte.

Sie seufzte bei dem Gedanken, was wohl passieren würde. Carlota und Victoriano saßen zu ihrer Linken. Was, wenn Salvador versuchte, ihre Hand zu nehmen? Sollte sie ihn gewähren lassen?

Lupe mußte kichern, als sie daran dachte, daß die Mädchen damals in La Lluvia geglaubt hatten, man könne schwanger werden, wenn man nur die Hand eines *americano* hielt. Popcorn knabbernd, verfolgte sie den Film und berührte immer wieder Salvadors Hand, wenn sie in die Tüte langte. In der Nähe dieses Mannes schien ihre Kindheit Ewigkeiten zurückzuliegen.

Da saßen sie nun, diese beiden Menschen, Seite an Seite, mit pochenden Herzen, und beobachteten William Hart, der auf seinem feurigen Hengst über die Leinwand preschte. Als eine Nachtszene den Zuschauerraum in Dunkelheit hüllte, griff Salvador nach Lupes Hand.

Es verschlug ihr fast den Atem. Und obwohl sie sich innerlich wehrte, war es, als führe ihre Hand plötzlich ein eigenes Leben. Sie erwiderte seinen Händedruck so heftig, daß sie selbst erschrak.

Lupe hätte vor Erregung fast aufgeschrien. Die Intensität seiner Nähe, die Wärme seiner Hand in der ihren, all das war eine so aufregend neue Erfahrung, daß sie am ganzen Leib zitterte.

Salvador ging es nicht anders. Er fühlte sich wundervoll, und obgleich seine Handflächen vor Nervosität feucht wurden, konnte er sich nicht überwinden, ihre Hand loszulassen. Erst als die Leinwand wieder heller wurde, zogen beide gleichzeitig ihre Hände zurück, damit niemand Zeuge des kleinen Vorfalls wurde.

Beide waren wie benommen vor Glück und zutiefst davon überzeugt, daß dieses überschwengliche Glücksgefühl nur ein Geschenk Gottes sein konnte.

Während die Leinwand weiter hell und dunkel wurde, setzten die beiden jungen Leute ihre unschuldigen und verstohlenen Berührungen fort. Nach so vielen Jahren hatten sich ihre Wege nun endlich gekreuzt.

Nachdem Salvador Lupe und ihre Geschwister wieder abgesetzt hatte, machte er sich auf den Weg zu Archie, um ihm mitzuteilen, daß er sich nicht mehr länger verstecken wollte. Er mußte unbedingt seine Mutter sehen und ihr von seiner wunderbaren Liebe erzählen.

Als er die hell erleuchtete, fast leere Spielhalle betrat, konnte er keine Spur von Archie entdecken. Der nächtliche Geruch nach abgestandenem Rauch, Alkohol und Schweiß widerte ihn an.

Die Spielhalle war der Treffpunkt der jungen Männer des Viertels. Hier nahmen die alleinstehenden Männer ihre Post entgegen, ließen sich den Schwarzgebrannten schmecken und schlugen mit ihren Kameraden die Zeit tot. Wie die Kirche sozialer Angelpunkt der Frauen des *barrio* war, so war Archies Spielhalle das Zentrum der Begegnung für die Männer des Viertels.

Salvador fand Archie im Hinterzimmer, wo er gerade ein paar Typen, die er zuvor festgenommen hatte, die Hände losband. Es war recht vorteilhaft für den Sheriff des Ortes, daß er auch der Betreiber der Spielhalle war, da hier sowieso die meisten Schlägereien ihren Anfang nahmen.

»Okay, Jungs«, sagte Archie zu den beiden Männern. »Geht jetzt nach Hause und schlaft euren Rausch aus. Daß mir keiner von euch heute nacht noch mal hier aufkreuzt! Sonst schaffe ich euch aus der Stadt und lasse euch zu Fuß nach Hause gehen, damit sich eure Gemüter wieder abkühlen, kapiert?«

Die beiden nickten, und Archie gab Don Viviano, dem einarmigen Mann, der für ihn arbeitete, ein Zeichen, sie hinauszubegleiten.

»Scheint eine ruhige Nacht zu sein, was?« fragte Salvador, als sie allein waren.

»Kann nicht klagen. Und wie geht's dem jungen Liebhaber?«

»Bestens!« erwiderte Salvador.

»Prima, freut mich für dich. Aber sei vorsichtig. Ein verliebter Mann kann manchmal verdammt dämlich sein, *hombre.*«

»Darüber wollte ich eigentlich mit dir reden«, sagte Salvador.

»Schieß los«, Archie schloß die Tür.

»Na ja, du weißt«, begann Salvador, »meine Mutter ist alt, sehr alt, Archie, und ich habe ihr mein Leben lang sehr nahe gestanden. Ich würde sie gern sehen und ihr von Lupe erzählen.« Er seufzte und versuchte, seine Gefühle zu unterdrücken.

»Verstehe«, sagte der kräftige Mann und goß sich einen Drink ein. »Ich habe meiner Mutter auch sehr nahgestanden, Sal. Aber im Augenblick kann ich nicht zulassen, daß du dort rauf fährst. Das könnte alles gefährden, was ich im Moment tue. Siehst du, ich habe Wesseley erzählt, daß ich aus sicherer Quelle weiß, daß du wieder in Jalisco bist und bestimmt nicht zurückkommst, und ihm klargemacht, daß er besser dasteht, wenn er es in seinem Bericht so aussehen läßt, als hätte man dich zusammen mit Julio und Geneva in dem Wrack gefunden.«

»Du hast was?« fragte Salvador, »Aber dann brauchst du doch eine dritte Leiche.«

»Zur Hölle, eine Leiche zu beschaffen, ist das geringste Problem, besonders wenn es sich um Mexikaner handelt. Viel schwieriger ist es, Wesseley davon zu überzeugen, daß der Schuß für ihn später nicht nach hinten losgeht. Verstehst du? Mein Gott, diese Fed-Bastarde scheren sich einen Dreck ums Gesetz, Sal. Sie wollen bloß ihre weiße Weste behalten, damit sie weiter gehätschelt werden.«

»Das heißt also, daß ich weiter hier in Carlsbad festsitze, bis du mir grünes Licht gibst?«

»Genau«, bestätigte Archie. »Solange du hier im *barrio* bist, kann ich deinen Arsch beschützen, aber woanders kann ich einen Scheißdreck für dich tun.«

Salvador erwiderte nichts, sondern überlegte, wie er trotzdem mit seiner Mutter in Kontakt treten könnte.

»Denk gar nicht erst drüber nach«, drohte Archie. »Ich hab' dich schon mal gewarnt, der alte Archie ist kein Idiot. Wenn du dich verpißt, hast du mich höchstpersönlich am Hals!«

Salvador lachte, Archie kannte ihn wirklich zu gut.

In dieser Nacht warf Salvador sich unruhig auf der Matratze in Kennys Garage hin und her. Im Traum war er wieder ein kleiner Junge, und die Soldaten zogen plündernd und mordend durch seine Heimat in den Bergen.

Zitternd und schweißgebadet erwachte er. Der Traum war so wirklich gewesen. Wieder dachte er an seine Mutter und was sie alles miteinander durchgestanden hatten, er konnte einfach keinen Tag länger warten, ihr von Lupe zu erzählen. Was, wenn sie starb, ohne zu wissen, daß all ihr Hoffen nicht umsonst gewesen war? Daß er tatsächlich die Frau seiner Träume gefunden hatte?

Er stand auf. Archie hin oder her. Er würde es wagen und nach Corona zu seiner Mutter fahren. Aber er mußte sehr, sehr vorsichtig sein.

Salvador lieh sich Kennys Lastwagen aus und brach noch vor Tagesanbruch auf. Als er in den amerikanischen Teil der Stadt hineinfuhr, sah er seine Mutter und Luisa auf dem Weg zur Kirche die Straße entlang gehen. Seine Mutter, die dunkel und winzig wirkte, schlurfte gebeugt und unaufhörlich schwatzend neben Luisa her. Seine hellhäutige Schwester dagegen ging hocherhobenen Hauptes und mit energischen Schritten voran.

Tränen der Rührung schossen Salvador in die Augen, als hätte er soeben einen unermeßlichen Schatz entdeckt. Seine Schwester und seine Mutter – die wichtigsten Frauen in seinem Leben –, nun konnte er gleich beiden von seinem Glück erzählen.

Er folgte ihnen mit den Augen, während sie die Stufen zur Kirche emporstiegen. Sein Herz zog sich schmerzhaft zusammen, als er die abschätzigen Blicke der gutgekleideten Amerikaner bemerkte, die angewidert von seiner Mutter und der Schwester abrückten, als hätten die beiden Aussatz.

Impulsiv sprang Salvador aus dem Wagen, um sich auf diese

eingebildeten Snobs zu stürzen. Aber er durfte nicht riskieren, die Aufmerksamkeit auf sich zu lenken, also riß er sich im letzten Augenblick zusammen und rannte die Stufen zur Kirche hinauf.

»Luisa!« schrie er.

Als Luisa ihn entdeckte, stieß sie einen Schrei aus, daß alle Leute sich erschrocken umdrehten. Sie fiel ihm stürmisch um den Hals und brach in Freudentränen aus.

»Wo bist du gewesen?« rief sie. »Wir haben Epitacio wiedergefunden! Du wirst es nicht glauben, er hat uns gar nicht im Stich gelassen, damals in Douglas. Er ist reingelegt und nach Norden, nach Chee-a-cago oder so, verschleppt worden!« Sie plapperte weiter in schnellem Spanisch auf ihn ein. Die Leute, die nach ihnen die Stufen hinaufkamen, machten einen großen Bogen um sie. »Und er hat jemanden gefunden! Rate mal, wen!«

»Wen?« fragte Salvador, er entwand sich der Umklammerung seiner Schwester und drehte sich zu seiner Mutter um.

»Domingo!« antwortete die Mutter und wischte sich ebenfalls die Freudentränen aus den Augen.

»Nein!« rief Salvador.

»Doch!« erwiderte die zahnlose alte Lady. »Epitacio hat erzählt, er hätte in Chee-a-cago einen Mann namens Domingo Villaseñor kennengelernt. Also haben wir Rodolfo veranlaßt, in unserem Namen einen Brief an seine Adresse zu schicken! Der Lehrer hat eine großartige Ausdrucksweise. Er hat einen sehr eindrucksvollen Brief verfaßt«, fügte sie selig hinzu und ihre Augen funkelten vor Vergnügen.

»Oh, Mama, das ist ja wundervoll!« sagte Salvador.

»Und das ist noch nicht alles. Die Cops sind abgezogen. Du kannst also wieder nach Hause kommen«, sagte Luisa mit gesenkter Stimme.

»Die in der Obstplantage?« erkundigte sich Salvador.

»Ja«, sagte die Mutter.

»Mein Gott«, staunte Salvador, »es gibt wahrhaftig jemanden, der im Himmel über uns wacht!«

»Aber natürlich«, seine Mutter schloß ihn in die Arme. »Hast du je daran gezweifelt? Komm, laß uns hineingehen und dem Allmächtigen danken.«

»Domingo, mein Gott!« Salvador konnte es kaum fassen; da

stand er nun, verliebt bis über beide Ohren, und jetzt hatten sie wahrscheinlich auch noch seinen Bruder wiedergefunden.

Am Arm seiner Mutter schritt er die restlichen Stufen hinauf und trat durch das hohe Portal ins Dämmerlicht der kühlen Kirche.

Der Priester erschien in seiner langen Robe – der gleiche, der Salvador schon zweimal beobachtet hatte – und begann die Messe. Luisa und ihre Mutter ließen ihre Rosenkränze durch die Finger gleiten und traten nach vorne, um die heilige Kommunion, den Leib Christi, zu empfangen. Salvador blieb an seinem Platz stehen. Seit er über den Rio Grande gekommen war, hatte er diese Zeremonie stets gemieden.

Nach der Messe bat Doña Guadalupe Salvador um fünf Dollar für den Almosenbeutel und zündete eine Kerze für die amerikanische Postgesellschaft an, damit der Brief auch sicher in Chicago ankam.

Sie konnten es kaum erwarten, wieder hinauszukommen, um ihr Gespräch fortzusetzen.

»Ist Epitacio jetzt zu Hause?« fragte Salvador, als sie draußen auf der Treppe standen; es wurde allmählich heiß.

»Nein, er ist auf Arbeitssuche«, antwortete Luisa, »ich weiß schon, was du denkst, behalt es lieber gleich für dich. Er hat uns nicht im Stich gelassen. Es war also nicht seine Schuld, daß du ins Gefängnis mußtest.«

»Soso, es war also nicht seine Schuld, was?« wiederholte Salvador.

»Mama«, sagte Luisa, »sag ihm, er soll nett zu Epitacio sein, wenn er ihn wiedersieht, sonst kann er was erleben!«

»*Mi hijito*«, sagte seine Mutter, »Luisa hat recht, wir können die Leute nicht ewig für Vergangenes verantwortlich machen, denn es gibt nun mal kein Wenn und Aber im Leben. Denk nur an das Sprichwort: ›Wenn meine Tante Eier hätte, dann wäre sie mein Onkel‹. Wir müssen die Vergangenheit ruhen lassen, sonst machen wir uns nur selbst verrückt. Es geht ja nicht nur darum, daß du im Gefängnis warst. Was wäre gewesen, wenn Don Pio mit Don Porfirio hätte sprechen können? Vielleicht hätte es dann niemals eine Revolution gegeben, und ich hätte meine ganze Familie noch um mich?« sagte sie mit feuchten Augen. »Oder was wäre gewesen, wenn dein Vater niemals in meine Heimatstadt gekommen, ich niemals geheiratet und niemals Kinder bekommen hätte, hm? Das hat doch alles keinen Sinn.«

Salvador nickte. »Okay, Mama, ich werde daran denken. Aber genug davon. Jetzt erzähl mir lieber von Domingo, und dann berichte ich euch meine eigenen guten Neuigkeiten.« Doch sein Herz klopfte, als er an Epitacio dachte; denn insgeheim machte er ihn tatsächlich für alles verantwortlich, was er damals hatte durchmachen müssen.

»Was für gute Neuigkeiten?« erkundigte sich die Mutter.

Während sie sprachen, näherte sich hinter ihnen der Priester mit unheilvollem Gesicht.

»Nun, zum einen sieht es aus, als könnte ein Freund von mir alles so hinbiegen, daß die Cops aufhören, nach mir zu suchen. Wißt ihr, Julio und seine Frau sind nämlich mit meinem Wagen in die Luft geflogen, es soll so aussehen, als sei auch ich dabei ums Leben gekommen.«

»Was?« fragte seine Mutter und bekreuzigte sich. »Julio und seine Frau sind tot? Das ist ja furchtbar. Ich habe zwar darum gebetet, daß die Cops die beiden fassen, aber das habe ich wirklich nicht gewollt.«

»Ach, Mama«, warf Luisa ein, »du glaubst doch wohl nicht im Ernst, daß du soviel Einfluß auf Gott hast?«

»Doch«, beteuerte Doña Margarita und bekreuzigte sich ein zweites Mal. »Wir müssen für ihre unsterblichen Seelen beten«, fügte sie hinzu.

»Danke, Mama«, sagte Salvador. »Julio war ein guter Kerl. Übrigens, von jetzt an nenn mich bitte Salvador. Juan ist für immer zurück nach Los Altos de Jalisco gegangen.«

»Ich verstehe«, erwiderte seine Mutter. »Dann sind meine Gebete also wirklich erhört worden. Du kannst mit deiner derzeitigen Tätigkeit aufhören und ein neues Leben beginnen.«

Salvador nickte. »Ja, das ist wahr.«

»Wunderbar! Und was hast du uns noch zu berichten? Hast du Lupes Mutter kennengelernt?«

Salvadors Miene erhellte sich schlagartig. »Ja, das habe ich.«

Freudentränen strömten über Doña Margaritas runzliges Gesicht. »Oh, wie schön, daß ich diesen Tag noch erleben darf!«

jubelte sie. »Mein Nesthäkchen ist verliebt, und einer meiner verlorenen Söhne ist von den Toten wieder auferstanden. Komm, du mußt uns alles genau erzählen.« Die alte Frau führte dankbar ihren Rosenkranz an die Lippen.

»Nun ja«, Salvador grinste von einem Ohr zum anderen, »ihre Mutter ist eine gerissene alte Füchsin. Als ich das erste Mal hinfuhr, um Lupe zu sehen, hat sie mich den ganzen Abend lang einem Verhör unterzogen, wobei ich ganz schön ins Schwitzen kam. Und sie hat mir klipp und klar erklärt, daß sie keine ihrer Töchter jemals einem Mann zur Frau geben würde, der trinkt. Außerdem hat sie mir noch sämtliche Unarten des Glücksspiels vor Augen geführt!«

»Aber das ist doch wunderbar. Jede anständige Mutter will ihre Töchter in guten Händen wissen.«

»Aber Mama! Mein Gott, an diesem ersten Abend hatte ich kaum Gelegenheit, mit Lupe zu sprechen, nur einmal kurz, als sie mir Tee brachte.«

Seine Mutter und Luisa lachten angesichts seines Dilemmas.

»Aber in der zweiten Nacht habe ich ihre Mutter ausgetrickst. Ich bin mit Kinokarten aufgetaucht, damit ich Lupe überhaupt mal sehen konnte«, fuhr er halb ärgerlich und halb lachend fort.

»Also, was ich bis jetzt zu hören bekam, gefällt mir jedenfalls außerordentlich gut«, sagte Doña Margarita. »Aber ich muß dich auch warnen, *mi hijito*. Das scheinen wirklich achtbare, gottesfürchtige Menschen zu sein. Wir werden uns einen guten Schlachtplan zurecht legen müssen, damit du dieses Mädchen zur Frau bekommst. Mit Kinokarten werden sich diese redlichen Leute auf Dauer nicht blenden lassen, *mi hijito*.«

»Was soll ich denn machen?« Salvador fühlte sich in die Enge getrieben.

»Soll ich ihrer Mutter vielleicht erzählen, daß ich ein Spieler bin, der nicht nur gern trinkt, sondern den Whisky auch noch selbst herstellt?«

»Natürlich nicht, *mi hijito*«, entgegnete seine Mutter gelassen.

»Ehrliche, gottesfürchtige Menschen wollen nicht immer unbedingt die Wahrheit hören. Manchmal ist es ihnen lieber, wenn man sie anschwindelt.«

»Mama!« wies Luisa sie zurecht und warf einen ängstlichen

Blick zum Kirchturm hinauf, paß auf, was du sagst! Wir stehen auf den Stufen des heiligen Gotteshauses!«

»Soso«, sagte die Mutter verschmitzt, »glaubst du, daß Gott uns nicht hören würde, wenn wir woanders stünden?«

»Also wirklich, Mama!« Luisa wurde immer nervöser. »Hör auf, so zu reden!« Sie bekreuzigte sich, in der Hoffnung, nicht jeden Moment von einem Blitzstrahl getroffen zu werden.

»Ach, *mi hijita*, du hast wirklich nicht viel Vertrauen. Wenn ich zugebe, manchmal zu lügen, weiß Gott meine Ehrlichkeit bestimmt zu schätzen. Er ist es sowieso leid, daß die Menschen in seiner Kirche seit über tausend Jahren schwören, die Wahrheit zu sprechen, und doch alle Welt belügen, sobald sie die Schwelle des Gotteshauses hinter sich gelassen haben.«

»Bitte, Mama, hör jetzt auf damit. Ich gebe ja zu, daß du recht hast, aber könnten wir vielleicht trotzdem auf der anderen Straßenseite weiterreden?«

Luisa sah derart verängstigt aus, wie sie mit furchtsamen Augen auf die Kirche starrte, daß Doña Margarita in Gelächter ausbrach.

»Schon gut, wenn es dich beruhigt, Luisa«, antwortete sie, »aber vergiß nicht, daß Schwindeln und kleine Tricks nun mal die Grundpfeiler der Liebe und der Brautwerbung sind. Was hast du denn gemacht, als du schwanger warst und Epitacio dazu bringen wolltest, dich zu heiraten? Du hast alle Tricks und kleinen Lügen angewendet, die wir gelernt haben, seit Eva Adam verführte und seit Maria ihrem Josef weismachte, daß Gott sie heimgesucht hätte.«

»Lieber Gott, bitte hör nicht auf sie!« flehte Luisa,. »Sie weiß ja nicht, wovon sie redet! Ich habe nie gelogen, lieber Gott, ich habe allerhöchstens manchmal nicht die ganze Wahrheit erzählt.«

»Genau!« bestätigte Doña Margarita. »Das ist die beste Art zu lügen. Bleib immer so nah wie möglich an der Wahrheit, *mi hijito*, dann kannst du dich immer noch irgendwie herauswinden, wenn du knietief in deiner eigenen *caca* steckst.«

»O Mama«, schrie Luisa und rannte, so schnell sie konnte, die Stufen der Kirche hinunter. »Du bist furchtbar!«

Angesichts der Flucht seiner Schwester lachte Salvador laut

auf. Er nahm den Arm seiner Mutter und überquerte mit ihr die Straße.

»Dann soll ich ihre Mutter also nicht mehr austricksen«, sagte er amüsiert, »sondern einfach geradeheraus lügen?«

»Genau«, bestätigte die alte Lady. »Das ist es, was ehrbare, gottesfürchtige Menschen erwarten. Sie wollen nicht die Wahrheit hören.«

Salvador mußte erneut lachen. »Und du, Mama? Wie ist das mit dir?« fragte er mit einem Augenzwinkern.

»Ich? Na, ich will natürlich immer die Wahrheit hören«, erwiderte sie, ohne zu zögern. »Meine Welt ist nicht auf Gut oder Böse aufgebaut, *mi hijito*. Für mich ist nur Liebe wichtig und daß eine Mutter das Richtige tut, damit ihre Familie überlebt. Genauso, wie Gott im Himmel für das ganze Universum verantwortlich ist. Ich würde tausendmal am Tag lügen, wenn ich meiner Familie damit dienen könnte.«

»Ist Gott also nicht böse auf uns, wenn wir lügen, betrügen oder fluchen?« fragte Salvador und dachte daran, wie er Gott damals am Rio Grande verflucht hatte.

»Ha!« antwortete seine Mutter. »Wer ist denn der größte Betrüger des Universums? Er gibt uns Verstand, so daß wir alle Fragen kennen, aber nicht die Antworten!« Sie lachte. »Gott ist doch der größte Gauner von uns allen. Denk doch nur daran, daß er sogar den Teufel erschaffen hat, nur um sich über unsere Not zu amüsieren. Nein, bestimmt haßt er dich nicht, wenn du lügst oder fluchst, solange es dir hilft zu überleben und solange du andere damit nicht verletzt.«

»Ach, Mama«, sagte Salvador, »ich liebe dich!«

»Natürlich tust du das«, erwiderte sie. »Eine andere Brust zum Trinken hattest du ja schließlich nicht in deinem ersten Lebensjahr. Jetzt aber genug davon; erzähl mir mehr von ihrer Mutter und auch über ihren Vater.«

Salvador erzählte der Mutter und der Schwester alles, was er von Lupes Eltern und Geschwistern wußte.

Während der ganzen Zeit ließ der Priester sie nicht aus den Augen.

»Bitte, sei vorsichtig«, sagte seine Mutter und küßte ihn zum Abschied. »Und halte diese Familie nicht zum Narren, wie der raffinierte alte Rabe. Sei beherzt wie der Adler und vergiß nicht, darum zu beten, daß unser Brief deinen Bruder erreicht.«

»Das mache ich bestimmt, Mama«, versprach Salvador und umarmte die beiden. Er war froh, daß er sein Glück mit Mutter und Schwester hatte teilen können und daß sie von Domingo gehört hatten.

»Und denk dran«, fügte die Mutter noch hinzu, »laß deinen Verstand nicht von deinen *tanates* leiten, mach keine Versprechungen, bevor ich sie kennengelert habe. Männer belügen Frauen, und Frauen belügen Männer, aber es ist etwas völlig anderes, wenn sich zwei Menschen gleichen Geschlechts gegenüberstehen. Denk an meine Worte, ich muß sie kennenlernen! Viel Zeit bleibt mir nicht mehr, also laß dir was einfallen!«

»Ja, Mama«, sagte er und küßte sie.

In Carlsbad wurde Lupe zunehmend unruhiger. Die Sonne ging schon unter, und Salvador hatte sich immer noch nicht blicken lassen. Dabei hatten sie sich doch am Vorabend im Kino einander so nahe gefühlt. Ärgerlich wurde ihr bewußt, wie viele Gedanken sie an diesen Mann verschwendete, den sie kaum kannte.

Als sie das Warten nicht mehr ertrug, beschloß Lupe, mit Manuelita und den anderen zum Strand zu gehen. Sollte Salvador doch noch vorbeikommen, dann war sie eben nicht da! Bei diesem Gedanken verspürte sie sogar eine gewisse Erleichterung. Schließlich gehörte es sich nicht für eine Dame, so an einen Mann zu denken. Sie hatte ja bei Maria und Esabel erlebt, wohin so etwas führte. Mit Andres war Maria viel besser dran; er war ihr ein guter Mann, obwohl sie ihn nicht so abgöttisch liebte. Außerdem kannte Salvador sie ebenfalls kaum, es bestand also kein Grund für ihn, sie so zu respektieren und zu verehren, wie Mark es tat. Sie verbannte Salvador aus ihrem Kopf und wandte ihre Gedanken Mark zu und den wundervollen gemeinsamen Spaziergängen, die sie nach ihren Besuchen in der Bücherei unternahmen.

Es herrschte Ebbe, und zwischen den Klippen konnte man Felsen und vereinzelte Wassertümpel erkennen. Lupe und die anderen Mädchen stiegen hinab zu dem feuchten, kühlen Sand.

Lupe hielt sich an der Seite von Manuelita. Carlota, Cuca und Uva kletterten ein Stück voraus.

»Ich weiß einfach nicht, was ich tun soll«, vertraute Lupe ihrer Freundin an. »Bisher habe ich immer nur an Mark gedacht, aber jetzt bin ich mir plötzlich nicht mehr sicher. Mama besteht zwar darauf, daß ich ihr immer alles erzähle, aber ..., nun, ich kann einfach nicht über alles mit ihr reden.«

»Dann tu es doch einfach nicht«, antwortete Manuelita.

»Ja, aber dann macht sie sich gleich wieder Sorgen, und wenn ich es doch tue, dann ... ach, ich weiß auch nicht. Ich habe ihr noch nicht einmal etwas von Marks Antrag erzählt!«

»Mach dich doch nicht verrückt«, tröstete Manuelita sie und ergriff Lupes Hand. »Wir müssen nun mal beide damit leben, daß wir Mütter haben, die, um es milde auszudrücken, einen ungeheuer starken Willen haben. Wenn wir ihnen nicht hin und wieder etwas verschweigen würden, hätten wir überhaupt kein Privatleben mehr!«

Lupe lachte. »Da hast du recht.«

»Na klar. Was glaubst du, wie ich es geschafft habe, mich zu verloben? Ich habe bis zum letzten Augenblick kein Sterbenswörtchen verraten!«

»Sag bloß? Wirklich nicht?«

»Ehrlich«, beteuerte Manuelita und sah sich verstohlen um, ob ihnen auch niemand zuhörte. Sie rückte näher an Lupe heran, und sprudelnd erzählte sie ihr alles.

In diesem Moment erschien Salvador in seinem elfenbeinfarbenen Moon auf der Straße oberhalb der Felsböschung. Er hatte bei Kenny kurz haltgemacht, um zu duschen und sich umzuziehen, und sich anschließend sogleich auf den Weg zum Zeltlager gemacht, wo er erfahren hatte, daß die Mädchen auf dem Weg zum Strand waren.

Beim Anblick der fünf jungen Frauen verschlug es ihm den Atem. Lupe sah aus, als wäre sie einem Gemälde entsprungen, wie sie dort neben ihren Freundinnen durch die Brandung watete. Sie überragte die anderen und wirkte wie ein edles Reh. Das Licht der untergehenden Sonne ließ ihr Haar leuchten, und sie gestikulierte temperamentvoll mit ihren schlanken, jungen Armen, während sie sprach. Niemals würde er dieses Bild vergessen.

Er fuhr die Straße oberhalb des Strandes ein Stück weiter. Dann stieg er aus und schlich im Schutz der Sträucher die Felsböschung hinab. Er sah, wie Cuca, Uva und Carlota sich näherten, gefolgt von Lupe und Manuelita. Als sie herangekommen waren, trat er aus dem Gebüsch hervor.

»Guten Abend«, grüßte er und lüftete seinen Hut. Die Mädchen kicherten nervös, außer Lupe. Sie war zornig. Er hatte sich ganz schön Zeit gelassen.

Salvador bemerkte ihre ungehaltene Miene. Er setzte seinen Hut wieder auf und ging über den Sand auf die Mädchen zu. Cuca, die Salvador am nächsten stand, schwenkte kokett ihre Hüften und warf ihm einen aufmunternden Blick zu. Als Lupe das aufreizende Verhalten ihrer Freundin bemerkte, vergaß sie ihren Unmut, ging mit entschlossenen Schritten geradewegs auf Salvador zu und hakte sich besitzergreifend bei ihm unter.

Salvador hatte Mühe, sein Lachen zu unterdrücken. Arm in Arm wanderten sie gemeinsam am Ufer entlang. Die gute alte Eifersucht blieb doch stets Sieger. Genau wie die Gier beim Kartenspiel, regierte die Eifersucht den Menschen beim Spiel der Liebe.

Lachend und schwatzend folgten die Mädchen dem jungen Pärchen; in der Ferne konnte man die Silhouette des Oceanside-Piers erkennen, der weit in die dunkelblaue See hineinragte.

Lupe und Salvador genossen die würzige Meeresluft, während sie beobachteten, wie das rechte Auge Gottes als glutroter Ball im Meer versank. Plaudernd gingen sie weiter, wobei ihre Schultern und Finger sich immer wieder verstohlen berührten.

Dann war es Zeit umzukehren. Die vier anderen Mädchen rannten voraus, und es war schon fast dunkel, als sie den Wagen erreichten.

Zusammen fuhren sie zurück zum Lager der Erntearbeiter, deren Zelte, von innen durch Kerzenlicht erleuchtet, wie glühende Papierlaternen wirkten. Und da waren sie wieder: die beiden Löwinnen, die unermüdlich den Eingang ihrer Höhle bewachten.

»Ihr seid spät dran!« herrschte Doña Manza ihre Töchter an.

»Es ist meine Schuld«, sagte Salvador sofort.

»Nein, das ist es nicht«, entgegnete Doña Guadalupe. »Die Mädchen können ihren eigenen Verstand gebrauchen.«

»Siehst du, was hab' ich dir gesagt, Lupe?« spielte sich Carlota auf.

»Carlota!« empörte sich Lupe. »Du hast überhaupt nichts gesagt!«

»Genug jetzt! Alle beide!« sagte Doña Guadalupe. »Geht hinein und bereitet den Tee, während wir uns mit Salvador unterhalten!«

Die Mädchen gehorchten, und Salvador nickte Don Victor nervös zu. »Was immer Sie wünschen, meine Damen«, sagte er. »Aber bevor Sie beginnen, möchte ich Ihnen noch sagen, daß ich heute morgen meine Mutter in Corona besucht und die schönste Neuigkeit seit Jahren erfahren habe.«

»Oh, und was war das?« fragte Lupes Mutter, die immer noch vorgab, verärgert zu sein, was eigentlich gar nicht stimmte. Aber als Mutter konnte man ja nicht vorsichtig genug sein.

»Mein Bruder Domingo«, erklärte Salvador. »Wir haben ihn damals in Mexiko während der Revolutionswirren aus den Augen verloren, und jetzt sieht es so aus, als hätten wir ihn wiedergefunden.«

»Oh, das freut mich«, erwiderte Doña Guadalupe. »Besonders für Ihre Mutter! Wir haben das gleiche durchgemacht. Sophia, eine meiner älteren Töchter, ist vor uns in die Vereinigten Staaten gegangen, und wir hatten die Nachricht erhalten, daß sie mit einem Schiff untergegangen sei. Aber Jahre später haben wir sie in Santa Ana wiedergefunden. Bitte setzen Sie sich. Sie müssen uns alles genau erzählen.«

»Aber gern«, antwortete Salvador, der sich jetzt wieder ein wenig sicherer fühlte.

Nachdem er die Geschichte beendet hatte, war er der Meinung, daß er die Situation fabelhaft gemeistert hatte und die beiden Löwinnen ihn heute abend sicher nicht mit weiteren Fragen quälen würden. Aber er hatte sich zu früh gefreut.

Als Lupe und die Mädchen ein Tablett mit Tee und süßem Brot brachten, wurden sie sogleich wieder hineingeschickt, und Doña Guadalupe richtete ihre ganze Aufmerksamkeit erneut auf Salvador.

»Nun, um auf unser Gespräch von vorgestern abend zurückzukommen, es würde mich interessieren, was Sie von der mexikanischen Tradition halten, daß Geld ausschließlich in die Hände von Männern gehört?«

Salvador hätte sich um ein Haar an seinem Tee verschluckt. »Also, um ehrlich zu sein, darüber habe ich nicht nachgedacht.«

Lupes Mutter warf Doña Manza einen Blick zu. »Um ganz offen zu sein«, fuhr sie fort, »meine *comadre* hier und ich, wir haben oft über dieses Thema gesprochen, und wir sind der Meinung, daß die Auffassung, Geld gehöre nicht in die Hände von Kindern und Frauen, zwar nicht gänzlich falsch ist, sich jedoch äußerst fatal auf das Überleben einer Familie auswirken kann.«

»Oh, ich verstehe«, erwiderte er. »So habe ich es noch nie gesehen.«

»Natürlich nicht«, sagte sie und fuhr, ohne zu zögern, fort. »Die Tradition lehrt euch Männer ja, daß ihr mit eurem Geld tun und lassen könnt, was ihr wollt, und die Kirche stimmt dem zu, so daß es aussieht, als käme diese Einstellung von Gott höchstpersönlich. Deshalb wird es auch nie in Frage gestellt. Aber meine Freundin und ich, wir haben unsere Kinder die Hälfte ihres Lebens allein großziehen müssen und waren gezwungen, über so etwas nachzudenken. Deshalb stimmen wir der typisch mexikanischen Denkweise, nur Männer seien in der Lage, mit Geld umzugehen, nicht zu. Ich persönlich gehe sogar so weit zu sagen, daß Frauen erheblich besser mit Geld umgehen können als Männer.«

Sie sah Salvador eindringlich an, als wolle sie ihn warnen, eine gegenteilige Meinung zu äußern.

Doch dieser setzte eine gleichmütige Miene auf. Dann seufzte er und warf Don Victor einen Blick zu, der wohl geahnt haben mußte, was heute abend auf Salvador zukam, denn er blinzelte ihm verschwörerisch zu.

»Ja, ich verstehe natürlich, was Sie meinen«, antwortete er gelassen. Aber innerlich wehrte er sich gegen eine solche Auffassung. So etwas hatte er wirklich noch nie gehört. Beim ersten Mal hatte diese alte Frau ihm mitgeteilt, daß Glücksspiel und Alkohol einer Ehe mehr schaden konnten als Krieg, und jetzt behauptete sie, Frauen könnten besser mit Geld umgehen als Männer. Das war die reinste Blasphemie! Schließlich war auch der Papst ein Mann, und ihn hatte Gott mit der Wahrung der menschlichen Angelegenheiten hier auf der Erde betraut!

Bevor er jedoch etwas einwenden konnte, fuhr die alte Lady fort. »Wissen Sie was? Ich bin der Meinung, daß Frauen, mit ihrem natürlichen Mutterinstinkt, sogar die Pflicht haben, für das Überleben der Familie zu sorgen, und damit auch die moralische Pflicht, das Geld zu verwalten, das die Männer verdienen. Ich sage das nicht nur so dahin, sondern spreche aus lebenslanger Erfahrung. Ein richtiger Mann wird seine Augen vor dieser wichtigen Tatsache nicht einfach verschließen können. Geld dient dem Wohle aller Familienmitglieder, nicht dazu, die egoistischen Gelüste eines Mannes nach Glücksspiel und Whisky zu befriedigen!«

Salvador legte ein Stück des süßen Brotes zurück auf den Teller. Als nächstes würde sie behaupten, daß ein Schwiegersohn verpflichtet war, seiner Schwiegermutter seinen Lohn abzuliefern.

»Und nun, Salvador«, sagte sie und setzte sich zurück, »würde ich gern Ihre Meinung dazu hören. Immerhin unterscheidet sich das, was ich gesagt habe, weit von der allgemeinen Auffassung unserer Landsleute. Ich könnte also verstehen, wenn sich ein junger Mann wie Sie von meinen Ideen brüskiert fühlt.« Sie schenkte Salvador ein derart reizendes, unschuldiges Lächeln, daß er fast laut aufgelacht hätte. Sie stand seiner eigenen Mutter an Gerissenheit wirklich um nichts nach.

Er tat einen tiefen Atemzug und sah zu Doña Manza hinüber, die ihn ebenfalls strahlend anlächelte. Er blickte nachdenklich auf seine Schuhe und versuchte sich vorzustellen, wie seine Mutter mit der Situation fertig geworden wäre. Dabei bemerkte er, daß seine teuren, schwarzweißen Schuhe über und über mit Fliegen bedeckt waren. Das Schweinefett aus Kennys Küche, mit dem er seine Schuhe eingerieben hatte, um ihnen Glanz zu verleihen, war geschmolzen und hatte die Fliegen angezogen. Eine besonders fette Pferdebremse klebte auf der Spitze des rechten Schuhs und versuchte unter verzweifeltem Brummen, freizukommen. Sein Kopf war auf einmal wie leergefegt, und er konnte keinen vernünftigen Gedanken mehr fassen. Trotzdem war ihm bewußt, daß dies wahrscheinlich die wichtigste Prüfung seines Lebens war. Sollte er Lupe jemals heiraten wollen, würde er diese Situation irgendwie meistern müssen.

Salvador schaute auf und bemerkte, daß die beiden Frauen ebenfalls wie gebannt auf seine Schuhe starrten. Er wurde purpurrot vor Verlegenheit und langte hastig hinab, um die Fliege wegzuschnippen. Dann wischte er sich die Finger an seinem roten Seidentaschentuch ab.

»Nun«, sagte er und sehnte sich nach einem anständigen Schluck aus seiner Viertelliterflasche. »Was soll ich sagen?« Er strich sich die Brotkrümel von der Hose. »Außer, daß Sie recht haben, *señora*, absolut recht.« Es war ihm klar, daß er soeben frank und frei gelogen hatte, ohne jedoch direkt von der Wahrheit abzuweichen, für den Fall, daß er eines Tages für diese Lüge geradestehen mußte. Gott sei Dank hatte die Mutter ihn auf solche Situationen vorbereitet, sonst hätte er jetzt dumm dagestanden.

»Meine liebe Mutter würde Ihnen auch hundertprozentig zustimmmen«, fügte er noch hinzu, ohne noch recht zu wissen, wie er fortfahren sollte. »Ich erinnere mich noch an die Unstimmigkeiten meiner Eltern, als ich klein war. Dabei ging es meistens um Geld. Mein Vater war zwar ein tüchtiger Mann; er konnte erstklassig mit Pferden und mit dem Vieh umgehen, nur bei Geld hatte er keine so glückliche Hand.«

Er warf einen verstohlenen Blick in das hellerleuchtete Zelt, von wo Lupe und die anderen Mädchen kichernd auf seine Schuhe zeigten. Er strich die restlichen Krumen von seiner Hose und stampfte kurz mit dem Fuß auf, um die Fliegen abzuschütteln, dann räusperte er sich.

»Und wie ich bereits sagte, mein Vater war ein großer, gutaussehender Mann mit einem imposanten Zwirbelschnurrbart, und er verfügte über geradezu unermüdliche Ausdauer und Kraft. Doch schon als kleiner Junge habe ich begriffen, daß meine Mutter einfach besser mit Geld umgehen konnte als er. Einen Vorfall werde ich nie vergessen. Wir hatten auf den Weiden zu tun. Aus irgendeinem Grunde regte er sich über unsere kleine Ziegenherde auf und begann lauthals zu toben. Zufällig ritt gerade ein ziemlich gerissener Viehhändler vorbei und sagte zu ihm. ›Don Juan, ich kaufe dir die lästigen Viecher auf der Stelle ab, hier hast du eine Zwanzigpeso-Goldmünze.‹ Und bevor mein älterer Bruder Jose Einwände erheben konnte, sagte Vater schon: ›In Ordnung, dein Angebot gilt. Her mit dem Geld!‹

Er schickte meinen Bruder und mich nach Hause und machte sich auf den Weg in die Stadt, um sich ein paar Drinks zu genehmigen. Als er abends nach Hause kam, sagte meine arme Mutter – sie hatte in der Zwischenzeit von Freunden und Verwandten Geld zusammengekratzt – zu ihm: ›Don Pio, du mußt die Ziegen wieder zurückkaufen. Hier hast du fünfundzwanzig Pesos in Gold; laß ihm fünf Pesos Gewinn, aber sieh zu, daß wir die Ziegen zurückbekommen. Wir brauchen die Tiere zum Überleben.‹

›Aber Frau‹, sagte mein Vater, ›das kann ich nicht machen. Ich habe einen Handel mit dem Mann abgeschlossen, und ich stehe zu meinem Wort.‹ ›Don Juan‹, bettelte meine Mutter, ›diese Ziegen sind unser Lebensunterhalt. Die paar Rinder und die Pferde nützen uns nichts, aber mit dem Ziegenkäse bezahlen wir unsere Lebensmittel in der Stadt. Ich bitte dich, nimm das Geld und geh zu diesem Viehhändler. Sag ihm einfach, daß du heute morgen zornig warst und nicht ganz bei Sinnen, dann wird er es schon verstehen.‹

So, wie mein Vater sich aufführte, sollte man meinen, Mutter hätte ihn tödlich beleidigt. ›Bist du verrückt geworden‹, brüllte er sie an. ›Seit fünfhundert Jahren stehen die Villaseñors zu ihrem Wort!‹

›Don Juan‹, flehte meine Mutter, ›dieser Mann hat dich übers Ohr gehauen. Er kennt dich und hat dein zügeloses Temperament ausgenutzt!‹

Ich sage das wirklich ungern, *señora*,« fuhr Salvador fort, »aber mein Vater, der ein regelrechter Hüne von einem Mann war – seine Vorfahren stammten aus Nordspanien –, packte meine hilflose kleine Mutter und schrie sie an: ›Kein Mensch haut einen Villaseñor übers Ohr und kommt mit dem Leben davon!‹

Er griff nach seinem Gewehr, um den Mann umzulegen, und meine Mutter mußte ihre ganze Überredungskunst aufwenden. Sie bettelte ihn an und räumte ein, daß es vielleicht ja doch kein so schlechtes Geschäft gewesen war. Aber da sie das Geld nun einmal zusammengekratzt hätte, könne er doch gehen und vernünftig mit dem Mann reden, um die Ziegen zurückzubekommen.«

»Und Ihr Vater?« fragte Doña Guadalupe betreten. »Gehörte er etwa zu den Männern, die eine Frau schlagen?«

Salvador merkte sofort, worauf die alte Frau hinauswollte. »Nein«, sagte er, »Vater hatte zwar viele Laster, aber das gehörte nicht dazu.« Diesmal brauchte er nicht einmal zu lügen; es war die Wahrheit.

»Da bin ich aber froh«, sagte Doña Guadalupe erleichtert. »Fahren Sie fort!« Sie überzeugte sich durch einen kurzen Blick ins Zelt, daß die Mädchen zuhörten, was natürlich der Fall war. Vor allem Lupe und Manuelita verfolgten jedes Wort mit Spannung.

»Tja, in jener Nacht flehte meine Mutter ihren Mann an wie wahrscheinlich nie eine Frau zuvor. ›Querido‹, bettelte sie, ›bitte versteh mich doch. Ich beschwere mich ja nicht darüber, daß du schon die Hälfte des Geldes ausgegeben hast. Glaub mir, ich versuche doch nur, dir klarzumachen, daß wir die Ziegen unbedingt zurück haben müssen.‹

Aber Vater hörte ihr gar nicht richtig zu. Er fuhr sie nur an, weshalb sie überhaupt davon angefangen hätte, wenn sie sich angeblich nicht beschwerte, und schrie, er sei ein Villaseñor, dessen Vorfahren Könige gewesen waren und keine ...« Hier hielt Salvador inne. Die Erinnerung daran, daß der Vater die Mutter *una pendeja india*, ein blödes, zurückgebliebenes Indianerweib, genannt hatte, trieb ihm die Tränen in die Augen. In jener Nacht hatte sein Bruder Jose das elterliche Haus verlassen und in Anwesenheit des Vaters nie wieder einen Fuß hineingesetzt. In seinen Augen war der blanke Haß auf den Vater zu lesen gewesen.

»Nun ja, um zum Ende zu kommen«, sagte Salvador, der gar nicht so weit hatte ausschweifen wollen, »ich kann ehrlichen Herzens behaupten, daß ich ganz und gar Ihrer Meinung bin, *señora*. Denn dieser gerissene Händler hatte meinen Vater wirklich übers Ohr gehauen, und wir mußten in dem Jahr den Gürtel sehr eng schnallen.« Er war heute noch zornig, wenn er daran dachte, und wünschte, er wäre damals groß genug gewesen, dem Vater eine Tracht Prügel zu verpassen.

»Ich kann mich Ihrer Meinung also nur anschließen, *señora*, um endlich Ihre Frage zu beantworten. Ein Mann kann keinesfalls immer besser mit Geld umgehen als eine Frau. Tatsächlich habe ich selber die Erfahrung gemacht, daß eher das Gegenteil zutreffend ist.« Salvador hob die Stimme. »Ich finde, daß Frauen – mit ihrem natürlichen Mutterinstinkt – die Familienfinanzen viel verantwortungsbewußter handhaben als Männer!« Er stand auf und fuchtelte mit den Händen in der Luft herum. »Wenn meine Mutter das Geld verwaltet hätte«, rief er, »dann wäre es nie soweit gekommen, daß unsere Familie ruiniert wurde, nicht mal während der Revolution! Das schwöre ich!« Er hatte die Hände zu Fäusten geballt und versetzte der schweren Kiste, auf der er gesessen hatte, einen Tritt, so daß sie zersplitterte. »Wir mußten hungern, nachdem mein Vater die Ziegen verscherbelt hatte!« schrie er, und die Adern auf seiner Stirn traten hervor. »Hungern! Es wird mir erst heute richtig bewußt, *señora*, daß damit unsere ganze Misere anfing! Was konnte meine arme Mutter schon tun? Nichts! Sogar als sie versuchte, meinen älteren Bruder Jose dazu zu bringen, nach Hause zurückzukehren, war mein Vater dagegen und übertrug die Verantwortung für unsere Familie Alejo, der genauso blauäugig war wie er selbst!«

Salvador verstummte, als er bemerkte, daß ihn alle anstarrten. Er versuchte, sich für seinen Ausbruch zu entschuldigen, aber ihm fehlten die Worte; er zitterte am ganzen Leib. Doña Guadalupe stand auf und nahm seine Hände in die ihren. »Es tut gut zu sehen, daß ein vernünftiger junger Mann wie Sie in der Lage ist, die zwiespältige Situation von uns Frauen zu erkennen. Ihre Mutter muß eine bemerkenswerte Frau sein, daß sie einen Sohn wie Sie aufgezogen hat!«

»Das ist sie,« bestätigte Salvador und rieb sich die Augen. »Das ist sie wirklich. Ich danke Ihnen.«

»Ich danke Ihnen«, entgegnete Doña Guadalupe. »Hätten Sie Lust, morgen zum Abendessen zu uns zu kommen?«

»Und ob, sehr gern«, erwiderte Salvador.

»Schön. Und kommen Sie nicht zu spät, damit wir uns weiter unterhalten können.«

»Abgemacht.«

In diesem Augenblick schlich eine Katze heran und begann, Salvadors Schuhe abzulecken. Salvador rührte sich nicht und hoffte inständig, das Tier würde wieder verschwinden.

»Na«, lachte Lupes Mutter, »wenigstens haben Sie den Tieren keine Angst eingejagt.«

»Wie könnte er?« fragte Carlota, die mit den anderen Mädchen aus dem Zelt trat, »mit dem Geruch von *chicharrones* an den Schuhen!« Sie lachte laut und hätte sich bestimmt noch weiter über Salvador lustig gemacht, wenn Don Victor die Katze nicht verscheucht hätte.

»Genug jetzt!« herrschte er sie an. »Ich habe auch schon oft Schweinefett auf meine Schuhe geschmiert. Das ist gut fürs Leder und hält das Wasser ab.« Er streckte Salvador seine Hand entgegen. »Meine Hochachtung!« sagte er. »Ich wüßte keinen Mann, der den Beschuß dieser beiden Weiber besser pariert hätte!«

»Das Vergnügen war ganz auf meiner Seite«, erwiderte Salvador und nahm seine Hand. »Und es tut mir leid wegen der Kiste. Aber der Gedanke an damals, an unsere Ziegen und den Hunger, den wir gelitten haben, es war einfach, nun ...«

»Sie brauchen nichts zu erklären. Wir haben ja alle diese schreckliche Revolution erlebt«, sagte der alte Mann. »Sie sind ein großartiger junger Mann, ein wahrer *macho*.«

»Vielen Dank. Es war wirklich nicht meine Absicht, die Kiste zu zertrümmern«, sagte Salvador nochmals. Er hoffte inständig, daß er sich durch seinen Wutausbruch die Beziehung zu Lupe nicht bereits verscherzt hatte. Die ganze Angelegenheit war noch schwieriger, als seine Mutter prophezeit hatte. Er hatte viel mehr von sich preisgegeben, als er beabsichtigt hatte.

Kurz darauf begleitete Lupe ihn zu seinem Wagen. Als er die Tür öffnete und einsteigen wollte, verabschiedete sie sich mit einer Geste, die ihm einiges über ihre Gefühle verriet. Sie ergriff seine Hand und flüsterte ihm strahlend zu: »Danke, daß du so liebenswürdig bist.« Und dabei drückte sie ihm fest die Hand.

Lupes Duft schwebte noch im Inneren des Wagens, und während er auf der Rückfahrt zu Kenny war, spürte er noch immer den Druck ihrer Hand und sah ihre strahlenden Augen vor sich. Salvador schwebte im siebten Himmel.

Am nächsten Morgen kam Archie noch vor Sonnenaufgang in Kennys Garage gestürmt und rüttelte Salvador. »Wach auf!« sagte er und zerrte ihn auf die Füße, »und setz deinen Arsch in Bewegung! Ich brauche noch fünf Fässer!«

»Wovon, zum Teufel, sprichst du überhaupt?« fragte Salvador und rieb sich die Augen.

»Du bist frei«, sagte Archie grinsend.

Salvador sah ihn ungläubig an. »Ich bin frei?«

»Ja«, erwiderte Archie. »Wesseley ist weg!«

»Jesus! Das ist ja großartig!« Salvador sprang auf. »Ich bin frei! Frei! Frei! Keine verstohlenen Blicke über die Schulter mehr! Mein Gott, Archie, ich liebe dich!« Er fiel dem kräftigen Mann stürmisch um den Hals und küßte ihn.

»Laß mich los, du verrückter Hund!« brüllte Archie. »Zeig mir deine Dankbarkeit lieber mit fünf Fässern Whisky statt mit diesem Geknutsche!«

Kenny, der den beiden zusah, zog kopfschüttelnd eine Flasche Whisky hervor.

»Also, was deine Fässer angeht«, sagte Salvador und ließ Archie los, »mußt du mir ein bißchen Zeit für die Bezahlung geben, Archie. Ich muß erst eine neue Brennerei aufbauen.«

»Willst du damit sagen, daß du den Rest des Whiskys hinter meinem Rücken verkauft hast?«

»Nun, nicht direkt, aber ich habe nur noch drei Fässer übrig«, log Salvador, dem keineswegs entgangen war, daß der Monat ja noch nicht vorüber war und es sich um eine von Archies Gaunereien handelte.

Archie begann zu lachen. »Mein lieber Mann, indem er alle anderen Schwarzbrenner eingelocht hat, hat dieser verdammte Wesseley dich zu einem reichen Mann gemacht!«

Salvador nickte.

»Verflucht, dafür steht mir weiter mindestens ein Faß pro Monat gratis zu. Ansonsten stecke ich Wesseley, daß er dich reich gemacht hat!«

»Du bist wirklich ein Bastard!«

»Das hab' ich nie bestritten«, erwiderte Archie. »Sieh lieber zu, daß du den Whisky herstellst, aber *pronto*! Draußen in Escondido!«

»Kannst du mich denn da draußen decken?« fragte Salvador.

Archie grinste. »So nah an der Grenze kommt keiner auf die Idee, nach Schwarzbrennern zu suchen. Die gehen davon aus, daß die Leute da unten sich ihren Schnaps in Mexiko besorgen.«

»Ich nehme an, dafür muß ich dir Schutzgeld bezahlen?«

»Da hast du verdammt recht. Außer den Titten deiner Mama kriegst du im Leben nun mal nichts mehr umsonst!«

Kenny hatte inzwischen drei Gläser besorgt und goß eine Runde Whisky ein. Sie prosteten sich zu und leerten ihre Gläser. Salvador fühlte sich wundervoll. Es mußte tatsächlich einen Gott im Himmel geben. Er war frei! Und er war bis über beide Ohren verliebt.

Nachdem sie ein paar Runden gekippt hatten, beschlossen sie, zum Frühstück ins Montana-Café zu fahren. Sie nahmen in einer Nische Platz, und Helen empfahl ihnen das Spezialfrühstück, das aus zwei saftigen Schweinekoteletts und vier Eiern bestand.

»Großartig!« sagte Salvador. »Und ich zahle!« Er war selig. Nach all diesen schrecklichen Jahren schien sich endlich alles zum Guten zu wenden.

Am gleichen Vormittag bat Salvador Kenny, ihn nach Oceanside zu begleiten, wo er bei Harvey Swartz einen gebrauchten Lastwagen erstand. Anschließend zog er seine alten Arbeitshosen an und machte sich auf die dreistündige Fahrt nach Los Angeles. Er wollte einen neuen Ofen und Kessel für die künftige Brennerei kaufen.

Als er das große Kaufhaus im Zentrum von Los Angeles erreichte, hatte er das unbehagliche Gefühl, daß irgend etwas nicht stimmte. Er kurvte dreimal um den Block, dann machte er sich davon. Er würde Ofen und Kessel selber bauen. Salvadors Instinkt hatte nicht getrogen. Auf der gegenüberliegenden Seite des Kaufhauses hatte das FBI einen Beobachtungsposten errichtet, von wo sie das Kaufhaus observierten.

Salvador fuhr zurück nach Süden, Richtung Carlsbad, und beschloß, einen Abstecher nach Corona zu machen, um seiner Familie die wunderbare Neuigkeit mitzuteilen. Außerdem wollte er diesen verlogenen Bastard Epitacio dazu bringen, ihm ins Gesicht zu sagen, daß er sich damals nicht absichtlich aus dem Staub gemacht hatte.

Jeder starrte Salvador an, als er die mit Schlaglöchern übersäte Straße des *barrio* entlangfuhr. Familienväter, die in ihren eingezäunten Vorgärten standen, raunten ihren Söhnen zu, um wen es sich bei dem Fahrer des Wagens handelte. Es war Salvador, der Mann, der unsterblich war; jener kaltblütige *macho*, den nicht einmal die *gringo*-Cops hatten umlegen können.

Tatsächlich wußte jeder Mann, jede Frau und jedes Kind im Viertel, daß Salvador vom FBI gesucht wurde; aber keiner von ihnen hätte auch nur im Traum daran gedacht, ihn an die Amerikaner zu verpfeifen. Er war bekannt als ein Mann, der sich um seine Familie kümmerte, und galt als Vorbild dessen, was in einem Mexikaner stecken konnte, wenn er den Kopf hoch genug trug.

Salvador parkte und stieg aus dem Truck. Jose stürzte aus der Tür, Pedro folgte ihm auf den Fersen.

»Onkel! Onkel!« schrie Jose.

Salvador hatte seine Neffen seit jenem schrecklichen Tag, als er nach Mexiko geflohen war, nicht mehr gesehen. Jose umarmte seinen Onkel heftig und küßte ihn. Dann stand auch Pedro vor ihm.

»Na, wieder irgendwelchen Lehrern die Hosen runtergezogen?« fragte Salvador.

»Nein, bestimmt nicht, Onkel«, antwortete Pedro und fiel ihm gleichfalls um den Hals.

»Das freut mich. Ich bin nämlich sehr stolz auf euch. Vor kurzem habe ich eure Mutter getroffen; sie hat mir erzählt, was für großartige Männer ihr geworden seid!«

Er drückte die beiden an sich. Seine alte Mutter und Luisa traten aus der Tür, und hinter Luisa tauchte ein kleiner, schäbig wirkender alter Mann mit weißen Schläfen auf. Salvador traute seinen Augen nicht, als er den unglaublich gealterten Epitacio erkannte.

Luisa bemerkte, wie ihr Bruder Epitacio anstarrte, und legte schützend den Arm um ihren Mann. »Juan. Ich meine Salvador«, korrigierte sie sich. »Du mußt unbedingt mit Mama reden! Jetzt ist sie endgültig verrückt geworden. Sie will, daß dieser ehemalige Lehrer jeden Tag einen Brief nach Chee-a-cago schreibt!«

»Hör nicht auf sie!« sagte die Mutter grinsend. »Ich weiß

genau, was ich tue.« Sie ergriff Salvadors Arm und führte ihn ein Stück abseits. »Ich war neulich in der Kirche und hatte ein Gespräch unter Frauen mit der Jungfrau Maria. Ich habe ihr von meinem Kummer darüber erzählt, daß ich so viele Söhne verloren habe. Und dann hatte ich diese Vision.«

»Eine Vision?« fragte Salvador.

»Ja, und es war wundervoll«, bestätigte sie. »Ich saß stundenlang in der Kirche und habe gebetet – mir war klar geworden, daß unsere Briefe Domingo möglicherweise gar nicht erreicht haben –, als Christus plötzlich von seinem Kreuz zu mir herabstieg – genau so, wie du jetzt vor mir stehst, und so ruhig zu mir sprach, daß seine Kraft mich wie eine innere Flamme durchdrang und …«

»Moment mal«, unterbrach sie Salvador, »sagtest du nicht, du hättest mit der Jungfrau Maria gesprochen?«

»Ja, natürlich«, sagte sie. »Aber du weißt doch, daß ihr Sohn seine Nase immer überall reinsteckt.«

»O nein, das wußte ich nicht«, erwiderte Salvador und warf Luisa einen Blick zu. Möglicherweise war die Mutter ja tatsächlich verrückt geworden. »Also haben Christus und Maria in dieser Vision beide zu dir gesprochen?«

»Genau«, antwortete die Mutter. »Wir haben uns alle drei unterhalten und einen Plan entwickelt. Deshalb brauche ich auch ein wenig Geld, damit ich Rodolfo beauftragen kann, jeden Tag einen Brief für mich zu schreiben.«

»Aha«, sagte Salvador. »Aber eins verstehe ich nicht ganz. Wenn du schon mit Jesus Christus und seiner Heiligen Mutter unter einer Decke steckst, wieso brauchst du dann eigentlich noch Geld für einen Lehrer?«

Seine Mutter brach in Gelächter aus. »Weil Rodolfo die Briefe nicht umsonst schreibt. Schließlich verdient er sich seinen Lebensunterhalt damit. Und die Post kostet auch Geld, *mi hijito*.«

»Aber hat der Lehrer nicht bereits zwei oder drei Briefe an diese Adresse geschickt, die Epitacio dir gegeben hat?«

Voll Freude rief die Mutter: »Das genau ist der Punkt! Wir haben die Briefe an die richtige Adresse geschickt. Aber jetzt schicken wir sie an die falsche Adresse!«

Salvador zuckte zusammen und starrte seine Mutter entgeistert an. »Wieso um alles in der Welt willst du Briefe an eine falsche Adresse schicken, Mama?« Er hatte Mühe, sich zu beherrschen.

»Weil die Jungfrau Maria und ihr Sohn mir dazu geraten haben«, entgegnete sie und bekreuzigte sich. »Ich will, daß alle Nachbarn, die links und rechts und gegenüber von Domingos früherer Adresse gewohnt haben, diese Briefe bekommen. Die ganze Straße, Block für Block, soll mit Briefen bombardiert werden, bis jeder über diesen Mann namens Domingo Villaseñor Bescheid weiß!

Ich will, daß sie neugierig werden und die Briefe öffnen und lesen, *mi hijito*. Dann sehen sie Rodolfos feine Handschrift und erfahren, daß eine gewissenhafte Mutter in Kalifornien auf der Suche nach ihrem verlorenen Sohn ist. Die Mütter in Chee-a-caca werden untereinander darüber reden, und dann werden auch sie bald alle nach meinem Sohn forschen.

Ich schwöre dir, die Jungfrau selbst hat mir bestätigt, daß Mütter überall auf der Welt das gleiche empfinden. Deshalb werden sie sich meiner Sache annehmen. Bald werden sich in ganz Chee-a-caca, wie groß die Stadt auch sein mag, Mütter, Väter und Söhne an meiner Suche beteiligen. Bestimmt werden sogar die Polizei und der Bürgermeister dabei helfen. Dann wird Domingo in Null Komma nichts gefunden und zu uns nach Hause geschickt. Das schwöre ich dir vor Gott, seinem auferstandenen Sohn und der Heiligen Mutter Gottes!«

Salvador betrachtete die funkelnden Augen in dem von unzähligen Falten durchzogenen Gesicht Doña Margaritas, die vor Leidenschaft förmlich glühten. Ihr unerschütterlicher Glaube überzeugte ihn, daß sie tatsächlich mit den himmlischen Mächten in Verbindung stehen mußte. Sie war völlig durchdrungen von ihrer Idee.

»Meinst du, zwanzig Dollar reichen?« fragte er.

»Och, gib mir lieber vierzig. Du weißt ja, sogar Gott braucht ein bißchen Unterstützung bei seinen Wundern.«

»Hier hast du fünfzig.« Er zog ein Bündel Banknoten aus der Tasche. Seine Mutter war durchaus nicht verrückt, aber sie schwebte offenbar in anderen Gefilden.

Er gab ihr das Geld, und sie gingen zusammen ins Haus, wo

Salvador seiner Mutter und Schwester beim Essen über seine Fortschritte bei Lupes Mutter berichtete. Er erklärte ihnen Doña Guadalupes Theorie, daß Geld zum Wohl der Familie von den Frauen verwaltet werden sollte.

»Da hat sie absolut recht!« rief Luisa und boxte Epitacio in die Rippen. »Hast du gehört? Ich bin nicht die einzige, die das behauptet«, sagte sie zu ihm.

Epitacio gab keinen Kommentar ab und saß stumm auf seinem Platz.

»Diese Frau ist mir sehr sympathisch!« sagte Doña Margarita. »Ich glaube, ich werde gut mit ihr zurechtkommen.«

»Aber Mama«, wandte Salvador ein, »manchmal habe ich regelrecht das Gefühl, daß es nicht Lupe ist, um die ich werbe, sondern ihre Mutter.«

Doña Margarita prustete laut heraus. »Genauso sollte es sein!« sagte sie.

Nach dem Essen erzählte ihnen Salvador seine anderen erfreulichen Neuigkeiten.

»Archie hat ...«, er mußte hart schlucken, »es dank Julios und Genevas Tod hingekriegt, daß ich endlich ein freier Mann bin, Mama. Das erste Mal, seit ich aus diesem Arbeitslager in Arizona geflohen bin, kann ich wirklich behaupten, daß ich frei bin. Ich muß nicht mehr ständig auf der Hut sein.«

»Oh, *mi hijito*«, sagte Doña Margarita, »wie habe ich für diesen Augenblick gebetet. Ich freue mich so für dich.« Sie umarmte ihn. »Ich bin untröstlich über Julios und Genevas Tod, vor allem wegen ihrer Kinder, aber Gottes Wege sind oft unergründlich.«

»Den Kindern geht es gut«, sagte Salvador. »Sie sind bei ihrer Tante.«

»Das ist schön«, erwiderte die alte Frau.

»Dann ist ja wirklich alles wunderbar«, sagte Luisa. »Und wo du doch jetzt eine neue Brennerei einrichtest, könnte Epitacio doch gut für dich arbeiten?«

»Was?«

»Es gibt keine Arbeit in dieser Gegend, deshalb dachte ich ...«

»Wegen diesem Hurensohn mußte ich ins Gefängnis«, schrie Salvador aufgebracht und sprang auf. Er wandte sich Epitacio zu. »Okay. Du willst also einen Job, Epitacio? Verflucht! Dann haben wir erst mal ein Wörtchen zu reden!«

»Nein!« schrie Luisa und sprang ebenfalls auf. »Laß ihn in Ruhe!«

»Ich soll ihn in Ruhe lassen?« rief Salvador. »Du hast doch davon angefangen! Ich rede davon, daß ich endlich wieder frei bin, und du bringst diesen Dreckskerl ins Spiel, dem ich es zu verdanken habe, daß ich überhaupt in den Knast mußte!«

»Das ist nicht wahr!«

»Bitte, Luisa«, mischte sich Epitacio ein, »er hat ja recht, wir müssen uns aussprechen.«

»Aber er will dich umlegen, du Idiot.«, kreischte sie und stellte sich zwischen die beiden. »Er macht dich für alles verantwortlich, was ihm zugestoßen ist.«

»Luisa«, versuchte Epitacio sie zu beschwichtigen. »Das geht nur Salvador und mich etwas an.« Er stand auf.

»Genau! Los, komm!« brüllte Salvador und trat fast die Fliegenschutztür aus den Angeln, als er den Raum verließ.

»Geh nicht!« bettelte Luisa. »Du wirst nicht zurückkommen!«

Epitacio achtete nicht auf ihr Gezeter. Er stieg zu Salvador in den Truck, und sie fuhren davon.

Jose lief ihnen ein Stück hinterher, um zu sehen, welche Richtung sie einschlugen, und nahm dann eine Abkürzung, querfeldein durch die Obstplantage. Luisa jammerte wie eine Kuh, die soeben ihr Kalb verloren hatte. Sie verstummte nicht einmal, als die Nachbarn neugierig aus ihren Häusern kamen. Die einzige, die sich bei dem ganzen Spektakel unbeteiligt zeigte, war Doña Margarita. Sie ging hinein und genehmigte sich einen Schluck Whisky.

»*Qué chinga*«, murmelte sie lachend vor sich hin. »Schlag der Schlange des Teufels einen ihrer Köpfe ab, und er läßt ihr zwei neue nachwachsen.«

Sie kippte den Drink hinunter.

Salvador verließ das Viertel und fuhr um die Obstplantage herum, bis er außer Sichtweite war. Am Rande der Plantage parkte er den Wagen neben einigen Bäumen, zog seine 45er aus der Jacke und rammte sie Epitacio so brutal in den Mund, daß die Lippen seines Schwagers aufsprangen und zu bluten begannen.

»So, jetzt behaupte noch mal, daß du uns nicht einfach im Stich gelassen hast, damit ich dir das Hirn rauspusten kann!«

Blut rann über Epitacios Kinn, doch er gab nicht klein bei. »Juan, Juan!« sagte er. »Wenn du meinst, daß es dir etwas nützt, dann erschieß mich. Aber das ändert nichts an der Tatsache, daß ich euch nicht im Stich gelassen habe.«

»Warum, zum Teufel, bist du dann nicht zurückgekommen?«

»Bitte«, Epitacio schielte auf den Lauf der Pistole. »So kann ich nicht reden.«

Ohne seinen Blick von Epitacio zu wenden, nahm Salvador die Waffe herunter und sicherte sie. Schweißperlen standen auf seiner Stirn. Hinter ihnen, zwischen den Obstbäumen, schlichen sich Jose und Pedro heran.

»Also, nachdem wir unseren Lohn verspielt hatten ...«, begann Epitacio.

»Du hast ihn verloren, Bastard! Nicht wir!«

»Ich meine, nachdem ich unseren Lohn verspielt hatte, fürchtete ich mich so vor Luisas Reaktion, daß ich erstmal abgehauen bin. Aber als ich die ganze Strecke nach Texas zurückgelegt hatte, ist mir klar geworden, daß das Leben für mich ohne eure Familie keinen Sinn hat.«

»Unsinn!« Salvador hob die Hand mit dem Revolver wieder vor Epitacios Gesicht. »Du bist ein toter Mann!«

»Nein! Im Namen Gottes!« rief Epitacio. »Ihr seid meine Familie! Und ich wollte zu euch zurückkommen! Aber die Rangers haben mich verhaftet, weil ich angeblich betrunken war, dabei hatte ich keinen Tropfen angerührt. Sie verprügelten mich und warfen mich ins Gefängnis«, fuhr er fort und begann zu schluchzen. »Danach haben sie mich mit über hundert anderen meiner Landsleute nach Chee-a-cago zwangsverschifft, zur Arbeit in den Schlachthäusern. Ich schwöre es dir!«

»Und du meinst, daß ich dir diesen Mist abkaufe?« fragte Salvador und spannte den Abzug der Automatik.

Pedro, der die Szene nicht mehr länger mitansehen konnte, wollte hinter dem Baum hervortreten, um seinem Vater beizustehen, aber Jose hielt ihn fest.

»Bleib ruhig«, sagte der ältere der beiden Jungen. »Wenn er ihn umlegen wollte, hätte er es längst getan.«

»Dir habe ich es zu verdanken, daß ich im Gefängnis gelandet bin«, brüllte Salvador. »Deinetwegen bin ich verprügelt worden und mußte mir die Eingeweide aufschlitzen lassen!«

»Dann schlag mich!« sagte Epitacio. »Schlag mich, so wie du es mit meinem Sohn gemacht hast. Aber erschieß mich nicht!«

»Dich schlagen? So wie ich deinen Sohn verprügelt habe?« fragte Salvador betroffen.

»Ja, schlag mich. Schlag mich ruhig.« Epitacio fing wieder an zu weinen. »Ich wollte wirklich nicht fortgehen. Wieso wäre ich sonst wohl zurück nach Douglas gegangen und hätte deine Spur bis hierher nach Kalifornien verfolgt? Ich wollte dich wirklich nicht im Stich lassen, Juan. Ich schwöre es!«

Salvador seufzte und senkte die Waffe wieder. Er musterte den verängstigten Mann lange. Seine Geschichte ergab einen gewissen Sinn, trotzdem wollte er nicht recht daran glauben. Irgend etwas in Epitacios Augen, sein Schluchzen, seine ganze Verhaltensweise, stieß ihn ab.

Aber was konnte er schon tun. Ihn umlegen und damit Aufmerksamkeit erregen? Genau das sollte er schließlich Archie zufolge nicht riskieren. Wutentbrannt und voller Frustration darüber, daß er all die Jahre umsonst davon geträumt hatte, diese kleine Ratte zu erledigen, stieg er aus dem Wagen und feuerte mit der 45er auf den Boden, bis er das ganze Magazin leergeschossen hatte.

Jose und Pedro kamen mit entsetztem Geschrei herbeigelaufen.

»Nicht schießen, Onkel! Nicht schießen!«

»Ihr leichtsinnigen Burschen!« schrie Salvador und wurde noch wütender. »Wagt es nicht noch einmal, euch an einen bewaffneten Mann heranzuschleichen. Ich hätte euch töten können!«

Die Fahrt zurück zu den beiden kleinen Häusern zog sich in eisigem Schweigen dahin. Alle vier fühlten sich zermürbt und ausgelaugt.

Salvador gab Epitacio den Job und fuhr zurück nach Carlsbad, wo er Kenny bitten wollte, ihm beim Bau eines Kessels
und eines Gasofens zu helfen. Er entschied sich, mit seinem
nächsten Besuch bei Lupe zu warten, bis er sich innerlich wieder
etwas beruhigt hatte. Er war immer noch so aufgewühlt, daß er
um sich herum am liebsten alles kurz und kleingeschlagen
hätte.

Zwei Tage arbeitete er mit Epitacio und Kenny rund um die
Uhr am Bau des Ofens. Epitacio scherzte mit ihnen und erzählte
amüsante Geschichten, und ganz allmählich begann Salvador die
Haßgefühle auf den kleinen Mann, die er so lange mit sich her-
umgetragen hatte, zu vergessen. Der arme Kerl hatte wahrscheinlich die Wahrheit erzählt. Er hatte sie nicht wirklich verlassen, sondern lediglich Luisas Zorn entkommen wollen. Und
dann hatten ihn die Texas Rangers in die Finger gekriegt und mit
den anderen Flüchtlingen der Mexikanischen Revolution nach
Chicago verfrachtet.

Am dritten Tag nahm Salvador ein Bad, kleidete sich an und
machte sich auf den Weg zu Lupe. Im Licht der untergehenden
Sonne fuhr er die Reihe der Zelte entlang. Diesmal hatte er zwei
Blumensträuße dabei. Einen für Lupes Mutter, den anderen für
Doña Manza. Doch als er vor dem Zelt anhielt, durchfuhr ihn ein
eisiger Schrecken. Es wirkte völlig verlassen.

Salvador sprang aus seinem Moon und eilte an dem langgestreckten Zelt entlang. Er hob die Eingangsklappe hoch und stellte
zu seinem Entsetzten fest, daß es leer war. Vor Schreck drehte sich
ihm der Magen um, und er fürchtete, er müsse sich jeden Moment
übergeben. Schwankend suchte er Halt an der Zeltwand. Er war
vollkommen ratlos; es war, als hätten diese großartigen Leute nie
existiert und als wäre seine Werbung um Lupe nur ein Traum
gewesen.

Seine Gedanken rasten. Er dachte daran, wie er die Kiste zer-
treten hatte, und vermutete, daß sie aufgebrochen waren, weil sie
nicht wollten, daß er Lupe weiter sah. Was für ein Narr war er
gewesen. Ein Mann wie er würde niemals eine Frau wie Lupe
besitzen. Sie war ein Engel und er dagegen nichts als ein ver-

kommenes Monster. Salvador fuhr sich mit der Hand über die Augen und begann zu zittern.

Am Ende der Reihe bemerkte eine alte Frau Salvadors Wagen und kam auf ihn zu. »Suchen Sie *la trensuda* und ihre Familie?« fragte sie.

Salvador fuhr herum und blickte die Alte an. »Ja, ich suche die Familie, die hier gewohnt hat.« Vermutlich bezog sich die alte Dame auf Doña Guadalupes geflochtenes Haar, wenn sie von *la trensuda* sprach.

»Sie sind gestern abgefahren«, sagte sie. »Die Küste rauf nach Santa Ana, mit den anderen Pflückern.«

»Oh, die Pflücker!« sagte Salvador, der völlig vergessen hatte, daß hier in Carlsbad schon beinahe Herbst war und die Feldarbeiter natürlich weiterzogen. Also waren sie doch nicht seinetwegen aufgebrochen. Im Gegenteil, es hatte überhaupt nichts mit ihm zu tun, dachte er erleichtert.

»Vielen Dank«, sagte er zu der alten Lady. »Hier, die Blumen sind für Sie«, fügte er hinzu und reichte ihr die beiden Sträuße.

»*Muchas gracias*«, sagte die alte Frau und nahm die Blumen huldvoll entgegen.

Auf der Rückfahrt dämmerte es Salvador, daß die Dinge trotzdem nicht so einfach lagen. Lupes Familie hatte ihn immerhin offiziell zum Abendessen eingeladen, und er hatte nicht einmal den Anstand besessen, ihnen mitzuteilen, daß er verhindert gewesen war. Bei Gott, er war wirklich ein Idiot. Wahrscheinlich hatten sie seinetwegen sogar eine besondere Mahlzeit vorbereitet. Er beschloß, ihnen zu folgen und die Situation so schnell wie möglich zu klären. Doch dann fiel ihm ein, daß auch das nicht sofort möglich war. Vorher mußte er noch ein Haus in Escondido mieten und den Alkohol zur Gärung ansetzen. Schließlich würde es zu nichts führen, wenn er sein Geschäft vernachlässigte und kein Geld in der Tasche hatte.

Es herrschten harte Zeiten. Luisa hatte nicht übertrieben, als sie sagte, daß Epitacio keine Arbeit fand. Es gab Tausende Arbeitslose. Nur die flinkesten und hartgesottensten Männer fanden einen Job.

Salvador seufzte und hoffte inständig, daß Lupes Familie nicht allzu zornig auf ihn war.

Auf dem Lastwagen eines Nachbarn war Familie Gomez von Carlsbad aus in Richtung Santa Ana aufgebrochen. Lupe saß mit Carlota und den Eltern auf der Ladefläche, und Victoriano fuhr als Beifahrer mit, um seine Fahrkenntnisse zu verbessern. Während der ganzen Fahrt war Lupe in sich gekehrt. Sie war empört, daß Salvador am Abend zuvor nicht erschienen war, was zu einem schrecklichen Streit zwischen den Eltern geführt hatte.

Die Mutter hatte extra ein Stück Schweinefleisch besorgt, einen Luxus, den sie sich nur äußerst selten leisten konnten, und eine köstliche Mahlzeit zubereitet. Sie hatten gewartet und gewartet, aber Salvador hatte sich nicht blicken lassen, und zu guter Letzt hatte der Vater auch noch der Mutter die Schuld dafür gegeben.

»Du und dein großes Maul«, hatte Victor gesagt, »mit deiner endlosen Fragerei hast du den armen Kerl in die Flucht geschlagen.«

Noch nie hatte Lupe den Vater so erbost gesehen, und die Mutter war in Tränen ausgebrochen. Jetzt schaute Lupe von der Ladefläche des Lastwagens nachdenklich auf die ruhige Oberfläche des Pazifiks, während sie Richtung Norden fuhren. Südlich von San Clemente hatte einer der Trucks ihres Konvois eine Panne; alle nutzten die Unterbrechung, um sich ein wenig die Beine zu vertreten. Lupe spazierte mit ein paar anderen Leuten an den Feldern vorbei, durch das Tal, hinunter an den Strand. Der Mond war schon aufgegangen, und mit dem Funkeln der ersten Sterne begannen die Grillen ihren Gesang.

Sie zog ihre Schuhe aus, und grub die Zehen in den kühlen, feuchten Sand. Unwillkürlich fiel ihr ein, wie sie ein paar Abende zuvor mit Salvador am Strand entlang gegangen war. Sie dachte an Mark und ihre gemeinsamen Stunden in der Bücherei. Dann fiel ihr wieder ein, daß sie Mark versprochen hatte, ihm eine Antwort auf seinen Antrag zu geben, sobald sie nach Santa Ana zurückgekehrt war. Lupe seufzte und schaute aufs Meer. Sie fühlte sich außerstande dazu, jetzt, wo Salvador in ihr Leben getreten war und ihr Herz berührt hatte; und doch … sie kannte Salvador doch kaum. Nach allem, was sie über ihn wußte, konnte er genausogut ein Rabe in Gestalt eines Adlers sein. Sie rief sich die hochgewachsene, gutaussehende Gestalt und das freundliche, ruhige Wesen Marks ins Gedächtnis, der sich so grundlegend von Salvador unterschied.

Sie dachte an ihren Colonel und an ihre Schwester Sophia und deren erste Ehe mit Don Tiburcio. Und sie dachte an Marias erste Ehe mit Esabel. Was für großartige Ehemänner die beiden dagegen heute hatten. Warum mußte die Liebe nur so kompliziert sein? Als kleines Mädchen war ihr die Liebe als die einfachste Sache der Welt erschienen.

Als Lupe zurückkehrte, fand sie ihre Eltern eng aneinandergeschmiegt schlafend in der hinteren Ecke des Wagens vor. So Arm in Arm wirkten sie wie zwei Engel, und sie mußte unwillkürlich lächeln. Wer die beiden in diesem Moment sah, würde nie vermuten, daß sie sich noch zwei Nächte zuvor in den Haaren gelegen hatten.

Sie breitete eine Decke über den beiden aus. Es war ein eigenartiges Gefühl, fast so, als sei sie nun die Erwachsene und die Eltern ihre Kinder. Lupe entschied, daß sie im Augenblick außerstande war, den Antrag irgendeines Mannes anzunehmen. Immerhin – das hatte die Mutter stets betont – war die Liebe etwas so Außergewöhnliches, daß man bei einer solchen Entscheidung nicht vorsichtig genug sein konnte.

BUCH V

ZEIT DER WUNDER

Prolog

Es war Zahltag. Lupe wartete mit ihren Schwestern und deren Familien in der Reihe der Feldarbeiter. Und wie immer wollte der Zahlmeister den Frauen nicht den gleichen Stundenlohn bezahlen wie den Männern.

»Weshalb nicht?« fragte Sophia ruhig. »Wir haben ebensoviel gearbeitet wie die Männer, wenn nicht mehr.«

»Tut mir leid, aber es geht nun mal nicht«, sagte der Zahlmeister, »das käme einem Affront gegen die Männer gleich.«

»Einem Affront gegen die Männer?« schrie Maria, die hinter Sophia gestanden hatte, und trat einen Schritt vor. »Paß mal auf, du fischgesichtiger *cabrón*! Wenn ich es drauf anlege, dann kann ich es beim Arbeiten, Vögeln und Kämpfen gegen einen wie dich aufnehmen!« Dabei packte sie den Tisch, um ihn auf den Mann zu kippen. Lupe und Victoriano zogen die Schwester fort, die nicht aufhörte, dem verängstigten Zahlmeister wüste Beschimpfungen entgegenzuschleudern.

Am Abend trommelte Sophia alle Familienmitglieder zusammen. Auch zahlreiche Nachbarn erschienen, und Lupe erlebte, wie ihre Schwester den Versammelten mit ruhiger Stimme einen Plan unterbreitete.

»Dieses Land ist jetzt unsere Heimat geworden«, begann Sophia, »wir dürfen es nicht zulassen, daß man uns weiter wie Dreck behandelt, nur weil wir uns selber etwas vormachen, indem wir glauben, daß wir eines Tages nach Mexiko zurückgehen werden.«

Don Victor und einige andere Männer protestierten, sie irre sich, denn natürlich würden sie zurückgehen.

»Bitte, Papa!« sagte Sophia ärgerlich. »das sind doch nur Träumereien! Wir müssen uns mit der Tatsache abfinden, daß wir für immer hier bleiben werden, und endlich einen gemeinsamen Standpunkt vertreten.«

Die Frauen erhoben sich und pflichteten Sophia bei. »Sie hat recht! Schließlich müssen unsere Kinder etwas zu essen haben! So geht es nicht weiter!« riefen sie.

Sophia erhob erneut die Stimme. Sie hatte sich einen Plan

zurechtgelegt, um den Zahlmeister wie eine Tigerin bei den Eiern zu packen. Lupe war zwar stolz auf ihre Schwester, aber es mißfiel ihr, wie respektlos Sophia sich dem Vater widersetzte.

Am nächsten Tag arbeiteten sie wieder auf den Tomatenfeldern. Als es an der Zeit war, die geernteten Früchte in den Verpackungsbaracken abzuliefern, legten die Frauen, die für das Einkisten der Früchte zuständig waren, ihre Arbeit nieder. Die Feldarbeiter kamen hinzu und schlossen sich ihnen an. Anfangs ignorierten der Zahlmeister und der Mann, der für die Neueinstellungen zuständig war, den Streik, doch als die Situation sich den ganzen Nachmittag lang nicht änderte, wurden die beiden zunehmend unruhiger; wenn sie die Leute nicht dazu brachten, die Früchte zu verpacken, wäre die Ernte des ganzen Tages verloren. Am Abend versuchten die beiden schließlich, in anderen *barrios* neue Aushilfsarbeiter anzuheuern, damit sie Sophia und ihren lästigen Anhang loswerden konnten. Doch zu ihrer Überraschung mußten sie feststellen, daß Victoriano und die übrigen Männer die Nachricht schon in allen benachbarten Vierteln verbreitet hatten. Nur wenige Leute waren bereit, den von Sophia angezettelten Streik zu boykottieren, vor allem, als sie erfuhren, daß Sophia und ihre Kinder persönlich die Zufahrt zur Ranch blockierten.

Der Streik dauerte drei Tage und Nächte. Lupe fühlte sich an den Tag erinnert, als die Dorfbewohner daheim in La Lluvia sich auf der Plaza zusammengeschart hatten, um zu verhindern, daß Don Manuel und ihre Mutter gehängt wurden. Wenn die Menschen zusammenhielten, dann waren sie stark.

Die Frauen bereiteten große Töpfe mit Suppe vor. Lupe beobachtete, wie ihre Schwester Maria jedem, der Anstalten machte, die Kette der Streikposten zu durchbrechen, mit Prügel drohte. Sophia dagegen überzeugte die Menschen auf ihre ruhige Art von der Gerechtigkeit ihrer Sache.

»Dieses Land ist jetzt unsere Heimat«, sagte sie zu jedem, der die Linie der Streikposten überschreiten wollte. »Wir müssen uns endlich damit abfinden, daß wir niemals nach Mexiko zurückgehen werden, und anfangen, uns gegen die Bosse zu wehren, die uns immer noch wie Sklaven behandeln. Wir müssen zusammenhalten und ihnen zeigen, daß wir gleichwertige Arbeitskräfte sind und sie uns nicht weiter um unseren Lohn betrügen dürfen. Ich verlange ja nicht, daß sie den Kindern soviel zahlen wie den Erwachsenen, aber die Arbeit von uns Frauen, die wir ebenso schuften wie die Männer, sollte auch gleichermaßen honoriert werden.«

Anschließend forderte Sophia die Leute auf, sich etwas Suppe geben zu lassen, was ihnen das Gefühl vermitteln sollte, dazuzugehören. Damit erreichte sie, daß die Leute, wenn sie sich dem Streik auch nicht anschließen mochten, doch wenigstens mit den Aufbegehrenden sympathisierten.

Lupe begab sich jeden Tag mit den Frauen und Kindern ins gebirgige Hinterland, wo sie nach eßbaren Kakteen und Wildwurzeln suchten. Sie bereiteten weiterhin große Töpfe mit Suppe zu, und bald weitete sich der Streik auch auf die benachbarten Farmen aus. Nach einer Woche waren die Rancher soweit, daß sie die Bedingungen akzeptierten und sich bereit erklärten, Frauen den gleichen Lohn zu zahlen wie Männern.

Lupes Familie jubelte vor Freude. Wieder einmal hatten sie erfahren, was man erreichen konnte, wenn man nur zusammenhielt. Doch in den Gebieten außerhalb von Santa Ana und Tustin lief nicht immer alles so gut ab. Die Zeiten waren hart, und eine Menge Menschen standen ohne Arbeit da.

Für Lupes Familie hatte sich gerade alles wieder zum Guten gewendet, da stand eines Tages wie aus dem Nichts Esabel, Marias erster Ehemann, vor der Tür. Er hatte weder seinen Charme noch sein gutes Aussehen eingebüßt. Maria verpaßte ihm eine Ohrfeige und hielt ihm eine gehörige Standpauke, doch dann fielen die beiden wie zwei geile Esel übereinander her. Andres, ihr neuer Ehemann, war peinlich berührt und zog sich mit den Kindern in die Garage zurück. Als Maria und Esabel am nächsten Tag noch immer nicht voneinander lassen konnte, brachte Andres die Kinder zum Haus von Lupes Eltern. Keiner fand die rechten Worte, Andres zu trösten, als er mit hängendem Kopf bei ihnen saß. Dabei war er seinen und auch Esabels Kindern ein so guter Vater gewesen.

Es dauerte zwei Tage, bis Maria und Esabel auftauchten, um

endlich nach ihren Kindern zu sehen. Beide strahlten übers ganze Gesicht wie ein frisch vermähltes Paar. Doña Guadalupe nahm ihre Tochter beiseite und versuchte vergeblich, sie zur Vernunft zu bringen. Maria nahm ihre Kinder wieder mit und quartierte sie zusammen mit Andres in der Garage ein, so konnten sie und Esabel sich weiter ungestört ihrer Lust hingeben. Alle waren wie vor den Kopf geschlagen und schämten sich über Marias Verhalten. Sie selbst hingegen war nicht im geringsten beschämt; im Gegenteil, sie blühte auf wie eine Rose, sah jünger und besser aus als seit Jahren, und sie verkündete jedem, daß sie von nun an zwei Ehemänner habe.

Carlota verwünschte Esabel und schimpfte, alle Männer seien Schweine. Bestimmt werde sie niemals heiraten. Lupe dagegen begann aus tiefstem Herzen für Maria zu beten. Im Innersten war sie überzeugt davon, daß es für eine Frau durchaus im Bereich des Möglichen lag, zwei Männer gleichzeitig zu lieben. Dennoch konnte sie Maria nicht verzeihen, was sie ihren Kindern antat. Sie verstand es um so weniger, als sie gesehen hatte, wie stark und geradlinig Maria sich während des Streiks gezeigt hatte; sie war wie ein Fels in der Brandung gewesen, und jetzt verhielt sie sich wie eine willenlose, sexbesessene, läufige Hündin, sobald Esabel nur in ihre Nähe kam.

Lupe begann, ernsthaft über Sex nachzugrübeln. Besaß er wirklich solche Macht über die Menschen, daß er eine so großartige, gutmütige Frau wie ihre Schwester Maria derart verändern konnte?

19

*Und so öffneten sich die Himmelspforten, und mit einem Lächeln
schenkte Petrus la gente eine neue Erfahrung in ihrem Leben. Den
Traum, den man Liebe nennt – jenes Geschenk, das nur von Gott gegeben wird*

In jener Woche in Santa Ana hielten Lupe, Carlota und Victoriano
zum ersten Mal einen Familienrat ohne die Eltern ab und
beschlossen, daß sie von nun an allein für den Unterhalt der
Eltern aufkommen würden, damit diese sich nicht mehr auf den
Feldern abplagen mußten.

Zuerst protestierte die Mutter, als sie von dem Entschluß der
Kinder erfuhr. Doch als sie und Don Victor bemerkten, mit welch
freudigem Eifer ihre Kinder diese Aussicht erfüllte, fügten sie
sich.

Von nun an gingen Lupe und ihre Geschwister jeden Morgen
allein auf die Felder, wo sie von Sonnenaufgang bis Sonnenuntergang arbeiteten. Stolz erfüllte sie, wenn sie abends nach Hause
kamen und die Eltern, die so ausgeruht aussahen wie schon seit
Jahren nicht mehr, in ihr Damespiel vertieft auf der Veranda
antrafen.

Victoriano machte nun offiziell den Führerschein und fuhr die
Lastwagen, mit denen die Jobvermittler die Pflücker zu den Feldern fuhren. An den Wochenenden nahm Lupe ihre Besuche in
der Bücherei wieder auf. Sie war mehr denn je bestrebt, ihre Ausbildung abzuschließen, damit sie eines Tages eine feste Stellung
in einem Büro finden und ihre Familie das ganze Jahr unterstützen konnte.

Am zweiten Wochenende begegnete sie Mark auf der Straße.
Er war soeben von der Universität nach Hause gekommen und
hatte sich sogleich auf die Suche nach ihr gemacht. Mark hatte
noch ein Jahr auf dem College vor sich und würde diesen Sommer in der Stadt im Architekturbüro seines Onkels arbeiten.

»Das ist ja großartig!« sagte Lupe.

»Und wie ist es dir ergangen?« fragte Mark. »Wenn sich die

Dinge weiter so gut entwickeln, können wir uns sogar früher verloben, als ich dachte.«

»Aber Mark«, erwiderte Lupe, »ich habe nicht ja gesagt. Ich habe dir nur gesagt, wenn ich zurückkomme, dann ...«

»Dann würdest du mir deine Antwort geben. Und jetzt bist du zurück«, fügte er hinzu und strahlte sie an.

Lupe sah sein Lächeln und bewunderte wieder einmal sein gutes Aussehen. Was für herrliche weiße Zähne und strahlende blaue Augen er doch hatte! Er war fast genauso groß und gutaussehend wie ihr Colonel. Sie war hin und hergerissen zwischen dem Wunsch, laut ›ja‹ zu rufen, und dem Gedanken an Salvador, auf den sie wegen des geplatzten Abendessens immer noch böse war.

»Sieh mal, Mark«, sagte sie schließlich, »ich habe gerade mit meinen Geschwistern eine Übereinkunft getroffen, daß wir von nun an zusammen für unsere Eltern sorgen wollen. Sie sind zu alt, um noch auf den Feldern zu arbeiten. Ich arbeite jeden Tag, und abends lerne ich Buchführung, damit ich später in einem Büro arbeiten kann. Im Moment habe ich einfach noch keine Zeit, an Heirat zu denken.«

»Lupe ...«

»Nein, bitte laß mich ausreden«, unterbrach sie ihn. »Um das zu verstehen, mußt du wissen, was ich bei meinen Schwestern erlebt habe. Als sie erst einmal verheiratet waren, hatten sie so viele eigene Probleme, daß sie sich unmöglich noch um unsere Eltern kümmern konnten.«

Er lachte. »Aber Lupe, ich will doch gar nicht mit dir diskutieren. Ich bin ganz deiner Meinung, ich habe alles genau überlegt. Deshalb habe ich meinen Onkel gefragt, ob du zeitweise in der Buchhaltung für ihn arbeiten kannst.«

»Das hast du getan?«

»Ja.«

»Und was hat er gesagt?«

»Er sagte, natürlich, sobald wir soweit sind.«

»Sobald wir soweit sind«, wiederholte sie mit pochendem Herzen. Was sollte das bedeuten? Daß sie einen Job hätte, wenn sie seinen Antrag annahm? Sie fühlte sich überrumpelt. Das Leben wurde immer verworrener, vor allem, wenn die Liebe ins Spiel kam.

Am folgenden Tag wartete Lupe mit den Frauen zu Hause auf die Rückkehr der Männer. Don Victor, Andres, Francisco und Victoriano waren mit einem Nachbarn zum anderen Ende der Stadt, in den amerikanischen Teil von Santa Ana gefahren, um sich einige Trucks anzusehen. Seit dem Streik wollten die Jobvermittler in der Stadt mit Sophia und ihrer weitverzweigten Familie nach Möglichkeit nichts zu tun haben. Nicht einmal Don Manuel wollte ihnen noch eine Arbeit vermitteln. Einen Truck zu kaufen war daher ein bedeutender Entschluß. Mit ihrem eigenen Fahrzeug konnten sie jederzeit dem Zug der Erntearbeiter folgen, ohne Don Manuel oder einen der anderen bezahlen zu müssen. Lupe wartete mit der Mutter und den Schwestern ungeduldig darauf, daß die Männer zurückkehrten. Ein Motorengeräusch näherte sich, und sie erkannten den Lastwagen ihres Nachbarn. Jeden Abend in den letzten Monaten hatten Sophia und Doña Guadalupe Geld von allen Familienmitgliedern zurückgelegt, bis sie glaubten, daß sie genug für einen Truck zusammen hatten. Während der ganzen Zeit hatten die Männer ständig die Augen nach einem geeigneten Fahrzeug offengehalten. Sie wollten vermeiden, von den *gringos* übers Ohr gehauen zu werden, wie es ihren Landsleuten nur zu oft passierte.

»Oh, ich hoffe, er ist schön!« sagte Carlota.

»Ich hoffe, er fährt«, erwiderte Sophia.

Victoriano kam ins Haus gestürmt. »Endlich haben wir einen vernünftigen Wagen gefunden! Komm, Mama! Und vergiß das Geld nicht!«

»Aber *mi hijito*«, sagte Doña Guadalupe angesichts der Begeisterung ihres Sohnes, »geht ihr jungen Leute nur ohne mich. Ich verstehe ohnehin nichts von Lastwagen.«

»Aber Mama«, protestierte der große schlaksige Junge, »du mußt mitkommen. Das ist einer der wichtigsten Augenblicke in unserem Leben. Da mußt du einfach dabei sein!«

»Victoriano hat absolut recht«, sagte Sophia. »Wir gehen nicht ohne dich. Kommt überhaupt nicht in Frage«, fügte sie hinzu. Sie stand auf, ging durch den Raum und nahm ihre Mutter bei der Hand.

»Na gut.« Doña Guadalupe überließ Sophia ihre Hand. »Wenn ihr meint, dann komme ich eben mit.«

So kletterten sie alle zusammen auf den Truck des Nachbarn. Victoriano und sein Vater nahmen vorn neben dem Fahrer Platz, und der Rest der acht Erwachsenen samt sechs Enkelkindern hinten auf der Ladefläche.

Als die drei amerikanischen Verkäufer die Männer, Frauen und Kinder eintreten sahen, hielten sie sich bereit. Sie wußten, egal wie oft die Männer hereinschauten, prüfend gegen die Reifen traten und sich umsahen, erst wenn die Mexikaner mit Kind und Kegel anrückten und die Mama die Geldbörse mit den zerknitterten Dollarnoten umklammert hielt, stand ein Geschäft ins Haus. Mexikaner zahlten stets bar, ganz gleich wie arm sie sein mochten, und die Geldscheine waren meist völlig zerfleddert vom jahrelangen Aufbewahren in den kuriosesten Verstecken.

Die Männer, Frauen und Kinder der Familie schwärmten mit kugelrunden Augen über das Ausstellungsgelände, und die Verkäufer begannen mit der verwirrenden Kunst des Verkaufsgespräches, um die Aufmerksamkeit ihrer Kunden auf die billigen, älteren Modelle zu lenken, die zum Teil schon monatelang als Ladenhüter herumstanden.

Diesmal funktionierte ihre Taktik jedoch nicht; Victoriano und die anderen Männer hatten sich gut vorbereitet.

»Nein«, sagte Victoriano laut und deutlich, »wir haben uns bereits entschieden. Er steht gleich dort drüben.« Er befreite sich aus der Umzingelung der Verkäufer und bugsierte seine Familie in Richtung der besseren Fahrzeuge. Doch der Besitzer des Geschäfts – ein stiernackiger, bulliger Kerl – wollte sich so leicht nicht geschlagen geben. Er ging davon aus, daß er mit diesen einfachen, unwissenden Leuten wie immer leichtes Spiel haben würde.

Am Sonntag kehrte Lupe mit wunderbaren Neuigkeiten aus der Bibliothek nach Hause. Mark hatte ihr mitgeteilt, daß sein Onkel einverstanden war, sie in Buchführung zu unterweisen, auch wenn sie noch nicht mit Mark verlobt war. »Mama! Papa!« rief Lupe, als sie ins Haus eintrat, »ich bekomme einen Job in einem Büro!«

Niemand antwortete. Lupe ging zur Hintertür hinaus, um

nachzusehen, ob die Familie sich im Garten aufhielt. Doch auch dort war alles leer. Lupe lief die Straße entlang, an dem neuen Truck vorbei. Vielleicht besuchten sie ja Doña Manzas Familie?

Auf einmal hielt sie inne, drehte sich um und musterte mit funkelnden Augen den geparkten Lastwagen. Sie vergewisserte sich, daß niemand in der Nähe war. Seit einiger Zeit schon ärgerte sie sich schwarz darüber, wie Victoriano und die anderen Männer mit ihren Fahrkünsten prahlten.

Lupe ging zurück zu dem glänzenden, schwarzen Gefährt. Sie würde auch fahren lernen, und zwar sofort, solange niemand daheim war.

Genau in diesem Augenblick bog Salvadors Moon um die Ecke. Salvador erhaschte gerade noch einen Blick auf Lupe, die am Haus vorbeischlich. Die Art, wie sie sich verstohlen umblickte, ließ ihn nichts Gutes ahnen.

Salvador mußte lachen. Offenbar war sie gar nicht nur ein Engel, sondern trug auch ein wenig den Teufel im Leib.

Er parkte auf der gegenüberliegenden Seite und verbarg seine 38er unter dem Sitz, bevor er ausstieg und die Straße überquerte.

Lupe saß bereits hinter dem Lenkrad. Sie hatte den Zündschlüssel gedreht und versuchte gerade herauszufinden, wie sie das Vehikel in Gang setzen konnte, als der Truck einen Satz nach vorn machte und sie den Motor abwürgte.

Salvador lachte. Was für eine absurde Idee! Frauen konnten nun mal nicht fahren! Er beschloß, diesem Spiel ein Ende zu setzen, bevor ihr etwas zustieß. Doch ehe er sie erreichte, hatte Lupe den Truck erneut gestartet, den Rückwärtsgang eingelegt und rollte nun mit aufheulendem Motor rückwärts auf ihn zu. Salvador konnte gerade noch zur Seite springen, bevor Lupe, an ihm vorbei, auf die Hauptstraße zurollte.

Eilig rannte er hinterher, um sie anzuhalten, bevor sie sich womöglich umbrachte.

Jetzt entdeckte Lupe endlich Salvador, der ihr mit schwenkenden Armen zu verstehen gab, sie solle anhalten. Aber sie dachte nicht im Traum daran, nun, wo sie einmal beschlossen hatte, fahren zu lernen. Vor allem nicht wegen dieses Typen, der sich erst in ihr Herz geschlichen und sich dann fast einen Monat lang nicht mehr hatte blicken lassen. Sie legte den ersten Gang ein, und der

Wagen machte einige abrupte Sätze nach vorn, durchbrach den Zaun vor dem Haus und rollte über die Blumen, die die Mutter im Vorgarten gepflanzt hatte. Schreiend versuchte Lupe zu bremsen, gab jedoch in ihrer Verwirrung nur noch mehr Gas. Der Model-T rollte mit den Vorderrädern die Stufen zur Veranda hinauf und zerquetschte dabei den Schaukelstuhl des Vaters.

Inzwischen waren die Nachbarn neugierig aus ihren Häusern getreten. Als sie sahen, was Lupe angerichtet hatte, brachen sie in schallendes Gelächter aus. Lupe versuchte, im Rückwärtsgang von der Veranda herunterzukommen, doch alles, was sie erreichte, war, daß die Räder durchdrehten. Wütend blickte sie sich um und sah, daß Salvador und alle Nachbarn sich köstlich amüsierten. Entrüstet öffnete sie die Fahrertür und stieg aus.

»Salvador«, sagte sie mit aller Würde, die sie aufbringen konnte, »könntest du bitte den Wagen wegfahren? Ich bin für heute genug gefahren!«

Damit drehte sie sich um und verschwand im Haus. Das Gelächter war verstummt, und alle starrten ihr bewundernd nach. Sie war wahrhaftig die Königin des Viertels.

Salvador bat ein paar Männer, ihm behilflich zu sein, und sie hoben den Vorderteil des Wagens von der Veranda. Dann stieg er ein und parkte den Truck wieder neben dem Haus. Nachdem er sich bei dem Männern bedankt hatte, richtete er den niedergewalzten Zaun wieder auf und brachte das Blumenbeet in Ordnung.

Anschließend ging er ins Haus, wo Lupe im Vorderzimmer wie eine Tigerin auf und ab lief. Sie war außer sich vor Wut. Salvador betrachtete sie aufmerksam und gelangte zu dem Schluß, daß dieses wunderbare Geschöpf ihn auf sonderbare Weise an seine Mutter erinnerte. Auf jeden Fall war sie eine Frau, mit der man rechnen mußte.

»Oh, ich habe mich vollkommen lächerlich gemacht«, schimpfte sie und gestikulierte mit ihren langen schmalen Händen und den schlanken Armen. »Und die Blumen meiner Mutter ... und der Zaun! Mein Gott, was werden sie sagen, wenn sie nach Hause kommen? Aber trotzdem! Ich bin froh, daß ich es getan habe! Mein Bruder und die anderen Männer haben mich ganz krank gemacht mit ihrem Getue. Andauernd haben sie mit ihren Fahrkünsten geprahlt; als ob nur Männer tun und lassen könnten, was ihnen beliebt.«

Sie hielt inne und stieß ein unsicheres Lachen aus. »Es hat wirklich Spaß gemacht, das kann ich dir sagen. Und bevor ich gegen die Veranda krachte, hatte ich gerade den Eindruck gewonnen, daß ich schon ein gewisses Fahrgefühl hätte.«

Salvador lachte auf. »Fahrgefühl! Mein Gott, sei froh, daß du dich nicht umgebracht hast!«

»Aha«, sagte sie kampflustig, »du glaubst also auch, daß Frauen nicht fahren lernen können?«

Er bemerkte die Angriffslust in ihren Augen und lenkte ein. »Nein, das habe ich nie behauptet«, widersprach er. »Herrgott, wenn du es unbedingt lernen willst, dann bringe ich es dir eben bei.«

»Wirklich? Das würdest du tun?« fragte sie und dachte daran, wie ihr Bruder sie ausgelacht hatte, als sie ihm mitteilte, sie wolle fahren lernen.

»Klar, warum nicht?«

Sie starrte ihn an, unsicher, ob er es wirklich ernst meinte.

»Was ist los?« fragte er.

»Nun, die meisten Männer, vor allem die *mejicanos*, wollen nicht einmal, daß Frauen lesen lernen, geschweige denn Auto fahren.«

»Nun, auf mich trifft das nicht zu«, antwortete er lächelnd und brauchte diesmal nicht einmal zu lügen. »Ich finde sehr wohl, daß eine Frau in der Lage sein sollte zu lesen. Und fahren soll mir auch recht sein. Übrigens, wem gehört der Truck überhaupt?« fragte er.

»Uns.«

»Wirklich?«

»Ja, und Victoriano ist furchtbar stolz darauf. Ich hoffe, ich habe nichts kaputt gemacht. Er würde mich glatt umbringen.«

»Nur einen Scheinwerfer und eine kleine Beule«, sagte Salvador. »Aber mach dir deswegen keine Sorgen. Ich kann einen neuen Scheinwerfer bei meinem Mechaniker besorgen, und die Beule kann ich auch richten lassen, wenn du willst.«

Lupe bekam eine Gänsehaut und rieb sich die Arme. Sie hatte nicht bemerkt, daß sie einen Scheinwerfer beschädigt hatte. Vor allem aber verwirrte es sie, daß dieser Mann so nett war. Mit Mark lief jetzt alles so gut, weshalb mußte Salvador ausgerechnet in diesem Moment wieder auftauchen.

Salvador bemerkte, wie nachdenklich sie wurde. Er blickte sich um. »Wo sind denn die anderen?« fragte er.

»Ich weiß nicht«, antwortete sie. »Als ich aus der Bücherei kam, war niemand zu Hause.« Ihr Herz begann zu pochen. »Vielleicht sind sie unten bei unseren Freunden – du hast sie in Carlsbad kennengelernt: Doña Manza und ihre Familie.«

»O ja, ich erinnere mich an die Freundin deiner Mutter, und ihre Töchter habe ich doch am Strand kennengelernt.«

Lupe errötete. »Ja, richtig, und mit der einen hast du geflirtet«, sagte sie.

»He, ich habe mit niemandem geflirtet, Lupe. Ich habe doch nur Augen für dich.«

»Ha! Wenn du nur Augen für mich hast, wieso bist du dann am nächsten Abend nicht zum Essen erschienen?«

Sein Herz machte einen Sprung. »Ach, Lupe, es tut mir so leid. Ganz ehrlich. Aber mir ist geschäftlich etwas Wichtiges dazwischen gekommen, und dann kam eins zum anderen. Ich habe Tag und Nacht gearbeitet.«

»Du hättest schreiben oder uns eine Nachricht zukommen lassen können.«

»Ja, du hast recht«, räumte er ein, »aber … nun, es ist so, ich kann nicht besonders gut lesen und schreiben.« Bei diesem Geständnis fühlte er sich wie ein Wurm.

Sie starrte ihn an. »Und obwohl du selber nicht gut lesen und schreiben kannst, bist du der Meinung, daß Frauen eine Ausbildung erhalten sollten?« fragte sie erstaunt.

Er wurde rot. Doch er zwang sich, seine Verlegenheit zu verbergen, und sagte: »Meine Mutter besuchte während der französischen Besatzungszeit in Mexiko City die Schule. Und sie hat mir immer wieder erzählt, daß eine Frau, um ein Heim zu gründen, nicht nur klug, sondern auch gebildet sein sollte.«

»Das hat deine Mutter gesagt?« fragte Lupe ungläubig.

»Ja, natürlich«, beteuerte er. »Sie hat auch gesagt, daß Männer, die sich eine dumme Frau suchen und glauben, daß sie diese leichter beeinflussen können und es dann bequemer haben, selber Dummköpfe sind. Ein Heim zu gründen erfordert Klugheit und Stärke, und das wichtigste dabei ist der Verstand. So wie das Muttertier ihre Jungen die Kunst des Überlebens lehrt, so unterrichtet auch eine menschliche Mutter ihre Kinder in der Kunst des Überlebens. Jeder Mann, dem etwas an seinen Nachkommen gelegen ist, sollte sich also bemühen, die klügste und gebildetste Frau als Mutter seiner Kinder zu wählen, die er finden kann, denn sie ist der erste und wichtigste Lehrer für seine Söhne und Töchter.«

Lupe lauschte Salvadors Worten ebenso fasziniert wie einst er seiner Mutter. Und während er fortfuhr, ihr zu erzählen, was seine Mutter ihn gelehrt hatte, stellte sich erneut diese magische Verzauberung zwischen ihnen ein. Nebeneinander saßen sie – die beiden jüngsten Kinder ihrer Familien – auf dem schäbigen alten Sofa im Wohnzimmer, über dem ein Bild der Heiligen Jungfrau und ein Kruzifix hingen, und öffneten einander ihre Seelen.

Für Lupe war dies eine großartige Erfahrung, und es erinnerte sie sehr an die erste Zeit mit dem Colonel. Nur daß es diesmal viel schöner war, denn sie war kein Kind mehr. Und als Salvador verstummte, strömten die Worte nur so aus ihr heraus, sie sprach über Dinge, von denen sie nie geahnt hatte, daß sie sie jemals mit jemandem außerhalb ihrer Familie teilen würde.

Sie erzählte Salvador von ihrer Kindheit im Cañon, der voller Wunder Gottes gewesen war. Sie erzählte ihm, wie sie lesen und schreiben gelernt und wie sehr sie es geliebt hatte, Dinge über ferne Orte zu erfahren. Und dann berichtete sie ihm von der Zeit, als sie hier in den Vereinigten Staaten zur Schule gegangen war, und wie einsam sie sich gefühlt hatte.

»Du siehst«, schloß sie, »ich werde also niemals Lehrerin werden, wie ich gehofft habe, aber vielleicht bekomme ich noch die Möglichkeit, Buchführung zu lernen und Sekretärin zu werden. Dann habe ich das ganze Jahr über Arbeit und kann mithelfen, meine Eltern zu unterstützen. Meine Geschwister und ich, wir wollen nämlich nicht, daß unsere Eltern weiter arbeiten müssen.«

»Ich weiß genau, was du meinst. Es herrschen harte Zeiten. Glücklicherweise verdiene ich sehr gut, so daß meine Schwester Luisa und meine Mutter nicht mehr in der heißen Sonne schuften müssen. Und bald sind Luisas Jungen auch groß genug, sie zu unterstützen. Im Moment gehen sie noch zur Schule, und ich habe ihnen eingeschärft, daß auch das eine Arbeit ist, die sie ernstzunehmen haben, sonst müssen sie sich vor mir verantworten.«

Lupe blickte Salvador staunend an; sie konnte es immer noch nicht fassen, daß ein Mexikaner derartige Ansichten hatte.

»Dann wolltest du auch nicht, daß deine Familie länger auf den Feldern arbeitet?« fragte sie.

Salvador lachte. »Natürlich nicht! Die einzigen Felder, auf denen meine Familie schuften soll, sind die, die uns auch gehören. Ich hasse es, mich für andere abzurackern.«

Lupe fiel in sein Lachen ein. »Da bin ich ganz deiner Meinung. Im Imperial Valley mußten wir in der brennenden Sonne arbeiten, und ich habe schreckliche Kopfschmerzen bekommen. Ich bin viel lieber an der Küste, besonders in der Gegend von Carlsbad, wo es so wunderschöne, lange Strände gibt und die Luft angenehm kühl ist.«

»Oh, ich auch!« sagte Salvador. »Ich liebe die Gegend von Carlsbad und Oceanside!«

»Du auch?«

»Ja, das Meer vermittelt mir jedesmal ein Gefühl inneren Friedens; genauso habe ich mich zu Hause in den Bergen gefühlt.«

»Ja, das gleiche Gefühl habe ich auch am Meer!« sagte sie aufgeregt. »Unser Cañon zu Hause in Mexiko lag hoch in den Bergen, und von seinem Rand konnte man unendlich weit sehen. Als wir fortgingen, war ich ganz krank vor Heimweh, bis ich das Meer kennenlernte.«

»Mir ging es genauso!« bestätigte Salvador.

»Wirklich?«

»Ja, bestimmt!«

Strahlend sahen sie sich an und nahmen den anderen zum ersten Mal in seinem ganzen Wesen wahr. Ihre Blicke drückten gleichzeitig Befangenheit und Hoffnung aus.

»Erzähl mir mehr von deiner Mutter«, forderte sie ihn auf.

»Gern«, erwiderte er. »Sie wurde in Mexiko City geboren. Sie hat bis zu ihrem fünfzehnten Lebensjahr die Schule besucht, wo sie außer Spanisch auch Französisch lernte.«

»Du meine Güte«, sagte Lupe beeindruckt.

»Aber dann ist sie mit meinen Großeltern in die Berge, nach Jalisco, gezogen«, fuhr Salvador fort. »Dort wurde ich geboren – vier Tagesritte entfernt von Guadalajara, der nächstgelegenen Stadt.«

»Aber wieso sind deine Großeltern denn in so eine abgelegene Gegend gezogen?« fragte Lupe. »Vor allem, nachdem sie sich solche Mühe mit der Ausbildung deiner Mutter gegeben hatten?«

»Es waren schwierige Zeiten. Mexiko war durch den Krieg gegen Frankreich genauso zerrissen wie heute durch die Revolution. Die Menschen litten Hunger, und auf der Suche nach einer neuen Heimat, neuer Hoffnung, zerstreuten sich die Familien in alle Himmelsrichtungen. Aber meinem Großvater mütterlicherseits, dem großen Don Pio Castro, wurde eine Vision zuteil«, berichtete Salvador.

Lupe lächelte. »Bitte erzähl weiter.«

»Nun, mein Großvater war arm, ungebildet und stammte von einfachen, indianischen Bauern ab. Aber er hatte seinen Traum. Er wollte hoch in den Bergen, weit ab von den reichen *hacendados*, ein eigenes Dorf gründen. Einen Ort, wo Männer in Frieden mit ihren Familien leben konnten. Obwohl er selber ungebildet war, träumte er davon, daß seine Kinder einmal zur Schule gehen und zu freien, gebildeten Menschen heranwachsen würden.«

Salvador fuhr fort und erzählte Lupe die Geschichte Don Pios, der nach dem Krieg gegen die Franzosen mit seinen Brüdern von Mexiko City aus nach Norden aufgebrochen war. Lupe lauschte ihm wie gebannt. Dies war eine der bezauberndsten Geschichten, die sie je gehört hatte.

Doch dann füllten sich Salvadors Augen mit Tränen, und er stockte.

»Was hast du?« fragte sie.

»Nichts davon ist übriggeblieben«, antwortete er.

»Du meinst, die Stadt und alles, was Don Pio aufgebaut hat?«

»Ja. Es ist nichts mehr davon da. Das Vieh, die Ziegenherden, die Obsthaine mit den Apfel- und Pfirsichbäumen. Alles – Gebäude, Ställe, Weiden – die ganze Gemeinde ist verschwunden.

»O wie schrecklich«, sagte Lupe, der jetzt selber Tränen in die Augen stiegen. »Mit meiner Heimatstadt La Lluvia ist das gleiche geschehen. Als die Goldmine geschlossen wurde, hat der Wald allmählich wieder von ihr Besitz ergriffen.«

»Ja, genau«, pflichtete Salvador ihr bei. »Als ich ein letztes Mal die Berge hinaufkletterte, auf der Suche nach meinem Vater, der uns verlassen hatte, sah es dort aus, als hätte unser Dorf nie existiert.«

»Mein Gott«, sagte sie und griff sich ans Herz, »genauso habe ich es empfunden, als ich von den Kathedralenfelsen hinabsah, wo ich mich von meinem Colonel verabschiedet hatte.«

»Von deinem Colonel?«

Lupe erstarrte. Noch nie hatte sie den Colonel gegenüber jemandem erwähnt, der nicht zur Familie gehörte. Und jetzt war sie einem Fremden gegenüber damit herausgeplatzt.

»Ja«, sagte sie und wischte sich ein paar Tränen fort. »Ein großartiger Soldat, der eine Zeitlang mit seiner Frau in unserem Haus gewohnt hat, als ich noch sehr klein war.«

»Du hast ihn wohl sehr gern gehabt?« fragte Salvador.

Lupe blickte ihn forschend an und versuchte seine Gedanken zu erraten. Doch dann nickte sie und sagte ohne Umschweife: »Ja, sehr.«

»Ich verstehe.« Salvador seufzte nachdenklich. »Liebe ist ein sehr mächtiges Gefühl, es läßt einen nie mehr los. Für mich war meine Mutter stets meine einzige Liebe. Das heißt, bis heute.«

»Bis heute?«

»Ja«, antwortete Salvador. »Jetzt bist du es, Lupita, weißt du das nicht?« Endlich konnte er seinen Gefühlen freien Lauf lassen. »Seit ich dich das erste Mal sah … wußte ich … gab es nicht den geringsten Zweifel für mich …, daß du diejenige bist, die ich mein Leben lang gesucht habe.«

Lupe war kurz davor, ohnmächtig zu werden. In ihren kühnsten Träumen hätte sie sich keine schönere Liebeserklärung von einem Mann wünschen können. Sie fühlte Panik in sich aufsteigen. Sollte es wirklich wahr sein – war ihr Traum Wirklichkeit geworden? Ein Teil von ihr wehrte sich dagegen, und vor Verwirrung wäre sie am liebsten davongelaufen, um kein Wort mehr hören zu müssen. Doch sie rührte sich nicht und blieb sitzen.

Wortlos sahen sie sich an. Der Augenblick schien von solcher Zerbrechlichkeit, daß beide kaum zu atmen wagten.

Dann sagte Salvador: »Gib mir deine Hand, *querida*.«

Ohne zu zögern, überließ Lupe ihm ihre Hand.

»Lupe«, sagte er mit zitternder Stimme, »wovon träumst du? Meine Mutter hat immer gesagt, daß man einen anderen Menschen erst dann wirklich kennt, wenn man um seine Träume weiß. Bitte, erzähl mir deine.«

»Meine Träume?« fragte sie, während sich alles in ihrem Kopf drehte. Was für ein Gefühl, so etwas gefragt zu werden. Sie schwebte wie auf Wolken.

»Ja, deine Träume«, wiederholte er. »Meine sind ganz einfach: Ich werde reich werden. Ich weiß zwar noch nicht wie, aber ich weiß, daß ich es schaffe. Und es ist mir egal, wenn ich dafür jeden Tag zwanzig Stunden arbeiten muß. Aber niemals wieder werde ich für jemand anderen als für mich selbst arbeiten. Ich will eine Farm kaufen, eine richtig große, und in der Mitte, auf einem Hügel, werde ich mein Haus errichten, genau, wie es mein Großvater getan hat. Meine Kinder sollen zur Schule gehen und niemals durchmachen müssen, was ich erlebt habe. Das schwöre ich bei Gott.«

Während er sprach, bebte Salvadors Stimme, und in seinen Augen schimmerten Tränen. Lupe spürte die Stärke und Kraft, die in ihm steckte; sie fühlte seine Überzeugung und glaubte ihm jedes Wort, völlig überwältigt von seiner Gegenwart.

»Und jetzt erzähl mir von deinen Träumen, *querida*.«

Das Wort »*querida*« hörte sich so zärtlich aus seinem Munde an, daß Lupe entzückt erschauderte, und sie – die stillste ihrer Familie – begann zu sprechen. Die Worte strömten nur so aus ihr hervor, und sie teilte Salvador all ihre verborgenen Wünsche und Hoffnungen mit und Gefühle, von deren Existenz sie bis zu diesem Augenblick selbst nie etwas geahnt hatte.

Und während die Worte aus ihr hervorsprudelten, fühlte sie die Gewißheit in sich aufsteigen, daß sie diesem Mann bis ans Ende der Welt folgen würde. Es war, als wäre ihr Colonel zu ihr zurückgekehrt, nicht so hochgewachsen und gutaussehend, sondern klein und breitschultrig diesmal, doch für Lupe der schönste Mann dieser Welt.

Sie teilte ihm alles mit, was ihr in den Sinn kam, und fragte sich insgeheim, ob sie wohl vor seiner Mutter, dieser feinen und gebildeten alten Lady, würde bestehen können.

»Also, um zum Ende zu kommen«, schloß sie, »ich hoffe zwar nicht mehr, selber eine elegante, gebildete Dame zu werden, aber für meine Kinder wünsche ich mir das. Und genau wie du hoffe ich, daß meine Kinder niemals durchmachen müssen, was ich erlitten habe.«

Ihre Augen schwammen in Tränen, doch es waren Tränen des Glücks. Salvador hatte sie in ihrem Innersten berührt.

Er zog sein rotes Seidentaschentuch hervor und reichte es ihr.

»Ich möchte, daß du meine Mutter kennenlernst«, sagte er.

»Danke«, erwiderte sie. »Ich würde mich sehr geehrt fühlen.«

»Nein«, widersprach er. »Ich fühle mich geehrt.« Er nahm ihre Hand und küßte sachte ihre Fingerspitzen. Wäre Carlota nicht in diesem Augenblick hereingeplatzt, hätten sie sich einen Moment später in den Armen gelegen.

Als sie Salvador entdeckte, rief Carlota den hinter ihr eintretenden Familienmitgliedern lauthals entgegen: »Mama! Der Kerl, von dem du glaubtest, du hättest ihn verjagt, ist wieder aufgetaucht! Und er sitzt mit Lupe auf dem Sofa!«

Lupe wäre fast im Erdboden versunken, während ihr Verehrer Carlota am liebsten auf der Stelle erwürgt hätte. Aber dann brachen sie beide in Gelächter aus. Salvador mußte daran denken, daß jede Rose Dornen hatte. Bei Lupe war dieser Dorn ihre vorlaute Schwester. Er würde lernen müssen, mit ihr fertig zu werden, wenn er sein Leben mit Lupe verbringen wollte.

Inzwischen waren auch Doña Guadalupe, Don Victor und Victoriano eingetreten. Don Victor lief Salvador mit ausgestreckten Armen entgegen. »Wie freue ich mich, dich zu sehen«, rief er. »Ich habe mir schon ernsthafte Sorgen gemacht. Außerdem habe ich dir einen geschäftlichen Vorschlag zu machen.«

Der alte Mann legte die Hand auf Salvadors Arm und führte ihn ein Stück fort. Salvador drehte sich schulterzuckend zu Lupe um. Sie lächelte und sah zu, wie ihr Vater Salvador zur Hintertür hinausführte.

»Paß auf«, sagte der alte Mann, als sie allein waren. »Was hältst du davon, wenn wir beide reich würden, he?«

»Hört sich nicht schlecht an«, erwiderte Salvador.

»Gut«, sagte Don Victor, »dann kratz ein bißchen Geld zusammen, und wir beide gehen zurück nach Mexiko und eröffnen die

Goldmine wieder, die die Amerikaner verlassen haben. Glaub mir, ich will wenigstens einmal im Leben so reich sein, daß ich immer genug Geld für ein Spiel in der Tasche habe und nicht vor jedem As auf dem Tisch erzittern muß! Und einmal würde ich gern zu meiner Alten sagen: ›Hier hast du Geld, Weib, erstick dran, wenn du willst.‹ Gott, das wäre himmlisch!« fügte er hinzu.

»Okay«, antwortete Salvador. »Worauf warten wir noch?«

»Ist das dein Ernst? Mensch, ich habe meiner *vieja* gleich gesagt, daß du ein Mann der Tat bist, aber sie hat nur geschimpft, ich hätte dich vertrieben. Also, wann gehen wir? Mexiko liegt in Trümmern, und die amerikanischen Geschäftsleute sind noch nicht zurückgekehrt. Das weiß ich, weil ich mich erkundigt und die Nachrichten regelmäßig verfolgt habe. Jetzt wäre also genau der richtige Zeitpunkt, zurückzugehen und die Sache in Angriff zu nehmen. Dann werden wir reich und sind endlich unsere eigenen Herren!«

»Gut«, erwiderte Salvador und begann über die Idee nachzudenken. »Aber es wird, na, sagen wir, ein paar Monate dauern, bis ich das Geld zusammen habe. Was glaubst du, wieviel werden wir brauchen?«

Don Victor kniff die Augen zusammen. »So weit habe ich noch nicht gedacht. Ich muß mit Victoriano darüber reden, dann sage ich dir Bescheid. Aber bitte, in der Zwischenzeit kein Wort darüber zu den Frauen. Sie würden sich nur unnötig Sorgen machen.«

»Geht in Ordnung«, versprach Salvador, dem der Eifer des alten Mannes gefiel. Er hatte den Eindruck, daß Don Victor, hätte das Leben es besser mit ihm gemeint, ein erfolgreicher Spieler geworden wäre. Aber bittere Armut hatte vielen Männern gute Chancen verbaut.

Als sie wieder ins Haus gingen, hörten sie die Frauen in der Küche hantieren. Don Victor lud Salvador ein, zum Essen zu bleiben. Er stellte ihm Francisco und Andres vor, und die Männer unterhielten sich über die Arbeit, die Jobvermittler und über Trucks. Dann sprachen sie über ihr Heimatland Mexiko, und alle erzählten Salvador Geschichten über die großartigen Gelegenheiten, die sie dort verstreichen lassen mußten, und daß sie zurückgehen würden, sobald sie finanziell wieder auf die Beine gekommen wären.

Salvador hörte den Erzählungen von Don Victor, Andres, Francisco und einigen ihrer Nachbarn stumm zu. Er wußte, daß sie ihre Pläne niemals verwirklichen würden, aber er wußte auch, daß diese großartigen Pläne und ihre romantische Verklärung Mexikos ihnen das Leben hier in den Vereinigten Staaten erleichterten.

Während er dem Gespräch der Männer lauschte, konnte er durch die Küchentür zweimal einen Blick auf Lupe erhaschen, was ihm das Gefühl gab, zu Hause zu sein. Wie freundlich diese Leute doch zu ihm waren. Sie hegten nicht den geringsten Groll wegen des Vorfalls mit der zerbrochenen Kiste gegen ihn. Im Gegenteil, wahrscheinlich hatte sein Gefühlsausbruch sie sogar beeindruckt und daran erinnert, wie er den fetten Aufseher verprügelt hatte.

Als das Essen fertig war, ließen sich alle an dem aus Brettern bestehenden Tisch nieder. Victoriano erläuterte Salvador die gegenwärtige Situation der Familie; er war der einzige, der nie von der Vergangenheit sprach. Er erzählte Salvador, daß er und seine beiden Schwager jetzt zwar einen eigenen Truck besaßen, aber trotzdem nur selten Arbeit fanden.

»Weißt du«, sagte er, »seitdem wir diesen Streik hier angezettelt haben, ist es schwer für uns, Arbeit zu bekommen. Deshalb dachte ich, vielleicht hast du ja in den nächsten Wochen einen Job für uns in deinem Düngerhandel?«

»Welcher Düngerhandel?« fragte Salvador, dem völlig entfallen war, was er ihnen erzählt hatte.

»Na, deine Verträge mit den großen Farmen«, antwortete Victoriano leicht befremdet.

»Oh, ach so.« Mit klopfendem Herzen erinnerte Salvador sich wieder an seine Märchenstunde. Um ein Haar hätte er sich selbst als Lügner enttarnt.

»Und«, fuhr Victoriano fort, »hast du Arbeit für uns?«

Salvadors Gedanken rasten. Alle, einschließlich Lupe, blickten ihn erwartungsvoll an. »Natürlich«, antwortete er und lächelte Lupe zu. »Jede Menge. Ich komme morgen bei Tagesanbruch vorbei und hole euch ab, wenn ihr wollt.«

»Prima«, sagte Don Victor. »Ich komme auch mit!«

»Großartig!« erwiderte Salvador. Er hatte zwar nicht die

geringste Ahnung, wie er sich aus dieser Schlinge befreien sollte, aber ihm war klar, daß er sich schleunigst etwas einfallen lassen mußte.

Verliebt sang Salvador auf der Heimfahrt lauthals vor sich hin. Er fühlte sich schwerelos wie ein Adler auf dem Flug unter sternenklarem Himmel. Im halsbrecherischen Tempo von dreißig Meilen pro Stunde glitt der Moon mit seinen erstklassigen Stoßdämpfern über die Schlaglöcher.

Als er die beiden heruntergekommenen kleinen Häuser in Corona erreichte, lag alles schon in tiefem Schlaf, und ohne der Mutter seine wunderbaren Neuigkeiten mitteilen zu können, legte er sich in ihrem Heim schlafen. Lupes Eltern und Geschwister mochten ihn; sie hatten ihn regelrecht ins Herz geschlossen, und morgen würde er mit den Männern ihrer Familie zur Arbeit gehen wie ein richtiger Schwiegersohn. Allerdings hatte er noch immer keinen Schimmer, was er am nächsten Morgen bei Tagesanbruch mit ihnen anstellen sollte.

Nachdem er sich endlich schlafen gelegt hatte, war er so ruhelos, daß er bereits nach vier Stunden wieder erwachte. Er mußte sich unbedingt einen Weg einfallen lassen, Arbeit für die Männer aus Lupes Familie zu finden.

Salvador stand auf, erleichterte sich, und nachdem er sich gewaschen und seine Arbeitskleider angezogen hatte, entfachte er im Holzkohleofen seiner Mutter ein kleines Feuer. Er starrte in die Flammen und versuchte sich zu konzentrieren. Es war lebenswichtig für ihn, Lupes Familie zu beweisen, daß er seinen Lebensunterhalt tatsächlich mit dem Transport von Dünger verdiente.

Sollten sie je herausfinden, daß er in Wirklichkeit als Schwarzbrenner tätig war, wäre alles verloren.

Salvador bekreuzigte sich. »O bitte, lieber Gott«, flüsterte er, »ich weiß, daß ich kaum zu dir gesprochen habe, seit wir den Rio Grande überquerten, und daß ich auch niemals in der Kirche war. Aber ich bin zum ersten Mal im Leben verliebt und brauche deine Hilfe. Bitte, bitte, laß mich jetzt nicht im Stich.«

Die Flammen begannen allmählich aufzulodern, und er

spürte, wie die Wärme sich in seinem Körper ausbreitete. Salvador starrte wie hypnotisiert auf die glühenden Scheite, plötzlich traf es ihn wie mit einem Keulenschlag. Auf einmal war alles sonnenklar.

Er blickte zu seiner Mutter hinüber, die auf einer Matratze an der gegenüberliegenden Wand des Raumes schlief. Er war sicher, daß Gott zu ihm gesprochen hatte, noch vor einer Sekunde hatte er nicht die leiseste Ahnung gehabt, was er tun sollte, und dann hatte die Lösung ganz klar vor seinen Augen gestanden. Es war wirklich wie ein Wunder.

Salvador seufzte tief und beobachtete die tanzenden Flämmchen in dem kleinen Ofen; er fühlte sich so sorglos wie schon lange nicht mehr und fragte sich, ob es seinem Großvater Don Pio damals wohl genauso ergangen war, als er auf der Bergkuppe zu Gott gesprochen hatte. Er dachte an Lupe und daran, daß er ihr eines Tages vielleicht seine tiefsten Geheimnisse anvertrauen und ihr von Duel – dem Türken, der einen Spielsalon eröffnet und ihn in Montana mit Katherine bekannt gemacht hatte –, den beiden FBI-Männern und vor allem von seiner Schwarzbrennerei erzählen würde. Aber dafür war es jetzt noch zu früh. Solange sie überzeugt war, daß Alkohol und Glücksspiel dem Wohl einer Familie schadeten, konnte er solche Geständnisse nicht riskieren. Wie sehnte er den Tag herbei, an dem sie verheiratet sein würden und er Lupe die Wahrheit erzählen und ihr beweisen konnte, wie erfolgreich er im Glücksspiel und bei der Schwarzbrennerei war.

Es wurde Zeit, aufzubrechen. Salvador trank seinen Kaffee aus, küßte die schlafende Mutter, schlich hinaus und stieg in seinen Truck. Vor Tagesanbruch erreichte er Santa Ana, wo Don Victor und die anderen ihn bereits erwarteten.

»Buenos días«, begrüßte er sie. »Einer steigt bei mir ein, die anderen fahren im eigenen Wagen hinterher.«

»Dann komme ich mit dir«, sagte Don Victor, »ich muß sowieso mit dir reden.«

»Okay«, erwiderte Salvador und öffnete Don Victor die Tür auf der Beifahrerseite.

»Ich habe mit Victoriano gesprochen«, sagte der alte Mann, nachdem sie gestartet waren. »Er geht davon aus, daß wir für den Anfang etwa fünfhundert Dollar brauchen.«

»Wofür?«

»Für die Goldmine.«

»Ach so, für die Mine«, sagte Salvador. »Fünfhundert Dollar? Hm, das ist ein Batzen Geld.«

»Dann sollten wir es also lassen?«

»Nein, das habe ich nicht gesagt«, antwortete Salvador. »Wir werden nur etwas mehr Zeit brauchen.«

»Großartig!« sagte Don Victor. »Ich wußte doch, daß du nicht kneifst. Du bist ein wahrer *macho*, wo andere Typen den Schwanz einziehen, da kann man auf dich zählen!«

Als sie die Irving Ranch erreicht hatten, stieg Salvador allein aus und betrat das Büro. Er steckte Mr. Whitehead, dem Aufseher, eine Flasche Whisky zu und versprach dem Mann eine Gallone des besten Stoffes, wenn er ihn und die anderen Männer für eine Woche als Fahrer für die Düngertransporte einstellte.

Mr. Whitehead, der einen guten Tropfen zu schätzen wußte, war einverstanden. »Abgemacht, Sal«, sagte er zu Salvador. Archie hatte die beiden einander vorgestellt, und er wußte, daß er sich auf Salvador verlassen konnte.

Mit breitem Lächeln auf dem Gesicht trat Salvador aus dem Büro. Alles klappte wie am Schnürchen. Es war schon eine gute Sache, Gott zum Verbündeten zu haben.

Während im Osten die Sonne über den Bergen auftauchte, machten sie sich an die Arbeit. Auf einem der beiden Trucks arbeitete Andres mit Francisco, während Victoriano, Salvador und Don Victor auf dem anderen Fahrzeug tätig waren. Es war eine anstrengende Arbeit, und Salvador, der ein wenig aus dem Training war, mußte sich mächtig ins Zeug legen, um sich vor Lupes Familie nicht zu blamieren. Schließlich wollte er den Männern beweisen, daß er ein tüchtiger Arbeiter und in der Lage war, Lupe zu ernähren, wenn sie erst verheiratet waren.

Die Sonne war bereits ein Stück am Horizont emporgeklettert. Salvador war schweißgebadet, als er fühlte, daß ihm jeden Moment ein mächtiger Furz entfahren würde. Er versuchte noch, sich rasch ein Stück von Don Victor zu entfernen, aber es war zu spät. Er furzte Don Victor, der hinter ihm mit gebeugtem Oberkörper eine Ladung Mist aufgabelte, laut vernehmlich genau ins Ohr.

Don Victor machte einen Satz, und sein Blick fiel auf den kleinen Esel, der neben Salvador stand. »Mein Gott, Salvador!« brüllte er. »Stell dir vor, dieses Vieh hat uns gerade angefurzt!«

Er versetzte dem unschuldigen Tier mit seiner Mistgabel einen Stoß ins Hinterteil, so daß es erschrocken mit allen vieren zugleich in die Luft sprang, ebenfalls einen enormen Furz fahren ließ und mit großen Sätzen das Weite suchte.

»So ein verfluchter kleiner Bastard!« schimpfte Don Victor und spuckte aus. »Ich kann den Furz sogar schmecken, so faulig war der!« sagte er und wischte sich den Mund ab.

Salvador eilte mit seiner Gabel voller Mist zum Truck. Er konnte sich vor Lachen kaum auf den Beinen halten. Der arme kleine Esel galoppierte noch immer erschrocken um sich tretend im Korral herum, und Lupes Vater hörte nicht auf, angewidert auszuspucken.

Am Abend lud Lupes Familie Salvador wieder zum Essen ein. Während der Mahlzeit erzählte Don Victor allen von dem schrecklichen Eselsfurz, und Salvador hatte wieder Mühe, einen Lachanfall zu unterdrücken. Nach dem Essen erbot Salvador sich, beim Geschirrspülen zu helfen, um Lupe ein wenig nahe zu sein, aber Doña Guadalupe lehnte ab. Sie drängte ihn wieder auf einen Stuhl und setzte ihr Verhör fort.

Während Salvador seinen Tee schlürfte, kam ihm eine Idee. Er verschüttete ein wenig von dem Tee, und unter dem Vorwand, sich säubern zu müssen, sprang er auf, entschuldigte sich und eilte in die Küche, wo er Lupe mit einem Lappen in der Hand vorfand. Sie begannen beide zu lachen. Carlota sah die beiden verständnislos an und fragte sich, was ihre Schwester bloß an einem so ungeschickten Kerl fand.

Für den Rest der Woche arbeitete Salvador jeden Tag an der Seite von Lupes Vater, ihrem Bruder und den beiden Schwägern. Schwitzend, plaudernd und lachend transportierten sie tonnenweise den Mist hin und her. Abends wurde Salvador zum Abendessen eingeladen, und nach den gemeinsamen Mahlzeiten nagelte Doña Guadalupe ihn jedesmal fest und bombardierte ihn mit Fragen über seine Einstellung zum Glücksspiel, zu Alkohol und all den anderen Lastern, die ihrer Auffassung nach eine gute Ehe gefährden konnten. Und jeden Abend verschüttete Salvador ein wenig Tee und verschwand nach einer kurzen Entschuldigung in die Küche.

Schließlich wurde es Carlota zu bunt, und sie rannte zu ihren Eltern hinaus.

»Mama!« rief sie, »er macht es mit Absicht! Du mußt das unterbinden.«

»Sei still«, wies ihre Mutter sie im Flüsterton zurecht.

»Aber Mama!« beharrte Carlota, die nicht begriff, daß die Eltern längst Bescheid wußten. »Versteht ihr denn nicht? Er bekleckert sich absichtlich mit Tee, damit er mit Lupe zusammen sein kann!«

Doña Guadalupe verdrehte die Augen, und Don Victor ging kopfschüttelnd zur Tür.

In der Küche preßten Salvador und Lupe sich die Hände vor den Mund, um ihr Lachen zu unterdrücken.

Nach einer Woche überprüfte Mr. Whitehead ihre Arbeit und war zufrieden mit dem Ergebnis. Er nahm Salvador beiseite und erklärte sich gegen eine weitere Gallone Whisky bereit, alle noch zwei Wochen länger zu beschäftigen. Salvador erklärte Victoriano, daß sie ohne ihn weiterarbeiten müßten, da er in Carlsbad auf einer Avocadopflanzung zu tun hätte.

»Oh, du belieferst auch Avocadopflanzungen?« fragte Victoriano.

»Klar, oft«, log Salvador. Aber er beschloß, die Deutschen, denen das Montana-Café gehörte, vorsichtshalber um Rückendeckung zu bitten. Hans und Helen besaßen ein paar Pflanzungen, und er wollte sich vor seinem zukünftigen Schwager nicht noch weiter in einem Lügennetz verstricken.

»Dann mach's gut, Salvador«, sagte Victoriano, »ich werde Lupe Bescheid sagen, daß du ein paar Tage fort bist.«

»Bitte, tu das«, erwiderte Salvador und machte sich davon.

In Escondido stellte Salvador fest, daß Epitacio seine Aufgaben gewissenhaft erledigt hatte. Der zweite Gärungsprozeß war bereits beendet, und sie konnten wieder mit dem Destillieren beginnen.

Nach fünf Tagen und Nächten intensiver Arbeit hatten sie die erste Ladung fertig. Salvador und Epitacio luden die Fässer auf den Truck, um sie in ein sicheres Versteck hinter dem Hodges-See im San-Pasqual-Tal zu schaffen. Als sie gemächlich die staubige Straße entlangfuhren, tauchte plötzlich hinter ihnen mit aufheulenden Sirenen der Wagen eines Sheriffs auf, der zwischen zwei Felsen gestanden hatte.

Epitacio schrie auf, und Salvador trat das Gaspedal durch. So schnell sie konnten, rasten sie die unwegsame Straße entlang, doch der Wagen der Cops kam unerbittlich näher.

Salvador war ratlos. Als er ein freies Feld erblickte, riß er das Steuer herum und durchbrach den Stacheldrahtzaun. Krampfhaft hielt er das Lenkrad umklammert, während der alte Pick-up ruckartig über das Gelände holperte. Auf einmal löste sich das Lenkrad aus der Verankerung, und Epitacio begann hysterisch zu schreien. »O mein Gott! Jetzt werde ich doch draufgehen, nachdem ich mich all die Jahre so mühevoll durchgeschlagen habe.«

Salvador rammte das Lenkrad mit seinen kräftigen Armen zurück in die Halterung, aber durch die Fässer war der Truck zu überladen, um schnell genug vorwärts zu kommen. Der Wagen des Sheriffs kam immer näher.

An einem Wasserloch, das ein Stück vor ihnen lag, graste eine Viehherde. Salvador steuerte genau darauf zu, doch es war zu spät. Kurz vor der Herde holte der Wagen des Sheriffs sie ein und befand sich nun links von ihnen auf gleicher Höhe. Epitacio schrie voller Panik. Salvador blickte zur Seite – genau in die schwarze Mündung einer doppelläufigen Flinte, die durch das Fenster des Polizeiwagens auf ihn gerichtet war.

Er trat mit voller Wucht auf die Bremsen, so daß Epitacio nach vorn geschleudert wurde und mit dem Gesicht gegen die Windschutzscheibe knallte. In Windeseile legte Salvador den Rückwärtsgang ein und versuchte, auf diese Weise zu entkommen. Der Wagen des Sheriffs bretterte in hohem Bogen in das Wasserloch, und die Tiere stoben erschrocken auseinander.

»Ha!« rief Salvador begeistert, »jetzt sitzt der Bastard fest!««
Epitacios Gesicht war blutüberströmt, und vor Schmerz rannen ihm die Tränen aus den Augen. Doch Salvador schenkte der Pein seines Schwagers keine Beachtung, sondern manövrierte den Truck zwischen den Rindern hindurch über die Wiesen des langgestreckten Tals. Der Wagen des Sheriffs lag bald weit hinter ihnen zurück.

»Na, was sagst du nun?« fragte Salvador, als sie den Fuß der Berge erreicht hatten. »Wir haben sie abgehängt!«

»Ich kann nur hoffen, daß du recht hast«, antwortete Epitacio, der sich immer noch Glasscherben aus Händen und Gesicht pulte. »Mein Gesicht ist vollkommen zerschnitten.«

»Immer noch besser, als im Knast zu landen.« Salvador grinste und zog eine Zigarre hervor.

Kaum waren sie um einen Felsen gebogen, sahen sie sich unvermittelt dem schlammbedeckten Wagen des Sheriffs gegenüber. Daneben standen zehn bewaffnete mexikanische Cowboys, die ihre Gewehre auf Salvador und Epitacio richteten.

Salvador bremste und ergab sich mit erhobenen Händen. Jetzt blieb ihm ohnehin nichts anderes mehr übrig, man hatte sie erwischt. Alle seine Träume waren zerstoben: Lupe würde sich wohl kaum mit einem Mann abgeben, der im Gefängnis saß.

Die Tür des Sheriffahrzeugs öffnete sich, und heraus kletterte Archie Freeman und lüftete grüßend seinen Stetson.

Salvadors Gesichtszüge verzerrten sich vor Wut. »Du verfluchter Hurensohn!« schrie er und stieg ebenfalls aus seinem Truck. »Du Bastard hättest uns beinahe umgebracht!«

»Reg dich ab«, erwiderte Archie gelassen und schlenderte auf Salvador zu. »Wir haben was zu besprechen.«

Sie entfernten sich ein Stück von den bewaffneten Männern; Archie hockte sich nach indianischer Art auf den Boden und begann auf einem Grashalm zu kauen.

»Weißt du, Salvador«, sagte er und ließ seinen Blick über die Rinder gleiten, die in der Ferne grasten. »Sie setzen Big John wieder ziemlich unter Druck.«

»So?« erwiderte Salvador immer noch verärgert.

»Nun, ich muß ihm irgendwas anbieten, damit wir nicht ganz mit leeren Händen dastehen«, fuhr Archie fort. »Wie wär's mit ein paar von den Fässern auf deinem Truck und dem Typen, den du dabei hast?«

Salvadors Miene hellte sich auf. Das hörte sich nicht schlecht an! »Du willst, daß ich dir Epitacio überlasse, damit du ihn in den Knast stecken kannst?«

Archie nickte. »Genau.«

»Und er wird 'ne Zeitlang drinbleiben?«

»Du hast es erfaßt.«

Salvador grinste. Endlich würde Epitacio am eigenen Leib zu spüren bekommen, was es hieß, im Gefängnis zu sitzen. Es war wundervoll.

»Und wie viele Fässer?« fragte er.

»Wie viele hast du?« entgegnete Archie.

»Zehn.«

»Das ist genau richtig«, sagte Archie.

»Du ausgekochter Hurensohn!« schrie Salvador.

»Okay, okay, dann eben nur fünf.«

»Und wie viele davon sind für Big John, und wie viele gedenkst du selber zu behalten?« fragte Salvador.

Archie grinste. »Rate mal.«

»Du bist wirklich ein doppelzüngiger Schweinehund!« fluchte Salvador.

»Ich werd's mir zu Herzen nehmen«, erwiderte Archie. »Also, steht der Handel?«

Salvador hob einen Stein auf und spielte damit. Er warf einen verstohlenen Blick zu Epitacio hinüber, der, von Archies bewaffneten Cowboys umringt, verängstigt neben dem Truck stand. »Wieviel würde er kriegen?« fragte Salvador.

»Zwei oder drei Jahre«, antwortete Archie.

»Großartig.« Salvador war sichtlich amüsiert. Doch plötzlich schleuderte er den Stein fort. »Ist nicht drin. Ich kann das nicht machen. Er gehört zu meiner Schwester. Sie würde mir die Hölle heiß machen.«

Archie blickte ebenfalls zu Epitacio hinüber.

»Ein harter Brocken, deine Schwester, was?«

»Da kannst du Gift drauf nehmen«, bestätigte Salvador.

»Na, dann«, sagte Archie und stand auf. Er zog seinen Revolver hervor, und bevor Salvador sich gerührt hatte, feuerte er fünfmal in die Luft. »Sie sind entkommen, Jungs!« rief er. »Also nehmen wir nur ihren Truck und alles, was dazugehört!«

»Verdammt nochmal!« fluchte Salvador. Er nahm seinen Hut und schleuderte ihn auf den Boden. »So war das nicht gemeint. Nicht meinen Truck, zum Teufel!«

»Zu spät!« erwiderte Archie. »Ich schlage einen Handel nicht zweimal vor.«

Gefolgt von einem der *vaqueros*, der Salvadors Truck steuerte, fuhr Archie in seinem Wagen davon.

Salvador und Epitacio blieben mitten in der Einöde zurück. »Epitacio! Du elender Hurensohn!« schrie Salvador und trampelte wutentbrannt auf seinem Hut herum. »Du hast mich gerade über tausend Dollar gekostet! Hätte ich doch bloß eingewilligt, daß sie dich in den Knast stecken!«

Epitacio sackte bewußtlos zu Boden. Er hatte eine Menge Blut verloren, und Salvadors Mitteilung gab ihm den Rest.

Es war schon fast dunkel, als die mexikanischen Cowboys, mit Pferd und Wagen, glückselig singend zurückkehrten und sich in Lobeshymnen über das Faß Whisky ergingen, das Archie ihnen überlassen hatte.

Nachdem sie sich um Epitacios Wunden gekümmert hatten, brachten sie ein großes Stück Rindfleisch zum Vorschein, das Archie ihnen mitgegeben hatte, und entfachten ein Feuer. Gemeinsam mit Salvador und Epitacio veranstalteten sie ein *barbacoa*, wozu es jede Menge Tortillas, *frijoles*, Chilis, Tomaten, Zwiebeln und *nopalitos* gab, die sie mit reichlich Whisky herunterspülten.

Die Kojoten begannen zu heulen, und unter dem weiten Sternenhimmel schmetterten Salvador und Epitacio zusammen mit den Cowboys mexikanische Lieder. In dieser Nacht schlief Salvador wie seit Jahren nicht mehr. Er träumte, er wäre nach Los Altos de Jalisco zurückgekehrt, wo er den Geruch der Rinder, der Pferde und der saftigen, grünen Weiden in der Nase spürte. Und er war verliebt in das Wunder der Schöpfung, das Gott eigens für ihn geschaffen hatte.

Während ihr Bruder Victoriano mit den anderen Männern der Familie weiter Dünger transportierte, besuchte Lupe die Bibliothek und lernte. Sie sah Mark jeden Tag und unterhielt sich mit ihm über die Bücher, die sie las. Einmal besuchten sie gemeinsam das geräumige, kühle Büro seines Onkels, das noch viel beeindruckender war, als sie erwartet hatte.

Sie war hin und her gerissen: Einerseits war sie nach wie vor bestrebt, viel zu lesen und sich zu bilden, und begeistert von der Vorstellung, im Büro von Marks Onkel zu arbeiten. Andererseits fühlte sie sich immer mehr zu Salvador hingezogen, besonders jetzt, da er ihrer Familie geholfen hatte.

Am späten Abend des nächsten Tages fuhr Salvador nach Carlsbad und berichtete Kenny von dem Streich, den Archie ihm gespielt hatte.

Kenny hielt sich den Bauch vor Lachen und ließ sich japsend auf den Garagenboden plumpsen. »Mein Gott, dieser Freeman! Was für ein Schlitzohr!«

Salvador, der immer noch stocksauer war, konnte Kennys Vergnügen nicht teilen. Außerdem schmerzten ihm alle Knochen, denn er war tagelange körperliche Arbeit, wie er sie als Kind in Mexiko geleistet hatte, nicht mehr gewohnt.

Er bat Kenny, ihm einen Ersatz für den beschlagnahmten Truck zu besorgen.

»Kein Problem«, erwiderte Kenny, immer noch schmunzelnd.

Während der nächsten Wochen widmeten sich Salvador und Epitacio voller Eifer der Arbeit in ihrer Brennerei. Schnell hatten sie die verlorenen zehn Fässer ersetzt und versteckten sie in einem Gebiet hinter Carlsbad, westlich von San Marcos. Nun hatte Salvador endlich wieder Zeit, Lupe zu besuchen. In Corona hielt er kurz an, um Epitacio abzusetzen, und wollte sich gleich weiter auf den Weg zu seiner großen Liebe machen. Doch Luisa rannte schreiend aus dem Haus und hielt ihn zurück.

»Salvador! Salvador! Bleib hier! Wir brauchen deine Hilfe! Mama ist verrückt geworden! Sie wird verloren gehen und vom Ende der Welt herunterfallen!«

»Wovon redest du eigentlich?«

»Fahr zur Kirche und überzeug dich selbst!« schrie Luisa. »Sie hat sich in den Kopf gesetzt, nach Chee-a-cago zu gehen, wo doch jeder weiß, daß es am Ende der Welt liegt!«

Salvador stieg aus dem alten Truck, den Kenny ihm überlassen hatte, und ging auf Luisa zu. So sehr er sich auch danach sehnte, Lupe wiederzusehen, solange seine Schwester solch wirres Zeug über die Mutter von sich gab, konnte er nicht einfach verschwinden.

»Luisa«, sagte er und nahm sie in die Arme, »jetzt beruhige dich erstmal und erzählt mir, was los ist.«

»Verstehst du denn nicht? Mama wird in ihr Verderben rennen. Domingo ist nicht wieder aufgetaucht, und jetzt ist sie sauer auf die Jungfrau Maria. Im Augenblick ist sie in der Kirche, um

Gott die Meinung zu sagen und ihm mitzuteilen, daß sie selbst nach Chee-a-cago fährt, wenn er ihr Domingo nicht herschickt!«

»Schon gut, Luisa, ich rede mit ihr«, beschwichtigte sie Salvador. »Reg dich nicht so auf. Mama hat immer gewußt, was sie wollte, und das Richtige getan.«

»Ja, als sie noch jünger war und in Mexiko lebte, wo die Leute sie verstanden!« rief Luisa. »Aber nicht hier! Und Chee-a-cago liegt am anderen Ende der Welt. Frag Epitacio, der war schließlich dort! Er hat sogar das Meer gesehen, und sie haben ihm gesagt, es liegt in der Nähe von Neu-England!«

»England?« fragte Salvador. »Aber liegt England nicht in der Nähe von China?«

»Genau!« bestätigte Luisa. »Und jedermann weiß, daß China am Ende der Welt liegt!«

»Okay«, sagte Salvador, »ich fahre gleich rüber zur Kirche und sehe nach Mama.«

»Gut. Die Jungen sind bei ihr. Ich komme mit, du mußt sie unbedingt zur Vernunft bringen!«

»Bestimmt.« Salvador seufzte und half seiner Schwester in den Truck. Wieder einmal mußte er seinen Besuch bei Lupe verschieben.

Als sie die Kirche erreichten, traten die beiden Jungen mit der Großmutter soeben die Stufen herab.

»Mama«, sagte Salvador, als er auf sie zueilte. »Ich habe gehört, du willst ganz allein nach Chee-a-cago!«

»Ich gehe nicht allein«, widersprach die alte Frau. »Unser Allmächtiger wird mich begleiten!« Sie bekreuzigte sich.

»Mama, sei doch vernünftig«, bat Salvador. »Luisa hat ganz recht. Chee-a-cago ist so verwirrend groß, daß du dich sogar mit dem Allmächtigen an deiner Seite verirren wirst.«

»Das ist Gotteslästerung«, entgegnete die alte Lady barsch. »Unser Schöpfer regiert über das ganze Universum, was bedeutet Chee-a-cago dann schon für ihn? Außerdem brauche ich nur einen der Briefe mitzunehmen, von denen wir schon unzählige dorthin geschickt haben. Die Straßen von Chee-a-cago werden voller Menschen sein, die nur darauf warten, mir zu helfen!«

»Aber du sprichst kein Englisch, Mama«, wandte Salvador ein.

»Ach was, eine Mutter, die ihr eigen Fleisch und Blut sucht, kann sich in jeder Sprache der Welt verständlich machen!«

»Aber Mama«, Luisa stieg aus dem Wagen. »Wir wissen doch noch nicht mal genau, wo Chee-a-cago überhaupt liegt.«

»Habe ich vielleicht gewußt, wo Guadalajara ist, als ich dorthin eilte, um Jose vor seiner Hinrichtung zu bewahren? Haben wir gewußt, wo die Vereinigten Staaten waren, als wir unsere Heimat in den Bergen verließen? Man muß den Weg zum Ziel nicht kennen. Das einzige, was zählt, ist die Überzeugung, alle Hürden, die auf dem Weg dorthin liegen, überwinden zu können!«

»Na ja, das klingt ganz überzeugend«, sagte Salvador. »Ich wußte auch nicht, wo Kalifornien liegt, als ich Montana verließ. Ich habe bloß eine Zugfahrkarte gekauft, mich in den Zug gesetzt, und der Rest ging von selbst.«

»Jetzt hör aber auf!« schrie Luisa, »du ermutigst sie ja noch!«

»Mama hat recht«, mischte sich Pedro zum ersten Mal ein. »Du darfst sie nicht auch noch ermutigen, Onkel. Großmutter kann wirklich nicht allein reisen. Sieh sie dir doch an, sie ist so alt und häßlich, daß kein Mensch mit ihr reden würde.«

»Was fällt dir ein, ›alt und häßlich‹, du dummes Kind, du!« Luisa packte ihn bei den Haaren. »Wag es nicht noch einmal, so von deiner Großmutter zu reden, dann kannst du was erleben!«

Durch den Tumult aufmerksam geworden, trat der Priester aus der Kirche.

»Nicht, Luisa!« bettelte Doña Margarita und griff nach Luisas Arm. »Laß das Kind in Ruhe! Er ist der einzige, der etwas Vernünftiges von sich gegeben hat. Schau mich doch an; diese Lumpen! Ich sehe tatsächlich so alt und abstoßend aus, daß die Leute bestimmt nicht mit mir sprechen, geschweige denn, mich in ihre Häuser bitten und mir helfen würden.« Sie seufzte tief.

»Salvador«, fuhr sie fort und wandte sich ihrem Sohn zu, »ich brauche ein bißchen Geld für ein paar neue Kleider und ein wenig *whiskito* für meine Reise nach Chee-a-cago.«

Sie zwinkerte ihm zu und legte Pedro freundschaftlich den Arm um die Schulter. »Du würdest staunen, *mi hijito*, wie schön manche Leute werden, sobald sie ein paar Drinks intus haben.«

»In Ordnung, Mama«, sagte Salvador, erleichtert darüber, daß die Mutter nicht sofort aufbrechen wollte, »du sollst alles haben, aber es dauert ein paar Wochen.«

In diesem Augenblick schritt der Priester die Stufen hinab. Alle drehten sich zu ihm um, und Salvador war instinktiv auf der Hut. Priestern traute er nicht über den Weg.

»Entschuldigen Sie«, sagte der Geistliche. »Ich konnte nicht umhin, Ihre Unterhaltung mitanzuhören. Möglicherweise kann ich Ihnen behilflich sein. Doña Margarita«, fügte er in perfektem Spanisch hinzu, »würden Sie mich wohl mit Ihrem Sohn hineinbegleiten? Dann können wir alles in Ruhe besprechen?«

»Natürlich«, erwiderte die alte Lady. »Salvador, das ist Vater Ryan, der freundliche Priester, der mir so oft geholfen hat.«

»Freut mich sehr«, antwortete Salvador und musterte den großen, eleganten Mann skeptisch.

»Das Vergnügen ist ganz auf meiner Seite«, erwiderte der Geistliche und streckte Salvador seine Hand entgegen.

Der Priester führte sie durch einen Garten zum rückwärtigen Eingang des Gotteshauses. Im Inneren herrschte Dunkelheit, und ihre Schritte hallten auf den harten Holzdielen wider. Salvador verspürte keine unmittelbare Bedrohung, bis sie am Ende eines langen Flures ein mit Bücherregalen vollgestopftes Büro betraten und der Priester die Tür hinter ihnen verschloß. Erst jetzt hatte er das Gefühl, daß es sich um eine Falle handeln könnte.

»Nun«, sagte der Geistliche; er hatte an seinem Schreibtisch Platz genommen und ließ die Hände mit aneinandergefügten Fingerspitzen auf dem Pult ruhen. »Ich habe vernommen, daß Sie beabsichtigen, nach Chicago zu reisen, *señora*. Ich kenne dort einen Priester, der Ihnen vielleicht behilflich sein könnte. Sie brauchen mir nur mitzuteilen, wann Sie abzureisen gedenken, dann werde ich einen Brief für Sie vorausschicken.«

»Siehst du?« Doña Margarita wandte sich zu ihrem Sohn. »Bitte, und dir wird gegeben! Jetzt habe ich sogar noch einen Freund in Chee-a-cago!«

»Ja, das haben Sie, *señora*«, bestätigte der Priester und rückte ein wenig auf seinem Stuhl hin und her. »Nun, der Grund, weshalb ich Sie hereingebeten habe«, fuhr er fort und rieb seine Hände, »ich habe gehört, daß Sie aus Los Altos de Jalisco stammen, und soviel ich weiß, wird in diesem Staat der beste Tequila in ganz Mexiko hergestellt. Und ... also, um ganz offen zu sein, die Leute reden nun mal, daher weiß ich, was Sie treiben, Salvador. Ich frage mich, ob Sie mir nicht etwas von Ihrer äh ... Ware zukommen lassen könnten?«

Salvador war perplex. Er traute seinen Ohren nicht. Unfähig zu einer Erwiderung, saß er da, bis die Stille um sie herum peinlich wurde.

»Nun ja, *señora*«, wandte sich der Priester wieder an Doña Margarita. »Ich hätte wissen sollen, daß ein Man in der Position Ihres Sohnes selbst einem Geistlichen gegenüber nicht so ohne weiteres aufgeschlossen ist. Aber wissen Sie, *señora*, auch Priester sind Männer. Wir sind zu dritt in dieser Diözese und treffen uns ein paarmal im Monat, um abends Karten zu spielen und ein paar Gläser zu trinken, aber so, wie die Dinge augenblicklich in diesem Land stehen, ist das leider nicht mehr so einfach.«

Salvador blickte seine Mutter an. Bis zu diesem Moment hatte auch sie dem Gottesmann mit keiner Silbe etwas preisgegeben. Da der Priester sich nun direkt an sie wandte, nickte sie Salvador kurz zu, zum Zeichen, ihm eine Antwort zu geben. Salvador beschloß, vorsichtig vorzugehen. Die Mutter hatte sie stets gewarnt, auch vor Priestern auf der Hut zu sein, schließlich waren auch sie nur Männer, und ihr Fleisch war genauso schwach wie das anderer Sterblicher.

»Nun, Vater«, sagte Salvador, »es ist nicht ganz richtig, was die Leute Ihnen erzählt haben. Ich handle nicht selbst mit Alkohol, aber ich kenne einen Mann, der Ihnen möglicherweise in dieser Sache behilflich sein könnte.«

Der Priester lächelte. »In Ordnung«, sagte er, »können Sie mit diesem Mann sprechen?«

Salvador nickte. »Okay, ich kann Ihr Anliegen an ihn weiterleiten. Und es könnte sein, daß Sie – nicht gleich heute oder übermorgen abend, aber irgendwann in dieser Woche – ein paar Flaschen hervorragenden Whisky vor Ihrer Hintertür finden. Wenn Sie mehr davon wünschen, dann sagen Sie einfach meiner Mutter Bescheid. Ich werde die Nachricht weitergeben und dafür sorgen, daß Sie Nachschub erhalten, selbstverständlich umsonst.«

Aber verstehen Sie mich nicht falsch, ich verdiene meinen Lebensunterhalt im Düngergeschäft. Von Schwarzbrennerei verstehe ich nichts. Also erzählen Sie diesen Leuten, die über mich reden, bitte, daß ich ein ehrbarer, gesetzesfürchtiger Mann bin.«

»Aber selbstverständlich«, antwortete der Priester und sah Salvador mit neuerwachtem Interesse an. »Und Ihnen darf ich gratulieren, *señora*, Sie haben einen sehr diplomatischen jungen Mann aufgezogen. In unserer Kirche hätte er es weit bringen können. Vielleicht sogar zum Kardinal!« Er lachte ganz begeistert über seinen eigenen Scherz.

Während er mit seiner Familie ins *barrio* zurückfuhr, hatte Salvador noch einmal Gelegenheit, mit seiner Mutter zu sprechen, die neben ihm auf dem Beifahrersitz saß. Er erzählte ihr, daß er fast eine Woche zusammen mit Lupes Familie gearbeitet habe, bevor er nach Escondido zu Epitacio in die Brennerei gefahren sei. Und er schwärmte seiner Mutter vor, wie freundlich Lupes Familie ihn behandelt habe.

»Das klingt wunderbar, *mi hijito*«, sagte die Mutter, »aber wie geht es jetzt weiter? Nach allem, was du erzählst, scheint dieses Mädchen reif für die Ehe zu sein, und ich habe schon oft mitangesehen, wie junge Männer die Frau ihrer Träume verloren, weil sie nicht schnell genug reagiert haben. Wenn ein Mädchen bereit ist, ist es bereit!«

»Ach, Mama!«

»Komm mir nicht mit ›ach Mama‹, bis du verheiratet bist und ein eigenes Heim hast. Ach, ich wünschte, du hättest diesen Engel kennengelernt, von dem ich dir erzählt habe. Du weißt schon, das Mädchen, das unsere Ziege gemolken hat.«

»Mama, bitte nicht schon wieder«, flehte Salvador, der die Geschichte nicht mehr hören konnte. »Lupe ist diejenige, welche. Das fühle ich tief in meinem Herzen. Nie zuvor war ich mir einer Sache so sicher.«

»Genauso ging es mir mit deinem Vater. Aber eins kann ich dir sagen, ich habe keine Zeit verloren. Zwei Monate nachdem ich ihn kennenlernte, hatte ich ihn im Ehebett.«

Salvador errötete, bevor er lachte. Seine Mutter hatte noch nie ein Blatt vor den Mund genommen und brachte alles sofort auf den Punkt.

»Ich werde jetzt zu ihr fahren«, sagte er.

»Sehr gut«, erwiderte Doña Margarita. »Und ich werde alles

für meine Reise nach Chee-a-cago vorbereiten. Ich habe die Madonna ja gewarnt. Ich kann nicht mehr länger warten. Manchmal muß man eben sogar den Himmel bei den Hörnern packen, das kannst du mir glauben!«

Die Sonne verschwand hinter den Orangenhainen, als Salvador nach Santa Ana fuhr. Er fand Lupes Haus verschlossen und leer vor. Eine Nachbarin von der gegenüberliegenden Straßenseite kam zu ihm und händigte ihm einen Brief aus.

»Sie haben auf dich gewartet«, sagte sie zu ihm. »Aber dann mußten sie nach Hemet zur Orangenernte aufbrechen. Lupe hat mich gebeten, dir diesen Brief zu übergeben. In ein paar Wochen werden sie zurück sein.«

»*Gracias*«, sagte er und nahm den Brief. Der Umschlag war ausgebeult, und er konnte fühlen, daß noch etwas anderes als Papier darin steckte.

Er stieg die Stufen zur Veranda hinauf und setzte sich auf den neuen Schaukelstuhl, den sie für Don Victor gekauft hatten. Salvador öffnete den Brief und fand eine getrocknete Berglilie darin. Lächelnd führte er die getrocknete Blume an die Lippen und küßte sie. Seine Gefühle überwältigten ihn.

Lupe war anders als alle Frauen, die er bisher kennengelernt hatte. In seiner Familie wäre niemand auf die Idee verfallen, eine getrocknete Blume in einen Brief zu stecken. Er ließ seinen Blick über die Veranda schweifen, die sehr gepflegt aussah. Die Gomez, die seit jeher Seite an Seite mit Nachbarn gelebt hatten, waren offenbar sehr darauf bedacht, alles sauber und ordentlich zu halten. Seine Familie dagegen stammte von einer Farm, wo der nächste Nachbar über sechs Meilen entfernt wohnte und wo man die Angewohnheit hatte, mit dem Pferd bis vor die Haustür zu reiten und mit dem Gewehr an der Hüfte und mit Stiefeln, an denen Viehmist klebte, ins Haus zu treten.

Er fragte sich, ob er und Lupe jemals in Harmonie miteinander leben konnten, so grundverschieden wie sie beide waren. Selbst die Heiligenbilder in Lupes Haus unterschieden sich grundlegend von denen der Villaseñors: Ihre Heiligen blickten gepeinigt und blutüberströmt von finsteren Kreuzen. Lupes

Schutzpatrone hingegen wirkten sanft, sie waren weder blutüberströmt, noch machten sie einen gequälten Eindruck.

Schaukelnd saß er in Don Victors Stuhl. Er drückte Lupes Brief
ans Herz und dachte an die Zeit, bevor er dieses Mädchen kennengelernt hatte. Was hatte er nicht alles erlebt! Wie viele Frauen
hatte er besessen! Doch heute erschienen ihm diese flüchtigen
Abenteuer nicht mehr als eine bloße Vorbereitungszeit auf die
Gegenwart zu sein, in der er versuchte, ein Heim und eine Familie zu gründen.

Mit Tränen in den Augen preßte er Lupes Brief gegen seine
Wangen. Er brauchte ihn nicht zu lesen, er wollte ihn nur fühlen
und seinen Duft einatmen. Sein Vater und seine Mutter hatten
keine gute Ehe geführt, doch die Ehe seiner Großeltern war wunderbar gewesen. Er erinnerte sich daran, wie sein Großvater, Don
Pio, sich jeden Morgen nach dem Aufstehen zu den Viehweiden
begeben hatte, um die Männer bei der Arbeit zu begrüßen;
anschließend war er stets zurückgekehrt, um gemeinsam mit seiner geliebten Frau Silveria die erste Tasse heiße Schokolade des
Tages einzunehmen. Ihre Liebe und gegenseitige Bewunderung
war legendär gewesen! Genauso sollte seine Ehe mit Lupe werden.

Den Brief fest an sich gepreßt, schaukelte er nachdenklich vor
und zurück. Ja, sie waren so unterschiedlich, wie man nur sein
konnte, doch er war sicher, daß sie ein wunderbares Leben miteinander führen würden.

Wieder küßte er den Brief und sog zitternd vor Verlangen seinen zarten Duft ein. Allein der Gedanke an Lupe verlieh ihm ein
Gefühl der Schwerelosigkeit.

Die Nachbarin stand am Fenster gegenüber und beobachtete
ihn gerührt. Es war nicht zu übersehen, in welchem Zustand er
sich befand: ein verliebter junger Bock auf der Pirsch.

Auf ihrem Weg nach Hemet, der sie über die grün und grau
gesprenkelten Berghänge führte, überhitzte sich der Motor ihres
Trucks, und Victoriano mußte von der Straße in einen Eichenhain
abbiegen. Hier, im Cañon, hinter den Bäumen, strömte zwischen
hohen Farnsträuchern und Felsen Wasser. Lupe schlüpfte aus

ihren Schuhen und watete durch den erfrischend kühlen Bach. Die Eltern begleiteten die jungen Leute auf dieser Fahrt, hatten jedoch die strikte Anweisung erhalten, nicht zu arbeiten.

Doña Guadalupe schlenderte Lupe am Ufer des Baches hinterher. Ihr war aufgefallen, wie still die Tochter in letzter Zeit geworden war. Sie fand Lupe am Rande eines kleinen Tümpels, umgeben von dichten Farnsträuchern. Die alte Lady zog ihre Schuhe aus, setzte sich auf den Felsen neben ihre Tochter und ließ die Füße im kühlen Wasser baumeln.

»Sieh nur, *mi hijita*«, sagte sie und blickte an der mächtigen Eiche empor, deren Äste sich über ihnen ausbreiteten, »dieser Baum ist fast so groß wie der, zu dem ich mich zu Hause immer flüchtete. Siehst du die gespaltenen Äste? Er wurde auch vom Blitz getroffen.«

Lupe betrachtete die abgebrochenen Äste der mächtigen Eiche und nickte stumm.

»Wir Frauen brauchen unsere Bäume«, sagte die alte Frau, »genau wie unsere Blumen. Sie verstehen uns besser, als ein Mann es je vermag, wie sehr wir ihn auch lieben, oder er uns.« Sie seufzte tief. »Was ist los, *mi hijita*?«

Lupe blickte auf den kleinen See; dort, wo der Bach in den See mündete, hatten sich zwei Eichenzweige im Strom des Wassers zwischen den Felsen verkeilt. Sie verspürte keinerlei Lust, sich auf ein Gespräch mit der Mutter einzulassen. Schließlich war sie inzwischen siebzehn Jahre, alt genug also, um allein mit ihren Problemen fertig zu werden.

»Lupita«, sagte die Mutter, als könne sie Gedanken lesen. »Ich bin vielleicht zu alt, um noch auf den Feldern zu arbeiten, aber glaub mir, ich weiß immer noch eine Menge mehr vom Leben als du. Und außerdem, entweder erzählst du mir, was los ist, oder ich ziehe dir die Ohren lang und bringe dir Disziplin bei«, fügte sie lachend hinzu.

Lupe lächelte. Die Mutter würde sich niemals ändern. Sie konnte es einfach nicht ertragen, nicht jederzeit auf dem laufenden darüber zu sein, was in den einzelnen Familienmitgliedern vor sich ging. Die Eichenzweige wurden von der Strömung um den letzten Felsen herumgespült und verschwanden jetzt aus ihrem Blickfeld. Lupe seufzte.

»Komm schon, *mi hijita*«, ermunterte Doña Guadalupe sie und nahm ihre Hand. »Ich bin doch deine Freundin. Ist es deswegen, weil Salvador nicht zurückgekommen ist, so wie er es Victoriano versprochen hatte?«

Lupe nickte und zuckte dann mit den Achseln. »Ja, aber das ist nicht allein der Grund«, erwiderte sie. »Eigentlich ist es … ach, ich weiß einfach nicht, wie ich es sagen soll.« Sie hielt frustriert inne und griff nach einem Stein. »Für Salvador ist alles ein Spiel. Er führt Papa mit der Goldmine an der Nase herum, und mich führt er auch an der Nase herum. Ach, Mama, manchmal hasse ich ihn regelrecht!« Sie schleuderte den Stein ins Wasser.

Ihre Mutter glättete den Rock über ihren Knien. »Was die Goldmine und deinen Vater angeht, mach dir keine Gedanken, *mi hijito*, Männer brauchen einfach ein wenig Zerstreuung. Ob es so etwas ist, oder Karten, oder Schnaps … Aber jetzt zu dir, du haßt ihn also, hm?«

»O ja, das tue ich!«

»Aber Mark haßt du nicht?«

»Nein!« antwortete Lupe, »das ist es ja, was mich so verwirrt. Ich liebe es, mit Mark zusammen zu sein. Er ist so wunderbar. Mit ihm kann ich mich über die Zukunft und über Bücher unterhalten, und ich fühle mich so glücklich, wenn ich bei ihm bin.«

»Aber du empfindest niemals Haß gegen ihn?«

»Nein. Natürlich nicht!«

»Aber Salvador haßt du manchmal?«

»Ja, und wie, Mama!«

Doña Guadalupe lächelte. »Na, dann ist doch alles klar. Salvador ist derjenige, den du wirklich liebst.«

»Nein!« Lupe starrte ihre Mutter zornig an. »Hast du nicht verstanden? Ich hasse ihn!«

»Doch, ich habe dich verstanden, *mi hijita*«, sagte die alte Frau gelassen. »Nur ist die Sprache des Herzens nicht immer einfach zu verstehen.« Sie betupfte sich die Augen. »Glaub mir, ich weiß, wovon ich rede. Ich war einmal in der gleichen Situation wie du heute.«

»Du, Mama?«

»Ja, meine Kleine. Ich war nicht mein Leben lang mit deinem

Vater verheiratet, auch wenn es dir so erscheinen mag. Auch ich mußte mich zwischen zwei Männern entscheiden.«

»Wirklich?« fragte Lupe schockiert.

Die alte Frau mußte lachen. »Ja. Und ich habe deinen Vater gewählt, mit seinem Hut und diesem gewissen Leuchten in seinen Augen. Obwohl ich schon ahnte, daß er den Hut hauptsächlich deshalb trug, weil sich sein Haar bereits lichtete.«

Lupe versuchte, sich ihren Vater als jungen Mann mit dünnen Haaren vorzustellen, und mußte lachen. Die Mutter fiel in ihr Gelächter ein.

»Ich beneide dich fast ein wenig, *mi hijita*«, gestand die alte Lady und strich über Lupes dichtes, schwarzes Haar. »Du hast noch so viel vor dir. Für dich fängt das Leben gerade erst an.«

»Aber ich fühle mich so elend, Mama!«

»Ach, ich wünschte, ich dürfte nochmal diese Qualen der Liebe erleiden. Himmlische Freuden und höllische Schmerzen zur gleichen Zeit!«

Lupe starrte die Mutter an. »Aber was soll ich denn bloß tun?« fragte sie. »Wenn es soweit ist, wirst du es wissen, *mi hijita*, glaub mir.«

Lupe schaute die Mutter nachdenklich an – ihre Augen, ihr Gesicht, die Linien in ihrer Haut – und ließ sich die Worte noch einmal durch den Kopf gehen: ›Wenn es soweit ist, wirst du es wissen.‹ Sie fragte sich, ob sie jemals so klug und so stark sein würde wie ihre Mutter.

Die Männer begannen nach ihnen zu rufen. Der Wagen war wieder in Ordnung, und es war Zeit, weiterzufahren. Lupe und ihre Mutter erhoben sich und wateten durch den Bach zurück, vorbei an den Farnsträuchern und Felsen. Lupe lauschte dem Wind, der durch die Blätter strich, und erkannte den Ruf einer Wachtel. Sie fühlte sich Doña Guadalupe wieder ganz nahe, so wie damals in La Lluvia, als sie noch ein kleines Mädchen gewesen war und unter der Geborgenheit der Laken ihre Ärmchen nach dem warmen Körper der Mutter ausgestreckt hatte. Das Leben war wie ein nicht endender Traum, voller Wunder und Überraschungen. Hand in Hand setzten Mutter und Tochter ihren Weg fort.

20

Und Amor erschien auf der Erde und flüsterte den Schmetterlingen, Bienen und Vögeln zu: »Gebt acht, die Liebe geht um, eure Wünsche könnten in Erfüllung gehen«

Doña Margarita betrat die Kirche, schritt zielstrebig zwischen den Bänken hindurch auf die Statue der heiligen Jungfrau Maria zu und bekreuzigte sich, bevor sie ihren Rosenkranz hervorzog.

»Ich bin gekommen, um noch ein letztes Mal von Frau zu Frau mit dir zu reden, bevor ich mich auf den Weg nach Chee-a-cago mache«, sagte sie mit entschlossener Stimme. »Und ich möchte nicht, daß dein Sohn uns wieder unterbricht.

Übrigens, ich habe einen Witz gehört, der dir sicher gefallen wird«, sagte sie mit einem Augenzwinkern.

»Also, da war dieses alte Ehepaar, sie waren schon über fünfzig Jahre verheiratet«, erzählte Doña Margarita der Statue, »und eines Tages, als sie wie jeden Tag müßig auf ihrer Veranda saßen, fragte der alte Mann seine Frau: ›Sag mal, *vieja*, bist du mir eigentlich jemals untreu gewesen? Komm schon, du kannst es mir ruhig erzählen, jetzt, wo wir alt sind, spielt es doch keine Rolle mehr.‹

Seine Frau schüttelte nur wortlos den Kopf, und der Alte rückte ein Stück näher. ›Ach komm, *querida*!‹, ermunterte er sie, ›laß uns doch ehrlich zueinander sein, dann können wir uns gegenseitig mit unseren kleinen amourösen Abenteuern unterhalten‹, drängte er aufgekratzt.

›Kannst du dich noch an den Sommer vor vierzig Jahren erinnern‹, fragte er, ›als deine Kusine bei uns gewohnt hat? Also, sie und ich, wir hatten eine verdammt lustige Zeit, wenn sie unten am Fluß die Wäsche wusch‹, sagte er lachend. ›Das war wirklich toll. Und weißt du noch? Die Nachbarin, die wir damals in der Stadt hatten? Mit der hab' ich's auch getrieben, und mit ihrer Schwester. Mit allen beiden! Das war ein Ding!‹

Bei der Erinnerung erschien ein breites Lächeln auf seinem

Gesicht. ›Und jetzt bist du dran. Komm, sei ehrlich. Wir sind doch alt, was macht es also noch aus?‹

Doch seine Frau schwieg beharrlich und lauschte den Geständnissen, die der Alte im Plauderton von sich gab. Zum Schluß konnte sie sich nicht mehr beherrschen, tupfte die Tränen trocken, die ihr übers Gesicht kullerten, und begann zu sprechen.

›Nun, ehrlich gesagt, so viele Abenteuer wie du habe ich nicht erlebt. Aber du erinnerst dich ja bestimmt an den Cowboy, der all die Jahre für uns gearbeitet hat und noch heute ein Stück entfernt von hier lebt. Er war der einzige, und er ist es noch.‹

Als der Alte die Worte ›ist es noch‹ vernahm, fuhr er aus seinem Stuhl hoch. ›Du verkommene alte Schlampe! Schämst du dich denn gar nicht?‹ schrie er.«

Doña Margarita schüttelte sich vor Lachen und glaubte zu bemerken, daß die Statue der Heiligen Jungfrau ebenfalls schmunzelte. »Ach, meine Liebe«, sagte sie, »ist das nicht typisch Mann? Erst spucken sie große Töne, und wenn man es ihnen mit gleicher Münze heimzahlt, ist das Geschrei groß. Ich kann mir das Gesicht des Alten genau vorstellen; es war bestimmt völlig verzerrt vor Wut.«

Doña Margarita konnte sich gar nicht mehr beruhigen. Sie bekam Seitenstiche vor Lachen, und die Tränen liefen ihr übers Gesicht. Sie konnte nicht aufhören. Lachen war immer noch die beste Medizin.

Als sie sich endlich beruhigt hatte, rieb sie sich die Augen und schaute mit ernster Miene zur Jungfrau Maria empor. »So, jetzt aber genug. Kommen wir zur Sache!«

Sie erhob sich. »Der Grund, warum ich heute hier bin – und als Mutter bitte ich nicht, sondern fordere, hörst du? Ich fordere dich auf, mir bis zum Ende des nächsten Vollmondes meinen Sohn zurückzugeben! Und es ist mir gleich, ob Domingo getötet wurde, ertrunken ist oder vom Erdboden verschluckt wurde. Mit Ende des Vollmondes – das ist in zwei Wochen – will ich Domingo zurückhaben, sonst gehe ich selbst nach Chee-a-cago, um ihn zu suchen, und dann, das garantiere ich, werde ich dir mehr Probleme bereiten, als du dir vorstellen kannst!«

Ein junger Priester, der durch das Gelächter und die laute Stimme aufmerksam geworden war, trat durch eine Seitentür herein. Er war sprachlos, noch nie hatte er erlebt, daß jemand derart respektlos zur Jungfrau Maria sprach.

»Ich werde jede Kirche in Chee-a-cago aufsuchen, sogar die protestantischen, wenn es sein muß! Und ich werde nicht ruhen, bis ich meinen Sohn wieder habe. HAST DU MICH VERSTANDEN?« rief sie und baute sich in ihrer ganzen Größe, die kaum einen Meter fünfzig ausmachte, vor der Statue auf. »Ich spreche mit dir! Von Frau zu Frau, also hör mir gefälligst zu!«

Irritiert machte der junge Priester auf dem Absatz kehrt, um Pater Ryan zu holen.

»Und ich werde keine Ausreden gelten lassen, weder von dir noch von deinem Sohn oder von deinen beiden Ehemännern! Hast du verstanden? Vor dem Ende des nächsten Vollmondes will ich Domingo an meiner Seite haben! Und zwar gesund und munter, sonst kannst du was erleben! Du und ich, wir sind doch gute Freundinnen, und du hast selbst einen Sohn verloren. Dann mußt du doch wissen, wie ich mich fühle, die ich sieben verlor!

Sieben!« wiederholte sie weinend, »aus meinen Lenden geboren und im Namen deiner Heiligen Familie getauft«, sie betupfte sich die Augen. »Bitte, bitte, gewähre mir diesen Wunsch, dann bin ich gern bereit, dir meine Seele bis in alle Ewigkeit zu überlassen.

Aber komm mir nicht damit, es sei dir nicht möglich! Wir beide wissen, daß deine Macht unendlich ist, wenn es darum geht, unser Universum zu lenken. Immerhin hast du zwei Ehemänner, und immer noch nennt man dich eine Jungfrau. Benutze deine Überzeugungskraft und besprich die Angelegenheit mit deinem Sohn und deinem Himmlischen Gatten, unserem Allmächtigen Vater, damit ich meinen Sohn Domingo zurückbekomme!«

In diesem Augenblick eilte der junge Priester, gefolgt von Pater Ryan, der sich noch kauend den Mund abwischte, zurück in die Kirche. Der verwirrte junge Mann zeigte mit ausgestrecktem Arm auf Doña Margarita.

»Und, um zum Ende zu kommen«, sagte diese gerade und kniete erneut nieder, »ich werde immer deine ergebenste, nicht aber deine sanftmütigste Dienerin sein. Solange du nur deine

Aufgaben im Himmel erfüllst und ich meine hier auf Erden, werden wir keine Probleme miteinander haben!«

Doña Margarita beugte den Kopf und küßte ihren Rosenkranz, denselben, mit dem Don Pio einst auf der Bergkuppe um ein Zeichen Gottes gebeten hatte.

Der alte Priester drehte sich mit fragendem Gesichtsausdruck zu seinem jungen Kollegen um. Der junge Geistliche versuchte ihm zu erklären, welche Worte er zuvor aus dem Munde dieser Frau vernommen hatte, aber der Pater schnitt ihm mit einer Handbewegung das Wort ab.

Doña Margarita verließ die Kirchenbank und kniete im Gang noch einmal kurz nieder, bevor sie sich dem Ausgang zuwandte.

Pater Ryan eilte ihr nach, den jungen Priester auf den Fersen.

»Verzeihen Sie, Doña Margarita«, sprach er sie auf spanisch an, als er hinter ihr aus dem Portal trat, »ich möchte Ihnen meinen neuen Assistenten, Pater Anthony, vorstellen.«

»Oh, es ist mir ein Vergnügen«, erwiderte Doña Margarita und ergriff die Hand des jungen Geistlichen.

»Ganz meinerseits«, antwortete Pater Anthony. »Kommen Sie oft hierher, *señora*?«

»Fast jeden Tag.«

»Ich habe Sie nie bei der täglichen Andacht bemerkt.«

»Natürlich nicht«, entgegnete sie. »Ich halte allein Zwiesprache mit Gott, zur Messe gehe ich nur sonntags. Es reicht mir, wenn ich Euch Priestern einmal in der Woche zuhören muß.«

Der junge Mann zuckte angesichts dieser Respektlosigkeit zusammen; Pater Ryan hingegen lächelte nur.

»Doña Margarita«, sagte er und begleitete sie die Stufen hinab. »Bitte richten Sie Ihrem Sohn meinen herzlichen Dank aus. Das Geschenk seines Freundes war hervorragend.«

»Und Sie hätten gern mehr davon, he?« fragte sie und zwinkerte ihm vielsagend zu.

»Nun, wenn es nicht zu viel Mühe macht.«

»Mühe oder nicht, ich werde es meinem Sohn ausrichten, dann werden wir ja sehen.«

»Oh, vielen Dank. Der Herr sei mit Euch.«

»Das würde ich ihm auch raten. Oder es gibt Ärger, wie ich der Jungfrau schon sagte!«

Sie ignorierte das Lachen des Paters.

Am Ende der Treppe nahm Pater Ryan Doña Margaritas Hand und verabschiedete sich. Der junge Pater Anthony hatte den beiden mit gemischten Gefühlen nachgesehen. Die Sache gefiel ihm ganz und gar nicht.

Als Lupe mit ihrer Familie Hemet erreichte, mußten sie feststellen, daß die Konservenfabriken dichtgemacht hatten. Dieses Jahr würde es keine Aprikosenkonserven geben. Es war das Jahr 1928, die Farmer hatten sich auf das Trocknen der Aprikosen verlegt, was bedeutete, daß es nur für die Hälfte der Frauen Arbeit in den langen Verpackungsbaracken gab.

Lupe und ihre Schwestern schafften es, einen Job zu ergattern, da sie für ihre flinken Hände bekannt waren. Viele der Frauen wurden jedoch abgewiesen und mußten mit den Pflückern auf den Obstplantagen arbeiten.

Tagelang zerteilte Lupe Seite an Seite mit Carlota, Maria und Sophia die goldfarbenen Früchte mit einem schmalen Messer. Die entkernten Früchte wurden nebeneinander auf große Tabletts gelegt, für kurze Zeit in einen Ofen geschoben und anschließend in der Sonne gedörrt. In den ersten Tagen hatte Lupe keine Probleme, von Sonnenaufgang bis Sonnenuntergang mit ihren Schwestern zu arbeiten, doch nach zwei Wochen hatte sie das Gefühl, in der brütenden Hitze der Baracken und an dem penetranten Geruch der reifen Früchte zu ersticken. Sie mußte unaufhörlich niesen, und ihre Haut begann so unerträglich zu jucken, daß sie eines Nachmittags in hilfloser Wut ihren Hut zu Boden schleuderte und zornig darauf herumtrampelte. Sie kratzte sich wie besessen, als wolle sie sich die Haut vom Leib schaben. Carlota lachte sie aus und begann zu lästern.

»Du solltest wirklich zusehen, daß du bald heiratest«, zog sie Lupe auf, »da du offenbar zu faul zum Arbeiten bist.«

»Halt deinen Mund!« brüllte Lupe ihre Schwester an.

»Tu ich nicht!« erwiderte Carlota. »Du bist einfach zu verwöhnt!«

»Verwöhnt?« schrie Lupe und warf Carlota wutentbrannt ihr Aprikosentablett an den Kopf.

Carlota schrie auf und warf ebenfalls ein Tablett nach ihrer Schwester.

»Jetzt reicht es aber, ihr zwei!« Sophia trat mit erhobenen Händen zwischen die Kampfhähne.

Lupe keuchte; sie bekam kaum noch Luft, und Sophia führte sie ins Freie.

»Geh nach Hause und hilf Mama mit den Kindern«, riet Sophia ihr, als sie draußen waren.

»Aber ich muß doch hier weitermachen!« widersprach Lupe und rieb sich die von der Allergie geröteten Augen.

»Mach dir deshalb keine Sorgen; Maria und ich übernehmen deinen Anteil. Geh nur nach Hause und hilf Mama mit den Kleinen.«

»Ich fühle mich wie eine Versagerin!« jammerte Lupe und begann zu weinen.

»Ist schon gut«, tröstete Sophia sie. »Dein Tag wird schon noch kommen.«

»Meinst du?« fragte Lupe zweifelnd.

»Aber natürlich.« Sophia strich Lupe die Haare aus dem Gesicht. »Du bist unsere kleine Schwester, die der Meteorit uns geschenkt hat. Vergiß nicht, daß du immer etwas Besonderes warst.«

»Danke«, sagte Lupe. »Aber manchmal fühle ich mich so schrecklich nutzlos.«

Sophia lachte. »Das geht uns allen so, *querida*.« Sie ging wieder in die Baracke, wo die anderen Frauen noch über den Streit der beiden Schwestern tuschelten.

Unterdessen machte sich Lupe auf den Heimweg. Ihre Augen waren so geschwollen, daß sie kaum etwas erkennen konnte. Als sie endlich die kleine gemietete Scheune am Stadtrand erreichte, war sie vollkommen entkräftet und konnte sich nur noch vorwärtstasten. Dann brach sie zusammen und schlug mit dem Gesicht auf die glühendheiße Erde.

»Tante Lupe! Tante Lupe!« schrie die vierjährige Isabel, die vor der Scheune spielte. Sie war die jüngste Tochter aus Marias erster Ehe.

Als Doña Guadalupe aus der Scheune trat, saß Lupe keuchend auf dem Boden und hustete sich die Seele aus dem Leib.

Die Mutter verbrachte den Nachmittag an ihrem Lager und legte ihr kühlende Kompressen auf, um die Schmerzen der Schwellung zu lindern. Einen Moment hatte sie es ernsthaft mit der Angst zu tun bekommen: Ihre Tochter war kurz davor gewesen zu ersticken. Kaum daß Doña Guadalupe etwas zur Ruhe gekommen war, kehrten die anderen von der Arbeit heim.

»Was ist denn hier los?« höhnte Carlota, als sie Lupe auf der Matratze liegend vorfand. »Tust du immer noch so, als wärst du krank?«

»Halt den Mund«, wies die Mutter sie zurecht.

»Ja, ja, so ist es recht! Halt du nur zu ihr, und wir müssen die ganze Arbeit machen!« rief Carlota empört und ging hinaus, um sich mit dem Schlauch abzuduschen.

»Hör nicht auf sie«, tröstete Doña Guadalupe ihre Jüngste. »Sie ist noch nie krank gewesen und kann sich überhaupt nicht vorstellen, was du durchgemacht hast.« Die alte Lady seufzte und massierte Lupes Schläfen. »Und vergiß nicht, *mi hijita*, du warst damals diejenige, die geholfen hat, die Zwillinge zur Welt zu bringen, nicht Carlota. Es gibt verschiedene Arten, Stärke zu beweisen.«

Lupe dämmerte im Halbschlaf vor sich hin, doch die Worte ihrer Mutter drangen wie aus weiter Ferne zu ihr durch. ›Es gibt verschiedene Arten, Stärke zu beweisen.‹ Dann hörte sie wieder Sophias Stimme. ›Dein Tag wird auch noch kommen.‹ Lupe glitt zurück in tiefen Schlaf. Im Traum schwebte sie durch einen langen Tunnel, an dessen Ende sich ihr eine sonnige Landschaft mit saftigen grünen Weiden eröffnete. Hier war die Luft nicht heiß und staubig, sondern wunderbar kühl, wie nach einem Sommerregen. Menschen in Tierkostümen sangen und lachten und drehten sich vergnügt im Kreis. Im Schlaf fühlte Lupe die Hände der Mutter auf ihren Schläfen, und eine Stimme flüsterte ihr immer wieder zu: »Es gibt verschiedene Arten, Stärke zu beweisen.«

Nachdem Carlota geduscht, sich umgezogen und gegessen hatte, machte sie sich mit ihren Bruder und dem Vater auf den Weg zu einer Tanzveranstaltung in der Stadt. Sollte Lupe doch krank im Bett bleiben; sie würde auf jeden Fall tanzen gehen.

In dieser Nacht, während die anderen sich noch amüsierten, wachte Lupe immer wieder auf. Zum ersten Mal in ihrem Leben konnte sie verstehen, warum viele der Frauen auf den Feldern überzeugt davon waren, daß eine Ehe mit einem reichen Mann die einzige Möglichkeit war, der stumpfsinnigen Plackerei zu entkommen. Auf einmal konnte sie auch nachvollziehen, warum Lydia damals in La Lluvia eingewilligt hatte, Old Man Benito zu heiraten, der ihr goldene Schuhe versprach, damit ihre Füße nie wieder den dreckigen Boden berühren mußten. Sie dachte an Salvador, der davon träumte, eines Tages reich zu sein, und der Gedanke gefiel ihr.

Als die ersten dunklen Wolken über sie hinwegzogen und ein paar zarte Tropfen zur Erde schickten, lag Lupe wieder in tiefem Schlaf. Erst als ein stürmischer Wind aufkam und Blitze, gefolgt von grollendem Donner, über den Himmel zuckten, erwachte sie und sog gierig die frische, reine Luft ein. Endlich konnte sie wieder atmen; was für ein herrliches Gefühl. Es war fast wie damals zu Hause in La Lluvia de Oro.

Der Regen hielt bis zum nächsten Morgen an, und unter dem undichten Dach der kleinen Scheune wurde Lupes Familie völlig durchnäßt. Dennoch war es wunderbar, nach der Hitze und dem Staub der vergangenen Woche, die saubere, kühle Luft einzuatmen.

Am nächsten Morgen fühlte Lupe sich wieder ausgeruht und munter und beschloß, mit den Pflückern auf der Obstplantage zu arbeiten, anstatt in die stickigen Baracken zurückzukehren. Zwischen den regenfeuchten Bäumen würde es bestimmt keinen Staub geben. Die frischgewaschene Luft verlieh ihr neue Energie, und sie konnte beim Pflücken mühelos mit den Männern schritthalten.

Am Ende des Arbeitstages ging Lupe mit ihrem Sack Aprikosen, ihre kleine Nichte im Schlepptau, zwischen den Bäumen hindurch. Als sie aufschaute, fiel ihr Blick plötzlich auf Salvador. Mit wild pochendem Herzen blieb sie stehen. Eingerahmt vom Licht der tiefstehenden Sonne stand er in einem eleganten weißen Anzug nur ein paar Schritte von ihr entfernt. Sein Anblick erinnerte Lupe daran, wie sie ihren Colonel das erste Mal am Fluß erblickt hatte, und das Herz zersprang ihr fast in der Brust.

Salvador lächelte und kam wortlos, Schritt für Schritt, wie ein Hahn auf sie zu stolziert. Lupe mußte lachen; er wirkte irgendwie grotesk. Dann stand er vor ihr und brachte mit der ausholenden Bewegung eines Matadors einen Blumenstrauß zum Vorschein, den er hinter seinem Rücken verborgen gehalten hatte.

»Für meine Königin!« sagte er.

»Oh, vielen Dank«, erwiderte sie mit einem Knicks, der Cinderella alle Ehre gemacht hätte.

»Das Vergnügen ist ganz auf meiner Seite«, sagte er. »Ich wollte dir eigentlich Diamanten mitbringen«, rief er, »aber ich habe keine gefunden, die deiner würdig gewesen wären!«

Lupe lachte noch mehr. Sein Mut zur Selbstironie gefiel ihr. Er nahm ihr den Sack ab, und sie schritten gemeinsam weiter. Die Arbeiter sahen ihnen bewundernd nach. Als Victoriano die beiden entdeckte, stürmte er auf Salvador zu und begrüßte ihn. Nachdem sie ihre Tagesernte bei der nächsten Baracke abgeliefert hatten, entschuldigte sich Victoriano, um sich zu seinen Kameraden zu gesellen, so konnten Lupe und Salvador den Rest des Weges allein zurücklegen. Am Rande der Plantage, neben der letzten Reihe der Aprikosenbäume, stand der Moon im Licht der untergehenden Sonne.

»Dein Wagen, Königin«, sagte Salvador. »Ich habe ihn extra in der Mitte des Feldes geparkt, damit du deine Fahrstunde fortsetzen kannst, ohne irgendwo dagegen zu fahren.«

»Was?«

»Na, steig ein«, ermunterte er sie.

»Hier? Vor all den Männern?«

Er nickte. »Klar. Warum nicht?«

»Und wenn ich ihn kaputtmache?«

»Und wenn schon«, erwiderte er und nahm ihren Arm. Er half ihr beim Einsteigen, startete den Motor für sie und legte den Gang ein. »Gib Gas!« rief er, nachdem er ausgestiegen war.

Lupe trat aufs Gaspedal, und der Wagen machte einen Satz nach vorn. Victoriano und die anderen Männer sahen dem Schauspiel entgeistert zu, in der Annahme, Salvador erlaube sich einen Scherz. Frauen fuhren doch keine Autos.

Der Moon jagte über das offene Feld, und Lupe versuchte kreischend, das Lenkrad in den Griff zu bekommen.

Salvador schlug sich auf die Schenkel und rief: »Zeig's ihnen! Zeig's ihnen!«

Entsetzt riß Victoriano seinen Hut vom Kopf und rannte schreiend über das Feld. Als Lupe sah, wie ihr Bruder – der sie ausgelacht hatte, als sie ihn darum bat, ihr das Fahren beizubringen – mit wedelnden Armen herbeirannte und ihr bedeutete, anzuhalten, steuerte sie den Wagen genau auf ihn zu.

Victoriano drehte sich um und rannte um sein Leben. Die anderen Männer und Salvador grölten lachend um die Wette, während Lupe den Triumph ihres Lebens genoß und ihren Bruder über das offene Feld jagte. Zu guter Letzt gelang es Victoriano doch, zu ihr in den Wagen zu springen, und er fuhr den Moon zurück zu Salvador und der Gruppe der schaulustigen Männer.

Lupe war hellauf begeistert. Strahlend ging sie im Licht des Sonnenuntergangs auf Salvador zu. Auf einmal wußte sie, weshalb sie diesen Mann so liebte und gleichzeitig haßte. Er verlieh ihr Flügel. Er versuchte nie, sie einzuengen wie Jaime und die anderen Jungen, die sie kannte. Nein, mit ihm konnte sie ihre waghalsigsten Träume ausleben, und dafür liebte sie ihn. Aber er machte ihr auch angst mit seinem Selbstbewußtsein, und dafür haßte sie ihn. In ihrer Familie legte niemand solch ein Verhalten an den Tag, im Gegenteil, sie handelten alle stets mit Bedacht.

»Großartig, was?« sagte er zu ihr.

»Ich weiß nicht recht. Ich hatte Angst, und du hast nur gelacht, als ich dich fragte, was ich tun muß!«

Ihr Ärger erheiterte Salvador noch mehr.

»Tante Lupe!« Lupes kleine Nichte war ganz aufgeregt. »Tante Lupe! Wirst du Salvador heiraten?«

Lupe errötete. »Wie kommst du denn darauf, Kind?«

»Weil sie es in deinen Augen lesen kann«, antwortete Salvador anstelle des Kindes. »Und sie spürt es an der ganzen Atmosphäre! Es ist Frühling! Die Bienen versammeln sich, die Schmetterlinge kommen, und natürlich gehört es auch zu Gottes Plan, daß wir beide heiraten!«

Alle applaudierten.

»O Salvador!« Angesichts der umstehenden Männer errötete Lupe verlegen.

»Also, wirst du ihn nun heiraten?« beharrte Isabel.

»Jetzt ist es aber genug«, schimpfte Lupe; am liebsten hätte sie die Kleine gezwickt, um sie zum Schweigen zu bringen.

»Möchtest du die Ringe für uns tragen?« fragte Salvador die Kleine.

»Salvador!« herrschte Lupe ihn an. »Verwirr sie nicht! Das Mädchen trägt den Schleier der Braut, nicht die Ringe!«

Wieder lachten alle Umstehenden, und Salvadors Lachen erscholl am lautesten.

»Du hast absolut recht, Lupe«, sagte er. »Dann trägst du eben die Schleppe des Brautkleides und nicht den Ring, *mi hijita*«, versicherte er Isabel.

»Au prima!« rief das Kind und hüpfte herum, wobei sie jedermann lauthals mitteilte, daß Lupe und Salvador heiraten und sie die Schleppe tragen würde.

An diesem Abend blieb Salvador zum Essen. Zur gemeinsamen Mahlzeit versammelte sich die Familie neben der kleinen, gemieteten Scheune unter einem Baum, und ohne die vielen Moskitos wäre es ein paradiesisch schöner Abend gewesen. Als die Kleinen zu weinen begannen, bereitete Doña Guadalupe ihre Tinktur aus frischem Knoblauch und Öl zu, die sie ihnen auf die nackten Körperteile strich.

Für Lupe und Salvador hingegen waren die Moskitos geradezu ein Geschenk Gottes, denn dank dieser Plagegeister war Doña Guadalupe zu beschäftigt, Salvador dem schon zur Gewohnheit gewordenen Verhör zu unterziehen. So konnte er seine ganze Aufmerksamkeit Lupe widmen, die unterdessen ihre täglichen Pflichten erledigte.

Es war schon spät geworden, als Lupe ihren Verehrer an den Hütten vorbei zu seinem Wagen begleitete. Am Ende der langen Baumreihe zog Salvador sie an den Wegrand und küßte sie auf die Lippen. Lupe war vollkommen verdutzt, damit hatte sie nicht gerechnet. Entrüstet hob sie die Hände, um sich zu wehren, doch zu ihrer eigenen Bestürzung schlossen ihre Hände sich wie von selbst um sein Gesicht, und sie erwiderte seinen Kuß.

Es war ihr erster Kuß und für Lupe überhaupt das erste Mal, daß sie einen Mann küßte, der nicht zur unmittelbaren Familie gehörte.

Sie sahen sich in die Augen, dann, ohne ein Wort, schlangen

sie die Arme umeinander und küßten sich beide leidenschaftlich.

Lupe begann zu zittern. Hitze breitete sich in ihrem Körper aus. Noch nie hatte sie etwas Ähnliches empfunden; es war, als ob ein Vulkan in ihrem Inneren mit aller Macht nach außen drängte. Atemlos, mit gerötetem Gesicht, löste sie sich aus seiner Umarmung und strich sich lächelnd die Haare zurück. Gerade als sie sich erneut in die Arme fallen wollten, kam die kleine Isabel angerannt.

»Tante Lupe! Tante Lupe! Ich soll dich holen!«

Salvador grinste. »Ich gehe dann wohl besser.«

»Noch nicht«, sagte Lupe.

»Doch, geh!« befahl Isabel und zerrte an Lupes Hand. »Es ist schon spät!«

Lupe zuckte mit den Schultern. »Na dann, *buenas noches*«, sagte sie zu ihm. »Fahr vorsichtig.«

»Das werde ich«, versprach er, »und wenn du nach Santa Ana zurückkommst, habe ich vielleicht ein kleines Geschenk für dich.«

»Wirklich?«

»Ja, wirklich«, er drückte sie noch einmal an sich.

Isabel drängelte sich dazwischen. »Genug jetzt!« schimpfte die Kleine. »Ihr seid noch nicht verheiratet!«

Ihr Ton war so autoritär und mißbilligend, daß die beiden in Gelächter ausbrachen.

»Gute Nacht«, sagte er.

»Gute Nacht«, erwiderte sie.

Er stieg in den Moon und schwebte geradezu davon. In diesem Augenblick war er der glücklichste Mann der Welt. Er wollte sofort zu seiner Mutter fahren und ihr die wundervolle Neuigkeit überbringen. Wieder einmal hatte sie recht behalten: Lupe war bereit für die Ehe, so bereit wie ein reifer Pfirsich zum Hineinbeißen. Er würde keine Zeit mehr verlieren.

Doch als er in Corona ankam, stellte er fest, daß es schon sehr spät war. Sicher würde Doña Margarita bereits schlafen. Und da er selbst viel zu aufgedreht zum Schlafen war, machte er sich auf den Weg nach Escondido, in der Brennerei nach dem Rechten zu sehen. Pfeifend fuhr er die Straße entlang. Er war verliebt! Und die Frau seines Herzens erwiderte seine Liebe!

Während Lupe Hand in Hand mit Isabel zur Hütte zurückging, konnte sie noch immer nicht fassen, was soeben geschehen war. Sie hatte Salvadors Kuß tatsächlich erwidert! Was war bloß in sie gefahren? Aber sie war so erbost gewesen, als er sie einfach gepackt hatte, daß sie nur den Wunsch verspürte, es ihm gleichzutun, bevor ihr richtig klar wurde, was sie tat. Mein Gott, wie er sie angesehen hatte, er war wohl genauso überrascht gewesen wie sie selbst.

Lupe mußte lachen und rannte den Rest des Weges mit Isabel nach Hause. Niemand hatte ihr gesagt, was für einen Spaß Küssen machte.

Die Sonne war soeben aufgegangen. Nachdem Salvador sich in Escondido vergewissert hatte, daß in der Brennerei alles in Ordnung war, kehrte er nach Corona zurück. Er hatte die ganze Nacht kein Auge zugetan und immer wieder daran denken müssen, wie Lupe mit beiden Händen sein Gesicht umfaßt und ihn geradewegs zurückgeküßt hatte. Niemals würde er die Bestürzung vergessen, die sich auf ihrem Gesicht widerspiegelte, als ihr bewußt wurde, was sie getan hatte. In ihr schlummerte ein feuriges Temperament; sie war durchaus kein reiner Engel. Im Gegenteil, sie hatte den Teufel im Leib.

Seine Mutter war nicht im Haus, und nebenan bei Luisa schienen alle noch zu schlafen. Dann bemerkte er Zigarettenrauch, der aus dem kleinen Aborthäuschen unter dem Avocadobaum hervordrang.

Lautlos schlich er sich heran und hörte das leise Summen seiner Mutter. Im goldenen Licht der Morgensonne, das durch die Zweige fiel, wirkten die Umrisse des kleinen Verschlages wie ein Altar.

»Mama«, sagte er, »beeil dich, ich muß mit dir reden.«

»Wieso soll ich mich beeilen?« fragte sie. »Diese Minuten gehören zum Höhepunkt meines Tages.«

»Aber Mama, ich habe gestern abend mit Lupe übers Heiraten gesprochen!«

»Soso«, brummte sie, »komm wieder, wenn du was Konkreteres zu berichten hast, etwa über Enkel, oder so.«

Lachend stieß Doña Margarita die Tür von innen auf. Mit einem Umhang gegen die kühle Morgenluft geschützt und einer Zigarette im Mundwinkel thronte sie gemächlich in dem kleinen Verschlag. Die aufgeschlagene Bibel ruhte auf ihrem Schoß, und in der linken Hand hielt sie ein Glas Whisky. Sie nahm die Zigarette aus dem Mund, kippte den Whisky hinunter und hielt Salvador das leere Glas entgegen.

»Geh und hol mir noch ein Schlückchen *whiskito*«, forderte sie ihn auf und steckte die Zigarette wieder zwischen die Lippen. »In der Zwischenzeit beenden die Jungfrau und ich unsere Sitzung.«

»Aber Mama, mein Leben lang habe ich darauf gewartet, dir diese Nachricht zu überbringen, und jetzt hockst du da und erzählst mir, daß dein *caca* wichtiger ist?«

»Aber natürlich«, erwiderte sie, »mein morgendliches Gespräch mit Gott, meine Zigarette, mein Glas Whisky und dem Teufel was zu kacken, diese Dinge sind mir heilig. Jetzt sei so gut und hol mir noch ein bißchen *whiskito*. Dann kannst du schon mal das Feuer anfachen und Kaffee und ein süßes Brötchen für mich warmmachen. Wenn ich hier fertig bin und mich innerlich gereinigt habe, dann komme ich auch und höre dir zu. Aber nun verschwinde, die Jungfrau und ich, wir waren gerade bei einer ziemlich schlüpfrigen Geschichte.«

Kopfschüttelnd zog Salvador sich zurück und überließ die Mutter der Jungfrau Maria. Er ging ins Haus, holte den Whisky und machte sich anschließend daran, ein Feuer in dem Holzkohleofen zu entfachen und Kaffee aufzusetzen.

Als er ihr ein süßes Brötchen aufwärmte, erschien die Mutter mit der Bibel unter dem Arm.

»Also dieses Toilettenpapier, das Luisa für mich gekauft hat, ist wirklich hervorragend. Viel besser als die Avocadoblätter, die rutschen zu sehr, wenn sie grün sind, und zerbrechen, wenn sie trocken sind.«

»Mama«, unterbrach Salvador sie, »jetzt ist es aber genug damit! Hast du nicht gehört? Ich habe mit Lupe übers Heiraten gesprochen! Und sie hat so gut wie ja gesagt.«

»So gut wie?«

»Na ja, es war eigentlich kein richtiger Heiratsantrag«, räumte er ein. »Weißt du, Lupe ist mit dem Moon auf dem Feld herumgefahren, und danach hat ihre kleine Nichte gefragt, ob wir heiraten würden.«

»Ihre Nichte?«

»Ja«, bestätigte Salvador und erzählte der Mutter, die ihren Kaffee schlürfte und ihr Brötchen verzehrte, die ganze Geschichte. Es war wundervoll, wieder einmal mit ihr zusammenzusitzen und zu plaudern. Es gab niemanden auf der Welt, mit dem Salvador sich so gern unterhielt wie mit ihr. Denn sie konnte zuhören und einem das Gefühl vermitteln, etwas ganz Besonderes zu sein.

»Ach, *mi hijito*«, sagte die Mutter, als er zu Ende erzählt hatte, »komm zu mir, damit ich dich in die Arme schließen kann. Wie lange habe ich darauf gewartet, daß mein jüngster Sohn in den heiligen Stand der Ehe tritt. Weißt du noch, in was für einer verzweifelten Lage wir damals am Rio Grande waren? Aber ich habe dir geschworen, daß wir überleben und ich eines Tages deine Hochzeit erleben würde.

Und siehst du, ich lebe noch; ich sage dir auch, warum ich dafür gelebt habe: Die Ehe ist die großartigste Reise, die zwei Menschen miteinander unternehmen können. Zwei Fremde, die nichts voneinander wissen und doch gewillt sind, Hand in Hand durchs Leben zu gehen und alle Schicksalsschläge, die Gott ihnen auferlegt, zu teilen. Oh, ich bin so stolz auf dich, gib mir deine Hand« Die beiden umarmten sich innig. Dann schob sie ihn um Armeslänge von sich. »So, jetzt aber genug davon. Ich möchte, daß du dir über eines klar wirst: Jetzt ist keine Zeit mehr, sich zurückzulehnen und die Hände in den Schoß zu legen. – Nein, nein.« Doña Margarita schloß die Augen und erhob ihren Zeigefinger. »Wie ich neulich schon sagte, ich habe oft genug erlebt, daß junge Männer die Frau ihrs Herzens wieder verloren, nur weil sie gezögert haben. Es ist wie im Krieg, hörst du, *mi hijito*? Zeit zu kämpfen! Du darfst jetzt nicht lockerlassen und mußt ihr sofort einen offiziellen Antrag machen, damit alle Welt deinen Willen zur Kenntnis nimmt.

Bei deinem Vater und mir war es genauso. Unsere Blicke und Gesten ließen keinen Zweifel, daß wir uns einig waren. Aber das hat die anderen Mädchen meines Dorfes nicht abgeschreckt, bis wir offiziell unsere Verlobung bekannt gaben, damit alle Welt merkte, daß wir es auch ernst meinten.«

»Ach, Mama, mußt du denn immer so …«

»Hör mir auf mit ›Ach, Mama‹«, herrschte sie ihn an. »Ich bin alt und habe nicht mehr viel Zeit! Also, hör auf mit dem Geschwätz und laß uns einen Schlachtplan zurechtlegen. Manche Leute behaupten ja, daß man an Herzensangelegenheiten mit äußerster Zurückhaltung herangehen sollte, aber ich bin da anderer Meinung. Ich sage immer, das Herz ist von Natur aus stark und widerstandsfähig, deshalb sollte man in Herzensangelegenheiten zielstrebig an die Sache herangehen, sonst verliert man alles!

Oder hast du geglaubt, daß dein Vater um mich angehalten hat, weil ich so zart besaitet war?« fragte sie und zog eine Grimasse. »Er war einfach umwerfend, und ich hatte alle Hände voll zu tun, ihn den Fängen der anderen Mädchen zu entreißen und in mein Ehebett zu locken!«

»Mama!« sagte Salvador.

»Nichts ›O Mama!‹« Doña Margarita seufzte. »Also, um zu heiraten und endlich seßhaft zu werden, brauchst du zuerst mal einen Ring. Und zwar nicht irgendeinen, sondern einen der Situation angemessenen Ring. Du mußt nämlich wissen«, fügte sie hinzu, und Tränen traten in ihre Augen, »zum ersten Mal kann ich jetzt in Friedenszeiten die Hochzeit eines meiner Kinder miterleben. Ach, der Krieg ist einfach furchtbar! Er beraubt eine Mutter aller Lebensfreude.«

»Du wirst schon sehen«, sagte Salvador, der immer noch neben dem Stuhl der Mutter kniete. »Meine Hochzeit wird die großartigste *fiesta*, die das *barrio* je erlebt hat!«

»Das gefällt mir«, antwortete sie. »Warte nur ab, du hast ja noch keine Kinder, also bist du noch gar nicht richtig erwachsen. Aber eines Tages wirst du verstehen, weshalb diese Dinge so wichtig für mich sind.« Sie richtete sich auf und trocknete ihre Tränen. »Wir müssen uns genau an die Tradition halten und jemanden finden, der für dich um ihre Hand anhält.« Sie hielt einen Augenblick inne. »Vielleicht wird Domingo ja rechtzeitig hier sein. Er ist der älteste männliche Familienangehörige. Die Jungfrau soll ja zusehen, daß sie ihre Pflicht erfüllt, sonst bekommt sie einen Riesenärger, das sage ich dir!«

In Hemet sprachen die Leute immer noch davon, wie Salvador Lupe ans Steuer des großen Wagens gelassen hatte, ohne daß sie die geringste Ahnung vom Fahren hatte. Die Männer waren begeistert, Salvador war ein wahrer *macho*, und das Gerücht verhärtete sich, daß Salvador als Schwarzbrenner tätig war. Wie sonst war es zu erklären, daß er derartig gleichgültig mit so einem wertvollen Wagen umging?

Victoriano, der sich über das Gerücht ärgerte, rief die Männer zur Ordnung.

»Das sind doch alles Lügen!« fluchte er. »Wir haben mit Salvador zusammen Dünger ausgefahren. Er besitzt eigene Trucks, damit verdient er sein Geld!«

Doch die Männer zuckten mit den Schultern; sie wußten, daß man in Victorianos Familie Schwarzbrennerei mißbilligte, meinten es jedoch nicht böse. Für sie war *la bootlegada* ein ehrenwertes und einträgliches Geschäft, und sollte Salvador tatsächlich Schwarzbrenner sein, so stieg er dadurch nur in ihrer Achtung.

Lupe, der die Gerüchte ebenfalls zu Ohren kamen, schenkte ihnen keine Beachtung. Wie ihr Bruder weigerte sie sich zu glauben, daß Salvador mit diesem verachtenswerten Gewerbe etwas zu tun haben könnte.

An den darauffolgenden Tagen war Salvador ständig auf der Suche nach einem geeigneten Verlobungsring. Da er keinen fand, der seinen Ansprüchen genügt hätte, beschloß er, nach Pasadena zu fahren und Lady Liza, die Betreiberin des dortigen Freudenhauses, die auch gelegentlich Whisky von ihm kaufte, um Rat zu fragen. Einige ihrer Mädchen bekamen von wohlhabenden Kunden hin und wieder kostspieligen Schmuck geschenkt, vielleicht konnte sie mit einer von ihnen ins Geschäft kommen. Außerdem mußte Salvador, der sich mit jeder Faser seines Körpers nach Lupe sehnte, etwas unternehmen, um die Spannung in seinen Lenden zu besänftigen.

Kurz vor Mitternacht erreichte er das Freudenhaus, in dem wie immer reges Treiben herrschte. Es gehörte zu den besten Häusern der Gegend und war bekannt für seine außerordentlich schönen Mädchen, von denen viele auf eine Karriere als Schauspielerin hofften.

Während Salvador im Hinterzimmer auf Lady Liza wartete,

hörte er, wie sich ein paar elegant gekleidete junge Männer über eine Schiffsladung Canadian Whisky unterhielten, die kürzlich vor der Küste von Santa Monica in Flammen aufgegangen war.

»Aber ein Teil der Ladung wurde gerettet und wird jetzt für über hundert Dollar die Kiste gehandelt!« berichtete einer der Männer.

»Mensch, ich würde alles dafür geben, in den Genuß von Canadian Whisky zu kommen«, schwärmte ein anderer.

Salvador hatte plötzlich eine Idee und verschwand, ohne mit irgend jemand gesprochen zu haben.

Vor dem großen Warenhaus im Zentrum von Los Angeles wartete er darauf, daß die Pforten geöffnet wurden. Er kaufte alle Kartons und leeren Flaschen mit der Aufschrift ›Canadian Whisky‹, die sie vorrätig hatten, und fuhr anschließend nach Corona, um Epitacio und Jose abzuholen.

»Wir müssen uns beeilen«, trieb er sie an. »Das ist eine einmalige Gelegenheit!«

Sie fuhren zu der Stelle, wo die Fässer versteckt waren, und verbrachten den ganzen Tag bis spät in die Nacht damit, ihren schwarzgebrannten Whisky in die leeren Flaschen umzufüllen. Jeder Flasche fügten sie ein wenig braunen Zucker zu und versiegelten sie. Später zündeten sie die Kisten am Flußufer an und bewarfen sie anschließend mit Sand.

Am Abend des nächsten Tages machte Salvador sich wieder auf den Weg nach Pasadena und schlug der Bordellbesitzerin einen Handel vor.

»Hör zu, Liza«, sagte er zu ihr. »Ich habe ein paar Kisten Whisky aus dem Schiffswrack in die Hände bekommen. Probier ihn, er ist wirklich gut. Ich würde dir zwanzig Dollar als Anteil für jede Kiste geben, die wir hier bei dir umsetzen.«

Liza grinste. »Den brauch' ich nicht erst zu probieren, Sal«, antwortete sie.

»Dann schlägst du ein?«

»Keine Frage, Darling.«

»Abgemacht«, erwiderte Salvador.

Schon in der ersten Nacht verkaufte er alle Kisten für hundert Dollar das Stück und verdiente in dieser einen Nacht mehr als je zuvor im Leben. Der Eigenvertrieb des Whiskys machte sich viel besser bezahlt, als ihn über Mittelsmänner zu verkaufen, besonders wenn man ihn selber hergestellt hatte.

Um sein brennendes Verlangen zu stillen, verbrachte er den Rest der Nacht mit fünf verschiedenen Frauen. Jetzt verstand er auch den Brauch, vor der Hochzeit eine Junggesellenparty im Freudenhaus zu veranstalten. In dem Zustand der Übererregung und Vorfreude, in dem er sich seit Wochen befand, wäre es unverantwortlich gewesen, mit einer Jungfrau ins Bett zu steigen. Hier war schon die Kunst mehrerer erfahrener Frauen erforderlich, um seine Gier zu stillen und ihn wieder in einen zivilisierten Zustand zu versetzen.

Am späten Nachmittag des nächsten Tages verließ Salvador das Freudenhaus und machte sich auf den Rückweg nach Corona. Er wollte mit Epitacio noch eine letzte Ladung Whisky fertigmachen, um sie bei Liza abzuliefern. Die Männer dort waren sich fast in die Haare geraten, um etwas von dem Canadian Whisky zu ergattern, der angeblich aus dem Schiffswrack stammte. Ach, das Leben in diesem Land konnte herrlich sein! Obwohl Schwarzbrennen verboten war, gab es ein Kaufhaus mitten in Los Angeles, das alles anbot, was das Herz eines Schwarzbrenners begehrte.

Als Salvador nach Corona hineinfuhr, war eine *fiesta* im Gange. Ihr Nachbar, der Lehrer Rodolfo, hatte ein Schwein geschlachtet, und alle saßen essend und trinkend beisammen. Doña Margarita hatte gepackt und war reisefertig. Am nächsten Morgen wollte sie nach Chicago aufbrechen. Die Jungfrau Maria hatte kein Einsehen mit ihr gehabt, also waren alle Bewohner des Viertels herbeigekommen, um sich von ihr zu verabschieden.

»O Salvador«, schrie Luisa, die schon ein paar Gläser zuviel getrunken hatte, »du mußt Mama zurückhalten!«

»Wie denn?« antwortete er. »Soll ich sie vielleicht festbinden? Das würde ihr den Rest geben. Ich nehme lieber in Kauf, daß ihr etwas zustößt, als daß ich sie davon abhalte, ihren Traum zu verwirklichen.«

Luisa tat einen Schritt auf ihn zu und schlug ihn mit aller Kraft ins Gesicht. Salvador taumelte ein Stück zurück. Er konnte sich nicht erinnern, je von einem Mann derart heftig ins Gesicht geschlagen worden zu sein.

»Wag es ja nicht, noch einmal so etwas zu sagen!« schrie sie ihn an und hob erneut die Hand. »Sie muß leben! Hörst du? Leben!«

Salvador packte ihre erhobene Hand. »Du bist betrunken, Luisa. Hör auf!«

»Hör du auf! Dir ist es doch egal, ob Mama lebt oder tot ist!«

Doña Margarita, die das Handgemenge der beiden beobachtet hatte, eilte zu ihnen. »Was ist denn mit euch los? Schämt ihr euch nicht?«

»Mama, ich liebe dich und will nicht, daß du nach Chee-a-cago gehst«, jammerte Luisa. »Du wirst niemals wiederkommen. Salvador hat unrecht, wenn er dich gehen läßt.«

»Luisa, wo bleibt deine Zuversicht? Begreifst du denn nicht, daß in diesem Land Frieden herrscht? Es war tausendmal gefährlicher für mich, deinen Bruder Jose damals in Guadalajara aus dem Gefängnis zu holen.«

»Aber Mama, du sprichst kein Englisch. Das hier ist doch etwas ganz anderes. Ich liebe dich und will dich nicht verlieren!«

»Glaubst du, Salvador liebt mich weniger als du?« herrschte die Mutter sie an. »Nein, Luisa! Darum geht es nicht! Aber du hast deine Zuversicht verloren und versuchst, allen deinen Willen aufzuzwingen wie ein fehlgeleiteter Priester. Jetzt setz dich hin und hör mir zu! Wenn du deine Sinne wieder beisammen hast, wirst du einsehen, daß das, was vor mir liegt, nichts anderes als eine weitere Prüfung ist, die der Allmächtige mir auferlegt!«

Die alte Lady bekreuzigte sich und bedeutete Luisa und Salvador, sich zu setzen. Sie erzählte ihnen, wie sie es geschafft hatte, ihren Sohn Jose während der Revolution in Mexiko aus dem Gefängnis zu befreien. Die anderen Besucher der *fiesta* ließen sich ebenfalls im Kreis auf dem Boden nieder und lauschten den Worten der alten Dame.

»Erinnert euch, wir hatten nichts mehr und waren vollkommen auf uns allein gestellt«, fing sie an. »Alle anderen Männer unserer Familie waren entweder tot oder verschwunden, nur Gott kannte die genauen Umstände. Jose war verhaftet worden, weil er die Ehre einer Witwe gegen die Aufdringlichkeiten des Polizeichefs verteidigt hatte.

Weißt du noch, Salvador?« wandte sie sich an ihren Sohn. »Du warst damals sieben oder acht. Du und Domingo, ihr hattet diesen schwarzen Bullen, den ihr selber großgezogen habt?«

Salvador nickte. »Wie könnte ich das je vergessen, Mama. Ich war noch nie zuvor von dir getrennt gewesen und bin Luisa davongelaufen, um dir zu folgen. Aber du hast mich überhaupt nicht beachtet. Also bin ich einfach heulend hinter dir hergetrottet, und Chivo, der Bulle, folgte mir wie ein großer schwarzer Hund.«

»Wir dachten, es wäre das Ende, Mama«, fügte Luisa hinzu. »Papa war fort, um in den Vereinigten Staaten Arbeit zu suchen, und keiner wußte, ob er je zurückkehren würde. Und Alejo, Jesus, Mateo – alle meine älteren Brüder – waren im Krieg umgekommen. Domingo war ebenfalls verschwunden, und dann bist auch du noch fortgegangen und hast mir die ganze Verantwortung für meinen kleinen Bruder und meine Schwestern übertragen.« Luisa wischte sich die Tränen aus den Augen. »Wir sind fast gestorben vor Angst, Mama. Deshalb will ich ja auch nicht, daß du uns wieder so etwas antust.«

»Tatsache ist aber, daß du nicht gestorben bist«, erwiderte Doña Margarita. »Und inzwischen bist du erwachsen, hör also auf mit dem Gejammer und laß mich meine Geschichte zu Ende erzählen.« Sie nippte an dem Whiskyglas.

»Ich stieg den Berg hinab, auf dem unser Dorf lag, und ging an den Seen vorbei auf die Straße zu«, fuhr Doña Margarita fort. »Und du bist mir die ganze Zeit heulend hinterhergelaufen, Salvador. Als wir Josephines Haus erreichten, dachte ich, du hättest nun genug geweint, und so setzte ich dich auf einen Felsen unter der großen Eiche. Du hast mir fast das Herz gebrochen mit deinem Gezeter, aber ich habe dir erklärt, weshalb ich allein weitergehen mußte.

›Aber wieso kann ich dich nicht begleiten, Mama?‹ hast du geschluchzt. ›Weil ein Mensch allein wie eine Armee ist, *mi hijito*‹, habe ich dir geantwortet. ›Stets in Alarmbereitschaft und durch nichts abgelenkt. Das ist es, was ich jetzt brauche, *mi hijito*, denn mein Mut und mein Vertrauen in Gott sind alles, was ich habe.‹

Ich drückte dir noch einen Abschiedskuß auf deine tränenverschmierten Wangen und ließ dich barfuß, mit dem kleinen Bäuchlein, das dir immer über den Hosenbund hing, und mit Chivo zurück«, sagte sie lachend.

»Als ich Arandas erreichte, war ich so müde, daß ich mich unverzüglich zur Kirche begab, um den Allmächtigen um neue Kraft und um Rat zu bitten. Ihr wißt ja, selbst Gott braucht Hilfe, um seine kleinen Wunder hier auf Erden zu vollbringen.«

Zustimmendes Gemurmel ging durch die Reihen der Umsitzenden.

»Und dann, ich mußte wohl eingeschlafen sein, war das nächste, woran ich mich erinnern kann, eine Stimme, die wie in einer Vision zu mir sprach. Sie sagte mir, daß ich in Arandas eine sehr einflußreiche Persönlichkeit kannte, die mir von Nutzen sein konnte: den Feind meines Ehemannes.

Zuversichtlich wollte ich zurück in den Schlaf gleiten, doch ihr wißt ja, wie das ist, wenn Gott einmal anfängt, zu einem zu sprechen, er kann einfach nicht mehr still sein.«

Sie lachte, und die anderen fielen in ihr Gelächter ein; keiner hielt es für ungewöhnlich, daß Gott zu ihr gesprochen hatte, denn jeder hatte unter seinen Verwandten jemanden, dem ähnliches widerfahren war.

»Da ich also nicht mehr schlafen konnte, verließ ich die Kirche in Begleitung des Allmächtigen und machte mich auf den Weg durch die Stadt, um den Feind meines Mannes aufzusuchen. Es war der gleiche Mann, der ihn Jahre zuvor mit dem Kauf von ein paar Ziegen übers Ohr gehauen hatte. Ich betrat sein Geschäft und wartete auf eine Gelegenheit, mich vorzustellen. Als es soweit war, wurde er sehr ungehalten, aber ich ließ mich natürlich nicht einschüchtern, denn Gott war ja an meiner Seite. Ich sagte ihm einfach, daß ich gekommen war, um seine Hilfe zu erbitten, und er war schockiert.

›Wissen Sie denn nicht, *señora*‹, fragte er mich, ›daß Ihr Mann und ich Todfeinde sind? Ich will mit niemandem aus Ihrer Familie etwas zu tun haben!‹ brüllte er.

›Das geht mir manchmal genauso‹, erwiderte ich ungerührt. ›Doch wie ich bereits sagte, mein Sohn Jose ist im Gefängnis, und ich brauche Ihre Hilfe.‹

Der Mann trat einen Schritt zurück. ›Señora, wir befinden uns mitten in einer Revolution. Jeder von uns hat seine eigenen Probleme! Genug jetzt! Ich habe zu tun, verschwinden Sie! Ich habe keine Zeit!‹

›Aber ich habe alle Zeit der Welt‹, antwortete ich. ›Sehen Sie, ich habe etwas zu essen und Wasser dabei, ich werde mich dort in die Ecke setzen und solange warten, bis Sie Zeit für mich haben.‹

Er starrte mich an, als hätte ich den Verstand verloren. ›Lady‹, sagte er, ›entweder verstehen Sie kein Spanisch, oder irgend etwas stimmt nicht bei Ihnen. Ich hasse Ihren Mann und seine sämtlichen Nachkommen aus tiefster Seele. Ich käme nicht im Traum darauf, Ihnen oder Ihrem Sohn zu helfen, selbst wenn ich könnte.‹ Damit drehte er sich um und wandte sich wieder seinen Kunden zu. Aber ich ließ mich nicht entmutigen; ich hockte mich in die Ecke und ließ mir die Tortillas und das Wasser schmecken.«

Doña Margarita lächelte; sie hob ihr Glas und stellte fest, daß es leer war. Rasch füllte ihr jemand Whisky nach. Alle waren gefesselt von ihrer Geschichte und bewunderten ihre Hartnäckigkeit. Sie war wie eine Säule des Lebens; eine Frau, die sich niemals kleinkriegen ließ.

»Der arme Kerl«, fuhr sie fort, während sie ihren Whisky schlürfte, »er hatte keine Ahnung, was er mit mir anfangen sollte. Aber ich wußte genau, was ich wollte. Ich saß stundenlang da, bis ich zum Teil der Einrichtung wurde und die Leute mich schon gar nicht mehr wahrnahmen.

Und dann nahm das Wunder seinen Anfang. Die Leute vergaßen mich einfach, und sogar der Feind meines Mannes schien meine Anwesenheit völlig vergessen zu haben und begann zu reden, als ob ich gar nicht vorhanden wäre. Er erzählte jemandem, was zwischen ihm und meinem Mann vorgefallen war, und plötzlich begriff ich die ganze Geschichte. Gott hatte die Tür zum Herzen dieses Mannes für mich geöffnet. Gewappnet mit den Worten, die Gott mir eingab, erhob ich mich und gab dem Mann das, worauf er all die Jahre gehofft hatte. Ich gab ihm seine Ehre zurück. ›Don Ernesto‹, sagte ich, ›ich bin mir der furchtbaren Geschichte bewußt, die zwischen Ihnen und meinem Mann vorgefallen ist, und stimme vollkommen mit Ihnen überein, daß

645

mein lieber Ehemann sich wie ein kompletter Narr verhalten hat, Sie dagegen wie ein Mann von Ehre!‹

Alle Leute in dem Geschäft hielten in ihrer Arbeit inne und starrten zu uns herüber. Ich bin sicher, daß niemals zuvor eine Frau derart über ihren Ehemann gesprochen hatte. Aber ich habe noch nie zu den Frauen gehört, die die Gepflogenheiten der Männer über alles stellen, nicht einmal die des Papstes, daher hatte ich überhaupt keine Skrupel. Ich schloß die Augen, um mich zu konzentrieren, und fuhr fort.

›Ich beobachte Sie jetzt bereits seit Sonnenaufgang, Don Ernesto, und bin Zeuge geworden, wie intelligent und besonnen Sie Ihre Geschäfte abwickeln. Ich kenne meinen Mann nur zu gut und weiß, wieviel er sich darauf einbildet, seine Geschäfte stets mit den Fäusten oder dem Gewehr zu erledigen. Ich weiß, er hätte Ihnen damals nie die Ziegen verkaufen dürfen, und er hatte kein Recht, Sie deswegen später vom Pferd zu zerren und wie ein Narr niederzuschlagen!

Ich schwöre Ihnen, mein Vater, der berühmte Don Pio, hat mir stets eingeschärft, daß Gewehre das Spielzeug von Narren sind! Die wahren Kämpfe im Leben werden durch harte Arbeit und das Vertrauen in die eigenen Fähigkeiten gewonnen, so wie Sie es hier in Ihrem Geschäft halten, Don Ernesto!‹

Ich öffnete meine Augen wieder und sah, daß ich genau den richtigen Nerv getroffen hatte. Es war mir gelungen, ihm das zu geben, was er wollte. Doch ich brauchte noch mehr, ich mußte sein Wohlwollen gewinnen. Also schloß ich erneut die Augen, nahm meine ganze Konzentration zusammen und sprach weiter.

›Außerdem möchte ich mich für das schlechte Benehmen meines Mannes entschuldigen und Ihnen zu Ihrer großartigen Haltung gratulieren, Don Ernesto. Ich weiß sehr wohl, daß manche Dummköpfe Ihnen nachsagen, daß Sie es nur durch das Geld Ihres Vaters soweit gebracht hätten. Doch das ist nicht wahr! Gib einem Narren Geld in die Finger, und er wird bei Sonnenaufgang mit leeren Händen dastehen, besonders in Kriegszeiten, wie heute. In Wahrheit erfordert es viel mehr Köpfchen, festzuhalten, was einem gegeben wurde, als etwas völlig Neues aufzubauen. Denn wer nichts hat, hat auch nichts zu verlieren, da ist es leicht, etwas zu riskieren. Aber Sie haben Mut bewiesen, obwohl Sie viel zu verlieren hatten, dafür beglückwünsche ich Sie. Sie haben Wunder mit dem vollbracht, was Ihr Vater Ihnen hinterlassen hat. Meinen Respekt, Don Ernesto!‹«

Die Leute applaudierten, und Doña Margarita entblößte grinsend ihren einzigen Zahn. »Oh, damit hatte ich ihn, wo ich wollte, das sage ich Euch. Er starrte mich an, als sähe er mich zum ersten Mal; ich glaube, als er meine nackten Füße und meine Lumpen betrachtete, mußte er an seine eigene Mutter denken, denn Tränen traten in seine Augen.

›Señora‹, sagte er und kam hinter seinem Schreibtisch hervor auf mich zu und nahm meine Hand. ›Ich werde alles für Sie tun, was im Bereich meiner Möglichkeiten liegt. Sie sind eine wahre Inspiration, der lebende Tribut Ihres Vaters, des großartigen Don Pio, an den ich mich noch sehr gut erinnern kann, obwohl ich noch jung war, als er in diese Region kam, um die Banditen aus unseren Bergen zu vertreiben. Ich verneige mich in Respekt vor Ihnen und der Erinnerung an diesen Mann.‹

›Ich danke Ihnen‹, erwiderte ich. ›Alles, was ich brauche, ist das Geld für den Zug nach Guadalajara. Für den Rest wird Gott sorgen.‹

›Ich bin sicher, daß er das wird‹‹ antwortete er und händigte mir das Geld für den Zug aus und ein wenig Reisegeld dazu. Dann beauftragte er einen seiner zuverlässigsten Männer damit, mich zur Eisenbahnhaltestelle zu fahren, die in der übernächsten Stadt lag.

Und das war nur der Anfang, Luisa«, wandte sich Doña Margarita an ihre zweifelnde Tochter, »der Beginn eines jener Wunder, die Gott mir im Leben beschert hat!«

»Ach, Mama, es tut mir leid, daß ich gezweifelt habe«, sagte Luisa. »Aber ich mache mir nun mal Sorgen, vor allem, weil du ganz allein gehen willst.«

»Dein mangelndes Vertrauen langweilt mich wirklich«, sagte die alte Lady. »Auf jeden Fall wird Chee-a-cago ein Kinderspiel sein, im Vergleich dazu, was ich für deinen Bruder Jose unternehmen mußte. Soweit wir wissen, ist Domingo schließlich nicht im Gefängnis.«

»Bitte, Mama, erzähl deine Geschichte weiter«, bat Salvador. »Erzähl, was im Zug passierte, diesen Teil höre ich am liebsten.«

»Ja, bitte fahren Sie fort, *señora*«, stimmten die anderen zu.

»Na gut, wenn ihr unbedingt wollt, aber gebt mir noch ein wenig *whiskito*.«

Sie genoß es, im Mittelpunkt zu stehen. Pedro eilte ins Haus, um eine neue Flasche Whisky zu holen.

»Wißt ihr was«, gestand sie, »neulich habe ich geträumt, ich sei der Papst und Chee-a-cago sei die ganze Welt«.

»Für mich bist du der Papst«, sagte Rodolfo. »Der Papst meines Herzens!«

Alle lachten. Durch die Briefe, die sie gemeinsam verfaßt hatten, waren sich Rodolfo und Doña Margarita in letzter Zeit sehr nahegekommen.

»Nun«, sagte sie und nippte an dem neuen Glas Whisky, das man ihr gereicht hatte, »als ich endlich im Zug saß, beschloß ich, nach dem am reichsten und mächtigsten wirkenden Mann Ausschau zu halten. Schließlich kann man nur eine wohlgenährte Kuh ordentlich melken. In einem Privatabteil entdeckte ich einen elegant gekleideten Herrn, der in ein Buch vertieft war. Ich setzte mich neben ihn und behauptete, das sei ein großartiges Buch, ich hätte es selbst schon oft gelesen.

Er musterte meine heruntergekommenen Kleider aus den Augenwinkeln und wußte offenbar nicht recht, was er von mir halten sollte. Also rückte er erstmal ein Stück von mir ab. Aber ich blieb an ihm kleben wie eine Klette und sagte zu ihm: ›Merken Sie nicht, daß Sie mir nicht entkommen können, *señor*? Sie sind in diesem Zug, weil Sie mir von Gott gesandt wurden.‹«

»Hast du das wirklich gesagt?« fragte Salvador.

»Natürlich. Er versuchte aufzustehen, aber diesmal packte ich ihn am Arm. ›Bleiben Sie sitzen‹, sagte ich zu ihm, ›ich bin zu alt, um Ihnen durch den ganzen Zug hinterherzujagen. Außerdem bin ich keine Prostituierte, die Sie einfangen will!‹«

Alle brachen in Gelächter aus. Vor allem Salvador, der diesen Teil der Geschichte über alles liebte. Er konnte sich lebhaft vorstellen, wie dieser reiche Typ sich vor Abscheu fast in die Hosen gemacht hatte.

»›Sie sehen eine Mutter vor sich, deren Sohn im Gefängnis sitzt, obwohl er dort nicht hingehört. Und im Gegensatz zu der Geschichte, die ich Ihnen jetzt erzählen werde, ist das Buch, das

Sie gerade lesen, eine Gute-Nacht-Geschichte. Meine Geschichte ist nämlich wahr und kommt aus dem weinenden Herzen einer Mutter!‹

In diesem Augenblick hielt der Zug ruckartig an, und der Mann wurde wie von unsichtbarer Hand auf den Sitz zurückgeschleudert; da wußte ich, daß ich ihn fast soweit hatte.«

Mit geschlossenen Augen berichtete Doña Margarita, wie sie auch diesen Mann in ihren Bann gezogen hatte. Sie hatte ihm die faszinierende Geschichte von ihrem Sohn Jose, dem Beschützer der Berge, erzählt, der es mit nur einer Handvoll junger Männer jahrelang geschafft hatte, die Revolution aus ihrer Region fernzuhalten.

»Ich habe ihm Jose beschrieben, der klein und dunkel war, genau wie ich«, sagte die alte Lady, »ihm aber gesagt, daß man einen Mann wie Jose nicht an seiner Körpergröße, sondern an der geistigen Größe messen muß. Männer wie er sind der Beweis für Gottes Anwesenheit hier auf Erden! Jede Generation muß solche Männer hervorbringen, wenn Gottes Name fortbestehen soll.

Dann erzählte ich ihm, wie es zu der Verhaftung meines Sohnes gekommen war. Nicht etwa, weil er einen Revolutionstrupp nach dem anderen in die Flucht geschlagen hatte, sondern weil er den örtlichen Polizeichef, der einer jungen Witwe Gewalt antun wollte, in seine Schranken verwiesen hatte. Und dafür sollte er nun in Guadalajara zum Tode verurteilt werden.

Ich kann euch sagen, mit den Geschichten über Joses großartige Leistungen habe ich es geschafft, diesen reichen Mann bis Guadalajara auf seinen Platz zu fesseln. Als wir die Stadt erreichten, hat er mich zu sich nach Hause eingeladen, mir Geld gegeben und mich allen wichtigen Leuten vorgestellt, die er kannte. Ich habe sie in ihren Häusern aufgesucht und nicht locker gelassen, bis ein Dutzend von ihnen mich zum Gefängnis begleitete und dafür sorgte, daß mein Sohn wieder in meine Obhut entlassen wurde.

Der verantwortliche Beamte im Gefängnis war außer sich. Noch nie war etwas Vergleichbares in seinem Gefängnis geschehen. Er behauptete, ich sei entweder der Teufel in Person oder die hartnäckigste und gerissenste Frau, die er je das Unglück hatte, kennenzulernen.

›Wenn meine Soldaten nur halb so stur wären wie Sie, *señora*, dann hätten wir heute keine Revolution!‹

›Nein«, widersprach ich ihm, ›unsere *tanates* sind die Brüste, mit denen wir die Kinder Mexikos stillen – ganz gleich, wie arm wir sind –, und IHR werdet bis in alle Ewigkeit die Verlierer sein!‹

Er warf mich wutentbrannt mitsamt meinem Sohn Jose hinaus, unter der Voraussetzung, daß Jose nie wieder gegen sie kämpfen würde. Und Jose hat Wort gehalten – Gott erbarme sich seiner Seele. Doch wozu das alles? Um schließlich von den Rangers in Albuquerque niedergeschossen zu werden, weil sie ihn mit einem anderen *mejicano* verwechselt hatten!«

Tränen liefen über das faltige Gesicht der alten Frau, und sie erhob sich. »Ich werde nicht noch einen meiner Söhne verlieren!« rief sie. »So wahr mir Gott helfe! Deshalb gehe ich allein nach Chee-a-cago. Allein, aber mit Gott. Und der Teufel soll sich in acht nehmen! Ich bin bereit, es mit der ganzen Welt aufzunehmen!«

Luisa fiel reuevoll auf die Knie und bat die Mutter um Verzeihung. In allen Augen schimmerten jetzt Tränen.

»Es gibt nichts, was ich dir vergeben müßte«, sagte Doña Margarita. »Versöhn dich lieber mit deinem Bruder!«

Die Leute zogen sich taktvoll zum *barbacoa* zurück. Luisa entschuldigte sich bei Salvador für die Ohrfeige. »Es tut mir leid, Salvador«, sagte sie, »aber ich habe einfach vergessen, wie einmalig Mutter ist. Du hast recht, wir dürfen nicht versuchen, sie aufzuhalten. Das Unmögliche zu wollen, das ist es ja, was sie am Leben erhält!«

Inzwischen war es ruhiger geworden, denn ein Teil der Leute war aufgebrochen. Luisa und Salvador schwatzten noch miteinander, als Pedro mit wild rudernden Armen herbeirannte.

»Großmutter ist tot umgefallen!« schrie der Junge.

»Nein!« rief Salvador und hastete über den Platz, in der Annahme, seine Mutter hätte einen Herzanfall erlitten.

Doch als er sie erreichte, kam Doña Margarita bereits wieder zu sich. Neben ihr stand ein großer, rothaariger Mann, den Salvador zuerst nicht erkannte, doch dann blieb er wie angewurzelt stehen: Es war Don Juan, sein Vater, der dort bei der Mutter stand. Aber er war viel jünger als das letzte Mal, als Salvador ihn gesehen hatte.

»Bist du das, Juan?« fragte der hochgewachsene Mann und trat Salvador mit ausgestreckten Armen grinsend entgegen. »Ich weiß gar nicht, was los ist; ich ging auf Mama zu und ...«

Plötzlich fiel es Salvador wie Schuppen von den Augen, daß er nicht seinem Vater, sondern seinem lange verschollenen Bruder Domingo gegenüberstand. Das konnte in der Tat nur ein von Gott gesandtes Wunder sein. Domingo war die Reinkarnation des verstorbenen Vaters: genauso groß und gutaussehend und mit Augen, so blau wie das Meer.

Die beiden Brüder fielen sich in die Arme, und Luisa, die inzwischen auch herangekommen war, schrie aus vollem Hals:

»Domingo! Domingo!«

Immer wieder umarmten sich die Geschwister unter Freudentränen. Zwei Nachbarn machten sich daran, eine Ziege zu schlachten, und Salvador besorgte ein zweites Faß Whisky. Es folgte das ausgelassenste Fest, das je in diesem *barrio* gefeiert wurde. Da jeder der Bewohner ein oder mehrere Familienmitglieder durch Krieg und Elend verloren hatte, konnten alle die Freude der Villaseñors nachempfinden.

»Oh, *dios mío*!« sagte Doña Margarita und streckte zum hundertsten Male die Arme nach Domingo aus. »Du bist das genaue Ebenbild deines Vaters!«

Immer wieder drückte sie ihn mit geschlossenen Augen an sich und fuhr anschließend mit den Fingern über sein Gesicht, als wolle sie sich vergewissern, daß sie nicht träumte.

Gerührt beobachtete Salvador, wie überschwenglich die Mutter den Bruder herzte und küßte. Auch er liebte seinen Bruder über alles. Sie waren zusammen aufgewachsen, da sie sich von den Brüdern altersmäßig am nächsten gestanden hatten. Domingo war nur fünf Jahre älter als Salvador. Bis Domingo im Alter von dreizehn plötzlich verschwunden war, hatten sie jede Minute miteinander verbracht. Kurz darauf war ihr Bruder Jose verhaftet worden.

»Ach, wie habe ich deinen Vater geliebt«, sagte Doña Margarita zu Domingo. »Und jetzt steht sein Ebenbild vor mir. In den ersten fünfzehn Jahren meiner Ehe hat es keine Frau gegeben, die glücklicher hätte sein können als ich. Wie haben wir uns geliebt! Alle achtzehn Monate habe ich ein Kind zur Welt gebracht, und kaum war es da, haben wir uns daran gemacht, das nächste zu zeugen!«

Ihre Augen füllten sich mit Tränen. »Aber dann kam dieser schreckliche Winter, als die Bergspitzen unter einer Schneedecke verschwanden und die Wölfe in Rudeln um unser Dorf schlichen; das Vieh ist eingegangen, wir mußten hungern, und dann holte uns auch noch die Revolution ein. Ach, *mi hijitos*, ihr Jüngeren könnt euch ja nicht mehr an die Zeit erinnern, als euer Vater noch jung und kräftig war. Er war so großartig! Doch als ihr zur Welt kamt, war er bereits ein gebrochener, alter Mann.«

Sie hatten sich so viel zu erzählen, daß sie die ganze Nacht aufblieben: Luisa, Epitacio, Jose, Pedro, Salvador, Domingo, Nellie, die Amerikanerin, die er aus Chicago mitgebracht hatte, und ein paar Nachbarn.

Nellie war eine große, rothaarige Frau mit dem gleichen kräftigen Teint, den Domingo hatte. Sie war stark geschminkt, lächelte unentwegt und hatte einen wohlproportionierten Körper.

Kurz vor Tagesanbruch brachte ein Nachbar eine große Schüssel voll *menudo*. Luisa fügte noch etwas frischen Koriander und Zwiebeln hinzu, und dann machten sie sich an die Zubereitung der Tortillas. Alle amüsierten sich, als Nellie aufstand, um Luisa bei den Tortillas zu helfen.

»Ich hab' sie gut erzogen, was?« sagte Domingo stolz. Er schlang seine Suppe hinunter und bat seine Gefährtin, ihm eine zweite Schüssel zu reichen.

Nellie brachte Domingo den gewünschten Nachschlag, und es schien ihr nichts auszumachen, daß er ihr vor allen einen gutmütigen Klaps aufs Hinterteil versetzte. Salvador bemerkte jedoch, daß seiner Mutter die Situation nicht behagte.

»Bist du Katholikin?« fragte die Mutter Nellie auf spanisch.

»Ja«, antwortete Nellie ebenfalls auf spanisch. »Ich bin eine irische Katholikin.«

»Und ihr beide seid verheiratet?« erkundigte sich die alte Lady.

Nellie setzte gutwillig an, Doña Margaritas Frage zu beantworten, aber Domingo brachte sie mit einem Blick zum Schweigen und wandte sich zu seiner Mutter.

»Nein, noch nicht, Mama«, sagte er, »aber wir haben vor zu heiraten.«

»Nun, ich hoffe, ihr entschließt euch bald«, erwiderte Doña Margarita. »Wie weit bist du, Nellie? Im vierten oder im fünften Monat?«

Salvador war sprachlos. Seiner Meinung nach sah Nellie kein bißchen schwanger aus.

»Viereinhalb«, antwortete Nellie.

»Ist es dein erstes?« fragte die Mutter, obwohl sie die Antwort schon kannte; aber sie wollte herausfinden, ob das Mädchen ehrlich zu ihr war.

»Nein«, erwiderte Nellie und blickte nervös zu Domingo hinüber, der unbehaglich hin und her rutschte.

»Wie viele Kinder hast du schon?«

»Bitte, Mama!« Domingo stand auf. »Wir sind gerade erst angekommen. Es gibt Wichtigeres zu besprechen als Nellies Zustand. Ich weiß immer noch nicht, was mit Papa geschehen ist. Ist er auch hier, oder ist er noch in Mexiko?« fragte er.

»Schon gut«, sagte die Mutter, »sprechen wir im Augenblick nicht über Nellie, wenn dir das lieber ist, Domingo. Aber bevor ich dir von deinem Vater erzähle, möchte ich eins von dir wissen. Warum hast du auf unsere ersten Briefe nicht geantwortet?«

»Keine Sorge«, Domingo legte den Arm um Nellie. »Ich werde es dir erzählen, Mama. Als die ersten Briefe ankamen, habe ich nicht weiter darüber nachgedacht. Aber als alle Nachbarn ebenfalls Briefe erhielten und von nichts anderem mehr sprachen, begann ich zu glauben, daß die Briefe tatsächlich von dir stammten. Wer sonst, dachte ich bei mir, hätte die Ausdauer, unermüdlich weiter zu schreiben?« Er lachte und drückte Nellie an sich. »Ich habe lange Zeit geglaubt, ihr wäret alle tot. Ich weiß noch, wie unser Freund Epitacio versuchte, mir von irgendwelchen Villaseñors zu erzählen, die er angeblich kannte. Ich war so außer mir, daß ich ihn fast umgebracht hätte.«

Er lachte und setzte sich wieder. Salvador konnte es noch immer nicht fassen. Domingo war wirklich das genaue Ebenbild des Vaters: die blauen Augen, das rote Haar, der sommersprossige helle Teint, die strahlend weißen Zähne und die gleichen männlichen Züge, sogar sein Lachen war das des Vaters. Domingo gehörte zu jenem Typ Mann, nach dem sich nicht nur die Frauen umdrehten, sondern der auch die Aufmerksamkeit der Männer auf sich zog.

»Ich war in unsere Heimat in den Bergen zurückgekehrt und hatte niemanden mehr dort vorgefunden«, fuhr Domingo fort, »und ... und ... es war alles zerstört – die Obstgärten, Scheunen, Weiden – einfach alles, die ganze Siedlung war verschwunden.«

»Du bist wirklich in unsere Heimat zurückgekehrt, nachdem wir alle fort waren?« fragte Salvador.

»Natürlich«, antwortete Domingo. »Ich hatte nie beabsichtigt, für immer wegzubleiben. Jahrelang habe ich versucht zurückzugehen.« Tränen glänzten in seinen Augen. »Aber ich hatte einen dieser Arbeitsverträge bei einer amerikanischen Gesellschaft in Chicago unterschrieben, die mit einem Darlehen gekoppelt waren. Sie drohten mir, mich ins Gefängnis zu stecken, wenn ich mich davonmachte. Ich war erst dreizehn, was blieb mir also übrig. Mein Gott, ich war so hilflos!« Bei der Erinnerung stöhnte er gequält auf.

Nellie drückte ihn an sich und beruhigte ihn. »Ihr müßt wissen, nachdem ich von zu Hause fortging, überquerte ich mit zwei anderen Jungen die Grenze in die Vereinigten Staaten«, berichtete er. »Ich dachte, ich könnte Papa in Del Mar, in Kalifornien, überraschen, eine Saison lang mit ihm arbeiten und dann zusammen mit ihm nach Hause zurückkehren. Ich war ein solcher Narr! Ich hatte nicht die geringste Ahnung, was die *gringos* hier von uns hielten.«

»Dann wußtest du also, wo Papa sich aufhielt?« fragte Luisa.

»Natürlich. Er hatte mit unserem Vetter Everardo als Maultiertreiber beim Bau der Küstenstraße von San Diego nach Los Angeles gearbeitet. Ich dachte, es wäre kein Problem, ihn ausfindig zu machen. Aber die Texas Rangers haben mir nicht, wie versprochen, einen Job in Los Angeles verschafft. Diese Hurensöhne«, er schrie jetzt, »haben mich angelogen und einfach nach Chicago verfrachtet!«

»Genau!« stimmte Epitacio laut zu. »Diese verfluchten Ranger lachen dir ins Gesicht, versprechen dir das Blaue vom Himmel, und dann schicken sie dich, wohin es ihnen gerade paßt!« Er war außer sich. »Entschuldigt meine rüde Ausdrucksweise, meine Damen, aber es ist einfach ... oh, sie haben so viele Familien zerstört, diese gerissenen texanischen Bastarde. Die behandeln uns *mejicanos* doch nicht wie Menschen! Allenfalls wie Maultiere oder Hunde! Auf jeden Fall schlimmer als Sklaven!«

»Stimmt!« pflichtete Domingo ihm bei. »Sklaven müssen sie nämlich bezahlen, dadurch haben sie wenigstens einen gewissen Wert.«

»Genau!« bestätigte Epitacio.

»Genug geschimpft«, sagte Doña Margarita, »erzähl weiter.«

»Na ja, jahrelang dachte ich, Chicago liegt in der Nähe von Del Mar«, fuhr Domingo fort. »Ich sprach ja kein Wort Englisch, also haben sie mich einfach weiter belogen, bis ich endlich mein Darlehen abgearbeitet hatte, was Jahre gedauert hat! Danach bin ich sofort in unsere Heimat in den Bergen zurückgekehrt, in der Überzeugung, euch dort alle wiederzusehen.«

Er konnte vor Tränen nicht mehr weitersprechen. Nellie, die aufrichtige Zuneigung für Domingo empfand, bekam ebenfalls feuchte Augen.

»Aber ihr wart alle verschwunden, und jeder erzählte, ihr wäret getötet worden. Ich fühlte mich wie ein Waisenkind! Die Farm war zerstört; nichts von dem, was mir lieb und teuer war, existierte noch.«

Salvador reichte Nellie sein Taschentuch.

»Schließlich bin ich krank vor Kummer nach Chicago zurückgekehrt, wo ich dann dich kennenlernte, Epitacio.«

»Aber meine Briefe«, sagte Doña Margarita, »hast du sie denn nicht gelesen?«

Domingo schaute seiner Mutter offen ins Gesicht. Er hatte dunkle Ränder unter den Augen. »Willst du die Wahrheit wissen, Mama?« fragte er mit einem harten Ausdruck in den Augen.

»Ja«, erwiderte sie unerschrocken. »Das will ich.«

»Nun, die Wahrheit ist, daß ich den Briefen nicht glaubte und ... ich habe gehofft, daß ihr alle TOT wäret!« Er sprang von seinem Stuhl hoch und fiel auf die Knie. »Bitte vergib mir, Mama! Aber ich hatte so gelitten, ich wollte einfach nicht noch mehr Kummer ertragen!«

Er schlang die Arme um die Beine der Mutter, vergrub sein Gesicht in ihrem Schoß und ließ seinen Tränen freien Lauf. Doña Margarita strich ihm begütigend übers Haar und blickte in die Runde, doch keiner war verlegen. Sie wußten, was es hieß, das Vertrauen zu verlieren.

»Ist schon gut, *mi hijito*«, sagte sie und streichelte seinen Kopf, der auf ihrem schmächtigen Schoß riesig wirkte. »Gott wird verstehen und dir vergeben. Es ist nicht einfach, wenn man den Glauben verliert. Ich weiß das nur zu gut. Auch mir ist es immer wieder passiert.«

Salvador starrte seine Mutter überrascht an. Wie konnte sie, die selbst in den finstersten Stunden Kraft und Zuversicht ausstrahlte, so etwas von sich behaupten?

»Steh auf, Domingo«, sagte die Mutter. »Glaub mir, ich verstehe dich. Ich habe selber oft gewünscht, daß meine verschwundenen Kinder tot wären, damit die Ungewißheit endlich ein Ende hätte. Krieg ist etwas Furchtbares, sowohl für die Kinder als auch für die Eltern.« Sie verstummte.

Salvador war verblüfft; nie hätte er vermutet, daß etwas den Glauben der Mutter erschüttern konnte.

Sie beendeten ihr Frühstück, und Salvador steuerte eine Flasche seines vorzüglichen, ›zwölfjährigen‹ Whiskys bei.

»Hier, probier mal«, sagte er zu Domingo. »Das beste, was ich habe.«

»Nicht schlecht«, lobte Domingo, nachdem er den edlen Tropfen probiert hatte. »Aber du hättest mal den Whisky probieren sollen, den ich gebraut habe. Das war in den guten Zeiten«, schwärmte er und lächelte gewinnend, »mit den Männern von Al Capone.«

»Mit Al Capone?« fragte Salvador. »Ich dachte, du hättest in den Schlachthäusern und später beim Bau von Hochhäusern gearbeitet?«

»Unter anderem«, erwiderte Domingo rasch. »Ich bin ein Mann, der schon viele Dinge angepackt hat!«

Er hätte noch weiter geprahlt, aber Doña Margarita schnitt ihm das Wort ab.

»Domingo«, sagte sie, »dein Vater ... dein Vater ist tot. Er ist auf der Farm gestorben.«

Domingo starrte sie an. »Aber wie?« fragte er. »O mein Gott, Mama? Ist er in deinen Armen gestorben?«

Sie sah ihrem Sohn fest in die Augen. Auch Luisa und Salvador hatten den Blick auf Domingo gerichtet. Was jetzt kam, würde nicht einfach werden.

»Nein, Domingo«, erwiderte die alte Frau. »Ich wünschte, es wäre so gewesen, aber leider war es ihm nicht vergönnt. Er starb allein in den Bergen.«

Domingo sah verständnislos von einem zum anderen. »Was meinst du damit, ›er starb allein in den Bergen?‹ Habt ihr mir irgend etwas verheimlicht?« Er sprang aufgebracht von seinem Stuhl hoch.

»Als dein Vater aus den Vereinigten Staaten zurückkehrte«, fuhr Doña Margarita ruhig fort, »fand er die Farm zerstört vor, und du warst auch fortgegangen, Domingo. Da begann er schlimmer als jemals zuvor zu trinken.«

»O nein! NEIN!« schrie Domingo.

»Doch. Er aß nichts mehr und lief schreiend durch die Berge, auf der Suche nach seinen Söhnen. Die Nachbarn fanden ihn eines Tages tot neben den Überresten seines Pferdes.« Ihr Blick verschleierte sich. »Der arme Kerl muß das Tier erschossen haben, als er seine Stunde nahen fühlte, damit es ihn auch im Himmel begleiten würde.«

»Und ihr wart nicht dort, als es passierte?« rief Domingo und schlug mit der Faust auf den Tisch, daß das Geschirr klirrte. »WIESO HABT IHR IHN ALLEIN GELASSEN?« schrie er rasend vor Zorn und starrte haßerfüllt in die Runde.

Keiner erwiderte etwas. Sie waren fassungslos, wie sehr er sogar in seinem Zorn Don Juan Salvador glich, der oft ebenso schreiend und tobend vor Wut vor ihnen gestanden hatte.

Luisa fand als erste die Sprache wieder. »Wir haben ihn nicht verlassen«, sagte sie mit ruhiger Stimme, »sondern er uns, Domingo.«

»Nichts als Lügen«, widersprach Domingo. »Ihr habt ihn in den Bergen allein gelassen!«

»Das haben wir nicht!«, rief Salvador und sprang nun ebenfalls auf. »Er hat uns verlassen! Genau wie du, du verdammter Narr! Und wir sind fast verhungert!«

»Aha, soll das heißen, daß ihr Vater und mich für das Mißgeschick unserer Familie verantwortlich macht?« fragte Domingo mit gehässigem Lächeln.

»Ja!« brüllte Salvador zurück. »Genauso ist es!«

Domingo wollte sich auf Salvador stürzen, doch der war flinker und traf ihn mit der Faust so heftig ins Gesicht, daß der Bruder rückwärts gegen die kleine Anrichte taumelte, in der das Geschirr untergebracht war.

Salvador weinte jetzt. »Als ich unseren Vater in den Bergen aufsuchte und ihn anbettelte, nach Hause zu kommen, weil Luisas Mann getötet worden war und wir ihn brauchten, hat er mich angebrüllt wie ein Verrückter, ich soll ihn in Ruhe sterben lassen, da sowieso alle seine Söhne tot seien. Ich habe ihm gesagt, daß ich schließlich auch sein Sohn sei, Domingo. Aber er hat nach mir getreten wie nach einem Hund, nur weil ich nicht groß und blauäugig war wie du und Alejo.«

»Das wird ja immer besser«, sagte Domingo zu Nellie gewandt und wischte sich das Blut ab, das von seiner aufgeplatzten Lippe auf seine Füße tropfte. »Hab' ich dir nicht gesagt, daß es die Hölle sein würde, meine Familie wiederzusehen?«

Doña Margarita schüttelte nur fassungslos den Kopf.

»Ich werde dir eine Tracht Prügel verpassen, wie du sie noch nie in deinem Leben bekommen hast, Juan«, sagte Domingo mit gefährlich ruhiger Stimme.

»Ja, dann komm doch, du Stück Scheiße!« rief Salvador. »Ich bin nicht mehr dein kleiner Punching Ball wie früher. Heute spucke ich auf dich, du Feigling! Du bist einfach abgehauen und hast uns im Stich gelassen. Du blöder, ignoranter *pendejo*! Wir sind fast verhungert!«

Domingo lächelte boshaft und ging in Angriffsstellung.

»Nein, Domingo!« sagte Luisa und stellte sich zwischen die beiden Brüder. »Es ist wahr! Keiner von uns liebte Papa mehr als ich, aber es stimmt. Er hat uns verlassen, nicht umgekehrt!«

»O nein, Luisa«, entgegnete Domingo immer noch grinsend. »Mein kleiner Bruder hat viel mehr behauptet als nur das. Was er braucht, ist eine anständige Abreibung, wie ich sie ihm früher verpaßt habe, wenn er wieder mal vor einer Prügelei davongelaufen ist und mich allein gegen zwei oder drei Jungen kämpfend zurückgelassen hat!«

Dann schrie Domingo plötzlich aus vollem Halse. Er war ein großer Mann und brüllte genauso laut, wie es der Vater oft getan hatte. »Ich bin noch nie im Leben vor einem Kampf davongelaufen! Und Papa ebensowenig! Ihr habt ihn im Stich gelassen! Das ist die gottverdammte Wahrheit!«

Damit stürzte er sich auf seinen jüngeren Bruder, aber Luisa und Nellie gingen dazwischen. Der Wutausbruch seines Bruders rief Salvador all die Gemeinheiten ins Gedächtnis zurück, die sein Bruder ihm als kleiner Junge zugefügt hatte, und er wußte, daß er imstande wäre, seine Waffe zu holen und Domingo erbarmungslos abzuknallen.

»Haltet sie nicht auf!« rief Doña Margarita. »Sollen sie sich doch gegenseitig umbringen, wenn sie solche armseligen Kreaturen sind, daß sie nicht einmal Respekt vor ihrer Mutter haben!«

Sie kippte ihren Whisky hinunter, stand auf und drehte sich zu Salvador um.

»Du hattest kein Recht, deinen Bruder zu schlagen! Begreifst du nicht, daß er wegen Vaters Tod unter Schock stand und keine Ahnung von unserem Leid und unserem Kummer haben konnte! Das war Unrecht, Salvador! Unrecht!« Sie packte sein Ohr und zog dran, bis er vor ihr auf dem Boden kniete.

»Laß das, Mama! Bitte!« rief Salvador. »Ich bin doch kein Kind mehr!«

»Du benimmst dich aber wie eins! Und jetzt entschuldige dich bei deinem Bruder!«

»Nein!«

»Doch! Auf der Stelle!«

»Niemals!«

»Doch! Doch! Doch!«

»Na gut, aber laß mich endlich los!«

»Nein!« rief sie und zwickte ihn um so mehr. »Zuerst wirst du dich auf der Stelle und ehrlichen Herzens entschuldigen und versprechen, daß du ihn nie wieder schlagen wirst, solange du lebst!«

»Okay, okay«, gab Salvador nach. »Tut mir leid, Domingo. Mama hat recht. Es war falsch, dich zu schlagen!«

»Und du wirst ihn nie wieder schlagen, schwöre es!«

»Ich schwöre es!« fügte Salvador hinzu.

»So ist es gut«, Doña Margarita ließ sein Ohr los und wandte sich Domingo zu.

»Und jetzt zu dir, Domingo«, sagte sie, »du hattest kein Recht, uns derart herauszufordern! Hast du verstanden?« Ihre Augen füllten sich mit Tränen. »Wir haben deinen Vater ebensowenig im Stich gelassen wie er uns! Wir waren alle am Ende! Hörst du? Verloren in den Wirren des Krieges, genau wie du in der Sklaverei in Chee-a-caca! Und in tiefster Seele verwirrt, so daß dein Vater vor Schmerz den Verstand verlor und auf der Suche nach seinen Söhnen wie von Sinnen eure Namen rufend in den Bergen umherirrte. ›Alejo! Jose! Agustin! Teodoro! Jesus! Mateo! Vincente!‹ Und dich, ›Domingo!‹ Und alle seine Töchter und die Namen eurer zweiundzwanzig Vettern, die mit seinen Kindern unter dem gleichen Dach aufgewachsen waren. Er war ein gebrochener Mann!

Und deshalb wirst auch du niederknien und deinen Bruder küssen, jetzt auf der Stelle. Nimm ihn in die Arme und bitte ihn um Verzeihung!«

Obwohl alles in ihm sich dagegen sträubte – Domingos Augen sprühten noch immer vor Zorn –, tat er, wie seine Mutter ihm befahl. Es war ein bewegender Anblick, als die beiden kräftigen Männer vor ihrer zerbrechlichen, kleinen Mutter auf dem Boden knieten, einander mit einem kräftigen *abrazo* umschlossen und sich küßten.

Nellie und die anderen weinten vor Rührung. Sie fühlten, daß dies ein neuer Beginn für die *familia* hier in den Vereinigten Staaten war. Alles, was sie tun mußten, war, die Vergangenheit ruhen zu lassen und offenen Herzens in die Zukunft zu blicken.

21

Und so entdeckten sie die Liebe, die in ihren Herzen wohnte, und mit
ihr die Rückkehr ins Paradies ihrer Ahnen

»Hör mal, Salvador«, sagte Domingo, »in Chicago habe ich gute
Beziehungen und ein eigenes Haus, aber ich bin so überstürzt
aufgebrochen, um zu euch zu kommen, daß ich jetzt ein wenig
knapp bei Kasse bin. Könntest du mir wohl fünfzig Dollar leihen?
Ich zahle es zurück, sobald mein Haus verkauft ist.«

»Klar.« Salvador zog ein Bündel Geldnoten hervor. Als er
Domingos Blick bemerkte, der mit offenem Mund auf die Scheine
gaffte, wußte er, daß er einen Fehler gemacht hatte. Immerhin
handelte es sich nicht um Geld, das er einfach so zum Fenster hinauswerfen konnte, es war sein Arbeitskapital, das er als Spielein-
satz und für die Schwarzbrennerei benötigte.

»*Gracias*«, sagte Domingo und ließ den Fünfziger in der
Tasche verschwinden. »Kann ich mir auch mal deinen Truck leihen?«

»Natürlich«, erwiderte Salvador. »Wir sind doch Brüder. Es tut
mir ehrlich leid, daß ich dich geschlagen habe. Das war nicht richtig.«

»Vergiß es«, beruhigte ihn Domingo. »Es gab schon Weiber, die
fester zugeschlagen haben.«

Beide lachten. Während Domingo weiter bei der Mutter und
Luisa im Haus herumlungerte und sich den Whisky schmecken
ließ, verabschiedeten sich Epitacio und Salvador und gingen
zurück an ihre Arbeit.

Nachdem Salvador die zweite Ladung Whisky im Freudenhaus
von Pasadena abgeliefert hatte, zerbrach er sich den Kopf darüber, wo er einen Ring für Lupe kaufen konnte, ohne dabei übers
Ohr gehauen zu werden. Er würde es mit dem alten mexikanischen Sprichwort halten: »Für die wilden Bullen der *barrancas*
brauchst du ebensolche Pferde«, was besagte, daß man zum

Zusammentreiben der Hochlandrinder Pferde brauchte, die ebenfalls in dieser Landschaft groß geworden waren.

Salvador hatte des öfteren Gelegenheit gehabt, festzustellen, wie sehr dieses Sprichwort der Wahrheit entsprach. Ein Pferd aus der Tiefebene, so flink und kräftig es auch sein mochte, konnte niemals mit einem Tier aus den Bergen gemessen werden. Oder in den Worten der *gringos*: ›Spiel nie das Spiel eines anderen.‹

Wie er seinen Freund Kenny, einen erfahrenen Mechaniker, beim Kauf des Autos hinzugezogen hatte, so suchte er jetzt die Hilfe eines gerissenen Geschäftsmannes, damit er einen angemessenen Ring für Lupe erstehen konnte, ohne sich dabei über den Tisch ziehen zu lassen.

Er fuhr zum Geschäft seines Schneiders. Aufgeregt parkte er vor dem kleinen Laden in Santa Ana, in dem er sich seine Anzüge und Hemden anfertigen ließ. Niemals würde er vergessen, wie er einst auf der Suche nach eleganten Anzügen auf diesen Laden gestoßen war. Alle Geschäfte, die seiner Meinung nach in Frage gekommen wären, hatten in ihrer luxuriösen Ausstattung schon von außen so einschüchternd gewirkt, daß er im letzten Augenblick stets Hemmungen bekommen hatte, einzutreten.

Doch eines Nachmittags, auf der Heimfahrt von Don Manuel, dem er Whisky geliefert hatte, war ihm diese kleine Schneiderei aufgefallen. Er war dreimal um den Block gefahren, bevor er es wagte, den Truck vor dem Laden zu parken. Damals hatte er noch nicht das elegante, grüne Dodge Kabrio besessen, und die Behandlung, die ihm in dem drittklassigen Restaurant in Corona zuteil geworden war, saß ihm noch in den Gliedern. Solange ein Mexikaner nicht wenigstens wie ein seriöser Geschäftsmann gekleidet war, hatte er in Kalifornien nun mal keine Chance. Erst durch den Besitz des Dodge hatte er einen Teil seines Selbstbewußtseins zurückgewonnen.

Um so siegesbewußter parkte Salvador nun den Moon vor dem kleinen Laden. Heute besaß er ein anständiges Auto, trug einen eleganten Anzug und ein dickes Geldbündel in der Tasche. Er fragte nach Harry, dem Besitzer, mit dem er sich im Laufe der Jahre angefreundet hatte.

»Kennen Sie Harry persönlich?« fragte der Verkäufer, ein gutaussehender junger Anglo, und musterte Salvador abschätzend.

Salvador fühlte sich auf unbestimmte Weise bedroht. Er spielte bereits mit dem Gedanken, einfach wieder zu gehen, als Harry aus einem Hinterzimmer trat.

»Salvador, *amigo mío*!« begrüßte ihn der Besitzer in perfektem Spanisch.

Salvador hatte Harry und seiner Frau Bernice ein paar Brocken Spanisch beigebracht, im Gegenzug hatten sie ihn ein paar Wörter Jiddisch gelehrt.

»*Muy bien*, Harry«, erwiderte Salvador. »*Y usted? Cómo está?*«

»Auch *muy bien*«, antwortete Harry. »Was kann ich für dich tun, Señor Villaseñor?«

»Können wir unter vier Augen reden?« fragte Salvador mit einem Blick auf den Verkäufer.

»Aber natürlich.« Harry gab seinem Angestellten ein Zeichen, sich zurückzuziehen. Dieser verließ widerstrebend den Raum. »Komm, setzen wir uns hier in die Ecke und trinken eine Tasse Kaffee, während wir uns unterhalten.«

»In Ordnung«, sagte Salvador. »Weißt du, Harry«, begann er, nachdem sie ihren Kaffee getrunken hatten. »Ich beabsichtige zu heiraten.«

»Das ist ja großartig!«

»Aber ich brauche Hilfe beim Kauf des Verlobungsringes«, fügte Salvador hinzu und sah Harry dabei erwartungsvoll an.

»Oh, aber weshalb kommst du damit zu mir? Ich verkaufe doch Anzüge.«

»Schon.« Es gefiel Salvador, daß Harry nicht gleich wie ein hungriger Wolf diese Chance nutzte. »Aber ich weiß auch, Geschäft ist Geschäft, und du bist nun mal ein kluger Geschäftsmann, Harry. Deshalb bin ich zu dir gekommen. Du beherrschst die Kunst des Verhandelns. Ich fürchte, wenn ich allein losziehe, um einen Ring zu kaufen, dann stehe ich wie ein Dummkopf da.« Salvador verstummte und beobachtete Harrys Augen. Es war wie beim Pokerspiel.

Und Harry beherrschte das Spiel; ohne mit der Wimper zu zucken, ging er auf Salvador ein. »Du brauchst gar nichts weiter zu sagen«, entgegnete er und sah Salvador geradeheraus an. »Du willst einen Diamanten, und ich kenne genau den richtigen Mann dafür.«

»Ein Diamant wäre großartig«, stimmte Salvador zu. »Aber wie kommt man an einen Diamanten, ohne hinterher mit Glas dazustehen, Harry? So reich, daß ich mir einen Fehler erlauben kann, bin ich nicht.«

Harry war gerührt. »*Amigo mío*«, sagte er und umfaßte eine von Salvadors schwieligen, großen Pranken mit seinen beiden Händen. »Um einen echten Diamanten zu kaufen, brauchst du kein reicher Mann zu sein. Diamanten gibt es in unterschiedlichsten Größen und Qualitäten. Aber ein drittklassiger Diamant ist nicht gut genug für dich, mein lieber, alter Freund!«

Salvador war noch immer auf der Hut, obwohl Harry keineswegs habgierig wirkte und seinem Blick standhielt. »Und wie steht es mit den Preisen?« fragte Salvador.

Harry lachte. »Wieviel Geld hast du, Salvador?«

Wieder wurde Salvador mißtrauisch. Dennoch beantwortete er Harrys Frage. »Na ja, wenn's hochkommt, so etwa zweihundert Dollar.«

»Wenn du noch zweihundert drauflegst«, sagte Harry, »dann machst du sie zur Königin von Kalifornien!«

Salvadors Herz setzte einen Moment aus. »Okay, vierhundert, aber keinen Cent mehr«, stimmte er zu und spürte, wie seine Handflächen feucht wurden. Er war immer noch unsicher, ob es richtig war, diesem Mann zu vertrauen.

»Großartig«, sagte Harry. »Das ist genug, wenn wir zu diesem Großhändler in Los Angeles fahren, den ich kenne. Aber den Hochzeitsanzug mußt du natürlich hier bei mir machen lassen.«

»Selbstverständlich«, antwortete Salvador.

»Perfekt«, erwiderte Harry. »Dann machen wir uns gleich morgen früh auf den Weg.«

»Morgen früh?« fragte Salvador. So eilig hatte er es eigentlich nicht gehabt. Andererseits hatte die Mutter ihn ja ermahnt, keine Zeit zu verlieren.

»Ja«, sagte Harry, »mein Freund ist nämlich ziemlich abergläubisch. Weißt du, er ist Jude und glaubt, daß der erste Kunde am Morgen ihm für den Rest des Tages Glück bringt.«

Jetzt blickte Salvador den Ladenbesitzer mit offenem Mißtrauen an. Wieso hatte er es so eilig?

»Bist du denn nicht auch Jude?« fragte er.

»Klar, sind wir das nicht alle?«

»Nein«, widersprach Salvador, »es gibt auch ein paar *mejicanos.*«

»Aber genau genommen nur wenige«, sagte Harry, »im Grunde sind wir doch alle nur vertriebene Völker.«

Sie lachten beide.

Am nächsten Morgen um Punkt sieben Uhr fuhr Salvador bei Harrys Laden vor. Bernice, Harrys schöne junge Frau, begleitete ihren Mann zu Salvadors Moon, und die beiden Männer fuhren davon.

»Hast du das Geld dabei?« fragte Harry, als sie unterwegs waren.

»Ja«, antwortete Salvador.

»Dann gib es mir lieber«, sagte Harry. »Wir müssen nämlich schnell handeln, sonst klappt es nicht.«

Widerstrebend langte Salvador in seine Tasche und händigte Harry die vierhundert Dollar aus. Harry zählte das Geld nach und steckte es ein.

»Keine Sorge, Salvador. Der Mann ist der beste Großhändler an der Westküste. Ich kenne ihn schon lange, er handelt nur mit den allerbesten Stücken.«

»Hm«, brummte Salvador, der insgeheim fürchtete, einem Betrug aufzusitzen.

Als sie das Geschäft erreichten, war Salvador so nervös, daß er am liebsten sein Geld zurückverlangt und sich so schnell wie möglich entfernt hätte.

»Park direkt vor der Tür«, empfahl Harry. »Paß auf, die erste Runde haben wir schon gewonnen. Er hat noch gar nicht geöffnet. Wenn er aufmacht, halt dich hinter mir. Ich übernehme die Verhandlung, und du stimmst allem zu, was ich sage, einverstanden?«

»Okay«, sagte Salvador.

Sie mußten zwanzig Minuten warten, bis der Laden um Punkt neun Uhr öffnete. Dann stiegen sie aus dem Wagen.

»Siehst du«, flüsterte Harry, »wir sind die ersten Kunden. Das ist sehr wichtig.«

»Hallo, Harry«, grüßte ein alter Mann, der hinter dem Ladentisch saß, als sie eintraten. »Was verschafft mir denn die Ehre?«

»Diamanten!« sagte Harry.

»Da bist du bei mir genau richtig. Kommt hier rüber, dann sehen wir mal, was wir haben«, forderte der alte Mann sie auf.

»Nein, Sam«, widersprach Harry. »Wir wollen das Beste. Die Steine, die du im Hinterzimmer aufbewahrst.«

Sam blieb stehen. »Hast wohl 'n paar Tausender dabei?« rief er ärgerlich.

»Natürlich«, erwiderte Harry und zwinkerte Salvador zu.

»Okay«, sagte Sam und gab seinem Assistenten ein Zeichen. »Du hast gehört, was er gesagt hat. Öffne den Tresor!«

Der junge Mann eilte nach hinten, während Harry sich mit Sam unterhielt. Salvador blickte sich indessen in dem eleganten Laden mit dem auf Hochglanz gewienerten Fußboden um. Niemals hätte er sich vorstellen können, ein solches Geschäft zu betreten. Dieser Ort übertraf wahrhaftig die kühnsten Träume eines armen Mexikaners.

Der junge Mann kam mit einer flachen Kiste aus edlem, polierten Holz zurück. Salvador mußte unweigerlich an den Schatz im Buch ›Der Graf von Monte Christo‹ denken. Er hatte es gemeinsam mit dem Gefängniskoch aus Arizona gelesen, der versucht hatte, ihn in die Welt des geschriebenen Wortes einzuführen. Salvadors Herz klopfte, als Sam die Kiste öffnete, in der unzählige Diamantschmuckstücke funkelten.

»Zeig mir die Ringe«, forderte Harry.

Behutsam entnahm Sam eine Lade mit Ringen und setzte sie vor sich auf den Ladentisch.

Harry ließ seinen Blick prüfend darübergleiten, wählte zwei aus und zeigte sie Salvador. Dann setzte er seine Brille auf und begutachtete die Ringe eingehend, wobei er sie dicht vor die Augen hielt.

»Wieviel kosten die?«

»Du hast immer noch einen guten Blick, Harry«, antwortete Sam und lächelte. »Wir wären reich geworden, wenn wir zusammengeblieben wären.« Er legte die Lade zurück in die Holzkiste und ließ nur die beiden Diamantringe draußen. »Eintausend für den hier, zweitausend für den anderen.«

»Schön«, sagte Harry, betrachtete den größeren der beiden nochmals und reichte ihn Salvador.

Salvador nahm ihn so vorsichtig entgegen, als handle es sich um Dynamit. Er konnte es kaum fassen; da stand er tatsächlich in diesem vornehmen Geschäft und hielt einen Diamantring in der Hand, der fünfmal größer war als alle Ringe, die er bisher gesehen hatte. Er, der rückständige, unwissende, kleine Mexikaner aus Los Altos de Jalisco.

»Gefällt er dir?« fragte Harry.

»Äh, ja natürlich, aber der Preis …«

»Kein Aber«, schnitt Harry ihm brüsk das Wort ab.

»Wir nehmen ihn, Sam«, wandte er sich wieder an den Ladenbesitzer, »genau jetzt, um sieben Minuten nach neun, verdienst du vierhundert Dollar an uns.«

Mit diesen Worten brachte er die Geldscheine hervor und breitete die Zwanzig- und Fünfzigdollarnoten auf dem Ladentisch aus. Das Lächeln verschwand aus Sams Gesicht, und er starrte Harry mit offenem Haß an.

Salvador war überzeugt, daß er sie jeden Moment umlegen würde.

»HARRY, DU HURENSOHN!« brüllte Sam. »Ich habe dir diese Diamanten in gutem Glauben gezeigt!«

»Und hier sind vierhundert Dollar in gutem Glauben!« erwiderte Harry ungerührt.

»Das ist ein Zweitausenddollarring, Großhandelspreis!« rief der Mann.

»Ich weiß, und wir haben jetzt genau siebeneinhalb Minuten nach neun«, sagte Harry und deutete auf seine Uhr. »Für den Rest des Tages werden die Kunden bei dir Schlange stehen!«

Sam warf einen Blick auf das Geld, und dann schrie er: »Okay, du betrügerischer Bastard! Aber wag es nicht, dich hier nochmal blicken zu lassen. Verschwindet! Bevor ich euch umbringe!«

Harry nahm den Diamantring, und sie verließen den Laden. In Erwartung, jeden Moment einen Gewehrlauf im Nacken zu spüren, sprang Salvador in den Moon und ließ den Motor an.

»Ganz ruhig, keine Sorge«, beschwichtigte ihn Harry, als sie sich ein Stück entfernt hatten, »er wird uns schon nichts tun. Er ist mein Bruder.«

»Dein Bruder?« fragte Salvador entgeistert.

»Ja«, lachte Harry und schlug Salvador aufs Knie. »Mann, da

haben wir ein Geschäft gemacht. Dafür wirst du 'ne Menge Anzüge bei mir kaufen müssen, Salvador!«

»Da kannst du dich drauf verlassen«, antwortete Salvador.

Er wußte immer noch nicht, was er von der Sache halten sollte. Entweder hatten diese beiden Brüder den Verstand verloren, und er besaß jetzt einen Diamantring, der fünfmal soviel wert war, wie er dafür bezahlt hatte, oder die beiden waren die besten Schauspieler der Welt und hatten ihn aufs Kreuz gelegt. Eins war jedenfalls sicher; diese Geschichte würde ihm kein Mensch im *barrio* abkaufen; sie war einfach unglaublich!

»Nein!« schrie Luisa. Sie drehte den Ring in ihrer Hand hin und her und zeigte ihn den Jungen. »Ein Diamant! Und so groß! Das kann nicht wahr sein! *Dios mío*! Da werden Lupe und ihre Familie aber stolz auf dich sein, Salvador! Aber sag mal, wer wird denn für dich um ihre Hand anhalten?«

»Nun, Domingo natürlich«, erwiderte Salvador.

Die Mutter schüttelte den Kopf. »Nein, das wird nicht gehen.«

Domingo befand sich mit Nellie zu Besuch bei Nachbarn, die ein Stück weiter die Straße hinauf wohnten.

»Warum denn nicht?« fragte Salvador.

»Weil, nun ich wollte es euch eigentlich nicht sagen«, antwortete die alte Frau, wobei ihr Tränen in die Augen stiegen, »aber als ich neulich mit Nellie in der Kirche war, habe ich herausgefunden, daß … daß …«

Sie verstummte, und Luisa und Salvador blickten sich fragend an, auch Pedro und Jose hatten keinen Schimmer, was los war. Gewöhnlich ließ die Großmutter sich nicht so aus der Fassung bringen; sie stand doch stets mit beiden Beinen auf der Erde.

»Nun erzähl schon, Mama«, sagte Salvador und nahm ihre Hand.

»*Mi hijito*, dein Bruder lebt in Sünde!« erwiderte sie mit Überwindung.

»Weil er nicht mit Nellie verheiratet ist?« fragte Salvador. »Aber Mama, auch während der Revolution waren viele Menschen auf Grund der Umstände gezwungen, ohne Trauschein miteinander zu leben, und haben erst später geheiratet.«

»Ach, wenn es nur das wäre«, erwiderte die Mutter. »Ich spreche von Nellie. Sie ist bereits verheiratet.«

»Du meinst, mit einem anderen Mann?«

»Ja. Und sie hat ihre drei kleinen Kinder verlassen, eines ist noch nicht einmal ein Jahr alt, nur um mit deinem Bruder zusammen zu sein!«

»Nein!« rief Luisa. »Sie hat ihre Kinder im Stich gelassen? Was ist das nur für eine Welt?« Sie bekreuzigte sich.

»Luisa«, sagte die Mutter, »es ist nicht Nellie, um die ich mir Gedanken mache, sondern auch Domingo. Was für ein Mann ist er, daß er eine Frau ermutigt, ihre Kinder zu verlassen, von denen sie eins sogar noch stillen müßte?«

Salvador war verblüfft. Aus dieser Sicht hatte er die Geschichte noch nicht betrachtet; er hätte allein Nellie verantwortlich gemacht, aber die Mutter hatte absolut recht. Welcher Mann würde so handeln?

»Ach, ich wollte euch das gar nicht erzählen«, fuhr die Mutter fort. »Ich habe gehofft und darum gebetet, daß Domingo und Nellie diese furchtbare Situation irgendwie meistern würden. Aber je länger ich zusehen muß, wie unbekümmert sie einander vor unseren Augen, und ohne Rücksicht auf Luisas Jungen, betätscheln, desto überzeugter bin ich, daß sie sich überhaupt keine Gedanken über ihr ungeheuerliches Tun machen.

Deshalb nein und nochmals nein, *mi hijito*, Domingo kann unmöglich im Namen deiner Familie um Lupes Hand anhalten.«

Die Mutter schluchzte, während Tränen über ihr Gesicht strömten. Salvador und Luisa sahen einander betreten an. Es war fast so, als wäre jemand in der Familie gestorben. Jahrelang hatten sie sich gewünscht, Domingo wiederzufinden, und jeden Tag dafür gebetet. Nun war ihr Wunsch in Erfüllung gegangen, doch sie hatten einen Domingo zurückkehren sehen, der nicht ihren Erinnerungen entsprach.

»Ich kann mir einfach nicht erklären, was aus diesem Kind geworden ist, das aus meinen Lenden geboren wurde«, sagte die Mutter. »Aber vielleicht ist er schon immer so gewesen, und als Mutter war ich blind und wollte nur das sehen, was mir gefiel? Oder war sein erzwungener Aufenthalt in Chee-a-cago so furchtbar, daß er jegliche Moral verloren hat? Diese Fragen lassen mich nicht mehr los, seit ich mit Nellie zur Heiligen Mutter gebetet habe.«

Sie verstummte und wischte sich die Tränen fort. Doña Margarita war müde und erschöpft, und Salvador fand, daß die Mutter noch nie so alt ausgesehen hatte. Er ballte die Hände zu Fäusten. Am liebsten hätte er seinen Bruder dafür umgebracht, daß er ihr so etwas antat. Selbst in jenen Jahren, als sie Hunger und schwerste Schicksalsschläge ertragen mußten, hatte die Mutter nicht so gebrochen gewirkt wie jetzt.

»O Mama, du hättest es uns gleich erzählen sollen. Ich werde Domingo sagen, daß er hier ausziehen muß. Sie müssen sich eine eigene Bleibe suchen, dann können sie sich auch nicht länger derart respektlos vor dir und den Kindern aufführen!«

»Aber Luisa, das geht doch nicht«, sagte die alte Lady. »Ich kann unmöglich einem meiner Kinder mitteilen, daß es in unserem Haus nicht willkommen ist! Wir sind eine Familie, ganz gleich, was geschieht. Eine Familie!«

»Mama«, mischte Salvador sich ein, »das heißt doch nicht, daß er hier nicht jederzeit willkommen ist. Aber Luisa hat recht, diese beiden Häuschen sind einfach zu klein.«

»Genau, das meine ich, Mama«, sagte Luisa. »Natürlich wird Domingo immer zur Familie gehören.«

Doña Margarita trocknete sich die Tränen und wandte sich an ihre beiden Neffen, die bisher wortlos zugehört hatten.

»Was haltet ihr beide denn von der ganzen Geschichte, hm?« fragte die alte Frau. »Was haltet ihr von eurem feinen Onkel, der einer Frau die Milch aus den Brüsten saugt – Milch, die den Kindern gehört, die sie verlassen hat?«

»Mama«, sagte Luisa. »Du solltest nicht so …«

»Still!« erwiderte Doña Margarita. »Wann sonst sollen sie diese Dinge lernen, wenn nicht jetzt, wo es ihnen noch nicht in den Eiern juckt, so daß sie glauben, es sei unter ihrer Würde, noch zuzuhören!«

Luisa schwieg widerwillig, und Doña Margarita wandte sich wieder ihren Enkeln zu.

»Ihr seid beide großartige Jungen«, sagte sie, »und ich möchte, daß ihr gut zuhört und immer daran denkt: Ein Mann kann sich nicht aussuchen, wo er geboren wird, noch hat er die Gelegenheit, zu bestimmen, wo und wie er stirbt. Aber er hat es in der Hand, zu bestimmen, wann und mit wem er das Wunder neuen Lebens in diese Welt setzen will!

HABT IHR DAS VERSTANDEN?« Sie sprang auf und packte Jose bei den Eiern. »Für deine *tanates* bist du ganz allein verantwortlich«, rief sie und schüttelte den verdutzten Jungen.

Sie preßte seine Hoden mit eisernem Griff, so daß der Junge sich mit schmerzverzerrtem Gesicht wand. Dann stürzte sie sich auf Pedro, der eilig die Flucht ergriff. »Wirst du wohl dableiben!« rief sie und erwischte ihn ebenfalls. »Halt gefälligst still!« Sie verkrallte sich in seine Eier wie eine wütende Katze und ließ auch nicht los, als der Junge aufschrie.

»Mit diesen kleinen Bällen zwischen deinen Beinen kannst du eine ganze Nation schwängern! Deshalb müßt ihr begreifen, was Verantwortung bedeutet, sonst hinterlaßt ihr eure Brut überall, wie hitzige Köter, und das ist Sünde! Habt ihr verstanden?«

»Ja, ja«, schrie Pedro gepeinigt.

»Schön«, sagte sie, »ihr seid gute Jungs, und ihr werdet zu anständigen Männern heranwachsen, sonst könnt ihr was erleben!«

»Ich verspreche es!« jaulte der Junge. »Ganz bestimmt, ich verspreche es!«

»Gut.« Zufrieden lächelnd ließ die alte Lady den Jungen los. »Ich hätte Domingo auch mehr Ehrfurcht beibringen sollen, als er noch klein war«, sagte sie.

Pedro lag neben seinem Bruder Jose, der schneeweiß im Gesicht war, auf dem Boden und preßte stöhnend die Hände zwischen die Beine. Die alte Dame hatte sie wahrhaftig das Fürchten gelehrt.

Salvador zog unbewußt seinen Hosenbund hoch. Er konnte sich noch gut an diese Lektion erinnern, die Doña Margarita auch ihm verpaßt hatte, als er klein war. Angesichts der rigorosen Erziehungsmethoden der Mutter war es verwunderlich, daß Domingo sich so entwickelt hatte. Allerdings hatte er schon immer dem Vater näher gestanden als der Mutter.

Salvador dachte mit Erleichterung daran, daß auch Lupe eine ausgeprägte Persönlichkeit besaß. Es bedurfte einer guten, starken Frau, ein Heim zu gründen und Kinder, vor allem Jungen, großzuziehen.

Als Lupe aus Hemet nach Santa Ana zurückkehrte, wartete zu ihrer Überraschung Mark auf der Veranda des Hauses auf sie.

»*Buenos días*«, begrüßte er Lupes Familie höflich, als sie aus dem Truck stiegen.

»*Buenos días*, Marcos.«

Als er Lupe anblickte, konnte sie an seinen Augen erkennen, daß er geweint hatte. Lupe entschuldigte sich bei den anderen und wanderte mit Mark ein Stück die von hohen, grünen Bäumen gesäumte Straße entlang. Ihr Herz pochte vor Nervosität. Über ihren Köpfen zog ein Amselschwarm vorüber, auf dem Weg von den Feldern zum dichten Schilf am Ufer der Bewässerungskanäle, wo sich die Vögel für die Nacht niederließen. Schweigend gingen Lupe und Mark nebeneinander her. Nachdem sie um die Ecke gebogen waren, schlang Mark die Arme um Lupe und wollte sie an sich ziehen, um sie zu küssen, genau wie Salvador es getan hatte. Lupe schob ihn fort, doch er packte sie noch fester.

»Nein!« rief sie.

»Mein Gott, Lupe, was ist denn los?« fragte er frustriert. »Ich dachte, du magst mich?«

»Das tue ich auch«, antwortete sie.

»Woran liegt es dann?« bohrte er weiter, »bin ich vielleicht zu rücksichtsvoll? Ist es das? Meine Freunde sagen, ich sei ein Narr, weil Leute wie ihr einen Mann nur ernst nehmt, wenn er sich aggressiv verhält!«

Er griff wieder nach ihr und versuchte erneut, sie zu küssen.

Bei den Worten ›Leute wie ihr‹ wurde Lupe so von Zorn erfaßt, daß sie ihn an den Haaren packte und von sich fortzerrte. Hätte sie nicht seinen verletzten Blick bemerkt, hätte sie ihm ins Gesicht geschlagen.

»Deine Freunde irren sich!« sagte sie bebend. »Gerade weil du so zurückhaltend warst, mochte ich dich«, fügte sie mit tränenerstickter Stimme hinzu.

»Aber was ist dann schiefgelaufen?« fragte er und wischte sich ebenfalls die Tränen fort.

Sie schüttelte hilflos den Kopf. Wie gern hätte sie ihm von den amerikanischen Ingenieuren erzählt, die ihre einheimischen Frauen nach der Hochzeit sitzengelassen hatten. Und von Salvador, der so lächerlich ausgesehen hatte, als er in Hemet mit dem Blumenstrauß hinter seinem Rücken auf sie zu stolziert war. Es gab so vieles, was sie ihm gern erzählt hätte; daß sie bereits von einem Mann geküßt worden und nicht mehr frei war. Doch sie wußte nicht, wie sie die richtigen Worte finden sollte.

»Ach, Mark«, brachte sie nur heraus, »es ist alles so kompliziert.«

»Ist da ein anderer?«

Lupe dachte an ihre Schwester Maria und ihre zwei Ehemänner. Am liebsten hätte sie einfach nein gesagt und daß sie ihn liebte, doch sie brachte es nicht fertig. Das Leben war ohnehin schon kompliziert genug. Sie nickte. »Ja«, gestand sie.

Er starrte sie verärgert an, und einen Moment lang sah es aus, als wolle er sie schlagen, doch dann drehte er sich wortlos um und ließ sie stehen.

Lupe begann zu weinen. Sie liebte Mark wirklich. Doch Salvador war der erste Mann gewesen, der sie geküßt hatte. Es stimmte, was die Mutter ihr prophezeit hatte: Im entscheidenden Augenblick würde sie wissen, was zu tun war. Und für Lupe gab es keinen Zweifel mehr.

Sie drehte sich um und trottete langsam nach Hause. Salvador war der einzige, der sie je nach ihren Träumen gefragt hatte, schon deswegen war sie bereit, ihm bis ans Ende der Welt zu folgen.

Plötzlich vernahm sie Schritte hinter sich und drehte sich um. Mark hatte sie eingeholt; er riß sie an sich und drückte ihr einen heftigen Kuß auf die Lippen.

»Ich werde wiederkommen«, sagte er. »Glaub mir, ich werde wiederkommen.«

Damit ließ er sie los und rannte davon.

Verwirrt stand sie da und spürte noch das Gefühl seiner Lippen auf den ihren. Um ein Haar hätte sie seinen Kuß erwidert. Nun konnte sie verstehen, was Maria durchmachte; es war wahrhaftig nicht einfach, seinen Gefühlen zu folgen.

Nachdem Mark aus ihrem Blickfeld verschwunden war, setzte

Lupe ihren Heimweg fort. Salvador und Mark, beide waren ihr rätselhaft. Sie erinnerte sich lächelnd an den Tag, an dem Salvador sie bei ihren Fahrversuchen überrascht hatte. Ein Gefühl der Wärme stieg in ihr empor.

Am Nachmittag fuhr Salvador zur Brennerei nach Escondido, um die Whiskyfässer abzuholen, die für Archies Tanzveranstaltung in Santa Ana bestimmt waren. Kaum hatte er den Wagen geparkt, da eilte Epitacio, verstohlen über die Schulter zurückblickend, aus dem Haus herbei.

»Salvador«, flüsterte er, als er den Wagen erreichte, »ich weiß nicht mehr, was ich tun soll. Die beiden letzten Fässer sind ruiniert. Dein Bruder Domingo, er ... er ... dabei habe ich ihm gesagt, daß er es nicht so machen soll. Du hast mir ja genau gezeigt, wie es geht, aber er ist so wütend geworden. Er sagte, er wüßte schon, was er zu tun habe, in Chee-a-cago wäre er einer der Größten gewesen und könnte es besser.«

Die Vordertür des Hauses öffnete sich, und Domingo, den muskulösen Oberkörper entblößt und eine Viertelliterflasche in der Hand, lehnte sich in den Türrahmen, während aus dem Hintergrund laute mexikanische Musik ertönte.

Salvador schaute sich rasch um, ob jemand der Nachbarn die Szene beobachtete, und war mit ein paar Sätzen an der Tür. Er sah noch, wie Nellie im Inneren des Hauses ihre Blöße hastig mit einem Laken bedeckte.

»Mach, daß du mit der Flasche ins Haus verschwindest!« herrschte er Domingo verärgert an. »Willst du uns alle in den Knast bringen? Das ist kein Spiel, verdammt noch mal!«

»Entspann dich, kleiner Bruder.« Domingo lächelte und rührte sich nicht vom Fleck. »Ich hab' alles unter Kontrolle.«

»Da wette ich drauf«, sagte Salvador, der Mühe hatte, seine Wut im Zaum zu halten. Er schritt an seinem Bruder vorbei ins Haus, drehte das Radio ab und blickte sich um. Im Haus herrschte ein einziges Chaos. Er musterte seinen Bruder, der mit blutunterlaufenen Augen vor ihm stand. Und diesem Nichtsnutz hatte er auch noch fünfzig Dollar geliehen, die er nie zurückbekommen würde.

»Domingo«, fing er an, »ich weiß nicht, was in deinem Kopf vor sich geht, aber das hier ist eine Brennerei. Und wir befinden uns im Stadtteil der *gringos*. Du kannst von Glück sagen, daß sie deinen Arsch noch nicht ins Gefängnis verfrachtet haben!«

»Hast du nicht gesagt, du hättest das Gesetz fest im Griff«, erwiderte Domingo. »Mann, in Chee-a-cago konnten wir tun und lassen, was wir wollten.«

»Domingo!« brüllte Salvador. »Ich habe dir schon hundertmal gesagt, daß wir hier nicht in Chee-a-cago sind! Wir befinden uns in Escondido, Kalifornien. Und es stimmt, ich habe gute Beziehungen zu hiesigen Gesetzeshütern, aber ein wenig Intelligenz und Vorsicht von unserer Seite ist trotzdem erforderlich!«

»Ach, Scheiße, du weißt doch bloß nicht, wie du mit denen umgehen mußt«, sagte Domingo verächtlich und nahm einen kräftigen Zug aus der Flasche. »Das ist dein ganzes Problem. Al Capone und ich, wir …«

»Verdammt noch mal!« explodierte Salvador. »Ich scheiß' auf deinen Al Capone! Ich bin ich! Ich lebe hier und denke nicht im Traum daran, wegen deiner Dämlichkeit im Knast zu landen! Hör endlich auf zu saufen! Ihr beide zieht euch jetzt an, und dann verschwinden wir hier! Dieses Haus ist nicht mehr sicher!«

»Ach, komm schon, Salvador«, erwiderte Domingo, der sich nicht aus der Ruhe bringen ließ. »Dein Problem liegt darin, daß du nicht zu leben verstehst.«

Salvador sah ein, daß es zwecklos war. Nur mit vorgehaltener Pistole hätte er Domingo vielleicht zur Vernunft bringen können. Zum ersten Mal im Leben kam ihm der Gedanke, daß auch das Problem seines Vaters nicht in dessen aufbrausendem Temperament, sondern schlicht und einfach in dessen Dummheit gelegen hatte. Er beschloß, seinen Bruder mit einer List aus dem Haus zu locken.

»Domingo«, sagte er, »ich weiß aus sicherer Quelle, daß der Sheriff hier auftauchen wird, also laß uns abhauen! Los!«

»Wieso hast du das denn nicht gleich gesagt?« fragte Domingo. »In Chee-a-cago war ich für die Sicherheit verantwortlich. Du kennst mich doch, Brüderchen! Ein Wort von dir, und ich leg' den verdammten Sheriff um!«

»Schon gut«, erwiderte Salvador. »Wenn ich jemanden umlegen lassen will, laß ich es dich wissen. Aber jetzt laß uns abhauen«, sagte er, wohl wissend, daß auch der dümmste Cop Hackfleisch aus seinem gutaussehenden Bruder machen würde, der nichts als ein Häufchen Elend war.

Sie machten sich daran, die fertigen Whiskyfässer aufzuladen und in den Hügeln außerhalb der Stadt zu verstecken. Nachdem sie zu dem Mietshaus zurückgekehrt waren, nahm Salvador Epitacio beiseite.

»Wir müssen den Laden hier dichtmachen und verschwinden«, sagte er zu seinem Schwager. »Ich will kein Risiko eingehen, falls die Nachbarn Wind bekommen haben.«

»Ich habe ihn gewarnt, nur im Haus zu trinken, Salvador«, beteuerte Epitacio kleinlaut, »aber er hat nicht auf mich gehört.«

»Ist schon gut«, erwiderte Salvador und klopfte ihm beruhigend auf die Schulter. »Du hast dein Bestes getan. Ich weiß das zu schätzen.«

»Wirklich?« fragte Epitacio bange.

»Ja, natürlich.«

Es war, als hätte er seinem Schwager soeben einen Orden überreicht. Epitacio schien sogleich ein paar Zentimeter zu wachsen.

»Ich danke dir«, sagte er und blickte Salvador ergeben an.

»Keine Ursache«, erwiderte Salvador und umarmte seinen Schwager.

Das Leben war schon verrückt. Wer hätte gedacht, daß er Epitacio, den er so lange gehaßt hatte, eines Tages derart herzlich zugetan sein würde, während er seinem Bruder, nach dem er sich all die Jahre gesehnt hatte, am liebsten den Hals umgedreht hätte.

Er lachte vor sich hin und ging mit Epitacio zur Vorderseite des Hauses, um nach Domingo und Nellie zu sehen.

»So, ihr beiden«, sagte Salvador zu ihnen. »Wenn ich diese Fässer nach Santa Ana geschafft habe, komme ich sofort zurück. Epitacio hilft euch inzwischen, euren Kram zu packen. Ich will, daß wir bis Anbruch der Nacht hier verschwunden sind. Wir müssen uns beeilen. Ihr wißt ja, den letzten beißen die Hunde.«

»Du hast's erfaßt«, erwiderte Domingo, »aber wär's nicht einfacher, den Sheriff umzulegen?« fügte er hinzu und legte den Arm beifallheischend um Nellie.

Salvador blickte seinen Bruder angewidert an. Er konnte es

kaum fassen, daß dieser Mann tatsächlich sein Bruder war. Sie waren ebenso unterschiedlich wie Carlota und Lupe. Das gleiche Blut machte offenbar noch keine Verwandtschaft aus.

»Nein, wäre es nicht«, antwortete er, »also macht voran. Ich komme so schnell wie möglich zurück.«

»Okay, okay. Wenn du unbedingt immer davonrennen willst«, sagte Domingo.

Salvador ersparte sich jede Antwort. Sie wäre angesichts der Verfassung seines Bruders ohnehin sinnlos gewesen. Er war nichts als ein lächerliches Würstchen, das mit aller Gewalt versuchte, seine rothaarige Freundin zu beeindrucken.

Als Salvador bei der hellerleuchteten Halle ankam, in der Archies Tanzveranstaltung stattfinden sollte, dachte er an Lupe und überlegte, ob sie wohl schon aus Hemet zurückgekehrt war. Wenn ja, würde sie vielleicht mit Carlota heute abend hier erscheinen. Doch hatte er jetzt im Augenblick keine Zeit, es herauszufinden. Es gab noch eine Menge für ihn zu tun, bevor die Sonne unterging. Wenn er nicht aufpaßte, würde sein gutaussehender älterer Bruder es noch fertigbringen, daß sie alle in den Knast wanderten.

»Ah«, sagte Archie, der aus der Hintertür trat, als er Salvador vorfahren sah. »Hast du den Stoff?«

»Ja«, antwortete Salvador. »Die ersten drei Fässer.«

»Dann vorwärts«, drängte Archie. »Laden wir sie ab, damit du die nächste Fuhre holen kannst.«

»Warte einen Moment«, sagte Salvador. »Ich muß mit dir reden. Wir machen jetzt schon seit zwei Jahren Geschäfte miteinander, Archie. Ich möchte dich um einen Gefallen bitten.«

»Klar, raus damit«, erwiderte Archie, der in bester Stimmung war, enthusiastisch. Er freute sich schon auf den Umsatz, den er am Abend machen würde.

»Also, ich habe diesen Bruder, Domingo, und ...«

»Dafür mußt du fünfzig Dollar springen lassen«, sagte Archie.

»Was? Fünfzig Dollar?« fragte Salvador. »Wovon redest du? Ich habe doch noch nicht mal gesagt, was ich von dir will!«

»Natürlich hast du«, widersprach Archie. »Wenn ein Typ mir gegenüber mit langem Gesicht einen Verwandten erwähnt, dann weiß ich sofort, daß dieser Verwandte einen Scheißdreck taugt und daß er versucht, ihn mir für einen Job aufs Auge zu drücken.«

Salvador mußte grinsen. »Aber Archie«, sagte er, »er spielt wirklich gut Gitarre und hat eine schöne Stimme.«

»Fünfundsechzig Dollar«, antwortete Archie.

»Fünfundsechzig?« echote Salvador.

»Richtig, du hast mir gerade zu verstehen gegeben, daß er faul ist, unzuverlässig, Weibern nachstellt und säuft!«

»Du Hurensohn!« sagte Salvador.

»Da hast du verdammt recht!« bestätigte Archie. »Aber ich bin kein blöder Hurensohn! Ich hab' selber 'ne Menge Verwandte dieser Sorte!«

Archie lachte schallend und schlug Salvador auf die Schulter. Scherzend entluden sie drei Whiskyfässer und vereinbarten, daß Salvador am Abend mit Domingo vorbeikommen und Archie ihn vielleicht als Sänger für die Band engagieren würde.

Auf dem Rückweg fuhr Salvador bei Lupe vorbei und stellte fest, daß niemand daheim war. Er nahm an, daß sie noch immer mit den Erntearbeitern unterwegs waren. Salvador zog den Diamantring aus der Tasche und betrachtete ihn nachdenklich, während er immer wieder zu Lupes Haus hinüberschaute. Solange er zurückdenken konnte, hatte es nie einen Zweifel für ihn gegeben, daß er sich eines Tages verlieben und verheiraten würde. Doch bis heute hatte er nicht geahnt, was es wirklich hieß, verliebt zu sein. Es bedeutete, nicht mehr auf der Suche, sondern angekommen zu sein. Sein Traum hatte Gestalt angenommen. Die Erinnerung an viele Frauen war abgelöst worden von einem einzigen Gesicht, einem bestimmten Körper, einem gewissen Lächeln, um das seine Gedanken unentwegt kreisten. Es war ein solch herrliches Gefühl, und doch so unerklärlich. Auf einmal gab es einen Menschen, von dem er unentwegt träumte, der in seinem Innersten wohnte und ihn stets begleitete. Das war Liebe!

Er küßte den Ring und beschloß, bei Harry vorbeizufahren, um sich einen neuen Anzug zu bestellen. Anschließend wollte er seine Mutter besuchen, allerdings ohne ihr von dem Vorfall in Escondido zu erzählen. Das wichtigste war, Domingo und Nellie vom Haus der Mutter fernzuhalten, damit sie die Gefühle der Mutter nicht weiter verletzten. Die beiden kannten kein Schamgefühl; für sie zählte nur ihre Lust und sonst nichts.

Harry freute sich, Salvador wiederzusehen, und sie plauderten gut gelaunt. Auch Bernice verhielt sich Salvador gegenüber diesmal etwas freimütiger.

»Ich kann es kaum erwarten, deine Verlobte kennenzulernen«, sagte sie. »Sie ist bestimmt wunderschön!«

»Das ist sie«, bestätigte Salvador. »Die schönste Frau der Welt!«

»Ich freue mich für dich«, sagte Bernice. »Weißt du was, ich werde ein ganz besonderes Hochzeitskleid für sie entwerfen!«

»Ich danke dir«, erwiderte Salvador und verließ die beiden.

Als er das Haus der Mutter erreichte, fühlte er sich wie ein König. Er hatte die Taschen voller Geld, eine Frau, die er liebte, einen jüdischen Schneider nebst Ehefrau, die sich fast überschlugen, ihm behilflich zu sein, und einen Sheriff zum Freund. Als er den kleinen Anbau betrat, in dem die Mutter wohnte, fühlte er sich wie ein König und fand seine Mutter ebenfalls in bester Stimmung vor.

»Mi hijito«, sagte sie zu ihm, »ich war jeden Tag in der Kirche und habe darum gebetet, daß mir eine Lösung einfällt, wer für dich um Lupes Hand anhalten soll. Und plötzlich stand die Antwort genau vor meinen Augen.«

»Schon wieder eine Vision?« fragte er gespannt.

»Nein, aber der Priester«, antwortete sie. »Er war gekommen, um mir zu sagen, wie angetan er von deinem letzten Geschenk war.«

»Ja, das kann ich mir vorstellen«, erwiderte Salvador leicht enttäuscht. »Dieser Priester kann ganz schön was vertragen! Der kostet mich ein Vermögen. Aber was hat das mit meinem Problem zu tun?«

»Salvador«, tadelte die alte Lady, »jetzt denk doch mal nach! Muß ich dich wirklich mit der Nase drauf stoßen?«

Salvador verstand nicht.

»Der Priester«, sagte sie ungeduldig. »Er ist die Antwort. Er wird in deinem Namen um Lupes Hand anhalten.«

»O«, langsam begriff Salvador. »Ich werd' verrückt! Du hast recht. Lupes Familie ist sehr religiös, wieso bin ich nicht gleich darauf gekommen?«

»Weil du nun mal nicht so schlau bist wie ich, *mi hijito*«, grinste Doña Margarita. »Außerdem bin ich eine Frau und daran gewöhnt, mir Gedanken zu machen. Männer marschieren einfach los und nehmen die Dinge in die Hand, ohne vorher ihren Kopf zu benutzen. Sie beziehen ihre Rückendeckung aus dem Lauf der Geschichte und der Billigung der Kirche. Daran hat sich leider nichts geändert.«

»Da muß ich dir beipflichten«, seufzte Salvador und hatte dabei wieder das Bild vor Augen, wie sein Bruder mit der Whiskyflasche in der Hand im Türrahmen gestanden hatte, als könne nichts und niemand ihm etwas anhaben. Die Mutter hatte recht; manche Männer waren derart überzeugt von sich, daß sie das Denken gänzlich aufgegeben hatten.

Und auf Domingo traf dies in besonderem Maße zu. »Denk dran«, sagte Salvador ihm, als sie später nach Santa Ana hineinfuhren. »Archie ist der Deputy. Auf den ersten Blick scheint er freundlich und harmlos, aber laß dich dadurch nicht täuschen. Archie ist zwar sehr zurückhaltend, aber ein gerissener Fuchs, also benimm dich ihm gegenüber respektvoll. Keine Spielchen, verstanden? Archie ist sehr wichtig für mich.«

»He, mach dir nicht ins Hemd«, sagte Domingo und tätschelte Nellies Hüfte. »Ich weiß, wie man mit Gesetzeshütern umgeht. Hab' dir doch gesagt, in Chee-a-cago habe ich als Bodyguard gearbeitet.«

Jetzt hatte Salvador endgültig genug. Er fuhr den Moon an den Straßenrand. »Komm, Domingo, wir müssen ein Wörtchen unter vier Augen reden«, sagte er und stieg aus dem Wagen.

»Okay«, erwiderte Domingo. »Spuck's nur aus.« Er kletterte ebenfalls aus dem Wagen, überzeugt, daß Salvador ihre Differenzen mit den Fäusten regeln wollte, ohne daß Nellie Zeuge wurde.

Er folgte seinem Bruder in einen kleinen Eichenhain, bis Salvador sich abrupt zu ihm umdrehte. »Paß auf, ich verstehe einfach nicht, was mit dir los ist. Erst behauptest du, daß du was von der Schwarzbrennerei verstehst, dann ruinierst du mir fünf Fässer. Und jetzt faselst du diesen Schwachsinn, daß Personenschutz dein Spezialgebiet sei!«

Domingo grinste nur. »Und, wie gedenkst du das zu regeln? Fünf Faustschläge oder was?«

Salvador starrte ihn an. Dieser dämliche Hund glaubte tatsächlich, er hätte ihn aus dem Wagen geholt, um sich mit ihm zu prügeln. Er hatte offenbar noch nie davon gehört, daß man Meinungsverschiedenheiten auch auf andere Art lösen konnte.

»Mein Gott!« brüllte Salvador. »Ich rede davon, daß du nichts als Lügen von dir gibst. Daß du offenbar gar nicht anders kannst! Ich habe nicht von einer Schlägerei gesprochen! Kapierst du das?«

»Doch«, erwiderte Domingo, während er sein Jackett auszog und die Ärmel aufrollte. »Ich kapiere, daß du versuchst, einen Narren aus mir zu machen, und das werde ich mir nicht gefallen lassen.«

Salvador starrte sprachlos in das gutgeschnittene Gesicht seines Bruders, das sich mit den strahlenden blauen Augen so grundlegend von seinem unterschied.

»Domingo, ich habe dich nicht hierhergelockt, um mich mit dir zu prügeln oder dich zum Narren zu halten. Ich versuche bloß, dir klarzumachen, daß meine ganze Existenz von dieser Brennerei abhängt und daß es für uns wichtig ist, offen miteinander umzugehen, wenn wir nicht alle im Knast landen wollen.«

»Quatsch! Du willst mich doch nur beleidigen!«

»Dich beleidigen? Mein Gott, verstehst du denn nicht? Ich will heiraten! Ich will eine große Farm kaufen! Ich möchte, daß wir Partner sind und wie Brüder Seite an Seite arbeiten – von Sonnenaufgang bis Sonnenuntergang, genau wie Don Pio es mit seinen Männern gehalten hat, als sie unser Dorf in Los Altos de Jalisco bauten. Du und ich, wir könnten halb Oceanside und Carlsbad kaufen, vom Meer bis zu den Bergen. Wir könnten eine riesige Farm aufbauen, genau wie unser Großvater. Aber wir dürfen deshalb nicht übermütig werden. Fall mir nie wieder in den Rücken! Wir müssen zusammenhalten! Ich muß mich auf dich verlassen können, *a lo macho*!«

»Meinst du das wirklich, Salvador?« fragte Domingo.

»Natürlich meine ich das«, antwortete Salvador.

Domingo warf sein Jackett zu Boden. Er streckte die Arme gen Himmel und schwenkte seinen Körper unter den hohen Eichen vor und zurück. »O Salvador«, sagte er mit Tränen in den Augen, »ich werde dich bestimmt nie wieder belügen, das schwöre ich! Du bist mein Bruder, mein Fleisch und Blut! In all den Jahren in Chicago habe ich davon geträumt, daß ein Mann einmal diese Worte zu mir sagen würde. Eine Farm, eine richtig große Farm, auf der wir als freie Männer von morgens bis abends arbeiten, genau wie unser Großvater Don Pio es getan hat. Frei, zu atmen, zu träumen und Familien zu gründen!«

Blind vor Tränen trat er vor rund umarmte Salvador mit einem herzlichen *abrazo*, wobei er ihn vom Boden hochhob. Er hielt ihn mit ausgestreckten Armen in die Höhe und schrie: »Ich liebe dich! Ich bewundere dich! Ich werde alles tun, was du von mir verlangst! Du bist mein Held!«

Und noch einmal fielen sie sich in die Arme.

»Ich habe mich so schrecklich verloren gefühlt!« sagte Domingo, nachdem er Salvador wieder zu Boden gesetzt hatte. »Und so einsam. Überall habe ich Kinder hinterlassen, wie ein Straßenköter. Ich wollte unbedingt wieder eine große Familie haben und wußte nicht, wie ich es anstellen sollte.«

Er redete sich alles von der Seele. Salvador hörte ihm zu, und allmählich ergab alles einen Sinn. In seinem Bruder steckte ein guter Kern, er war nur unsicher und wußte sich nicht zu benehmen.

»Es stimmt, ich habe dich in allem belogen, Salvador«, gestand Domingo. »Ich habe gesehen, wie erfolgreich du bist, und wollte unbedingt, daß Mama auch auf mich stolz ist. Ich hatte nie etwas mit Capone zu tun. Das war alles Blödsinn. Ich habe auch kein Haus und habe noch nie Whisky gebrannt. Dafür habe ich eine Menge davon gesoffen.«

»Und was ist mit dieser Bodyguard-Geschichte?«

»Das habe ich tatsächlich eine Zeitlang gemacht!«, antwortete Domingo.

»Verstehe«, erwiderte Salvador, der auch das nicht so recht glauben wollte, aber er ließ es dabei bewenden.

Sie kehrten zum Wagen zurück und setzten ihren Weg fort.

Nellie wollte wissen, was vorgefallen war, aber Domingo drückte sie nur liebevoll an sich und sagte, es wäre eine Sache zwischen Brüdern gewesen, wobei er Salvador zuzwinkerte. Also stellte Nellie keine weiteren Fragen und gab sich Domingos Liebkosungen hin. Wieder einmal war Salvador beeindruckt vom bezwingenden Charme seines Bruders und fragte sich, ob sein Vater genauso gewesen war.

Als sie die Tanzhalle erreichten, lungerten die mexikanischen Jugendlichen bereits vor dem Gebäude herum. Sie spielten das Spiel des Flirtens auf mexikanische Art: Die Mädchen wanderten Arm in Arm zu viert oder fünft auf und ab, und die Jungen schlenderten ihnen in kleinen Grüppchen entgegen. Es war das Ritual, das sich in Mexiko jeden Sonntag auf und um die Plazas herum abspielte. Da es hier in den Vereinigten Staaten keine Plazas gab, flanierten die mexikanischen Jungen und Mädchen in der Nähe der Kinos oder Tanzhallen um den Block.

»Siehst du«, sagte Domingo, als er die Prozession bemerkte, »Mexiko liegt weit hinter ihnen, aber sie erhalten die Tradition in ihren Herzen aufrecht.«

»Was meinst du damit«, fragte Nellie, der nicht entging, wie Domingo sich über diesen Anblick freute.

»Bei uns zu Hause, Nellie«, erklärte er ihr, »würdest du jetzt ebenso mit deinen Freundinnen um die Plaza wandern, und ich würde das gleiche mit meinen Kameraden in die entgegengesetzte Richtung tun. Wenn wir uns begegneten, würde ich dich anlächeln und sagen ›hallo‹, genau so. Sehr brav, aber kokett.« Nellie lachte vergnügt. »Und wenn ich dir gefallen würde«, fuhr er fort, »würdest du mein Lächeln erwidern.« Nellie lächelte ihn an. »Dann würde ich mich aus der Gruppe meiner Freunde lösen, ein Konfetti-Ei kaufen und warten, bis du wieder vorbei kämest, um dir das Konfetti-Ei auf den Kopf zu hauen«, fuhr er lachend fort. »Du würdest mich anlächeln und kichern, und ich würde dich zu einem Spaziergang einladen. Wenn du aber, in dem Moment, in dem ich dir das Ei auf den Kopf klopfe, nicht lächeltest, dann wüßte ich, daß ich keine Chance habe, und würde das Weite suchen, bevor du handgreiflich würdest!

Glaub mir, ich kann immer noch die Narbe an der Stelle fühlen, wo ein Mädchen mich einmal mit einem Stein getroffen hat. Weißt du noch Salvador, du warst noch ein kleiner Junge, aber ich war schon ein Mann von elf oder zwölf Jahren.«

»Ja, ich erinnere mich«, antwortete Salvador lachend. »Du hast das Mädchen in den Hintern gekniffen, deshalb hat sie einen Stein nach dir geworfen.«

»Ja genau! Das hatte ich ganz vergessen!« rief Domingo. »Siehst du, Nellie, ich war sogar damals schon ein Weiberheld!«

»Dann bin ich froh, daß sie dir eine Lektion verpaßt hat«, sagte Nellie. »Du hattest es verdient!«

»Ach wirklich«, sagte Domingo und zog sie an sich, um sie zu küssen.

Salvador wandte sich diskret ab. »Ich gehe schon mal und sehe nach Archie«, sagte er.

Er war gerade ein paar Schritte gegangen, als die Hintertür aufflog und Archie, der zwei Typen mit seinen mächtigen Armen im Schwitzkasten umklammert hielt, heraustrat. Mit finsterer Miene schleuderte er die beiden Männer zu Boden, so daß sie kopfüber im Dreck landeten.

Mit einem Satz war Domingo aus dem Moon gesprungen. Er hatte sofort erfaßt, daß es sich bei dem großen Mann nur um Archie handeln konnte, und war entschlossen, ihm zur Seite zu stehen.

»Nicht!« schrie Archie, als Domingo die beiden Typen mit Fußtritten bearbeitete. »Die Männer arbeiten für mich! Ich wollte ihnen nur ein paar Tricks zeigen, für den Fall, daß sie nachher jemanden rausschmeißen müssen!«

»Aha, du bist ganz schön zäh, was?« sagte Domingo und taxierte den kräftigen Sheriff.

»Ich kann gut auf mich aufpassen«, antwortete Archie und musterte Domingo ebenfalls abschätzend.

»Okay«, sagte Salvador und trat zwischen die beiden Männer. »Archie, ich möchte dir meinen Bruder Domingo vorstellen. Und das ist seine Verlobte Nellie.«

Nellie schritt auf die Männer zu. Sie sah atemberaubend aus. Kein Mensch wäre darauf gekommen, daß sie schwanger war.

Archie nahm seinen Hut ab. »Sehr erfreut, dich kennenzulernen, Nellie«, er nahm ihre Hand und küßte ihre Fingerspitzen. »Salvador hat mir schon von seinem Bruder Domingo erzählt, aber er hat versäumt, mir mitzuteilen, was für einen exquisiten Geschmack sein Bruder in bezug auf Frauen hat.«

»Oh«, erwiderte Nellie errötend.

Domingo rückte seine Krawatte zurecht und legte den Arm um Nellie. Er war nur einen halben Kopf kleiner als Archie. »Schön, dich kennenzulernen, Domingo«, sagte Archie. »Sal hat mir viel von dir erzählt. Er sagte, du kannst singen und Gitarre spielen?«

»Wir singen beide«, erwiderte Domingo und zog Nellie an sich.

Archie warf Salvador einen Blick zu. »Hey, davon, daß sie auch einen Job braucht, hast du nichts gesagt.«

»Keine Sorge«, sagte Domingo. »Du siehst ja selbst, daß sie alle Blicke auf sich zieht, und ich bin wirklich gut auf der Gitarre. Wieviel zahlst du?«

»Bist du auch bereit, hinter der Theke auszuhelfen?« erkundigte sich Archie.

»Paß auf, ich sag' dir was«, erwiderte Domingo. Er nahm seinen Arm von Nellies Taille und grinste wie ein Kater, der soeben eine Maus erspäht hat. Ich war Bodyguard in Chicago. Ich mache dir einen Vorschlag.«

Salvador schlug die Augen gen Himmel.

»Ich höre«, sagte Archie.

»Du bist 'n ziemlich kräftiger Typ und hattest offenbar keine Mühe mit diesen beiden Männern, aber ich wette mit dir, daß du es nicht schaffst, mich ebenso aus dieser Tür zu werfen, wie du es mit den beiden gemacht hast. Schaffst du es doch, dann arbeiten meine Frau und ich die ganze Nacht umsonst für dich. Aber wenn du es nicht schaffst, dann zahlst du jedem von uns fünfundzwanzig Dollar!«

»Fünfundzwanzig für jeden von euch!« rief Archie. »Das ist ja mehr als das Fünffache von dem, was die anderen kriegen!«

»Na und, dafür bist du größer als ich! Weshalb also nicht?« sagte Domingo.

Salvador war verärgert. Er hatte Domingo extra gebeten, keine Spielchen zu spielen. »Genug davon«, mischte er sich ein. »Tut mir leid, Archie. Ich hatte keine Ahnung von diesem Quatsch. Vergessen wir die Geschichte einfach. Du brauchst meinem Bruder keinen Job zu geben.«

»Nein, laß nur«, sagte Archie. »Das wird ein Kinderspiel für mich. Zur Hölle, mich hat seit meinem fünfzehnten Lebensjahr keiner mehr im Ringkampf geschlagen.«

»Na dann, bleibt's bei fünfzig?« fragte Domingo und zwinkerte Nellie zu.

»Okay«, bestätigte Archie. »Fünfzig.« In der nächsten Sekunde stürzte er mit ausgestreckten Armen und gespreizten Fingern auf Domingo zu, um ihn durch die offene Tür zu rammen.

Doch bevor er Domingo mit seinem berüchtigten Klammergriff packen konnte, geschah etwas Überraschendes. Ehe jemand so recht begriff, was eigentlich vor sich ging, segelte Archie durch die Luft und landete äußerst unsanft auf dem Holzboden, dessen Bretter unter dem Aufprall vibrierten.

Salvador wußte nicht, was er davon halten sollte. So etwas hatte er noch nie gesehen. Nur Nellie schien keineswegs überrascht, sondern strahlte nur in die Runde.

»Okay, Archie«, sagte Domingo und reichte ihm die Hand, um ihm beim Aufstehen zu helfen. »Belassen wir es dabei. Ich kann dir bei Gelegenheit beibringen, wie es geht. Es ist bloß einer der Tricks, die ich von Al Capones Leuten gelernt habe. Ich hoffe, ich habe dir nicht weh getan.«

Salvador blickte hilflos zum Himmel.

»Mir weh getan, du spinnst wohl!« brüllte Archie. »Du hast mich höchstens aufgeweckt. Die Wette steht!« Er sprang auf die Füße und zupfte seine Hosenträger zurecht.

»Okay«, sagte Domingo. »Aber du rückst besser vorher die fünfzig Dollar raus. Geld von 'nem Toten zu nehmen ist nicht mein Ding.«

»Freu dich nicht zu früh, du kleiner Scheißer«, erwiderte Archie. »Diesmal werd' nicht ich derjenige sein, der auf dem Arsch landet, *amigo*!« Er spuckte in die Handflächen, rieb sich die Hände und startete die nächste Attacke auf Domingo.

Und wieder machte Domingo drei rasche Schritte rückwärts und einen zur Seite, federte leicht in den Knien und ergriff blitzschnell Archies ausgestreckten Arm; nicht mal eine Sekunde später flog Archie zum zweiten Mal durch die Luft. Diesmal knallte er gegen die Hauswand, daß es nur so krachte. Seine beiden Barmänner eilten erschrocken herbei.

»Verfluchter Hurensohn!« schrie Archie.

»Yeah«, kreischte Nellie vergnügt.

Salvador griff ein. »Das reicht«, sagte er. Salvador hatte solche Situationen schon oft erlebt. Nellie gehörte zu dem Typ Frauen, die sich an Gewalt ergötzten, und sein Bruder war dumm genug, ihr dieses Vergnügen zu liefern. Es war ein dämliches Spiel und hatte bei seriösen Geschäftsverhandlungen nichts zu suchen.

»Wie, das soll alles gewesen sein?« rief Archie. »Ich bin gerade erst warm gelaufen!«

»Archie«, tadelte Salvador. »Das ist doch lächerlich. Du solltest dich besser um deine Tanzveranstaltung da drin kümmern!«

»Geh mir aus dem Weg!« bellte Archie, der sah, daß Nellie sensationslüstern auf ihren Fingernägeln herumbiß. »Ich werde diesen Hurensohn umbringen!«

»Domingo«, flehte Salvador. »Sag du ihm, daß es genug ist!«

»Das liegt bei ihm«, antwortete Domingo, während er Nellie mit der rechten Hand über den Rücken strich.

»Verdammt, Domingo!« sagte Salvador.

»Geh uns aus dem Weg!« rief Archie wieder. Diesmal beschränkte er sich nicht darauf, mit bloßen Händen anzugreifen, sondern er hob ein Stück Holz auf, das an der Hauswand gelegen hatte, und stürmte damit vorwärts.

Doch Domingo duckte sich blitzschnell und sprang zur Seite, dann wirbelte er herum und rammte Archie seine Faust in den Magen. Der hünenhafte Mann ließ ächzend das Holzscheit fallen, preßte die Hände auf den Magen und sank nach Luft schnappend auf die Knie.

Nellie hüpfte begeistert auf und ab und bedeckte Domingos Gesicht mit Küssen. Dieser war jetzt nicht mehr zu bremsen, und Salvador hätte seinen Bruder am liebsten abgeknallt. Domingo war solch ein Narr. Auf einmal wurde ihm klar, warum er es schon als Junge abgelehnt hatte, seinem Bruder bei dessen Raufereien beizustehen. Er hielt einfach nichts davon, sich nur zum Spaß zu prügeln. Domingo dafür um so mehr. Er war durch und durch ein Villaseñor, vom Blut der Castros war bei ihm nichts zu spüren.

Salvador ging zu Archie und bot ihm die Hand zum Aufstehen, die Archie unwirsch zur Seite schlug.

»Dieser Hurensohn!« japste Archie. »Dieser verfluchte Hurensohn!« Er mußte sich übergeben.

»Du hast recht«, sagte Salvador. »Er hat dich ausgetrickst. Mit dem Holzscheit hättest du ihn kriegen können.«

»Verdammt richtig«, keuchte Archie. »Ich hab' noch nie einen Kampf verloren. Aber ich habe vorhin zwölf Tacos verdrückt. Schöne Scheiße!«

Dann wischte er sich mit seiner bunten Krawatte das Erbrochene aus dem Gesicht und begann zu Salvadors Überraschung zu lachen. »Du bist in Ordnung«, sagte er zu Domingo und winkte ihn zu sich. »Abgesehen von mir selbst bist du der stärkste Kerl, den ich kenne!« Er lachte wieder und wirkte nicht im mindesten zornig oder beleidigt. Er zog sein Geld hervor. »Hier«, sagte er zu Domingo, »zehn für dich und zehn für deine Frau.«

»He, wir hatten uns auf fünfundzwanzig für jeden geeinigt«, protestierte Domingo.

Archie steckte sein Geldbündel zurück in die Tasche.

»Ja, haben wir«, sagte er, »aber es war keine Rede davon, daß ich mich verprügeln lasse! Kommt, geh'n wir rein und trinken was zusammen«, fügte er hinzu und legte Domingo den Arm um die Schulter. »Dann besprechen wir alles.«

»Okay«, willigte Domingo ein und ließ sich von ihm mitziehen.

Eine Sekunde später packte Archie Domingo im Nacken, schleuderte ihn durch die offene Tür und versetzte ihm einen kräftigen Tritt in den Arsch, so daß Domingo quer über die Tanzfläche flog.

»Da! Siehst du! Jetzt hab' ich dich doch durch die Tür geschleudert!« rief Archie. »Ich schulde dir NICHTS mehr! Du verdammter Gauner! Dafür dürft ihr beide heute abend umsonst arbeiten!«

Domingo rappelte sich auf und klopfte sich den Staub von der Hose. »*Cabrón indio!*« fluchte er. »Du hast mich reingelegt!«

»Wer ist hier der schmierige *cabrón indio*? Ich hab' dich nur überlistet!« erwiderte Archie.

Archie lachte schallend, und obwohl Domingo sich dagegen sträubte, mußte er schließlich mitlachen. Sie stapften alle zusammen zur Bar, wo Archie eine Runde bestellte.

»Tja, Sal«, sagte Archie und kippte seinen Whisky herunter. »Wenn du noch mehr Verwandte hast, denen der Kopf zurechtgerückt werden muß, dann schick sie nur dem guten alten Archie.«

Die Musikkapelle begann zu spielen, und die Jugendlichen strömten in den Saal. Domingo und Nellie gingen rüber zur Bühne, um mit ihrem Job zu beginnen, und Salvador machte sich mit Archie daran, die restlichen Fässer abzuladen und in einem der Hinterzimmer abzustellen. Als Salvador den Tanzsaal wieder betrat, fiel sein Blick auf Lupe und Carlota, die gerade durch die Vordertür eintraten.

Sein Herz begann vor Freude zu hämmern. Allein ihr Anblick genügte, ihn wieder vollkommen aus der Fassung zu bringen. Sie war wahrhaftig das schönste Wesen der Welt. Kein Wunder, daß ihm die Lust, sich oben in Pasadena weiter mit Lizas Mädchen zu amüsieren, schnell vergangen war. Seine Liebe zu Lupe hielt ihn völlig gefangen. Und als er jetzt sah, wie würdevoll sie durch die weit geöffnete Eingangstür schritt, wußte er, daß es richtig gewesen war, ihr den prächtigsten Diamantring zu kaufen, den er für Geld hatte erstehen können.

Dieses junge Mädchen aus La Lluvia de Oro in ihrem blaßrosa Kleid wirkte auf ihn wie eine Königin. Obwohl sie bis auf einen Hauch Lippenstift kein Make-up trug, wirkte sie durch ihre stolze Haltung und ihren klaren Teint so frisch wie der junge Morgen. Die arme Carlota dagegen, die sich stark geschminkt hatte und ein leuchtend rotes Kleid trug, war neben ihrer Schwester dagegen eine zwar gutaussehende, aber fade Erscheinung.

In diesem Moment drehte Lupe sich um und erblickte ihn. Als Salvador bemerkte, wie ihre Augen zu strahlen begannen, hüpfte sein Herz vor Freude. Er konnte es in ihren Augen lesen – sie liebte ihn auch. Rasch durchschritt er den Raum, um an die Seite seiner Königin zu eilen.

Carlota schnitt ihm beinahe den Weg ab, als sie wie ein Wirbelwind in Archies kräftige Arme stürmte und begann, sich ungestüm mit ihm durch den Saal zu drehen.

Salvador und Lupe lachten, dann sahen sie sich in die Augen.

»Würdest du mir die Ehre erweisen, mit mir zu tanzen?« fragte Salvador.

Lupe errötete. »Ich kann nicht tanzen.«

»Wirklich nicht?«

»Nein, ehrlich nicht«, beteuerte sie.

Salvador liebte sie dafür um so mehr; es vermittelte ihm die Gewißheit, daß noch nie ein Mann seine schmierigen Hände an ihrem bezaubernden Körper hatte entlanggleiten lassen, wie Männer es nun mal taten, wenn sie mit einer Frau tanzten. Sie war noch viel unschuldiger, als er vermutet hatte.

»Ach, komm, Lupe«, sagte er, »ich zeige es dir.«

»O nein, bitte nicht«, wehrte sie verlegen ab.

Und dennoch legte sie ihre Arme um den Hals des Mannes, der sie nach ihren Träumen gefragt hatte, und sie glitten gemeinsam über den auf Hochglanz polierten Bretterboden. Lupe war selig. In seinen kräftigen, muskulösen Armen fühlte sie sich warm und geborgen.

Sie tanzten mit großer Ausdauer. Als die Kapelle eine Pause einlegte, gingen sie mit den anderen vor die Tür, um sich die erhitzten Gesichter vom Abendwind kühlen zu lassen.

»Lupe«, sagte Salvador und zitterte vor Nervosität, »ich habe das kleine Geschenk für dich, das ich dir in Hemet versprochen habe. Und …«, er vergrub die Hände in den Hosentaschen und kickte mit dem rechten Fuß verlegen gegen die Steinchen auf dem Boden, während er zum Himmel blickte. »Nun … also, ich dachte, vielleicht könnten wir ja unsere Träume miteinander teilen und unser Leben gemeinsam leben.«

»Unsere Träume?« fragte sie entzückt.

»Ja«, erwiderte er, »unsere Träume, unsere Wünsche, unser … oh, ich habe dich so vermißt.«

»Ich habe dich auch vermißt«, gestand sie.

»Wirklich?«

»Ja, wirklich!«

Sie streckte ihre Hand nach seiner aus, so vertrauensvoll, wie sie es als kleines Mädchen in der Geborgenheit des warmen Bettes ihrer Mutter getan hatte. Lupe war überglücklich. Er hatte sie nicht gefragt, ob sie ihn liebe oder ob sie ihm die Hand fürs Leben reichen wolle; nein, er hatte ganz schlicht gefragt, ob sie ihre Träume, ihre verborgensten Wünsche, miteinander teilen könnten.

Lupe fühlte sich mit einem Mal frei, ihr war, als schwebte ihre Seele hoch über den Kathedralenfelsen ihrer Kindheit.

»Lupe«, sagte er bebend, »ich wüßte gern, wann ein günstiger Zeitpunkt für mich und, na du weißt schon, meinen Fürsprecher wäre, um offiziell bei deinen Eltern um deine Hand anzuhalten?«

»O mein Gott«, sagte sie, sah zu ihm auf und bemerkte, wie seine Augenlider mit den langen, dunklen Wimpern vor Nervosität zuckten. Sie war heilfroh, daß es die Aufgabe des Mannes war, den Antrag zu machen, sie selbst wäre dazu nie imstande gewesen.

»Nun«, sagte sie und streichelte seine Hand, »wir werden die ganze Woche über zu Hause sein. Im Moment arbeiten wir hier auf den Paprikafeldern, also wäre jeder Abend recht.«

»Dann sagst du also ja?«

Sie lächelte. »Ja, ich möchte sehr gerne meine Träume mit dir teilen.«

»Du willst wirklich? Ganz bestimmt?«

Sie nickte. Und er konnte es in ihren Augen lesen. Sie meinte es. Sie sagte ja zu seinen Träumen, ja zu einem gemeinsamen Leben, ja für immer und ewig.

»Gut«, sagte er und wurde gewahr, daß er soeben den wichtigsten Schritt seines Lebens gewagt hatte. »Dann komme ich diese Woche vorbei. O Lupe, das ist der glücklichste Tag meines Lebens. Du sollst auch wissen«, fuhr er fort, unfähig, es für sich zu behalten, »daß ich mich schon nach einem geeigneten Platz für uns umgesehen habe. Und ich habe eine kleine Ranch am Meer entdeckt, die in Carlsbad vermietet wird. Es wachsen Avocados dort, und es gibt zwei kleine Häuser, so daß immer Platz für deine Eltern sein wird.«

Tränen stiegen Lupe in die Augen, und sie führte Salvadors Hand an ihre Lippen. »Oh, ich danke dir, Salvador«, sagte sie mit glänzenden Augen. »Das ist der Tag, von dem ich immer geträumt habe.«

»Du auch?«

»Ja, ich auch«, beteuerte sie.

»Mein Gott, ich liebe dich so«, seufzte er.

Lupe hätte so gern die gleichen Worte zu ihm gesagt, aber die Worte ›ich liebe dich‹ wollten ihr einfach noch nicht über die Lippen kommen. »Salvador«, sagte sie stattdessen, »seit du in Hemet warst, habe ich unentwegt über uns beide nachgedacht, und ich finde, daß wir in den ersten Jahren unserer Ehe besser nicht mit unseren Verwandten zusammenleben sollten.«

Er starrte sie an und traute seinen Ohren nicht. Sie war doch diejenige gewesen, die die ganze Zeit davon gesprochen hatte, daß sie einmal genügend Platz brauchte, damit ihre Eltern bei ihr leben konnten. Offenbar hatte sie ihre Meinung geändert. Sie wollte mit ihm allein sein. Sie liebte ihn wirklich! Er konnte es kaum fassen.

Als sie bemerkte, wie er sie ansah, lachte Lupe. »Salvador, jetzt erzähl mir nicht, daß du enttäuscht bist. Vor allem nicht, nachdem meine Mutter dich so in die Mangel genommen hat.«

Jetzt war es an ihm, zu lachen. »Nein, nein«, sagte er, »ich bin nicht enttäuscht, *querida*. Ich bin begeistert. Es ist nur, nun … ich bin etwas überrascht. Du und deine Mutter, ihr schient euch immer so nah.«

»Das sind wir auch«, bestätigte Lupe, »aber in letzter Zeit habe ich viel über die Ehen meiner Schwestern nachgedacht … und, na ja, ich finde einfach, daß man die ersten Ehejahre allein verbringen sollte.«

»Das finde ich auch«, sagte Salvador. »Ich habe erst vor kurzem mit meiner Mutter darüber gesprochen.«

»Nein, wirklich?«

»Ja.«

»Und was hat sie gesagt?«

»Nun, ich war ganz überrascht. Sie sagte, daß ihre eigene Ehe möglicherweise anders verlaufen wäre, wenn sie sich nicht mit meinem Vater auf der Ranch meines Großvaters niedergelassen hätte. Es gibt ein Sprichwort, das besagt, daß der Mann, der bei seinen Schwiegereltern einzieht, entweder ein kompletter Narr oder sehr mutig sein muß.«

»Das habe ich auch mein ganzes Leben lang zu hören bekommen«, sagte Lupe, die das Gespräch sichtlich genoß. »Aber bis vor kurzem konnte ich eigentlich nichts damit anfangen. Ich war schon als kleines Mädchen fest entschlossen, meine Mutter niemals zu verlassen und habe immer gesagt, wenn mein Ehemann damit nicht einverstanden wäre, dann könne er ja gehen!« gestand sie lachend.

»Genau das habe ich auch immer behauptet!« sagte Salvador.

»Du auch?«

»Ja, ehrlich!«

»Dir glaube ich das sogar.«

Die beiden setzten ihre Unterhaltung selig fort, bis Nellie und Domingo, beide eine Zigarette in der Hand, sich zu ihnen gesellten.

Nachdem Salvador sie einander vorgestellt hatte, verschwanden die beiden Frauen, um sich frisch zu machen. Salvador traute seinen Ohren nicht, als Domingo vertraulich an ihn heranrückte und ihm zuflüsterte: »He, was ist los mit dir, kleiner Bruder, daß du dich an 'ne Jungfrau 'ranmachst? Weißt du denn nicht, daß nur eine Frau mit Erfahrung, so wie meine Nellie, 'ne Ahnung davon hat, wie sie den *coo-coo* des Mannes zum Tanzen bringt?«

Salvador hätte ihm fast die Faust ins Gesicht geknallt, doch dann sah er die Aufrichtigkeit in Domingos Augen und lachte nur. Wieder einmal wurde ihm bewußt, wie wenig er mit diesem Bruder, der von den Toten auferstanden war, gemein hatte.

22

*Der Himmel lächelte, als die Tochter des Meteoriten und er, das neun-
zehnte Kind seiner Mutter, sich zu ihrer Liebe bekannten*

»Da du jetzt so glücklich bist«, sagte Domingo, »könntest du mir
eigentlich noch ein bißchen Geld leihen.«

»Wieviel brauchst du?« fragte Salvador, der bis dahin vergnügt vor sich hingepfiffen hatte.

Die Tanzveranstaltung war vorüber, und sie befanden sich auf
dem Rückweg nach Corona. Salvador konnte es kaum erwarten,
der Mutter die große Neuigkeit mitzuteilen.

»Och, sagen wir, runde fünfhundert«, erwiderte Domingo,
wobei er Nellie zuzwinkerte.

»Fünfhundert!« rief Salvador und wäre um ein Haar im Straßengraben gelandet. »Das ist ein Vermögen, Domingo!«

»Schon, aber ich hab' das dicke Bündel gesehen, das du in der
Tasche hast«, antwortete Domingo grinsend. »Das reicht glatt,
um einen Pferderachen damit auszustopfen!«

Salvador fuhr den Wagen an den Straßenrand. Sein Bruder
hatte keine Ahnung von Geld.

»Oh, steigen wir wieder mal aus?« fragte Domingo.

»Nein«, antwortete Salvador. »Was ich zu sagen habe, sage ich
vor euch beiden, damit keine Mißverständnisse aufkommen.«

Er holte tief Luft. »Seht mal, ihr zwei«, begann er, »was ich
euch jetzt verständlich machen will, gehört zu den wichtigsten
Dingen, die ich im Leben gelernt habe. Für uns *mejicanos* ist Geld
zum Verspielen und Versaufen da, kurz, um damit um uns zu
werfen und Spaß zu haben.«

»Klar«, bestätigte Domingo lachend, »ganz meiner Meinung.«

»Genau, das habe ich auch gedacht. Und die Reichen und Pfaf-
fen in jeder Stadt unterstützen unsere Auffassung auch noch«,
fuhr Salvador fort. »Damit wir brav in den Klingelbeutel stecken,
was wir übrig haben, und für die Kirche und die Wohlhabenden
bis in alle Ewigkeit die armen Schlucker bleiben, die sie sich als
Sklaven halten können.«

Nellie rutschte unbehaglich auf ihrem Sitz hin und her, schließlich war sie trotz allem Katholikin und haßte es, wenn jemand schlecht über die Kirche sprach. Salvador bemerkte ihr Unbehagen, ließ sich aber nicht davon abhalten, weiterzusprechen.

»Wenn du jedoch clever bist«, fuhr er fort, »dann entwickelst du dem Geld gegenüber eine respektvolle Haltung, weil es dir Macht und eine gewisse Freiheit verleiht. Und sei es nur die Freiheit, dir vor dem abendlichen Pokerspiel die Zeit für ein Nickerchen zu gestatten. Mit genug Geld in der Tasche kannst du dir den Luxus erlauben, deine nächsten Schritte gründlich zu überdenken und in Ruhe zu planen, es verleiht dir die nötige Gelassenheit, anderen mit kühlem Kopf das Geld aus der Tasche zu ziehen.«

»Nun, wenn das so ist, dann gib mir lieber gleich tausend«, sagte Domingo, beeindruckt von den Worten seines Bruders.

»Und wofür? Damit du es gleich wieder zum Fenster hinauswirfst?« fragte Salvador. »Nein. Hör mir genau zu, Domingo: Respekt! Respekt vor Geld, das ist eins der ersten Dinge, die ein Mann lernen sollte, wenn er es zu etwas bringen will. Die Griechen, oben in Montana, die haben von dem einen Dollar, den sie pro Tag bei der Eisenbahn verdienten, einen halben Dollar gespart, sie haben sogar versucht, von den fünfzig Cents, die sie fürs tägliche Leben brauchten, noch was abzuknapsen. Das waren clevere Jungs, glaub mir. Für die war Geld etwas, das man anhäufte, bis man genug zusammen hatte, ein Restaurant oder ein Geschäft zu eröffnen. Dieses Geldbündel in meiner Tasche ist nichts, was ich mit beiden Händen zum Fenster hinauswerfen kann. Es ist mein Kapital, das Werkzeug, das ich zum Leben brauche! Genauso wie ein Lastwagenfahrer seinen Truck. Ich brauche das Geld, um mein Arbeitsmaterial zu kaufen, damit ich als Geschäftsmann weiter existieren kann. Kapierst du das?«

Salvador verstummte. Er war stolz, daß es ihm gelungen war, diese komplizierten Sachverhalte, die ihm als Kind von der Mutter und später von den Griechen und Duel eingebleut worden waren, in Worte zu fassen. Doch zu seiner Überraschung grinste Domingo nur.

»Das ist doch alles Quatsch, Brüderchen«, sagte er. »Ich hab' doch gesehen, daß du ununterbrochen dein Geld für irgendwas ausgibst.« Er blinzelte Nellie zu, als wollte er ihr zu verstehen geben, daß die Worte seines Bruders ihn keineswegs beeindruckt hatten.

»Oh«, erwiderte Salvador, »wenn das alles Quatsch ist, wie kommt's dann, daß ich Geld habe und du nicht?«

Domingo errötete. »Ich habe eben kein Glück gehabt, das ist alles«, entgegnete er beleidigt.

»Du nennst es Glück; ich nenne es Voraussicht.«

Domingo hatte die Nase gestrichen voll von dieser Belehrung. »Paß auf«, sagte er, »leihst du mir nun das Geld oder nicht?«

Salvador hielt inne. Er mußte sich damit abfinden, daß sein Bruder kein Wort verstanden hatte. »Keine fünfhundert!« sagte er.

»Na gut, wie steht's dann mit zweihundert?« fragte Domingo. »Wir brauchen einen Wagen und ein eigenes Haus, Salvador. Das Kind wird bald da sein.«

»Ein Haus kostet fünf Dollar im Monat«, antwortete Salvador. »Und für fünfzig Dollar bekommst du schon einen anständigen Truck. Ich leihe dir hundert, keinen Cent mehr. Und du wirst es mir zurückzahlen!«

»Klar, wenn wir die neue Brennerei haben, zahle ich dir jeden Cent zurück«, versicherte Domingo.

»Augenblick mal«, sagte Salvador seufzend, »bevor du jemals wieder für mich arbeitest, müssen wir noch einiges klären. Ich will auf keinen Fall nochmal so was erleben wie in Escondido.«

Domingos Augen funkelten zornig, als wolle er jeden Moment aus der Haut fahren, aber er riß sich zusammen und lachte statt dessen. »In Ordnung. Sagen wir hundertfünfzig, und ab sofort regeln wir die Dinge auf deine Art, *hermanito*.«

»Ich sagte hundert«, erwiderte Salvador.

Domingo runzelte die Stirn und starrte Salvador mit jenem furchteinflößenden Blick an, der ihn dem Vater noch ähnlicher machte. Salvador hätte fast aufgelacht. Er hatte an zu vielen Pokertischen gesessen, um sich von solchen billigen Tricks einschüchtern zu lassen. Einen Augenblick später gab Domingo auf.

»Na gut, dann eben hundert«, lenkte er ein, als er begriff, daß er seinen Bruder nicht beeindrucken konnte.

»Okay«, Salvador zog sein Dollarbündel hervor und zählte die Scheine für den Bruder ab. Er hatte gewonnen. Zum zweiten Mal an diesem Tag hatte er seinen Bruder in die Knie gezwungen, doch er konnte sich darüber nicht freuen.

Wie froh wäre er gewesen, wenn Domingo als richtiger Mann zurückgekehrt wäre und die Belange der Familie in die Hand genommen hätte, wie es sich für den ältesten Bruder gehörte.

In Corona verdrückte Domingo sich mit Nellie sogleich in Luisas Haus. Domingo war immer noch wütend; es paßte ihm absolut nicht, wie Salvador ihm vor Nellie den Kopf zurechtgestutzt hatte.

Salvador ging zum rückwärtigen Anbau seiner Mutter, um ihr von Lupe zu erzählen.

»Mama«, rief er schon beim Eintreten, »wach auf! Wach auf!«

»Was ist los?« fragte sie.

»Ach, ich bin der glücklichste Mann auf Erden!« sagte er. Und dann erzählte er ihr von seinem Gespräch mit Lupe.

Es war Donnerstag abend, und Lupe saß auf der Veranda vor dem Haus. Heute sollte Salvador mit seinem Fürsprecher erscheinen, und er war noch immer nicht aufgetaucht.

Lupe hatte ihre Eltern gebeten, sich fein zu machen, und nun spielten die beiden drinnen Karten und taten ganz unbeteiligt, doch Lupe wußte, daß sie mindestens so nervös waren wie sie selbst.

Als Salvador am Abend zur Kirche fuhr, um den Priester abzuholen, stellte er zu seinem Entsetzen fest, daß der Geistliche betrunken war. Er hatte eine ganze Flasche von dem Whisky geleert, den Salvador ihm eine Woche zuvor gebracht hatte.

»Ich bin okay«, beteuerte Pater Ryan. »Ich brauche bloß eine Tasse Kaffee, dann können wir aufbrechen.«

Die Hände des Paters zitterten derart, daß Salvador ihm den Kessel aus der Hand nahm und auf den Herd stellte.

»Übrigens«, sagte er, »Sie sollten wissen, daß diese Leute nicht trinken.«

»Nun«, erwiderte der Gottesmann lächelnd, »dann ist es ja gut, daß ich mir vorher ein paar Schluck genehmigt habe.«

Salvador konnte sein Lächeln beim besten Willen nicht erwidern.

Er hatte die schreckliche Befürchtung, daß der Geistliche alles ruinieren würde, und bereute in diesem Augenblick zutiefst, daß er sich mit einem Priester eingelassen hatte, der offensichtlich Alkoholiker war.

»Beruhige dich, mein Sohn«, sagte Pater Ryan. »Es wird alles gutgehen. Hier, du solltest dir auch einen Drink genehmigen«, fügte er hinzu.

»Was soll's«, dachte Salvador bei sich und kippte das Glas in einem Zug hinunter.

Bester Stimmung und aus vollem Halse irische Lieder schmetternd, erreichten die beiden Santa Ana. Als sie in die Straße einbogen, in der Lupe mit ihren Eltern wohnte, zwinkerte der Priester Salvador aufmunternd zu und steckte sich ein Bonbon in den Mund.

»Hier«, sagte er und hielt Salvador auch eins hin, »gegen deine Fahne.«

»Danke«, sagte Salvador und griff nach dem Bonbon.

»Wird schon alles gutgehen«, versicherte der Geistliche, während sie vor dem Haus vorfuhren.

Victoriano saß in seinem besten Anzug auf der Veranda – zum ersten Mal sah Salvador ihn in Hemd und Krawatte.

»Hallo«, rief Salvador.

»Guten Abend«, erwiderte Victoriano und ging die Stufen hinunter. Er kam gerade noch rechtzeitig, um Pater Ryan aufzufangen, der beim Versuch, aus dem Wagen zu steigen, fast kopfüber im Staub gelandet wäre. Salvador wäre am liebsten vor Scham im Erdboden versunken.

»Diese neumodischen Autos«, murmelte der Priester, nachdem er mit Victorianos Hilfe sein Gleichgewicht wiedererlangt hatte, »die sind einfach zu ausgefallen für mich.«

Während sie die Stufen zur Veranda hinaufstiegen, sandte Salvador ein Stoßgebet zum Himmel, daß niemand ihre Alkoholfahne bemerken würde. Im Haus herrschte makellose Ordnung, und auf dem Tisch stand ein Strauß frischer Blumen. Doña Guadalupe und Don Victor trugen ihren besten Sonntagsstaat; nur von Carlota und Lupe war nichts zu sehen.

Panik erfaßte Salvador. Vielleicht hatten sie Lupe ja fortgeschickt, und sein Antrag würde abgelehnt werden.

Der Priester eilte auf Doña Guadalupe zu, ergriff ihre Hand und stellte sich salbungsvoll vor, und Salvador merkte, daß sein Herzschlag sich ein wenig beruhigte.

Nachdem alle sich gesetzt hatten, erschienen Lupe und Carlota mit einem Tablett Tee und süßem Brot. Lupe sah phantastisch aus, und Salvador mußte sich zwingen, den Blick wenigstens gelegentlich von ihr abzuwenden. Die Mädchen servierten den Tee, und Carlota reichte jedem einen Teller mit süßem Brot. Anschließend nahmen die beiden neben den Eltern Platz. Niemand sprach ein Wort. Pater Ryan schlürfte seelenruhig seinen Tee und verzehrte sein Brot, während alle ihn gespannt beobachteten. Salvador befürchtete schon, der Geistliche hätte den Grund ihres Besuches völlig vergessen.

»Nun«, begann Pater Ryan, nachdem er seine Mahlzeit beendet hatte, »es ist eine große Ehre für mich, *señor y señora*. Viele junge Leute kommen heutzutage zu mir, um in den Stand der Ehe zu treten, aber im Gegensatz zu diesem jungen Mann hier erfassen die wenigsten die wahre Bedeutung dieses Bundes zwischen Mann und Frau.«

Er kramte sein Taschentuch hervor und fegte sich umständlich die Krümel von der Hose. Während er weitersprach, schwenkte er das Taschentuch wie einen Zauberstab hin und her. »Ich kenne Salvadors Mutter sehr gut. Sie kommt jeden Tag zur Kirche, ganz gleich, ob es regnet oder die Sonne scheint. Sie hat ihren Sohn, der hier vor Ihnen sitzt, zu einem gottesfürchtigen jungen Mann erzogen, der sich der wesentlichen Dinge des Lebens, vor allem der heiligen Sakramente der Ehe, bewußt ist!«

Mit dieser pathetischen Ansprache zog der Priester alle Zuhörer in seinen Bann.

»Und soweit ich das beurteilen kann«, fuhr er fort und wandte sich Carlota zu, »ist Ihre Tochter ebenfalls bereit für die Ehe, daher glaube ich nicht, daß es irgendwelche …«

Salvadors Hände begannen zu zittern, und Lupe wurde dunkelrot vor Verlegenheit. Nur Carlota lächelte den Priester entzückt an.

Pater Ryan ließ sich nicht ablenken. »Ich weiß sehr wohl, daß das Leben nicht einfach für Sie war, *señor* y *señora*«, fuhr er unbeirrt fort. »Mir ist bekannt, daß Sie, wie so viele Familien, die heute hier in den Vereinigten Staaten leben, unter den Schrecken der mexikanischen Revolution zu leiden hatten. Aber ich glaube, ein Moment wie dieser wird Sie für viele erlittene Tragödien entschädigen.«

Wie ein Bühnenschauspieler hob er die Stimme an. »Dies ist ein denkwürdiger Augenblick! Zwei junge Menschen, die einander in Liebe zugetan sind, wählen diesen respektvollen und würdevollen Weg, die Eltern um den Segen für die Heiligen Sakramente der Ehe zu bitten!«

Wieder warf er Carlota einen bedeutungsvollen Blick zu. Salvador hätte vor Entsetzen beinahe laut aufgeschrien. »Und so darf ich nun im Namen von Juan Salvador Villaseñor, den ich als einen wunderbaren und ehrenhaften jungen Mann kennengelernt habe, um die Hand Ihrer Tochter, Guadalupe Maria Gomez, bitten.«

Mit diesen Worten streckte er Carlota seine Hand entgegen. Salvador sprang so hastig auf, daß er mit dem Kopf gegen die Lampe über dem Tisch schlug; er taumelte und fiel krachend auf seinen Stuhl zurück, der unter ihm zusammenbrach.

Victoriano eilte ihm sofort zur Hilfe.

Es war Doña Guadalupe, die die Situation rettete. Sie stand einfach auf, ergriff die Hand des Priesters und führte ihn um den Tisch zu Lupe.

»O ja«, sagte der Geistliche, »vielen Dank.«

»Gern geschehen«, erwiderte Doña Guadalupe. »Sie haben vollkommen recht, dies ist ein denkwürdiger Augenblick. Komm, Guadalupe«, sagte sie zu Lupe, »nimm die Hand des Paters, *querida*.«

Lupe erhob sich. Sie hatte ihre Fassung noch nicht ganz wiedererlangt, aber sie ergriff die Hand des Priesters und machte einen Knicks.

Salvador war inzwischen wieder auf den Beinen, Blut rann von seiner Stirn. Er schüttelte Victorianos Arm ab und versicherte, daß alles in Ordnung sei.

Don Victor wäre fast an seinem unterdrückten Lachanfall erstickt. Der Alkoholgeruch der beiden Männer war ihm nicht entgangen. »Nun«, er stand auf, »meine Frau und ich, wir werden über Ihren Antrag nachdenken und Sie innerhalb der nächsten Woche wissen lassen, wie wir uns entschieden haben.«

»Ich danke Ihnen«, antwortete der Priester, »dann möchten wir uns jetzt verabschieden.«

An der Seite des katholischen Priesters schritt Salvador auf die Veranda hinaus. Als sie den Wagen gestartet hatten und das Haus ein Stück hinter ihnen lag, stieß Salvador einen gequälten Schrei aus.

»Verdammt, das hat weh getan!« brüllte er und faßte sich an den Kopf.

»Hier, nimm noch einen Drink«, riet Pater Ryan.

»Gute Idee«, erwiderte Salvador.

Und so setzten sie den Rückweg nach Corona auf die gleiche Art fort, wie sie gekommen waren: mit reichlich Whisky und irischen Liedern auf den Lippen.

An diesem Abend saß Don Victor rauchend auf der Veranda vor dem Haus und dachte über den Antrag nach. Ein paar Tage zuvor war er Don Manuel auf der Straße begegnet, und dieser hatte ihm von einem berüchtigten Schwarzbrenner aus Corona erzählt, der einen Moon fuhr.

Don Victor grübelte, ob es sich bei diesem Schwarzbrenner möglicherweise um Salvador handelte. Er beschloß, der Sache auf den Grund zu gehen; immerhin stand das Glück seiner Tochter auf dem Spiel.

Die folgende Woche war die längste in Salvadors Leben. Und da er nicht einfach auf einen Besuch bei Lupe vorbeifahren konnte, beschloß er, Santa Ana ganz zu meiden. Statt dessen stürzte er sich in die Arbeit und mietete ein großes Haus in Watts, südlich von Los Angeles, um dort seine neue Brennerei zu installieren. Für den Kauf der notwendigen Geräte mußte er sein ganzes Geld aufbrauchen. Epitacio sollte die Verantwortung für den reibungslosen Ablauf in der neuen Brennerei übernehmen, und Domingo hatte eingewilligt, sich strikt an Epitacios Anweisungen zu halten. Besucher hatten keinen Zutritt zu dem Haus, und Besäufnisse oder sonstige Eskapaden waren verboten. Epitacio und Domingo würden den Kopf hinhalten müssen, wenn die Gesetzeshüter aus irgendeinem Grund auf das Haus aufmerksam würden, während Salvador dafür geradestehen mußte, wenn die Cops ihm beim Verkauf und der Auslieferung des Whiskys auf die Schliche kamen. Zum ersten Mal im Leben hatte Salvador Zeit zum Müßiggang. Sein Kapital arbeitete für ihn. Die Brennerei war Tag und Nacht in Betrieb, ohne daß er sich selbst abrackern mußte.

Er beschloß, die Zeit mit seiner Mutter zu verbringen. Wenn sie recht mit ihrer Vermutung behielt, daß sie sich künftig nicht mehr so nahe sein würden, war dies das mindeste, was er tun konnte.

»Erzähl mir von der Zeit vor deiner Ehe, Mama«, sagte er zu ihr.

»Oh, das waren schwierige Zeiten, *mi hijito*«, erwiderte Doña Margarita. »Weißt du, damals gab es weder Telefon noch sonst irgendwelche Kommunikationsmittel, deshalb zog der Vater der Braut oft aus, um sich nach dem Lebenswandel des künftigen Bräutigams zu erkundigen.«

»Heißt das, daß Lupes Vater in diesem Augenblick auch hier in Corona meinetwegen Nachforschungen anstellen könnte?« fragte Salvador.

»Aber natürlich.«

»O mein Gott!« sagte Salvador. »Und ich dachte immer, es wäre Lupes Mutter, vor der ich auf der Hut sein müßte. Über ihren Vater habe ich überhaupt nicht nachgedacht.«

Doña Margarita lachte. »Keine Sorge«, sagte sie. »Ich habe schon die nötigen Maßnahmen getroffen, alle im *barrio* wissen, was sie gegebenenfalls zu sagen haben. Kommen wir wieder zu meiner Geschichte«, fuhr sie fort und schlürfte ihren Kaffee, den sie mit einen Schluck Whisky verfeinert hatte, »ungefähr zehn Tage vor meiner Hochzeit brach dein Großvater nach Guadalajara auf, um Erkundigungen über deinen Vater anzustellen. Es wurde die längste Woche meines Lebens. Tag und Nacht befürchtete ich, daß Don Pio irgend etwas Schreckliches herausfinden könnte, und ich werde nie vergessen, wie dein Großvater mit diesem merkwürdigen Gesichtsausdruck am Abend vor meiner Hochzeit auf dem Rücken seines großen Hengstes zurückkehrte. Er nahm mich beiseite und erzählte mir eine unglaubliche Geschichte von Don Juan und dessen Cousine ersten Grades, einer großen, rothaarigen Frau, die mit ihm aufgewachsen war. Die beiden liebten sich seit ihrer Kindheit. Aber da sie Cousin und Cousine ersten Grades waren, konnten sie natürlich nicht heiraten. An dem Abend, bevor sie mit einem der Würdenträger der Stadt verheiratet werden sollte, forderte Don Juan den Mann zum Duell heraus und tötete ihn. Die Verwandten des Verlierers jagten Don Juan bis in die Hügel am Rande der Stadt, und er mußte noch zwei Männer erledigen, bevor er entkommen konnte; auf diese Weise hatte es ihn schließlich zu uns in die Berge verschlagen.«

»Nein!« staunte Salvador. »Wieso hast du uns diese Geschichte nicht schon früher erzählt?«

»*Mi hijito*, es gibt eine Menge Episoden im Leben eines Mannes und einer Frau, die sie ihren Kindern vorenthalten.«

»Tatsächlich?«

Sie lächelte. »Natürlich. Vergiß nicht, du bist auch noch nicht erwachsen, solange du nicht verheiratet bist und eigene Kinder hast.«

Salvador seufzte. »Was geschah mit der Cousine meines Vaters?« fragte er.

Tränen stiegen Doña Margarita in die Augen. »Das arme Mädchen wurde für den Rest ihres Lebens in ein Kloster in der Nähe ihrer Verwandten in Mexiko City gesteckt«, berichtete sie.

»Dein Großvater war außer sich. Er sagte zu mir: ›Du kannst diesen Mann unmöglich heiraten. Er liebt diese Frau, die ebenso hochgewachsen und blauäugig ist wie er selbst, immer noch. Jedesmal wenn ihr beiden streitet, wird er es dich fühlen lassen.‹

›Nein, Papa‹, erwiderte ich.

›Und ob‹, beharrte er. ›Und wenn ihr dunkelhäutige Kinder bekommt, wird er diesen Kindern bestimmt keine Liebe entgegenbringen.‹ Ach, ich war vollkommen verwirrt, *mi hijito*, aber was sollte ich tun? Ich liebte ihn nun mal. Also sagte ich zu meinem Vater: ›Genug jetzt, Papa, ich will nichts mehr davon hören. Ich werde ihn heiraten.‹

Er wehrte sich nicht weiter dagegen, aber ich weiß, mit welch schwerem Herzen er am nächsten Tag meiner Hochzeit beiwohnte.«

»Du meine Güte«, sagte Salvador betroffen. Von alledem hatte er nichts gewußt, dabei erklärte es so vieles. »Dann war diese Cousine also die Frau in dem Kloster in Mexiko City, an die du immer geschrieben hast?«

»Ja«, sagte Doña Margarita und wischte sich eine Träne fort. »Die einzige Sünde, die diese Frau je begangen hat, war, daß sie jung und verliebt war, und trotzdem hat ihre Familie sie im Stich gelassen.«

Sie seufzte tief. »Weißt du, ich habe mich oft gefragt, *mi hijito*, ob meine Ehe anders verlaufen wäre, wenn Don Pio damals nicht nach Guadalajara geritten wäre und die ganze Angelegenheit nicht herausgefunden hätte. Da ich von dieser Geschichte wußte, ist jeder Streit, den ich mit deinem Vater hatte, zu einem Eifersuchtsdrama geworden, weil ich immer dachte, ich müsse gegen diese großartige Liebe, die er verloren hatte, ankämpfen.«

»Hast du je mit ihm darüber gesprochen?«

»War dein Vater vielleicht ein Mann, mit dem man irgend etwas besprechen konnte? Nein, wir haben nie über sie gesprochen. Aber ich schrieb ihr, wie du schon sagtest, und sie beantwortete meine Briefe; so wurden wir sehr gute Freundinnen.«

»Aber Mama, wie konntet ihr denn Freundinnen sein?«

»Wieso nicht? Ihre einzige Sünde war, daß sie deinen Vater liebte, und das tat ich auch.«

Salvador starrte seine Mutter wortlos an, und ihm dämmerte, daß er in der Tat noch nicht erwachsen sein konnte, so wenig, wie er über Liebe, Frauen und die verschlungenen Wege des Herzens wußte. Es schien ihm, als sei er immer noch ein Kind, das all die Jahre an nichts als das nackte Überleben und an sein Vergnügen gedacht hatte. Er seufzte und fragte sich, ob er wirklich reif war, für diesen bedeutenden Schritt im Leben, den man Ehe nannte. Endlich gelangte er zu dem Schluß, daß, wenn er diesen Schritt überhaupt jemals tun wollte, jetzt genau der richtige Zeitpunkt war.

Am Nachmittag schlenderte Salvador durchs *barrio*, um herauszufinden, ob Don Victor Erkundigungen über ihn eingezogen hatte. Er fand schnell heraus, daß seine Vermutung richtig war. Wie er erfuhr, hatte Don Victor längere Zeit bei Rodolfo verbracht, daher machte er sich nun auf den Weg zum Haus des Lehrers.

»Hallo, Rodolfo«, grüßte Salvador und trat unter die *ramada*.

»Hallo«, erwiderte Rodolfo, dem Salvador zum ersten Mal einen Besuch abstattete.

»Ich hab' gehört, daß Don Victor bei dir war?« sagte Salvador.

»Ja, das stimmt«, bestätigte Rodolfo.

»Und?«

»Er hat sich über dich erkundigt«, antwortete der Lehrer. »Also hab' ich ihm die Wahrheit gesagt.«

»Was?« rief Salvador erbost.

»Ja, ich habe ihm erzählt, daß du eine herausragende Persönlichkeit bist, die man getrost in einem Atemzug mit Francisco Villa nennen darf, und daß ich stolz darauf bin, daß du mein Freund bist.«

Salvador beruhigte sich wieder. »*Gracias*«, sagte er zu Rodolfo. »Du hast was gut bei mir. Ich werde dir eine Gallone Whisky vorbeibringen. Dann kannst du ein paar Liter verkaufen und dir ein bißchen dazu verdienen.«

»Das ist nicht nötig«, sagte Rodolfo, er schlug die Hacken zusammen und salutierte vor Salvador. »Was ich gesagt habe, kam von Herzen.«

In dieser Woche stellte Salvador bei der Anprobe eines seiner Anzüge fest, daß er ein wenig zugenommen hatte. Er beschloß sogleich, sich der überflüssigen Pfunde durch harte körperliche Arbeit zu entledigen. Er hatte schon immer mit einem kleinen Bauchansatz zu kämpfen gehabt, wenn er nicht gerade im Gefängnis gesessen oder von Sonnenaufgang bis Sonnenuntergang geschuftet hatte.

In der Annahme, Obst und Gemüse machten dick, da das Vieh ja schließlich damit gemästet wurde, beschloß er, auf diese Lebensmittel zu verzichten. Er ernährte sich nur noch von Bohnen und Fleisch, die kräftig mit Chili gewürzt waren, und jeder Menge Tortillas und spülte das Ganze mit reichlich Whisky herunter, dem er eine verdauungsfördernde Wirkung zuschrieb, da die meisten Säufer ziemlich dürr waren.

Aber obwohl er jeden Morgen mit einem Dauerlauf begann, was er den Boxern abgeguckt hatte, die sich damit in Form hielten, verlor er kein einziges Gramm. Er schlang noch mehr Bohnen und Tortillas herunter und hielt sich dafür beim Fleisch zurück, möglicherweise war es ja das Fleisch, das ihn dick machte.

Eines Tages schnitt er den Innenschlauch eines Reifens so zu, daß er genau um seine Taille paßte, legte ihn um und rannte zusammen mit Jose im Dauerlauf aus der Stadt hinaus, in Richtung der äußersten Obstplantagen. Der Schweiß rann ihm aus allen Poren, und er begann bald nach Luft zu ringen. Jose beeilte sich, den Schlauch aufzuschneiden, bevor Salvador ohnmächtig wurde.

In der Nacht plagten Salvador furchtbare Alpträume, da er überzeugt war, Don Victor habe alles über ihn herausgefunden und Lupe würde ihn nun nicht mehr heiraten wollen. Er spielte mit dem Gedanken, zur Kirche zu gehen und all seine Sünden zu beichten, brachte es aber nicht über sich, irgendeinem sterblichen Wesen von den Alpträumen zu erzählen, die er in seinem Herzen vergraben hatte. Vor allem nicht von Duel, den er mehr geliebt hatte als seinen eigenen Vater.

Endlich kam der Donnerstag nachmittag, der Tag, an dem Salvador und der Priester in Lupes Haus erwartet wurden, um die Antwort auf den Antrag entgegenzunehmen. Als Salvador den Priester abholte, konnte er vor Nervosität keinen klaren Gedanken fassen.

»Reiß dich zusammen«, ermahnte ihn der Geistliche.

»Aber was mache ich bloß, wenn ihre Eltern nein sagen«, jammerte Salvador. »Wir dürfen nicht vergessen, sie trinken nicht, und wenn sie herausgefunden haben, daß ich Schwarzbrenner bin ... äh, ich meine, mit einem Schwarzbrenner befreundet bin.«

Der Geistliche lächelte. »Schwarzbrennerei verstößt nicht gegen die Gesetze des Herrn, mein Sohn«, sagte er. »Nur in diesem Staat ist es illegal. Beruhige dich. Hier, trink einen Schluck, und denk daran, das erste Wunder, das unser Herr Jesus vollbrachte, war, Wasser in Wein zu verwandeln.«

Salvador lachte. »Dann bin ich also immer, wenn ich, äh, wenn mein Freund Whisky brennt, dem Herrn besonders nahe?«

»Wenn er guten Whisky macht, ja«, erwiderte der Priester und zwinkerte ihm zu.

Salvador lachte amüsiert; sie kippten ihren Whisky herunter und machten sich auf den Weg.

»Wissen Sie«, sagte Salvador, als sie die Außenbezirke von Santa Ana erreichten, »ich hatte neulich ein paar Alpträume und dachte, daß ich vielleicht zur Beichte gehen sollte, aber es ist schon so lange her, daß ich das letzte Mal gebeichtet habe.«

Der Priester drehte den Kopf und sah Salvador ins Gesicht. Heute sah der Gottesmann tadellos und fromm aus. »Nun, wir können es gleich hier tun, wenn du möchtest«, sagte er.

»Sie meinen, ich soll jetzt hier beichten?«

»Natürlich«, erwiderte der Priester. »Wir könnten an den Straßenrand fahren.«

»Wirklich?«

»Ja, warum nicht?«

Salvador atmete tief ein und versuchte, in sich zu gehen. Damit hatte er nicht gerechnet. Aber so sehr ein Teil von ihm es sich auch wünschte, er war einfach noch nicht bereit zu beichten, zu viel Haß steckte noch in ihm. »Könnten wir das vielleicht auf einen anderen Tag verschieben und nur zusammen beten, Vater?« fragte er. Es war das erste Mal, daß er diesen Priester mit ›Vater‹ ansprach.

»Natürlich«, antwortete der Gottesmann und bekreuzigte sich. Er begann zu beten, und Salvador sprach ihm nach, doch es fiel ihm nicht leicht. Er blickte zu den Wolken hinauf, die am Himmel entlangzogen. Auf einmal bemerkte er einen großen Raben, der direkt neben ihnen vorbeiflog. Der schwarze Vogel drehte den Kopf, als wolle er Salvador anstarren. Rasch warf Salvador dem Priester einen Blick zu, doch der Geistliche hatte den Vogel nicht bemerkt. Er saß mit geschlossenen Augen da, in sein

Gebet versunken. Salvador war froh, daß er den Geistlichen als Freund an seiner Seite hatte.

Nachdem der Priester seinen Rosenkranz weggesteckt hatte, legte er die Hand auf Salvadors Arm. »Alles wird gut gehen. Schließlich stammst du aus einer guten Familie, und deine Mutter ist eine großartige Frau.«

»Ich danke Ihnen, Vater.«

Bei Lupes Haus angekommen, öffnete ihnen Carlota die Tür. Sie schwatzte vergnügt und ohne Unterlaß. Salvador erfaßte instinktiv, daß dies kein gutes Zeichen war. Carlota mochte ihn nicht, und wenn sie so gut aufgelegt war, konnte das nur bedeuten, daß sein Antrag abgelehnt worden war.

Don Victor erwartete sie bereits. Er sah Salvador mit unergründlichem Blick entgegen. Salvador fühlte, wie seine Knie weich wurden. Gewiß hatte der alte Mann alles über ihn herausgefunden. Er mußte verrückt geworden sein, zu glauben, daß ein Monster wie er eine unschuldige Frau wie Lupe bekommen würde. Es war alles verloren. Nie wieder könnte er ein Mädchen wie Lupe finden, und wenn er die ganze Welt danach absuchen würde.

Doch dann schritt Don Victor zu seiner Überraschung auf den Priester zu und ergriff dessen Hand.

»Hier entlang, Vater«, sagte er, »sie sind alle hinten.« Jetzt wandte er sich auch Salvador zu. »*Buenas tardes*«, sagte er, wieder mit diesem unergründlichen Grinsen.

»*Buenas tardes*«, erwiderte Salvador vorsichtig.

Sie gingen hinaus in den Garten hinterm Haus.

Lupe saß mit Victoriano und Isabel unter dem großen Walnußbaum und unterhielt sich angeregt. Sie trug ein schlichtes weißes Baumwollkleid und hatte sich ein rotes Tuch in das volle, dunkle Haar gebunden. Die Strahlen der tiefstehenden Sonne, die durch das Blattwerk fielen, tauchten die Szene in sanftes Licht. Salvador war hingerissen.

Lupe sah wirklich wie ein Engel aus. »Bitte, lieber Gott, hilf mir«, murmelte er tonlos, »ich will sie nicht verlieren.«

Im gleichen Moment drehte Lupe sich zu ihm um, und in ihren dunklen, mandelförmigen Augen war unbändige Freude zu lesen; das konnte nur eins bedeuten: ihre Eltern hatten zugestimmt. Sein Herz hämmerte wie wild.

Doña Guadalupe machte den Priester gerade auf einen Topf mit herrlichen Lilien aufmerksam. Sie unterhielten sich lachend, ohne daß Salvador auch nur ein Wort dessen mitbekam, worüber sie sprachen. In diesem unvergleichlichen Augenblick hatte er nur Augen für seinen Engel.

»Entschuldigt uns«, sagte Don Victor und ergriff Salvadors Arm, »wir müssen ein paar Worte unter vier Augen miteinander reden.«

Er führte Salvador ein Stück fort. »Ich habe mit Don Manuel gesprochen«, sagte der alte Mann mit gesenkter Stimme; ohne Salvadors Arm loszulassen.

Salvador erstarrte.

»Beruhige dich«, sagte Don Victor, als er merkte, wie Salvador sich versteifte, »ich habe auch mit Archie und einer Menge anderer Männer über dich gesprochen.«

Salvador seufzte tief.

»So entspann dich doch«, wiederholte der alte Mann belustigt und zwinkerte Salvador zu. »Ich habe mein ganzes Leben lang getrunken und gespielt. Unter Männern, ich weiß, wie diese Dinge laufen. Archie hat in den höchsten Tönen von dir gesprochen und die meisten anderen auch. Ihrer Meinung nach bist du ein echter *macho*, der zu seinem Wort steht. Außerdem, was mich angeht, sind Glücksspiel und Alkohol nicht unbedingt Teufelswerk. Nur, mich bringen sie dazu, daß ich meine Frau hin und wieder verletze, deshalb fürchtet sie diese Dinge so. Aber ich will nicht, daß es meiner Tochter ebenso geht.«

Salvador seufzte wieder, diesmal erleichtert, und blickte Don Victor an. »Dann hast du ihnen also nichts erzählt?«

»Nein, natürlich nicht«, erwiderte dieser, »und das habe ich auch nicht vor. Aber du mußt mir versprechen, daß du meiner kleinen Lupe niemals etwas Böses antust.«

Salvador spürte, wie die Galle in ihm hochstieg. Er war überzeugt, daß Don Manuel, dieser schmierige kleine Bastard, Don Victor die schlimmsten Dinge über ihn erzählt hatte. Don Victor selbst hingegen war schwer in Ordnung; er bewies eine Menge Mut und Menschenkenntnis, wenn er ihm trotzdem seine Tochter zur Frau gab.

»Ich schwöre«, sagte Salvador, »von Mann zu Mann und aus

tiefstem Herzen, daß ich deiner Tochter niemals etwas zuleide tun werde. Sie wird immer meine Königin sein!«

»Ausgezeichnet«, antwortete Don Victor. Sie umarmten einander, und damit war alles beschlossen.

Der Priester und Doña Guadalupe gesellten sich zu ihnen; Doña Guadalupe hielt eine Schale mit weißen Blumen in der Hand.

»Komm, Lupe«, rief die alte Dame, »es ist Zeit.«

Nie im Leben würde Salvador den Klang dieser drei Wörter vergessen: »Es ist Zeit.« Er betrachtete Lupe, die aufgestanden war und nun mit ihrem Bruder und Isabel im Licht der letzten Sonnenstrahlen auf ihn zuschritt. Es war ein magischer Augenblick.

»Salvador«, sagte Doña Guadalupe, als Lupe neben ihr stand, »du sollst wissen, daß ich die Angelegenheit ausführlich mit dem Pater besprochen habe und … ja, mein Mann und ich akzeptieren deinen Antrag, unsere Tochter Guadalupe zu ehelichen, aber nur unter der Bedingung, daß du gleichzeitig die Verantwortung für diese Lilien übernimmst, die ich mit meinen eigenen Händen in La Lluvia de Oro ausgegraben habe, und versprichst, daß du ihnen und meiner Tochter Lupe für den Rest deines Lebens alle Liebe zuteil werden läßt, derer du fähig bist.

Denn du mußt wissen«, sagte sie mit Tränen in den Augen, »eine Frau ist wie eine Blume, Salvador. Und ich habe diese Tochter mit inniger Liebe großgezogen. Lupe ist nicht nur schön, Salvador, sie ist auch klug, fleißig und ein gehorsamer, besonnener Mensch. Ich sage das nicht, um anzugeben, sondern weil ich das Leben und die Liebe kenne. Lupe ist eine außergewöhnliche junge Frau. Aber genau wie eine Rose, die erst bei liebevoller Pflege zu wahrer Schönheit erblüht, wirst du die Dornen dieser Rose auf schmerzhafteste Weise kennenlernen, wenn du sie schlecht behandelst!« warnte sie mit erhobener Stimme.

»Glaub mir«, fuhr sie unter Tränen fort. »Ich war einst ebenso eine zarte Blume und wäre meinem Mann bis ans Ende der Welt gefolgt. Aber dann wurde unser Leben sehr kompliziert, und mein Mann verlor die Geduld mit den Kindern und mit mir; also habe ich Dornen bekommen, die einem Mann wahrhaftig das Leben schwer machen können. Und diese Dornen kann man nicht mehr verbergen, denn sie wachsen direkt im Herzen.« Bei diesen Worten starrte die alte Lady Salvador mit solcher Eindringlichkeit an, daß er wie versteinert war. Er wagte nicht einmal zu Don Victor hinüberzuschielen, um festzustellen, was dieser davon hielt.

»Bist du also bereit«, fuhr sie fort, »diese Blumen anzunehmen und sie dein Leben lang liebevoll zu hegen?«

Salvador blickte auf die alte Lady und die Schale mit den herrlichen Lilien. Sein Blick streifte Lupe, seine Königin, die neben ihrer Mutter stand, und er mußte jetzt ebenfalls heftig blinzeln, um seine Tränen zurückzuhalten. Zitternd streckte er die Hände nach der Blumenschale aus. »Das verspreche ich«, sagte er feierlich, »von ganzem Herzen.«

»Wirst du sie gewissenhaft wässern und ihr Gedeihen überwachen? Und immer Verständnis für sie aufbringen?« fragte Doña Guadalupe nachdrücklich und hielt die Schale immer noch umklammert.

»Mein Ehrenwort«, gelobte Salvador, der seine Hände jetzt ebenfalls um die Schale gelegt hatte. »Ich werde geduldig und voller Liebe und Verständnis sein.«

Doña Guadalupe starrte Salvador noch ein paar Augenblicke eindringlich an, bevor sie ihm die Blumen endgültig überließ.

Salvador blickte von der alten Lady zu Lupe und war so gebannt vom Zauber des Augenblicks, daß er fast den Ring in seiner Tasche vergaß. Erst als der Priester hüstelte und auf seine eigenen Finger deutete, besann Salvador sich wieder.

»Oh«, stammelte er, »ich habe auch etwas.«

Er langte in die Tasche und hätte dabei beinahe die Blumenschale fallenlassen.

»Warte, ich halte sie«, lachte Victoriano. »Meine Mutter fände es wahrscheinlich besser, wenn sie wenigstens bis zur Hochzeit überleben würden.«

»Danke«, sagte Salvador. Er kramte das kleine, violette Kästchen hervor, das Harry für ihn besorgt hatte, und öffnete es mit zitternden Händen. Die anderen verfolgten seine Bewegungen gespannt.

»Ein Diamant«, erklärte er stolz und präsentierte ihnen den Ring.

Alle starrten sprachlos auf das kleine Kästchen mit dem Diamantring, bis Carlota die Beherrschung verlor und herausplatzte.

»Ach komm, Salvador, das ist doch bestimmt Glas!« sagte sie. »Was glaubst du, was du bist, ein Millionär?«

»Nein, natürlich nicht«, antwortete er, »aber das ist kein Glas. Er ist echt, wirklich. Ich habe hart gearbeitet für diesen … diesen …«

Er stockte. Er fühlte sich so gedemütigt, daß seine Hand zu zittern begann. Lupe trat einen Schritt vor.

»Ich danke dir, Salvador«, sagte sie und umschloß seine Finger mit ihren Händen. »Er ist wunderschön, und ich bin stolz darauf«, fügte sie hinzu und blickte ihn dabei unverwandt an.

Salvador vergaß Carlotas bösartige Bemerkung und versank in Lupes Blick.

»Aber Lupe«, insistierte Carlota, »das kann unmöglich ein echter Diamant sein. Wofür hältst du Salvador eigentlich? Für einen König? Und dich womöglich für die Königin?« spottete sie.

»Carlota!« zischte Doña Guadalupe. Sie packte Carlotas Ohrläppchen und zerrte so heftig daran, daß ihre Tochter aufschrie.

Don Victor lachte. »Schweine, hab' ich es nicht immer gesagt? Schweine sind leichter aufzuziehen als Kinder!«

Er schritt auf Salvador zu. »Ich muß mich für meine Tochter entschuldigen, Salvador. Der Ring ist wunderbar, und wir fühlen uns alle sehr geehrt.«

»Danke, Don Victor«, erwiderte Salvador. Er ergriff Lupes Hand und streifte ihr den Ring über den Finger. Lupes Augen füllten sich mit Tränen. Der Traum wurde wahr. Ein Gefühl, so mächtig wie die hochragenden Kathedralenfelsen ihrer Heimat, wallte in ihr auf.

Die Sonne war fast hinter den Orangenhainen verschwunden, während Lupe und Salvador, die beiden jüngsten Kinder ihrer Familien, einträchtig beieinander standen und auf den Ring an Lupes Finger blickten.

Die Tür zu einer neuen Welt hatte sich aufgetan. Die Sonne, der Duft der Orangenbäume, die herrlichen Berglilien und dieser sagenhafte Diamant; es war wirklich wie im Paradies. Wie Doña Margarita es prophezeit hatte.

23

Nur wenige Schritte trennten sie vom ersehnten Paradies, als der
Teufel aus dem Dunkel trat und versuchte, sie ins Verderben zu ziehen

In dieser Nacht schlief Salvador seit Wochen das erste Mal wieder friedlich wie ein Baby. Jose mußte ihn am nächsten Tag sogar wecken.

»Es ist schon Mittag, Onkel«, sagte er. »Epitacio war vor einer Weile hier und hat gesagt, es sei an der Zeit, die nächste Ladung Whisky anzusetzen.«

Salvador dankte Jose und erhob sich. »Bald werde ich heiraten!« sang er. »Hei-raha-ten, hei-raha-ten!« Er badete, zog saubere Kleidung an und trank zusammen mit seiner Mutter eine Tasse heiße Schokolade, wobei er unaufhörlich vor sich hin trällerte.

»Ach, Mama«, sagte er, »ich bin so unbeschreiblich glücklich!«

»Und du hast mir nicht glauben wollen, daß die Ehe dem Paradies gleichkommt«, erwiderte die energische alte Dame und entblößte dabei lächelnd ihren einzigen verbliebenen Zahn. »Aber ich versichere dir, es gibt ihn, den Himmel auf Erden, er besteht in der heiligen Ehe, die Gott uns geschenkt hat. Ich weiß, wovon ich rede, schließlich war ich auch einmal jung, und jetzt darf ich all das durch dich noch einmal erleben.«

»Mama, ich liebe dich von ganzem Herzen«, sagte Salvador und umarmte sie.

Es war schon spät, als Salvador endlich nach Los Angeles aufbrach, wo er Zucker und Hefe kaufte, um dann weiter zu dem Mietshaus in Watts zu fahren, in dem sie die neue Brennerei eingerichtet hatten.

Als er die Auffahrt zu dem großen Haus hinauffuhr, nahm er aus den Augenwinkeln links von sich eine Bewegung wahr.

Er bremste den Truck. Jede Faser seines Körpers in Alarmbereitschaft, legte er den Rückwärtsgang ein und setzte zurück. Im gleichen Augenblick sprangen vier Männer mit gezückten Pistolen über den Zaun.

Salvador hielt sofort an und hob die Hände über den Kopf. Einer der Männer drückte ihm die Waffe ins Gesicht, während zwei andere ihn aus dem Wagen zerrten, gegen den Zaun schleuderten und nach Waffen abtasteten. Er dankte dem Himmel, daß er unbewaffnet war und seine abgetragene Arbeitskleidung trug.

Sie brachten ihn ins Haus, wo er von Wesseley, dem Tom-Mix-Gorilla aus dem Hotel in San Bernardino, erwartet wurde. Domingo saß in Handschellen auf einem Stuhl in der Ecke. Sein Gesicht war nur noch eine blutige Masse.

Kaum erblickte er Salvador, schrie er: »Mein Partner ist ein *gringo*, ihr Schwachköpfe!«

Salvador beobachtete, wie die behaarte Tom-Mix-Figur mit wenigen Schritten den Raum durchmaß und Domingo seine behandschuhte Faust, um die er ein Stück Stacheldraht gewickelt hatte, ins Gesicht donnerte.

Das aufspritzende Blut hinterließ Flecken auf der gekalkten Wand.

Kaltes Grauen packte Salvador. Er hatte schon von diesem texanischen Verfahren, Indianer und Mexikaner ›brandmarken‹, gehört, aber noch nie, nicht einmal im Gefängnis, war er Zeuge dieser bestialischen Methode geworden. Es war nicht zu übersehen, daß dieser Hurensohn teuflischen Spaß daran hatte.

Jetzt wandte der Gorilla mit den haarigen Armen sich um und trat lächelnd, mit langsamen Schritten, auf Salvador zu, während er den Stacheldraht um seinen blutigen Handschuh neu aufwickelte.

»Hey, kennen wir uns nicht?« fragte der bullige Mann.

»Klar kennst du den!« rief Domingo ihm von hinten zu. Er schwankte, an den Stuhl gefesselt, hin und her. »Das ist der Typ, der deine Mutter gefickt hat!«

Der Mann vergaß Salvador und wandte sich grinsend wieder Domingo zu.

Als man sie ins Gefängnis brachte, war Domingo bis zur Unkenntlichkeit zugerichtet. Selbst als sie ihn nach seinem Namen gefragt hatten, hatte er noch versucht, sie zu provozieren.

»Ich bin Johnny *La Tuya*«, schleuderte er dem Gesetzeshüter herausfordernd entgegen, was soviel bedeutete, wie Johnny-der-deine-Alte-reitet.

Salvador war sprachlos. Domingo führte sich auf wie ein Tiger, und je mehr sie ihn mißhandelten, desto aufsässiger verhielt er sich.

Man brachte sie in getrennten Räumen unter. Salvador ließ sich auf den Boden sinken und wartete, daß sie wiederkamen. Währenddessen versuchte er sich innerlich auf die erbarmungslosen Prügel vorzubereiten, die ihn zweifellos erwarteten. Um so erstaunter war er über das freundliche Gebaren, das der Tom-Mix-Gorilla schließlich an den Tag legte, als er wieder erschien.

»Also, *amigo*«, begann er in perfektem Spanisch, »dich brauchen wir uns nicht mehr vorzunehmen. Dein Partner ist mürbe geworden und hat uns alles gestanden. Du bist also der Boß, stimmt's? Du hast schon als Schwarzbrenner gearbeitet, als wir uns damals in San Bernardino begegnet sind.«

Salvador starrte ihn nur an. Sein Spanisch war exzellent, und er wirkte so überzeugend, daß ein Mann mit weniger Erfahrung als Salvador ihm jedes Wort geglaubt hätte.

Aber Salvador hatte nicht umsonst schon mit dreizehn Jahren im Knast gesessen und jede erdenkliche Art der ›Bearbeitung‹ am eigenen Leib erfahren. Er ließ sich nichts vormachen.

Salvador hätte den Mann gern gefragt, wo er so vorzüglich Spanisch gelernt hatte und warum er so schlecht auf Mexikaner zu sprechen war, da er doch offenbar lange Zeit mit ihnen verbracht haben mußte, aber er war sicher, daß dieser sich nur um so mehr über ihn lustig machen und ihn für einen Schwächling halten würde. »Du weißt einen Scheißdreck!« schleuderte er dem Mann statt dessen verächtlich entgegen. »Dir hat keiner was erzählt. Aber als typisch texanischer Hurensohn hältst du dich für ein besonders ausgekochtes Arschloch!«

Das Lächeln verschwand aus Wesseleys Gesicht, und er stürzte sich auf Salvador, der jetzt keinen Zweifel mehr daran hatte, daß sein Instinkt richtig gewesen war: Sie würden

Domingo vielleicht zu Tode prügeln, aber sie würden seinen Willen niemals brechen.

Als der erste Schlag ihn traf, konzentrierte Salvador seine Gedanken auf Lupe; auf den Anblick, wie sie mit der kleinen Isabel ins Spiel vertieft unter dem Walnußbaum gesessen hatte. Jenseits jeglichen körperlichen Empfindens, nahm er den Schmerz nicht wahr. Seine Seele schwebte an einem anderen Ort. Wieder einmal hatte er gewonnen. Alles war gut. Er war bei Lupe, seiner einzigen Liebe.

Mondlicht fiel durch die kleinen, vergitterten Fenster, als man Salvador schließlich in die große Zelle zu den anderen Gefangenen warf. Domingo saß vornübergebeugt in einer Ecke. Er sah schlimmer aus als Salvador, da Wesseley es hier im Gefängnis nicht gewagt hatte, den Stacheldraht zu benutzen. Vollkommen erschöpft ließ Salvador sich auf den blanken, kalten Betonboden sinken, der nach Urin, Schweiß und Fäkalien stank, und schlief auf der Stelle ein.

Domingo wartete, bis die Wachen sich verzogen hatten. Nachdem er sich vergewissert hatte, daß die anderen Gefangenen schliefen, kroch er hinüber zu seinem Bruder.

»Salvador«, flüsterte er, »ich bin's, Domingo.«

Doch Salvador war zu schwach. Domingos Stimme drang wie aus weiter Ferne an sein Ohr.

»Oh, *hermanito*«, flüsterte Domingo und zog seinen jüngeren Bruder an sich. »Es tut mir so leid. Alles ist meine Schuld.« Er bettete Salvadors Kopf auf seinen Schoß und wiegte ihn wie ein Baby hin und her. Salvador versuchte vergeblich zu begreifen, was Domingo sagte. In seinem Kopf dröhnten noch die Schläge, die Wesseley ihm verpaßt hatte, und er betete jetzt schon darum, Wesseley eines Tages allein gegenüberzustehen, nur sie beide, *mano a mano*. Er würde diesen Hurensohn umlegen, genau wie er … Er verbannte die Worte aus seinem Kopf. Nicht einmal jetzt wagte er vor sich selbst zuzugeben, was zwischen ihm und Duel, dem türkischstämmigen Vorarbeiter in Montana vorgefallen war.

Salvador glitt zurück in den Schlaf, während Domingo ihn weinend festhielt. Als er ein paar Stunden später die Augen aufschlug, fiel Sonnenlicht durch die Eisenstäbe der Fenster, und die anderen Gefangenen machten sich gerade über ihr Frühstück her. Er erwachte, den Kopf im Schoß seines Bruders, der, mit weit geöffnetem Mund und geschlossenen Augen, den Kopf gegen die Betonwand gelehnt, aussah, als sei er tot.

Mit einem Mal erinnerte sich Salvador wieder an die Ereignisse des vergangenen Tages.

»Domingo!« sagte er. »Wach auf! Wach auf!«

Domingo vermochte kaum, seine geschwollenen und blutverkrusteten Augen zu öffnen. Salvador versuchte, mit Wasser und etwas Kaffeesatz, den Schmerz und die Schwellung zu lindern. Eine Stunde lang kümmerte er sich um die Verletzungen seines Bruders und versuchte währenddessen, seine Gedanken zu ordnen und eine Erklärung dafür zu finden, weshalb man sie derart mißhandelt hatte. Schließlich wurde ihnen kein Mord, sondern lediglich die Herstellung von illegalem Whisky zur Last gelegt. Er verstand nicht, warum dieser Wesseley, mit seinem schleppenden texanischen Tonfall, einen so abgrundtiefen Haß auf Mexikaner hegte. Salvador beschloß, so schnell wie möglich mit Fred Noon, dem Anwalt, den er nach seinem Beinaheabsturz in den Abgrund auf der Straße kennengelernt hatte, und Archie Kontakt aufzunehmen. Die Sache stank zum Himmel, und er wollte schleunigst hier verschwinden.

Domingo kam allmählich zu sich.

»Konnten Nellie und Epitacio rechtzeitig abhauen?« fragte Salvador ihn flüsternd, denn es bestand durchaus die Möglichkeit, daß sich Spitzel unter den Gefangenen befanden.

»Ja«, antwortete Domingo. »Als wir sie kommen sahen, bin ich zur Vordertür raus und hab' die Cops abgelenkt, damit die beiden durch die Hintertür entkommen konnten.«

»Wie konnte das überhaupt passieren?« fragte Salvador.

»Ach, Brüderchen«, seufzte Domingo und sah aus, als würde er jeden Moment in Tränen ausbrechen. »Ich habe es nicht mehr ausgehalten, die ganze Woche in dem Haus eingesperrt zu sein, und bin eines Nachmittags mit Nellie ein bißchen ausgegangen. Epitacio wollte sich inzwischen um alles kümmern. Wir haben diesen Typen im Spielsalon kennengelernt …, ich hab' ein paar Runden Billard mit ihm gespielt, und danach hat er mich gefragt, ob ich nicht wüßte, wo man einen anständigen Drink bekommen kann. Ich sagte ›klar‹, und wir haben auf dem Gang ein paar Schluck aus meiner Viertelliterflasche gekippt.«

Salvador starrte seinen Bruder an. »Und dann ist er sofort dein Freund geworden, stimmt's? Er hat dir Honig ums Maul geschmiert, bis dir nichts Besseres einfiel, als ihn nach Hause einzuladen.«

»Na ja, so ungefähr war's«, gab Domingo zu. »Aber sieh mich nicht so an. Du hättest dich bestimmt auch nicht anders verhalten. Er machte den Eindruck, als wäre er einer von uns, ein richtiger *macho* eben, genau wie unser Vater.«

Salvador schenkte sich eine Entgegnung. Wie ein dummes kleines Kind war sein Bruder auf den ältesten Trick der Welt reingefallen. Hatte er etwa geglaubt, die Cops würden einen Mann losschicken, den jeder schon von weitem als Spitzel erkannte?

»Schon gut, ich hab' Mist gebaut!« rief Domingo. »Aber was sollte ich denn machen? Wir waren dort eingesperrt wie im Gefängnis.«

Salvador stieß verächtlich die Luft aus und lehnte sich kopfschüttelnd zurück gegen die Betonwand. Jetzt wußte er zumindest, warum sich sein Bruder den Cops gegenüber so heroisch aufgeführt hatte. Domingo hatte ein schlechtes Gewissen, fühlte sich wie ein Häufchen Elend und hatte auf diese Art versucht, die Katastrophe, die er verursacht hatte, wiedergutzumachen.

»Ich weiß«, erwiderte Salvador gefährlich sanft, »mir wird immer klarer, daß du und Vater, trotz eurer stählernen Muskeln, euer ganzes Leben lang nichts als Witzfiguren gewesen seid.«

»Hey, so kannst du nicht mit mir reden!« sagte Domingo und richtete sich auf.

»Wieso nicht?« fragte Salvador und ging in die Hocke, »ich fürchte mich nicht vor einem toten Mann. Das ist es nämlich, was du bist. EIN TOTER MANN!«

»Paß auf deinen Arsch auf«, konterte Domingo und ging ebenfalls in Angriffsstellung.

Die beiden blutverschmierten, geschundenen Gestalten knieten einander gegenüber und starrten sich haßerfüllt an.

Nichts war mehr zu spüren von der Zuneigung und Fürsorge der vergangenen Nacht. Wie Kain und Abel hatten sie nur noch den einzigen Gedanken, sich gegenseitig umzubringen.

Doch Salvador erhob nicht die Faust gegen seinen Bruder, sondern drehte sich plötzlich um und rüttelte, wie ein Irrer schreiend, an den Gitterstäben der Zelle. Wutentbrannt zerrte er an seinen Kleidern, besessen von dem verzweifelten Wunsch, nicht nur den Bruder zu töten, sondern auch das Erbgut des Vaters in sich abzutöten, um jenes Blut in seinen Adern auszulöschen, das ihn in den Wahnsinn trieb.

Die Wächter stürmten den Gang herauf und prügelten Salvador auf die Hände, damit er die Gitterstäbe losließ. Jetzt sprang Domingo zur Verteidigung seines Bruders auf, bereit, sich für diesen Bruder, den er noch vor wenigen Sekunden hatte töten wollen, nun notfalls selber töten zu lassen. Aber die Aufseher lachten nur höhnisch und schlugen ihn ebenfalls.

Ein paar Stunden später bestach Salvador einen der Wächter, die ihn zuvor geprügelt hatten, Fred Noon für ihn zu benachrichtigen, denn es war den Mexikanern nicht gestattet, selber ein Telefongespräch zu führen. Dem Wächter gelang es, den Rechtsanwalt in Del Mar – nördlich von San Diego – aufzuspüren, wo die einflußreichen Männer kleine Strandhäuser unterhielten, in denen sie sich mit ihrer Geliebten trafen. Am Nachmittag des darauffolgenden Tages erschien Noon im Gefängnis, und um Punkt vier Uhr befand sich Salvador, dank der hinterlegten Kaution, wieder auf freiem Fuß.

»Diese bigotten Hurensöhne!« fluchte Fred Noon, als sie zum Parkplatz gingen. »Ich hab' sie mit den Füßen auf dem Tisch erwischt, während sie sich deinen Whisky schmecken ließen und sich über die Chilifresser lustig machten, die sie hochgenommen hatten! Es ist natürlich Ehrensache, daß ich deinen Fall übernehme. Geld spielt erstmal keine Rolle. Gib mir die fünfzig für die Kaution zurück, und den Rest bezahlst du, wenn du kannst.«

»Aber Fred, es ist gut möglich, daß ich für 'ne ganze Weile kein Geld mehr habe, vielleicht nie mehr.«

»Na und. Sieh erst mal zu, daß du in ärztliche Behandlung kommst, Sal«, erwiderte Fred. »Mach dir über alles andere keine Gedanken. Ich sorge dafür, daß diese Schweine mit ihrem Job für ihren Rassismus zahlen werden.«

Sie schüttelten sich die Hand. Noon fuhr in seinem Buick davon, und Salvador stieg in seinen Truck. Bevor er sich auf den Heimweg begab, wollte er sich zuerst einen Eindruck über die Situation in der Brennerei verschaffen.

Die Sonne ging bereits unter, als Salvador das Haus erreichte. Sie hatten ihn ziemlich zugerichtet, er konnte kaum gehen, und beim Pinkeln hatte er Blut im Urin bemerkt. Als er die Haustür öffnete, huschte eine große schwarze Katze kreischend an ihm vorbei. Salvador sprang zurück und hätte sich vor Schreck fast in die Hose gemacht. Atemlos stützte er sich am Türrahmen ab. Der Anblick der schwarzen Katze hatte Schreckgespenste vom Anblick des Teufels in ihm geweckt.

Im Korridor schlug ihm ein grauenvoller Gestank entgegen, der von den Maischefässern im Hinterzimmer stammte, die Wesseleys Männer ebenso wie den Ofen und den Kessel zertrümmert hatten. Salvador eilte in den Keller, und seine Knie begannen zu zittern, als er feststellte, daß sie auch den gesamten Whisky mitgenommen hatten. Er war am Ende; nichts war ihm geblieben, absolut nichts. Und für die kommende Woche war der Termin angesetzt, um Lupes Hochzeitskleid und die Ausstattung der Brautjungfern zu bestellen.

Er begann am ganzen Leib zu zittern und war gezwungen, sich an der Wand abzustützen. Er verspürte den Drang, zu pinkeln, und wieder war sein Urin rot von Blut. Wie ein gebrochener alter Mann stand er schlotternd da, und das Verlangen, seinen Bruder, dem er all dies zu verdanken hatte, zu ermorden, wurde schier übermächtig. Salvador knöpfte die Hose wieder zu, und als er sich umdrehte, sah er sich zum zweiten Mal der schwarzen Katze gegenüber, die ihn mit unergründlichem Blick anstarrte. In jenem Sekundenbruchteil, bevor er das Bewußtsein verlor, wußte er mit absoluter Gewißheit, daß diese Katze den Teufel verkörperte und daß er auf der Stelle aufhören mußte, den Tod seines Bruders herbeizuwünschen, wenn er nicht auch noch seine unsterbliche Seele verlieren wollte.

In der Nacht fanden Epitacio und Jose Salvador hinter dem Mietshaus. Sie brachten ihn nach Hause, und Dona Margarita saß drei Tage und Nächte mit dem Rosenkranz in der Hand an seiner Seite und flehte Gott an, das junge Leben ihres Sohnes zu verschonen. Salvador wälzte sich hin und her und pißte eimerweise Blut. Luisa flößte ihm flüssige Nahrung ein und betupfte seine Wunden mit Kräuterkompressen.

Im Delirium stöhnte Salvador immer wieder laut auf. In diesem Zustand würde er Lupe nie wiedersehen können. Sein Elend trieb Dona Margarita die Tränen in die Augen. Sie schickte Luisa und Epitacio zum Gefängnis, um etwas über Domingo in Erfahrung zu bringen, mit dem Ergebnis, daß Epitacio ebenfalls vorübergehend verhaftet und zusammengeschlagen wurde.

Nachdem Luisa ihre Mutter über den Vorfall unterrichtet hatte, wandten sie sich an den Priester um Hilfe. Dieser machte sich mit Rodolfo auf den Weg zum Gefängnis, und da die beiden Englisch sprachen, schafften sie es, mit Domingo zu sprechen, ohne gleich selbst eingelocht zu werden. Sie brachten es jedoch nicht übers Herz, Dona Margarita zu erzählen, in welchem Zustand sich ihr Sohn befand. Sein schönes Gesicht war für immer entstellt; der Texaner hatte ihn für den Rest seines Lebens gezeichnet.

Halb bewußtlos lag Salvador tagelang im Bett. Am sechsten Tag erholte er sich langsam und nahm ein wenig *menudo* zu sich. Doch mit seinen wiederkehrenden Kräften wurde ihm bewußt, daß er nicht nur physisch, sondern auch finanziell so gut wie am Ende war. Sobald er wieder auf den Beinen war, würde er sich unverzüglich Geld beschaffen müssen. Was war er doch für ein Narr gewesen, seinem Bruder eine zweite Chance zu geben! Aber diese Erkenntnis half ihm nun auch nicht weiter.

Unentwegt dachte er an Lupe und den Blick in ihren Augen, als ihre Mutter sie gerufen hatte: »Komm, es ist Zeit.« Die Worte klangen ihm noch wie eine Zauberformel in den Ohren, vor allem, wenn er sich Lupes Gesichtsausdruck in Erinnerung rief, während sie zwischen Isabel und Victoriano auf ihn zugeschritten war. Wie die Sonne hatte ihr Lächeln alles in helles Licht getaucht. Die Gedanken an seine große Liebe trugen dazu bei, daß seine Genesung rasche Fortschritte machte. Es war, wie die

Mutter immer sagte: Positive Gedanken besaßen heilende Wirkung.

Eines Nachmittags spielte Pedro mit seinen kleinen Freunden vor Salvadors Fenster Räuber und Gendarm. Im Spiel verwandelten sie Salvadors Begegnung mit den *gringo*-Rangers in eine Art Ballade, und als sie bemerkten, daß Salvador sich in seinem Bett wieder regte, beauftragten sie Pedro, sich bei ihm nach den Details zu erkundigen.

»Onkel«, forderte Pedro ihn durch das geöffnete Fenster auf, »erzähl uns, wie alles passiert ist.« Seine Freunde standen neben ihm und starrten bewundernd auf Salvadors Wunden und Blutergüsse. »Hey, du und Domingo, *los chingaron*, stimmt's?«

»Was haben wir?« fragte Salvador ächzend.

»Ihr habt's ihnen gegeben, was?« fragte der Junge. »Ihr habt ihnen gezeigt, wo's langgeht, genau wie Pancho Villa!«

»Ihnen gezeigt, wo's langgeht?« fragte Salvador verständnislos. Er hatte keinen Schimmer, wovon der Junge redete.

»Jetzt reicht's«, schritt Epitacio ein, der hinter den Jungen aufgetaucht war. »Seht ihr nicht, daß sie ihn fast umgebracht haben?«

Epitacio packte Pedro am Ohr und verjagte die anderen Jungen. Doch kaum war Pedro wieder bei seinen Freunden auf der Straße, dachte er sich neue Versionen der Heldentat seines Onkels aus.

Zwei weitere Tage vergingen, bis Salvador das Bett verlassen konnte. Als er das erste Mal wieder durchs *barrio* spazierte, sah er die Männer, die zu Dutzenden darauf warteten, daß die örtlichen Farmer sie zur Feldarbeit abholten. Der Steinbruch fiel ihm wieder ein, wo so viele tüchtige Männer ums Leben gekommen waren, nur weil sie ihren Job nicht verlieren wollten.

Am späten Nachmittag, als er sich hinter dem Haus ausruhte, beobachtete er, wie Pedro und seine Bande im Spiel mit Stöcken aufeinanderfeuerten, und hörte ihr Freudengeheul, als sie wieder einen vermeintlichen Ranger zur Strecke gebracht hatten. Es erinnerte ihn an die Zeit, als er selber ein kleiner Junge gewesen war und die Nachricht vom Tod des großartigen Jose die Familie erreicht hatte. Er seufzte und sah den Jungen aufmerksam zu, während ihm all die Toten wieder einfielen, die er während der Revolution gesehen hatte. Er dachte an den Tag, an dem Luisas erster Ehemann, der immer so gut zu ihm gewesen war, nach Hause gekommen und mit dem Gesicht nach vorn tot über dem Tisch zusammengebrochen war, wobei sich das Tischtuch von seinem Blut rot verfärbt hatte. Salvador sah Pedros Freunden entgegen, die jetzt auf ihn zutraten und ihn mit erfurchtsvollen Gesichtern fragten, ober er noch mehr Ranger umlegen würde.

»Mehr Ranger umlegen? Ihr törichten Kinder! Glaubt ihr vielleicht, töten macht Spaß?«

Als er sich zornig einen Schritt auf Pedro zubewegte, um ihn zu packen, geriet er er ins Taumeln, und Pedro blieb mit schreckensweiten Augen wie angewurzelt stehen. Sie konnten es nicht glauben: Ihr Held war so schwach, daß er sich nicht einmal auf den Beinen halten konnte.

Seit Tagen war Lupe von dem unbestimmten Gefühl besessen, daß Salvador etwas Schreckliches zugestoßen war. Während sie mit gebeugtem Rücken an der Seite ihrer Geschwister auf den Feldern arbeitete, raste ihr Herz in der unheimlichen Ahnung, daß er in Lebensgefahr schwebte. Aus Angst, ihren Befürchtungen durch Worte Realität zu verleihen, sprach sie mit niemandem darüber.

Die Tage vergingen, und ihre Furcht wuchs. Als sie eines Tages von der Arbeit heimkehrte, traf sie Doña Manzas Familie an, die aus dem Imperial Valley zurückgekehrt war. An diesem Abend schüttete Lupe ihrer Freundin Manuelita ihr Herz aus und zeigte ihr den Verlobungsring.

»Oh, der ist ja wundervoll!« rief Manuelita. »Ich bin sicher, es geht ihm gut, du bist einfach nur nervös.«

Lupe drückte die Freundin ihrer Kindheit dankbar an sich, und sie schwatzten bis tief in die Nacht. Manuelita berichtete Lupe, daß sie mit ihrem Verlobten ein Geschäft eröffnen wollte, sobald sie verheiratet waren.

»Er hat ein Auto und baut jetzt einen Anhänger, in dem wir Kleidungsstücke transportieren wollen. Wenn wir mit den Saisonarbeitern unterwegs sind, können wir die Sachen abends zum Verkauf anbieten«, erklärte sie mit funkelnden Augen. »In fünf Jahren wären wir dann soweit, daß wir nicht mehr auf den Feldern arbeiten müssen.«

»In fünf Jahren? Ja, und dann?«

»Wenn alles klappt, wie wir es uns vorstellen, und wir genug beiseite legen können, wollen wir vielleicht einen kleinen Laden eröffnen.«

»Wirklich? Einen eigenen Laden?«

»Ja, aber ich kann dir sagen, zuerst wollte Vincente nicht glauben, daß so etwas möglich ist«, berichtete Manuelita über ihren künftigen Ehemann. »Ich mußte es ihm alles schwarz auf weiß vorrechnen. Und dann, auf einmal, hat er es begriffen und fing an, Pläne zu schmieden, als sei es seine eigene Idee gewesen. Ach, Männer! Manchmal benehmen sie sich wirklich wie die Kinder!«

Lupe lachte begeistert. Was für ein Einfall, Träume und Ideen auf einem Blatt Papier niederzuschreiben oder gar Zukunftspläne auf diese Art festzuhalten und zu planen! Aber der Gedanke gefiel ihr, und es erschien ihr höchst sinnvoll, auch wenn man sie gelehrt hatte, das Schicksal als gottgegeben hinzunehmen.

Sie konnte es kaum erwarten, Salvador von dieser sagenhaften Idee, einen genauen Plan über ihre finanziellen Mittel und ihre Möglichkeiten aufzustellen, zu berichten. Aber dann kamen die Zweifel, ob Salvador einen derartigen Plan überhaupt akzeptieren würde. Schließlich hatte auch Manuelita gerade zugegeben, daß sie ihren Verlobten nur davon überzeugt hatte, indem sie ihm weismachte, es sei seine eigene Idee gewesen.

In dieser Woche trafen die Mädchen sich jeden Abend, und Manuelita erklärte Lupe stundenlang, wie sie Salvador am besten glauben machen konnte, daß die Idee von ihm selbst stammte. Es war herrlich, wieder wie früher in La Lluvia de Oro beisammen zu sitzen und Pläne zu schmieden, und Lupe fand die Begeisterung ihrer Freundin Manuelita geradezu herzerfrischend.

Kaum daß Salvador sich wieder kräftiger fühlte, begann er darüber nachzudenken, wie er am schnellsten wieder zu Geld kommen könnte.

Er wünschte fast, er hätte nicht einen derart kostspieligen Ring für Lupe gekauft, dann hätte er jetzt noch Geld für einen Kessel und einen Ofen übrig gehabt, um eine neue Brennerei aufzubauen. Doch was nutzten solche Überlegungen? Er konnte sie ja nicht bitten, den Ring zurückzugeben.

Salvador zermarterte sich das Hirn in dem Bemühen, endlich eine Lösung zu finden, und erwog sogar, seinen Moon zu verkaufen. Doch dann verwarf er die Idee wieder, denn er hatte Lupe ja versprochen, daß sie ihre Hochzeitsreise in dem herrlichen elfenbeinfarbenen Gefährt antreten würden.

Zu guter Letzt beschloß er, sich bei jenen Leuten, die ihm ohnehin noch einen Gefallen schuldeten, Geld zu leihen. Immerhin hatte er einer Menge Leute schon mal aus der Patsche geholfen.

Gleich am nächsten Tag machte er sich auf den Weg nach Riverside zu Don Febronio, einem Mann, der in dieser Gegend jahrelang Whisky für ihn verkauft hatte. Don Febronio war ein fast ein Meter neunzig großer Mexikaner, der sein Geld im Zementhandel verdiente und dessen neun Söhne alle für ihn arbeiteten.

»Was in aller Welt ist denn mit dir passiert?« fragte Febronio, als er Salvadors Gesicht sah, das immer noch so zerschunden aussah, als wäre er durch eine Windschutzscheibe geflogen.

»Nichts«, erwiderte Salvador. »War 'n kleiner Unfall.«

»Mit den Cops, was?«

Salvador nickte. »Yeah, aber nichts Ernstes. Hör mal, Febronio«, fuhr er mit klopfendem Herzen fort – er war es nicht gewohnt, jemanden um einen Gefallen zu bitten –, »ich brauche deine Hilfe.«

»Klar, schieß los«, antwortete der dunkle, stattliche Mann und lächelte treuherzig.

»Die Cops haben meine Brennerei zertrümmert und den ganzen Whisky mitgehen lassen«, berichtete Salvador. »Ich brauche ein paar hundert Dollar, um von vorn anzufangen.«

»Oh, du brauchst Geld«, antwortete Febronio. Er führte seine Hand ans Kinn und verzog bedauernd das Gesicht. »Ich würde dir ja gern helfen, aber ich bin selber pleite. Ich habe eine große Familie, und wir haben gerade das Haus vergrößert. Aber wenn ich sonst irgendwas für dich tun kann, jederzeit.«

Salvador starrte ihn an. Der Mann log. Er hatte mehr Geld beiseite geschafft als jeder andere Mexikaner in ganz Riverside.

»Febronio«, sagte Salvador bedächtig, »ich möchte heiraten und muß so schnell wie möglich wieder ins Geschäft kommen. Überleg doch mal, wie oft ich dir in der Vergangenheit schon mit einem Kredit unter die Arme gegriffen habe.«

Der kräftige, muskulöse Mann trat unbehaglich einen Schritt zurück.

»Tja, was soll ich sagen? Ich habe im Moment kein Geld, Salvador. Wenn ich welches hätte, wärst du der erste, dem ich es geben würde.«

»*Wenn* du Geld hättest?« brüllte Salvador. »Du lügst doch, du verfluchter Hund! Natürlich hast du Geld! Du hast nur Schiß wegen der Gerüchte, daß die Cops hinter mir her sind!«

»Hey, Vorsicht *amigo,* so kannst du in meinem eigenen Haus nicht mit mir reden.«

»*Chingate!*« zischte Salvador. Er wandte sich verächtlich ab, stieg in seinen Truck und fuhr davon.

Und die anderen Mexikaner, die Salvador um ein Darlehen bat, zogen sich ebenso aus der Affäre. Als er ihnen seinen Whisky auf Kredit überlassen hatte, weil sie nicht genug Geld flüssig machen konnten, waren sie seine besten *amigos* gewesen, doch jetzt, da er sie brauchte, wollte ihm keiner helfen. Einige von ihnen machten sich vor Angst fast in die Hosen, nur weil sie nicht mit ihm zusammen gesehen werden wollten, so sehr fürchteten sie sich vor dem Gesetz.

Salvador beschloß, sich an Archie zu wenden. Er war seine letzte Chance. Außer den Männern und Frauen, die den Whisky für ihn verkauft hatten, und den Gesetzeshütern, zu denen er freundschaftliche Beziehungen pflegte, fiel ihm niemand mehr ein, der Geld besaß.

Am nächsten Nachmittag suchte er Archie auf. Er fand den Sheriff im Garten hinter seinem Haus, wo er mit vier Männern an einem großen Tisch unter einem Baum saß und pokerte. Alle trugen Krawatten und hatten sich die Hemdsärmel aufgerollt.

Als er Salvador entdeckte, entschuldigte sich Archie bei den Männern und ging ihm entgegen. Er trug seinen Sheriffstern und sein Pistolenhalfter.

»Mensch, laß dich anschauen«, sagte Archie. »Ich hab' schon gehört, daß sie sich euch vorgeknöpft haben, aber ich wußte nicht, daß es so schlimm war.«

»Tja, das war dein Freund Wesseley ... mit dem du diesen Deal für mich ausgehandelt hast.«

»Hey, Moment mal, ich hab' dir von Anfang an gesagt, du sollst in Escondido bleiben. Was hattet ihr auch in Watts zu suchen?«

Salvador seufzte. »Mein Bruder, er hat dafür gesorgt, daß wir aus Escondido verschwinden mußten.«

Archie lachte. »Die lieben Verwandten! Glaub mir, meine Freunde und Verwandten haben mir auch schon mehr Ärger im Leben beschert als all meine Feinde zusammen! Ich hab' dich ja gewarnt, in der Gegend zu bleiben. Die Feds sind nun mal nicht so menschenfreundlich wie Big John oder ich. Die richten sich nur nach dem Gesetz und scheren sich einen Dreck drum, wem sie den Arsch aufreißen.« Er studierte eingehend Salvadors Blessuren, wobei er dessen Gesicht mit seinen mächtigen Pranken erst in die eine und dann in die andere Richtung drehte.

Salvador kam direkt zur Sache. »Archie, ich bin pleite und brauche Geld.«

»Wieviel?«

»Drei- oder vierhundert, damit ich von vorn anfangen kann«, antwortete Salvador, dem es gefiel, wie Archie ohne Umschweife gefragt hatte, wieviel.

»Nun, das ist 'n ganz schöner Batzen«, erwiderte Archie, »aber ich sag' dir was, ich kann dir fünfzig geben.«

»Nein, ich brauche mindestens dreihundert«, antwortete Salvador, der genau wußte, wieviel Geld Archie und Big John mit seiner Hilfe in den vergangenen Jahren gemacht hatten.

»Sieh mal«, sagte Archie, »ich würde dir wirklich gern helfen, Sal, aber ich habe schon zuviel gute Freunde verloren, nur weil ich ihnen Geld geliehen habe, und, na ja, wenn sie es nicht zurückgeben konnten, fingen sie an, mich zu hassen, daß sie mir was schuldig bleiben mußten.« Er kramte ein Bündel Geldscheine hervor. »Aber weißt du was, um der alten Zeiten willen geb' ich dir 'nen Fünfziger.«

Aufgebracht brüllte Salvador ihn an: »Archie, du verdammter Hurensohn! Ich habe nicht um ein Almosen gebettelt. Ich habe dich von Mann zu Mann, als *macho,* um einen Gefallen gebeten. Nimm deine fünfzig Dollar und stopf sie dir in den Arsch!«

»Schon gut«, antwortete Archie und steckte das Geld wieder ein. »Kein Grund, sauer zu werden, Sal.«

»Nein? Ist das alles, was du dazu zu sagen hast? Ich bin ein Ehrenmann! Ich hätte mir den Arsch aufgerissen, um dir das Geld zurückzuzahlen!«

In diesem Moment spürte Salvador, wie er trotz allem seinem Bruder Domingo glich. Er war so außer sich vor Wut, daß er Archie, ohne mit der Wimper zu zucken, hätte umbringen können.

Doch er beherrschte sich, denn er war auch das Kind seiner Mutter und besaß glücklicherweise genug Verstand, sich mit der unerschütterlichen Gewißheit umzudrehen und wegzugehen, daß dieser erbärmliche Archie Freeman einem wahren *macho* wie ihm niemals das Wasser reichen konnte.

Daß er Freunde verloren hatte, weil sie ihm Geld schuldeten, war also für den Sheriff Grund genug, niemandem mehr eine Chance zu geben. Im Salvadors Augen war Archie der größte Feigling von allen! Er hatte das Vertrauen in die Menschen verloren.

Als Salvador an diesem Abend heimkehrte, wurde er von Fieberanfällen geschüttelt. Er war vollkommen am Ende. Was sollte er bloß tun? Den Moon verkaufen und Lupe bitten, den Ring zurückzugeben? Eher wäre er gestorben!

Von fiebrigen Visionen gepeinigt, lag er im Bett. Sein Leben zog vor seinem geistigen Auge vorüber; in dem Gefühl, daß alles umsonst gewesen war, fiel er weiter und weiter in ein unendliches schwarzes Loch. Wie sehr hatte er sich abgerackert! Und alles nur, um den Gipfel des Berges zu erreichen und auf der anderen Seite sogleich wieder hinabzugleiten, bevor er die Möglichkeit erhalten hatte, seinen Traum, eine eigene Familie zu gründen, zu verwirklichen.

Seine Mutter erschien, in schwarze Kleider gehüllt wie ein großer schwarzer Vogel, und sie zerrte an ihm wie eine vom Teufel gesandte Klapperschlange, als wolle sie ihn verschlingen.

»Nein!« schrie die Mutter. »Du wirst nicht sterben! Hörst du mich! Du wirst nicht sterben! Du wirst leben, *mi hijito!* Atme! Atme!«

»Ich kann nicht mehr« antwortete er. »Alles in mir ist tot. Ich habe alles verloren, Mama. Und jeder Atemzug tut nur weh.«

»Hör mir zu«, sagte sie und umfaßte sein Gesicht. »Jeder Landstreicher, jeder Mann und jede Frau, die am Ende sind, haben ihre eigene Begründung dafür, doch die ist niemals der wahre Grund, daß sie gebrochene Menschen sind. Die Wahrheit ist, daß sie sich haben brechen lassen. Nicht mehr und nicht weniger! Andere Menschen haben viel mehr verloren – ihre Gliedmaßen, ihre Kinder, alles –, und trotzdem geben sie nicht auf!

Jetzt reiß dich gefälligst zusammen und hol tief Luft! Eine Frau, die dich liebt, wartet auf dich, *mi hijito,* und du wirst leben, so wahr mir Gott helfe!«

Angespornt von den Worten der Mutter, versuchte Salvador tief durchzuatmen, sich selbst Mut zuzusprechen, aber eine große schwarze Katze sprang auf seine Brust und fauchte ihm ins Gesicht, so daß seine Kehle wie zugeschnürt war. Und erneut glitt er hinab, tiefer und tiefer. Doch da erschien die Mutter zum zweiten Mal und packte die Katze am Schwanz.

Das mächtige schwarze Tier kämpfte verbissen und versuchte, die Mutter zu töten. Doch mit der tausendjährigen Kraft aller Mütter schlug sie dem Tier ihren einzigen intakten Zahn in die Halsschlagader und riß der Bestie mit einem mächtigen Ruck das Herz aus dem Leib.

Auf einmal öffnete sich der Himmel in allen Regenbogenfarben, und strahlendweiße Wolken zogen tanzend wie spielende Kinder am Firmament entlang. Wieder einmal hatte das Leben gesiegt, und der Teufel war in die Flucht geschlagen.

Lupe konnte sich nicht erklären, was vorgefallen war. Seit fast zwei Wochen hatte sie nichts von Salvador gehört, und in der vergangenen Nacht hatte sie stundenlang das unheilverkündende

Geheul der Kojoten vernommen, was ihre schrecklichen Vorahnungen noch verschlimmerte.

Lupe war sicher, daß Salvador in Lebensgefahr schwebte, und bat Victoriano, sie am Wochenende mit dem Wagen nach Corona zu fahren.

Ein Blick in den gesprungenen Spiegel sagte Salvador, daß sein Gesicht bis auf ein paar Narben wieder verheilt war. Seine Mutter und seine Schwester hatten wieder einmal großartige Arbeit geleistet. Salvador beschloß, sich einen Bart wachsen zu lassen wie damals, als man ihm das Kinn aufgeschlitzt hatte. Schließlich konnte er sich mit diesen Narben nicht bei Lupe sehen lassen.

Aber zuerst mußte er den Moon nach Carlsbad bringen und Kenny darum bitten, ihn zu verkaufen. Eine andere Möglichkeit gab es nicht. Er bat Epitacio, ihm mit dem Truck zu folgen, damit er eine Rückfahrmöglichkeit hatte. Pedro und Jose bettelten, ihn begleiten zu dürfen.

»Klar«, willigte Salvador ein.

In Carlsbad fuhren sie an dem Haus der alten Lady vorbei, die Whisky für Salvador verkauft hatte, und er überlegte kurz, ob er sie um einen Kredit bitten sollte, doch dann entschied er sich anders. Er wollte nicht noch einmal die erniedrigende Erfahrung einer Abfuhr riskieren. Salvador lachte leise vor sich hin; er wurde schon genauso schlimm wie Archie.

»Was ist denn so witzig?« fragte Pedro, der bei Salvador mitfuhr. Jose saß im Truck bei Epitacio, weil er ein bißchen fahren üben wollte.

»Ach, nichts«, antwortete Salvador, »ich habe nur gerade festgestellt, daß ich einem früheren Freund immer ähnlicher werde. Ich wage es schon nicht mehr, irgend jemand um etwas zu bitten, weil ich kein Vertrauen mehr in die Menschen habe.«

»Das kapier' ich nicht«, sagte der Junge.

»Keine Sorge, wenn du eines Tages bankrott bist und versuchst, deine Schulen von beschissenen *mejicano*-Bastarden einzutreiben, dann wirst du verstehen, wovon ich rede!«

»Du bist auf deine eigenen Landsleute sauer?« wunderte sich

Pedro. »Aber es waren doch die *gringos*, die Domingo und dich zusammengeschlagen haben?«

»Klar, da hast du recht. Die haben auch niemals behauptet, meine Freunde zu sein, aber unsere Landsleute, das sind die Arschlöcher, die mich verraten haben!«

Pedro wußte nicht, was er davon halten sollte. In seiner Welt waren immer nur die *gringos* die Bösewichte.

Salvador bog in Kennys Garagenauffahrt ein. Der breitschultrige alte Mann trat heraus und grinste von einem Ohr zum anderen.

»Wieso machst du so'n langes Gesicht. Hat sie rausgekriegt, daß du in Frauenkleidern zur Kirche gehst, und die Hochzeit abgeblasen?« erkundigte er sich lachend.

Salvador mußte wider Willen ebenfalls lachen. Kennys unerschütterliche gute Laune war einfach ansteckend.

»Wir geht's dir, Kenny?« fragte er und stieg aus dem Moon.

»Großartig! Zur Hölle, wenn's mir noch besser ginge, würden sie mich glatt einsperren!«

Beim Anblick von Kennys strahlend blauen Augen und seiner vitalen Ausstrahlung überlegte Salvador einen Augenblick lang, ob er Kenny nicht lieber um einen Kredit angehen sollte, statt ihn zu bitten, den Moon zu verkaufen, doch er ließ auch diese Idee schnell wieder fallen. Immerhin war Kenny ein *gringo*. Wenn seine eigenen Leute ihm schon nicht geholfen hatten, wie konnte er dann annehmen, daß ein Amerikaner ihm beistehen würde.

»Nun«, begann Salvador, während er sich mit Kenny in die Garage zurückzog, wo sie ungestört waren, »der Grund, warum ich hier bin, Kenny, …, na ja, ich stecke in gewissen Schwierigkeiten und …« Oh, es war so schwer, um Hilfe zu bitten. »… Ich bin pleite.« Er vergrub die Hände in den Hosentaschen. »Ich brauche deine Hilfe beim Verkauf des Moon, damit ich wieder auf die Beine komme.«

»Du willst deinen Moon verkaufen?« fragte Kenny ungläubig. »Unsinn! Das ist 'n prima Schlitten! Du brauchst Geld? Ich habe welches! Wieviel brauchst du?«

Salvador war vollkommen fassungslos. Das waren exakt die Worte, die er von seinen Landsleuten erwartet hätte – nicht von einem gottverdammten *gringo*!

731

»Aber Kenny«, sagte er und hatte auf einmal das Gefühl, daß der Alte gar nicht verstand, worum es ging. »Ich brauche nicht nur zwanzig oder dreißig Dollar! Ich brauch'ne richtige Summe!«

»Okay«, erwiderte Kenny und spuckte einen Tabakfladen aus. »Je mehr, um so besser! Mensch, auf die Art findet ein Mann doch raus, wer wirklich seine Freunde sind! Und ich hab' nicht viele, das kannst du mir glauben. Also, wieviel brauchst du?«

Kenny schloß die Garagentür und verriegelte sie, um Epitacio und die Jungen auszusperren. Er griff nach einer Schaufel und begann, in der Mitte der Garage ein Loch in den Boden zu graben. Salvador sah zu, wie nach etwa einem halben Meter eine Metallkiste zum Vorschein kam, die mit verblichenen Geldscheinen vollgepackt war.

»Verdammt«, schimpfte Kenny, »sieh dir bloß die Farbe an, das Zeug ist schon viel zu lange vergraben! Wieviel brauchst du, Sal?«

Salvador war zu Tränen gerührt. »Kenny«, sagte er, »du mußt dir darüber im klaren sein … ich könnte umgelegt werden oder im Knast landen, dann wirst du das Geld nie wieder sehen.«

Kenny zuckte mit den Schultern. »Na und? Die Garage könnte genausogut abbrennen, oder ich könnte ausgeraubt werden. Du bist ein Mann, Sal, und ich vertraue dir. Allein das zählt. Wieviel also? Ich habe fast fünfhundert hier.«

Tränen schossen Salvador in die Augen. Es war das erste Mal, daß ein Mann, der nicht zu seiner Familie gehörte, ihm aus freien Stücken Hilfe anbot.

»Kenny«, flüsterte er bebend, »das ist, also …«

»Jetzt hör endlich auf und sag mir gefälligst, wieviel du brauchst, verflucht noch mal!«

»Na gut«, antwortete Salvador. »Was ich im Augenblick dringend brauche, wären zweihundert. Aber, nun, um einen großen Ofen und Kessel zu besorgen, und die Dinge wieder richtig ins Rollen zu bringen …«

»Zum Teufel«, unterbrach Kenny. »Sagen wir vierhundert, damit du anständig ins Rollen kommst.«

»Aber dann hast du ja fast nichts mehr übrig«, wandte Salvador ein.

»Na, und«, erwiderte Kenny, »ich bin ja auch nicht das arme Schwein, das heiraten will!«

Er zählte das Geld ab und drückte es Salvador in die Hand. Salvador starrte dem alten Mann in die Augen – die so blau waren wie die seines Vaters – und wurde so von Dankbarkeit überwältigt, daß er Kenny packte und ihn überschwenglich in die Arme schloß.

»Mein Gott, laß das!« bellte der Alte barsch. »Laß mich los, du verrückter Mexikaner!«

Aber Salvador dachte gar nicht daran. Er preßte ihn an sich und küßte ihn.

»Scheiße«, rief Kenny, riß sich los und wischte sich die Wange ab, auf die Salvador ihn geküßt hatte. »Dem Himmel sei Dank, daß die verdammte Tür geschlossen ist. Ich werd's mir zweimal überlegen, 'nem verdammten Mexikaner noch mal Geld zu leihen!«

»Du hast mir das Leben gerettet!« rief Salvador.

»Hühnerkacke!« Kenny schlug den Deckel der Metallkiste zu und versteckte sie wieder in dem Loch. »Du schuldest mir vierhundert Dollar! Laß dir mit der Rückzahlung soviel Zeit, wie du brauchst. Basta! Aber wag es ja nicht, mich noch mal zu küssen! Verdammt, ich hab' meinen Alten mein ganzes Leben lang nicht umarmt, nicht mal auf dem Sterbebett!«

Auf der Rückfahrt mit Pedro pfiff Salvador wieder fröhlich vor sich hin. Nachdem er das Geld von Kenny erhalten hatte, war er beim Haus der alten Dame vorbeigefahren, die den Whisky für ihn verkaufte, und hatte ihr erzählt, daß er pleite war, nur um ihre Reaktion zu testen. Sie hatte den Rock ihres Kleides hochgehoben, ein Geldbündel aus dem Strumpf gezogen und ihm weitere hundert Dollar geliehen. Er konnte es kaum erwarten, seiner Mutter alles zu erzählen. Es war geradezu grotesk! Da war er total am Ende, und statt von den *machos* aus seinem eigenen Land war die erwartete Hilfe von den *gringos* und einer alten Mexikanerin gekommen!

»Mann«, bemerkte Pedro, der ebenfalls vor Begeisterung glühte, »wo du den Moon jetzt nicht verkaufen mußt, kann ich doch mal fahren, oder?«

Salvador blickte den Jungen lange an, bevor er antwortete. »Okay«, sagte er schließlich, »wenn wir die Gegend von Temecula erreichen.«

»Wieso ausgerechnet bei Temecula?« fragte der Junge.

»Weil das eine sehr inspirierende Gegend ist. Weißt du nicht mehr? Dort war es, wo du den Stock der Weisheit zu spüren bekamst.«

»Doch«, antwortete Pedro und wurde plötzlich recht kleinlaut. »Aber seitdem war ich wirklich brav, frag Jose. Ich brauche keine neue Tracht Prügel!«

»Da brauche ich Jose nicht zu fragen«, erwiderte Salvador ruhig. »Ich weiß auch so, daß du ein feiner Kerl bist. Aber als ich euch neulich dabei beobachtet habe, wie ihr mit euren vermeintlichen Gewehren imaginäre *gringos* abgeknallt habt, fragte ich mich, ob du nicht vielleicht vergessen hast, was ich dir über den Respekt vor dem Leben beigebracht habe.«

»Ich werde es bestimmt nicht wieder tun«, rief der Junge. »Ich verspreche es. Aber bitte, bring mir nicht noch mehr Respekt bei!«

Salvador platzte laut heraus. »Keine Angst, ich hatte nicht vor, dich noch mal übers Knie zu legen«, versicherte er. »Inzwischen hast du ja gelernt, auch ohne das aufmerksam zuzuhören. Ich dachte eigentlich eher daran, dir den Umgang mit meiner Pistole beizubringen, damit du merkst, daß eine Waffe kein Kinderspielzeug ist, sondern daß man respektvoll damit umgeht.«

»Oh, toll! Ich darf mit deiner Pistole schießen!«

»Ja, das darfst du«, bestätigte Salvador. »Weil ich will, daß du verstehst, was auch ich inzwischen gelernt habe, daß es zwar miese Halunken unter den *gringos* gibt, so wie diesen Bastard, der Domingo und mich zusammengeschlagen hat, daß aber auch großartige Kerle darunter sind. Kenny – dieser *gringo* aus Carlsbad – hat mir Geld geliehen und zu einem Zeitpunkt das Leben gerettet, als kein *mejicano* dazu bereit war. Und Fred Noon, auch ein gringo – er ist Anwalt –, ist gerade dabei, sich für *Domingo* einzusetzen, ohne Geld dafür zu verlangen. Verstehst du, was ich meine? Diese beiden *gringos* haben mir aus der Patsche geholfen, als unsere elenden, feigen mexikanischen Landsleute vor lauter Angst vor mir davongelaufen sind!« rief er. *Gringos* haben mich gerettet! Deshalb will ich nicht, daß du so tust, als würdest du Menschen abknallen aus dem einzigen Grund, weil sie Amerikaner sind. Das ist nicht besser als das Verhalten des Rangers, der uns nur deswegen zusammengeschlagen hat, weil wir Mexikaner sind.«

»Aber Onkel.«

»Kein Aber! Wenn ich noch mal mitkriege, daß du Männer abknallen willst, nur weil sie nicht zu deinen Landsleuten gehören, dann lernst du den Stock der Weisheit ein zweites Mal kennen.«

»Nein, bitte, Onkel, mach mich nicht noch weiser. Ich verstehe auch so, wirklich!«

»Das freut mich zu hören.«

»Glaub mir, ich habe es wirklich nicht böse gemeint«, beteuerte der Junge mit Tränen in den Augen. »Es war nur, weil sie dich und Domingo so furchtbar zugerichtet haben, und ich liebe euch doch so sehr.«

Salvador beruhigte sich und legte seine große Pranke auf die Schulter seines Neffen. »Schau«, sagte er sanft, »ich weiß, daß du mich liebst, und ich liebe dich auch. Aber wir müssen clever sein, wenn wir es in diesem Land zu etwas bringen wollen. Wenn wir jemanden töten, erreichen wir höchstens, daß wir im Gefängnis landen. Aber um viel Geld zu machen und Macht zu erlangen, gibt es nur einen Weg: Du mußt zur Schule gehen und dich weiterbilden. Dann kannst du zum Beispiel Anwalt werden und die miesen Cops mit ihren eigenen Waffen schlagen, so wie Fred Noon es gerade für Domingo und mich macht. Dann kriegst du sie da zu fassen, wo es sie wirklich schmerzt!«

»Das kann ein Anwalt wirklich erreichen?« fragte der Junge.

»Klar, und dabei verdient er noch Geld.«

»O Mann, dann will ich auch Anwalt werden! Dann trage ich Anzug und Krawatte, habe einen großen Wagen und meine Jungs, die für mich arbeiten und …«

Der Junge war sofort Feuer und Flamme, und Salvador schüttelte lachend den Kopf. Der kleine Kerl war einfach ein unverbesserlicher Träumer. Was man ihm auch klarzumachen versuchte, am Ende lachte er stets, als wäre das Leben ein stetiger Goldregen.

Als Salvador, Epitacio und die beiden Jungen wieder in Corona ankamen, war es bereits dunkel, und aus dem Haus ertönte lautes Geschrei. Sie stürmten eilig hinein. Bei Nellie hatten die Wehen eingesetzt, und Doña Margarita kümmerte sich um sie.

Nellie stieß hysterische Verwünschungen gegen sich selbst aus, weil sie ihre Kinder zu Hause im Stich gelassen hatte und Domingo gefolgt war, was Doña Margarita wiederum fast zu Jubelrufen veranlaßt hätte, und sie half der jungen Frau, so gut sie konnte.

Von Luisa war keine große Hilfe zu erwarten, da sie selbst hochschwanger war und ihr Kind ebenfalls täglich erwartete. In der Nacht brachte Nellie ein Mädchen zur Welt, und am nächsten Tag wurde Luisa von einem Jungen entbunden. Das Haus war wieder von Babygeschrei erfüllt.

Salvador und Epitacio richteten in Lake Elsinore eine neue Brennerei ein. Sie trugen alle Fässer zusammen, die sie auftreiben konnten, und begannen mit dem Fermentierungsprozeß. Dann endlich machte Salvador sich auf den Weg zu Lupe. Er traf die Familie zu Hause an, und nachdem er alle begrüßt hatte, unternahm er mit Lupe einen Spaziergang um den Block. Rotschnäblige Amselschwärme flogen über sie hinweg, und zwei dreiste Raben jagten hinter einem mächtigen Falken her, der sich immer höher hinaufschwang, um seinen Verfolgern zu entkommen.

»Wo hast du gesteckt?« fragte Lupe.

Salvador tat einen tiefen Atemzug. »Es gab ein paar Probleme, und ich kam nicht weg.«

Lupe blieb stehen und sah ihn direkt an. »Was sind das eigentlich für Probleme, die dauernd bei dir auftauchen?« fragte sie frustriert. »Ich habe mir Sorgen gemacht, Salvador. Jede Nacht hatte ich Alpträume, daß du in Lebensgefahr schwebtest.«

Die Angst in ihrem Blick brach ihm fast das Herz. Aber er konnte ihr unmöglich erzählen, daß ihre Befürchtungen richtig und er tatsächlich dem Tode nahe gewesen war. Ihm blieb keine andere Wahl, als ihr die Wahrheit über sein Leben zu verschweigen und sie zu belügen, bis sie verheiratet waren.

»Lupe«, sagte er, »einer meiner Lastwagen war kaputt. Und es tut mir leid, ich werde mich bessern, wenn wir erst verheiratet sind. Ich verspreche dir, daß so etwas nicht mehr vorkommt.«

»Na gut«, erwiderte sie, »es ist ja nur, weil ich mir so schreckliche Sorgen gemacht habe, Salvador.«

»Hast du das wirklich?«

»Natürlich«, antwortete sie.

»Ach, Lupe«, er nahm sie in die Arme und drückte sie an sich. Er spürte ihr Herz, das wie ein verschrecktes Vögelchen gegen seine Brust hämmerte, und fühlte sich wie ein Schuft, weil er sie belog. Doch ihm fiel keine bessere Möglichkeit ein.

Lupe hatte keine Bemerkung über seinen Bart verloren. Sie setzten das Datum ihrer Hochzeit für den achtzehnten August 1929 fest; es war Salvadors fünfundzwanzigster Geburtstag.

In der darauffolgenden Woche holte er Lupe und Carlota zu Hause ab und fuhr mit ihnen zu Harrys Laden. Er fühlte sich immer noch recht schwach auf den Beinen, außerdem war das gesamte Geld, das Kenny ihm geliehen hatte, für die neue Brennerei draufgegangen, und er hatte noch keine Ahnung, wovon er die Kleider für die Hochzeit bezahlen sollte.

Vor Harrys Laden parkte Salvador, ging um den Wagen und öffnete den beiden Mädchen mit einem Lächeln die Beifahrertür. Doch innerlich war ihm überhaupt nicht zum Lachen zumute. Ohne Geld fühlte er sich wie ein Niemand.

»Das ist aber ein mickriger Laden«, mäkelte Carlota und musterte das kleine Geschäft. »Ich dachte, wir gingen zu einem richtig vornehmen Laden, wie Sears zum Beispiel.«

Am liebsten hätte Salvador ihr eine Ohrfeige verpaßt. Carlota konnte man einfach nichts recht machen. Aber Lupe nahm seine Hand und zwinkerte ihm zu.

Harry und Bernice erwarteten die beiden jungen Damen bereits an der Tür.

»Komm nur rein, *amigo mio!*« begrüßte Harry seinen Kunden. »Und das muß Lupe sein, die Glückliche«, fuhr er fort, als er den Diamantring an Lupes Finger entdeckte. »Was für ein Ring! Aber erst an deiner Hand kommt er richtig zur Geltung, meine Liebe!«

»Der ist doch aus Glas«, verkündete Carlota und blickte sich in dem engen Laden um, der jedoch zu den besten Schneidergeschäften im Süden zählte.

»Glas!« wiederholte Harry entrüstet. »Das ist ein fast lupenreiner Diamant!« rief er. »Einen besseren Stein findest du in ganz Kalifornien nicht! Du scheinst keine Ahnung von wahrer Qualität zu haben, meine Liebe!« wies er sie zurecht.

Carlota war ausnahmsweise einmal sprachlos. Salvador war begeistert, eine wirkungsvollere Zurechtweisung hätte er sich im Augenblick für dieses eigensinnige Mädchen nicht wünschen können.

Bernice zog die beiden jungen Mädchen fort, bevor ihr Mann sich womöglich auf Carlota stürzte. Er war außer sich vor Empörung.

»Tut mir leid«, entschuldigte sich Harry bei Salvador, als die beiden Mädchen außer Hörweite waren. »Aber es ist ungeheuerlich von ihr, so etwas zu behaupten«, sagte er und wischte sich mit einem Taschentuch die Schweißperlen von der Stirn.

»Schon gut«, erwiderte Salvador grinsend. »Glaub mir, ist schon okay.«

»Hoffentlich«, sagte Harry, »normalerweise bin ich ein sehr geduldiger Mann, aber …« Dann lächelte er. »Also, was kann ich heute für dich tun, *amigo?*.

Salvador seufzte. »Harry«, sagte er, »ich habe schlechte Nachrichten für dich.«

Er bemerkte, wie Harrys Gesicht augenblicklich einen besorgten Ausdruck annahm.

»Okay, Sal, ich höre.«

»Nun«, begann Salvador, »bisher bin ich immer mit einem Haufen Bargeld bei dir erschienen, Harry. Aber diesmal bin ich … es ist mir unangenehm, das zuzugeben, aber … ich bin ein wenig knapp bei Kasse.«

»Es geht also um Geld?« fragte Harry ungläubig.

»Ja«, antwortete Salvador.

»Kein Wort mehr«, sagte der weißhaarige alte Mann mit Erleichterung im Blick. »Bei mir wirst du immer Kredit haben, Salvador. Mein Gott, ich befürchtete schon, deine heißgeliebte Mutter, von der du mir so viel erzählt hast, sei krank, oder sonst etwas Ernstes sei passiert. Geld – das ist doch gar nichts – das kommt und geht, wie der Wind. Den wahren Wert trägt man hier, *amigo mio*, im Herzen.«

Salvador fiel keine Entgegnung ein. Wieder einmal fehlten ihm die Worte. Es war wie ein Wunder; was war nur los mit dieser Welt?

Harry umfaßte eine von Salvadors kräftigen Pranken mit seinen beiden Händen. »Du kannst mich nächsten Monat bezahlen, oder wann immer es dir möglich ist«, versicherte er. »Ich werde nie den Tag vergessen, als du zum ersten Mal meinen Laden betreten hast. Du bist dreimal um den Block gefahren, bevor du endlich angehalten hast.«

»Das hast du beobachtet?« fragte Salvador leicht verlegen.

»Na klar! Deshalb hatte ich doch mein Jackett ausgezogen, die Ärmel aufgerollt und kam dir mit dem Abfalleimer entgegen, damit ich wie ein einfacher Arbeiter wirkte.«

»Du meinst, das hast du bewußt gemacht?« fragte Salvador, der sich noch gut an jenen Tag erinnerte.

»Klar«, bestätigte Harry. »Weißt du, Salvador, ich bin auch nicht mein ganzes Leben lang reich gewesen und weiß, was es heißt, in einem Geschäft zurückgewiesen zu werden, und … natürlich nicht in so einem edlen Schuppen wie diesem hier.« Er lächelte und drückte Salvadors Hand. »Genug davon. Und du kriegst auch einen neuen Anzug. Eine Hochzeit ist schließlich eine heitere Angelegenheit. Dieses lange Gesicht kannst du dir erst zwanzig Jahre nach der Hochzeit erlauben.« Harry lachte sichtlich erheitert. »Damit ist der Fall erledigt.«

»Ich danke dir«, sagte Salvador.

»Wo soll die Hochzeit denn stattfinden?« erkundigte sich Harry, während sie in den rückwärtigen Teil des Ladens gingen, wo Lupe und Carlota Stoffe und Kleider begutachteten.

»Hier in der Kirche von Santa Ana«, antwortete Salvador.

»Und wann?« fragte Harry. »Meine Frau und ich wollen uns den Termin nämlich auf jeden Fall freihalten.«

»Heißt das, ihr wollt kommen?« fragte Salvador, der gar nicht auf die Idee gekommen wäre, die beiden einzuladen.

»Aber natürlich. Sag nur Bernice genau Bescheid, wir werden da sein.« Er blieb stehen und sah zu, wie Bernice Lupe beim Zuknöpfen eines Kleides behilflich war. »Du bist wahrhaftig ein

Glückspilz, Salvador«, sagte er. »Lupe ist die schönste Frau, die ich je gesehen habe, außer meiner Bernice natürlich. Mit dieser Haltung könnte das Mädchen glatt als Model arbeiten.« Er seufzte. »Sie erinnert mich an meine Frau, so, wie ich sie damals kennenlernte. Schau sie dir an, meine Bernice, die Jahre haben ihr kaum etwas anhaben können. Kein Mensch würde glauben, daß wir fast gleichaltrig sind«, lachte Harry.

Salvador blickte von Bernice zu Harry. Es stimmte, der weißhaarige Mann sah viel älter aus als seine Frau. Sie hielten sich fast drei Stunden in Harrys Laden auf, bis sie alles geregelt hatten. Als sie zur Tür gingen, bemerkte Salvador, wie Lupe bewundernd vor einem dunkelblauen Kleid stehenblieb, das mit cremefarbener Spitze verziert war und zu dem ein passender Mantel mit dunkelbraunem Pelzkragen gehörte.

»Was kosten das Kleid und der Mantel?« fragte Salvador.

»Ich gebe sie dir zum halben Preis, als Hochzeitsgeschenk, Salvador.«

Wieder war Salvador zutiefst gerührt. Eben erst hatte dieser Mann ihm Kredit gegeben, und jetzt gewährte er ihm obendrein noch einen Preisnachlaß.

»Harry«, sagte er und umschloß ihn in einer innigen *abrazo*, »du bist ein wahrer Prachtkerl!«

Harry war nur ein paar Zentimeter kleiner als Salvador, doch viel schmächtiger. »Na, du aber auch!« grinste er und erwiderte Salvadors Umarmung.

Nachdem Salvador die ersten sechs Whiskyfässer verkauft hatte, gab er Kenny hundert Dollar zurück und kaufte für Nelly ein Zugticket nach Chicago. Sie hatte sich entschlossen, ihr Neugeborenes in Luisas Obhut zu lassen und zurückzufahren, um herauszufinden, ob ihr Ehemann sie noch haben wollte. Inzwischen machte sie sich die ärgsten Vorwürfe, daß sie ihre Familie wegen dieses Gitarre klimpernden Herzensbrechers im Stich gelassen hatte.

Doña Margarita war natürlich hochbefriedigt über Nellies Entschluß, zu ihrem Ehemann und ihren drei Kindern zurückzukehren, und versicherte ihr, daß dies in Gottes Sinne sei. Sie versprach Nellie, daß ihr kleines Mädchen bei ihr und Luisa bestens aufgehoben sei und daß sie das Kind ebenso liebevoll aufziehen würden wie Emilias Tochter, die inzwischen erwachsen war und mit ihrem Ehemann und ihren Kindern in der Nähe von Fresno lebte.

Am Tag der Gerichtsverhandlung traf er Fred Noon vor den Stufen zum Gerichtsgebäude. Wie Fred Noon ihm geraten hatte, trug Salvador seine einfache Arbeitskleidung.

»Wenn der Fall in San Diego verhandelt würde, hätte ich die Klage abschmettern können«, sagte Noon zu Salvador, während sie das Gebäude betraten. »Aber hier müssen wir uns auf eine harte Verhandlung gefaßt machen. Ich hab' ein paar Erkundigungen über diesen Wesseley eingezogen. Er ist in einer mexikanischen Familie in Texas aufgewachsen. Wie es aussieht, haben sie ihn wirklich gut behandelt, aber er hat die Tochter vergewaltigt, und seitdem haßt er die Mexikaner. Bevor er zu den Feds ging, war er bei den Texas Rangers.«

Salvador nickte, etwas in dieser Art hatte er sich schon gedacht. Ein Mann, der Schuldgefühle mit sich herumtrug, war wie ein gefährliches Tier. Vor allem, wenn er sich selbst etwas vormachte und seine Schuldgefühle sich in Rachegefühle verwandelt hatten.

Fred Noon behielt recht, es wurde ein harter Kampf. Wesseley log und verdrehte die Wahrheit, wie er nur konnte. Er hatte jedoch keine Chance gegen Noon, der mit gelassener Würde die Fadenscheinigkeit der Beweise offenlegte, die gegen Salvador vorgebracht wurden. Sie bestanden darin, daß man Zucker und Hefe auf seinem Lastwagen gefunden hatte.

»Macht diese Tatsache Mister Villaseñor nicht ebensowenig zum Schwarzbrenner wie eine Hausfrau, die soeben mit ihren Einkäufen aus dem Supermarkt heimkehrt?« fragte er.

Wesseley und der Staatsanwalt drehten und wandten sich, doch Fred Noon behielt kühl die Oberhand. Am dritten Tag der Verhandlung befanden die Geschworenen Salvador für unschuldig, Domingo jedoch für schuldig. Auf Wesseleys Empfehlung hin wurde er zu einer Höchststrafe von fünf Jahren verurteilt.

Fred Noon war empört und argumentierte, daß für Domingo, der über kein Vorstrafenregister verfügte, im Höchstfall achtzehn Monate angemessen seien, doch der Richter ermahnte Noon, sich ruhig zu verhalten, da er andernfalls mit einer Verwarnung wegen Mißachtung des Gerichts zu rechnen hätte.

»Verdammt, Salvador«, schimpfte Noon, als sie wieder auf dem Parkplatz waren. »Ich werde es nicht darauf beruhen lassen! Ich habe mit diesem Richter selber schon das ein oder andere Glas Whisky getrunken. Dieser Wesseley muß irgendwas gegen ihn in der Hand haben. Wenn du Domingo siehst, dann sag ihm, daß ich mir diese Burschen noch vorknöpfen werde.«

Salvador umarmte Noon. Fred war ein großartiger Kerl, ein Mann von Ehre, der beste von allen.

An einem düsteren, wolkenverhangenen Morgen machte Salvador sich auf den Weg zum Gefängnis, um sich von Domingo zu verabschieden, bevor dieser nach San Quentin verlegt wurde. Er steckte dem Wächter zehn Dollar zu, damit man sie allein ließ. Als der Mann verschwunden war, zog Salvador eine Viertelliterflasche hervor und drückte sie seinem Bruder in die Hand. Beim Anblick der Flasche kam wieder etwas Leben in Domingos teilnahmsloses Gesicht. Wie ein Neugeborenes griff er gierig mit beiden Händen danach, kippte die Hälfte des Inhalts in einem Zug herunter und fiel anschließend zurück gegen die Gitterstäbe.

»Damit hast du mir das Leben gerettet«, sagte er. »Mann, das tat gut!«

Salvador war froh, daß er an die Flasche gedacht hatte.

»Ist Nellie fort?« fragte Domingo.

»Ja«, antwortete Salvador. »Ich habe ihr die Fahrkarte bezahlt und ihr etwas Bargeld gegeben.«

»Aber unser Baby hat sie hiergelassen, stimmt's?«

»Ja.«

»Und Mama, was sagt sie?«

»Nicht viel«, erwiderte Salvador. »Außer, daß es Gottes Wille ist und daß Nellie nie ihre Familie hätte verlassen dürfen.«

»Weißt du«, sagte Domingo. »Ich hatte hier drin viel Zeit nachzudenken und bin zu dem Schluß gekommen, daß Mama jede

Frau abgelehnt hätte, die ich mit nach Hause gebracht hätte.« Er nahm einen weiteren Schluck. »Sie hat Nellie nie eine Chance gegeben.«

Salvador versuchte mit Mühe, sich zu beherrschen. »Domingo«, sagte er, »hör doch endlich mit dem albernen Geschwätz auf. Du weißt verdammt gut, daß das nicht wahr ist. Du hast eine Frau heimgebracht, die Mann und Kinder verlassen hat. Und das zu einer Mutter, die selber durch die Hölle gegangen ist, um ihre Familie zusammenzuhalten. Was, zum Teufel, hast du denn erwartet? Daß unsere Mutter deine Wahl gutheißen würde?«

Zu Salvadors Überraschung blieb Domingo ruhig und blickte seinen jüngeren Bruder nur lange an. »Ja«, sagte er dann, »ich dachte mir, daß du so etwas sagen würdest. Aber es ist nicht die ganze Wahrheit, und das weißt du auch. Die Wahrheit ist, daß unsere Mutter mich nie geliebt hat! Sie liebt immer nur dich!« fügte er jetzt zornerfüllt hinzu. »Ganz gleich, wie Nellie sich entschieden hätte, ob sie mit unserem Kind hiergeblieben oder zurückgegangen wäre, Mama hätte in jedem Fall etwas daran auszusetzen gehabt! Das ist die gottverdammte Wahrheit!«

»Bullshit!« erwiderte Salvador. »Unsere Mutter hat dich immer geliebt. Ihre Zurückhaltung Nellie gegenüber hatte nichts damit zu tun, daß sie dich nicht liebt! Und sollte sie mir tatsächlich mehr Zuwendung entgegengebracht haben, dann doch nur, weil unser Vater mich immer gehaßt hat!« schrie Salvador, der jetzt rot vor Zorn war. Er entriß Domingo die Flasche und nahm sich selbst einen Schluck.

»He, du blöder Hund!« rief Domingo. »Ich bin derjenige, der ins Zuchthaus wandert, nicht du!«

Aber es war zu spät. Salvador hatte die Flasche schon geleert.

»Scheiße!« Domingo nahm ihm die Flasche weg und hielt sie gegen das Licht. Ein winziger Rest befand sich noch auf dem Boden der Flasche. Er führte sie an die Lippen, legte den Kopf in den Nacken und wartete geduldig, bis die letzten Tropfen den Weg durch den Flaschenhals in seine Kehle fanden.

»Zur Hölle«, sagte er rülpsend. »Das ist das wahre Leben, was, *hermanito*? Da sitzen wir nun – zwei erwachsene Männer – hier im Gefängnis und streiten uns um die Liebe unserer Eltern.« Er fuhr sich mit der Hand über den Mund. »Weißt du noch, Salvador?« fuhr er fort, »als das Schwein, das du hüten solltest, die Chayotenpflanze vor der *ramada* gefressen hat?«

»Wie könnte ich das je vergessen«, antwortete Salvador. »Papa hätte mich deswegen fast umgebracht.«

»Aber ich habe dich beschützt.«

»Yeah, das hast du, ausnahmsweise«, gab Salvador zu. »Aber oft genug hast du mich selbst verprügelt.«

»Das stimmt«, räumte Domingo ein. »Ich habe dir damals 'ne Menge Abreibungen verpaßt, aber dieses eine Mal habe ich gemerkt, wie ungerecht Vaters Zorn auf dich war. Also habe ich die Verantwortung auf mich genommen.«

»Und dich hat er nicht geschlagen.«

»Nein, hat er nicht«, sagte Domingo, »aber dir hätte er eine Tracht Prügel verpaßt.«

»Verdammt richtig!« erwiderte Salvador. »Er hätte mich umgebracht. Mann, was war er wütend. Dabei war es wirklich nicht meine Schuld, daß das Schwein die Pflanze gefressen hat. Ich war noch klein und bin eingeschlafen.« Er seufzte. »Eins kann ich dir sagen, ich werde bestimmt niemals eins meiner Kinder bevorzugen. Ich werde hart an mir arbeiten und der beste Vater werden, den man sich vorstellen kann«, gelobte er. »Meine Kinder sollen mit Liebe und Verständnis großgezogen werden, und ich werde sie bestimmt niemals schlagen!«

»Na, ich wünsche dir, daß du das schaffst«, sagte Domingo. »Was mich angeht, habe ich es leider nicht so weit gebracht wie unsere Eltern. Ich habe bloß überall Kinder gezeugt. Wie die *gringos* mit unseren Frauen, habe ich es mit den *gringo*-Weibern von Chicago bis nach Texas und wieder zurück getrieben. Ich weiß, daß Mama zum Teil auch deshalb so böse auf mich ist, weil ich wie ein liebestoller Köter im ganzen Land Kinder hinterlassen habe, aber eins mußt du wirklich zugeben: Mama hat dich immer bevorzugt, genau wie ich zugebe, daß Papa es mit mir auch so gehalten hat.« Er rieb sich die Augen, in denen Tränen glänzten. »Natürlich war es bei ihr nicht so offensichtlich wie bei Vater, aber ich habe es trotzdem gespürt, an all den kleinen Gesten, die mir deutlich zu verstehen gaben, daß sie dich bevorzugte.

Zum Beispiel der Maiskolben, den sie dir immer zusteckte, bevor du zu Bett gingst. Sie hat ihn jeden Abend für dich aufgewärmt, damit du deine Füße daran wärmen und später in der Nacht, wenn du Hunger hattest, daran knabbern konntest.« Seine Augen schwammen jetzt in Tränen.

»Das ist wahr«, sagte Salvador, »aber ich war doch auch noch sehr klein, die Revolution hatte schon begonnen, und ich war immer hungrig.«

»Das stimmt nicht«, widersprach sein Bruder, »sie hat all das bereits schon vor jenen harten Zeiten getan. Ich weiß noch genau, wie eifersüchtig ich immer war. Ich habe den Maiskolben sogar ein paarmal heimlich mit Chili eingerieben, damit du dir nachts die Zunge daran verbrennst.«

»Du hast Chili darauf getan?« fragte Salvador überrascht und grinste.

»Ja«, sagte Domingo.

Beide lachten. »Und ich habe all die Jahre gedacht, dieser scharfe Geschmack käme von meinen Füßen, die ich zuvor damit gewärmt hatte«, rief Salvador.

»Nein, du machst Witze?«

»Doch, ehrlich!« beteuerte Salvador.

»O Mann! Das ist großartig!« lachte Domingo. »Ich stahl den Mais, streute Chili darauf und wartete immer vergeblich, daß du nachts aufstandest, um dir deinen brennenden Mund auszuspülen. Hast du das nie gemacht?«

»Nein, natürlich nicht. Ich habe den Mais nachts im Halbschlaf geknabbert und einfach nur gedacht, daß der brennende Geschmack von dem Dreck an meinen Füßen stammte. Das ist ja eine lustige Geschichte«, fuhr Salvador fort, »und du warst tatsächlich eifersüchtig auf mich?«

»O ja, ich habe dich regelrecht gehaßt.«

»Großartig«, sagte Salvador. »Ich wünschte nur, das hätte ich damals gewußt, dann hätte ich es richtig genießen können.«

Beide brachen in herzhaftes Gelächter aus. Es war ein eigenartiger Anblick, wie die beiden Brüder, umgeben von Eisenstäben und einträchtig ins Gespräch vertieft, beisammen saßen.

»Weißt du«, sagte Domingo, »ich wünschte, wir hätten diese Unterhaltung in der Nacht geführt, als ich aus Chicago hierherkam.«

»Ja, das wünschte ich auch«, erwiderte Salvador. »Aber du

warst so von dir selbst eingenommen ... du wolltest uns unbedingt mit deinen großen Taten beeindrucken. Egal, was ich sagte, du hattest angeblich alles schon größer und besser vollbracht.«

»War ich so schlimm?«

»Schlimmer.«

»Na ja, kann sein. Aber ich war mir dessen wirklich nicht bewußt. Verdammt, wenn man das Leben ein paarmal von vorn beginnen könnte, würde man es wahrscheinlich irgendwann mal besser hinkriegen.« Er streckte die Arme nach Salvador aus. »Ich liebe dich, *hermanito*«, beteuerte er.

»Ich liebe dich auch«, antwortete Salvador.

Sie lagen sich in den Armen und blickten sich ernst in die Augen.

»Weißt du«, sagte Salvador, »jetzt, wo ich bald heiraten werde, führe ich lange Gespräche mit Mama, und sie hat mir von der Zeit vor ihrer eigenen Hochzeit erzählt. Damals hat sie erfahren, daß unser Vater in eine Cousine ersten Grades verliebt war. Hast du gewußt, daß Papa den zukünftigen Ehemann dieser Cousine beim Duell getötet hat?«

Domingo nickte. »Ja, Papa hat mir davon erzählt.«

»Er hat dir selber davon erzählt? Na ja, eigentlich wundert es mich nicht.«

»Ja, wir haben uns oft unterhalten.«

»Ich glaube, damit begann das ganze Dilemma mit der Liebe unserer Eltern«, fuhr Salvador fort. »Die erste große Liebe unseres Vaters galt einer hochgewachsenen Frau mit blauen Augen, wie er selbst sie besaß, und er hat sich nie überwinden können, Mutter, Jose oder eines von uns Kindern, die wir die dunkle Haut und die Augen unserer Mutter hatten, wirklich zu lieben.«

»Das ist nicht wahr«, widersprach Domingo. »Das Problem begann, als Mama anfing, ihm immer wieder die großartigen Taten ihres Vaters, Don Pio, vor Augen zu führen. Verglichen mit ihm konnte unser Vater ihr niemals etwas recht machen.«

»Das stimmt nicht«, sagte Salvador.

»Ach, komm, wir haben beide nicht ganz unrecht«, sinnierte Domingo. »Für unsere Mutter war die einzige große Liebe ihr Vater Don Pio, und Papa konnte seine Cousine niemals vergessen.«

»Da kannst du recht haben«, rief Salvador. »So habe ich die Sache noch nie betrachtet.«

»Natürlich nicht, du hast dich ja auch bisher immer nur mit Mama unterhalten.«

»Und du nur mit Papa«, entgegnete Salvador.

»Stimmt.«

»Verdammt«, sagte Salvador, »ist dir eigentlich aufgefallen, wie lange wir uns jetzt schon unterhalten, ohne zu streiten?«

Domingo grinste. »Wie ein mexikanisches Sprichwort so schön sagt: ›Ich dachte, ich wäre gestorben und im Himmel, bis man mir sagte, ich sei im Gefängnis.‹« Beide lachten. »Mann, für uns Mexikaner kann der Knast wahrhaftig wie ein Urlaub sein«, fügte Domingo hinzu. Der Wächter kam und ermahnte Salvador, daß es Zeit sei zu gehen. Er steckte dem Mann einen weiteren Zehner zu.

»Na gut«, sagte der Wachmann, »aber nur noch fünf Minuten.«

»Okay«, erwiderte Salvador.

»Ach, Salvador«, sagte Domingo und schüttelte den Kopf. »Die Wahrheit ist, daß alles ganz anders gekommen wäre, wenn die Ranger mich nicht reingelegt und nach Chicago geschickt hätten. Dann hätte ich damals Papa ausfindig gemacht, wir hätten Geld verdient und wären zusammen zurückgekommen und alle gemeinsam nach Del Mar gegangen, wo wir auf das Ende des Krieges gewartet hätten. Du wärest nie im Gefängnis gelandet, und ich wäre nicht wie ein herrenloser Hund fünfzehn Jahre lang in der Gegend herumgeirrt! Ach, *hermanito!*« rief er und umarmte Salvador. »Wäre doch bloß alles anders gekommen! Wir würden heute wie die Könige leben!«

»Vermutlich hast du recht«, sagte Salvador. »Aber was soll's. Es ist zu spät, Domingo.«

»Nein!« widersprach Domingo. »Es ist noch nicht zu spät. Ich habe darüber nachgedacht. Wenn ich aus San Quentin komme, können wir alle zurück nach Mexico gehen und unser Land zurückfordern! Und außerdem«, flüsterte er Salvador ins Ohr, »ich weiß von einer Goldmine in Sonora. Ein Indio hat mir kurz vor seinem Tod in Chicago davon erzählt. Das Gold wartet auf uns, Salvador. Wir brauchen es uns nur zu holen, und dann kaufen wir das ganze Cerro Grande von Los Altos und sind Könige, Salvador! Du und ich!«

Er umschloß Salvador wieder in einem kräftigen *abrazo.*

»Ich werde all meine Söhne, von Texas bis nach Chicago, ausfindig machen«, fuhr der große Mann fort, der noch vor kurzem so gut ausgesehen hatte, daß keine Frau ihm widerstehen konnte. »Ich werde sie mit strenger Hand in Los Altos de Jalisco großziehen, und Mama braucht sich nie mehr für mich zu schämen – das schwöre ich bei Gott.« Er hielt Salvador immer noch eisern umklammert.

Der Wächter erschien wieder. »Es wird Zeit«, sagte er.

Aber die beiden Brüder konnten sich nicht aus ihrer Umarmung lösen.

»Okay«, sagte Domingo schließlich und ließ Salvador los. »Du gehst besser. Ich muß jetzt allein sein, damit ich mich innerlich auf meinen Aufenthalt in San Quentin vorbereiten kann.« Er lachte. »San Quentin, der Knast, den die *gringos* exklusiv für unsere Landsleute gebaut haben!«

Salvador nickte. »Ja, da ist was dran«, seufzte er. »Die *gringos* geben sich wirklich Mühe mit uns.« Die beiden sahen sich lächelnd in die Augen. »Ich soll dich von Mama, Luisa und den anderen grüßen.«

»Danke, sag ihnen, sie sollen sich keine Sorgen machen«, erwiderte Domingo. »Ich komme schon klar. Ich hab' mir sagen lassen, der Knast ist voll von Leuten aus Los Altos.« Er küßte Salvador auf beide Wangen. »Sieh zu, daß du endlich heiratest und 'ne Menge Söhne kriegst. Ich sitz' die Zeit für uns beide ab. Nellie ist fort, also wartet sowieso keiner auf mich.« Er sah Salvador in die Augen. »Ich liebe dich, kleiner Bruder.«

»Ich dich auch«, antwortete Salvador und zog eine zweite Viertelliterflasche hervor.

»Ich will verflucht sein!« rief Domingo. »Das macht die Sache gleich leichter. Fünf Jahre! Ach was, die sitz' ich auf einer Arschbacke ab!«

Beim Hinausgehen steckte Salvador dem Wärter noch eine Zehndollarnote zu, damit er Domingo die Flasche ließ. Schweren Herzens schritt er den langen Gang zwischen den verriegelten Zellen entlang. Seine Schritte hallten wie Trommelschläge in seinen Ohren, und jeder Schlag entfernte ihn ein Stück weiter von seinem Bruder, den er soeben erst wiedergefunden hatte.

Einen Tag bevor Lupe Salvadors Mutter kennenlernen sollte, trug Salvador Pedro und dessen Bande auf, den Garten auf Vordermann zu bringen und die beiden kleinen Häuschen zu putzen und aufzuräumen.

Pedro glühte vor Eifer. Er stolzierte mit wichtiger Miene umher, den kleinen Bauch über den Hosenbund gewölbt, und scheuchte seine Freunde von einer Ecke in die andere. Salvador fuhr in der Zwischenzeit zur Brennerei, um dort nach dem Rechten zu sehen, und vergewisserte sich, daß Jose und Epitacio alles bestens im Griff hatten.

»Es könnte allerdings ein Problem auftauchen«, sagte Epitacio. »Erzähl du es ihm, Jose. Er hat mit dir gesprochen.«

Salvador drehte sich fragend zu seinem Neffen um.

»Archie war hier«, sagte Jose.

»Achie!« brüllte Salvador.

»Ja, er hat nach dir gefragt. Ich soll dir ausrichten, daß du aufhören sollst, einen Bogen um ihn zu machen. Er will dich sehen.«

»Dieser Hundesohn!« tobte Salvador. »Na klar, jetzt wo ich wieder Geld und Whisky habe! Wenn er noch mal vorbeikommt, sagt ihm, er kann mich am Arsch lecken! Dieser dreckige Bastard!«

»Wortwörtlich, Onkel? Am Arsch lecken?« fragte Jose nervös.

Salvador mußte lachen. »Nein, nein, keine Sorge. Du brauchst es ihm nicht zu sagen, das besorge ich schon selber.«

Jose wirkte erleichtert.

Salvador legte den Arm um seinen Neffen. »Bist 'n prima kleiner Kerl«, sagte er zu ihm. »Ich bin stolz auf dich. Auf dich auch, Epitacio. Es war ein Fehler von mir, meinen Bruder ins Geschäft zu bringen. Er ist einfach zu gedankenlos. Von jetzt an werde ich nur noch mit ehrlichen, gesetzestreuen Leuten wie euch beiden zusammen arbeiten. Vor allem, da das, was wir hier tun, illegal ist.«

Jose lachte.

»Was ist so lustig?« fragte Salvador.

»Was du gerade gesagt hast, daß du ehrliche, gesetzestreue Leute brauchst, um einen illegalen Job zu erledigen.«

»Na ja, stimmt aber doch. Du raubst auch keine Bank mit einer Horde Diebe aus. Die Gefahr, daß sie dich hinterher auch beklauen, wäre viel zu groß. Jedes illegale Geschäft kannst du nur mit ehrenhaften Männern erledigen, wenn du es richtig und erfolgreich durchziehen willst. Um außerhalb des Gesetzes zu leben, mußt du das Gesetz kennen und achten, *mi hijito*. Das ist eines der Dinge, die ich von Duel gelernt habe.«

Jose lächelte. »Dieser Duel war ein richtiger Kerl, was?«

»Ja, der beste von allen. Er war mein Lehrer, was das Spiel und den Umgang mit Geld betraf und all die Dinge, die einen richtigen *macho* ausmachen. So, wie meine Mutter meine Lehrerin in Herzensdingen, wie Ehe und Liebe, ist. Salvador seufzte tief. »Ich habe diesen Mann geliebt. Er war für mich das, was mein Vater niemals für mich war.«

»Was ist aus ihm geworden?« fragte Jose lächelnd.

Salvadors Gesicht verzerrte sich. »NEIN!« schrie er. »Frag mich das nie wieder, solange du lebst!«

Jose schluckte. »Okay, tut mir leid.« Er trat instinktiv einen Schritt zurück. Du meine Güte, gerade noch hatte der Onkel mit ihnen gelacht, und im nächsten Augenblick führte er sich auf wie der leibhaftige Teufel.

Lupe betrachtete sich zum hundertsten Mal im Spiegel. Sie wartete bereits seit einer Stunde ungeduldig auf Salvador, der mit ihr und Carlota nach Corona fahren wollte, wo sie endlich seine Mutter, diese sagenhafte Person, kennenlernen würde.

Ganz gleich, wie sie ihr Kleid auch zurechtzupfte, ob sie den Gürtel auf diese oder jene Weise band, sie war immer noch nicht zufrieden mit ihrem Äußeren.

Schließlich gelangte sie zu dem Schluß, daß ihre Unzufriedenheit weniger an ihrem Kleid lag als vielmehr an der Tatsache, daß Don Manuel gestern mit seiner Familie bei ihnen vorbeigeschaut hatte, um den Diamantring zu bewundern, der das Gesprächsthema im ganzen *barrio* war. Don Manuels Tochter Rose-Mary hatte einen Blick auf den Ring geworfen und dann mit zuckersüßer Stimme gesagt: »Ach Lupe, wie jammerschade für dich, daß Salvador ein Schwarzbrenner ist.«

Lupe hatte den Zorn, der in ihr aufstieg und ihre Wangen erröten ließ, mühsam unterdrückt und scheinbar gelassen erwidert: »Ach ja, ich habe die Gerüchte auch gehört, als ich Salvador kennenlernte, aber wir haben schnell festgestellt, daß daran nichts Wahres ist. Du brauchst dir daher keine Gedanken um mich zu machen, meine Liebe.«

»Aber es handelt sich keineswegs um Gerüchte«, erwiderte Rose-Mary. »Ich weiß es von meinem Vater. Außerdem, was glaubst du denn, wie einer unserer Landsleute es sonst fertigbringt, so einen großen Diamantring zu kaufen? Sieh dir meinen an, Lupe. Ich bin mit einem Amerikaner verlobt, der als Lehrer wahrhaftig nicht schlecht verdient. Trotzdem war er nur in der Lage, mir diesen dezenten Diamantring zu kaufen.«

Lupe hatte nichts erwidert und so getan, als schenke sie Rose-Marys Behauptungen keine Beachtung. Doch während sie sich jetzt vor dem Spiegel hin und her drehte, gingen ihr die Worte wieder durch den Kopf. Vor allem, weil Carlota das Gespräch mitbekommen hatte und Lupe mit ihrem hämischen »Siehst du, was hab' ich dir gesagt?« zusetzte. Lupe fragte sich, ob nicht doch etwas Wahres an diesen Behauptungen war und Salvador ihren Ring tatsächlich mit illegal verdientem Geld bezahlt hatte. In diesem Fall würde sie den Ring auf jeden Fall zurückgeben und die Hochzeit abblasen.

»Lupe!« riß Carlota sie aus ihren Gedanken. »Dein Taugenichts ist endlich da!«

Lupe schluckte und warf noch einen letzten prüfenden Blick in den Spiegel, bevor sie ins Vorderzimmer ging.

»Carlota«, sagte die Mutter, »benimm dich heute gefälligst, es ist Lupes Tag, nicht deiner.«

»Keine Sorge, Mama«, erwiderte Carlota beleidigt und ging zur Eingangstür, um Salvador zu öffnen. »Ich weiß schon, daß es Lupes großer Tag ist.«

»Nein!« rief Lupe. »Du öffnest nicht die Tür! Setz dich hier neben mich und laß Papa die Tür öffnen!«

»Wieso das denn?« fragte Carlota. »Was macht das schon für einen Unterschied?«

»Für mich macht es einen großen Unterschied«, erwiderte Lupe. »Bitte öffne du die Tür, Papa«, sagte sie zu ihrem Vater.

»Natürlich.« Der alte Mann ging kopfschüttelnd zur Tür. Er konnte diesen ganzen Wirbel nicht begreifen, den die Frauen machten, nur weil ein Kerl an ihre Wäsche wollte. Aber er hatte sich damit abgefunden, daß Frauen nun einmal eigenartige und unbegreifliche Geschöpfe waren.

Carlota ließ sich neben Lupe aufs Sofa plumpsen, während der Vater zur Tür ging, doch auf einmal sprang sie wieder auf.

»So setz dich doch, Carlota«, sagte Lupe.

»Nein, ich muß zur Toilette«, antwortete Carlota und verließ den Raum.

Seufzend versuchte Lupe, Haltung zu bewahren. Sie wünschte, Carlota würde nicht mitkommen. Sie war ohnehin aufgeregt genug, endlich diese großartige Frau kennenzulernen, die in Mexico City zur Schule gegangen war, und hatte ernste Bedenken, ob Carlota sich in Gegenwart einer solch gebildeten Dame auch zu benehmen wußte. Und dann war da noch die Geschichte mit der Schwarzbrennerei, die sie unbedingt zur Sprache bringen wollte.

Als Salvador die beiden jungen Mädchen zu seinem Moon begleitete, entging ihm nicht, daß Lupe beunruhigt war. Er half Carlota auf den Rücksitz und ließ Lupe auf dem Beifahrersitz Platz nehmen. Salvador startete den Motor, löste die Handbremse, und sie glitten die von Bäumen gesäumte Straße entlang.

»Ist alles in Ordnung?« fragte er Lupe.

Lupe nickte. »Ja«, antwortete sie.

»Ha!« ertönte es von hinten.

»Carlota!« sagte Lupe. »Was hast du versprochen!«

Salvador bemerkte die gespannte Atmosphäre zwischen den Schwestern. Schweigend verließen sie Santa Ana. Als sie in den amerikanischen Stadtbezirk von Corona hineinfuhren, tauchte ein Polizeiwagen mit heulenden Sirenen hinter ihnen auf.

»O mein Gott!« kreischte Carlota. »Rose-Mary hatte doch recht! Jetzt kommen wir alle ins Gefängnis!«

»Hey, beruhige dich. Niemand kommt ins Gefängnis«, sagte Salvador und versuchte, einen gelassenen Ton anzuschlagen. »Wahrscheinlich bin ich ein bißchen zu schnell gefahren, weiter nichts.«

In Wirklichkeit war ihm jedoch ganz und gar nicht wohl in seiner Haut. Er fuhr den Wagen an den Straßenrand und hatte kaum die Tür geöffnet, da erschien auch schon ein Cop, ein großer, junger Kerl mit kräftigem, hervorstehenden Kinn neben ihm. Er packte Salvador und zerrte ihn aus dem Wagen.

»Hey, sachte, Freund«, sagte Salvador. »Ich tu' dir ja nichts.«

»Halt die Fresse, Me-chee-cain!« fuhr der Cop ihn an und schleuderte ihn gegen die Seite des Wagens. »Du hast das Tempolimit überschritten, Freundchen!«

Lupe war entsetzt. Dieser Mann mußte verrückt sein, wenn er Salvador so rüde behandelte, nur weil er zu schnell gefahren war. Sie beobachtete, wie der Polizist Salvador die Beine spreizte und ihn von oben bis unten abtastete.

»Okay, Junge«, sagte der Cop, nachdem er keine Waffe entdeckt hatte. »Wem gehört die Kiste?«

»Mir«, antwortete Salvador.

»Dir? Ich glaub', ich spinne!« rief der Cop.

»Prüfen Sie meine Papiere«, schlug Salvador vor.

»Erzähl mir nicht, wie ich meinen Job erledigen soll!« brüllte der Polizist und zog seine Pistole.

»Wir sind unschuldig!« schrie Carlota entsetzt. »Wir haben mit der ganzen Sache nichts zu tun!«

»Mit welcher Sache?« fragte der Polizist.

»Halt deinen Mund!« zischte Lupe und drehte sich zu ihrer Schwester um.

»Nein, du hältst deinen Mund!« rief der Cop. »Laß sie gefälligst reden.«

»Das werde ich nicht«, erwiderte Lupe und stieg aus dem Moon.

»Steig sofort wieder ein!« rief Salvador, der auf keinen Fall wollte, daß Lupe in die Angelegenheit verwickelt wurde. »Ich regle das schon!«

»Aber er hat kein Recht, dich so zu behandeln!« Lupe ignorierte seine Aufforderung und trat näher.

»Officer«, sagte sie, »ich möchte den Namen Ihres Vorgesetzten wissen.«

Der Cop starrte die junge Frau in dem eleganten Kleid, die ein ausgezeichnetes, akzentfreies Englisch sprach, entgeistert an.

»Aber Ma'am, ich halte nur einen Verkehrssünder an«, erwiderte er.

»Nun, Officer«, entgegnete sie mit entrüsteter Miene, »wenn dies der Fall ist, dann erledigen Sie es in angemessener Form. Sehen Sie sich doch einmal an, wie Sie aussehen! Diese Flecken und Dreckspritzer auf Ihrer Uniform, das ist ja würdelos!«

»Aber Ma'am«, verteidigte sich der junge Cop, der Salvador offenbar völlig vergessen hatte, »ich muß selber für meine Uniform und für mein Benzin aufkommen. Ich bekomme diese Dinge nicht bezahlt.«

»Das ist keine Entschuldigung!« erwiderte Lupe empört; sie dachte an den Tag, an dem sie dem Colonel das erste Mal begegnet war, der selbst inmitten der Schlacht eine makellose Uniform getragen hatte. »Ein gutaussehender junger Mann wie Sie und ein Repräsentant der Polizei in diesem Land! Sie sollten wahrhaftig mehr auf Ihr Äußeres achten!«

»Jawohl, Ma'am«, sagte er und steckte die Waffe ein.

Während der ganzen Zeit hatte Carlota befremdet zwischen ihrer Schwester und dem jungen Officer hin und hergeblickt. Noch nie hatte sie erlebt, daß eine Frau soviel Autorität ausstrahlte.

»Also gut«, wandte der Cop sich an Salvador. Er war jetzt nicht mehr sicher, ob er es tatsächlich mit Mexikanern zu tun hatte, »ich würde sagen, wir vergessen die Sache, damit Sie die beiden Ladies hier fortbringen können.«

»Mir soll's recht sein«, willigte Salvador ein.

»Nein!« widersprach Lupe. »Ich möchte, daß Sie mir sofort den Namen Ihres Vorgesetzten nennen!«

»Lupe«, sagte Salvador, »laß es gut sein! Wir verschwinden jetzt hier!«

»Aber er …«

»Lupe«, sagte Salvador und nahm ihren Arm. »Wir werden erwartet.«

»Na gut«, gab Lupe widerstrebend nach. »Aber in Zukunft

benehmen Sie sich!« rief sie dem jungen Officer über die Schulter hinweg zu, als Salvador sie zurück in den Moon drängte.

»Jawohl, Ma'am«, beteuerte der Cop.

Salvador war hin und hergerissen zwischen dem Bedürfnis, laut aufzulachen, und dem Unwillen darüber, daß Lupe ihm zur Hilfe geeilt war. »Mein Gott«, sagte er, als sie wieder unterwegs waren. »Was war denn in dich gefahren?«

»In mich?« fragte sie. »Du warst derjenige, der aussah, als wollte er sich jeden Moment auf den Mann stürzen!«

»Ich hätte ihn am liebsten umgebracht«, gab er zu. »Aber mach so etwas um Himmels willen nicht noch mal!«

»Er hat recht«, mischte sich Carlota ein. »Meine Güte, ich dachte schon, wir würden alle im Gefängnis landen.«

»Wieso im Gefängnis?« fragte Salvador. »Und wer ist eigentlich Rose-Mary?«

Carlota verstummte.

»Sag schon, wer ist das?« wiederholte Salvador. »Du hast behauptet, sie hätte mit irgendwas recht gehabt?«

»Ich darf nichts sagen«, antwortete Carlota. »Das mußt du schon Lupe fragen.«

Lupe drehte sich um und warf ihrer Schwester einen vernichtenden Blick zu. Dann wandte sie sich wieder nach vorne und holte tief Luft.

Sie war wild entschlossen, Carlota eigenhändig zu erwürgen, sobald sie wieder allein waren.

»Rose-Mary ist eine alte Freundin von uns, die wir noch aus La Lluvia kennen«, erklärte sie Salvador.

»Aha.«

»Und sie hat uns erzählt, daß du als Schwarzbrenner arbeitest.«

Salvador wäre um ein Haar in den Straßengraben gefahren.

»Was?« sagte er.

»Salvador«, fuhr Lupe mit klopfendem Herzen fort. »Es tut mir leid, daß meine Schwester davon angefangen hat. Aber da das Thema nun schon mal auf dem Tisch ist, möchte ich, daß du mir die Frage ein für alle Male beantwortest. Bist du ein Schwarzbrenner oder nicht?«

Salvador beobachtete Lupe aus den Augenwinkeln, und tausend Gedanken rasten durch seinen Kopf. Ein Teil von ihm hätte ihr liebend gern die Wahrheit gestanden und ihr erklärt, daß an der Schwarzbrennerei nichts Verwerfliches war. Im Gegenteil. Er war der Boß einer Anlage, auf der Whisky hergestellt wurde, er war sein eigener Chef! Das einzig Schlimme war die Art, wie die Mexikaner in diesem Land behandelt wurden. Aber er wußte auch, wenn er ihr in diesem Augenblick, vor der Hochzeit und in Anwesenheit ihrer Schwester, die Wahrheit sagte, würde sie ihn augenblicklich verlassen, und er würde nie Gelegenheit erhalten, ihr die Angelegenheit in Ruhe zu erklären.

»Nein«, sagte er also, »ich bin kein Schwarzbrenner, sondern ein hart arbeitender Geschäftsmann. Du mußt es doch wissen, Lupe, du hast doch selbst gesehen, wie ich mit deinem Vater und deinem Bruder beim Düngertransport gearbeitet habe. Ich bin erstaunt, daß du das überhaupt in Frage stellst.«

»Ich nicht«, widersprach Lupe erleichtert, »aber meine Schwester.« Sie warf Carlota erneut einen bitterbösen Blick zu. »Ich habe ihr von Anfang an gesagt, daß sie sich irrt. Schon beim ersten Mal, als wir diese Gerüchte hörten.«

Carlota erwiderte Lupes bösartigen Blick. Sie hätte schreien können vor Wut. Ihr war es gleich, ob Salvador oder irgend jemand anders das Gegenteil behauptete. Sie war felsenfest überzeugt, daß er ein Schwarzbrenner war.

Alle drei hatten noch zitternde Knie, als sie das *barrio* erreichten. Anfangs hatte der Cop in seinem jugendlichen Übereifer wahrhaftig furchteinflößend gewirkt. Während sie die heruntergekommene Straße entlangfuhren, fiel Lupe auf, daß sie hier vor Jahren schon ein paarmal auf dem Weg nach Hemet vorbeigekommen war und daß sie in einem der Häuser Ziegenmilch und Eier eingetauscht hatten.

Die Straße war voller Schlaglöcher und tiefer Fahrrinnen, und hinter ihnen senkte sich der Staub, den die Räder des Moon aufgewirbelt hatten, langsam auf die zum Trocknen aufgehängte Wäsche in den kleinen, schäbigen Vorgärten herab. Die Kinder, die auf der Straße spielten, erkannten Salvador sofort und rannten ausgelassen schreiend neben der schnittigen Limousine her.

»Ich habe die Kinder oft in meinem Wagen die Straße rauf und runter fahren lassen«, erklärte Salvador die Anhänglichkeit der grölenden Horde.

Lupe drückte seinen Arm; sie erinnerte sich daran, daß er auch sie mit dem Moon hatte fahren lassen. Zu ihrer Überraschung hielt Salvador jetzt genau vor den beiden Häuschen, wo sie vor Jahren nach den Lebensmitteln gefragt hatten.

In ihrem Kopf begann es zu arbeiten. Der breitschultrige junge Mann, der ihr bei ihrem ersten Besuch in diesem Haus aufgefallen war, fiel ihr plötzlich wieder ein. Die eine Hälfte seines Gesichtes war unter einem dicken Verband verborgen gewesen, und aus der hinteren Hosentasche hatte sie den Griff einer Waffe herausragen sehen. Rose-Marys Worte kamen ihr wieder in den Sinn, und sie sah Salvador forschend an. Vielleicht war er ja dieser Mann.

Aber sie konnte es nicht mit Bestimmtheit sagen. In seinem vornehmen Anzug, dem weißen Hemd mit den goldenen Manschettenknöpfen und dem eleganten Panamahut wirkte er auf jeden Fall völlig anders. Sie wünschte, sie könnte Rose-Marys Worte endgültig aus ihrem Kopf verbannen.

»Bist du okay?« fragte Salvador, während er den Moon vor den beiden kleinen Häuschen parkte. »Du sieht ein bißchen blaß aus, Lupe?«

»Mir geht's gut«, erwiderte sie, obwohl sie innerlich von Zweifeln geplagt wurde.

»Es ist alles wieder in Ordnung«, beruhigte Salvador sie und nahm ihre Hand. »Der Cop ist verschwunden, mach dir keine Gedanken. Du hast das großartig gemacht«, fügte er hinzu. »Ich bin nicht böse auf dich. Ich war nur so erschrocken, als du aus dem Wagen gestiegen bist.«

Lupe betrachtete sein lächelndes Gesicht. Sie wußte, wenn sie ihr Mißtrauen nicht zügelte, würde sie alles kaputtmachen.

»Ich hatte auch Angst um dich«, sagte sie und streichelte seine Hand. Er umschloß ihre Finger. »Wir beide werden gut miteinander auskommen. Sehr gut sogar.«

»Jetzt reicht's aber!« ertönte Carlotas Stimme. »Ich will endlich aussteigen!«

Salvador und Lupe lachten. Beide hatten Carlota völlig vergessen. Salvador stieg aus, ging um den Moon und öffnete die Wagentür für die beiden Schwestern. Gackernde Hühner liefen um den Wagen herum. Neben dem größeren der beiden Häuser befand sich ein eingezäunter Garten, der einen gepflegten Eindruck machte. Eine Sau mit ihren kleinen Ferkeln im Schlepptau trabte an den dreien vorbei.

»Oooooh«, Carlota verzog angewidert das Gesicht. »Hier ist ja alles voller Hühner-*caca!* Macht ihr hier nie sauber?«

»Carlota!« rief Lupe. »Was hast du versprochen?«

»Schon gut, aber ich habe nicht versprochen, mir meine nagelneuen roten Schuhe zu ruinieren!« erwiderte Carlota. »Sieh nur! Sie sind schon voller *caca!*«

Salvador wußte vor Verlegenheit nicht, was er sagen sollte. Er hatte Jose und Pedro aufgetragen, überall sauberzumachen, und seiner Meinung nach sah auch alles adrett und ordentlich aus. Das Vieh war gesund und wohlgenährt, und der Garten erstrahlte in üppigem Grün. Er wünschte, sie hätten Victoriano mitgenommen, anstelle dieses großmäuligen, angemalten Mädchens, das mehr einem Clown als einer jungen Frau glich. Es war kaum zu glauben, daß Carlota tatsächlich Lupes Schwester sein sollte.

»Kommt hier entlang«, sagte er so liebenswürdig, wie er vermochte. »Hier ist der Weg besser.«

»Ha«, höhnte Carlota. »Es ist überall dreckig!«

Lupe packte Carlotas Arm und kniff sie heftig. »Hörst du wohl auf!« sagte sie mit gepreßter Stimme.

Aber Carlota dachte gar nicht daran, den Mund zu halten. »He, kneif mich nicht!« rief sie und hätte wahrscheinlich noch weiter gezetert, wenn nicht in diesem Moment Jose und Pedro um die Ecke gejagt wären, in der Bemühung, das fette Schwein wieder einzufangen, das ihnen hinter dem Haus entwischt war. Das quiekende Tier rannte zwischen Carlotas Beinen hindurch, wirbelte ihren Rock hoch und hätte sie beinahe umgerissen. Sie schrie entsetzt auf. Lupe konnte sich nicht beherrschen und brach in lautes Gelächter aus, dem Salvador sich anschloß.

»Untersteht euch, über mich zu lachen!« schrie Carlota. »Ich bin nur dir zuliebe mitgekommen, Lupe. Und zum Dank bin ich jetzt über und über mit Hühnerkacke verdreckt!«

Salvador bemühte sich vergeblich, sein Lachen zu unterdrücken. »Ich kaufe dir ein neues Paar Schuhe«, versprach er. »Es tut mir wirklich leid. Jose! Pedro! Ich hatte euch doch gesagt, ihr sollt hier saubermachen!«

»Das haben wir auch!« antwortete Pedro. »Wir haben gestern den ganzen Tag mit den Jungen aus der Nachbarschaft geschuftet. Deshalb sieht es hier auch so ordentlich aus!« fügte er stolz hinzu.

Salvador sah sich um. »Soso, hier ist es also sauber?«

»Ja, natürlich«, beteuerte Pedro.

»Entschuldigung«, sagte Jose, der bis dahin noch keinen Ton von sich gegeben hatte, »aber bist du nicht diejenige«, wandte er sich an Lupe, »die ...«

Lupe nickte. »Ja, ich habe mal eure Ziege gemolken.«

»Dacht' ich's mir doch«, erwiderte Jose grinsend. »Aber ganz sicher war ich mir nicht. Es ist schon 'ne Weile her, und du warst damals nicht so toll angezogen!«

»Und du warst noch nicht so groß!« antwortete Lupe.

»Worüber redet ihr?« fragte Salvador.

»Wir haben hier auf unserem Weg nach Hemet schon mal angehalten«, erklärte Lupe, »um Milch für die Kinder meiner Schwester Maria zu kaufen.«

»Nein!« sagte Salvador. »Dann bist du diejenige – dann bist du das Mädchen, von dem mir meine Mutter die ganzen Jahre vorgeschwärmt hat.«

»Das glaube ich nicht«, sagte Lupe. »Ich habe sie nie kennengelernt.«

»Aber sie hat mir erzählt, wie du das erste Mal auf unsere Milchziege zugegangen bist, dich hingehockt und sie mit einer Handvoll Bohnen gelockt hast.«

»Ja, das stimmt«, sagte Lupe und lächelte. »Die Ziege war drauf und dran, sich auf mich zu stürzen.«

»Aber wir haben nie was von einer großartigen Lady zu Gesicht bekommen, als wir hier angehalten haben«, mischte sich Carlota ein. »Nur eine fette, alte Frau, die ...« Als sie den zornigen Ausdruck im Gesicht des Jungen bemerkte, verstummte sie.

»Nun«, sagte Salvador beiläufig, »das war wahrscheinlich

759

eine Nachbarin. Kommt, laßt uns hineingehen, damit ihr meine Schwester Luisa und meine Mutter kennenlernt.«

Er öffnete den beiden Mädchen die Hintertür und rief: »Wir sind da!«

»Na, ihr seid ja genau pünktlich«, erklang eine resolute Stimme aus dem Inneren des Hauses. »Wir sind im Wohnzimmer!«

»Im Wohnzimmer? Wo soll das denn sein?« wunderte sich Salvador und führte Lupe und Carlota durch die Küche.

In dem Bottich, den sie zum Geschirrspülen benutzten, standen schmutzige Töpfe und Schüsseln übereinandergestapelt. Auf dem Ofen brutzelte irgend etwas, das einen so durchdringenden Chiligeruch verströmte, daß Lupe und Carlota nach Luft schnappten.

»Wo die Jungen schlafen!« rief Luisa zurück.

»Oh«, Salvador führte die Mädchen durch die Diele, und sie betraten hinter Salvador das Vorderzimmer des Hauses. Gleichzeitig erblickten die beiden Luisa, die breitbeinig auf einem Stuhl saß und ein Baby stillte, während sie sich mit dem Saum ihres Kleides Luft zufächelte. Ihre Strümpfe hatte sie sich ein Stück heruntergerollt, so daß das weiche Fleisch ihrer Oberschenkel wie kleine, braune Würste über den Rand der Strümpfe quoll.

»Das ist meine Schwester Luisa«, erklärte Salvador stolz.

»Kein Wort«, drohte Lupe flüsternd Carlota, als sie durch den Raum auf Luisa zugingen.

»*Mucho gusto*«, sagte Lupe und deutete einen Knicks an.

Aber es war schon zu spät. Luisa war nicht auf den Kopf gefallen; Lupes verkrampfter Gesichtsausdruck und Carlotas spöttisches Lächeln waren ihr nicht entgangen.

»Bitte nehmt Platz«, forderte sie die beiden auf. »Meine Mutter wird gleich da sein. Ich habe in der Küche zu tun.«

»Aber Luisa, das kann doch wohl warten«, protestierte Salvador. »Ich möchte, daß du hier bleibst und Lupe kennenlernst.«

»Salvador«, erwiderte Luisa scharf, »ich gehe in die Küche – und zwar sofort!«

Mit dem Baby auf dem Arm schritt sie so entschlossen auf Salvador zu, daß dieser überzeugt war, sie würde ihn niederschlagen, wenn er nicht zur Seite wich.

»Nun«, er grinste verlegen. »Setzt euch doch. Ich hole meine Mutter.«

Lupe setzte sich. Carlota konnte sich nicht verkneifen, den Stuhl abzuwischen, bevor sie ebenfalls Platz nahm. Salvador verließ den Raum und ging zu dem kleinen Anbau. Er war noch keine Sekunde fort, als Carlota zu flüstern begann.

»O Lupe. Du willst dich doch wohl nicht ernsthaft mit diesen Leuten einlassen! Das sind ja die reinsten Bauerntölpel! Ich wette, die wissen nicht mal, was ein Aborthäuschen ist, *dios mío!*«

»Halt die Klappe, Carlota!« zischte Lupe und blickte sich um, in dem unbehaglichen Gefühl, daß Luisa in der Küche jedes Wort mitbekam.

Und genauso war es auch. Luisa hatte die Küchentür angelehnt und belauschte die beiden.

»Aber Lupe! Das kann nicht dein Ernst sein! Mutter würde solche Menschen niemals akzeptieren!«

»Ach, aber daß du dich mit Archie, einem verheirateten Mann, triffst, das akzeptiert sie deiner Meinung nach?« fragte Lupe.

»O Lupe! Du bist abscheulich! Du hast versprochen, niemandem ein Wort davon zu verraten!«

»Ach, habe ich das? Ich verspreche auch, daß ich dir die Zunge herausreiße, wenn du nicht endlich die Klappe hältst!«

»Tu das!« murmelte Luisa, während sie die beiden durch den Türspalt beobachtete. »Am besten auf der Stelle!«

In diesem Moment erschien Salvador wieder durch die Vordertür. »Und jetzt«, sagte er mit vor Stolz geschwellter Brust, »möchte ich euch meine Mutter Doña Margarita vorstellen!«

Nervös erhob sich Lupe und versetzte ihrer Schwester einen Stoß, damit sie ebenfalls aufstand. In der Tür erschien die winzigste, schmutzigste und runzeligste alte Frau, die Lupe und Carlota jemals gesehen hatten. Sie war von Kopf bis Fuß in schwarze Lumpen gehüllt, und als sie lächelte, erkannten die beiden Mädchen, daß sie völlig zahnlos war.

Carlota stieß einen Schrei aus. Lupe drehte sich um und bemerkte, daß ihre Schwester einer Ohnmacht nahe war.

»Carlota!« sagte Lupe warnend.

»Schafft sie raus!« rief Luisa und eilte aus der Küche herbei. »Ihr ist schlecht, und ich habe gerade überall saubergemacht!«

»Helft mir«, forderte Salvador seine Neffen auf.

Die beiden halfen ihrem Onkel, Carlota ins Freie zu bringen, bevor sie sich übergeben mußte.

Die würgenden Geräusche, die Carlota draußen von sich gab, versetzten Luisa sogleich in bessere Stimmung. Sie lächelte und wandte sich Lupe zu. »Wie wäre es denn jetzt mit einem anständigen Drink?« fragte sie.

»Einem Drink?« echote Lupe.

»Ja, aber ein ordentlicher!« antwortete Luisa mit *gusto*.

»Luisa!« Salvador trat wieder in den Raum. »Sie meint eine Limonade!«

»Limonade?«

»Ja! Verdammt, Luisa. Komm mit in die Küche.« Salvador packte den Arm seiner Schwester und bugsierte sie, so schnell er konnte, aus dem Zimmer. »Ich habe dir doch hundertmal gesagt, daß man in Lupes Familie keinen Alkohol trinkt«, flüsterte er mit gepreßter Stimme.

»Ach, komm! Jeder Mensch trinkt doch ab und zu mal einen Schluck! Als nächstes erzählst du mir noch, daß sie auch nicht furzen.«

»Verflucht noch mal, Luisa!«

»Selber verflucht!«

»Soso«, sagte Dona Margarita, als sie mit Lupe allein war. »Du bist also Lupe. Ich habe so viel von dir gehört. Komm, setz dich neben mich und mach dir keine Sorgen wegen deiner Schwester. Die Jungen kümmern sich schon um sie.« Sie drehte Lupe herum und führte sie zu einem der Stühle, die um den Eßtisch standen. »Aber weißt du was, *mi hijita*? Ich habe das eigenartige Gefühl, daß ich dich schon mal irgendwo gesehen habe.«

»Ja, Salvador hat erwähnt, daß Sie mich an dem Tag, an dem ich Ihre Ziege gemolken habe, schon mal gesehen haben.«

»Genau! Das ist es!« rief die alte Frau so enthusiastisch, daß Lupe zusammenzuckte. »Du bist es! Du bist dieser Engel, den Gott gesandt hat! Laß dich anschauen. Ja, tatsächlich, du bist diejenige, von der ich Tag und Nacht gebetet habe, daß mein Sohn ihr begegnen sollte.« Sie führte die rechte Hand an die Brust und seufzte tief. »Oh, ich werde nie vergessen, wie ich dich das erste Mal gesehen habe«, fuhr die alte Lady fort, und ihre Augen funkelten begeistert.«»Ich war hier im Haus und habe durch den Spalt zwischen den Brettern beobachtet, wie du dich der Ziege genähert hast, so ganz ohne Scheu und doch ... voller Respekt!

Und ich sagte zu Juan, ich meine zu Salvador: ›Dieses Mädchen ist ein Engel Gottes. Sie ist nicht nur schön, sondern sie besitzt Verstand und Stärke. Genau die Eigenschaften, die eine gute Ehefrau haben sollte.‹ Und jetzt bist du hier. Meine Gebete sind erhört worden!« sagte sie und küßte das Kreuz, das an einem Rosenkranz um ihren Hals hing. »Glaub mir, Gott persönlich wacht über mein Heim!

Nun setz dich aber. Wir beide haben viel zu besprechen. Vergiß, was da in der Küche vor sich geht oder was draußen mit deiner Schwester los ist. Wir beide müssen unter vier Augen miteinander sprechen. Und wir haben nicht viel Zeit dazu. Wie ich neulich schon zu Salvador sagte, meine Zeit mit ihm geht nun zu Ende, und für euch beide beginnt ein neues Leben. Ich verspreche dir, *mi hijita*, ich werde nicht eine dieser Schwiegermütter sein, die sich in alles einmischen. Glaub mir, ich weiß nur zu gut, daß eine Ehe auch ohne das schwierig genug sein kann.« Sie blickte Lupe lächelnd an. »Gib mir deine Hand und laß dir meine Bewunderung aussprechen, du bist die Zukunft unserer *familia*.«

Lupe überließ der alten Dame ihre Hand, und Dona Margarita schenkte Lupe einen so liebevollen, bewundernden Blick, der gleichzeitig Stärke und Ehrerbietung ausdrückte, daß Lupe wie hypnotisiert war. Irgend etwas an dieser zahnlosen alten Lady hatte sie in ihren Bann gezogen. Der Ausdruck ihrer Augen, ihre ganze Ausstrahlung, gaben Lupe das Gefühl, an einen Ort zurückversetzt worden zu sein, wo alle Frauen sich mit gegenseitiger Bewunderung und Achtung begegneten, einen machtvollen Ort, an dem das Verstehen des Lebens geboren wurde.

»*Mi hijita, mi hijita*«, sagte die alte Dame immer wieder. »Das ist der Tag, den ich mein ganzes Leben lang herbeigesehnt habe, der Tag, an dem alle meine Wünsche in Erfüllung gehen.« Sie küßte Lupes Hand. »Glaub mir, das Leben ist voller Gottesgeschenke. Das Geschenk, zu sehen, zu fühlen, zu riechen und zu schmecken, das Geschenk, zu hören ... Aber das großartigste Geschenk von allen ist das Geschenk der Liebe.«

Doña Margarita schloß konzentriert die Augen. »Denn Gott

gab uns die Liebe nicht so wie unsere Sinne oder wie er uns Sonne, Mond und Sterne schenkte. Nein, in seiner unendlichen Weisheit gab Gott uns die Liebe als Hälfte eines Ganzen und überließ es uns, auf dieser Welt nach der anderen Hälfte zu suchen.« Sie lächelte. »Ist das nicht wundervoll? Er hat so viel Vertrauen zu uns, daß wir ihm bei der Vollendung seines größten Wunders, der Liebe, helfen dürfen. Und haben wir dies vollbracht, dürfen wir uns in der höchsten Form des menschlichen Daseins, der Ehe, vereinigen.« Doña Margarita glühte vor Eifer. »In der Ehe erhält jedes junge Paar die Möglichkeit, in Körper und Seele eins zu werden und damit das größte Wunder Gottes zur Vollendung zu bringen. Aber«, fügte sie hinzu, öffnete die Augen und hob warnend den Zeigefinger, »begehe nicht den Fehler, den so viele junge Frauen begehen, indem sie glauben, wenn sie erst einmal verheiratet sind, ginge der Rest schon von selbst und der Mann würde sich nun um alles kümmern. Solch eine Auffassung bedeutet den Tod für jede Ehe. Männer können kein Heim erschaffen, *querida,* glaub mir, dazu ist nur eine Frau fähig. Ich sage das nicht, weil ich meinen Sohn für schlecht oder verantwortungslos halte, sondern weil Frauen lernen müssen, daß Seele und Körper eines Mannes von Natur aus schwach sind und man ihnen die Verantwortung für die Basis eines gemeinsamen Lebens nicht anvertrauen kann.«

Sie lächelte und zwinkerte mit den faltigen Augenlidern. »Schließlich sind es die Frauen, denen Gott die Verantwortung für das werdende Leben anvertraut hat, nicht wahr? Nicht umsonst sind auch die himmlischen Wesen, außer *el sol,* alle weiblichen Geschlechts. Wir, *las mujeres,* tragen die Kraft des Lebens in uns. Wir besitzen die Stärke, auch in den düstersten Stunden den Mut nicht zu verlieren.«

Lupe lauschte den Worten der alten Frau so gebannt, wie sie noch nie im Leben, abgesehen natürlich von ihrer Mutter, einem Menschen zugehört hatte. Sie fühlte sich in die Tage ihrer Kindheit zurückversetzt, als die Welt noch voller Wunder und Magie gewesen war und jeder Tag mit einer neuen Überraschung aufgewartet hatte.

Tränen stiegen ihr in die Augen und ein unbändiger Stolz, eine Frau zu sein und in die Mysterien der Weiblichkeit eingeführt zu werden, erfüllte sie. Das gleiche Gefühl hatte sie schon einmal empfunden, in jener unvergeßlichen Nacht, als sie, zusammen mit der Mutter, ihren Schwestern und der alten Hebamme, den beiden Söhnen ihrer ersten großen Liebe auf die Welt geholfen hatte.

Als wäre die Zeit zurückgedreht worden, befand sie sich wieder in jener Welt, wo weiße Blütenteppiche die Berghänge wie duftende Wasserfälle bedeckten, wo ihre Mutter, die Geschwister und der Colonel den Mittelpunkt ihres Lebens ausgemacht hatten, ebenso wie die Sterne, das Mondlicht und *el sol*, das rechte Auge Gottes.

In diesem magischen Augenblick verwandelte sich Salvadors Mutter für Lupe in das schönste Wesen, das sie je gesehen hatte.

Salvador betrat den Raum und blieb ergriffen stehen, als er Lupe und seine Mutter in einträchtiger Zweisamkeit antraf. Was konnte er sich Schöneres wünschen, als daß die Frau, die er sein Leben lang gesucht hatte, seine alte Mutter mit der gleichen Bewunderung betrachtete, mit der er sie sah.

Lupe bemerkte, wie er sie beobachtete, und lächelte. Sie fühlte sich sicher und geborgen wie im Traum, wenn sie die Hand ihrer geliebten Mutter hielt. Sie wußte, daß sie die richtige Wahl getroffen hatte. Salvador war der Mann, den sie ihr Leben lang gesucht hatte. Sie streckte die Hand aus, und er kam zu ihr und setzte sich neben sie. Verzückt lauschten sie Doña Margaritas Worten, die fortfuhr, mit geschlossenen Augen die Geheimnisse des Lebens und der Liebe an die beiden jungen Leute weiterzugeben.

24

Lauernd beobachtete der Teufel, wie sie sich Schritt für Schritt ihrem Paradies näherten. Kurz vor ihrem Ziel holte er zu einem letzten, verzweifelten Schlag aus, um ihnen den Zutritt zum Garten Eden zu verwehren

Beim ersten Mal dachte sich Doña Margarita nichts weiter dabei, als sie bemerkte, daß Salvador bei Archies Erscheinen aus der Hintertür verschwand. Beim zweiten Mal jedoch ahnte sie, daß ihr Sohn in Schwierigkeiten steckte. Am Abend wartete sie auf ihn, um mit ihm zu reden, aber als er heimkam, war er zu müde, um sich noch zu unterhalten. Er war den ganzen Tag unterwegs gewesen und hatte Whisky gegen Schweine und Hühner eingetauscht, die sie für das große Festessen am Hochzeitstag schlachten wollten.

Am nächsten Morgen unternahm Doña Margarita einen erneuten Versuch, mit ihrem Sohn zu reden. »Später, Mama«, wehrte er ab, »siehst du nicht, daß ich alle Hände voll zu tun habe? Ich muß noch einiges erledigen, und heute nachmittag will ich mit Lupe zur Anprobe zu Harry rüberfahren.«

»Na gut«, sagte die Mutter, »das sehe ich ein. Aber wir müssen unbedingt miteinander reden.«

»Wieso denn, Mama?« fragte er wie ein ungezogenes Kind.

»Weil ich es sage, deshalb!« fuhr sie ihn an.

»Okay, schon gut, aber jetzt nicht.«

Zum ersten Mal in seinem Leben als Erwachsener war Salvador rundherum glücklich und hätte am liebsten alles gleichzeitig in Angriff genommen. In dieser Stimmung stand ihm der Sinn absolut nicht nach einem dieser kleinen Mutter-Sohn-Gespräche.

Zwei Tage vor dem Hochzeitstermin wurde Doña Margarita jedoch Zeuge eines Zwischenfalls, der sie davon überzeugte, daß die Seele ihres Sohnes ernsthaft gefährdet war.

Salvador befand sich mit einigen Freunden im Garten hinter dem Haus, wo sie bei ein paar Gläsern Whisky den Musikern lauschten, die er für die Hochzeit engagieren wollte, als Don Febronio mit zwei von seinen Söhnen vorbeikam.

»Hi, Salvador«, grüßte Don Febronio und ging lächelnd mit seinen Jungen auf ihn zu. Alle drei überragten Salvador um Haupteslänge. »Ich habe eine Ziege für dein Barbecue mitgebracht. Alles Gute zur Hochzeit.«

»Eine Ziege, so so!«

»Genau, ein schönes, fettes Tier, für dich und deine Braut«, bestätigte Don Febronio grinsend.

»Eine Ziege!« wiederholte Salvador, dem die Galle hochstieg, während er in das lächelnde Gesicht des Mannes blickte. »Nimm deine Ziege und steck sie dir samt Hörnern in den Arsch, du Dreckskerl, du!«

Salvador zog seine 38er und jagte der Ziege eine Kugel in den Kopf. Die beiden Jungen wichen erschrocken zurück, und das Tier schrie, während Blut aus der Wunde quoll.

»Jetzt, wo ich wieder Geld habe, kommst du und willst mir helfen! Du dreckiger Bastard!« brüllte Salvador und stürzte auf die drei zu. »Ich sollte dich auch umlegen!«

Febronios ältester Sohn, der sechzehn Jahre alt war, stellte sich vor seinen Vater, um ihn vor diesem offenbar Wahnsinnigen zu beschützen.

Durch die tapfere Geste des Jungen gerührt, bekam Salvador Mitleid. Er feuerte in die Luft und schrie: »Macht, daß ihr hier verschwindet! Sofort!«

Febronio warf Salvador einen mörderischen Blick zu, packte seinen Sohn und zerrte ihn zurück. »Okay, wir verschwinden, aber ich werde das nicht vergessen, Salvador!« warnte der große, dunkelhäutige Mann aus Zacatecas.

»Gut! Vergiß es ja nicht! Denk dein Leben lang daran, was für ein verlogenes Stück Scheiße du bist! ›Ich habe kein Geld!‹ Ha! Dabei hast du eine ganze Kiste voll Geld unter dem Fußboden deines Hauses vergraben! Und ich habe dir immer wieder geholfen!« Salvador feuerte zwei weitere Schüsse genau vor ihre Füße, um sie aus dem Garten zu treiben. »Und wag es nicht, noch mal hier aufzutauchen, du mieser Dreckskerl!« schrie er den dreien hinterher, als sie in ihren Truck stiegen und davonfuhren.

Aus dem Inneren des Hauses beobachtete Doña Margarita,

wie die angetrunkenen Freunde Salvadors ihm gratulierten und ihm versicherten, daß er das Richtige getan hatte und daß Pancho Villa genauso gehandelt hätte. Die alte Frau war empört. Am Abend paßte sie Salvador ab, als er zu Bett gehen wollte.

»*Mi hijito*«, sagte sie, »wir müssen miteinander reden, und zwar sofort.«

»Ach Mama, kann das nicht warten?« stöhnte er und legte sich hin. »Ich bin wirklich müde.«

»Nein, kann es nicht«, erwiderte sie. »Setz dich auf!«

Beim scharfen Ton der Mutter richtete Salvador sich wieder im Bett auf. Er sah sie an und bemerkte, daß sie außer sich vor Zorn war.

»Was ist denn los, Mama? fragte er. »Ist einer der Jungen in Schwierigkeiten?«

»Ja, du!«

»Ich? Aber mir geht's bestens«, antwortete er erstaunt. »Ich bereite alles für mein großes Hochzeitsfest vor, wie du es dir immer gewünscht hast!«

»Ja, nur dich selbst vergißt du bei deinen Vorbereitungen«, herrschte sie ihn an. »Seit über einer Woche hängst du mit deinen Freunden 'rum, besäufst dich, besorgst dieses und jenes für die Hochzeit, aber das Wichtigste, hier in deinem Herzen, hast du dabei vergessen«, sagte sie und stieß ihm ihren Zeigefinger auf die Brust.

»In meinem Herzen? Aber Mama, ich liebe Lupe doch von ganzem Herzen.«

»Und was glaubst du, wie lange diese Liebe dauern wird?« fragte sie verärgert. »He? Meinst du, nur weil du jung und stark bist und den Wunsch nach Kindern verspürst und sie so schön ist, bist du bereit? Das heißt noch gar nichts, *mi hijito*. Diese Art der Hitze verspürt jeder Esel, und auch bei dem kommt sie aus dem Innersten.

Nein, *mi hijito*«, fuhr sie fort, »jetzt hör mir gut zu. Wenn du so weitermachst, wirst du deine Ehe ruinieren, bevor sie überhaupt begonnen hat.«

»O Mama«, erwiderte er, »es ist wirklich alles in Ordnung. Du hast mir doch schon alles über die Liebe, die Ehe und die Rückkehr ins Paradies erzählt, und ich stimme in allem mit dir überein, also bitte laß es gut sein.«

»Ich soll es gut sein lassen?« fragte sie bissig. »Dann sag mir, hast du dein Herz und deine Seele gereinigt, um gemeinsam mit Lupe in den Garten Eden zu treten? Bist du wirklich in der Lage, den sieben Versuchungen zu widerstehen, mit denen der Teufel jede Ehe zu zerstören sucht?«

»Ja, ich glaube schon. Ich habe mit dem Priester gesprochen, und … na ja, ich habe viel Zeit damit verbracht, über diese Dinge nachzudenken.«

»Unfug! Ich habe gesehen, wie du Don Febronio heute verflucht und vor seinen Söhnen bloßgestellt hast! Ich sehe sehr wohl, wie du jedesmal durch die Hintertür verschwindest, wenn Archie hier aufkreuzt. Ich sehe, daß du dich wie ein Feigling verhältst, wenn es darum geht, dich jenen Dingen zu stellen, die dir wirklich zu schaffen machen! Du bist ein gefundenes Fressen für die Versuchungen des Teufels!«

Salvadors Herz begann zu klopfen, als er sich des Hasses und Zornes in seinem Inneren bewußt wurde.

»Nein, *mi hijito*«, fuhr Dona Margarita mit tränenfeuchten Augen fort, »eins kann ich dir sagen, bevor du nicht deinen Frieden mit dir selbst geschlossen und dich von diesem Haß, der dir wie eine Zentnerlast auf deiner Seele liegt, befreit hast, wird diese Liebe, die du für Lupe empfindest, nicht mal ein Jahr währen.«

»Das ist nicht wahr, Mama. Du weißt ja nicht, was zwischen Archie, Febronio und mir vorgefallen ist. Es ist mein gutes Recht, sie zu hassen.«

»Da haben wir's«, sagte sie mit erhobenem Zeigefinger, »auf seinem Recht zu beharren ist die Versuchung Nummer eins, die der Teufel stets ins Spiel bringt.«

»Was?« fragte er verständnislos.

»Sieh mal, *mi hijito*«, fuhr sie fort, »ich brauche gar nicht zu wissen, was zwischen dir und diesen Männern vorgefallen ist. Es interessiert mich nicht, wer von euch recht oder unrecht hat, denn was immer es auch war, ich bin sicher, daß es dumm war und der Vergangenheit angehört.«

»Nun, in gewisser Weise, ja, aber …«

Sie bedeutete ihm, zu schweigen und sah ihn eindringlich an.

»Schau, ich war Zeuge, als du an jenem Tag, als wir den Rio Grande überquerten, dein Vertrauen verloren hast. Ich sah mit an, wie mein Kind, das ich mit aller Liebe großgezogen hatte, in seiner Verlorenheit sein Inneres verhärtete und zu einem Mann wurde, der bereit war zu töten. Und all das erkannte ich auch heute nachmittag wieder, als Febronio vorbeikam, um dir alles Gute zu wünschen.«

Salvador verlor die Beherrschung. Er sprang von seinem Lager auf und schrie: »Aber dieser Bastard von Febronio hat mich in der größten Not mit Füßen getreten, Mama! Ich war am Ende! Ich habe mich an ihn gewandt, weil ich dachte, er sei mein Freund, und weil ich ihm schon so oft geholfen hatte. Und ihm fiel nichts Besseres ein, als mich zu belügen und zu behaupten, er hätte kein Geld! Dabei weiß ich, daß es nicht stimmt. Er hat eine Eisenkiste voller Geld unter seinem Haus vergraben. Ich hätte ihn heute töten sollen! Mit samt seinen großartigen Söhnen. Ich hätte die Hundesöhne abknallen sollen. Ich hasse sie! Unsere Landsleute haben es nicht verdient zu leben!«

»Aha, ich verstehe«, sagte Doña Margarita. Sie hatte richtig vermutet. Kaum hatte sie ein wenig an der Seele ihres Sohnes gekratzt, da kam auch schon all der Haß zum Vorschein, mit dem der Teufel sein Innerstes vergiftet hatte, und quoll wie Schaum aus seinem Mund. Selbst die Liebe, die er für Lupe empfand, hatte es nicht vermocht, sein Innerstes zu durchdringen. In all den Jahren hatte er nichts von seiner Mutter gelernt.

»Oh, *mi hijito*«, seufzte die alte Frau, »es tut weh, dich so zu sehen. Aber versteh mich richtig, ich schere mich weder um die arme Ziege, die du getötet hast, noch um Febronio oder seine Söhne. Das einzige, worum es mir geht, das bist du – mein eigen Fleisch und Blut – und dieser Haß, der wie ein Dämon in deiner Brust sitzt«, sie berührte seine Brust mit den Händen.

»Aber weshalb sollte ich keinen Haß verspüren, Mama?« fragte er. »Febronio und meine anderen mexikanischen Landsleute haben mich im Stich gelassen. Sie alle sind einen Dreck wert! In Montana habe ich erlebt, wie die Griechen zusammenhalten, wie sie alles gemeinsam anpacken und mit ihrer Ehre dafür geradestehen. Und was tun unsere Landsleute? Sie lassen sich hier in verdammten Steinbrüchen zu elenden Sklaven degradieren!« rief er unter Zornestränen. »Als ich mit dem Pokerspiel begann und von einer Stadt zur anderen zog, habe ich mit angesehen, wie unsere Leute den *gringos* die Füße leckten wie gottverdammte Hunde! Genauso war es, als ich Lupe kennenlernte. Was sehe ich da? Unsere Leute, Mama, wie sie vor einem fettarschigen Aufseher, den ich mit links hätte erledigen können, im Staub kriechen!

Ja, du hast recht, ich trage Haß in mir. Haß gegen unsere eigenen Landsleute, und weißt du was? Ich bin stolz darauf! Stolz! Hast du verstanden? Ich bin kein Narr! Verglichen mit den Griechen oder den *gringos* sind unsere Leute nicht den Staub wert, den sie unter ihren Fingernägeln haben!«

Stolz und aufrecht stand der dunkelhäutige, stämmige junge Mann – ein genaues Ebenbild derer, die er so sehr haßte – mit entschlossenem Gesichtsausdruck vor seiner Mutter, während ihm Tränen des Bedauerns und des Zorns über die Wangen rannen. Mitleid überkam Doña Margarita, und sie breitete die Arme aus. Widerstrebend ging er näher und sank schließlich vor ihr auf die Knie, um seinen mächtigen Kopf in ihrem Schoß zu verbergen und seinen Tränen freien Lauf zu lassen.

»Oh, *mi hijito, mi hijito*«, seufzte sie und strich ihm immer wieder übers Haar. »Was sollen wir nur tun? Merkst du denn nicht, daß dieser Haß nur die Versuchung des Teufels ist, des gleichen Teufels, der schon dafür gesorgt hat, daß Adam und Eva das Paradies verlassen mußten, und der auch deinen Vater getötet hat? Es ist der gleiche Dämon, den wir alle – auch ich – in uns tragen; der Grund, warum wir niemals das Vertrauen in Gott verlieren dürfen.« Sie holte tief Luft. »So sicher, wie wir atmen, so sicher ist es, daß der Teufel von deiner Seele Besitz ergriffen hat.«

»Nein, das stimmt nicht, Mama. Es ist nicht der Teufel, der von mir Besitz ergriffen hat, sondern die Wahrheit. Gottes schreckliche Wahrheit über unsere Landsleute, die mir erst in diesem Land bewußt geworden ist. Und ich denke nicht daran, mir selbst etwas vorzumachen, indem ich diese Tatsache leugne. Unsere Leute, *la gente*, taugen nichts, Mama. Das ist die Wahrheit.« »Ich verstehe«, sagte sie. »Schon gut. Gib mir deine Hand und tritt einen Schritt zurück. Und schau mich an.«

Salvador tat, wie sie ihm gesagt hatte. »Siehst du mein

Gesicht? Meine alte, dunkle Haut? Siehst du mich wirklich? Nun, vor dir steht eine von diesen *mejicanos*, die du so haßt, *mi hijito*.«

Er schüttelte den Kopf. »Nein, Mama, du nicht. Du bist eine Ausnahme.«

»Aha, und weshalb sollte ich eine Ausnahme sein? Ich bin dunkelhäutig, klein, in meinen Adern fließt Indianerblut, und ich gebe niemandem einen Cent, der nicht zu unserer Familie gehört. Möglicherweise hätte ich jemanden wie dich auch abgewiesen. Also sag, weshalb sollte ich eine Ausnahme sein?«

»Nun, du bist, na ja, du bist meine Mutter«, antwortete er.

Das schallende Gelächter, in das Doña Margarita daraufhin ausbrach, verblüffte ihn. »Oh, das ist ja großartig«, rief sie und lachte. Wundervoll! Deine Mutter zu sein ist also der einzige Grund, der mich vor deinen Verwünschungen bewahrt?«

»Nein, ... äh, ich meine, ich wollte sagen, dich liebe ich, Mama.«

»Aber deine Mutter ist Mexikanerin, wie kannst du sie dann lieben, *mi hijito?* He, schau mich an, sieh nicht weg. Denk einmal genau darüber nach, was du gesagt hast und daß ich exakt das bin, was du haßt.«

»Nein, Mama!« rief er. »Das ist nicht wahr!«

»Doch, *mi hijito.* Und ich bin auch die gleiche Frau, die euer Vater heiratete, weil er sie einst liebte, und die er später verflucht hat, als er dem Wahnsinn verfiel.«

Salvador schloß die Augen. »Nein«, flüsterte er, »nein.«

»Doch«, beharrte sie, »doch.« Sie spürte, daß sie fast zu ihm durchdrang und daß er sich der Bedeutung seiner Behauptungen allmählich bewußt wurde.

»*Mi hijito*«, sagte sie sanft und streichelte seine Hand. »Wenn du versprichst, mir gut zuzuhören, dann werde ich dir ein Geheimnis verraten. Ein Geheimnis, das ich selber erst vor kurzem erfahren habe.«

Salvador rückte unwillkürlich ein Stück näher. Von klein auf hatte er die Geheimnisse der Mutter geliebt, sie waren stets wie ein Stück Abenteuer für ihn gewesen.

»Weißt du«, begann sie, »neulich in der Kirche stieg die Jungfrau Maria wieder einmal zu mir hinab, und wir plauderten und scherzten miteinander, wie so oft, als sie plötzlich das Thema wechselte. Sie ermahnte mich, auf der Hut zu sein, weil der Teufel hier in der Gegend sein Unwesen trieb; er sei darauf aus, einen großartigen Plan, an dem Gott schon lange gearbeitet habe, zu vereiteln.

Natürlich habe ich sogleich an unsere Familie gedacht, glaubte aber nicht, daß es etwas mit dir zu tun haben könnte, da du frisch verliebt bist und kurz vor der Hochzeit stehst. Ich machte mir eher Sorgen um Luisas oder Domingos Seele. Aber als ich heute miterlebt habe, wie du vor einem Mann, der nur gekommen war, dir alles Gute zu wünschen, derart die Beherrschung verloren hast und wie dieser unbändige Haß aus dir herausbrach, genau wie es bei deinem Vater so oft der Fall war, da wußte ich, daß du es bist, auf den der Teufel es in seiner Bösartigkeit abgesehen hat.

Ich sah es ganz klar vor Augen, *mi hijito;* wenn der Teufel dich dazu bringen konnte, deine mexikanischen Brüder derart zu hassen, dann würde er es auch schaffen, daß du eines Tages die Frau, die du heute so liebst, und möglicherweise sogar deine Kinder, hassen würdest.«

Salvador wich zurück und blickte seine Mutter entsetzt an. »Nein«, widersprach er, »nein, nein, nein, Mama. Du hast unrecht. Ich liebe Lupe. Und wir werden wundervolle Kinder haben. Ich würde sie niemals hassen! Das schwöre ich!«

»Oh«, erwiderte die Mutter und trat ganz nah vor ihn hin. »Und wenn deine Kinder eines Tages einmal nicht ganz so wundervoll sind oder du einfach zu müde bist, dich um sie zu kümmern, oder eins von ihnen klein und dunkelhäutig ist wie die meisten *mejicanos?* Was willst du dann tun? Wirst du es wie dein Vater halten und nur für diejenigen unter deinen Kindern Geduld aufbringen, die hellhäutig und hochgewachsen sind und den *gringos* ähneln, die du so bewunderst? Oder wirst du es umgekehrt halten, was ebenso schlimm ist, und die *gringos* hassen und mit ihnen deine hellhäutigen Kinder?«

»Hör auf, Mama!« sagte Salvador und faßte sich an den Kopf. »Du hältst mich zum Narren!«

»Ach, und hält der Teufel dich vielleicht nicht zum Narren? Ich tue dir lieber jetzt weh, solange du noch keine Kinder hast, als daß ich dich heiraten und Kinder in die Welt setzen lasse, die du haßt! Und du wirst sie hassen! Glaub mir!« schrie sie ihn an. »Die

Saat der Schande keimt bereits in deinem Herzen. Jener Schande, die über unser Volk gekommen ist, seit die Spanier unser Land betreten haben: Der Selbsthaß. Hör auf damit, *mi hijito*. Du mußt dagegen ankämpfen! Es ist Gottes Wille, daß die Menschen sich von ihren persönlichen Haßgefühlen befreien. Gerade hier in diesem Land, wo so viele verschiedene Nationen zusammenleben, sollten wir uns bewußt sein, daß wir alle Gottes Kinder sind. Jeder einzelne von uns!

Und du und deine Frau, ihr könntet den Weg dafür ebnen, denn ihr gehört zu der Generation, die in diesem Land von Anfang an dabei war. Begreifst du nicht, daß der Schlüssel zu deinem Glück in eurer Hand liegt? Genauso war es bei deinem Großvater, Don Pio. Du hast die Möglichkeit, eine Vision in die Wirklichkeit zu rücken. Du besitzt die geistige Kraft und die Stärke, über deine persönlichen Enttäuschungen hinwegzusehen und die positiven Eigenschaften deines Volkes zu erkennen, so daß du hier in diesem Land deinen Frieden mit dir selbst machen und den Versuchungen des Teufels widerstehen kannst. Darin lag auch die Stärke Don Pios. Er hat nie aufgehört, den Glauben an Mexiko und an seine Männer zu verlieren, obgleich sich einige von ihm abwenden wollten. Er blieb ihnen stets voller Liebe zugetan und brachte sie dazu, ihm nach Norden zu folgen, wo sie gemeinsam eine Stadt hoch in den Bergen erbauten, in der ihre Kinder frei heranwachsen konnten.

Auch sie waren Mexikaner, in deren Adern sich das Blut verschiedener Rassen vermischt hatte. Sie hatten den Traum, eine neue Lebensform zu schaffen, in der niemals mehr ein Mensch einen anderen als Sklaven halten würde. Das war Don Pios Traum! Sein Ziel! Und er war dunkelhäutig! Und klein! *Puro mejicano de las Américas!* Und er war ein wundervoller Mensch! Hörst du? Wundervoll!«

»Aber Mama, ich bitte dich! Ich habe doch gar nichts gegen ihn gesagt«, versuchte Salvador sie zu beschwichtigen.

»Halt den Mund! Denn du stehst kurz davor, dich bis in alle Ewigkeit zu versündigen! Du bist der Bote des Teufels, und mit deiner Einstellung bist du der Inbegriff dessen, was Don Pio versuchte, zu bekämpfen!«

»Bitte, Mama, sprich nicht so mit mir!« flehte er.

»Doch! Und ob ich das tue! Ich schreie es dir ins Gesicht!« rief sie aufgebracht und verpaßte ihm eine Ohrfeige. »Der Teufel hat von dir Besitz ergriffen! Du bist jung und intelligent genug, um das Richtige zu tun! Aber nein, er hat dich dazu gebracht, daß du den einfachen und gotteslästerlichen Weg gehst! Du! Das letzte Kind, das ich aus meinen Lenden geboren habe! Das Wunder, das Gott mir im Alter geschenkt hat. Deshalb hatte ich dir den Namen Salvador, der Retter, gegeben! Ich hoffte, daß du tatsächlich einmal der Retter unserer Familie sein würdest, in der es bereits so viel Haß zwischen dem Vater und seinen Söhnen und zwischen den Brüdern gab. Welche Mühe habe ich mir gegeben, um nicht die gleichen Fehler zu machen wie bei der Erziehung meiner anderen Kinder ... und nun beschließt du einfach, den leichten Weg des Hasses zu beschreiten?

Mein Gott, verstehst du denn nicht, daß wir Mexikaner hier in diesem Land, wo die hellhäutigen *gringos* alle Macht und alle Vorteile auf ihrer Seite haben, verletzbarer sind denn je? Begreifst du nicht, daß dieser Haß in dir aufhören muß? Daß du deinen Verstand benutzen und über dich selbst hinauswachsen mußt. Wenn du dir ein paar Enttäuschungen derart zu Herzen nimmst, ist es kein Wunder, daß der Teufel ein leichtes Spiel mit dir hat!«

Tränen rannen Salvadors Wangen hinab, während er den Kopf schüttelte und seine Mutter ehrfürchtig anstarrte. Sie konnte einen wahrhaftig das Fürchten lehren, wenn sie mit solch unerschütterlicher Vehemenz ihre düsteren Prophezeiungen ausstieß. Kein Wunder, daß Gott die Jungfrau Maria so oft ausgesandt hatte, um mit der Mutter zu sprechen. Selbst im Himmel fürchteten sie seine alte Mutter offenbar so, daß sie es für angebracht hielten, eine Frau vorzuschicken, um ihr aufbrausendes Temperament in Schach zu halten.

Salvador erhob sich. »Entschuldige mich, Mama«, sagte er, »aber ich muß dringend mal pinkeln.«

»Freut mich, daß ich dir so eingeheizt habe«, lachte Doña Margarita. »Geh nur, ich setze in der Zwischenzeit Kaffee auf und schütte uns einen kleinen *whiskito* ein. Ich bin nämlich noch lange nicht fertig!«

Salvador verdrehte die Augen, küßte sie auf die Wange und eilte nach draußen. Unter dem Avocadobaum knöpfte er sich die

Hose auf, und während er pinkelte, betrachtete er den Sternenhimmel, von dem der Mond auf ihn herabblickte. Seine Mutter war wirklich ein harter Brocken, und obgleich er einsah, daß sie recht hatte, konnte er sich von seinem Haß auf Archie und Febronio nicht befreien. Möglicherweise war er nun einmal kein Mann vom Schlage seines Großvaters Don Pio, vielleicht war das Blut der Villaseñors in seinen Adern doch stärker, so daß er sich niemals von seinen persönlichen Haßgefühlen würde lösen können. Er knöpfte seinen Hosenschlitz wieder zu und beobachtete seufzend, wie der Mond hinter ein paar kleinen Wölkchen verschwand. Er wußte einfach nicht, was er tun sollte. Schweren Herzens trottete er wieder ins Haus, wo seine Mutter sich über dem kleinen Holzkohleofen die Hände wärmte.

»Nun, Mama«, begann er und nahm das Glas Whisky entgegen, das sie ihm reichte, »du hast recht. Hier, in meinem Kopf verstehe ich, was du mir sagen willst, aber wie soll ich mich denn gegen diesen Haß wehren, der sich in meinem Herzen und in meiner Seele eingenistet hat? Soll ich mich vielleicht selbst belügen und einfach die Augen davor verschließen?«

Doña Margarita nippte an ihrem Whisky, ohne ihn eines Blickes zu würdigen. »Tja, das ist eine sehr gute Frage«, sagte sie schließlich. »Wie sollst du dieses Wunder zustande bringen, wenn dein eigener Vater nicht dazu fähig war? Was kannst du tun, um diese Tragödie, daß er blind gegen sein eigen Fleisch und Blut war, nicht zu wiederholen?

Ich weiß noch, wie dein Bruder Jose, als er ein kleiner Junge war, deinem Vater auf Schritt und Tritt folgte, er betete förmlich den Boden an, auf dem dein Vater ging, so sehr liebte er ihn. Er hat nie verstanden, weshalb euer Vater so ungeduldig mit ihm war.« Tränen stiegen in ihre Augen. »Es war furchtbar für mich, das mit anzusehen, und ich wäre am liebsten gestorben. Was konnte ich tun? Es war nicht möglich, mit deinem Vater darüber zu sprechen. So kam es schließlich dazu, daß dein Vater Jose bei einem seiner typischen Wutanfälle aus dem Haus warf, nur weil dieser versehentlich gezeigt hatte, daß er ein besserer Reiter als euer Vater war. Dabei war Jose damals erst fünfzehn Jahre alt gewesen, und es war bestimmt nicht seine Absicht gewesen, respektlos zu sein.

Von diesem Tag an war euer armer Vater nicht mehr wiederzuerkennen. Der Teufel hatte von seiner Seele Besitz ergriffen, und er war blind vor Haß. Er hatte Wahnvorstellungen und bildete sich ein, daß er versagt und deshalb all seine Söhne verloren hätte. Dabei lebten sie damals noch und waren alle wohlgeraten. Und du, *mi hijito*, du bist einer davon, du bist seine zweite Chance. Nein, du sollst dich nicht selbst belügen und deine Augen vor der Wahrheit verschließen. Im Gegenteil, mach die Augen weit auf, und blick der Wahrheit ins Gesicht. Aber klammere dich nicht an deine persönlichen Enttäuschungen, sondern wachse daran, so wie Don Pio, als er das erste Mal mit seinen beiden Brüdern nach Los Altos de Jalisco kam.«

Salvadors Herz begann heftig zu klopfen.

»Du mußt Gott darum bitten, daß er dir hilft, Vertrauen zu gewinnen, und dir immer vor Augen führen, daß es der Teufel ist, der versucht, die Menschen mit Haß, Verwirrung und Dunkelheit ins Verderben zu stürzen, und daß Gott uns das Licht schenkt, damit wir uns in Liebe vereinen und das Gute in uns zum Leuchten bringen. Du darfst das Vertrauen in das Gute im Menschen nicht verlieren, und genau wie Don Pio es auf dem El Cerro Grande in Los Altos de Jalisco getan hat, mußt du deine ganze Kraft darauf konzentrieren, dementsprechend zu handeln. Allein darin besteht die Stärke jedes Mannes und jeder Frau, die ihre Vision Wirklichkeit werden lassen!

Nicht den Versuchungen des Teufels anheimzufallen, sondern in der festen Überzeugung nach den Sternen zu greifen, daß wir, die menschliche Rasse, auf dieser Erde nur dann überleben können, wenn wir unseren Frieden mit uns selbst und allen anderen Lebewesen dieser Erde gemacht haben, das ist Gottes Plan. Der Plan, an dem er seit Jahrtausenden arbeitet! Und wir leben in der Stunde, in der die Menschen sich erheben und einander die Hände reichen sollten. Auch du mußt deinen Teil dazu beitragen, *mi hijito*, das ist der Grund, warum ich dich mit Liebe großgezogen habe. Hörst du? Mit LIEBE!«

Sie verstummte, und Salvador bemerkte, wie seine Mutter vor Leidenschaft förmlich glühte. Es erschien ihm, als würde ein inneres Licht sie zum Leuchten bringen; als würden all die Jahre von ihr abgleiten, er erkannte in diesem Augenblick das junge Mädchen in ihr, das sie einst gewesen war.

»Ach, Mama«, sagte er und kniete vor ihr nieder. »Ich liebe dich, und ich wünsche mir wirklich ein besseres Leben für unsere Landsleute in diesem Land, oder daheim in Mexiko, aber ich kann nichts dagegen tun, ich werde diesen Zorn auf Archie und Febronio einfach nicht los.«

Dona Margarita warf den Kopf zurück und lachte. »Zorn? Nun, kein Mensch hat dir verboten, zornig zu sein, *mi hijito*. Zorn ist etwas sehr Sinnvolles. Sei ruhig zornig, aber geh zu Archie und Febronio, und sprich dich mit ihnen aus. Dafür hat Gott uns die Sprache geschenkt. Sie war der erste Schritt, der uns aus der Dunkelheit führte. Die Sprache ist das Schwert, mit dem wir den Teufel bekämpfen. Also geh, sei zornig und sprich mit ihnen, aber«, sie erhob ihren Zeigefinger, »hör auf, Haß mit dir herum-zutragen. Denn Haß ist das Instrument, mit dem der Teufel tötet und zerstört! Hörst du? Haß war es, der die Menschen seit jeher in den Untergang getrieben hat.«

»Aber zornig darf ich sein?«

»Natürlich. Warum auch nicht? Zorn öffnet Türen und kann dich sogar beflügeln. Du siehst ja, ich war auch zornig auf dich, deshalb sitzen wir jetzt hier und reden miteinander.«

»Ja, ich verstehe, was du meinst«, erwiderte er.

»Da bin ich aber froh. Verstehen ist immerhin ein Anfang. Aber vergiß nicht, dieser Haß gegen deine eigenen Landsleute, der so leicht von dir Besitz ergriffen hat, verschwindet nicht einfach, nur weil du verstehst. Er wird dir in verschiedenen Gestalten immer wieder begegnen, *mi hijito*. Er ist das Kreuz, das du für den Rest deines Lebens zu tragen hast.«

Salvador seufzte, und die Mutter umfaßte seine große Hand mit ihren beiden Händen und streichelte sie zärtlich.

»*Mi hijito*«, sagte sie, »der Kampf zwischen Gut und Böse oder Gott und Teufel, wenn du so willst, geht niemals zu Ende. Er stellt die Herausforderung für jede neue Generation dar, damit sie ler-nen, die Augen zu öffnen und ihre eigenen Visionen zu erkennen. Deshalb mußt du auch zugeben, daß dieses Kreuz, das Gott zu tragen dir auferlegt hat, ebenso seinen Sinn erfüllt wie jenes, das er unserem Herrn Jesus Christus aufgebürdet hat.«

Sie hielt inne und berührte ihren Rosenkranz mit den Lippen. Salvador sah, daß sie immer noch, wie von einem inneren Licht durchdrungen, glühte, gleich einem Mesquitescheit, das noch lange, nachdem das Feuer verloschen war, seine Wärme verströmte. Er erkannte, daß diese alte Frau, die dort vor ihm saß, wahrhaftig zu jenen menschlichen Wesen gehörte, die wie dafür geschaffen waren, Gottes Liebe zu verkünden. Tränen der Rührung stiegen in seine Augen.

»O Mama«, sagte er, »ich liebe dich, aber du bist wirklich ein harter Brocken!«

»Und ob ich das bin«, erwiderte sie lächelnd. »Ich bin froh, daß du das erkannt hast, denn eins schwöre ich dir, auch wenn ich tot bin und du uralt und fast taub bist, werde ich in deinem Herzen und in deiner Seele immer bei dir sein. So wie sich die Zecke in den Arsch des Hundes verbeißt, werde ich niemals locker lassen und dir gegebenenfalls die Hölle heiß machen. Jedesmal wenn du oder einer deiner Nachkommen nachlässig wird und droht, in die Fänge des Teufels zu geraten, wirst du von mir hören, das kannst du mir glauben!«

Salvador prustete laut heraus. »Klar, Mama«, antwortete er. »Das glaube ich dir aufs Wort!«

»Gut! Ich sehe, wir verstehen uns. Dann laß uns zum Schluß kommen und zum Gebet niederknien, damit ich mir endlich noch einen Schluck *whiskito* und eine meiner kleinen *cigarritos* genehmigen kann, während du uns frischen Kaffee aufbrühst.«

Er folgte ihrem Beispiel und legte die Handflächen zum Gebet aneinander. Zum ersten Mal, seit er den Rio Grande überquert hatte, betete Juan Salvador wieder zu Gott und bat um Vergebung und einen Platz in Gottes großartigem Plan.

Am nächsten Tag schlief Juan bis in den späten Vormittag. Als er erwachte, hatte er das Gefühl, eine Zentnerlast sei von ihm genommen, und er atmete wie befreit auf. Jetzt erschien ihm alles ganz einfach. Er würde den Priester aufsuchen, seine Sünden beichten und sogar die Sache mit Duel gestehen, jene Episode in seinem Leben, die er so tief in seinem Innersten vergraben hatte. Anschließend würde er Archie und Don Febronio aufsuchen und sich bei ihnen entschuldigen. Auf einmal war es gleichgültig, was sie ihm angetan hatten, was zählte, war nur noch, welchen Schaden er sich selbst mit seinen Haßgefühlen zugefügt hatte.

Salvador stand auf, duschte und rasierte sich, zog seinen besten Anzug an und machte sich auf den Weg zum Priester. Er traf den Geistlichen im Kirchgarten an, wo er die Rosen goß.

»Schön dich zu sehen, Salvador«, begrüßte ihn Pater Ryan. »Ich habe dich bereits erwartet.«

»Mich erwartet?« wunderte sich Salvador. »Woher wußten Sie denn, daß ich komme?«

»Deine Mutter sagte mir vor ein paar Tagen, daß sie sich Sorgen um dich machte und daß du bestimmt vorbeikommen würdest«, antwortete der Priester und stellte die Gießkanne ab. »Deine Mutter ist eine großartige Frau, ich genieße jede Minute, die ich mit ihr verbringe.«

»Danke, mir geht es genauso.«

»Natürlich, wie sie mir erzählte, bist du ihr letztes Kind, das Gott ihr als besonderes Geschenk gewährt hat, und hast einen besonderen Lebensweg vor dir.«

»Nun, apropos Lebensweg, ich bin gekommen, um die Beichte abzulegen.«

»Schön«, antwortete der Priester, und sie begaben sich in die Kirche.

Als Salvador nach genau drei Stunden und zweiundzwanzig Minuten seine Beichte beendete, hatte er das Gefühl, als sei seine Seele, gleich einem Bündel schmutziger Wäsche, in einem klaren Fluß mit Seife und Bimsstein bearbeitet und von allen Flecken gereinigt worden.

Anschließend machte er sich auf den Weg zu Archie, den er jedoch nicht zu Hause antraf. Salvador tat einen tiefen Atemzug und fuhr weiter zu Don Febronios Haus. Der große, hagere Mann empfing ihn mit einem Gewehr in der Hand, und Salvador öffnete rasch sein Jackett, um zu zeigen, daß er unbewaffnet war. Doch Febronio schob ungerührt eine Patrone in die Gewehrkammer.

»Was willst du?« schrie er Salvador an. »Hat es dir nicht gereicht, mich vor meinen Söhnen zu beleidigen?«

Er feuerte Salvador eine Gewehrsalve vor die Füße. »Hurensohn! Ich brachte dir in aller Freundschaft eine Ziege und du …

du elender Bastard!« Er stürmte die Stufen hinab und holte aus, um Salvador einen Hieb mit dem Gewehrkolben zu verpassen. Doch dieser wich blitzschnell zur Seite und zog seine 45er, die er vorsichtshalber auf dem Rücken im Hosenbund versteckt hatte.

»Hör auf damit, du blöder Hund«, schrie er und feuerte ebenfalls dreimal auf den Boden. »Verdammt noch mal, ich bin hier, weil ich mich bei dir entschuldigen will!«

»Mit einer Waffe in der Hand?«

»Wie kann sich ein zivilisierter Mann sonst bei einem dickschädeligen Esel aus Zacatecas entschuldigen?«

In diesem Augenblick stürmten die fünf Söhne Febronios, jeder mit einer Waffe in der Hand, aus dem Haus. Der älteste schwang eine Machete über seinem Kopf und rannte mit mörderischem Gebrüll auf Salvador zu.

»Nein!« schrie Febronio und stellte sich dem rasenden Jungen in den Weg. »Das geht nur Salvador und mich etwas an. Siehst du denn nicht, daß wir uns unterhalten?«

Aber der Junge ließ sich nicht aufhalten. Er war derjenige, der sich an jenem Tag vor seinen Vater gestellt hatte, und jetzt hatte er nur den einen Gedanken: Salvador umzubringen.

Als Salvador den nackten Haß des Jungen bemerkte, senkte er seine Waffe. »Bei dir muß ich mich auch entschuldigen, *mi hijito*«, sagte er zu ihm. »Du bist ein anständiger Kerl und offensichtlich bereit, dein Leben für deinen Vater zu geben. Ich kann nur hoffen, daß ich einmal ebenso einen Sohn haben werde.«

Der Junge zitterte vor Zorn und spuckte verächtlich auf den Boden, nicht bereit, sich mit schönen Worten abspeisen zu lassen. Er wollte Blut sehen.

»Jesús«, sagte Don Febronio, »beruhige dich. *Cálmate.* Salvador ist in guter Absicht zu uns gekommen. Vergiß deine Manieren nicht, wir töten niemanden, der als Gast in unser Haus kommt.«

»Wenn das so ist«, schrie der Junge, der vor Wut kaum sprechen konnte, »dann sag ihm, er soll die Waffe weglegen! Nein! Sag ihm, er soll sie dir geben oder sich darauf gefaßt machen, mich zu töten, weil ich sonst Hackfleisch aus ihm mache, dieser elende Schweinehund! Wir sind doch keine Hunde, die er ungestraft beleidigen kann!«

Febronio wandte sich wieder Salvador zu. »Jetzt bist du an der Reihe, ich kann ihn offenbar nicht aufhalten.«

Salvador ließ seinen Blick zwischen Vater und Sohn hin und herwandern. Febronio hatte recht, der Junge war nicht mehr zu bändigen. Wenn er nicht nachgab und Don Febronio seine Pistole aushändigte, wäre er gezwungen, den Jungen zu töten.

»Okay, du hast gewonnen«, sagte Salvador. »Ich gebe meine Waffe deinem Vater, aber leg endlich diese Machete aus der Hand.«

Nur widerstrebend ließ der Junge zu, daß sein Vater ihn behutsam ein Stück fortzog. Salvador übergab dem großen Mann seine Waffe, und Don Febronio steckte sie in seinen Gürtel. »So, Schluß jetzt«, sagte er, »Geht ins Haus … alle. Ich will allein mit Salvador reden.«

Die fünf Jungen gingen wieder ins Haus, wobei Jesús Salvador noch einen haßerfüllten Blick zuwarf. Salvador atmete erleichtert auf, der Junge hatte es bitterernst gemeint. Wieviel Kugeln Salvador auch auf ihn abgefeuert hätte, er hätte zweifellos lange genug gelebt, ihn mit Hilfe der Machete mit in den Tod zu nehmen. Seine Mutter hatte ganz recht: Haß war eine teuflische Macht, die man nur mit Liebe bekämpfen konnte, anders hatte die Menschheit keine Chance auf dieser Erde. Der Mensch war ein zu kriegerisches Wesen, um den Verlockungen des Teufels auf Dauer zu wiederstehen.

Am nächsten Tag versuchte Salvador wieder vergeblich, Archie aufzuspüren, es schien fast so, als würde der Deputy ihm aus dem Weg gehen.

Am Morgen der Hochzeit lag Lupe schlaftrunken in ihrem Bett, während das Lachen und die Gesprächsfetzen der anderen Familienmitglieder, die bereits ihren täglichen Pflichten nachgingen, wie von Ferne an ihr Ohr drangen. Geborgen lag sie unter den warmen Laken und rief sich die Zeit in ihrem geliebten Cañon in Erinnerung. Sie lag ganz still, und genau wie früher in La Llucia de Oro kostete sie diese ersten Augenblicke des Tages aus, das Schweben zwischen Traum und Erwachen. Wie damals lauschte sie dem Gezwitscher der Vögel, und sie hatte das Gefühl, den scharfen Geruch der Ziegen zu spüren, die auf dem großen Felsblock hinter ihrer Hütte in La Lluvia gelebt hatten, das Eselsgeschrei und das Bellen der Hunde zu vernehmen und all jene Geräusche, die mit dem Erwachen ihres Dorfes verbunden gewesen waren. Gähnend rekelte sich Lupe und genoß das erste Wunder des anbrechenden Tages – das Gefühl, zu leben – und streckte unter der Geborgenheit der Laken die Hände nach der Mutter aus, doch deren Platz war leer.

Verwirrt schlug Lupe die Augen auf. Dann erinnerte sie sich, daß heute ihr Hochzeitstag war. Bewußt vernahm sie jetzt das Geräusch der klappernden Töpfe aus der Küche, wo ihre Familie dabei war, die *mole* für die Hähnchen vorzubereiten, die Salvador ein paar Tage zuvor besorgt hatte. Sie kuschelte sich wieder unter den Laken zusammen, konnte jedoch nicht mehr schlafen. Auf all diese vertrauten Gerüche und die Geräusche ihrer Familie würde sie von nun an verzichten müssen. Es war soweit, der letzte Morgen – der letzte Augenblick – im Kreis ihrer Familie war angebrochen.

Tränen stiegen in ihre Augen. Sie setzte sich auf, atmete tief durch und versuchte vergeblich, sich zu fassen. Vielleicht hatte sie ja einen Fehler gemacht? Vielleicht war es falsch gewesen, in diese Heirat einzuwilligen.

In diesem Augenblick betrat ihre Mutter summend den Raum. Lupe wischte sich die Tränen fort und kroch wieder unter das Laken. Sie beobachtete blinzelnd, wie die Mutter die Vorhänge aufzog und die Morgensonne den Raum mit ihrem strahlenden Licht erfüllte.

»Aufwachen, Schlafmütze«, sagte die Mutter. »Heute ist der Tag, von dem du dein Leben lang geträumt hast.«

»Nicht, Mama! Bitte laß mich noch ein wenig liegen bleiben.«

»Wieso das denn? Wir haben noch jede Menge zu tun. Komm, steh auf.« Sie begann wieder zu summen und machte sich im Zimmer zu schaffen. Lupe rührte sich nicht. »*Mi hijita*«, sagte Doña Guadalupe, »was ist denn los? Komm schon, erzähl's mir.«

»Ach, es ist so dumm.«

Die alte Lady lachte. »Gut, ich höre mir gern was Dummes an. Erzähl es mir ruhig«, sagte sie und setzte sich auf das Bett ihrer Tochter.

»Es ist nur … eigentlich will ich gar nicht von zu Hause fort, Mama. Ich will viel lieber hier bleiben. Und … er könnte doch hier bei uns wohnen, ich will nicht … Oh, Mama, er ist ein völlig Fremder!« sagte Lupe und preßte die zitternden Lippen aufeinander wie ein kleines Mädchen.

Dona Guadalupe brach in Gelächter aus und drückte ihre Tochter an sich, die im Augenblick wie eine Zwölfjährige wirkte und nicht wie eine junge Frau von achtzehn Jahren.

»Natürlich ist er ein Fremder, *mi hijita*«, erwiderte sie. »Das war dein Vater auch für mich, als ich ihn geheiratet habe. Hast du geglaubt, wir hätten uns ein Leben lang gekannt?«

»Nein, natürlich nicht, aber …«

Lupes Geschwister schlichen jetzt ebenfalls aus der Küche herbei, um zu sehen, was vor sich ging.

»Was ist los?« fragte Sophie, die gekommen war, um bei den Vorbereitungen zu helfen.

»Lupe will nur heiraten, wenn …«

»Nicht, Mama! Sag es ihnen nicht!« rief Lupe und zog sich verlegen das Laken vors Gesicht.

Mit verschmitztem Lächeln vervollständigten die Geschwister den Satz wie aus einem Munde. » … wenn er hier bei euch beiden wohnt, und ansonsten kann er wieder gehen!«

»Exakt«, sagte die Mutter, »genau wie sie es schon als Kind immer gesagt hat. Aber du bist kein Kind mehr, *mi hijita*, sondern eine junge Frau. Also, steh auf und danke Gott, daß Salvador ein Fremder ist, wo blieben denn sonst deine Träume?«

»Ja«, pflichtete Carlota ihr bei und stürzte sich auf Lupe. »Los, raus mit dir. Du hast dein Leben lang genug Zeit mit Mama verbracht, jetzt bin ich mal an der Reihe!«

Lachend wehrte Lupe sich gegen Carlotas Versuche, sie aus dem Bett zu ziehen, aber die anderen Geschwister eilten Carlota zur Hilfe und scheuchten Lupe aus dem Bett, in dem sie sie ständig kitzelten. Don Victor, alarmiert durch den Aufruhr, stand kopfschüttelnd in der Tür.

»Sag' ich es nicht immer wieder«, murmelte er und ging zurück in den Wohnraum, »Schweine sind viel leichter aufzuziehen als Kinder.«

Die Mädchen, die diesen Ausspruch schon zum tausendsten

Mal hörten, äfften den Vater nach: »Schweine kann man wenigstens essen, aber was kann man mit Kindern schon tun?«

»Hör sich das einer an«, schimpfte der Vater erbost. »Jetzt ahmen sie mich auch noch nach!«

Salvador saß mit seiner Mutter im Moon, und die anderen Familienmitglieder warteten in dem großen, schwarzen Packard, den er für diesen Tag gemietet hatte. Alle waren bereit zum Aufbruch und warteten auf Luisa, die noch im Haus war. Salvador drückte ein paarmal auf die Hupe, als Luisa sich noch immer nicht blicken ließ, stieg er aus und stürmte ins Haus.

»Luisa! Mach voran!« rief er. »Wir warten nur noch auf dich! Ich will nicht zu spät zu meiner eigenen Hochzeit erscheinen!«

»Nun, dann fahrt doch«, erwiderte Luisa, die noch nicht einmal fertig angezogen war, ungerührt.

»Verdammt, reiz mich nicht, ich war gerade erst bei der Beichte! Los, komm jetzt!«

»Nein! Ich komme nicht.«

»Aber wieso denn nicht?«

»Die denken doch sowieso alle, sie wären was Besseres.«

»Luisa, bitte. Wenn du nicht damit aufhörst, fahre ich wirklich ohne dich.«

»Nur zu.«

»Verflucht noch mal!« Salvador verlor jetzt die Geduld. »Das ist der wichtigste Tag meines Lebens. Bitte benimm dich!«

»Mich benehmen? Du bist derjenige, der sich daneben benimmt.«

»Ich?«

»Ja, du! Du hast mich kein einziges Mal danach gefragt, was ich von ihr und ihrer hochnäsigen Familie halte, bevor du um ihre Hand angehalten hast.«

»Wie bitte? Bist du jetzt vollkommen verrückt geworden? Hast du mich vielleicht damals gefragt, ob ich mit Epitacio einverstanden bin?«

»Das ist doch etwas ganz anderes. Ich hatte schließlich keine andere Wahl. Wie hätte ich sonst unsere Familie retten und der Revolution entkommen sollen? Bitte, Salvador, denk noch mal drüber nach, und heirate das Mädchen nicht. Das ist die erste Hochzeit in unserer Familie, die in Friedenszeiten stattfindet. Wir können es uns wirklich leisten, wählerisch zu sein.«

Salvador war völlig sprachlos. Er *war* doch wählerisch gewesen. Seiner Meinung nach war Lupe die beste Wahl überhaupt.

Doña Margarita kam, um zu sehen, wo die beiden blieben. »Was ist los?« fragte sie.

»Keine Ahnung«, erwiderte Salvador. »Luisa will nicht mitkommen, weil ich sie nicht um Erlaubnis gefragt habe, bevor ich Lupe einen Antrag machte.«

»*Mi hijita*«, sagte Doña Margarita, »was ist denn in dich gefahren? Komm, zieh dich an, damit wir endlich aufbrechen können.«

»Nein, Mama, du hättest ihre Gesichter sehen sollen, als sie das erste Mal bei uns waren. Ich will damit nichts zu tun haben! Wir haben nicht soviel durchgemacht und stets zusammengehalten, damit solche Leute unsere Familie kaputtmachen!«

»Aber Lupe zerstört doch nicht unsere Familie.«

»Oh doch, das tut sie!« beharrte Luisa mit tränenerstickter Stimme.

»Luisa, Luisa, so beruhige dich. Dies ist der wichtigste Tag im Leben deines Bruders. Denk doch mal an ihn!«

»Das ist ja gerade der Grund, weshalb ich nicht gehen will!« rief sie.

Die alte Lady schüttelte den Kopf. »Ist das dein letztes Wort?« fragte sie.

»Ja«, erwiderte Luisa.

Doña Margarita wandte sich zur Tür. »Laß uns gehen, Salvador.«

»Aber Mama ...«

»Kein aber, *mi hijito*«, widersprach sie, »es gibt nichts Schlimmeres als die Eifersucht einer großen Schwester.«

»Das ist nicht fair«, rief Luisa verzweifelt. »Ich bin nicht eifersüchtig! Ich bin wütend! Du hast ja diesen Blick nicht gesehen, mit dem sie mich gemustert hat!«

Doña Margarita wollte nichts mehr davon hören und schritt zur Tür, während Salvador sich hin und hergerissen fühlte und völlig hilflos war. Doch schließlich folgte er seiner Mutter und ließ Luisa, die fluchend mit Gegenständen um sich warf, wutentbrannt zurück.

Salvador stieg wieder mit der Mutter in den Moon, und bis auf Epitacio nahmen auch die anderen ihre Plätze in dem Packard wieder ein. Epitacio wollte versuchen, Luisa doch noch umzustimmen. Rodolfo, der narbengesichtige Lehrer, fuhr am Steuer des Packard voraus, und Salvador folgte mit dem Moon. Die Bewohner des *barrio* bildeten in ihren Trucks und verbeulten Blechkisten die Nachhut, und der ganze Zug schob sich wie eine Karawane voran. Als sie die Hauptstraße erreichten, gab Salvador Gas und überholte den Packard.

»Ach, Mama«, seufzte er, »ich hatte so gehofft, daß Lupe und Luisa Freundinnen würden. Ich verstehe die ganze Sache nicht. Dabei gehören beide zu den wichtigsten Menschen in meinem Leben!«

»Keine Bange, *mi hijito*«, beschwichtigte ihn die alte Lady. »Luisa wird bestimmt kommen. Sie wollte dir nur einen Schrecken einjagen. Das ist ihre Art, dir zu zeigen, wie sehr sie dich liebt.«

»Mich erschrecken? Nun, das ist ihr gelungen.«

»Natürlich, das war auch ihre Absicht. Aber keine Sorge, hast du je erlebt, daß Luisa eine Gelegenheit verstreichen ließ, sich umsonst den Bauch vollzuschlagen? Ich bin sicher, daß sie noch auftaucht.«

Salvador lachte kopfschüttelnd, während er in den Rückspiegel blickte und sich vergewisserte, daß ihnen der große, elegante Packard noch folgte.

In Santa Ana stellten sie fest, daß die Straße, die zu der Kirche der Nuestra Señora de Guadalupe führte, durch einen riesigen Viehlaster blockiert war. Zwei kräftige Indianer mit dem Abzeichen des Hilfsheriffs auf ihren Hemden schritten energisch auf Salvadors Wagen zu. Jeder hielt eine 38er in der Hand.

»Sind Sie Salvador Villaseñor?« fragte einer der beiden Kerle.

»Ja«, antwortete er. »Was ist denn hier los?«

»Sie sind verhaftet«, verkündete der größere der beiden und drückte Salvador den Lauf der Waffe an den Kopf.

»Entschuldigen Sie uns, *señora*«, sagte der kleinere zu Doña Margarita. Er öffnete die Fahrertür, um Salvador aus dem Wagen zu holen. »Wir haben strikte Anweisung, diesen Mann zu verhaften.«

»Aber er ist unterwegs zu seiner Hochzeit«, protestierte sie.

»Ja, wir sind informiert«, sagte der Mann und zwinkerte Doña Margarita heimlich zu, »doch da kann man nichts machen; Befehl ist Befehl.«

»Dieser verdammte Archie.« Salvador sprang fluchend aus dem Moon. »Er war es doch, der mir euch Hundesöhne auf den Hals gehetzt hat, stimmt's?«

Sie legten ihm Handschellen an. »Keine Ahnung«, antwortete der kleinere der beiden, der Salvador aber noch überragte. »Für uns zählt nur, daß Sie gegen das Gesetz verstoßen haben und jetzt dafür bezahlen müssen.«

»Ich habe gegen kein Gesetz verstoßen, ihr verdammten Narren! Ich habe Archie bloß nicht zu meiner Hochzeit eingeladen, das ist alles!«

»Na ja, in dieser Gegend ist das schon so gut wie ein Verbrechen.«

»Was ist ein Verbrechen?« fragte Salvador verständnislos.

»Einen Freund nicht zur Hochzeit einzuladen.«

»Archie ist nicht mein Freund!«

»Nein? Wieso schickt er Ihnen dann diesen Laster voller Rinderfleisch zur Hochzeit? Wir begleiten Sie jetzt.«

Sie führten Salvador, der lauthals protestierte, mit vorgehaltenen Pistolen zu ihrem Wagen.

»Archie, du Hurensohn! Wo steckst du? Sag diesen Idioten, sie sollen mir die Handschellen abnehmen!«

In diesem Moment trat Archie hinter dem Rindertruck hervor, wo er sich bis dahin verborgen gehalten hatte. Er war in Begleitung von Kenny; beide hatten ein breites Grinsen auf dem Gesicht und zweifellos bereits einige Drinks intus.

»Gibt's ein Problem, Sal?« fragte Archie.

»Du elender Hurensohn«, antwortete Salvador.

»Na na, spricht man so mit einem Freund!« erwiderte der Sheriff.

»Großer Gott, Kenny!« schimpfte Salvador, während sie ihn in den Chevy schoben. »Kannst du dir keine anständigen Freunde suchen? Im Gegensatz zu dir hätte mir dieser Bastard nicht mal den Dreck unter seinen Fingernägeln geborgt!«

Kenny lachte nur und nahm einen Zug aus seiner Viertelliterflasche. »Weißt du, Sal«, sagte er und wischte sich den Mund mit dem Handrücken ab. »Ich habe auch nie einen einzigen Penny von meinen Leuten zu sehen gekriegt. Das ist der einzige Grund, weshalb ich mich ein bißchen großzügiger gezeigt habe.«

Er nahm noch einen Schluck und reichte Archie die Flasche. »Du liegst falsch, Sal. Vergeben und vergessen, das ist es, was in diesem Lande zählt. Wenn wir das nicht können, haben wir nicht die geringste Chance. Kacke, jeder von uns – verzeihen Sie meine Ausdrucksweise, *señora* – ist doch schon ein dutzendmal der Meinung gewesen, daß er allen Grund hätte, jemanden umzulegen. Aber wir haben es nicht getan, weil uns sonst nichts mehr geblieben wäre, an das wir glauben könnten.«

Salvador sah ein, daß Archie im Grunde das gleiche meinte wie seine Mutter. Und außerdem, er mochte Archie immer noch. Allein der Anblick des pferdegesichtigen Gauners hatte sein Herz höher schlagen lassen.

»Was wirst du also tun, Sal?« fragte Kenny und spuckte einen braunen Tabakfladen aus. »Wirst du Archie nun zu deiner Hochzeit einladen, oder willst du lieber in den Knast wandern?«

Kennys Augen blitzten vor Schalk. Salvador drehte sich um und blickte in Archies grinsendes Gesicht. Er blickte mit einem Schulterzucken auf seine Handschellen hinunter. »Ich hab' wohl keine andere Wahl, stimmt's?«

»Nein, hast du nicht«, bestätigte Kenny lachend. »Das ist das Schöne daran, wenn man mit Archie Geschäfte macht.«

Kopfschüttelnd sah Salvador den Deputy Sheriff an. »Also gut, Archie«, sagte er, »aber glaub mir, ich hätte dir jeden verdammten Penny zurückgezahlt. Du hättest mir ruhig vertrauen können, du unverbesserlicher Bastard!«

Archie nickte, und sein Gesicht hatte jetzt wieder den Ausdruck einer traurigen Kuh. »Du hast recht, ich hab's vermasselt, und es tut mir leid.« Salvador tat einen tiefen Atemzug und blickte sich um. Die anderen waren alle aus ihren Autos ausgestiegen und verfolgten die ungewöhnliche Versöhnung voller Neugierde.

»Okay«, sagte er, »hiermit bist du offiziell zu meiner Hochzeit eingeladen, Archie.«

Der Sheriff lächelte. »Danke, ich nehme die Einladung an. Aber laßt ihm die Handschellen an, bis wir in der Kirche sind, für den Fall, daß er es sich noch anders überlegt.«

»Verdammt!« brüllte Salvador, »nimm mir sofort die Dinger ab!«

»Bullshit!«

»Aber so kann ich nicht fahren!«

»Kein Problem, ich fahre dich.«

»Du Hurensohn! Du verfluchter Hurensohn!«

»Hab' nie behauptet, was anderes zu sein«, sagte Archie ungerührt. Er stieg mit Salvador und Doña Margarita in den Moon. »Aber wenigstens bin ich kein blöder Hurensohn.«

Kenny brüllte vor Lachen. Fred Noon, der neugierig geworden war, was da vorn vor sich ging, hielt mit seinem Buick neben ihnen.

»Archie hat Salvador festgenommen«, erklärte Kenny. »Und er nimmt ihm die Handschellen erst vor dem Altar wieder ab.«

»Das leuchtet mir ein«, erwiderte Fred und nahm einen kräftigen Zug aus der Viertelliterflasche, die Kenny ihm gereicht hatte. »Ah, das tut gut. Zur Hölle, manchmal wünsche ich mir fast, daß die Prohibition niemals endet.«

In der Kirche eilten Harry und Bernice den Seitengang zwischen den Bänken entlang, gefolgt von Hans und Helen, den beiden Deutschen aus Carlsbad. Bernice trug einen eleganten, rauchfarbenen Mantel, der bis zum Boden reichte und den sie selbst entworfen hatte. Alle anderen saßen bereits auf ihren Plätzen, als die Orgel ertönte und Carlota und Jose, die beiden Trauzeugen, langsam und würdevoll durch den Mittelgang auf den Altar zuschritten. Carlota hatte ein herrliches rosafarbenes Kleid an und einen wunderschönen Blumenstrauß im Arm. Jose trug einen marineblauen Anzug, der seine dunkle Erscheinung hervorragend zur Geltung brachte.

»O nein«, flüsterte Doña Margarita, die mit Salvador in der ersten Reihe saß, und preßte die Hand auf den Magen. »Ich hätte keinen *whiskito* auf nüchternen Magen trinken sollen. Ich glaube, ich muß furzen!«

»Mama«, empörte sich Salvador. »Bitte, doch nicht jetzt!«

»Ach, jetzt nicht, wo du gerade verhaftet wurdest und in all diesem Durcheinander«, erwiderte Doña Margarita beleidigt. »Schnell, huste! Huste, wenn du unbedingt diskret sein willst!«

Salvador begann zu husten, um die explosionsartigen Blähungen seiner Mutter zu übertönen. Er ließ den Blick an den hohen Wandvertäfelungen und den herrlichen, farbigen Glasfenstern emporgleiten und betete, daß es nichts Schlimmeres war, was seiner Mutter da entfuhr. Pedro fing an zu lachen, was ihm einen Fußtritt von seinem Onkel einbrachte. Als die Explosionen, begleitet von kräftigem Geruch, nicht aufhörten, begannen Archie, Fred Noon und Kenny der Reihe nach ebenfalls zu husten.

Jose und Carlota hatten die Hälfte des Mittelganges zurückgelegt, als sie auf das geräuschvolle Treiben in der ersten Reihe aufmerksam wurden. Keiner von beiden konnte sich erklären, was dort vor sich ging, und so setzten sie ihren Weg, Schritt für Schritt, und so würdevoll sie vermochten, fort.

Die Musik erklang, und Salvador starrte seine Mutter verzweifelt an und fragte sich, wie lange das Ganze wohl noch dauern würde. In diesem Augenblick erschienen Luisa und Epitacio in der vordersten Reihe.

Als Luisa die Geräusche der Mutter vernahm, lachte sie. »Gib's ihnen, Mama!« feuerte sie ihre Mutter an. »Gib's ihnen!«

»Halt den Mund, *mi hijita!* Bist du verrückt geworden?«

Im Hintergrund drückte Doña Guadalupe ihre Tochter ein letztes Mal an sich und eilte durch einen Seitengang nach vorn, wo sie, schräg gegenüber von Salvadors Leuten, zwischen ihrer Familie Platz nahm. Sie hörte zwar, daß da etwas im Gange war, zerbrach sich aber nicht weiter den Kopf darüber. Sie war immer noch erschöpft von den Hochzeitsvorbereitungen. Die ganze Woche hatte sie von morgens bis abends mit Kochen, Nähen, Putzen und tausend Kleinigkeiten verbracht. Sie war so ermattet, daß sie am liebsten gegen ihre Prinzipien verstoßen und sich einen kräftigen Schluck Tequila genehmigt hätte.

Don Victor trug einen dunkelbraunen Anzug. Als Lupe aus der kleinen Kammer trat, die voller kichernder Mädchen war, nahm er ihren Arm und führte sie den langen Hauptgang auf den Altar zu. Lupe war ganz in Weiß gekleidet, und Isabel, Marias kleine Tochter, trug stolz die herrliche lange Schleppe des atemberaubenden Kleides.

Der Aufruhr in der vorderen Reihe hatte sich noch immer nicht gelegt, aber Lupe ignorierte den Lärm und schritt mit langsamen, andächtigen Schritten an der Seite ihres Vaters voran und bemühte sich, so gelassen und heiter wie möglich auszusehen.

Doch innerlich war sie alles andere als gelassen. Heute war es soweit, sie wagte den wichtigsten Schritt ihres Lebens. Der Mann, den sie heiraten wollte, erwartete sie dort vorn. Der Mann, der Vater ihrer Kinder sein würde und mit dem sie für den Rest ihres Lebens ihre Träume, ihr Glück und ihre Sorgen teilen würde.

Der Tumult in der vorderen Reihe verebbte. Lupe setzte ihren Weg am Arm des Vaters fort. Sie mußte ihre ganze Konzentration aufwenden, in scheinbarer Gelassenheit an all diesen lächelnden Gesichtern vorüberzuschreiten; Gesichter, die ihr vertraut waren, von denen ihr jedoch in diesem Augenblick furchtsamer Erregung kein einziges bekannt erschien.

Schritt für Schritt näherte sie sich dem Altar, und der Weg dorthin erschien ihr endlos. Sie seufzte heimlich und dachte an den Tag, da sie ihren geliebten Cañon verlassen hatte, und an den gefährlichen Weg über die Teufelsfelsen. Sie rief sich ins Gedächtnis, wie weit sie es gebracht hatten, seit sie auf jenem Weg den mächtigen Fluß überquert hatten, und auf einmal wurde ihr bewußt, daß sie auch in diesem Augenblick nichts anderes tat, als ein wichtiges Wegstück in ihrem Leben zurückzulegen. Und wieder einmal fragte sie sich, ob sie ihren geliebten Cañon wohl jemals wiedersehen würde.

Nie würde sie die hochragenden Wände der Kathedralenfelsen vergessen, die sie stets für den Altar gehalten hatte, an dem sie eines Tages heiraten würde. Doch die großartigen Felsen ihrer Kindheit gehörten der Vergangenheit an, ebenso wie ihr Colonel.

Auf einmal blieben sie stehen: ihr Vater küßte sie auf die Wange und drehte sich sanft herum, um ihren Arm ... mein Gott, Salvador, diesem Fremden, zu überlassen.

»So«, hörte sie die Stimme ihres Vaters wie aus weiter Ferne. »Nun ist sie dein ... gib gut acht auf unseren Engel.«

»Das werde ich, von ganzem Herzen«, erwiderte Salvador, der sich von der Kirchbank erhoben hatte und Lupes Arm ergriff.

»Das will ich dir auch geraten haben«, wäre es Lupe um ein Haar entschlüpft. Halb in Trance spürte sie, wie Salvador sich mit ihr umwandte und sie – Hand in Hand immer weiter von den Eltern fort – die letzten Schritte zum Altar führte. Ihre Gedanken weilten in ihrer Heimat, schwebten über den hochragenden Felswänden ihrer Kindheit, und es war herrlich. Der Traum, den sie ihr Leben lang geträumt hatte, wurde Wirklichkeit. Ihre kindlichen Phantasien, die damals ihrem Colonel gegolten hatten, jetzt und hier wurden sie Realität. Doch diesmal war es das wahre Leben – *la vida*.

Sie erreichten den Priester, der sie auf dem dunkelroten Teppich erwartete, welcher die Stufen zum Altar hinaufführte. Er lächelte die beiden an, öffnete das schwarze Buch und begann vorzulesen. Lupe stand wie gebannt da, unfähig, auch nur ein einziges Wort zu verstehen.

Doch plötzlich sah sie, wie der Priester sich Salvador zuwandte, und vernahm die Worte: »Juan Salvador Villaseñor, willst du Maria de Guadalupe Gomez zu deiner rechtmäßig angetrauten Ehefrau nehmen? Willst du sie lieben und ehren, in guten wie in schlechten Zeiten, in Krankheit und Gesundheit, bis daß der Tod euch scheidet?«

Und wie im Traum drehte Lupe ihr Gesicht Salvador zu und beobachtete fasziniert, wie der Schnurrbart auf seiner Oberlippe auf und ab hüpfte, während er sagte: »Ja, ich will.«

Dann sprach der Priester zu ihr. »Maria de Guadalupe Gomez, nimmst du Juan Salvador Villaseñor zu deinem rechtmäßig angetrauten Ehemann? Gelobst du, ihn zu lieben und zu ehren, in guten wie in schlechten Zeiten, in Krankheit und Gesundheit, bis daß der Tod euch scheidet?«

Lupe ließ sich die Worte, insbesondere ›in schlechten Zeiten‹ durch den Kopf gehen und fragte sich, ob das wirklich klug sei. Wie konnte eine Frau, die halbwegs bei Verstand war, in einen solchen Handel einwilligen?

Der Geistliche beugte sich zu ihr hinab. »Sag, ja, ich will mein Kind.«

»Was?« fragte Lupe und versuchte verwirrt, ihre Gedanken zu ordnen. »Oh, ja natürlich, ich will, Vater.«

Erleichtert fuhr der Priester fort, und Salvador wiederholte die nächsten Worte, die der Geistliche sprach, Wort für Wort.

Dann war Lupe an der Reihe, die feierlichen Worte des Einverständnisses zu wiederholen. Als sie zu dem Absatz kamen: »Von nun an und für immer, im Guten und im Schlechten, in Armut und Reichtum, in Krankheit und Gesundheit bis in alle Ewigkeit«, füllten sich ihre Augen mit Tränen. Zum ersten Mal in ihrem Leben begriff sie, was diese Worte wirklich bedeuteten.

In diesen Worten lagen das Geheimnis und die Macht. Es waren die Worte, die ihrer Mutter und davor ihrer Großmutter die Kraft verliehen hatten, Jahre der Not und des Elends zu ertragen. ›Bis daß der Tod uns scheidet‹, das war die magische Formel einer jeden Ehe. Sie verliehen einer Frau die Flügel, sich wie ein Stern zum Firmament hinaufzuschwingen und somit Gott ganz nahezukommen, genau wie Doña Margarita es ihr gesagt hatte.

Und nun waren diese magischen Worte ein Teil von ihr. »Bis daß der Tod uns scheidet.«

Tränen strömten über ihre Wangen, und in ihrer Phantasie sah Lupe, wie sich die Tore zum Paradies für sie öffneten. Das Paradies lag direkt zu ihren Füßen, in goldenes Licht getaucht und so schön wie La Lluvia de Oro nach einem warmen Sommerregen, wenn die ersten Sonnenstrahlen wieder hervorkamen und die Landschaft sich in neuem Glanz präsentierte, die Vögel ihren Gesang wieder aufnahmen und hoch über den Kathedralenfelsen, wo der Wasserfall wie ein funkelndes, goldenes Band herabströmte, ein Adler voller Lebensfreude seine Kreise zog.

Sie hatte es getan. Es war Wirklichkeit. In ihrer Imagination war es Lupe gelungen, umgeben von den beschützenden Wänden des geliebten Cañons ihrer Kindheit, die Ehe zu schließen.

Salvador sah die Tränen auf Lupes ebenmäßigem Gesicht, und

voller Freude wurde er sich bewußt, daß sie soeben das Tor zum Paradies durchschritten hatten. Sie war seine wahre Liebe, und die Mutter hatte recht behalten: Nur mit einer reinen Seele konnte ein Mann das Tor zum Garten Eden tatsächlich durchschreiten.

Lupe und Salvador tauschten die Ringe und gelobten, sich zu lieben, zu ehren und zu gehorchen, wobei Lupe auffiel, daß Salvador nur geloben mußte, sie zu lieben und zu ehren; bei ihm war von gehorchen nicht die Rede. Sie küßten sich, und der Schnäuzer auf seiner Oberlippe kitzelte sie so, daß sie sich ein Kichern nicht verkneifen konnte.

Die Glocken begannen zu läuten, und die Hochzeitsgäste applaudierten begeistert. Dann hob der Priester die Hände und bedeutete ihnen zu schweigen.

»Lupe, Salvador«, sagte er feierlich, »von nun an seid ihr ein Körper und eine Seele, und es ist eure Pflicht, aufeinander zu achten, damit die Einigkeit eurer Ehe über den Tod hinaus währt und ihr bis in alle Ewigkeit als eine Einheit in das Reich Gottes eingeht.«

Verzückt drehte Lupe sich um und hatte das Gefühl zu schweben, während sie und Salvador Seite an Seite den Gang zurückgingen; sie und ihr Ehemann – dieser Fremde, ihre große Liebe –, der ihr von nun an bis ans Ende ihres Lebens näher sein würde, als es ihre Geschwister und sogar ihre Mutter je gewesen waren.

Sie fühlte seinen Pulsschlag in ihrer Hand und hörte seinen Atem, der seine Brust im gleichen Rhythmus wie die ihre senkte und hob. Von nun an würde es die Wärme dieses Mannes sein, nach der sie jeden Morgen unter den vertrauten Laken ihre Arme ausstrecken würde.

Als sie aus der Kirche ins helle Sonnenlicht traten, zog Salvador Lupe an sich. Zwei Fotografen hielten fest, wie die beiden mit Reis und Konfetti beworfen wurden. Alle applaudierten, als die Kinder die Feuerwerkskörper anzündeten.

Schließlich umfaßte Salvador Lupes schmale Hand mit seinen beiden mächtigen Pranken und blickte nachdenklich auf den Diamantring. Die Fotografen hielten dieses Bild ebenfalls fest. Es war ein hübscher Anblick. Lupe hatte die Augen auf seinen dichten, schwarzen Haarschopf gerichtet, während er gedankenversunken auf ihren pompösen Diamanten starrte, der so unglaublich funkelte, daß die Umstehenden ihren Blick nicht von dem Schmuck abwenden konnten.

Sie hatten es tatsächlich getan. Beide waren überglücklich, und alle waren stolz auf sie. Sogar Luisa. Und man hörte, wie Carlota, die all die Jahre stets neidisch auf Lupe gewesen war, immer wieder erklärte: »Ja, das ist richtig. Sie ist meine, nun … ältere Schwester, ja, es ist ein echter Diamant … von allerhöchster Qualität!«

Salvador begleitete Lupe zum Moon, öffnete die Tür für sie und war so selig, daß er einen lauten Jubelschrei ausstieß.

25

*Voller Zuversicht und im Bewußtsein ihrer Liebe füreinander durch-
schritten die beiden Kinder der Revolution die Pforten zum Paradies.
Sie hatten dem Schicksal die Stirn geboten und sich ihren Glauben an
die Schönheiten des Lebens bewahrt*

Vor Lupes Elternhaus, wo der Empfang stattfinden sollte, wurde
das Brautpaar von einem Geigentrio empfangen. Die Idee dazu
stammte von Lupe, die nun hoheitsvoll Salvadors dargebotene
Hand ergriff und aus dem Wagen stieg.

Die Bewohner des *barrio* applaudierten und streuten dem
frischvermählten Paar auf seinem Weg in den Garten hinterm
Haus Blumen vor die Füße. Der Duft des geschmorten Rind-
fleisches, das Archie spendiert hatte, zog durch die Luft. Zwei
seiner Hilfssheriffs hatten einen Stier geschlachtet, der nun in
einem tiefen Loch gegart wurde, das sie am Rande des Gartens in
den Boden gegraben hatten. Mächtige Fleischstücke wurden
gegrillt und mit reichlich *salsa* à la Archie Freeman serviert. Über
fünfzig Hühner schmorten in Töpfen mit *mole* und Bergen von *frijoles* und Reis, und ein großer Behälter mit heißen, handgeform-
ten Tortillas stand bereit. Es würde reichen, das gesamte *barrio*
drei Tage und drei Nächte zu verköstigen. In einem anderen
Haus am Ende der Straße hatte Archie ein Zehn-Gallonen-Faß
Whisky bereitstellen lassen und einem seiner Neffen aus dem
Pala-Indianerreservat die Aufsicht darüber anvertraut, was frei-
lich ebenso naiv war, als hätte er einem Kojoten die Aufsicht über
den Hühnerstall anvertraut.

Lupe und Salvador nahmen am größten Tisch Platz, und
begleitet vom Klang der *mariachi*-Kapelle nahm das Fest seinen
Anfang. Selbst Febronio war mit seiner Familie der Einladung
gefolgt, und alle amüsierten sich prächtig, bis Febronio beobachtete, wie Bernice ihren Mantel auszog, unter dem sie das gewag-
teste Kleid trug, das er je gesehen hatte. Der große Mann aus
Zacatecas vergaß augenblicklich seine Frau und seine Kinder,
strebte durch den Garten auf Bernice zu und führte sie zur Tanz-

fläche, wo er sie, den Kopf in ihrem atemberaubenden Dekolleté vergraben, schwungvoll herumwirbelte. Als drei weitere Männer sie ebenfalls um einen Tanz baten, protestierte Harry.

»Bitte«, lachte Bernice, »keinen Streit meinetwegen. Gebt mir einen Augenblick, um wieder zu Atem zu kommen, dann kommt jeder von euch an die Reihe.«

Einige der Männer waren jedoch schon reichlich betrunken. Sie wollten nicht warten und begannen eine Schlägerei, der Archie jedoch schnell ein Ende setzte, indem er seinen Revolver zog und drei Schüsse in die Luft feuerte.

»Schluß jetzt!« brüllte er. »Ich ernenne ihren Ehemann zum Hilfssheriff und ... wie heißt du überhaupt?«

»Harry«, antwortete dieser verdutzt.

»Harry ist ab sofort mein Sonder-Deputy!« verkündete Archie lauthals. »Und von jetzt an ist es jedem untersagt, mit ... wie ist dein Name, Honey?«

»Bernice.«

»Mit Bernice zu tanzen, außer Harry und mir!«

Er steckte seine Pistole ins Halfter zurück, nahm Bernice in die Arme, und bevor irgend jemand protestieren konnte, drehte er sich mit ihr auf der Tanzfläche und vergrub nun seinerseits seine große Nase in ihrem wohlriechenden Dekolleté.

Carlota schoß kreischend auf die beiden zu. Sie packte Archie am Arm und giftete ihn an: »Meine sind genauso groß, du Idiot!« Alle brüllten vor Lachen.

Inzwischen war das Barbecue fertig, und die Gäste ließen sich an den Tischen nieder. Die Kapelle verstummte, und die drei Geigenspieler stellten sich hinter Lupe und Salvador auf und begleiteten das Hochzeitsmahl mit sanften Klängen. Die Anwesenden standen abwechselnd auf, um dem Brautpaar ihre persönlichen Glückwünsche auszusprechen, und während die untergehende Sonne den Garten in goldenes Licht tauchte, beobachteten Lupe und Salvador, wie ihre Familien einander allmählich näherkamen.

Dona Margarita erhob sich, ging hinüber zu Doña Guadalupe, ergriff deren Hand und ließ sich auf dem Platz neben ihr nieder. Luisa und Maria machten sich miteinander bekannt und freundeten sich rasch an, als Luisa entdeckte, wie aufmerksam Marias zwei Ehemänner sich um sie kümmerten. Sie genehmigten sich jeweils einen Becher Whisky, und bald war es, als hätten sie sich bereits ihr Leben lang gekannt. Luisa gelangte zu dem Schluß, daß Lupes Familie möglicherweise doch nicht ganz so arrogant wie befürchtet war, wenn eine Frau wie Maria zu ihnen gehörte. Und auch Maria fand immer mehr Gefallen an Salvadors Familie.

»Sieh dir meine Schwester Luisa an«, sagte Salvador, »ich glaube, Marias Art zu leben gefällt ihr ungemein.«

»Ja«, erwiderte Lupe. »Weißt du, am Anfang haben sich alle fürchterlich darüber aufgeregt, daß Maria beide Ehemänner behalten wollte, aber inzwischen haben eine Menge Frauen ihre Meinung dazu geändert.«

»Oh, und was soll ich daraus schließen?« fragte Salvador grinsend.

Lupe lachte. »Gar nichts. Im Augenblick jedenfalls noch nicht.«

»Also, manchmal hast du's faustdick hinter den Ohren, stimmt's?« sagte er lachend. »Ich kann mich noch genau an den vorwitzigen Blick erinnern, mit dem du dich vergewissert hast, daß dich niemand bei deinem ersten Fahrversuch beobachtete.«

»Das hast du gesehen?« fragte sie lächelnd.

»Na klar«, bestätigte er. »Damals habe ich gemerkt, daß du durchaus kein reiner Engel, sondern ein menschliches Wesen bist.«

»Das ist ja interessant«, bemerkte sie. »Und am gleichen Tag hast du mich nach meinen Träumen gefragt. Damals ist mir nämlich auch klar geworden, daß du nicht der Angeber warst, für den ich dich hielt, sondern ein wundervoller, einfühlsamer Mensch.«

»Ach! Und bis dahin hast du mich also für einen Angeber gehalten?«

»Ja, natürlich.«

Und wieder einmal vergaßen sie in ihrem Gespräch alles um sich herum. Als ihre Mütter einen Blick hinüberwarfen und bemerkten, wie vertieft die beiden in ihre Unterhaltung waren, wußten sie, daß die Mühe, diese beiden Kinder großzuziehen, nun belohnt wurde. Lupe redete voller Begeisterung und bewegte beim Sprechen anmutig ihre Hände, während Salvador ihr hingerissen lauschte.

»Das wird eine glückliche Ehe«, sagte Doña Margarita zu Doña Guadalupe. »Sie wird sich auch nach der ersten Zeit der Leidenschaft bewähren.«

»Ja«, erwiderte Doña Guadalupe und fuhr sich über die Augen. »Es tut gut, so offen sprechen zu können.«

»Solange Begierde herrscht, ist die Ehe leicht, aber hinterher auch mit Kleidern auf dem Leib miteinander glücklich zu sein, darin besteht die wahre Kunst der Ehe.«

»Ganz meine Meinung!«

Die beiden alten Löwinnen blickten sich an und brachen in schallendes Gelächter aus, bis ihnen Tränen in den Augen standen.

»Paß auf, ich weiß zwar, daß ihr in deiner Familie nicht trinkt«, sagte Doña Margarita, »ich trinke ja selbst nur höchst selten. Aber wie wäre es, wenn ich uns beiden jetzt einen anständigen Schluck besorge? Ich finde, das haben wir verdient!«

Doña Guadalupe stand auf. »Das will ich meinen. Worauf warten wir noch!«

»Guck mal«, sagte Lupe zu Salvador. »Unsere Mütter schleichen sich nach nebenan, dorthin, wo mein Vater seinen Whisky versteckt hat.«

»Das weißt du?« staunte Salvador.

Lupe warf ihrem Ehemann einen tadelnden Blick zu. »Salvador, ich mag ja jung und unerfahren sein, aber ich bin nicht blind.«

Er lachte, und sie fiel in sein Lachen ein und griff nach seiner Hand.

Don Victor hob seinen Becher, um einen Toast anzubringen, und gab den Musikern ein Zeichen zu schweigen. »Mein Leben lang«, begann er mit lauter, klarer Stimme, »habe ich behauptet, es sei einfacher, Schweine aufzuziehen als Kinder. Denn Schweine kann man, wenn sie zu groß werden und nur noch Unsinn anstellen, wenigstens schlachten und aufessen. Was kann man dagegen mit Kindern schon machen, wenn sie anfangen, Probleme zu bereiten?« Er hielt inne und wandte sich Salvador und Lupe zu. »Doch euch muß ich meine Hochachtung aussprechen, ich habe mich geirrt! Und ich liebe und danke euch für die Freude, die ihr unseren Familien bereitet habt?« Er schluckte.

»Und jetzt, Lupe, mein Kind aus jener Nacht, da der Stern die Erde küßte, laß uns tanzen. Wir beide! Ein letztes Mal!«

Er kippte seinen Drink in einem Zug hinunter und ging um den Tisch zu Lupe, um ihre Hand zu ergreifen. Die Hochzeitsgäste klatschten Beifall und trampelten vor Begeisterung mit den Füßen, und jeder hatte Tränen in den Augen. Salvador schritt zu seiner Mutter und bot ihr den Arm zum Tanz. Hinter den Bäumen der Obstplantage verschwand die Sonne und ließ den Garten in ihrem Licht erstrahlen. Don Victor glitt mit Lupe über die Tanzfläche, und in diesem Augenblick erschien es ihm, als hätte Gott seinen alten Füßen Flügel verliehen. Neben ihnen drehte sich Salvador mit seiner Mutter, die von jeher eine exzellente Tänzerin gewesen war und sich jetzt anmutig von ihm führen ließ. Auch Victoriano faßte seine Mutter aufmunternd um die Taille. Doña Guadalupe zierte sich zwar, doch es war eine Freude zu sehen, wie leichtfüßig sie in den Armen ihres Sohnes unter dem großen Walnußbaum über den Boden schwebte.

Im sanften, rotgoldenen Licht der untergehenden Sonne drehten sich nun auch Pedro, Luisa, Jose und Carlota. Sophia packte ihren Ehemann und bugsierte ihn zur Tanzfläche, und Maria tanzte abwechselnd mit ihren beiden Ehemännern. Don Victor überließ Lupe den Armen Salvadors und wandte sich Doña Margarita zu. Das rechte Auge Gottes blinzelte ihnen einen letzten Gute-Nacht-Gruß zu, bevor es der silberblau schimmernden Sichel des Mondes wich. Die Geigen verstummten, und Salvador und Lupe nahmen ihren Platz am Tisch wieder ein, um das Treiben zu beobachten. Das Fest war in vollem Gange, und jedermann war glücklich und amüsierte sich.

Wenig später nahm Salvador Lupe bei der Hand und zog sie mit sich fort. Im Obstgarten drehte er sie zu sich herum. »O *querida*«, flüsterte er, »ich bin so glücklich. Ich kann es immer noch nicht glauben, daß wir endlich verheiratet sind.«

»Mir geht es genauso«, erwiderte sie voller Wärme. »Es erscheint mir alles wie im Traum.«

Salvador bemerkte Lupes Glühen. Er nahm ihre Hand und küßte ihre Fingerspitzen. »Ich liebe dich so, *querida*«, sagte er. »Und ich hoffe, daß unsere Ehe immer wie ein wunderbarer Traum sein wird.«

»Das hoffe ich auch.« Sie drückte seine Hand und sah ihm in die Augen. »Denn diese Hochzeit ist der Traum meines Lebens.«

»Ich weiß genau, was du meinst.« Ihre Blicke verschmolzen ineinander, bevor ihre Lippen sich trafen.

»Ha! Diesmal hast du mich aber zuerst geküßt«, sagte Salvador verschmitzt.

Lupe schürzte nachdenklich die Lippen. »Also ich glaube, wir haben gleichzeitig angefangen«, behauptete sie.

»Nein, nein, du warst eine Spur schneller.«

»Na, das werden wir ja sehen.« Sie zog ihn an sich.

Und wieder küßten sie sich zärtlich.

»Ich glaube, du hast recht«, sagte sie. »Ich war doch diejenige, die angefangen hat.«

Sie lächelten sich vertrauensvoll an. Dann wandten sie sich um und betrachteten Seite an Seite die *fiesta*, die zu ihren Ehren im Gange war.

Sie beobachteten, wie Pedro die kleine Isabel auf die Tanzfläche schleppte und wie ihre Mütter miteinander lachten und scherzten und sich zweifellos köstlich amüsierten.

Wunschlos glücklich verschränkten sie ihre Hände ineinander. Sie hatten gesiegt. Kinder der Revolution, hatten sie den Krieg überlebt und das Wunder vollbracht, die Tragödien ihrer Kindheit nicht nur ohne Verbitterung zu überstehen, sondern daran zu wachsen und einen tiefverwurzelten Respekt dem Leben und der Macht Gottes gegenüber zu entwickeln und auf diese Art der Quelle ihres Lebens, ihren Müttern, die höchste Ehrerbietung zu erweisen.

Umgeben von den dunklen Silhouetten der Bäume standen sie Hand in Hand am Rande des Obsthaines, während sich hinter ihnen der Himmel orangerot und silbern verfärbte. Wie von unsichtbarer Hand geführt, traten sie über die magische Linie durch das Tor zum Garten Eden, vereinigt durch den Traum aller Träume: die Gemeinschaft von Mann und Frau vor den Augen Gottes. Den Traum von Hoffnung und Freude, von nun an bis in alle Ewigkeit.

Der Beginn

Anmerkungen des Autors

Und so begann sie, die wunderbare Ehe meiner Eltern, die neunundfünfzig Jahre dauern sollte, während der es ihnen gelang, tatsächlich die meisten ihrer Träume zu verwirklichen. Meine Mutter erhielt ihren Job in einem Büro, und mein Vater arbeitete all die Jahre selbständig und war nie mehr gezwungen, vor irgend jemandem zu katzbuckeln. Sie waren in der Lage, ihre Eltern im Alter zu unterstützen, und ihre Kinder mußten nie die Entbehrungen durchmachen, die sie selbst erfahren hatten. Allerdings muß ich hinzufügen, daß die ungezügelten Zornesausbrüche meines Vaters sich auch nach der Hochzeit niemals legten. Meine Großmutter Doña Margarita hatte recht gehabt, als sie ihm prophezeite, daß er an diesem Kreuz sein Leben lang zu tragen hätte. Doch wenn auch in der Ehe meiner Eltern wegen dieser Zornesausbrüche nicht nur eitel Sonnenschein herrschte, so war sie doch voller gemeinsamer Triumphe über die Probleme, die sie auf Grund ihres kulturellen Hintergrundes in diesem Land zu überwinden hatten, voller Abenteuer und fröhlicher Feste.

Ich, Victor E. Villaseñor, bin das mittlere Kind von Lupe und Salvador. Die ersten fünf Jahre meines Lebens wuchs ich mit meiner älteren Schwester und meinem Bruder in Carlsbad, Kalifornien, auf, wo wir neben der Spielhalle meines Vaters lebten. Bis ich in den Kindergarten kam, sprach ich so gut wie kein Englisch und war der Meinung, daß wir in Mexiko lebten. Bis zu meinem fünften Lebensjahr waren die *gringos,* die *americanos,* für mich fremde Wesen aus einem fernen Land.

Aber kehren wir wieder zur Geschichte meiner Eltern zurück. Gleich nach der Hochzeit zogen sie nach Carlsbad. Sie mieteten ein kleines Haus, das Hans und Helen gehörte, und verbrachten zwei himmlische Jahre, bis mein Vater meiner Mutter eines Tages gestand, daß sie mit ihrer Vermutung recht gehabt hatte; er war ein Schwarzbrenner.

Meine Mutter erzählte mir später, daß sie sich damals zuerst betrogen fühlte und so beschämt war, daß sie meinen Vater auf der Stelle verlassen hätte, wäre sie zu diesem Zeitpunkt nicht mit meiner älteren Schwester, Hortensia, schwanger gewesen. Da sie jedoch zu der Zeit in einer tiefgreifenden wirtschaftlichen Depression lebten, begann auch sie allmählich, die Beweggründe meines Vaters zu verstehen.

Eines Tages nahm nun Juan Salvador sie mit zu seinem Priesterfreund, und der Geistliche versuchte sie zu überzeugen, daß *la bootlegada* durchaus nicht so verwerflich war, wie sie annahm. Im Gegenteil, er machte ihr klar (als Gegenleistung erhielt er eine Kiste des besten Whiskys meines Vaters), daß diese Tätigkeit in keiner Weise gegen die Gebote Gottes verstieße und daß Jesus selbst einst Wasser in Wein verwandelt hatte.

Aber so leicht ließ sich meine Mutter nicht von den Beteuerungen meines Vaters und des trinkfreudigen Priesters überzeugen. Auf der Heimfahrt erklärte sie meinem Vater, daß ihr die Behauptungen des Geistlichen gleichgültig seien, denn schließlich trüge sie ein Kind unter dem Herzen und letzten Endes wären sie beide, als Eltern, doch diejenigen, die ins Gefängnis wandern würden, und nicht der Priester. Und sie rang meinem Vater das Versprechen ab, sein illegales Geschäft so bald wie möglich aufzugeben.

Mein Vater gab ihr zwar das Versprechen, zögerte dessen Einlösung jedoch immer wieder hinaus. Einige Monate später flog seine Brennerei in Tustin, Kalifornien, in die Luft, und Juan Salvador wäre dabei ums Leben gekommen, wenn meine hochschwangere Mutter ihn nicht aus den Flammen gerettet hätte. Sie brachte es irgendwie fertig, ihn in ihren Truck zu zerren und kurz vor Ankunft der Polizei mit ihm zu verschwinden. Außer sich vor Panik, beschwor sie meinen Vater, dies als Warnung Gottes zu verstehen, der schließlich in der Hierarchie noch über dem Priester stand. Mein Vater gab sich geschlagen, und so bedeutete dieses Ereignis einen Wendepunkt ihres Lebens. Zum einen konnten sie ihr Geschäft kurz darauf legal betreiben, und zum anderen schwor sich meine Mutter, von nun an nie wieder leichtfertig etwas zu glauben. Damals war sie gerade zweiundzwanzig Jahre alt.

Nach dem Ende der Prohibition kauften meine Eltern von Archie, der inzwischen Tante Carlota geheiratet hatte, die Spielhalle in Carlsbad. Einige Jahre später tauchte ein Kerl namens Jerry Smith auf und fragte meinen Vater, ob er der Besitzer der

Spielhalle sei. Als mein Vater die Frage bejahte, zückte er seine Dienstmarke, die ihn als Mitarbeiter der Finanzbehörde auswies, und erkundigte sich, weshalb mein Vater seine Einkommensteuer nicht bezahlt habe. Mein Vater versicherte, daß er seine Steuerschuld bereits bezahlt habe, als er seine Geschäftslizenz erwarb, und Jerry Smith versuchte vergeblich, ihm klarzumachen, daß das eine mit dem anderen nichts zu tun habe. Schließlich riß meinem Vater der Geduldsfaden, und er herrschte Jerry an: »Paß mal auf, Freundchen, für mich klingt das, als bestünde die Regierung aus einem Riesenhaufen Schmarotzer. Ich trage zuviel Respekt vor diesem Land in mir, als daß ich so etwas glauben könnte, und deshalb lautet meine Antwort: Nein. Ich werde keine jährlichen Steuern bezahlen!«

Jerry lachte; die Unverblümtheit meines Vaters gefiel ihm, und sie nahmen ein paar Drinks zusammen. Dann öffnete er seinen Aktenkoffer und versuchte, meinem Vater die verschiedenen Einkommensteuerformulare zu erklären. Er fand jedoch schnell heraus, daß mein Vater erstens tatsächlich keinen Schimmer hatte, wovon er redete, und zweitens die Formulare nicht einmal lesen konnte. »Sag mal, Sal«, sagte der Beamte, »gibt es irgend jemanden in deiner Familie, der lesen kann und was von Buchführung versteht?«

»Meine Frau«, erwiderte mein Vater stolz. »Sie ist sehr gebildet und liest viel.«

Und dies war der zweite wichtige Meilenstein in der Ehe meiner Eltern. Meine Mutter stieg ins Geschäft meines Vaters ein, und Jerry Smith erklärte ihr ausführlich, wie sie die Bücher zu führen habe und welchen Verpflichtungen eine Geschäftsperson in den Vereinigten Staaten unterliegt. Meine Mutter stürzte sich so vehement in ihren neuen Aufgabenbereich, daß alle im *barrio*, vor allem die Frauen, zutiefst erstaunt und beeindruckt waren.

Als mein Vater im darauffolgenden Jahr aufgrund seiner Vorstrafe keine Lizenz zum Alkoholausschank erhielt, erwarb sie die Lizenz, zur Überraschung meines Vaters und aller übrigen Bewohner des Barrios, unter ihrem eigenen Namen.

Innerhalb der nächsten fünf Jahre verwandelte sich meine Mutter in eine versierte Geschäftsfrau. Sie eröffnete sogar einen zweiten Spirituosenladen im amerikanischen Teil von Carlsbad.

Zu diesem Zeitpunkt wurde ich geboren. Ich wuchs heran und wurde Zeuge, wie meine Mutter die Bankgeschäfte überwachte, Buchführung und Lohnabrechnungen erledigte sowie die Einstellungen und Entlassungen der zehn bis zwölf Amerikaner und Mexikaner in die Hand nahm, die für meine Eltern arbeiteten.

So wuchs ich in dem Glauben auf, daß in jeder Ehe die Frauen diejenigen seien, denen die Entscheidung über die Finanzen obliegt. Meine Mutter besaß ihren eigenen Wagen; die Tasche voller Geldscheine und Kartons voller Rechnungen unter dem Arm, fuhr sie geschäftig hin und her. Meine Eltern gehörten zu den einflußreichsten Geschäftsleuten der Gegend – mein Vater, draufgängerisch und voller Ideen, und meine Mutter, die stets hinter ihm stand und dafür sorgte, daß neue Ideen auch in die Tat umgesetzt und nicht ewig auf die lange Bank geschoben wurden, wozu mein Vater oft neigte. Ich werde nie vergessen, daß ich oft abends zu den Füßen meiner Mutter, die über ihren Büchern saß, einschlief, bis man mich ins Bett trug.

Und dann erschienen eines Tages, ich sehe es noch vor mir, als wäre es erst gestern geschehen, meine älteren Cousins in Armeeuniform bei uns zu Hause. Sie waren höchst besorgt über die schreckliche Entwicklung des Zweiten Weltkriegs und fürchteten, daß eine Invasion Kaliforniens drohe. Eine Woche später kamen Hans und Helen, die Freunde meiner Eltern – sie sprachen mit einem drolligen deutschen Akzent – zu uns und berichteten, daß man sie aufgefordert habe, zwanzig Meilen von der Küste fort ins Innere des Landes zu ziehen, da die Regierung sonst ihr Eigentum beschlagnahmen würde, wie sie es mit den japanischen Bewohnern getan hatte. Hans und Helen baten meine Eltern, ihnen so schnell wie möglich ihren Spirituosenladen in Oceanside abzukaufen.

Meine Mutter saß die ganze Nacht mit Hans über die Bücher gebeugt, und am nächsten Tag fuhren alle nach Oceanside, um den Laden zu besichtigen. Ich weiß noch, daß es sich um ein großes, düsteres Hinterzimmer handelte, über dem sich ein muffig riechender Dachboden befand. Aber der Laden florierte, und dort war es, wo ich zum ersten Mal bewußt die englische Sprache vernahm. Noch in der gleichen Woche kauften meine Eltern den Laden und stellten Hans als Geschäftsführer ein.

Kurz darauf, ich erinnere mich noch gut an den Tag, rannte mein Vater aufgeregt ins Haus und verkündete, daß die Besitzer der größten und schönsten Ranch der Gegend wegen der drohenden Invasion nach Kanada ziehen wollten und die Ranch zum Verkauf stand.

»Das ist die Chance unseres Lebens!« jubelte mein Vater.

»Aber was ist, wenn es tatsächlich zu einer Invasion kommt?« fragte meine Mutter.

»Unsinn!« rief mein Vater. »Es wird keine Invasion geben! Statt uns verrückt machen zu lassen, sollten wir lieber unseren Verstand gebrauchen und diese Ranch auf der Stelle kaufen! Dort gibt es Obstgärten, Weiden und Vieh, Pferde, Geflügel, Scheunen, Traktoren – einfach alles! Und das schönste von allem, ein Dutzend Hügel, von denen man freie Sicht auf das Meer hat – wir könnten endlich unser Traumhaus bauen, Lupe, etwas, worauf unsere Nachkommen noch in zehn Generationen stolz sein werden!«

»Aber Salvador«, wandte meine Mutter ein, »das macht mir angst, es geht alles so schnell!«

»Es ist in Ordnung, ein wenig Angst zu haben«, antwortete Juan Salvador und drückte Lupe an sich. »Dadurch bleibt man wachsam wie die Hühner, die immer nach dem Falken Ausschau halten müssen. Komm, laß es uns wagen; hol deine Zauberbücher her!« Meine Mutter sträubte sich immer noch. Trotzdem verbrachten sie die Nacht mit rauchenden Köpfen über ihren Büchern, rechneten sich aus, wieviel Bargeld sie zusammenkratzen könnten, in der Hoffnung, daß es für ein Angebot reichen würde, bevor jemand anderes Wind von der Gelegenheit bekäme. Doch so sehr sie sich auch bemühte, meiner Mutter blieb am nächsten Morgen nichts anderes übrig, als meinem Vater zu eröffnen, daß sie nie im Leben genug Geld zusammenbekommen würden.

Mein Vater tobte und berief sich immer wieder auf Don Pio und wie wichtig es sei, so kurz vor dem Ziel nicht aufzugeben. Ich hatte keine Ahnung, was eigentlich vor sich ging, außer daß meine Eltern sich wieder einmal wegen Geld in den Haaren lagen. Schließlich verkündete mein Vater, daß er sich an Archie wenden wollte, obwohl er das nur äußerst ungern tat.

Jahre später erfuhr ich, daß Archie ihn wieder einmal abgewiesen hatte, diesmal, weil der Betrag einfach zu hoch war. Daraufhin wandte sich Juan Salvador gegen den Protest meiner Mutter an die Bank und bot ihr gesamtes Hab und Gut als Sicherheit für einen Kredit über 20 000 Dollar. Er kaufte die fünfzig Hektar Land mit Blick aufs Meer, und ich werde niemals vergessen, wie ich vor meinem Vater im Sattel saß, während wir zwischen den Obstgärten und Weiden hindurch von Hügel zu Hügel ritten, auf der Suche nach dem schönsten Platz für unser Traumhaus.

Sechs Monate später zogen wir auf die Ranch, die zwei Meilen nördlich von dem *barrio* in Carlsbad lag, in dem ich geboren wurde. Ein Jahr darauf starb meine Großmutter, Doña Guadalupe, in dem großen Schlafzimmer des alten Farmhauses, das unter den mächtigen Pfefferbäumen stand, und die gesamte Verwandtschaft meiner Mutter, aus Nordkalifornien, Arizona und Mexiko, reiste an. Ich hörte nicht auf zu weinen, unfähig zu begreifen, daß meine geliebte Großmutter, die Frau, die mir, solange ich denken konnte, bei Tee und süßen Brötchen Geschichten aus der Vergangenheit erzählt hatte, nun nicht mehr da sein sollte.

Ein Jahr später kam ich zur Schule und war zutiefst erschüttert, als man mir auf dem Schulhof klarmachte, daß ich Mexikaner sei und in diesem Land nichts verloren hätte. Es machte die Situation nicht gerade einfacher, daß kurz darauf der neue Priester bei uns zu Hause vorsprach und meinen Eltern erklärte, daß es uns Kindern nur schaden würde, wenn sie zu Hause mit uns Spanisch sprächen. Meine Eltern sahen aus, als seien sie soeben von einer Beerdigung heimgekehrt, als sie uns nach seinem Aufbruch mitteilten, daß wir von nun an zu Hause ausschließlich Englisch sprechen sollten und daß meine Freunde und ich ernste Schwierigkeiten bekommen würden, wenn wir auf dem Schulhof untereinander Spanisch sprächen.

Es war eine furchtbare Zeit, und die Schule wurde zum Alptraum für mich. Nur wenn ich auf dem Rücken meines Pferdes über die Hügel ritt oder unseren Rancharbeitern, die alle aus Mexiko stammten und meisterhafte Reiter waren, die perfekt mit dem Lasso umgehen konnten, zur Hand gehen durfte, fühlte ich mich einigermaßen glücklich.

Ich war sieben Jahre alt, als meine Mutter sich endlich entschied, auf welchem der Hügel wir unser Traumhaus errichten sollten. Sie hatte sich einen Hügel ausgesucht, der eine halbe Meile vom Meer entfernt lag und auf dem herrliche Wildblumen wuchsen. »Ich will viel Sonnenlicht«, erklärte sie meinem Vater, »damit die Lilien meiner Mutter prächtig gedeihen. Außerdem möchte ich Rosen und Jasmin pflanzen, dann ist unser Haus immer von Duft erfüllt, genau wie damals mein Cañon in La Lluvia.«

Mein Vater willigte ein, und sie engagierten zwei Architekten, die das Haus exakt nach den Wünschen meiner Mutter entwarfen. Und während der nächsten zwei Jahre arbeiteten Zimmerleute, Elektriker – über zwanzig Leute – an dem Traumhaus meiner Eltern. Der Bauaufseher stammte aus Detroit und hatte falsche Zähne. Ich weiß noch, wie erschrocken ich war, als ich das erste Mal beobachtete, wie er während der Lunchzeit im Schatten eines Baumes sein Gebiß herausnahm und in der Hemdtasche verschwinden ließ.

Nachdem das Haus fertig war, gaben meine Eltern eine große *fiesta*, die über eine Woche dauerte. Der Bürgermeister, der Polizeichef und über sechshundert Leute nahmen an der Einweihungsparty teil. Ich kann mich noch genau an die Feierlichkeiten erinnern. Meine Mutter sagte, sie widme ihr neues Heim dem Heiligen Josef und unserer Lieben Frau des Friedens. Mein Vater räumte ein, für Lupe sollte ihm dies recht sein, aber was ihn anging, so sei dieses imposante, zwanzig Zimmer umfassende Haus auch ein persönlicher Racheakt gegen Tom Mix, diesen Mann, den er aus tiefstem Herzen haßte, weil er in seinen schlechten Filmen stets fünf Mexikaner mit einem Schlag erledigte. »Denn die süßeste Rache überhaupt«, fügte Juan Salvador hinzu, »ist doch, es sich gut gehen zu lassen und besser und länger zu leben als die Hurensöhne, die man haßt!«

Die Leute applaudierten ihm, und als die Musik begann, stahl ich eine Pfanne mit *carnitas*, die ich mir im Obstgarten hinter dem Haus mit meinem Freund Shep, dem großen Kojotenmischling meines Vaters, teilte. Ich muß heute noch lachen, wenn ich daran denke, wie mein Vater und Archie die Grube aufdeckten, in der das Fleisch garte, und dem Bürgermeister und dessen Frau den riesigen Stierkopf präsentierten. Das Gehirn des Tieres boten sie der Gattin des Bürgermeisters, in eine Tortilla gerollt, als besondere Delikatesse an. Die Frau schrie entsetzt auf und war einer Ohnmacht nahe. Meine Mutter schimpfte mit meinem Vater und führte die arme Frau ins eheliche Schlafzimmer, wo sie sich auf dem Bett von ihrem Schrecken erholen konnte. Der Bürgermeister und der Polizeichef betranken sich derweil mit Tequila, und Fred Noon mußte sie später in seinem Wagen nach Hause fahren. Mein Vater, Archie und Fred Noon blieben die ganze erste Nacht auf; sie lachten, tranken und ließen sich gegenseitig in Erinnerung an die alten Zeiten hochleben.

Zehn Tage später, ich war gerade mit meinem Bruder Jose und ein paar unserer Arbeiter dabei, wieder Ordnung zu schaffen, tauchte ein kleiner, verschlafener Cowboy aus dem Obstgarten auf und fragte. »Wo sind denn alle? Ist die Party schon vorbei?« Mein Bruder und ich brachen in Gelächter aus und teilten ihm mit, daß die Party bereits seit vier Tagen vorbei war. Er fluchte und bediente sich an einem der Whiskyfässer, die noch herumstanden, und verzog sich anschließend wieder zum Schlafen in den Obstgarten.

Natürlich könnte ich noch jede Menge solcher Anekdoten erzählen, aber was ich eigentlich sagen will, ist, daß meine Eltern nach ihrer Heirat ein sehr abwechslungsreiches und aufregendes Leben führten. Ein Leben, das zweifellos oft sehr hart und kompliziert war, das sie jedoch mit all seinen Hochs und Tiefs stets als Herausforderung und als durchdrungen von Gottes Liebe empfanden, die ihnen Flügel verlieh und sie nie die Hoffnung auf bessere Zeiten verlieren ließ. Und wie meine Mutter mir erst kürzlich anvertraute – mein Vater verstarb letztes Jahr –, war es gerade die Erinnerung an jene Eigenarten, die sie zu Lebzeiten meines Vaters an ihm kritisiert hatte, die heute ihr Herz erwärmte. »So ist es leider oft im Leben«, seufzte sie, »manchmal werden wir uns erst, wenn wir einen Menschen verloren haben, klar darüber, wie sehr wir ihn tatsächlich geliebt haben. Dein Vater war ein wundervoller Mensch, und ich wünschte, ich hätte ihm das öfter gesagt.«

»Aber das hast du doch, Mama«, antwortete ich ihr.

»Nicht oft genug, *mi hijito*«, erwiderte sie. »Deine Frau und du, ihr dürft das niemals vergessen. Verliebt zu sein ist nicht genug. Man muß es auch aussprechen.«

Was mich betrifft, so bedauere ich zutiefst, daß ich meine Großmutter Doña Margarita niemals kennenlernen durfte. Sie starb zwei Jahre vor meiner Geburt. Mein Vater erzählte, wie er sie noch kurz vor ihrem Tod gesehen hatte, als sie im Sonnenlicht, das durch die Bäume fiel, eine staubige Straße in Corona entlangschlurfte. Sie war fast neunzig Jahre alt, und er hatte beobachtet, wie sie vor sich hin summte und zwischendurch immer wieder ein paar vergnügte Hüpfer wagte, weil sie einen kleinen Hund aus der Nachbarschaft durch eine List davon abgehalten hatte, sie wieder einmal zu beißen.

Mein Vater hatte Tränen in den Augen, als er mir beschrieb, wie seine Mutter – ein winziges vertrocknetes indianisches Knochenbündel – es vermochte, so viel Lebensfreude aus einer derartigen Kleinigkeit zu schöpfen. »Sie war das reichste Geschöpf auf Erden«, sagte er. »Sie kannte das Geheimnis des Lebens, das darin besteht, sich niemals die Fröhlichkeit im Leben nehmen zu lassen und ganz gleich, was geschieht, stets heiter zu bleiben, so heiter, wie an jenem Tag, als sie diese staubige Straße entlangschlurfte und hin und wieder anhielt, um ein paar Tanzschritte einzulegen.«

Aber wenigstens habe ich die Mutter meiner Mutter, Doña Guadalupe, noch kennengelernt, durfte auf ihrem Schoß sitzen, während sie mich hin und her wiegte und von den Tagen in La Lluvia erzählte, als das Gold an den Berghängen hinabströmte und die Lilien den Cañon in märchenhaften Duft hüllten. Und ich war in der Lage, mit meinem Onkel Victoriano zu sprechen, meinen Tanten Maria, Sophia und Carlota und sie fast ein Jahrzehnt lang immer wieder nach der Bestätigung jener Ereignisse zu fragen, die meine Mutter und meine Großmutter mir erzählt hatten. Auch meine Patentante, Doña Manuelita, die Jugendfreundin meiner Mutter, habe ich befragt, und da sie sehr belesen ist, war sie mir eine außerordentliche Hilfe und hat mir einen zusätzlichen Blickwinkel über das Leben im Cañon verschafft. Aus der Familie meines Vaters habe ich meine Tante Luisa interviewt – achtzig Jahre hatten weder ihrer energischen Stimme noch ihrem glasklaren Verstand etwas anhaben können.

Und ich bin sehr stolz, daß ich das Buch noch vor dem Tod meines Vaters abschließen konnte. So konnte Juan Salvador es lesen und durfte noch erleben, wie ich jenen Gestalten, die er einst geliebt, wieder Leben eingehaucht habe. In seiner letzten Nacht war ich bei ihm, und seine letzten Worte waren:»Ich werde meine *mama* wiedersehen, und ich bin so stolz auf dich, *mi hijito*, daß du sie in deinem Buch so wahrheitsgetreu beschrieben hast.« Er nahm meine rechte Hand in seine beiden Hände und streichelte sie.»Sie war eine großartige Frau«, dann drückte er mich und küßte mich zum Abschied.

Ich brachte ihn zu Bett, und er starb im Schlaf, im Alter von 86 oder 84 Jahren, je nachdem, welchen Verwandten ich nach seinem Alter fragte. Sein Leben lang war er stark und zuversichtlich gewesen, und genauso starb er. Es war keineswegs so, daß er seinen Lebenswillen aufgegeben hatte; er hatte lediglich den Willen zu sterben vorgezogen. Denn als ich ihn fragte:»Papa, fürchtest du dich?« antwortete er »Fürchten? Aber wovor denn? Sich vor dem Tod zu fürchten hieße, das Leben zu beleidigen!«

So etwas hatte ich noch nie gehört. Weder von einem Griechen noch von einem Juden oder Chinesen. Ich vernahm diese Worte von meinem eigenen Vater, *un puro mejicano de las Américas!* Nach der Beerdigung gab es ein großartiges Fest mit *mariachis* und *barbacoa* à la Archie Freeman, und wir sangen die Lieblingslieder meines Vaters und weinten und tanzten die ganze Nacht. Mein Vater hatte gesiegt. Er hatte sein Leben bis zum Ende gelebt und würde nun, wie seine Mutter, Doña Margarita, und sein Großvater, Don Pio, in Frieden ruhen.

Con gusto
Victor E. Villaseñor
Rancho Villaseñor
Oceanside, Kalifornien
Frühjahr, 1990

P.S. Sie sollen auch wiesen, daß Luisa, die Schwester meines Vaters, fünf Jahre zuvor friedlich starb, umgeben von ihren Kindern und fünfundzwanzig Enkeln, von denen die meisten das College abgeschlossen haben.

Auch Sophia ist von uns gegangen und hat eine wundervolle Familie hinterlassen, unter denen sich einer der am höchsten ausgezeichneten Soldaten des Zweiten Weltkrieges befindet.

Der Tod Marias, der Schwester meiner Mutter, ist eine Geschichte für sich. Sie war fast drei Jahre ans Bett gefesselt, doch vor vier Jahren, als sie hörte, daß mein Vater in seinem großen Haus eine *fiesta* für meine Mutter und alle Mädchen aus Lluvia gab, kaufte sie sich ein neues rosa Kleid, ließ sich frisieren und kam im Rollstuhl zu der Feier. Sie aß, trank und lachte den ganzen Abend. Später kehrte sie nach Hause zurück und verschied im Schlaf – träumend, um auf der anderen Seite des Lebens wieder zu erwachen.

Danksagung

Zuerst möchte ich meiner Großmutter, Doña Guadalupe, danken, die damit begann, mir Geschichten aus der Vergangenheit zu erzählen. Des weiteren gilt mein Dank allen mir bekannten Bewohnern des *barrio* von Carlsbad, unseren Nachbarn, meinen Cousins und Cousinen, Tanten, Onkeln und dem einarmigen Don Viviano sowie meinem Onkel Archie Freeman und allen unseren Verwandten aus dem Pala-Indianerreservat. Auch meine *nina*, Manuelita, soll wissen, daß sie mir eine große Hilfe war, genau wie ihr Bruder Jose, der den richtigen Pfad entdeckte, als wir die Barranca del Cobre hinaufkletterten.

Ebenso war mir mein Onkel, Don Victoriano, ein großartiger Geschichtenerzähler mit einem unglaublichen Gedächtnis für Daten und Namen, von unermeßlicher Hilfe. Ohne sein Erinnerungsvermögen wäre es mir niemals gelungen, die Geschichte meiner Tante Carlota und meiner Mutter wiederzugeben.

Carlota schulde ich besonderen Dank für den Einblick, den sie mir in ihre Sichtweise der Vergangenheit gewährte, die sich in vielen Details von der Sichtweise anderer unterschied und die mich veranlaßte, viele Ereignisse immer wieder aufs neue – manchmal öfter, als mir lieb war – auf ihren Wahrheitsgehalt zu überprüfen. Dank auch an meine Tante Sophia und ihre Familie, die Salazars, die oben in Nordkalifornien leben. Jose Leon und seine Angehörigen in Fresno sollen wissen, daß es einige Kapitel in diesem Buch gibt, die ich ohne die Hilfe von Jose und Pedro nicht hätte schreiben können. Danke, Jose, ihr wart großartig.

Gleichfalls möchte ich meinen Schwestern danken: Hortensia, die wie eine zweite Mutter für mich ist; Linda, der Wildfang, der mir den kleinen Bruder ersetzt hat; und Teresita, unser Nesthäkchen, die von uns allen mit Freuden verwöhnt wird. Ich danke euch, *hermanas*. Liebevolle Grüße sende ich auch in den Himmel zu meinem Bruder Joseph, der so jung gestorben ist. Mein besonderer Dank an Linda, die über zehn Jahre Seite für Seite für mich tippte, und das nicht selten ohne Bezahlung. Ich danke Dorothy Denny und Myra Westphall, zwei großartigen Frauen, die mir ebenfalls über zehn Jahre lang während der Fertigstellung dieses

Buches zur Seite standen, und Gail Grant und Jeannie Obermayer, die Jahr für Jahr bis in die Nacht mit mir arbeiteten. *Gracias* an meine beiden alten Freunde Dennis Avery und Bill Cartwright, die mir bei meiner Arbeit sowie privat schon seit über fünfundzwanzig Jahren zur Seite stehen. Ich ziehe meinen Hut vor Moctezuma Esparza, ein echter *cabrón*, der mich nach New York begleitete und mir half, dieses Buch zurückzukaufen, und ohne den ich in meinem rasenden Zorn nicht gewußt hätte, was ich tun sollte. Danke an Alex Haley und seine Mitarbeiter, die mich bei meinen Laufereien in New York mit Rat und Tat unterstützten, sowie an Marc Jaffe, meinen ehemaligen Verleger und ersten Herausgeber von ›Rain of Gold‹, der mich bei unseren Streifzügen durch die Straßen New Yorks, – während derer ich das Pulsieren dieser Stadt lieben lernte – davor bewahrte, vor Zorn den Verstand zu verlieren.

Herzlichen Dank auch an Helen Nelson und die Bibliothek von Oceanside sowie die Bibliothek in El Paso, Texas. Bibliothekare sind wahrhaftig eine Spezies für sich, stets bereit zu helfen und eine scheinbar unerschöpfliche Informationsquelle.

Mein innigster Dank gilt meinen Schwiegereltern, Zita und Charles Bloch, deren Vertrauen in all den Jahren unerschütterlich war und die auch in düsteren Zeiten niemals aufhörten, Barbara und mir zur Seite zu stehen. Sie waren da, wenn wir sie brauchten, und sind mir, im wahrsten Sinne des Wortes, wie ein zweites Elternpaar ans Herz gewachsen.

Stets für mich da waren auch mein Agent Cary Cosay und mein Anwalt Chuck Scott, die bereits seit siebzehn Jahren mit mir durch dick und dünn gehen. Ich danke euch, Jungs!

Ich danke auch Juan Gomez, Alejandro Morales, Galal Kernahan, Jesus Chavarria, David Ochoa, Esperanza Esparza, Stan Margulies, Annette Welles, David Wallechinsky und Flora Chavez, Russell Avery, Hal Larsen, Leslie Hotchkiss, Clare Rorick und Greg Athens, Saram Khalsa, Cynthia Leeder, Bonnie Marsh und ihrem Boß Jeff, May und Craig, Barbi B., meinem Neffen Javier Perez, Victor Vidales, Margaret Bemis, Carl Mueller, Duncan Robertson, Harold, Tony, Robin und Fernando Flores, meinem persönlichen Philosophen – jenen Menschen, die mir geholfen und felsenfest an mich geglaubt haben.

Ich danke und grüße Marina, Jorge, My Bao, Cecilia, Victor, die Mitarbeiter der Arte Publico Press – insbesondere Nicolas Kanellos –, die dabei geholfen haben, daß dieser erste Band des umfangreichen Buches nach vielen Verzögerungen endlich im Hexenkessel New York erscheinen konnte, New York – eine weitere lateinamerikanische Siedlung!

Ich danke John Hager, unserem ersten Verkaufsrepräsentanten, der das Buch ins Rampenlicht gerückt hat, sowie Blanche Brann, Steve Geison und vor allem Elaine Jesmer, die bei ihrer genialen Publicityarbeit keine Mühe gescheut haben.

Ich zolle meinen Tribut Nat Sobel, Ed Victor, Phyllis Grann und Stacy Creamer, jenen alten Verlegerfreunden, die an mein Buch und an mich glaubten, doch das Vertrauen verloren, so daß ich gezwungen war, ohne sie weiterzumachen, was meine Energie und Überzeugung letztendlich nur wachsen ließ. Danke, ihr seid ganz spezielle *amigos*.

Meine Dankbarkeit gilt auch meinen drei Schwägern, Steve, der, als ich das erste Mal den Gedanken äußerte, mein Buch in New York zurückzukaufen, zu mir sagte: »Zu jedem anderen würde ich sagen ›laß es‹, aber da ich dich kenne, sage ich nur, ›tu es‹, sonst wirst du ja doch deines Lebens nicht mehr froh.« Ich danke dir, Steve. Und Joaquin, der nur bemerkte: »Ich hasse, was Putnam aus deinem Buch gemacht hat! Hol es dir zurück!« Und ich möchte Joe danken, der erst spät zu unserer Familie stieß, aber meinen Vater wie ein Sohn lieben lernte und immer wieder seinen Geschichten lauschte.

Außerdem möchte ich meine neugewonnenen Freunde in Dell grüßen, Leslie Schnur, Trish Todd und den Rest der Belegschaft. Auf daß wir niemals unsere Zuversicht verlieren und in den nächsten Jahren noch viele Bücher wie ›Rain of Gold‹ produzieren! Die Welt steht uns offen! Ich grüße meine neue Agentin, Margret Bride, die die Angewohnheit hat, sich während unserer Strategieplanung wie eine Katze unentwegt über ihr langes, rotes Haar zu streichen. Ich danke dir, Margret, und auch Winfred und Susan.

Mil gracias, an euch alle! Wir haben es geschafft!

Und, last but not least, danke ich natürlich ganz besonders meiner Frau Barbara, die gleichzeitig mein bester Freund ist und mir all die Jahre mit ihrer bedingungslosen Liebe und Unterstützung treu zur Seite stand, und unseren Söhnen David und Joseph, die das Glück hatten, Tür an Tür mit ihren Großeltern aufzuwachsen, die ihnen beibrachten, Getreide anzupflanzen und jeden Morgen die Sonne mit offenen Armen willkommen zu heißen.

Danke. *Con Dios.* Das Leben ist schön, ganz gleich, was andere behaupten mögen.

Glossar

abrazo	Umarmung
abuelito	Großväterchen
amigo	Freund
arroyo	Bachbett, Rinnstein
atole	Getränk aus Maismehl, geraspelter Yucca, Milch und Zucker
barbacoa	Grillfest, Barbecue
barranca	Schlucht, Canon
barrio	lateinamerikanisches Stadtviertel in amerikanischen Städten
bootlegada	Schwarzbrennerei
brava, a la brava	auf jeden Fall, egal wie
bruja	Hexe
buenos tardes	Guten Tag
bueno, qué bueno	gut, wie schön
burrito	Eselchen
cabrón, puto cabrón, cabrónes	Hundesohn, alter Gauner, Sauerei (auch Anerkennung)
caca	Scheiße, Kacke
caimán	hinterlistiger Mensch
cálmate!	Halt die Klappe!
campesinos	Landarbeiter, Bauern
carnitas	Fleischgerichte
carrancistas	Anhänger Carranzas (s. Anmerkungen)
Casa	Haus
charro	traditioneller Festtagsanzug der mex. Bauern
chicharrones	Würstchen
chinga	Stinktier
qué chinga!	was für ein Stinktier
chingate!	Fick dich! Verpiß dich!
los chingaste,	denen hast du's/habt ihr's

los chingaron	aber gezeigt
chorrizos	Paprikawürstchen
cigarito	Zigarettchen
comadre	von: comadrea = tratschen; hier: Gefährtin, Gesprächspartnerin
cómo estás?	Wie geht's?
compañeros, comprades, compa	Gefährten, Kameraden, Kamerad
conchos	Schildpattverzierungen
coo-coo	Schwanz, Penis (Slang)
corazón, de mi vida	Herz, mein liebstes Herz, (Koseform)
coronel	Colonel (mil. Grad)
curandera	Heilerin
desgraciadamente	unglücklicherweise, leider
diablo	Teufel
dios mío!	mein Gott!
dónde está …?	Wo ist …?
eje	Achse
el eje de su casa	die Grundpfeiler ihrer Familie
espérense!	Wartet!
familia	Familie
federales	Bundespolizei
frijoles	Mus aus dicken Bohnen
gachupines	eingewanderte Spanier (wird heute als Schimpfwort verwendet)
gallo	Hahn
gallo de estaca	ein wahrer Prachkerl
gente	Leute
gente sin nombre	namenloses Volk
gringo	Ausländer (in Mexiko ironische Bez. für die Amerikaner)

gusto	Vergnügen
con gusto	voller Freude, voller Elan
mucho gusto	sehr erfreut
hacendado	Farmbesitzer
hacienda	Farm
hermana	Schwester
hermanito	Brüderchen
hijita, -o	Töchterchen, Söhnchen
hombre	Mensch, Mann
un hombre previendo	ein vorausblickender, vorsichtiger Mensch
huaraches	Sandalen, meist aus Gummi
huevos rancheros	Spiegeleier mit pikanter Soße
indio	Indianer
indio sin razón	ein hirnloser Indianer
júrame, júramelo	Schwöre! Schwöre es mir!
te lo juro	ich schwöre es
liebre	Hase
Los Estados Unidos	Die Vereinigten Staaten
luna, la luna	Mond, die (im Span. feminin)
macho	ein richtiger Kerl
un macho a las todas	durch und durch ein prächtiger Kerl
a lo macho	unter Ehrenmännern
mamacita	Mutti (hier ironisch)
mañana	morgen
mano	von: manito = Freund, Kamerad
mano a mano	Auge um Auge
mariachi	mex. Volksweise, urspr. aus Jalisco und Name der Musikkapellen, die diese Musik spielen
mejicanos	Mexikaner
menudo	Suppe mit Innereien

metates	Steinplatten; hier: Mörser
mira!	Schau! Schau mal einer an!
muchacho	Freundchen
mujeres	Frauen
muy bién	sehr gut
mole	pikante, meist mit Rohkakao gebundene Soße
nada	nichts
nina	kleines Mädchen
nopalitos	Kaktusblätter
nuestra casa	unser Heim
órale!	Flehe! Bitte darum!
órdenes, a sus –	zu Ihren Diensten
oyen!	Hört mal!
paisanos	Landsmänner, Landsleute
pendeja,– o	dumm, blöd
pendejos	Dummköpfe
una pendeja india	eine blöde Indianerin
perro	Hund
pistoleros	Revolverhelden, Pistolenschützen
pocho	Krötenart (Schimpfwort)
presidente	Präsident
puro	rein, unverfälscht
un puro mejicano de las americas	Mexikaner, in dessen Adern kein spanisches Blut fließt
puta	Hure
puto cabrón	Hurensohn
querida	Liebste, Schatz, Schätzchen
quesadillas	mit Käse gefüllte Maisfladen
qué tal?	Wie geht's?
ramada	Sonnendach aus Ästen und Zweigen
raza	Geschlecht, Rasse

rural	berittene Landpolizei
salsa	Soße
sarape	Umhang, Überwurf
sol, el sol	Sonne, der (im Span. mask.)
sombrero	typ. breitkrempiger mex. Hut
tanates	Eier (Hoden)
tío	Onkel
tortilla	Maisfladen
trensuda	die ›Geflochtene‹, die mit den Flechten
Usted; y usted?	Sie (höfl. Anrede); und Sie?
vámonos!	Gehen wir! Auf geht's!
vaqueros	Rinderhirten, Viehtreiber
vieja	Alte
Villistas	Anhänger des Revolutionsführers Pancho Villa
vivan con mejicanos	Hoch leben die Mexikaner!
whiskito	kleiner Whisky
yerba-buena-Tee	Kräuter-Tee

Anmerkungen des Übersetzers

1. Porfirio Diaz (1830–1915)

General unter Benito Juarez an der Seite von Juarez gegen die Franzosen unter Kaiser Maximilian I. Nach erfolgreichem Putsch gegen Juarez-Nachfolger Lerdo, am 10.1.1876, wird er zum Präsidenten von Mexiko. Durch seine eigenmächtige Außerkraftsetzung der verfassungsmäßig festgelegten Nicht-Wiederwählbarkeit des Präsidenten gelingt es ihm, mit kurzen Unterbrechungen, 30 Jahre lang (1876–1911) Staatspräsident von Mexiko zu bleiben. Auf Grund seiner diktatorischen Regierungsweise kann er zwar eine gewisse Stabilität im Lande herstellen und die Industrialisierung vorantreiben, jedoch auf Kosten steigender sozialer Ungleichheit. In den letzten Jahren seiner Amtszeit wird der Regierungs- und Verwaltungsapparat zunehmend korrupter. Nur 1% der Bevölkerung besitzt 97% des gesamten landwirtschaftlich nutzbaren Bodens. 1910 läßt er seinen politischen Gegenkandidaten Madeo kurzerhand verhaften und erklärt sich selbst zum Wahlsieger, was schließlich zur Entladung von jahrelang aufgestauten Spannungen und der Formierung zahlreicher bewaffneter Rebellengruppen führt. Die revolutionären Unruhen erfassen bald das ganze Land und nehmen auch mit dem Rücktritt Diaz' am 17. Mai 1911 kein Ende.

2. Carranza, Venustiano (1859–1920)

Bereits unter Diaz erfolgreicher Provinzpolitiker als Gouverneur von Coahuila. Kämpfte an der Seite von Obregon gegen die Bauernarmeen von Pancho Villa und Emiliano Zapata. 1916 wird Carranza zum Präsidenten erhoben und im Mai 1920 von Anhängern Obregons, von dessen Politik er sich inzwischen abgewandt hat, erschossen.

3. Obregon, Alvaredo (1880–1928)

Obregon beginnt seine politische Karriere als Gemeindepräsident von Huatabampo, wo er sich durch die damit verbundenen Aufgaben als Befehlshaber lokaler Selbstverteidigungstruppen gegen regierungsfeindliche Guerilla-Armeen einen Namen macht. 1920 wird er zum Nachfolger Carranzas, von dem er sich, u.a. wegen dessen eigenmächtiger Eingriffe in die Verfassung, losgesagt hat.

4. Tarahumaras

Halbnomaden, die bis heute vorwiegend in der südwestlichen Bergregion von Chihuahua (Barranca del Cobre) leben. In ihrer eigenen Sprache nennen sie sich Karamuri, was soviel wie ›Läufer‹ bedeutet. Die Tarahumaras sind seit jeher bekannt als ausgezeichnete Langstreckenläufer (über 200–300 km und mehrere Tage hindurch). Wie bei allen mexikanischen Indianerstämmen besteht auch die Religion der heute noch ca. 57 000 Tarahumaras aus heidnischem Götzendienst und christlichem Denken.

5. Francisco (Pancho) Villa (1872–1923)

Revolutionsführer, der 1912 die Division del Norte, eine aus Viehtreibern, Bergarbeitern, landlosen Campesinos, Banditen und Abenteurern bestehende Reiterarmee, unter sich vereinigt. Villa kämpft zusammen mit Zapata gegen die Truppen von Carranza. Durch seine spontanen Aktionen zur Unterstützung Mittelloser verschafft sich Villa seinen Ruf als Freund der Armen. Im Gegensatz zu Zapata vertritt Villa allerdings nie eine klare politische Linie und bleibt im Grunde Zeit seines Lebens ein Bandit, was jedoch nicht ausschließt, daß der ›Villismo‹ durchaus als eine Bewegung anzusehen ist, die sich für größere soziale Gerechtigkeit einsetzt. Erst 1967, also fünfzig Jahre nach der mexikanischen Revolution, wird Villas Name der Liste der Helden in Mexikos Deputiertenkammer hinzugefügt.

6. Yaquis

Im Südosten von Sonora ansässiger Indianerstamm, der sich bis heute eine weitgehende Autonomie erhalten hat. Die Yaquis leben vorwiegend von Ackerbau, Viehzucht und Fischfang und sind der katholischen Religion verbunden.

7. Benito Juarez (1806–1872)

Vollblutindio vom Stamme der Zapoteken und erster demokratischer Präsident Mexikos (1850–1872). Juarez setzte eine neue liberale Verfassung in Kraft und betrieb eine entschiedene Politik gegen die Allmacht der Kirche in Mexiko. Nachdem er die Zinszahlungen an ausländische Gläubiger einstellt, sendet Napoleon III. ein Heer nach Mexiko und stellt mit Unterstützung der Kirche die Monarchie in Mexiko wieder her, indem er Kaiser Maximilian I. auf den Thron setzt. Juarez lebt vier Jahre im Exil in den USA. 1867 kehrt er nach Mexiko City zurück, vertreibt Kaiser Maximilian aus der Stadt und läßt ihn später von einem Exekutionskommando erschießen. Juarez wird erneut zum Präsidenten gewählt und stirbt 1872 an einer unbekannten Krankheit.

8. Gesetzeshüter
Hierbei handelt es sich um die sogenannten ›rurales‹, eine berittene Polizei, die unter dem Regime Porfirio Diaz' eingesetzt wurde, um unter der Landbevölkerung für Zucht und Ordnung zu sorgen. Die rurales waren bekannt und gefürchtet für ihre außerordentliche Brutalität.

9. Tarascanindianer
Indianervolk aus dem Norden von Michocán, das von Ackerbau und Fischfang lebt. Sie sind bekannt für ihre schönen Arbeiten aus Holz und Kupfer. Auch bei ihnen ist der katholische Glaube noch heute stark vermischt mit vorchristlichen Elementen.

10. Emiliano Zapata (1879–1919)
Führer der Bauernrevolte im Süden des mexikanischen Hochlandes, deren Kampfruf ›Tierra y Libertad! (Land und Freiheit) lautete. Die Anhäger Zapatas sind während der Revolutionswirren die einzige bedeutende Gruppierung, die nicht um politische Macht, sondern für die Durchsetzung einer umfassenden Bodenreform kämpft, durch die den Kleinbauern das enteignete Land von den Großgrundbesitzern zurückgegeben werden soll.

Die EZLN (Eligio Zapatista Libertad Nacional), eine Guerillatruppe, die seit dem 1.1.1994 in den Bergen von Chiapas, dem südlichsten und ärmsten Bundesstaat Mexikos, für weltweites Aufsehen sorgt, kämpft unter Berufung auf Zapata für die gleichen Ziele, die bis heute in Mexiko nicht an Aktualität verloren haben, da noch immer der größte Teil des fruchtbaren Landes in den Händen einiger weniger Großgrundbesitzer ist.

11. Roberto Fierro Villalobos
Späterer General, der sich als Sechzehnjähriger der Villa-Armee anschloß.

12. Ricardo Flores Magon
Die Brüder Magon waren Führer einer aus dem Exil operierenden politischen Oppositionsbewegung (PLM/Partido Liberal Mexicano), die sich 1906 in einem Manifest um soziale Reformen bemühen, die später auch zum Thema der Revolution werden sollten.

ENDE

Band 13 827
Rino Cammilleri
Im Schatten des
Camposanto
Deutsche
Erstveröffentlichung

Pisa im Jahre 1247. Vor den Toren der Kurie wird der ketzerisch entstellte Leichnam Beatrice Sciancatis gefunden, einer schönen Dirne,
die so manchem pisanischen Edelmann die Nacht versüßt hatte.
Erzbischof Vitale vermutet, daß Katharer hinter dem Verbrechen
stecken, die sich Gerüchten zufolge seit einiger Zeit in der Stadt
aufhalten. Er beauftragt den Dominikanerpater Corrado mit der Auf-
klärung des mysteriösen Mordfalls. Gemeinsam mit Gaddo, mit dem er
einst als Kreuzritter im Gelobten Land gekämpft hatte, beginnt Corrado
seine Nachforschungen.
Dabei machen die Mönche Bekanntschaft mit einem geheimnisvollen
Magier und einem durchtriebenen Muselmanen, die beide ebenfalls ein
besonderes Interesse für die Katharer zu hegen scheinen…

Ein mitreißender Kriminalroman vor der farbenprächtigen Kulisse des
mittelalterlichen Pisa!

**Sie erhalten diesen Band
im Buchhandel, bei Ihrem
Zeitschriftenhändler sowie
im Bahnhofsbuchhandel.**

Band 13 799
Domini Highsmith
Der schwarze
Wächter
Deutsche
Erstveröffentlichung

England im September 1190. Bei einem gewaltigen Feuer wird das Städtchen Beverley, gelegen im Erzbistum York, nahezu vollständig niedergebrannt.

Der junge Priester Simeon will nun alles daransetzen, den einstigen Glanz der zerstörten Klosterkirche wiederherzustellen. Dabei gerät er schon bald in die Fänge mehrerer skrupelloser Kirchenmänner, die es auf den kostbaren Kirchenschatz abgesehen haben und vor nichts zurückschrecken, um an ihr Ziel zu gelangen.

Und noch jemand ist Simeon alles andere als wohlgesinnt: Cyrus de Figham, der machtbesessene Kanonikus, dem der beliebte junge Priester seit langem ein Dorn im Auge ist. Fighams Haß steigert sich schließlich ins Unermeßliche, als er herausfindet, daß die schöne Elvira, die er begehrt, nur Simeon liebt. Rasend vor Wut schmiedet er einen teuflischen Plan…

Eine fesselnde Chronik um Liebe, Verrat und Mord!

**Sie erhalten diesen Band
im Buchhandel, bei Ihrem
Zeitschriftenhändler sowie
im Bahnhofsbuchhandel.**

Band 13 775

Jean-Michel Thibaux
Die sieben Geister
der Revolte
Deutsche
Erstveröffentlichung

Sie war eine ungewöhnliche Frau. Ihre verblüffenden über-
sinnlichen Fähigkeiten erregten überall Anstoß: Helena
Petrowna Blavatsky, geboren im Sommer 1831 in Rußland.
Schon in ihrer Kindheit nannte man sie die Sedmitscha, ›die
von den sieben Geistern der Revolte Besessene‹.
Als sie sechzehn Jahre alt ist, zwingt man sie zur Heirat mit
einem alten General, den sie abstoßend findet. Sie flieht
nach Ägypten. Eingeschlossen in einem Sarkophag, lernt
sie die Geheimnisse der Pyramiden kennen. Fortan steht ihr
Leben im Zeichen von abenteuerlicher Reiselust und tief
empfundener Spiritualität – es ist ein Leben, das alle
Grenzen und Konventionen sprengt.

Band 13 783

Barbara Riefe
Die Frau, die vom
Himmel fiel
Deutsche
Erstveröffentlichung

Die hübsche, aristokratische Margaret Addison verschlägt es aus dem prunkvollen London des 17. Jahrhunderts in die rauhen Kolonien Amerikas. Kaum daß sie Land unter den Füßen hat, wird sie auch schon Zeuge eines Überfalls der Mohikaner, den nur sie allein überlebt. Zwei-Adler und Der-in-die-Bärenhöhle-geworfen-wurde, zwei Indianer vom Stamm der Oneidas, entdecken sie zwischen den Bäumen. Die Haltung, in der sie bewußtlos daliegt, erinnert Zwei-Adler an Die-Frau-die-vom-Himmel-fiel, nach indianischer Legende ein gottähnliches Wesen.
Die beiden Indianer sind bereit, der Fremden durch das von den verschiedenen Irokesenstämmen beherrschte Gebiet zu helfen. Das Ziel ist Stadacona, wo die Fremde ihren Verlobten, einen Franzosen, zum Mann nehmen will. Aber bevor sie ihn wiedertrifft, ist sie längst eine andere Frau geworden.

**Sie erhalten diesen Band
im Buchhandel, bei Ihrem
Zeitschriftenhändler sowie
im Bahnhofsbuchhandel.**